中英文學交流史
（十四至二十世紀中葉）

葛桂录　著

第二輯

總序

　　百年老校福建師範大學之文學院，承傳前輩碩學薪火，發掘中國語言文學菁華，創獲並積澱諸多學術精品，曾於今年初選編「百年學術論叢」第一輯十種，與臺北萬卷樓圖書股份有限公司協作在臺灣刊行。以學會友，以道契心，允屬兩岸學術文化交流之創舉。今再合力推出第二輯十種，嗣續盛事，殊可喜也！

　　本輯所收專書，涵古今語言文學研究各五種。茲分述如次。

　　古代語言文學研究，如陳祥耀先生，早年問學無錫國學專修學校，後執教我校六十餘年，今以九十有四耄耋之齡，手訂《古詩文評述二種》，首「唐宋八大家文說」，次「中國古典詩歌叢話」，兼宏觀微觀視角以探古詩文名家名作之美意雅韻，鉤深致遠，嘉惠後學。陳良運先生由贛入閩，嘔心瀝血，創立志、情、象、境、神五核心範疇，撰為《中國詩學體系論》，可謂匠思獨運，推陳出新。郭丹先生《左傳戰國策研究》，則文史交融，述論結合，於先秦史傳散文研究頗呈創意。林志強先生《古本《尚書》文字研究》，針對經典文本中古文字問題，率多比勘辨析，有釋疑解惑之功。李小榮先生《漢譯佛典文體及其影響研究》，注重考辨體式，探究源流，開拓了佛典文獻與文體學相結合的研究新路。

　　現當代語言文學研究，如莊浩然先生《中國現代話劇史》，既對戲劇思潮、戲劇運動、舞臺藝術與理論批評作出全面梳理，也對諸多名家名著的藝術成就、風格特徵及歷史地位加以重點討論，凸顯話劇史研究的知識框架和跨文化思維視野。潘新和先生《中國語文學史

論》，較全面梳理了先秦至當代的國文教育歷史，努力探尋語文教學中所蘊含的思想文化之源頭活水。辜也平先生《中國現代傳記文學史論》的歷史考察與學理論述，無疑促進了學界對現代傳記文學的研討與反思。席揚先生英年早逝，令人惋歎，遺著《中國當代文學的問題類型與闡釋空間》，集三十年學術研究之精要，探討當代文學思潮和學科史的前沿問題。葛桂录先生《中英文學交流史（十四至二十世紀中葉）》，以跨文化對話的視角，廣泛展示中英文學六百年間互識、互證、互補的歷史圖景，宜為中英文學關係研究領域之厚實力作。

　　上述十種論著在臺北重刊，又一次展現我校文學院學者研精覃思、鎔今鑄古的學術創獲，並深刻驗證兩岸學人對中華學術文化同具誠敬之心和傳承之責。為此，我謹向作者、編輯和萬卷樓圖書公司恭致謝忱！尤盼四方君子對這些學術成果予以客觀檢視和批評指正。《易》曰：「觀乎人文，以化成天下。」我堅信，關乎中華文化的兩岸交流互動方興而未艾，促進中華文化復興繁榮的前景將愈來愈輝煌璨爛！

汪文頂

謹撰於福州倉山

二〇一五年季冬

目次

導論

中英文學交流的跨文化思考與學術史考察

第一節　異域文化之鏡：他者想像與欲望變形
——關於英國作家與中國文化關係的思考

　　極西的英倫、遠東的華夏，這是一個帝國眼中另一個帝國的斑斕色彩：自縹緲如夢的「蠻子國」，到定格在畫屏上的古典中國；從唐人街裡的誘惑，到懷抱終身的中國夢想；那凝聚東方靈感的園林與戲曲，激起的何止是對異域情調的訝異？而開放的「文人當政」模式，淵懿的儒道思想恰正成為拯時濟世的智慧源泉。距離滋生欣羨，接觸深化了解。當兩大帝國在十九世紀的蒼穹下驟然相對，當兩次世界大戰驚破西方幻夢，古老的中國文化在英倫幾經風雨之後，彷彿紫檀匣中的珍藏，正散發著幽幽馨香……本書的重要目標之一即為引導大家撥開歷史的迷霧，聆聽那遙遠異域關於中國的聲音，追尋數百年來中英文化交流的行行足跡。

一　約翰牛眼中的約翰‧查納曼

　　考察英國作家與中國文化的多重複合關係，是研究中英文學和文化交流不可或缺的一環：既是這種研究的必要前提，又是這種研究的必然深入。通過英國作家與中國文化關係的梳理，可以展現中英文學與文化雙向交流的歷程，在跨文化對話中，把握中英文化相互碰撞與

交融的精神實質，從而揭示出中英文學關係中某些規律性的東西。本書的任務之一在於遵循比較文學界前輩的研究路數，考察英國作家對中國文化的接納與改塑軌跡。

通過對中英文學關係學術史脈絡的梳理，筆者關注到那些學貫中西的前輩學者，如陳受頤、方重、范存忠、錢鍾書等，他們當年在歐美著名學府攻讀高級學位期間，大都不約而同地選擇了中國文化在英國的影響或英國文學裡的中國形象這樣的研究課題作為學位論文。如陳受頤的《十八世紀英國文化中的中國影響》（芝加哥大學），方重的《十八世紀英國文學中的中國》（斯坦福大學），范存忠的《中國文化在英國：從威廉‧坦普爾到奧列佛‧哥爾斯密斯》（哈佛大學），錢鍾書的《十七、十八世紀英國文學中的中國》（牛津大學）。此外，還有梅光迪、張沅長、周珏良等人也都寫有相關文章。蕭乾在二十世紀四〇年代初期編有一本涉及中國題材各方面英文作品的集子《千弦之琴》（*A Thousand Strings*），頗受英國各界歡迎。毫無疑問，以上這些著述奠定了中英文學與文化關係研究的堅實基礎，無論是文獻發掘整理還是在文本分析探討方面，都取得很高成就，有許多地方是後來的研究者難以逾越的。

同樣我們也注意到，這些學界前賢的研究範圍都設定在十八世紀及其以前的中英文學與文化關係，在此基礎上，筆者嘗試用該書一半以上的篇幅論及十九世紀及二十世紀上半葉的英國作家與中國文化的關係，試圖在前輩開拓的道路上前進一步，或可稱得上目前中國學界有關這一課題研究比較完整的一部著述。

在本書的撰寫過程中，筆者一直思考著跨文化接受與民族性格的關係這一問題。歷史上的英國「島性」極強，心理上的排外性極濃厚。他們總看不起別國人，目空一切。日常生活中，他們無論談起什麼，總是稱譽英國在這方面是最偉大的（the greatest）。當英人稱讚某樣東西時，其最高的表揚總是：So English（真英國味）！十九世紀

英國著名批評家赫茲列特對自己民族性格就做了痛快淋漓的解剖。老
舍在《英國人》裡對英國人自以為是的傲慢也多有描畫，說他們甚至
認為沒有那麼多的霧的天氣，根本稱不上真正的天氣！一七一二年，
英國作家約翰・阿布仁諾特在其《約翰牛的歷史》一書中將英吉利民
族人格化為一個叫做「約翰牛」（John Bull）的人物。這位倔老頭脾
氣暴躁，質樸率直，比較實際，喜歡虛張聲勢也很執拗，但心地善
良，樂善好施。以後，人們習慣把英國、英國人稱為約翰牛。有意思
的是，英國佬（約翰牛）把中國人稱為 "John Chinaman"（約翰・查納
曼，或約翰中國佬）。

　　提到「霧」，筆者想到自己另一種題為「霧外的遠音」的著述。[1]
英國多霧，倫敦就被稱為霧都，這恐怕是以往人們對英國的主要印象
之一。該著述選取「霧外的遠音」這樣一個書名，就是試圖把它作為
中英文化交流的一個寫照。英國和中國，一個處於極西，一個位於遠
東，地理上的距離很遠，當然是相對於歐陸國家而言的。這樣就不容
易聽見對方的聲音；而大霧籠罩，看外物的視野又受到限制。相對來
說，中英直接交往就比較滯後，其程度（尤其是文化交流方面的）也
多不夠深廣。因而歷史上英國對中國一直比較陌生。當然，如今交通
便捷，資訊順暢，兩國直接交往已沒有什麼阻礙；另據報導經過環境
治理，倫敦的大霧天氣也早有很大改觀，似乎視野由此開闊了。然
而，地理距離可以縮短，而要克服心理上的距離一下子還不那麼容
易。同樣，大霧可以消除，但心頭之霧（誤）則不易散發，這正是跨
文化交往過程中亟待突破的難題，但願由「誤」而「悟」，互識互
補。而傾聽霧外的遠音，朦朧恍惚，可能會覺得新鮮，令人遐想；同

1　葛桂录：《霧外的遠音：英國作家與中國文化》，初版由寧夏人民出版社於二〇〇二
　　年刊行，增訂版由福建教育出版社於二〇一五年刊行，收入楊乃喬主編：《比較文
　　學名家經典文庫》。

樣也可能是種威脅，感到恐懼。這也是英國作家對東方（中國）世界的兩種心態。

當然，「距離」未必是壞事，「距離」還能產生「美」，能夠促進互相吸引，歷史是一面鏡子，我們可以從中發現那些「距離」形成的原因與實質，進而尋找克服的策略與途徑。由中英文化交往史上觀之，有的「距離」好似深淵，因為它純粹出於偏見。西方人對待中國人和中國文化，不論是「寬厚仁慈」還是「魯莽粗暴」（毛姆筆下這兩類人很多），都免不了要露出他們骨子裡的那種文化優越感。而相比較而言，英國的偏見更多。上文提到的民族性格恐怕是一個原因。比如，英國著名的《笨拙》雜誌在一八五八年四月十號上刊登了題為〈一首為廣州寫的歌〉的詩，還有一幅漫畫，上面是一個未開化的中國人，背景是柳樹圖案。這首詩歌對約翰‧查納曼（John Chinaman，中國佬）極盡謾罵醜化之能事，聲稱約翰牛（John Bull）如有機會就給約翰‧查納曼開開眼。

英國人眼裡有如此的中國人形象，當然有其社會歷史原因。任何國家對異域形象的看法總是褒貶兼顧的。英國關於中國的知識和資訊在很長一段時間內往往得自於歐陸，尤其是法國。相對而言，英國輿論主流對中國的評論偏低。不過，如同歐陸作家一樣，英國作家對中國文化也是讚揚者有之，譏諷者有之。兩者我們都要做冷靜分析。站在現代人立場上看，譏諷批評的往往也有不少精闢之論，當然也有偏見十足的言詞，就像上述提到《笨拙》上的那首詩一樣。讚揚的又往往出於異國情調的嚮往。這種文化心理由來已久。我們知道，古典時代的絲綢貿易給歐洲帶來了關於中國的新知識。中國通過絲綢這種奢侈品的間接貿易形式，給歐洲人造成中國繁盛偉大的印象。十三世紀威尼斯商人馬可‧波羅的《遊記》被稱為描述Cathay（契丹，即中國）文化的「大史書」，為歐洲提供了大量有關中國富裕強大、文明昌盛的資訊，這在當時相對落後的歐洲引起無窮的聯想與震動。

　　在歐洲中世紀比馬可・波羅的《遊記》流傳更廣的是另一本書，
即寫於十四世紀五、六〇年代的《曼德維爾遊記》，這也是英國作家
感知中國文化的開始。曼德維爾的這部《遊記》寫成後輾轉傳抄，有
識之士莫不人手一編，其風靡程度不讓於《馬可・波羅遊記》。雖然
此書中所述關於蒙古和契丹的知識，基本上從鄂多立克的遊記脫胎出
來，但歐洲文學裡的中國讚歌實由此發軔。他對中國文化甚為景仰，
以為大汗的政治、經濟乃至禮貌諸方面，歐洲各國無可望其項背。曼
德維爾把關於東方的誘人鏡像吹噓得眼花撩亂：那世間珍奇無所不有
的蠻子國，那世界上最強大的大汗君王，以及他那佈滿黃金珍石、香
飄四溢的雄偉宮殿，還有那遙遠東方的基督國王長老約翰……雖然在
此之前喬叟《坎特伯雷故事集》裡有篇「侍從的故事」，已經描繪了
蒙古大汗及三件東方法寶，但其作品中的東方還只限於印度。曼德維
爾不過是個「座椅上的旅行家」，但人們絲毫不懷疑他那本虛擬遊記
的真實性。在地理大發現之前，馬可・波羅寫實的遊記與曼德維爾虛
構的遊記，就是歐洲人擁有的世界知識百科全書。真實與虛構相連，
歷史與傳奇難分，這是中西初期文化交往表現出來的特性。隨著中西
交通的拓展，天主教傳教士的東來及其關於中國著述的刊行，加之
「中國禮儀之爭」，促使歐洲思想界對中國文化普遍關注。如果說，
在歐洲人眼裡馬可・波羅的《遊記》中所呈現的中國是東方的一個富
有傳奇性、充滿異國情調的令人嚮往的國度，那麼十七世紀後半期以
來，由於來華耶穌會士的報導，中國漸漸成為一個富有智慧與道德的
邦域。整個歐洲到處可以聽到讚美中國的聲音。受此種潮流影響，一
些英國作家也把中國看作是文明、理性、豐饒的國度，並對之神往和
欣佩。在他們心目中，富庶強盛的中國無疑是上帝創造的一個新世界。

　　瓦爾特・羅利爵士曾說：「關於一切事物的知識最早都來自東
方，世界的東部是最早有文明的，有諾亞本人做導師，乃至今天也是
愈往東去愈文明，越往西走越野蠻。」（《世界史》，1614）這種來自

東方的文明之光最早展現在英人面前的是一五九九年。這一年英國地理學家哈克盧特得到了一件「裝在一只香木匣子裡的無價之寶」，那遙遠神奇的東方中國一下子直接呈現在英國人面前：中國人注重文學高於一切，把「一生大部分時間都花在那上面」，孩子幼年就「請老師教讀書」，僅憑漂亮的文章就可以考中做官。官員的升遷要靠他們的政績，「而不管出身或血統」，這就使得中國「國家太平」……哈克盧特這部被稱為是英國人民和這個國家的「散文史詩」的《航海全書》，問世後風靡一時，影響深遠，有關中國的知識同樣隨著這部巨著一起流行。

在博學之士羅伯特‧勃頓看來，世上所有政治、宗教、社會以及個人內心的種種矛盾都看做是或者概括為一種病，這就是「憂鬱」。他在不朽的著作《憂鬱的解剖》中為診治這些無處不在的流行病，開了不少「藥方」，其中就包括東方的中國文明。他認為繁榮富庶、文人當政、政治開明的中國正是醫治歐洲憂鬱症的靈丹妙藥。除了勃頓，約翰‧韋伯也認為中國人來自「上帝之城」，並從中國發現了人類的初始語言。托馬斯‧布朗則以其醫生的科學精神對中國那些精美瓷器的製作工藝詳加考訂。可以說對十七世紀的英國人而言，富庶強盛的中國無疑是上帝創造的一個新世界。

十七世紀後期在中西文化交流史上非常重要。一六八七年是特別值得一提的年代。這一年有個南京人沈福宗訪問了英國，結識了牛津大學的東方學家托馬斯‧海德，並受到盛情款待。傳教士柏應理在巴黎出版《大學》、《中庸》和《論語》的拉丁文譯本，也是這一年，中國的儒家學說從此在歐洲廣泛傳播。翌年六月巴黎出版的《學術報》上有篇文章講：「中國人在德行、智慧、謹慎、信義、誠篤、忠實、虔誠、慈愛、親善、正直、禮貌、莊重、謙遜，以及順從天道諸方面，為其他民族所不及。」從那時起，西人普遍關注起中國的精神文化，本書對此做了詳細分析。

　　英國散文名家威廉・坦普爾就仔細讀過柏應理等人《大學》、《中庸》、《論語》的拉丁文譯本，並特別欣賞儒家所主張的「為政在人」的思想。在他看來，中國的一切，無論是政治道德、還是藝術文化，抑或哲學、醫學等等，都足以而且應該成為英國的楷模。他崇敬中國的孔子，稱孔子具有「突出的天才，浩博的學問，可敬的道德，優越的天性」，是「真的愛國者和愛人類者」，是「最有學問、最有智慧、最有道德的中國人。」他還特別推崇中國的學者政府，可以說英國人對中國的欽羨在他的身上亦臻於頂點，他甚至說中國的好處是「說之不盡」的，是「超越世界其他各國的」，而這些無不出自他那獨有的、世界性的眼光。他的那句「從中國一直到秘魯」，幾乎成為十八世紀一般文人的口頭禪。連那位大名鼎鼎的約翰遜博士就說過同樣的名言：「要用遠大的眼光來瞻顧人類，從中國一直到秘魯」。二十世紀大詩人葉芝在其詩裡也說：「從中國到秘魯的寶座上，坐過各種各樣的皇帝……」。

　　作為中英文化關係上的第一位重要人物，坦普爾的視野開闊，他說過那些遙遠的民族不但可以提供一種異域生活的景象，而且可以啟發對自身的反思。他的意識也是先進的，他講由於商務往來，各種不同教義、習俗與儀式相互影響，各國人民加強了和平友好的聯繫，好像變成了「世界公民」。

　　拋開鄉土觀念和民族偏見，做一個世界公民，這是何等博大的襟懷，何其誘人的理想。早在希臘羅馬時代，蘇格拉底、柏拉圖、西塞羅、普羅塔克等先哲就有所涉及。英國作家中，培根、坦普爾、約翰遜、艾狄生等都發表過相似的見解。而那多才多藝的哥爾斯密更是將他最初刊登在《公簿》報上的「中國人信札」，結集印行成一本厚厚的《世界公民》，成為十八世紀利用中國材料的文學中最主要也是最有影響的作品，是中英文學關係史上很值得紀念的事情。

　　哥爾斯密採用「中國人信札」這種形式，當然並非他的獨出心

裁。十八世紀歐洲文壇，借用古老的中國題材，注進現實的批判內容的作品有不少。比如法國，啟蒙思想家伏爾泰就在不同文體的作品中，借助中國事物，營造濃郁的東方情調（異國情調），針砭社會弊病，形成了他那嬉笑怒罵、犀利機敏的戰鬥風格。還有孟德斯鳩的《波斯人信札》，阿爾央斯的《中國人通信》等，都假託中國人（東方人）出遊西方，以中國人（東方人）的眼光來觀察西方社會，對歐洲文明的腐敗現象進行批判。

　　十八世紀的不少歐洲作品採用的都是這樣一種模式，即借「他者」（當然是理想化的）來對自身的社會狀況等大發感想與評論。這一傳統在英國文學裡延續到十九世紀甚至二十世紀。比如十九世紀散文家蘭陀就假託中國皇帝與派往英倫視察的欽差慶蒂之間的對話，批評了英國社會現實的混亂與不協調。二十世紀的英國作家迪金森則寫了《約翰中國佬的來信》和《一個中國官員的來信》，重現了十八世紀歐洲人心目中的那種烏托邦中國的圖像，以此批評西方文明。

　　這其實也是一種異國情調。十八世紀歐洲「中國熱」追求的更是這種異國情調。特別重要的是中國的園林藝術。那時在歐洲各國建造了不少中國風格的園林和建築。上文提及到的威廉‧坦普爾爵士就別具慧眼地發現了中國園林的不對稱之美，他創造了一個詞"Sharawadgi"來表達這種有別於歐洲講究規則對稱的美。這個詞在艾狄生看來，「乍一看讓人浮想聯翩，只覺其美不勝收而又不知其所以然」。

　　坦普爾之後，艾狄生、蒲伯、約翰遜、哥爾斯密等英國作家都對中國園林藝術給予關注。有一個研究觀念思想史的學者勒夫喬伊還提出了一個令文化與文學史學者無法忽視的話題：英國或歐洲的浪漫主義，是否曾受到中國園林藝術的某種啟發？他的細緻追溯證實了這一點，即歐洲新的浪漫主義審美理想的形成，與中國園林藝術的影響密不可分。

　　中國園林藝術以及建築風格在某種程度上改變了歐洲人的審美情趣，產生了所謂的洛可可風格。當然，歐洲人並沒有學到中國園林藝術的真諦，他們從中得到的啟示僅僅是摒棄法國古典主義的勇氣，其主要表現便是以不對稱代替對稱，以曲線取代直線，以凌亂對抗規整。實際上，中國的園林講究的是在有限的空間中表現大自然的無限。移步換景，曲徑通幽，這些中國園林藝術的原則和手法，歐洲人並沒有學到手。

　　十八世紀末以後，隨著「中國熱」的降溫，中國園林的影響也隨之失去往日的風采。中國園林和建築是在中國文化被歐人更加了解之後才貶值的，也就是說，在中國被西方以武力逼迫得屈服的時候，歐洲人心目中的烏托邦消失了。中國園林的熱潮很快過去，人們甚至為過去如此迷戀這個孱弱的民族而感到奇怪。中國園林沒有變，變化的是歐洲對中國的態度和歐洲人眼中的中國形象。

　　十八世紀後半期和十九世紀，歐洲資產階級借助於科學技術而蒸汽動力應用於製造業和海輪運輸，從而造成了自從農業發明以來人類生活基本條件的最大改變。這樣隨著西方商人與旅行家的報導日增，以往耶穌會士筆下的理想主義報導即被忽視。商人們只對貿易和贏利感興趣，向東方和中國索求的是財富，從而喪失了對東方文化的注意力。其中，一七九三年，這一年具有歷史意義，法國進入大革命高潮，歐洲近代啟蒙文化之自信亦隨之達到高潮；同一年，英國馬嘎爾尼爵士率領龐大使團滿懷希望訪華，因遭遇天朝封閉體制拒斥而失敗。一年中發生的兩件大事，構成歐洲改變對中國文化頂禮膜拜態度的歷史性轉折。馬嘎爾尼使團回國以後發表有關中國的報導、書籍在英國紛紛出版，影響遍及整個歐洲。人們似乎恍然大悟，那由傳教士和啟蒙哲學家們渲染的令人仰慕的「理想國」原來竟如此落後、野蠻、腐敗，千百年來竟然毫無進步……。

　　所以，十九世紀的歐洲思想家越來越把包括中國在內的東方國家

看作是停滯不前、落後的，而且是頑固抵制基督教和西方生活方式傳播的國度。當時的西方人對東方的印象極其糟糕。他們用來表達對中國人看法的詞一般都是「野蠻」、「非人道」、「獸性」。總的說來，十九世紀英國浪漫作家對東方中國的印象不佳，也談不上對中國文化的接納。借助於鴉片、夢幻、想像力，柯勒律治在詩作殘篇〈忽必烈汗〉裡展示了神奇的異域風情，但在德·昆西那裡則是一場恐怖的噩夢。他說如果被迫離開英國住在中國，生活在中國的生活方式、禮節和景物之中，準會發瘋。在他眼裡，中國人非常低能，甚至就是原始的野蠻人。所以他不僅支持向中國販運鴉片，而且主張依靠軍事力量去教訓那些未開化的中國人。在浪漫詩人筆下，中國及中國人的形象同樣是消極的。拜倫眼中的中國人是受到蔑視和嘲笑的。雪萊也把中國當作「未馴服的」的「蠻族」看待的。維多利亞女王登基後，英國很快走上了強盛與霸道之途，種族主義和種族優越論也逐漸在其國民中「深入人心」，貶抑中國之風亦隨之愈演愈烈。狄更斯就通過他筆下人物的口說「中國怎麼可能有哲學呢？」桂冠詩人丁尼生在一行詩裡也說「在歐洲住五十年也強似在中國過一世。」由此可見一斑。

　　當然，英國也有一些有識之士並非總是助長英帝國對中國的強盜行徑。被視為英國浪漫主義時代的古典作家的蘭陀，在鴉片戰爭期間組織的一次宴會上，就曾大談中國是世界上唯一的文明之邦，這在當時英人心中是何等的刺耳。當時的文壇領袖卡萊爾則譴責英國政府在中國的所作所為，對中國文化頗感興趣，中國皇帝在他心目中是勤勞的偉人，中國的科舉取士則為他的文人英雄論作了注腳。還有維多利亞時代的重要小說家梅瑞狄斯從中國瓷盤上的柳景圖案獲得靈感啟示，創作了其小說代表作《唯我主義者》，將自己個人的巨大精神創痛和哲學研究變形為藝術，以警戒世人，評價時代，並以此說明人類整個文明發展過程中父權主義（男權中心主義）的本質。

　　十九世紀的唯美主義者試圖在遙遠的異國，在與西方文明迥異其

趣的古老東方文明中找尋他們自己的藝術理想。王爾德嚮往東方藝術，並從老莊學說中找到了思想共鳴。然而，這種美好的藝術理想在十九世紀末興起的「黃禍論」中，顯得非常脆弱。這裡，頗值一提的是一八九三年，也就是馬嘎爾尼出使中國一百週年之時，英國歷史學家皮爾遜發表《民族生活與民族性》一書，反覆論述有色人種、特別是中國人的「可怕」，由此促成了一種席捲西方世界的「黃禍」謬論的出籠。其間在英國甚至出現了一些描寫中國人入侵英倫的小說。幾位出生在澳大利亞的英國作家，如蓋伊・布思比和威廉・卡爾頓・道、瑪麗・岡特等，涉及中國題材創作時，均懷著極深的種族主義偏見，對中國和中國人的否定性描寫為其主導傾向。而另一個英國作家薩克斯・羅默筆下的那個「惡魔大天使」傅滿楚博士則是壞蛋中國佬的典型。傅滿楚形象可以說是二十世紀初英國對華恐懼的投射的產物，影響深遠。這一人物還出現在影片、廣播和電視節目中，在歐美世界可謂家喻戶曉。

不過，在十九世紀末二十世紀初英布戰爭和義和團事件的歷史氛圍中，英國作家迪金森則通過其作品表示了對西方文明的憂思和對中華文明的理想信念，從而再現了十八世紀啟蒙作家關於中國的理想景觀，同時也預示著二十世紀的不少英國作家對中國（當然是文化的、歷史的、美學的中國，而非現實的中國）的嚮往之情。

對東方中國的新一輪希望，以第一次世界大戰的爆發為標誌逐漸得到證實。發生在一九一四至一九一八年慘絕人寰的第一次世界大戰，以血淋淋的事實暴露了西方資本主義近代文明的弊病，給人們帶來難以彌補的精神創傷，對歐洲人的自信心和優越感是一個沉重打擊。

這讓一些對文明前途懷抱憂患意識的西方有識之士，在正視和反省自身文明缺陷的同時，將眼光情不自禁地投向東方和中國文明，希望在東方文化，尤其是中國哲學文化中找尋拯救歐洲文化危機的方式，加之一些明智的歐洲人重新闡釋了中國文化，使得歐洲人在孔

子、老莊和墨子學說中發現和諧、仁慈與和平、兼愛的觀念。英國思想家羅素就認為，為了使中國能有機會提供拯救危在旦夕的人類文明的妙方，就必須證明中國文化對人類具有獨特的價值，中華民族至少也不比西方民族低劣，西方列強對中國的侵略不是所謂「文明人」對「野蠻人」的教訓和懲罰，而是對珍貴文明的野蠻摧殘。

　　自二十世紀二〇年代起，一些英國文學家、哲學思想家踏上中國土地，通過他們的眼睛看到了中國的現實，尋覓著他們理想中的中國印象。毛姆來中國追尋著古典的榮光，昔日的絢燦，渴求著那暮色裡消逝的東方神奇與奧秘；迪金森有兩個文化理想，一個是希臘，另一個是中國，他來中國後更深感中國之可愛，覺得中國是人類理想的定居之所；懷抱終身中國夢想的新批評家瑞恰慈前後有七次中國之行，因為中國永遠是他心目中的理想國；劍橋詩人燕卜蓀感到中國每一個地方都好，叫人留戀不已；奧頓、衣修伍德結伴東來，親赴中國抗日戰場，寫下了流芳百世的《戰地行》，思考著人類文明史的進程；「中國文化迷」哈羅德·阿克頓離開中國時覺得結束了「一生最美好的歲月」……另外，葉芝、卡內蒂等則在中國文化裏獲得了某些啟示，喬伊絲作品裡也有中國文化的「碎片」。詹姆斯·希爾頓則第一次在小說《失去的地平線》中描繪了東方群山之中一個和平、安寧之地——香格里拉（Shangri-la），為西方世界在中國「找到」了一個「世外桃源」……。

　　其實，不管西方作家以何種方式來接近中國，從何種角度來觀察中國，他們都無一例外地把中國視為與自身相異的「他者」，都傾向於把中國想像為與西方不同的「文化構想物」，都熱衷於把自己的夢想投射到中國。二十世紀西方作家是懷疑和探索的一代，儘管他們因著不同機緣，不同身分離鄉遠遊，但多半出於對西方文化的懷疑與顛覆，出於對「他者」相異性的誘惑和吸引，個個走進了中國，而把中國確認為寄放自己夢想最合適的所在。不過，他們雖然懷著對自身文

化的危機感、逃離感，懷著對異國文化相異性的強烈吸引和親近感投
向中國，但他們並沒有、也不可能和中國「融合」，無法不受自身視
野的侷限，也難以突破自身文化屬性的限制。英國作家是這樣，西方
其他國家的作家也大致如此。

二　異域文明及其欲望變形

　　回顧英國作家與中國文化的關係史，我們注意到，不同時代、不
同作家，或一個作家的不同階段，在不同場合都有可能對中國文化說
出不盡相同的看法。大概任何作家對異域文明的見解，都可以看作是
自身欲望的展示和變形。羅素說過中國文化對於構建未來的人類文明
有不可替代的價值，他的目的在於排除自身對西方文化失望的鬱積，
因而希望東方文化優越於西方文化，並向西方公眾大肆宣揚中國文明
的光明面，事實上羅素在中國的日子並不都是歡快的，對中國文化的
看法也是褒貶皆有的，這從他的書信中可以看得很清楚。

　　西方人心目中異域文化形象很少固定不變，總是在歷史的進程中
搖擺不定。就像英國當代著名漢學家雷蒙・道森在《中國變色龍——
對於歐洲文明觀的分析》一書裡所說的那樣：「歐洲人對中國的觀念
在某些時期發生了天翻地覆的變化。有趣的是，這些變化與其說反映
了中國社會的變遷，不如說更多地反映了歐洲知識史的進展。……中
國更恰如其分的象徵是變色龍，而不是龍。」[2]西方作家之所以一往
情深地渴望遠方、別處，探尋異域文明，恰恰反映了他們對自己認識
的深層需要。從這個意義上說，尋找作為他者的異域文明，也許正是
另一種方式的尋找自我，是另一種變形的自我欲望。他者之夢也許只

2　〔英〕雷蒙・道森著，常紹民、明毅譯：《中國變色龍》（北京市：時事出版社、海
　　口市：海南出版社，1999年），頁16。

是另一種形式的自我之夢，他者向我們揭示的也許正是我們的未知身分，是我們自身的相異性。他者吸引我們走出自我，也有可能幫助我們回歸自我，發現另一個自我。

也就是說，一種文化語境內異域文化形象的變化無不暗示本土文明的自我調整。這種異域形象一般同時包含三重意義：（1）關於異域的知識；（2）本土的文化心理；（3）本土與異域的關係。英國作家通過中國題材所展示的中國形象，也都包含著這三重意義。

首先，異域知識為作家創作異國題材作品提供了一個切入點，這種異域知識的來源可以是書本經驗，也可以是親身經歷。不同時期裏英國作家獲取中國題材的途徑不盡相同。十八世紀末以前的英國作家主要是通過來華耶穌會士和商人旅行家冒險者的著述，而這兩類人由於各自經歷和目的不同，他們筆下那大相逕庭的中國和中國人形象，也左右著英國作家的認識視野和異域想像；十九世紀英國作家主要通過漢學家翻譯的中國經典和眾多的中國遊記來了解和認識中國；而二十世紀作家們則有條件直接借助於在中國旅行或居住的經驗感知和體察中國。但不管哪種途徑，在對異域知識的取捨利用時均受自身的政治觀點、宗教信仰和文化理想所制約。

其次，人們對任何一種文化的選擇、認識和解釋，常常同時又是自己觀念和立場的展示，其中所突顯出的是本土的文化心理，而且任何關於他者的新資訊都必須先在傳統視野內重塑再造後才能被接受。這樣看來，任何作家對異域文明的見解，都可以看作是自身欲望的展示和變形。比如，當描述中國幅員廣闊，物產眾多，遍地財富，到處城廓時，他們也在展現自身的缺憾，並表達自己的某種期待欲望。曼德維爾對蠻子國和大汗王國的虛構傳奇無不展示著中世紀晚期人們的想像欲望，他們需要有一個物質化的異域形象，以此作為超越自身基督教文化困境的某種啟示。同樣，當談及中國荒蕪頹敗、野蠻愚昧時，也顯示出自身的那份種族和文化優越感。可以說，英國作家看中

國，總存在著一個認識視角問題，而他們的視角又受其文化追求、文化理想以及觀念主張所決定。笛福對中國形象的刻意批評否定，並非無緣無故，是與他的政治經濟主張合拍，也就是合乎他把異邦異族作為發展殖民貿易對象的理論。基於此點，他豈能容忍當時盛行歐洲的對中國文化的讚美之風，他在自己著作中用極端的言詞抵抗那股熱風，實屬難免。與笛福殖民貿易主張導致的目空一切、民族自大相比，同是要讓英國走向世界的威廉·坦普爾，則有天下一家的全球意識。在此文化理想指導下，他對中國的看法與笛福截然不同。在〈論英雄的道德〉一文中，大量評述與讚揚中國文化，並影響了伏爾泰、培爾等人的中國觀。當然，不論他們對中國的態度是肯定還是否定，是讚揚還是貶斥，都是他們自己立場的展示，與中國的實際情況關係不大。中國只不過是他們表述見解的一個載體和切入點。

第三，就本土與異域的關係而言，任何民族起初都會表現出一種自我中心意識。所謂「非我族類，其心必異」。夷狄禽獸的異域形象曾經幫助我們確立華夏中心主義的本土意識。同樣，十九世紀西方中心主義的形成，也決定其視野裡中國形象觀念的變化。在文化交流中，這些都是一種單向度的對待他者的觀念心態。事實上，外國作家面向異國時並不要求任何相互的效果，甚至不要求任何回饋，也不要求對方理解自己的感情。他們對異域他者的描述可以有兩種截然不同的態度。一種是異國文化現實被一些作家視作是絕對優越於本土文化的。這樣相應於異國文化的正面增值，就是對本土文化的貶低。在此情況下，這些作家就表現出一種對異國他者的想往甚至狂熱，而呈現出某種烏托邦式的文化幻象。另一種則是與本土文化相比，異國文化現實被視為低下和負面的，因而對它懷有一種貶斥與憎惡之情。英國作家通過中國題材所展示出的對中國的看法大致上也有這兩種情形。

一般說來，西方人都是按照自身社會演變和發展需要來認識評價中國文化。所以由此出現的一系列對中國文化形象的不同看法，無論

是神秘傳奇的、讚美欽佩的，還是批評否定的，滑稽可笑的，嘲諷指責的，都反映了西方社會自身在不同時期發生的種種變化，同時也反映了他們在不同發展階段的種種需求。十八世紀及以前歐洲對中國文化形象的看法主要取自於耶穌會士的報導。耶穌會士一般都有豐富的學識，受過良好的教育，長期在中國居住並熟悉中國文獻。他們與中國士大夫有所接觸，其中還有不少人在朝廷供職。後來在與教廷及其他教派的「禮儀之爭」中，他們也力圖從美化中國之中為自己的主張尋找理論依據。因此他們向歐洲介紹的中國形象帶有明顯的理想化色彩，讓歐洲看到的中國是一個「更好的世界」。英國不是天主教國家，在整個十八世紀沒有向中國派遣一個傳教士。作為一個新教國家，英國與天主教矛盾重重；而在十九世紀之前，在華傳教士無一不是天主教徒。所以，英國人對於法國耶穌會士有關中國的報導不但缺乏熱情，甚至嗤之以鼻，法國耶穌會士的一些著作雖然也被譯成英文在英國出版，但受歡迎的程度遠遠低於法、義等國。況且率先跨入資本主義的英國在新舊交替時代所體現出的政治和社會變革的功利主義需要，加上英國經驗論的哲學傳統，以及清高孤傲的民族特性都使得英國文人對中國文化的熱情普遍下降。他們對中國的看法有時甚至是刻薄凶狠的謾罵式批評。比如，歐洲在地理發現的時代裡，為滿足經濟發展的需要，對中國文化形象的印象是能激發想像力的、令人神往的繁盛國度。由馬可·波羅的《遊記》所著力描述的這種中國形象，後來果然成為哥倫布開闢新航路，發現新大陸以拓展歐洲生存空間的一個誘因。萊布尼茲對中國文化的理想化看法，也多半是由於想借儒家所倡的「秩序」與「道德」中的實用哲學，來表達他對當時德國分裂割據、戰亂不止和諸侯暴虐的不滿。從十八世紀後期開始，對中國的批評指責越來越多、越來越尖銳，也明顯與西方社會大體上完成了社會革命、工業革命、經濟起飛迅速有聯繫。在這段時期，他們眼中的中國是一個金錢滾滾、更加誘人的巨大市場，而不是一個昌明道德

的「文化中國」形象。

英國漢學家赫德遜也說過，一七八九年以後中國文化的威望黯然
失色，原因頗多。除去歐洲新的社會結構使中國思想在政治上變得無
用。最大的原因是歐洲文明的巨大進展，工業革命和蒸汽機時代給予
歐洲人以一種他們前所未有的優越感和效率感。歐洲人現在覺得自己
不僅在自然科學、貿易和發明創造方面，就是在倫理學方面，也是最
優異的，而伏爾泰時代曾認為中國人的倫理學最完美。以英國人為
例，他們在十九世紀是歐洲與中國交往的主要代表。到一八五〇年左
右，他們認為其道德水準已經臻於前人難以置信的高度。在英國政治
中再也不能說「每個人都有他的性格」，英國人現在可能對中國官吏
的貪污感到震驚。攝政時代已經過去，隨著維多利亞女王在位，英國
人這時候可以對東方的不法罪行搖頭了。一八一八年，英國國會經過
對法律提案的四次否決之後，終於廢除了對偷竊商店價值五先令貨物
的人以死刑的處罰，於是英國人又可以馬上大談非基督教的民族是如
何缺乏人道的感情。一八一四年，經過對法律提案的一次否決以後，
國會同意廢除活挖叛國罪犯內臟的法定刑罰，由此英國人便可以對中
國刑法殘酷一表厭惡之情。由於這許多所謂道德方面的進展，英國和
歐洲整個說來就不再像十八世紀那樣崇拜中國的理性和美德。明白這
些，我們對英人心中中國形象的前後變化就不感到奇怪了。其中有兩
個人我們無法忘記，因為他們長久以來影響著英人甚至歐洲人對中國
的看法。一個是笛福，另一個是安森。對英國貿易擴張引以為榮的笛
福在其許多作品裡肆無忌憚地攻擊中國文化，嘲笑中國的落後貧困、
中國人令人難以忍受的驕傲，譏諷中國文化的古遠、人民的智慧無非
是鏡花水月罷了。安森的《環球旅行記》更是當時否定中國的一本影
響深遠的書，我們在歐洲各大圖書館，在歐洲任何一位重要的政治思
想家的著述裡，都可以發現它的蹤影。其他還有沃頓、匿克爾斯、珀
西等人，雖然借助於耶穌會士的著述和引用他們的說法，可是全不接

受他們頌揚中國文化的態度，逐一唱反調。

　　確實，如上文所言，人們對任何一種文化的選擇、認識和解釋，常常同時又是自己觀念和立場的展示，這樣也就容易發生以偏概全的印象。曾經做過大清皇家海關總稅務司的羅伯特・赫德在其日記裡就說過，在絕大多數情況下，關於中國和中國人的著作都陷入了毫無根據的以偏概全的錯誤之中。安森及其部下因廣州小民曾經想方設法欺騙英國人，便鄙視和諷刺中國人，對此伏爾泰也反問道：「難道可以根據邊境群氓的行為來評價一個偉大民族的政府嗎？」還有另一種是以歷史的、文化的眼光看現實的中國。踏上中國國土的毛姆就隔著歷史的薄紗看中國，與他筆下那個「內閣部長」一樣，都只看到歷史的美好，眼前的衰敗，卻對未來展望視若無睹，因而他看到的只是「畫屏」上的中國景象。

　　以偏概全也好，以歷史、文化的眼光看現實也好，都是文化交往中經常會出現的情況，值得我們研究思考。要避免由此引起的誤讀、誤解，就應該進一步加強文化交流，把陌生文化當作一面鏡子，在雙方的對話中更好地認識自己。

三　在雙方的對話中認識自己

　　在雙方的對話中更好地認識自己，這確實是人類文化交流的理想。說它是理想，因為現實恐怕未能盡如人意。德國漢學家卜松山說過，西方絕大多數人對中國所知甚少；談到中國，人們會馬上聯想到「黃禍」、「藍螞蟻」、「天安門」等充滿敵意或偏見的圖景；現下的西方知識界主流並不怎樣理會中國文化，說穿了，到目前為止，中國文化對西方影響甚微。造成這一現象當然不是中國文化本身，而是西方對中國文化的無知。筆者前述另一著述《霧外的遠音：英國作家與中國文化》的結尾一章討論的是李約瑟。李約瑟當然是個科學家、科技史專

家，不過這不是彼書所論的出發點。書中著重的是李約瑟作為漢學家，他對東西文化對話提供了一種理論方法和行動指南，即便到現在仍然對我們有指導意義。他也指出有些歐洲人，甚至是受過良好教育的，對亞洲人民的歷史和思想情況幾乎一無所知，有的根本不感興趣。

　　李約瑟曾任英中友好協會主席，對歐洲中心論的種種表現及其危害作了全面深刻的剖析，確實給我們以很大鼓舞和啟發。他那「要以廣闊的視野來思考問題」的呼籲，正是今天跨文化交流對話所迫切需要的。美國有個議員福爾布萊特在一九八九年出版的一本書《政治極權的代價》裡說：「跨文化教育的核心在於獲得一種移情能力──能夠從他人的角度看世界，能夠承認他人有可能看到我們不曾看到的東西，或者比我們看得更仔細。」確實，跨文化對話有一種鏡子效應。把陌生文化當作一面鏡子，可以更客觀地認識自己，看到自己的不足。那些試圖在中國尋找精神家園的歐洲作家，都不約而同地把中國看成返觀自身、回歸自己的一面鏡子。

　　蘇格蘭詩人彭斯曾用詩句表達從他人的角度來審察自身的普遍願望：「啊！我多麼希望有什麼神明能賜我們一種才能，可使我們能以別人的眼光來審查自我！」也就是說，我們要習慣借助於某種外在的參照物，使其成為一面可以鏡鑒本民族文學得失的「文化之鏡」。法國文學理論家托多洛夫曾探討過西班牙人征服美洲印地安人這件事裡的文化問題。他認為土著阿茲特克人（Aztec）被征服的主要原因不在於西班牙人的船堅炮利，而在其受傳統文化的侷限，以過去的眼光看待眼前的事物（以古觀今），因而無從理解一個前所未有的新生事物（西班牙文化）。這個理解他人之能力的喪失，具體表現在阿茲特克人首領拒絕與西班牙人的首領對話。托多洛夫認為，西班牙人之所以成功就在於其理解他人之能力，這個理解能力予以西班牙人在行動上莫大的方便與彈性。

　　法國漢學家弗朗索瓦‧于連在其《迂迴與進入》[3]一書中也認為，研究他者，是認識自我的一種「迂迴」方式。于連希望的是在對中國和中國文化的解讀活動中，會引致回歸到對自己的根於希臘的文化的研究。根據他的看法，他之研究中國，並非因為對中國有特別興趣，而是因為中國本身為西方人提供了一個與西方最相異的他者，給西方人提供了一個全然不同的角度來看西方自己。這就是說，研究中國，終極目的是為了更深切地了解西方本身。他說：「我最終接近的是希臘，事實上，我們越深入中國，越會導致回歸希臘。」「深入」中國是西方人回歸希臘的一個有益的「迂迴」。在此意義上，跨文化對話的目的，就是通過對方了解自己，經由迂迴而進入自己。也就是說，理解他人與認識自己是緊密聯繫著的。

　　人類文化發展的歷史表明，「自知」與「知人」不僅是思想家所執著探究的哲學命題，也是人類相互溝通的基本要素，是推動人類文明不斷發展的一個重要前提。「自知」能更好地「知人」，因為「每個人都是整個人類狀況的縮影」（蒙田語），而「知人」能返觀自我，更準確地認識自己，兩者是相輔相成的。在十六世紀人文主義思想家蒙田看來，無論是認識自我，還是認識他人都是一種「對話」，認識自我就是與自我對話，認識他人就是與他者對話。蒙田與後來的巴斯卡一樣認為，我們與一個並不掌握其奧秘的世界連在一起，我們既不可能停留在自我之中，也不可能停留在事物之中，而是不斷地從事物走向自我，從自我走向事物，不斷地認識自我與事物（他人、他物）。其有效途徑就是不斷地溝通和「對話」。這種「對話」之所以能夠進行，是因為「你中有我，我中有你」，兩者存在著共性；這種對話需要進行，是因為「我不同於你，你不同於我」，兩者有著相異性，彼

3　〔法〕弗朗索瓦‧于連著，杜小真譯：《迂迴與進入》（*Le Détour et l'accès*）（北京市：生活‧讀書‧新知三聯書店，1998年）。

此都被對方「相異」的魅力所吸引。源遠流長的中西文化關係就是由
中西方不同民族文化「對話」所推動的和實現的。「對話」的最終目
的就是要提取對方富有魅力的「相異」質素，建立富有自己民族特色
的「新構體」，人類文明正是如此共生互補不斷向前發展的。

　　正是基於這樣一種思想，筆者在《霧外的遠音》等著述中考察了
英國作家與中國文化的關係問題。希望借助於這面異域文化之鏡，了
解他者，返觀自身，消除成見，克服障礙，增進友誼，就像李約瑟在
一九六五年英中了解協會成立大會上所引用《論語》裡的一句話那
樣：「四海之內，皆兄弟也。」

四　「中國不是中國」：他者想像與文化利用

　　通過考察英國作家關於中國文化書寫裏呈示的中國形象，我們注
意到，在他們的筆下，中國有時是魅力無窮的東方樂土，有時是尚待
開化的蠻荒之地，有時是世上唯一的文明之邦，有時又是毫無生機的
停滯帝國……。而這些絕非事實的中國，乃是描述的中國，或者是想
像構造的中國。就像羅素，滿懷著對西方文明慘痛重創的哀傷，滿懷
著擔心人類面臨整體絕滅的憂患意識，滿懷著尋找新的文明因素以拯
救西方和人類文明的渴望，他所看到的和所描述的當然不完全是事實
的中國。

　　眾所周知，文化交流中總是存在著「事實的」（文化本體）與
「描述的」（文化變異體）兩種文化形態。可以說，中國題材在不同
歷史階段，或相同歷史階段的不同作家那裡，承擔的兩種價值不同的
社會功能（肯定或否定，批評或讚揚），這均不是「事實的」文化的
本體性價值，只能是「描述的」文化的價值。[4]對英國作家而言，中

4　參見嚴紹璗：〈文化的傳遞與不正確理解的形態——18世紀中國儒學與歐亞文化關
　　係的解析〉，《中國比較文學》1998年第4期，頁1-11。

國與其說是一個真實的國家，不如說是他們想像描述的一個神話，是激發他們寫作和表達思想的靈感和素材。就像薩義德先行發表《東方主義》一九九五年版後記時所用標題「東方不是東方」那樣，英國文學裡所展示的中國形象，我們可以同樣套用一句「中國不是中國」。

在薩義德的著述中，東方主義者把「真實」的東方（East）改造成了一個推論的「東方」（Orient）。這裡，前一個東方（East）是一個地理概念，後一個東方（Orient）是一個有著自身歷史以及思維、意象和辭彙傳統的文化觀念，是西方人的虛構，使西方得以用新奇和帶有偏見的眼光去看東方。循此而論，英國作家筆下的中國也並非地理空間存在意義上的中國，而是被東方化了的中國。

這其實是異質文化接受中的普遍現象。照薩義德的說法，任何一種文化的發展和維持，都有賴於另一種不同的、相競爭的「異己」（alter ego）的存在。自我的構成最終都是某種建構，即確立自己的對立面和「他者」，每一個時代和社會都在再創造自身的「他者」。[5]在英國作家眼裡，中國也是「他者」。不管他們以何種途徑來認識中國，從何種角度來觀察中國，用何種心態來評價中國，都無一例外地把中國視為與自身相異的「他者」，傾向於把中國想像為與西方不同的「文化構想物」。他們或把自己的文化夢想投射到中國，如毛姆、阿克頓；或借中國反思西方文明和人類命運，如羅素、奧頓；或把中國作為西方文化優越論的陪襯，如薩克斯‧羅默、蓋伊‧布思比；或作為自己藝術構思的切入點，如柯勒律治、梅瑞狄斯；或將中國作為英國社會的一面鏡子，如蘭陀、迪金森……與之相聯繫的是，他們之所以一往情深地探詢中國文明、渴慕東方智慧，恰恰反映了他們認識自我的深層需要和欲望訴求。就像有些評論者所言：「中國這樣一種奇怪的啟示者，似乎想接近他而不觸及自身是不可能的，鮮有作家能

5　〔美〕愛德華‧薩義德著，王宇根譯：《東方學》（北京市：生活‧讀書‧新知三聯書店，1999年），頁426。

在處理中國題材時不流露內心的幻覺；在這個意義上，談論中國的人
講的其實都是自己。」[6]可以說，英國人描述的中國人使我們更多地
了解了英國人而不是中國人。

　　由此不難推論，英國作家對中國的興趣並不為中國的歷史現實所
左右，中國對於英國作家的價值，是作為一個「他者」的價值，而不
是自身存在的價值。被他者吸引，構成了文化交流的動力機制。英國
漢學家李約瑟曾說，中國文明具有絕對的「異類」的不可抗拒的誘惑
力，只有絕對的「異類」才使人產生最深的愛，伴隨著想要了解她的
強烈欲望。因而，無論英國作家對中國持有什麼態度（或褒或貶，敬
佩或譴責），始終是把中國放在「他者」或異類的位置上。我們看到
十九世紀的中國形象是停滯落後的（這當然並不完全是中國的真
實），因為日漸強大的西方需要一個「他者」作為否定的對象，歷史
上的中國形象一直處於西方文化的對立面，尤其是在西方自我認同自
我擴張時，中國形象就表現為其否定面。而在西方文化發展的彷徨時
期，比如二十世紀初，尤其是第一次世界大戰以後，也有不少英國作
家和思想家對中國發生了興趣，希望在東方中國找到人間樂園或拯救
西方危機的良方，並發表了一系列關於中國的虛構故事（如希爾頓
《失去的地平線》）和理論著作（如羅素《中國問題》），但中國依然
沒有融入英國人的思想意識之中。因為衰敗中的西方精神很難說真的
會在自己的危機中乞助中國儒道釋的道德、超脫精神，深入反省西方
精神傳統的海德格爾就明確表示：「我深信，現代技術世界在世界上
什麼地方出現，轉變也只能從這個地方準備出來。我深信，這個轉變
不能通過接受禪宗佛教或其他東方世界觀來發生。思想的轉變需要求
助於歐洲傳統及其革新。」[7]

6　轉引自孟華主編：《比較文學形象學》（北京市：北京大學出版社，2001年），頁262。
7　〔德〕海德格爾：〈只還有一個上帝能救渡我們〉，載《外國哲學資料》（北京市：
　　商務印書館，1980年），第5輯，頁184。

　　借助於他者，人們可以返觀自身，回歸自我。那些試圖在中國尋找精神家園的英國作家，正是在中國這個「他者」身上，發現了一個擬想中的沒有分裂的自我。德國漢學家顧彬說得好：「西方人把視線移向東方的目的是想通過東方這個『異』來克服他們自身的異化」[8]，從而回到「本真」的狀態，尋找一種溫馨的「家園」，一種「前文化階段」沒有異化的人。

　　這就是作為「他者」的中國，作為文化利用對象的中國對英國作家、思想家的「有用」之處。當然，任憑自身文化所需對異域文明進行取捨、評價和改造，本是無可非議，其對異文化的誤讀、誤釋同樣在所難免。相比之下，英國作家對現實的中國缺乏關注，中國題材作品裡所展示的偏見與成見也無不影響著一般讀者對中國的印象。西方對中國的無知，文化隔閡導致了對中國的妖魔化。[9]因而，文化交流的理想形態是建立在「事實的文化」基礎上的，這樣至少可以更直接地加深了解，消除偏見，真正地把陌生文化當作一面鏡子，更客觀地認識自己，看到自己的不足。所謂跨文化對話，就是不要以本位文化作為文化溝通的起始點和歸宿，而是以平等的態度、開放的心理互相學習，提高對「他者」的敏感度。

　　英國作家對中國的認識好比一面歷史的鏡子，這面鏡子裡凸現的卻是他們自己藏著的原形。因此，當我們再來試圖借助這面鏡子進行某種文化反省時，所持的態度更多應該是冷靜清醒，充分認識到異域作家所採用的這樣一種在他者想像中進行文化利用的敘述策略，避免落入那些光怪陸離的「中國形象」所預設的陷阱，以有益於中外文化之間真正平等的互動交流。

8　〔德〕顧彬著，曹衛東編譯：《關於「異」的研究》（北京市：北京大學出版社，1997年），頁47。

9　參見劉慧儒：〈「把陌生文化當作一面鏡子」——訪德國漢學家卜松山教授〉，《哲學動態》2001年第5期，頁31-33。

第二節　中國古代文學西傳英國的歷史文化語境及價值意義[10]

一　英國漢學的發展歷程與中國古代文學西傳英國的語境

　　一般認為，比之歐洲其他國家如法國，英國漢學起步較晚。不過英國漢學自《曼德維爾遊記》（*The Travels of Sir John Mandeville*, 1357）所代表的遊記漢學時代算起，至今已有六百餘年的歷史。回顧這六百餘年的漢學發展史，我們發現其中呈現出具有顯著差異性特徵的幾個時間段，據此將其細分為四個特徵鮮明的時代：遊記漢學時代（十四至十七世紀）、傳教士、外交官漢學時代（十七世紀末至十九世紀初）、學院式漢學時代（十九世紀上半葉至二十世紀中葉）和專業漢學時代（第二次世界大戰後至今）。

　　（一）遊記漢學時代（十四至十七世紀）。十三至十四世紀成吉思汗率大軍西征，英王始聽說中國。此後如《曼德維爾遊記》、《英吉利民族的重大航海、航行、交通和發現》（*The Principal Navigations, Voyages, Traffiques, and Discoveries of the English Nation*, 1599）和《遊記》（*Pergrinacāo*, 1614）等都是此時段的代表之作。

　　（二）傳教士、外交官漢學時代（十七世紀末至十九世紀初）。從早期歐洲耶穌會士如利瑪竇（Matteo Ricci, 1552-1610）等人漢學研究著作的英譯本出版到十九世紀初英國新教傳教士馬禮遜（Robert Marrison, 1782-1834）、米憐（William Milne, 1785-1822）、麥都思（Walter Medhurst, 1796-1857）、艾約瑟（Joseph Edkins, 1823-1905）

10　本部分內容撰寫的合作者為筆者指導的博士畢業生冀愛蓮副教授、王麗耘副教授。

等英國本土傳教士展開的中國語言研究、語言字典編撰及中國文學作品介紹，都屬於此時期的漢學研究成果。十九世紀初，英國開始向中國派遣傳教士。一八〇七年，新教教徒馬禮遜（Robert Marrison, 1782-1834）被倫敦傳教會派至中國傳教。一八二四年，馬禮遜回英國休假，帶有他千方百計搜集到的一萬餘冊漢文圖書，後來全部捐給倫敦大學圖書館，為後來倫敦大學的漢學研究打下了基礎。他沿用義大利耶穌會傳教士利瑪竇援儒入耶的傳教策略，學漢文，讀漢書，編纂華英字典，創辦雜誌。為培養在中國的傳教人才，他還創建了英華書院，成為第一位中英文化交流中產生重大影響的傳教士。馬禮遜雖以傳教為主旨，但他作為交流的媒介，必須熟悉交流雙方的語言、文化。為此，他將許多中國典籍翻譯成英文，推進了中國文學西傳的速度，加深了英語世界讀者對中國文學的了解。

馬禮遜之後的米憐（William Milne, 1785-1822）、畢爾（Samuel Beal, 1825-1889）、韋廉臣（Alexander Williamson, 1829-1890）、麥都思（Walter Henry Medhurst, 1796-1857）、艾約瑟（Joseph Edkins, 1823-1905）、理雅各（James Legge, 1815-1897）等人都是以傳教士的身分來華的，他們的使命都是在中國傳播基督的福音。這些傳教士雖然在中學西傳上建立了不可磨滅的功勳，但囿於使命的約束，他們始終站在帝國強勢的立場上，來審視中國文學。這一特點在外交官身分的漢學家身上也有體現。斯當東爵士（Sir George Leonard Staunton, 1737-1801）、多馬·斯當東（George Thomas Staunton, 1781-1858）、德庇時（John Francis Davis, 1795-1890）、威妥瑪（Thomas Francis Wade, 1818-1895）、梅輝立（William Mayers, 1831-1878）、翟理斯（Herbert Allen Giles, 1845-1935）等知名的漢學家都以外交官的身分在中國居住過。儘管他們在漢學界名噪一時，對中國文化的西傳功勳卓著，但工作身分的特定性，其研究成果往往自覺不自覺地充當了殖

民者藉以進行海外侵略的工具。從對中國文學譯介的策略看，傳教士
和外交官身分的漢學家儘管存在個體的差異，關注的對象也有所不
同，但都表現出對英國主流文學意識的趨同。無論是馬禮遜、理雅
各、艾約瑟還是外交官出身的德庇時和翟理斯，他們的詩歌翻譯都遵
從維多利亞詩歌工整的韻律規則。

　　理雅各以對中國四書五經的翻譯享譽漢學界。就《詩經》的譯本
來看，他曾出版三個譯本，一個譯本是在一八七一年的散文體譯本，
由倫敦新教會香港分會出版，一八七六年，理雅各和他人一起對原版
譯文予以修正，出版了《詩經》的韻體譯文。該書由倫敦忒魯布納公
司（Trubner）出版印行。一八七九年，理雅各應穆勒（Max Muller,
1823-1900）的邀請，選取《詩經》中宗教意味較為明顯的一百一十
四首詩歌，出版了《詩經》的節譯本。該書編入穆勒主編的《東方聖
書》（*The Sacred Books of the East*）第三卷，牛津大學出版社（Oxford
University Press）出版印行。穆勒是德裔英國的東方學家，牛津大學
教授。研究方向主要是印度的宗教與哲學，尤其是佛教，他翻譯出版
了大量的佛教經文。理雅各《詩經》的第三個譯本明顯是對穆勒宗教
熱情的一種附和。就譯文的品質來看，理雅各的散體譯文明顯高於韻
體譯文。理雅各的散體譯文按照原文的字義逐句翻譯，不僅保留了原
文的疊韻的修辭格，意義的傳達也明確傳神。韻體的譯文就沒有這一
特點了，有些句子為了押韻，不得不用意譯的方式進行處理，而且打
亂了原文句子的順序。李玉良認為：「（韻體）譯文的準確性較首譯本
（散體譯本）有所降低。」[11]參看理雅各的生平資料，可以發現一八
七一年，理雅各尚在香港，隨後便經日本、美國返回英國。一八七五
年被聘為牛津大學首任漢學教授。一八七一年版的《詩經》譯本出版
於中國，不必受英國詩學傳統的羈絆，但一八七六年的理雅各作為基

---

11 李玉良：《《詩經》英譯研究》（濟南市：齊魯書社，2007年），頁57-58。

督聖體學院（Corpus Christi College）[12]的特聘教師，必須按照英國宗教文化的傳統來行事，為此他用韻文翻譯了《詩經》。韻體的使用與英國文壇維多利亞詩歌的主流傳統相吻合，藉此可以保證譯文在精英文化界的傳播。這是英國傳教士時期漢學家的共性特徵。

　　（三）學院式漢學時代（十九世紀上半葉至二十世紀中葉）。最早可追溯到一八二三年由英王喬治四世贊助，喬治·斯當東等創立的學術研究機構——不列顛愛爾蘭皇家亞細亞研究會（Royal Asiatic Society of Great Britain and Ireland），簡稱英國皇家亞洲文會。成為英國漢學學科研究起步的標誌。[13]一八三七年，倫敦大學在多馬·斯當東[14]倡議下設立第一個中文講座，這也是英國大學設立的第一個中文講座。[15]一八五八年，皇家亞洲文會吸收在華英僑艾約瑟（J. Edkins）

12　基督聖體學院為牛津大學的一個分院，理雅各被聘為漢學教授一職的薪金是由該院提供。該院創辦於一三五二年，由基督聖體會（Guild of Corpus Chrisi）和聖母瑪利亞會（Guild of the Blessed Virgin Mary）創辦，該院的任務主要是培養牧師。參看熊文華：《英國漢學史》（北京市：學苑出版社，2007年），頁56。

13　喬治·湯瑪斯·斯當東（George Thomas Staunton, 1781-1859），與科爾布魯克（Henry Thomas Colebrooke）在英王喬治四世的贊助下，共同創立不列顛愛爾蘭皇家亞細亞研究會（英國皇家亞洲學會），其主要任務正如次年憲章所聲明的那樣：調查科學、文學、藝術和亞洲的關係。為了給亞洲學會建立一個圖書館，斯當東還捐獻了三千卷圖書，大致相當於二百五十本圖書。其所譯《大清律曆》（1810），是滿清刑法的刪節譯本，附有內容充實的前言，享譽學界。此外，還著有《中國叢說》（1822）、《1816年英國使節團赴北京活動記事》（倫敦，1824）等書，開了外交官研治漢學的先河。喬治·斯當東曾是馬嘎爾尼爵士的見習侍童，印度公司在廣州的專員，後升行長，英國早期漢學家。一八一六年隨阿美士德使團到北京。一八二三年起為英國下院議員，在中英關係的發展中起著權威作用，一八四〇年主戰。留有隨馬嘎爾尼使華日記、隨阿美士德使華日記及回憶錄，皆未發表。

14　即喬治·托馬斯·斯當東（George Thomas Staunton, 1781-1859）。一七九二年其父隨英國特使馬嘎爾尼伯爵來華，多馬·斯當東作為伯爵的侍從一同東來。來華途中，從華籍翻譯學習漢語，後成為使團中唯一能操官話與乾隆對話的英國人。一八一六年，阿美士德勳爵來華時任副使。

15　但一八四三年任課教授去世後即中止，一八七三年起正式恢復。在倫敦大學擔任中文教授的先後有畢爾、道格斯、文書田、禧在明、瑞思義、卜道成等。

等十八人所創辦的上海文理學會（Shanghai Literary and Scientific
Society）為皇家亞洲文會北華分會，聯合在華人士更好地開展對中國
的研究。雖然最初該會的主要研究對象為印度，但一八二四年發表的
該會憲章聲明中明確表達此機構的研究目的為「調查科學、文學和藝
術與亞洲的關係」。[16]一八三四年，該會創辦會刊《英國皇家亞洲文會
會刊》（*The Journal of the Royal Asiatic Society of Great Britain and
Ireland*），首刊上即有P.P.索姆斯研究中國商代花瓶的論文發表。此會
刊在一九〇〇年提出的辦刊方針中主張「對人類知識無明顯貢獻之文
一概不予刊登」。[17]

　　除了學術機構外，更為重要的事件是英國各大學在十九世紀相繼
設立了漢學講座教授教席，促使英國學院式漢學的進一步發展。一八
七六年，傳教士理雅各在牛津大學就任首任漢學講座教授（1876-
1897），為從此開創了牛津大學的漢學研究傳統。[18]一八七七年，傳教
士畢爾（Samuel Beal, 1825-1889）就任倫敦大學漢學講座教授，一八
八八年，前外交官威妥瑪[19]任劍橋大學首任漢學講座教授，成為漢學

16 Stuart Simmonds & Simon Digby, *The Royal Asiatic Society: its History and Treasures*
(London: E.J.Brill, 1979), p. 3.

17 Stuart Simmonds & Simon Digby, *The Royal Asiatic Society: its History and Treasures*
(London: E.J.Brill, 1979), p. 34.

18 今天在牛津的中國研究圖書館裡，仍然掛著王韜給理雅各的信，以及理雅各上課時
的黑板手跡。牛津大學聘任的第四任漢學講座教授是陳寅恪。可惜他取道香港時，
適逢戰爭爆發，不能赴任，但牛津一直虛位以待到戰爭結束，又專門接陳赴英治療
眼疾，終因療效不佳，而未能正式就任。

19 劍橋大學威妥瑪早年就學於劍橋大學，一八四一年隨英國軍隊參加鴉片戰爭。先後
任英國駐華使館漢文副使、漢文正使。一八七一年起任英國駐華公使。一八八三年
退職回國。一八八八年任首任中文教授時，將掠得的大量漢文、滿文圖書贈與劍橋
大學。一八六七年他編著的漢語課本《語言自邇集》採用了一八五九年自己首創
的，用拉丁字母拼寫漢字的方法，為後人沿用，世稱「威妥瑪式拼音法」。翟理斯
後來改進此法，用於自己所編的《華英字典》中，於一八九二年出版，世稱「威妥
瑪——翟理斯拼音法」（Wad-Giles romanization）。

學科在英國正式成立的標誌。

　　漢學研究逐步進入學院教學，在學院學術傳統的影響下，漢學研究所做出的結論變得更為嚴謹、客觀與理性。但此時期擔任教職者均為曾經的傳教士或外交官，多有來華工作或生活的經歷，學院辦學方向也還侷限於培養宗教、外交或貿易方面的來華後繼之人，真正對中國文化感興趣並主動研究中國文字的學生並不多見。一八九九年繼威妥瑪任劍橋大學漢學教授的翟理斯，曾於他漢學教學滿十年的一九〇八年，這樣回答英國財政委員會關於是否在倫敦組建另一所東方學院的調查問題：「我在劍橋十年，僅有一個學文字的學生，我教過許多學口語的學生，有商人、傳教士等，但學文字的僅此一人，我懷疑牛津是否有上這麼一個。」[20]歷任倫敦大學、劍橋大學和普林斯頓大學漢學教授的杜希德（崔瑞德，D.Twitchett, 1925-2006）在其一九六一年就職倫敦大學漢學講座教授的演說辭中也批評了此現象，他認為在十九世紀佔據英國漢學講座教席的都是退休的傳教士和外交官。他們不曾受過嚴格的學術訓練，也不曾有過充分的時間來從事研究教育。杜希德舉了倫敦大學前漢學教授畢爾和道格拉斯為例，中國佛教學專家畢爾教授，成就與同時期歐洲學者相比毫不遜色，但他同時是繁忙的教區祭司；道格拉斯（R.K.Donglus, 1838-1913）教授，一九〇三至一九〇八年任倫敦大學漢學教授，是一位前駐華領事官。他從事工作繁多，暫不論其水準，但他的活動中心可以肯定是在兼職的大英博物館。[21]

　　另外，要注意此階段除了學院開展的漢學活動外，還有一批業餘

---

20 財政委員會委派的研究在倫敦組建東方研究院證詞會議記錄本（倫敦：皇家文書局，1909年），頁142，轉引自〔加拿大〕許美德（Ruth Hayhoe）：〈英國的中國學〉，《中國文化研究集刊》，第3輯，頁473。

21 C.f. Denis Twitchett, *Land Tenure and the Social Order in T'ang and Sung China*, An Inaugural Lecture in School of Oriental and African Studies, University of London in 1961. (London: Oxford University Press, 1962).

從事漢學研究的漢學愛好者的研究成績斐然。德國漢學家傅海波（G. Herbert Franke）在〈歐洲漢學史簡評〉一文中談得很清楚，他提到一類非專業人士對漢學領域的衝擊。他定義到：「非專業人士中的紳士——漢學家，即『不必為一份工資而工作，或僅在業餘時間做漢學研究』的人員」。[22]傅海波認可並歸於此列的有獲得女王詩歌獎的阿瑟・韋利、第一個把《周禮》譯為西方文字的畢歐（Edouard Biot, 1803-1850）及譯注兩唐書的法國學者戴何都（Robert des Rotours, 1891-1980）。此外還有很多主要專業不是漢學，但為漢學做出不小貢獻的學者，如北京欽定的物理學家布雷特奈德（Emil Bretschneider, MD, 1833-1901）、德國駐東京大使馮・居里克（Robert H.van Gulik, 1910-1967）、英國生化學家李約瑟（Joseph Needham, 1900-1995）等。漢學家傅海波的這一「紳士——漢學家」提法也為我們接下來的分段增強了合理性。韋利曾在他發表於一九四〇年的〈欠中國的一筆債〉（Our Debt to China）一文中用「有閒」概括這一群體的特徵（men of leisure），他說：「我們與中國的關係迎來了一個大轉折：之前去中國的英國人都為政治目的，他們不是教士、士兵、海員、商人就是官員；但大約就在這個時候，出現了另一個訪問中國的階層——有閒階層，他們的目的只是急於多了解一些這個世界，像詩人、教授或思想家。……到中國的目的並非傳教、貿易、做官或打仗，而是老老實實地交友與學習。」[23]當然，需要指出的是此處討論的「業餘漢

---

22 〔德〕傅海波著，胡志宏譯：〈歐洲漢學史簡評〉，張西平編：《歐美漢學研究的歷史與現狀》（鄭州市：大象出版社，2006年），頁112。

23 Arthur Waley, *Our Debt to China. The Asiatic Review*, July 1940, 36 (127): 554. 原文如下: "A great turning-point in our relations with China had come. Hitherto all the English who visited that country had done so for political reasons, either as missionaries, soldiers, sailors, merchants or officials. About this time quite another class of visitor began to arrive——men of leisure merely anxious to know more of the world; poets, professors, thinkers....who had come not to convert, trade, rule or fight, but simply to make friends and learn, …"

學愛好者」界定，只是漢學發展學術史上的劃分，並不代表其漢學貢獻與地位的評價。

　　傳統漢學時期的漢學家主要是傳教士和外交官，都有旅居中國多年的經歷。他們謹遵歐洲的學術傳統，努力用英帝國主流的文化美學觀譯介中國文學，旨在傳播基督的福音或為大英帝國的殖民政策服務，帶有較強的實用性，功利化色彩較為嚴重。劉正在《圖說漢學史》中談及英國早期漢學的發展狀況時道：「早期英國漢學的研究風氣並不濃厚，自上而下以培養經商和外交的通中國話的實用漢學家或領事館漢學家為基本走向。」[24]張弘在《國外漢學史》的英國漢學發展部分中也說：「十九世紀英國的漢學研究，比之其他國家，商業和外交氣息更為明顯。」[25]急功近利的職業化追求約束了漢學研究者的視野，他們大多將自己的精力集中在語言的學習上，對其他學科的研究明顯欠缺。多數譯作謹遵當時盛行的維多利亞文學傳統，注重文學的整飭美，詩歌譯介中嚴格要求押韻。

　　（四）專業漢學時代（第二次世界大戰後至今）。第二次世界大戰後，英國出現了一批受過漢學專業訓練的漢學家，他們沒有傳教士或是外交官的背景，他們學習漢學起於對東方的興趣，他們研究漢學，為的是了解世界文化遺產的一部分，他們從事漢學教學為的是開啟求學者對中國文化的興趣之門，而不是簡單培訓求學者的口語，使其能順利在華出任外交官、傳教士或是商人之職。這批漢學家我們稱之為專業漢學家，他們有著漢學出身且畢生從事與漢學相關的研究與著譯工作。古斯塔夫·哈隆（Gustav Haloun, 1898-1951，漢名霍古達）出生於捷克，早年在德國，一九三八年後來到英國從事漢學研究。一九三九年他出任劍橋大學第四任漢學教授，成為英國漢學史上

---

24 劉正：《圖說漢學史》（桂林市：廣西師範大學出版社，2005年），頁89。

25 何寅、許光華：《國外漢學史》（上海市：上海外語教育出版社，2002年），頁153。

第一位學者出身的漢學講座教授受聘者。[26]他採用正規的中國學研究
方法，致力於中國古代典籍如散佚的諸子著作的復原工作與中國哲學
中的具有個人特性的問題的研究。西蒙（Ernst Julius Walter Simon,
1893-1981，漢名西門華德）是英國另一位外來的專業漢學家，一九
三六年始他在英國倫敦大學亞非學院任教，十多年後獲得漢學講座教
席，他在中國文法、中國語言學、中國語音學、漢藏語比較研究及漢
語學習工具書和教科書編寫等方面為英國的漢學研究開闢了方向。

　　繼這兩位外來的專業漢學家之後，英國學院式漢學培養出來的青
年學者葛瑞漢（Angus Charles Graham, 1919-1991）、雷蒙·道森
（Raymond Dawson, 1923-2002）、杜希德（D. Twitchett, 1925-2006）、
霍克思（David Hawkes, 1923-2009）及後來的伊恩·麥克莫蘭（Ian
McMorran, 1936-）、杜德橋（Glen Dudbridge, 1938-）、伊懋可（Mark
Elvin）也逐步成長起來，再加上來自萊頓但在英國從事漢學研究的
龍彼得（Pier van der Loon, 1920-2002）[27]，構成了英國專業漢學家的
傑出代表。可以說正是他們從理雅各、韋利等漢學前輩手中接過漢學
薪火並把之引入專業漢學的殿堂，正是這批專業學者促成了「力求科
學地重新認識中國的傾向日益增強」。[28]

　　可以說，二十世紀下半葉，英國漢學家的身分結構出現了較大的

---

26 David Hawkes: "Chinese: Classical, Modern and Humane, An Inaugural Lecture delivered
before the University of Oxford on 25 May 1961", David Hawkes: *Classical, Modern and
Humane Essays in Chinese Literature*, John Minford & Siu-kit Wong ed. (Hong Kong: the
Chinese University Press, 1989), p. 7.

27 龍彼得雖然受業於萊頓大學中文系，不能算是英國學院式漢學自己培養出來的人
才。但他畢業後大多數時間在英國從事漢學研究，一九七二至一九八七年更是牛津
大學第七任漢學教授，故而稱他是英國的專業漢學家應該沒有大的出入。與龍彼得
情況相反的是青年時代受教於倫敦大學亞非學院的西瑞爾·白之（Cyril Birch），因
其長年在美國加州從教，故此處無法列入。

28 黃鳴奮：〈近四世紀英語世界中國古典文學之流傳〉，《學術交流》1995年第3期，頁
128。

變化，原先以傳教士為主的漢學研究群中加入了一些對漢學感興趣的學者，且逐漸成為英國漢學研究的主流。大學紛紛開設漢學課程，研究漢學的專刊數量與日俱增。漢學研究機構不再依附於教會或政府部門，出現了一批學養深厚的教師和學員，學科發展出現了規模化和專業化的特點。[29]這些現象的出現標誌著英國漢學由傳教士時期向學院性漢學的轉變。現代知名的漢學家如大衛・霍克思、李約瑟、葛瑞漢、杜德橋等都是學院派漢學家的代表。學院派漢學家與前期漢學家不同，他們不再依附於政治或宗教，在學術研究上具有相對的獨立性。他們從事漢學不再受制於官方身分的約束，主要依賴自己的學術頤養從事漢學研究。從學術的角度而不是從政治或宗教的角度入手，容易使中英間獲得溝通和認知，使中英文化間的交往逐漸平等化、正常化。

　　學術界認為，英國漢學的轉型時期應以一九四五年為界，原因是自本年伊始，英國官方政府對國內的中國研究先後進行了五次調研，形成了五個重要的報告。這些報告為中國學的發展提供了方向，推動了英國漢學的發展。第一個報告是一九四七年由斯卡伯勒爵士（Earl Scarborought）領導的東方、斯拉夫、東歐、非洲研究委員會（Inter-departmental Commission of Enquiry on Oriental, Slavonic, East European and African Studies）發表的《斯卡伯勒報告》（*The Scarborough Report*）。該報告促成英國政府於一九四七至一九五二年間為東方學和斯拉夫研究撥專款資助。一九六一年，威廉・海特爵士（William Hayter）負責的調查小組發表了著名的《海特報告》（*The Hayter Report*），該報告建議設立更多的教學職位，東方研究的領域也應該由語言擴展到經濟、社會、法律等方面。一九八六年彼得・派克（Peter Parker）發表了《派克報告》（*The Parker Report*），一九九三

29　此處資料參看熊文華：《英國漢學史》（北京市：學苑出版社，2007年），頁113。

年，霍德・威廉斯（Richard Hodder-Williams）起草的《霍德－威廉斯報告》（*Hodder-Williams Report*），一九九九年，英格蘭高等教育資金委員會中國評估小組（HEFCE Review Group on Chinese Studies）發表了《中國學研究回顧》（*Review of Chinese Studies*）的報告。[30]依據這些報告，可以看出官方對東方學研究的重視與資助，尤其是在漢學教育方面，這為學院派漢學家隊伍的成長壯大提供了有利條件。這些報告成為英國傳教士漢學向學院派漢學轉型的標誌。

　　英國漢學研究的學院化雖然出現在二十世紀五〇年代，但漢學轉型的萌芽早在二十世紀初就出現了。前引阿瑟・韋利〈欠中國的一筆債〉一文中，即描述過這一新出現的趨向。其中提到的那些人，如迪金森（Goldsworthy Lowes Dickinson, 1862-1932）[31]、羅素（Bertrand Russell, 1872-1970）[32]、楚輔彥（Robert Travelyan, 1872-1951）[33]等，既非傳教士、也非外交官，他們來中國沒有官方使命，沒有政治家的身分，完全以學者的姿態到中國交遊、學習。他們是中英交流史上第

---

30 有關五個報告的資料參看何培忠：《當代國外中國學研究》（北京市：商務印書館，2006年），頁190-198。

31 迪金森訪問中國是在一九一二年，在中國漫遊了大半年，先後到過香港、上海（在上海還見到了孫中山），宜昌、北京、到山東登泰山、訪孔廟，一九一三年夏天從天津經海路回國。這次出訪他還訪問了日本和印度。參見葛桂录：《霧外的遠音》（銀川市：寧夏人民出版社，2002年）之「約翰中國佬的來信——靜觀迪金森對中國文化的理想觀念」一節內容，頁307-323。

32 一九二〇年十月十二日，羅素應梁啟超的邀請來華。先後到上海、杭州、南京、漢口、長沙、北京等地作講演，趙元任任其翻譯。從該年的十一月至次年的三月羅素在北大開設了五個系列講座。一九二一年七月羅素經日本回國。參見馮崇義：《羅素與中國——西方思想在中國的一次經歷》（北京市：生活・讀書・新知三聯書店，1994年），頁91-158。

33 楚輔彥，英國古典派詩人、翻譯家，他和布盧姆斯伯里集團走得很近。一九一二年隨福斯特、迪金森一起訪問中國、日本、印度。他是一個反戰主義者，對後世影響較大。代表詩集有 *Mallow and Asphodel* (1898)，*The Bride of Dionysus a music-Drama and Other Poems* (1912)，*The Death of Man* (1919)等，譯作有 *Translations from Latin Poetry* (1949)，*Translations from Greek Poetry* (1950).

一批與中國學人相處得較為融洽的學者。迪金森提攜過許多中國學子，陳源（陳西瀅）、張東蓀、張君勱、徐志摩等都曾受惠於他。羅素初到上海，好客而急求救國之道的中國主人就深情地希望羅素做孔子第二，為中國指點迷津，謀治國安邦之大計。摒棄了帝國優越的霸權意識，這些學人開始用平和的眼光看待中國。韋利拜師於迪金森門下，是劍橋大學古典文學的高材生，他對中國的興趣最早即源於迪金森的啟蒙。

　　一部英國漢學史同時也是一部中英交流史。程裕禎曾言簡意賅地概括：「我們研究海外漢學的目的，就是要充分利用歷史的經驗，促進這種人類間的相互交流」。[34]從詞源學上分析，交流communication來源於拉丁語commūnicāre，表示「分享to share」，其中的詞根commūnis意即「共同common」。communication因而蘊含了原始人類就所共有的物質或情感進行分享的一種良好願望與交際衝動。漢學家承擔的正是中英文學、文化交流的媒介角色，故而他們是比較文學與漢學領域研究者不可忽視的研究對象。

二　研究中國古代文學西傳英國的學術意義

　　我們知道，海外漢學的歷史是中國文化與異質文化相互碰撞交流的歷史，也是西方知識者認識、研究、理解、接受中國文明的歷史。前文已提及，英國漢學自《曼德維爾遊記》所代表的遊記漢學時代起，至今已有六個多世紀的歷史。參與其中的漢學家是西方世界藉以了解中國與中國文學、文化的主要媒介，他們的漢學活動提供了中國文學、文化在英國流播的最基本資料。中英文學、文化交流的順利開

---

34 程裕禎：〈漢學與人類間的文化交流〉，任繼愈主編：《國際漢學》（鄭州市：大象出版社，2000年），第6輯，頁18。

展無法繞過這一特殊的群體，「惟有漢學家才具備從深層次上與中國
學術界打交道的資格」。[35]尤其隨著第二次世界大戰後英國專業漢學時
代的來臨，英國學府自己培養的第一代專業漢學家成長起來，他們對
中國文化的解讀與接受趨於理性和準確，在中國文化較為真實地走向
世界的過程中做出了特殊的貢獻。他們是獻身學術與友誼的專業使
者，是中國學術與世界接軌的橋樑。其中有如著名漢學家大衛・霍克
思，他把自己一生最美好的時光交付給了他終生熱愛的漢學事業，他
一生大部分時間都用於中國文學文化的研究、闡釋與傳播工作。即使
到晚年，他對中國與中國文化的熱愛與探究之情也絲毫不減。二〇〇
八年，八十五歲高齡的他與牛津漢學院原主任杜德橋和現任卜正民
（Timothy Brook, 1951- ）三人，一同專程從牛津乘火車趕到倫敦為中
國明代傳奇劇《牡丹亭》青春版的首演助陣。當晚的他非常興奮，但
回到牛津後就病倒了。二〇〇九年春，他拖著病體接待中國前駐英大
使傅瑩女士的拜訪，傅瑩送給他的一套唐詩茶具又立時引起了先生的
探究之心。幾天後霍克思發去電郵指出這個「唐詩茶具」中的「唐」
指的是明代唐寅而不是唐代的「唐」，而茶具上所畫是唐寅的〈事茗
圖〉，並就茶具所印詩作中幾個不清楚的漢字向傅瑩討教。霍克思對
中國文化的熟悉與研究為人折服！他是理性解讀與力圖準確傳播中國
文學與文化的英國第一代專業漢學家代表，是英國專業漢學的奠基人
與中堅力量。

　　因此，海外漢學家是比較文學與漢學領域研究者的重要研究對
象，他們在中國文化走向世界的過程中發揮著特殊的作用。季羨林早
在為《漢學研究》雜誌創刊號作序時就提醒世人注意西方漢學家的至
關重要，「所幸在西方渾渾噩噩的芸芸眾生中，還有一些人『世人皆

---

35 方駿：〈中國海外漢學研究現狀之管見〉，任繼愈主編：《國際漢學》（鄭州市：大象
　　出版社，2000年），第6輯，頁14。

醉，而我獨醒』，人數雖少，意義卻大，這一小部分人就是西方的漢學家。……我現在敢於預言：到了二十一世紀，陰霾漸掃，光明再現，中國文化重放異彩的時候，西方的漢學家將是中堅人物，將是中流砥柱。」[36]季老還指出「中國學術界對國外的漢學研究一向是重視的，但是，過去只限於論文的翻譯，只限於對學術論文、學術水準的評價與借鑑。至於西方漢學家對中西文化交流所起的作用，他們對中國所懷有的特殊感情等則注意還不太夠。」[37]近三十年後，海外漢學研究學者張西平在其〈在世界範圍內考察中國文化的價值〉一文中仍然強調這樣一個事實：「從事中國典籍的翻譯和外傳工作的，主要是由各國的漢學家所完成」。[38]

　　漢學家將中華文化作為自己的學術研究對象，並精心從事對中華文化的翻譯、闡釋和研究，而他們的研究在其本國學術界也相繼產生了不小的影響，中國文化與中國文學在他們的刻苦努力下逐漸走向了異域他國。通常漢學家不僅對中國文化懷著極深的感情，而且具有深厚的漢學功底，是向西方大眾正確解讀與傳播中國文化時最可依賴的力量。尤其是專業漢學家以學術本身為本位，其研究與譯介中國文學與文化本著的也是一種美好的交流之心，最終致力的也是促成中英文學的交流事業。

　　我們應該立足於中英文學交流史的語境，研討二十世紀中國古代文學在英國的傳播與影響，以突顯英國漢學的重要特徵及主要成就。所採納的研究路徑即通過詳實的文獻資料的搜羅梳理及分析，力圖還原所討論的研究對象生存的歷史語境，對這些英國漢學家一生所從事

---

36 季羨林：〈重新認識西方漢學家的作用〉，季羨林研究所編：《季羨林談翻譯》（北京市：當代中國出版社，2007年），頁60。

37 季羨林：〈重新認識西方漢學家的作用〉，季羨林研究所編：《季羨林談翻譯》（北京市：當代中國出版社，2007年），頁60。

38 張西平：〈在世界範圍內考察中國文化的價值〉，《中國圖書評論》2009年第4期，頁85-91。

的主要漢學活動進行客觀歷史性描述，旨在總體性把握與整體性評價
在二十世紀中國古代文學西傳英國的進程中，漢學家們所做出的諸種
努力及其實際效果。

前文已述，英國漢學史也是一部中英文學交流史。而文學交流史
研究，首先屬於史的範疇，史料是一切歷史研究的基礎。堅實的史料
基礎決定了這一研究領域的成果意義與學術價值。傅斯年先生強調
「史學的工作是整理史料」，而翦伯贊則強調「史料不等於歷史」，即
要對史料進行加工製造，這也是問題意識與研究觀念或曰史識形成的
過程。魯迅也特別強調「史識」與「史料」的統一，史料需要史識的
照亮，但史料的發掘與整理卻是研究「入手」的基礎。

因而，文獻史料的發現與整理，不僅是重要的基礎研究工作，同
時也意味著學術創新的孕育與發動，其學術價值不容低估。應該說獨
立的文獻準備，是獨到的學術創見的基礎，充分掌握並嚴肅運用文
獻，是每一個文學交流史研究者或漢學研究從業人員必須具備的基本
素養。

而呈現二十世紀中國古代文學在英國傳播影響複雜性與豐富性的
途徑之一，是重視文獻或者史料對文學傳播史或漢學史研究和寫作的
意義。中英文學交流史或英國漢學史研究領域的發展、成熟與它的
「文獻學」相關，中英文學交流、漢學關係史料的挖掘、整理和研
究，仍有許許多多的工作要做。通過回顧二十世紀以前英國漢學的發
展與中國文學在英國的傳播狀況，以及追溯英國漢學的發端與中國文
學西漸的開始，還有英國漢學的拓展與中國文學介紹的深入，為二十
世紀中國古代文學在英國的傳播與影響提供一個漢學史的參照系。

第三節　中國的英國文學學術史研究：視野、方法與路徑

一　學術史研究三調：文獻、學術、思想

　　學術史研究——試以中國的英國文學學術史研究為例——離不開三個核心詞：文獻、學術、思想，也構成學術史研究的三個層面：（1）有史料的學術史；（2）有思想的學術史；（3）有學術的思想史。在此研究框架裡，文獻史料學、學術史與思想史形成一個交互作用的闡釋網路，互為關聯，目標是最大限度的發揮學術史研究的學術傳承及現實啟示價值。以史為鑒、他者之鏡的意義才得以充分顯現。

（一）有史料的學術史

　　學術史的基礎是文獻史料的搜羅考訂與編年整理，即首先應在文獻層面上予對象（學術成果、學術機構、學人，等等）的學術理論批評以整體性邏輯還原。遵循前輩學者與學界時賢所確立的學術規範，充分借鑑中西學術研究裡的歷史分析與「推源溯流」等傳統研究方法，特別注重中國語境裡英國文學研究的原典性文獻的搜集、整理及評述。盡可能將這些研究成果放在它形成和演變的整個歷史進程中動態地考察，分別其主次源流，辨明其學術價值與理論空間。先進行研究成果的編年匯總，然後進行統計學意義上的分析論證，從發表數量與研究內容（可顯示各階段關注的焦點與重點問題）、研究角度與理論方法的應用（可發現各時期主流學術風氣的變化規律）等諸方面，系統客觀地展示外國文學研究在中國文化語境中的演變歷程。

　　也就是說，從百年英國文學研究的演化譜系出發，去陳述相關學者及其理論成果為學術研究貢獻了什麼，及其賴以貢獻的知識學背景

又是什麼？這勢必要求在文獻學層面下苦功。這方面每一個學術史研
究的從業者均能克己敬業，並出現了一批不錯的成果。我們現在亟待
推進的是採用文獻學、歷史、傳記、接受研究方法，花費大精力從事
個案（作家、作品）的目錄資源學研究實踐。編撰一批外國作家讀
本、學習指南之類的著述，參照《劍橋文學指南》（上海外語教育出
版社已引進英文版出版四十二種）、《理解〈動物莊園〉：問題、來源
和歷史文獻學生指南》（John Rodden編著）等文獻整理方式，對相關
作家的最新成果作全面介紹，構成了解某作家作品研究的最新必讀書
目文獻。這樣的學術史成果以重要批評文獻的編撰為基礎，進而在政
府重大科研項目經費的資助下，花費大精力編訂某某作家全集，收錄
迄今所有被發現的作品，包括學術評價類文字，對照多個版本（原
著、譯著），對每個文本做詳細的比對、校勘、注釋，成為某外國作
家研究最權威的文獻資源。

　　有史料的學術史，解決的是學術史研究中「知其然」的問題，討
論的是學術的演進歷程。如果說學術史研究追求的是史、論結合，那
此層面在方法論意義上側重於「史」，構成了點（作家、作品研究）
與線的學術史。

（二）有思想的學術史

　　從「有史料的學術史」到「有思想的學術史」，要經過「同情之
理解」與「批判之閱讀」兩個步驟。它展示的是一個面、一個時代的
學術風貌。在方法論上是史論結合的闡釋模式。所謂「同情之理
解」，就是要將他們的批評成果放置到具體的歷史和思想語境去理
解，理解的是「歷史的要求」與「思想的認知」如何？「批判之閱
讀」就是要站在新的歷史要求與思想認知層面，立足於社會發展與文
化交流語境，審視他們文學批評的得失與利弊，揭示其包蘊在研究對
象之上的思想附加值。這種思想附加值一是文學現象本身即存有，依

靠研究深挖得以顯現；一是研究者闡釋立場的展示，是觀念投射的結果。這就進入學術史研究「知其所以然」的層面，討論的是思想（學術思想、社會思潮）的演進史。

（三）有學術的思想史

如果說，「有史料的學術史」主要採用的是文獻學的方法，旨在陳述對象「是什麼」；「有思想的學術史」採用的則是發生學的方法，重在追問對象「為什麼」。那麼，「有學術的思想史」則採用的思想史的方法。

學術史課題必須要放置到思想史語境才能得到有效和深入的闡釋。思想史的方法能夠幫助我們理解中國的英國文學研究所展示的思維方式、價值觀念、想像邏輯及情感特質，如何突顯在人們的精神生活中，並思考在不同時代環境與文化氛圍中，人們所作出的對外國文學經典及思潮觀念的一系列選擇。在具體研究中，首先根據批評文本的論證邏輯歸納和分析批評的內容、策略、特徵和意義，然後從文本語境拓展至思想史語境，由內到外，層層「深挖」，以期揭示批評家對外國作家評述及「聲望」利用的深層次原因，從而在思想史語境中深刻理解其學術史價值。這是一個從學術史到思想史再到學術史的闡釋和認知過程。

這就形成了一個多面體（立體）的學術史研究層面。體現的更多是他山之石、他者之鏡的功效。我們所提倡的英國文學學術史研究中的中國立場、中國觀念，才得以突出體現。當然，中國立場、中國觀念，並非是以中國之是非為是非的思維模式，而是在跨文化交流層面上，借助他者（英國文學）看自身文化發展的時空向度，以展示出我們自己的文化價值觀念及其演變軌跡，關注點是中國當下的社會發展，以及與傳統文化比較的參照系。借此建立一個學術史研究的公共文化空間，站在公共知識份子的學術視角與秉持的社會責任感基礎

上，提煉英國文學學術研究進程所展示出來的先進文化價值，增進對
大眾的啟蒙功效。展示的是學術史研究的「知其所以不然」。在橫向
參照中，思考研究對象（英國文學）為何不是這樣？或者反過來說，
中國文學為何不是那樣？對其學術研究史的梳理，更在於讓我們突破
自身習以為常的思考方式，提供「別樣地思考」的獨到視角，更好地
發掘英國文學及中國文化自身的有效價值資源，改變當代中國在自我
建構上受挫的某些處境，在文化交流中，培植自身文化的繁殖力與適
時性。正是在此碰撞反思、溝通交流中，思想觀念得以傳遞，人類優
秀文化精神的正能量得以擴散。馮友蘭先生說過，歷史的繼承應體現
為「抽象的繼承」。中國的英國文學研究，並非是外國某些理論話語
在中國的試驗場，最終意義上是中英思想的碰撞交會，以促成中英文
學思想的交流互補。將中國的英國文學研究史理解為中國人文學界在
社會變革和學術轉型中實現世界性與現代性的過程，這應是學術史研
究的最終目標所在。

二　關於英國文學學術研究史的初步思考

　　在目前中國的外國文學領域，學術史研究已經成為關注焦點。其
中最重要的兩個標誌是中國社科院陳眾議研究員主持的「外國文學學
術史研究大系」項目和國家社科基金重大課題「新中國外國文學研究
六十年」的立項研究。陳眾議作為「外國文學學術史研究大系」的執
行主編，在「總序」中指出「學術史研究也是一種過程學，而且是一
種相對純粹的過程學。不具備一定的學術史視野，哪怕是潛在的學術
史視野，任何經典作家作品研究幾乎都是不能想像的。」[39]並特別提
出了當前外國文學研究的主要問題：在後現代主義解構思潮下，絕對

---

39 陳眾議：〈總序〉，《塞萬提斯學術史研究》（南京市：譯林出版社，2011年），頁2。

的相對性取代了相對的絕對性，許多人不屑於相對客觀的學術史研究而熱衷於空洞的理論。學術史研究則是對後現代主義顛覆的撥亂反正，是重構被解構的經典，重塑被拋棄的價值。二〇〇四年，由中國社會科學院外國文學研究所設計啟動的「外國文學學術史研究工程」計畫，「意味著中國的外國文學研究已開始對解構風潮之後的學術相對化、碎片化和虛無化進行較為系統的清算。」[40]這指出了外國文學學術史研究大的背景和意義所在。而且，學術史研究「也是一種行之有效的文學研究方法，更是一種切實可行的文化積累工程，同時還可以杜絕有關領域的低水平重複。每一部學術史研究著作通過盡可能竭澤而漁式的梳理，即使不能見人所未見、言人所未言，至少也能老老實實地將有關作家作品的研究成果（包括有關研究家的立場、觀點和方法）公之於眾，以裨來者考。」[41]陳眾議不僅十分明確地闡述了當前研究外國經典作家學術史的重要意義和價值，也提供了值得認真參考的研究方法。[42]

　　中國文化語境裡的英國文學研究史，在概觀其歷史發展進程和學術得失的同時，重在討論特定時期的中國文化因素（特別是政治意識形態、傳統的解讀方式）如何影響與制約英國文學研究的客觀化及成果表述，造成了哪些誤讀、誤釋或創造性闡釋？立足於中英文學交流史的研究路徑及展示出來的觀念形態有何普遍價值？根據學界認可的理解策略，異質文學之間的互讀研究，基本上是以「不正確理解的形態」進行的。那麼，英國文學在中國的研究歷程，既折射出中國不同時期的特定文化需要與意識形態訴求，也顯示出英國文學在異域文化

---

40 陳眾議：〈總序〉，《塞萬提斯學術史研究》（南京市：譯林出版社，2011年），頁2-3。

41 陳眾議：〈總序〉，《塞萬提斯學術史研究》（南京市：譯林出版社，2011年），頁5-6。

42 另外經典作家學術史研究的寫法還可以參考談瀛洲：《莎評簡史》（上海市：復旦大學出版社，2005年）；何寧：《哈代研究史》（南京市：譯林出版社，2011年）。

背景中的接受變異特徵。

　　當然，英國文學學術史課題研究的定位，並非只是英國文學研究成果的資料彙編、綜述式的平面展示，而是力求在中外文學交流的宏大背景中，展示不同時期外國文學進入中國的歷史現場，將該課題領域的學術研究史，與中國的外國文學學科發展史，以及中國人文思想界的觀念史，還有傳統學術研究的史料學等結合起來，在體現中國學者以自身的思想文化模子，「重演」（借用英國歷史哲學家柯林武德的話語概念）外國文學的行行足跡的同時，拓展外國文學研究在中國的學術空間，使之不僅有學術史的參照意義，也啟發研究主體要秉持有學科建構與人文關懷的自覺意識。

　　學術史研究的思路定位決定著研究的方法視野。中國自古以來就具有學術史研究的傳統。梁啟超的《中國近三百年學術史》就論述了清代學術變遷與政治的影響、清初各學派建設及主要學者成就和清代學者整理舊學的總成績這三個大問題。他提出編撰學術史的四個必要條件：「第一、敘一個時代的學術，須把那時代重要各學派全數網羅，不可以愛憎為去取。第二，敘某家學說，須將其特點提挈出來，令讀者有很明晰的觀念。第三、要忠實傳寫各家真相，勿以主觀上下其手。第四、要把各人的時代和他一生經歷大概敘述，看出那人的全人格。」[43]該書以「論」說「史」，以「史」證「論」，史論結合的實證方法很值得我們借鑑。同時，還可以借鑑西方新史學的方法論和研究理念，綜合運用接受傳播學理論、文本發生學理論、比較文學跨文化研究、現代性觀念、年鑑史學、觀念史、微觀史學、西方新文化史、文化傳遞中的誤讀、誤釋理論，試圖對百年來中國的英國文學研究，做出比較詳盡的歷史考察和深度的文化闡釋。

　　中國的英國文學學術史研究，希望能從學術轉型與文化轉型、傳

43　梁啟超：《中國近三百年學術史》（北京市：東方出版社，2004年），頁55。

統學術與現代學術的關係角度，對英國文學研究的時代轉型進行觀照，闡釋其動因、範式與內在機制。同時，針對研究中存在的問題，重點從方法論角度展開研究，包括主體意識與科學態度問題、理論資源的移植與誤讀誤用問題、多學科交叉與學科素養培育問題、強調學術規範與活躍學術思維問題等。同時，從學科建設角度對英國文學研究進行定位，重點關注進入高校課堂的英國文學研究、專門人才的培養、專門的學術團體（全國英國文學研究會）、研究期刊和專門的研究機構等。也嘗試從學理高度對新世紀的英國文學研究的發展趨勢加以展望，對今後的英國文學研究（課題的設定、角度的選取、研究策略的設立）提供幫助，以引起研究界的關注討論。

另外，關於英國文學的評介研究，對英國文學在中國的廣泛傳播有何影響？對中國學術研究的現代轉型有何推動？對中英文學交流的持續開展有何啟迪？中國視角對英國文學研究的利弊問題？英國文學研究的歷程，對構建中國的英國文學學科史的意義價值，對英國文學研究的人才培養有何啟示作用？中國與英語國家的英國文學研究，在關注重點和角度、層面上有所不同之處，如何理解分析？中國式的英國文學經典是如何造就的？這其中經過了怎樣的文化過濾和轉換？與中國的政治意識形態、主流文學傳統，以及中國譯介者和研究者的眼光和視野，有何具體聯繫？這一連串的問題，也是英國文學學術史研究推進的路徑。

同樣，英國文學研究的主體意識、研究焦點與研究者的個體生存、學術生態環境、學術評價機制、國家主管部門的項目課題資助導向等諸種因素的關係，也成為我們進一步考量的內容。借此思考中國的域外文學研究，其特有的身分屬性如何妥善把握？本土與他者的關係如何互動，才能獲得一種互證互補的相容態勢？而這些對研究者們設定選題、拓展研究空間、評述角度的取捨、學術心態以及成果出版諸問題，有何影響？這些也是我們在客觀梳理英國文學在中國研究的

百年歷程時，擬關注的重點與難點。

　　小而言之，立足於梳理中國的英國文學學術研究史，著重分析中國學界關於英國文學評述的經驗成就、視野方法、問題模式及闡釋立場。

　　（一）提出中國的英國文學評論史研究的總體框架，從整體角度勾勒英國文學研究在中國的百年進程，構建該領域研究的歷史脈絡與邏輯框架。

　　（二）拓展中國學者評論英國文學的研究領域。在知識史的視野裡，特別關注那些為學界同仁所忽視的研究內容，並可討論影響中國評述英國文學學術成果的其他環節，如大學教育、報刊書局、學位論文選題、學術團體及學術活動、課題立項指南等。

　　（三）轉變中國學者涉及英國文學評述史的研究範型。在點、線、面式的涉及知識體系角度的綜述評價基礎上，增加中國語境、歷史重演現場、文化交流、學科建構、跨文化比較、學術轉型等諸多詮釋維度，這是該領域研究進一步拓展的學術趨勢，也是我們研究有待期望的目標。

　　（四）反思英國文學研究之中國視角與中國經驗，以及中國研究者身分立場與研究對象的互動關係，提出中國研究英國文學必須有一種時間向度的研究觀念，將中國的英國文學研究史理解為中國人文學界在社會變革和學術轉型中實現世界性與現代性的過程。

　　總之，中國的英國文學學術史研究是一個亟待開墾的研究領域。這要求我們立足於中國的英國文學研究實踐，在跨文化交流視野中，綜合運用有效的實學研究方法，踏實地從事該課題的研究工作，總結中國的英國文學研究的特點及經驗教訓，以進一步促進中英文學與文化之間的相互理解和交流。

三　英國文學研究的實學視角與比較視域

實學，本指十七至十八世紀（明中葉至鴉片戰爭前）興起於中國、日本、朝鮮等東亞國家的社會思潮。一九八〇年代以來，中國學者在研究明清社會思潮時注意選取「實學」的研究角度，這是一種以「經世致用」為核心、以社會改革為手段、以反對程朱陸王末流空談為學風、以調整社會矛盾為目的的一種學術思潮。也可以說，實學是在儒學的經世傳統的啟迪下，在批判佛學的「空寂」、老莊的「虛無」的過程中，復歸儒學元典精神——經世致用的實學風格，它既是一種求實的學風，也有特定的研究對象，是一種與理學相並行、相滲透，又在一定程度上相對立的學術走向。實學屬於近代啟蒙思想，是對經世傳統的哲學揚棄，啟迪著人們的近代意識。明清實學思潮中啟蒙思想和科學精神這兩個基本傾向，正是中世紀文化走向近現代文化的突破口。實學理論家們根據時代的需要，創造性地綜合發展了儒、道等諸家傳統學說，使之具有了嶄新的近代色彩。五四新文化運動中，先進思想家們的文化主張同明清實學思潮在精神實質上是一致的。

作為一種特定時代特定氛圍裏的社會及學術思潮，其研究方法值得我們認真借鑑。梁啟超《清代學術概論》之第十二則，如此評述王氏父子（高郵王念孫及子引之）之著述：「吾嘗研察其治學方法，第一曰注意。凡常人容易滑眼看過之處，彼善能注意觀察，發現其應特別研究之點，所謂讀書得間也。如自有天地以來，蘋果落地能注意及之，惟奈端能注意及之。家家日日皆有沸水，惟瓦特能注意及之。《經義述聞》所釐正之各經文，吾輩自童時即誦習如流，惟王氏能注意及之。凡學問上能有發明者，其第一步工夫必恃此也。第二曰虛己。注意觀察之後，既獲有疑竇，最易以一時主觀的感想，輕下判斷，如此則所得之『間』，行將失去。考證家決不然，先空明其心，

絕不許有一毫先入之見存，惟取客觀的資料，為極忠實的研究。第三
曰立說。研究非散漫無紀也，先立一假定之說以為標準焉。第四曰搜
證。既立一說，絕不遽信為定論，乃廣集證據，務求按諸同類之事實
而皆合。如動植物學家之日日搜集標本，如物理化學家之日日化驗
也。第五曰斷案。第六曰推論。經數番歸納研究之後，則可以得正確
之斷案矣。既得斷案，則可以推論於同類之事項而無閡也。」[44]這治
學方法的六步法體現的就是一種典型的實學研究方法。

　　學術研究的切實推進有待於原創性成果的面世。學術原創不是靈
光閃現，更非智力的機巧，而是需要有足夠扎實的研究資料與學術基
礎作為支撐。馬克思主義哲學的基礎也是實學研究。馬克思本人並不
是先知，而是縝密而敏銳的研究者與思考者。他用四十年時間寫《資
本論》，大量時間都是待在大英博物館裡收集、研究和考證各種歷史
的和現實的材料。在學術史意義上，沒有質料層（包括研究資料、研
究素材以及研究者的學術習得與積累）的所謂學術「原創」其實是空
疏的，更經不起歷史的檢驗，因為它本身就缺乏歷史的維度。可見，
堅實的學術積累（研究經驗）、足夠的資料佔有（特別是獨立的資料
準備）與消化（這需要史識與視野），以及必要的田野考察（還有人
生經驗的積累），對於原創性學術是十分必要的。

　　當前，傳統的文史研究似乎處於「瓶頸」狀態，重複的複製與生
產，越來越缺乏吸引力，缺乏引導公眾話題的能力。二十多來年引進
的新理論、新方法、新觀念，好像吃壓縮餅乾，吞進太多，現在到了
要喝一口水、喘一口氣的時候了。運用實學研究方法，來消化吸收及
修正補充這些來自於異域的理論觀念，才能變成自身學術成長的真正
動能。

　　海外漢學家的工作方法，往往以文獻為基礎。他們最重視的就是

---

44 梁啟超：《清代學術概論》，收入《梁啟超史學論著四種》（長沙市：嶽麓書社，
　　1998年），頁53。

將中國和西方同一時代的文本文獻，加以對照和分析，促使自己能夠提出問題。若從先驗的觀點出發，註定只能講些平庸的見解，或者從一開始就走上歧途。正如明末清初哲學家王夫之所言，有即事以窮理，無立理以限事。論文儘量講有根據的話，古人所謂「無一字無來處」，提倡的就是一種「實學」思維。

立根於原典性材料的掌握，從文學與文化具體現象以及具體事實出發，從個別課題切入，進行個案考察，佐之以相關的理論觀照和文化透視，深入地探討許多實存的、豐富複雜的文學和文化現象所內涵的精神實質及其生成軌跡，從而作出當有的評判，是外國文學研究者應該遵循的原則。只有善於通過每一個具體作家乃至一部部具體作品的過細研究，由此作出的判斷和結論，才能摒棄凌空蹈虛、大而無當的弊端，而使我們的思考和探索確立在堅實可靠的科學基點上。因此，大力提倡對學術個案的細緻考察，充分吸收中外古典學術資源、現當代文化資源，是未來研究者們持之以恆的工作目標。

美國學者傑佛瑞・邁耶斯在其《奧威爾的生活和藝術》（*Orwell: Life and Art,* 2010）一書中，特別提出他的文獻學、歷史和傳記治學方法。他對此闡述道：

> 目前幾乎所有重要的現代作品都被長篇累贅地分析，用於闡釋的批評方法差不多走進了死胡同。除了極少數出彩的文章外，大多數文本闡釋不是牽強附會就是毫無新意。在這種情況下，歷史和傳記的方法似乎是討論現代作家最創新、最有用的方法，因為這種方法（經常根據檔案材料）將新的事實和認識帶到文學作品的闡釋，能夠發人深省。我對作品中的生活，對傳記、文化、政治和文學之間的關係特別感興趣。我的批評立場和一八四二年一位年輕的文化史家雅各布・布克哈特（Jakob Burckhardt）在信中表達的觀點相似：「讓我替代〔抽象思維〕

　　的是每天都能盡可能地收穫一些對本質更加直觀的認識。我對
可以觸摸到的東西，對可見的現實和過去的歷史有種天然的執
著。但是我也喜歡不斷地在互為關聯的事實之中找到相似的結
構，從而能夠成功地歸納出一些整體原則。」

　　邁耶斯提出的歷史和傳記研究方法是基於文獻學和實地考察的實
證研究，因此不會因時間的流逝而減損學術價值。邁耶斯告誡我們，
與其用抽象的理論去分析文本，不如腳踏實地地去收集和分析史料，
然後從史料的內在關聯中提煉出問題和觀點。史料是基礎，思想是提
升，兩者必須緊密結合。這些實證研究方法都值得我們認真記取。

　　比較視域也是我們從事英國文學研究所應該關注的思維路徑。這
裡涉及到我們為什麼要研究英國文學的問題追問，當然是希望能夠起
到他山之石、他者之鏡的功效，其中就隱含著一個廣闊的比較視野。

　　二〇〇六年六月二日至五日在南京大學召開的「當代英語國家文
學研究的文化視角」學術研討會上，中國社科院陸建德研究員就希望
能夠把中國文化視角引入英語文學研究中，能夠比較不同國別文化視
角的差異，以探求文學作品背後隱藏的政治、思想和文化利益。殷企
平教授主持的二〇一二年度國家社科基金重大招標項目「文化觀念流
變中的英國文學典籍研究」中，也提出「經由文學研究和思想史研究
的交互視角，該項目著重審視英國民族和英國社會建設公共文化的獨
特經驗，探索英國公共文化思想形成與發展的源泉、脈絡、形態和現
實影響，提出一個新型的、旨在服務於中國文化建設的外國文學研究
項目」。[45]同樣非常重視英國文學研究對中國文化建設的借鑑作用。

　　或者說，提倡英國文學研究中的比較文學視野。所謂比較文學的
視野，體現的是一種語境式分析問題的方法，也就是要把一個研究對

45　參見杭州師範大學外國語學院網站（http://wgyxy.hznu.edu.cn/hyyw/308625.shtml）

象，放在一個座標系中，加以縱橫考察（歷史演變及系統異同），在
此過程中體會不同文化背景中相似文學現象的多種可能性，以達到既
理解他人也認知自己，並合作共存的目標，在人格層面上則有利於培
養理智包容的開闊襟懷，安身立命的博雅格局。

四　英國文學研究的課題思路有待開拓

學術研究的推進離不開諸多新課題的開拓探討。可以說，論文選
題（題目）是全文的眼、魂，不妨重點抓住差異化與特色化，因為這
兩點構成了選題的競爭力。

所謂差異化，就是：第一，避開常見選題，前提是熟悉課題的學
術研究史。開拓性選題，會吸引注意力，並有良好的學術預期。這些
論文選題，確實提出了較新的問題，並有比較明確的解決思路，可以
預期能夠推進相關問題的評述。有兩種情況：一是深挖──學界對某
個問題有所了解（知其然），但不太知曉其「所以然」，更不清楚「所
以不然」。二是拓展──學界對此問題知之甚少，關注較少（但確有
價值與意義）。一深、一廣，顯示出選題的開拓性。第二，常見選題
的新思路。如何出「新」？至少有三：拉大選題對象的時間聯繫。挖
掘英國近現代文學作品的古典資源（希臘、羅馬、聖經、中世紀）；
綜合選擇適當的批評方法，未必單選一種方法，並講究批評方法之間
的配伍；搜集並利用別人不常用的材料，包括新發現的材料、不常引
用的材料、對常引材料的修正與辨析；英國作家、作品（主題、母
題、文類特徵）的異域理解問題（中國、日本、西歐、俄羅斯、阿拉
伯），涉及到跨文化傳播中的啟示與變異話題。

所謂特色化，就是：第一，增強論文選題的文獻學意識。如果研
究沒有依據第一手的原始文獻或權威文獻，其研究結果將大打折扣，
甚至會犯下致命的錯誤。如國內研究喬治‧奧威爾的文章，還沒有人

參考或引用（未列入參考文獻）戴維森的二十卷本《奧威爾全集》
（這二十卷本全集在中國國家圖書館就有收藏），這可能也是國內奧
威爾研究現狀令人擔憂的重要原因，因為這些文獻是研究的起點和質
量保證。以西方奧威爾批評研究的形式為例，主要有目錄清單
（bibliography checklist）、批評遺產（critical heritage）、注解目錄提
要（annotated bibliography）、論文（ariticle）和指南（guidebook,
companion）等。目錄、文集、論文和指南都具有很高的文獻和學術
價值，比如《批評遺產系列》（the Critical Heritage Series）的主編說
道：「本系列各卷把許多很難找到的文獻彙集，既方便了文獻的利
用，也希望能幫助當代讀者站在文獻的基礎之上（informed
understanding）對文學的閱讀方式和評價方式有更好的理解」；通過
「批評遺產」，我們既能「釐清批評的總體情況，特別是對某一作家
批評態度的發展脈絡」，又能「洞察某一時期讀者的趣味和文學思
想」，從而能更加深入地理解「作家的歷史背景，他的讀者群的即時
狀態，以及他對這些壓力的反應」。[46]主編說的「站在文獻的基礎之上
理解」也正是我們最為看重的學術規範。因此，現在最大的盲點就是
沒有把奧威爾批評先期的文獻基礎成果轉化為最後的奧威爾批評學術
專著。文獻學意識還表現在要考證所搜集史料的真偽問題。因為史料
搜集及援引的真實性，乃學術研究的首要基礎。這方面，史學界有所
謂的「不確實之病」：英國史學家弗勞德（J. A. Froude, 1818-1894）
曾遊覽過屬於澳大利亞的一個小城鎮愛戴雷特（Adelaide）。據他的記
載：「吾所見者，平原當前，一河界之，此十五萬居民之城市，其中
無一人之心中曾蓄有片刻之紛擾，但有寧靜無欲，每日三餐而已。」
但實際上，此小城建於山嶺間的高地，無任何河流界之，人口不超過
七萬五千，而且弗勞德去那裡遊覽的當兒，小城正困於饑饉。弗勞德

---

46 Jeffrey Meyers, *George Orwell: Critical Heritage* (London: Routledge, 1975), p. vii.

是英國首位根據未刊與已刊的原始文獻從事歷史研究的人，在對愛戴雷特小城的描述上差錯顯然，難怪被斥為天性多誤，即所謂「不確實之病」。此病乃因急遽求速與輕忽失慎所至。史學家杜維運引用了這一記載後，則指出「歷史的壯觀，實建築於堅實的細密考證工程上。數以千萬計的歷史考證學家，耗珍貴歲月於此考證專業，其有功於歷史，實非遠遜於撰寫貫通性歷史大著的少數史學家。」[47]我們研究某一個問題，如果文獻史料的佔有不比別人多，理解問題又不如別人高強，則必然限制了研究成果的學術價值。對問題的研究假如沒有獨立而詳備的資料準備，就會受制於別人的研究成果，加之自己的論證不足，難免產生一些主觀片面的認識，最終無法解決實質問題。

第二，關注以往為我們所忽視的某些文學現象的文學性問題，或社會現象的文學表達問題。比如，學界對英國文學史上的「憲章派詩歌」的評價不太高，認為它隱含著明顯的意識形態性，這是將政治運動與文學簡單捆綁的結果。並導致人們先入為主地認為它是服務於憲章運動的工具，迴避其文學性。憲章派詩歌在其誕生後的一百年間，始終處於被遮蔽狀態。近八十年來，儘管出現了不少研究，但看重的只是其中的政治內涵或文化內涵，並沒有從文學角度審視它。事實上，它具有豐富的文學性。在屬性上，它並不是憲章運動的附庸，而是具有自身發展邏輯與內在結構的文學運動。在思想內容上，它以內在於現代性的價值敘事參與了新世界的建構，體現出對人的自由本質的追求，具有重要的文學史價值。在藝術表現形式上，它具有「在場感」的新文學樣態，和以政治生活為審美對象與創作目的新審美範式，在文學史上具有重要影響與劃時代意義。文學性既指文本的文學性，也包括接受的文學性。對憲章派詩歌接受史的梳理與反思，也是文學性考察的重要組成部分。

---

47 杜維運：《史學方法論》（北京市：北京大學出版社，2006年），頁136。

　　再如現有研究成果對維多利亞時期英國家庭道德觀念的研究大部分是社會學和歷史學的角度，側重的是家庭關係的社會變遷和女性地位的變化，較少從文學的角度考察維多利亞時期的中產階級家庭觀。維多利亞時期是英國社會的轉折期，人們享受著工業社會經濟高速發展帶來的成果同時，社會的繁榮背後也隱藏了道德危機。尤其是維多利亞中期，是整個維多利亞時期經濟、社會、文化最為繁榮鼎盛的時期。隨著社會大環境的變化，當時英國的家庭結構、家庭關係、家庭觀念也因而變化發展。在家庭結構上，由原來的世系大家庭徹底變成了現代小家庭，私人領域和公共領域完全分隔開來。在家庭關係上，家庭成員的角色定位也更加明顯，對父親和母親的職責也有更加明確的要求。在家庭觀念上，保持著英國的傳統家庭觀念，但也隨著時代發展而形成了具有維多利亞時代特色的中產階級家庭觀。維多利亞早中期的作家對中產階級家庭觀都是抱有矛盾的看法。無可置否，家庭是他們心中聖神、安寧之地。家庭的作用、家庭成員間的親情在他們作品中常有體現。但對於維多利亞時期形成的家庭理想，他們沒有完全認同。他們從不同的角度揭露了它表面體面完美的背後隱藏的陰暗面，並進行批判。但無論是怎樣質疑、批判，他們最終的回歸點依舊是建立一個理想的家園。我們可以從維多利亞早中期作家狄更斯、夏洛蒂·勃朗特、喬治·艾略特的小說文本出發，結合他們的傳記、書信等資料，分析他們對當時流行的中產階級家庭觀的看法。試從文學的角度研究和探討英國轉型期社會家庭的變遷和家庭成員地位關係的變化。中國現在也正處於社會轉型期，希望能借鑑社會轉型期的維多利亞時代的家庭觀念來獲得構建和諧家庭的啟示。

　　第三，關注論文選題的當代價值與中國立場。

　　比如，維多利亞時代英國作家對社會貧困問題的書寫，就值得我們詳盡探討，因為此命題具有著不可忽視的共時影響和歷時意義。十九世紀英國思想界流行著一股對社會分裂趨勢的擔憂。這種擔憂具有

其經濟、政治和社會思想方面的深刻背景：嚴重貧富不均，政治民主化的推進，都使各個階層之間的抗爭態勢更加明顯，而宗教和道德對社會的思想凝聚力又有減弱的趨勢。此時的文化精英大力提倡以教育達成對文化的追求，是意圖在物質利益至上的社會風氣中，重新使人們確認精神世界的重要性。他們希望使貴族精英思想通過普遍的教育傳導到中下層社會，對其進行規約和馴化，以達成整個社會價值觀的相對統一。而維多利亞小說部分地實踐了這些文化精英的意圖——本時期文學以其寫實特徵、娛樂性、互動性和道德感召力，通過廣泛的社會傳播，對社會心理和公共情緒產生了巨大的影響。而小說中對貧困的書寫，對抗了自私冷酷的經濟學功利主義，對消除不同人群之間的隔膜，彌合社會的分裂趨勢起到了良性的作用。同時這些作品具有其獨特的歷史記錄意義和高超的文學品質，既表現了人性的豐富側面，又是對社會現實的個性化把握，凝聚了生命的智慧和激情。如今的中國也正處於一個社會轉型期，我們所探索的這些維多利亞時期的作家和作品，對貧困問題有著深刻和廣泛的思考和反映，十分值得異時異地的我們進行新的關注和解釋。

　　我們從事學術研究所取何種闡釋立場也值得思量。范存忠先生當年就特別重視治學的靈魂——「民族自豪感」。他關於中西文化相互滲透、相互影響的觀點在民族虛無主義盛行的二十世紀三、四〇年代具有特殊意義，對於學術界那些妄自菲薄、盲目崇拜英美的人來說，也是一劑良藥。特別是他就中國哲學、文化、藝術對歐洲文學思潮產生過的影響所做的發掘和論證，在中國比較文學史上具有開拓性質。他說，中國的思想文物對西方的影響很多。「那末，是什麼東西在推動我的這項研究工作？是僅僅因為個人對比較文學有所愛好？不，這裡還有工作中逐步發展起來的民族自豪感。」[48]五〇年代初期，在高

48　范存忠：《比較文學和民族自豪感》，《人民日報》，1982年10月5日。

級知識份子中進行思想改造運動，從西方進口的圖書資料受到一定限
制，而范先生五、六十年如一日，始終不渝地研究英國語言文學，研
究中國文化對英國文化的影響，廣泛涉及中英歷史、宗教、哲學、文
學、藝術、戲劇、園藝、茶道、瓷器、市內裝飾等各個方面，而且論
證確鑿，令人肅然起敬。范先生是難得的對中外文化有深邃思考與洞
見的學者，尤其在那麼多人崇洋媚外的風氣之下，他早就具有遠見卓
識，傲然不群，從約翰遜對中國文化的仰慕談起，談到中國文化對西
方文化的衝擊，既給我們開闊的視野，又讓我們對自己國家文化有傲
骨的氣概，既不盲目封閉又不自輕自賤。范先生的國學功底，獨特的
哲學、思想功底，讓他既能深入第一手資料，又能生發出來，引出他
真切的人文關懷。他在學術上花的是「慢」工作，對資料的掌握扎
實、詳細。在范存忠先生身上可見一個人文學者的精神氣質：一種扎
實、踏實的學風，一種為人的境界和氣概。

　　第四，切實關注作家作品研究中的語境問題，謹慎套用各色理論
話語。

　　筆者在浙江大學召開的「世界文學經典與跨文化溝通國際學術研
討會」[49]上發表過大會主題演講「思想史語境中的文學經典闡釋：問
題、路徑與窗口」，其中曾說過：「文本細讀是從事文學研究的重要基
礎，那我們憑藉『什麼』去對文本加以『細』讀，並寫出具有專業色
彩的文章？可能首先想到的武器就是理論方法。」

　　理論方法特別是當代西方各種新理論新方法果真有放之四海而皆
準的神奇功效嗎？對那些擅長套用某種理論方法解讀中外文本的著
述，我們應慎重對待。陸建德先生《麻雀啁啾》[50]中有一篇〈明
智——非理論的智慧〉，是關於亞里斯多德《尼各馬科倫理學》的書
評，頗受啟發，因為它有力支持了我們的疑慮，對筆者關於思想史語

---

49 本次研討會於二〇一〇年十一月七至八日在浙江大學召開，會議成果編有論文集出版。
50 陸建德：《麻雀啁啾》（北京市：生活‧讀書‧新知三聯書店，1996年）。

境解讀文學經典的倡議也是一個鼓舞。

　　為何要關注理論話題？我想：（1）並非僅僅為了寫文章（偽功利主義意識）；（2）更非為了嚇唬人而搬用晦澀難懂的概念術語；（3）亦非為了趕時髦，加入「曠然大空」式的中國當代話語概念的大合唱。明智的做法是：了解認知某種理論批評方法的邏輯與歷史的出發點、路徑、目標，以及警惕在使用過程中極易出現的話語概念的泡沫化趨向。在此過程中：（1）訓練自己的理解、認知與評判能力，即提高所謂「理論水平」；（2）把握文學、歷史、知識、信仰、思想之間的語境聯繫，逐步形成討論問題的歷史主義方法論；（3）達到知識、學問、人生倫理、世界觀之間的互通關聯，培養個體生存的經驗主義立場；（4）獲得參透人生的智慧：「有所為，有所不為」，「執著而不癡頑」，「成就自己，不傷害，不拖累別人」，或者說「知識增進道德，學問滋養靈魂。」

　　十七世紀上半葉，笛卡爾把幾何學的推理與演繹法應用於哲學，在其獨重方法的知識體系裡，「明智」難有立足之地。文學批評、文學研究面臨被貶為自然科學的奴婢的危險，徵兆即是對理論和方法的極度尊崇。二十世紀以來充斥著獨尊方法的時代迷信。各種理論與方法的誘人之處不言而喻。英國批評家伊恩・瓦特曾抱怨，他的學生一心企盼一勞永逸地掌握一把理論或方法的鑰匙，憑它開啟一切文學作品的奧秘。這是唯科學主義（數學是科學的典範，數學的知識由抽象而來）的副產品。正因為相信的是科學的理論，不必有積極的個人投入，隨風俯仰的牆上蘆葦應運而生。

　　英國文學研究專家黃梅在〈「反科學」的批評？〉（這是關於D. H. 勞倫斯文論選《靈與肉的剖白》的書評）一文中也說：「進入二十世紀以來，西方的文學批評似乎越來越像科學論文了。各種『主義』的文論不論其理論內容如何，大抵都滲透著某種令人肅然起敬的科學風格或精神，變成有一套術語（其中不少是從其他學科借來的），有自

己的操作程序的專業化活動。局外人聽專家們津津樂道地議論什麼
『語序軸』、『語譜軸』、『能指』、『所指』，不免瞠目結舌，不知所
云。近年來現當代西方文論的風雲東漸，雖遠未成排山倒海之勢，也
還是有點壓力的。……我們彷彿偷食了『智慧』的禁果，都紛紛對自
己早先赤身裸體的狀況羞愧不已。」[51]而勞倫斯則直言不諱地強調文
學和人生的關係，旗幟鮮明地頑強抵制唯理主義和「科學化」。因
為，批評所關心的正是科學所冷落的那些價值，衡量一部作品的標準
是它對我們真摯而生機勃勃的情感產生何種影響而不是別的什麼。黃
梅說要特別珍重勞倫斯與種種科學化的「主義」唱反調的聲音：「因
為，如果太深地陷入貌似科學的術語的循環中而不能自拔，沒有一點
透視的眼光，忘記了這一切的本源和老根，恐怕難免會掘掉自身賴以
存在的根基。就如太注意衣裳的樣式加工，特別是鄰居人家的新衣
服，卻忘記了自己衣服下那個血肉的身軀。」[52]這個「根基」其實對
應的就是生活（創作、評論等）的常理。

　　非理論的智慧（明智），也就是要多一些常理之言。理論批評方
法，存在有悖常理之處。所謂「常理」，一是體現為「真知灼見」（歷
史語境裡的真知）；二是有巨大的道德力量（人類社會裡的倫理道
德）。對後者（精神道德）的強調，更為必要，因為當前許多本不需
要討論的「常理」，都成了「要，還是不要」的「問題」。愛因斯坦就
深知科學的昌盛可能只會帶來精神的貧乏和人倫的衰敗。他說：「用
專業知識教育人是不夠的。通過專業教育，他可以成為一種有用的機
器，但是不能成為一個和諧發展的人。要使學生對價值（社會倫理價
值）有所理解並且產生熱烈的感情，那是最基本的。他必須獲得對美

---

51 黃梅：〈「反科學」的批評？〉，收入其所著《不肯進取》（瀋陽市：遼寧教育出版
　社，1996年），頁51。
52 黃梅：〈「反科學」的批評？〉，收入其所著《不肯進取》（瀋陽市：遼寧教育出版
　社，1996年），頁54。

和道德上的善有鮮明的辨別力。否則，他——連同他的專業知識——
就更像一隻受過很好訓練的狗，而不像一個和諧發展的人。為了獲得
對別人和對集體的適當關係，他必須學習去了解人們的動機、他們的
幻想和他們的疾苦。」[53]

　　美國著名婦女學者帕格利亞也非常「痛恨批評理論：它是精英的
心智遊戲，扼殺了教授和學生的靈魂。」她說當今的文學理論大而無
當，幾乎到了可笑的地步，就像一隻河馬學跳舞，笨拙沉重，處處出
錯。理論家們使整整一代年輕人喪失了欣賞藝術的能力，面對這災難
性的局面，熱愛藝術、尊重學術的人應該為捍衛理想敢作敢為。[54]這
也是回歸「常理」的呼聲。

　　王佐良先生在〈伯克萊的勢頭〉一文中提到一個以研究喬伊絲小
說為專長的二十世紀學者，也回到了十八世紀約翰遜博士的傳統的
「常理」立場，並讚賞這種回歸：「在各種理論之風不斷吹拂的當
前，回到約翰遜的『常理』觀是需要理論上的勇氣的，但又是符合文
學批評上的英國傳統的。」這常理並非純憑印象，而是摻和著人生經
驗和創作甘苦，摻和著每個人的道德感和歷史觀，因而這些批評具體
而又不限於技術小節，有創見而又不故弄玄虛，看似著重欣賞，實則
關心思想文化和社會上的大問題。[55]

　　弗吉尼亞・吳爾夫在第一本《普通讀者》的代序裡，引用了約翰
遜博士在《格雷傳》中的這段話：「我很高興能與普通讀者產生共
鳴，因為在所有那些高雅微妙、學究教條之後，一切詩人的榮譽最終

53　愛因斯坦著，許良英編譯：《培養獨立思考的教育》，收入《愛因斯坦文集》（北京市：商務印書館，2010年），第3卷。

54　參見陸建德：《麻雀啁啾》〈北京市：生活・讀書・新知三聯書店，1996年〉，頁175。

55　王佐良：《心智的風景線》〈北京市：生活・讀書・新知三聯書店，1991年〉，頁210-211。參見陸建德：《麻雀啁啾》（北京市：生活・讀書・新知三聯書店，1996年〉，頁166-167。

要由未受文學偏見腐蝕的讀者的常識來決定。」[56]普通讀者的常理未
被文學偏見敗壞。當前，要尊重普通讀者就必須抑制一下使批評術語
「科學化」的衝動，少蹈空談玄。吳爾夫的文學批評文字之所以耐
讀，就是因為她沒有忽視普通讀者的常理，彷彿是出於本能，得到什
麼收穫就寫出什麼收穫，把眼光定位於文學寫作與文化事件，從閱讀
角度寫評論，挖掘到的東西也就特別和「普通讀者」這個稱謂接近，
普通讀者喜愛，專家學者看重，因而具有鮮活的生命力。

　　法國作家繆塞有句名言：「我的杯很小，但我用我的杯喝水。」
吳爾夫文學批評文字的切入點獨特，是全盤衡量，反覆揣量，由此及
彼加以比較再比較之後的結果。這就形成了她喝水的杯子（文學評論
的路徑），也寫成了英國文學批評史上最有特色的富有親和力的文章。

　　吳爾夫在批評文字中展示出的就是「非理論的智慧」。在〈我們
應該怎樣讀書？〉一文中，她說：「你要做的就是遵循自己的直覺，
運用自己的判斷，得出自己的結論。」這裡，「直覺」來自於生活的
豐富體驗、文學的（創作或閱讀）經驗，也即形成自己的切入點、問
題點、關注點。「判斷」來自於邏輯思維能力（從雜亂理出頭緒）、相
關批評思路的涵養。「結論」是審慎而合於「常理」的，且是從閱讀
中獲得的「最深刻、最廣泛的歡愉」。[57]

　　文學批評要回到文本（並非新批評的「文本自足論」）所展示的
不同世界中去，以幫助讀者恢復（歷史的或現實的）常識與記憶，本
質上行使的還是一種啟蒙工作，而此工作正是後現代文化批評所要著
力消解的。各種理論、概念術語的過度搬用，對文學批評而言，就會
造成背離常識，抹殺記憶的「退步」的權力（理論自身的控制力）景

---

56 弗吉尼亞・吳爾夫著，馬愛新譯：〈普通讀者〉（代序），《普通讀者 I》（北京市：
　　人民文學出版社，2003年），頁1。
57 弗吉尼亞・吳爾夫著，石永禮、藍仁哲等譯：《我們應該怎樣讀書？》，《普通讀者
　　II》（北京市：人民文學出版社，2003年），頁246。

觀。以某種理論方法過度套用文本的分析路徑，可以說是學術研究上
的虛假表達，也會導致對文學評論求真心態的喪失。

第四節　中英文學交流史研究的歷史進程及幾點思考

對不同國家民族文學之間相互關係的探討是典型的比較文學研究
領域。從學術史上來看，各國發展比較文學最先完成的工作之一，都
是清理本國文學與外國文學的相互關係，研究本國作家與外國作家的
交互影響。中國學者在系統梳理中國文學與外國文學雙向交流的歷程
方面，做了大量工作，出版了一批有分量的著作。但在這一研究領域
仍有不少課題值得我們花大功夫去開拓研討，中英文學與文化關係的
研究也不例外。

考察數百年來的中英文學與文化關係史，諸如（1）中英雙方早
期文化交往史實；（2）中國文學（文化）在英國的流播與評價，英國
文學在中國文化語境裡的譯介與重要評論；（3）英國作家筆下的中國
題材及其中國形象的塑造，中國作家眼裡的英國印象及其對英倫作家
的題詠；（4）中英作家之間的交往，英國作家在中國（中國作家在英
國）的生活工作、遊歷冒險，等等多方面的內容均可進入我們的研究
視野。前輩學者與學界時賢在這些專題研究方面取得了比較豐碩的成
果。[58]

---

58 本部分研究綜述的資料截止時間是二○○六年左右，近幾年學界關於中英文學交流
　 課題研究的新拓展，另文再論。

一　學術前輩的開闢

　　中英文學與文化關係的研究領域是由中國一些學貫中西的前輩學者，如陳受頤、方重、范存忠、錢鍾書等人開闢的。我們注意到，他們在國外著名學府攻讀學位期間，大都不約而同地選擇了中國文化在英國的影響或英國文學裡的中國題材這樣的研究課題。他們對十七及十八世紀英國文學裡中國題材及中國形象的研究是中國早期比較文學研究的代表性作品，至今仍然是這一研究領域的經典之作。

　　陳受頤是中國最早研究中國文化在歐洲的傳播與影響的著名學者之一。一九二八年，他以《十八世紀英國文化中的中國影響》為學位論文而獲得芝加哥大學的博士學位。回國後即在《嶺南學報》發表一系列文章，如〈十八世紀歐洲文學裡的《趙氏孤兒》〉（《嶺南學報》第1卷第1期，1929年12月）、〈魯濱遜的中國文化觀〉（《嶺南學報》第1卷第3期，1930年6月）、〈《好逑傳》之最早的歐譯〉（《嶺南學報》第1卷第4期，1930年9月）、〈十八世紀歐洲之中國園林〉（《嶺南學報》第2卷第1期，1931年7月）。後來又相繼在《南開社會經濟季刊》、《中國社會政治科學評論》、《天下月刊》等國內的英文刊物發表了多篇中英文學與文化關係方面的論文，如〈但尼爾‧笛福對中國的嚴厲批評〉（ "Daniel Defoe, China's Severe Critic." *Nankai Social and Economic Quarterly*, 8 (1935), pp. 511-550.）、〈約翰‧韋伯：歐洲早期漢學史上被遺忘的一頁〉（ "John Webb: A forgotten Page in the Early History of Sinology in Europe."*The Chinese Social and Political Science Review*, 19 (1935-1936), pp. 295-330.）、〈十八世紀英國的中國園林〉（ "The Chinese Garden in Eighteenth Century England." *T'ien Hsia Monthly* , 2 (1936), pp. 321-339.）、〈元雜劇《趙氏孤兒》對十八世紀歐洲戲劇的影響〉（ "The Chinese Orphan: A Yuan Play. Its Influence on European Drama of the Eighteen Century." *T'ien Hsia Monthly* ,4 (1936), pp. 89-115.）、《托馬斯・珀西和他的中國研究》（ "Thomas Percy and His Chinese Studies." *The Chinese Social and Political Science Review*, 20 (1936-1937), pp. 202-230.）、〈哥爾斯密和他的中國人信札〉（"Oliver Goldsmith and His Chinese Letters." *T'ien Hsia Monthly* , 8 (1939), pp. 34-52.）等。陳受頤作為中英（中歐）文學與文化關係研究的主要開創者之一，其對原始資料的詳盡佔有與細緻解析，以及豐富的研究成果和嚴謹的治學風格均給我們留下了深刻印象，也為後學者從事本領域的研究工作起了示範和標竿作用。

　　方重在斯坦福大學的博士論文是《十八世紀英國文學中的中國》（1931），後來該文的中文本在國立武漢大學的《文哲季刊》第二卷第一至二期上發表，並收入作者的《英國詩文研究集》（商務印書館，1939年）之中。這是繼陳受頤之後中國學者研究中國文化對英國文學影響的有相當分量的文章。材料豐富，考證詳實，分析透闢，富有說服力，是這篇長文的主導特色。該文詳細記錄了英國人對契丹（Cathay）的熱忱幻想以及當時英國作家對中國題材的取捨利用。方重把十八世紀英國文學對中國材料的運用分為三個時期：一七四○年以前為準備期，有斯蒂爾、艾狄生為積極的提倡者；一七四○至一七七○年為全盛期，運用中國材料的有謀飛、哥爾斯密、沃波爾等人，其中哥爾斯密的《世界公民》最值得注意；一七七○年以後中國熱逐漸降溫，但還有約翰・司各特把中國材料寫進詩歌。他認為，與十九世紀英國對中國的批評不同，這個時期人們對中國基本上是「尊崇的，愛慕的」。文章特別詳述了《趙氏孤兒》在法國與英國的流傳，以及哥爾斯密《世界公民》裡的中國材料，體現了著者非常扎實的研究功力和以實證材料見長的影響研究特點。因此，方重的貢獻在於第一次為我們勾畫了十八世紀英國作家借鑑中國題材的脈絡，提供了一幅英國的中國觀念圖。

　　以博學睿智著稱的錢鍾書先生在中英文學與文化關係研究方面同
樣取得了令後學嘆服的成績。他從清華大學畢業後，作為庚款留學
生，直接進入牛津大學。用了一年左右的時間，寫出了一篇極見功力
的長文〈十七、十八世紀英國文學中的中國〉，通過畢業考試，於一
九三七年獲得牛津大學的文學士（B.Litt.）學位。該文後來在《中國
文獻目錄學季刊》（*Quarterly Bulletin of Chinese Bibliography*）一九四
〇年第一卷和一九四一年第二卷上發表。這篇洋洋數萬言的長篇英文
論文，一如錢鍾書所有著述，旁徵博引，左右逢源，通過書信、遊
記、回憶錄、翻譯、哲學思想史著作，以及文學作品等無數的材料，
最翔實系統地梳理論述了至十八世紀末為止英國文學裡涉及的中國題
材，並對其中的傳播媒介、文化誤讀以及英國看中國的視角趣味的演
變等都作出深入的剖析，而成為中國比較文學影響研究的經典個案。
關於這兩個世紀裡英國作家涉及中國題材的材料，均被錢鍾書先生搜
羅殆盡，為我們繼續深入研討這一課題，提供了最詳盡的英文文獻資
料來源線索。通過錢鍾書先生的詳辨細審，我們得以獲知中英文學交
流史上的一個個亮點：最早提到中國文學的英文著述是喬治・普登漢
姆（George Puttenham, 1529-1591）的《英國詩歌藝術》（*The Arte of
English Poesie*, 1589）；第一篇有意諷刺模仿中國風格（詔書）的英文
作品是斯蒂爾（Richard Steele, 1672-1729）刊於《旁觀者》（*The
Spectator*）第五百四十五期上的一封信，這封信是中國皇帝寫給羅馬
教皇克萊門十一世的，建議中國與教會建立聯盟；首部表現中國主題
的英文作品是埃爾卡納・塞特爾（Sir Elkanah Settle, 1648-1724）的
《中國之征服》（*The Conquest of China*, 1674）；哥爾斯密（Oliver
Goldsmith, 1730-1774）的《世界公民》則是最了不起的中國故事；威
爾金遜（James Wilkinson）與珀西（Thomas Percy）合譯的《好逑
傳，或快樂的故事》（*Hau Kiou Choaan or, The Pleasing History*,
1761）是十八世紀漢譯英作品中最偉大的譯作；英國比較研究中西文

學的第一人是理查・赫德（Richard Hurd）；約翰・韋伯（John Webb, 1611-1672）是第一個強調中國的文化方面而不是對亂七八糟的偽劣中國古玩感興趣的英國人，他在一六六九年出版的《論中華帝國之語言可能即為初始語言之歷史論文》（*An Historical Essay Endeavoring a Probability that the Language of Empire of China is the Primitive Language*）是關於中國語言的第一篇論文；「牛津才子」托馬斯・海德（Thomas Hyde, 1673-1703）是首位似乎真正懂點中文的英國人；安東尼・伍德（Anthony Wood）在其《自傳》中所記的南京人沈福宗（Michel Shen Fo-Tsoung, 米歇爾為其教名），是英文作品中所描繪的第一個真實的中國人；威廉・坦普爾爵士（Sir William Temple, 1628-1699）是第一個比較研究中西哲學與論述中國園林的英國人等等。如果說以上這眾多的「首先、第一、之最」，展示的是著者博學的一面，那麼以下這些結論提示的就是著者睿智的一面：「人們常說十八世紀的英國有一股中國熱。但是如果我們的考察沒有錯的話，對中國表現出高度崇拜的應該是十七世紀的英國。」「有的作者受十八世紀英國生活中崇尚中國事物的風氣所誤導，以為十八世紀英國文學中一定也瀰漫著同樣的狂熱。事實上，十八世紀英國文學中表現出的對中國的態度與在生活中表現出來的正好相反。當英國生活中對中國的愛好增強時，英國文學中的親華主義卻減弱了。」「十八世紀的英國文學對總的中國文化尤其是對盛行的中國風充滿了惡評。它似乎是對它所來自的社會環境的一種矯正而不是反映。」然而「如果說十八世紀的英國人不像他們的十七世紀前輩那麼欣賞中國人，也不像他們同時代的法國人那麼了解中國人的話，他們卻比前兩者更懂得中國人。」[59]

---

59 參見冉利華：〈錢鍾書的《17、18世紀英國文學中的中國》簡介〉一文，載《國際漢學》（鄭州市：大象出版社，2004年），第11輯。同期刊載的尚有張隆溪的文章〈《17、18世紀英國文學中的中國》中譯本序〉、冉利華的另一篇文章〈論17、18世紀英國對中國的接受〉。錢鍾書先生的這部英文論文曾由冉利華女士譯成中文，後來由於種種原因未能出版。

可見，錢鍾書先生在全面考察十七、十八世紀英國文學裡中國題材後
得出的這些令人信服的結論，更值得我們關注，因為它們揭示出了這
兩個世紀裡中英文學關係最本質的特徵。

　　在這些前輩學者中，范存忠先生對中英文學與文化關係研究用力
最多，成果也最豐富。[60]早在二十世紀三〇年代初期，他就開始研究
十七、十八世紀，特別是啟蒙運動時期的英國文學及中英文化關係問
題，其研究成果很快為中外學術界所矚目。一九三一年在哈佛大學獲
得哲學博士學位，其博士論文題目為《中國文化在英國：從威廉・坦
普爾到奧列佛・哥爾斯密斯》（*Chinese Culture in England from Sir
William Temple to Oliver Goldsmith*）。其後在《金陵學報》第一卷第二
期發表長篇論文〈約翰生，高爾斯密與中國文化〉（1931），以及其他
文章，如〈孔子與西洋文化〉（《國風》第3期，1932年）、〈歌德與英
國文學〉（《歌德之認識》，宗白華編，1932年）、〈卡萊爾論英雄〉（南
京《文藝月刊》第4卷第1期，1933年）、〈一年來的英美傳記文學〉
（南京《文藝月刊》第8卷第3期，1936年）等等。二十世紀四〇年代
以後，他這方面的成果更是精彩紛呈。如〈十七、八世紀英國流行的
中國戲〉（《青年中國季刊》第2卷第2期，1940年）和〈十七、八世紀
英國流行的中國思想〉上下篇（《中央大學文史哲季刊》第1卷第1-2
期，1941年），論十七、十八世紀中國戲劇對歐洲的影響和諸子百家
等所代表的中國思想對歐洲的影響。另還發表有〈鮑士韋爾的《約翰
遜傳》〉（《時與潮文藝》第1卷第1期，1943年）、〈卡萊爾的〈英雄與
英雄崇拜〉〉（《時與潮文藝》第2卷第1期，1943年）、〈斯特萊奇的
〈維多利亞女王傳〉〉（《時與潮文藝》第2卷第3期，1943年）等精彩
文章。一九四四年，范存忠先生應邀赴英國，在牛津大學講學一年，

---

60 詳細討論可參看拙文〈「明確而具體的闡述」——范存忠先生的中英文學與文化關
　　係研究〉，收入拙著《跨文化語境中的中外文學關係研究》（上海市：上海三聯書
　　店，2008年）。

提交論文多篇，系統地介紹了中國古代哲學、政治、經濟、文化、藝術等對西方的影響。這些成果陸續在《中國文獻目錄學季刊》（*Quarterly Bulletin of Chinese Bibliography*）、《英國語言文學評論》（*The Review of English Studies*）等英文期刊，以及《文史哲季刊》、《青年中國季刊》、《思想與時代》等刊物發表後，影響很大。如 "Dr. Johnson and Chinese Culture"（《約翰遜博士與中國文化》，1944）是他在倫敦中國學會的演講詞，該文在《中國文獻目錄學季刊》發表後，即由倫敦《泰晤士報》文學副刊以及《札記與問題》（*Notes and Queries*）介紹評論。以往的學者往往只談到約翰遜鄙視中國的一面，范先生當時搜集了一點材料，足以說明約翰遜對中國文物也有他嚮往的一面。其他還有 "Percy and Du Halde"（〈珀西與杜哈德〉，載《英國語言文學評論》1945年10月號）、"Sir William Jone's Chinese Studies"（〈威廉‧瓊斯爵士與中國文化〉，載《英國語言文學評論》1946年10月號）、"Percy's Hau Kiou Chuaan"（〈好逑傳的英譯本評論〉，載《英國語言文學評論》1947年4月號）、"Chinese Fables and Anti-Walpole Journalism"（〈中國的寓言與十八世紀初期反對沃爾波的報章文學〉，載《英國語言文學評論》1949年4月號）等文章，在英倫文學批評界引起很大反響。新中國成立後，范存忠先生繼續在中英文學與文化關係領域辛勤耕耘，先後發表了〈《趙氏孤兒》雜劇在啟蒙時期的英國〉（《文學研究》1957年第3期）和〈中國的思想文物與哥爾斯密斯的《世界公民》〉（《南京大學學報》1964年第1期）兩篇重要文章。文章在前人研究的基礎上補充了新的材料，提出了一些具體事例，並結合當時的歷史條件和思想傾向，從歷史唯物主義觀點出發對所論及的問題做出完整而具體的綜合性論述。一九八〇年代以後，范先生又相繼發表 "Chinese Poetry and English Translations"（〈談漢詩英譯問題〉，載《外國語》1981年第5期）、〈中國的人文主義與英國的啟蒙運動〉（《文學遺產》1981年第4期）、"The Beginnings of the

Influence of Chinese Culture in England"（〈中國文化影響英國之始〉，
載《外國語》1982年第6期）、〈中國園林和十八世紀英國的藝術風尚〉
（《中國比較文學》1985年第1期）、〈中國的思想文化與約翰遜博士〉
（《文學遺產》1986年第2期）、〈威廉‧瓊斯爵士與中國文化〉（《南京
大學學報》1989年第1期）、〈珀西的《好逑傳及其他》（《外國語》
1989年第5期）等多篇重要文章。

　　范存忠先生治學嚴謹，任何結論都是建立在對材料的具體分析的
堅實基礎上面。他後來在一篇文章裡說到：「我認為在比較文學的研
究中，歷來談兩國文化的關係時，往往難於具體，是一個缺陷。因
此，在上述這些論著中，探討中英兩國文化交流和互相影響的歷史
時，我力圖作出明確而具體的闡述。」（《我的自述》，載一九八一年
《文獻》第7輯）我們讀范先生的那些著述，常常發現他從不孤立地
去觀察問題，而是將研究對象置於歷史語境之中，由表及裏，探究了
特定的文學文化現象發生的原因，徹底理清楚了錯綜複雜的文學關
係，這使他的比較文學研究很有深度。范先生去世後，上海外語教育
出版社於一九九一年出版了由范夫人林鳳藻教授作序的范先生遺著
《中國文化在啟蒙時期的英國》。這本集大成的中英文學與文化關係
研究的經典著作，詳細探討了英國古典作家喬叟、莎士比亞和彌爾頓
筆下的中國，孔子學說對英法兩國哲學家和作家的影響、元曲《趙氏
孤兒》與英法戲劇家的關係等。還提到女王安妮、詩人蒲伯、作家約
翰遜等人對中國名茶和古瓷的喜愛、坦普爾和錢伯斯對中國園林的推
崇、小說家笛福對中國的偏見、哥爾斯密《世界公民》對中國文化的
鍾愛、珀西對《好逑傳》的翻譯以及威廉‧瓊斯翻譯《詩經》，向英
國人推薦中國文化等。內容極其豐富，涉及中國文化的方方面面，引
證有關中外文資料三百多條，文字簡潔生動，深受海內外學者的好
評，充分體現了他「明確而具體」的研究風格。已故南京大學名譽校
長匡亞明教授稱該書為「研究中英兩國文化交流的不朽之作」。因而

本書一直是目前國內學者繼續本課題研究的必備參考書。范先生通過該著針對中國哲學、文化、藝術對英國文藝思潮和文學創作產生的影響所做的發掘和論證，為比較文學影響研究作出了成功的範例，成為中國比較文學界一部劃時代的學術著作。一九九五年獲得國家教委首屆全國高校人文社會科學研究優秀成果一等獎。

此外，一九四九年以前在中英文化與文化關係研究方面，還有一些重要論文，如張沅長〈英國十六十七世紀文學中之「契丹人」〉（《文哲季刊》第2卷第3期，1931年）和〈密爾頓之中國與契丹〉（《文藝叢刊》第1卷第2期，1934年）、潘家洵〈十七世紀英國戲劇與中國舊戲〉（《新中華》復刊號，1943年1月）、李兆強〈十八世紀中英文學的接觸〉（《南風》第四卷第1期，1931年5月）、梅光迪〈卡萊爾與中國〉（《思想與時代》第46期，1947年6月）等，均以資料豐富，論述精闢見長，具有重要的參考價值。蕭乾在二十世紀四〇年代初期編有一本涉及中國題材的英文作品集《千弦之琴》（*A Harp with A Thousand Strings*. London: Pilot Press Ltd., 1944），在倫敦出版後頗受英國各界歡迎，到目前為止仍是這方面唯一的一部作品選集，值得重視。

毫無疑問，以上這些著述奠定了中英文學與文化關係研究的堅實基礎，無論是文獻發掘整理還是在文本分析探討方面，都取得很高成就，許多方面是後來的研究者難以逾越的。特別是這些前輩學者的研究套路至今仍然是我們應當仿效的榜樣。不過，我們也注意到，上述這些研究成果有一個共同點就是，其研究範圍都設定在十八世紀及其以前的中英文學與文化關係，至於十九世紀以來中英文學與文化之間更為豐富的撞擊交流的史實卻涉及甚少，甚至尚未觸及，這就為後學研究留有了拓展的廣闊空間。

二　學界時賢的拓展

當代學人在這些學術前輩所開闢道路的基礎上，將中英文學與文化關係研究繼續推進。主要有以下幾方面的收穫：

第一，對中英作家交往及中英文學關係的生動描畫。其中趙毅衡寫了一系列關於中英文學交流的文章，後收入其散文集《西出陽關》（北京市：中國電影出版社，1998年）和《倫敦浪了起來》（北京市：人民文學出版社，2002年）之中。如〈老舍：倫敦逼成的作家〉、〈邵洵美：中國最後一個唯美主義者〉、〈徐志摩：最適應西方生活的中國文人〉、〈朱利安與凌叔華〉、〈蕭乾在戰時英國〉、〈組織成的距離：卞之琳與英國文學家的交往〉，以及〈艾克頓：北京胡同裡的貴族〉、〈毛姆與持槍華僑女俠〉、〈迪金森：英國新儒家〉、〈瑞恰慈：鏡子兩邊的中國夢〉、〈燕卜蓀：某種複雜意義〉、〈奧頓：走出戰地的詩人〉、〈輪迴非幽途：韋利之死〉等等。這些文章均以輕鬆自如的散文筆調，對中英作家之間的交往，將生活遊歷在英國（或中國）的中國作家（或英國作家）的趣聞軼事，以及所引發的文化碰撞、困惑與交融，刻畫得生動細緻，惟妙惟肖，展示了中英文學交流的大量鮮活個案，可讀性強，令人耳目一新。其他的文章如林以亮〈毛姆與我的父親〉（《純文學》（臺北）第3卷1期，1968年）、蕭乾〈以悲劇結束的一段中英文學友誼：記福斯特〉（《世界文學》1988年第3期）、李振傑：〈老舍在倫敦〉（《新文學史料》1990年第1期）、趙友斌〈曼斯費爾德與徐志摩〉（《四川師範學院學報》1995年第1期）、徐魯〈徐志摩與曼斯費爾德〉（《名人》1995年第4期）、童新〈蕭伯納的中國之行〉（《外交學院學報》1995年第1期）等等，均有較高的閱讀價值。

第二，有關英國文學在中國的譯介與研究是中英文學關係研究的一個重要領域。這方面著述很豐富，多以材料翔實、評價公允、史論

結合見長。其中，孫致禮《1949-1966：我國英美文學翻譯概論》（譯林出版社，1996年）、王建開《五四以來我國英美文學作品譯介史（1919-1949）》（上海外語教育出版社，2003年）等成果均為國家社科基金規劃專案。其他如錢滿素〈英美文學在中國〉（《世界圖書》1981年第4期）、楊國斌〈英國詩歌翻譯在中國〉（《外語與翻譯》1994年第2期）、劉炳善〈英國隨筆翻譯在中國〉（《外語與翻譯》1994年第2期）、徐劍〈初期英詩漢譯述評〉（《中國翻譯》1995年第4期）、朱徽〈二十世紀初葉英詩在中國的傳播與影響〉（《外國語》1996年第3期）、解志熙〈英國唯美主義文學在現代中國的傳播〉（《外國文學評論》1998年第1期）、屠國元、范思金〈英國早期詩歌翻譯在中國〉（《外語與翻譯》1998年第2期）、張旭等〈英國散文翻譯在中國〉（《外語與翻譯》2000年第3期）等文章，均為我們從總體上了解與把握英國文學在中國的傳播與影響，提供了重要資訊。

　　就具體的英國作家在中國的接受而言，莎士比亞無疑是個重鎮。如戈寶權〈莎士比亞的作品在中國〉（《世界文學》1964年第5期）和〈莎學在中國〉（《莎士比亞研究創刊號》1983年），曹未風〈莎士比亞在中國〉（《文藝月報》1954年第4期），趙銘彝〈莎士比亞在中國舞臺上〉（《上海戲劇學院學報》1957年第6期），王佐良〈莎士比亞在中國的時辰〉（《外國文學》1991年第2期），曹樹鈞〈二十世紀莎士比亞戲劇的奇葩：中國戲劇莎劇〉（《戲曲藝術》1996年第1期），王建開〈藝術與宣傳：莎劇譯介與20世紀前半中國社會進程〉（《中外文學》第33卷11期，2005年4月），以及臺北的李奭學〈莎士比亞入華百年〉（《當代》（臺灣）第39期，1989年9月）等，發表了有分量的著述。而孟憲強與李偉民在這方面的研究最為突出。孟憲強的《中國莎學簡史》（長春市：東北師範大學出版社，1994年）和《中國莎學年鑑》（長春市：東北師範大學出版社，1995年）是這方面的重要著作；李偉民的系列論文，如〈抗日戰爭時代莎士比亞在中國〉（《新文學研

究》1993年第3-4期），〈中國：莎士比亞情結——為紀念莎士比亞誕辰430週年而作〉（《伊犁師範學院學報》1995年第1期），〈1993-94年中國莎學研究綜述〉（《國外文學》1996年第2期），〈中國莎士比亞及其戲劇研究綜述〉（《四川戲劇》1997年第4期），〈階級、階級鬥爭與莎學研究：莎士比亞在二十世紀五六十年代的中國〉（《四川戲劇》2000年第3期），〈莎士比亞與清華大學：兼談中國莎學研究中的「清華學派」〉（《四川戲劇》2000年第5期），〈中國莎士比亞研究論文的統計與分析〉（《浙江樹人大學學報》2002年第5期），〈莎士比亞在中國政治環境中的變臉〉（《國外文學》2004年第3期），〈莎士比亞傳奇劇研究在中國〉（《外語研究》2005年第3期）等等，這些論文連同他的論著《光榮與夢想：莎士比亞在中國》（香港：天馬圖書有限公司，2002年4月）和《中國莎士比亞批評史》（北京市：中國戲劇出版社，2006年6月），將中國的莎學研究進一步推向深入做出了顯著貢獻。

其他如王列耀〈王爾德及其作品在中國的譯介情況概述〉（《文教資料》1987年第3期）和〈王爾德在中國的評價與爭論〉（《文學研究參考》1987年第4期），楊金才〈艾略特在中國〉（《山東外語教學》1992年第1-2期），朱徽〈T.S. 艾略特與中國〉（《外國文學評論》1997年第1期），何寧〈哈代與中國〉（《外國文學評論》1999年第1期），蘇文菁〈華茲華斯在中國〉（《中國比較文學》1999年第3期），王友貴〈喬伊絲在中國：1922-1999〉（《中國比較文學》2000年第2期），羅婷等〈伍爾夫在中國文壇的接受與影響〉（《湘潭大學學報》2002年第5期），李淑玲、吳格非〈薩克雷及其小說在二十世紀中國的傳播與接受〉（《外語與翻譯》2005年第2期）等等，均為這方面的重要成果。另外，關於英國文學（英國作家）在中國的接受影響課題，也成為不少比較文學與世界文學專業研究生的畢業論文選題。這些研究成果不容忽視，可惜許多未有機會公開發表。

第三，關於中國文學在英國譯介與流播情況的探討，也是中英文

學關係研究的重要收穫。張弘所著《中國文學在英國》（廣州市：花城出版社，1992年）就是這方面的新成果。該書為樂黛雲、錢林森主編《中國文學在國外叢書》之一種，敘述了近代隨著中西交通的恢復發展及漢學的興起，中國文學傳入英國並得到翻譯、評介與接受的情況。書中既勾勒了這一漫長、曲折、時有起伏的歷史過程，說明了傳播的各種媒介，介紹了貢獻突出的著名學者，探討了英國在譯介中國文學方面不同於其他歐美國家的特點，分別評述了從古典詩歌、小說、劇本直到現當代文學在英國得到譯介的各類成果，也注意分析文學接受過程中必然表現出來的闡釋反差，探究了在此背後的趣味與傳統的不同。書後附錄「中國文學傳入英國大事年表」，以及中英文對照的參考書目，也有一定的參考價值。另外，黃鳴奮《英語世界中國古典文學之傳播》（上海市：學林出版社，1997年）、王麗娜編著《中國古典小說戲曲名著在國外》（上海市：學林出版社，1988年）等著述也介紹了中國文學作品在英國的傳播情況。還有廖崢〈阿瑟・韋利與中國古典詩歌翻譯〉（《國際關係學院學報》2000年第4期）、王輝〈理雅各與《中國經典》〉（《中國翻譯》2003年第2期）、程章燦〈魏理的漢詩英譯及其與龐德的關係〉（《南京大學學報》2003年第3期）等文章具體研究了英國漢學家對中國經典、中國文學作品的譯介等內容，可資參考。

　　第四，中國作家對英國文學的譯介評論，英國文學對中國作家的影響與接受，也是研究者們樂於關注的課題。這方面的重要著述如李奭學〈另一種浪漫主義——梁遇春與英法散文傳統〉（《中外文學》第18卷第7期，1989年12月）、林奇〈梁遇春與英國的Essay〉（《福建師範大學學報》1989年第2期）、高旭東〈魯迅與英國文學〉（陝西人民教育出版社1996年9月版）、辜也平〈巴金與英國文學〉（《巴金研究》1996年第2期）、袁荻涌〈郭沫若與英國文學〉（《郭沫若學刊》1991年第1期）和〈蘇曼殊與英國浪漫主義文學〉（《昭通師專學報》1993年

第2期）、許正林〈新月詩派與維多利亞詩〉（《中國現代文學研究叢
刊》1993年第2期）、劉久明〈郁達夫與英國感傷主義文學〉（《中國文
學研究》2001年第2期）、〈浪漫主義的「雲遊」：徐志摩詩藝的英國文
學背景〉（《西南民族學院學報》2000年第4期）等等。王錦厚所著
《五四新文學與外國文學》（成都市：四川大學出版社，1996年）之
〈「五四」新文學與英國文學〉一章，則全面系統地探討了中國「五
四」時期新文學產生發展與英國文學的關係。著者在具體分析英國文
學對五四新文學的影響時，標出了三個值得注意的動向，即「注意了
選擇」、「注意了研究」和「注意了模仿」，特意提示「幾個值得紀念
的紀念」，更從「文學觀念的更新」、「體制的輸入和試驗」、「理論與
藝術的探討」等幾個方面作了詳細分析，讓我們初步明白了英國文學
在哪些方面影響著中國的新詩人和中國的讀者。這些論述均在大量史
實中抓住了關鍵的問題，很能觸發讀者的進一步深思。還有一些研究
者則從英國作家與中國現代文學關係的角度探討英國文學對二十世紀
中國文學的影響，如汪文頂〈英國隨筆對中國現代散文的影響〉（《文
學評論》1987年第4期）、王列耀〈王爾德與中國現代文學〉（《黑龍江
教育學院學報》1988年第3期）、周國珍〈彭斯及其中國讀者〉（《中國
比較文學》1991年第2期）、趙文書〈奧登與九葉詩人〉（《外國文學評
論》1992年第2期）、楊金才〈揚棄・再造：艾略特與中國現代詩壇〉
（《鎮江師專學報》1992年第2期）、趙玫〈喬伊絲與中國小說創作〉
（《外國文學》1997年第5期）、黃嵐〈梁遇春和英國小品文的影響〉
（《雲南師範大學學報》2000年第5期）等均值得我們借鑑。

　　第五，關於英國文學家筆下的中國形象，以及中國文人眼中的英
國作家等課題的探討，也出現了不少頗有分量的著述，如李奭學〈傲
慢與偏見──毛姆的中國印象記〉（《中外文學》（臺北）第17卷第12
期，1989年5月）和〈從啟示之鏡到滑稽之雄──中國文人眼中的蕭
伯納〉（《當代》（臺灣）第37期，1989年5月）、王列耀〈五四前後中

國人眼中的王爾德〉（《雲南師範大學學報》1987年第1期）、周寧〈鴉片帝國：浪漫主義時代的一種東方想像〉（《外國文學研究》2003年第5期）、倪正芳〈浪漫地行走在想像的異邦——拜倫筆下的中國〉（《中華讀書報》（國際文化）2003年11月5日）等。這裡還需要指出的是，葉向陽博士以秋葉筆名，於二〇〇三年十月起在《中華讀書報》（國際文化版）連載了關於英國早期遊記裡中國形象的系列文章。作者以英國旅行者塑造的中國形象為基點，介紹了鴉片戰爭前英國一些重要的中國遊記。這些文章以勾勒「形象是什麼樣的」為主，進而針對作者中國形象塑造的內在邏輯做了必要的分析。讓我們不僅能夠看到英國的中國觀演變歷程的縮影，而且還可以體會到東西兩大文明之間首次碰撞和適應的有趣現象。可以說，葉向陽通過對這些原著文本的細緻考察和深刻解讀，為中英文學關係研究進一步走向深入提供了成功的經驗。

　　第六，關於中英文學與文化關係史的研究文章有：周玨良〈數百年來的中英文化交流〉（周一良主編：《中外文化交流史》，鄭州市：河南人民出版社，1987年，頁583-629）、傅勇林〈中英文學關係〉（曹順慶主編：《世界比較文學史》〔北京市：北京師範大學出版社，2000年〕，下編，頁117-131）、周小儀〈英國文學在中國的介紹、研究及影響〉（《譯林》2002年第4期）。其中，周玨良的文章長達三萬五千字，主要談的是中英文學之間的交流歷程。該文材料豐富，論述詳盡，是中國學者所寫的第一篇梳理中英文學與文化關係的長篇論文，至今仍具有重要參考價值。傅勇林的〈中英文學關係〉是為《世界比較文學史》（曹順慶主編）一書寫的一節內容，基本勾勒了自喬叟以來中英文學關係的發展變化軌跡，包括中英雙方早期文學上的交互投射與衍用、中期的文學接觸及交互影響、近現代中學西漸、西學東漸中的中英文學關係，具有重要參考價值。周小儀的文章則指出，英國文學的翻譯介紹從來不是純粹的中性的學術研究，相反，它是社會改

造運動、意識形態運動的有機組成部分。周文將英國文學在中國的譯
介研究及影響分為四個階段，並按西方現代性與反現代性、殖民化與
非殖民化等價值概念為標準分為兩組。指出正是在這種學科對象和學
術興趣的選擇中可以看出英國文學研究與社會歷史的關係。該文對我
們深入理解英國文學在中國的接受史頗有啟發。另外，王向遠所著
《中國比較文學研究二十年》（南昌市：江西教育出版社，2003年7
月）第七章專門介紹了「中英文學關係研究」的狀況。分中國文學在
英國的傳播與影響、英國文學在中國的傳播與影響兩小節，重點評述
范存忠、張弘對中國文學在英國的傳播研究，曹樹鈞、孫福良、孟憲
強等對中國的莎士比亞接受史的研究，也有一定的參考作用。

　　第七，筆者近幾年來也一直希望在這一研究領域有所探索。已經
出版《霧外的遠音——英國作家與中國文化》（銀川市：寧夏人民出
版社，2002年8月）、《他者的眼光——中英文學關係論稿》（銀川市：
寧夏人民教育出版社，2003年12月）、《中英文學關係編年史》（上海
市：上海三聯書店，2004年9月）、《跨文化語境中的中外文學關係研
究》（上海市：上海三聯書店，2008年4月）等著作。其中，《霧外的
遠音——英國作家與中國文化》是「十五」國家重點圖書《跨文化叢
書——外國作家與中國文化》（十卷）之一種。全書在大量原創性材
料的基礎上，考察了中國文化對英國作家的多重影響。具體介紹與評
述了自一三五七年以來數百年間英國作家對中國文化的想像、認知、
理解，以及拒受兩難的文化心態。通過英國作家與中國文化關係的梳
理，展現了中英文學與文化交流的歷程，在跨文化對話中，把握了中
英文化相互碰撞與交融的精神實質。該書在前輩學者的基礎上，將該
課題研究向前推進了一步，成為目前國內學界有關這一課題研究涉及
面最廣，內容較豐富的一部學術著作。《他者的眼光——中英文學關
係論稿》為國內第一部雙向探討中英文學關係的學術專著。上編展示
了英國文學視域裡的中國形象。下編討論了英國作家在中國文化語境

的接受問題。全書建立在大量第一手文獻的基礎上，視野開闊，論述精到，開拓了中英文學關係研究的學術領域。《中英文學關係編年史》為國內第一部國別文學關係編年史，對中英早期接觸至二十世紀中葉長達六百餘年的文學與文化交流史，作了系統的資料整理，以年代先後加以編排，使大量紛亂繁雜的文學交流史實，有了一個清晰的線索，為研究者深入探討這一時段的文學與文化交流問題搭建了一方寬闊的時空平臺。

　　筆者圍繞中英文學與文化關係課題，發表了三十多篇學術論文，如〈威廉・布萊克在中國的接受〉（《淮陰師範學院學報》1998年第2期，人大複印資料《外國文學研究》1998年第5期全文轉載）；〈華茲華斯及其作品在中國的譯介與接受（1900-1949）〉（《四川外語學院學報》2001年第2期）；〈建國以後華茲華斯在中國的接受〉（《寧夏大學學報》1999年第1期）；〈道與真的追尋：《老子》與華茲華斯詩歌中的「復歸嬰孩」觀念比較〉（《南京大學學報》1999年第2期，人大複印資料《外國文學研究》1999年第8期全文轉載）；〈文學翻譯中的文化傳承：華茲華斯八首譯詩論析〉（《外語教學》1999年第4期）；〈華茲華斯在中國的接受史〉（《淮陰師範學院學報》2000年第2期）；〈文學因緣：林紓眼中的狄更斯〉（《淮陰師範學院學報》1999年第1期）；〈民國時期狄更斯在中國的接受〉（《淮陰師範學院學報》1999年第4期）；〈二十世紀下半葉狄更斯在中國的接受〉（《西北師範大學學報》（社會科學版專輯，1999年10月）；〈狄更斯：打開老舍小說殿堂的第一把鑰匙〉（《寧夏大學學報》2001年第3期，《新華文摘》2001年第8期轉摘）；〈狄更斯及其小說在二十世紀中國的傳播與接受〉（《蘇東學刊》2000年第2期）；〈論王國維的西方文學家傳記〉（《貴州師範大學學報》2001年第4期）；〈奧斯卡・王爾德與中國文化〉（《外國文學研究》2004年第4期）；〈英國文學裡的中國形象及其文化闡釋〉（《中國比較文學教學與研究》2004年卷）；〈「黃禍」恐懼與薩克斯・羅默筆

下的傅滿楚形象〉（《貴州師範大學學報》2005年第4期）；〈王爾德對
道家思想的心儀與認同〉（《國際漢學》第12輯）；〈一個吸食鴉片者的
自白——德・昆西眼裡的中國形象〉（《寧夏大學學報》2005年第5
期）；〈「中國不是中國」：英國文學裡的中國形象〉（《福建師範大學學
報》2005年第5期，人大複印資料《文學理論》2005年第12期全文轉
載）；〈論哈羅德・阿克頓小說裡的中國題材〉（《外國文學研究》2006
年第1期，人大複印資料《外國文學研究》2006年第6期全文轉載）；
〈托馬斯・柏克小說裡的華人移民社會〉（《貴州師範大學學報》2006
年第2期）；〈歐洲中世紀一部最流行的非宗教類作品——〈曼德維爾
遊記〉的文本生成、版本流傳及中國形象綜論〉（《福建師範大學學
報》2006年第4期）；〈中英文學關係研究的歷史進程及闡釋策略〉
（《四川外語學院學報》2006年第4期）；〈「中國畫屏」上的景象——
論毛姆眼裡的中國形象〉（《英美文學研究論叢》第6輯，人大複印資
料《外國文學研究》2008年第7期全文轉載）；〈中外文學關係研究30
年〉（《煙臺大學學報》2008年第4期）；〈文學因緣：王國維與英國文
學〉（澳門《中西文化研究》2009年第2期）；〈I. A. 瑞恰慈與中西文化
交流〉（《福建師範大學學報》2009年第2期）；〈唯美主張與倫理實踐
的悖論：奧斯卡・王爾德「謊言」的衰落〉（《外國文學研究》2010年
第1期）；〈西方的中國敘事與帝國認知網路的建構運行——以英國作
家薩克斯・羅默塑造的惡魔式中國佬形象為中心〉（《文學評論叢刊》
2010年第1期）；〈Shanghai、毒品與帝國認知網路——帶有防火牆功
能的西方之中國敘事〉（福建師範大學學報2010年第3期，人大複印資
料《外國文學研究》2010年第9期全文轉載）；〈中外文學關係的史料
學研究及其學科價值〉（《跨文化對話》第29輯）；〈中外文學關係編年
史研究的學術價值及現實意義〉（《山東社會科學》2012年第1期），等
等，希求將中英文學與文化關係研究全面推向深入。

　　另外，中英文學關係研究也是筆者招收研究生的主要學術方向。

現已有所指導的六屆二十八篇研究生學位論文以此為選題方向並通過答辯，其中有十篇獲得省級及學校優秀學位論文一、二、三等獎。包括博士論文三篇：《翻譯・傳記・交遊：阿瑟・韋利漢學研究策略初探》（冀愛蓮）、《中英文學交流語境中的漢學家大衛・霍克思研究》（王麗耘）、《跨文化交流語境中的英文版《中國文學》研究》（林文藝）；碩士論文二十五篇：《薩克斯・羅默筆下的傅滿洲形象》（劉豔）、《想像的家園：吳宓與英國文學》（林達）、《擦肩而過：蕭伯納與中國現代文學三十年》（翁君怡）、《中世紀歐洲遊記《曼德維爾遊記》中的中國形象》（林文藝）、《濟慈在中國（1920-1940）》（翟元英）、《構築理想的文學殿堂：蕭乾與中英文學交流》（滕媛媛）、《迪金森的中國文化救贖理想》（何曉丹）、《清代域外遊記中的英國形象》（黃海燕）、《埃利亞斯・卡內蒂與中國文化》（王新全）、《唯美主義者的烏托邦：王爾德與東方文化》（何幸君）、《林譯狄更斯小說研究》（黃瑢）、《司各特與中國近現代文學》（孫建忠）、《倫敦的中國城：英國作家托馬斯・柏克筆下的萊姆豪斯》（肖斌）、《他者如鏡：論喬治・奧威爾東方之旅激蕩的文明反思》（王豔紅）、《世界主義與民族想像：〈天下月刊〉與中英文學交流（1935-1941）》（易永誼）、《交流與融合：王國維早期文學批評中的西方資源及對其後期文學觀的影響》（孫麗）、《晚清詩人眼中的英國形象》（張傑）、《鏡像與真相：翟理思《中國文學史》》（徐靜）、《「愛美家」的「中國夢」——哈羅德・阿克頓爵士與中國》（陳夏臨）、《中國古典戲劇在二十世紀英國的傳播與接受》（蔣秀雲）、《民國時期高校外文系的英國文學教學實踐與傳播》（趙敏）、《英國女性作家在新世紀中國的傳播與研究》（高國濤）、《意識形態影響下的選擇與變異：建國「十七年」英國文學在中國的傳播》（鄭良）、《霧象的籠罩：英國風俗喜劇在現代中國（1919-1949）》（王敏）、《洵美的尋美夢——探究邵洵美追隨十九世紀英法作家的精神軌跡》（陳維）等等。這些學位論文均在前人的基

礎上將各專題研究向前推進了一步。其中有的做得還比較出色，特別
是初步掌握了從事本領域課題的研究思路與基本方法，顯示出了治學
的潛質。

三　交流史研究的幾點思考

　　關於異域文學交流史研究，筆者在相關文章[61]中曾討論過該學科
領域的基本屬性，即包括三個重要學術話題：

　　第一，文獻史料

　　從比較文學學科的傳統研究範式來看，中外文學關係研究屬於
「影響研究」範疇，非常關注「事實材料」的獲取與闡釋。就其學科
領域的本質屬性來說，它又屬於史學範疇。而文獻史料的搜集、鑒
辨、理解與運用，是一切歷史研究的基礎性工作。力求廣泛而全面地
佔有史料，盡可能將史料放在它形成和演變的整個歷史進程中動態地
考察，分辨其主次源流，辨明其價值與真偽，是中外文學關係研究永
遠的起點和基礎。早在二十世紀中國比較文學舉步之時和復興之初，
前輩學者季羨林、錢鍾書等就卓有識見地強調「清理」中外文學關係
的重要性和必要性，把它提到創立比較文學研究的中國特色和擁有比
較文學研究「話語權」的高度。真正從事中外文學關係研究的學者們
堅信：沒有史料的調查，就沒有發言權；沒有史料的支撐，構不成學
術的大廈。

　　因此，文學關係研究離不開文獻史料的搜集考據功夫。設若文獻
材料有誤，勢必會影響整個研究基礎與歷史描述。嚴謹的治學者均將
文獻資料的搜羅、編年，當做第一等的大事。許多研究思路和設想就

61　〈中外文學關係研究的學科屬性、現狀及展望〉，該文原為筆者在福建省社會科學
　　界第二屆學術年會「海峽兩岸文學現狀與展望論壇」上的大會專題發言，後收入拙
　　著《跨文化語境中的中外文學關係研究》（上海市：上海三聯書店，2008年）。

出之於那些看似零零星星的材料中。提倡史料先行，是必要的，也是可行的。同時，文獻史料的發現與整理，不僅是重要的基礎研究工作，而且也意味著學術創新的孕育與發動，其學術價值不容低估。獨立的文獻準備是獨到的學術創見的基礎，充分掌握並嚴肅運用文獻，是每一個文學關係研究者必須具備的基本素養。

第二，問題域

中外文學關係研究，缺少史料固然不行，僅有史料又十分不夠。在此，「問題意識」是必不可少的。況且，問題往往是研究的先導與指南針，否則就陷入史料汪洋難見天日。能否在原典文獻史料研究基礎上，形成由一個個問題構成的有研究價值的不同專題，則成為考量文學關係研究者成熟與否的試金石。在文學關係研究的「問題域」中，進而思考中外文學交往史的整體「史述」框架，展現文學交流的歷史經驗與歷史規律，揭示出可資後人借鑑、發展本民族文學的重要路徑，又構成中外文學關係研究的基本目標。

第三，闡釋立場

文獻史料的豐富、問題域的確證、研究領域的拓展、觀念思考的深入，最終都要受研究者闡釋立場的制約。中外文學關係研究，理論上講當然應該是雙向的、互動的。但如要追尋這種雙向交流的精神實質，不可避免地要帶有某種主體評價與判斷。對中國學者來說，就是展現著中國問題意識的中國文化立場。「中外文學」提出問題的出發點與歸宿都指向中國文學。這樣看來，中外文學關係研究的理論關注點，在於回答中國文學的世界性與現代性問題。也就是，中國文學（文化）在漫長的東西方交流史上如何滋養、啟迪外國文學的；外國文學如何啟動、構建中國文學的世界性與現代性的。這是我們思考中外文學交往史的重要前提，尤其是要考慮處於中外文學交流進程中的中國文學是如何顯示其世界性，構建其現代性的。

這三個方面構成我們討論該領域專題研究無法迴避的重要前提。

無論學術前輩抑或學界時賢，他們豐碩的中英文學與文化交流研究成
果，作了比較充分的展示。具體而言，有如下幾點認識：

其一，上述涉及中英文學與文化關係研究領域的著述不論探討的
是哪方面專題，均將文獻資料置於重要位置，這是本領域課題研究最
重要的基礎。一般來說，在文史研究裡面，非常講究文獻資料的提
供。判定一部著述的學術意義，其中重要的一條就是看你是否給本領
域、本學科提供了新資料、新文獻。比較文學研究，特別是影響研
究、中外文學與文化關係研究，當然離不開原始文獻資料的搜集、鑒
辨、理解與運用。因此，嚴謹的治學者均將文獻資料的搜羅、辨別，
當做第一等的大事情。許多研究思路與設想就是出之於那些看似零零
星星的材料中。比如，英國文學作品在中國翻譯的初版本、序跋、出
版廣告、據作品改編的電影海報，近現代報刊雜誌登載的評論文章，
作家的旅行日記、信函等第一手文獻資料，對梳理英國文學在中國的
接受，具有舉足輕重的作用。因而，立足於原典資料的悉心爬梳及由
此而作的切實思考和探索，就成為本領域研究的前提。

這方面，前輩學者為我們作出了榜樣。比如，范存忠先生的治學
在充分重視原始文獻資料方面，給我們做了一個無懈可擊的榜樣。他
的所有論述都是建立於大量的中外文原典資料基礎上有感而發的。我
們知道，范先生知識淵博，學貫中西。早在少年時代就喜歡中國古典
詩文。在東南大學期間更是廣泛涉獵中英文史著述。留美期間潛心鑽
研英國古典文學。與此同時，他在出國前即已學習的英、法語更臻於
純熟，另外他還學習了德語、拉丁語以及與現代英語有關的古英語、
古法語、古德語和哥特語等。正是這樣的中外文文史功底，才讓范先
生的學術研究左右逢源，舉重若輕，得出一個又一個令人信服的結
論。范先生的中文遺著《中國文化在啟蒙時期的英國》由上海外語教
育出版社刊行後，范先生的遺孀林鳳藻（當時在美國）教授曾希望外
交學院吳景榮教授、國際關係學院曹惇教授譯成英文，由商務印書館

刊行。由於范先生遺著中有大量引文出自英、法、德文原著的漢譯。如要獲取確切的原文，勢必要從國外收藏最豐富的圖書館書刊中搜索，工程之巨大可想而知，因此不得不忍痛放棄了英譯的意圖。這樣一種遺憾也從側面說明范先生著述對原始資料的佔有與利用何其豐富，其著也才何其厚重。前輩學者極端重視鉤沉材料的過硬工夫和嚴謹求實的科學態度，後學務必借鑑。這對匡正當下學界瀰漫著的某些浮泛學風，顯然有著深刻的現實意義。

其二，中英文學關係研究這一學術領域，一般可以在兩個層面，即文化交流史，以及哲學精神與人類心靈交流史層面上展開。一方面，中英文學關係（如中國文學在英國的流播；英國文學在中國的接受），通常被視為一種獨特的文化交流，其獨特性表現在，通過文學作品這種媒介，展示異域文化的精髓。因而研究者們試圖從不同角度出發來研究這種文學關係，探討通過文學而引發的中英文化接觸、文化衝撞、文化關聯的諸種交流類型。在另一層面上，中英文學關係命題，從深層次上，是中英哲學觀、價值觀交流互補的問題，是某一種形式的哲學課題。比如，研究中國文化（文學）對英國作家的影響，說到底就是研究中國思想、中國哲學精神，尤其是儒道文化精神對他們的浸染和影響。

在以上這兩個層面的學術語境中，中英文學關係學術領域大致形成三類穩定的研究課題。即（1）文學文本的跨文化譯介與傳播研究：包括英國文學在中國的譯介與研究；中國文學在英國的譯介與傳播；英國漢學家（理雅各、德庇時、翟理斯、阿瑟‧韋利、大衛‧霍克思）對中國經典、中國文學作品的譯介。（2）作家與異域文化及文學關係研究：包括英國作家與中國文化、文學關係研究；中國作家與英國文化、文學關係探討。此類課題著重追尋作家對異域文學、文化的選擇、取捨、評價、吸納、消化、接受的軌跡和成果。（3）作家作品裡的異域題材及異國形象研究：包括英國文學作品中的中國題材及

中國形象；中國作家筆下的英國（英國人）形象。英國文學裡的中國
題材問題，所展現的是英國作家對中國的想像、認知，以及對自身欲
望的體認、維護。英國作家中國題材創作背後體現的是中國形象問
題。正是在這種對他者的想像與異域形象的描繪中，不斷體悟和更新
著自我欲望。

其三，總結中英文學關係研究著述，我們可以看到有四種闡釋模
式，從不同角度闡明中英兩國文學、文化相遇的歷史。這些模式有時
並不依據因果關係來敘述史實，而是試圖賦予這些史實以意義和價
值。它們是研究者們看待歷史事件的框架，決定著其對史實的不同闡
釋。不過，這些框架通過與歷史事實之間的相互影響，又會得到調整
與重構。這四種闡釋模式為：（1）現代性（Modernity）視角，包括
中國文化（文學）在英國文學（文化）近代化（尤其是啟蒙時期）中
所起的作用；探討英國文學的引進對中國本土文學現代性的形成與拓
展產生何種作用，以及在某些具體問題上，中英作家、思想家的同步
思考及其對文學現代性問題的啟示，等等。（2）他者（the Other）形
象模式，特別適合於研究某國文學裡的異域形象問題。比如就英國文
學裡的中國形象而言，我們可以看到，在英國作家筆下，中國有時是
魅力無窮的東方樂土，有時是尚待開化的蠻荒之地，有時是世上唯一
的文明之邦，有時又是毫無生機的停滯帝國。然而這些絕非事實的中
國，而是描述的或想像構造的中國。中國對於英國作家的價值，是作
為一個他者的價值，而不是自身存在的價值。（3）譯介學模式，即對
跨文化譯介中的誤譯、誤釋及其文化根源的探討。誤譯無論是有意的
（近代譯介英國文學作品裡較多，如哈葛德《迦茵小傳》之譯介就比
較典型）與無意的（如吳宓等學衡派同仁以中國傳統文化中的佳人形
象譯介華茲華斯《露西》組詩裡的露西形象），均涉及到如葉維廉教
授所說的「文化模子」問題。自身的文化模子影響著對異己文化的理
解，在文學翻譯中是常見的現象。這裡又有兩種情況：受制於本土文

化模子；缺乏對他者文化模子的了解。（4）編年史模式，以線性時間為發展線索，展示中英文學（文化）雙向交流的歷史進程。此研究模式的基礎是史料搜集和梳理工作，以及對這些史料的去偽存真，選擇和分析。這方面可以借鑑西方傳統史學理論，如德國史學大師蘭克的客觀主義史學理念。同時又有必要採用法國年鑑史學派等西方新史學的某些方法，如總體史、精神心態史的研究視野，還原產生文學交流現象的歷史、社會、文化氛圍。我們可以借鑑這些方法最大限度地逼近中英文學交流的現時性特徵，將中英文學關係研究不斷向前推進。

其四，中英文學與文化關係研究肇始於陳受頤在二十世紀二〇年代末開始發表的相關著述。迄今為止，國內研究者在本研究領域取得了令人矚目的成績，有些成果稱得上是中外文學與文化關係研究與比較文學研究的經典著述，但為有益於學科建設和學術研究的健康持續發展，我們仍然需要在（1）文獻資料的發掘整理；（2）文學關係原理與方法的研究及推廣；（3）具體學術研究個案的深入考察；（4）區域文化視野裡的文學關係研究等諸方面花大功夫，取得大收穫。

（一）文獻史料的搜集、鑒辨、理解與運用，是一切歷史研究的基礎性工作。中英文學雙向交流文獻資料的尋覓整理工作是中英文學關係史研究的基礎學術工程。它有助於我們清晰地還原文學交互影響的歷史進程，也是建構科學的方法論與良好學術風氣的重要保證。同時關注文學交流史料的歷史語境與評判標準，將史料學研究與學術史探討及理論批評範式相結合，力求創造性地理解運用，發掘文學史料的潛在價值，揭示跨文化傳播中的文學交流史料特點及其對現實的啟迪意義。有鑒於此，筆者所著《中英文學關係編年史》（上海市：上海三聯書店，2004年）就是一種初步嘗試。如果所有國別文學關係史的研究均從史料搜集、資料編年開始，在此堅實基礎上撰著國別文學交流史，則是一樁有重要意義的學術工程。只有先搞基礎學術工程，才能正確地勾畫出文學交流史歷程行跡，使學術研究真正具有科學

性、實證性。因此，追求原典性文獻的實證研究仍是研究者不可懈怠
的使命。筆者在撰著《中英文學關係編年史》的過程中深有體會。一
些新史料的挖掘可以改變現有文學交流史、譯介史的論斷。比如，關
於《簡・愛》的引進中國時間，學界基本上認可在二十世紀三〇年代
李霽野《簡愛自傳》（1935-1936）和伍光建《孤女飄零記》（1935），
而一九二五年七月上海大東書局出版文集《心弦》中就收有周瘦鵑譯
《重光記》（小說，嘉綠・白朗蝶女士作），包括四部分：怪笑聲；情
脈脈、瘋婦人、愛之果。此係《簡・愛》的故事節略本，也是這部小
說名作引進中國之始。再如，一八三三年（道光十三年）十二月，
《東西洋考每月統記傳》（中國境內創刊的第一種中文期刊）登〈蘭
墩十詠〉，為十首中文五言律句，最早用中文描寫英國首都倫敦的古
詩。這應是中國文人在文學作品中對英國的第一印象。再就英國作家
在中國的接受而言，第一個值得重視的無疑是彌爾頓。理由至少有
二：（1）一八三七年（道光十七年）一月，《東西洋考每月統記傳》
刊文介紹英國大詩人彌爾頓，此應該是中國最早介紹英國作家之始。
（2）一八五四年（咸豐四年），英國倫敦會傳教士麥都思創辦於香港
的中文月刊《遐邇貫珍》第九期上刊載英國詩人彌爾頓十四行詩〈論
失明〉的漢譯文，譯詩前簡要回顧了彌爾頓的生平與創作，以及他在
英國文學中的崇高地位。這一史料的發現改變了由錢鍾書先生 在
〈漢譯第一首英語詩〈人生頌〉及有關二三事〉提出了漢譯英詩的最
早時間（1864年，英國漢學家和駐華公使威妥瑪譯朗費羅〈人生
頌〉）。

　　（二）中英文學關係研究的拓展、創新離不開理論方法的提升與
原理範式的研討。某種新的理論思路有助於重新理解與發掘很多文學
關係史料，而新的闡釋策略又能重構與突顯中英文學交流的歷史圖
景。衡量一部文學關係研究著述的重要學術意義，不僅看它是否給本
領域本學科提供了哪些新資料、新文獻，還要看其是否給學科內外提

供了新的理論範式、新的解讀策略。真正有重要意義的學術成果，不僅增加了本學科的學術積澱，而且也應該給學科外提供新的思路、方法、範型。當然，研究方法或理論範式的提出，與各種研究類型、研究對象的特徵，密不可分，其有效性與普適性需要得到研究實踐的反覆驗證。切實加強中外文學關係原理與方法論的研討，推廣成熟的研究範型，以期結出更多富有建設性的學術成果，是比較文學研究者共同努力的目標。

（三）立根於原典性材料的掌握，從文學與文化具體現象以及具體事實出發，從個別課題切入，進行個案考察，佐之以相關的理論觀照和文化透視，深入地探討許多實存的、豐富複雜的文學和文化現象所內涵的精神實質及其生成軌跡，從而作出當有的評判，是中英文學關係研究者們應該遵循的原則。只有善於通過每一個具體作家乃至一部部具體作品的過細研究，由此作出的判斷和結論，才能摒棄凌空蹈虛、大而無當的弊端，而使我們的思考和探索確立在堅實可靠的科學基點上。因此，大力提倡對學術個案的細緻考察，充分吸收中外古典學術資源、現當代文化資源，是未來研究者們持之以恆的工作目標。

（四）立足於區域文化視野裡的文學關係研究。在人文社科研究中，研究資料本身所具有的民族性、地方性往往直接反映了研究成果的原創性，如摩爾根的《古代社會》、費孝通的《江村經濟》等均如此。當然，中外（中英）文學關係研究中的區域文化視野，與跨越東西方異質文化的視野密不可分，借此克服可能出現的靜態、孤立的思維模式，加上學科之間的協作研究，使得跨文化語境裡的區域性中外文學交流課題，能夠在啟動文學與文化交流的原生態方面，發揮一定的作用。從中拈出構成中華文學的區域性文化因數，以及外在於主流文學的特異文化因數，這種特異文化因數與中外文化交流語境的可能聯繫。這些預期設想將會成為刺激中外文學關係研究者深入探求的動力。比如，福建區域文化（閩文化）在近現代文學、文化交流中佔據

重要地位，一批對中國文化史、思想史、文學史產生重要影響的作家出生在福建，或在福建生活過。那麼，地域文化因素對後來身處中外文學、文化交流偉大歷史進程中的他們來說，有何影響（正面的與負面的），如何撞擊與化解等等，都會是研究者們樂於探討的課題。

第一章
十四至十六世紀：中英文學初識

第一節　蒙古西征與中英兩國的早期接觸

一　蒙古大軍西征影響歐人構想中國

　　十三至十四世紀，隨著商品與貨幣關係的發展，英國在國際貿易中的地位漸漸上升。這時正值成吉思汗率大軍西征，使中國與歐洲諸國開始普遍接觸。

　　一二一八年，成吉思汗藉口蒙古商隊在中亞細亞的花剌子模（Khorezm）國境被殺掠，率大軍開始西征。於是，中國與歐洲諸國開始普遍接觸。蒙古大軍所進行的大規模的東西兩方戰役，幾乎從印度河（Indus）一直延伸到第聶伯河（Dnieper）。歐洲諸國受到極大震動。因為在十三世紀，以城堡為中心的歐洲正把基督教世界的邊界向前推進，並與伊斯蘭教為敵。在此階段裡，伊斯蘭教仍然是基督教歐洲畏懼的唯一敵人。蒙古人的突然出現，不啻是一個晴天霹靂。[1]用一位外國史學家的話來說：「由於我們的罪惡，我們不知道的部落來到了，沒有人知道他們是什麼人，他們是從哪裡來的──也不知道他

1　這後來構成十九世紀末二十世紀初席捲西方的「黃禍」論的歷史起因之一。如一九〇五年三月三十日出版的《東方雜誌》上有一篇文章就說：「白人所謂黃禍之說，不知其起於何時。說者謂成吉思汗以鐵騎蹂躪歐洲，西歐婦孺亦嘗震驚於黃人之大創，而黃禍之說以起。」進而成為部分英國作家塑造中國形象的一個歷史背景。他們用「蒙古游牧部落」（horde）貶稱中國泛濫成災的人群，而該詞最早出現於歐洲語言，指中亞腹地洶湧而出的野蠻人，他們是些半人半獸的怪物，不知所來，也不知所向，所到之處，無不令人驚恐。

們的語言是什麼，他們是什麼種族，他們信仰的宗教是什麼——只有上帝知道他們是什麼人，知道他們是從哪裡跑出來的。」「韃靼人從第聶伯河折回了，我們不知道他們是從哪裡來的，也不知道他們再一次躲藏在哪裡。由於我們的罪惡，上帝知道，他是從哪裡把他們接來懲罰我們的。」[2]歐洲對蒙古大軍的恐懼心態可見一斑，這影響到後來包括英國作家在內的歐洲人對東方中國形象的想像與構造。

　　一二三八年，信奉伊斯蘭教的敘利亞人曾向英格蘭國王建議：基督教徒和穆斯林結成大同盟，以反對文明的共同敵人——來自東方的蒙古人。英王由此首次聽說東方中國。這以後英國與東方之間有了一些接觸，比如在蒙古西征軍中就曾有英國人擔任翻譯和信使。一二四五年左右，蒙古定宗貴由給教皇及英法國王兩封覆信，要求他們到東方服役，嚇壞了教皇和英法國王。在英法國王的要求與支持下，教皇英諾森四世於一二四七年再派使臣出使中國。訪問的目的地是駐紮在小亞細亞邊界的中國蒙古軍隊的營地，請求他們停止對基督教國家的進攻和停止反對基督教世界的戰爭。在使臣返回歐洲時，定宗派出兩名使節回訪歐洲，其中一個是基督教徒。一二五三年，英國國王愛德華一世勸教皇再派遣使臣赴華。當歐洲諸國王對蒙古有眾多基督徒這一問題，沒有引起足夠的重視時，唯有英國國王愛德華一世（Edward I）勸教皇再派使臣出使中國，以便利用中國的教徒搞好與蒙古的關係，避免再出現三十年前的蒙古西征事件。於是，教皇派出方濟各會教士盧布魯克（William of Rubruk）出使中國。盧布魯克返回歐洲後，根據在中國的見聞編寫了《盧布魯克東遊記》。記載了蒙古人在建立元帝國之前的風俗、民情、經濟、軍事、政治各方面的情況，甚

2　*The Chronicles of Novgorod* (Camden Society, 1914), pp. 64, 66. 十六世紀有不少蘇格蘭和英格蘭的旅行家都口氣肯定地說，他們親眼看見那些可惡的魔鬼「長得像人，但模樣可怕」，從亞洲撲來，勢如潮湧。這反映了當時歐洲人對基督教國家將被韃靼的魔鬼侵佔這個恐怖神話的記憶。在此，「Tatar」（韃靼）與「Tartare」（地獄）同義。

至包括皇室相互之間的謀殺情況。

一二七七年，元朝派遣使臣向英王致歉。是年，元世祖忽必烈之姪阿八哈又派使者六人至英格蘭，向愛德華一世致歉。因為一二七一年當英王在巴勒斯坦時，他未能按盟約出兵給予充分的支持。

一二八七年，以生長在北京的景教徒列班・掃馬（Rabban Bar Cauma）為團長的元朝代表團到達羅馬，使命是想在歐洲找到同盟者以對付西亞的阿拉伯國家。在未得到答覆之前，掃馬去了熱內亞、巴黎和法國南部。在他的日記中，有在本年於法國西南部的加斯克尼（Gascony）地方見到英國國王愛德華第一的記載。這或許能當作是中國和英國在外交上的第一次接觸。

二　英人著述開始涉及中國事物

從十三世紀中葉起，歐洲的一些商人、使者和傳教士陸續來到中國，不斷帶回東方的消息。關於東方中國的資訊不時在歐洲大陸傳遍，即使是遠西的英國，也漸漸接受到來自中國的消息。英國哲學家羅吉爾・培根（Roger Bacon, 1214-1294）在其用拉丁文寫的《著作全篇》（約1266）中，即引用了此前（1255）法國人盧布魯克（Rubruquis）在巴黎與他談起的東方見聞。[3]這大概是英人著述之中首次提到中國和中國人的記載。

3　一二五三年，法國國王路易九世派一個方濟各派教士盧布魯克的威廉（William of Rubruquis）去見蒙古大汗向他傳教，毫無結果。但他回來後於一二五五年向路易九世寫的書信報告卻增加了歐洲人對蒙古帝國的知識。他描述了風土人情、動植物，特別是亞洲的各種宗教情況、廟宇、偶像、儀式等等。他沒有到達中國內地，但他第一次向西方人證明大契丹（Great Cathay）就是古代傳說中的賽里斯國（Land of the Seres），因為那裡出產最美的絲織品。盧布魯克還說，據可信的傳聞，契丹有一座城的牆是銀的，城樓是金的。契丹人的身材很矮小，說話大多用鼻音。他們精於一切技藝，能「按脈診病」，並「使用紙幣」。

　　一二九八年，由中世紀最著名的旅行家馬可・波羅口述，魯思梯洛切洛（Rusticiano）筆錄的《遊記》寫成。不久出版，風行全歐。《馬可・波羅遊記》被稱為「世界一大奇書」，此書極大地豐富了中世紀歐洲對東方及中國的認識，使歐洲從以下幾個方面了解到了中國：中國之強盛與人口之眾多；中國之物產與工商、交通之發達；中國之建築與技術之進步。在歐洲，馬可・波羅的《遊記》以細膩的筆觸描繪了中國的人和物，令許多人為東方竟然有這樣一個文明古國而驚奇。英國著名作家威爾斯說：「歐洲的文學，尤其是十五世紀歐洲的傳奇，充滿著馬可・波羅故事裡的名字，如契丹、汗八里之類。」[4]英國不少作家均從這部東方遊記裡找到創作的素材與靈感。

　　隨著馬可・波羅的《遊記》在歐洲到處傳播，有關韃靼大汗的故事也出現在「英國詩歌之父」喬叟（Geoffrey Chaucer）的《坎特伯雷故事集》（1387-1400）之中。其中《侍從的故事》（*The Squire's Tale*）裡就講到了韃靼國王康巴汗（Cambuscan）的故事。書中說他勇敢、賢明、富有、守信、遇事仁愛、公正、生性穩健、像大地的中心一般；又年輕、活潑、堅強、善戰、如朝廷中任何一個武士。他有兩個兒子，長子阿爾吉塞夫（Algarsyf），幼子康貝爾（Cambalo），又有一個最小的女兒加納西（Canace）。有一天，來了一個武士，騎著一匹銅馬，手中拿的是一面寬大的玻璃鏡，大指上戴著一隻金戒指，身旁掛著明劍。那武士帶來的這四樣法寶，件件神奇無比。人騎上那銅馬能到任何地方去，玻璃鏡能使你看到別人心裡想些什麼，戒指能使你懂得禽鳥的語言，那把明劍能使你醫治任何創傷。後來，阿爾吉塞夫騎著那匹銅馬，立了不少戰功。加納西因為有了玻璃鏡、戒指和明劍，發現了一隻已被雄鷹拋棄而不欲生的蒼鷹，把牠醫治好、養育

4　威爾斯（H.Wells）著，吳文藻等譯：《世界史綱》（北京市：人民出版社，1982年），頁769。

好。[5]這樣的東方（中國）故事讓英國人驚異非凡，心馳神往。另外，喬叟在其翻譯的羅馬哲學家政治家波衣修斯（Boethius, 475？-525？）的《哲學的安慰》（*De Consolatione philosophiae*）中提到的「賽里斯國」，即「絲綢之國」，指「中國」。

第二節　英國中世紀想像性遊記裡的中國印象

　　早期（十四至十六世紀）英國文學裡的中國形象多半是傳奇與歷史的結合，人們心目中的東方（中國）世界是一個神秘、奇幻、瑰麗的樂土。這方面英國散文始祖曼德維爾的《遊記》（*The Travels of Sir John Mandeville*, 1357）[6]最為典型，而成為歐洲中世紀一部極富想像力的散文體虛構遊記。[7]

一　《遊記》的價值與意義

　　據載，一四九九年列奧納多·達芬奇由佛羅倫薩遷往米蘭時，其

5　喬叟的這個故事很有趣，只可惜沒有講完，因而便引起十七世紀英國大詩人彌爾頓（John Milton）的感嘆：「但是，憂鬱的貞女呵，我願你……喚起那個人，他雖未講完，卻已講到勇敢的康巴汗，康貝爾以及阿爾吉塞夫，講到誰娶了加納西做媳婦（她有神戒和寶鏡各一），以及誰給的青銅的神駒（那是韃靼國王的御騎）……」（《幽思的人》）

6　《曼德維爾遊記》中譯本由筆者與郭澤民合譯，上海書店出版社二〇〇六年初版，二〇一〇年再版。

7　曼德維爾著成這部《遊記》後，在歐洲中世紀迅速流行。到一四〇〇年前後，該書擁有了歐洲各主要語言的版本，一四七〇年前，已廣為歐洲大多數階層的讀者所知曉，成了名噪一時的暢銷書。據統計，現存的《遊記》版本、手稿有三百餘種之多，涉及到法語、英語、拉丁語、德語、荷蘭語、丹麥語、捷克語、義大利語、西班牙語、愛爾蘭語等眾多語種。與《馬可·波羅行紀》版本七十七種，《鄂多立克東遊錄》版本七十六種相比，曼德維爾的《遊記》稱得上是歐洲中世紀最流行的非宗教類作品。

隨身攜帶的四十本書中有一本就是《曼德維爾遊記》。這是一部中世紀最流行的非宗教類作品，曾躋身於「世界暢銷書」之列，且成為首部享受這等殊榮的歐洲作品。長久以來，此作對於西方文學的影響可謂廣闊而深遠。莎士比亞和班揚就是眾多這樣那樣借鑑過此書的英國作家裡的兩位代表。比如，莎士比亞《奧賽羅》第一幕第三場一百四十三至一百四十七行寫到：「那些廣大的岩窟、荒涼的沙漠／突兀的崖嶂、巍峨的峰嶺，／還有彼此相食的野蠻部落／和肩下生頭的化外異民，／都是我的談話題目。」[8]還有莎士比亞《無事生非》第二幕第一場裡，培尼狄克在提及貝特麗絲時曾尖酸地說：「我現在願意到地球的那一邊去，給您幹無論哪一件您所能想得到的最瑣細的差使：我願意給您從亞洲最遠的邊界上拿一根牙籤回來；我願意給您到埃塞俄比亞去量一量護法王約翰的腳有多長；我願意給您去從蒙古大可汗的臉上拔下一根鬍鬚，或者到侏儒國裡去辦些無論什麼事情；可是我不願意跟這妖精談三句話兒。」[9]這些劇作片段表明莎士比亞蒙受著曼德維爾的恩惠。[10]

8　轉引自：朱生豪譯：《莎士比亞全集》（南京市：譯林出版社，1999年），悲劇卷上卷，頁401。

9　轉引自：朱生豪譯：《莎士比亞全集》（南京市：譯林出版社，1999年），悲劇卷上卷，頁401。譯文中的「護法王約翰」即通常所說的「祭司王約翰」或「約翰長老」。當時歐洲傳說，亞洲東部，不能到達之處，有信奉基督教的國王，名「護法王約翰」，財富驚人。後來傳說又演變為某一阿比西尼亞（埃塞俄比亞）國王名「護法王約翰」。

10　班揚《天路歷程》第一部描寫基督徒經過一個叫「死陰谷」的山谷：「裏面一片漆黑；在那兒我們還看見從深坑裡來的小鬼、妖怪和龍；我們還看見從山谷傳出來的連連不絕的號哭聲和叫嚷聲，就像上了手銬腳鐐的人們在極端痛苦中悲傷地坐在那兒發出來的聲音一樣；在山谷的上空籠罩著混亂得使人沮喪的雲塊；死亡也老是在那上面展開它的翅膀。總之，是個混亂到了極點的混沌，一切的一切都叫你毛骨悚然。」到天國去的路就在它中間穿過，地獄的入口也在山谷的中央。這裡，班揚對「死陰谷」的描述亦得益於《曼德維爾遊記》第八章「祭司王約翰的國土」裡的「絕谷」篇：「米斯陶拉克島毗鄰的皮森河（Pison）左岸不遠處有一個令人不可思議的所在。於綿延近四英里的山中有一座山谷，有人稱之為迷谷，有人稱之為魔鬼

　　不過，幾個世紀以來，人們對該《遊記》價值的評判頗多差異。它曾被十五世紀的航海家哥倫布（Christopher Columbus）引之為環球旅行可行性的證據，其作者既被十七世紀著名的遊記探險作品的編纂者塞繆爾・珀切斯（Samuel Purchas）[11]稱為「世界上最偉大的亞洲旅行家」（the greatest Asian traveler that ever the world had），又被十八世紀的文壇領袖約翰遜（Samuel Johnson）博士譽為「英國散文之父」（the father of English prose）；該書在十九世紀也曾被譏諷為「剽竊之作」（plagiarized text），二十世紀中後期，又重新被定位為「幻想文學」（Imaginative Literature）的代表作，該書英譯本編注者的序言中即曾評價其價值「恰在於其精緻的文筆，在於其展示了一幅中世紀人們的思想情趣、宗教信仰、神話傳奇以及整個基督世界大膽馳騁想像之風習的如畫長卷。」[12]

　　現在看來，《遊記》依舊頗富生命力，其具有多方面的價值毫無疑義。作為遊記文學，它展現給基督徒們以許多陌生世界的生動圖畫；作為地理資料，它使歐洲的探險者堅信環球旅行的可能性和必要

谷，亦有人將其稱為絕谷。不管白天黑夜，人們常聽到谷中傳出狂風呼號、雷雨交加的聲響，種種紛擾嘈雜的動靜，和類似鑼鼓爭鳴、號聲嘹亮、彷彿舉行盛大慶祝般的喧鬧。谷中布滿了妖魔鬼怪，長久以來一直如此，土人聲稱那是通往地獄的一個入口。谷中藏有大量金銀財寶。很多異教徒，亦有很多基督徒不時深入谷中去尋寶，可得以生還之人卻寥寥無幾，因為不管是異教徒，還是基督徒，他們進去不久都被妖魔掐死了。」見John, Mandeville *The Travels of Sir John Mandeville; an abridged version with commentary* (London: William Collins Sons & Co. Ltd., 1973), p. 77.

11 塞繆爾・珀切斯（1577-1626），英國遊記和探險作品的編纂者。曾在劍橋的聖約翰學院和牛津大學學習。畢業後先後在埃塞克斯、倫敦泰晤士河畔的教區任牧師，遇到許多航海者。他繼英國地理學家哈克盧特之後從事百科全書式文集的編纂工作，編成《珀切斯遊記》（*Purchas His Pilgrimage*），分為四卷，於一六二五年出版。當時的遊記文學能激發英國人投身海外擴張和海外事業，因而珀切斯所編文集頗受歡迎，並成為與地理史及早期探險活動有關的重要問題的唯一資料來源。

12 Mandeville John, *The Travels of Sir John Mandeville; an abridged version with commentary* (London: William Collins Sons & Co.Ltd., 1973). p. 9.

性，與《馬可・波羅行紀》一起首次真正激發了歐洲人對東方中國持
久而濃厚的興趣。可以說，在地理大發現之前，馬可・波羅寫實的遊
記與曼德維爾虛構的遊記，就是歐洲人擁有的世界知識百科全書。但
人們拒絕相信馬可・波羅的描述，朋友們在他臨終時請求他收回他傳
播的所謂謊言，以拯救他的靈魂。[13]人們把馬可・波羅當作取笑對
象，吹牛者的代名詞，卻絲毫不懷疑曼德維爾那本虛擬遊記的真實
性，真可謂假作真時真亦假。確實，曼德維爾把關於東方的誘人鏡像
吹噓得眼花撩亂：那世間珍奇無所不有的蠻子國，那世界上最強大的
大汗君王，以及他那佈滿黃金珍石、香飄四溢的雄偉宮殿，還有那遙
遠東方的基督國王約翰……在這般神奇斑斕的幻景裡，歷史與傳奇
難以分辨，想像與欲望緊密相連，共同構造出人們心目中的烏托邦世
界。[14]

二　《遊記》作者及寫作諸問題

　　《遊記》作者的生平境遇在該書的不同文本中歧說紛紜，且多有
矛盾之處。[15]學者們的研究爭論讓我們漸辨漸明。一般認為，《遊記》
中的曼德維爾是英國散文始祖鬍約翰（John the Beard）的託名。約翰

---

13 馬可・波羅的回答卻是：「我見過的東西，還沒有說出一半呢。」他死後不久，威
　尼斯狂歡節上出現一類滑稽的小丑人物，盡說些瘋狂的大話，讓觀眾捧腹大笑，這
　就是當時人物心目中馬可・波羅的形象。甚至到了今天，當英國的小學生想說某人
　說大話時，往往會講這麼一句：「It's a Marco Polo」（這是個馬可・波羅）。參見拙
　著《中英文學關係編年史》（上海市：上海三聯書店，2004年），頁3-4。

14 關於《曼德維爾遊記》裡的東方想像，可參見拙著《霧外的遠音——英國作家與中
　國文化》，增訂版（福州市：福建教育出版社，2015年）第一章第一節「想像中的
　烏托邦——《曼德維爾遊記》裡的歷史與傳奇」的詳細內容。

15 關於《曼德維爾遊記》作者的考辨等，可參見拙文〈歐洲中世紀一部最流行的非宗
　教類作品——《曼德維爾遊記》的文本生成、版本流傳及中國形象綜論〉，載《福
　建師範大學學報》2006年第4期。該文收入拙著《經典重釋與中外文學關係新墾拓》
　（北京市：人民出版社，2014年）。

本人是博洽多聞的學者、醫生、語言學家及虔誠的基督徒，他對周遭的世界和人類事務懷有強烈的興趣。從某些方面看，他是闊步於時代前面的人。當時基督教相信地球是平的，他則堅信是圓的。他想像力強健豐富，天性卓犖不凡，所著《遊記》相傳為英國世俗文學中最初的散文著作，因為「它首次或幾乎是首次嘗試將世俗的題材帶入英語散文的領域」。[16]該書寫成後輾轉傳抄，譯本眾多，有識之士莫不人手一編，其風靡程度絲毫不讓《馬可・波羅行紀》。雖然此書中所述關於蒙古和契丹的知識，基本上從鄂多立克的遊記脫胎出來，但歐洲文學裡的中國讚歌實由此發軔。

　　《遊記》開頭的第一人稱開場白著實讓人們真假難辨：

　　　　在下約翰・曼德維爾爵士（忝列其中，說來慚愧），生於英國
　　　　聖奧爾本斯。我於西元一三二二年[17]聖米迦勒（St Michael）[18]

16　Letts Malcolm, "Introduction." In *Mandeville's Travels: Texts and Translations* (London: Hakluyt Society, 1953), 2 vols. 1: xlv.

17　約翰・曼德維爾一三二二年離開時，正值英國社會矛盾重重之際。其時在位的國王軟弱昏聵，與治下的貴族和詭計多端且野心勃勃的王后嚴重失和，結果注定了他五年後要被廢黜並慘遭謀殺的噩運。此外，那也是黑死病肆虐、百年戰爭正酣的一個世紀，但所有這些劫難在曼德維爾的書中都隻字未提。因為隨著眾商賈如波羅一家（先是馬可的父親和叔叔，繼而是他本人）和基督傳教士們如鄂多立克、柏朗嘉賓等帶回的對其時仍然陌生未知的東方的種種描述，當時一股驚嘆與愕然的情緒漸漸席捲了整個西方世界，而曼德維爾的這部書恰是此種熱潮的應運之作。此時，基督教徒的知識視野得到了大大的拓展，但與此同時，由波斯人、土耳其人和近中東的阿拉伯人所代表的一種威脅感也油然生起，而在那之外更為遙遠的某個地方，隱隱然還潛藏著無數的蒙古人。於是乎出現了要求再次進行十字軍東征以重奪聖地的喧囂。在本書起初的章節裡，當曼德維爾不妨說還行走在已知的天地裡時，我們不時聽到了這種呼聲的迴響。不過，當敘述深入至陌生世界後，這種回聲也就銷聲匿跡了。參見英文本的編者注：John Mandeville, *The Travels of Sir John Mandeville; an abridged version with commentary* (London: William Collins Sons & Co.Ltd., 1973), p. 15.

18　米迦勒，基督教《聖經》和伊斯蘭教《古蘭經》所載天使長之一。他像勇士執劍，

日出海雲遊，迄今久歷海外，遊覽八方，足跡遍及眾多鄉野僻
壤，采邑封地和島嶼岬角。先後漫遊了土耳其、大小亞美尼
亞、韃靼地方、波斯、敘利亞、阿拉伯半島和高低埃及；造訪
過亞馬孫之地、小印度（Ind the less）及泛印度（Ind the more）
的廣大地區，並登臨了印度四下裡的許多其他大小島嶼。在這
些地方生活著各色不同的民眾，他們形貌迥異，習俗法制相去
殊遠。下面且聽我將這諸多地方和海島的風情人物一五一十地
道來。[19]

　　約翰·曼德維爾爵士如此這番自述，也難怪珀切斯會以馬可·波
羅之後「世界上最偉大的亞洲旅行家」的美譽相送。可是這位爵士充
其量只是個乘上想像的翅膀、身在座椅上的旅行家。他在書中描述的
許多事情和地方均係子虛烏有。比如他著墨不少的亞馬孫之地和祭司
王約翰的王國就純屬傳說中的國度，其對後者活靈活現的描述全然是
依託於一份偽造的文件。客觀上講，在曼德維爾的敘述中，事實與虛
構並存，令人真假難辨。他確有可能到訪過聖地，甚至興許曾深入埃
及和敘利亞境內，但沒有任何證據可以表明他去過更遠的地方，如印
度、中國、東印度群島，以及那千千萬萬座島嶼和熱鬧繁華的都市，
而這一切都被他歸屬在界限模糊而令人迷惑的廣闊的「印度」（Ind）
和「契丹」（Cathay）地域之內。[20]

或與龍搏鬥，或作降龍狀。米迦勒節（Michaelmas），基督教節日，紀念天使長米
迦勒。西方教會定在九月二十九日，東正教會定在十一月八日。中世紀的歐洲，此
節日非常隆重。其日期恰逢西歐許多地區秋收季節，不少民間傳統都與它有關。英
格蘭人有在此節日食鵝肉的習俗，以保證來年生活富裕。愛爾蘭人過此節時把戒指
雜在餡中作餅，吃到這枚戒指者，即將有結婚之喜。

19 John Mandeville, *The Travels of Sir John Mandeville; an abridged version with commentary* (London: William Collins Sons & Co.Ltd., 1973), p. 15.

20 John Mandeville, *The Travels of Sir John Mandeville; an abridged version with commentary* (London: William Collins Sons & Co.Ltd., 1973), p. 11.

　　面對這樣一部不少內容顯然係面壁之作的遊記，人們對此也不是沒有逐步察覺，關鍵是讀者已經不在真偽問題上多費周折，倒寧願不明究裏地跟著作者到那些奇異的國度裡遨遊一番。我們在繪製於一三〇〇年左右的一幅中世紀世界地圖（the Mappa Mundi）中，可以看見當時人們對外部世界的想像圖景，這就是曼德維爾心目中的世界，也是基督徒眼中的世界，也是人們普遍寧願見到的世界，儘管其時馬可・波羅和其他一些人正將知識視野拓展得日益寬廣。對於基督世界之外存在的那個巨大的未知天地，他們是既神往而又驚懼，在教會的鼓動下，他們仍舊墨守著傳統的宇宙觀和那些古老的信念。但是，指出當時的人們蒙昧輕信，並不是說他們愚笨魯鈍。他們沒有見到的，他們以想像彌補之。他們對那個未知的天地產生了各種幻象：妖魔鬼怪有之，聖賢明哲有之，種種能人異士亦有之，有權威顯赫的君王，亦有駭人聽聞的奇異生靈。在這豐富的遐想中他們也豐富了自己的生存。所以他們樂意聽信曼德維爾的故事也就不足為奇了，而對這些故事曼德維爾本身自是深信不疑的，因為它們也賦予了他快樂。[1]

　　曼德維爾爵士把自己的杜撰想像強加於公眾正是元亡明興的時候。隨著在華的歐洲人被逐出中國，遠東的帷幕對歐洲人再度落下，曼德維爾遊記遂成為此後二百年關於東方最重要和最具有權威性的經典。

　　十九世紀下半葉，人們逐步認識到該書並非一次真實遊歷的紀錄，儘管曼德維爾自己再三宣稱它是一本原始述錄。根據學者們的研究考辨，曼德維爾所講故事的資料來源有以下幾個方面：馬可・波羅（Marco Polo）的《東方行紀》（*The Travels of Marco Polo*），博韋的文森特（Vincent of Beauvais）的《世界鏡鑒》（*Speculum Majus*），柏朗嘉賓（John de Plano Carpini）的《蒙古行紀》（*History of the*

1　John, Mandeville *The Travels of Sir John Mandeville; an abridged version with commentary* (London: William Collins Sons & Co.Ltd., 1973), p. 12.

Mongols），鄂多立克（Odoric of Pordenone）的《東遊記》（*The Eastern Parts of the World described by Friar Odoric*），海敦親王（Haiton the younger）的《東方史鑒》（*Fleur des Histoires d'Orient*），以及流傳甚廣而實係他人偽造的祭司王約翰的信（The Letter of Prester John）。其中像文森特那部大百科全書性質的《世界鏡鑒》，就是他主要的常備物，該書收錄了古代和中世紀許多有關地理學及自然史的學說。而柏朗嘉賓，尤其是鄂多立克的東方遊記更是他的重要參考讀物。相比較而言，馬可·波羅的東方遊記並未被大量援引，或許馬可·波羅的遊記在此之前已得到了廣泛傳播，為避嫌，它不在該書作者的引用之列。

曼德維爾關於中國部分的敘述，儘管材料主要來源於鄂多立克，但是他們表現出來的風格完全不同。兩部作品中，敘述者曼德維爾的仁慈、寬容與鄂多立克的刻板、正統形成了鮮明對照。一個充滿熱情和活力，另一個蹣跚而行；一個進行著奇異的精神漫遊，另一個進行著艱難的肉體跋涉。鄂多立克組織作品材料似無選擇，凡是他經歷的以及能夠回憶起來的都記錄無遺；而曼德維爾則進行了文學的篩選和創造。兩者在形式、物質和意圖方面存在著較大差異。[2]與鄂多立克顯示的排外心態相比，曼德維爾更具包容性。展現在我們面前的遊記主人翁形象——曼德維爾，他誠實、謙恭、敬畏上帝；他眼界寬闊，幽默風趣並富有探索精神；他坦率、自省，引發讀者的深思及自我審視：歐洲是否具有對真理、知識、宗教等的壟斷權？

三　《遊記》裡的中國形象

研究中世紀歐洲中國形象的著名學者康士林（Nicholas Koss）教

2　Bennett Josephine Waters, *The Rediscovery of Sir John Mandeville* (New York: MLA, 1954), p. 39.

授[3]認為中世紀歐洲人關於中國形象的建構主要有三種模式。一是通過親身遊歷構建中國形象，如鄂多立克；二是通過改寫原有的歐洲文本建構中國形象，如曼德維爾；三是通過亞洲或中國人的敘述話語構建中國形象，如馬可‧波羅。[4]相比較而言，曼德維爾筆下的中國形象與鄂多立克眼中的中國形象就有較大的差別，兩者的側重點不同。鄂多立克作品中的中國形象側重表現物質層面，如城市的宏大、人口的眾多以及食物的充足。他在其作品中提到十個城市，均有整段描寫。曼德維爾作品中僅列出了六個城市的名字，其中只有三個城市有較詳細描寫，而且描述的城市規模均比鄂多立克作品中的小很多。曼德維爾在鄂多立克文本的基礎上做了不少改進，發揮了不少想像。其中特別注重於中國人的方方面面，如中國男人的鬍鬚[5]；中國女人的裹腳[6]；中國寺院裏的美麗大花園及僧侶們的信念[7]；中國的矮人──侏儒[8]；還有中國富人的生活方式。[9]

　　曼德維爾對中國人的以上這些方面表現出了極大的興趣。不過，《遊記》的幾個主要版本在中國形象的重塑方面並非如出一轍。在法

3　臺灣輔仁大學康士林教授（Bro. Nicholas Koss）所著英文論著《中世紀歐洲的中國形象》（臺北市：書林，1999年），通過幾個有代表性的中世紀文本，詳細探討了中世紀歐洲中國形象的起源、傳播及其實質。本部分寫作頗受該著啟發，部分資料亦取自於該書，謹致謝忱。

4　Nicholas Koss, *The Best and Fairest Land: Images of China in Medieval Europe* (Taipei: Bookman Books, Ltd, 1999), p. 136.

5　John Mandeville, *The Travels of Sir John Mandeville; an abridged version with commentary* (London: William Collins Sons & Co.Ltd., 1973), p. 52.

6　John Mandeville, *The Travels of Sir John Mandeville; an abridged version with commentary* (London: William Collins Sons & Co.Ltd., 1973), p. 83.

7　John Mandeville, *The Travels of Sir John Mandeville; an abridged version with commentary* (London: William Collins Sons & Co.Ltd., 1973), p. 53.

8　John Mandeville, *The Travels of Sir John Mandeville; an abridged version with commentary* (London: William Collins Sons & Co.Ltd., 1973), p. 54.

9　John Mandeville, *The Travels of Sir John Mandeville; an abridged version with commentary* (London: William Collins Sons & Co.Ltd., 1973), pp. 83-84.

文本《遊記》中，曼德維爾刻意拉開了讀者與中國的距離，這與鄂多立克的做法有別。鄂多立克的作品往往使用第一人稱的敘述方法，還不斷拿中國與歐洲比較，例如城市的大小、人口的眾多、女人的美麗等，讀者猶如伴隨鄂多立克共同遊歷中國。曼德維爾的做法完全不同，他採用的是第三人稱敘述方式，拉開了讀者與中國的距離，同時較少將中國與歐洲作對比，只是說中國的女人是那個地區更加美麗的，中國的乳酪在那個地區更大、更便宜。曼德維爾顯然拒絕接受鄂多立克試圖傳達給讀者的資訊——中國在許多地方是世界上最好的，他仍然想像西方的社會、文化是世界上最優秀的。

曼德維爾的《遊記》之所以極富吸引力，其主要原因是書中對大汗和祭司王約翰等幾章內容的描述。在他眼中，「大汗才是遠方所有地方最偉大的帝王和至高無上的君主，他統治著契丹（Cathay）諸島和許多其他海島，以及印度（Ind）的大片土地，其疆土直逼祭司王約翰（Prester John）的地界，他擁有的領土真可謂廣袤無邊。其巨大的權威和顯赫的尊貴舉世無雙，絕非蘇丹王可以比擬。」[10]曼德維爾不僅用奇蹟，而且用過多的黃金和珍石潤飾著前人對大汗宮殿的記述。

曼德維爾懷疑讀者不會相信這樣一種五彩繽紛的圖景，所以就厚著臉皮說「我到過那兒」，信不信由讀者自己決斷。同樣他又將大汗的來歷置於基督文化傳統的背景裡，再次滿足著西方人的心理渴求：原來大洪水過後，諾亞（Noah）三個兒子中的一個「含」（Cham）佔有了世上最好的一塊地方——亞洲，因而最強大也最富有，加之又征服了一些民族，因此被尊為「汗」與「天下的君主」。

讀罷《遊記》中契丹大汗的故事，我們分明看到了基督傳奇的影子。由此顯示著傳統文化對異文化強大的歸化與認同功能。當兩種文化展開最初的接觸時，首先總會在自身文化傳統視野內對異域文化進

---

10 John Mandeville, J*The Travels of Sir John Mandeville; an abridged version with commentary* (London: William Collins Sons & Co.Ltd., 1973), p. 20.

行簡化、改造，這符合人們接受異文化的基本心態。於是，當中國形象進入歐洲文化視野內時，也便會遭到基督教神話的改造變形。因為，「在文化接受視野內，期望之中或欲望改造過的信息往往讓人印象深刻，因為它已經過自身文化傳統的組構、編碼，變成資訊準確，有說服力的東西了。」[11]曼德維爾正是在基督教義與騎士道視野內改造了契丹大汗的形象，同時展現著歐人集體記憶中的傳統欲望。

　　在曼德維爾看來，契丹大汗作為一個偉大的君主，他可以隨心所欲地揮霍、享樂，因為他並不是用金銀作錢來花費，而是用紙鈔當作金錢。紙鈔流通全國，他用金銀來建造他的宮殿。大汗用紙幣而不用金銀消費，實在讓當時的歐洲人羨慕不已。[12]呈現在讀者面前的大汗的大都城更是流光溢彩、珠動玉搖，叫人眼花撩亂，心馳神往。或許正是這童話王國般的幻境強烈地刺激著人們的神經，滿足了他們心理上對權勢、財富、珍寶的貪戀與企羨。所以，儘管曼德維爾的遊記經不起明眼人的推敲琢磨，但時人仍視之如奇文，為之洛陽紙貴，其深層的人性期待欲望當是不言自明的。

　　曼德維爾還利用那些偽造的祭司王約翰寫的信件（儘管他自己並不知曉），加上出自其他方面的材料（如馬可‧波羅的遊記），共同建

11　參見周寧〈跨文化的文本形象研究〉一文，載《江蘇社會科學》1999年第1期。

12　曼德維爾此說法大概來源於馬可‧波羅。後者在其《東方行紀》中記載了大汗用樹皮所造之紙幣通行全國的情形（見《馬可‧波羅行紀》（馮承鈞譯本），頁237-238）。馬克思在《政治經濟學批判》裡談到所謂「虛價貨幣」時說「因而，相對沒有價值的東西，如紙，可以作為金貨幣的象徵發生作用」，而「在信用完全沒有發展的國家，如中國，早就有了強制通用的紙幣」。在其注釋裡，馬克思就引用了曼德維爾爵士《航行與旅行》一七〇五年倫敦版第一〇五頁的內容說，「這個皇帝（中國皇帝）可以無限制地盡情揮霍。因為除了烙印的皮或紙以外，他不支出也不製造任何其他貨幣。當這些貨幣流通太久，開始破爛時，人們把它們交給御庫，以舊幣換新幣。這些貨幣通行全國和全省……他們既不用金也不用銀來製造貨幣」，曼德維爾認為，「因此他可以不斷地無限制地支出。」（《馬克思恩格斯全集》〔北京市：人民出版社，1962），卷13，頁107-108。）

構起一幅神奇無比的令人神往的東方世界。就這樣，曼德維爾在《遊記》裡重現著歐洲關於祭司王約翰的神奇傳說，再次把人們的目光引向了遙遠東方的那片神秘的樂土。而這一最為強大、最為聖潔的人間統治者，以及他的奢華、仁慈，他那為數眾多的僕從，他那幸福的臣民以及他那繁忙的城市，必定會給西方許許多多暗淡無光的城市帶來生氣和斑駁的色彩，為世界上成千上萬被戰爭喧囂鬧得頭暈腦脹的人，帶來新的勇氣和希望。這或許正是《遊記》具有誘人魅力、歷久不衰的原因所在。

　　一種文化語境內異域形象的變化無不暗示本土文明的自我調整，其中展示的是他們對異國的想像、認知，以及對自身欲望的體認、維護。曼德維爾對蠻子國、大汗王國的虛構傳奇，以及祭司王約翰的神奇傳說，無不展示著中世紀晚期人們的想像欲望，他們需要有一個物質化的異域形象，以此作為超越自身基督教文化困境的某種啟示。這當是我們觀照《曼德維爾遊記》時，所不應忽視的閱讀策略。[13]

第三節　「契丹探險」與文藝復興時期英國作品裡的中國題材

一　「契丹探險」計畫與東方誘惑

　　英國自十六世紀起開始尋找從海上到達中國的捷徑。[14]一五七六

---

13 關於本土文化視域裡的異域形象問題，筆者在拙著《他者的眼光：中英文學關係論稿》（銀川市：寧夏人民教育出版社，2003年）附錄二「西方文化視野中的中國形象及其誤讀闡釋」，以及拙文〈「中國不是中國」：英國文學裡的中國形象〉（《福建師範大學學報》2005年第5期，人大報刊複印資料《文藝理論》2005年第12期全文轉載）裡做了詳細討論。

14 拉雷教授（Walter Raleigh）在《英國16世紀的航海業》一書中說：「探尋契丹確是冒險家這首長詩的主旨，是數百年航海業的意志、靈魂。……西班牙人已執有西行

年，航海家馬丁‧傅洛比雪爾（Martin Frobisher）率領一支由倫敦商人裝備的探險隊，試圖開闢通過北美進入中國的西北航道，探險隊航至現在的巴芬地（Baffin's Land），組織了中國公司（The Company of Kataia），卻沒能取得進展。此後，英國人又多次組織了自西北通過北美或自東北通過俄羅斯進入中國的探險隊，都未獲成功。這樣一個名為「契丹探險」（Cathay venture）的向外發展的計畫，參加者既有英國政界人士、鉅賈大賈，也有航海家、地理學者，伊莉莎白女王也參與其中。雖然這些計畫未能成功，不過朝野上下卻因此都熟悉「契丹」[15]一類的名詞了。

隨著資本主義的發展壯大，殖民擴張思想在伊莉莎白時代得到廣泛傳播。與此相適應，此時期印行了許多關於航海、旅行與地理發現的文章。一五七三年，威廉‧布爾（William Bourne）發表《論海上霸權》（*A Regiment of the Sea*）一書，證明從英國到中國可能存在的五條道路。而英國地理學家理查‧哈克盧特編譯的《英吉利民族的重大航海、航行、交通和發現》（*The Principal Navigations, Voyages, Traffiques, and Discoveries of the English Nation*, 1599，簡稱《航海全書》），被譽為「一篇出色的關於中華帝國及其社會階層和政府的論文」（An Excellente Treatise of the Kingdom of China, and of the Estate

---

航線，經過馬加倫海峽，葡萄牙人執有東行航線，經過好望角；於是英國人只剩下一條可走——向西行。」轉引自方重：《英國詩文研究集》（上海市：商務印書館，1939年），頁1-2。

15 契丹，本是中國北部的一個民族，十世紀初崛起後，創建了強大的遼王朝，英名遠播，致使歐洲人以「契丹」（Cathay）來稱呼中國北部，進而又以「契丹」稱呼整個中國。中世紀晚期歐洲人對世俗欲望的熱情，當然與古希臘羅馬文化的復興分不開，同樣也有來自遠東契丹的誘惑。在他們眼中，「契丹國幅員甚廣，文化極高。世界上無一國，開化文明，人口繁盛，可與契丹比擬者。」（拉施特《史記》〈契丹國傳〉）十四世紀初，亞美尼亞親王海敦口述的《契丹國記》對契丹有詳細的描寫，參見張星烺：《中西交通史料彙編》（北平市：輔仁大學圖書館，1930年），第4冊，頁27-30。

and Government）。

　　一五九二年，英國艦隊在阿速爾群島附近截獲了一艘葡萄牙商船「聖母號」。船上除了有英國人從未見到過的東方奇珍異寶以外，還有一本於一五九〇年（明萬曆十八年）在澳門出版的拉丁文著作《關於日本使節朝拜羅馬教廷的對話》（ *De Missione Legatorum Iaponensium ad Romanam Curiam* ），內容是關於東方國家的情況介紹。這本書被當作寶貝拿來給英國地理學家哈克盧特（Richard Hakluyt, 1552-1616）看時，它被「裝在一只香木匣子裡，用印度花布包裹了上百層，真好像它是一件無價珍寶」。哈克盧特承認，這是「一種我認為是迄今為止發現的記載那些國家最準確的書」。哈克盧特找人把這本書關於中國的敘述摘譯出來，編入《英吉利民族的重大航海、航行、交通和發現全書》之中。[16]

　　哈克盧特摘譯的部分共三十頁，則以三人對話形式介紹中國，對中國多方面進行褒揚，但也不乏理性分析。該書被稱為是一部英國人民和這個國家的「散文史詩」，也被看作是伊莉莎白時代英國精神風貌的標誌，問世後風靡一時，影響深遠。有關中國的知識同樣隨著這部巨著一起流行，對當時的英國人而言，遠方的中國大概就是上帝創造的一個新世界。可以說，這種對於航海與旅行的興趣，對於遠方國家的注意，以及這方面頗為發達的翻譯與出版工作，是伊莉莎白時代英國社會的一大特徵。

---

16 哈克盧特譯印此書時，沒有提及原書作者姓名。實際上這本書的作者是一批耶穌會士，有利瑪竇、范禮安（Alexandre Valignani, 1538-1606）、孟三德（Duarte de Sande, 1531-1600）等。書中介紹了中國的疆域、皇家稅收、北部邊防、長城、人口、府縣數目、中國歷史上的內戰及戰亂帶給人民的苦難、手工藝（包括製瓷、印刷、製炮）、繪圖、航海、天文、農作物、宗教、政府組織、內閣、官員的升遷、皇帝和皇室情況等，還較為詳細和準確地介紹了中國的科舉制，並第一次向西方人介紹了中國的儒教、道教和佛教。某種意義上，這是十六世紀末歐洲人中國觀的一個縮影。

二　倫敦出版中國題材譯著

　　本時期中國知識在英國的傳播，主要得益於歐洲其他國家有關中國題材論著的譯介。一五七七年，在倫敦出版了一本由Richard Willes從義大利文翻譯過來的關於中國和中國人的著述《外省中國報導》。該書根據Galeotto Perera的遊記改編，英文書名很長："*Certayne Reportes of the Province China, Learned through the Portugalles there imprisoned, and by the relation of Galeotto Perera, a gentleman of good credit, that lay prisoner in that countrey many yeres*"。該書又包含在下面這部著述裡："*The History of Trauayle in the West and East Indies and other Countreys lying eyther way towardes the fruitfull and ryche Moluccas*"。後者先是由Richarde Eden搜集整理，後經Richard Willes重新編排得以最終完成，並在倫敦由Richard Iugge重印。《外省中國報導》則簡潔而有趣地選擇了關於中國的資訊，如全國分為十三個省、中國人的風俗習慣、宗教信仰、完備的考試制度、地方政府、監獄刑法等等。作者還指出中國人否定他們的國家叫「中國」（China），而叫「大明」（Tamen）。書中關於中國的敘述，均譯自義大利旅行家的作品。全書結尾還向讀者鼓動說通過西北航道進入中國是很有利的，因而又配合了英國資產階級殖民擴張思想的宣傳需要。

　　另一本關於中國的書，由約翰・弗朗卜頓（John Frampton）翻譯，一五七九年在倫敦出版英文版。該書的英文書名為："*A Discourse of the Navigation which the Portugales doe make to the Realmes and Prouinces of the East partes of the Worlde and of the Knowledge that growes by them of great thinges, which are in the Dominons of China, written by Bernardine of Escalante, of the Realme of Galisia Priest*"。這是艾斯凱朗特（Escalante）編撰的有關葡萄牙在遠東地區活動情況的

遊記，中文書名可譯為：《葡萄牙人赴中國統治下的世界東方文明學識之邦的航海遊記》，此書可以使英國人了解中華帝國的一些重要風物。

一五八八年，英國擊敗西班牙「無敵艦隊」，一躍成為最大的海上強國。就是這一年，西班牙門多薩（Juan González de Mendoza, 1545-1618）《中華大帝國史》（*Historia de las cosas más notables, ritos y costumbres del gran Reyno de la China*）在倫敦發行了英譯本：*The Historie of the great and mightie kingdome of China, and the situation thereof: togither with the great riches, huge cities, politike government, and rate inuentions in same*。譯者為羅伯特‧派克（Robert Parke）。本書成為當時英國人獲取中國知識的最為重要的來源。十六世紀末年，歐洲人對中國知之甚少，有關中國的讀物極為罕見。對於歐洲人來說，《中華大帝國史》是馬可‧波羅的《遊記》以後介紹中國的第一部重要著作，受到普遍歡迎，產生較大影響。英國作家弗蘭西斯‧培根讀了此書後，認為中國是一個值得敬重的國家。

三　英人首次提及中國文學

英國學者喬治‧普登漢姆（George Puttenham, 1529-1591）在遊覽義大利期間，從朋友那裡了解到了關於東方詩歌的一些知識，並對中國和波斯的詩歌產生了興趣。一五八九年，出版《英國詩歌藝術》（*The Arte of English Poesie*）一書，講述了這件事的原委：「在義大利期間，（我）熟識了一位紳士，他曾長時在東方各國旅行，看見過中國和韃靼王子的宮院。我對這些國家的細情，特別是各種學識和民間詩歌很好奇，他就告訴我：他們完全生活在極聰明的創造之中，他們運用詩歌，但不像我們那樣，冗長而沉悶地描寫，因此他們要表達奇思妙想，就用簡潔的詩韻，寫成菱形詩或方塊詩，或其他類似的圖形。他們還依原樣刻在金、銀、象牙之上，有時則用五彩寶石巧黏成

字，點綴鏈子、手鐲、衣領或腰帶，贈送情人，以作懷念之物。這位紳士送給我幾首這樣的詩，我逐字逐詞地把它們翻譯過來，盡量逼肖原來的句子和形狀。這多少有點難以處理，因為要受原來圖案的限制，不能走樣。」[17]拉赫（Donald F. Lach）在其巨著《歐洲形成時期的亞洲》（*Asia in the Making of Europe*）裡指出，普登漢姆得到的是一種「圖案詩」（pattern poems），一種在中國和波斯早已存在的「文字遊戲」，而且他還提到了東方詩歌的其他一些特點，特別是暗示性和簡明性。儘管這些話「即使在現在聽起來也異常準確」，但在當時並沒有產生多大的影響。

四　英國作品裡的中國題材

　　一五九一年，英國打破葡萄牙的海上封鎖，獲得了取道好望角進入東方的航海權。英國資產階級憑藉其海上優勢，展開了大規模的海外殖民擴張活動。其後關於東方中國的各種直接與間接的知識得以在

---

17 *The Arte of English Poesie*, edited by G. D. Willcock and A. Walker (Cambridge UP, 1936), pp. 91-92. 這段最早涉及中國文學資訊的珍貴文獻，其原文是："But being in Italie conuerfant with a certaine gentleman, who had long trauailed the Orientall parts of the world, and feene the Courts of the great Princes of China and Tartarie. I being very inquifitiue to know of the fubtillities of thofe countreyes, and especially in matter of learning and of their vulgar Poefie, he told me that they are in all their inuentions moft wittie, and haue the vfe of Poefie or riming, but do not delight fo much as we do in long tedious defcriptions, and therefore when they will vtter any pretie conceit, they reduce it into metricall feet, and put it in forme of forme of a *Lozange* or fguare, or iuorie, and fometimes with letters of ametift, rubie, emeralde or topas curioufely cemented and peeced together, they fende them in chaines, bracelets, collars and girdles to their miftreffes to weare for a remembrance.Some fewe meafures compofed in this fort this gentleman gaue me, which I tranflated word for word and as neere as I could followed both the phrafe and the figure, which is fomewhat hard to performe, because of the reftraint of the figure from which ye may not digreffe." 見 *The Arte of English Poesie*, edited by G. D. Willcock and A. Walker (Cambridge UP, 1936), pp. 91-92.

英倫傳播，為英國作家拓寬視野，汲取創作素材提供了方便。

　　「大學才子」派的代表人物，戲劇家克里斯多弗‧馬洛（Christopher Marlowe, 1564-1593）編寫的《帖木爾大帝》（上篇）[18]，於一五八七年十月，由倫敦海軍提督劇團公演，在觀眾中引起轟動。後來一五九〇年，由出版商理查‧瓊斯連同該劇的下篇一併在倫敦出版。書的扉頁上印有：「帖木爾大帝，原係西徐亞的一個牧羊人，憑其罕聞的蓋天戰功，一躍而成為極其強大有力的君主，且（因其暴虐和恐怖的征服）為世人稱作『上帝之鞭』。全劇分上、下篇，由海軍提督劇團於不同日期在倫敦市的舞臺上演出。現由理查‧瓊斯首次出版發行，霍爾本橋畔羅斯──克朗印刷廠印刷，一五九〇年，倫敦。[19]

　　關於中國的零星知識也呈現於莎士比亞的戲劇作品之中。比如，《溫莎的風流娘兒們》（1599）第二幕第一場、《第十二夜》（1601）第二幕第三場，均提到「契丹人」（Cataian）形象。十八世紀的英國學者喬治‧斯蒂文斯（George Steevens）在校注《溫莎的風流娘兒們》時說Cataian、Cathayan（契丹人）這個名詞等同於「賊或騙子」。其理由是在歐洲文學中，「契丹」等同於「中國」；而中國人素

18 帖木爾崛起於中國元、明兩個王朝更替之際。十三世紀初，成吉思汗在統一蒙古和向外擴張中，曾把其領土分封給四個兒子，以後逐漸形成窩闊臺、察哈臺、伊兒和欽察四個汗國。後來窩闊臺封地併入察哈臺，而察哈臺封地內的貴族之間不斷發生爭鬥，十四世紀初葉，形成了東西兩大割據勢力。一三七〇年（明洪武三年），西察哈臺的蒙古貴族帖木爾推翻了撒馬爾罕的統治者，奪取了統治權，自稱為成吉思汗的繼承者，成為整個察哈臺汗國君主，隨後不斷向外擴張，建立了盛極一時的帖木爾帝國。

19 原文是："Tamburlaine the Great, who, from a Scythian shephearde, by his rare and woonderfull conquests, became a most puissant and mightye monarque, and (for his tyranny, and terrour in warre) was tearmed The Scourge of God. Diuided into two tragicall discourses, as they were sundrie times shewed upon stages in the Citie of London, by the right honorable the lord Admyrall, his seruantes." Now first, and newlie published. London, printed by Richard Ihones: at the signe of the Rose and Crowne neere Holborne Bridge, 1590.

來善於做賊或騙子的，所以契丹人的含義便是賊或騙子了。以後編的《新英文字典》（*New English Dictionary*）就引用斯蒂文斯的話來解釋這個名詞，在「契丹人」這個詞後面加上「賊、狂徒、流氓」三個意義。一九七九年，有位叫昂格爾（Gustar Ungerer）的學者著文認為斯蒂文斯的說法（即「契丹人」是賊或騙子）並沒有什麼根據。他列舉當時的大量文獻，得出的結論是：「契丹人」意為「開化的異教徒（或外國人）」。范存忠先生在談到這一問題時，說這項工作很有意義，希望以後能有進一步的闡發。[20]

　　「中國」（China）一詞，也出現在莎士比亞劇作之中。其喜劇《一報還一報》（*Measure for Measure,* 1604）裡就有句頌揚中國瓷器的話："They are not China dishes, but very good dishes." 意思是：儘管不是中國的，可的確是上等的餐具。[21]

　　與莎士比亞同時代的著名戲劇家本・瓊生於一六〇五年演出了一部最富於野性的喜劇《老狐狸伏爾朋》（*Volpone, or the Fox*），提到中國人。該劇以威尼斯為背景，描寫那裡的商人肆無忌憚，追逐私利，那裡的丈夫唯利是圖，粗暴無理，那裡的律師撒謊腐敗，就連去那裡訪問的人都把那裡城市的裝腔作勢誤以為是老練成熟。其中有個角色說：「先生，我聽說，／你們的猢猻是間諜，它們／是接近中國的狡猾一群。」[22]

---

20 其實，這一難題早在二十世紀三〇年代初期，就由張沅長著文詳加駁斥。他在《國立武漢大學文哲季刊》第二卷第三號（1933）上發表長篇文章〈英國十六十七世紀文學中之「契丹人」〉，辯駁了斯蒂文斯等人所認為的「契丹人」就是「賊或騙子」的說法。

21 玄學派詩人多恩（John Donne, 1572-1631）在一首哀悼馬卡姆夫人（Lady Warkham）的詩中，寫到夫人的肉體在墳墓中昇華：「如中國人，當一個世紀逝去，／在瓷品中采集揉進的瓷泥。」(As men of China, after an age's stay. Do take up Porcelain, Where they burried Clay.)

22 原文是：I have heard, sir, That your baboons were spies, and that they were. A kind of subtle nation near to China. 本・瓊生這部戲後於一六〇七年出版。

　　作為英國的他者，中國人形象在英國戲劇作品裡帶有狡黠的特性，孰是孰非，無從追問。同一時期，卻有一個真正的中國人登上了倫敦戲劇舞臺，這次是一個魔術師。一六〇四年元旦，一位觀眾津津樂道地告訴我們說：「新年的一天晚上，我們觀看了一齣戲，演的是善良的羅賓，還看到一個中國魔術師戴了假面具。劇院大廳稍低的一頭，搭起一個天篷，我們這個魔術師從那裡走出來，就他出生的國家的性質對國王做了長篇大論的演說，並將他的國家的實力和資源與英國進行了比較。隨後他說他騰雲駕霧，把幾位印度和中國騎俠帶來觀看這個宮廷的宏偉場面。」[23]這位十七世紀初年的普通觀眾不經意間見證了中國人形象登上英國戲劇舞臺的重要歷史細節。

　　英國散文家弗蘭西斯・培根（Francis Bacon, 1561-1626）在其著作中也多次提到中國。比如，《學術的進展》（*The Proficience and Advancement of Learning,* 1605）第二部中，率先提出了中文作為通用文字的可能性，首先談到了中國文字的特徵，中國各省不能相互聽懂對方的語言，卻能讀懂別省的書寫文字。「我們完全可以懷疑漢語是否能變成大家非常需要的那種世界語，是否能溝通前不久發現那些如此複雜的民族，甚至它是人類最早的和某種意義上的自然語言。」《新工具》（*Nevum Organum,* 1620）一書中，培根認為中國人使用火炮已有兩千餘年的歷史，他有一段很著名的論述中國的指南針、火藥和印刷術等三項發明對西歐影響的話，指出這三項發明已經改變了整個世界的面貌和事物的狀態。該書還舉了一個例子說，中國人製作瓷器的方法是將它們埋在地下四、五十年左右。

---

23 轉引自艾田蒲著，許鈞、錢林森譯：《中國之歐洲》（鄭州市：河南人民出版社，1994年），下卷，頁118。

第二章

啟蒙時期（十七至十八世紀）的中英文學交流

第一節　明清之際中國人眼裡的英國印象

一　「諳厄利亞」與明清士人的英國知識

　　從一四九二年卡博特（John Cabot）的探險開始至一六四四年明清易代止，大約一個半世紀以內，英國人幾十次作了打入中國的嘗試。英國是繼葡萄牙、西班牙、荷蘭之後興起的一個海上強國。整個十六世紀，英國一直不斷地想找到這樣一條從西北到達中國的航路，但均以失敗告終。一五九六年，一支由三艘船組成的英國船隊駛往中國，船隊還帶有一封伊莉莎白女王致中國皇帝的信件，不過這支船隊後來下落不明。

　　最早直接從英國開到中國的船隊是威德爾船隊，由四艘船隻組成，於一六三六年四月離開英國，一六三七年六月到達澳門。由於居住在澳門的葡萄牙人不讓英國人進港，船隊直駛廣州，與中國方面發生衝突，幾經周折，英國船隊於十一月底離開廣州。船隊上一個英國商人芒迪（Peter Mundy）在日記中寫道：「完全可以說，我們是在火與劍的驅逐下離開這座城市，離開這個國度的」。英國船隊與中國通商的努力失敗了，這支船隊最後也未能回到英國。英國人通過這次航行加深了對中國的認識，同樣英國人關於這段時期的東方探險留下了大量詳細的記載。相反，明朝官員一直不知道這些與自己面對面交往

了六個月，並多次發生武裝衝突的外國人從何而來，更不知道他們的國家英國。可以說，明朝政府一直到自己滅亡時對這個新出現的歐洲民族毫無了解。因而，儘管中英兩國商人在南洋一帶已經有了很頻繁的接觸，明朝卻仍然將英國與和蘭（荷蘭）混為一談，統稱為「紅毛番」或「紅毛夷」。[1] 清人據明人記載修《明史》，便把威德爾船隊來華之事載入〈和蘭傳〉。[2]

清人在敘述英國時，往往說它「自古不通中國」。確實，在英國人已經知道中國三百多年之後，中國人對英國還是聞所未聞。最早將英國介紹給中國人的則是來自義大利的傳教士利瑪竇。一六〇一年他來到明代都城北京。翌年，在北京繪製《坤輿萬國全圖》，獻給明朝神宗皇帝。在這幅世界地圖中，利瑪竇將蘇格蘭（Scotland）翻譯成「思可齊亞」，將英格蘭（England）翻譯成「諳厄利亞」，並有一段文字說明：「諳厄利亞無毒蛇等蟲，雖別處攜去者，到其地，即無毒性」。[3]「諳厄利亞」就是「英國」的最早中文譯名。

一六二三年，另一義大利傳教士艾儒略[4]《職方外紀》在杭州刊

1　一六〇一年起，荷蘭人多次來到中國，當時中國人不知他們從何而來，於是就根據他們「毛髮皆赤」的體質特徵將之喚作「紅毛番」（紅毛夷），簡稱「紅番」、「紅夷」。

2　一六三七年（明崇禎十年）六月二十五日，英國人威德爾率領船隊抵達澳門，並與葡萄牙人在澳門發生衝突。威德爾闖入廣州內河，挑起「廣州虎跳門事件」。此為中英首次武裝衝突。八月十二日，威德爾違背廣東地方官嚴屬禁止英船駛入內河的嚴正聲明，繼續向廣州挺進，致使雙方首次開仗。英人突破明軍阻截，搶佔炮臺，並搶劫漁船。英船再次違抗禁令駛到虎門停泊，挑起中英第二次武裝衝突。《明史》〈和蘭傳〉：「十年，駕四舶，由虎跳門薄廣州，聲言求市。其酋招搖市上，奸民視之若金穴，蓋大姓有為之主者。當道鑒壕鏡事，議驅斥，或從中撓之。會總督張鏡心初至，力持不可，乃遁去。已為奸民李葉榮所誘，交通總兵陳謙為居亭出入。事露，葉榮下吏，謙自調用以避禍。為兵科淩義渠等所劾，坐逮訊。自是奸民知事終不成，不復敢勾引。」十二月二十九日，英商威德爾率領船隊離開中國澳門返航。

3　《利瑪竇坤輿萬國全圖》第十六張，禹貢學會一九三六年影印。

4　艾儒略（Jules Aleni, 1582-1649），義大利布雷西亞人，一六〇〇年加入耶穌會。明萬曆三十八年（1610）來華，曾任在華耶穌會長，號稱「西方孔子」，有譯著三十

印，此為第一部用漢文撰寫的世界地理學著作，介紹「諳厄利亞」最
為詳細，共三百字，但這些文字所敘述的既有怪異之事，例如「有小
島無根，因風移動，人弗敢居，而草木極茂，孳息牛羊豕類極多」、
「傍有海窖，潮盛時，窖吸其水而永不盈，潮退，即噴水如山高。當
吸水時，人立其側，衣一沾水，人即隨水吸入窖中，如不沾水，雖近
立亦無害」等等。也有關於英國的知識，如介紹諳厄利亞（英格蘭）
「氣候融和，地方廣大，分為三道，共學二所，共三十院」[5]等。這
也是中國人首次從漢語知曉英國資訊。

　　傳教士來中國，是為了使中國人信奉天主教，因而在其中文著作
中即如此有意識地描述一些奇聞異事，以激發讀者的好奇心，吸引讀
者。另一方面，他們在介紹歐洲各國時也多讚辭：「俗敦實，重五
倫。物匯甚盛，君臣康富。」歐洲人性情「尚直重信，不敢用詐欺
人。以愛人如己為道」……如此，歐洲簡直被描寫成了人間樂園。實
際上，其時，歐洲正處於資本主義興起的動盪時代，社會內部結構急
劇變遷，戰爭不斷。為了使中華帝國臣民歸化天主，只能美化他們的
故鄉歐洲。如果告訴異教徒們說：「在那些信奉天主教的國度裡同樣
充滿了災難和戰亂」，那誰還會去皈依天主呢？

　　明清交替之際，由於來華貿易的英國商人逐漸增多，人們對英國
人開始有所了解，中國人將英國稱為「英圭黎」，或者譯作「英機
黎」、「英雞黎」、「英咭唎」。[6]至雍正年間，中國人對英國的認識更為
加深，陳倫炯《海國聞見錄》（1730年刊行）充分說明了這一點。這

餘種。《職方外紀》，艾儒略譯，楊廷筠記，凡五卷，係據龐迪我（Didace de Pantoja,
1571-1618）、熊三拔（Sabbathino de Ursis, 1575-1620）在明宮中講解世界地理之
稿，增補而成，分五大洲介紹新知識，在杭州刻印，首次向國人介紹世界各國的自
然條件、風俗習慣、人文景觀等。

5　「三道」指英格蘭、蘇格蘭、威爾士；「共學二所」指牛津、劍橋二所大學。

6　這些漢字上均帶「口」字，帶貶義，牲口之義。再如陳倫炯《海國聞見錄》介紹英
國的特產，如「哆囉呢」、「嗶嘰」等，也是如此。

是鴉片戰爭前第一本中國人考察世界史地的記錄。陳倫炯曾任康熙帝侍衛，得覽西人獻納之世界地圖，並與其父陳昂「出入東西洋」，「且見西洋諸部估客」，「詢其國俗，考其國籍」，頗多見聞。書中專有〈大西洋記〉一章，記述英國的大體地理方位，指出英機黎（英國）為三島之國，孤懸於咗因（丹麥）、黃祁（德國）、荷蘭、佛蘭西（法國）之西北海中，還說明了其特產，並對英國在印度洋地區的殖民活動有所認識。書後附圖〈四海總圖〉，也比較準確地標出了英國的地理位置，與文字相參照。可以說，這本書已經明確了英國的地理位置、特產，還有英國人的殖民侵略本性。[7]

　　十七世紀後期，荷蘭在英國的打擊下一蹶不振，喪失了海上霸主地位。英國人初來中國時，曾被稱為「紅毛」。乾隆年間編《皇清職貢圖》說「英吉利，亦荷蘭屬國。」十八世紀英國日益強大，打敗荷蘭，成為世界上最大的殖民強國，同中國交往也最為密切。這樣「紅毛」一詞越來越多地指英國人，將荷蘭人從「紅毛」中排斥出去。中國人通過與英國人的實際交往，漸漸知曉了英國的存在。

二　馬嘎爾尼使團訪華與清乾隆年間的英國印象

　　一七三六年乾隆登基，在這前後，中英通商交流發展的速度仍比較緩慢。英國社會，包括來華的英國商人，對中國社會及其經濟狀況亦知之無多。而在康雍之世以來，中華帝國的政治、經濟以及對外關係均形成了固定的制度模式，仍然是富庶臨天下，無求於他邦。

7　英國人的這種侵略性，也為當時的清朝政府密切關注並嚴加防範。比如，一七一七年（康熙五十六年），就是清廷下禁海令的當年，身為總兵的陳昂（陳倫炯之父）即奏稱：「粵東紅毛有英圭黎諸國最為奸究，蓋其時通市於廣州、澳門等處，屢以粵關索費太重，糾洋商合詞爭之。」爾後，他又奏稱：「臣遍觀海外諸國，皆奉正朔，惟紅毛一種奸究莫測，中有英圭黎諸國，種族雖分，聲氣則一。請飭督撫關部諸臣，設法防範。」上從之（王之春《國朝柔遠記》，卷4）。

　　自十八世紀六○年代始，英國的工業革命使社會發生巨變。這一期間，英國逐漸成為西方最大的殖民強國。一七九二年，英王派出一個以喬治‧馬嘎爾尼爵士（George Lord Macartney, 1737-1806）為首的龐大使團，以給中國乾隆皇帝祝壽為名出使中國，希望通過外交途徑獲取商業與外交利益。使團雖然未能完成欽命，但卻將大量的關於中國的資訊帶回英國，導致了英國關於中國知識的激增，開創了中英關係的新時代。[8]

　　在英國使團來華不久以前的一七八四年，乾隆皇帝下令撰修的清朝第二部《大清一統志》完成。其中根本未提及英國的名字，可見清朝政府對於世界局勢的變化一無所知。馬嘎爾尼使團的目的是「為了使整個東方向英國開放貿易，並使英中關係建立在條約的基礎上。」但清朝從傳統的夷夏關係出發，認為這只不過是又一個蠻夷之邦因為仰慕中華文明而特地「航海遠來，傾心向化」，前來朝貢。當清朝皇帝看到使團所進呈的禮物貢單中將馬嘎爾尼稱作「欽差」後，特令將之改為「貢差」。因為他認為「欽差」是對中國使臣的稱呼，外國的使臣只能稱為「貢差」。

　　清朝把馬嘎爾尼他們看成是朝貢者，所以自然要求按照中國傳統向皇帝行三跪九叩之禮，但英國使臣認為這種禮節意味著英國是中國的附屬國，予以拒絕，引發著名的禮儀爭執。當時中國朝廷中甚至流行著這樣一種解釋性的說法：「西洋人用布紮腿，跪拜不便，是其國俗，不知叩首之禮。」

8　馬嘎爾尼勛爵率領的大英帝國使團一七九二年九月二十六日起航，一年以後，一七九三年九月十七日，使團在熱河覲見乾隆皇帝，一七九四年九月五日返回到英國。馬嘎爾尼使團的中國之行很不令人愉快。四百人的使團近一半喪命。其中一個使團成員這樣描述他們的出使經歷：「我們的整個故事只有三句話：我們進入北京時像乞丐；在那裡居留時像囚犯；離開時則像小偷。」使團的中國之行一無所成，中國拒絕了大英帝國的所有通商和外交要求，並且在是否給中國皇帝叩頭的禮儀問題上糾纏不休，就這樣使團失望羞辱地回到英國。雖然如此，訪問也並非完全無功而返，他們為歐洲人帶回了他們親眼見到的神秘的東方古國的朦朧影像。

　　為了展示英國工業革命的成就，馬嘎爾尼使團帶來了大批科學儀器作為禮物，希望以此引起清皇的重視。但清政府將這些先進的科技成就一概視為「奇巧淫技」。而且，清政府對於英國人將各類專家的名字放在使團官員前面而感到大惑不解：「此等人等，既稱官員，何以名列在天文、醫生之後？」

　　對於中國來說，使團的到來沒有產生什麼重要影響，它最重要的後果只不過是：在天朝的朝貢國名單中多了一個名叫「英咭唎」的海外番國。在嘉慶十六年（1811年）開始重修的清代第三部一統志中就增加了「英咭唎」一條。

第二節　中國文化西傳與英國譯介中國文學的開始

一　中國知識論著的大量英譯

　　英國地理學家薩繆·珀切斯（Samuel Purchas, 1575-1626）搜集、編譯的歐洲各國旅行家的東方遊記，以《珀切斯遊記》（*Purchas His Pilgrimage*）為書名，於一六一三年在倫敦出版。這部遊記幾乎收入了當時能收集到的所有關於中國的東方旅行遊記，從馬可·波羅到利瑪竇的書都收在其中，它使英國人得以對遠東有較為精確的了解，同時也成為後世作家文學創作的一個重要素材來源。[9]

　　義大利傳教士利瑪竇在華期間，以其母語義大利寫下了大量介紹中國概況和記述在華傳教事業的手記，名為《基督教遠征中國史》。[10]

9　引起浪漫大詩人柯勒律治遐思和勃發詩典，而寫出千古名篇〈忽必烈汗〉的，就是這部遊記中所收的馬可·波羅的東方遊記。《珀切斯遊記》裡有一處提及嗜食鴉片的危險：「他們（在非洲和亞洲的游歷者）以為我不知道火星和金星在那點上交合和發生作用。其實一旦使用，就會每天處在死亡的痛苦之中。」柯勒律治也是通過這本書，知道了鴉片和鴉片癮。

10　義大利傳教士利瑪竇在華期間，以其母語義大利語寫下了大量介紹中國概況和記述

此書是耶穌會士第一部詳盡記述中國的重要著作，並記述了利瑪竇在中國的親身經歷，呈現了當時中國的真實面貌，為歐洲人了解中國提供了極為珍貴的第一手資料。一六二二年其英文本出版，英國作家涉及中國知識亦多出於此。

葡萄牙人平托（Fernando Mendez Pinto, 1509-1583）的《遊記》（*Pergrinacão*）於一六五三年，在倫敦出版英譯本。英國政治家、散文家威廉・坦普爾爵士（William Temple, 1628-1699）的未婚妻奧斯本（Dorothy Osborne），在此英譯本出版的第二年（1654），就向他提到過書中關於中國的報導：「你沒有看過一個葡萄牙人關於中國的故事？我想他的名字叫平托。如果你還沒有看過，你可以把那本書帶走。那是我認為我所看過的一本饒有興味的書，而且也寫得漂亮。你必須承認他是個遊歷家，而且他也沒有誤用遊歷家的特權。他的花言巧語是有趣而無害，如果花言巧語能夠做到這樣的話，而且就他所涉及範圍而言，他的花言巧語也不是太多的。……如果我這輩子能夠看到那個國家，並能跑到那裡，我在這些方面要好好地玩弄一番呢。」[11]平托自一五三七年起在東方遊歷，歷時二十一年。他曾到過東南亞和中國、印度等地，一五五八年返回故土。他所撰《遊記》於一六一四年出版，書中對中國文明有較詳細的介紹，半虛半實的描繪將中國理想

在華傳教事業的手記，原來的意圖是記述耶穌會傳教團在中國創建的艱難歷程，所以書名是《基督教遠征中國史》（*De christiana expeditione apud Sinas suscepta ab Societate Jesu. Ex P. Matthaei Ricci*）。此書在利瑪竇生前未獲刊行機會，一六一四年，在華比利時籍耶穌會士金尼閣（Nicolas Trigault, 1577-1643）奉命返歐時，隨身帶走了這部手稿，在漫長的航行途中將它轉譯成當時歐洲文人普遍掌握的拉丁文。此書是耶穌會士第一部詳盡記述中國的重要著作，對於傳教史和中西文化交流史研究十分重要。作者從各方面向歐洲讀者介紹中國的地理位置、疆域和物產，描述了中國的百工技藝、文人學士、數學天文等。關於中國的政治制度和民情風俗，諸如科舉選仕、政府機構、待人接物的禮儀程式、飲食衣著、婚喪嫁娶以及種種迷信行為等，都一一加以介紹。

11 轉引自范存忠《中國文化在啟蒙時期的英國》（上海市：上海外語教育出版社，1991年），頁12。

化了，難怪歐人將信將疑。這可能是威廉‧坦普爾最早接觸到的關於中國的材料。

　　一六五五年，葡萄牙人曾德昭（Alvarez Semedo, 1585-1658）《大中國志》（*Imperio de la China*）也出版了英文本：*The History of that and Renowned Monarchy of China*。[12]作者在中國生活了二十餘年，書中所述大多為他親歷、親聞或採自中國的書籍。全書分兩大部分。第一部分是對中國的詳盡介紹，廣泛涉及國名的由來、地理位置、疆域、土地、物產、工藝、科技、政府機構等等。第二部分是一六三八年之前基督教傳入中國的歷史回顧，其中包括基督教傳入中國的起始、南京教難以及著名的中國教徒李之藻的傳記等。此書對中國表示了由衷的稱頌。

　　而《韃靼征服中國史》的英譯本：*The History of the Conquest of China by the Tartars*，也在一六七一年，由倫敦Godbid公司出版。這是十七世紀歐洲記敘明清易代的著作。原書係西班牙文，墨西哥奧斯與維西羅伊大主教帕拉福克斯（Bishop Palafox）所著。該書作者稱讚滿清統治者仁慈公正，消除了宮廷的腐敗，引進了受人歡迎的改革。

　　葡萄牙籍傳教士安文思（Gabriel de Magalhaes, 1609-1677）所著《中國新史》（*Nouvelle relation de la Chine Contenant la description des particularitez les plus considérables de ce grand empire*）的英文譯本刊於一六八八年。此書共二十一章，用比較通俗的語調介紹了中國的歷史、語言、政治、人民的習俗、北京和皇宮等。此書通俗易懂，可讀性較強，所以在向歐洲的一般讀者普及中國歷史知識方面依然起到了重要的作用。

　　法國耶穌會傳教士李明（Louis-Daniel Le Comte, 1655-1728）所著《中國現狀新志》（*Nouveaux mémoires sur I'etat présent de la Chine*）

---

12 一九九八年，中國學者何高濟先生以英譯本為據，並參考義大利文本和最新的葡文本，將此書譯成中文，書名為《大中國志》（上海市：上海古籍出版社，1998年）。

英譯本，則於一六八九年在倫敦出版發行。李明在中國的逗留時間不足五年。在這短暫的數年中，他從寧波到北京，從北京到山西，再到西安，然後去廣州。該書不以學術水準見長，而是以它對中國各方面生動而具體的描述和通俗流暢的語言贏得讀者。全書共十二封長信，收信人無一不是實有其人的大人物。與其他耶穌會士的著作一樣，該著對中國的基本態度是頌揚與欽慕，同時也不隱諱中國的某些陰暗面，甚至說了些很「難聽」的話。李明的言論影響到了英國作家如但尼爾‧笛福等人對中國形象的看法。

　　一六九一年，由英國人Randal Taylor在倫敦出版了比利時籍耶穌會士柏應理編譯的《中國哲學家孔子》[13]的英譯版 "The Morals of Confucius, A Chinese Philosopher." 在英譯版本中孔子被描繪成一個自然理性的代表，傳統文化的守護者。這樣的孔子形象後成為英國啟蒙作家的重要思想武器。

　　杜赫德（Jean-Baptiste Du Halde, 1674-1743）重要著述《中華帝國全志》[14]（Description geographique, historique, chronologàque,

---

13　一六八一年，比利時籍耶穌會士柏應理主持編譯的《中國哲學家孔子》（Confucius Sinarum Philosophus）刊行，該書分四大部分：第一，柏應理上法王路易十四書；第二，論原書之歷史及要旨；第三，孔子傳；第四，《大學》、《中庸》、《論語》譯本。本書既向西歐國家介紹了儒家的經籍，又略舉其重要注疏，便於歐洲人士接受。柏應理為此書寫了一篇很長的序言，對全書的重要內容做了介紹，並附了一份八頁長的儒學書目和一張孔子的肖像。本書在歐洲產生了廣泛的影響。丹麥學者龍伯格在談到這部書的影響時說：「孔子的形象第一次被傳到歐洲。此書把孔子描述成了一位全面的倫理學家，認為他的倫理和自然神學統治著中華帝國，從而支持了耶穌會士們在近期內歸化中國人的希望。」（龍伯格《理學在歐洲的傳播過程》，載《中國史動態》1988年第7期）。

14　杜赫德（Du Halde）的《中華帝國全志》（又常譯為《中國通志》）法文版於一七三五年出版，這是當時全面介紹孔子及其思想最為通俗易懂的讀物。書中介紹了《易經》、《書經》、《詩經》、《春秋》、《禮記》，第三卷以三百頁篇幅全面介紹中國的禮儀、道德、哲學、習俗，說明儒學在中國社會的顯要地位。杜赫德從未來到過中國，卻據二十八位在華耶穌會傳教士的各種報告編撰了這本成功的《通志》，全書共四卷，是十八世紀歐洲有關中國問題的百科全書。此書被譯成英文後，就成為英國人

politique, et physique de l'Empire de La Chine et de la Tartarie chinoise,
1735）的英文節譯本於一七三六年十二月，在倫敦出版發行。此節譯
本由布魯克斯（R. Brooks）翻譯，瓦茨（John Watts）出版，八開四
冊，一刊行便在英國引起較大反響。《文學雜誌》（*Literary*
Magazine）為它作了長達十頁的提要，《學術提要》（*The Works of the*
Learned）的譯述則長達一百多頁。該書所載《趙氏孤兒》開始與英
國讀者見面，並引起一些作家改編或轉譯。

　　就在《中華帝國全志》英文節譯本問世幾年後，杜赫德這部巨著
的英文全譯本也終於出齊，這就是凱夫（Edward Cave）的《中華帝
國全志》英譯本（*A Description of the Empire of China & Chinese*
Tartary, together with the Kingdoms of Korea & Tibet: containing The
Geograghy and History (Natural as well as Civil) of Those countries,
London, 1738-1742），各方面均優於瓦茨的上述節譯本，並得到良好的
反響。十八世紀英國文豪約翰遜博士還寫了一篇文章，刊登在《君子
雜誌》第十二卷上。該文有三部分：第一部分除再次闡述《中華帝國
全志》英譯本的正確可靠以外，還敘述了中國的歷史年曆系統；第二
部分是一篇孔子小傳，第三部分則是《中華帝國全志》的篇目。其中
最有趣的是關於孔子的小傳，可見他對孔子的態度。這個小傳的根據
是《中華帝國全志》，與作者後來所寫的《詩人列傳》一樣，先敘寫
傳主的生平，其次談他的思想，最後論述他的著作，條理十分清楚。
小傳在字裡行間，處處點綴著嚴肅而又不失幽默的案語。約翰遜在小
傳中最後總結孔子的學說有這樣一句話：他的整個學說的傾向是在於

的主要參考書，十八世紀中葉的學識界談到中國，莫不歸宗於此。甚至還出現了一
篇題為〈一篇非正式的論文，是由讀了杜赫德的《中華帝國全志》所引起的，隨時
可讀，除了這個1740年〉（*An Irregular Dissertation, occasioned by the Reading of*
Father Du Halde's Description of China which may be read at any time, except in the
present year 1740）的怪書，在倫敦由J.Roberts刊行面世。該文對中國發了好多的議
論，但其實是在諷刺與議論英國的方方面面。

宣揚道德性，並使人性恢復到它原有的完善狀態。約翰遜本人是個大道德家，他曾說過：「在現今的風氣裏，唆使做壞比較引導向善的事來得多，所以若有人能使一般人保持中立的狀態，就可以算做了一件好事。」

另外，南京人沈福宗（Michel Shen Fo-Tsoung，米歇爾為其教名）[15]，於一六八七年到達英國。英國國王詹姆斯二世曾對這位中國人也表現出一定的興趣。[16]沈福宗在英國期間，和「牛津才子」海德（Thomas Hyde, 1636-1703）相識，並多次與之晤談。回答了許多有關中國的問題。海德問及漢語和漢字，表達了創建一種全歐洲均可使用的漢字注音體系的願望，沈福宗則向他介紹了中國的辭書《海篇》和《字彙》。海德於一六八八年出版了《中國度量衡考》（*Epistola de mensuris et ponderibus Serum sive Sinensium*），而在《東方遊藝》（*De Lubis Orientalibus libri duo*, 1694）一書中，對中國的象棋作了相當詳細的介紹，不僅繪有棋盤，用中文標出所有棋子，而且對下法和規則作了講解。書中還介紹了圍棋及其他遊戲方式。這些知識顯然是沈福宗提供的。他在該書第二卷的序言中稱沈福宗為「親愛的朋友」，足見兩人關係比較親密。[17]沈福宗在英國期間曾被請到牛津大學Bodleian

---

15 沈福宗於一六八四年八月年隨耶穌會士柏應理（Philippe Couplet）來到法國巴黎，國王路易十四在凡爾賽宮親自接見，設晚宴招待。席間國王請沈福宗用漢語誦讀禱告詞，還請他表演用筷子進食，飯後邀請他觀賞了噴泉表演。沈福宗向法國人介紹中國的文房四寶、語言文字等。沈福宗在巴黎逗留了一個多月後，即赴羅馬，後又去比利時，於一六八七年轉赴英國。

16 詹姆斯二世曾與牛津大學東方學家托馬斯‧海德博士談起過這位中國人：「好，海德，這位中國人還在嗎？」海德回答說：「是的，如果陛下能對此高興的話；而我從他那裡學到很多東西。」然後，英王說了一句：「他是個有點瞇縫眼的小伙子，是不是？」

17 我們無法證實沈福宗是否會講英語。但他留在海德《遺書》（*Syntagma*, 1767）裏的幾封信以及有關中國語言和娛樂的說明文字，大多用拉丁文寫成。可見他能講拉丁文，而拉丁文當時正是學術界的通用語。范存忠先生曾說，沈的大部分書信談論的是生活雜事以及非常粗淺的中國文字或口頭用法等等常識。若沈當時能向牛津人展示自己民族更傑出的成就的話，他肯定會在英國更引人注目的。

圖書館[18]對中文書籍進行整理和編目。

二　英國早期漢學家編譯中國文學作品

　　歐洲第一個對中國的純文學有比較深刻認識的人是托馬斯‧珀西
（Thomas Percy, 1729-1811）。他曾多方面注意中國文化，研究資料全
都來自歐洲人的著述。儘管在珀西其他的作品中，並不常常像伏爾
泰、孟德斯鳩、狄德羅等人那樣援引中國的事物做例證，可是他對於
中國文明風俗的研究，曾經下過苦功夫，所以他了解中國的程度，遠
勝於同時代的英國人。

　　一七六一年十一月十四日，珀西編譯的英譯本《好逑傳》（四
卷）在倫敦問世。該書一七七四年再版。這部英譯中國小說，書面上
寫著：「《好逑傳》，或者《快樂的故事》，從中文譯出，書末附錄一、
《中國戲提要》一本，二、《中文諺語集》，三、《中國詩選》共四
冊，加注釋。」（*Hau Kiou Choaan or, The Pleasing History. A Translation
From the Chinese Language. To which are added, I. The Argument or
Study of a Chinese Play, II. A Collection of Chinese Proverbs, and III.
Fragments of Chinese Poetry. In Four Volumes. with Notes.*）小說譯本出
版以後，風行一時，很快就被轉譯成法、德、荷蘭等文本。[19]

　　珀西在本書前面對蘇塞伯爵夫人（Countess of Sussex）的獻辭裡
就有這樣一話：「如果這一書沒有維持風化的目標，如果他不能夠懲

18　被錢鍾書先生戲譯為「飽蠹樓」的Bodleian圖書館，為歐洲最大的大學圖書館，也
　　是收藏中國圖書最多的圖書館之一。早在該館建館後的第三年（1604），開始入藏
　　第一本中文書。一六三五至一六四〇年，當時牛津大學校長威廉‧蘭德先生先後四
　　次向該館捐贈中文文獻計一千一百五十一冊。

19　其實，這本小說的翻譯者是一個名叫威爾金遜（James Wilkinson）的英國商人，曾
　　在廣東居住過多年。他想學中文，無意中拿起這本小說來翻譯。一七一九年，他把
　　《好逑傳》四分之三譯成英文，但是其餘的四分之一，卻被譯成葡萄牙文。珀西於
　　是把譯文加以潤色，把第四部分就葡萄牙文重譯成英文，然後將全書出版。

惡勸善我也不敢請夫人接收。在我們這個時代，全國都充滿了淫詞豔語風俗頹敗，也許我們借這一本書表示給大家，中國的文人，雖然他們很可憐地不知道我們有而不實行的真理，卻能夠如此地正經純潔，也許不無好影響。」（《好逑傳》1761年，英譯本扉頁獻詞）可見，其根本目的在於想借中國文學來敦促道德維持風化。

珀西在這個編譯本後面加了三種附錄：第一種《中國戲提要》是一齣中國戲的本事；第二種選擇了中國的一些諺語；第三種《中國詩選》裡共有二十首詩，大部分是從杜赫德《中華帝國全志》裡轉譯過來的。這些格言和詩歌輾轉譯出，當然離原文很遠，不過其中也展示出了珀西有關中國文學（中國詩歌）的觀念。[20]

珀西在注釋《好逑傳》[21]的過程中，廣泛閱讀歐洲人有關中國的著述，形成了自己的中國文化觀。他雖借助於耶穌會士的著述和引用他們的話語，可是他全不接受耶穌會士頌揚中國文化的態度。[22]逐一

---

20 關於中國詩歌的觀念，珀西說，中國的詩歌做得越是費解、呆板，就越是受人推崇。就此一點來看，我們對中國詩歌已經沒有多大的希望了。不過卻也奇怪，中國自古以來是最尊重這門藝術的，無論道德、宗教、政治各方面，都以韻文為最高的傳達工具。而中國的詩歌大都屬於簡短警句的體裁，是一種艱澀的小品，以我們歐洲最健全的批評眼光看去，覺得那種詩體沒有價值可言。中國並無偉大的詩作：至少長篇史詩（epic）他們是沒有的；至於戲劇體詩恐怕也沒有可能作為例外；因為中國戲劇似乎是一種散文體的對話，中間夾些曲調，好像義大利的歌劇一樣。他們的古體詩（odes）自然也有一種莊重的樸素精神，但從杜哈德所錄幾首看來，大都是嚴謹的教規，不是雄壯巍峨的作品。……很誠懇地研討自然及自然的美，才能得到這種藝術品；但這樣的研討，中國人是最不講究的。這些都是珀西用西方文學觀念來看中國文學，當然得出的結論難免有點偏頗。

21 《好逑傳》，亦稱《義俠好逑傳》，又名《俠義風月傳》，是明末清初才子佳人小說裡比較好的一部，作者真實姓名不詳。本書以明代社會為背景，敘述史鐵英之子鐵中玉與兵部侍郎水居一之女水冰心的戀愛婚姻故事。這樣一種類型的才子佳人小說基本有一定的固定模式，一般都是有一個滿腹經綸的才子，一個閉月羞花的佳人，一個道德敗壞的惡棍，三者之間展開矛盾，最後才子金榜題名，奉旨完婚，有情人終成眷屬。當然，《好逑傳》比起一般的這些才子佳人小說，又勝一籌。儘管如此，它雖被列為十才子書中的第二位，但也不過是一本二、三流的小說。

22 比如，中國的賢人政治和科舉取士一向為傳教士們所仰慕，但珀西認為中國政治制

撕破了耶穌會士們所精心繪製的那幅令人神往的中國圖畫，似乎那裡不再存在著純淨的宗教、開明的政治、齊備的法律、優越的道德。當然他的這些看法我們也並不奇怪，因為他編譯《好逑傳》注釋時雖然參考了耶穌會士李明、杜赫德的書，但主要的卻是喬治·安森的《環球航海記》。隨著《好逑傳》英譯本在歐洲大陸的重印，他的中國文化觀也不斷傳播著，並產生了一定的負面影響。

一七六二年，托馬斯·珀西在倫敦出版兩卷本《中國詩文雜著》（*Miscellaneous Pieces Relating to the Chinese*）。包括〈中國語言文字論〉（*A Dissertation on the Language of the Chinese*）、〈一個中國作者的道德箴言〉（*Rules of Conduct by a Chinese Author*，譯自法國耶穌會士 P. Parrenin）、〈趙氏孤兒本事〉（*The Little Orphan of the House of Chao: A Chinese Tragedy*，據《中國通志》裡馬若瑟的原譯）、〈中國戲劇論〉（*On the Chinese Drama*，據赫德《詩歌摹仿論》另加發揮）、〈中國的園林藝術〉（*Of the art of Laying out Gardens Among the Chinese*，錢伯斯原著）、〈北京附近的皇家園林〉*A Description of the Emperor's Garden and Pleasure Houses Near Peking*，王致誠原著）等八篇文章。其中在《中國語言文字論》裡珀西認為中國文字既然幾千年來還保持著原有的形象，那最好把它拋棄，越早越好，改用希臘文字，只有如此，中國文學才會有所長進；《中國戲劇論》裡是珀西轉錄赫德所做的一篇文章，文中將中國戲劇與希臘戲劇相比擬，而珀西自己則說赫德有些過獎中國戲劇了。

另外，珀西還將杜赫德《中華帝國全志》（凱夫的英譯本）裡的《莊子劈棺》的故事，經過潤色一番收入他的〈婦女篇〉（*The Matrons:*

度不見得真的那樣開明。耶穌會士們褒揚中國完備的法律制度，珀西卻認為中國法律有缺陷，全在於沒有宗教根基的緣故。耶穌會士們對中國的道德贊譽有加，《好逑傳》更被認為是提倡道德維持風化的傑作。珀西又兩次批評《好逑傳》的作者，以為未盡勸善的責任：描寫鐵中玉的粗褻和侮慢女性；描寫水冰心的狡猾。珀西說中國人之所以佩服水冰心的狡猾性情，是因為中國人自己也是狡猾的一族。

Six Short Histories, London: Dodsley, 1762）裡。這一故事來源是《今
古奇觀》裡的〈莊子休鼓盆成大道〉，歐洲作家除珀西外，還有伏爾
泰、哥爾斯密等人均曾將之改編進自己的作品裡，並呈現出不盡相同
的結論。

　　另一位漢學家威廉‧瓊斯（Sir William Jones, 1746-1794）[23]，於
一七七四年出版了《東方情詩輯存》一書，並以獨特的眼光剖析中國
古典詩歌，認為「這位遠遊的詩神」對於更新歐洲詩風具有重要的意
義。瓊斯被范存忠先生稱為「英國第一個研究過漢學的人」。[24]他學過
漢語，鑽研過中國典籍，也認真思考過有關中國文化的問題。早年在
巴黎讀到《詩經》，特別喜歡《衛風》〈淇奧〉，即將其譯成拉丁文交
友人欣賞，並說這首詩足以證明詩歌是一種超越時空的存在，因為無
論中西都可以在各自的詩裡採用相同的意象。作為十八世紀英國著名
的東方學家，瓊斯的主要興趣點在印度、阿拉伯、波斯文學，雖然只
發表過少量的漢學研究論文，但他的意義仍無法忽視，因為在他之前
關注中國文化的一些英國人如約翰遜、錢伯斯、珀西等人都不懂漢
語，而他的出現預示著英國漢學新時代的來臨。

　　一七八四年一月十五日，威廉‧瓊斯爵士在印度加爾各答創辦亞
洲學會（Asiatick Society）[25]，目的是研究亞洲的歷史、文物、藝
術、科學和文學，並任第一任會長，為促進歐洲的東方研究作出了貢

---

23 威廉‧瓊斯爵士是梵文學家、詩人和近代比較語言學的鼻祖。他的詩對拜倫、雪
　萊、丁尼生等頗有影響。他的翻譯每次都有散文本、韻文本兩種譯本。實際上，瓊
　斯的韻文譯本是十八世紀的英國作家在中國古詩的影響之下為十八世紀的英國讀者
　所寫的詩，嚴格來講，不是翻譯。

24 范存忠：《中國文化在啟蒙時期的英國》（上海市：上海外語教育出版社，1991
　年），頁201。

25 Asiatick Society是亞洲學會最早的用名，後來也陸續採用過這些名稱：The Asiatic
　Society (1825-1832), The Asiatic Society of Bengal (1832-1935), The Royal Asiatic
　Society of Bengal (1936-1951)。而自一九五一年起重新恢復使用The Asiatic Society至
　今。

獻。在擔任英國亞洲學會會長期間，他曾想全譯《詩經》，後因故導致此計畫擱淺。但在一七八五年發表的主要討論《詩經》（*Shi' King*）的一篇文章〈論第二部中國經典〉（*On the Second Classical Book of the Chinese*）裡，就用直譯和詩體意譯這兩種方式，節譯了〈淇奧〉、〈桃夭〉、〈節南山〉等三首詩的各一小節。瓊斯的譯法即是現在所謂的「擬作」[26]，先直譯，後意譯，前者是散文體，後者是韻文體。他認為東方各國的詩都不能直接譯成英文，否則詩旨與詩趣均將蕩然無存，因此需要兩道工序。他的英文韻文本將原詩的九個句子擴充為六節民謠體的詩。瓊斯在這篇文章中也談到了《詩經》的古老以及風格的簡潔等問題，同時還專門介紹並翻譯了《論語》對《詩》的三段議論。據研究者考察，這篇文章是英國學者第一次根據漢語原文研究中國文學，實乃英國漢學的濫觴。[27]

第三節　英國作家筆下的中國題材書寫與文化利用

這一時期隨著來華耶穌會士各種報導在歐洲的風行，一個中國文明之邦呈現在西人面前，進而成為啟蒙思想家們理想的天堂。受此種潮流影響，一些英國作家也把中國看作是文明、理性、豐饒的國度，並對之神往和欣佩。在他們心目中，富庶強盛的中國無疑是上帝創造的一個新世界。瓦爾特・羅利爵士曾說：「關於一切事物的知識最早都來自東方，世界的東部是最早有文明的，有諾亞本人做導師，乃至

---

26 十七世紀的英國詩人兼批評家德萊頓曾將翻譯分為直譯、意譯和擬作三類。十七、八世紀的英國名作家德萊頓、斯威夫特、蒲伯和約翰遜等都曾倡導擬作。瓊斯關於《詩經》的「擬作」既為歐洲詩風輸入了新的特質，同時又為一百多年以後美國意象派新詩運動的興起提供了深刻的理論啟示，因此在中英乃至中西文學關係史上佔有重要的地位。

27 于俊青：〈英國漢學的濫觴──威廉・瓊斯對《詩經》的譯介〉，《東方叢刊》2009年第4期。

今天也是愈往東去愈文明，越往西走越野蠻。」（《世界史》，1614）

一　羅伯特‧勃頓眼裡的中國文明

羅伯特‧勃頓（Robert Burton, 1577-1640）在其那不朽的著作《憂鬱的解剖》（*The Anatomy of Melancholy*, 1621）[28]中，分析了憂鬱症的病原、徵象、療法，還討論了愛情和宗教兩種憂鬱症。在他看來，世上所有政治、宗教、社會以及個人內心的種種矛盾都看做是或者概括為一種病，這就是「憂鬱」（Melancholy）。[29]他為診治這些無處不在的流行病，開了不少「藥方」，其中就包括東方的中國文明。他認為繁榮富庶、文人當政、政治開明的中國正是醫治歐洲憂鬱症的靈丹妙藥。正是出於這種考慮，勃頓對中國文明懷有信心，而他那有

---

28 勃頓是個性格內向、頗有書生氣的牛津牧師。他四十多年足不出戶，充分利用圖書館裏豐富的藏書，古代以及近當代的文、史、哲、地、科學等著述，無不博聞強識。他就從這些大量古今的典籍中搜集材料，寫成的《憂鬱的解剖》一書既像醫學論著，又似包羅萬象的常識彙編。這本書的主題是由科學、哲學、詩歌、歷史和神學等各學科混合構成的。該書的結構原則，我們可以在書的全名裏看得一清二楚，即《憂鬱的解剖。何為憂鬱，不同種類，原因，症狀，徵兆和幾種治療方法。全書分三大部分，又有不同章節、小部分、小節等。按哲學、醫學和史學等劃分》（*"The Anatomy of Melancholy, what it is, with all the kinds, causes, symptoms, prognostics, and several cures of it. In three partitions. With their several sections, members, and subsections, philosophically, medically, historically opened and cut up".*）另外，這部奇書的封面上套印有十幅於十七世紀早期流行的寓言畫，也都象徵性地表現憂鬱的各種症狀及其主要特點。

29 憂鬱症是十六、七世紀之交英國以及整個歐洲普遍流行的一種「世紀病」，反映在文學作品裡也是屢見不鮮的。就莎劇來說，《威尼斯商人》中安東尼奧那沉重的心情是一種憂鬱；《皆大歡喜》中傑奎斯喜歡遠離人群，坐在樹蔭下胡思亂想，能「從一支歌裡喂出憂鬱來」；而哈姆雷特的憂鬱則更嚴肅和深沉，他覺得自己「失去了一切歡樂」，「心情非常沉重」。楊周翰先生說得好：「憂鬱是莎士比亞一聯串悲劇的苗頭和火種。沒有憂鬱就不僅沒有丹麥王子，也沒有莎士比亞所有的悲劇。」參見楊周翰：《十七世紀英國文學》（北京市：北京大學出版社，1985年），頁56-58。

限的中國知識來自於馬可・波羅的著作和利瑪竇的《中國佈道記》
（1615年拉丁文版）。

　　勃頓在該書開篇〈致讀者〉（*Democritus to the Reader*）裡就引了
一個流傳甚廣的關於中國人的傳言：中國人說，我們歐洲人只有一隻
眼，他們自己有兩隻，其餘世界上人都是瞎子。（The Chinese say, that
we Europeans have one eye, they themselves two, all the world else is
blind.）[30]勃頓為何引用這種傳言，方重先生認為並非輕視中國人的愚
蠢或譏笑中國人的傲慢，其實是一種崇拜、羨慕的心理。[31]看來不無
道理。葡萄牙人巴羅斯（J. De Barros）在其著述裡也提到中國人對自
己文化優越性的認識：「正如希臘人認為其他民族都是蠻族一樣，中
國人說他們有兩隻眼睛可認識世上萬事，至於我們歐洲人，在對我們
進行傳授以後，我們就有了一隻眼睛，而認為其他人都是瞎子。」[32]
大概類似的說法很觸目，所以被人反覆引用，勃頓也是如此，或許因
此便惹起外國作家對中國的反感。其實，各個民族開始時都有一種中
心觀，希臘如此，中國也一樣。初民認為，只有佔據「中心」，融入
「中心」，才能與宇宙及其運行同步，契合，相應；只有找到「中
心」，更新「中心」，才能感受宇宙的脈動及其節奏，從而再造世界，
健全自我。伊沙克斯（Harold R. Isaacs）在《宗族偶像》（*Idols of the
Tribe*）一書裡說：「黃色是土地的顏色，而土地是宇宙的核心」，這就
是說，從土地被創造，宇宙被開闢之始，中國人就被賦予一種中心的

---

30 *The Anatomy of Melancholy*, vol. Ⅰ (New York: Hurd & Houghton, 1864), p. 95.

31 方重：《十八世紀的英國文學與中國》，《英國詩文研究集》（上海市：商務印書館，
　1939年），頁3。

32 巴洛斯《第三個十年》第七章，見王鎖英譯《葡萄牙人在華見聞錄》（海口市：海
　南出版社、三環出版社，1998年），頁134。英國漢學家赫德遜在《歐洲與中國》一
　書的「前言」裡一開始也說：「唯有他們（中國人）自己才有兩隻眼睛，佛朗機
　（法蘭克）人（即歐洲人）只有一隻眼睛，世界上其他地方的人都是盲人。」（北
　京市：中華書局，1995年），中譯本，頁1。

位置。[33]

　　勃頓在書中稱頌了中國的選拔人才制度，同樣借此諷刺當時那些「光是放鷹打獵，吃喝玩耍」的英國貴族：「他們從哲學家和博士中挑選官員，他們政治上的顯貴是從德行上的顯貴中提拔上來的；顯貴來自事業上的成就，而不由於出身的高尚，古代的以色列就是這樣。至於他們官吏的職務，不論在戰時或平時，就是保衛和治理他們的國家，而不像許多人那樣，光是放鷹打獵，吃喝玩耍。他們的老爺、高官、學生、碩士以及由於自己的德才而升上來的人──只有這些人才是顯貴，也就是被認為可以治理國家的人。」[34]

　　勃頓在談到什麼樣的國家才能避免憂鬱症時說：「只要一個國家的人民有禮，敬天奉上，聰明，和平而安靜，富庶，幸福，繁榮，相安無事，團結和諧，只要一個國家耕種有方，城市鄉鎮美好而多居民，……人民整潔，有禮而不曉舌，並且安居樂業，如政治家稱為具有立國之本（the chief end of a commonwealth）那樣；又如亞里斯多德稱之為普天同慶（commune bonum），波里比遊斯（Polybius）稱之為可喜可愛的狀況（optabilem et selectum statum）那樣；這個國家就可避免憂鬱之病。奧古斯都大帝時代之義大利，當前之中國，歐洲某些繁榮國家即此情況。」[35]這裡勃頓將中國的繁榮富庶與歐洲歷史上的黃金時代義大利奧古斯都（Augustus）時期等量齊觀，已經超過、

33　關於中國的這種情況，還有一則說法：上帝造人時，用黏不好看，於是重新再做重烤，結果第二次烤得時間太短，烤出了白人。上帝認為看起來營養不良，於是重新再來一次。結果第三次烤出來的人類，時間、火候均恰到好處，烤出了晶瑩剔透、皮膚發光的黃種人，上帝甚為滿意。因此，中國人認為自己是最優秀的，是上帝的選民。

34　*The Anatomy of Melancholy*, vol. II (New York: Hurd&Houghton,1864), pp. 259-260. 此處採用范存忠譯文，見范存忠：《中國文化在啟蒙時期的英國》（上海市：上海外語教育出版社，1991年），頁8。

35　*The Anatomy of Melancholy*, vol. I (New York: Hurd & Houghton,1864), p. 107.

超越了中世紀歐洲人那種把中國看作一個神奇遙遠國度的見識，而接近十八世紀啟蒙理性時代的看法。[36]

二　英國散文體作品裡的中國知識

　　一六〇五年，英國散文家弗蘭西斯・培根（Francis Bacon, 1561-1626）在其所著《學術的進展》（*The Proficience and Advancement of Learning*）第二部中，率先提出了中文作為通用文字的可能性，首先談到了中國文字的特徵：「在中國和一些遠東國家採用象形的文字，既不表示字母，也不表示片語，而只是表示事物和概念。」中國各省不能相互聽懂對方的語言，卻能讀懂別省的書寫文字。「我們完全可以懷疑漢語是否能變成大家非常需要的那種世界語，是否能溝通前不久發現那些如此複雜的民族，甚至它是人類最早的和某種意義上的自然語言。」培根在其他著述中也多次提到關於中國的事情。在《新工具》（*Nevum Organum,* 1620）一書中，他認為中國人使用火炮已有兩千餘年的歷史，他有一段很著名的論述指南針、火藥和印刷術對西歐影響的話：「發明的力量、效能和後果，是充分觀察出來的，這從古人所不知，而且來源不明的儼然是新的三項發明中，表現得再明顯不過了，即印刷術、火藥和指南針。因為這三項發明已經改變了整個世界的面貌和事物的狀態，第一種發明表現在學術方面，第二種在戰爭方面，而第三種在航海方面。從這裡又引出了無數的變化，以致任何帝國、任何教派、任何名人在人類生活中似乎都不及這些機械發明有力量和有影響。」（Francis Bacon: bk. 1, 格言129）[37]在以幻想遊記形

---

36 詳盡討論可參看拙著《霧外的遠音——英國作家與中國文化》（銀川市：寧夏人民出版社，2002年）之「上帝創造了一個新世界——17世紀英國作家對中國文化的『解剖』」一章。

37 這部書裡培根還舉了一個例子說，中國人製作瓷器的方法是將它們埋在地下四、五十年左右。

式寫成的《新大西島》（*New Atlantis,* 1626）一書中，培根描繪了理想的社會圖景，書中所羅門宮殿裡國王也談到了中國的瓷器：「我們在不同的土層中埋藏東西。這些洞壁用黏土和瓷土的混合物塗抹，就像中國人給瓷器上釉彩一樣。」[38]

三　約翰・韋伯讚譽中國文明

一六六九年，約翰・韋伯（John Webb, 1611-1697）在倫敦出版《論中華帝國之語言可能即為初始語言之歷史論文》（*An Historical Essay Endeavoring a Probability that the Language of the Empire of China is the Primitive Language*）。本書的資料來源是利瑪竇的《基督教遠征中國史》、曾德昭的《大中國志》、衛匡國的《中國史初編》、《中國新圖》、《韃靼戰紀》以及基爾歇《中國禮俗記》等。韋伯這部八開本的小書是當時典型的關於初始語言（Primitive Language）[39]的論著。

---

38 培根這本書是以「我們航行從秘魯……直到中國和日本」（We sailed from Peru …… for China and Japan）這句話開始他的故事的。後來十八世紀的大文豪約翰遜博士在其《人類的虛榮》（*The Vanity of Human Wishes*）一詩裡也說過 "Let observation with extensive view, Survey mankind, ftom China to Peru."（讓遠大的眼光，瞻顧／人類，從中國到秘魯。）

39 根據《聖經》〈創世紀〉第二章所示，上帝教給人類始祖亞當的語言是一種純粹、完美精確而又十分簡單的神聖語言。這就是人們所說的「亞當語言」（Lingua Adamica），或「人類語言」（Lingua Humana），或「初始語言」（Primitive Language）。這種語言的詞語本身透明地反映出事物的本質，是一種完美的交流工具，通過它，神、人之間，甚至包括動物在內都能直接交談。那麼，能不能重新將它尋找歸來，讓世界重新使用這種統一的語言呢？歐洲人在中世紀時，就已經有人在思索這個問題。既然這種語言仍然殘存在人類語言當中，那麼是哪一種語言呢？人們有各種猜測與假想，有的說是拉丁文，還有的說是荷蘭語。當歐洲漢學家和耶穌會士將中文知識介紹到歐洲後，人們發現了這種穿越悠遠歷史而又保存其神秘特性的神聖語言，於是有人就驚喜地認為中文便是人類始祖使用的語言。

　　韋伯推斷中文是人類的初始語言的推理過程為：「《聖經》教導說，直到巴別塔之亂以前，全世界都通用同一種語言；歷史又告訴我們，在未造巴別塔之前，當初世界通用同一種語言時，中國已有人居住生息。《聖經》教導說，語言混亂的懲罰只是加在造巴別塔的民族身上；歷史又告訴我們，中國人早在這之前已經定居下來，沒有去參加造塔，所以也就不在喪失初始語言的民族之列。不僅如此，不管參考希伯萊文或希臘文的記載，都可以知道中國人在巴別塔的混亂之前早已使用的語言文字，一直到今天他們仍然在使用。」[40]韋伯由此得出結論：「因此，很有可能肯定，中華帝國的語言便是初始語言，是大洪水以前全世界通用的語言。」韋伯指出初始語言的六個標準：古老、簡單、通用、質樸、持久、簡潔，再加上一條「學者的贊同」，而中文均明顯體現著這樣的標準，所以他毫不猶豫地肯定說，中文就是初始的即最早的語言。[41]

　　韋伯在此書裡除了論述中文可能就是初始語言之外，還對中國文明作了多方面的熱情讚賞。他談到了中國的道德哲學，說他們的祖先對於仁、義、禮、智、信五點特別推重，所以他們最古最基本的法律都是由此構成的。韋伯還對中國的孝道大加讚美，說中國在父慈子孝這點上給世界各民族樹立了一個好榜樣。他說中國皇帝都是哲學家，還讚揚中國詩人，因為他們並不往作品裡塞進「在詩人的狂熱過去之後，連自己也不懂的寓言、虛構和諷喻之類」。他說中國詩裡有教導

40　*An Historical Essay Endeavoring a Probability that the Language of the Empire of China is the Primitive Language* (London, 1669), pp. iii-iv.

41　韋伯之論在後世不乏應和者。直到十八世紀，英國人舒克福特（Samuel Shuckford）發表《世界宗教與世俗史》（1731-1737），還可以看到這樣的文字：「在地球上確實存在著另一種語言，它似乎有著某些標記，表明它是人類的最初的語言，這就是漢語。……正如人們已經注意到的，諾亞很可能就居住在這些地區；如果人類光榮的祖先和復興者是在這兒走出方舟後住下來的話，那他很可能在這兒留下了世界上唯一普遍使用的語言。」（艾田蒲：《中國之歐洲》〔鄭州市：河南人民出版社，1992年〕，上卷，頁392。）

人的「英雄體詩」，有寫自然山水的詩，也有寫愛情的詩，「但不像我
們的愛情詩那樣輕佻，卻使用極純潔的語言，在他們的詩裡，連最講
究貞潔的耳朵也聽不出一個猥褻而不堪入耳的字。」正是在韋伯的書
裡，我們看到了十七世紀英國人對中國和中國文化最恰如其分的讚美
和欽佩。[42]

四　威廉・坦普爾著述中的中國題材

在十七世紀的英國，威廉・坦普爾爵士（Sir William Temple,
1628-1699）對中國頗有些「高山仰止」之意。文學史上他被尊為英
國散文大師之一，一手好文章「被當作練習寫作的範文」，十八世紀
的風雅之士無不為其淵懿的文字所傾倒。由於來華傳教士的大事渲
染，中國在當時的歐洲可謂聲譽鵲起。這位有聲望地位的爵士旅居海
牙時大概讀過馬可・波羅、紐霍夫、衛匡國和基爾歇等人有關中國的
著述，因而對中國有了一定程度的了解，也許受了這些作者的感染，
此後他便成了十七世紀稱頌中國最起勁的英國人。他崇敬中國的孔子；
推崇中國的學者政府；別具慧眼地發現了中國園林的不對稱之美，不
自覺地締造出後世風靡英倫的造園規則。英國人對中國的欽羨在他的
身上亦臻於頂點，他甚至說中國的好處是「說之不盡」的，是「超越
世界其他各國的」，而這些無不出自他那獨有的、世界性的眼光。

坦普爾對中國可謂一見鍾情，並由此而進一步啟動了他非同尋常
的世界意識。他對中國文化的濃厚興趣當然得益於其時歐洲關於中國
的報導。早在一六五四年，未婚妻奧斯本給他寫的信裡，就已經提到

---

42 錢鍾書先生說，韋伯的書代表著當時所能達到的對中國的最好認識，書中強調的是
「中國文化的各方面，而不是津津樂道中國風氣的大雜燴」，它注重的是「中國哲
學、中國的政府制度和中國的語言，而不是中國的雜貨和火炮」。（錢鍾書：《十七
世紀英國文學裡的中國》，載《中國文獻目錄季刊》1940年12月號，頁370-371）

有名的葡萄牙遊歷家平托（Fernando Mendez Pinto, 1509-1583）關於
中國的報導：「你沒有看過一個葡萄牙人關於中國的故事？我想他的
名字叫平托。如果你還沒有看過，你可以把那本書帶走。那是我認為
我所看過的一本饒有興味的書，而且也寫得漂亮。你必須承認他是個
遊歷家，而且他也沒有誤用遊歷家的特權。他的花言巧語是有趣而無
害，如果花言巧語能夠做到這樣的話，而且就他所涉及範圍而言，他
的花言巧語也不是太多的。……如果我這輩子能夠看到那個國家，並
能跑到那裡，我在這些方面要好好地玩弄一番呢。」[43]

　　坦普爾的三卷本文集分別於一六八〇、一六九二、一七〇一年出
版。其中多篇涉及到中國的事情。如《討論古今的學術》、《論伊壁鳩
魯花園》等，談論中華文明比較詳細的是《論英雄的美德》。當初也
許是出於奧斯本的鼓動，坦普爾開始閱讀包括《馬可·波羅遊記》在
內的關於中國的各種遊記，日後便在其著作裡對中國的事情津津樂
道。比如在《關於健康與長壽》中介紹了大量的中國古代的養生之
道，言語之間，興趣盎然。尤其值得一提的是對中國宗教信仰問題的
看法，他認為中國的信仰可以分為士大夫的信仰和平民的信仰。後者
所信奉的那些「粗鄙而愚蠢的偶像崇拜」，只不過是「下流的東西，
是一種等而下之的「迷信」。而中國士大夫崇拜的則是「他們之所信
為永生的宇宙之神；無廟宇，無偶像，也無祭師」。[44]此後法國思想家
培爾和伏爾泰正是沿著這樣的思路去看待中國人信仰的。後者在《風
俗論》裡即言：「中國的儒生崇拜一個唯一的上帝，但卻聽任人民受

43 轉引自范存忠：《中國文化在啟蒙時期的英國》（上海市：上海外語教育出版社，
　　1991年），頁12。平托自一五三七年起在東方遊歷，歷時二十一年。他曾到過東南
　　亞和中國、印度等地，一五五八年返回故土。他所撰《遊記》於一六一四年出版，
　　書中對中國文明有較詳細的介紹，半虛半實的描繪將中國理想化了，難怪歐人將信
　　將疑。該書英譯本於一六五三年在倫敦出版。這可能是坦普爾最早接觸到的關於中
　　國的材料。

44 *The Works of Sir William Temple*, Vol. Ⅲ (London: J.Rivington, 1814), p. 340.

和尚的迷信行為的蠱惑。」[45]說法與坦普爾如出一轍。

　　坦普爾對中國的認識之所以高出當時一般英國人，是因為他別具一雙世界性眼光。他能對大家不甚留意的陌生國度發生興趣，如東方的中國，西方的秘魯，北方的韃靼，南方的阿開迪亞。他說，這些遼遠的民族不但可以提供一種異域生活景象，而且可以啟發對我們自身的反思。他把異域文明當作一面鏡子，所以每每對異域民族的生活與信仰有精闢之論，而對周遭習而不察的事物多一份新鮮感受。不僅如此，他的敏悟使他能立刻捕捉到文化觀念中的時代新動向。在談論荷蘭聯邦時他說，由於商務來往頻繁，各種不同的教義、習俗與儀式相互影響，各國人民加強了和平友好的聯繫，好像變成了「世界公民」。可見，殖民和貿易也會帶來一種歷史進步，不僅是社會的、政治的、經濟的進步，還是一種意識的、觀念的、精神的進步。這樣一種高瞻遠矚的見識背後正是他的世界性眼光。

　　一六五七年，威廉・坦普爾爵士發表《論英雄的美德》（*Of Heroic Virtue*）一文，把中國作為地球陸地的四極之一，與秘魯、韃靼、波斯並立。在這篇文章的第二節，坦普爾用了二十多頁的篇幅介紹了中華文明的諸方面內容。他首先說明中國的位置幅員和區域，特別注意到了中國的政治制度及相關情形。他熱情讚揚中國的歷史和政治制度，稱中國是世界上已知的最偉大、最富有、人口最多的國家，是擁有比任何別的國家更優良的政治體制的國家。他稱孔子具有「突出的天才，浩博的學問，可敬的道德，優越的天性」，是「真的愛國者和愛人類者」，是「最有學問、最有智慧、最有道德的中國人。」[46]

　　坦普爾認識到，孔子的學說是實用的社會道德，而不是形而上學的哲學思辨；孔子主張國家利益高於個人私利，讚揚勤勉和寬容，鼓吹漸進的革新，避免激烈的變革。坦普爾認為這些都是治理國家的不

45 伏爾泰著，梁守鏘譯：《風俗論》（北京市：商務印書館，1996年），上冊，頁78。
46 *The Works of Sir William Temple* (London, 1814), Vol. Ⅲ. p. 334.

二法門。他在孔子的學說中找到了哲學家以道德治國的途徑，因而把孔子的教誨歸結為教導人們如何修身、齊家、治國，家長、師長和官員如何統治，子孫、僕役、臣民如何服從。

在坦普爾看來，中華帝國是以最大的力量和智慧，以理性和周密的設計建立並進行治理的，實際上它勝過其他國家人民和歐洲人以他們的思辨能力和智慧所想像的整體，諸如色諾芬的體制、柏拉圖的共和國、烏托邦以及現代作家的大西洋國等等。如果馬可·波羅、衛匡國、基爾歇以及其他人不曾以他們用義大利文、葡萄牙文以及荷蘭文寫成的著作對此提供了證明，這個國家的人口、力量，皇帝的財富和收入，公共建築和公共工程的雄偉，簡直就無法令人相信。由此不難看出，他對孔子與儒學最終獲得政治權力而成為統治者的思想依據，十分心儀，雖然不免有過譽之嫌。坦普爾還認為，中國的一切，無論是政治道德、還是藝術文化，抑或哲學、醫學等等，都足以而且應該成為英國的楷模。他盛讚中國政府是哲學之王的統治，認為中國就是柏拉圖「理想國」的實現。無疑他給英國政府樹立起效法的樣板，以便消除民眾對政府的不滿。

在另一篇文章〈討論古今的學術〉（*On Ancient and Modern Learning,* 1692）中，威廉·坦普爾寫道：「中國好比是一個偉大的蓄水池或湖泊，是知識的總匯。」[47]他與近代人一樣，認為做學問需要有人指引，而這些氣度淳雅的引路人，大約只有來自印度和中國的聖哲方可勝任。因為那裡「民性中和，地域清靜，氣候均勻，又有長治久安之國」。至於秦始皇焚書那樣的出於「愚昧的野心」的悖行，他大加指責。他還把蘇格拉底與孔子的思想相提並論：「孔子開始了同樣的構思，呼籲人們從無用的與無休止的對自然的考察轉到對道德的思索上來；但分歧在於，希臘人的好尚看來主要放在私人與家庭的幸

---

47 *Critical Essays of the Seventeenth Century*, Vol. III (Oxford UP), p. 36.

福上，而中國人則放在王國與政府的優良品質與善於駕馭上，據悉這樣的王國與政府存在已經有數千年，也許可以恰如其分地把它叫做學者政府（a Government of Learned men）」。[48]他還特別推崇中國的學者政府，並別具慧眼地發現了中國園林的不對稱之美，不自覺地締造出後世風靡英倫的造園規則。[49]可以說英國人對中國的欽羨在他的身上亦臻於頂點，他甚至說中國的好處是「說之不盡」的，是「超越世界其他各國的」，而這些無不出自他那獨有的、世界性的眼光。[50]

五　「中國人信札」與文化利用

一七五七年五月，霍拉斯・沃爾波爾（Horace Walpole）寫的《旅居倫敦的中國哲學家叔和致北京友人李安濟書》，簡稱《叔和通信》（*A Letter from Xo Ho*）在倫敦發表。這是英國出現的第一本中國人通信。霍拉斯・沃爾波爾是英王喬治二世時代首相羅伯特・沃爾波

---

48 *Critical Essays of the Seventeenth Century*, Vol. III (Oxford UP), p.43. 西人對學者政府的渴求由來已久。柏拉圖曾把理想國的公民分成三個等級，由高至低依次為哲學家、戰士與農工商，而這後兩個等級都要聽命於哲學家，所以他主張實現的是哲學王統治的理想國世界。而這與傳統儒學「尊賢使能，俊傑在位」的用人方略，在內質上頗有神契之處。當坦普爾驚訝地發現中國人已將歐土賢明渴慕已久的治國理想付諸實施時，他怎能不為之欣悅鼓舞，原來「傳說中的政治」並非烏有。而且他還不無懸想地指出：「在當前韃靼國王的統治之下，政府繼續保持原來的樣子，仍然掌握在學者手裡」。

49 威廉・坦普爾在〈論伊壁鳩魯花園〉（*Upon the Gardens of Epicurus*, 1685）一文附加的段落中專門描寫和讚美了中國園林，並引用了一個詞：Sharawadgi。關於此詞的意義，歷來眾說紛紜。范存忠先生認為就是一種不講規則、不講對稱的而又使人感到美麗的東西。參見范存忠《中國文化在啟蒙時期的英國》（上海市：上海外語教育出版社，1991年），頁18。

50 詳盡討論可參看拙著《霧外的遠音——英國作家與中國文化》（銀川市：寧夏人民出版社，2002年）之「世界眼光的結晶——威廉・坦普爾對孔子學說與園林藝術的推崇」一章。

爾的幼子。書中沃爾波爾用中國人的口氣批評英國的人情風俗，尤其是當時的政黨政治，風行一時，半月內連印五版。作品開頭就說那些英國人是不容易了解的，他們不但與中國人不同，與其他的歐洲人也不一樣。在政治上，從前有兩黨，現在變成了三派。在這裡（倫敦），一般人都愛說閒話，不管它的性質如何。要是一個政客、一個部長，或者是一個議員，古怪一些，不把消息告訴人家，人家就要恨他。但是，要是他撒了慌，那就不要緊，人家說他會宣傳。前幾天，英王把內閣解散，卻不等組織新閣就溜到鄉下去了。英王沒有權柄選擇內閣，同我們（指中國人）沒有權柄選擇皇帝一樣。[51]

　　沃爾波爾的文章對哥爾斯密（Oliver Goldsmith, 1730-1774）產生了影響。後者的理想是拋開鄉土觀念和民族偏見，做一個世界公民。一七六〇年年初，哥爾斯密開始為新辦的日刊《公薄報》（*Public Ledger*）撰稿，虛構旅英華人「李安濟——阿爾打基」（Lien Chi Altanji）向友人致函，藉以評論英國社會，介紹中國文化。他連續寫了一百一十九封書信，取名《中國人信札》，一七六二年結集時，又增加了四封信，合為一百二十三封[52]，印成八開本的兩大冊，題名

---

51 沃爾波爾還有一本《象形文字故事集》（*Hieroglyphic Tales*, 1785），共六篇，從中可見其眼中的中國形象：迷信、拘禮、懶惰、墨守成規、難以理喻。其中第五篇〈米立：一個中國童話故事〉（*Mi Li, A Chinese Fairy Tale*），寫的是中國王子米立聽從預言，尋找一個名字同其父親的領地名字相同的公主作妻子，輾轉來到英國倫敦，終於如願以償的故事。故事裡的米立，是作為不通英語的中國人來描寫的，當他初次墮入他未來的妻子含情脈脈的目光所織成的愛網時，作者第一次讓一個中國人（米立）講了不完全準確的英語句子（Who she, who she？）。而在此前或此後許多作家筆下的中國人，均可隨時隨地講一口流利的英語。因此，米立是英國文學作品中第一個接近實際情況的、有語言困難的中國人形象。

52 《世界公民》中的一百二十三封信，有的是朝典大臣福洪（Fum Hoam）寫給河南人李安濟的，講的是中國朝廷的故事；有的是李安濟寫給兒子興波（Hingpo）的，講的是安貧樂道一類的話；有的是興波寫給李安濟的，講的是他在波斯的羅曼史；但是多半是李安濟寫給北京的朋友福洪的，講的是他在英國倫敦的見聞。哥爾斯密關於中國的知識資訊主要有兩個來源，一是李明的《中國現狀新志》，另一是杜哈德的

《世界公民》（*Letters from a Citizen of the World, to His Friends in the East*），成為十八世紀利用中國材料的文學中最主要也是最有影響的作品。

　　與其他類似的書籍一樣，《世界公民》也有一個「框架」：原來，河南人李安濟本是個朝廷命官，因性好遊歷，跟了洋商出關西行，繞道至倫敦，由黑衣人（The Man in Black）等導遊各處。朝廷見他擅離職守，下令撤職查辦，又把他的家室抄沒。惟有他的兒子興波（Hingpo）僥倖脫險，並得到朝典大臣福洪（Fum Hoam）的養育。但他一心要尋覓父親，改裝逃出中國，先是為沙漠商旅趕駱駝，後被韃靼人捉去為奴，不久又給販入波斯。在此遇見一個名叫澤麗絲（Zelis）的天仙般美麗的白人女子，也被販為奴。波斯酋長逼迫澤麗絲為妾。於是兩人密謀，一同逃出，到伏爾加河地方遇到了強盜，不幸又離散了。最後興波到了倫敦，見到了父親，提起澤麗絲，非常愁悶。兩天後，李安濟的那個倫敦朋友鐵白斯帶了一個侄女進來，不是別人，正是澤麗絲。兩個年輕人於是結為夫妻。結婚那天，所有李安濟在倫敦結識的朋友都來賀喜。新婚夫婦在倫敦安家立業。而李安濟本是世界公民，仍繼續他的遨遊生涯。

　　《中國人信札》（即《世界公民》）裡的主人翁河南人李安濟，不是軍人、冒險家、商人，而是個哲學家、學者，或「哲學流浪者」。哥爾斯密在第七函裡借這位中國哲學家之口說，一個人離家遠行，目的在改善自己、改善別人的，那是哲學家，要是盲目地受了好奇心的驅使，從一個國家跑到另一個國家，那只是一個流浪者而已。[53]第五十五函裡，北京的朋友福洪（Fum Hoam）這樣評說李安濟的遊歷，

　　《中華帝國全志》（凱夫的英譯本）。另外還參考了柏應理等人的《論語》、《大學》、《中庸》的拉丁文譯本，以及阿爾更的《中國人信札》和伏爾泰的《風俗論》等。

53 *The Miscellaneous Works of Oliver Goldsmith*, Vol., III(London: S. & R.Bentley, 1820), p. 22.

說他只注意歐洲各國的民族精神、政治制度和風俗習慣。他既沒有描寫如何從一座建築物走到另一座建築，或臨摹這個遺跡或那個石塔；也沒有敘述花了多少錢買下多少商品，或儲備多少器材來準備遊覽一個蠻荒地區；他談的只是他自己所見所聞的感想。[54]

在《世界公民》編者前言（Editor's Preface）裡，哥爾斯密介紹了才學高超的李安濟，初到倫敦時，留給眾人的印象：「他初到倫敦的時候，許多人見他並不愚蠢，心裡很憤怒。這樣一個生於異國的人，居然也明察聰穎，而且還有些才能，他們感到非常詫異。他們說，真是奇怪，中國人離開歐洲如此之遠，也能有這樣精密的思想？他們又沒有讀過我們的書，連我們的文字，他們都不懂，卻也能同我們一樣講話推理。原來中國人和我們是差不多的。人類有高低，不在距離的遠近，乃在受教化的深淺……。」[55]

《世界公民》裡涉及中國情況的地方不勝枚舉。如，中華帝國被說成是一個稱為太陽族後裔的種族（四十一函），儘管中國人容忍佛門信徒（十函），信仰靈魂的變體（十五函），但他們的宗教大體上是理性的（十函），寬容的（四十一函），而且中國不像英國那樣有許許多多的宗教教派（一百一十一函）。中國人的政府是家長專制政治（二十三函）。中國皇帝喜歡莊嚴的稱號（一百一十九函），他的權威來自於強力與恐懼，以此穩定政府（一百二十函）。中國是君主專制，但皇帝的法律是開明而仁慈的（七十九函），不僅懲罰罪惡，而且獎勵美德（七十一函）。與英國一樣，中國人對政治也有一種普遍的熱情（四函）。中國的學術繁榮，因為皇帝本人就有著述（二十八函）。文人團體內盛行著一種合作精神（二十函、五十六函）。大批傳

---

54 *The Miscellaneous Works of Oliver Goldsmith*, Vol., Ⅲ(London: S. & R.Bentley, 1820), pp. 218-219.

55 *The Miscellaneous Works of Oliver Goldsmith*, Vol., Ⅲ(London: S. & R.Bentley, 1820), p. v.

教士（四函）和英國代理商（三十三函）已經居住在那裡，但中國人自己卻很少到國外旅行（二函），而且他們也不被允許這樣做（六函）。由於處於一種文化孤立狀態，他們那些發明的才能（一○七函）漸漸地被完全忽視（一○四函）。中國人樂生厭死（十二函）。他們喜愛莊嚴堂皇的葬禮（十二函），喜歡看戲（二十一函）、跳舞（二十一函）、華而不實的裝備（三十一函）、優雅的生活方式（三十二函）、園林（三十函）、騎馬（七十函），以及奢華（二函）。中國婦女懂禮數（三十八函），她們很少出門（八函），只有在特殊日子裡他們才賭彩（一○一函）。至於美麗的標準，她們與歐洲人不一樣（三函、八函、一一五函）……不一而足。如果細加統計，可稱得上是關於中國知識的百科全書。哥爾斯密在書中多方面稱譽中國文明，並借那些中國的故事、寓言、聖人格言、哲理，去諷寓英國的政治、法律、宗教、道德、社會風尚，來對英國甚至歐洲社會狀況進行「有益而有趣」的評論，企求中國的思想文物能對英國社會起一種借鑑作用。[56]

英國浪漫詩人拜倫在談到其長詩《恰爾德‧哈洛爾德遊記》裡遊記主人翁與抒情主人翁的區別時曾說：「關於那旅人，……我早已不耐煩繼續把那似乎誰也絕不會注意的區別保持下去；正如哥爾斯密的《世界公民》一書裡的中國人，誰也不會相信他真是個中國人。」（《遊記》第四章，致霍布豪斯先生）。假託外國人寫遊歷自己國家的觀感，是十八世紀不少歐洲作品採用的一種基本模式，即借「他者」（當然是理想化的）來對自身的社會狀況等大發感慨與評論。這一傳統在英國文學裡延續到十九世紀甚至二十世紀。比如十九世紀散文家蘭陀（Walter Savage Landor, 1775-1864）就假託中國皇帝與派往英倫視察的欽差慶蒂之間的對話，批評了英國社會現實的混亂與不協調。

---

[56] 詳盡討論可參看拙著《霧外的遠音——英國作家與中國文化》之「好一個『世界公民』——哥爾斯密信札裡的中國思想文物」一章。

二十世紀的英國作家迪金森（Lowes Dickinson, 1862-1932）則寫了
《約翰中國佬的來信》（*Letters From John Chinaman*, 1901），重現了十
八世紀歐洲人心目中的那種烏托邦中國的圖像，以此批評西方文明。

六　英國作家筆下的負面中國形象

　　與以上那種烏托邦中國形象相比，十七至十八世紀英國作家筆下
的另一種中國形象則是批評否定性的。在他們看來，中國無異於一個
野蠻、愚昧、異教的民族。威廉・沃頓（William Wotton, 1666-1722）
認為中國的典章學術徒具虛名，何其幼稚，中國人與未開化的野蠻人
差不多；威廉・匿克爾斯（William Nichols, 1655-1716）甚至偽造了
一則荒誕不經的中國開天闢地的神話，攻擊中國的宗教與道德；貝克
萊（George Berkeley, 1685-1753）也對中國哲學及中國文化持有懷疑
態度，不相信中國的歷史有那麼久，中國科學有那麼高明。

　　頗有聲譽的小說家但尼爾・笛福（Daniel Defoe, 1660-1731）於
一七二〇年發表在《魯濱遜飄流記續編》（*Farther Adventures of
Robinson Crusoe*）及第三編《感想錄》（*Serious Reflections during the
Life and Surprising Adventures of Robinson Crusoe*）等作品，更是對中
國文明進行肆無忌憚的諷刺與攻擊。在他眼裡，所謂中國的光輝燦
爛、強大昌盛等耶穌會士頌揚中國的言論，絲毫不值一提；而中國人
的自傲簡直到了無以復加的程度，事實上中國人連美洲的生蕃野人都
比不上；中國的宗教則是最野蠻的，中國人在一些怪物的偶像面前彎
腰致敬，而那些偶像是人類所能製造的最下流、最可鄙、最難看、最
使人看了噁心反胃的東西……從而成為當時歐洲對中國一片讚揚聲裡
最刺耳的聲音。[57]笛福從未到過中國，為何對中國的評價如此毫不留

---

57 詳盡討論可參看拙著《霧外的遠音──英國作家與中國文化》之「偏見比無知更可
　　怕──笛福眼裡的中國形象」一章。

情，如此極端？陳受頤先生在〈魯濱遜的中國文化觀〉一文裡也探討了這一問題。他得出的結論是：第一，笛福的對中國文化的攻擊和鄙夷，是他自己的思想和性情的表徵，不是受任何人的驅使，或任何人的暗示。第二，笛福對於中國文化的態度，自一七〇五年發刊《凝想錄》起至寫《飄流記續編》之時，十五年間，未嘗變遷；先後言論，也無根本上的矛盾與衝突。第三，他不止參考某一種書籍，而是每種之中，都有選用，都以他的成見為取捨的標準。第四，他對中國表現不滿，也並非偶然，這可以從他的宗教信仰、愛國熱情、商業興趣，和報章文體諸方面作些了解。[58]

　　陳受頤先生的解釋和結論頗有道理。我們由此作為出發點，做些分析闡釋。

　　先說宗教信仰。笛福的父親是個小屠戶和蠟燭商，信奉反對英國國教的長老會。受其家庭出身和宗教信仰的影響，笛福反對英國國教會，與羅馬天主教會更是格格不入，而耶穌會是天主教會的一支。他雖在斯圖亞特復辟後英國國教會整肅不同宗教教派的環境裡長大，卻成為一個典型的反國教會的清教徒作家。有種說法是他曾參加以新教為主體的蒙茅斯公爵的叛亂。英國國教是十六世紀上半期亨利八世宗教改革時確立的，後來成為封建專制統治的工具和支柱。十六世紀六〇年代，加爾文教傳入英國，後稱「清教」，很快受到資產階級和新貴族以及下層民眾的擁護。清教宣揚從事工商業活動是上帝賦予選民的神聖使命，只有那些發財致富的人才能成為上帝的選民，才能得救，這便適應了新興資產階級要求發展工商業的要求。笛福正是如此。

　　笛福又是一個國家主義者。他以英國為榮，並攻擊外國（尤其是西班牙與葡萄牙），在他的小說裡（如《辛格頓船長》）隨處可以看見。《魯濱遜飄流記續編》也講過這樣一件事：一個西班牙人說他遇

---

58 陳受頤：〈魯濱孫的中國文化觀〉，《嶺南學報》第1卷第3期（1930年6月），頁31。

到的各種人裏面，英國人在危難中最為沉著冷靜，而他們這個倒霉的民族與葡萄牙人則相反，在同不幸的命運作鬥爭時，世界上就數他們的表現最差；因為他們一碰上危險，略略作了些掙扎之後，接著便是絕望，便是在絕望中躺下等死，根本就不會振作精神，想出逃脫困境的好辦法。

　　魯濱遜聽到這些好聽的話，還謙虛了一番，說他做的事，另一個人在同樣情況下也是能夠做到的，這倒引得西班牙人繼續說到：「先生，在你那處境裡，換了我們不爭氣的西班牙人，那麼我們從那船上弄下來的東西絕不會有你弄到的一半；不僅如此，我們根本還不會想辦法來紮個筏子把它駕到岸邊的；更不要說如果只有一個人的話，我們還能做點什麼了！」這一些話，英國人當然會覺得中聽。

　　笛福還是一個商人，因而看待任何事物均完全採取商人的尺度。他之所以崇奉軍事力量，其中一個原因就是認為海軍、陸軍有護商的能力，進而以軍隊的強弱為評價文化的標準。我們知道笛福生活的時代正是洛克為私有財產正名，追求財富已躁動於全社會的時代。笛福在這個時代身體力行，渴求富足，投身於當時最賺錢的行業——對外貿易。不僅如此，他更把推崇商業，宣傳商業作為畢生的己任，他的《評論報》（1704-1713）、《商業報》（1713-1714）明確地充當商業利益的喉舌。他還寫過《貿易通史》、《英國商紳大全》、《英國商業方略》等著作。他對商人的讚揚同樣無以復加：「如果說在任何行業中只有勤勞才能得到成功，那麼在商業界，恐怕這樣說才更確切：比起任何人來，商人更加依靠智慧生活。」他認為商人是「世界上最聰敏的人，因而在迫於無奈不得不另想生活門路的時候也是最能幹的人；依照愚見，本書在討論的題材中所涉及的種種計畫都是從這種人中來的。在這種人身上很容易追溯出他們的本行是銀行，股票，股票買

賣，保險，互助會，彩票等等。」[59]他把不辭艱險在全世界經商、不擇手段謀取利潤、不惜以殖民手段進行掠奪的遠洋商人奉為英雄，而魯濱孫正是他理想中的典型人物。可以說笛福是商業時代的鼓吹者。在《續編》中他攻擊中國文明，但對中國的一些物產也表現出了商人的興趣。笛福認為英國如果「沒有商業就不能維持下去，好比教堂沒有宗教就不能維持下去一樣。」「我們〔指英國人〕是一個做買賣的民族，我們的事務是經商，我們的目的是賺錢，商業上除了利潤而外是沒有什麼興趣可言的。我們同土耳其人、信仰邪教的人、信仰偶像的人、不信仰猶太教的人，信仰異教的人以及草昧未開的野蠻人打交道、做生意，只要能達到目的，只要對買賣有利，可以不管他們崇拜什麼上帝。商業上崇拜的唯一偶像是賺錢。在商人看來，只要有利可圖，不管同什麼交易，都能一樣的。」[60]

最後，笛福還是個「報章家」，並享有「現代新聞之父」的美譽，明白如何去渲染他的文字，怎樣用似非而是的言論，知道故意與人相違以博取注意。一七〇〇年，四十歲的笛福當上了一名記者，後來寫了許多轟動一時的新聞稿件，他又是個絕妙的政治鼓動家，而在諷刺方面，又有拿手好戲。

這樣一來，中國既然是不奉新教而又祀天祭祖，雖然名聲揚溢，在書卷的記載上幾要壓倒英倫，但從使臣和商人的記載看又無強健的軍備，而且商舶從未到過歐洲，那些傳聞又少人確見，凡此種種，無不與笛福持有的文化觀念方枘難合，這就難怪他對中國無甚好感了。

當然，笛福等人的中國觀與坦普爾、哥爾斯密等人一樣，批評中國或讚美中國都是出於他們自己的文化理想，均是為了改良他們自己

---

59 轉引自錢乘旦、陳曉律：《在傳統與變革之間——英國文化模式溯源》（杭州市：浙江人民出版社，1991年），頁102。

60 轉引自范存忠：〈狄福的《魯濱孫飄流記》〉，《英國語言文學論集》，《南京大學學報》1979年印行，頁8。

的政治和社會，這就難免出現以偏概全的狀況：讚美者把中國的情況
過於理想化，而批評者則抓住一點，否定其餘。

七　約翰遜博士稱讚中國道德觀念與政治制度

　　一七三八年七月，約翰遜（Samuel Johnson, 1709-1784）以讀者
的名義給《君子雜誌》（*The Gentleman's Magazine*）編者寫信，稱讚
中國文明，說中國的古代文物、中國人的宏偉、權威、智慧，及其特
有的風俗習慣和美好的政治制度，都毫無疑問地值得大家注意：「當
他讀了中國聖賢們道德的格言和智慧的訓導，他一定會心平氣和，感
到滿意。他會看到德行到處都是一樣，也會對那些胡言亂語的人更加
鄙視；因為那些人斷言道德不過是理想，而善與惡的區別完全是幻
夢。但是當他熟悉中國的政府和法制以後，他能享受新鮮事物所能引
起的一切快感。他發現世界上有這樣一個國家而感到驚奇。在那裡，
高貴和知識是同一件事；在那裡學問大了，地位就高，而升等晉級是
努力為善的結果；在那裡，沒有人認為愚昧是地位高的標誌，或以為
懶惰是出身好的特權。當他聽到那裡有關忠臣的記載，會感到更加驚
訝。那些忠臣雖似不很可信，但在那個帝國卻一再出現，竟敢指出皇
上對國家法令沒有遵從，或在個人行動有所失誤，以致危及自身的安
全或人民的幸福。他會讀到帝王聽到了那種諫議，對大臣不冒火、不
威嚇、不訓斥，也不以堅持錯誤為尊榮，而以中國帝王所應有的寬宏
大量，心甘情願地按照理性、法令和道德來檢查自己的所作所為，而
不屑使用自己的權力來辯護自己所不能辯護的東西。」[61]
　　他在這裡說，讀了杜赫德的《中華帝國全志》，使人產生兩種感
覺：一種是滿意，一種是驚訝。使人滿意的是中國人的道德觀念；使

---

61 轉引自范存忠：《中國文化在啟蒙時期的英國》（上海市：上海外語教育出版社，
　　1991年），頁62-63。

人驚訝的是中國人的政治制度。在這段話裡，約翰遜表面上談的是中國的事情，實際上針對且批評的是當時喬治二世的英國現狀——有些人不講道德，不辨善惡；升等晉級憑藉的不是自己的學識；帝王高高在上，聽不進大臣的任何諫議，等等。

一七四二年凱夫的《中華帝國全志》英譯本終於全部出齊，約翰遜在《君子雜誌》第十二卷上撰文予以介紹，其中有一節是孔子小傳，可見他對孔子的態度。這個孔子小傳先敘寫傳主的生平，其次談他的思想，最後論述他的著作，條理十分清楚。小傳在字裡行間，處處點綴著嚴肅而又不失幽默的案語。如小傳上說孔子「在陳絕糧而弦歌不輟」時，約翰遜說「孔子善於克己，這種挫折當然算不了什麼，因為他既能不享樂，當然也自能不怕吃苦的。」孔子說：「吾未聞好德如好色者也」（《論語》〈子罕〉），凱夫的譯文與原文稍有出入：「我沒有看到過一個喜愛德行的人能象淫逸之徒追求歡樂那樣。」約翰遜加了一個按語：「這句話說得異常真實，可是又說得異常嚴重」。[62]

鮑斯威爾《約翰遜傳》記載了約翰遜論生死的談話。孔子有一次對門徒講「未知生，焉知死」（《論語》〈先進〉），凱夫的譯文出入較大：「你還沒有學會怎樣好好地生，而你現在要知道怎樣好好地死？」約翰遜歎道：「這一句話就是教你怎樣好好死」。約翰遜同孔子一樣，不愛談身後的事。因為身後事是「不可知」的，他最恨這個不可知的問題。有一回，鮑斯威爾問他，死神來到時，要不要硬著心腸。他聽了，大為生氣，說：「用不著，隨它去。重要的不是如何死，而是如何生。死沒有什麼了不得，一下子什麼都完了。」他又神情甚為懇摯地說：「每個人都知道這是必然的，只得由它，亂吵亂鬧沒有什麼用處。」鮑斯威爾還想就此問題繼續談下去，可是他氣極了，一陣子狂吼，說：「不要再談了。」這幾乎把鮑斯威爾嚇倒，並

---

62 參見范存忠《中國文化在啟蒙時期的英國》（上海市：上海外語教育出版社，1991年），頁64-65。

且要鮑斯威爾走，還嚴厲地對這位門徒喊道，「明天不要見面。」當
然到了明天，兩人又見面，談了幾句後，又重新和好了。[63]約翰遜在
小傳中最後總結孔子的學說有這樣一句話：他的整個學說的傾向是在
於宣揚道德性，並使人性恢復到它原有的完善狀態。這顯然依據的是
當時《論語》注疏家的說法。約翰遜本人是個大道德家，他曾說過：
「在現今的風氣裏，唆使做壞比較引導向善的事來得多，所以若有人
能使一般人保持中立的狀態，就可以算做了一件好事。」[64]

　　在約翰遜晚年，也這樣評論過中國人和中國文字。比如，一七七
八年五月八日，約翰遜與其傳記作者鮑斯威爾有一段談話，涉及到對
東方人（中國人）的看法：「約翰遜說：『東印度人是野蠻人』。（那時
說東印度人，意思裏是包括東方人全部）鮑斯威爾解釋道：『先生，
你得除了中國人』。約翰遜說：『不，老兄。』鮑斯威爾問道：『他們
不是有美術麼？』約翰遜答：『他們有的是土器。』鮑斯威爾又問：
『他們的單音文字，先生以為怎樣？』約翰遜答道：『他們沒有字
母，別的國家有的，他們沒有。』鮑斯威爾辯解道：『他們字量多，
學術也比人家高明。』約翰遜說：『中國文字簡陋，學術研究，只得
比人家困難；好比用石刀砍樹，總要比用斧頭費力啦。』」[65]約翰遜對
中國的這種看法並不奇怪。約翰遜最喜歡辯論，最喜歡把別人駁倒，
至於他的議論是否完全合理，那是另一回事。而且約翰遜談話時，往
往先有結論，才找證據，有時證據不完全，他就擺出霸道，大吼一
聲，硬是把人家壓倒。在這段對話裡，不幸的是，中國也處在他所說
的東印度範圍內，這樣一來，就給了鮑斯威爾一個機會，因為當時歐
洲的中國文化熱尚未退潮，你怎麼能說中國人也是野蠻人呢？這難道

63　James Boswell, *Life of Samuel Johnson* . edited by G. B. Hill (New York, 1891), Vol. II.
　　pp. 122-123.

64　轉引自方重《英國詩文研究集》（上海市：商務印書館，1939年），頁76。

65　James Boswell, *The Life of Samuel Johnson* (London: Methuen, 1991), p. 238.

不是要約翰遜博士下不了臺嗎？到底是約翰遜，他才不會讓步呢。可
是不巧的是鮑斯威爾步步緊逼，而約翰遜他老人家也就一不做二不休，
哪有低頭的道理。如此就越說越武斷：中國沒有美術，只有土器；沒
有字母，只有呆笨的方塊文字；而中國的學術也就跟著不行了。[66]

八　倫敦舞臺上的中國戲與報刊文學裡的中國知識

　　一六〇四年的新年元旦，一位觀眾津津樂道地告訴我們說：「新
年的一天晚上，我們觀看了一齣戲，演的是善良的羅賓，還看到一個
中國魔術師戴了假面具。劇院大廳稍低的一頭，搭起一個天篷，我們
這個魔術師從那裡走出來，就他出生的國家的性質對國王做了長篇大
論的演說，並將他的國家的實力和資源與英國進行了比較。隨後他說
他騰雲駕霧，把幾位印度和中國騎俠帶來觀看這個宮廷的宏偉場
面。」[67]這位十七世紀初年的普通觀眾不經意間見證了中國人形象登
上英國戲劇舞臺的重要歷史細節。

　　一六七四年一月，在英國倫敦舞臺上，則出現了第一個採用中國
故事題材的戲劇是《中國之征服》（*The Conquest of China*），作者是
埃爾卡納・塞特爾（Sir Elkanah Settle, 1648-1724）。此劇寫成於一六
六九年。《中國之征服》的題材，雖然是一齣清兵入關、明朝覆亡為
主題的故事，而作者對於中國的國情並不清楚。因此，與其說它是一
個「中國戲劇」，倒不如說是一本英雄劇。因為劇中的情節結構、矛
盾衝突等都與當時的流行英雄劇沒有什麼差別。儘管如此，劇中的一
些情節，如明末皇帝崇禎臨死前，以刀裂指，寫血書，手刃嬪妃的一

66　詳盡討論可參看拙著《霧外的遠音——英國作家與中國文化》（銀川市：寧夏人民出
　　版社，2002年）之「從『文明人』到『野蠻人』——約翰遜眼裡的中國文化」一章。
67　轉引自艾田蒲著，許鈞、錢林森譯：《中國之歐洲》（鄭州市：河南人民出版社，
　　1994年），下卷，頁118。

幕，足以能讓當時的英國觀眾既訝異又新鮮。作者參考了衛匡國的
《韃靼戰紀》（*De Bello Tartarico Historia*），也參考了門多薩、紐霍夫
等人的著作，企圖以戲劇形式講述明亡清興的史實。這部戲劇有兩條
相互連接的情節線索。一條是復仇線。據說是清皇帝的父親被漢人殺
害，死後鬧了好幾次鬼，顯靈訴說真相。於是，清皇帝跟了吳三桂統
率大軍南下入關，以報其不共戴天之仇。《中國之征服》的另一條線
索講的是清帝的兒子順治和一個中國漢族姑娘的戀愛故事。情節還頗
為曲折。說就在清兵入關的當兒，有這麼一位奇女子從四川率領一支
娘子軍襲擊來犯的清兵。可是哪知道敵手就是自己朝思暮想的意中
人。原來，順治少年時曾在中國內地居住過，結識了這位中國女子，
並且產生戀情。後來順治回滿州，兩人被迫離散，這次不巧在你死我
活的戰場上相遇了。這時候，就像高乃依、拉辛的古典主義悲劇裡所
展示的那樣，發生了責任和愛情的矛盾衝突。不過，最終當然是愛情
高於一切，末了這位起初頗有愛國思想的奇女子還是投降清兵。後
來，順治做了皇帝，她就當了皇后。當然，這裡所謂的愛情故事純粹
是塞特爾的虛構。不過，這本戲於一六七四年一月在倫敦演出時，並
不叫座，原因無法猜測。[68]

　　塞特爾還於一六九二年把莎士比亞的《仲夏夜之夢》改成歌舞
劇，名為《仙后》（*The Fairy Queen*）。塞特爾改編時，利用了他所謂
的中國佈景，致使該劇的中國色彩如此濃郁，被人稱為「英中戲劇」
的典型。

68　范存忠先生在其著作裡提到一則關於崇禎皇帝自殺的滑稽表演，或許是與這本戲在
　　舞臺上的失敗不無關係。關於崇禎帝自殺的戲本來應該是很緊張的一段情節。崇禎
　　皇帝聽到宮門外嘈雜的人聲，知道不免一死，於是殺了女兒和妃子，然後就伏劍自
　　盡。關鍵問題就出在「伏劍」上。當時扮演崇禎皇帝的演員有意要鬧些別扭，先把
　　劍從從容容地塞進鞘子，又把鞘子從從容容地放在地上，然後舒舒服服地躺在鞘子
　　上，喊道：「我死了也」。作者見了，怒不可遏，找那演員出氣。演員則說，「你不
　　是明明叫我『伏劍』嗎？」（范存忠：《中國文化在啟蒙時期的英國》，頁105）

一六四四年三月，李自成入北京。崇禎皇帝自縊煤山，滿洲人入關，明清易代。滿清的突然入關佔領整個中國，在當時的歐洲引起巨大反響：馬可‧波羅、耶穌會士筆下如此強盛的中華帝國怎麼一夜之間就被區區幾十萬之眾的滿族給征服了，這令歐洲人大惑不解。有關明清易代的事件成為英國作家筆下的中國題材。有位霍華德爵士（Sir Robert Howard）即以戲劇形式寫了一部《韃靼人征服中國》的戲，並請他姐夫，那位大名鼎鼎的約翰‧德萊頓改編。一六九七年九月德萊頓在給他兒子的信中這樣說道：「我回到倫敦後想把羅伯特‧霍華德的一部劇本修改一下。這劇本他寫好很久才交到我手裡：劇名《韃靼人征服中國》。修改起來，要花費我六個月的工作，或可得一百英鎊的報酬。」同年十二月，他又有一封家信說：「我已經停止了《征服中國記》的工作，現在正在讀維吉爾，已花了整整九天的功夫了。」可見德萊頓對此類型的題材還是感興趣的。

艾狄生（Joseph Addison, 1672-1719）和斯蒂爾（Richard Steele, 1672-1729）兩人正式合作，於一七一一年三月創辦享受盛名的《旁觀者》（*The Spectator*）報。斯蒂爾、艾狄生醉心於閱讀各種關於中國的記載與報導，尤其是十七世紀末年一個法國耶穌會士李明（Le Comte, 1655-1728）所著的《中國近況新志》。他們在一些文章裡就常引李明的話來證實自己的觀點。比如在《守衛報》上有一篇文章談到國王對屬下臣子的封賞時說：在所有爵祿中，對於封賞者沒有什麼損害與危險性的，要算中國的封贈制度。文章援引李明的話說，這些封號，是要等到臣子去世後才能授予的。假如一個臣子始終能得到主上的歡心，那麼他死了之後，主上就給他一個封號。不但他的碑坊牌樓等一切紀念物上可以用這個封號，他的子女們也得襲取這封號。這樣一來，那些野心家就得兢兢業業，聽命於君主了。我們知道，當時的歐洲各國存在著有別於國王行政機構的貴族和僧侶特權階層，特別是一些驕臣悍將恃功而傲，甚至威脅著君主的權威。這個故事即是以中

國的封贈制度來諷刺當時的情形。

　　《旁觀者》所刊載的都是一些短小精悍的「談心式的文章」，其中有不少涉及中國情況的文字，諸如關於中國的故事，以及關於中國的物質文明（如瓷器、茶、長城等）、中國園林藝術、中國政治道德（如孝道、封贈制度）等等。[69]其他還有不少提到中國的文字，比如，《旁觀者》第七十三期上提到中國人的偶像[70]；第二百五十二期上提到中國軟絨[71]等。另外，艾狄生還講到中國婦女裹腳的習俗，認為這是一種專制的惡果，因為這樣的話，婦女就不能在傍晚自由散步了，也不能出入鄉間的舞會了。

九　《趙氏孤兒》的英國之行

　　一七四一年，英國作家哈切特（William Hatchett）[72]在倫敦查理斯·科貝特印刷所（London, Printed for Charles Corbett）出版了根據

69　詳細情況可參見拙著《霧外的遠音——英國作家與中國文化》（銀川市：寧夏人民出版社，2002年）之「旁觀者清，當局者迷——艾狄生、斯蒂爾對中國文化的利用」一章。

70　*The Spectator.* Volume One, edited by Gregory Smith (New York: J.M.Dent &Sons Ltd., 1979), p. 227.

71　*The Spectator.* Volume One, edited by Gregory Smith (New York: J.M.Dent &Sons Ltd., 1979), p. 251.

72　哈切特是十七世紀的英國戲劇作家。關於他的生平經歷，多無記載。據陳受頤說，他為了瞭解一點這個作家的情況，翻查了一百七十多種英國當時的書籍，最後仍是茫然無果。我們可以確定他是一位專門從事改編劇本的作家。他改編的第三個劇本《中國孤兒》於一七四一年出版。其依據就是《中華帝國全志》裡的《趙氏孤兒》譯文。其時，《全志》已經出版六年。他改作這個劇本時，把角色的名字都改了，當然這些名字都是他從《中華帝國全志》第四卷後面的索引裡借鑒過來的。劇中他把屠岸賈改成蕭何（Siako）、韓厥改成了吳三桂（Ousanguee）、公孫杵臼變成了老子（Lao-Tse）、趙氏孤兒變成了康熙（Cam-Hy）。估計哈切特一心要為他的角色換個名字，至於這些人是不是同時，竟也顧不上了，現在看來倒有點荒誕劇的味道。

紀君祥元雜劇《趙氏孤兒》[73]的改編本《中國孤兒》（*The Chinese Orphan: An Historical Tragedy*），共七十五頁，並指明是依據杜赫德的名著所編的歷史悲劇，而且按照中國的方式配上了插曲（Alter'd from a Specimen of the Chinese Tragedy in Du Halde's History of China. Interspers'd with Songs, after the Chinese Manner）。哈切特把這個改編本當作政治鬥爭的工具，揉進了許多攻擊政敵的內容，劇中人物有大段大段的政治性獨白，原劇的復仇主題完全被忽略了。本戲獻給阿格爾公爵（Duke of Argyle）。從獻詞中我們可以看出，《中國孤兒》的主題是揭露朝政腐敗。當時沃爾波爾（Sir Robert Walpole）正做英國的首相，他運用賄賂、分贓制度維持長期的統治，因而政敵很多。尤其是頗有軍功戰績的元帥阿格爾公爵。《中國孤兒》這本戲，正是獻給阿格爾公爵的，某種意義上也是一篇反對首相沃爾波爾的政論。哈切特在序文裡說：「我們已經習慣使用中國的器物，如今不妨欣賞中國詩歌，正好換換口味」。此劇的前三幕與原作差不多，後兩幕則完全不同。所以，儘管他對中國知之甚少，卻要把馬若瑟刪掉的唱詞補上。據他自己說，所有的唱段均是依據所謂的「中國方式」（the Chinese Manner）編寫的，可是實際上，他的這些唱段既不像英國的，也不像中國的。當然，這本戲最終沒能上演，多少是件憾事。

　　英國批評家赫德（Richard Hard）在一七五一年所寫的《賀拉斯

73　《趙氏孤兒》是元代戲劇家紀君祥創作的一種雜劇，原名《趙氏孤兒大報仇》，一作《趙氏孤兒冤報冤》。這是一齣悲壯動人的歷史劇，其情節素材來自於司馬遷《史記》〈趙世家〉裡晉大夫屠岸賈誅殺趙氏家族和晉景公與韓厥謀立趙氏孤兒的一段記載。後來劉向的《說苑》裡也有這段記載。王國維《宋元戲曲史》最早注意到中國戲劇的歐譯情況：「至我國戲曲之譯為外國文字也，為時頗早。如《趙氏孤兒》，則法人特赫爾特（Du Halde）實譯於一千七百六十二年，至一千八百三十四年，而裘利安（Julian）又重譯之。」（《宋元戲曲史》〔上海市：商務印書館，1934年〕，頁166）不過，王國維的說法有誤。首先，《趙氏孤兒》的譯者並不是特赫爾特（即杜哈德），而是馬若瑟（Joseph Maria de Premare）；而且出版時期也不是在一七六二年，而是一七三五年。

致奧古斯都詩簡評注》中評論了元雜劇《趙氏孤兒》。赫德不同意法
國人對《趙氏孤兒》的指責[74]，認為這齣戲在好多方面與古代希臘悲
劇相似或相近，並斷言《趙氏孤兒》的作者對於戲劇作法的最本質的
東西並不是不熟悉的。他認為中國作家，正同希臘作家一樣，都是自
然的學生。因此，儘管條件不同，情況相異，但中國戲劇與西方戲劇
在作法上仍有相似和一致的地方。他認為《趙氏孤兒》是模仿自然、
成功的作品，是中國人智慧的產物，是可以與古代希臘的悲劇媲美的。

　　一七五五年，倫敦翻印了伏爾泰改編的《趙氏孤兒》。英國《評
論月報》第十三期第四九三至五〇五頁發表倫敦翻印伏爾泰《趙氏孤
兒》改編本的詳細介紹。該年十二月，倫敦出版了無名氏翻譯的伏爾
泰《趙氏孤兒》。英國《評論月報》第十四卷六十四至六十六頁中發
表文章指摘其譯筆拙劣，與原作太不相稱。

　　英國戲劇家亞瑟・謀飛（Arthur Murphy, 1727-1805）根據伏爾泰
《中國孤兒》（Voltaire: L'Orphelin de la Chine, 1755），於一七五六年重
新寫了一部同名劇《中國孤兒》（The Orphan of China: A Tragedy），
由倫敦的出版商R. Baldwin, at the Rose in Paternoster-Row刊行。謀飛
的這個改編本後於一七五九、一七七二、一七九七年出版過幾次。謀
飛對於《趙氏孤兒》的興趣，最初是由理查・赫德（Richard Hard）
的批評引起的。[75]謀飛改編本的依據是此前伏爾泰改編的《中國孤
兒》。但對伏氏的改作，頗不滿意。他認為伏爾泰沒有將材料裡的情

---

74 馬若瑟的《趙氏孤兒》法譯稿通過杜哈德的《中華帝國全志》刊出以後，迅速流傳
　開來，當時也引起了文藝界的關注和批評。有個叫阿爾更斯（Marquis d'Argens,
　1704-1771）的侯爵，也是伏爾泰的好朋友，最早對《趙氏孤兒》進行了細緻的分析
　批評。他以新古典主義的慣例為衡量依據，對《趙氏孤兒》違背三一律以及新古典
　主義其他規律與慣例的做法大加指責。

75 赫德對《趙氏孤兒》的評價得到了謀飛的讚賞，激發了後者對這出中國戲劇的興
　趣。一七五六年四月，謀飛讀到了伏爾泰的《中國孤兒》，覺得遠不如預想的好，
　於是決定重新進行改編。初稿當年完成，經過一番周折後，於一七五九年四月首
　演，獲得成功。

感發揮至極。為了讓劇情更能吸引觀眾，避免像伏爾泰那樣專注於對中國道德的頌揚。為此他在保留角色的基礎上，重新安排了劇情，變化出了一些新花樣。在伏爾泰的作品裡，孤兒是個嬰兒，而在謀飛的劇中則是一個能夠行動、能夠說話、有面態表情的成年男子。因為謀飛以為嬰兒在舞臺上，不能行動，不能說話，不能有面態表情，這樣極難引起觀眾的同情。謀飛也認為法文《中國孤兒》最顯著的不足就是，有興味的動作太少，冗長的對話太多。所以他在改作時極力增加一些熱情有生氣的動作。而且動作之中，有很多的擁抱、暈倒、跪拜、灑淚等等行為，臺上的聲音則有呻吟、軍號、步伐，與受刑者的呼號。此外還有雷聲、電火等聲音，為劇情渲染氣氛。[76]

　　當然，就文學價值而言，謀飛此劇並不突出，尤其是作品語言大多呆板牽強，其鮮活程度還比不上十八年前哈切特的那部詩劇。但是，謀飛的改編本裡特別突出了民族矛盾。前朝遺孤一報了國恨家仇，忠心愛國的臧蒂夫婦赴義就死，征服者鐵木真也得到應有的下場。人物的命運與民族矛盾息息相關，而作者的用意乃是著眼於英國現實。該劇在倫敦首次公演是一七五九年，時值英法七年戰爭（1756-1763）的第三年。法國欲併吞英國在歐洲漢諾威的領地，並堅守自己在北美洲、東印度既得的殖民地；英國則四面出擊，企圖削弱法國勢力，並奪取後者的海外殖民地。英國兵力分散在由北美、歐洲大陸、

76 其實，謀飛的改編本在角色名字、臺詞，戲劇場面，以及說教意味等方面，均與伏氏作品難脫干係。不過，與伏爾泰的改編本相比，謀飛此劇故事情節與元雜劇原本頗多相似之處。比如，伏爾泰改編本只保留了搜孤、救孤兩齣戲，而謀飛劇作除此外還有除奸、報仇兩齣內容。伏爾泰筆下的成吉思汗形象隨著劇情內容進展而不斷變化，由野蠻的征服者，一變為足智多謀的政客，再變為柔情蜜意的騎士，最後則成為一個以仁義道德自居的正人君子。而謀飛劇中的鐵木真，至始至終是個征服者形象，就像《趙氏孤兒》裡的屠岸賈始終是個壓迫者形象一樣，他始終都沒有受過所謂中國文明的洗禮，始終是個任性好殺的莽夫。至於謀飛戲裡的那個孤兒，頗有點像趙氏孤兒。可見，馬若瑟的法文譯本和赫德的批評，對謀飛的改編起了很大作用。

地中海，直到印度的漫長戰線上，戰爭初期軍事累遭失利。連本土也一度險遭侵襲，因為法國國王路易十五私下與西班牙國王查理三世簽訂《皇家密約》，挑唆西班牙對英宣戰，聯攻英國本土。而英國時局不穩，國王喬治二世在戰爭的第四年去世，喬治三世是個孤兒，一七六〇年繼祖父之後登上王位時，年僅二十八歲。黨派之爭讓動盪不安的內政更加波湧雲詭。但是，喬治三世少年壯志，內憂外患中頗有一番振興邦國的抱負，因而倫敦公眾及商賈對他寄以厚望。謀飛改編的《中國孤兒》正迎合了當時的英國政治潮流與民眾心理。謀飛本人因之紅極一時，竟被尊為愛國主義的大師。

該劇一七五九年四月二十一日起在倫敦的德魯里蘭劇院（Drury Lane Theatre）連續公演九場，劇院為它的演出特別製作了名貴的中國佈景，合適的中國服裝，舞臺上的中國色彩令英國觀眾大開眼界，賞心悅目的同時也大受鼓舞。而英國最終也確實贏得了七年戰爭的勝利，一躍而成為海上霸主。

德羅莫爾主教托馬斯・帕西（Thomas Percy, Bi-shop of Dromore）所編《中國雜記》（*Miscelaneous Pieces Relating to the Chinese*），於一七六二年，由倫敦多茲萊（London Dodsley）公司出版，其中第一卷一〇一至二一三頁，亦收有根據馬若瑟法文本轉譯的《趙氏孤兒》。[77]

十　英國詩人筆下的賢官李白

一七八二年，英國詩人約翰・斯科特（John Scott）題為《賢官李白：一首中國牧歌》（*Li-Po; or, The Good Governor: A Chinese Eclogue*）

---

77 以上的詳細討論，可參見拙著《霧外的遠音——英國作家與中國文化》（銀川市：寧夏人民出版社，2002年）之「『中國孤兒』的英國之行——英國作家對『中國戲』的改塑」一章。

的長詩在倫敦出版。[78]此詩長達一百餘行、以英雄偶句詩體寫成，為西方最早以李白為主人翁的長詩，根據杜赫德對中國吏治的讚頌而作，地點選在「雲鵑鎮」（the cloud-cuckoo-town），主人翁李白是一個王子，還是一個地方官，可見這是個虛構人物，與我國唐代大詩人有很大出入。根據杜赫德的書，在中國皇族子弟如若不關注臣民的福利，就將失去他的榮譽。因而長詩一開頭就寫李白面對政務繁雜，頗感焦慮厭悶，經過一番內心的矛盾思索，終於振作起來，微服私訪，關心民情，辦案理政。該詩雖非依據李白的傳記材料寫成，卻能給西方讀者提供些關於東方中國的背景知識，或許還能引起他們閱讀中國文學作品的興趣。

　　斯科特創作該詩，主要是受其前輩詩人威廉・科林斯（William Collins）的影響。後者於一七四二年曾發表《波斯牧歌》，一七五七年重印時改題為《東方牧歌》，共四首。斯科特曾專門撰文評價科林斯的這組詩，同時創作同題《東方牧歌》一組三首。其中第一首寫阿拉伯人的愛情故事，第二首寫東印度的人為的饑荒，第三首即寫中國，以李白作為中國政治的代表或化身。其實，斯科特並不了解李白的身世，其所據材料主要是杜赫德《中華帝國全志》，而這部著作對李白只是稍稍提及。但杜著描述了帶有理想化的，或者至少與當時歐洲相比較為完善的中國政治和官吏制度。斯科特據此以李白為人物將這種優良吏治具體化與形象化。

十一　英國作家筆下的東方故事

　　一七六九年，倫敦出版了一本滑稽模仿的東方史詩小說，名字很長：《和尚──中國隱修士：一部東方史詩小說，達倫松先生譯自北

78　*The Poetical Works of John Scott, Esq* (London: Printed for J. Buckland, 1782), pp. 155-161.

京官話，原作者韃靼改宗洪志梵（音譯），獻給基爾沃靈勳爵，希爾斯伯羅夫伯爵的兒子與繼承者，北美殖民地國務大臣。內容有駕翼飛翔探險新大陸的冒險經歷，解放了的東方繆斯唱著天堂與人間的旋律，以及奇妙驚人的變化神通，並力求寓教於樂，以博試閱者一笑》。[79]本書共兩卷，卷首獻詞煞有介事地說：「我的勳爵，中國作者之所以稱這部作品為『史詩』，原因主要在於它處理的是崇高的主題，它作為敘事體倒還在其次。作者眾多的風格如繁花競豔，足可以同伊甸園相媲美，上千種奢華侈麗的嫵媚競豔鬥彩，這需要一把修整的剪刀，它最好能從無拘無束的大自然的瑰麗中把美分離出來，因為自然輕視藝術一本正經的修潔。」全部故事建築在靈魂轉生的傳說上。小說的人物經歷了明亡清興的宮廷事變，逃避了囚徒的叛亂後，與傳教士相遇，起初改信羅馬天主教，後經過理智的思索，發現天主教過於迷信而改信新教。書裡的情節比較離奇，其中一個人物死後的靈魂轉生了十五次，包括轉生為蠕蟲、卵黃、孔雀、玩具公雞等等。每次轉生又是一個小故事，而且故事裡套故事，反映出當時流行的《一千零一夜》的影響。[80]

英國作家威廉‧貝克福特（William Beckford, 1759-1844）[81]亦於一七八六年出版了他的哥特式小說《瓦特克》（*Vathek*）。本作品是貝

---

79 該書題名原文是：*The Bonze, Chinese Anchorite, an Oriental Epic Novel, Translated from the Mandarin language of Hoamchi-vam, a Tartarian Proselite by Monsr D'Alenzon, dedicated to Lord Kilwarling, Son and Heir of the Earl of Hillsborough, secretary of state for the Northern Colonies. With adventurous wing exploring new found Worlds, the Orient Muse unfettered with Rhyme who sings of Heaven, of Earth, and Wondrous mutations: strives to Mingle instruction with delight, in hope to gain the smile of Approbation.*

80 參見張弘：《中國文學在英國》（廣州市：花城出版社，1992年），頁49。

81 威廉‧貝克福特是英國著名的收藏家、藝術鑑賞家、建築設計家，對中國及中國風（Chinoiserie）瞭若指掌。他曾收藏有於一三〇〇年傳入歐洲的中國瓷器花瓶，這可能是歐洲現存最早的瓷器。其座落在馮特山（Fonthill）的花園就是仿照中國園林風格設計的。貝克福特的作品對英國浪漫派作家，尤其是拜倫，影響很大。後者的《異教徒》（*The Giaour*）即直接受《瓦特克》的影響。

克福特最成功的「東方故事」之一，原用法文寫成，後由別人譯成英文。貝克福特在本小說裡用了三個重要的中國題材來展示他的宗旨：賢君的開國傳說[82]；靈魂轉生的故事[83]；中國孤兒的傳奇與戲劇。[84]這些中國題材，有如精緻的金絲，貫穿整個作品。賢君傳說與受詛咒的哈裏發形成強烈對照。天賦異稟的中國官吏易形轉生，贏了敵人，卻未能變化自如控制自己，結果落入另一變態的施虐受虐情欲迷宮。作為傳承文化的孤兒，儘管身受其害，仍然氣質優雅。貝克福特熟悉這些錯綜複雜的中國故事，創造性地將之納入自己的小說中，寫出了一部廣受歡迎的展示東方主義浪漫觀的作品。

---

82 貝克福特參照的是衛匡國《中國史》（1658）、李明《中國新印象記》（1698）裡關於堯（Yao）的傳說故事。他迄今未發表的文稿中有不少約一七八二至一七八三年間寫的東方故事原稿，其中就有一篇用英文書寫的《堯》，被稱為「馳想天外的中國作品」。此類作品均拿中國與歐洲對照，認為中國是好政府的楷模，即貝克福特所說的「黃金時期」神話。

83 貝克福特筆下的中國故事裡頭，最重要的是賢吏馮皇（Fum Hoam）的故事，資料主要來自法國作家格萊特（Thomas Simon Gueullette）的《中國故事集》（*Contes Chinoises*, 1723）。這些故事很早被譯成英文。

84 貝克福特在本小說及《補遺故事》（*Episodes*）裡採用《中國孤兒》題材，但個人色彩相當濃厚。他把「中國孤兒」這則擬東方故事寫成充滿浪漫色彩的亂倫故事。

第三章
十九世紀的中英文學交流

第一節　中國文學在英國的流播及影響

　　十九世紀中英文化交流，包括中國文學向英國傳播的重要媒介是英國的傳教士與外交官，他們起到直接傳播的作用。其中，理雅各、德庇時與翟理斯，合稱為十九世紀英國漢學的三大星座，也是推動中國文學走向英國的功臣元勳。

一　理雅各之《中國經典》和《中國聖書》譯介

　　理雅各（James Legge, 1815-1897）於一八一五年十二月二十日，出生於蘇格蘭的一個富商家庭，在校期間表現出眾，獲得多次獎學金。一八三五年從亞伯丁皇家學院畢業的時候，其所熟練掌握的科目範圍廣泛，包括希臘語、拉丁語、數學、哲學等。可以說，理雅各早年所受到的教育為他進入中國後的譯經工作奠定了良好的基礎。

　　作為英國十九世紀著名的漢學家，理雅各最初是以一名基督教傳教士的身分進入中國的。由一名傳教士轉變成為一位漢學家，也是當時漢學的主要特徵之一。早在利瑪竇時代，採取與中國文化相「妥協」的傳教策略已經取得成效，理雅各在某種程度上可以說延續了利瑪竇使用的策略並將之進一步發展，才深入到中國文化的核心。一八四○年，理雅各來到麻六甲，在此除履行自己的傳教事務外，也承擔麻六甲英華學院的教學任務，並管理其印刷廠。隨著一八四二年中英《南京條約》的簽訂，香港被割讓給英國，理雅各於一八四三年將英

華學院遷移到了香港。也就是在這裡，理雅各與多名華人合作，完成
了其在英國漢學史上乃至歐洲漢學史上具有重要地位的關於中國經典
的譯介。此後，理雅各便一直不斷修訂完善中國經典的譯介工作，直
至其病逝前不久。

　　理雅各獨特的經歷，使其在多個領域卓有成就，當然最值得關注
的還是他的譯著事業。理雅各的譯著以儒家經典為主，對佛、道經典
亦有所涉及。在一些傳教士，如湛約翰、麥嘉溫、史超活、合信、謝
扶利，以及中國人黃勝等人的協助下，理雅各將《論語》、《大學》、
《中庸》譯成英文，於一八六一年編成《中國經典》（*The Chinese
Classics*）第一卷。其後，陸續出版其他各卷，至一八七二年推出第
五卷。這部煌煌巨著囊括了《論語》、《大學》、《中庸》（第一卷）；
《孟子》（第二卷）、《尚書》、《竹書紀年》（第三卷）；《詩經》（第四
卷）；《春秋》、《左傳》（第五卷）。《中國經典》為理雅各贏得了世界
聲譽。其中，一八七一年，翻譯出版的英文全譯本《詩經》，為《詩
經》在西方傳播的第一塊里程碑，也是中國文學在西方流傳的重要標
誌。該書「序論」中，譯者理雅各對《詩經》的採集、流傳、版本、
箋注、格律、音韻，以及《詩經》所涉及的地理、政區、宗教和人文
環境、歷史背景等，以一個西方學者的眼光作了全面深入的考證論析。

　　這些儒家經典此前雖然也有一些片段翻譯，但是對其完整譯介的
則是理雅各。一八七三年，理雅各遊歷中國北方，對中國的現實狀況
有了進一步的了解，並於該年結束自己的在華傳教生涯，返回英國。
三年後，牛津大學設立漢學講席，理雅各擔任首任漢學教授（1876-
1897），從此開創了牛津大學的漢學研究傳統。牛津期間，理雅各筆
耕不輟，不斷修訂完善已經出版的《中國經典》各卷，與此同時，還
相繼完成了由英國著名比較宗教學家穆勒主編的《東方聖書》（*The
Sacred Books of the East*）中的六卷《中國聖書》（*The Sacred Books of
China*）的內容，具體包括收入《東方聖書》第三卷的《尚書》（*The*

Shoo King）、《詩經之宗教內容》（The Religious Portion of the Shih King）、《孝經》（The Hsiao King）；第十六卷的《易經》（The Yi King or Books of Changes）；第二十七卷、二十八卷的《禮記》（The Li Ki or Books of Rites）以及第三十九、四十卷的《道家文本》（The Texts Of Taoism）。除此之外，理雅各還有一系列關於中國宗教文化的批評性論著，如《中華帝國的儒教》（Imperial Confucianism）以及佛教方面的典籍如《佛國記》（A Record of Buddhist Kingdoms, Being An Account by The Chinese Fa-Hien of His Travels in India And Cylon in Search of The Buddhist Books of Discipline, 1886），以及《孔子——中國的聖賢》、《孟子——中國的哲學家》、《中國文學中的愛情故事》、《中國編年史》、《中國的詩》、《中國古代文明》等多種譯著。直到一八九七年十二月辭世前他還翻譯了〈離騷〉（1895）。[1]

　　理雅各最重要的譯著都收錄在《中國經典》與《中國聖書》之中，這是其譯介生涯中的兩座豐碑，《中國經典》也使其獲得了歐洲漢學界「儒蓮獎」第一人的殊譽。

（一）翻譯動機

　　作為一名倫敦會的傳教士，理雅各來華首要目的是傳教。實際上，理雅各在其少年時代，便已有機會接觸中國典籍，這些典籍主要是由傳教士米憐寄自中國的一些著述。到達香港後，隨著對中國文化的不斷接觸，理雅各逐漸產生出深入了解中國文學及文化的意願。由此開始思考一些涉及中國文化的深層問題：「我不是作為一位哲學家看中國，而是以哲學的眼光看中國。中國對我來說是個偉大的故事，我渴望了解其語言、歷史、文學、倫理與社會形態。」「儒釋道的真

1　一八九五年出版的《皇家亞洲學會雜誌》第二十七卷上，發表了理雅各的〈「離騷」詩及其作者〉一文。該文中有〈離騷〉全文的英譯文，另還翻譯了王逸《楚辭章句》中對這部長詩的注釋。這樣，〈離騷〉全文首次由理雅各譯介。

實目的是什麼？」²選擇從儒釋道三教的角度來認識中國文化的本質無疑是了解中國社會狀況與中國人性格的有效途徑。基於理雅各的傳教士身分，最先將目光鎖定在孔子及其儒家（儒教）經典上便是理所當然的事情。

與利瑪竇秉持的「適應性傳教」策略一樣，理雅各選擇了在深入理解中國文化的前提下來拓展自己的傳教事業。「此項工作是必要的，因為這樣才能使世界上的其他地方的人們了解這個偉大的帝國，我們的傳教士才能有充分的智慧獲得長久可靠的結果。我認為將孔子的著作譯文與注釋全部出版會大大促進未來的傳教工作。」³在理雅各看來，傳教士理當學習儒家思想，因為儒家思想既不同於佛教，又不同於印度婆羅門教，可以加以利用而不是對抗。因而，「不要以為花了太多工夫去熟悉孔子的著作是不值得的。只有這樣在華傳教士方能真正理解他們所要從事的事業。如果他們能避免駕著馬車在孔夫子的廟宇周圍橫衝直撞，他們就有可能在人們心中迅速豎立起耶穌的神殿。」「只有透澈地掌握中國的經書，親自考察中國聖賢所建立的道德體系、社會和政治生活的基礎，才能與自己所處的地位和承擔的職責相稱。」⁴

的確，理雅各以傳教為起點，然而卻以譯介中國經典為終點。不可否認，傳教的熱忱是其譯介事業的原動力，然而將理雅各一生譯介中國經典的熱情完全歸結為宗教原因，則又有些以偏概全。在傳教以外，或者說在為了傳教目的而譯介中國經典的過程中，理雅各開始逐漸對中國文化，如儒釋道文化等產生好感，借此窺探中國人的道德、

2　Lauren F. Pfister, "*Some New Dimensions in the Study of the Works of James Legge(1815-1897)*"in *Sino-Western Cultural Relations Journal* (USA, 1990), pp. 30-31.

3　Helen Edith. Legge, *Missionary and Scholar* (London: The Religious Tract Society, 1905), pp. 32, 38.

4　James Legge, *The Chinese Classics,* Vol.2 (Taipei: Southern Materials Center, Inc. 1985), pp. 37-38, 95.

文明等諸種狀況。因此，理雅各的譯書工作難以排除傳教以外的窺探異域文化的因素。

（二）譯介特色

1 《中國經典》

　　理雅各英譯儒教四書五經的成就，使其成為後世漢學家們無法逾越的一座高峰。他的英譯具有忠實於原文經典的傾向，最大程度上傳達出了原文的韻味。當然此譯介傾向也導致了另外一種結果，即為了直譯漢語原文，而犧牲英文本身的特性。這樣在讀者看來，理雅各的譯文更符合中國人的口味，呈現出某種漢化的傾向，而在英語世界讀者那裡，陌生感則較為明顯。

　　理雅各譯文的漢化傾向主要表現在：（以收入《中國經典》中的《論語》為例[5]）

（1）尊重古文句式

　　子曰：「朝聞道，夕死可矣。」（4.8）

The Master said, "If a man in the morning hear the right way, he may die in the evening without regret."

　　子曰：「父母在，不遠遊，游必有方。」（4.19）

The Master said, "While his parents are alive, the son may not go abroad to a distance. If he does go broad, he must have a fixed place to which he goes."

　　子曰：「知者樂水，仁者樂山，知者動，仁者靜。知者樂，仁者壽。」（6.23）

5　以下譯文內容皆選自〔英〕理雅各譯，劉重德、羅志野校注：《漢英四書》（長沙市：湖南出版社，1992年）。

The Master said, "The wise find pleasure in water; the virtuous find pleasure in hills. The wise are active; the virtuous are tranquil. The wise are joyful; the virtuous are long-lived."

子在川上曰：「逝者如斯乎！不舍晝夜。」（9.17）

The Master said, standing by a stream, said, "It passes on just like this, not ceasing day or night."

孔子曰：「君子有三戒：少之時，血氣未定，戒之在色；及其壯也，血氣方剛，戒之在鬥；及其老也，血氣既衰，戒之在得。」（16.7）

Confucius said, "There are three things which the superior man guards against. In youth, when the physical powers are not yet settled, he guards against lust. When he is strong, and the physical powers are full of vigour, he guards against quarrelsomeness. When he is old, and the animal powers are decayed, he guard against covetousness."

上述幾個例子可以看出，在句式上，理雅各最大程度上保留了中文的表述特色。

（2）將原文分層次，分段翻譯。如：

子曰：「學而時習之，不亦說乎，有朋自遠方來，不亦樂乎？人不知而不慍，不亦君子乎？」

Chapter 1 a. The Master said, "Is it not pleasant to learn with a constant perseverance and application？

b. "Is it not delightful to have friends coming from distant quarters?"

c. "Is he not a man of complete virtue, who feels no discomposure though men may take no note of him?"

（3）注釋等譯文之外的輔助手段

理雅各對中國經典的譯介並不僅僅只是翻譯其內容，在譯本前言

等內容中，皆有大量的研究性文字解釋。如在《孟子》的譯介中，譯文之前，既有學術性的研究內容，也介紹了孟子的相關情況，包括孟子的著作（漢朝及其以前關於孟子的評價、趙岐對於孔子的評價、其他注釋者、完整性、作者及在儒家經典中的位置）；孟子及其觀點（孟子的生平、孟子的觀點及其影響、附錄荀子等人對於人性善惡的觀點）；楊朱和墨翟（楊朱的觀點、墨翟的觀點）。而在收有《論語》、《大學》、《中庸》的《中國經典》第一卷中，理雅各也並不僅僅侷限於翻譯，而是在第一章中概述中國的經典、哪些書籍是經典、經典的權威性；第二章探討《論語》，包括《論語》的作者、寫作的時間及真偽，以及關於《論語》的相關研究狀況，並在第五章介紹了孔子的弟子以及孔子思想的影響等等。《書經》譯文中則追溯了秦始皇「焚書坑儒」的歷史事件，同時也論述了《書經》的真偽與成書時間。而《春秋》（與《左傳》合為《中國經典》第五卷）則主要由《春秋》的價值、《春秋》的編年以及春秋時期的中國這幾部分完成。同時，理雅各還善於比較儒教思想與基督教思想。如關於孟子，理雅各認為孟子作為道德教師與為政導師的不足之處在於：他不知上帝的啟示，不探索未來，從未意識到人類的弱點（即基督教所說的罪），從未仰望上帝尋找真理，他很大的弱點就是自我滿足。這就是東西方心態的不同。了解自我是學會謙卑的重要一步，但孟子沒有做到。作為為政之師，孟子的弱點與孔子是一樣的，只知道他那個時代的需求，而不知道這個世界上還有那麼多獨立的民族，而統治階級卻樂意接受他的觀點，以至於時至晚清，清朝政府在外國人面前從未放棄「天朝大國」的優越感。即使被蒙古人和韃靼人征服的歷史也沒有摧毀這種自大的感覺，也由於如此心態而拒絕基督教的傳播。[6]也正是理雅各以宗教作為譯經的主要出發點，因此其討論的內容也總是牽

6　參見岳峰：《架設東西方的橋樑──英國漢學家理雅各研究》（福州市：福建人民出版社，2004年），頁179。

涉到宗教，而忽視了經典的文學性，如對於《論語》的評價，理雅各並不重點介紹論語中孔子的主要思想，而是側重於論述儒家思想缺乏宗教意識，而這些內容對於普通讀者而言並不具有吸引力。但是，對於孔子，理雅各則懷著尊敬之心。由此可見理雅各從傳教需要而譯經，到逐漸青睞於中國經典這一演變過程，雖然對於經典的認識依舊從宗教的角度出發。對於《大學》，理雅各認為《大學》的論證過程並沒有與其初衷協調一致。儘管如此，他還是對諸如「道得眾則得國；失眾則失國」，「以身作則」等思想表示好感。理雅各認為西方的政府管理忽略了這一點。[7]而對於《中庸》，理雅各「有大量基於基督教教義的論述，認為作者滋長了國民的驕傲情緒，把聖賢上升到上帝的位置並大為崇拜，給民眾灌輸他們不需要上帝幫助的思想，這與基督教的思想是衝突的。這樣的經典反而只能證明他們的先父既不知道上帝，也不了解自己。」[8]而對於《春秋》這部史書，理雅各則「用了大量例子說明《春秋》失實的情況，包括忽視、隱瞞與歪曲三種。總體上認為孔子這部著作沒有價值，對該書何以受到中國人如此推崇很疑惑。他提出：《春秋》有許多不實之處，《春秋》與《左傳》有數以百計的矛盾之處。」並且「《春秋》對其後的史書——《呂氏春秋》、《楚漢春秋》、《史記》、《漢書》、《資治通鑒》等等直至晚清的史書——產生了惡劣的影響，都有失實的問題。」[9]

　　拋開這些宗教性的對比評述不論，理雅各對於這些經典的譯介基本上謹從原文。前文已提及，這種儘量尊重原文的傾向對於那些不了解中國文化的英語讀者來說，他們讀來就顯得比較晦澀難懂。為此理

7　岳峰：《架設東西方的橋樑——英國漢學家理雅各研究》（福州市：福建人民出版社，2004年），頁177。

8　岳峰：《架設東西方的橋樑——英國漢學家理雅各研究》（福州市：福建人民出版社，2004年），頁179。

9　岳峰：《架設東西方的橋樑——英國漢學家理雅各研究》（福州市：福建人民出版社，2004年），頁180。

雅各在譯文以外用了大量注釋來說明，而且這些注釋的容量往往大大
超過譯文本身。注釋的內容包括：一是說明某事件發生的背景，也包
括對於人物及作品等的說明。如關於《孟子》，理雅各便先解題，同
時說明孟子是中國歷史上的一位哲學家；又如關於《論語》〈庸也〉
所言「子見南子，子路不說」，理雅各對此解釋說：「南子是衛靈公的
姬妾，她以淫蕩著稱，因此子路很不高興。」[10]二是對經文做出自己
的評價，如對於《論語》中孔子所言「父為子隱，子為父隱」的異議
等。三是提供經文的其他解釋，這種方法也為西方讀者更好地了解儒
家的經典準備了條件。這些注釋所花費的精力超過了譯介原文所需時
間，凝結著理雅各大量的心血，也成為其譯文的重要組成部分。僅從
這點來看，理雅各的譯文稱得上一種學者型翻譯，對有志於研究中國
文學文化的讀者，其針對性更強。相反，對於一般讀者而言，這些注
釋會顯得較為冗長。但理雅各認為：「我希望讀者能夠理解譯者的一
片苦心。對於那些長長的評注，或許會有百分之九十九的讀者會不屑
一讀，但在一百個中只要有一位讀者不這麼認為，我就為他做這些注
釋。」[11]由此可以看出理雅各作為一位傳教士漢學家所具有的決心與
毅力。以《孟子》〈梁惠王上〉中「寡人之於國也」一則為例，理雅
各將其分為了五段，在頁下對相關段落進行注解，理雅各首先對這則
從整體上進行說明[12]：Half measures are of little use. If a prince carry
out faithfully the great principles of Royal government, the people will
make him king.

　　如其中的第一段：

10 James Legge, *The Chinese Classics,* Vol.1 (Taipei: Southern Materials Center, Inc. 1985),
　　p. 127.

11 Helen Edith. Legge, *Missionary and Scholar* (London: The Religious Tract Society,1905),
　　p. 42.

12 James Legge, *The Chinese Classics,* Vol.II (London: Trubner & CO., 57&59, Ludgate Hill,
　　1875), p. 127. 以下《孟子》選文皆從該書，不再贅述。

原文：梁惠王曰：「寡人之於國也，盡心焉耳矣。河內凶，則移其民於河東，移其粟於河內。河東凶亦然。察鄰國之政，無如寡人之用心者。鄰國之民不加少，寡人之民不加多，何也？」

譯文：King Hwny of Leang said, "Small as my virtue is, in [the government of] my kingdom, I do indeed exert my mind to the utmost. If the year be bad inside the Ho, I remove [as many of] the people [as] I can to the east of it, and convey grain to the country inside. If the year be bad on the east of the river, I act on the same plan. On examining the governmental methods of the neighbouring kingdoms, I do not find there is any [ruler] who exerts his mind as I do. And yet the people of the neighbouring kings do not decrease, nor do my people increase; ---how is this?"

注釋：A prince was wont to speak of himself as "the small or deficient man," and so King Hwny calls himself here. I have translated it by "small as my virtue is, I;" but hereafter I will generally translate the phrase simply by I. "Inside the Ho" and "East of the Ho" were the names of two tracts in Wei. The former remains in the district of Ho-nny （meaning inside the Ho）, in the department of Hwae-k'ing, Ho-nan. The latter, according to the geographers, should he found in the present Heae Chow, Shan-se; but this seems too far away from the other. （解釋了「寡人」一詞的由來及自己的翻譯方法；並解釋了「河東」與「河內」的位置。）

又如其中的第三段，《孟子》原文如下：

原文：不違農時，穀不可勝食也；數罟不入洿池，魚鱉不可勝食也；斧斤以時入山林，材木不可勝用，是使民養生喪死無憾也。養生喪死無憾，王道之始也。

譯文：If the seasons of hunsbandry be not interfered with, the grain will be more than can be eaten. If close nets are not allowed to enter the pools and ponds, the fish and turtles will be more than can be consumed. If the axes and bills enter the hill-forests [only] at the proper times, the wood will be more than can be eaten, and there is more wood than can be used, this enables the people to nourish their living and do all offices for their dead, without any feeling against any. [But] this condition, in which [the people] nourish their living, and do all offices to their dead without having any feeling against any, is the first step in the Royal way.

這段的注釋如下：

Par.3. contains the first principles of Royal government, in contrast with the king's expedients as detailed by him in par.1. The seasons of husbandry were spring, summer, and autumn. The government should undertake no military expeditions or public works in them. Close nets would take the small fish, whereas these, if left untouched, would grow and increase. Genenrally the time to take firewood from the forests was when the groth for the year was over; but there were many regulations on this point.（進一步解釋孟子所提到的這些做法。）

由上文的譯介及其注釋可以看到，譯文中括弧的內容主要用於使英文句子的表達更加流暢，這在一定程度上可以彌補理雅各以中文句式來譯介的表述欠缺；其次，具體而翔實的注釋涵蓋了更多的資訊量，這些資訊主要涉及中國文化的方方面面，如上文所提到的「寡人」一詞。正如理雅各自己所言：「（譯者）沒有改動的自由，除非原文直譯出來會讓人絕對看不懂」。[13]實際上，對於西方的讀者而言，在對「中國」的了解不夠深入的前提下，擁有大量關於中國文化資訊量的注釋對他們而言更具價值。可以想像，與之相對應的是，理雅各在注釋上所做的工作必定不會少於譯文本身。因此，理雅各的譯文也被

13　James Legge, *The Chinese Classics,* Vol.1, "Prolegomena".

認為是「從頭到尾都是忠實的」，也正是因為這點「有的時候為了忠實，他的表達從英語角度來說可能不總是特別流暢完美。」[14]

2 《中國聖書》

　　《東方聖書》中關於中國部分的內容（以下簡稱《中國聖書》）主要收錄於其中的第三、十六、二十七、二十八、三十九、四十卷。從初版的時間上來說，《中國聖書》的初版時間要晚於《中國經典》，也顯示出了理雅各意欲從更大範圍內來了解中國文化的豐富多彩，而不僅僅侷限於儒家文化。因此在《中國聖書》中不僅延續了理雅各一直以來的譯介領域（即儒家文化經典，如書、詩、禮、易、孝等），並且將自己的譯介觸角探到了儒家以外的道家文化與佛家文化，這方面的譯介成果主要是《道家文本》（其中包括老子的《道德經》和《莊子》，1891年）和《佛國記》（又名《法顯遊記》，1886年）。除此之外，還完成了《楚辭》的部分譯介。對於儒釋道三家的簡介及代表作品，理雅各在《東方聖書》第三卷的序言中有所介紹。

　　關於《周易》的譯本，在理雅各之前已有一些漢學家迻譯，如早期法國傳教士金尼閣（1577-1628）、比利時耶穌會士柏應理（1623-1693）等，而法國傳教士白晉（1656-1730）對《周易》的研究則對萊布尼茨產生了一定的影響。西方第一本完整的《周易》譯本是由法國傳教士雷孝思（1663-1738）用拉丁文翻譯的《易經》。當時的英譯本也由於種種原因而欠缺規範。理雅各完整翻譯了《周易》的「經」與「傳」部分，並指出《周易》「形式上的獨特性使它在翻譯成可理解的譯文時成了所有儒家經典中最困難的」[15]，不僅其中文文本具有

14　Helen Edith. Legge, *Missionary and Schola*r (London: The Religious Tract Society,1905), pp. 211-212.

15　〔英〕理雅各譯，秦穎、秦穗校注：《周易》（長沙市：湖南出版社，1993）。Legge's Preface and Introduction, pp. 513-518.

博大艱深難解的特點，而且由於理雅各在譯介過程中力求達到「和中文原文一樣簡潔」，又使其翻譯更是難上加難。理雅各所譯《周易》是當時英譯本中最具權威的譯本，在譯介的過程中，譯者也逐漸形成了對《周易》的獨特見解。對於「經」與「傳」的作者問題，理雅各在序言中強調說：「我現在認識到，關於『經』與『傳』，孔子只可能創作了後者，二者前後相差近七百年，並且在主題關係上也並不一致。我正確理解的第一步是按照原文來研究經文，這樣做很簡單，因為一七以五年的官方版本就包括了所有的批評注釋等，從而使『經』『傳』保持了分離狀態。」[16]強調「經」與「傳」的分離是理雅各譯介《周易》的前提，這與他的思維習慣有一定關係。中國的學者將部分「傳」文的內容與經文內容雜糅在一起的方法，在理雅各看來顯得缺乏系統上的邏輯性，而邏輯性的缺乏在他看來主要是由於二者並非出於一人之手。因此對於「傳」的作者問題，理雅各更認同一種比較折中的觀點：「當我們有足夠的證據證明『傳』的大部分並非出自孔子之手時，我們就不能說任何部分都出於他的筆下，除非那些編輯者介紹為『子曰』的段落。」[17]除了經傳分離這一特點之外，理雅各還力求使其《周易》譯本儘量與「中文一樣簡潔」，但是這也僅僅是一種努力而已。實際上，理雅各在翻譯的過程中，總是「附加大量的插入語」，希望借這樣的一種譯介方式可以「使譯本對於讀者而言是可理解的」。[18]

　　《東方聖書》第三卷是理雅各所翻譯的書、詩、孝三經，與《中國經典》的模式一樣，理雅各的譯介並不只涉及原文，而是在譯文之

16　〔英〕理雅各譯，秦穎、秦穗校注：《周易》（長沙市：湖南出版社，1993）。Legge's Preface and Introduction, p. 513.

17　〔英〕理雅各譯，秦穎、秦穗校注：《周易》（長沙市：湖南出版社，1993）。Legge's Preface and Introduction, p. 513.

18　〔英〕理雅各譯，秦穎、秦穗校注：《周易》（長沙市：湖南出版社，1993）。Legge's Preface and Introduction, p. 515.

前首先對這些經書予以紹介。關於《尚書》，理雅各主要從其歷史與性質、記載內容的可信度、其中的主要朝代與中國紀年三個方面來介紹，具體包括《尚書》名字的來歷、孔子的編撰以及秦始皇焚書後書經的消失與保存（這便涉及到古今文之爭了）。此外，理雅各還試圖通過《尚書》來整理夏商周時期中國的斷代細節問題，當然他並非沒有意識到其中的難度：「從《尚書》中得出較為具體的編年系統幾乎是不可能的」。[19]由此不難看出，理雅各在譯介中國經典時，已表現出相當自覺的研究意識。關於夏商周的斷代問題直到當代仍然存疑，而理雅各在其所處時代就對這一問題表現出了極大的興趣與關注度。他在《尚書》的「介紹」（introduction）中簡述了中國歷代學者在這一問題上所取得的既有成果，簡介了虞、夏、商、周及堯、舜、禹等各個時代；同時列舉了國外學者在這一問題上的相關研究成果，理雅各在末尾附上了中國地理位置圖及歷代年表。

　　從關於《詩經》的「介紹」（introduction）來看，理雅各在很大程度上將《詩經》當做一部歷史文獻資料來看待，即從歷史角度，而非文學角度，對《詩經》進行整體的觀照。這種研究的視角與方法在理雅各那裡是「一以貫之」的。理雅各首先介紹了「詩」一字的意義──「說到《詩》或《詩經》的時候指的是詩歌集」[20]、《詩經》的主要內容、《詩經》中所涉及的宗教題材；其後主要介紹了司馬遷所記載的《詩經》、孔子編訂的《詩經》及直至當代（理雅各時代）認可版本間的演化（主要介紹了秦始皇焚書事件對保存《詩經》的影響、「三家詩」的不同）；此外也探討了一些《詩經》內部的問題，如《詩經》中篇目小與不完整的特點、詩歌的作者、《詩經》的詮釋

19　Translated by James Legge, and edited by F. Max Muller, *The Sacred Books of the East,* Vol. III (Oxford: At the Clarendon Press, 1899), p. 20.

20　Translated by James Legge, and edited by F. Max Muller, *The Sacred Books of the East,* Vol. III (Oxford: At the Clarendon Press, 1899), p. 275.

等。至於《孝經》，理雅各所採用的方法基本上與譯介《尚書》、《詩經》的做法類似，解釋「孝」的由來，《孝經》的演變與流傳以及經學家們的相關研究成果等。可以說，理雅各譯介的態度與他的文風相同，都具有平實的特點，亦有可能受到了中國經學特點的影響。就專業性而言，或從中國讀者的角度來說，理雅各的譯本達到了一個較高的程度，成為後世英國漢學家難以企及的範本。

　　除了儒家經典，道家經典也進入了理雅各的視野中，表明理雅各全面認識中國文化的開始。[21]《東方聖書》的第三十九卷與四十卷集中展示了理雅各關於道家文化的認識水準，涉及到其對於「道」的認知及道家兩部經典《老子》（《道德經》或〈太上感應篇〉）與《莊子》（《南華經》）的譯介。不僅如此，理雅各還考慮到了唐宋時期道家的發展，同樣具有較開闊的學術視野。也就是說，理雅各在譯介道家經典的同時，也大致梳理出了道家發展的一個基本脈絡，因而具有學術史的價值。「行動報應論向我們呈現出了十一世紀的道家在道德與倫理方面的某些特點；在早期的兩部（道家）經典著作中，我們發現它（指道家——筆者注）在更大程度上是作為一部哲學思辨的著作而不是一部普通意義上的宗教著作。直到（我們的）一世紀佛教進入中國後，道家才將自己組織成為一種宗教，擁有自己的寺院和僧侶，自己的偶像和章程。」[22]「在不同的階段，它（指道家）處於不同的變化發展中，如今它是以一種佛教退化了的附屬物，而不是以老子、莊子的哲學發展而吸引著我們的注意。」[23]對於道家的認識，理雅各的理解與認識並沒有偏離其在中國的原意。這與理雅各和中國學者的合作

21　《東方聖書》第二十七、二十八卷也主要是儒家經典《禮記》，其譯介情況此處從略。理雅各對當時中國存在的儒釋道及基督教都有相關介紹。

22　Translated by James Legge, and edited by F. Max Muller, *The Sacred Books of the East,* Vol. XXXIX. (Oxford: At the Clarendon Press, 1891), Preface. p. xi-xii.

23　Translated by James Legge, and edited by F. Max Muller, *The Sacred Books of the East,* Vol. XXXIX. (Oxford: At the Clarendon Press, 1891), Preface. p. xii.

是分不開的。理雅各在序言的最後也表示對於中國本土學者的感謝，認為他們幫助自己節約了許多時間，但結果卻有可能使譯本呈現出的變化不大。此外，從理雅各所介紹的內容來看，他在一定程度上也具有了「比較」的意識，對此，我們姑且將之稱為「不自覺的比較意識」。這主要表現在除了對於中國儒釋道三家的認識外，還提到了中西交流的一些重要事件，如七世紀基督教的傳入與在西安的墓碑[24]、十三世紀羅馬教會派遣教士到中國，但卻沒有留下文字的記載等事件。在理雅各看來，道家以兩部代表作品出發，從而延伸出與之相關的注釋、闡釋等。《道德經》一支的代表人物及研究著作包括司馬遷、列子、韓非子以及為《老子》做注的王弼；而《莊子》則是對道家的補充。當然鑒於理雅各傳教士的身份，其中也不乏宗教方面的內容，如對於「天」與「上帝」的討論等。

　　與儒家經典的翻譯一樣，《老子》與《莊子》的譯介也附有大量的注釋。但是對於《莊子》，理雅各並沒有像儒家經典那樣全譯，而是採用了節譯的方式。而對於《莊子》中的內篇、外篇及雜篇中的共三十三篇則有分別的介紹，這種介紹方式主要以「段」（paragraph）為單位。[25]

　　《中國經典》與《東方聖書》裡中國經典的部分是理雅各一生漢學成就的代表。在中國學者的幫助下，理雅各以儘量接近中文原文的方式譯介了中國的許多經典。其範圍不僅僅只在儒家經典領域，也涉及道家與佛家；在譯文的風格上，理雅各的譯文可稱為學者型翻譯的典型，大量的注釋可以為證。學者型的風格還表現在理雅各在譯介過程中加入了自己的研究，這主要體現在兩個方面：一是梳理該問題在中國學術領域內的流變與發展；二是梳理既有的國外關於該問題的研

24　也就是現在所說的景教，基督教的一種。

25　以上關於理雅各譯介中國經典的部分，筆者指導的研究生徐靜參與了討論，並提供了初步的解讀文字。

究成果。而這些研究的視角主要是從歷史的角度出發，因此理雅各的著作便顯得學術性十足，從而也就顯得有些曲高和寡。[26]當然，這主要針對的是那些一般的英語讀者，而對於漢學家而言，理雅各的譯著則是難能可貴的學術著作，翟林奈（Lionel Giles, 翟理斯之子）曾經這麼評價理雅各的譯介：「五十餘年來，使得英國讀者皆能博覽孔子經典者，吾人不能不感激理雅各氏不朽之作也。」[27]理雅各在經學譯介上的成就成為了後來歐洲漢學家無法跨越的里程碑，它為那些從事漢學研究的漢學家們開啟了一扇通往中國文化核心的大門。這種系統譯介的影響之大，使緊隨其後的另一位英國漢學家翟理斯，也將理雅各經學上既有的成果納入了他所要挖掘的中國文學部分，由此可見一斑。

二　德庇時譯介中國文學

出生於倫敦的德庇時（John Francis Davis, 1795-1890），於一八一三年開始在廣州東印度公司的一家商行工作，並學習漢語。作為阿美士德使團的漢文正使曾於一八一六年前往北京。使團使命失敗後，他在澳門和廣州居住，繼續經商和學習中文。一八二八年至一八二九年利用皇家亞洲學會提供的「東方翻譯基金」（the Oriental Translation Fund），先後翻譯了《賢文書》、《漢文詩解》、《好逑傳》、《漢宮秋》等著作。一八三二年，由於他精明能幹又精通漢語，德庇時擔任東印度公司在遠東設置的最高職位——東印度公司廣州特派員會主席。一八三三年，英國政府取消了東印度公司的對華貿易特權後，任命德庇時為主營駐華第二商務監督。一八三四年，升為商務監督。由於清政府拒絕承認商務監督的使命，德庇時本人不喜歡新的自由貿易制度和

---

26 理雅各作品的再版次數就遠遠不如翟理斯譯作，這可以從側面說明這一問題。
27 轉引自忻平：《王韜評傳》（上海市：華東師範大學出版社，1990年），頁79。

舉止粗俗的外國投機商，於一八三五年十二月離任回國。回國後，德
庇時撰寫了《中國人——中華帝國及其居民概述》、《中國見聞錄》等
著述。一八四四年，德庇時抵達香港，接替璞鼎查的職務，任英國駐
華全權代表、商務監督和香港總督。

　　德庇時認為，英國人在諸多知識領域取得了巨大進步，唯獨在與
中華帝國（包括中國文學）有關的方面所取得的進展簡直微不足道，
而法國人差不多從一個世紀以來就一直勤勉而成功地進行著研究。為
此，他呼籲英國同胞即使從中英兩國日益增強的商業聯繫方面考慮，
也要重視中國文學。[28]他說，「耶穌會士以及那些偏見更大的天主教傳
教士們，兩個多世紀以來一直致力於英中兩國之間的有趣而有益的交
流。他們努力用朦朧而概括的斷言說服大家，中國是一個智者的民
族，對文字的熱愛是舉世公認的，自覺的學習使他們通往富裕和崇高
之路。政府的最高職位向社會地位最低的人開放。政府管理英明，一
個極平常的事實是，如果不好好學習，王子們也會悄悄地沉淪為最無
知的貧民。然而，那通往國家最高職位的一紙考試文憑，……是人類
智慧的完美理想，是作為偉大的政治家不可缺少的資格。」[29]然而，
德庇時指出，他們卻忽視了這個國家（中國）在詩詞、戲劇舞臺表現
趣味方面所取得的非凡成就。加上去中國的旅行者們如此稀少，使得
英國對赫赫有名的中國純美文學（belles lettres）渾然不知。英國人被
那些傳教士們偏激的思想所誤導，只尊重那些過多褒揚上古堯舜美德

28　見德庇時為其所編譯的《中國小說選》（1822年由倫敦John Murray刊行）而寫的長
　　篇序言。本書全名：*"Chinese novels, translated from the originals; to which are added
　　proverbs and moral maxims, collected from their classical books and other source. The
　　whole prefaced by observations on the language and literature of China."* 目次為：
　　Observations on the language and literature of China; The shadow in the water; The twin
　　sister; The three dedicated chambers; Chinese proverbs.

29　John Francis Davis, "*Laou-Sheng-Urh, or an Heir in His Old Age*, " a Chinese Drama",
　　the Quarterly Review, (Janualy 1817), pp.396-397.

的古代典籍，而無瑕關注現代文學的總體狀況」。[30]

　　德庇時進一步指出，對中國文學的某些方面如有更詳盡的了解，即能使英國人更精確地判斷這個國家國民的真正性格，比如那些奇特的中國人在生活中是如何行動、如何思考的？被供奉在私人房間裡、寺廟裡，以及道路兩旁等所有公共場所裡的孔子，曾說過很多精細的道德情感，通過閱讀中國文學，我們也可以了解他的這些情感在現實生活中到底實踐知多少。[31]德庇時爵士對英國漢學所作的貢獻，要比英國漢學家翟理斯早整整半個世紀。

（一）德庇時對中國戲劇的譯介

　　一八一七年，德庇時用英文翻譯了元代戲曲家武漢臣的雜劇《散家財天賜老生兒》，他的標題為《老生兒：中國戲劇》（*Laou-Seng-Urh, or, An Heir in His Old Age*），由倫敦約翰‧默里（John Murray）出版公司刊行。[32]德庇時為此英譯本寫了長達四十二頁的介紹，題為「中國戲劇及其舞臺表現簡介」，詳盡介紹了戲班子的結構、演出的各種場合及表演手法等等。

　　德庇時總結了自一六九二年至他撰著該書為止散見於各種報刊上的歐洲外交使官與旅行者，涉及中國皇家戲曲的所見所聞。在這些歐

---

30 John Francis Davis,*"a Brief View of the Chinese Drama and of their Theatrical Exhibition"*, Laou-Sheng-Urh, or *"an Heir in His Old Age"* (London: John Murray, 1817), pp. III-IV.

31 德庇時的《中國雜記》（*Chinese Miscellanies: A Collection of Essays and Notes*），其中第四章「十九世紀上半葉英國漢學的產生與發展」（Chapter Four: Early Beginning and Development of Chinese Literature in Great Britain—the First Half of the 19th Century）已經由上海圖書館徐家匯藏書樓王仁芳館員翻譯成中文，刊於《海外中國學評論》第二期。

32 德庇時在其《中國詩作》（*The Poetry of the Chinese*, 1870）一書裡曾引有《老生兒》的八行曲文，作為對偶句的例證。另外，《老生兒》的又一英譯本，由Pax Robertson選譯，題名《劉員外》（*Lew Yuen Wae*）於一九二三年在倫敦Chelsea出版公司刊印。

洲人所見中國戲曲裏，有令人眼花撩亂的雜技、珠光寶氣的戲曲服裝，以及戲曲演員的優美指法；他們所見到的戲劇人物有穿黃袍的帝王、塗花臉的將軍、從煙霧中走出的仙人鬼怪，以及插科打諢的小丑；他們所觀劇碼中有悲劇、喜劇、歷史劇和生活劇；他們也注意到中國戲曲語言是有說有唱有朗誦的，而最使歐洲觀眾感興趣的是體現在戲曲武打和模仿動物之中的虛擬程式動作。

　　德庇時也注意到中國很早以前就興起了戲劇舞臺表演，並在後來發展成為宮廷的公共娛樂。他說一個中國戲班子在任何時候只要用兩三鐘頭就可搭成一個戲臺，並介紹了搭建一個舞臺所需要的全部物品：幾根竹竿用來支撐席編臺頂，舞臺的臺面由木板拼成，高於地面六七英尺，幾塊有圖案的布幅用來遮蓋舞臺的三面，前面完全空出。並通過與歐洲的現代舞臺比較，德庇時指出中國的戲曲舞臺並沒有模擬現實的佈景來配合故事的演出：這樣，一位將軍受命遠征，他騎上一根細棍，或者揮動一根馬鞭，或者牽動韁繩，在一陣鑼鼓喇叭聲中繞場走上三四圈；於是，他停下，告訴觀眾他走到了哪裡；如果一城牆要被推翻，三、四個士兵疊著躺在臺上來表示那堵牆；如果有幾位女士要去採花，你就要把舞臺想像成一個花園，或者根據需要我們還得把舞臺想像成一片船的廢墟，一塊岩石，一個岩洞；如果兩支軍隊挺進了，我們又得把舞臺想像成一個戰場，而在歐洲，直到一六○五年移動佈景才由瓊斯（Jones Inigo, 1573-1652）在牛津設計出來。

　　在序言中德庇時還提到了中國的戲劇演員難以受人尊敬的處境，同時又宣稱世界上沒有一個民族像中國人那樣與自己所宣佈的原則不相符合的，他舉了一個例子：乾隆皇帝後期便把一個演員迎入宮中立為妃子。而在希臘和羅馬的戲劇中，是禁止女性出現的，但後來在中國的戲劇中出現了女演員，有時候由太監扮演。莎士比亞戲劇中溫柔、細膩的女性在他的有生之年也沒有女性扮演，直到一六六○年，伯特頓夫人（Mrs. Betterton）才第一次表演茱麗葉（Juliet）和奧菲莉

亞（Ophelia）。德庇時說在中國任何一種法律中，都沒有禁止女人登上舞臺表演的規定，而在任何表演中，前代的皇帝、皇后、王侯將相永遠是最常見的戲劇主題；中國的客棧常常為客人們準備戲劇表演，正如伊莉莎白時代的英格蘭小旅店，也常常在院子裡有戲劇表演一樣。

德庇時對來華傳教士們未能傳達一些中國戲劇舞臺的表演資訊而表示遺憾，指出這使歐洲人不能了解中國的戲劇是一種尊貴的藝術，中國人是一個文雅的民族。同時，他還比較中國戲劇的開場或序幕與希臘戲劇特別是歐里庇得斯悲劇的開場，指出兩者如此相似，都由主要人物上場宣佈人物，以便使觀眾進入到故事情節中，戲劇對白用通俗的口語。在中國戲劇中，愛恨情仇的感情都融合在唱詞中，演員根據情感表達的需要或者自己的情勢在柔和或者喧囂的氣氛中演唱。中國戲劇唱詞的創作在悲劇中比在喜劇裡更為流行，這也與古希臘悲劇中的合唱詞相似。同樣有如古希臘悲劇的合唱，中國戲劇中的唱詞在演唱時也伴有音樂。劇本裡的詩化唱詞主要展示人物的悲喜愛恨等情緒，這在悲劇中又遠比在喜劇裡多得多，其形式亦像希臘悲劇裡的合唱詞。德庇時在譯介過程中，覺得這些詩化唱詞好像主要為取悅於觀眾的聽覺，當然也借此表達人物的內心世界。

從德庇時的簡介來看，他似乎不了解中國有各種戲劇文體的存在，儘管他指出他所翻譯的《老生兒》是出自於《元人百種曲》。《老生兒》是第一部直接譯成英文的中國戲劇，德庇時在譯本中保持了詩體與對話體，但是去掉了原文他所認為的不雅之語及一些重複的敘述。一八一七年，《評論季刊》（*Quarterly Review*）第十四期一月號在第三九六至四一六頁載文，對德庇時的這個譯本《老生兒：中國戲劇》作了較高評價。一八二九年，《亞洲雜誌》第二十八卷，七至十二月號第一四五至一四八頁也有涉及德庇時所譯《老生兒》的評論文章。

德庇時還用英文出版了馬致遠的元雜劇《漢宮秋》（*Han Koong*

Tsew, or, *The Sorrows of Han*），發表於他的英文著作The Fortune Union,
*a romance*第二卷，由倫敦東方翻譯基金會（Oriental Translation Fund）
於一八二九年刊行。雖然德庇時知道中國戲劇沒有明確的悲喜劇的分
界線，他仍然稱《漢宮秋》為悲劇，因為覺得該劇符合歐洲的悲劇的
定義：「此劇行動的統一是完整的，比我們現時的舞臺還要遵守時間
與地點的統一。它的主題的莊嚴，人物的高貴，氣氛的悲壯和場次的
嚴密能滿足古希臘三一律最頑固的敬慕者。」《漢宮秋》描寫唐明皇
與楊貴妃的愛情悲劇，本來就哀婉纏綿，加上譯筆頗佳，因而出版後
在英國引起更大反響。英譯本《漢宮秋》也被推許為德庇時譯著中的
代表作。此英譯本的問世，糾正了利瑪竇說「中國戲劇很少有動人的
愛情故事」而給歐洲人造成的錯誤印象。在這一譯本的序言中，德庇
時沒有提供有關中國戲曲演出的更詳盡資訊，只是注明所有的中國劇
本都配有一種不規則的唱腔，由時強時弱的音樂伴奏。德庇時在介紹
論述中常常將中國戲劇與古希臘及莎士比亞的戲劇進行比較，這使得
他對中國戲劇的介紹更能被英語世界接受，可以說他為西方世界了解
中國舞臺表演傳統作出了開創性的貢獻。

（二）德庇時對中國詩歌的譯介

　　關於中國古詩的譯介，德庇時也有所涉及。一八三〇年在倫敦出
版的《皇家亞洲學會會議紀要》（*Transactions of the Royal Asiatic
Society of Great Britain and Ireland*）第二卷第三九三至四六一頁，刊
載了德庇時於一八二九年五月二日在皇家亞洲學會會議上宣讀的論文
〈漢文詩解*Poeseos Sinensis Commentatii. XXI. On the Poetry of the
Chinse.*〉。該文分為兩部分。第一部分詳細介紹中國詩歌的韻律問
題，包括六個方面：（1）中國語言的發音及其在韻律創作方面的適應
性；（2）中國語言的聲調、節奏，一些聲調、口音在遵守創作規則時
的變化；（3）中國各體詩歌的字數；（4）中國詩歌韻語中的片語與音

步；（5）中國詩歌韻語的諸格律；（6）中國詩歌韻語的對仗。第二部分則從總體上把握中國詩歌的風格與精神（style and spirit），想像與情感（imagery and sentiment），及其詳細分類（precise classification）等。德庇時在文中以中文、拼音、英文譯文三者對照的形式引用了相當多的中國詩歌為例子，既有從《詩經》、《樂府詩集》到唐詩、清詩中的詩歌作品，也有《三國演義》、《好逑傳》、《紅樓夢》等明清小說中的詩歌和《長生殿》等清代戲曲中的唱詞，以及《三字經》片段等，涉及廣泛。[33]其中，兩首李白詩作〈贈汪倫〉（*The Inlet of Peach Blossoms*）和〈曉晴〉（*An Evening Shower in Spring*）及《紅樓夢》第三回中兩首〈西江月〉都是首次譯成英文。

德庇時指出英國詩人認為在詩歌中一直出現單音節詞（low words）是不合適的，儘管蒲伯在其詩歌裡多次使用單音節詞，而中國詩歌在一首詩中有時竟然有十個單音節詞。中國詩歌中的每一個漢字，不僅僅被當做一個簡單的音節，更應被看成是相當於其他語言中的音步。中國詩歌有很大部分是雙音節的，吟誦時往往被重讀或者拖長聲音，然而在英語詩歌中非重讀的部分，往往被模糊發音。

在他看來，中國詩歌中往往以最少的字數開頭以形成一個可數的詩行，常常以三字開頭，像流行音樂中的疊歌一樣一遍遍地重複。這種歌被稱為「曲」。德庇時以《樂府詩集》卷五十〈江南曲〉為例，認為這種短行的詩也組成了一種像編鐘一樣和諧格言來灌輸道德規範，無疑可以增加記憶。

---

33 See Davis, John Francis. 漢文詩解*Poeseos Sinensis Commentatii. XXI. On the Poetry of the Chinse* (Transactions of the Royal Asiatic Society of Great Britain and Ireland, 1830), Vol. II: 393-461. 至一八三四年，該文由東印度公司印刷所在澳門出版單行本，題名改為《漢文詩解*Poeseos Sinensis Commentatii. On the Poetry of the Chinse,* (From the Royal Asiatic Transactions) to which are added, Translations & Detached Pieces.》。一八七〇年倫敦阿謝爾出版公司出版增訂版。

　　德庇時在該書中認識到，《詩經》作為中國最古老的詩歌總集是兩千多年前，由孔子（Confucius）編輯而成，分為四個部分〈國風〉（*Kwoh foong, or the Manner of Different States*）、〈大雅〉（*Ta-ya*）、〈小雅〉（*Seaon-ya*）和〈頌〉（*Soong*）。像其他國家最早的詩歌集一樣，《詩經》也是由歌（songs）和長詩（odes）組成的。如果把中國詩歌的發展進步比作成一棵在自然界中生長的樹，他認為《詩經》相當於這棵樹的樹根，《楚辭》使這棵樹發芽，到了秦漢時期就有了很多葉子，及於唐代則就形成了很多樹蔭，枝繁葉茂，碩果累累。他同樣理解到，給予中國人這麼多快樂的詩歌藝術，如果沒有嚴格的詩律，沒有經過歷代詩人們辛勤的培育薰陶，中國的詩歌就無法取得如此輝煌的成就。

　　關於詩歌吟誦時的停頓：德庇時指出在中國的七字詩（七言）中，往往是在第四個字後面停頓。如果是五字詩（五言），往往在第二個字後面停頓，並例舉〈好逑傳〉裡的詩句、〈莫愁詩〉、歐陽修的〈遠山〉詩和〈文昌帝君孝經〉等加以說明。他在用歐美方式標注中文拼音時，其停頓部分用短橫線表示出來，譯文中也用短橫線標出停頓。德庇時對中國詩歌裡的偶句押韻亦有所介紹，指出中國詩歌一首通常是四行（指的是絕句）或者八行（指的是律詩）：四行詩一般是二、四句押韻，八行詩一般是二、四、六句押韻。在句子末尾押韻，韻由第二句的末尾音節決定。他同時指出對仗在中國詩詞中廣泛出現，形成了中國文學的人工藝術之美，並舉〈好逑傳〉中的對仗句式「孤行不畏全憑膽，冷臉驕人要有才。膽似子龍重出世，才如李白再生來」，以描述鐵中玉的勇敢和能力。德庇時還分析了中國詩歌對仗的類型：同義對仗、反義對仗和複合對仗，並例舉多個詩句逐一解釋這三類對仗形式。而且進一步說中國詩歌創作結構上的對仗漸漸擴展到散文的創作之中，比如北宋時期邵康成〈戒子孫〉中「上品之人，

不教而善；中品之人，教而後善；下品之人，教而不善」。[34]德庇時對中國文學裡的這種對仗手法總體上是肯定的，認為它提高了寫作的難度，也增加了創作的價值。他還對比法國悲劇裡所運用的類似對仗手法，指出這使得法國悲劇的節奏性更持久，戲劇更嚴整。

德庇時認為，中國的唐代是中國詩歌發展最重要的時期，並特別介紹了李白的詩酒故事，並稱中國的詩人性格與酒有著古老的聯繫，因為飲酒能夠激發詩人的靈感。德庇時還舉了一首關於桃花源的詩來說明唐代詩人想像力的豐富，並說雖然中國的詩歌形式很多，但沒有一種詩歌形式與歐洲的詩歌相類似，而且中國詩歌中的道德或教誨色彩非常突出，中國的聖諭也是一種押韻的詩歌。

德庇時還發現在中國詩歌中有些對自然界風景或物體的描述擁有顯著的特徵，而這些特徵對外國人來說，是很陌生的。比如春夢秋雲（spring dreams and autumnal clouds）代表了快樂的飛翔的景色，水中倒映的月影（the moon's reflection in the wave）代表了得不到的好東西，浮雲遮日（floating clouds obscuring the day）代表了傑出的人物暫時受到誹謗的遮掩，路中亂草橫生（the grass and tangle in one's path）意味著行動過程中的困難，嬌豔的花（a fair flower）表示了女子的美貌，春天（spring）代表了快樂，秋天（autumn）代表了愁思，心花怒放（the heart's flowers being all full-blown）表示高興，女子的性格可以用「白色的寶石、純水晶、冷冷的透明冰」（the white gem, the pure crystal, the cold and transparent ice）來形容，桃花盛開的季節（the season when peach blossoms are in beauty）表示婚姻，花叢中蜂蝶簇擁（bees and butterflies among flowers）形容快樂的追求者，等

---

34 德庇時認為這幾句話與赫西俄德《工作與時日》中的幾句詩意思相近：He indeed is the best of all men, who of himself is wise in all things; Though he is good, who follows a good instructor: But he who is neither wise of himself, nor, in listening to another, Remains mindful of advice-this is the worthless man.

等。而這些均增加了外國讀者理解中國詩歌的難度。不僅如此,還有中國詩歌中典故的運用。德庇時說:「如果沒有一位博學的中國人幫助,我們很難讀懂中國文學中的一些暗示(hint)」,「這些暗示包含著一些特定的歷史故事或浪漫故事」,比如「鳳求凰」(Foong kew hwang, or the bird foong in search of its mate)的歌曲(song)就包含著卓文君(Wun　Keun)和司馬相如(Sze　ma)的愛情故事。德庇時還發現中國詩歌有時依賴於神話的幫助,說自然界裏的多種現象,中國人都有相應的守護神,如火王(the monarch of fire)、雷公(Luy koong)等等,還有掌管人間男女愛情婚姻的月老(the old man of the moon)。

　　總之,德庇時對中國詩歌的介紹從詩歌的外部形式字數、押韻、對仗等,到詩歌的內部,包括詩歌的內容、分類、典故運用等,內容相當廣泛,而且理解得頗有深度,這些都有助於英國讀者對中國古代詩歌藝術特徵的全面把握。

　　除了以上對中國戲劇、中國古詩的譯介外,德庇時所譯《好逑傳》英文譯本*The fortunate union, a romance; tr. from the Chinese original, with notes and illustrations, to which is added, a Chinese tragedy*,於一八二九年由倫敦John　Murray公司分為兩卷刊行。其他還有如《中國人:中華帝國及其居民的概況》(*The Chinese: a general description of the empire of China and its inhabitants*),於一八三六年由倫敦Charles Knight公司出版,書中述及英國人對中國問題的看法,被認為是十九世紀對中國最全面的報導,被譯成其他文字。林則徐派人將其譯成中文,編譯進《華事夷言》。[35]以及其所撰《中國見聞錄》(*Sketches of China; Partly during an inland journey of four months, between Peking, Nanking, and Canton; with notices and Observations*

---

35 林則徐早在鴉片戰爭前便設立譯館,派人譯外文書報,搜集各國政治、經濟、地理、歷史等情況,編譯成《華事夷言》。

relative to the present war），與一八四一年，由倫敦 C. Knight出版公司刊行，對英國人了解中國情勢提供了很多幫助。[36]

三　翟理斯的中國文學譯介

翟理斯（Herbert Allen Giles, 1845-1935）在英國漢學發展歷程中，上承理雅各（James Legge, 1814-1897），而下啟韋利（Arthur Waley, 1889-1966）。儘管他與後兩者在相關問題上頗有爭議，但恰好表明了英國漢學家對中國某些問題關注度上的一致性以及前後傳承關係，這些特點也表現在其對中國文學的譯介和研究上。

翟理斯的漢學著作頗豐，其所觀照的中國問題既涉及民族、思想等大課題，也對中國的各種習俗，諸如女性裹腳等頗為用心。這也許在很大程度上得益於其童年及少年時代所受之教育。一八四五年，翟理斯出生於英國牛津北帕雷德（North Parade, Oxford）的一個具有濃厚學術氛圍的家庭之中。在父親的薰陶下，他涉獵了拉丁文、希臘文、羅馬神話等，並接觸到了歷史、地理、文學藝術等各類學科。這種開闊的視野一直延續到了他與中國相遇之後，幼年時代的藝術薰陶以及由此而形成的藝術品位與修養，使他很快與中國文學結緣並對此有了某種獨到的鑑賞力。

一八六七年，年僅二十二歲的翟理斯首次開始中國之旅。此前他

---

36 另外，一八五二年，德庇時還在倫敦出版了《交戰時期及媾和以來的中國》（*China, during the war and since the peace*）一書。書中大量翻譯中國方面的諭折及公私文件，還引用了當時傳誦一時的〈林則徐與家人書〉、〈王廷蘭致曾望顏書〉。書中又引用了琦善、奕山欺騙皇帝的奏摺，以及皇帝免林則徐職的諭旨，琦善的供詞，及其他有關文件。書中對奕山的昏憒頑固，極為鄙視；於琦善等投降派，則譽為遠見；對於堅持抗戰的人物則敬、畏、恨皆有之。此書第一卷附錄了〈林則徐對於西方各國的著述〉，介紹了林則徐在廣州翻譯西書的情況，為西方國家研究中國士大夫的思想特點提供了重要材料。

並未學習過漢語，抵北京後便開始從事這方面的語言訓練。在此研習
過程中，歐洲漢學史上的經典成果為其學習提供了極大便利。翟理斯
認真研讀的著述包括理雅各的《中國經典》、雷慕沙（Jean Pierre Abel
Rémusat, 1788-1832）和儒蓮（Stanislas Aignan Julien, 1799-1873）的
《玉嬌梨》譯本、儒蓮的《雷峰塔》和《平山冷燕》譯本、德庇時的
《好逑傳》譯本等。同時，翟理斯也大量閱讀中文著作，如《三字
經》及一些戲曲、小說文本等。正是這一時期對中國書籍的廣泛研
讀，為翟理斯日後在漢學領域的成就奠定了一個相當堅實的基礎。

　　不僅如此，翟理斯還通過自己學習漢語的經歷與體會，編寫了一
些關於外國人學習漢語的入門讀物。《漢語無師自明》[37]就是一部針對
在華英國人而編寫的一部關於中國官話（即北京話）的學習指導書
籍。在該書的扉頁上，翟理斯便說明該書的編撰意圖：「給那些踏上
中國土地的商旅之人以及各色團體的女士們和先生們。我曾聽說他們
中的許多人因為欠通一點漢語而倍感遺憾，或者見了漢語辭彙，卻因
博學的漢學家們繁複的解釋而無所適從並灰心喪氣。」[38]本書共有六
十頁，主要介紹數位、商業用語、日常用語、家庭主婦、體育運動、
買賣用語以及簡要的漢語語法和辭彙等。翟理斯根據自己學習漢語的
經驗介紹了上述各方面辭彙的漢語發音，認為漢語母音「ü」是英語
中找不到對應的唯一一個音，但卻相當於法語中的「u」或者是德語
中的「ü」。

　　繼《漢語無師自明》之後，翟理斯相繼完成了一系列涉及語言學
習類的書籍，包括《字學舉隅》[39]、《汕頭方言手冊》（*Handbook of*

37　H. A. Giles, *Chinese withtout a teacher* (Shanghai: A.H.de Carvaliio, Printer & Stationer, 1872).

38　H. A. Giles, *Chinese withtout a teacher* (Shanghai: A.H.de Carvaliio, Printer & Stationer, 1872).

39　H. A. Giles, *Synoptical Studies in Chinese Character* (Shanghai: Printed by A. H. de Carvalho, and sold by Kelly & Co., 1874). 該書針對初學漢語的外國人容易混淆形近

the Swatow Dialect）、《關於遠東問題的參照辭彙表》[40]等。如此日積月累，最終促使其完成《華英字典》這部重要漢學著述的編撰。

在中英文學交流史上，翟理斯譯介中國文學方面的成就舉足輕重。他的文學類譯著主要包括《聊齋志異選》（Strange Stories from a Chinese Studio, 1880）、《古文選珍》（Gems of Chinese Literature, 1884）、《莊子》（Chuang Tzu, Mystic, Moralist and Social Reformer, 1889）、《古今詩選》（Chinese Poetry in English Verse, 1898）、《中國文學史》（A History of Chinese Literature, 1901）、《中國文學瑰寶》（Gems of Chinese Literature, 1923）等。除此以外，他的其餘漢學著述，如《中國札記》（China Sketches, 1875）、《佛國記》（A Record of the Buddhist Kingdoms, 1877）、《翟理斯汕廣紀行》（From Swatow to Canton (Overland, 1882)）、《歷史上的中國及其他概述》（Historic China and Other Sketches, 1882）等，在內容上也涵蓋了部分中國文學的內容。因此，在翟理斯的著作中，讀者可以深深地感受到中國文化、文學的韻味。相對而言，英國漢學的功利色彩較強，翟理斯的漢學著述亦無法避免，不過那種流淌於其行文中的中國文學情趣則足以令人耳目一新。

字的問題而編撰。翟理斯以為這種問題並不僅僅是外國的初學者所必然所遇難題，即便中國本土人士同樣會遭遇類似的困難，並通過大量的辨析形近字的書籍予以解決。但實際上，二者所遇到的「類似困難」還是有很大不同。本土學生混淆的主要是同義字，而對於外國初學者來說，音、形兩方面都是他們會遇到的困難。因此，翟理斯將不同形近字分別組成不同的一組，同時注釋其音與義。如「土」與「士」，其對應的英文意義分別為 "the earth" 和 "a scholar"。

40 H. A. Giles, A Glossary of Reference, on Subjects Connected with the Far East, Shanghai & Yokohama: Messrs. Kelly & Walsh (London: Bernard Quaritch, 1886). 該書主要針對專業中國術語的介紹目的而編撰。其中也涉及少量日本及印度的詞彙。一八七八年初版，一八八六年再版。在第二版的序言中，翟理斯也認為該書的初版十分成功，因此，在第一版基礎上，第二版的內容進一步增補與修訂，「希望其能夠成為關於『遠東相關問題』的一本指導手冊。」

　　《中國札記》是一本評介中國各種風俗、禮儀、習慣等方面的著作，涉及到的問題非常廣泛。在該書序言中，翟理斯反駁了這樣一種在當時歐洲廣為流行的觀點，即認為「中華民族是個不道德的退化的民族，他們不誠實、殘忍，以各種各樣的方式來使自己墮落；比松子酒帶來更多災難的鴉片正在他們中間可怕地毀滅著他們，並且只有強制推行基督教義才能將這個帝國從快速驚人的毀滅中拯救出來。」[41]並且以自己身處中國八年的經歷來說明中國人是一個勤勞、清醒並且快樂的種族。[42]翟理斯此後的許多創作皆延續了該書所關注的中國問題，並著力糾正其時西方負面的中國形象，這成為他撰著許多漢學著作的最重要出發點。在《中國札記》中，翟理斯已開始顯現出對中國文學的興趣。其討論的話題中，便包括「文學」（literature）和「前基督時代的抒情詩」（anti-Christian lyrics）。翟理斯以為當時的漢學家只是在諸如科學、歷史及傳記類著述中才稍微提及中國文學，這使得當時歐洲許多渴望了解中國文學的人失去了機會。[43]正是基於對中國文學英譯現狀的不滿，翟理斯於此方面用力最勤，這在其後來的漢學著作裏有充分體現。

　　《歷史上的中國及其他概述》分為三大部分，包括朝代概述、司法概述以及其餘各種概述。在敘述周、漢、唐、宋、明、清等六個朝代的歷史演變中，加入了一些中國文學譯介的片段。如在「唐」這一章節中，翟理斯插入了《探訪君子國》（*A Visit to the Country of Gentlemen*），即《鏡花緣》的片段節譯。由是觀之，《鏡花緣》起初並非作為小說來向西方讀者介紹，更傾向於其史料上的文獻價值，目

---

41 H. A. Giles, *China Sketches* (preface) (London: Trübner & Co.,Ludgate Hill. Shanghai: Kelly & Co., 1876).

42 H. A. Giles, *China Sketches* (preface) (London: Trübner & Co.,Ludgate Hill. Shanghai: Kelly & Co., 1876).

43 H. A. Giles, *China Sketches* (London: Trübner & Co.,Ludgate Hill. Shanghai: Kelly & Co., 1876), p. 23.

的是由此窺探唐代的中國。宋代則選譯了歐陽修的《醉翁亭記》，明朝選譯了蒲松齡《聊齋志異》中的一篇短篇故事。這些文學作品大都被翟理斯作為史料或作為史書的一種補充而出現，起了一個以詩證史的作用。

翟理斯的一些涉及中國的雜論也多將文學做為一種點綴，如《中國和中國人》（*China and the Chinese,* 1902）、《中國繪畫史導論》（*An Introduction to the History of Chinese Pictorial Art,* 1905）、《中國之文明》（*The Civilization of China,* 1911）、《中國和滿人》（*China and the Manchus,* 1912）等。這些著述涉及對中國的宗教、哲學、文學、風俗習慣等的介紹，並將文學視為了解中國人性格、禮儀、習俗諸方面的一個路徑。

一八八〇年，翟理斯選譯《聊齋志異選》（*Strange Stories from a Chinese Studio*）二卷在倫敦De Larue出版公司刊行，以後一再重版，陸續增加篇目，總數多達一百六十多篇故事。這是《聊齋志異》在英國最為詳備的譯本，也是翟理斯第一部真正意義上的中國文學譯著。在初版的《聊齋志異選》〈說明〉中，翟理斯指出自己的譯本所依是但明倫刊本：「自他（指蒲松齡——筆者注）的孫子出版了他的著作（指《聊齋志異》）後，就有很多版本印行，其中最著名的是由道光年間主持鹽運的官員但明倫出資刊行的，這是一個極好的版本，刊印於一八四二年，全書共十六卷，小八開本，每卷一百六十頁。」[44]翟理斯還提示「各種各樣的版本有時候會出現諸種不同的解讀，我要提醒那些將我的譯本和但明倫本進行對比的中國學生，我的譯本是從但明倫本譯介過來，並用一七六六出版的餘集序本校對過的。」雖然餘集序本現在已難尋覓，但僅從翟理斯個人敘述來看，其對《聊齋志異選》所依據的版本是經過挑選的。翟理斯選擇了《聊齋志異》近五百

---

44 H. A. Giles, *Strange Stories from a Chinese Studio*, Vol, I (London: Thos. De La Rue & CO., 1880), Introuduction xxiv.

篇中的一六四篇，但最初並非選譯，而是將但明倫本共十六卷一併譯介。只不過後來他考慮到：「裏面（指《聊齋志異》）的一些故事不適合我們現在所生活的時代，並且讓我們強烈地回想起上世紀（指十八世紀——筆者注）那些作家們的拙劣小說。另外一些則完全不得要領，或僅僅是稍微改變一下形式而出現的對原故事的重複」[45]，而他所最終選譯的一六四篇故事則是「最好的、最典型的」。這些短篇故事也最具有中國特色，最富有中國民間風俗趣味的氣息，其他作品除了翟理斯所言「重複」原因以外，也由於在觀念、禮儀、生活習慣等方面的相似性而被排斥。

　　翟理斯譯介《聊齋志異》的目的在於，「一方面，希望可以喚起某些興趣，這將會比從中國一般著述中獲得的更深刻；另一方面，至少可以糾正一些錯誤的觀點，這些觀點常常被那些無能而虛偽的人以欺騙的手段刊行，進而被當作事實迅速地被公眾接受了。」他一再強調「雖然已經出版了大量關於中國和中國人的書籍，但其中幾乎沒有第一手的資料在內」，因而那些事關中國的著述就值得斟酌。他認為「中國的許多風俗習慣被人們輪流地嘲笑和責難，簡單地說，是因為起傳達作用的媒介製造出了一個扭曲的中國形象」。而視圖糾正這種「扭曲」的中國形象，正是翟理斯諸多漢學著作產生的一個重要原因。為了說明這一點，他還引用泰勒[46]的《原始文化》一書，否定了那種荒唐的所謂「證據」：「闡述一個原始部落的風俗習慣、神話和信仰須有依據，難道所憑藉的就是一些旅遊者或者是傳教士所提供的證據嗎？他們可能是一個膚淺的觀察家，忽略了當地語言，也可能是一個粗心帶有偏見的，並任意欺騙人的零售商的未經篩選過的話。」翟

---

45 H. A. Giles, *Strange Stories from a Chinese Studio* (preface), Introuduction xxix, 以下翟理斯觀點的引文皆出於此，不再另注。

46 愛德華・泰勒（1832-1917），英國最傑出的人類學家，英國文化人類學的創始人，代表作《原始文化》。

理斯進而指出自己所譯《聊齋志異》包含了很多涉及中國社會裡的宗教信仰及信念和行為的的內容，並談到自己的譯文伴有注釋，因而對歐洲的讀者更具啟發性，也更容易被接受。這就是說，翟理斯通過文本譯介與注釋說明兩方面，來向英語世界的讀者展示他亟欲真正呈現的中國形象。如此處理使得《聊齋志異選》不僅展現了中國文學的重要成就，而且也具有了認識中國的文獻史料價值。

確實，《聊齋志異選》譯本的一個顯著特色就是其中有大量注釋。正如當時的一篇評述文章所說，「並非只有正文才對研究民俗的學人有幫助，譯者的注釋也都具有長久的價值，譯者在注釋中體現的學識產生了很大的影響」。[47] 在有些故事譯介中，注釋的篇幅比原文的篇幅還要長。這些注釋內容涉及到中國的各種習俗、宗教信仰、傳說、禮儀等等，稱得上是一部關於中國的百科全書。具體而言分為四大類：一是對中國歷史人物的介紹，如關公、張飛等；二是對於佛教用語的解釋，如「六道」、文殊菩薩等；三是對中國占卜形式的介紹，如「鏡聽」、「堪輿」等；四是對中國人做事習慣、性格的分析。這些注釋對於西方人了解中國的各種知識資訊具有很強的實用性，更重要的是，這種實用性與此前翟理斯所著之漢語實用手冊一類的書籍已有所區別。翟理斯通過譯介如《聊齋志異》這樣的文學作品，承載著更多涉及中國文化的信息。讀者既能享受閱讀文學作品帶來的情感趣味，又可獲得大量關於中國的知性認識。

在《聊齋志異選》中，翟理斯全文翻譯了蒲松齡的自序〈聊齋自志〉以及一篇由唐夢賚撰寫的序文。蒲松齡在〈聊齋自志〉一文中引經據典，即便是當代的中國讀者，倘使沒有注釋的幫助也很難完全理解其中的涵義。因此翟理斯關於〈聊齋自志〉的注釋與其正文中的注釋並不完全相同，〈自志〉中的注釋看來更符合中國本土士大夫階層

---

47 *Books on Folk—Lore Lately Published: Strange Stories from a Chinese Studio, Folk—Lore Record*, VOL. 4, 1881.

的習慣，不把重點放在民風、民俗等習慣的介紹上，而是重點解釋典故之由來。[48]如對於〈自志〉中最後一句「知我者，其在青林黑塞間乎！」中的「青林黑塞」的注解如下：「著名詩人杜甫夢見李白，『魂來楓林青，魂返關塞黑』[49]——即在晚上沒有人可以看見他，意思就是說他再也不來了，而蒲松齡所說的『知我者』也相應地表示不存在。」[50]除此之外，僅在〈自序〉注釋中所涉及到的歷史人物及相關作品就包括屈原[51]（其作品〈離騷〉，並不忘記提到一年一次的龍舟節——端午節）、李賀（長指甲——長爪郎，能快速地寫作[52]）、莊子[53]、嵇康（是魏晉時期的另一個奇才，是著名的音樂家、煉丹術士，並提及《靈鬼記》中關於嵇康的故事[54]）、干寶（提到他的《搜神記》）、蘇東坡、王勃（有才華，二十八歲時淹死）、劉義慶（《幽冥錄》）、韓非子、孔子[55]、杜甫、李白、劉損[56]、達摩。此外，也有少量關於習俗傳說的注釋，如三生石、飛頭國、斷髮之鄉、古代孩子出生的習俗、六道等。可以說，這些注釋皆有典可考，具有很深的文化底蘊。

---

48 或許確實存在一位幫助翟理斯的中國學者，但目前並無這方面的明確記載。

49 即杜甫的詩歌〈夢李白〉中的詩句。

50 H. A. Giles, *Strange Stories from a Chinese Studio*, Vol, I (London: Thos. De La Rue & CO. 1880), Introuduction xxii.

51 對〈離騷〉書名的翻譯顯然是採用了東漢王逸的說法，即指「離開的憂愁」。

52 李商隱〈李長吉小傳〉：「長吉細瘦，通眉。長指爪。能苦吟疾書」，翟理斯之注釋當參考此文。

53 翟理斯翻譯了《莊子》〈齊物論〉中的「女聞地籟而未聞天籟夫！」一句。依翟氏的譯文為：你知道地上的音樂，卻沒聽過天上的音樂。

54 《太平廣記》引《靈鬼記》載：嵇康燈下彈琴，忽有一人長丈餘，著黑衣革帶，熟視之。乃吹火滅之，曰：「恥與魑魅爭光。」翟理斯注釋的乃是此故事。

55 翟理斯的注釋提到了《論語》〈憲問〉中「子曰：『莫我知也夫！』」一句。

56 《南史》〈劉粹傳〉附〈劉損傳〉：「損同郡宗人有劉伯龍者，少而貧薄。及長，歷位尚書左丞、少府、武陵太守，貧竇尤甚。常在家慨然召左右，將營什一之方，忽見一鬼在傍撫掌大笑。伯龍歎曰：『貧窮固有命，乃復為鬼所笑也。』遂止。」翟理斯注釋的即是此事。

　　事實上，翟理斯對《聊齋志異》的譯介已經具備了研究性的特徵。或許是受到了中國學者「知人論世」學術方法的影響，翟理斯在篇首便介紹了蒲松齡的生平，繼而附上上文所提到的〈聊齋自志〉譯文，並作出了詳盡準確的注釋。「為了使讀者對這部非凡而不同尋常的作品能有一個較為準確的看法與觀點，我從眾多的序言中選擇具有代表性的一篇。」[57]翟理斯所選擇的這篇便是唐夢賚為《聊齋志異》所做的序，翟理斯認同了唐序對於蒲松齡的文風的肯定，以及《聊齋志異》「賞善罰惡」的主旨。關於蒲松齡文風，唐序云：「留仙蒲子，幼而穎異，長而特達。下筆風起雲湧，能為載記之言。於制藝舉業之暇，凡所見聞，輒為筆記，大要多鬼狐怪異之事。」而翟理斯也認為在隱喻的價值和人物的塑造上只有卡萊爾可以與之媲美[58]，他評述蒲松齡的文字「簡潔被推到了極致」、「大量的暗示、隱喻涉及到了整個中國文學」，「如此豐富的隱喻與藝術性極強的人物塑造只有卡萊爾可與之相媲美」，「有時候，故事還在平緩地、平靜地進行，但是在下一刻就可能進入到深奧的文本當中，其意思關聯到對詩歌或過去三千年歷史的引用與暗指，只有在努力地熟讀注釋並且與其他作品相聯繫後

57　H. A. Giles, *Strange Stories from a Chinese Studio*, Vol, I (London: Thos. De La Rue & CO. 1880), Introuduction xxv.

58　對於這個對比是否恰當的問題，張弘的相關論述可以參考：「中國讀者恐怕很少人會把卡萊爾同蒲松齡聯繫在一起，因為一個是狂熱歌頌英雄與英雄崇拜的歷史學家，另一個是繾綣寄情於狐女花妖的騷人墨客；一個是嚴謹古板的蘇格蘭加爾文派長老信徒的後代，另一個是晚明個性解放思潮的餘緒的薪傳者；一個是生前就聲名顯赫被尊崇為『聖人』的大學者，另一個是屢試屢不中的的科場失意人；一個是德意志唯心精神在英國的鼓吹手，另一個是古代志怪小說在人心復蘇的歷史條件下的復興者。如果硬要尋找什麼共同點，唯一的相通之處就是兩人都不用通俗的語言寫作：卡萊爾有意識地破壞自然的語序，運用古代詞彙，創造了一種奇特的散文風格；蒲松齡則在白話小說佔據絕對優勢的時候，重新操起文言文與駢文做工具。」參見張弘：《中國文學在英國》（廣州市：花城出版社，1992年），頁211-212。而王麗娜則說：「翟理思把蒲松齡與卡萊爾相比，可見他對《聊齋志異》的深刻理解。」參見《中國古典小說戲曲名著在國外》（上海市：學林出版社，1988年），頁215。

才可以還原其本來的面貌。」[59]而關於第二點，唐文中有云：「今觀留仙所著，其論斷大義，皆本於賞善罰淫與安義命之旨，足以開物而成務」。翟理斯對此亦表贊成，「其中的故事除了在風格和情節上的優點以外，它們還包含著很傑出的道德。其中多數故事的目的——用唐夢賚的話來說——就是『賞善罰淫』，而這一定是產生於中國人的意識，而不是根據歐洲人關於這個問題的解釋而得到的。」翟理斯還強調了該作品的「文人化」特徵，說他在中國從未看到一個受教育程度比較低的人手裡拿著一本《聊齋志異》。他也不同意梅輝立的「看門的門房、歇晌的船夫、閒時的轎夫，都對《聊齋》中完美敘述的奇異故事津津樂道」[60]的論調。雖然《聊齋志異》的故事源於民間，但是經過蒲松齡的加工後，它並不是一本易懂的民間讀物，而這一點恐怕也會成為英語世界的讀者接受的障礙。因此，翟理斯一再表明：「作為對於中國民間文學知識的一種補充，以及作為對於中國人的風俗禮儀、習慣以及社會生活的一種指導，我所譯的《聊齋》可能不是完全缺乏趣味的。」[61]

綜上，翟理斯對於《聊齋志異》的譯介主要立足於兩個基點。一是通過這部作品大量介紹關於中國的風俗、禮儀、習慣；二是基於對《聊齋志異》「文人化」創作傾向的認同。[62]正是這兩點的結合，促使

---

59 H. A. Giles, *Strange Stories from a Chinese Studio*, Vol, I (London: Thos. De La Rue & CO. 1880), Introuduction xxi.

60 H. A. Giles, *Strange Stories from a Chinese Studio*, Vol, I (London: Thos. De La Rue & CO. 1880), Introuduction xxi.

61 H. A. Giles, *Strange Stories from a Chinese Studio*, Vol, I (London: Thos. De La Rue & CO. 1880), Introuduction xxi.

62 在一九〇八年重版本的「序言」裡，有意識地將《聊齋志異》與西方文學作品比較：「蒲松齡的《聊齋志異》，正如英語社會中流行的《天方夜譚》，兩個世紀來在中國社會裡廣泛流傳，人所熟知。」「蒲松齡的作品發展並豐富了中國的諷喻文學，在西方，唯有卡萊爾的風格可同蒲松齡相比較。」「《聊齋志異》對於瞭解遼闊的天朝中國的社會生活、風俗習慣，是一種指南。」

了翟理斯將其作為自己譯介的對象。這樣的立足點與其時歐洲讀者對
於中國文化、文學了解的狀況也恰好相對應，因此受到了讀者的青睞。

　　一八八二年，翟理斯在《中國評論》（The China Review）上發表
了一篇題為〈巴爾福先生的莊子〉（Mr. Balfour's "Chuang Tsze"）的文
章，評論當時著名漢學家巴爾福所翻譯的《南華真經》（The Divine
classic of Nan-hua, 1881）。[63]開篇就說，「《南華真經》被翻譯成一些
蹩腳的三流小說，而不是中國語言中非凡卓越的哲學論著之一，我應
該很樂意將上述提到的翻譯者和評論者默默放在一起。正由於如此，
我冒昧地出現在備受爭議的舞臺上。……後世的漢學家們絕不會斷
言，巴爾福先生的莊子翻譯被一八八二年頭腦簡單的學生溫順地接受
了。」[64]翟理斯批評巴爾福對於莊子著作中的一些核心概念的翻譯很
拙劣，並針對一些句子的翻譯，例舉巴爾福的譯文與中文原著，以及
他自己認為正確的翻譯。可以說，翟理斯通過對巴爾福翻譯的考察與
批評，初步嘗試了對莊子著作的譯介。因而，他才有文中如此一段表
述：「然而，儘管在這篇文章中提出了一些問題，但巴爾福先生翻譯的
準確性大體上是經得起檢驗的。我個人沒有任何理由不感謝巴爾福先
生翻譯《南華真經》所做出的貢獻。他的努力，也激發了我將從頭到
尾地去閱讀莊子的著作，這是我在以前從來沒有想過要這樣做的。」[65]

　　一八八九年，第一個英語全譯本《莊子：神秘主義者、道德家、
社會改革家》（Chuang Tzu, Mystic, Moralist, and Social Reformer）出
版，正如翟理斯所說的那樣，在理雅各博士的儒家經典之外，他發現
了另一片天地。《莊子》一書可以看作翟理斯對於兩個領域的重視，

63　巴爾福（Frederic Henry Balfour, 1846-1909）從一八七九年至一八八一年在《中國評
論》第八、九、十期上發表了英譯〈太上感應篇〉、《清靜經》、《陰符經》等。其譯
著作為單行本在倫敦和上海出版的有《南華真經》和《道教經典》（1884）。

64　*The China Review, or Notes and Queries on Far East*, 11.1(Jul. 1882): 1.

65　*The China Review, or Notes and Queries on Far East*, 11.1(Jul. 1882): 4.

即道家思想與文學性。也就是說，《莊子》之所以受到翟理斯的推崇，主要是因為莊子瑰麗的文風以及在這種文風中所體現出來的玄妙的哲學思想：「……但是莊子為子孫後代們留下了一部作品，由於其瑰麗奇譎的文字，因此佔據了最重要的位置」。[66]

　　翟理斯專門邀請當時任教於牛津大學摩德林學院與基布林學院的哲學導師奧布里・莫爾（Aubrey Moore），對《莊子》的一到七章即內篇進行哲學解讀。奧布里・莫爾在自己的論文中提出，「試圖在東西方之間找出思想與推理的類同，可能對於雙方來說都是有用的。這種努力可以激發那些真正有能力在比較中理解兩者概念的人們，來告訴我們哪些類同是真實存在的，哪些類同只是表面的。同時這種努力也可能幫助普通讀者，習慣於去尋找和期待不同系統中的相似之處。而這兩種系統在早年的人們看來，只有存在差異，沒有類同。」[67]曾經有一段時間，希臘哲學的歷史學者過去常常指出哪些東西可以被認定為希臘思想的特徵，同時將那麼不契合這些特徵的任何思想，都貶低地稱為「東方的影響」。他指出，這種西方固有的偏見，直到一八六一年理雅各向英國介紹一系列以孔子為主的儒家著作，才開始有所鬆動。

　　奧布里・莫爾在文章中，也說「在不考慮兩者之間是否有任何的盜版或抄襲他人作品的情況下，我們可以在莊子和一個偉大的希臘思想家之間，指出一些相似之處。」[68]他先是介紹了西方哲學傳統中的「相對論」（relativity），接著說莊子的「對立面」（antithesis）包含於「一」（the One）之中，詳細闡述莊子與赫拉克利特的比較：「莊子是一個理想主義者和神秘主義者，有著所有理想主義者對實用體系的憎

66　H. A. Giles, *Chuang Tzu, Mystic, Moralist and Social Reformer* (London: Bernard Quaritch. 1889).

67　H. A. Giles, *Chuang Tzu: Taoist philosopher and Chinese mystic*, p. 19.

68　H. A. Giles, *Chuang Tzu: Taoist philosopher and Chinese mystic*, p. 20.

惡,也有著神秘主義者對一種生活作為純粹外在活動的蔑視。……我
們接觸到了莊子神秘主義所構成之物。赫拉克利特並非一個神秘主義
者,但他卻是一個悠久傳統的創立者。這個神秘主義傳統歷經柏拉
圖,九世紀的艾羅帕齊特人狄奧尼西和蘇格蘭人約翰,十三世紀的梅
斯特‧埃克哈特,十六世紀的雅各布‧伯麥,一直到黑格爾。」[69]

在《莊子》一書的說明中,翟理斯全文翻譯了司馬遷《史記》
〈老子韓非列傳〉中莊子的傳記。為了說明莊子的思想,翟理斯簡要
介紹了老子的主要思想——「道」、「無為」,「老子的理想主義已經體
現在他詩歌的靈魂中了,而且他試圖阻止人類物欲橫流的趨勢。……
但是,顯然他失敗了,『無為』的思想無法使主張實用性的中國人接
受。」[70]辜鴻銘曾經評價翟理斯「擁有文學天賦:能寫非常流暢的英
文。但另一方面,翟理斯博士又缺乏哲學家的洞察力,有時甚至還缺
乏普通常識。他能夠翻譯中國的句文,卻不能理解和闡釋中國思
想。」[71]當然,不可否認的是,翟理斯在漢學造詣的深度上與法國的
漢學家相比,的確存在不少差距,但他的重點在於向英國人或者英語
世界的讀者普及與中國相關的諸種文化知識。這是翟理斯漢學成果的
主要特徵,但卻並不能因此否認其對於中國思想的理解力。事實上,
辜鴻銘所做的評論乃是針對翟理斯關於《論語》中的一則翻譯而言
的。而據筆者考察其關於《莊子》的譯介,可以發現,對於莊子的思
想,翟理斯的理解存在誤讀的現象還是比較少的。除了對莊子文風的

---

69 H. A. Giles, *Chuang Tz: Taoist philosopher and Chinese mystic*, p. 23. 王爾德正是借助
翟理斯譯本中奧布里‧莫爾的論文,把握住了莊子思想的要旨,如其中的對立統一
的辯證法思想,以及其中的理想主義與神秘主義色彩,而成為其唯美主義思想的域
外資源。

70 H. A. Giles, *Chuang Tzu, Mystic, Moralist and Social Reformer* (London: Bernard
Quaritch. 1889), introduction.

71 辜鴻銘著,黃興濤、宋小慶譯:《中國人的精神》(海口市:海南出版社,1996
年),頁121-122。

認同外，對於道家思想（如對於上文所述之老子思想）尤其是《莊子》中所體現出來的哲學思想已經有了較深入而準確的認識：「莊子尤其強調自然的情操而反對人為的東西。馬和牛擁有四隻腳，這是自然的。而將韁繩套在馬的頭上，用繩子牽著牛鼻子，這便是人為了。」[72]因此，在翟理斯看來，「《莊子》也是一部充滿著原始思想的作品。作者似乎主要認同一位大師（指老子——筆者注）的主要思想，但他也設法進一步發展了這種思想，並且將自己的思考所得放進其中，他的這種思考是老子未曾考慮到的。」[73]翟理斯對於老子的《道德經》的真偽問題始終存在著疑問，但是對於《莊子》以及道家在中國社會中所佔的地位以及所起的作用卻認識得很到位：

> 莊子，在幾個世紀以來，他的確已經被定位為一位異端作家了。他的工作就是反對孔子所提倡的物質主義並訴諸具體化的行動。在此過程中他一點都不吝惜自己的措詞。……詞語的華麗與活力已然是一種受到承認的事實了。他也一直被收錄於一本大規模的辭典《康熙字典》中。……但是，了解莊子哲學卻無法幫助那些參加科考的讀書人走上仕途。因此，主要是年紀稍大的人才學習莊子的哲學，他們往往已經賦閒或者是仕途受挫。他們都渴望一種可以超越死亡的宗教，希冀在書頁中可以找到慰藉，用以反抗現存煩惱的世界，期望另一個新的更好的世界的到來。[74]

---

72 H. A. Giles, *China and Chinese* (New York and Landon: D. Appleton and company, 1923), p. 60.

73 H. A. Giles, *Chuang Tzu, Mystic, Moralist and Social Reformer* (London: Bernard Quaritch, 1889), introduction ix.

74 H. A. Giles, *Chuang Tzu, Mystic, Moralist and Social Reformer* (London: Bernard Quaritch. 1889), introduction xiv-xv.

　　對於《莊子》的版本以及《莊子》的注釋，翟理斯在翻譯過程中亦有所思考。因此他引用了《世說新語》中說法，認為「郭象竊取了向秀的成果。向秀的莊子注已有出版，因此與郭象的莊子注一起流通，但是後來，向秀的注釋的本子失傳了，而只剩下郭象的本子。」[75]並於眾多的莊子注釋中選出了六種供歐洲讀者參考。對於那些各家注釋不一的地方，翟理斯說自己則「返回莊子所說的『自然之光』」[76]，從原典中找尋其中所要表達的真實內涵。這就是說，在對《莊子》進行譯介的過程中，翟理斯下了一番苦功夫，並介紹了中國學者關於《莊子》內外篇的說法，認為「內篇」相對而言比較神秘，而「外篇」則比較通俗易懂。和「雜篇」相比，「外篇」具有一個較為統一易理解的思想內涵；而「雜篇」則包含了一連串截然相反且晦澀難懂的各種思想。「一般認為，『內篇』皆由莊子獨立完成，但是，其他大多數章節顯然都含有『他人』的跡象。」[77]翟理斯選取了《莊子》的三十三篇譯成英語，並在英國頗受歡迎，成為當時英國人認識中國文學與文化的一個橋樑。王爾德正是通過翟理斯的譯本得以了解道家思想並與之產生共鳴的。[78]而毛姆在翟理斯的譯本中也找尋到了自己的心靈契合點：

　　　　我拿起翟理斯教授的關於莊子的書。因為莊子是位個人主義者，僵硬的儒家學者對他皺眉，那個時候他們把中國可悲的衰

---

75 H. A. Giles, *Chuang Tzu, Mystic, Moralist and Social Reformer (Londo*n: Bernard Quaritch. 1889), introduction xii.

76 H. A. Giles, *Chuang Tzu, Mystic, Moralist and Social Reformer (Londo*n: Bernard Quaritch. 1889), introduction xiii.

77 H. A. Giles, *Chuang Tzu, Mystic, Moralist and Social Reformer (Londo*n: Bernard Quaritch, 1889), introduction xiv.

78 可參閱本書第三章第二小節第四部分「奧斯卡·王爾德對道家思想的心儀與認同」的詳盡闡述。

微歸咎於個人主義。他的書是很好的讀物，尤其下雨天最為適
宜。讀他的書常常不需費很大的勁，即可達到思想的交流，你
自己的思想也隨著他遨遊起來。[79]

雖然翟理斯對《莊子》瑰麗的文風讚賞有加，但這種青睞更多的
是源於對中國社會「儒、釋、道」三家思想的關注。正因為此，翟理
斯在此後也完成了一系列介紹中國社會各種哲學思想（在某些時候這
些哲學思想也被稱為某種宗教）的書籍，這方面的著作除了上文所述
及的《佛國記》外，還有《中國古代宗教》（*Religions of Ancient China,*
1905）、《孔子及其對手》（*Confunism and its rivals,* 1915）等。

總而言之，上述《聊齋志異選》與《莊子》選譯本這兩部著作，
是翟理斯對於中國文學的譯介中最具代表性的且較完整的兩部文學作
品。當然，從兩部著作的具體譯介情況看，翟理斯並非完全基於兩部
作品的文學性而選譯的。通過《聊齋志異選》的譯介，英語讀者可以
從中了解大量的風俗禮儀；而《莊子》的譯介也在很大程度源之於翟
理斯對於中國社會各種思想的關注。也就是說，兩部作品的文學價值
與文獻價值共同促成了翟理斯的選擇。

一八八四年，翟理斯譯著的《中國文學瑰寶》（*Gems of Chinese
Literature*）由倫敦伯納德夸里奇出版公司與上海別發洋行分別出版，
一卷本，一八九八年重版。[80] 至此，翟理斯已經開始全面關注中國文
學：「對於英語讀者來說，想要尋找可以藉以了解中國總體文學的作
品，哪怕只是一點點，都只是徒勞。理雅各博士確實使儒家經典變得

79　W. S. Maugham, *On a Chinese Screen* (London: Heinemann, 1922), p. 95. 相關討論參閱
　　本書第五章第四節「『中國畫屏』上的景象：毛姆作品裡的中國形象」部分內容。

80　一九二二至一九二三年，這兩家出版商又分別出版了修訂增補本，分上下兩卷。上
　　卷為中國古典散文的選譯與評介，與原一卷本之內容基本相同。下卷為中國古典詩
　　詞之選譯與評介，乃新增部分。此二卷本一九六五年由美國紐約帕拉岡書局重印，
　　在歐美有較大影響。

唾手可得，但是作家作品領域卻依舊是一塊廣袤的處女地，亟待得到充分的開發。」因此，翟理斯「選擇了歷史上最著名作家的一部分作品向英語讀者來展示，這些作品得到了時間的認可。」這的確是「在新方向上的一次冒險」。[81]在這部譯著中，翟理斯基本上按照歷史的時間順序分別介紹了從先秦至明末的共五十二位作者及其一〇九篇作品。此外，該書亦附有一篇中文的序，是由辜鴻銘介紹的一位福州舉人粘雲鼎撰寫的：

> 余習中華語，因得縱觀其古今書籍，於今蓋十有六載矣。今不揣固陋，采古文數篇，譯之英文，以使本國士人誦習。觀斯集者，應亦怳然於中國文教之振興，辭章之懿鑠，迴非吾國往日之文身斷髮、茹毛飲血者所能彷彿其萬一也。是為序。歲在癸末春孟翟理思耀山氏識。

可以說，翟理斯是第一個對中國總體文學進行觀照的英國漢學家。這裡的總體文學更主要的是指一種縱向歷史上的脈絡。

如果說《古文選珍》是翟理斯對於中國文學散文的一種總體概述的話，那麼一八九八年《古今詩選》（*Chinese Poetry in English Verse*）的出版則是他在詩歌領域的首次嘗試。這部詩選所涉及的時間範圍與《古文選珍》類似，上迄先秦，下至清朝。既有《詩經》選譯，亦包括清代趙翼等人的詩歌。在該書卷首附有作者自己所撰寫的一首小詩：「花之國，請原諒我從你閃閃發亮詩歌寶庫中攫取了這些片段，並且將它們改變後結集為一本書。」[82]在這首小詩中，翟理斯表達了

---

81 H. A. Giles, *Gems of Chinese Literature* (London: Bernard Quaritch), 15, Piccadilly. (Shanghai: Kelly & Walsh, 1884), preface.

82 H. A. Giles, *Chinese Poetry in English Verse* (London: Bernard Quaritch) (Shanghai: Kelly & Walsh, 1898).

自己對於中國詩歌翻譯現狀的不滿，詩歌這種體裁在中國像珍寶一樣閃耀著光芒，但「庸俗的眼光」卻遮擋了這種光芒，只有耐心的學人才可以在「迷宮般語言的引導中領會這種光彩。」[83] 選入這本集子中的詩人共有一〇二人，其中包括被認為在中國傳統文學史上佔有重要地位的文人，如張籍、張九齡、韓愈、賀知章、黃庭堅、李白、李商隱、孟浩然、歐陽修、鮑照、白居易、蒲松齡、邵雍、蘇軾、宋玉、岑參、杜甫、杜牧、王安石、王維、王勃、元稹、韋應物、袁枚、趙翼等等。由此可見，翟理斯所選作家有較大的涵蓋面，但所選譯的詩作也並非完全為大家所公認的經典。

　　《古文選珍》與《古今詩選》兩本譯著的完成說明翟理斯對於中國文學的總體面貌已經有了較為全面的了解。事實上，在《古今詩選》完成之前，翟理斯先後完成了《華英字典》（*Chinese-English Dictionary,* 1892）、《古今姓氏族譜》（*A Chinese Biographical Dictionary,* 1893）、《劍橋大學圖書館威妥瑪文庫漢、滿文書目錄》（*Catalogue of the Wade Collection of Chinese and Manchu Books in the Library of the University of Cambridge,* 1898）等三本具備工具書性質的著述，這對於學習漢學的歐洲讀者來說具有很強的實用性。關於《華英字典》與《古今姓氏族譜》二書，翟理斯如是說：「從一八六七年算起，我主要有兩大抱負：（1）幫助人們更容易、更正確地掌握漢語（包括書面語和口語），並為此做出貢獻；（2）激發人們對中國文學、歷史、宗教、藝術、哲學、習慣和風俗的更廣泛和更深刻的興趣。如果要說我為實現第一個抱負取得過什麼成績的話，那就是我所編撰的《華英字典》和《古今姓氏族譜》。」[84] 的確，這兩本字典性質

83　H. A. Giles, *Chinese Poetry in English Verse* (London: Bernard Quaritch) (Shanghai: Kelly & Walsh, 1898).

84　H. A. Giles, *Autobibliographical, etc.*, Add. MS. 8964 (1). (Cambridge University Library), p. 173. 轉引自王紹祥：《西方漢學界的「公敵」──翟理斯（1845-1935）研究》（福州市：福建師範大學博士論文，2005年）。

的工具書在容量上可謂居翟理斯所有著作之首，其中凝結著翟理斯的許多心血。雖然正如翟理斯自己所言，這兩部書籍的目的是為了使人們掌握漢語，但《古今姓氏族譜》的性質與《華英字典》卻並不完全相同。在《古今姓氏族譜》中，翟理斯列舉了中國歷史及傳說中的各類人物共二五七九條，其中不乏文學家，如屈原、曹植、嵇康、阮籍、王維、李白、杜甫、韓愈、白居易、歐陽修、黃庭堅、羅貫中、施耐庵、蒲松齡、曹雪芹等。此外，與文學相關的人物還包括一些古代的文學批評家如蕭統及其《文選》等。憑藉這部著作，翟理斯也獲得了歐洲漢學界的「儒蓮獎」。事實上，翟理斯主要選取了這些人物最為人所熟知的事蹟進行介紹，這主要是一些膾炙人口的小故事等，這些故事或出於正史，或出於野史與民間傳說，標準並不統一。

　　另外，一八八五年，翟理斯譯《紅樓夢，通常稱為紅樓之夢》（ *The Hung Lou Meng, commonly called The Dream of the Red Chamber* ），載於上海刊行的皇家亞洲文會北中國支會會報（Journal of the North China Branch of the Royal Asiatic Society）新卷二十第一期。皇家亞洲文會北中國支會為近代外僑在上海建立的一個重要文化機構，在中西文化交流過程中做出了突出貢獻。[85]一八九八年，其所著《華人傳記辭典》（ *A Chinese Biographical Dictionary* ）由上海別發洋行（Kelly & Walsh）刊行。上文已提及的《劍橋大學所藏漢文、滿文書籍目錄》則是翟理斯在繼威妥瑪任劍橋大學漢學教授之後所作。事實上，劍橋大學設置漢學教授這一職位的初衷主要是為了妥善管理威妥瑪捐贈給劍橋大學的這批書籍，因此，翟理斯在接觸到這些書籍

85　一八五七年九月二十四日，寓滬英美外僑裨治文（E. C. Bridgman）、艾約瑟（J. Edkins）、衛三畏（S. W. William）、雒魏林（W. Lockhart）等人組建了上海文理學會。次年，加盟英國皇家亞洲文會，遂更名為「皇家亞洲文會北中國支會」：「所以名為北中國支會者，係立於香港的地位觀之，上海居於北方故也。」（胡道靜：《上海博物院史略》，《上海研究資料續集》〔上海市：上海書店出版社，1993年〕，民國叢書第四編，第81輯，頁393。）

後，便列出了這批書籍的目錄。這些書目不論是對學習漢學的劍橋大學學生，還是對於國內學界而言，都具有很重要的文獻價值。並且，對於了解這一時期的英國漢學水準也具有相當大的參考價值。

四　其他漢學家譯介中國文學

除以上幾位著名的漢學家外，英國其他漢學家也在譯介中國文學方面，貢獻多多。茲簡要例舉如下：

一八〇七年九月，倫敦會傳教士羅伯特·馬禮遜（Robert Morrison, 1782-1834）到達廣州，成為進入中國的第一位基督教新教傳教士。馬禮遜在中國從事的重要工作是用中文翻譯《聖經》，使得基督教經典得以完整地介紹到中國。同時，馬禮遜還編撰完成《華英字典》，收入漢字四萬多個，是當時最完備的一部中西文字交流大典，對中英文化交流起了重大作用。馬禮遜又編寫了英文版的《漢語語法》和《廣東土話字彙》。一八一二年，馬禮遜翻譯的《中國之鐘：中國通俗文學選譯》（*Horae Sinicae: Translations from the Popular Literature of the Chinese*）由倫敦Black ＆ Parry公司出版，其中包括《三字經》（*A Translation of San Tsi King; the Three-character Classic*）、《大學》（*Ta Hio; The First of the Four Books*）、《三教源流》（*Account of Foe, the Deified Founder of a Chinese Sect*）、《孝經》（*Extract from Ho-kiang.A Paraphrase on the Sun-yu*）、《太上老君》（*Account of the Sect Tao-szu. From "The Rise and Progress of the Three Sects"*）、《戒食牛肉歌》（*A Discourse Dehorting from Eating Beef, Delivered under the Person of an Ox*）及出處不詳的*Specimens of Epistolary Correspondence, From A Poupular Chinese Collection*等英文節譯。一八二四年，馬禮遜回英國休假，帶有他千方百計搜集到的一萬餘冊漢文圖書，後來全部捐給倫敦大學圖書館，為後來倫敦大學的漢學研究打下了基礎。一八

三四年，馬禮遜病逝，留下遺囑，將個人的圖書捐贈給倫敦大學學院（University College, London），條件是對方五年內要設立漢學講座。一八三七年，倫敦大學學院請到了麻六甲英華書院院長喜迪牧師（Samuel Kidd, 1804-1843）為教授，開設漢學講座（1837-1842）。

　　一八二一年，倫敦J. Murray出版社出版斯當東爵士（Sir George Thomas Staunton, 1781-1859）翻譯圖理琛的《異域錄》（*Narrative of the Chinese Embassy to the Khan of the Tourgouth Tartars, in the years* 1712, 13, 14, & 15）。該書的附錄二中收有《竇娥冤》（*The Student's Daughter Renvenged*）的梗概介紹、《劉備招親》人物表、《王月英元夜留鞋記》（*Leaving A Slipper, On The New Moon*）的劇中人物表和劇本梗概、元代劇作家關漢卿的《望江亭》（*Curing Fish On The Banks Of The River In Autumn*）的劇中人物表及其故事梗概。

　　一八二四年，澳門英國東印度公司印刷並於倫敦出版了湯姆斯（Peter Perring Thoms, fl. 1814-1851）首次翻譯的《花箋記》（*Chinese Courtship*）。[86]《花箋記》是明末時期嶺南地區產生的說唱文學中的彈詞作品，主要描寫吳江縣才子梁芳洲（字亦滄）和楊瑤仙（字淑姬）、劉玉卿之間的愛情故事，稱得上中國古代優秀的描寫愛情的長篇文學作品，時曰「第八才子書」，與《西廂記》並列，藝術成就較高。湯姆斯譯本[87]分為五卷六十節，每頁上半部為中文豎排原文，下

86 Peter Perring Thoms, *Chinese courtship in verse* (London: Published by Parbury), Allen, and Kingsbury, Leadenhall-street. Macao (China: Printed at The Honorable East Indian Company`s Press, 1824.)

87 湯姆斯譯本一經出版立刻在西方引起了巨大的反響，德國著名文學家歌德一八二七年在他主辦的《藝術與古代》第六卷第一冊上發表了四首「中國詩」，標題為：〈薛瑤英小姐〉、〈梅妃小姐〉、〈馮小憐小姐〉和〈開元〉。據歌德自己的說明和國內外學者考證，這些詩是歌德讀了湯姆斯英譯的《花箋記》，依據附錄的《百美新詠》仿作的。而且，歌德首次闡明「世界文學」概念恰恰就是在他從魏瑪圖書館借出《花箋記》、接觸到「中國女詩人」的前後。可以說，湯姆斯譯本在中外文學交流史上有著其獨特的貢獻。

半部對應橫排英文翻譯，語序皆為從左到右。另附序言一篇和《百美新詠》[88]中四首美人詩的翻譯，另外還雜錄了有關中國賦稅、政府收入、軍隊分佈等情報資料。湯姆斯在此譯本的序言中，通過他翻譯實踐中的感受和他了解的中國文學知識，比較系統地論述了中國詩歌的風格特色、形式特徵、發展歷史和具有代表性的歐洲學者對中國詩歌的研究和翻譯。序言的註腳部分則翻譯了朱熹《詩經集傳》的序言部分，作為對法國漢學家杜赫德（Jean Baptiste du Halde, 1674-1743）譯介《詩經》時一些錯誤評論的反駁。通過譯本序言，我們可知湯姆斯翻譯《花箋記》的一個重要原因即為了「嘗試讓歐洲人改變對中國詩歌的一些錯誤看法」（*"Chinese Courtship"* Ⅲ），因為「雖然我們寫了很多有關中國的文章，但是他們的詩歌幾乎無人理會」，這與前述德庇時譯介中國文學的動因相似。也與其他漢學家一樣，湯姆斯有意識地採用了中西比較的方式從多方面解讀中國詩歌的藝術形式，因而成為中西詩學比較研究的早期探索者之一。比如，湯姆斯初步解釋了中國詩歌中缺失史詩的原因：一是「中國詩歌缺乏古希臘羅馬式的崇高和西方對神靈（上帝）的尊崇」（*"Chinese Courtship"* Ⅲ）；二是雖然中國人擅長寫詩，在做詩時充分的發揮了才能和創造力，但是卻拘泥於古時留下的規範。這個規範中「短句描寫」的形式——「中國人寫詩時喜歡對事物進行暗示，而不是詳細的描寫」限制了作品的篇幅（*"Chinese Courtship"* Ⅳ）。關於這兩點湯姆斯在第四段的末尾再次進行了總結：「從敘述的角度來看，中國詩歌通常沒有很長的篇幅，這樣的篇幅使中國人通常沉湎於其中並盡情發揮了他們的天分。中國人不偏愛豐茂和崇高的理念（如《聖經》裡表現的），但這卻是其他民族擁有的。概括地說，其他民族和中國人相比創造力不足，但卻擁有

88　《百美新詠》，全稱《百美新詠圖傳》。乾隆三十二年（1767年）版。廣州中山圖書館現存版本為嘉慶十年（1805年）刻本，封面印有「百美新詠圖傳，集腋軒藏版，袁簡齋先生鑒定」。

多樣的意象,莊嚴的思想和大膽的隱喻」("*Chinese Courtship*" **V**)。湯姆斯也區別了中國幾類詩歌在形式上的差別,總結了中國詩歌的字數、押韻和對仗,漢語的四聲和平仄。儘管湯姆斯的某些論說不夠精確,但作為早期嘗試著全面研究中國詩歌的西方學者,這些探索是彌足珍貴的直觀感受。另外,湯姆斯還通過旁徵博引中西方文獻來說明中國詩歌的特點,清晰地勾勒出了中國詩歌的歷史軌跡。對一些具有代表性的歐洲學者對中國詩歌的翻譯,湯姆斯也做出了中肯的評價。比如他認為法國漢學家杜赫德(Jean Baptiste du Halde, 1674-1743)在對《詩經》進行翻譯時:「他的翻譯風格過於散漫而不能傳達出原作的生機」("*Chinese Courtship*" **XII- XIII**)。這些批評表現了湯姆斯在翻譯中國詩歌時採用的翻譯策略:在結構和內容上儘量忠於原作。就像他在序言結尾時強調的那樣:「作為一本描寫戀愛的作品(《花箋記》),翻譯者希望在正文和注解中傳達給讀者的是儘量保留了原作意蘊的文本」("*Chinese Courtship*" **XIII**)。小而言之,湯姆斯的《花箋記》英譯本在十九世紀初的世界浪潮中,向海外讀者詳細的介紹了中國詩歌,而且對於塑造西方人心目中的中國形象亦發揮了重要作用。[89]另外,湯姆斯還翻譯了《今古奇觀》中《宋金郎團圓破氈笠》、《花箋記》、《三國志》中有關董卓和曹植的故事以及《博古圖》等,並完成了〈中國皇帝和英國女王〉、〈中國早期歷史〉和〈孔子的生平和作品〉等有關中國的文章。

　　一八四〇年,英國《亞洲雜誌》第二期(*Asiatic Journal*, Ser. II)刊登〈中國詩作:選自《琵琶記》〉(*Chinese Poetry: Extracts from the Pe Pa Ke*),為中國元末明初著名戲曲家高則誠《琵琶記》最早之英文選譯本。

　　一八四二年,英國駐中國寧波領事館領事羅伯特‧湯姆(Robert

---

89 以上可參見蔡乾:〈初譯《花箋記》序言研究〉,《蘭臺世界》2013年第6期。

Thom）所譯《紅樓之夢》（*The Dreams of the Red Chamber*），載於寧波出版的《中國話》（*The Chinese Speaker*）上。將《紅樓夢》第六回的片段文字譯成英文，逐字逐句直譯，是為在華外國人學習中文之用。此為《紅樓夢》之最早介紹給西文讀者。

一八四九年，張國賓的元雜劇《合汗衫》被S. W. William譯成英文*Compared Tunic. A Drama in Four Acts*，發表於該年三月出版的英文雜誌《中國叢報》第十八卷第三期（*Chinese Repository*, Vol. XVIII No. III），譯文前附有介紹文字。

一八五二年，英國來華傳教士艾約瑟（J. Edkins, 1823-1905）所著《漢語對話》（*Chinese Conversations,translated from native*）在上海出版，內收他本人節譯的《琵琶記》之〈借靴〉一節，題名為*Borrowed Boots*。

一八六七年，英國漢學家偉烈亞力（Alexander Wylie, 1815-1887）所著《中國文獻紀略》（*Notes on Chinese Literature*）在上海出版，這是英國人編寫的第一部中國圖書目錄學著作。該著敘錄約兩千種中文著作，分為「經典」、「歷史」、「哲學」、「純文學」四門類。該著對中國文學發展史亦有簡要敘述。

一八六八年，供職於中國海關的波拉（Edward Charles Bowra, 1841-1874）將《紅樓夢》前八回譯成英文，書名譯為*The Dream of the Red Chambe*，連載於上海出版的《中國雜誌》（*The China Magazine*），一八六八年耶誕節號與一八六九年卷。

一八六九年，亞歷山大‧羅伯特（Robert Alexander）翻譯的五幕戲《貂蟬：一齣中國戲》（*Teaou-Shin: A Drama From The Chinese*）由倫敦蘭肯和公司（Ranken and Company）、杜瑞樓（Drury House）和聖瑪麗樂東街（ST. Mary-Le-Strand）出版。

香港出版的《中國評論》（*The China Review, or notes & queries on the Far East*）第一卷第一至四期（一八七二年七、九、十一月，一八

七三年二月）上連載了署名H.S.的譯者英譯的《中國巨人歷險記》（*The Adventures of a Chinese Giant*）。該譯文一共分為二十一章，但其內容並非節譯《水滸傳》的前二十一回，而是將《水滸傳》從「第二回　史大郎夜走華陰縣　魯提轄拳打鎮關西」開始到第一一九回「魯智深浙江坐化　宋公明衣錦還鄉」之間與魯達（魯智深）相關的內容融合在一起。為了保持故事的完整性，譯者還自行增加了一些介紹與總結文字。

　　一八七六年，英國漢學家司登得（斯坦特，G.C.Stent, 1833-1884）節譯的《孔明的一生》（*Brief Sketches from the Life of Kung Ming*），相繼連載於《中國評論》第五至八卷。內容即是《三國演義》中描寫的諸葛亮一生的故事。譯者在此譯文之前附有序言：中國自古以來的官吏或將領很少有像孔明這樣普遍被崇敬，他聰明、忠實、勇敢、機智，他的名字成為優良品德的代稱，他的軍事學一直到今天仍具有參考價值。

　　一八七九年，《中國評論》第二卷發表了帕爾克翻譯的〈離騷〉，英文意譯的標題是〈別離之憂〉。譯文對屈原這首最重要的長詩沒有作任何介紹說明，也沒有注解與評釋。這是楚辭第一次被介紹到英國，譯者運用了維多利亞式節奏性極強的格律詩形式。

　　一八八三年，大英博物館漢文藏書部專家道格拉斯（R. K. Douglus, 1838-1913）翻譯的《中國故事集》（*Chinese Stories*）由愛丁堡與倫敦布萊克伍德父子公司（W. Black Wood and Sons）出版。該譯本共三百四十八頁，包含一篇序言，十篇小說，兩首詩歌。其中有「三言二拍」中的四篇譯文。在序言中，道格拉斯把中國的小說分成兩類：歷史小說和社會小說。反叛、戰爭和朝代更替把中國的悠久歷史被分成幾個階段，這就為歷史小說提供了現成的故事情節。小說家引入對話的要素，運用想像力，使中國小說更精巧、多樣化。道格拉斯認為最成功的中國歷史小說是羅貫中的《三國演義》，指出羅貫

中利用歷史素材與無與倫比的寫作技巧，為我們呈現了一幅色彩斑爛、奇蹟怪兆不斷的畫面。道格拉斯還在比較視野裡談及了中國人對戰爭的看法：像古巴比倫人一樣，中國人也把戰爭看做是不文明的成就。浪漫詩人們避開戰鬥和流血以及恐怖貪婪的爭吵，而西方作家卻沉溺其中。西方國家裡的士兵可以成為深得人心的英雄，但在中國，軍人的英勇並不能贏得人們的掌聲。在中國人眼中，科舉考試裏中狀元、能引經據典的人才是標準的英雄。道格拉斯原為駐華外交官，後任倫敦大學中文教授（1903-1908），對英國漢學目錄學的建設有過突出貢獻。

一八八九年十一月出版的《中國評論》第十八卷第三期上就已經刊登了鄧羅的 The Death of Sun Tse（孫策）（中譯為〈孫策之死〉）一文，經考察乃是譯自《三國演義》第二十九回「小霸王怒斬於吉，碧眼兒坐領江東」中與孫策死亡相關的部分，譯文與原文幾乎一一對應，毫無遺漏。鄧羅又在一八九〇年九月出版的《中國評論》第十九卷第二期的 "Notes and Queries" 欄目中發表了 Conjuring 一文，經考察乃是譯自《三國演義》第六十八回「甘寧百騎劫魏營，左慈擲杯戲曹操」中與左慈相關的內容。再後，鄧羅又在一八九〇年十一月出版的《中國評論》第十九卷第三期上發表了 The San-Kuo 一文，簡要介紹了《三國演義》內容概要（Gist of The Narrative）、人物（The Characters）、軍隊與戰爭（Battles and Armies）、作戰方法與戰略（Methods of Warfare and Strategy）、《三國演義》的文體風格（The Style of the San Kuo）等。鄧羅譯〈深謀的計策與愛情的一幕〉（A Deep-laid plot and a love Scene from the San Kuo），這篇譯文乃是節譯自《三國演義》第八回「王司徒巧使連環計，董太師大鬧鳳儀亭」，發表在一八九二年出版的 The China Review, or Notes & Queries on the Far East（《中國評論》）第二十卷第一期第三十三至三十五頁。

一八九二年，英國駐澳門副領事裘里（H.Bencraft Joly）譯《紅樓夢》（*Hung Lou Meng; or The Dream of the Red Chamber, A Chinese Novel*）第一冊，由香港凱來及華希公司出版，共三七八頁，附有一八九一年九月一日序。該譯本第二冊，共五三八頁，商務排印局一八九三年澳門出版。系將《紅樓夢》前五十六回譯為英文。裘里的譯文並不出色，然而，他是第一個完整地翻譯《紅樓夢》五十六回書的人。

一八九五年，上海華北捷報社（N.C.Herald）出版了塞繆爾・伍德布里奇（Samuel I. Woodbridge）翻譯的《金角龍王，皇帝游地府》（*The Golden-Horned Dragon King; or the Emperor's Visit to the Spirit World*），內容取自《西遊記》第十、十一回：「老龍王拙計犯天條」、「遊地府太宗還魂」。此書據衛三畏編集的漢語讀本小冊子譯出。《西遊記》片段文字最早被譯成英文。同一年，喬治・亞當斯（George Adams）《中國戲曲》（*The Chinese Drama*）在《十九世紀》（*The Nineteenth Century*）上發表。

一八九九年，威廉・斯坦頓（William Stanton）出版《中國戲劇》（*The Chinese Drama*）一書，包括三齣戲和兩首詩的英文譯本。三齣戲是《柳絲琴》、《金葉菊》和《附薦何文秀》，曾分別發表在英文期刊《中國評論》（*Chinese Review*）上。書前有十九頁長的對中國戲劇的論述。指出中國戲的舞臺的三面沒有牆，面對著觀眾，也說明了演員上場與下場的位置，另外桌椅的象徵運用及虛擬動作也講得很具體。「右面的通常用作上場；左面的用作下場。高山、關口、河流、橋樑、城牆、廟宇、墳墓、御座、龍床及其他物件均以桌椅的組合來代表。過河、騎馬、開門（甚至沒有一個屏障將客人與主人分開）、上山等其他無數動作都是用虛擬動作來體現的，觀眾能無誤地看懂這些象徵的虛擬動作。」威廉・斯坦頓還說：「通常來說，主要角色的演員一出場要唱一段或者朗誦一段來介紹自己，用濃縮的語言來介紹

它們所飾人物的歷史。在整劇演進中，演員總是將自己的秘密告訴觀眾，有時直接對觀眾說話，這是我們所不熟悉的。」

第二節　英國作家筆下的中國題材及中國形象

一　馬嘎爾尼使團訪華之後的中國旅行記

如果說十八世紀初的笛福對中國的嚴厲批評基本上是出於一種商業需要與文化偏見，那麼，到了十八世紀後半期和十九世紀，這種否定性評價則成為主導性潮流。其中，一七九三年，這一年具有歷史意義，法國進入大革命高潮，歐洲近代啟蒙文化之自信亦隨之達到高潮；同一年，喬治‧馬嘎爾尼爵士（George Lord Macartney, 1737-1806）率領的大英帝國使團滿懷希望訪華，因遭遇天朝封閉體制拒斥而失敗。一年中發生的兩件大事，構成歐洲人對中國文化頂禮膜拜態度的歷史性轉折。[90]

馬嘎爾尼對東方遊歷本身懷有浪漫的嚮往，一七八六年，他曾用詩句表達說：「彷彿我遊覽中國幸福的海濱，攀登她無比自豪的傑作萬里長城。眺望她波濤洶湧的江河，她的都市與平原，她的高山岩石和森林。越過北方疆界，探研韃靼曠野，不列顛冒險家從未到過的地方。」他宣稱自己是以一個持哲人態度的旅行家的方式來觀察中國的：「……任何時候當我遇到任何異常的或特別的事情時，我總是致力回憶是否我在其他地方見過類似的任何東西。通過把這樣的對象放在一起比較，認真地記下它們的相似與不同的地方，可能在相互最為遙遠的民族之間發現某種原則、習俗與風格方面的共同起源。」

---

90 有人說，馬嘎爾尼使團突出表現了「中國政府的專橫、腐化和低能」。由於「中國自稱比世界所有民族都優越」，使團沒有任何成功的機會。《中國叢報》則更加詛咒中國「不可思議地缺乏體面與陽剛精神，它以此著稱。」

一七九二九月二十六日，馬嘎爾尼使團從英國起航，一年以後，一七九三年九月十七日，在熱河觀見乾隆皇帝，一七九四年九月五日返回到英國。馬嘎爾尼使團的中國之行很不令人愉快。四百人的使團近一半喪命。其中一個使團成員這樣描述他們的出使經歷：「我們的整個故事只有三句話：我們進入北京時像乞丐；在那裡居留時像囚犯；離開時則像小偷。」使團的中國之行一無所成，中國拒絕了大英帝國的所有通商和外交要求，並且在是否給中國皇帝叩頭的禮儀問題上糾纏不休，就這樣使團失望羞辱地回到英國。雖然如此，訪問也並非完全無功而返，他們為歐洲人帶回了他們親眼見到的神秘的東方古國的朦朧影像。[91]

馬嘎爾尼使團回國以後發表有關中國的報導、書籍，如根據馬嘎爾尼使團訪華時所乘「獅子」號船上第一大副（Chief-mate）的愛尼斯・安德遜（Aeneas Anderson）日記整理的《英使訪華錄》（*A Narrative of the British Embassy to China in the Years 1792, 1793, and 1794.*）、使團副使喬治・斯當東（Sir George Leonard Staunton, 1737-1801）編輯的《英使謁見乾隆紀實》（*An Authentic Accountic Account of an Embassy from the King of Great Britain to the Emperor of China*, 2 Vols）、使團總管約翰・巴羅（Sir John Barrow, 1764-1848）[92]所著《中國旅行記》（*Travels in China*）等，在倫敦紛紛出版，以及使團的其他隨行人員對新聞媒體發表的各種報告、談話，徹底打破了耶穌

---

91 馬嘎爾尼關於中國之行的日記及觀察記直到一九六二年才被全文整理出版，書名為 *An Embassy to China. Being the Journal kept by Lord Macartney during his embassy to the Emperor Ch'ien-lung 1793-1794 & Lord Macartney's Observations on China*。該書有一句題記摘自其一七九四年一月十五日日記：「沒有比用歐洲的標準來判斷中國更為荒謬的了。」

92 巴羅為皇家地理學會創始人之一，著有《交趾支那之行》（1806年）、《關於馬嘎爾尼伯爵的一些故事及未刊文稿選》（二卷，1807年）、《邦蒂號的兵變者》（1831年）、《自傳體回憶錄》（1847年）等。

會士和啟蒙哲學家們苦心經營的中國神話。越來越多的歐洲人相信笛福的詛咒、安森的謾罵、孟德斯鳩一針見血的批評。歐洲人好像大夢初醒，批判貶低中國成為一種報復。[93]

　　其中，《英使訪華錄》由倫敦出版商庫帕斯整理、德佈雷特（J. Debrett）公司於一七九五年四月出版，共二百七十八頁，暢銷一時，五月即行再版，後又多次再版印行。此書於使團回國的次年出版，顯然是為了滿足當時英國人迫切想知道第一個訪華使團情況的願望。這在作者於一七九五年四月二日寫的序言裡，說得很清楚：「出使中國這件事在我國的外交史上是新鮮的，很自然地引起公眾普遍的好奇：因為，姑且不論在商業上有其巨大的目的，就是對於那個帝國內部情況的普遍無知，以及從它的任何信史所必然產生的新穎事物都一定會引起我們這個開明的國家的注意，它是世界上惟一文明的、而又有預防惟恐不周的法律禁止外人入內的國家。……書內的記錄將能滿足合乎情理的好奇心，而關於一個為世界上其他各國很少知道的國家的知識有所增進。」由於作者不是使團成員，因而無法了解到兩國談判中的核心問題，但是他對使團活動以及沿途見聞的忠實記述仍具有十分重要的參考價值；此外，關於中國地理環境、人文風貌、社會制度、宮廷生活的描述以及對兩國迥異風俗的對比觀察都具有頗為獨特的新奇角度。作為英國人對中國沿海口岸到內地腹地的廣大疆域的首次訪問和觀察的記錄，具有不可多得的史料價值。

　　一七九七年，《英使謁見乾隆紀實》先由倫敦出版商G. Nicol出版三卷本，其後很快又由出版商John Stockdale出版進行二卷縮寫本。這

---

93 有一位牛津大學的教授於一八六〇年發表了題為〈落入清軍手中的士兵〉的一首詩，描述在一八六〇年戰鬥中被中國騎兵抓住的一位英國士兵如何面對捕捉者的命令而拒不叩頭。當同他一起被俘的印度兵照中國人命令的那樣拜伏在地時，這位英國小伙子寧死也不選擇恥辱：「讓黑黝黝的印度佬哀鳴俯伏；／英國小伙子寧願死。／怒目圓睜，／雙膝不屈，／巍然屹立於恐怖的邊緣，／昂首走向他紅色的墳墓。」

是關於此次外交使團記錄的「官方版本」（Offical Version）。本書與使團隨行人員對新聞媒體發表的各種報告、談話，徹底打破了傳教士苦心經營的中國神話。

　　一八○四年，約翰·巴羅所著《中國旅行記》由倫敦Cadell & Davis出版社刊行，全書長達六百三十二頁。本書於一八○五、一八○七年在巴黎出了兩種法譯本。巴羅的旅行記涉及面極其豐富，舉凡中國的建築、語言文字、科學、宗教、婦女、家庭，乃至行政、司法等方方面面，無不細緻記述。[94]巴羅在書裡對中國評價不高，在他看來，應該被稱為「蠻夷」的不是西方人，而是「不進則退」的中國人自己。巴羅的這種態度影響著英國浪漫詩人對東方中國的看法。

　　馬嘎爾尼使團出使中國，對歐洲的中國形象的轉變具有決定性作用。他們發現兩百年來歐洲絕大多數聰明人都讓那些故弄玄虛的傳教士矇騙了。中國人實際上仍處於半野蠻狀態的怪物，愚昧而又傲慢。一個帝國，幾百年或上千年都沒有什麼進步，何處值得仰慕？「一個民族不進則退，最終它將重新墮落到野蠻和貧困的狀態。」（馬嘎爾尼語）

---

94 書裡記錄了他們對北京的印象：「中國首都的政治情況，就像我們然後發現的，一切都井然有序，百姓們的安定與平靜很少受到干擾。」並將北京與倫敦比較：「北京的公用街道，晚上五、六點鐘後，就幾乎看不見有人走動，但到處是狗和豬。……而在倫敦這時刻，人群擁擠熙攘，從海德公園到邁爾區，不時阻塞了交通。在北京，一天開始剛破曉，公眾就忙碌喧鬧得像一群蜜蜂；與此同時在倫敦，相反早晨的街道寂無一人，簡直像沙漠。即使在夏天，晚上八點北京的城門就已緊緊關閉，鑰匙交到官員手中，此後就別想打開城門。」這是英國人通過考察得到的有關中國的直接印象，不再是其他國家傳教士的傳聞。

二　英國浪漫作家的異國情調及中國印象

（一）浪漫文學的中國想像與異國情調

　　浪漫主義將東方視為異域奇境。早在浪漫運動興起之前的一、二百年，歐洲傳教士來東方傳教佈道，在深入研習東方文學與文化的同時，還將東方文化翻譯介紹至西方，為歐洲作家對東方的神往提供了必要的鋪墊。弗·施萊格爾一八〇〇年說「浪漫主義最登峰造極的表現必須到東方去尋找」。在浪漫作家看來，東方充滿著夢想、幻象、色欲、希望、恐怖、莊嚴華美、田園般的快樂、旺盛的精力，東方那種無法想像的古老，不近人情的美，無邊無際的土地，為作家提供了浪漫主義想像的空間。

　　從英國著名詩人兼東方學家威廉·瓊斯爵士（Sir William Jones）那個時代開始，東方一直既是英國所統治的地域又是其所認知的物對象。東方異國情調也是激發英國浪漫作家想像力的持久動力。一七七二年，威廉·瓊斯發表一部自己翻譯的東方詩歌集，其中有阿拉伯、印度、波斯與土耳其的詩歌。在其〈論東方各國詩歌〉一文裡，瓊斯用這樣的一段話結束：「我不得不認為，我們歐洲的詩依靠同樣的意象，利用同樣的故事，陳陳相因，實在太久了。多少年來，我的任務在於灌注這樣的一條真理：即如果把儲藏在我們圖書館裡的亞洲的主要著作設法出版，並加上注疏和解釋，又如果東方各國的語言在我們有名的學術機構裏得到研習（在那裡每門有用的知識都教得很好），那末一個耐人思索的新鮮廣闊的領域將會開闢起來，我們對於人們思想的歷史將會看得比較深入；我們將有一套新鮮的意象和比喻；而許多美好的作品將會出現，供未來的學者去解釋和未來的詩人去模

仿。」[95]在此，瓊斯清楚地表明，東方的詩值得仔細研究，因為它能夠提供新的意象、新的模型、新的園地。當時歐洲文學中的「東方文體」（Oriental style）和「中國趣味」（Chinoiserie）非常盛行，可見，在十八世紀中後期文壇，歐洲人對自己傳統文學的厭倦態度和對東方文學的嚮往之情，是比較鮮明的。

　　不過隨著十八世紀末中國熱的退潮，人們對印度的興趣超過了中國。所以，對英國人來說，東方主要指的是印度，那是英國佔領的一個現實區域，他們穿越近東的目的是為了最終到達自己的主要殖民地。而且就在十八世紀歐洲啟蒙思想家如伏爾泰等對中國聖人交口稱讚之際，在印度的英國殖民者開始將一些印度經典的英譯文和詮釋帶回歐洲。英國浪漫派詩人如布萊克、柯勒律治、雪萊等，都對印度教哲學和神話學非常熟悉。相比之下，他們對中國缺乏興趣，可以說在浪漫時期的英國文學裡花整段章節描寫中國的作品屈指可數。儘管如此，中國在柯勒律治和蘭姆那裡還是激起了異國情調的想像。

　　一般而言，異國情調作品展現的是對一個比現實更美麗、更絢爛、更讓人驚異的他者的渴望。「它有助於滋養一個人的最美好的夢想，這個夢想是遙遠的、陌生的和神秘的。」[96]對詩人柯勒律治來說，異國情調還是「產生豐富情感的一個來源」，他的那部神秘、魔幻、超自然的詩作殘篇〈忽必烈汗〉就是這種異國情調想像的產物。而且，這首被《大不列顛百科全書》列為「英國文學中最偉大的詩作」的未完成詩篇，卻是「由鴉片酊引起的」。鴉片對於富於想像力而且博學的人來說，是文學工具中的潘朵拉魔盒。它使人們產生了迥乎現實的視覺想像，開始了超越時間的精神漫遊，為觀察平凡世界提供了

---

95 轉引自范存忠：《中國文化在啟蒙時期的英國》（上海市：上海外語教育出版社，1991年），頁196-197。

96 法蘭西斯・約斯特著，廖鴻鈞等譯：《比較文學導論》（長沙市：湖南文藝出版社，1988年），頁139。

新的眼光，而且它還扮演著幫助記憶的角色。可以說，對像柯勒律治這樣的浪漫詩人來說，沒有鴉片，就沒有夢幻，也就沒有想像力，更沒有詩作殘篇〈忽必烈汗〉中那神奇的異域風情和中國想像。[97]

　　柯勒律治在這首詩裡所說的並不是什麼歷史現實或具體故事，展現的是浪漫主義的夢幻式的意境。柯勒律治對中國、對忽必烈了解並不多，在詩中可以看出，他並不企圖摹寫真實，只是把東方中國題材作為馳騁想像力、渲染異國情調的廣闊天地而已。這是一個瑰奇的詩與音樂之夢，是一個異國情調的夢。幾乎一切足以構成浪漫情調的成分都薈萃於此：亞洲的大汗，地下潛行的聖河，陰冷的大海，森林，有圍牆和守望塔的宮殿和御花園等等。

　　任何異域形象的構成或多或少都有些事實依據。柯勒律治對東方大汗帝國的想像構造也不例外。他有關中國的知識來自於《珀切斯遊記》裡所收的馬可‧波羅的東方遊記。應該說在〈忽必烈汗〉中，史實只是提供了一個端緒，而所有的細節設置則全憑詩人的想像力去發揮「綜合的神奇力量」了。

　　神奇而偉大的忽必烈、蜿蜒而潛流的神河、冰封而深幽的岩洞、呼嘯而翻滾的聖泉、古老而森黑的叢林、異國情調的宮殿、月下悲哀哭泣的女子、操琴的阿比西尼亞姑娘、長髮亮眼的詩人……似乎毫無邏輯聯繫，任憑詩人揮灑筆墨。各各有其背景，聯想多多不同，但是詩人卻能通過想像力將它們「融合為一」。而我們也會發覺原來忽必烈汗的行樂逍遙宮，其實就是柯勒律治營造的藝術宮，在它的周遭瀰漫著異國的情調和神秘的氣氛。可以說，忽必烈汗就是詩人自我欲望的外現，而關於中國的想像也就是詩人自己的藝術想像。

　　一般認為，蘭姆（Charles Lamb, 1775-1834）是一個躺在過去羽

---

97 這方面內容的詳細說明，可參見拙著《霧外的遠音：英國作家與中國文化》（銀川市：寧夏人民出版社，2002年）之「夢裡宮闕今何在──柯勒律治殘篇裡的神奇國土」一節內容。

翼下生活的人。他精心地收藏古董，也優遊自適地體悟著它們所引起的、泛著幽美的懷舊情緒。其隨筆給人一種和藹可親、溫文忠厚的感覺。但他在生活上卻並非總是如此，有時行為顯得古怪難解，不尋常的癖性也使他顯得與眾不同。但他從不是個遁世者，雖然有些口吃，但很少保持沉默，酷愛交際。他喜歡喧鬧、吵嚷、化妝舞會和默劇，對這些他從不會厭煩。正因為如此，他與倫敦以外的生活格格不入。同樣，蘭姆對英國以外的世界漠不關心，對遙遠的中國也很少提及。與其他浪漫作家一樣，中國文化他了解得並不多。儘管如此，〈古瓷〉（*Old china*）和〈烤豬技藝考原〉（*A Dissertation on Roast Pig*）這兩篇美文裡，仍能讓我們感覺到蘭姆對中國的那份神往、那份想像。

　　作為一個古董收藏者，中國古瓷器當然也是蘭姆的酷愛之物。不過引起蘭姆更大興趣的是古瓷上那充滿異國情調的生活畫面，以及對中國繪畫技法的好奇與不解。

　　中國瓷器西傳對歐洲「中國文化熱」的形成功不可沒。中國瓷器所具有的淡雅或濃豔的色彩與儀態萬千的紋樣，本身就是一種賞心悅目的工藝品，也給歐洲人送去了一種陌生新異的藝術情調，讓他們在舉箸觸酌間陶醉其中。歐洲人由喜愛中國瓷器，進而喜愛中國瓷器上的中國繪畫和圖案，他們的仿製品不僅仿外形，也仿繪畫和圖案，龍鳳、鸚鵡、仕女、兒童乃至穿著官服的中國官員，以及典型的中國場景，諸如在竹籬或葡萄架上嬉戲的猴子，花叢中飛舞的蝴蝶，打著陽傘的貴婦人等，都是仿製品上常見的畫面。這些畫面所呈現出的中國圖景，深深地留在歐人心靈的深處。在陡峭的山崖上，在曲折的小河邊，人們在小巧的亭子裡飲茶，談天，聽松濤，臨曉風，望彩雲明月；陽春三月在綠草如茵的田野上放風箏，在柳樹成蔭的河邊垂釣——這就是許多歐洲人心目中的中國人形象。以至於十八世紀下半葉，歐洲人驚詫地發現他們想像中的中國人形象與實際不符。故而有位遊記作者這樣寫道：「從來自中國的瓷器上所見到的人物畫推斷中

國人的長相，肯定會得出完全錯誤的印象。事實上，他們既非那樣醜，也不那樣滑稽可笑。」[98]

　　與其他歐洲人一樣，蘭姆是通過古瓷畫面上的世界來認識中國的。最為西人驚異的是，中國古畫竟然缺乏他們認識視野中的那種透視原則。因而蘭姆在〈古瓷〉裡才會把瓷器上的人物畫面稱為「全然不解透視學為何物的東西」，而以西方繪畫原則去領會那些瓷畫。這讓蘭姆頗覺驚奇，只能設想那遙遠的東方古國就是這等畫法。[99]

　　西方繪畫所講究的透視法，或稱遠近法，就是把眼前立體形的遠近的景物看作平面形以移上畫面的方法。這樣，由於遠近距離的變化，大的會變小，小的會變大，方的會變扁。因上下位置的變化，高的會變低，低的會變高。應該說，蘭姆對缺乏透視學原理的中國繪畫技法並不反感，對這異國情調，乍見之下，反有幾分驚喜。相比之下，不少西方人認為，在中國各種藝術形式裡，最沒有吸引力的就是繪畫了。從十七世紀一直到十九世紀，歐洲人對中國畫的批評是同一個腔調。這一批評傳統可以追溯到利瑪竇。他說：「中國人廣泛地使用圖畫，甚至在工藝品上；但是在製造這些東西時，特別是製造塑像和鑄像時，他們一點也沒有掌握歐洲人的技巧……。他們對油畫藝術以及在畫上利用透視的原理一無所知，結果他們的作品更像是死的，而不像是活的。」[100]黑格爾說過：「他們（中國人）還沒有做到把美的畫成美的，因為在他們的畫中缺少透視和陰暗層次。」維科提到中國繪畫時也這樣認為：「儘管由於天氣溫和，中國人具有最精妙的才

98　轉引自許明龍：《歐洲18世紀「中國熱」》（太原市：山西教育出版社，1999年），頁173。

99　關於蘭姆〈古瓷〉中對中國瓷畫技法認識的詳細分析，可參見拙著《霧外的遠　　音：英國作家與中國文化》（銀川市：寧夏人民出版社，2002年）之「古瓷與烤豬　　的誘惑——蘭姆美文裡的中國景觀」一節內容。

100　〔義〕利瑪竇、金尼閣著，何高濟等譯：《利瑪竇中國札記》（北京市：中華書　　局，1983年），頁22。

能，創造出許多精細驚人的事物，可是到現在在繪畫中還不會用陰影。繪畫只有用陰影才可以突出高度強光。中國人的繪畫就沒有明暗深淺之分，所以最粗拙。」[101]還有法國耶穌會士李明（Louis Le Comte），他雖然對中國許多事物傾情讚美，但對中國藝術卻全面譴責。比如他對中國繪畫的評價是：「除了漆器及瓷器以外，中國人也用繪畫裝飾他們的房間。儘管他們也勤於學習繪畫，但他們並不擅長這種藝術，因為他們不講究透視法。」[102]

　　比較而言，西方繪畫的透視法是在畫面上依據幾何學的測算構造一個三進向的空間幻景。一切視線集結於一個焦點（或消失點）。而中國「三遠」之畫法[103]，則對於同此一片山景「仰山巔，窺山後，望遠山」，視線是流動的，轉折的。這與西方畫透視法從一個固定角度把握「一遠」，差異很大。因此，由這「三遠法」所建構的空間不復是幾何學的科學性的透視空間，而是詩意的創造性的藝術空間。這些差異蘭姆當然無從知曉，也就難怪他對古瓷上的繪畫好奇又驚訝了。不過，蘭姆與那些貶低中國繪畫技法的歐洲傳教士和思想家不同，這些人抱著文化成見來理解中國。而蘭姆則是試圖了解中國藝術，儘管是從自身文化視角看異域文化，懷著一種好奇和想像，但無疑是文化交往中對待他者的一種進步，當然其中也難免存有某種東方主義想像。

　　比如，蘭姆的〈古瓷〉開頭就說他對古瓷器有一種「女性般的偏愛」，文中又說：「我喜歡見到這裡的男人具有著女性般的面容，我甚至願意這裡的女子帶有更多的女性的表情。」如果說瓷器（china）代表中國（China）的話，那這裡顯示的就是一種帶有消極意味的中國

101 〔義〕維科著，朱光潛譯：《新科學》（北京市：人民出版社，1987年），頁70。

102 轉引自〔英〕赫德遜著，王遵仲等譯：《歐洲與中國》（北京市：中華書局，1995年），頁255。

103 宋畫家郭熙在其《林泉高致》〈山川訓〉裡說：「山有三遠：自山下而仰山巔，謂之高遠。自山前而窺山後，謂之深遠。自近山而望遠山，謂之平遠。」

形象。十八世紀後半期以來，特別是馬嘎爾尼使團來華以後的英國，產生了一種對中國的女性化的否定性看法。作家們在描述中國時，總是儘量使之具備女性化特徵。也就是說，與男性（代表英國或歐洲）的特徵相反，中國非常像女人，嫉妒，誤入歧途，被外表所吸引，缺乏理性，專橫與反覆無常；而這一想像的中國形象就起著一種產生中產階級陽剛特徵的作用，這種陽剛特徵就是真善美和理性。正是在這種對中國的否定性描述裡，產生了「西方」。或者說一個活生生的中國及其活生生的消極性起著構築優越的英國民族特徵的作用，並證明英國（確切地說是英格蘭）現在已經超越了地球上的所有人群。[104]

　　我們在這裡當然並不是指責蘭姆，很有可能他的這種「偏愛」是發自內心的，由此或可看出當時英國人在其心理意識中對東方中國的想像，存在著某種「西上東下」的思維結構。這可以去看他的另一篇奇文〈烤豬技藝考原〉是如何調侃中國的。

　　蘭姆對豬肉大概如同對中國古瓷一樣也比較酷愛。我們從他的書信中可以發現他有些得意的飲食，特別是一種叫做「醃豬肉」的食物，即把豬的頭、腳、腿和舌頭等各部分肉剁碎混合起來烹調。這篇名文把背景放在了遙遠的中國，煞有介事地稱源出一篇中文古抄本，說我們人類在最初的七、八萬年間一直都是吃生肉的，也就是弄到一個活物便生裂活剝起來，又抓又咬，撕下肉來就吃。這段時期中國大聖人孔夫子在其《春秋》（*Mundane Mutations*）的第二章中即顯有涉及，曾稱此黃金時代為「廚封」（Cho-fang），字面意思即廚子的節日。

　　其實，蘭姆對中國了解很少，為了讓別人相信自己以下所講的故事，就說是他的好朋友曼寧（Thomas Manning）曾不辭辛勞親口說給他聽的。曼寧確實到過中國，一八〇七至一八一六年間曾在廣州居

---

104 參見美國學者何偉亞：〈從東方的習俗與觀念的角度看：英國首次赴華使團的計畫與執行〉一文，中譯文收入張芝聯主編：《中英通使二百週年學術討論會論文集》（北京市：中國社會科學出版社，1996年），頁69-93。

住，在東印度公司擔任廠務醫生，曾去過北京和中國內地，而且他一八〇三年還在巴黎學過中文。蘭姆抬出這位有中國經歷的朋友本來是要加重他這篇〈考原〉的真實性和分量。不過後經人們的再「考原」，發現作者所據原始材料，並非曼寧所說的什麼中國的古抄本，而是一七六一年在義大利莫地那出版的一部題為《豬頌》的詩集，另外尚有其他材料都提到烤肉起源於牲畜被燒死後為人發現可食，當時在歐洲這是流傳頗廣的說法。蘭姆對這些傳說很難說不知曉，那他何以杜撰出自一部中文手稿，而將背景放在遠東？大概取其遙遠國度的浪漫情調，何況他還從曼寧那裡聽說過一些關於中國的零星而不太準確的知識，加之他素有幽默滑稽想像的拿手好戲，寫成了這篇詼諧百出、令人解頤的故事。

讀了這篇美文的前半部分，那灑脫流暢的文字，鮮活生動的人物，那出人意料又觸處成春的幽默感，確實讓人興味盎然，愛不釋手；但後半部分對烤小豬的欣賞與讚美，也的確讓人難以接受，說不定還頓生反感，似乎有點合理但不合情。這些姑且不論，我們想到的仍然是中國形象問題。

蘭姆生活在歐洲的中國形象由美好變得可憎的時代潮流之中。但又與其稍後的德·昆西不同，他是復古派，對古中國還有一種異國情調方面的神往。這裡，「嬌嫩得像一朵小花」的乳豬可指稱古代中國，「芳馥可愛」，令人充滿誘惑。而那個「貪吃、懶惰、頑固、可憎的傢伙」則可以指十八世紀末以來至十九世紀的中國形象，「粗鄙不堪桀驁難馴」，野蠻未開化，遭人唾棄。這樣一種負面的中國形象左右著十九世紀英國作家的認識視野，構成他們借鑑中國題材創作的主導文化心態。

（二）浪漫作家筆下兩種不同的中國形象

與十八世紀歐洲的中國文化熱相比，十九世紀被稱為中國文化的

摒棄期。因而，在十九世紀的作品中，中國不再被視作典範卻成為批評的對象，不再是受人崇敬的理想國度，而是遭到蔑視和嘲笑。英國浪漫作家很少能超越當時的流行看法，他們對東方中國的印象多半不佳，只有散文家蘭陀對中國的仰慕讓我們回想起十八世紀歐洲啟蒙思想家的中國情結。當然，讚揚或貶斥一貫是外國作家對待中國的兩種基本態度，英國浪漫主義文學裡也存在著這兩種不同的中國形象，只是前者的聲音非常微弱而已。

　　人們一般認為馬嘎爾尼爵士率領的大英帝國使團訪華失敗是導致歐洲人對中國看法轉變的主要因素，稱使團徹底打破了傳教士苦心編造的中國神話，致使愈來愈多的人相信笛福的詛咒、安森的謾罵、孟德斯鳩一針見血的批判。當然，我們也應該看到，就使團報告本身來看，他們絕不是那種三百六十度的大轉彎，即以往對中國過分溢美，而此時則百般咒罵。很多人因此次事件而對中國頗有微辭，主要是因為這一事件的結局——中國拒絕對世界開放，並僅僅是因為英人不對皇帝三跪九叩（實際原因當然不是如此，但許多歐洲人卻認為如此）——而並沒有去認真閱讀使團成員們的記載。正是由於使團的政治使命失敗，從而讓歐洲人普遍認為中國人是閉關自大、落後盲目，況且歐洲本來就已存在大量關於中國落後的看法，至此則被借機無限度地誇大了。可以說，使團通商使命的失敗所傳遞的資訊，遠比使團見聞中傳遞的資訊更受人重視。[105]而且當時日益強盛的歐洲在物質上的絕對優勢，挾著基督教神學「唯我獨尊」情緒，也漸漸促使歐洲中心主義和種族優越論成為時代主潮。

　　身處這樣時代潮流裡的英國作家對中國也存在著某種「摒棄」心理。華茲華斯提到中國人時，將之與印第安人、摩爾人、馬來人、東

---

105 有關詳細論述可參見趙世瑜：《大眾的觀點、長遠的觀點：從利瑪竇到馬嘎爾尼》，載張芝聯主編：《中英通使二百週年學術討論會論文集》（北京市：中國社會科學出版社，1996年），頁63-68。

印度人放在一起，均視為低等民族。他在〈序曲〉這首長詩裡儘管提到了被稱為承德避暑山莊三十六景之二的乾隆的「萬樹名園──熱河的無與倫比的山莊」。說「它匯集／最遼闊的帝國各方之風物，……歌臺舞榭／點綴著百花爭妍的草地，溪谷的／茂樹隱去東方的寺院，陽光／沐浴的山丘托起一座座神廟，／還有許多小橋、遊船、山石、／洞穴，一片片林木按人的意願／相互滲透著溫暖的色彩，微妙的／色調在追逐中忽暗忽明，細微的／差別難以分辨；或形成強烈／而華麗的對比，但毫不喧雜，宛如／熱帶鳥類的羽翼上那一排排彩條。／到處都有山巒，擁抱著一切；／到處都有泉水流淌，飛落，／安睡，綿綿地滋潤著整個景園。」（第八卷「回溯：對大自然的愛引致對人的愛」，第七○至七十九行）但華茲華斯歌詠的並不是「萬樹名園」這樣的皇家園林，而是「大自然」！華氏在此把中國名園當作一種陪襯。我們還記得自威廉‧坦普爾爵士開始，英人（特別是十八世紀）對中國園林狂熱崇拜的情景，到了這時，情形則大相逕庭。

　　華茲華斯有關中國的知識來自馬嘎爾尼使團成員之一的巴羅（Sir John Barrow, 1764-1848）於一八○四年寫的《中國見聞》（*Travels in China*）。使團在熱河的避暑山莊受到乾隆皇帝的接見，對這裡的皇家園林亦頗為欣賞。但巴羅的書裡對中國評價不高，比如他說中國「這個民族總的特徵是傲慢和自私的，偽裝的嚴肅和真實的輕薄、以及優雅的禮儀和粗俗的言行的牢固組合。表面上，他們在談話中極其簡單和直率，其實他們是在實踐著一種狡詐的藝術，對此歐洲人還沒有準備好如何去應付。」[106]巴羅的這種態度影響著華茲華斯以及其他詩人對東方中國的看法。他們幾乎原封不動地沿襲前人賦予東方的異質性、怪異性、落後性、柔弱性、惰怠性，認為東方需要西方的關注，重構甚至拯救。

---

106 轉引自〔英〕約‧羅伯茨編著，蔣重躍、劉林海譯：《十九世紀西方人眼中的中國》（北京市：時事出版社，1999年），頁20。

　　拜倫《唐璜》（*Don Juan, 1819-1824*）第十三章第三十四小節詩裡也曾提到「一個滿清官吏從不誇什麼好，至少他的神態不會向人表示他所見的事物使他興高采烈」。這裡已經出現了中國人用冷漠的面具掩飾真實情感的主題，而浪漫作家正是要發抒真情實感的。當時的哲學家、歷史學家、人類學家從生理和倫理特徵出發區別了人種的特性，亞洲人是「黃色的，憂鬱的，刻板的」。而在他們眼裡，中國人也成了某種象徵，象徵古老與永恆，永遠立於時間之外，立於國家和種族的界限之外，對任何道德評判都無動於衷，頑固抵制基督教和西方生活方式的傳播，停滯不前，落後愚昧。在達凱萊的敘事詩〈一個悲慘的故事〉（*A Tragic Story*）裡，就出現了一個「睿智」的中國人，他惟一操心的就是一條神秘的「英俊的豬尾巴」，儘管他費盡力氣想把它拿到前面來，它卻總是垂在屁股後面，他對此束手無策。這是條迫使中國人回頭瞧的尾巴──隱喻保守落後、停滯不前、保持原狀。[107]

　　英國浪漫散文家德・昆西（Thomas De Quincey, 1785-1859）更是把東方國家看做是停滯不前和頑固落後的。與另一位浪漫詩人柯勒律治一樣，德・昆西也是靠鴉片與中國發生了關聯。不過，前者借助於鴉片在〈忽必烈汗〉（*Kubla Khan, 1797*）為我們展示了一幅神奇的東方異域風情，而在後者那裡，東方中國則出現在噩夢一般的恐怖圖景中。

　　德・昆西通過《一個英國鴉片吸食者的自白》（*The Confessions of an English Opium-Eater*）告訴我們，鴉片能給吸食者帶來莫大樂趣，當然也帶給人們無窮的痛苦。這種痛苦有時是由一些希奇古怪可怕的惡夢構成的，而這惡夢的來源卻是東方和東方人。

　　於是，德・昆西首次以驚人的細節描述了這樣一個可怕的夢境，

---

107 參見〔法〕米麗耶・德特利：〈19世紀西方文學中的中國形象〉，載孟華主編：《比較文學形象學》（北京市：北京大學出版社，2001年），頁247。

其中可見他對東方（包括中國）的印象。事情還得從德・昆西曾經無意中遇到過的一個馬來商人說起。這次會面為時甚短，但這件事卻在他心中產生了重大影響，因為這個馬來人竟然成為德・昆西想像中的夢魘。

有一天，一個馬來人來敲德・昆西家的門。那人的吐魯番式頭巾使替其開門的英國小姑娘大為吃驚，以為是一個魔鬼。在德・昆西的眼中，那位英國姑娘的美麗面孔，她的極端的白淨，以及她亭亭玉立的姿勢，同那個馬來人病黃色的、患肝膽病的、被海洋之風塗抹成的紅褐色的皮膚，凶狠的、轉來轉去的小小的眼睛，薄嘴唇，卑屈的姿態以及他的崇奉心態形成了鮮明的對照。而就是這個馬來人，侵擾了德・昆西，引他進入了一個苦惱無盡的世界。尤其是一八一八年五月的一份記載[108]中這樣講到：

> 那位馬來人已成為一個可怕的敵人，達數月之久。每晚，我都是通過他被運送到亞洲的情景中去。我不知道別人是否對此與我有同感；但我常想：如果我被迫離開英國去住在中國，並生活在中國的生活方式、禮節和景物之中，我准會發瘋。[109]

德・昆西說對亞洲（包括中國）如此恐懼的原因根深柢固，有的甚至連自己也說不清楚，當然部分原因跟別人是相同的。十九世紀的西方人對東方的印象極其糟糕。他們用來表達對中國人看法的詞一般都是：「野蠻」、「非人道」、「獸性」。這些普遍的看法也就滲透進德・

---

108 *Selected Writings of Thomas De Quincey* (New York: Random House, Inc., 1937), pp. 853-855.

109 劉重德譯：《德・昆西經典散文選》（英漢對照本）（長沙市：湖南文藝出版社，2000年），頁181。

昆西的心靈深處，構成他理解亞洲（包括中國）形象的心理定勢。

　　他雖然承認亞洲的人文、制度、歷史和信仰方式等等古香古色非常動人，覺得那個種族和名字的古老歷史便足以征服一個青年人的感情。但德・昆西又與其他思想家站在同一個時空座標上，視中國停滯落後。早在十八世紀，英國的亞當・斯密就從經濟學角度從理論上探討了中國社會長期停滯的問題。他說中國一向是世界上最富裕的國家，土地最肥沃，耕作最精細，人民最多也最勤勉，然而長久以來，它似乎就停滯於靜止狀態了。今日旅行家關於中國耕作、勤勞及人口稠密狀況的報告，與五百年前視察該國的馬可・波羅的記述比較，似乎沒有什麼區別。後來德國思想家黑格爾更是竭力宣揚這種認為中國「停滯不前，沒有歷史，總是保持原狀」的思想。德・昆西在這方面似乎也沒有什麼「超前」意識，他說亞洲的一切均古老而停滯，個人的青春累遭扼殺，以至於「一個年輕的中國人就是洪水時代以前的古人的再世」，而「人在那些地區猶如草芥」。

　　中國的情況更是這樣。德・昆西說在中國，除了它具有同南亞其餘地方相同的那些特點之外——他說過「南亞，一般說來，是最可怕的形象和聯想的中心」——它的生活方式、日常禮節，還有莫名其妙、無從分析的冷酷無情，尤其使他恐懼不安。說到這裡，德・昆西還提醒讀者，這是理解他那些恐怖的東方惡夢及其所帶來痛楚的前提。不僅如此，他還把所有熱帶地區的人、鳥獸、爬蟲，以及所有的樹木、植物、習俗、外貌都一股腦兒地放在中國或印度斯坦。同樣出於類似的感情，也把埃及和它所有的神靈也統統歸於這一個法統。而在那裡，他感到自己受到猴子、長尾鸚鵡和大鸚鵡的瞪視、叫罵、嘲笑和談論；撞進寶塔，被囚禁於塔頂或密室達數百年之久，成了偶像，變成僧侶，受到膜拜，做了犧牲品；同木乃伊和獅身人面像一起上千年地被埋在那永恆的金字塔中心狹室的石棺中，受到鱷魚帶癌的親吻，在蘆葦中和尼羅河的泥沙中同非言語所能形容的骯髒東西混雜

在一起……所有這些惡夢般的感覺都可以置於中國的場景之中。

對這些夢幻中看到的東西，德・昆西感到與其說害怕，倒不如說令他憎恨和厭惡。因為每種形狀、威脅、懲罰和模糊的監禁都使他產生了一種永恆和無限的感覺，而這種感覺驅使他進入一種彷彿屬於瘋狂的苦惱狀態。有時他試圖逃避，但發現自己在中國人的房子裏，內有藤桌等傢俱。桌子、沙發等等的腿都即刻有了生命。再加上鱷魚那可厭的頭部及其睨視的雙眼對著他，上千次重複著這種動作，這讓他站在那裡，不勝厭惡，且迷惑不解。後來這個可憎的爬蟲時常出現在德・昆西的夢中，並與中國的場景疊映在一起，讓他恐怖萬分，厭惡無比。

劉重德先生在翻譯這段文字時，加了一條注釋說：「在一八一八年五月的回憶中，德・昆西先後多次提到『中國』和『中國人』，似係誤解，一因中國無種姓等級制度；二因中國不在他所說的南亞或東南亞，而是在東亞；三因中國一向被稱為文明古國，禮儀之邦。」[110]這裡似乎有點為德・昆西辯解的意思。對此我們有兩點需要說明：一是西方人將中國稱為「文明古國，禮儀之邦」，那大致上是十七至十八世紀的看法，德・昆西生活的十九世紀已經走向了這種看法的反面；二是在英人眼裡，中國不過是東方許多古老國家之一，他們當初對中國的興趣是跟著對東方的一般興趣濃厚起來的，同樣十九世紀以後對中國的厭惡也是與對東方（埃及到遠東）的惡劣印象糾纏在一起的。可以說他們分不清，也不屑於分清這些國家之間的區別，把東方統統作為一個異己的「他者」（the Other）來對待的。

---

110 劉重德譯：《德・昆西經典散文選》（英漢對照本）（長沙市：湖南文藝出版社，2000年），頁181。在另一中譯版本的《譯後記》裡，劉先生也說「其中只有『中國』一詞，根據上下文多提及南亞、東南亞以及印度斯坦，並根據中國沒有種姓制度這一事實，一律糾正為『印度斯坦』（Hindostan）」。見《癮君子自白》（長沙市：湖南文藝出版社，1995年），頁143。

　　根據黑格爾和薩特的定義，「他者」指主導性主體以外的一個不熟悉的對立面或否定因素，因為它的存在，主體的權威才得以界定。西方之所以自視優越，正是因為它把其他國家，特別是殖民地人民看作是沒有力量、沒有自我意識、沒有思考、沒有統治能力的結果。我們可以看到，那些形形色色的關於殖民活動的文字，均表明了那種西方世界體系是如何將其他民族的淪落視為當然，視為該民族與生俱來的墮落而野蠻的狀態的。[111]

　　詩人雪萊，同樣把中國當作未開化的、「未馴服的」（unsubdued）的「蠻族」看待。因為他的文化理想全在希臘。一八二一年出版的抒情詩劇《希臘》（*Hellas, A Lyrical Drama*）可資為證。詩劇〈序言〉裡說：「我們完全是希臘人。我們的法律、我們的文學、我們的宗教、我們的藝術，無不生根於希臘。如果沒有希臘，那末我們祖先的老師、征服者或京城——羅馬——就不可能用她的武器來傳播啟蒙的光輝，我們也許到今天還是野蠻人和偶像崇拜哩。也許更壞，社會弄到那種停滯而悲慘的境地，像中國和日本那樣。」[112]

　　在詩劇《希臘》最後部分，雪萊把中國、印度、南極諸島以及美洲土著所崇拜的一些奇異的偶像，稱之為「未馴服的偶像」。在雪萊看來，所有這些異教神明毫無疑問一直統治著人的理智，況且自從他們統治以來，人們所知道的一切惡勢力總是在起著邪惡的作用，而且這種作用不斷地擴大。於是，只有耶穌基督的出現，人們才能得救，異教迷信的恐怖才能得以消除。

　　這些英國作家心目中的東方（中國）印象，只不過是當時流行觀念的點滴表現。我們可以從那份在英國家喻戶曉的《笨拙》（*Punch*）雜誌上體會到這種觀念的典型展演。有了以上這些觀念背景，我們看

---

111 〔英〕艾勒克‧博埃默著，盛寧等譯：《殖民與後殖民文學》（瀋陽市：遼寧教育出版社，1998年），頁22。

112 〔英〕雪萊著，楊熙齡譯：《希臘》（上海市：新文藝出版社，1957年），頁3-4。

德・昆西對中國的那些惡劣印象就絲毫不會感到奇怪。維多利亞時代的桂冠詩人丁尼生在一行詩裡說：「在歐洲住五十年也強似在中國過一世。」德・昆西沒有這麼「謙虛」，他聲稱「我寧願同瘋子或野獸生活在一起」，也不願在中國生活，因為他的心目中，中國人不過是些未開化的野蠻人。

　　辜鴻銘在〈尊王篇〉序言裡講：「一個英國佬最近在上海對我說：『你們中國人非常聰明並有奇妙的記憶力，但儘管如此，我們英國人仍然認為你們中國是一個劣等民族。』」[113]將中國當作劣等民族，當作未開化的野蠻人，這可以說是十九世紀不少英國人的一種「共識」。那位改變了英國對中國認識態度的馬嘎爾尼爵士，就認為英國或者更確切地說英格蘭在世界上的優越是不容質疑的。他說「現在的英國人是世界上第一民族，不管他們在什麼地方，只要在國外，這一點就得到承認。」[114]他在自己的日記裡稱中國的普通民眾「像俄國人一樣野蠻」。那裡的精英也具有野蠻人的一切惡習：他們是欺詐的、撒謊的，他們背信棄義，貪得無厭，自私、懷恨和怯懦。更概括地說，「儘管從我們掌握的有關他們的描述中我們估計他們是什麼樣的，我們必須把他們當作野蠻人。……他們是不應該同歐洲民族一樣對待的民族。」[115]

　　與以上作家對中國貶斥不同，十九世紀浪漫時期的散文家沃爾特・塞維奇・蘭陀（Walter Savage Landor, 1775-1864）則對中國懷有一種仰慕之心。據說鴉片戰爭期間在倫敦的一次大型宴會上，他大談特談中國是世界上唯一的文明之邦，這對當時傲慢不可一世的英人來

---

113 辜鴻銘著，黃興濤等譯：《辜鴻銘文集》（上卷）（海口市：海南出版社，1996年），頁12-13。

114 〔英〕馬歇爾：〈十八世紀晚期的英國與中國〉，見張芝聯主編：《中英通使二百週年學術討論會論文集》（北京市：中國社會科學出版社，1996年），頁23。

115 〔英〕馬歇爾：〈十八世紀晚期的英國與中國〉，見張芝聯主編：《中英通使二百週年學術討論會論文集》（北京市：中國社會科學出版社，1996年），頁24。

說，是何等的不入耳，何等的「不合時宜」。

　　蘭陀被視為英國浪漫主義時代的古典作家，這是一個孤獨傲世、超塵拔俗的人物。他的一生很長，經歷了英國浪漫主義的全盛期及其以後的許多歲月。他四十五歲時開始寫作《想像的對話》（*Imaginary Conversation,* 1824-1829）。這部作品的寫作形式與他追求的特定目標與藝術方向最為相契。蘭陀醉心於古典學術，鑽研頗深，以至於他的思維方法都帶有古典色彩。《想像的對話》不僅取材於古希臘、羅馬的事件與人物，而且字裡行間都顯得古色古香。全書分五輯，其中包括古典對話、君主與政治家的對話、文人的對話、名女人的對話，以及其他對話雜錄。對話者通常為兩個人，這些不同地區不同人物的對話涉及的年代甚廣，上至特洛伊戰爭，下至蘭陀本人所處時代。雖然這些對話的背景大多為古代歷史及神話，但對話的內容卻頗具新意。

　　蘭陀這部散文作品裡有一篇涉及中國題材，名為〈中國皇帝與慶蒂之間想像的對話〉（*Imaginary Conversation between Emperor of China and Tsing Ti*）。[116]慶蒂是中國皇帝派到英國去的欽差，當然這完全出於蘭陀的向壁虛造，但我們借此可以聽到當時英國對中國的另一類聲音。作品裡慶蒂向聖明的中國皇帝講述他遊歷英國時所了解到的一些奇怪現象，結果每每讓皇帝不可思議，甚至「感到天旋地轉」，不理解為何英國的一切會「那麼不協調、那麼混亂」。這當然是蘭陀本人的借題發揮。以中國人或東方人的眼光來觀察歐洲社會，對歐洲文明的弊端進行嘲諷批判，這是英國文學乃至歐洲文學的一個傳統，只不過這種傳統在十九世紀的時代氛圍中已變得難以覓見。

　　蘭陀首先選擇中國的封賞制度，來與英國的賞罰不明相對照。我

---

116 蘭陀的文集不易讀到，但這篇關於中國皇帝與欽差慶蒂的對話，可以參看：Raymond Dawson, *The Chinese Chameleon: An Analysis of European Conceptions of Chinese Civilization* (London, 1967). 該書中譯本（北京市：時事出版社；海口市：海南出版社，1999年）由常紹民、民毅翻譯。本節引文，均出於此處。

們知道，中國古代獎懲制度一般是與考核制度、監察制度相結合而實行的。對官吏考核、監察之後，都要根據為政優劣進行獎懲。或增加俸祿、遷官升級、賜賞爵位，或貶職、免官、降薪、治罪等，總之賞罰分明。在蘭陀筆下，那位被皇帝派到英國去的慶蒂回來後，給皇帝講了他在遊歷裡的所見所聞，當然多半是些不合常理的事情，這引起了皇帝的讚賞和興趣。中國皇帝對獎賞臣下很是看重，自然也就想知道那些白人國王是如何獎賞臣民的了。

慶蒂回答說在英國沒有人喜歡談論別人的賞賜，即便連國王對此似乎也同樣缺乏知識。因為從來沒有人向他建議某人值得提升或某人值得被恩賜一個使他高出普通市民很多的頭銜，除非那個人屠殺了很多、毀掉了很多，士兵和律師便是如此。

蘭陀在此告訴我們，在英格蘭能得到獎賞的，既不是那些道德高尚的人，也不是那些有益於國家的人，更不是那些愛好和平的人。這就與啟蒙思想家眼裡的中國形成對照。伏爾泰曾經說過，在別的國家，法律用以治罪，而在中國，其作用更大，用以褒獎善行。若是出現一椿罕見的高尚行為，那便會有口皆碑，傳及全省。官員必須奏報皇帝，皇帝便給應受褒獎者立碑掛匾。他還舉了一個例子說，一個老實巴交的農民拾到一個裝有金幣的錢包，交還後被賜給五品官，因為朝廷為品德高尚的農民設有官職。[117]因此，與中國皇帝的賞賜有加比照，英王及其臣僚的行為就有些不近人情，當然那屠殺和毀掉了很多的士兵和律師除外。

這兩類人竟然受到賞賜，中國皇帝覺得蹊蹺：「為他的國家默默無聞增光添彩的人、後世應當尊敬的人，這些人都不能昂起他們的頭顱嗎？你是這個意思嗎？他也許在灌溉著天才的花園；他也許為其花園中的果實興奮激動；他也許在欣喜地等待著將來有一天他敵人的子

117　〔法〕伏爾泰著，梁守鏘譯：《風俗論》（北京市：商務印書館，1996年），上冊，頁217。

孫和他自己的子孫一起在他種植的樹下休憩；他的勞作永遠得不到榮耀；他的冥想裡永遠不會出現掌聲！難道英格蘭就是這個樣子嗎？」

與軍隊的塗炭生靈相比，倡導和平的人更值得尊重。言下之意裏把窮兵黷武的英王與熱愛和平的中國皇帝形成鮮明對照。利瑪竇也說過：中華帝國「雖然他們有裝備精良的陸軍和海軍，很容易征服鄰近的國家，但他們的皇帝和人民卻從未想過要發動侵略戰爭。他們很滿足於自己已有的東西，沒有征服的野心。在這方面，他們和歐洲人很不相同，歐洲人常常不滿意自己的政府，並貪求別人所享有的東西。」[118]蘭陀在此傳達的雖然仍是十七及十八世紀來華傳教士們理想化中國觀的一種聲音，然後在十九世紀西方普遍敵視中國的情勢下重提這種啟蒙理性精神，並為中國鳴不平卻又是難能可貴的。

英國的有識之士對貴族世襲制頗多微辭。蘭陀在這篇想像的對話中也通過中國皇帝對英格蘭的國王把榮譽授予那些毫無價值的人們，「他們僅僅因為那些孩子是一些聰明的傢伙所生就恩寵他們，而絕非因為他們本人聰明」。

蘭陀在此對貴族世襲制及封賞制度提出批評，對中國的相關制度表示讚賞。當然這種看法並不新鮮。法國傳教士李明在《論中國人的政策和政府》中就指出，在中國，「貴族從來不是世襲的，除了他們執掌的公務所形成的地位之外，人們的地位之間沒有差別；所以除孔子家族之外，全國只分官員和平民。……當一個省的總督或省長死去，他的孩子以及其他人一樣地要為自己的前程奔波；如果他們沒有繼承自己父親的美德和才智，那麼不管他們所繼承的父親的名字多麼顯赫，對他們也無濟於事。」[119]而英國的情況則不一樣，比如十八世

---

118 〔義〕利瑪竇、金尼閣著，何高濟等譯：《利瑪竇中國札記》（北京市：中華書局，1983年），頁58-59。

119 轉引自〔英〕赫德遜著，王遵仲等譯：《歐洲與中國》（北京市：中華書局，1995年），頁288。

紀喬治國王執政年間，封賞高級職務的原因與個人的能力沒有任何關係。政府以出售職務而變富。或者是政府作為忠實效勞的犒賞和希望結交盟友而賜給職務。當然這種授予職務的方法本身並非一無是處，但一些批評派思想家則認為如果以功德為基礎而賜給，那麼我們不就會有一個好得多的政府。[120]中國的政府形式正好為他們提供了一個理想化的目標，這也是蘭陀該文的命意所在。

一切都是那麼不協調、那麼混亂，這就是蘭陀通過與中國文明的對照，對英國狀況的評價。

中國皇帝不僅對英國賞罰不明等狀況不滿，還討厭那些島民的言行不一，對他們的缺乏宗教觀也頗感震驚。同時，大概是以己度人吧，皇帝還要慶蒂替他描述一下國王就寢時為他讀詩的人的情形。慶蒂的回答讓他有些意外，因為「國王陛下睡覺很沉，從來不叫任何人讀詩。」同樣也「沒有人在他進餐時為他背詩。」這毋寧說英國國王是不讀書的無知之輩。而且，「在英格蘭沒有哪一個君主──尤其是現在在位者──肯去與一位詩人或哲學家談上一個小時，但卻可以與賭徒或扒手度過無數個日夜。」

在十七至十八世紀的一些西方人眼中，中國皇帝既是詩人，也是哲學家。人們已經失望於歐洲政治狀況，上有不學無術的君主，下有遊手好閒的貴族。啟蒙思想家期望通過理性建設與道德教育來塑造開明的君主。因此在他們看來，那些中國皇帝，他們「投入自己全部的生命與幸福去治理國家。他們是最高尚智慧的哲學家，也是最公正勤勉的君主。」伏爾泰曾用熱情的詩句歌頌乾隆皇帝──中國的哲人王：「偉大的國王，你的詩句與思想如此美好，／請相信我，留在北京吧，永遠別來吾邦，／黃河岸邊有整整一個民族把你敬仰；／在帝

---

120 參見〔英〕艾德蒙・萊特：《中國儒教對英國政府的影響》，中譯文載《國際漢學》第1期（北京市：商務印書館，1995年），頁164-179。

國之中，你的詩句總是如此美妙，／但要當心巴黎會使你的月桂枯黃⋯⋯／宮廷會想方設法加害於你，／以法令詆毀你的詩句與上帝。」[121] 他在《風俗論》裡也指出中國皇帝可能是全國首屈一指的哲學家。利瑪竇在談到中國的政治機構時也說過：「標誌著與西方的一個非常引人注目的不同的另一重要事實是，整個帝國是由文人學者階層即通常稱作哲學家的人進行統治。對整個國家進行井然有序管理的責任完全交由他們承擔。」[122] 這些激情洋溢的讚美，把中國君主完全理想化了，然而他的博學通達，開明穩健，卻是西方啟蒙主義政治期望的投影，也是他們認定一個明君應有的品質。蘭陀顯然受到了這些影響與啟發。

慶蒂的話先揚後抑、先讚後諷：「英國人雖然喪失了自己的宗教，卻依然在諸多方面不失為世界上最為誠實、最為克制的民族。」他舉了一個例子，說曾經沿著倫敦附近一條運河散步，看見許多的老鼠、貓、狗，正在可愛地吮吸母親乳汁的貓咪、最溫順的胖狗崽，甚至可以見到上等的長蛇，顏色有綠有黃，每一條有幾磅重，這一切足以讓一名黎明散步的鴉片癮君子胃口大開。慶蒂對皇帝說：「陛下，我看見牠們在岸上被殺死，卻沒有一個人——男人、女人或孩子上前衛護牠們；而我想訂立一份購買部分家畜的合同的願望也在徒然地等了幾個小時之後化為了泡影，因為主人一直未露面。有證據表明那些死去的東西就一直留在那裡直到腐爛。他們以這種方式保持土壤的肥沃和與之相適應的稀少人口。即使青蛙也不被看成奢侈品。我曾注意到一些被農民用石頭砸死的青蛙死在溝壑旁，而假如這些人企圖殺死一隻食穀鳥或偷一隻酸蘋果，那就會被流放到天涯作為懲罰。」這段

---

121 參見〔法〕艾田蒲著，許鈞、錢林森譯：《歐洲之中國》（鄭州市：河南人民出版社，1994年），下卷，頁275。

122 〔義〕利瑪竇、金尼閣著，何高濟等譯：《利瑪竇中國札記》（北京市：中華書局，1983年），頁59。

亦莊亦諧的調侃大概是說英國人無所顧忌地踐踏生靈，缺少與動物和光同塵的仁厚心腸。

如上所言，蘭陀以理想化的中國圖像與英國現況進行對比，以挖苦後者，這多少讓我們想到了哥爾斯密的《世界公民》。在《世界公民》裡，哥爾斯密不就經常運用理想化的中國事物，或假託中國人來批評英國那些不太令人滿意的狀況嗎？十八世紀的不少作品採用的都是這樣一種模式，即借「他者」（當然是理想化的）來對自身的社會狀況評論針砭。假如將這篇皇帝與慶蒂的對話放在十八世紀，我們絲毫不感到有什麼了不得。然而在十九世紀上半葉，蘭陀的這篇文字就顯得突兀而顯豁，因為當時英國乃至歐洲親華的聲音已經相當微弱了。可以料想，在當時的情形下，讀了這篇對話的英人一定大惑不解：竟然還有人在為該用武力懲罰的愚昧國度高唱讚歌，竟稱之為文明之邦？在他們心中，或許蘭陀應該像費奈隆寫〈蘇格拉底與孔夫子的對話〉那樣，對中國文明成就表示不屑一顧才是。[123]如果說當初馬嘎爾尼的無奈離去，為一個時代畫上句號，蘭陀的想像對話則讓人們重溫起往日那段烏托邦中國的美妙圖景，只不過這種印象不再令人神往，並很快淹沒在貶斥中國的浪潮之中。

三　維多利亞時代英國作家作品裡的負面中國形象

維多利亞女王一八三七年繼位，一九〇一年去世。不過，史稱「維多利亞文學時期」的開端卻往往以司各特去世的一八三二年為標誌。這一年浪漫主義作為一個思潮氣數散盡。一八三二年英國國會通過第一個改革法案，從政治上說也標誌著一個新時期的到來，英國逐

123　參見〔法〕艾田蒲著，許鈞、錢林森譯：《中國之歐洲》（鄭州市：河南人民出版社，1992年），上卷，第22章「費奈隆與中國」，頁316-332。

漸走上了強盛之途。尤其到了維多利亞中期，英國是世界上無可爭辯的頭號強國。它的政治、經濟、社會制度都有穩固的基礎，並且是歐洲和海外新老國家的典範。英國統治下的帝國包括非洲、美洲、亞洲和澳洲的大片地區。英國的海軍力量統治各個大洋，貿易擴展到全世界。英國在長時期內被認為是世界金融和工業中心。雖然在女王統治結束以前，上述情景的某些細節已有所改變，但英國的影響與力量仍然強大。

鼎盛時期的大英帝國，它的驕橫和自信蔓延全球。大多數英帝國主義者都以為自己在扮演一個了不起的世界的征服者和文明使者的英雄形象。在他們看來，英國的歷史是一部由各種最早的、最好的和各種絕對的起始所構成的歷史。英國人在任何一地建立一個十字路口，一個城市或一塊殖民地，他們都把它說成是一部新的歷史的開端。其他的歷史，都認為不那麼重要，甚至在某些情況下，根本就不存在。對英國人而言，維多利亞女王統治時期代表了一個偉大的殖民主義時代。不列顛被認為是註定要、而且有義務去統治全世界，或至少也要統治她的大帝國現已延伸到的佔地球四分之一那麼大的面積。

這樣一種對世界的看法當然需要有非常有力的文化和話語方面的支持。我們看到，像三卷本小說和暢銷冒險故事這樣一些維多利亞時代最典型的文類裡，無不充滿著大英帝國的驕傲和民族自豪感。維多利亞時代的作家和思想家，如卡萊爾、約翰·斯圖亞特·穆勒、狄更斯等，在用文字來參與大英帝國的自我再現時，都採取了一種視之為當然的態度。他們對帝國有一種默認和接受：因為這背後有一個假設，只要有大英帝國掌舵，整個世界就不會出問題。因而這樣一種帝國心態，不僅有工業的和軍事的支持，也往往有明顯的道德、文化和種族優越性等意識形態來支持它的闡釋活動。[124]

---

124 參見〔英〕艾勒克·博埃默著，盛寧、韓敏中譯：《殖民與後殖民文學》（瀋陽市：遼寧教育出版社，1998年），頁25-26。

　　狄更斯筆下的「董貝父子公司」就完全是按照「以他們自己為中心的商貿體系」來看待整個世界的，而「江河湖海之所以形成，為的是讓他家的船隻駛向『董貝父子公司』」。「地球是為董貝父子的買賣而造；太陽和月亮為他們的照明而生；江、河、海洋只為他們行船而流動；長虹許諾他們風和日麗；風兒隨他們的事業運行，所有的星星都圍著他們旋轉，形成一個永遠以他們為中心的系統……」（《董貝父子》）從這樣一段關於董貝極為誇張的自負的描寫中，也能夠看出十九世紀中期英國小說家所特有的一種自負。

　　傳統上講，英國的民族自我向來是以一個海外他者作為對立面才得以形成的。如果說十七世紀時的他者是天主教的歐洲，那麼隨著帝國的發展，這個自我就逐漸變得需要靠殖民地所代表的相對弱小的國家作為陪襯方可得到界定了。在達爾文之前，殖民化就已經被描寫成適者生存，用德・昆西的話說，就是「揚簸穀粒似的決出種族的優劣」。英國殖民主義作品通常將殖民地人描寫成低等的、卑下的、懦弱的、陰柔的，是相異於歐洲，尤其相異於英國的他者。

　　中國同樣是英國的他者。尤其是經過兩次鴉片戰爭和一系列不平等條約，表明英國與中國之間的關係，是建立在既是不可抗拒的，又是厚顏無恥的強權暴力基礎上的，也是建立在一個世紀中對中國不斷地表現出的鄙視與嘲弄的基礎上的。人們對中國人的野蠻和麻木確信無疑，以至於當時有較大影響的《十九世紀世界大詞典》（1869）在「中國」詞條的解釋中竟指責中國人吃人肉。馬嘎爾尼認為英國或者更確切地說英格蘭在世界上的優越是不容質疑的。他說「現在的英國人是世界上第一民族，不管他們在什麼地方，只要在國外，這一點就得到承認。」他在自己的日記裡稱中國的普通民眾「像俄國人一樣野蠻」。那裡的精英也具有野蠻人的一切惡習：他們是欺詐的、撒慌的，他們背信棄義，貪得無厭，自私、懷恨和怯懦。更概括地說，「儘管從我們掌握的有關他們的描述中我們估計他們是什麼樣的，我

們必須把他們當作野蠻人。……他們是不應該同歐洲民族一樣對待的民族。」[125]

曾任英國駐上海領事的麥華陀（Sir Walter Henry Medhurst, 1823-1885）在其著述裡說：「有關中國人的突出觀點是，他們是非同尋常但卻是愚蠢昏聵的人類，他們無休止地吸食鴉片，生出女嬰就把她們溺死；他們日常食物中有小狗、小貓、老鼠，以及諸如此類的東西；他們在榮譽、誠實和勇氣方面水準是最低的；對他們來說，殘忍的行為是一種消遣娛樂。」[126]一八五八年四月十日，《笨拙》上刊登了題為〈一首為廣州寫的歌〉的詩歌，還有一幅漫畫，上面是一個未開化的中國人，背景是柳樹圖案。這首詩歌說：約翰·查納曼（John Chinaman, 中國佬）天生是流氓，他把真理、法律統統拋雲霄；約翰·查納曼簡直是混蛋，他要把全世界來拖累。這些殘酷而頑固的中國佬長著小豬眼，拖著大豬尾。一日三餐吃的是令人作嘔的老鼠、貓狗、蝸牛與蚰蜒。他們是撒慌者、狡猾者、膽小鬼。約翰牛（John Bull，英國佬）來了機會就給約翰·查納曼開開眼。這可以說是英國人心目中對中國印象的流行看法。[127]

在有關中國人的種種惡習中，對英人印象尤深的是中國人嗜吸鴉片成癮。狄更斯在其最後一部未完成的小說《德魯德疑案》（*The Mystery of Edwin Drood*, 1870）裡，就把中國人描寫成吸毒成癮，完全被毒品搞昏頭的人。小說一開始就寫主人翁在一間簡陋不堪而密不

---

125 參見〔英〕馬歇爾〈十八世紀晚期的英國與中國〉一文，中譯文載張芝聯主編：《中英通使二百週年學術討論會論文集》（北京市：中國社會科學出版社，1996年），頁16-29。

126 〔英〕麥華陀（W. H. Medhurst）：《在遙遠中國的外國人》（*The Foreigner in Far Cathay*, 1872），頁1-2。轉引自J. A. G. 羅伯茨編著：《十九世紀西方人眼中的中國》（北京市：時事出版社，1999年），頁201。

127 雷蒙·道森在《中國變色龍》一書裡複製了這首詩及漫畫，見該書中譯本，頁188-189。

透風的小屋子內，看到床上橫躺著幾個人，都沒脫衣服，其中有處於昏迷狀態的中國人和印度水手，還有形容枯槁的鴉片煙館老闆娘。滿面煙容、大煙鬼似的老闆娘「跟那個中國人出奇地相像，不論臉頰、眼睛和鬢角的形狀，還是皮膚的顏色，兩人完全相似。而那個中國人身子抽動著，似乎正在跟那多神教中的一個鬼神搏鬥，他的鼻息也響得可怕。」狄更斯甚至把這些嗜吸鴉片的中國人當成是中國國民的真正典型。而在其成名作《匹克威克外傳》（1837）裡提到了中國思辨哲學時也頗多譏諷調侃。小說第五十一章裡寫匹克威克先生遇到一位舊相識卜特先生（Mr. Pott）。卜特建議他讀讀在報紙上「論中國思辨哲學的一篇書評，內容豐富」，「非常深奧」，而且是從《大英百科全書》裡弄到這個題目的。匹克威克說：「當真？我不知道那部寶貴的著作裏面包括關於中國思辨哲學（Chinese metaphysics）的任何材料。」卜特回答說這很簡單，只要從《大英百科全書》的M部裏找到思辨哲學（metaphysics）讀了，又從C部找到中國（China）讀了，將兩份材料結合起來不就成了中國思辨哲學。狄更斯在這裡實際上是通過他筆下人物的口表達了中國不可能有哲學的偏見。

　　諸如此類的針對中國的負面認識在德·昆西那裡有更明顯的呈現。前文已經提及，鴉片是德·昆西與中國關係的聯結點。對於鴉片的危害性，德·昆西深有體會，但這並不能使他良心上受到任何責備，成為英國對中國發動鴉片戰爭的一個堅決的支持者。他有一個兒子霍拉蒂奧（Horatio）就是侵華英軍中的一員，並於一八四二年八月二十七日死在中國。因為他考慮中國問題的角度，再也不是十八世紀末、十九世紀初那些令人好奇的浪漫想像，其衡量標準是出於戰略意義的商貿利害關係。在《自白》裡，他講述了自己第一次購買鴉片的經驗。那時他的眼中，鴉片只不過體現著一種交換，一種心曠神怡的誘惑。他說自己不願意把任何世俗的回憶同第一次使他熟悉這種天國藥物的那個人、地點和時刻相聯繫。然而，在德·昆西一八四〇年以

後的文章裡，鴉片已經增加了經濟的價值。由此他力求使大英帝國在中國的野蠻行徑合法化。

對是否應該對中國進行武力干涉，英倫朝野眾說紛紜，經過爭論基本上形成了支持與反對兩派意見。戰爭的反對者從鴉片貿易不道德的角度批評英國政府的對華政策。他們堅持說鴉片是一種危險的毒品，中國人抵制的原因倒並不是由於對帝國侵略的厭惡，而是因為那些進口商品的不道德的本性。一個基督政府其責任應該是使中國人開化，而不是去毒害他們。一八三九年，有位任職於劍橋大學聖三一學院的牧師地爾窪（Algernon Thelwall）還出版了一本《對華鴉片貿易罪過論》（*The Iniquities of The Opium Trade With China*），產生了很大影響。書中敘述了鴉片貿易的史實，鴉片的危害性等，呼籲英國國會應該對鴉片貿易的情況進行調查，呼籲英國政府應與中國合作共同制止這種禍害。

戰爭的支持者則說，中國人自己要吸鴉片，鴉片的危害性可能還沒有烈性酒大；並大談特談中國政府對英國商人的殘暴，堅持要讓中國受到懲罰。一八四○年鴉片戰爭後，大批傳教士趾高氣揚地以征服者的姿態踏進中國的城鎮。當時在華的基督教傳教士的基本信條是：「只有基督教能拯救中國解脫鴉片，只有戰爭能開放中國給基督。」也就是說，鴉片危害於中國，英國政府及商人是沒有什麼責任的，也是無力解決的。基督教傳教士都不反對這種罪惡的貿易，他們可以乘坐販運鴉片的飛剪船到中國去，還從販運鴉片的公司和商人的手中接受捐款。他們都說，鴉片對中國人是無害的，就像酒對西方人是無害的一樣。他們認為只要中國人接受了基督，鴉片的危害也就自然會消失；而要使中國人接受基督，唯一的辦法就是戰爭。這就是他們荒唐至極的侵略邏輯。[128]後來，漢學家翟理斯（H.A.Giles）在一九二三年

---

128 顧長聲：《傳教士與近代中國》（上海市：上海人民出版社，1981年），頁48。

寫的一本小冊子《關於鴉片之事實真相》（*Some Truths About Opium*）裡，也說遠在鴉片戰爭以前，中國人就已知曉嗜食鴉片。民國以來，軍閥都強迫人民種植罌粟作為稅源。中國實際上已經自種自吸，英國人縱使禁止鴉片販往中國，也難以收到實效。這就是說，如果中國決心禁煙，只能靠自身努力，英國本沒有這種道義上的責任。

　　因此，對於鴉片，反對者說它是一種致命的毒藥，支持者則把它看做是一種無害的醉人的興奮劑，而且只不過是中國人大量需求的一種商品。德·昆西在一八四○年的那篇〈關於中國的鴉片問題〉的文章裡非常詳細地引述了相關的爭論。而他則宣稱中國人禁止印度鴉片僅是由於他們自己能夠充足供應以滿足自己的需求。於是當第一次鴉片戰爭爆發後，德·昆西就擱下了有關鴉片消費的正義與否不談，而走進對抗中國的戰爭支援派的陣營。他認為中國人本來就是一些原始而野蠻的族類，只有與文明的西方（尤其是英國）接觸，才是發展的唯一希望；同時，由於中國人的本性是欺騙奸詐的，所以這些接觸必須由西方人在武力的保護下實施，這是能夠讓中國人明白的唯一制裁手段。德·昆西在寫作《自白》時，就一貫有厭惡中國的思想，這時候更不願意公平地檢視那些爭論意見，尤其是戰爭反對者的意見。[129]

　　因此，鴉片能破壞中國人的家庭經濟。德·昆西由此又繼續推測中國人的命運：他說鴉片消費取代其他消費後，將會出現財富過剩的狀況。因而那些連續生產以供中國人消費的英國人將會越來越富裕，而那些「生活在陰溝裡，吃著垃圾的」中國人，不能生產足夠的產品供他們大量的人口消費。但是這種財富增加的模式僅僅在國外市場購買力增加時才會起作用。理論上對英國商品來說，中國人是一個理想的市場，他們的貧困給英國貿易提供了最好的根基。德·昆西的計畫是英國停止進口中國茶葉。他認為儘管只是在相當小的程度上讓這一

129　Grevel Lindop, *The Opium-eater: A Life of Thomas De Quincey,* (London: J.M.Dent & Sons Ltd., 1981), pp. 338-339.

計畫獲得實施，足以會對中國的整體經濟造成毀滅性的後果。[130]

德・昆西寫道：「我們要對中國這樣的國家行使權利，因為這種民族是沒有能力達到真正文明程度的。儘管他們也有那種半文雅的態度和技藝，但是他們在道德方面的不開化是無可救藥的。我們要在足夠力量的展示下表明我們的意思。」他指的是通過戰爭所展示的軍事力量。在他看來，中國是一個無生命力的國度，既沒有值得一提的商業貿易，也沒有海洋工業、兵工企業、造船業，同樣也沒有像利物浦、格拉斯哥那樣的大城市。簡言之，中國沒有生機，沒有器官，沒心沒肺。[131]

類似的看法也出現在德・昆西題為〈中國〉[132] 的文章裡。這篇文章開頭引用詩人柯勒律治那種故作誇張式的義憤之句：「諸邦憎恨你！」（The nations hate thee）然後說，關於中國的事情，「（歐洲）諸邦憎恨你（中國）」這個說法無需正規投票就能一致通過。因為在那裡存在著最可卑、最愚蠢的不人道的侮辱事情。假如一個人聲稱對莎士比亞筆下的伊阿古（Iago）表示敬重，那他將會成為令人厭惡和受人懷疑的對象。伊阿古不過是戲劇裡的一個惡魔式的夢，而那些犯罪的中國人不僅是些活活生的存在物，一旦有機會就實施著他們那種殘忍惡毒的無禮行為。德・昆西還說，兩個世紀裡英國的擴張，倒是將自己帶進了一個痛苦不堪的境地。為什麼呢？因為必須把英國人與那些自負的、最該被忽視的中國居民聯繫在一起。他回顧了中英交往的歷程，指出從第一次的接觸開始，其基礎就是建立在極度惡意之上的，而且還持續不斷地發生著一些不好客的粗鄙事情。這當然針對中

---

130 Philip W. Martin & Robin Jarvis (eds.). *Reviewing Romanticism* (New York: St. Martin's Press, 1992), p. 124.

131 Philip W. Martin & Robin Jarvis (eds.), *Reviewing Romanticism* (New York: St. Martin's Press, 1992), p. 124.

132 Hsiao, Ch'ien（蕭乾）(ed.), *A Harp with A Thousand Strings* (London: Pilot Press Ltd., 1944), pp. 37-47.

國這一方而言的。德・昆西認為英國在廣東的商貿活動是丟臉的。原因是中國人沒有看到英國的雄偉壯觀，沒有看到英國的堅強實力，以及英國的開明而有堅實基礎的制度，還有那些良好的信用、精妙絕倫又古色古香的文學，對人類任何一種形式的災難所表現出的巨大同情心，另外還有那些能大大增加金錢能量的保險制度、巨大的造船企業、碼頭、兵工廠、燈塔、無論是私人還是國有的製造業等等。德・昆西說除了這些以外還有很多東西，中國人無法明白，也無法看到；英國在廣東的人太少，因而不能向中國人顯示一個偉大國家的　能量。

　　德・昆西在文中談到了寫過《環球旅行記》的安森在廣州的遭遇。然後說，一個政府（中國）如此善於欺騙，而一國人民（至少在滿清官員階層）卻通過數世紀以來的訓導而不自覺地順從其政府，這是不可思議的現象。他還提到了英使馬嘎爾尼和阿米士德來華，因「叩頭」禮儀而招致的失敗，說這些東方人的墮落是駭人聽聞的，而從婦女的境況上也同樣可以發現亞洲國家的未開化程度。德・昆西進一步認為，中國人是一個非常低能的民族；他們的頑固的特性又是與其低能的大腦聯繫在一起的，同樣也跟低能的道德能力相連。由此我們從他的這種種看法，再聯繫他在《自白》裡的那些恐怖的東方（中國）惡夢，可以看到這是一個對中國和中國人極具成見和偏見的英國作家，他關於中國問題的著述正是忠實地展現英帝國殖民心態的自白書。

四　奧斯卡・王爾德對道家思想的心儀與認同

（一）老莊學說與唯美主義者的心靈訴求

　　正如儒家學說因十七至十八世紀耶穌會教士的傳播得以登上歐陸，道、釋兩家也是靠他們的譯介而進入西方文化圈。不過，儒道在

近二百年的西行歷程中，各自的境遇卻冷熱甚殊。如果說儒家學說經
過耶穌會教士的傾慕推重、啟蒙思想家的禮贊接納，早已在西方思想
界生根開花，成為當時構建知識、信念體系的重要思想資源的話；那
麼，道釋兩家則絲毫不受關注，與儒家學說所受到的隆遇相比，道家
智慧在一段時間裡仍處於未被「發現」的沉寂狀態，其中的緣由是頗
值深究的。

　　道家原典中，老子《道德經》最早被譯成歐洲語言。一七八八年
譯成拉丁文後尚未付梓印行的《道德經》，作為獻給皇家學會的禮物
送到倫敦，標誌著中國道家思想的歐洲之旅由此肇始。譯文將「道」
譯作「理」，意為神的最高理性。法蘭西學院的第一位漢學教授雷慕
沙成為歐洲研究道家思想的發軔者。他選譯了《道德經》（第一、二
十五、四十一和四十二章）並加以評論，認為「道」的概念難以翻
譯，只有「邏各斯」（logos）庶幾近之，包括絕對存在、理性和言詞
這三層意義。雷慕沙的學生和繼任者儒蓮於一八四二年完成《道德
經》的第一個加注全譯本。他遵從原中文注釋，將「道」譯作
「路」，更貼近中文本意。在道家思想的西行歷程中，他的注譯不失
為一項出色的開拓之舉。歐洲的學界精英正是通過這個譯本初步結識
了道家學說，並驚訝於它的玄遠深邃。例如謝林，他在《神話哲學》
（1857）中提及雷慕沙和儒蓮並寫道：「『道』不是以前人們所翻譯的
理性，道家學說亦不是理性學說，道是門，道家學說即是通往『有』
的大門的學說，是關於『無』（即純粹的能有）的學說，通過『無』，
一切有限的『有』變成現實的『有』……。整部《道德經》交替使用
不同的寓意深刻的表達方式，只是為了表現『無』的巨大的、不可抗
拒的威力。」[133]這段話表明道家思想的核心部分，如有無之辯，以及
它那獨特的哲學言說方式已經激起了西方學者的興趣。

---

133 轉引自〔德〕卜松山著，劉慧儒等譯：《與中國作跨文化對話》（北京市：中華書
　　局，2000年），頁76-77。

　　與這一學理性興趣相伴出現的是老莊學說的大量翻譯。從十九世紀六〇年代到二十世紀初出現了老子翻譯熱。英文譯者有查爾姆斯、巴爾弗、理雅各、卡魯斯和翟理斯，德文譯者有普蘭科納、施特勞斯、科勒爾、格利爾和衛禮賢，法文譯者有阿爾萊。最早的德語《莊子》譯本也出現在該時期，接著翟理斯的英譯《莊子》於一八八九年問世，一八九一年，理雅各的《莊子》及《道德經》英譯稿一起發表在米勒主編的系列叢書《東方聖典》中，它們均為西方《莊子》接受史上最具影響力的譯本。

　　儘管西方接受道家的第一個高潮姍姍來遲，然而卻熱烈得多。它那特有的社會批判色彩，一旦被施諸現實，它所掀起的強烈衝擊是人們始料未及的。

　　十九世紀後期，迅速發展的資本主義制度在極大地推動物質文明進步的同時，也在摧毀著許多傳統觀念的基礎。根深柢固的基督教世界觀，以及建立在其上的道德觀念與制度觀念不斷受到質疑。在一片惶惑疑慮的氣氛中，許多知識份子深感嚴重的精神危機，對社會現狀極端不滿，於是紛紛尋找各種心靈出路。正是在這樣的期待之下，人們試圖從新的思想源泉中汲取力量以彌合社會變革帶來的精神斷裂。

　　對這一期待，王爾德（Oscar Wilde, 1854-1900）是這樣描述的：

　　　　在這動盪和紛亂的時代，在這紛爭和絕望的可怕時刻，只有美的無憂的殿堂，可以使人忘卻，使人歡樂。我們不去往美的殿堂還能去往何方呢？只能到一部古代義大利異教經典稱作Cilla Divina（聖城）的地方去，在那裡一個人至少可以暫時擺脫塵世的紛擾與恐怖，也可以暫時逃避世俗的選擇。[134]

---

134 〔英〕王爾德著，楊東霞、楊烈等譯：〈英國的文藝復興〉，《王爾德全集》（北京市：中國文學出版社，2000年），卷4，評論隨筆卷，頁27。

作為唯美主義者，他向藝術和古典文明傾吐了強烈的心靈訴求。古老的東方及其精美的藝術、東方式逃離塵囂的處世哲學，便在這一訴求的召喚中順理成章地進入他的知識視野，成為批判現實的有力武器。與東方哲人莊子的邂逅相逢並一見傾心自然也成為情理之必然。

在唯美者眼中，藝術的純美即是對醜陋現實的超越，心靈若流連於「美的殿堂」中，自然可以不染塵垢。所以王爾德的身著奇裝異服，與中國花瓶、日本扇子、孔雀羽毛、向日葵、玉蘭花為伍，亦無非刻意讓美的氛圍包裹自己以便與世俗隔絕。他用兩個中國青瓷花瓶裝飾房間，朝夕觀賞，以至覺得自己越來越配不上它們的清雅了。因為這些精緻器物本身的完美結構就象徵著藝術世界——一個以形式美統治生活的超現實領域。

中國瓷器的瑩潤優美征服了王爾德，他看中國人的生活也無處不散發優雅的氣息。一八八二年，他應邀去美國巡迴演講，宣揚他的唯美主義理論，引起轟動。在其後所作的〈美國印象〉一文，他提到了中國人的生活：

> 舊金山是一座真正美麗的城市。聚居著中國勞工的唐人街是我見過的最富有藝術韻味的街區。這些古怪、憂鬱的東方人，許多人會說他們下賤，他們肯定也很窮，但他們打定主意在他們身邊不能有任何醜陋的東西。在那些苦工們晚上聚集在一起吃晚飯的中國餐館裡，我發現他們用和玫瑰花瓣一樣纖巧的瓷杯喝茶，而那些俗麗的賓館給我用的陶杯足有一英寸半厚。中國人的菜單拿上來的時候是寫在宣紙上的，帳目是用墨汁寫出來的，漂亮得就像藝術家在扇面上蝕刻的小鳥一樣。[135]

---

135 〔英〕王爾德著，楊東霞、楊烈等譯：〈美國印象〉，《王爾德全集》（北京市：中國文學出版社，2000年），卷4，評論隨筆卷，頁35。

　　王爾德之所以偏偏對中國勞工所謂藝術化的生活興趣盎然，因為他只注重藝術細節自身的獨立性，也符合唯美主義原則。這種對東方國家的審美化、理想化是唯美主義「為藝術而藝術」以及「生活為藝術」理念的另一種表現。因為他們從東方藝術品看到的只是線條、色彩、結構、裝飾性等純形式美。王爾德對東方藝術的推崇也正是由於其裝飾性和形式美，以及這種「裝飾藝術」與當時現實主義藝術的對立。在〈英國的文藝復興〉（1882）裡，王爾德說：「我們現代騷動不寧的理性精神，是難以充分容納藝術的審美因素，因而藝術的真正影響在我們許多人身上隱沒了，只有少數人逃脫了靈魂的專制，領悟到思想不存在的最高時刻的奧秘。這就是東方藝術正在影響我們歐洲的原因，也是一切日本藝術品的魅力的根源，當西方世界把自己難以忍受的精神上的懷疑與其哀傷的精神悲劇加在藝術上時，東方總是保持著藝術最重要的形象條件。」[136]他認為東方藝術所代表的是一種「物質的美」，「一種絢麗多彩的表層」的美。這種風格與唯美主義所宣導的「純美」、「形式美」以及「外在的品質」等等審美理想正好是吻合的。[137]

　　唯美主義運動與東方文化有著千絲萬縷的聯繫，不少著名的唯美主義作家、藝術家都把東方想像成「藝術烏托邦」。王爾德亦曾多次提到西方藝術的東方根源。在題為〈一本迷人的書〉（1888）的書評中，王爾德就反覆提到：「我們必須承認，所有現存的歐洲裝飾藝術，至少在濃烈因素這一點上，是與亞洲的裝飾藝術直接相關的。我們無論在哪裡發現歐洲人歷史上的裝飾藝術的復興，我想像，差不多經常是由於東方的影響和與東方民族相接觸所致的。」「不管怎樣，

---

136 〔英〕王爾德著，楊東霞、楊烈等譯：〈英國的文藝復興〉，《王爾德全集》（北京市：中國文學出版社，2000年），卷4，評論隨筆卷，頁19。

137 參見周小儀：〈消費文化與日本藝術在西方的傳播〉，《外國文學評論》1996年第4期。

一種清新的東方影響，貫穿到荷蘭，到葡萄牙到著名的大英德斯公司。……而德·梅頓農夫人在楓丹白露的房間的掛飾品則在聖·西爾刺繡，描繪了淡黃色的長壽花遍地的中國風景。」「路易十五和路易十六時期許多漂亮的外套都是受惠於中國藝術家那考究的裝飾針線活。……中國和日本的絲綢長袍教給我們色彩調和的新奇蹟、精心設計的新奧妙。」[138]

　　如果說以中國瓷器為代表的東方藝術契合了唯美主義對西方藝術傳統的厭棄、對純形式美的愛好，那麼，當王爾德跨出藝術的疆域，涉足東方哲學發現莊子思想時，後者則為他反叛傳統觀念、抨擊社會風尚援以武器。而這兩者之間多少存在些微妙的關聯，不妨這麼說，正是古韻悠然的東方藝術為王爾德躋身西方莊學研究的堂奧啟戶開牖。

(二)「無為」思想與王爾德的精神追尋

　　在十九世紀後期，王爾德對莊子思想的吸納是一件值得注意的事，它標誌著莊子思想與西方知識階層開始在精神深處進行對話。一八八九年，漢學家翟理斯（H. A. Giles）翻譯出版了他的著作《莊子：神秘主義者，道德家與社會改革家》（*Chuang Tzu: Mystic, Moralist, and Social Reformer*），並評論說：「莊子雖未能說服精於算計的中國人『無為而無不為』，但卻給後代一種因其奇異的文學美而永遠佔有首屈一指之地位的著作。」王爾德懷著極大的興趣讀完後，於一八九〇年二月八日以〈一位中國哲人〉（*"A Chinese Sage"*）[139]為

---

138 王爾德：《一本迷人的書》，原載《婦女世界》1888年11月號。譯文參見張介明譯：《王爾德讀書隨筆》（上海市：上海三聯書店，2000年），頁296-301。

139 〔英〕王爾德著，談瀛洲譯：〈一個中國哲人〉，收入楊東霞、楊烈等譯：《王爾德全集》（北京市：中國文學出版社，2000年），卷4，評論隨筆卷，頁273-280。下文所引出自該譯本，不另注。

題，在《言者》（*Speaker*）雜誌第一卷六期發表書評，評論翟理斯譯《莊子》。在這篇評論中，王爾德的思想與莊子哲學產生共鳴，他的一些社會批評與文藝批評觀念也借此得以成形。

在這篇評論文章裡，王爾德把莊子放在西方哲學傳統的座標上，在與西哲的比照中，指認他們的相似點。作為異質文化的接受者，認同是對話的第一步，王爾德亦不例外。比如，他認為莊子像古希臘早期晦澀的思辯哲學家那樣，信奉對立面的同一性；他也是柏拉圖式的唯心主義者；他還是神秘主義者，認為生活的目標是消除自我意識，和成為一種更高的精神啟示的無意識媒介等等，因而在王爾德看來，莊子身上集中了從赫拉克利特到黑格爾的幾乎所有歐洲玄學或神秘主義的思想傾向。王爾德借助於翟理斯的譯本對莊子哲學的這些比附與意會，應該說還是把握住了莊子思想的要脈，如其所蘊含的對立統一的辯證法思想，所獨具的理想主義與神秘主義色彩。評述中也流露出對博大精深的莊子哲學的讚賞與欣佩。同樣，我們也不應該忽視，王爾德對莊子哲學的解釋，又顯然是以其自身所處文化境遇為依據的，不少地方難以契合莊子哲學的真意。[140]

與諸多譯介者不同，王爾德的獨到之處是不停留於表面的認同，而是心契於莊子「無為」思想這一神髓，將之運用於社會批評與文學批評中，成為一種新的思想準的。

他「發現在博學的莊子的文字中，包含著一段時期以來我所讀過的對現代生活的最尖銳的批評。」可能正是由於這一點才引起他的強烈興趣。王爾德想像說：

---

140 如《莊子》〈雜篇〉〈則陽〉中提出的「安危相易，禍福相生，緩急相摩，聚散以成」的相對論觀點，就被王爾德解釋為「在他（莊子）身上沒有一點感傷主義者的味道。他可憐富人甚於可憐窮人，如果說他還會可憐的話。對他來說富足和窮困一樣可悲。在他身上沒有一點現代人對失敗的同情。他也沒有建議我們基於道德的原因，總是把獎品發給那些在賽跑中落在最後面的人。他反對的是賽跑本身。」這樣的解釋評述已經偏離了莊子思想的內涵。

　　莊子在耶穌誕生前四個世紀，他出生在黃河邊，一片佈滿
鮮花的土地上；這位了不起的哲人坐在玄想的飛龍上的圖
畫，仍然可以在我國最受敬重的坐落在郊區的許多宅子
裏，在造型簡潔的茶盤和令人愉悅的屏風上找到。擁有宅
子的誠實納稅人和他的健康家庭無疑曾經嘲弄這位哲人穹
隆般的前額，哂笑他腳下的風景的奇特透視法。要是他們
真的知道他是誰的話，他們會發抖的。因為莊子一生都在
宣傳「無為」的偉大教導，指出所有有用之物的無用。

　　王爾德料定英國人不會接受莊子的「宣傳」，因為「一切有用之
物的無用的教導不但會威脅我國在商業上霸權，而且會給小店主階層
的許多殷實、嚴肅的成員臉上抹黑。」如果接受這位中國哲人的觀
念，那些受歡迎的傳教士、埃克塞特教堂的講演者、客廳福音主義者
們，還有政府和職業政治家就會遭到致命的打擊。所以，「很清楚，
莊子是個極危險的作家；在他死後兩千年，他的著作譯成英語出版，
顯然還為時過早，並且可能讓不少勤奮和絕對可敬的人身受許多痛
苦。」借莊子的態度，以揶揄的口吻調侃了英國社會種種奔競營求之
舉，矛頭直指十九世紀末英國盛行的商業主義、功利主義以及虛偽的
博愛主義。

　　莊子反對人為的營求，提出「自然無為」思想是有其時代背景
的。戰國時代「紛紛淆然」的社會現狀，各政治人物的囂囂競逐，弄
得「天下瘁瘁焉人苦其性」。莊子洞察這禍亂的根源，認為凡事若能
順其自然，不強行妄為，社會自然便趨於安定。所以莊子的「自然無
為」主張，是鑒於過度的人為（偽）所引起的。在莊子看來，舉凡嚴
刑峻法、仁義道德、功名利祿、知巧權變以及權謀術數，都必將扭曲
自然的人性，扼殺自發的個性。「鳧脛雖短，續之則憂，鶴脛雖長，
斷之則悲。故性長非所斷，性短非所續」（《莊子》〈外篇〉〈駢拇〉）。

任何「鉤繩規矩」的使用，都像「絡馬首，穿牛鼻」，均為「削其性者」。

「檠飾之患」（人為的羈勒），乃為造成苦痛與紛擾之源，凡不順乎人性而強以制度者亦然。「乃至聖人，屈折禮樂以匡天下之形，懸跂仁義以慰天下之心，而民乃始踶跂好知，爭歸於利，不可止也，此亦聖人之過也」（《莊子》〈外篇〉〈馬蹄〉）。人類最不該被這些禮俗、法規和制度所拘因。王爾德本人立身行事放達不羈，蔑視傳統，無視道德倫理的檢束。高張唯美主義旗幟，徹底背棄維多利亞中期的生活和藝術方面的價值觀，不斷向現實社會發問。本著這樣的心性，他驚喜地「發現」了莊子，旋即引為同道。於是唱出了和莊子一樣的調子：「它們（指人為）是不科學的，因為它們試圖改變人類的天然環境；它們是不道德的，因為通過干擾個人，它們製造了最富侵略性的自私自利。它們是物質的，因為它試圖推廣教育；它們是自我表現毀滅的，因為它們製造混亂」，「隨後出現了政府和慈善家這兩種時代的瘟疫。前者試圖強迫人們為善，結果破壞了人天生的善良。後者是一批過分積極、好管閒事的人。他們蠢到會有原則，不幸到根據它們來行動。他們最後都沒有好結果。這說明普遍的無私和普遍的自私結果一樣糟糕。這一切的結果使這個世界失去了平衡，從此步履蹣跚。」善意的矯造進取同樣在戕伐人類純樸自然的本性。

當王爾德將莊子筆下「甘其食，美其服，樂其俗，安其居，鄰國相望，雞狗之音相聞，民至老死而不相往來」（《莊子》〈外篇〉〈胠篋〉）的「至德之世」[141]用來批判社會時，遂發出了對維多利亞時期、乃至整個西方文明最尖刻的抨擊：

---

141 《莊子》〈外篇〉〈天地〉：「至德之世，不尚賢，不使能，上如標枝，民如野鹿。端正而不知以為義，相愛而不知以為仁，實而不知以為忠，當而不知以為信，蠢動而相使不以為賜。是故行而無跡，事而無傳。」

那時沒有競爭性的考試，沒有令人厭煩的教育制度，沒有傳教士，沒有給窮人辦的便士餐。沒有國教。沒有慈善組織，沒有關於我們時代對我們的鄰居的義務的煩人訓誡，完全沒有關於任何題目的乏味說教。他（指莊子）告訴我們，在那些理想的日子，人們相愛卻並未意識到慈善，或寫信給報紙談論它。他們是正直的，卻從不出版論無私的著作。正因為所有人都對自己的知識緘口不言。所以世界逃脫了懷疑主義的詛咒；所有人都對自己的美德閉口不談，所以沒有去管別人的閒事。……人類的作為不留下任何記錄，沒有愚蠢的歷史學家來使這些事蹟成為後人的負擔。

可以說，正是依循莊子對人類文明，以及社會批判的思路，王爾德自己的價值判斷才變得更加清晰堅定。

王爾德對莊子無為思想的理解和評述表現在以下幾個方面：

首先，王爾德將老莊的無為思想聯繫起來，指出「『無為而無不為』的教訓，是他（莊子）從他的偉大導師老子那裡繼承下來的。把行為化解為思想，把思想化解為抽象，是他調皮的玄學的目的。」

其次，王爾德揭示出莊子無為學說的多重內涵。其一，順其自然，不加人為，做一個靜觀宇宙的「至人」。他指出「自然的秩序是休息、重複和安寧。厭倦與戰爭是建立在資本基礎上的人為社會的結果。」而只有與自然和諧地生活的人才能得到智慧，因為「真正的智慧既不可能被學到也不可能被傳授。」對外在的事物，「至人」順其自然：「沒有一樣物質的東西能夠損傷他；沒有一樣精神的東西能夠使他感到痛苦。他的心智的平衡使他獲得了世界的帝國。他從來不是客觀存在的奴隸。他在無為中休息，靜觀這個世界自然地為善。……他的心是『天地之鑒』，永遠處於寧靜之中。」其二，強調人的自我修養與自我完善。王爾德說「被人告知有意識地為善是不道德的」，

　　借此表明自己對維多利亞後期英國盛行的說教陋習的不滿。基於此，他自我修養和自我發展的理想看做是「莊子的生活模式的目的和哲學模式的基礎。」並認為「在一個像我們這樣的時代，多數人都急著教育教育自己的鄰居，以致沒有時間教育自己，他們也許真的需要一點這樣的理想。」希望英國人「在喜歡自吹自擂的習慣上自制一點。」

　　王爾德同樣強調了莊子無為思想的現實意義。不過他的話滿含諷意：「如果他（莊子）能復起於天上，並來訪問我們的話，他可能會和巴勒弗爾先生[142]談談他在愛爾蘭的高壓政治和勤勉的失敗；他可能會嘲笑我們的某些慈善熱情，並且對我們的許多有組織的救濟活動搖頭；地方教育委員會不會給他留下深刻的印象，我們對財富的追求也引不起他的欽佩，他對我們的理想可能會感到驚奇，並對我們已經實現的部分感到悲傷。」現代人的所作所為在莊子無為精神的映照下可悲可歎。正是借助於莊子無為哲學這一他山之石，王爾德對十九世紀末盛行於英國社會的功利主義以及政府行為提出批評。在一篇談社會主義的文章裡，王爾德引用老莊學說，表明了「政府應該清靜無為」的主張，展示了他反對權威和治理的觀念。

　　王爾德說莊子的整個一生就是對站在講臺上說教的抗議，而他自己對英國社會的市儈哲學和虛偽道德更是深惡痛絕。因此他別出心裁地將「無為」思想運用到文藝批評上。用藝術之「美」同現實「醜」抗衡，反對藝術的功利目的，宣揚藝術不受道德約束。這些也都是對維多利亞時期各種道德說教的抗議，他說「一個藝術家是毫無道德同情的」，這種「超道德」的藝術觀既是唯美主義主張的自然延伸和具體化，更是本於他對莊子思想的深切感悟，是王爾德藝術哲學的重要組成部分。

---

142 巴勒弗爾（Balfour, 1848-1930），英國保守黨政治家，一八八七至一八九一年任愛爾蘭事務大臣。

　　王爾德的文藝評論中常常隱現著莊子的一些思想。比如他在〈社會主義制度下人的靈魂〉（*"The Soul of Man under Socialism"*, 1891）裡說：人根本不該受外部事物的奴役。外界的事物對他應該是無關緊要的。人們有時候會問，藝術家最適合在什麼形式的統治下生活。對這個問題只有一個答案，最適合藝術家的統治形式就是根本沒有統治。這顯然是「自然無為」式的文藝觀。

　　〈作為藝術家的批評家〉（*"The Critic as Artist"*, 1890）是王爾德一篇非常重要的批評文章。這篇長文有兩部分內容，分別有兩個副標題「略論無為而為的重要性」、「略論無所不談的重要性」。在這篇長文裡，王爾德通過吉伯特（Gilbert）與厄納斯特（Ernest）兩人的對話，表明「無為而為才是世界上最艱難而又最聰明的事，對熱愛智慧的柏拉圖而言，這是最高貴的事業形式。對熱愛知識的亞里斯多德而言，這也是最高貴的事業形式。對神聖事物的熱愛把中世紀的聖徒和神秘主義者也引入這樣的境界。」「我們活著，就是要無為而為。」「行動是有限和相對的，而安逸地閑坐和觀察的人們的想像和在孤獨與夢境中行走的人們的想像才是無限的和絕對的。」[143]

　　這裡王爾德提到了思想和藝術的最高境界問題。所謂有為即有限，無為即無限，那麼無為即最高境界。正如莊子所說：「道不可聞，聞而非也；道不可見，見而非也；道不可言，言而非也。」（《莊子》〈外篇〉〈知北遊〉）道是無限恍惚、無從捉摸之物，靠有限的理智與邏輯根本無從追攀，只有棄聖絕智，打通一切人為的壁障，宅心玄遠，才能體道悟玄，精神活動臻於弘大而辟、深閎而肆的最高境界。其實，莊子悟「道」，與其說意在陳述事理，毋寧說是表達一種心靈的境界。若從文學或美學的觀點去體認則更能捕捉到它的真義。說到底，悟「道」乃屬感受之內的事，而感受本質上也是一種情意活

143　〔英〕王爾德著，楊東霞、楊烈等譯：《王爾德全集》（北京市：中國文學出版社，2000年），卷4，評論隨筆卷，頁431。

動。王爾德將莊子哲學意義上的終極追尋拿來審視文學,認為情意活
動的最高境界就是「安逸地閑坐和觀察的人們的想像」和「在孤獨與
夢境中行走的人們的想像」。這儼然如莊子所謂「滌除玄覽」、「澄懷
靜觀」一類的境界了。由此出發,他對文學受到道德之類人為刻意的
干預大為不滿。

王爾德指出所有的藝術創作都是完全主觀的,作家無法超越自
身,作品中也不能排除創造者的存在,一部作品越顯得客觀,實際上
就是越主觀。按他的理解,這就是文學創作中的「無為而為」。他舉
莎士比亞為例來說明「無為而為」的重要性,說莎翁創作上「無為而
為,所以他能夠無所不成」,或者說「因為他在戲劇中從未向我們訴
說他自己,他的戲劇才把他向我們表現得一覽無餘,並向我們顯示他
的本性和稟賦。」[144]

文學創作要遵守「無為而為」原則[145],反對各種律法限制的藝術
批評家也應該標舉這種無為精神。王爾德說具有這種精神的人,或者
受這種精神支配的人,就會像蘭陀[146]為我們描述的為藍色水仙和紫色
不凋花包圍的那個可愛而憂鬱的珀耳塞福涅一樣,將得意地坐在「深
沉不動的安靜之中,令世俗之人感到憐憫,而令神感到愉悅」。這樣
的人展望這個世界,洞察其奧秘,通過接觸神聖的事物,自己也變得
神聖,因此他的生活也將是最完美的。[147]王爾德追求生活和藝術的完

---

144 〔英〕王爾德著,楊東霞、楊烈等譯:《王爾德全集》(北京市:中國文學出版
社,2000年),卷4,評論隨筆卷,頁440-441。

145 王爾德的文學作品中,不少人物,如亨利勳爵(《道雷·格雷的畫像》)、哥林子爵
(《理想丈夫》),重無為而輕有為,貴靜而不貴動,整日高談闊論,荒度時光,
終生無所作為。當然,王爾德借文學作品表達的無為觀念具有明顯的消極、頹廢
色彩。

146 蘭陀(Walter Savage Landor, 1775-1864),英國浪漫主義詩人、散文家。其主要散
文作品是《想像的對話》(Imaginary Conversation, 1824-1829)。

147 〔英〕王爾德著,楊東霞、楊烈等譯:《王爾德全集》(北京市:中國文學出版
社,2000年),卷4,評論隨筆卷,頁460。

美，才有如此別樣的藝術批評理想。坎坷多變的人生經歷又讓他清醒，不得不承認要做到這樣的無為而為確實是世界上最難的一件事。但他這種對道家無為思想的心儀和認同讓我們看到了一個唯美主義者的心靈訴求和精神追尋。

五　托馬斯‧卡萊爾對儒家政治的採擷與利用

十八世紀中葉以後，歐洲的「中國熱」迅速冷卻。[148]直到十九世紀中葉，百年之間，英國文學乃至歐洲文學中，提及中國者或語焉不詳，或肆意貶斥。就在中國文化在歐洲的聲譽步入衰境時，享有崇高地位的英國文壇領袖托馬斯‧卡萊爾（Thomas Carlyle, 1795-1881），卻反其道而行，屢屢稱頌中國，這讓喜愛中國文化的人們稍感欣慰。當然卡萊爾並非中國文化的專門研究者，更無詳盡系統的論述。他對人生的基本態度，與我國古代聖哲多有相似。或許正因如此，他論述中國文化，往往信手拈來又中肯切要。比之於眾多西方漢學家「見樹不見林」來，要耐人尋思得多。友人稱他為「東方聖人」，傳記作者比之以孔子，梅光迪則推崇備致地稱他為「中國文化的一個西方知音」。[149]

---

148 關於十八世紀歐洲的「中國文化熱」退潮的原因十分複雜，這方面的論述可以參見許明龍的文章〈十八世紀歐洲「中國熱」退潮原因初探〉，載張芝聯主編：《中英通使二百週年學術討論會論文集》（北京市：中國社會科學出版社，1996年），頁104-124；或者見其所著《歐洲18世紀「中國熱」》（太原市：山西教育出版社，1999年），頁285-316。

149 參見梅光迪：〈卡萊爾與中國〉，載一九四七年出版的《思想與時代月刊》第四十六期。本部分內容寫作得益於此文頗多。梅光迪對卡萊爾可謂推崇備致。他在文中這樣說道：「先生為十九世紀英國首屆之文學家、思想家，而尤為人生之領導者。其雄才碩德，足以排倒一世之豪傑者，垂五十年。……雖其於中國，多憑理想，不免過情之譽。又以有激而言，借題發揮，誇人之長以箴己之短，不免改革家之通習。然非先生之與中國文化，脾味相投，能傾倒備至若是乎？」

卡萊爾最早的著作《舊衣新裁》（*Sartor Resartus*）中，提到了中國。該書一八三五年先刊於美國的波士頓，由於卡萊爾在一八三七年成功地寫作了《法國大革命》（*The French Revolution*）一書，聲名大震，這才促使《舊衣新裁》於一八三八年在倫敦出版。《舊衣新裁》是一部離奇的浪漫主義傑作，也是帶有濃厚自傳色彩的哲理作品。卡萊爾一生的主要思想見諸其中。書中假託德國魏斯尼赫圖（Weissnichtwo, 意為Don't Know Where「不知何處」）大學的一般事物學教授第奧根尼·吐菲勒德洛克（Diogenes Teufelsdrockh, 意為Devil's Dung「聲名狼藉」）的生平和論述，將自己三十五年的人生經歷、感受和哲學思辯巧妙地注入書中。此人好學覃思，漫遊過地球上的許多文明古國，見過中國萬里長城，還有店鋪懸掛著的「童叟無欺」的招牌。自稱受業於各國的大學，只有中國的國學（大學）沒有進去過。這位教授還將當時中國嘉慶年間的白蓮教起義，與義大利的一個秘密革命團體（卡波納里，Carbonari）相比擬。其中對中國題材的運用大抵屬於漫興遊戲一類，並無多少文化利用的意味。

　　卡萊爾對中國題材的深入探究主要集中在一八四一年出版的《英雄與英雄崇拜》（*On Heroes, Hero-worship and the Heroic in History*）一書。書中竭力鼓吹英雄崇拜論，在當時思想界引起不小的震盪。作者一開題便直言不諱，宣稱英雄創造歷史：

> 我要讚美一下英雄，讚美他們的名望和功德，讚美英雄崇拜和人類事務中的英雄業績。⋯⋯在我看來，世界的歷史，人類在這個世界上已完成的歷史，歸根結底是世界上耕耘過的偉人們的歷史。他們是人類的領袖，是傳奇式的人物，是芸芸眾生踵武前賢、竭力仿效的典範和楷模。甚至不妨說，他們是創世主。[150]

150　〔英〕卡萊爾著，張峰、呂霞譯：《英雄與英雄崇拜》（上海市：上海三聯書店，1995年），頁1-2。

　　他列舉北歐神話時代之統治者與教主穆罕默德、宗教革命家路德、諾克斯；政治革命家克倫威爾、拿破崙；詩人但丁、莎士比亞，以及近代文人約翰遜、盧梭等，為英雄之代表。卡萊爾的英雄崇拜論一拋出便遭到進步文人的反對，將他視為民主的對頭。其實，卡萊爾的英雄主要是指影響人類精神生活的政治及文化偉人，盛讚他們的功績，旨在針砭現實，抨擊歐洲現代化進程，以及議會民主制的諸多流弊。

　　卡萊爾批評現實主要是考慮到道德教育在近代政治中的委頓。他認為社會的安定祥和如果僅靠外部政治經濟的立法管束，是難以維繫的，而最好的辦法就是通過個人的道德教化，來化民成俗。而目前的統治階級徹底放棄了他們在這方面的領導作用，因而大眾再也得不到他們生活上的指引。針對這些狀況，卡萊爾倡議應該效仿中國，建立一個「有機的文士階級」。正如大多數英國作家那樣，向域外的中國文化尋求思想認同，來印證並支持自己的立場。中國古代延續兩千多年的「文人當政」統治模式，恰好契合了他的需要，成為他上述立場的支點。

　　《英雄與英雄崇拜》裡的「文人英雄」一章，卡萊爾對中國的「文人當政」津津樂道。[151]「文人當政」政治模式在中國的形成，是儒家學說最終被統治者選擇為國家政治意識的結果。在漢代以前，出現過像秦代那樣「以吏為師」，完全靠外部制度和法律來治國。漢代的統治模式發生巨大變化，所謂「王霸道雜之」，將儒家道德教育和外在約束結合起來，「以吏為師」變成「以師為吏」。一方面，政治意識和政治運作方式相容了法規、情感與理智；另一方面，依儒立身的文人與循法牧民的官吏合二為一，人文精神教育與政務能力訓練並

---

151 〔英〕卡萊爾著，何欣譯：《英雄與英雄崇拜》（瀋陽市：遼寧教育出版社，1998年），頁190-191。

軌，最終道德教育及人格培養與官吏選拔逐漸合一，並成為一整套的制度，這就是科舉制度。

卡萊爾最後說：「有才智的人居於高位，這是一切憲法和革命的終極目的，如果它們果真有目的的話。因為有真正才智的人，如我所說的和永遠相信的，是心靈最高貴的人，是真實的，公正的，仁慈的，剛勇的人。能得到他做官，就得到了一切；不能得到他，雖然你的憲法豐如黑莓，每個村鎮都有議會，還是一無所得！」近代文明引以為榮的議會民主制被貶斥的一錢不值！

這番話在辜鴻銘那裡得到了有力的回應。據說辜鴻銘在愛丁堡大學文學院求學時，卡萊爾是其名譽導師，曾接受辜氏及其義父布朗的多次造訪，解答各種文史問題。在辜鴻銘看來，如果世界上還有令中國人民向其他民族學習的東西，那一定不是統治之術。中國人民在統治上取得輝煌成就的秘密就包含在一句尋常的格言中：法人而不法法。也就是說，中國人之所以在統治事務上取得了巨大的成就，是因為他們不是使自己在憲法上費盡心力，而是找到了統治的根本，讓中國人盡力使自己成為良民。我們擁有的立法人，所有偉大的立法人不是傾力於整治法律、法規和憲法，而是依賴於他們所挑選的合適的人。中國皇帝的真正任務就是選拔擁有良好精神與風範的合適的人材。中國官員的任務除了管理之外，主要是負責培養民族品格，以便使人民有一種自覺的精神而依賴於政府。[152]

卡萊爾和辜鴻銘對西方近代文明的譴責，對道德力量的呼喚，均抬出古典式人治理想，來指出西方近代政治中道德與情智因素的缺失。如果說當年利瑪竇把文人當政作為中國不同於西方的重要標誌，並表達了一份由衷的欣羨；那麼作為浪漫的文化守成者[153]，柏拉圖

---

152 辜鴻銘：《孔教研究之二》，見黃興濤等譯：《辜鴻銘文集》（海口市：海南出版社，1996年），上冊，頁542-543。
153 參見艾愷：《世界範圍內的反現代化思潮》（貴陽市：貴州人民出版社，1991年）。

《理想國》中提出的「哲人治國」思想，則又使他們的觀點在西方古典傳統中找到呼應。柏拉圖堅決反對民主制，攻擊它是「惡政府」。實現「理想國」的主要條件是「哲人之治」。因為根據蘇格拉底知識即道德的觀點，哲學家是愛知識和追求真理的人，是唯一能認識正義和真善美的理式的人，有權進行統治；而勞動者是沒有知識，也就是沒有道德的人，只能心甘情願地接受統治。卡萊爾的相關思想同樣可以在柏拉圖這裡找到源頭。

　　應該看到，卡萊爾的主張並非書齋裏的浪漫遐想，而是切中時弊，有現實依據為其出發點。卡萊爾憂憤英國現狀，斥責當時的英國貴族為假領袖假統治者，他們一貫沉溺於物質享受，靈魂空虛，智慧乏絕，根本不能感化下民。而那些正想從貴族手中攫取政權、主張功利主義的自由派，誤認為政治問題只是一個物質問題，打出「最大多數人的最大幸福」這樣一個信條，卻與人生真諦的探詢、精神生活的提升毫不相干。他曾目睹當時數十萬平民，顛沛流離，冤深無告，甚而出現父母毒死自己親生的三個兒子，以獲取政府之喪葬費而苟延殘喘的慘狀。他認為這正是民眾缺乏統治者道德教化的結果。於是，他將世風的窳弱、人民的遭殃歸咎於那些假領袖之志得意滿，並予以針砭痛斥。由此我們不難看出，卡萊爾開出的濟世藥方，就是自上而下的政治刷新，從徹底改革上層統治著手，以滌蕩其靈魂，使之歸於高尚純潔之境，而後才能有領袖人倫可言。唯其如此，那些人倫領袖和社會統治者必須要有高尚純潔的靈魂，繼而才會有深粹優越的智慧，這對一個完善的社會來說顯得極其重要。

　　當然，造成西方現代化進程中弊端叢生的根源，並不像卡萊爾說的那麼簡單。卡萊爾開出的藥方也絕非拯時濟世的唯一靈丹，其意義在於借助他者文化看到了西方近代文明發展過程中的某些盲點，並試圖從異域文明裡找尋新的活力因數，體現出一個文壇領袖的開闊胸襟和淑世雄心。

不可否認的事實是，卡萊爾對西方現代化的態度仍是一分為二的。既看到了工業化的種種弊病，竭力反對把掙錢作為工作目的；同時他也看見並強調了現代工業的創造性，尤其是激發出「勤工主義」這一信條。工業革命後的清教倫理，也認為通過工作創造財富同樣是對上帝的敬奉。因此，在他所崇拜的英雄中也包括了機器的發明者，他們的人生信條就是「工作、工作，……不論你幹什麼，都要全力以赴地去做」(《舊衣新裁》)，他們是「工業的首領」，是「一群整治混亂、滿足所需、反對邪惡的鬥士」(《過去與現在》)。

讓卡萊爾感到憤恨的是，英國貴族（指那些懶惰的貴族）作為英國的統治階級，卻是名不副實，忝居高位，難稱其職。因此在他看來，所謂「英雄偉人」，不光能夠明白上天所賜智慧的本意，而且要勤恪政務，不畏艱險，領導芸芸眾生勇往直前共赴光明前途。這樣卡萊爾又標舉「勤工主義」(勤奮工作）的旗幟，認為「勤工即宗教」。一八四三年春出版的《過去與現在》(*Past and Present*)，是卡萊爾所有關於社會問題的著作中內容最豐富、影響最大的一本。該書尖銳地把英國上層階級歸入「遊手好閒者」和「拜金主義者」。前者指擁有特權和地產的貴族，正在變成一個無所事事的寄生階級。後者指工業中產階級。相比之下，卡萊爾寧肯喜歡後者而不是「遊手好閒者」。

正因為勞動、勤奮工作能帶來文明，因而他在《過去與現在》一書裡屢屢痛擊英國貴族：「你們這些人身為英國地主，所共同認識的職務，就是在滿意地消耗英國的地租，獵殺鷓鴣小鳥，如若有什麼賄賂和其他便利時，就盤遊於國會裡，或做地方法官。我們對如此懶惰頹廢的貴族還有什麼好說呢。我們對皇天后土，只有悄然驚疑，無話可說而已。這種階級，有權取得土地中的精華，來享受其優越生活，而又允許毫無工作，以為報效，此乃我們星球上所從來沒有見到過的現象。除非天道已亡，此種人絕對是暫時的例外而不能長久存在下去

的。」[154]卡萊爾又舉中國為例說：

> 還是讓我們看看中國的情況吧。我們的新朋友，那裡的皇帝，
> 是三萬萬人的大祭司……，他相信「勞作就是崇拜」。他的最
> 為人知的崇拜法令，似乎就是在某一天，當上天剛剛終結死寂
> 黑暗的冬季，再一次用綠芽來喚醒大地母親的時候，在大地母
> 親綠色的胸脯上，他嚴肅地扶著犁把，開出一條醒目的紅色犁
> 溝——這象徵著中國的犁都將開始犁地，同時就開始作崇拜活
> 動！這是很壯觀的。他，在上天的可見和不可見的力量鑒照之
> 下，扶著犁把，踩著那醒目的紅色犁溝，說著，祈禱著，用無
> 聲的象徵，表達許多最雄辯的東西。[155]

　　在古代中國的立春之日，天子照例親耕，以重農事，而他正是卡
萊爾一再頌揚的勤工的偉人英雄。西方傳教士對此亦有記載，如一七
二七年十二月十五日耶穌會士龔當信神父在廣州寫給另一個神父的信
裡就說過這樣的話：中國人的治國箴言是，皇帝應該耕田，皇后應該
織布。皇帝親自為男子作表率，讓所有的臣民都不得輕視農業生產。
春耕儀式，不僅在於皇帝以身作則，激發百姓耕地的熱情，還具有另
一層含義，皇上像一個偉大的神長，親自獻祭，請求上帝（chang-
ti）給他的百姓一個豐收年景。信裡還詳細描述了雍正皇帝主持的春
耕儀式。[156]

　　卡萊爾在《舊衣新裁》一書中說過有兩種人，最讓他心折。一是

---

154 Thomas Carlyle, *Past and Present* (New York University Press, 1965), p. 180.

155 Thomas Carlyle, *Past and Present* (New York University Press, 1965), p. 232. 此處採用
　　程鋼的中譯文，下同，不另注。見柳卸林主編：《世界名人論中國文化》（武漢
　　市：湖北人民出版社，1991年），頁395-396。

156 〔法〕杜赫德著，朱靜譯：《耶穌會士中國書簡集》（鄭州市：大象出版社，2001
　　年），卷3，頁264-265。

像農夫那樣的勞力者；一為智者那樣的勞心者。相比之下他又更傾心於後者。在卡萊爾的書中，所謂偉人、智者、英雄、領袖、先知等，差不多是同一個意思。他說我們所見聞的有行之宇宙，為無形天道的外在表現。人生的最高責任，則在於效法天道，在於使上天的無形意旨通過我們勤奮的工作展現出來，這就是「勤工即宗教」的意思。中國皇帝在卡萊爾眼中，可以說是一個同時能兼有勞力者和勞心者的人。他認為，這才是一個盡職的統治者，是真正的偉人、真正的英雄，而那些惰廢曠職的英國貴族則無法與之相比。

正因為中國的文人當政如此開明，中國皇帝如此勤勞，「他以真正的熱情，盡其所能，永無止息地從眾多的百姓中尋找並篩選最聰明的人」，所以卡萊爾極力褒揚中國政治的成功，以此反證歐洲政治的失敗。他說：「他們（指中國人）不像其他幾百萬人一樣，有什麼七年戰爭，三十年戰爭，法國大革命戰爭，以及相互之間令人恐懼的戰爭。」而能夠做到這一點，中國皇帝必然要對各派宗教表示寬容心態。比之歐洲歷史上曠日持久的宗教戰爭及其所造成的禍患，中國此點尤其令西人稱羨，卡萊爾也不例外。他說：

> 我們的朋友，祭司皇帝，輕蔑而又高興的允許佛教徒、佛教僧侶、……和尚按照自願原則建廟宇；用歌唱、紙燈混亂刺耳的喧鬧的方式來崇拜；使黑夜令人恐懼；因為佛教徒從中得到享受。他既輕視，又高興。他是一個比許多人所想像的要聰明得多的大祭司！他還是地球上的一個統治者或教士，他作了一個獨特的、系統的嘗試，想獲得我們稱之為一切宗教的最終結果，「實際的英雄崇拜」。[157]

---

157 Thomas Carlyle, *Past and Present* (New York University Press, 1965), p. 233. 此處採用程鋼譯文。

　　卡萊爾將之歸功於能使賢智在位的考試制度，及帝國對人民迷信的不加干涉，進而使其貧瘠的精神生活得以調節，因而安居樂業，無待求助於戰爭，以發洩其暴戾憤鬱之氣，這一方面反映出卡萊爾能夠理會中國古代政治的意義，同時又再一次展現出他以理想的眼光看中國。因為雖然有通過科舉選士出來的名卿賢相，但他所稱頌的那種聖王，實際上寥寥無幾。

　　在卡萊爾對中國文化的認同中，與孔子的心通神契尤值一提。他偏重實際，尤其不喜來世及靈魂不滅之說，愛引孔子「未知生焉知死」的理性態度來自勉。他晚年的時候，關於有無來世的爭論，眾說紛紜。有一份雜誌請他撰文參加討論，得到的回答卻是「我們對死亡與來世，毫無所知，必須置之不談」。他與愛默生（R.W.Emerson, 1803-1882）論近代科學家侈談人生以外之事，就像孔子問童子那樣。相傳有一童子，問孔子天空裡有多少星辰，孔子答以不知；又問人的頭髮有多少，孔子答以不知，而且也不想知道。這則故事可能是後人偽託。卡萊爾雖然受到德國哲學的陶冶，但不太喜歡它的玄想，雖篤信宗教，卻不願談及來世，這與孔儒多有默契。[158]

　　卡萊爾不僅讚譽中國的古代文化，對當時中國的現狀也深表關切，尤其不滿於英國在華的所作所為。一八五七年，英軍攻陷廣州，翌年擄總督葉名琛以去。卡萊爾與朋友談及此事時，對英帝國侵入中國痛心疾首，態度極為嚴肅地稱英國當局誤國，竟向人類三分之一開戰。他對戈登（C.G.Gorden, 1833-1885）協助清政府鎮壓太平天國，也表示反對。一八六二年，有一英國少校將至上海，招練水軍，以供李鴻章驅遣，竟被卡萊爾斥責為海盜。由此可見，卡萊爾對於十九世紀英國的侵略行為，是深惡痛絕的。

---

158 參見梅光迪：〈卡萊爾與中國〉，載一九四七年出版的《思想與時代月刊》第四十六期。

卡萊爾如此為中國伸張正義，令人欽佩。他之了解中國，也得益於與之交遊的數名「中國通」。如後來曾為英國駐華代辦的密得福（Mitford），以及曾著有《中國人及其叛亂》（*The Chinese and Their Rebellions*, 1856）的密迪樂（Thomas Taylor Meadows, 1815-1868）。後者這本書多袒護太平軍，對卡萊爾的相關看法多有影響。

第三節　清代中後期英國在中國的形象

一　阿美士德使團訪華與嘉慶道光年間的英國印象

在晚清歷史中，英國在相當程度上可以作為「西方」的代表，晚清時期的兩次鴉片戰爭都是英國挑起的，中英貿易發展迅速，英國憑藉自己雄厚的經濟實力，取得了在華商業和經濟利益的最大份額。英國不僅在對華商業和經濟利益上佔有最大份額，而且在政治和文化等方面，對中國的影響也大大先於其他國家。英國是近代歐洲文化科學技術和新式產業模式輸入中國最早最多的國家，英國近代化發展模式成為東方落後國家學習的楷模，英國在求進步的中國人向西方尋求真理歷程中佔有重要地位。

一七九六年，乾隆帝禪位，嘉慶帝登基。此朝年間，尤其是一八〇八年（嘉慶十三年）中國人對英國的看法發生了根本的變化。此年九月，英國軍隊非法浸入澳門，英國軍艦還闖入黃埔。三個月後英國軍隊才從澳門撤走。這一事件，中國政府對英國殖民者的侵略本性有所認識。自該年起，皇帝及朝臣講到英國時，越來越多的詞句是：「向於諸番中最為桀驁；於西洋諸國中最為狡黠，負強鯨窟，肆侮鄰夷；狡險叵測；向稱狡詐；生性狡黠；該國夷情貪詐……」等等。

一八一六年（嘉慶二十一年）二月，英國政府任命威廉－皮特・阿美士德勛爵（William Pitt Lord Amherst, 1773-1857）為全權大使，

再次來華，目的仍然是想進一步開闢中國市場。阿美士德於二月八日
自英啟程，七月十日抵達中國海面。嘉慶皇帝既對英國人上次遣使
（馬嘎爾尼使團）的目的有所了解，又目睹近年來英國人一再圖佔澳
門的蠻橫行徑，對阿美士德使團的來訪表現得極為冷淡。到北京後，
雖經中國接待官員再三勸說，阿美士德仍然拒絕按照中國禮儀覲見皇
帝。[159]嘉慶帝大發雷霆，下令立即將使團遣送回國，並且諭令今後不
必再遣使來華。因而，使團在北京僅停留十個小時即被趕回國，中英
雙方均指責對方「無理」和「放肆」。因此，阿美士德使華完全以失
敗而告終。他不僅沒有完成英國政府交給的使命，而且未能如馬嘎爾
尼那樣受到皇帝接見的禮遇，甚至向清政府正式提出要求的機會也沒
有得到。英國政府本來想通過阿美士德使華改善中英關係，以便擴大
英國在華利益，其結果反而增加了清政府對英國的戒備和敵視情緒。
同樣，這次使華也影響到了英國作家對中國形象的塑造。本次使團留
下了兩部旅行記：勛爵秘書亨利・埃利斯（Henry Ellis）的日記
（*Journal of the Proceedings of the Late Embassy to China*, 1817）和醫
師兼自然學家克拉克埃布林（Clark Abel）的旅行記（*Narrative of a
Journey in the Interior of China*, 1818）。

　　阿美士德一八一七年七月一日在聖赫勒拿島遇見拿破崙。[160]一八
二六年任印度總督，寫過關於出使中國的一本日記（未發表）。

　　一八二〇年道光時期開始，由於中英兩國衝突更加劇烈，迫使一
些先進的中國人努力去認識英國。同時，本時期的基督教新教傳教士

---

159 阿美士德坐了驢車從天津一路顛到北京，嘉慶帝立刻要召見他，並且要他行三跪
　　九叩之禮。阿美士德憤怒，答曰：「我生平只對上帝和女人下跪。」可惜中國當朝
　　的不是女人，阿美士德被清廷即日遣回。

160 拿破崙在與阿美士德談到中國時，說「中國一旦覺醒，世界就會震動。」（Quand
　　la Chines, ere Eillera,……Le monde fremblera）拿破崙這句名言，在十九世紀、二十
　　世紀之交的西方與中國有著相當廣泛的影響，人們從各自立場出發，把中國比喻
　　成一頭睡獅或醒獅。

用中文出版了許多關於英國與世界的書刊，為中國人提供了一個重要的知識來源。於是，有關英國的著述漸漸增多，如蕭令裕《記英咭唎》、葉鍾進《英吉利國夷情紀略》、湯彝《英吉利兵船記》和《絕英吉利互市論》，何大庚《英夷說》，息力《英國論略》等等。

　　這些著述既介紹了英國的歷史與地理、資本主義政治制度與經濟制度、科學技術和文化教育、社會風俗。如蕭令裕《記英咭唎》說英國「婚嫁聽女自擇，女主貲財，夫無妾媵，自國王以下，莫不重女而輕男。相見率免冠為禮，至敬則以手加額，雖見王亦植立不跪。」也有對英國殖民侵略的認識以及由此引起的憂患意識；同樣又對英國產生一些錯誤觀念，尤其是當時人們基本上認為英國不可能對中國發動侵略戰爭，即使中英戰爭爆發，英國也絕不是中華帝國的對手。顏斯綜《海防餘論》：「彼之伎倆，專務震動挾制，桅上懸炮，登岸放火，佔據各處地方，多用此法。然未敢嘗試於大國之邊疆，恐停貿易，則彼國之匹頭，港腳之棉花，何處銷售？茶葉等貨，何處購買？彼之國計民生，豈不大有關係？」即使英國人自不量力，膽敢挑起戰爭，也絕不是中國的對手，因為當時的皇帝與大臣眾口一辭地認為：「該夷人除炮火以外，一無長技。」而中國「內洋水淺，礁石林立，該夷船施放炮火，亦不能得力。」文字中充滿了必勝的信心。當時，英國已經決心對中國發動侵略戰爭了，而林則徐卻十分自信地說：「臣等細察夷情，略窺底蘊，知彼萬不敢以侵凌他國之術窺伺中華。」近有學者為此深深感慨：「戰爭到來了！前方主帥沒有發出戰爭警報！林則徐犯下了他一生最大的錯誤。」其實，犯錯誤的豈止林則徐一人。

　　曾在外國商船上工作多年，已成盲人的航海家謝清高（1765-1821）把其海外見聞，口述給鄉人楊炳南，後者筆錄成書，於一八二〇年刊行，為《海錄》的最早版本（楊炳南錄本）。[161]其他如吳蘭修所

---

161 《海錄》是中國人寫的第一部介紹世界歷史、地理、民情、風俗的著作。在謝清高之前，中國人關於歐洲的印象，全部得自傳聞，從沒有直接觀察的第一手資

記《海錄》，李兆洛所記《海國紀聞》、《海國集覽》諸書，均已散佚。

謝清高是清代最早放眼看世界的人之一，呂調陽《海錄》序中說：「中國人著書談海事，遠及大西洋，外大西洋，自謝清高始。」[162]

英國是謝清高所遊歷過的歐洲國家之一，楊炳南所記《海錄》之〈英咭唎〉一章，專述英國的地理位置、經濟發展情況、城市景觀以及風土人情。將「英咭唎」稱為「紅毛番」：「英咭唎國，即紅毛番，在佛郎機西南對海。」謝清高說，英國是一個富裕的島國，同時也是一個勢力一直擴展到印度洋地區的海上殖民強國。《海錄》中述及英國的情形：

> 海中獨峙，周圍數千里。人民稀少而豪富，房屋皆重樓疊閣。急功尚利，以海舶商賈為生涯。海中有利之區，咸欲爭之。貿易者遍海內，以明呀喇（孟加拉）、曼噠喇薩（馬德拉斯）、孟買為外府。民十五以上，則供役於王，六十以上始止；又養外國人以為卒伍。故國雖小，而強兵十余萬，海外諸國多懼之。[163]

謝清高對英國的城市面貌、重商習氣、國家實力等作了恰如其分地介紹。他還具體地介紹了倫敦泰晤士河上的大橋、城市自來水設施等：

> 橋各為法輪，激水上行，以大錫管接注通流，藏於街巷道路之旁。人家用水，俱無煩挑運，各以小銅管接於道旁錫管，藏於

料。一六二三年艾儒略撰成《職方外紀》，第一次向中國人介紹世界地理知識，但由於是外國人的天方夜譚，中國人聽來，不辨真假。

162 馮承鈞：《海錄注》（上海市：商務印書館，1938年），頁9。

163 謝清高口述，楊炳南筆錄，安京校釋：《海錄校釋》（北京市：商務印書館，2002年），頁250。

牆間。別用小法輪激之，使注於器。王則計戶口而收其水稅。[164]

此外，《海錄》還詳細描述英國的火槍軍容：

> 軍法亦以五人為伍，伍各有長。二十人則為一隊，號令嚴肅，
> 無敢退縮。然唯以連環槍為主，無他技能也。其海艘出海貿
> 易，遇覆舟必放三板拯救。得人則供其飲食，資以盤費，俾得
> 各返其國。否則有罰，此其善政也。[165]

在當時中國，這些文字是第一次的真實見聞，和當時進入現代化的英國情況是相符的。《海錄》是根據中國人在外國的親身經歷而寫成的一部珍貴文獻，對於人們認識歐洲與世界具有十分重要的意義，遺憾的是，當時的中國知識份子熱衷於「只向紙上與古人爭訓詁形聲」，他們對古人的熱情遠遠超過了認識世界的熱情，這部著作遠沒有引起人們過多的注意，甚為遺憾。

謝清高與林則徐、魏源、呂調陽不同，他沒有祖國被列強欺侮的經歷，因而可以用一個旅遊者的眼光看世界，接觸最多、感觸最深的是當地有別於中國的風土人情，其記述接觸到了一個即將改變世界的歐洲文明，並將這些資訊傳播至中國。《海錄》作為清代最早記述西方工業文明的著作之一，對林則徐、魏源產生過重要影響。魏源《海國圖志》、徐繼畬《瀛環志略》等均引用過《海錄》裡的資料。一八三九年，林則徐在廣州禁煙時，曾將此書推薦給道光帝。書裡對英國政治制度、軍事狀況、宗教信仰、生活習俗、天文曆法、婚喪禮儀和

---

164 謝清高口述，楊炳南筆錄，安京校釋：《海錄校釋》（北京市：商務印書館，2002年），頁250。

165 謝清高口述，楊炳南筆錄，安京校釋：《海錄校釋》（北京市：商務印書館，2002年），頁250。

物產敘述十分具體，並把英國描寫成海外三神山，桃花園「樓閣連綿，林木蔥郁，居民富庶」，一片迷人景象。

　　一八三四年（清宣宗道光十四年），安徽歙縣人葉鍾進，由於客居粵中，留心西事，作《英吉利國夷情記略》一書，對英國的地理位置、國土大小、宗教、禮俗、學校、海外殖民以及政治現狀等都有更詳細的記述。對於英國政府組織情況，說英國「有二、三、四頭人以治政事，其酋所居，城名倫墩。」又言英人「人性強悍好鬥，土人荷蘭等國皆畏之，推為盟主。」此書與楊炳南記《海錄》一樣，沒有能對已經掌握的材料進行深入分析。但二書均為中國社會提供了大量有關英國的新鮮而有益的資訊。

　　徐繼畬（1795-1873）《瀛寰志略》於一八四八年刊行。該書共十卷，專記世界風土人情，史地沿革，社會變遷，為鴉片戰爭前後留心西事的上乘之作。徐繼畬也注意到英國海外殖民，四處搶佔商品市場的行為與其富強之聯繫。徐繼畬在其著作中清晰地描繪出了獨立於儒家文化圈之外的另一種文明體系，認為歐洲文明起源於地中海沿岸的幾個文明古國，如巴比倫、猶大國、希臘、羅馬，而至哥倫布發現新大陸後，才使英國「驟致富強，……富溢四海」，這樣，就把英國看成西方文明新時代的代表，從而否定了歐洲文明由中國創立，然後「流於歐羅巴洲」的結論。

二　清廷外交官、旅英中國人等關於英國的遊記

　　直到一八六六年，清政府終於派出第一批赴泰西遊歷的官員，至一八八〇年代，中國赴海外旅遊者不斷增加，範圍有所擴大。此時期的海外旅遊與古代中國文人的遊學完全不同。他們之中有外出謀生的商人，如林鍼等；亦有飽讀經書、躋身士大夫或準士大夫行列的出國考察者與駐外使節，如斌椿、志剛、張德彝、郭嵩燾、曾紀澤、劉錫

鴻、薛福成等。他們均感受到異域的風俗民情和文化傳統完全是一個陌生而新鮮的世界，特別是西方物質文明明顯優於中國，這給他們帶來了前所未有的震撼。海外旅遊打開了閉目塞聽的中國人的眼界，以前荒誕不經的「海外奇談」成了眼見為實的世界。同時，旅遊主體也把中國文化移到海外，因而促進了文化的交流與發展。中外交往不再是「有來無往」的局面。

中國近代出現了大量的域外遊記，它記載了近代中國人逐步走向世界的足跡，晚清遊記中的英國形象是近代中國人開眼看世界的重要組成部分，遊記作者是中西文化交流的重要媒介，他們旅外留下的文字實錄是我們了解西方世界的重要窗口，更是我們照映出晚清中國文化的一面鏡子。

晚清遊記數量眾多，從一八四〇年到一九一一年的七十多年間，晚清域外遊記對英國的形象建構可以分為三個階段，經歷了一個開端、發展和鼎盛的過程。

第一階段是十九世紀四〇至六〇年代，是對英國形象認識的開端期。林鍼《西海紀遊草》、斌椿《乘槎筆記》、《海國勝遊草》、《天外歸帆草》、志剛《初使泰西記》、張德彝《航海述奇》等作品為代表作。這一時期兩次鴉片戰爭爆發，中國和西方國家簽訂了一系列不平等條約，西方列強的商品和資本輸出逐步瓦解中國傳統的封建經濟，此時的社會危機初現端倪。開端期的遊記作者文化程度及社會地位均不是很高，這決定了其對西方的認識程度。也就是說他們對英國的認識比較粗淺，內心深處仍然篤信封建的儒家綱常，傳統的士大夫情調濃重。

一八六六年，清廷第一次派員出國考察，由原山西襄陵縣知縣斌椿擔當此任。本次遊歷由擔任中國總稅務司的英國人赫德組織，由總理衙門派遣，斌椿率同文館[166]學生鳳儀、德彝、廣英、彥慧四人，遊

---

166 一八六二年（同治元年）八月二十日，總理各國事務衙門奏設京師同文館。謂「各國皆以重資聘請中國人講解文藝，而中國迄無熟習外國語言文字之人，恐無

歷法、英、荷蘭、漢堡、丹麥、瑞典、芬蘭、俄國、普魯士、漢諾威、比利時等十一個歐洲國家，遊歷時間不到四個月，斌椿回國後把遊歷見聞記錄在日記《乘槎筆記》和兩本詩稿《海國勝遊草》、《天外歸帆草》中。

斌椿在其遊歷日記《乘槎筆記》裡，詳細地介紹了英國的歷史地理、風情民俗、經濟技術，甚至還寫到政治制度方面的見聞，有時情不自禁地對西方的政俗表示贊許。英太子接見斌椿時問：「倫敦景象較中華如何？昨遊行館，所見景物佳否？」云：「中華使臣，從未有至外國者，此次奉命遊歷，始知海外有此勝境。」[167]維多利亞女王問斌椿：「敝國土俗民風，與中國不同，所見究屬如何？」斌椿答：「來已兼旬，得見倫敦屋宇器具製造精巧，甚於中國。至一切政事，好處頗多。」[168]

斌椿還以讚賞的語氣提到英國議會，儘管他遠遠不能理解英國議會政治的實質。對中西之間的巨大差異，他沒有用封建頑固派的眼光表示「憎惡」「嫌棄」。遊歷一番，斌椿的思想沒有根本的變化，但他的直覺觀感無疑給封閉的清王朝開了一扇看西方的窗戶，這和以前的想像是完全不同的。斌椿西遊是晚清中國走向世界的歷史起點。

此次隨同斌椿遊歷英國的同文館學生張德彝，以留下《航海述奇》這篇遊記以志其行。之後，張德彝又分別於一八六七、一八七六、一八九六、一九〇二年四次前往英國。每次出遊英國，都勤奮寫作，終成煌煌大觀：《歐美環行記》、《隨使英國記》、《參使英國記》、《使英日記》等著述凡五十八卷，近兩百萬言。張德彝的幾部遊記，皆為日記體裁的聞見錄，其中對英國風土人情，「所敘瑣事，不嫌累

以悉其底蘊」，得旨允行。初設英文館，次年設法文館、俄文館，光緒二十二年設東文館。光緒二十七年併入京師大學堂，改組為譯學館。

167 斌椿：《乘槎筆記》，收入《走向世界叢書》（長沙市：嶽麓書社，1985年），頁117。
168 斌椿：《乘槎筆記》，收入《走向世界叢書》（長沙市：嶽麓書社，1985年），頁117。

牘」。為當時中國人提供了大量有關英國各方面情況的第一手資料。

　　第二階段是十九世紀七十至八十年代，為對英國形象認識的發展期，代表作品有郭嵩燾《使西紀程》、劉錫鴻《英軺日記》等。始於十九世紀六十年代的洋務運動力圖發展中國的軍事技術、民用及教育事業等，當時的洋務派對西方先進的軍事力量和經濟制度有所了解，同時中國的大門日益對西方開放。此階段的遊記作者對英國經濟制度、政治制度作比較深入的觀察和思考，著重強調英國的經濟制度和科技文明程度要勝於中國，對英國的民主政治制度的優越性有直觀感受，但還沒有深入的理性的認知。

　　清廷派出的出使英國的第一任公使郭嵩燾（1818-1891）[169]於一八七六年十二月離開上海出使英國，開始了他實地考察英國的艱難跋涉。[170]經過五十多天的航行，一八七七年一月，郭氏到達倫敦，並感慨良多。從上海到倫敦，凡西方人所在，政教修明，足夠讓人震驚。郭嵩燾將自己的旅行日記寄回國內，作《使西紀程》刻印，誇飾英國「政教修明」、「環海歸心」，一時引起軒然大波。朝臣彈劾，朝廷毀版：「二心於英國」、「誠不知何肺肝」。不久郭嵩燾被撤回，罪名是有傷國體，諸如天寒外出，披了洋人的外衣，凍死事小，失節事大；見

169　早在一八五八年的中英、中法《天津條約》中規定雙方可以互派使節，但清政府一直猶豫未決。直到一八七五年「滇案」（馬嘉理事件）發生後，英國再三要求遣使，清政府再也沒有辦法拖延，於一八七六年派遣郭嵩燾為中國駐英國公使，「赴英通好謝罪」。

170　在國人心目中，西方蠻夷之地，西方人犬羊之性，原本無可同情，更不必說羨慕了。郭嵩燾受命出使英國，朝野便一片譁然。辦夷務已是迫不得已，士人不屑；使夷邦更是奇恥大辱！朝中士冷嘲熱諷，傳出贈聯：「出乎其類，拔乎其萃，不容於堯舜之世；未能事人，焉能事鬼，何必去父母之邦！」家鄉父老群情憤慨，幾乎燒了長沙城裡郭嵩燾家的房子。據《湘綺府君年譜》「一八七六年」條：「八月，湖南鄉試，時郭侍郎筠仙出使英吉利，作《使西紀程》，頗言英法制修明，非中國所能及，時湖南風氣閉塞，尤惡洋人，訛言上林寺居有洋人，來湘傳教。鄉試諸生惡之，約會玉泉山，議毀上林寺及郭氏居宅。」

外國國主，擅自起立致敬，有損天朝尊嚴；聽音樂會，索取節目單看，仿效洋人；讓洋人畫像，與洋人握手，帶夫人出席洋人宴會等。

他通過對中西文化的比較，進一步批判中國傳統文化。郭嵩燾認為，正是由於中西文化的這種差異，導致了中國落後，英國等西方國家發達富強。郭嵩燾要求對此可「深長思也」。郭嵩燾超越了傳統的中華上國觀念，從根本上肯定了英國作為一個文明之國，富強之邦，不僅不是夷狄，而且還具備了遠勝於中國的政教文化。

郭嵩燾的《使西紀程》雖屢遭禁毀，但流傳已廣，影響深遠，郭氏作為洋務派的理論家，出使英國前就主張發展民族工商業來達到自強的目的，對李鴻章等人只主張發展軍事工業的做法不以為然。使英後，他對西方的認識不斷加深，郭氏對中西文化進行了比較深入的對比，得出西方資本主義文化比中國封建文化先進的結論，這是出使英國前沒有的思想。

在出使英國期間，郭氏沉思西洋文明先進的根源，這使他的識見超越了表層文化交流的侷限，而開始對西方政治制度和更深層次的觀念文化進行觀察和比較，這在當時的中國的士大夫中都是超前的。

郭嵩燾認為西洋有立國之本末，有自己的文明發展史，不是中國人眼中的蠻夷。這種夷夏觀點也是超越同時代人的。他對西洋文明的肯定是建立在深刻的觀察和反思基礎上的結論，相比林則徐，他要開明得多。林則徐一生都沒有拋棄對西方社會的鄙視，尤其是後者居然相信西夷腿腳屈伸不便。

正當郭嵩燾登高望遠，放聲悲歌的時候，其副使劉錫鴻正做著以夏變夷的美夢。他對英國的總體印象是：「英人無事不與中國相反，論國政則由民以及君，論家規則尊妻而卑夫（家事則妻唱夫隨，坐位皆妻上夫下），論生育則重女而輕男，論宴會則貴主而賤客，論文字則自右之左（語言文學皆顛倒其先後，如倫敦的套，則曰套兒的倫敦等），論書卷則始底而終面（凡書自末一頁談起），論飲食則先飯而後

酒」。在劉錫鴻眼裡，英國是一個顛倒的、不正常的世界。之所以如此，劉錫鴻可笑地認為是因為「其國居於地軸下，所載者地下之天，故風俗制度咸顛而倒之也。」[171]

　　然而，英國的城市面貌終究讓他耳目一新：「衢路之寬潔，第宅之崇閎，店肆之繁麗，真覺生平得未曾見也」。[172]關於英國的政治制度，劉錫鴻亦有所認識，他這樣記述英國的議會，「凡開會堂，官紳士庶各出所見，以議時政。辯論之久，常自晝達夜，自夜達旦，務適於理、當於事而後已」[173]，辯論各不相假，論定後即俯首相從，不存勝負之見。相比之下，中國人則顯得虛偽，不說實話，不做實事，有所議論，心裡不同意，口裡卻答應，到執行的時候，又不按照協議的辦理。他對其評論到「官政乖錯，則舍之以從紳民。故其處事恒力爭上游，不稍假人以踐踏；而舉辦一切，莫不上下同心，以善從之。蓋合眾論以擇其長，斯美無不備；順眾志以行其令，斯力無不殫也。」[174]其民主政治的優越性見於筆端，但他不敢過分讚美，在後面介紹地方選舉的時候，把英國的選舉制度與漢代、明朝的選舉制相同，從而表明自己作為大清臣子的忠順姿態。

　　劉錫鴻還描述了英國政俗之美，「無閒官、無遊民、無上下隔閡之情，無殘暴不仁之政，無虛文相應之事。……兩月來，拜客赴會，出門時多，街市往來從未聞有人語喧囂，亦未見有形狀愁苦者，地方整齊肅穆人民鼓舞歡欣，不徒以富強為能事，誠未可以匈奴、回紇待

171 劉錫鴻：《英軺私記》，收入鍾叔河編：《走向世界叢書》（長沙市：嶽麓書社，2002年），頁205。

172 劉錫鴻：《英軺私記》，收入鍾叔河編：《走向世界叢書》（長沙市：嶽麓書社，2002年），頁70。

173 劉錫鴻：《英軺私記》，收入鍾叔河編：《走向世界叢書》（長沙市：嶽麓書社，2002年），頁83。

174 劉錫鴻：《英軺私記》，收入鍾叔河編：《走向世界叢書》（長沙市：嶽麓書社，2002年），頁83。

之矣。」[175]劉錫鴻如此粗淺描述了英國「政通人和」的景象，食古不化的頭腦受到現實的刺激還是有些轉變，不得不承認今「夷」不同於古「夷」。

劉錫鴻觀看了英國人的先進科技後，大發議論，「彼之實學，皆雜技之小者。其用可製一器，而量有所限者也。子夏曰：雖小道，必有可觀者焉；致遠恐泥，君子不為。非即謂此乎？」[176]然後長篇大論中國的聖人之道，認為仁義才是安家立國之根本。「外洋以富為富，中國以不貪得為富。外洋以強為強，中國以不好勝為強。此其理非可驟語而明。究其禁奇技以防亂萌，揭仁義以立治本，道固萬世而不可易。彼之以為無用者，殆無用之大用也夫！」[177]

劉錫鴻使英期間，雖然不得不承認西方文明有勝於中國之處，但他否認學習西方的必要性。首先，他認為西方優越的制度早已存在於上古三代之制中。這種托古比附、西學中源的思想是晚清士大夫進行中西比較時經常採取的思維方式，他們企圖從傳統文化中找回文化尊嚴和民族尊嚴，並恢復和捍衛古老的文化傳統。

秉持這樣的理念，劉錫鴻就強調中西國情的差異。他認為中國國情的特殊性不適合學習西方，列舉了英國人生活中種種與中國「顛而倒之」的社會風俗，進而得出滑稽的結論，在其心目中華夏文化的優越感不言自明。

另外，一八七八年三月二日，曾紀澤（1839-1890）受命出任駐英公使。十一月五日自上海啟程，次年一月二十五日抵達倫敦受印。在英期間，他廣泛參觀了英國的工廠、鐵路、港口、天文臺、政府所

175　劉錫鴻：《英軺私記》，收入鍾叔河編：《走向世界叢書》（長沙市：嶽麓書社，2002年），頁109-110。

176　劉錫鴻：《英軺私記》，收入鍾叔河編：《走向世界叢書》（長沙市：嶽麓書社，2002年），頁128。

177　劉錫鴻：《英軺私記》，收入鍾叔河編：《走向世界叢書》（長沙市：嶽麓書社，2002年），頁130。

在地，與英倫各界人士頻繁晤談，從而對英國的政治、經濟、軍事、外交等各方面的情況有比較深入的了解，批評了當時流行的對英國等西方國家多種錯誤看法。但其通過對西學中源說的闡發，說明其國富強與中國文化的關係。如他在《出使英法俄日記》中說：「《易》之深處未易驟談，請為君舉淺處之數事以證之，可見西洋人近日孜孜汲汲以考求者，中國聖人於數千年前道破」。甚至即「西學而論，種種精巧奇奧之事，亦不能出其範圍。」此種說法偏頗之處明顯，英國傳教士艾約瑟還專門寫了《西學略述》一書，批駁西學中源說。一八七九年三月初七（舊曆），曾紀澤還在倫敦「觀園觀劇」，「所演為丹麥某王，弒兄、妻嫂，兄子報仇之事」。此指在倫敦劇院觀看的英國著名演員厄爾文所演的莎劇《哈姆雷特》。

　　第三階段是十九世紀九〇年代，為對英國形象認識的鼎盛期，薛福成《出使四國日記》是代表作。甲午中日戰爭以中國慘敗告終，清王朝的頹勢日漸突出，中國社會的多元矛盾日益加劇，一些有識之士開始了對中國命運的思考。本階段的遊記作者親眼目睹西方國家的先進，不僅認識到了西方的經濟制度、科技水準勝於中國，而且還認真考察西方民主政治制度，開始提倡學習西方的民主政治制度，初步提出改革政治制度的思想主張，具有了初步啟蒙思想的色彩。

　　薛福成在訪問期間，高度讚揚了君主立憲制，呼籲國人應該興建鐵路，提出了諸如如何利用稅收控制鴉片等很多挽救時弊、強盛中華的方略。他準確地提出了英國的優勢：佔據得天獨厚的煤鐵資源，國人又擅於經商，海外屬地廣布，所以能夠超越法國等歐洲國家。在日記中，薛福成常常流露出弱國外交的無奈，如英法兩國屬地之爭；本國的茶葉等本土產品由於稅務過重，漸漸失去市場，而無法與印度茶業抗衡。他同時又懷有大國心理，認為英法兩國是靠武力取得天下，並不得民心，覺得中國才是源遠流長的大國，西方的不管是社會制度、科學創造抑或是服飾等等一些先進的東西，回歸到中國的歷史裡

都能得到一些發現。所以得出的結論是中國地大物博，並不遜色於英法，只是思想保守，武裝落後，如果能夠西學東漸，中國也將慢慢發展成為世界強國。除了關注一些國家事務外，薛福成也在日記中記載了英法兩國的天氣、園林、民風、民俗乃至國民性格。

據《薛福成日記》[178]所載，他最讚賞英國的經商之道以及強勁的水師裝備，多次提到英國商貿及水師甲於其他國家。還介紹了英國的地理及社會狀況：英國有三個島，雖然地處溫帶之北，已近寒帶，卻因洋流及海風因素，冬天不至於寒冷，夏天不至於酷熱，得天獨厚的氣候條件與四面皆海的地理環境，使得倫敦物產富饒。英國煤鐵資源豐富，且制鋼鐵技術卓越。由於人口稠密，又大力發展工業，倫敦經常大霧籠罩，不適合居住。所以英國的官紳有每年冬夏移居鄉間一兩個月的習慣。薛福成認為英國民風較之法國還算純樸，也算一個禮儀之邦，只是所行禮儀與中國大不相同。見面不用鞠躬、下跪，而是點頭致敬。只有婦人見君主時採取屈一膝請安。英國採用的是君主立憲制，但是不像美國那樣賦予人民的權利太多，不便於管理，也不像法國叫囂之氣過重，而是採取居於而者間的政體。英國以民為重，雖然也收取稅收，但真正做到「取之於民而用之於民」。所以國家才能興旺發達。英國人比法國人講道理，不似法國人恃強囂張，且當英國日漸繁榮起來後，英國對於與民眾衣食等日常必備品，採取免關稅以招徠大量貨品進口，而只對於煙、酒、茶、加非四者重稅，以保證民眾生計。這也是英國保持長久昌盛的原因。英國很善於經營，把落後的屬地經營得十分繁華，如原本是一座荒島的香港在英國的經營下發展迅速。這樣，各個屬地就能為其提供原材料、勞動力、稅收等等。英國擅於經營的原因在於注重交通與商貿的關係。英國很早就開始造船、火輪車、汽車，不斷修建鐵路、橋樑，每到一塊屬地，更是先大

---

178 薛福成：《薛福成日記》，收入蔡少卿整理：《國家清史編纂委員會‧文獻叢刊》（長春市：吉林文史出版社，2004年）。

興交通，這樣便於商貿及溝通。由於水師發達，不僅能保本國的海域邊界的平安，而且佔領了許多至關重要的通商口岸，很快控制了海上的交通及商貿。在控制了陸地、海面的交通後，英國還積極和美國聯合製造汽船，期望在海陸空都能稱霸。不但如此，英國注重通訊技術，注重資訊的流通，密切關注世界各國的發展。英國是首個設置電線、發明電話機的國家，而且還發明了懸於空中的氣球，然後上懸電燈以通消息。可見英國人擅於發明創造。薛福成在日記中多次感歎英國雖僅三島，而屬地遍於五洲，自古以來所罕有。並列舉出詳細的人口普查資料，說明英國的繁榮昌盛。

　　晚清遊記的作者因其身分的特殊使他們在建構晚清對於西方的集體想像中擔任重要角色，他們很大程度上是後代中國人想像西方的社會集體想像物的建構者、鼓吹者和始作俑者。晚清使官有深厚的文化功底，較高的社會地位，能受到晚清士大夫階層的普遍的重視，而且他們傳播西方知識的積極態度，這些都決定了他們在建構中國對西方的集體想像過程中起到重要作用。[179]

　　另外，除了上述駐外使官的記遊文字，其他一些遊記亦值得關注。比如，王韜（1828-1897）應理雅各之邀，於一八六七年赴英國續譯中國經籍。王韜是第一個前往英國考察的學者。在其訪英遊記《漫遊隨錄》不僅記述了英國的富強景象，而且已開始著力系統探求富強背後的秘密。他從社會觀念，中西文化等角度全方位地展開對比，認識到：「英國以禮義為教，而不專恃甲兵，以仁義為基，而不專尚詐力，以教化德譯為本，而不徒講富強。」即英國立國不僅追求富強，還有獨特的文化價值體系。此外，英國「學問之士，俱有實際，其所習武備、文藝，均可實見諸措施，坐而言者，可以起而行也」的務實作風，與其富強的關係亦極大。王韜此觀點為以後論者從

---

179 以上關於晚清域外遊記對英國的形象建構問題，筆者指導的研究生黃海燕參與了資料搜集、分析討論，並提供了初步的解讀文字。

兩國文化差異所導致的行為差異方面尋求英富強之因，奠定了基礎。

　　王韜在《漫遊隨錄》自序裡還記述了自己在牛津大學的演講中，通過回顧中英貿易交往史，呼籲停止對華的不平等行為，建立國家間互相尊重的正常關係，又從孔教和耶穌教的異同著手，切入中英文化的差異點，指出「孔子之道，人道也。」而「泰西人士論道必溯於天，然傳之者，必歸於人。」初步認識了孔教和耶教的異與同。接著，王韜還認為「由今日而觀其分，則同而異。由他日而觀其合，則異而同，前聖不云乎。東方有聖人焉。此心同，此理同也，西方有聖人焉，此心同，此理同也。」同時還指出英國所代表的西方文化和中國所代表的東方文化，作為人類創造的兩種不同的文明，儘管有這樣那樣的差別，但歸根究柢，它們的本質相同。因此，王韜充滿信心地預言，未來的中英兩種文化，必將走向融合，從而引導世界大同盛世的到來。

　　一八七八年刊行的江寧人李圭所著《環遊地球新錄》，則給我們留下了一幅英國的市井繁華圖，刺激著中國人繼續走出國門，探索英國。該書卷首有李鴻章的序。李序高度評價李圭遊記的價值，認為「是錄於物產之盛衰，道路之險易，政教之得失，以及機器製造之精巧，人心風俗之異同，一一具載。」書中所記英國之事，如英京倫敦「為泰西第一大都會，居民四百萬，其人煙之稠密，市肆之繁富，屋宇之高聳奇崛，街道之斜直紛歧，誠乃名不虛傳。」「根性登（肯興）博物院」各國日用服飾，無所不有，百利替施博物院（大英博物院）「屋以石建，規律宏巨，土木之費五百萬圓」，並評論「按肯興登、百利替施博物院，古物居多，蓋知古乃能通今，援古乃可證今。」

三　晚清詩歌裡的英國形象

　　晚清時期的內憂外患，使一批詩人及文人受到極大震撼與刺激，

從而改變了往日對待外部世界的「華夏中心觀」。詩人們開始放眼英國，試圖通過對他者先進文化文明的吸收、借鑑，以完成對自我的超越，重振天朝雄風。於是，在詩人們的作品中，開始出現大量英國的身影，構成複雜的英國形象。[180]

（一）晚清詩人眼中的英國「鬼子」形象

乾隆後期以及嘉慶年間，清政府逐漸由盛轉衰。歷史遺留下來的矛盾隨著生產力的發展日趨明顯，到了道光年間，統治集團愈加腐敗，大批農民不堪殘忍的壓迫而奮起反抗，一系列內亂就此爆發。通過血腥的武力鎮壓，天下終歸相對太平，滿清統治者開始繼續著「華夏帝國」的美夢固步自封。長時間的閉關鎖國使得清廷對外一無所知，固守著華夏幾千年的農業文明，洋洋自得於天朝上國的銅牆鐵壁，卻不知遙遠的西方即將帶來一場足以滅頂的噩夢。一八四〇年（道光二十年），代表著西方工業文明的英國率先發動了侵華戰爭，正式拉開了西方工業文明對東方農業文明的侵蝕。隨著第二次鴉片戰爭、中法戰爭、甲午中日戰爭、八國聯軍侵華等等的發生，清政府本就衰朽不堪的樓臺終至土崩瓦解。中原大地頻繁遭到列強的血洗，中華民族受到前所未有的屈辱，華夏子孫面臨著亡國滅種的大災難。

在此背景下，詩歌擔當起國難的歷史使命。大批詩人在持續的震動和刺激中，憑藉強烈的愛國情操和良好的學術素養，寫出了大量的愛國作品，藉筆下詩句喊出了時代的最強音，他們與國家的命運緊緊的聯繫在一起。詩人們懷著「救亡圖存」的目的，在揭露邪惡的侵略者的暴行的同時，也在努力引入他者的先進文化理念，試圖構造一個新的文化帝國。

中國人對英國「洋鬼子」的痛恨，首先因之鴉片入侵並給華夏子

---

180 以下關於晚清詩歌裡英國形象的闡釋，筆者指導的研究生張杰參與了資料搜集、分析討論，並提供了初步的解讀文字。

孫造成極大毒害。[181]這在詩人筆下多有提示:「直使鬼裝青面目,能
使人變黑心肝。(何春元〈洋煙〉[182])」;「鴉片入中國,爾來百餘載。
粵人竟啖吸,流毒被遠邇。(朱琦〈感事〉[183])」「請君莫畏大炮子,
百炮才聞幾人死。請君莫畏火箭燒,徹夜才燒二三裏。我所聞者鴉片
煙,殺人不計億萬千!君知炮打肢體裂,不知吃煙腸胃皆熬煎,君知
火箭破產業,不知買煙費盡囊中錢。」[184]一曲〈炮子謠〉道盡了鴉片
煙的危害之大,竟然已經遠遠超過「大炮子」、「火箭」等的破壞性,
殺人更是以「億萬千」計。而且鴉片煙還給人的身體、心理造成極大
的傷害,一旦吸食成癮即不可再離,否則「腸胃皆煎熬」。

　　關於他者入侵自我的形象,晚清詩歌大抵可以分為三個層次來探
討:對醜陋的「番鬼」形象的描述,對鬼子侵華暴行的揭露,對自我
統治階級的批判。

　　「華夏中心觀」延續了幾千年之後,到了晚清詩人們這裡依然佔
據著主導性地位。即使經受了西方文明災難性的侵蝕,他們心中或多
或少還是殘留著「天朝上國」的概念。加之母國正被列強侵略侵襲,
因而詩歌中對他者「番夷」形象的憎惡與鄙夷,不但未有削弱跡象,
反而得到增強。這在鴉片戰爭時期的民謠裏反映得最明顯。如〈三元
里等鄉痛罵鬼子詞〉:「水戰陸戰兼能,豈怕夷船堅厚?務使鬼子無隻
身存留,鬼船無片帆回國。」[185]第二次鴉片戰爭時期的北京小曲〈外

---

181 福建侯官人林昌彝《射鷹樓詩話》二十四卷,一八五一年家刻本刊行。書名「射
　　鷹」。「鷹」是「英」之諧音,即取射擊英帝國主義之意,可見其書之要旨。首兩
　　卷全為反應鴉片戰爭之詩歌及涉及鴉片之記載。搜集有魏源、林則徐、張維屏、
　　朱琦等人的詩篇,保存了反帝國主義侵略的佳作。林昌彝為道光十九年(1839)
　　舉人,是這一時期比較活躍的詩歌評論家。在其詩文和詩話中,多記鴉片戰爭之
　　史實,表彰抗英愛國的詩人,抨擊清政府的腐敗無能,創作了反擬古主義的現實
　　題材,具有強烈的愛國精神。

182 阿英編:《鴉片戰爭文學集》(北京市:古籍出版社,1957年),頁675。

183 阿英編:《鴉片戰爭文學集》(北京市:古籍出版社,1957年),頁3。

184 阿英編:《鴉片戰爭文學集》(北京市:古籍出版社,1957年)。

185 阿英編:《鴉片戰爭文學集》(北京市:古籍出版社,1957年),頁785。

國洋人歎十聲〉也是極盡對「洋鬼子」鄙夷、嘲笑之能事：「洋鬼子進中國歎了頭一聲，看了看中國人目秀眉清，體態人情衣冠齊整，外國人中國人大不相同。洋鬼子照鏡子歎了二聲，瞧了瞧自己樣好不傷情，黃髮捲毛眼珠兒綠，手拿著哭喪棒好似個猴精。……洋鬼子錯主意歎了八聲，外國人盡講究洋法大時興，造輪船作火車玩藝作的妙，我國的機器局也獻與了你們大清。」[186]

　　這些民謠中，「夷」、「鬼子」、「洋鬼子」這幾個字眼反覆出現，既點明了時人仇恨的對象，又明確的賦予其鄙夷之意。「務使鬼子無隻身存留，鬼船無片帆回國」，充滿了對鬼子的蔑視之情；「黃髮捲毛眼珠兒綠，手拿著哭喪棒好似個猴精」則是從人種上突顯出他者與自我的差異，這些個鬼子相貌如此醜陋，完全無法與我華夏民族「目秀眉清、衣冠齊整」相提並論。言語之間不乏對鬼子形象的調侃、嘲笑。

　　還有張維屏[187]在〈三元里〉中如此描述鬼子：「眾夷相視忽變色：黑旗死仗難生還。夷兵所恃惟槍炮，人心合處天心到，晴空驟雨忽傾盆，凶夷無所施其暴。豈特火器無所施，夷足不慣行滑泥，……中有夷酋貌尤醜，象皮作甲裹身厚。」[188]朱琦〈關將軍輓歌〉：「番兒船頭擂大鼓，碧眼鬼奴出殺人。……濤瀧阻絕八萬里，彼虜深入孤無援。」[189]金和〈說鬼〉：「侍從親見西鬼來。白者寒瘦如蛤灰，黑者醜惡如栗煤。捲髮批耳髭繞腮，……鬼官日日遊相陪。」[190]

　　在中華民族被外族入侵的情況下，詩人們需要的不再是慢條斯理的研討，而是亟需一個異域形象以供批判。於是我們看到，在這些詩

---

186 阿英編：《鴉片戰爭文學集》（北京市：古籍出版社，1957年），頁253。

187 張維屏（1780-1859），廣東番禺人。道光進士，官至南康知府。其詩出入於漢魏唐宋諸大家間，取材富而醞釀深。早年作詩受宋詩派影響，多為仕宦遊歷和個人生涯之抒寫。反映鴉片戰爭的詩歌皆悲憤激昂，氣壯詞雄，傳誦一時。

188 阿英編：《鴉片戰爭文學集》（北京市：古籍出版社，1957年），頁1。

189 阿英編：《鴉片戰爭文學集》（北京市：古籍出版社，1957年），頁11。

190 阿英編：《鴉片戰爭文學集》（北京市：古籍出版社，1957年），頁42。

歌中，原本複雜的異域形象被無情的簡單化。前述提到他者形象在被
刻畫時有邪惡與理想的兩種形象，這裡處在外族入侵和國內矛盾的窘
境下，詩人們無一例外的選擇了對「他者」的鄙夷與藐視。「華夏中
心觀」在中原大地上浸濡了太久的歷史，以致當直面比自我更優越的
他者文化時，晚清詩人們依然試圖在文本上體現出對他者的憎惡。〈三
元里〉中的「凶夷」、「夷酋貌尤醜」，〈關將軍輓歌〉中的「番兒」、
「碧眼鬼奴」，〈說鬼〉中的「西鬼」、「鬼官」等形象的刻畫，無不顯
示出詩人心中對「他者」的痛恨、鄙夷。而這些又體現出鴉片戰爭時
期中英之間不可調和的民族矛盾。可以看到，詩中反覆出現的對他者
形象的刻畫，直指鴉片戰爭期間英國對華侵略的種種罪行，並最終將
「鬼子」的語義場壓縮到一種所指：「一切皆有『仇恨』而來」。[191]

　　假如說鴉片戰爭期間詩人們對「鬼子」還只是譏諷、蔑視、鄙夷
成分居多的話，那麼隨著列強對華侵略的加劇，詩人們情感中的「仇
恨」也逐漸增多並最終上升到主導地位。

　　林則徐虎門銷煙，英國的鴉片貿易遭到毀滅性的打擊，卻終有藉
口對滿清發動更大規模的侵略。愛國詩人們清醒地看穿了「洋鬼子」
的醜惡嘴臉。他們開始發出喚醒世人的最強音，在揭露「洋鬼子」在
華凶狠暴行的同時抒發著強烈的愛國之情。詩人金和在〈避城〉中這
樣描繪鬼子的惡行：「夷於丁男不甚虐。惟與婦人作劇惡，比戶由來
皆大索。城中兒女齊悲啼，四鄉一一謀棲枝。……稍不如意便怒
罵，……」[192]孫衣言〈哀廈門〉：「紅毛昨日屠廈門，傳開殺戮搜雞豚。
惡風十日火不滅，黑夷歌舞街市喧……天陰鬼哭遺空村。」[193]吳謙
〈秋感〉其一：「四陰壁壘片時拋，完卵番番是覆巢。風雨滿城迷去

191 孟華編：《中國文學中的西方人形象》（合肥市：安徽教育出版社，2006年），頁24。
192 阿英編：《鴉片戰爭文學集》（北京市：古籍出版社，1957年），頁42。
193 阿英編：《鴉片戰爭文學集》（北京市：古籍出版社，1957年），頁56。

路，牛羊無主散荒郊。」[194]

英軍的入侵，給中華民族帶來了滅頂之災，其一路燒殺擄掠肆意為之，使得華夏民眾叫苦不迭。鬼子所到之處，無不「殺戮搜雞豚」、「歌舞街市喧」，「天陰鬼哭」瀰漫了有著悠久農業文明的華夏大地。在詩人們的視野中，這些鬼子慘絕人寰，「與婦人作劇惡」只是其諸多罪行中惡劣的一筆，對淪陷城池的居民也是「稍不如意便怒罵」，種種劣跡令人髮指。詩人們對「洋鬼子」劣跡暴行的揭露，固然是對他者入侵自我的強烈譴責，而另一方面，卻也流露出對農業文明衰退的無奈。國民思想仍未開化，封建統治者依然不思進取只知動輒求和了事，自然災害頻繁發生，這一切均使泱泱中華陷入無盡的黑暗之中。

面對英國鬼子的武力侵襲，中華民族舉起了手中的長矛奮勇抗擊。這一時期的詩歌作品中，底層民眾第一次被作為英雄形象加以歌頌，也從側面反映出「自我」在「他者」的影響下逐漸做出改變。其中，三元里抗英就是典型的事件，因而關於三元里一役的詩歌作品數量眾多達九十多首，大多是以人民群眾為主角而進行的歌詠。如張維屏詩〈三元里〉所示：「三元里前聲若雷，千眾萬眾同時來。因義生憤憤生勇，鄉民合力強徒摧。家室田廬須保衛，不待鼓聲群作氣。婦女齊心亦健兒，犁鋤在手皆兵器。鄉分遠近旗斑斕，什隊百隊沿溪山。眾夷相視忽變色：『黑旗死仗難生還。』」[195]詩人以大型浮雕般的手法，描繪了三元里萬千群眾抗英的波瀾壯闊的場面，展現了華夏民族面對強權英勇無畏的氣概。「詩作中所說的場景，所表現出來的情緒：『婦女齊心亦健兒，犁鋤在手皆兵器』，以及動員的廣泛，憤怒的普遍，是與當時的現實符合的，極富有概括性。」[196]在詩人眼裡，英

---

194 阿英編：《鴉片戰爭文學集》（北京市：古籍出版社，1957年），頁180。

195 阿英編：《鴉片戰爭文學集》（北京市：古籍出版社，1957年），頁1。

196 阿英編：〈例言〉，《鴉片戰爭文學集》（北京市：古籍出版社，1957年），頁12。

帝國鬼子在與中華民族的對抗中是沒有還手之力的，「蠻夷」之邦終究還是要臣服於我天朝上國。

就晚清詩歌所反映出來的他者形象以及新時代愛國主義的分析，我們可以看到兩個要素：一個是對英國帝國主義——邪惡的「他者」形象的刻畫，一個是新時代下反封建反帝國主義結合下愛國情操的形成。事實上，這兩個要素也是緊密聯繫在一起的，正是通過對他者形象的規劃，然後才有了自我思想上的進步。

值得注意的是，即使這個時期詩人們對待英國的侵華普遍持有仇恨心理，但還是有一些能夠突破傳統思想束縛、具有近代思想因素的先進人士，如林則徐、魏源之類。早在鴉片戰爭未曾爆發之時，林則徐就主張多了解外國，更是委託魏源編撰《海國圖志》。而作為開眼看世界的第一位思想家與詩人，早在一八四○年就提出了「欲師夷技收夷用，上策惟當選節旄」的觀點。而在第二次鴉片戰爭失敗後，魏源更是直指當朝統治者的愚昧，提出「船炮何不師夷技」、夷情夷技及夷用，……何不別開海夷譯館籌邊謨」[197]等相對具體可行的舉措。

(二)《倫敦竹枝詞》裡的英國印象[198]

作為一種詩體，竹枝詞是從古代巴蜀地帶民歌演變而來，一般認為是從唐代劉禹錫正式開始的。而後經過宋代的傳唱和元代的發展，一直到了明清兩朝，還依然因其推崇的民間格調和夾雜的生活氣息受

---

197 阿英編：《鴉片戰爭文學集》（北京市：古籍出版社，1957年），頁12。

198 一八三三年八月一日（陰曆六月十六日），《東西洋考每月統記傳》（*Eastern Western Monthly Magazine*）在廣州創刊，郭實臘主編，翌年遷新加坡。此為中國境內創刊的第一種近代中文期刊。該刊十二月刊登〈蘭墩十詠〉，為十首中文五言律句，且說明「詩是漢士住大英國京都蘭墩所寫」。此為目前所見最早用中文描寫英國首都倫敦的古詩，有重要文獻價值。拙著《中英文學關係編年史》（上海市：上海三聯書店，2004年），頁83-85收錄，此處不贅。一八三八年四月，《東西洋考每月統記傳》刊出〈蘭墩京都〉一文，專門介紹英國首都倫敦，為中文對於歐美國家首都的最早的一篇專文。

到文人的青睞。鴉片戰爭以後，詩人的愛國情操固然得以徹底的體現，對「鬼子」的鄙夷、恐懼皆溢於言表，但也不乏眼光遠到之士開始「師夷長技」。對英國人的態度已經出現了分化。這期間，還有一些文人，或因公出國當差，或私下自發出遊，他們已經親身到了外國。經過長久的傳統文化的浸淫，自然會對眼前所看到的一切感到驚訝、奇特。在他們眼裡所體現出的英倫形象，必然會有更大的不同。潘乃光[199]作為一個商人，曾對倫敦有這樣的描寫：「我來恰遇豔陽天，真面廬山現眼前。五百萬人增戶口，豈惟轂擊更摩肩。……製造曾聞胡力樞，船堅炮利啟鴻圖。……對來金表漸三更，有女如雲結伴行。不許東風管閒事，留將明月照多情。」[200]

　　「奔走三十年，足跡幾遍天下」的潘乃光，見聞不可謂不豐富。然而，踏上英倫大地後，依然體會到了別樣的味道。「地橫南北島孤懸，……除卻園林街市外，更無曠土與閒田。」習慣了傳統「我為中心，其他皆為蠻夷」的概念，忽然看到一個「英里量來逾二千」的島，竟然還有跟中國一樣熱鬧的街市，竟然一年四季都跟冬天一樣。

　　這首只是當時描繪倫敦風土人情的眾多詩詞之一，其他的還有尤侗的《外國竹枝詞》，局中門外漢的《倫敦竹枝詞》等，而尤以局中門外漢所著最為值得推崇。「局中門外漢，姓名及生平事蹟均不詳。或以為即室名『觀自得齋』的安徽石棣人徐士愷。」[201]

---

199 潘乃光，清朝廣西荔浦的一個商人，於光緒二十一年也就是一八九五年寫了百餘首竹枝詞，多為記述國外見聞之事。後出任清軍大員王之春的幕僚，編寫《國朝柔遠記》一書，成為中外交通史上一部具有很大影響的著作。

200 王慎之、王子今輯：《清代海外竹枝詞》（北京市：北京出版社，1994年），頁203。

201 王慎之、王子今輯：《清代海外竹枝詞》（北京市：北京出版社，1994年），頁207。朱自清先生曾有這樣一段話：「『局中門外漢』無論如何是五十年前的人物了，他對於異邦風土的憤激怪詫是不足奇的。如郵筒、電話、電燈、照相，都覺新異，以之入詩，便是一例。所奇的是他的寬容、他的公道。」（朱自清選編：《禪家的語言》〔天津市：天津人民出版社，1998年〕）

　　明清之際的中國尚處於典型的小農經濟時代。沒有工業的污染，「風吹草低見牛羊」的場面隨處可見。而倫敦的景象卻發生了很大變化。「黃霧迷漫雜黑煙，滿城難得見青天。最憐九月重陽後，一直昏昏到過年。」[202]先不說黃霧、黑煙之類從何而來，單就其滿城終日不見青天一說，已從一個側面說明了兩種國度所處的地域與環境截然不同。而重陽過後的倫敦，更是昏昏沉沉延續到新年。英國是最先開展工業革命的國家，伴隨著工業的迅速發展出現了煤煙污染大氣的問題。而且倫敦那些由煤炭支持的重工業工廠大多建在市內，再加上居民家庭的燒煤取暖，也就導致了煙塵與霧混合籠罩在倫敦城上空。老舍曾這樣描繪：倫敦霧是「烏黑的、渾黃的、絳紫的，以致辛辣的、嗆人的。」其實這裡還摻雜著作者的幾許詫異的，好好的天為什麼就籠罩著黃霧呢，興許心裡也會浮上些對「蠻夷」環境的鄙夷吧。

　　當然，對倫敦環境的認識不會僅僅停留在「霧都」上，他們也有「海濱淺水綠如油」的景色。見慣了「霜葉紅於二月花」的美景，那這裡的碧海、輪船也不啻於一道不錯的景色。明清之際，海禁一直存在，姑且不說遠離海岸，即使居住臨海濱，照樣因官府的限制而不敢私亂出海。「緣海之人往往私下諸番貿易香貨，因誘蠻夷為盜，命禮部嚴禁絕之，敢有私下諸番互市者，必寘之重法。」「凡番香番貨皆不許販鬻，其見有者限以三月銷盡，民間禱祀，止用松、柏、桃諸香，違者罪之」。[203]海禁之嚴，由此可見一斑。及至清朝，為了杜絕民眾接濟反清勢力，更是有強行將沿海居民內遷三十到五十公里的舉措。這樣一來，國人哪裡還有機會接觸到「海濱淺水」、「如屋方車」之類，也就難怪作者為之詫異了。

　　再看這首：「紫絲步障滿園林，羅列珍奇色色新。二八密司親手

202 王慎之、王子今輯：《清代海外竹枝詞》（北京市：北京出版社，1994年），頁207。
203 《明太祖實錄》（北京市：中華書局），卷231，洪武二十七年正月甲寅，頁3067、3324。

賣，心慌無暇數先令。」詞後附有小注云：「倫敦四季皆有善會。至
夏日，則擇園林幽敞之處遍支帳篷，羅列各種玩物。掌櫃者皆富商巨
紳家女子之美者。物價較市里昂數倍。賣出之錢，本利皆歸入善舉。
蓋富貴家設此以勸捐者，不憚出妻獻女而為之。」[204]中華文化自有朝
以來，婦女是只能「大門不出，二門不邁的」，還要恪守著所謂「三
從四德」之類的教條，否則是大違婦道，不足取。而作者到了倫敦，
眼界陡然為之開闊。英倫的善會自無法與國內的集會相提並論，但是
所售之物卻也應有盡有。「紫絲步障、珍奇羅列」，更有「二八密司」
親自於攤前招攬顧客，其熱鬧景色比之國內必有別番風味。作者在小
注中指出，此舉實是富貴家為募捐而作，所以才「不憚出妻獻女」。
而在國內，富商貴冑家雖也時有散發財糧之善舉，但卻很少出妻獻女
為之，最多派些丫鬟下人之類罷了。而小注的最後一句「冀有奇遇
也」，也恰恰流露出作者對此現象的驚訝詫異之情。

　　由是得知，在作者眼中，一定程度上也可以說是在當時大批文人
眼中，英國已不再是偏遠的「夷狄」國度了，他們有著與「天朝」不
一樣的景色，不一樣的民族風情。甚或還有些許值得「天朝」借鑑之
處。當然，作者身上還是貫穿了很悠遠的天朝傳統的。比諸「二八密
司親手賣」的場景，還是以為「奇遇」居多。這一定程度上還是體現
出當時文人的複雜性，一方面對英國體現出的不同之處有所好奇，發
掘出其值得讚賞的一面；另一方面卻又放不下心中的天朝情結，一旦
碰到與我天朝不一樣的事物，卻又時而透露出鄙夷、詫異的態度。

　　其次，在經濟上，工業、商業、交通等部門水準相當先進。在當
時的英國，高樓林立，街道寬闊，工商業發達。放眼望去，無處不充
斥著一個先進的工業國家的氣息。「十丈寬衢百尺樓，並無城郭築金
甌。但知地上繁華甚，更有飛車地底遊。」[205]我們知道，中國歷代城

204　王慎之、王子今輯：《清代海外竹枝詞》（北京市：北京出版社，1994年），頁212。
205　王慎之、王子今輯：《清代海外竹枝詞》（北京市：北京出版社，1994年），頁207。

市都有城牆，為的是安全防護，這也是由於自古多戰亂的緣故。但到了英國，卻「並無城郭築金甌」。人家是地上有高樓，地下還有隧道，火車更是成為了其交通的主要運輸力。英國自工業革命始，其工業方面的高速發展固然給本土帶來了「黃霧」、「黑霧」等環境問題，但它在經濟方面所帶來的影響卻是更為巨大。單就英國來說，它不僅轉變了人們的思想觀念和生活方式，使大批人口從農村湧入城市，還促使了當時的農業文明轉向工業文明。而伴隨這些的發生，世界格局也為之改變，英法美等國邁向資本主義潮流，東方逐漸落後於西方。也正是基於此，當時的部分先進的中國人才開始開眼看世界，萌發了向西方學習的新思潮。林則徐、魏源、龔自珍、黃爵滋等人的「師夷長技」、「經世致用」邁出了艱難的第一步，在中國近代史上書下了濃重的一筆。

再次，在政治體制上，是君主立憲制和多黨執政對國家的領導。「國政全憑議院施，君王行事不便宜。黨分公保相攻擊，絕似紛爭蜀洛時。」[206]作者在附注中指出，其國家大事，皆有議院商議確鑿，然後上書女皇請示定奪，女皇只有批或不批的權力，而不能否決。議院有兩個黨派即公黨和保黨，他們輪流執政，且某黨執政則尚書、宰相、部院大臣皆為此黨之人。政黨之間也時有爭執，猶如北宋黨爭。茲以為，這裡還是說出了英國君主立憲制執政的幾個重要特徵的，但把其政黨之爭描繪成北宋變法時期的具有地方色彩的派別之間的鬥爭，未免有失偏頗。

英國是一個君主立憲制的國家，他們在保留君主制的同時，通過立憲來賦予人民權力從而達到實現共和政體的願望。英國還是世界上最早出現現代意義上的政黨的國家，雖然早期政黨分歧比較嚴重，但隨著時代的發展，他們之間的分歧已漸縮小。還要看到，英國從建國

---

206 王慎之、王子今輯：《清代海外竹枝詞》（北京市：北京出版社，1994年），頁208。

開始，就一直秉承著君主立憲制度。鑒於當時清廷的高度中央集權，一些有識之士的妄圖效法英國的執政制度，只能化為幻影。畢竟他們身上還是保留著傳統的「華夏中心觀」，所以當看到「公保相攻擊」時，竟然也只是「絕似紛爭蜀洛時。」在他們看來，簡單的效法英國的話，或許給我中華大國帶來的只是又一場紛爭。文人身上的矛盾性畢露無疑。

　　最後，在文化習俗方面，英國的文化更多元化，思想更開放。自古以來，儒家文化講究的就是仁、義。經過千年來的進化，人治、禮儀更是成為封建統治者制約人們思維方式和行為的主要工具。再看當時的英國，君主制、民主、自由、反叛，這些都是那個稱霸全球的民族的文化品格的獨特體現。作為民眾，在封建王朝統治之下，有著嚴格的等級區分，普通小民見到上一級的官員只能俯首叩之。相應的，下一級官吏覲見上一級時亦是如此，而在拜見皇帝時則更是不能抬頭觀望的，皇帝出遊更是全城封鎖。而在當時的英國，則是別樣風景了。女皇出宮，「健兒負弩為前驅，八馬朱輪被繡襦。」士兵佩帶武器前面開道，宮車的豪華也是非同一般，只不過「夷狄不知尊體統，萬民夾道盡歡呼。」[207]這裡就體現出了截然不同與清廷的一面。英國國民竟然「脫帽歡呼，聲聞數十里」，是如此的「不知尊體統」，完全不符合禮儀之邦的律例。可以看出，作者對此情景還是頗有微詞的。

　　關於《倫敦竹枝詞》的作者，其姓名生卒事蹟均不詳。從此集最後一首詩：「堪笑今人愛出洋，出洋最易變心腸。未知防海籌邊策，且效高冠短褐裝。」自注「蓋有所見而云然。」可以得知，作者對國人出洋是抱著不贊允的態度的，「出洋最易變心腸」。本著華夏中心觀的思想，國人理應遵循正統的儒家傳統，講究的是詩書禮儀之說，秉承的是仁愛道德之禮。一旦出洋，經受外國人所謂自由、反叛的精神

---

207 王慎之、王子今輯：《清代海外竹枝詞》（北京市：北京出版社，1994年），頁208。

的薰陶，那我流傳幾千年的文化傳統怕會喪失殆盡。毋庸置疑，作者出洋數載──姑且這樣認為──對當時英國的各種風俗禮儀以及政治制度經濟等各方面是有著深刻的認識的，在其詩詞中也一再流露出對英國種種先進制度的推崇、嚮往。但最後卻又對出洋抱有成見，卻也反映出當時文人面對西方先進文化的衝擊的複雜心態。

　　詩人作為晚清知識份子的一員，對自己親眼看到的截然不同於國內的英倫景象，雖偶有鄙夷、蔑視之情流露，但大抵還是豔羨、推崇的。在已經把西方文明視為自己學習的師長之後，詩人們除了謳歌讚美其先進的文化技術外，還面臨著民族情感的壓抑。畢竟自己的民族同胞處於被壓榨的境地，為了抵抗外族的侵略，維護中華民族的利益，詩人們不得不從另外一個角度來弱化西方文化的影響。於是，「夷狄」、「愚民」形象重新回到紙端。很明顯，這種鄙夷的態度透露著對西方文明的否定心態。在民族陷入危機的情勢下，既要抵制西方文明對華夏的侵蝕，而又不得不學習他們的先進以扭轉落後的局勢。這樣就在抵制與學習之間，理智與感性形成了一種張力，對西方先進文化的吸收引進也變得愈加模糊。反映到詩歌文本裏面就是，看似給人以和藹友善的倫敦背後，還隱藏著不知禮儀道德的「夷狄」、「愚民」。

　　小而言之，晚清詩歌裡的英國形象體現在兩個方面：一個是「洋鬼子」形象，另一個是和藹親善的「文明師長」形象。自英國殖民者初與中國交往發生的經濟糾紛，到對中國武力大肆入侵，「洋鬼子」形象在國人心中可謂根深柢固。無論是最初的僅僅外貌怪異、舉止奇特，還是隨後的行為惡劣、極盡燒殺擄掠之能事，都給時人留下異常惡劣的形象。也就是說，一直以來英國人在詩人們眼中都是冥頑不化的「蠻夷」、「夷狄」、「鬼子」等。而另一方面，在一些有識之士對英國先進的政治制度、經濟文化有所認識之後，開始意識到自己的國家經過改革所能達到的民族形態。林則徐、魏源等人站在民族存亡的高

度來認識英國也罷，徐士愷、潘乃光等人僅僅從自身角度看待英國也罷，都無一例外的表達出對英倫國度的讚歎。換一個角度，也就是說他們試圖通過自己的視角勾畫出未來中國制度的藍圖。

第四節　西方傳教士與中國近代之英國文學譯介

西方傳教士翻譯與傳播外國文學作家及其作品，主要依賴他們創辦和出版的各類中文報刊，至清末民初才逐漸開始大規模借助於書籍的形式。比如，林樂知主編的《萬國公報》上，來華傳教士就在上面介紹過英國作家，包括詩人丁尼生、羅伯特・勃朗寧、彭斯等著名詩人。慕維廉一八五六年翻譯並由上海墨海書院刊印的《大英國志》，也提及到伊莉莎白時期包括莎士比亞在內的若干文人名士。一八九六年發表的林樂知的文章開頭，有句引詩，源自蒲伯名詩〈人論〉，即為早期的英國詩歌的中譯文。從晚清至清末，英國文學在中國的傳播也包括戲劇演出的形式。鴉片戰爭以後，廣州和上海等開埠較早的城市相繼出現了西方人的業餘戲劇場所，有些由傳教士參與組織，由西方來華的官員、商人、軍人、遊客等以英文或者其他西文進行業餘演出，自娛自樂，演出包括英國戲劇作品在內的世界名劇。十九世紀五〇年代至九〇年代初期，是近代西方來華傳教士譯介外國文學的第一個階段，也是譯介英國文學的初始階段。

一　英國詩人之最初介紹

一八三八年十一月出版的《東西洋考每月統記傳》所載〈論詩〉，以及此前刊載的〈詩〉（一八三七年正月號）二文闡述了對中西詩作的看法，對兩者的異趣有所比較。而且〈詩〉一文還介紹了歐羅巴詩詞，稱「諸詩之魁，為希臘國和馬之詩詞，並大英米里屯之

詩」。和馬即今譯荷馬；米里屯即英國大詩人彌爾頓。〈詩〉文稱彌爾
頓：「其詞氣壯，筆力絕不類，詩流轉圜，美如彈丸，讀之果可以使
人興起其為善之心乎，果可以使人興觀其甚美矣，可以得其要妙也。
其義奧而深於道者，其意度宏也。」此為中文最早介紹彌爾頓之文字。

　　咸豐四年，即一八五四年，《遐邇貫珍》（*The Chinese Serial*）第
九期上也刊載了彌爾頓（John Milton, 1608-1674）十四行詩〈論失明〉
（On His Blindness）的漢譯文。[208]這首漢譯詩四字短句，形式整齊，
語言凝練，顯示出相當精湛的漢語功底。如其中幾句：「世茫茫兮，
我目已盲，靜言思之，尚未半生。天賦兩目，如耗千金，今我藏之，
其責難任。嗟我目兮，於我無用，雖則無用，我心珍重。忠以計會，
虔以事主，恐主歸時，縱刑無補。……」譯詩前有〈附記西國詩人語
錄一則〉[209]，簡要回顧了彌爾頓的生平與創作，以及他在英國文學中
的崇高地位。《遐邇貫珍》為英國倫敦會傳教士麥都思於一八五三年
八月一日在香港創刊的一種中文月刊。該月刊由香港馬禮遜教育協會
出資，香港英華書院印刷和發行。[210]彌爾頓〈論失明〉的漢譯文，是
作為一八五四年九月號《遐邇貫珍》中所載長篇論說文〈體性論〉的

---

208 這是一首四言譯詩，題為〈附記西國詩人語錄一則 *Notice of the poet Milton. And
　　translation of the sonnet on his blindness*〉。譯者究竟是誰目前尚無定論。

209 「萬曆年間，英國有著名詩人，名米里頓者崛起，一掃近代蕪穢之習，少時從游
　　名師穎悟異常，甫弱冠而學業成，一時為人所見重云。母死，後即遨遊異國。曾
　　到意大利逗留幾載，與諸名士抗衡。後旅歸，值本國大亂，乃設帳授徒。復力於
　　學，多著詩書行世，不勝枚舉。後以著書之故，過耗精神，遂獲喪明之慘，時年
　　四十。終無怨天尤人之心。然其目雖已盲，而其著書猶復不倦，其中有書名曰樂
　　園之失者，誠前無古後無今之書也。且日事吟詠以自為慰藉，其詩極多，難以悉
　　譯。茲祇擇其自詠目盲一首，詳譯於左。」

210 《遐邇貫珍》於一八五六年五月一日停刊，共出版三十二期（其中有兩次出版二
　　期合刊）。該刊先後由英國倫敦會傳教士麥都思（Walter Henry Medhurst, 1796-
　　1857）、奚禮爾（Charles Batten Hillier, ？-1856）與理雅各（James Legge, 1815-
　　1897）先後擔任主編。《遐邇貫珍》刊有中英文對照目錄，除少數傳教文字外，所
　　載多為介紹西方政治、歷史、地理和科技等各個方面的文章，對西學東漸起到了
　　一定的促進作用。

附錄形式發表的。[211]

　　由此可以推測，近代中國最早介紹的英國詩人，應該是十七世紀的偉大詩人約翰・彌爾頓（1608-1674）。而十八世紀的英國古典主義大詩人亞歷山大・蒲伯（1688-1744）也比較早的得到了譯介，尤其是詩人的長詩〈人論〉（*An Essay on Man*）反覆被提及。比如，一八九六年十二月，《萬國公報》第九十五卷所刊《重裹私議以廣見公論》（五）一文，作者林榮章（樂知）以一句譯詩（除舊不容甘我後，布新未要占人先）導引議論，此中譯詩片段即源自蒲伯〈人論〉。一八九七年十二月，嚴復譯赫胥黎《天演論》（*Evolution and Ethics*），於一八九八年二月以〈天演論懸疏〉為名在《國聞彙編》第二、四至六冊刊載。其中亦有譯自赫胥黎所引蒲伯〈原人篇〉（即〈人論〉）長詩中的幾句詩。更值得注意的是，一八九八年，英國傳教士李提摩太（Timothy Richard）與任廷旭合譯〈天倫詩〉，並以書的形式由上海美華書館出版單行本，此為蒲伯〈人論〉（*An Essay on Man*）的中文全譯本，也是迄今所見英國詩歌作品最早而完整的長篇漢語譯本。譯者李提摩太是當時西方傳教士中主張以譯介西方文學影響中國社會發展的重要人物。譯介〈天倫詩〉是將預期影響的對象確定為更為廣泛的知識階層和信仰基督教的民眾。通過譯介西方詩歌傳播以基督教教義為核心的「天人相關之妙理」，啟示讀者，改造人心與世道，所謂「因文見道，同心救世」。（〈天倫詩〉〈譯序〉）

　　一八七八年（清德宗光緒四年），三月二十三日（農曆二月二十日）出版的《萬國公報》第十年四百八十一卷上刊載了日本漢文學作家中村敬宇[212]（1832-1891）於明治八年（一八七五年）[213]節譯的英

---

211 沈弘、郭暉：〈最早的漢譯英詩應是彌爾頓的「論失明」〉，《國外文學》2005年第2期。

212 中村敬宇（1832-1891）名正直，幼名釧太郎，通稱敬輔、敬太郎，號敬宇、鶴鳴、梧山。他曾於一八六六至一八六八年間留學英國，回國後從事翻譯、教育工

國詩人「葛羅絲米德」（Oliver Goldsmith, 1728或1730-1774；現一般譯為「哥爾斯密」）詩作〈僻村牧師歌〉（The Deserted Village）。其後兩年，光緒六年六月初五（一八八〇年七月十二日）出版的《萬國公報》第十二年五九七卷上又再次刊載了這首譯詩，但幾乎沒有什麼改動。

　　維多利亞時代桂冠詩人丁尼生的資訊也進入中國讀者視野之中。上述嚴復譯赫胥黎《天演論》中，亦有譯自赫胥黎所引丁尼生〈尤利西斯〉（Ulyssess）長詩中的幾句。同年，即一八九八年十一月，《萬國公報》第十期刊載主編林樂知所譯〈各國近事〉裡，我們也發現一段關於「忒業生」（Alfred Tennyson, 丁尼生）的文字：「西廷向例，國家必擇一善於吟詠之人養之以祿，蓋道揚盛烈，鼓吹休明，亦不可少之事也。茲有英議院大臣忒業生者，素工詞翰，生平作詩篇甚多，英之詩人舉無駕乎其上。故知英之語言文字者，即知有此人，英廷與之歲俸，亦一著作才也。」另外，該刊本欄目還編譯了「蒲老寧」（Robert Browing, 羅伯特・勃朗寧）、「襃思」（Robert Burns, 羅伯特・彭斯）等英國詩人的文字，儘管這些文字均摘引自西方報刊，大多為新聞性質的消息，一般不詳細論及作品的內容或者藝術特色，但對晚清的中國讀者了解英國作家作品及其在社會中存在的意義，頗有幫助。

　　同樣，十九世紀英國另一位桂冠詩人威廉・華茲華斯也進入人們的眼簾。一九〇〇年三月，《清議報》第三十七冊刊載梁啟超的題為〈慧觀〉的文章，文中談及「觀滴水而知大海，觀一指而知全身」的「善觀者」時，即舉「窩兒哲窩士」（華茲華斯）為例：「無名之野花，田夫刈之，牧童蹈之，而窩兒哲窩士於此中見造化之微妙焉。」

作，是日本著名的啟蒙思想家、漢文學家，其主要譯本包括《共和政治》、《西洋品行論》、《西國立志篇》、《自由之理》，其詩作則結集為《敬宇詩集》。

213　參見高文漢：《日本近代漢文學》（銀川市：寧夏人民出版社，2005年），頁165。

並高度評價這些善觀者「不以其所已知蔽其所未知，而常以其已知推其所未知。是之謂慧觀。」這是威廉・華茲華斯的名字為中國讀者所知的開始。

二　莎士比亞的最初引進

一八五三年，陳逢衡[214]記於道光二十一年（1841）的《英咭利紀略》於日本刊行。書中介紹英國的情況時說：「又有善作詩文者四人，曰沙士比阿，曰密爾頓，曰士邊薩，曰待來頓。」此處提到莎士比亞、彌爾頓、斯賓塞、德萊頓等四位英國作家，可能取自林則徐組織輯譯的《四洲志》。[215]

上海墨海書院於一八五六年刻印了英國傳教士慕維廉（William Muibead）譯《大英國志》（英人托馬斯・米爾納著），凡二卷，為比較系統的關於英國歷史的中文著作。其中在講到伊莉莎白女王時代的英國文化盛況時，曾提到一批英國作家詩人，如錫的尼（今譯錫德尼，下同）、斯本色（斯賓塞）、舌克斯畢（莎士比亞）、倍根（培根）等，稱這些作家「皆知名之士」。[216]

一八七七年八月十一日，清末外交官郭嵩燾[217]（1818-1891）擔

214　陳逢衡（1778？-1855），江蘇揚州人，字履長、穆堂。有《竹書紀年集證》、《逸周書補注》、《穆天子傳注》、《山海經纂說》、《博物志考證》等著述。

215　一八四〇年（清宣宗道光二十年），林則徐派人將英國人慕瑞所著《世界地理大全》（*The Encyclopaedia of Geography*，一八三四年初版於倫敦），譯成《四洲志》。《四洲志》是近代中國第一部有關世界史地的著述。對英國的山川大勢、地理位置、行政區劃、政府體制、軍事組織、王位繼承等情況，均有相當詳盡的記述。《四洲志》記英吉利時稱：「有沙士比亞，彌爾頓、士達薩、特彌頓四人，工詩文，富著述。」

216　《大英國志》中說：「當以利沙白時，所著詩文，美善俱盡，至今無以過之也。儒林中如錫的尼、斯本色、拉勒、舌克斯畢、倍根、呼格等，皆知名之士。」

217　郭嵩燾於一八七六年出任駐英公使，一八七八年初又兼任駐法公使。一八七九年一月十八日的日記中說：「是夕，馬格里來邀赴萊西恩阿摩戲館，觀所演舍克斯畢

任駐英公使時，應邀參觀英國印刷機器展覽會上，看到了展出的一些著名作品的刻印本。在本日日記中說：「在這些印本中最著名者，一為舍克斯畢爾（Shakespeare），為英國二百年前善譜劇者，與希臘人何滿（Homer）得齊名。……其時，有買田契一紙，舍克斯畢爾簽名其上，亦裝飾懸掛之。其所譜劇一帙，以趕此刻印五百本。一名畢爾庚（Bacon）亦二百年前人，與舍克斯畢爾同時，英國講求實學自畢爾庚始。」這段文字中，「舍克斯畢爾」即莎士比亞；「畢爾庚」即培根。這是中國人第一次談到莎士比亞和培根兩位文藝復興時期的英國著名作家。

清德宗光緒八年，即一八八二年，北通州公理會刻印了美國牧師謝衛樓所著《萬國通鑒》，其中也提到莎士比亞：「英國騷客沙斯皮耳者，善作戲文，哀樂罔不盡致，自侯美爾（即荷馬）之後，無人幾及也。」此係對莎翁創作特色及文學地位的最早介紹文字。

上文提到的嚴復所譯赫胥黎著《天演論》中，將莎士比亞稱為「詞人狹斯丕爾」，在〈進微篇〉中說「詞人狹斯丕爾之所寫生，方今之人，不僅聲言笑貌同也，凡相攻相感，不相得之情，又無以異。」在其小注中又介紹道：「狹（指狹斯丕爾）萬曆年間英國詞曲家，其傳作大為各國所傳譯寶貴也。」由於《天演論》刊行後曾風行一時，莎翁之名亦隨之播揚，而此前見諸中文的對莎翁的零星介紹均屬教會人士著作，閱讀對象有限。此為中國學者第一次對莎士比亞的評價。[218]另外，嚴復在一八九七年開始翻譯的斯賓塞《群學肄言》

爾（Shakespeare）戲文，專主裝點情節，不尚炫耀。」此處「萊西恩阿摩戲館」即著名的倫敦蘭心劇院（Lyceum Theatre London），十九世紀英國著名的莎劇演員亨利‧厄爾文（Henry Irving, 1838-1905）在這裡導演、演出莎劇直到一九〇二年。郭萬燊所觀看的莎劇即是厄爾文演出的《哈姆雷特》。

218 嚴復在《天演論》卷下〈論五〉〈天刑篇〉中插入了哈姆雷特的故事：「罕木勒特，孝子也。乃以父仇之故，不得不殺其季父，辱其親母，而自刃於胸，此皆歷人生之至痛極苦，而非其罪也。」此為第一次將哈姆雷特的故事介紹給中國讀者。

中，也多次提到莎士比亞的名字，並以「丹麥王子罕謨勒」（指哈姆雷特）的話論證其觀點。

一八九六年，上海著易堂書局翻印一套英國傳教士艾約瑟在一八八五年編譯的《西學啟蒙十六種》，在《西學略述》一書〈近世詞曲考〉中亦介紹過莎士比亞：「英國一最著聲稱之詞人，名曰篩斯比耳。凡所作詞曲，於其人之喜怒哀樂，無一不口吻逼肖。加以閱歷功深，遇分譜諸善惡尊卑，尤能各盡其態，辭不費而情形畢露。」

三　英國小說的最初譯介

英國文學在近代中國的譯介和傳播，與西方來華傳教士關係密切。上面涉及到的英國詩人、戲劇家在中國的最初引進，大多與傳教士的著譯或與他們主持的中文期刊有關。其中特別是鴉片戰爭之後，西方來華傳教士更加致力於翻譯和傳播外國文學。但是，他們所肩負的宗教使命，制約著他們選譯作家及其作品，同時也左右著他們對於作家與作品的解讀方式，以及翻譯策略和技巧。這種現象典型地體現在對十七世紀清教徒作家約翰‧班揚（1628-1688）諷喻小說《天路歷程》（*The Pilgrim's Progress*）的譯介上。

一八五一年（清文宗咸豐元年），英國倫敦傳道會的慕維廉（William Muirhead, 1822-1900）首次將《天路歷程》節譯成中文，譯本冠名為《行客經歷傳》，篇幅共十三頁，成為這部諷喻小說最早的漢譯本，也是英國小說的最初譯介。兩年後，即一八五三年（清文宗咸豐三年），《天路歷程》第一個全譯本（文語譯本）由英格蘭長老會來華的第一位牧師賓威廉（Rev. William Chalmers Burns, 1815-1868）與佚名中國士子合作，以淺近文言文形式譯成中文，在廈門出版。此係《天路歷程》第一部，全書九十九雙頁，分為五卷。該譯本譯序陳述了譯者選擇該小說譯介的原因：「《天路歷程》……將《聖

經》之理，輯成一書，始終設以譬詞，一理貫串至底。其曲折處，足令人觀之而神悅；其精嚴處，尤足令人讀之而魂驚，且教人如何信其神道，如何賴耶穌功，當如何著力，如何謹慎，是誠天路歷程之捷徑也。」此譯作出版後的十餘年間，「屢次刷印，各處分送。凡我教同人，或教外朋友，閱此書者，咸謂是書有益於人。」從中可看出，譯者將《天路歷程》視為主人翁基督徒依據親身經歷撰寫的宗教著作，並未將其視為虛構性的文學藝術作品。此為譯成中文的第一部外國小說。這個譯本於一八五六年在香港再版、一八五七年在福州印行，後多次重印，附有前言和十幅插圖，為蘇格蘭畫家亞當斯（Adams）繪製，畫中人物都是中國人的面孔和裝束。

　　一八六五年（清穆宗同治四年），賓威廉又以北京方言譯成《天路歷程》第一、二部（官話譯本），這也是第一部較為完整的外國文學作品重譯本。譯者重譯該小說的動機，是因為初譯本以文言為譯語，傳播有限，有違於廣泛傳授「天路歷程之捷徑」的目的。因此，譯者「緣此重按原文，譯為官話，使有志於行天路者，無論士民，咸能通曉……誠以是書為人人當讀之書，是路為人人當由之路。」重譯本序中還說：「初譯無注，誠恐閱者不解，今於白文旁，加增小注，並注明見聖書某卷、幾章、幾節，以便考究。凡閱是書，務於案頭置新、舊約，以備兩相印證。依次而行，則《聖經》之義，自能融洽於胸中。」

　　時隔四年，即一八六九年（清穆宗同治八年），上海美華書館又據咸豐三年（一八五三年）版，印行了班揚的這部小說漢譯本《天路歷程》。後此書傳入日本，由村上俊吉譯成日文，在一八七六至一八七八年神戶出版的基督教報紙《七一雜報》上連載。書名照搬中國譯名，後出單行本。據芥川龍之介《骨董羹》說，書裡數頁銅版畫的插圖都是中國人畫的，以中國風格描繪文中的人物風景，其中的英詩翻譯，更是「漢味」十足。

　　一八七一年（清穆宗同治九年），廣州羊城惠師禮堂刊行的《天路歷程土話》，現藏英國倫敦大學亞非學院圖書館。此為粵語本《天路歷程》，包含三十幅插圖，用宣紙精心印製，單獨裝訂，與其他五卷正文（各卷分別為二十五頁、二十六頁、二十六頁、二十九頁、二十八頁）合成一函。此刊本除抄錄咸豐三年的原刊本序外，還有一〈天路歷程土話序〉，交代了該書的特色及來龍去脈。[219]該書可以看作為最早介紹到中國的英國長篇小說。[220]《天路歷程土話》三十幅插圖，各有四字標題，聯繫起來便是完整的故事梗概[221]，讀者從中可以大致領域到這部小說的精髓。陳平原教授指出：「在我看來，為《天路歷程土話》插圖的畫家，明顯是將此書作為『章回小說』來閱讀，

---

219 該書序言為：「《天路歷程》一書，英國賓先生，於咸豐三年譯成中國文字，雖不能盡揭原文之妙義，而書中要理，悉已顯明。後十餘年，又在北京，重按原文，譯為官話，使有志行天路者，無論士民婦孺，咸能通曉，較之初譯，尤易解識。然是書自始至終，俱為喻言，初譯無注，誠恐閱者難解。故白文之旁，加增小注，並注明見聖書某卷幾章幾節，以便考究，今仿其法，譯為羊城土話。凡閱是書者，務於案頭，置《新舊約》書，以備兩相印證，則《聖經》之義，自能融洽胸中矣。是書誠為人人當讀之書，是路誠為人人當由之路。苟能學基督徒，離將亡城，直進窄門，至十字架旁，脫去重任，不因艱難山而喪厥志，不為虛華市而動厥心，則究竟可到郇山，可獲永生，斯人之幸，亦予之厚望也。爰為序。同治十年辛未季秋下旬書於羊城之惠師禮堂。」

220 周作人《歐洲文學史》（1919）第三卷第二篇中，評價道：「（班揚）獄中作《天路歷程》（*Pilgrim's Progress*），用譬喻（Allegory）體，記超凡入聖之程。其文雄健簡潔，而神思美妙，故宣揚教義，深入人心，又實為近代小說之權輿。蓋體制雖與Faerie Gueene同，而所敘虛幻之夢境，即寫真實之人間，於小說為益近。」

221 三十幅畫題為：一、指示窄門；二、救出泥中；三、將入窄門；四、灑掃塵埃；五、脫下罪任；六、喚醒癡人；七、上艱難山；八、美宮止步；九、身披甲胄；十、戰勝魔王；十一、陰翳祈禱；十二、霸伯老王；十三、拒絕淫婦；十四、摩西執法；十五、唇徒騁論；十六、復遇傳道；十七、市中受辱；十八、盡忠受死；十九、初遇美徒；二十、招進財山；二十一、同觀鹽柱；二十二、牽入疑寨；二十三、脫出疑寨；二十四、同遊樂山；二十五、小信被劫；二十六、裂網救出；二十七、勿睡迷地；二十八、娶地暢懷；二十九、過無橋河；三十、將入天城。

並按照『繡像小說』的傳統，為其製作具有某種獨立敘事功能的『系列圖像』」。該刊本用「繡像小說」的傳統來詮釋及表現《天路歷程》。「《天路歷程土話》中的圖像，從人物造型，到服飾、建築、器具等，幾乎全部中國化。除了十字架等個別細節，你基本上看不出所闡釋的是一部英國小說。圖像敘事的獨立性，在這裡得到更加充分的顯示。」[222]

除了《天路歷程》得到多次重譯重印外，其他英國小說文本也不斷進入近代中國人的視界。如，一八七二年（清穆宗同治十一年）五月二十一至二十四日，上海出版的《申報》載一文，題作〈談瀛小錄〉，約五千字，經考實為《格列佛遊記》（ *Gulliver's Travels* ）之小人國部分，此為斯威夫特這部名著介紹進中國之始。

英國作家利頓（Edward Bulwer Lytton）的小說《夜與晨》（ *Night and morning* ），也被蠡勺居士於一八七三年（清穆宗同治十二年）譯述成《昕夕閒談》，開始在中國最早的文學期刊《瀛寰瑣記》[223]上連載（1873年1月第3期到1975年1月的第28期）。[224]此係中國近代最早由中國人自己從外文譯成中文的白話體長篇小說，分為上、下卷，共五十回。蠡勺居士〈昕夕閒談序〉云：「小說者，當以怡神悅魄為主，使人之碌碌此世者，咸棄其焦思繁慮，而暫遷其心於恬恬之境也。……其感人也必易，而其入人也必深矣。誰謂小說為小道哉？」一九〇四年印行的單行本，是經過刪改的，署名則改為「吳縣藜床臥

---

222 詳細分析參見陳平原〈作為「繡像小說」的《天路歷程》〉，見其所著《大英博物館日記》（濟南市：山東畫報出版社，2003年），附錄二，頁126-139。

223 一八七二年十一月十一日，蠡勺居士主編《瀛寰瑣記》月刊於上海創刊，出版者申報館；一八七五年一月停刊，共出二十八卷。為我國最早之文學專業刊物，以刊載詩詞、散文為主，兼及小說、筆記、政論等。學者考證認為，蠡勺居士為杭州蔣子讓，寓居上海，別署小吉羅庵主、小吉庵主人、蠡勺漁隱、西泠下士等。

224 韓南（Patrick Hanan）〈談第一部漢譯小說〉，見陳平原等編：《晚明與晚清：歷史傳承與文化創新》（武漢市：湖北教育出版社，2002年），頁452-481。

讀生」。書前有〈重譯外國小說序〉，稱翻譯目的是要灌輸民主思想云云，並認為中國不變更政體，則決無富強之路。據郭長海從當時《新聞報》、《申報》廣告及刊出詩中考察，蠡勺居士本名蔣子讓，藜床臥讀生是該書重譯者，名管子駿。[225]

　　一八九六年七月初一日，汪康年等創《時務報》於上海。《時務報》第一冊刊有梁啟超所撰〈論報館有益於國事〉：「去塞求通，厥道非一，而報館其導端也。……閱報愈多者，其人愈智；報館愈多者，其國愈強。」就在這第一冊上刊載了《英國包探訪喀迭醫生案》，未署譯者，後上海素隱書屋單行本署「丁楊杜譯」。此為較早譯入之偵探小說，後偵探小說流行於晚清，《時務報》開此風氣。一八九六年八月一日至一八九七年五月二十一日，《時務報》第六至九、十至十二、二十四至二十六、二十七至三十冊刊登張坤德譯的英國小說家柯南·道爾（Arther Conan Doyle, 1859-1930）的四篇偵探小說，題為《歇洛克·呵爾唔斯筆記》。包括《英包探勘盜密約案》、《記傴者復仇事》、《繼父誆女破案》、《呵爾唔斯緝案被戕》。[226]此為中國早期所見的英國偵探小說譯本。

　　近代中國對英國小說的選擇，但尼爾·笛福《魯濱遜飄流記》的譯介也頗具代表性。魯濱遜那種頑強的冒險精神對近代中國人有著巨大吸引力。沈祖芬[227]於一八九八年（清德宗光緒二十四年）節譯這部

---

225 一八七四年（清穆宗同治十三年）十二月，申報館出版《昕夕閒談》二冊，上卷十八節，下卷十三節，書首〈昕夕閒談小敘〉，署「壬申臘月八日，蠡勺居士偶筆於海上寓齋之小吉羅庵」；上卷總跋署「同治癸酉九月重九前五日蠡勺居士跋於螺浮閣」。

226 這幾篇小說現分別通譯為〈海軍協定〉、〈駝背人〉、〈分身案〉、〈最後一案〉。後譯者另增〈英國包探訪客迭醫生奇案〉，共五篇，一八九九年由素隱書屋出版單行本，改書名為《新譯包探案》。

227 沈祖芬，又名跛少年，杭州人，生卒年不詳。三歲染足疾，行走不便。但意志堅強，日夜自習攻讀英文，二十二歲時已發表譯著多種。沈自小喜歡這本小說，早就有志於將它譯成介紹給中國讀者並希望借小說冒險進取之精神「以藥吾國人」。

小說為《絕島飄流記》。經師長的潤飾與資助，於一九〇二年始得刊佈，由杭州惠蘭學堂印刷，上海開明書店發行。有《譯者志》稱該小說「在西書中久已膾炙人口，莫不家置一編。……乃就英文譯出，用以激勵少年。」高夢旦在《絕島飄流記序》（1902）中認為此書「以覺吾四萬萬之眾」。宋教仁讀了此書後也認為，魯濱孫的「冒險性及忍耐性均可為頑懦者之藥石」（《宋教仁日記》，1906年12月31日）。一九〇五、一九〇六年，復有從龕譯本《絕島英雄》與林紓、曾宗鞏譯本《魯濱遜飄流記》、《魯濱遜飄流續記》。[228]

　　另外，一八七八年（清德宗光緒四年）九月七日，林樂知（Young John Allen, 1836-1907）主編的《萬國公報》（*Chinese Globe Magazine*）第五〇四卷刊登《大英文學武備論》；本月十四日出版的第五〇五卷上刊〈培根格致新法小序〉。二文對英國文學及部分作家略有介紹。一八九七年（清德宗光緒二十三年）十一月出版的《萬國公報》第一〇六卷，刊載了林樂知、任延旭的《格致源流說》。該文稱培根為「英國格致名家」，同時在該文中穿插翻譯了培根的一篇論述「格致之效」的數百字的小品文。這也是目前所見培根的文學作品最早的中譯文。

---

228 後來，笛福這部小說名著又出現多種譯本或節譯本。如嚴叔平譯本（上海市：崇文書局，1921年）、彭兆良譯本（上海市：世界書局，1931年）、李嫘譯本（上海市：中華書局，1932年）、顧均正、唐錫光譯本（上海市：開明書店，1934年）、張葆癢譯本（上海市：啟明書局，1936年）、徐霞村譯本（上海市：商務印書館，1937年）、吳鶴聲譯本（上海市：雨絲社，1937年）、殷雄譯本（上海市：大通圖書社，1937年），等等。其中，徐霞村譯本後來較通行。

第四章
二十世紀上半葉的中英文學交流（一）：中國文學在英國

第一節　翟理斯《中國文學史》：對中國文學的總體觀照

從寫作時間上看，在漢學界產生重要影響的《中國文學史》（*A History of Chinese Literature,* 1901），出現於翟理斯漢學譯介生涯的中後期，它是翟理斯關於中國文學研究成果的總匯。當然，《古文選珍》（*Gems of Chinese Literature,* 1884）、《古今詩選》（*Chinese Poetry in English Verse,* 1898）已為其寫作這部文學史奠定了重要基礎。同樣，翟理斯在文學史料等方面的積累也不斷向前推進，如於一九二三年刊行的《中國文學瑰寶》（*Gems of Chinese Literature*，包括詩歌卷、散文卷）中，作家的數量較之於《古文選珍》與《古今詩選》已經有了大幅度增加，其中許多已出現於《中國文學史》之中，在時間跨度上也從原來的明清時期延伸至民國。

一　英語世界第一部中國文學史

翟理斯的《中國文學史》於一九〇一年[1]由倫敦海涅曼公司

1　對於該書的初版時間存在的爭議較多，主要集中於一九〇〇年與一九〇一年之爭上，王麗娜和熊文華的相關論著中認為是一九〇〇年，而後來的學者多認為是一九〇一年。筆者並未見到一九〇〇年版的《中國文學史》，而一九〇一年的版本則有，

（William Heinemann）出版社刊行。這是英語世界出現的第一部中國文學史。該書主要是應英國文學史家戈斯（Edmund W. Gosse）之邀，而作為其《世界文學簡史叢書》（*Short History of the Literature of the World*）中的一種而作。翟理斯接受友人戈斯的建議，在書中盡可能納入作品的譯文，以便讓讀者自己感受與評判，同時引證一些中國學者的評論，便於西方讀者了解中國人自己如何理解、評析這些文學作品。原作翻譯在書中佔據不小的篇幅，而這些內容絕大多數是由翟理斯自己動手翻譯。翟理斯的英譯以明白曉暢著稱。他曾引托馬斯・卡萊爾的話「還有什麼工作，比移植外國的思想更高尚？」（《中國文學瑰寶》卷首引）來表明翻譯異域知識的重要性。因而其譯文頗能傳達原作的神韻。[2]

《中國文學史》是十九世紀以來英國漢學界翻譯、介紹與研究中國文學的一個總結，在某種程度上代表了整個西方對中國文學總體面貌的最初概觀。在該書序言裡，翟理斯批評中國的學者無休止地沉湎於對個別作家作品的評價與鑑賞之中，由於認為要在中國文學總體歷

因此此處暫時採用一九〇一年為初版時間。該書隨後於一九〇九年、一九二三年與一九二八年由紐約倫敦D. 阿爾普頓出版社（New York and London: D. Appleton and Company）再版，一九五八年、一九六七年由紐約叢樹出版社（Grove Press; Friderick Ungar Publishing Co.）再版，一九七三年又由拉特蘭郡查理斯E. 塔特爾出版社（Rutland,Vt:Charles E. Tuttle Co.）再版。該書一版再版也從側面說明了該書受英語世界讀者的歡迎程度，翟氏於一九三五年離世，而該書至今可看到的版本已是出版到了一九七三年，足見該書的生命力。本節關於翟理斯《中國文學史》的討論，筆者指導的研究生徐靜參與其中，並提供了初步的解讀文字。

2　此書面世後，鄭振鐸先生曾撰寫書評〈評Giles的中國文學史〉，指出它存在著疏漏、濫收、詳略不均、編次非法等缺點；並認為其根本原因在於作者對中國文學沒有作過系統的研究。由於作者「對於當時庸俗的文人太接近了，因此，他所知道的中國文學，恐除了被翻譯過的四書、五經及老莊以外，只有《聊齋》、《唐詩三百首》以及當時書坊間通行的古文選本等等各書。」（《中國文學論集》〔上海市：開明書店，1934年〕，下冊）翟理斯的文學史將中國文人一向輕視的小說戲劇之類都加以敘述，並且能注意到佛教對於中國文學的影響。這兩點可以糾正中國傳統文人的尊儒和賤視正當作品的成見。

史研究上取得相對的成就都是毫無指望的事，他們甚至連想也沒有想過文學史這一類課題。翟氏《中國文學史》一書實際上是當時英國漢學發展過程中取得的一個階段性成果的總結。翟理斯前承理雅各、威妥瑪等人，後啟韋利，在英國漢學的發展過程中起著重要的銜接作用；同時也對中國文學和文化在英語世界國家包括西方世界的傳播有著舉足輕重地位。以「中國文學史」為題，在英國世界中屬於開山之作，不論其所涉及的內容為何，此書的發行及其在西方英語世界的傳播便向英語讀者們傳達了一個資訊：中國文學的一個總體概貌在英語世界開始呈現了。

文學史作為文學研究的一個重要組成部分在歐洲已經有了較為成熟的發展，但是對於史學發達的中國來說，文學史卻是舶來品。翟理斯思的《中國文學史》是早期幾本中國文學史之一，具有一定的代表性。這部中國文學史在西方一版再版，足見其受歡迎之程度，並且在一定程度上影響了中國學者在文學史上的寫作。

二 翟氏《中國文學史》的內容及文體分類模式

翟理斯這部《中國文學史》全書共四百四十八頁，以朝代的歷史演變為經、以文學的各種體裁為緯，分為封建時期（西元前600-西元前200年）、漢朝（西元前200-西元200年）、小朝代（西元200-600年）、唐朝（西元600-900年）、宋朝（西元900-1200年）、元朝（1200-1368）、明朝（1368-1644）、清朝（1644-1900）等八卷。全書具有一定的「史」的意識，總體上將中國各時期的文學（此處「文學」不單指審美性的純文學作品）作了詳簡得當的介紹。

根據每個時代所特有的文學特徵，每一卷又分為若干章來敘述。第一卷題為「封建時期」的文學，即對先秦文學的總述，包括神話傳說，以孔子為中心的四書五經，與儒家思想並存的其餘各家以及詩歌

等。第二卷題為「漢朝」文學，實際上則包含了秦與漢兩個時期的文學概況，作為文學史上的一些重要事件（如「焚書坑儒」），翟理斯也沒有忘記講述，此外還涉及了史傳文學（《戰國策》、《史記》、《漢書》等）；而李斯、李陵、晁錯、路溫舒、揚雄、王充、蔡邕、鄭玄、劉向、劉歆等人的相關作品也在翟理斯的譯介討論之中；還有賈誼、東方朔、司馬相如、枚乘、漢武帝、班婕妤等人的詩賦亦包含在內。另加上關於辭書編撰與佛教傳入中國為主題的兩章，共同構成了翟氏《中國文學史》第二卷的主要內容。題為「小朝代」的第三卷涉及的主要時間段為國內文史學界所說的魏晉南北朝時期。翟理斯將這一時期的文學從文學（主要是詩歌）與學術（主要指經學）兩方面來展開，前者為其介紹的重點，包括了當時的「建安七子」、陶淵明、鮑照、蕭衍、隋朝的薛道衡以及我們習慣上認為的初唐詩人王績。第四卷的唐代文學中，唐詩成為翟理斯著重介紹的文學體裁，在對中國的成熟詩歌形式作了簡要介紹之後，分別選擇了王勃、陳子昂、宋之問、孟浩然、王維、崔顥、李白、杜甫、岑參、常建、王建、韓愈、白居易、張籍、李涉、徐安貞、杜秋娘、司空圖等人的一些作品；也從學術研究的角度出發簡要介紹了魏徵、李百藥、孔穎達、杜佑等人。同時還介紹了詩歌以外的文學體裁，主要是散文，包括柳宗元、韓愈和李華的一些作品，這樣構成了翟理斯心目中唐代文學的整體面貌。作為第五卷的宋朝文學，翟理斯將雕版印刷（主要是木版印刷）發明後對文學的影響放在了首位，其次論述了宋朝的經學與總體文學，分別介紹了歐陽修、宋祁、司馬光、周敦頤、程顥、王安石、蘇軾、蘇轍、黃庭堅、朱熹等人；而關於宋朝的詩歌則主要選取了陳摶、楊億、邵雍、王安石、黃庭堅、程顥、葉適等人的一些作品。除此之外，翟理斯還介紹了宋朝時所編撰的一些字典，主要有《廣韻》、《事類賦》、《太平御覽》、《太平廣記》、《文獻通考》以及宋慈的《洗冤錄》等。第五卷的元代文學，除了介紹傳統的詩歌作品（主要

有文天祥、王應麟、劉因、劉基等人）外，翟理斯開始引入了文學中
的新體裁即戲曲和小說，並對戲曲小說的起源闡述了自己的看法，收
入的戲曲作品主要包括紀君祥的《趙氏孤兒》、王實甫的《西廂記》
以及張國賓的《合汗衫》；小說則主要有《三國志演義》、《水滸傳》，
而以對《西遊記》譯介作為了該卷的收尾。第七卷的明代文學，翟氏
將李時珍的《本草綱目》和徐光啟的《農政全書》納入了這一時期的
總體文學之中，宋濂、方孝孺、楊繼盛、沈束、宗臣、汪道昆等人的
相關作品與上述的農政和醫藥方面的書籍一起做了相關的介紹。而小
說和戲曲方面則選擇了《金瓶梅》、《玉嬌梨》、《列國傳》、《鏡花
緣》、《今古奇觀》、《平山冷燕》、以及《二度梅》、《琵琶記》等。詩
歌作品則將解縉、趙彩姬、趙麗華的一些作品選入了該文學史中。最
後一卷的清朝文學，著重譯介了蒲松齡《聊齋志異》中的一些篇目
（包括《聊齋自志》、《瞳人語》、《嶗山道士》、《種梨》、《嬰寧》）以
及《紅樓夢》的故事梗概；簡要介紹了康熙王朝時所組織編寫的百科
全書主要有《康熙字典》、《佩文韻府》、《駢字類編》、《淵鑒類函》、
《圖書集成》等五部，以及乾隆帝時期的一些作品；此外還介紹了顧
炎武、朱用純、藍鼎元、張廷玉、陳宏謀、袁枚、陳扶搖、趙翼等
人，並在該卷要結束時引入了新的文學式樣——「牆壁文學」、「報刊
文學」幽默故事以及諺語和格言警句等。

　　翟理斯以介紹文學作品自身內容為重點，而對文學作品本身的評
論可謂一鱗半爪。他在序言中對此做出了解釋：「在翻譯所能達到的
範圍內，由中國作家們自己說話。我也加上了一些中國學者的評論，
讀者通過這些中國人自己的評論也許可以形成自己的觀點。」[3]此前
翟理斯所完成的《古文選珍》與《古今詩選》為這部《中國文學史》
的完成準備了堅實的基礎。當然，隨著時間的推進與翟理斯自身知識

3　Herbert A.Giles, *A History of Chinese Literature* (New York and Landon: D. Appleton and
　　Company, 1923), preface.

的積累，選入《中國文學史》中的作家作品也有了適當的增加。

　　翟理斯這部《中國文學史》涉及到的文學種類主要包括詩歌、散文、小說、戲曲等，以宋朝為分水嶺，呈現出之前（包括宋朝）的文學史側重詩文，宋之後的文學史側重小說戲曲這樣的面貌。並稱「在元朝，小說和戲曲出現了。」[4]不難看出，這種文類的架構已呈現出了現代文學模式中所包含的幾種主要體裁即詩歌、散文、小說、戲劇。西方的文類發展正如艾布拉姆斯所說：「自柏拉圖和亞里斯多德起，根據作品中說話人的不同，傾向於把整個文學區分成三大類：詩歌類或叫抒情類（始終用第一人稱敘述），史詩類或叫敘事類（敘述者先用第一人稱，後讓其人物自己再敘述），以及戲劇類（全由劇中角色完成敘述）。」[5]中國文學史的書寫在很大一段時期內所用的文學分類形式都是這種來源於西方的現代文學分類模式，而翟理斯的文學史可謂早期的嘗試。

　　《中國文學史》裡的詩歌文類具體包括賦、五言、七言詩等。但對於詞這一在中國文學中有重要地位的文體，翟理斯隻字未提。基於詞在韻律方面的特點，將之劃歸於西方文體中的詩歌類應為較為妥當的一種方式。對於「詞」的「缺場」，有學者援用一位研究詞的加拿大漢學家的觀點，認為：「關鍵是詞比詩難懂得多。如果沒有廣博的背景知識，外國讀者面對詞裡眾多的意象將會一籌莫展。」[6]還有人指出宋詞由於「受格律形式的限制，譯解難度比較大」，[7]因此才被忽

4　Herbert A. Giles. *A History of Chinese Literature* (New York and London: D. Appleton and Company, 1923), p. 256.

5　M. H. Abrams.（艾布拉姆斯）. *A Glossary of Literature Terms*（《文學術語彙編》）（北京市：外語教學與研究出版社，2004年），第7版，頁109。

6　張弘：《中國文學在英國》（廣州市：花城出版社，1992年），頁152。

7　程章燦：〈魏理眼中的中國詩歌史——一個英國漢學家與他的中國詩史研究〉，載朱棟霖、范培松主編：《中國雅俗文學研究》（上海市：上海三聯書店，2007年），第1輯，頁51。該文指出，魏理唯一翻譯的一首詞為李煜的〈相見歡〉。

略。從歐洲文學傳統來看，並無詞這種文學體裁，在中國傳統的文藝觀中詞則被視為「詩餘」，長期處於「失語」的狀態，在此文學語境中，「詞」這一詩歌文類要進入翟理斯的視野確屬不易。

　　翟理斯對小說這一被傳統視為「小道」的文體亦較為推崇，讓其登上了文學史這一大雅之堂。不過他對中國小說的著眼點卻側重於其外部因素，即更看重小說在文獻方面的價值，而對於內部美學方面的價值關注較少。這或許是翟理斯時代即維多利亞時代英國漢學的一個總體特徵。比翟理斯略早的偉烈亞力（A. Wylie）曾經如此評價中國的小說：「中文小說和浪漫傳奇故事，作為一個品種，是太重要了，其重要性是怎麼說都不為過的。它們對於不同年齡者的民族風格方式和習慣的洞見，它們所保留下來的那些變化了的語言的樣本，使得它成為人們學習歷史，獲得相當部分歷史知識的唯一通道。而且，它們最終形成了那些人物，實際上這些並非毫無價值可言，而這些根本就不應該遭到那些學者們的偏見輕視」。「而且，那些閱讀這種類型的中國小說的讀者將會發現，儘管那些故事中充滿幻想，但卻常常是忠實於生活的。」[8]雖然翟理斯有注重文學性的傾向，但在這種總體漢學的氛圍中，其突破也是相當有限的。中國典籍（包括小說）的價值更多地體現在文獻價值上，這依然是這一時期歐洲漢學的主要傾向[9]，但不能否認的是，同時也蘊藏著一股從美學角度觀照小說的潛流。在這股潛流尚未發展為主流之前，翟理斯《中國文學史》中的小說部分只能體現當時漢學領域小說的研究水準。翟理斯還喜歡將本土文學與異國文學進行比附。如將《聊齋志異》中的〈孫必振〉一篇篇名譯為〈中國的約拿〉；將〈嬰寧〉中某些細節的描寫與吉伯特（W. S. Gilbert, 1836-1911）《心上人》（*Sweethearts*）第一幕結尾處的相似，

8　*The China Review*, or *Notes and Queries on Far East*.1897.Vol. 22. No. 6. p.759.

9　如翟理斯的《聊齋志異選》就被當作民間故事或者民俗研究的材料來看待。

翟理斯認為吉伯特是「中國人的學生」。[10]翟理斯對中西文學進行總體的觀照並不僅僅在小說中有所體現，對於詩歌，也在有意無意之間進行中西的比照。如將「平仄」與西方詩歌中的「抑揚」做類比，並向「歐洲的學生們」介紹說：「長詩對於中國人來說並沒有吸引力，中文中也沒有『史詩』（epic）這個詞，但達到上百行的詩歌還是有一些的。」[11]不難推測，翟理斯對中國詩歌的觀照是以西方傳統的詩歌為參照對象的。

三　翟氏《中國文學史》的漢學特色

綜上所述，作為一部由域外漢學家來完成的中國文學史著作，其帶有鮮明的漢學色彩。這主要體現在以下三方面。

首先，受英國漢學水準及成果所限，收入《中國文學史》中的作家作品極其有限。加之該書僅有四四八頁，在如此有限的篇幅內要容納上迄西元前六百年、下至十九世紀末這一漫長時期的文學，實屬不易。因此，鄭振鐸先生認為其存在「疏漏」的缺點。

其次，就翟氏《中國文學史》的具體內容而言，確有參差不齊等缺陷。翟理斯於中國的所見所聞成為了其寫作的最重要依據。因此民間最底層的文學與政府（皇帝欽定）官方色彩最濃重的文學同時出現。卻忽略了許多士大夫的作品，這些士大夫從屬於上層貴族階層，然其作品上未能進入政治權力的核心，下未能達於民間廣泛傳誦，因而難以進入翟理斯之視野。這樣，那些為官方與民間普遍接受的文學最為翟理斯青睞，代表儒釋道文化的文學作品遂成為其文學史內容的

---

10 Herbert A. Giles. *A History of Chinese Literature*. (New York and London: D. Appleton and Company, 1923), p. 348.

11 Herbert A. Giles. *A History of Chinese Literature*. (New York and London: D. Appleton and Company, 1923), p. 145.

主導。此外，翟理斯自身對女性文化的興趣亦成為其文學史內容重要的另一方面，由此構成了翟氏《中國文學史》的主體部分。

其三，駁雜的文學。英國漢學界巨擘理雅各關於儒家經典作品的譯介已然成為了英國漢學家們繞不過的一塊「石頭」，翟理斯作為繼理雅各後的又一較有成就的漢學家，雖然對於理雅各的譯介間或總有批評，但不可否認在儒家經典的英語譯介上，尚無人可以逾越理雅各。在如此強大漢學成果的影響下，翟理斯下意識地傳承了這一成果，然而卻又在另一層面上不自覺地企圖超越這一成果，正如他在《古文選珍》中的序所說的那樣：尚有一塊廣袤的處女地亟待開墾。正是在這兩種思想力的共同作用下，《中國文學史》既大致呈現出了經學發展的脈絡，又試圖勾勒出中國文學發展的面貌。這樣，中國文學便包括了四書五經、小說、戲劇、百科全書等。此外，對於自己既有的譯介成果，翟理斯似乎也不忍捨棄，因此諸如宋慈的《洗冤錄》、藍鼎元的審判案例等也收入了該部文學史之中。這也是鄭振鐸對之不滿的重要原因，即「濫收」與「詳略不均」。但是，翟理斯卻相當注重外界因素對於文學發展的影響，除了鄭振鐸所提到的重視佛教之於中國文學的影響之外，翟理斯還強調了文學文本在產生過程中生產方式的影響，如文字的發明、印刷術的發展以及統治者的提倡與庇護等。

因此，這部二十世紀初用英文寫作的《中國文學史》若以現代眼光視之，確實存在諸多缺陷。但如考慮到當時漢學尤其是英國漢學的總體狀況，此部著述的寫作達到如此水準已屬不易。

從《古文選珍》、《古今詩選》到《中國文學史》，直至《中國文學瑰寶》，收入其中的作家作品逐步增加與完善。在一九二三年版的《中國文學瑰寶》中，翟理斯在詩歌卷中主要增加了幾首白居易的詩，在散文卷中則主要增加了近代晚清時期的作品如曾國藩、梁啟超等人的作品。從《中國文學史》與《中國文學瑰寶》（詩歌卷、散文

卷）兩部著作來看，由於翟理斯置身於「文學史寫作」較成熟的歐
洲，因此在譯介中國文學的過程中具有一定的文學史意識。但由於英
國漢學成果所限，尤其是文學史料的缺乏使其文學觀又呈現出駁雜的
一面。

　　晚年的翟理斯還譯介了《中國神話故事》（*Chinese Fairy Tales,*
1911）、《中國笑話選》（*Quips from a Chinese Jest-book,* 1925）。《中國
笑話選》選譯了《笑林廣記》中的幾則笑話，使英國人看到了中國人
及中國社會的另一面。

　　總而言之，翟理斯是英國漢學史上乃至整個歐洲漢學界對中國文
學進行總體觀照的第一人。英國漢學的功利性雖然令其漢學研究無法
像法國漢學那樣精深，但卻並不妨礙其對於中國文學的關注。或許也
正是這種相對的業餘性質，使得英國漢學對於中國文學的關注較於歐
洲其餘國家更多些。由於既有成果與條件所限，翟理斯並沒有深入研
究中國文學及作品，但是這種總體的觀照與「總體文學」的提出，使
英語世界的讀者對於中國文學有了一個大致的了解，加之翟理斯流暢
的文筆以及大眾化的傾向，遂使傳播面更加廣泛，在中英文學交流史
上起到了非常重要的作用。

第二節　阿瑟‧韋利的中國文學譯介

一　阿瑟‧韋利的漢學成就及翻譯策略

　　阿瑟‧韋利（Arthur David Waley, 1889-1966）是二十世紀英國著
名漢學家之一，一八八九年八月出生於英國東南部肯特郡（Kent）的
一個小城裡，父親大衛‧許洛斯（David Frederick Schloss, 1850-1912）
是英國著名的猶太經濟學家，費邊社成員，一生致力於爭取猶太人在
英國社會的合法地位。幼時的阿瑟‧韋利對東方文化便產生了濃厚的

興趣。一八九六年，他們家從倫敦搬家到溫布林頓，他的弟弟赫伯特‧韋利（Hubert David Waley, 1892-1968）回憶他們倆替家裡擦拭銅器時的場景，「古老銅器那種堅硬的樸素感深深吸引著他，當他看到一塊十七世紀製作精細的淺層雕刻銅製紀念匾時，我嘲笑它的過分雕飾，而這恰是Arthur更喜歡的。」[12]

一九〇三年，韋利到拉格比公學（Rugby School）就讀，在此他奠定了深厚的古典文學頤養，一九〇六年獲得劍橋大學國王學院的拉丁獎學金，成為一名學生。二十世紀初的劍橋大學學者雲集，新人文主義者迪金森（G.L.Dickinson, 1862-1932），現代倫理學的創始人莫爾（G.E.Moore, 1873-1958）等名家當時正在劍橋任教，每逢他們上課或講座，韋利逢場必到。尤其是迪金森，他鼓勵韋利研究中國繪畫、詩歌、散文，乃至中國文學史。當時英國學界研究中國文學權威的著作是翟理斯的《中國文學史》，但該著主要是一系列具體作品的描述，對中國文學發展史的理解稍有欠缺。

一九一三年二月，韋利通過大英博物館繪畫部嚴格的考試，競聘到繪畫部工作。年初大英博物館東方圖片及繪畫分部（The Oriental Sub-department of Prints and Drawings）成立，六月韋利便調到此分部作勞倫斯‧賓揚（Lawrence Binyon, 1869-1943）的助手。賓揚乃英國著名詩人、藝術批評家，一九〇九年進入大英博物館繪畫部工作，著有許多關於東方藝術的論文及專著。韋利主要負責整理館藏的繪畫作品，並為其作一詳細的編目。為了適應工作的需要，韋利開始自學中文和日文。巴斯‧格雷（Basil Gray, 1904-1989）在回憶韋利的文章中談到：「那時，韋利在博物館的工作主要是為中國的繪畫作品作簡要的介紹，同時為館藏的原畫及複製品作一編目。一九二二年該目錄由

---

12 Hubert Waley: Recollections of a Younger Brother, Ivan Morris: *Madly Singing in the Mountains: An Appreciation and Anthology of Arthur Waley* (London: George Allen & Unwin Ltd., 1970), p. 125.

Trustees出版社出版，打那以後，該書成為藝術研究必備的工具
書。……但對館內藏畫的介紹除了一部分發表在一九二三年出版的
《中國繪畫介紹》外，大多沒有發表。」[13]但韋利對繪畫的興趣點並
不在繪畫本身，他關注的是畫中體現出的文學特色。巴斯‧格雷對此
事深有感觸：「韋利對中國繪畫的興趣主要集中在畫的文學性特點
上，即使為繪畫作品作介紹，也要從文學的角度著手。」[14]眾所周
知，中國古代繪畫有一特點，那就是畫中存有大量的題詩，有的是畫
家自題的，有的則是朋友贈題的，還有的是收藏者題寫的。韋利對中
國詩歌的翻譯就始於這些題畫詩。工作的間隙，韋利開始研讀館藏的
中國詩歌選本，並著手翻譯中國的古代詩歌，開始了他涉足漢學的漫
漫長路。

　　韋利第一次公開發表文章是在一九一七年一月份，他在英國著名
的藝術類雜誌《伯林頓雜誌》（*Burlington Magazine*）上發表了〈一幅
中國畫〉（A Chinese Picture），該文主要介紹張擇端的《清明上河
圖》。文學翻譯方面，現存最早的譯本是一九一六年由倫敦Lowe Bros
出版社出版的《中國詩歌》（*Chinese Poems*）。此書有韋利的親筆簽
名。說起此書的出版，還有一段有趣的故事。韋利工作時，因為不懂
漢語文學常識，常常把一個藝術家當做兩個，因為中國古代文人出了
姓名之外，還有字、號，有的文人號還不止一個。對這些只是稍不熟
悉，就很難分清畫上題名的是一個人還是兩個人。為此他到那時剛剛
成立的東方研究院學習中文，並到芬斯伯里地區拜訪負責漢語研究的
一位老傳教士。在他那兒，韋利非但沒有得到鼓勵，還被告知東方研

---

13 Basil Gray: Recollections of a Younger Brother, Ivan Morris: *Madly Singing in the
　Mountains: An Appreciation and Anthology of Arthur Waley* (London: George Allen &
　Unwin Ltd., 1970), p. 40.

14 Basil Gray: Recollections of a Younger Brother, Ivan Morris: *Madly Singing in the
　Mountains: An Appreciation and Anthology of Arthur Waley* (London: George Allen &
　Unwin Ltd., 1970), p. 41.

究院的資料太少，中國詩歌方面僅有一本孔子編訂的《詩經》。見韋利不信，這位老傳教士便戲謔地讓韋利去圖書館找找，看能否找到什麼有用的東西。那時大英圖書館對這些漢語書籍還沒有詳細的編目，書籍雜亂無章地堆放在一起，結果韋利從中找出了幾百冊中國詩歌集。學習一門語言，翻譯是一條捷徑，當然必須經過嚴格的訓練，了解相關的翻譯技巧。對初學者來說，翻譯往往可以更加精確地掌握辭彙的運用。韋利就是在拙笨的翻譯中，逐漸掌握漢語知識的。由此可見，翻譯在韋利眼裡僅僅是為更好地工作所備的一塊基石。最終韋利初步譯出了五十多首詩歌。為了和朋友們分享譯詩的快樂，好友羅傑·弗萊（Roger Fry, 1866-1934）建議韋利結集成冊由他的歐米伽工作室[15]出版。為此，弗萊召集相關人員對韋利譯詩的出版問題進行商議。弗萊儘管是一名藝術家，但在此書的出版問題上，必須考慮成本與收益的平衡問題。大多數人認為該書出到兩百本才能收回成本。但此書能否賣出去成為會議的焦點，與會的多數人認為該書最多能賣出二十本，音樂家特納（Saxon Turner）的話更顯刻薄，他說一本也賣不出去。為此熱情的弗萊只好放棄此計畫。但這一舉措卻激起韋利出版的欲望，在弗萊的資助下，韋利找到一家普通的出版商（Lowe Bros）將此書付梓出版了五十本。為了省錢，韋利用牆紙作皮，分送給朋友，權當耶誕節的禮物。[16]第二年倫敦大學東方學院創辦《東方學院學報》（*Bulletin of the School of Oriental Studies*），創刊號登載了韋利的兩篇譯文，一篇為〈唐前詩歌〉（Pre. T'ang Poetry），一篇是〈白居易詩三十八首〉（Thirty eight Poems by Po Chü.i）。同年十一月

---

15 歐米伽工作室，英文名稱為Omega Workshops，一九一三年七月由羅傑·弗萊倡議成立，地址在布魯姆斯伯里費茲羅伊廣場三十三號，主要從事室內如花瓶、地毯、窗簾、桌椅等的設計，也負責繪畫作品裝裱、書籍的裝幀出版事宜，一九一九年六月解散。

16 詳情查看Arthur Waley. 'Introduction', *One Hundred and Seventy Chinese Poems* (Suffolk: St.Edmundsbury Press Ltd., 1986), pp. 5-6.

十五日，《泰晤士報》文學副刊刊載了一篇文章，題為〈一顆新星〉
（A New Planet），文中談到：「讀這些譯詩是一件快意而有趣的
事。」[17]就是這一句話成為韋利譯介生涯的第一個支點，至此，他苦
心翻譯的中國古詩也有讀者開始欣賞了。

　　一九一八年，韋利從波西米亞滑雪回來服兵役，遇到了德佐特
（Beryl de Zoete, 1879-1962），一位舞蹈評論家，她長韋利十歲，是
柏拉圖式精神戀愛與素食主義者聯盟志願者之一。後來兩人一直生活
在一起，直到一九六二年德佐特去世。個人生活的安定大大激發了韋
利的創作欲望，他不僅翻譯中國詩歌，還著手翻譯日本能劇，一九二
一年三月，譯文 *The No Plays of Japan* 由倫敦George Allen & Unwin
LTD.出版。雖然韋利的工作依然是中國繪畫，期間也出版過一些這方
面的著作，如一九二二年三月，韋利編制的《大英博物館東方圖片及
繪畫分部藏品之中國藝術家人名索引》（*An Index of Chinese Artists
Represented in the Sub-department of Oriental Prints and Drawings in the
British Museum*）由博物館董事會出版，一九二三年九月倫敦Ernest
Benn LTD. 出版了《中國畫研究概論》（*An Introduction to the Study of
Chinese Painting*），但韋利的興趣依然在中日文學翻譯上。其中一九
二五至一九三三年間翻譯完成的《源氏物語》全譯本，至今仍是日本
文學英譯的典範。一九二九年十二月底，韋利辭掉博物館的工作，專
心於漢學譯介與研究，直至一九六六年六月去世。

　　韋利漢學研究的成就可分為三個方面，第一是中國詩歌、小說的
翻譯，第二是為中國詩人作傳，第三是對中國古代哲學思想的研究。

　　或是由於第一本書出版的坎坷遭遇，韋利此後的譯介著作特別注
意讀者的接受。他把讀者欣賞作為自己翻譯的宗旨。為此在語言的選
擇上，他寧願用通俗的口語，也不願用精美的學術語言。韋利之前，

---

17 Arthur Waley. *One Hundred and Seventy Chinese Poems*, Introduction, p. 7.

詩歌屬於上流社會精英者消費的文化產品，抽象而深奧，一般的老百姓很難讀懂。為此一般的讀者往往見詩興歎，將詩拒之於選擇範圍之外。就連赫赫有名的小說家福斯特（E.M.Forster, 1879-1970）看完韋利的一本中國詩譯作後，也擺不脫知識份子精英者的成見，說道中國詩可愛，但不漂亮。[18]此話對中國詩的評價顯然有失公允，不過福斯特依據的也僅是韋利的譯詩，這倒從另一側面表現出韋利譯詩的通俗暢達，不追求過多的藻飾。喜用明白曉暢的語言。就是對這一譯語風格的尊崇，成就了韋利的漢學翻譯，也奠定了他在英國詩壇詩界領袖的地位。韋利可以說開創了英國詩壇的一股新潮流。查閱相關的百科全書，對韋利的定位首先是著名的詩人，其次才是漢學家。《牛津英國文學詞典》中韋利詞條一欄稱：「韋利：詩人、中日文學譯介的權威，通過其知名的譯作，將中日文學介紹給大眾。」[19]因此韋利的詩歌雖是譯詩，但在英國讀者的眼裡，已經忘卻了他創作時依據的中詩原文，權當韋利自己的作品去賞讀。仰仗譯詩的流暢自如、不拘格套，韋利獲得了一九五三年度的英國女王詩歌勛章（The Queen's Medal for Poerty）。

　　出於翻譯中傳情達意的思考，韋利有自己的翻譯準則。他首先關注的是譯文語言表達的通暢性。在他看來，譯文就是給所譯語言的大眾讀的，不管這些大眾是否懂原作的語言，是否潛心讀過原作，譯者翻譯時一定要符合所譯語言的表達習慣，避免出現譯文蹩腳，表達古怪的情況。為此韋利提出了一個有趣的論斷：「譯者不必是語言的天才，但唯一需要養成的習慣就是聽人談話。」[20]因為聽慣了普通人談

18　Arthur Waley. 'Introduction', *One Hundred and Seventy Chinese Poems*, p. 7.

19　Margarel Drabble. T*he Oxford Companion to English Literature*（北京市：外語教學與研究出版社，2005年），頁1070。

20　Arthur Waley. *Nore on Translation*，余石屹：《漢譯英理論讀本》（北京市：科學出版社，2008年），頁74。

話時所用的語言表達，包括辭彙的運用、聲調的抑揚，翻譯的時候就
能熟練地運用翻譯語來傳達原文的意思。當然不同語言中極少有句子
可以做到一對一的對等翻譯，如果用自己熟練的譯語來表達，難免會
遭到別人的批判，當譯語與原文的句法結構無法對等翻譯時，相比原
文，譯文的精確性就會遭到質疑。韋利自己就因為譯文通暢卻不能準
確傳達原文意義而經常遭到同人的批判。在這一點上，韋利還是堅持
自己的看法，他將譯者與原作者的關係比作作曲家與演奏者。「譯者
的角色就似音樂的演奏者，他對歌詞韻律必須有一定程度的感知，這
種感知能被大大激發出來而且不斷增強（這樣演奏者才能彈奏好好作
品）。」[21]這樣看來，演奏者已經忘卻了樂曲是作曲家的創作，他是在
用自己的感悟彈奏「自己」的作品。藉此韋利引用法國一位知名學者
的一句話說：「譯者在對原作充分理解後，原作文本就已經消失了
（他不是為原作者說話），他在為自己發言。」[22]顯然韋利在翻譯三大
標準中的「信」、「達」兩方面，更重「達」，在「達」的基礎上盡可
能做到「信」。其實「信」與「達」並不矛盾。當譯者運用通順自如
的語言將原文的意思表達出來時，在一定程度上也就做到了「信」。
這就是韋利對譯事的理解，也是他置身於翻譯的一大準則。

　　注意譯文的通暢，自然就會關注原文中作者的表達語氣。韋利以
《西遊記》與《源氏物語》中的一段譯文為例，闡述情感表達在翻譯
中的重要性。就拿《西遊記》的一段譯文來看，原作九十八回〈猿熟
馬馴方脫殼，功成行滿見真如〉講到：接引佛祖南無寶幢光王佛撐一
艘無底之船載唐僧師徒過凌雲渡的獨木橋，「那佛祖輕輕用力撐開，
只見上溜頭泱下一個死屍。長老見了大驚，行者笑道：『師父莫怕，

---

21 Arthur Waley. *Nore on Translation*，余石屹：《漢譯英理論讀本》（北京市：科學出版
　　社，2008年），頁75。

22 Arthur Waley. *Nore on Translation*，余石屹：《漢譯英理論讀本》（北京市：科學出版
　　社，2008年），頁75。

那個原來是你。』八戒也道：『是你，是你！』沙僧拍著手也道：『是
你，是你！』那撐船的打著號子也說：『那是你！可賀可賀！』」海
倫・赫斯（Helen Hayes）的譯文如下：

> A dead body drifted by them, and the Master saw it with fear. But
> the Monkey, even before him, said: "Master, do not be alarmed. It
> is none other than your own!" The Pilot also rejoiced as he turned
> to say "This body was your own! May you know joy!"

　　韋利認為該段文字中最重要的是「是你」兩個字，第二個人如果
僅僅是重複第一個人所言，那就沒有意義了。他認為接引佛祖所說的
「可賀」二字，其實包含了唐僧終於擺脫肉體凡胎修煉成佛的意蘊。
「可賀」二字在中國文化裏常用於某人升遷後，人們祝福他的一種日
常口語。赫斯翻譯成「May you know joys！」則與這一文化術語無關
了，這樣就丟掉了原作者要表達的情感意謂。文學翻譯不同於法律文
書的翻譯，法律文書的翻譯只重意思的傳達，文學卻要表達出原作者
在文中傾注的情感。憤怒也罷、憐憫也罷，原作者都將其隱藏在自己
所用的韻律、句法及措辭上。如果只是將原文的每個詞語對照字典一
一照搬出來，儘管表面看來準確無誤，實際上卻大大背離了原作。
　　以這樣的翻譯原則為規範，韋利對原作就有自己的選擇。他討厭
在官方規定的範疇內應景而譯，更不喜歡羅列系列原著，按照歷史或
其他的邏輯順序依次翻譯。為此他舉林紓與曾樸的事例。曾樸建議林
紓在外籍著作中，列一名著的清單，按照時間、國別及流派依次排
列，進而系統性地展開翻譯工作。林紓卻說他不懂外文，沒有資格為
其列一清單，他更不想放棄自己現有的做法，即只譯那些令人感動，
情節曲折，且能打動自己的作品。正是這些林紓的「即興」譯作引發
了中國小說史上最偉大的一場革命。韋利認為這並非巧合，恰恰說明

傳達情感在翻譯中的重要。「譯者最重要的一點是被原作感動，這種
情感日夜縈繞於心，以致於產生翻譯的衝動，如此譯者一直處於焦慮
之中，直至將作品譯出，才有暢快之感。」[23]就譯本選擇而言，這裡
的情指的是動情，即能打開譯者心扉之門，讓其為原作而喜且悲，進
而產生激烈創作欲望的一種情感。至此，讀者便不難理解韋利為什麼
以傳情達意為翻譯的旨歸。這點在韋利的詩歌翻譯上表現得尤為明顯。

二　阿瑟·韋利的中國詩歌小說翻譯

詩歌翻譯是韋利漢學成就的第一重要方面。在其五十多年的創作
生涯中，中國古典詩歌的譯作就有十多部，主要包括：

《中國詩選》（*Chinese Poems*），倫敦市：High Holborn出版，一
九一六年。

《一百七十首中國詩》（*A Hundred and Seventy Chinese Poems*），
倫敦市：Constable and Company Ltd., 一九一八年。

《中國古詩選譯續集》（*More Translations from the Chinese*），倫
敦市：George Allen & Unwin Ltd., 一九一九年。

《廟歌及其他》（*The Temple and Other Poems*），倫敦市：George
Allen & Unwin Ltd., 一九二三年。

《中國詩集》（*Poems From the Chinese*），倫敦市：Ernest Benn
Ltd., 一九二七年。

《詩經》（*The Book of Songs*），倫敦市：George Allen & Unwin
Ltd., 一九三七年。

---

23 Arthur Waley. *Nore on Translation*，余石屹：《漢譯英理論讀本》（北京市：科學出版
　社，2008年），頁79。

《中國詩文譯作選》（ *Translations from the Chinese* ），紐約市：
Alfred A. Knopf，一九四一年。

《中國詩選》（ *Chinese Poems* ），倫敦市：George Allen & Unwin
Ltd., 一九四六年。

《大招》（ *The Great Summons* ），火奴魯魯市：The White Knight
Press，一九四九年。

《九歌》（ *The Nine Songs* ），倫敦市：George Allen & Unwin Ltd.,
一九五五年。

以上均為韋利獨立譯介，還不包括韋利為李白、白居易、袁枚三
人所作的傳記中翻譯的詩作，以及韋利收進其他文集中的詩歌譯作也
未計入其中。難怪另一英國著名漢學家、《紅樓夢》的英譯者大衛‧
霍克思（David Hawkes, 1923-2009）在回憶韋利的文章中稱：「韋利
的成就不僅表現在漢學領域，他還是一位赫赫有名的日文譯者。然
而，中國詩譯者的聲望更大一些。……依據傳記學研究的邏輯將其作
品作一粗線條的勾勒，會發現一九二二至一九三一年出版的書籍，主
要是關於中國藝術的；日文翻譯主要出版在一九一九至一九三五年
間，一九三四至一九三九年主要關注中國古代文學與哲學，一九五六
至一九五八年重心主要在十九世紀的中國文學。但中國詩歌翻譯自一
九一八年出版《170首中國詩》後，一直利用其工作的間隙堅持翻譯，
直到他去世。」[24]

從中國詩歌發展的歷史角度看，韋利的大部分譯作集中在唐代及
唐以前的創作上。尤其是唐以前的詩歌，他譯介較多。西周初年的
《詩經》，韋利全部做了翻譯[25]；屈原除〈離騷〉之外的詩賦，或是節

---

24 David Hawkes: From the Chinese, Ivan Morris: *Madly Singing in the Mountains: An
　Appreciation and Anthology of Arthur Waley* (London: George Allen & Unwin Ltd., 1970),
　p. 46.

25 一九三七年出版的《詩經》譯本，只收錄了韋利的二百九十首譯詩，另外十五首被

譯或是全譯，韋利都有翻譯或分析，當然最為引人注目的是他對〈九歌〉和〈大招〉的翻譯。與《詩經》翻譯的出發點相似，《九歌》主要以人類學關注的巫術儀式為重點。韋利翻譯漢代詩歌較多的是五言詩。唐代詩歌作為中國詩歌史上的高峰，韋利僅翻譯了李白、杜甫、白居易。尤其是白居易，幾乎佔他譯詩的一半以上。就這一點看，足見韋利對他的偏愛。至於宋詩，韋利認為缺少原創性，詩人的精力都集中在形式的限制上。當然宋代韻文最突出的是「詞」，詞的句式長短不一，且需遵守嚴格的平仄及韻律。韋利認為詞的內容多以傳統內容為重，因為韻律靈巧，所以不適合翻譯。至於元明清詩歌韋利只提到一人，即他為之作傳的袁枚。但韋利覺得袁枚詩歌都模仿白居易和蘇東坡。可見韋利對中國詩歌發展史觀的認識顯然有缺陷，尤其是對元明清詩歌的認識，另對唐詩的理解也有諸多疏漏，他認為唐詩形式的價值遠超過內容。唐代詩歌作為中國詩歌史上的黃金時段，不論是形式還是內容都有較大的發展。就內容看，王昌齡等人的邊塞詩，王維、孟浩然等人的山水田園詩，杜甫表現現實生活的「三吏」、「三別」，白居易的閒適詩，元稹的抒情詩等等都堪稱一代絕唱。詩歌形式的最重要貢獻在於近體律詩絕句的成熟。儘管如此，韋利將中國古典詩歌的藝術魅力較多地展示給歐洲讀者看，使英國大眾第一次接觸到中國詩歌意象優美、抑揚頓挫的藝術魅力。[26]

在詩歌的內容展示方面，韋利認為歐洲詩歌離不開愛情，愛情才代表浪漫，詩人都願做一名為愛瘋狂的人；中國詩則不同，愛情掀開

韋利刪掉了，原因是這些詩都是政治悲歌，不像其他的詩有趣。刪掉的十五首詩，韋利以《日蝕詩及政治悲歌》(*The Eclipse Poem and Its Group*) 為題，發表在一九三六年十月的《天下月刊》(*T'ien Hsia Monthly*) 上。

26 在韋利之前，也有英國漢學家翻譯過中國詩歌，如理雅各、翟理斯等，但他們的翻譯很少以大眾欣賞為主旨，所以他們的譯作並沒真正打破中英語言間那層厚實的壁壘，只有到了韋利手裡，中國詩歌才真正走入英國尋常百姓家，許多作品還被譜曲，婦孺皆知。

了西方人眼中那層神秘的面紗，平淡而明晰，在中國人眼裡愛情僅僅
滿足生理的需求，缺少情感的溝通，他們需要的是友情而不是愛情。
詩人筆下最舒心的場景莫過於寒窗苦讀，或與友人對弈，或與一偶逢
客人比練書法。但朋友不像妻子或小妾，通過家庭的紐帶與詩人繫在
一起，他們經常因邊塞征戰、異地任職或告老還鄉等原因而遠離詩
人。所以韋利斷言：「說中國詩一多半都是關於朋友分別或遠離的一
點也不過分。」[27]以此論斷為基礎，韋利將中國古代詩人的生活歸納
為三個階段：第一階段，詩人與朋友在京城一起宴飲、創作並討論時
事人生；第二階段，厭倦了官場的約束，棄官歸隱或貶職到僻遠的異
地；第三階段，辭官置辦一點田產，召集舊友一起宴飲賞玩。有趣的
是，韋利據此認為中國的愛情詩結束在漢代，後世即使有一些情詩，
也主要出自那些孤獨的婦人或小妾之手。顯然韋利所述的這些觀點僅
是對其所讀詩歌的一種表面直覺，缺少精細的研究與分析。中國詩歌
裡的愛情主題源遠流長。先不論韋利未曾涉獵到的宋詞中有大量描寫
情愛纏綿的韻語，即便在其所譯《詩經》中，情詩也佔很大比例。雖
說中國儒家文化為主的教育理念，將知識份子的使命定格在修身、齊
家、治國、平天下等方面，無論「達」，抑或「窮」，似乎都未強調個
人私密情感的重要，但中國詩人對愛情的訴求並未棄之不顧，只不過
在表達方式上與歐洲詩人不同而已。

　　最有借鑑意義的是韋利對中國詩歌格律的認識。韋利認為中國沒
有嚴格意義上的詩，中國詩歌配樂歌唱，具有固定的曲調，即便誦讀
也要讀出一種樂感。因而中國詩歌的本質特徵在於音樂性，利於吟唱
而不在於閱讀。詩歌開始與音樂分野是在賦出現以後，所以韋利認為
真正的文學性詩歌應該從漢賦開始。文學性某種程度上即是作品為審
美而排斥功利。《詩經》的興觀群怨說表明其帶有鮮明的功利性，並

---

27 Arthur Waley. 'The Limitations of Chinese Literature', *A Hundred and Seventy Chinese Poems* (New York: Alfred.A.Knopf Inc. 1919), p. 19.

構成中國詩歌的詩教傳統之一。漢賦的出現雖不乏功用色彩，如司馬
相如的賦就是為取悅漢武帝而作，但其誇飾與豐富的想像顯然更帶有
審美特徵。中國早期詩樂舞三位一體，及至漢賦，詩與音樂、舞蹈逐
次分離，與歷史、哲學的界限漸趨分明。以此觀之，韋利的上述認識
有一定參考價值。韋利在翻譯中國詩歌時，喜歡將中國詩歌中的每一
個字翻譯成一個重音，這在英語中形成了所謂的「跳躍式節奏」
（Spring Rhythm）。跳躍式節奏不依從英國傳統的詩歌節奏，只以重
音音節為中心，輔之以數量不等的輕音節，這種音步結構的代表是英
國詩人霍普金斯（Gerald Manley Hopkins, 1844-1889）。據此大多評論
家認為韋利模仿了霍普金斯，但韋利予以否認，因為霍普金斯的詩歌
直到一九一八年才刊行於世。韋利的這種翻譯法優點在於突出了中國
詩歌中描述的一個個意象，深受當時大眾的喜愛，藉此他摘得一九五
三年度的英國女王詩歌勛章。

　　韋利的另一翻譯成就體現在中國古典小說的譯介上。其最著名的
譯作是《西遊記》的節譯本《猴子》（*Monkey*），該書一九四二年由倫
敦阿倫與昂汶（Allen & Unwin）出版公司印行，後多次重版，並被轉
譯成西班牙文、德文、瑞典文、比利時文、法文、義大利文、斯里蘭
卡文等多種文字，成為《西遊記》英譯本中影響最大的一個譯本。[28]
《猴子》全書共三十章，內容相當於《西遊記》的三十回，約為原書
篇幅的三分之一。從該節譯本內容來看，構成《西遊記》故事的三大
主幹部分，有兩大部分即孫悟空大鬧天宮及玄奘和唐太宗故事，在韋

28　此據上海亞東圖書館一九二七年排印本選譯，選譯的內容為原書的第一至十五、十
　　八至十九、二十二、三十七至三十九、四十四至四十九、九十八至一百回，共三十
　　回。書前並譯有胡適關於《西遊記》的考證文章。韋利對《西遊記》評價很高，他
　　在譯者序裡說：「《西遊記》是一部長篇神話小說，我的選譯文大幅度縮減了它的長
　　度，省略了原著插進的許多詩詞，這些詩詞是十分難譯的。書中主角『猴』是無可
　　匹敵的，它是荒誕與美的結合，猴所打亂的天宮世界，實際是反映著人間封建官僚
　　的統治，這一點，在中國是一種公認的看法。」

利譯筆下作了原原本本的介紹。這樣，讀者對西天取經的英雄孫悟空和主持人唐三藏以及取經的緣起，便留下了完整印象。對參加西天取經的豬八戒與沙僧，甚至白龍馬，韋利同樣譯出了有關章回，交代了他們的由來與出處。韋利省略的是第三部分即赴西天取經途中的經歷，只選擇三個典型故事，藉以顯出唐僧師徒路途的艱難。可見，韋利的《猴子》基本上再現了《西遊記》的原貌與神韻。韋利在該書的〈序言〉中談到：「《西遊記》作者的寫作技藝精妙絕倫，包含了寓言、宗教、歷史和民間傳說的許多內容。含蓄蘊藉，寓意深遠……唐三藏堅忍不拔克服各種艱難困苦，是為拯救大眾；孫悟空奮力與各種妖魔鬥爭，是名渴望自由的天才；豬八戒粗壯有力，象徵肉體的欲望，同時還有一種厚重的耐心；沙和尚則不太好理解，有的學者認為他代表真誠，即全心全意為事業的執著精神。」[29]它雖是節譯本，但譯文較為準確地傳達了原著的風格，尤其是該書的明快暢達而略帶幽默的語言，深受歐洲讀者的喜愛。胡適對這種翻譯語言也頗為欣賞。[30]一九四四年紐約John Day出版了《西遊記》的兒童版——《猴子歷險記》（*The Adventures of Monkey*），為譯文的節略本。[31]《西遊記》在西遊世界的行旅中，韋利功不可沒。

　　此外，韋利還翻譯過《紅樓夢》、《金瓶梅》、《封神演義》以及《老殘遊記》等書的一些章節，且對這些作品有一定的研究。一九二

29　Arthur Waley. *Monkey* (London, George Allen & Unwin Ltd., 1942), Preface, p. 10.

30　胡適在一九四三年版為該書寫的序言中說道：「在對話的翻譯上，韋利在保留原作滑稽幽默的風格及豐富的俗語表達方式方面著實非常精通。只有仔細比照譯文與原作，才能真正察覺出譯者在這些方面的良苦用心。」參見Hu Shih: "Introduction To the American Edition"，周質平、韓榮芳整理：《胡適全集》（合肥市：安徽教育出版社，2003年），〈英文著述五〉，卷39，頁7。

31　一九七三年，韋利之妻愛麗森・韋利（Alison Waley, 1901-2001）將原譯本刪節，以《可愛的猴子》（*Dear Monkey*）為題再次出版，出版者是美國的The Bobbs-Merrill Company。

九年十一月號的《亞洲》（*Asia*）雜誌曾刊登韋利對《老殘遊記》「白
妞說書」一段的譯文，文章名為〈歌女〉（The Singing Girl）。他曾為
伯納德·米奧爾的《金瓶梅》英譯本、吳世昌的《紅樓夢探源》英文
本、柳存仁《封神演義》的英譯本作序。

三　阿瑟·韋利的中國三大詩人傳記

　　韋利關於中國文學研究的第二大貢獻即為李白、白居易、袁枚撰
著的傳記。通過中國詩歌的大量翻譯實踐，並結合中國史書的相關記
載，韋利逐漸形成了關於李白、白居易及袁枚生平行旅及創作歷程的
基本認識，完成了三大詩人傳記：《詩人李白》（*The Poem Li Po A.D.
701-762*），一九一九年七月由倫敦East and West LTD出版；《白居易生
平及時代》（*The Life and Time of Po CHü-I 772-846A.D.*）一九四九年
年由倫敦George Allen & Unwin LTD出版；《李白的詩歌與生平》（*The
Poetry and Career of Li Po 701-762 A.D.*）一九五〇年由倫敦George
Allen & Unwin LTD和紐約的The Macmilian Company同時出版；以及
《十八世紀中國詩人袁枚》（*Yuan Mei: Eighteen Century Chinese
Poet*）一九五六年由倫敦George Allen & Unwin LTD出版。

　　這四部傳記中，第一部《詩人李白》基本上是譯作，包括三部
分：第一部分主要闡述韋利對李白的看法，第二部分的資料主要是
《新唐書》〈李白傳〉的翻譯，第三部分是李白詩歌選譯。該著原為
作者在倫敦大學東方學院中國學會議上的一篇演講稿。韋利認為李白
是僅次於杜甫的唐代偉大詩人之一，儘管這一點在其他國家尚無定
論，但歐洲學者至少不該忽略中國人對自己詩人的這種崇信，至少可
以讓歐洲人知道李白是中國最偉大的作家之一。[32]隨後韋利引白居易

32　Arthur Waley. *The Poem Li Po A.D.701-762*, (London: East and West Ltd., 1919), p. 1.

〈與元九書〉、元稹〈唐故工部員外杜君墓誌銘並序〉、惠洪〈冷齋詩話〉及黃庭堅關於李白的評論，給英語世界的讀者理解與接受李白提供一些幫助。涉及到李白的詩歌成就，韋利從三點闡述，主題方面不外乎酒與女人，寫女人的詩歌除了愛情外，還包括那些由孤獨的妻或妾寫的詩，這類詩歌固然有諷喻味道，但卻是中國詩中最為乏味的一部分，而李白詩中這一部分佔絕大多數。[33]單就「乏味」二字的評價可見韋利對李白詩歌理解上存在著一些偏誤。在歐洲詩歌傳統薰陶下成長的韋利，對敘事類的詩歌有所偏愛，故而更喜歡白居易，對抒情類詩歌則多少有些排斥，故而談及李白時，似乎損益的成分多於頌贊。以此文學觀念為出發點，韋利認為李白詩歌在形式上的貢獻大於內容，尤其是他的歌行體，語言的華美遠勝於思想的深邃。再則就是李白詩中大量運用的典故。如果不加細密的疏解，讀者很難準確理解詩意，故而詩歌即給人以隱晦艱澀之感。他還斷言，如果讓英國讀懂中文的名詩人看看李白的詩，就不會再將其置於唐代第一或第二的地位了。[34]這點顯然有失公允。

　　循著這樣的立論導向，《李白的詩歌與生平》一書的編者注中標明「李白的人格並不高貴。就其作品看來顯得浮誇、冷酷、奢華，不負責任且非常虛偽，尤其是一位酗酒者。儘管他暢言自己是一位道家主義者，但其對道家神秘的哲學思想一點也不理解。他尋道求佛，僅僅是為了逃避早年的困境。從倫理角度看，李白與那些高潔之士形成強烈的對照。這樣，只有通過看山腳才能認識山尖。」[35]這既是該書編者的論斷，也是對李白沒有好感的韋利的觀點。就人格而言，韋利認為李白恰恰是白居易的反襯。

---

33 Arthur Waley. *The Poem Li Po A.D.701-762*, (London:East and West Ltd., 1919), pp. 3-4.

34 Arthur Waley. *The Poem Li Po A.D.701-762*, (London:East and West Ltd., 1919), pp. 4-5.

35 Note by the General Editors, Arthur Waley. *The Poetry and Career of Li Po 701-762 A.D.*, (London: George Allen & Unwin Ltd., 1950), p. x.

　　或許由於鍾愛白居易的詩篇，韋利對白居易讚譽有加。他先後譯出白居易各體詩歌一〇八首，收入他翻譯的各種中國古典詩歌各選集裏，並在再版時多次修訂。在此基礎上，韋利撰寫了《白居易生平與時代》，向英國及歐洲讀者全面介紹這位中唐詩界的領袖。該書的框架主要取自於《舊唐書》〈白居易本傳〉，但韋利認為《舊唐書》僅有二十多頁，且一半是白居易的詩文。其他資料來自於四部叢刊影印本《白氏長慶集》、清代汪立名一隅草堂刊本《白香山詩集》、《舊唐書》、《新唐書》、《全唐文》、《全唐詩》、《唐文粹》所收白氏作品，以及李商隱撰《唐刑部尚書致仕贈尚書右僕射太原白公墓碑銘》、《文苑英華》所收白氏作品及白居易自撰〈醉吟先生墓誌銘〉等。全書共分十四章，大多依據白居易的詩文寫成。「我對白氏生平的了解和論述主要依據他自己的作品，包括詩歌與散文。白氏的詩文大部分有年代可考，與其他作家相比，白居易更喜歡在自己作品題目或小序中注明寫作的時間。所以，我選用的作品，都能斷定其創作的確切年代。」[36]

　　韋利對白居易詩歌平實易懂的特點予以高度的評價，他認為正是這一點使得白居易詩歌廣為流傳。通俗易懂的詩歌，翻譯起來一般會順心應手，在傳情達意方面即可獲取更好的效果，譯作也就容易讓英國讀者接受。韋利在白居易的一百多首譯作中，大部分選自於白居易的新樂府詩。白居易在〈與元九書〉強調「文章合為時而著，歌詞合為事而作。」在〈新樂府序〉中也說道「為事而作，不為文而作。」「上以補察時政，下以洩導人情」，為此救濟人病，裨補時闕是新樂府的主旨所在。裨補時政就要借事說理，才可達到諷諫的作用。紀事就需介紹事件的一些基本情況，這一點恰與西方敘事詩的傳統相吻合，這也是白居易詩深受韋利青睞的主要緣由所在。

---

36 Arthur Waley. 'Preface', *The Life and Time of Po CHü-I 772-846A.D.* (London: George Allen & Unwin Ltd., 1949), pp. 5-6.

一九五六年，George Allen & Unwin公司出版了韋利另一個中國詩人傳記《十八世紀的中國詩人袁枚》。撰著此書的初衷是為彌補英國讀者對十八至十九世紀中國知識的欠缺。韋利覺得英國普通大眾除了乾隆皇帝，其餘對中國事務一無所知。韋利選擇袁枚，還因為清初詩壇擬古之風依然盛行，文壇一些耄耋宿將大談格律，故而有詩必盛唐的說法。袁枚則與其相反，大倡性靈。主張要直抒胸臆，寫出個人的性情遭際，這樣詩文才能突出自己的個性。他說：「自三百篇至今日，凡詩之傳者，都是性靈，不關堆垛。」詩人只有將其性情、天分及後天的學習結合起來，其創作才可達到「真」、「新」、「活」。這一主張無疑為當時文壇的擬古之風注入一股清香，成為清代文壇一道亮麗的風景。韋利覺得：「袁枚可愛機敏、慷慨熱情，性情急躁且不乏偏見。無論是激情洋溢的章節，還是低沉抑鬱的部分，都是作者真情的流露。這些作品不時會迸發出愉悅的火花。」[37]

韋利自認這本傳記還不夠全面，沒有對袁枚創作的所有著作詳細作一評述，僅是其生平及創作的一種全景式概覽。關注的重點集中在人們感興趣的系列事件，及一些不需作注就可理解的詩作。韋利此言當有自謙成分，他的這本袁枚傳記是海外漢學界第一本系統介紹傳主生平的著述。中國學界對袁枚的研究較早，早在清同治十一年，方濬師已編出較為完整的《隨園先生年譜》，該書一八七二年由肇羅道署刊印，成為韋利譯介的最佳材料依據。韋利這本傳記的附錄部分亦有較大參考價值。其中〈安德森在中國廣東的遭遇〉及〈馬噶爾尼使團及袁枚著作〉，這兩篇就中英文化交流中的一些事實做了詳細的介紹，並分析了袁枚的貢獻所在。〈安德森在中國廣東的遭遇〉在袁枚的《子不語》中有介紹。《子不語》又名《新齊諧》，是袁枚創作的三

---

37 Arthur Waley. 'Preface', *Yuan Mei: Eighteen Century Chinese Poet,* (London: George Allen & Unwin Ltd., 1956), p. 7.

十四卷本短篇筆記小說。內容主要寫一些「遊心駭耳之事」。〈馬噶爾尼使團及袁枚著作〉中談到斯當東曾向皇家亞洲學會捐贈中國書三千冊。此為訛傳，斯當東捐贈數僅為二百五十冊，且沒有袁枚的著作，皇家亞洲學院收藏的袁枚的《子不語》及《書信集》應該在一七九三年左右，這一資訊將袁枚西傳的時間大大提前了。當然歐美漢學界以袁枚為研究對象應該始自韋利。

四　阿瑟・韋利的中國古代思想研究

韋利關於中國古代思想著作的研究，成就最突出的就是關於孔子《論語》（*The Analects of Confucius*）與老子《道德經》（*Tao Te Ching*）的翻譯研究。韋利的《論語》與《道德經》譯本是目前英語世界較為通行的譯本。一九九七年，北京外語教學與研究出版社出版了一系列中國古典名著的英譯本，韋利《論語》、《道德經》的譯本正式在中國出版發行。《論語》譯本初版於一九三八年，由倫敦George Allen & Unwin Ltd出版。《道德經》的譯本初見於一九三四年George Allen & Unwin Ltd出版的《方法和力量——《道德經》在中國思想史上的地位》中。除了《論語》、《道德經》外，韋利還翻譯過《孟子》、《莊子》、《韓非子》、《墨子》，這些譯文主要集中在《古代中國的三種思維方式》（*Three Ways of Thought in Ancient China*, 一九三九年由倫敦George Allen & Unwin Ltd出版）中。

韋利為《論語》譯本撰有〈前言〉及〈導論〉，其中前言主要談他對《論語》內容劃分的看法。韋利認為《論語》的內容可分為兩部分，第一部分是三到九章，這七章主要表現孔子的思想觀點，內容前後連貫，可歸在一起。第一、二、十至二十章，內容和人物都較為龐雜，可視為第二部分。〈導論〉以孔子及其他學者的學說為主要內容，對一些相關的術語，如仁、道、君子、小人等作一簡要的淺析，

還介紹了與《論語》相關的古代禮儀、音樂、舞蹈，及其開創的語錄
體文學傳統。書後附錄附有孔子年表、譯文注釋及索引。韋利《論
語》的翻譯延承其詩歌翻譯的傳統，將語言的通俗易懂作為翻譯的最
高宗旨。「《論語》的文字似乎顯得機械而枯燥，但在翻譯中，我不想
放棄《論語》的文學性，忘記我的讀者主要是普通的大眾。」[38]《論
語》譯文的通暢易讀，擴大了該書的讀者群，許多普通的大眾也藉此
譯本開始了解《論語》這部作品。該書不僅體現了韋利作為譯者的成
就，書中的〈導論〉及附錄中大量的論證也體現出韋利漢學研究的成
就，尤其是關於《論語》文本考據的一些看法。這些觀點對西方漢學
界的影響很大，至今仍有學者依據韋利的方法從事研究工作。

　　《論語》譯文雖然主要針對普通讀者群，但文本的其他部分學術
化傾向明顯，一般讀者不太願意去讀這一部分。為了讓讀者了解中國
古代思想的大體概況，韋利於一九三九年出版了《古代中國的三種思
維方式》，討論了先秦時期對後世影響較大的幾種學術流派，有儒
家、道家、法家和墨家。此書專門針對普通讀者，視野開闊，在多種
流派比較的語境中對中國古代的思想流派進行闡釋。為了加強讀者的
理解力，韋利將原文的順序打亂，以人物為線索對每一章節進行重
組，以突顯人物鮮明的性格特徵。該文《莊子》部分，就以「莊子與
惠子」為線，對原文的內容進行拼接。對人物的印象深刻了，作品的
吸引力就會大大增強。該書語言流暢自如，內容深入淺出，成為英語
世界中國先秦思想史的一部普及性著作。

　　《方法和力量──《道德經》在中國思想史上的地位》是韋利主
要的譯著之一，內容包括〈前言〉、〈導論〉、附錄的六篇短文、《道德
經》譯文、注釋、文本介紹、目錄七部分。前言部分韋利重申了自己
為一般讀者服務的宗旨，介紹了翻譯的思路及該書的結構，還就西方

---

38 Arthur Waley. 'Preface', *The Analects of Conucius,* (London: George Allen & Unwin Ltd.,
　1938), p. 11.

漢學界對中國古代文化研究的情況作一簡要的介紹。價值較大的是該書的〈導論〉部分。導論全文長達八十多頁，僅次於《道德經》譯文的長度。該文以《史記》〈周本紀〉中周公生病一段與《孟子》〈告子上〉中關於「牛山之木嘗美也」一段做比較，引出兩種對待生活的態度，一種是前道德時期對天與地的頂禮膜拜，一種是孟子強調的人之初，性本善。然後詳細介紹儒家學說的發展史，對照儒家積極入世的觀點，韋利詳細介紹了老莊的道家思想及哲學體系。就「無為」、「道」、「聖」等道家基本的哲學名詞作了較為詳盡的闡述。附錄的六篇短文分別就老聃與《道德經》創作的傳說、《道德經》的各種中文注釋本、陰陽五行的內涵、《道德經》對世界的影響等方面作了詳細介紹。該譯本對道家思想在西方的傳播有較大影響，曾重印多次。與以往的文學化的翻譯不同，這本著作注重細節的精確，是一部純學術化的研究著作。

　　韋利的漢學研究成果還遠不止這些，中國繪畫、佛教文獻、蒙古史、中國古代神話、習俗等都有研究。正如他的弟子大衛・霍克斯所言：「韋利的博學與多產令人震驚。他出版了約三十六部長篇著述，這種產量只有在那些隨意刪改的譯者或者偵探小說家那裡才令人信服。其實他的每一本著作都要翻閱大量的資料，需要令人撼服的學術修養。將他上述的著作加上大量涵蓋面廣、形式各樣的文章，他的成就實在令人吃驚。」[39]確實，韋利涉獵領域之廣、學術研究成果之多，著實令其他漢學研究家難以望其項背，而成為西方現代漢學的又一座高峰。

　　阿瑟・韋利去世於一九六六年[40]，至今已近五十年，但他的諸多

---

39 David Hawkes. 'Obituart of Dr.Arthur Waley', *Asia Major*, Volume 12, part 2, 1966, pp. 144-145.

40 韋利臨終神志不清，他畢生研究的東方語從腦海深處浮出來，代替了英語。照料他的妻子說，「我去沏茶，你也來一杯？」（You too?）韋利說：「別說，別說這話。」

優秀譯本依然不斷再版，借這些經典的譯作及研究著作，韋利在中英文學交流史上的價值意義也在不斷延伸。[41]

第三節　中國古典詩文、小說的英譯概覽

一　中國古典詩文的英譯

　　二十世紀上半葉，關於中國古典詩歌的英譯，除了上述介紹過的翟理斯、韋利以外，尚有不少推進。因篇幅所限，擇其要者簡介如下[42]：

　　英國漢學家克萊默－賓格（L. Cranmer-Byng, 1872-1945）編譯的《詩經》由倫敦約翰・默里（John Murray）出版公司於一九〇四年刊行。他所翻譯的譯著《玉琵琶》（*A Lute of Jade*）[43]也由約翰・默里公

　　妻子莫名其妙。正好他的學生霍克思（David Hawkes）來探視，聞之愕然：韋利肯定把you too聽成了「幽途」。所謂「幽途渺渺，誰與招魂？」參見趙毅衡〈輪迴非幽途：韋利之死〉一文，見其所著《倫敦浪了起來》（北京市：人民文學出版社，2002年），頁87-92。

41 以上關於阿瑟・韋利譯介中國文學的討論，由筆者參與指導的博士畢業生冀愛蓮副教授執筆撰寫初稿。

42 以下關於中國古詩英譯的介紹，北京外國語大學翻譯系吳文安副教授提供了以下英譯本資料及初步的說明文字，特此致謝：《玉琵琶》（*A Lute of Jade*）、《燈宴》（*A Feast of Lanterns*）、《英譯唐詩選》（*Gems of Chinese Verse Translated into English Verse*）、《英譯唐詩選續集》（*More Gems of Chinese Verse Translated into English Verse*）、《信風：宋代詩詞歌賦選》（*The Herald Wind: Translations of Sung Dynasty Poems, Lyrics and Songs*）、《唐詩選》（*Poems of the T'ang Dynasty*）、《唐詩選續篇》（*A Further Selection from the Three Hundre Poems of the T'ang Dynasty*）、《中國詩選》（*From the Chinese*）以及《秦婦吟》（*The Lament of the Lady of Ch'in*）的英譯本等。

43 譯者在該書封頁書名下面補題了一句：「With lutes of gold and lutes of jade: Li Po」（以金鑲玉飾的琵琶——李白）。李白〈江上吟〉有「玉簫金管坐兩頭」之句，〈江夏贈韋南凌冰〉有「玉簫金管喧四筵」之句，〈上崔相百憂章〉有「金瑟玉壺」之句，譯者的書名大概取意於此。

司於一九○九年出版。該書的副標題為「中國古詩選」（Selections from the Classical Poets of China）。書的扉頁上標有「獻給Herbert Giles教授」。[44]這本集子稱得上是精選，因為雖然書的題目很大，但實際收錄的詩人與詩作並不多。《詩經》選了三首，屈原選了一首。絕大部分是唐詩，最後宋代的有幾首。每個詩人的詩歌之前，一般都有簡略介紹，而像李白、杜甫這樣的詩人介紹則很長。賓格在長篇引言中，提到了孔子編輯的《詩經》，但評價不高，認為這些詩歌過於淺顯。但這些早期中國詩歌不同於世界上的大部分歌謠，最重要的一點是，其他歌謠描寫戰爭，而這些中國歌謠大多吟誦和平。這些古代歌謠雖然稍嫌粗陋，但也有永久的藝術價值。賓格還講到屈原的生平與〈離騷〉，簡評了漢代詩歌，還有以後的陶淵明，不過對其評價不高，僅僅是「詩畫」（word pictures）而已，雖不乏魅力與色彩，但僅此而已。與譯者編選詩集的篇幅相對應，譯者給了唐代詩歌很高的評價，稱中國為一個詩的國度。對於中國宗教在詩歌中的體現，賓格花了很多筆墨。他以為中國的儒道釋三種宗教之中，儒學不能給予詩人靈感。而佛教和道教是很多詩人靈感的源泉。他舉了許多例子證明這一點。西方讀者不能理解中國詩歌中的「取靜」（quietism），這主要源於東西方社會行為方式與生活哲學的差異。

---

44 該書一九五九年重印版的編者是譯者之子小賓格（J.L. Cranmer-Byng M.C.）。在該版前言中，小賓格聲明父親的這些譯文稱作renderings，而不是譯文，因為父親不懂中文，這些譯文是在他的朋友翟理斯（Herbert Giles）直譯基礎上修改而成。雖然如此，這些譯文卻深受讀者喜愛，尤其是托馬斯·哈代很喜歡這些譯詩。小賓格還談到中國詩歌和文字的特點：由於中文極為簡約，詩歌的直譯文讀起來像電報；而中文裡多為單音節詞，雖然中國人聽起來很悅耳，但翻譯成英文非常困難。如果不妥善處理，就會給人單調乏味之感。為了讓英文譯詩更容易接受，譯者採取了英文詩的模式翻譯，但內容上貼近原文，盡力再現原詩的特色與風格。小賓格的父親這樣做，也許比簡單模擬原詩更成功。他著力之處是先抓住原詩的精髓，然後融入自己對中國文化的理解，最後用英語詩歌的形式讓原詩復活。也許就是這些特色讓這個詩集五十年來久享盛譽。

　　克萊默－賓格的另一種譯著《燈宴》（*A Feast of Lanterns*）也由倫敦約翰・默里出版公司於一九二四年刊行，被收入「東方智慧叢書」。與《玉琵琶》一起，在西方產生很大影響。在引言裡，賓格一開頭引用了袁枚的幾句話，說春天了掛起燈籠，不是為了過節，純粹為了快樂。這應該是給詩集《燈宴》命名的緣由。賓格提取出中國文化裏的幾個象徵加以解釋。首先是月亮，認為月亮和月神嫦娥是中國詩歌永恆的主題。第二種象徵是鮮花。諸多詩人隱居鄉里的安慰之一是種花種草，「採菊東籬下」是詩人們的理想與歸宿。花草不是無生命的種植對象，而像活生生的人，也有著靈魂思想，能與人對話，給詩人靈感和新生。第三種象徵是龍。賓格以為，龍是中國四大精神象徵之一，其餘三種為麒麟、鳳凰與龜。賓格把中國龍的形象和功能與西方類似象徵做了比較，認為與牠們相比，中國龍形式更多樣，能力也更全面。賓格由此推論中國的詩歌都著力於暗示，是為了給讀者帶來狂喜，是為了「言有盡而意無窮」。賓格在引言中還提到他編譯的上一本書《玉琵琶》，稱裡面講的中文多為單音節不太準確，也有很多的雙音節詞。中文裡只有大約四百多種讀音，為了相互區別，就產生了音調。賓格還簡述了中國詩歌史，從春秋的《詩經》直到清朝的袁枚。與《玉琵琶》相比，作者對中國詩歌的認識顯然前進了一步，歷史感更明確，收錄的詩歌也更全面，當然大多數為山水詩。因為賓格認為中國人最深的感情還是體現在對山川、河流、樹木如畫的描寫中。當詩人乘舟而下，御風而行，那種天人合一的境界，從自然中體會永恆的思想，是最能代表中國詩歌之美的。這部詩集與《玉琵琶》體例相同，每個詩人都有一個簡介，所選詩人與《玉琵琶》也有重複，但詩歌不同。《玉琵琶》所錄詩人雖以唐代為多，但兼錄了唐代之前的詩作。而《花燈盛宴》則從唐代開始，一直收錄到清代的袁枚，中間有宋代的王安石、蘇東坡、陸游等詩人。唐代詩人收錄了九位，唐以後詩人收錄了十一位。整部集子共收入五十五首詩，可以稱

作是《玉琵琶》的續集。

　　一九一四年，龐德出版第一本意象詩集《意象派選集》。其中，龐德的六首作品中，有四首取材於中國古典詩歌：〈訪屈原〉，靈感來自於〈九歌〉中的〈山鬼〉；〈劉徹〉是對漢武帝〈落葉哀蟬〉的改寫；〈秋扇怨〉是班婕妤〈怨歌行〉的模仿；最後一首出處不詳。此時龐德的中國古典詩歌材料來源是翟理斯的《中國文學史》（1901）。一九一五年，龐德經過對費諾羅薩（Ernest F. Fenollosa, 1853-1908）遺留的一五〇首中國古詩筆記的整理、選擇、翻譯、潤色和再創作，在倫敦出版了十八首短詩歌組成的《神州集》（Cathay）。

　　一九一八年，英國人佛來遮（William John Bainbridge Fletcher, 1871-1933）在上海商務印書館出版其《英譯唐詩選》（Gems of Chinese Verse Translated into English Verse），英漢對照附有注釋，到一九三二年四月第六次重印。佛來遮（別名譎仙）為該書所寫的引言不長。第一段談到譯詩的侷限性，譯文永遠不能與原文等同。譯文與原文的關係就像畫中的鮮花與真實的鮮花那樣，相距甚遠。佛米遮翻譯時儘量模仿原文的形式，保持原詩的音步，但不敢保證能傳遞原詩的種種微妙之處。譯者對唐詩十分推崇。他提到唐代中國文明達到如此高度之時，歐洲人的祖先還在日爾曼野蠻人的統治之下，而蘇格蘭人還處在茹毛飲血的時代。佛來遮總結了唐詩的一些特點，比如稱這些詩篇都是描寫自然的，詩人們對大自然都抱有深深的熱愛，雖然中國當時也有戰亂，如果讀者也能領略到詩中的那些山山水水，也許同樣會體驗到和平寧靜。佛來遮以仰慕的姿態，詩一般的語言，向英語讀者描繪了一幅美不勝收的山水畫卷。《英譯唐詩選》共收錄唐詩一百八十多首，重要詩人、重要詩作大多收入，而且有中文對照，應當算是相當全面的一個集子。其中收錄詩歌最多的是李白、杜甫、王維三人（白居易只收了三首）。李白詩共收三十六首，杜甫詩四十五首，王維詩十三首，這三大詩人的詩作幾乎佔據了全書的一半，而其餘詩人一般

只收錄一到三首。所錄詩作長短都有，相當典型。譯者為重要詩人、重要詩作都加了長長的註釋，使讀者對詩人詩作有較深的了解。

一九一九年，商務印書館又刊印佛來遮《英譯唐詩選續集》（*More Gems of Chinese Verse Translated into English Verse*）第一版（first edition），一九二三年刊印第二版（second edition），收錄一百零五首。詩歌當中仍以李白、杜甫為主，李白十七首，杜甫三十首。王維的詩歌仍然排在第三位，錄入七首，另外劉長卿六首，李商隱六首。號稱小李杜之一的李商隱詩首冊裡僅僅收錄一首，續集篇幅有所增加。續集中白居易的詩依舊不多，僅錄兩首。其餘詩人均為一至三首。佛來遮的兩冊《唐詩英譯選》規模宏大，幾乎囊括了唐代的好詩，也具有了三百首唐詩的規模，為唐詩英譯做出了很大貢獻。

佛來遮曾任英國領事館翻譯、領事，對唐詩有一定的研究。佛譯唐詩繼承理雅各與翟理斯譯詩的風格，用格律詩體翻譯原作，力求押韻，較能忠於原詩的意旨。有些譯詩做到了「信達而兼雅」，但因是以詩體譯詩，因此不免有「趁韻」（追求押韻），「顛倒詞語以求協律」之嫌。[45]

一九二二年，巴德（C. Budd）譯著《古今詩選》（*Chinese Poems*）於倫敦出版。英國漢學家德庇時的《漢文詩解》原載英國《皇家亞洲學會會議紀要》第二卷，一九二九年又在倫敦刊印了單行本。英文名為 *On the Poetry of the Chinese*，封面頂端有楷體「漢文詩解」四字，下有同義之拉丁文書名。文章分兩個部分。第一部分講解中詩作詩法，指出西人應予關注的六樁事：語音性質及其入詩的適用性，語調和重音的規律性變化，詩歌韻律的運用，尾韻的運用和對仗詩句的效果；第二部分講解使上述表面形式充滿生氣的詩質、詩魂，並與西方詩人兩相比較。文中選有《詩經》篇什、《三字經》片段、唐詩、清

45 呂叔湘編：《中詩英譯比錄》（北京市：中華書局，2002年），頁10。

詩、乃至小說（如《好逑傳》）中的詩歌。此書流傳甚廣，影響頗大，曾多次重刊，考狄爾（H. Cordier）《中國書目》均有著錄。

　　《秦婦吟》英譯本由雷登（Leyden）出版社刊於一九二六年，譯者為英國著名漢學家翟理斯之子翟林奈（Lionel Giles, 1875-1958）。一九一九年初，翟林奈在整理大英博物館斯坦中文手稿（Stein Collection of Chinese Manuscripts）時發現了一本書，標注為《戲耍書一本》（A）。等他謄抄完全書，才發現那是一首長達一五三行卻並不完整的詩歌，作者自稱「妾」，描述了西元八八〇至西元八八一年黃巢攻陷長安的情形。幾個月後，翟林奈又找到了手稿的另一本（B），共一九八頁，其上注明「貞明五年乙卯歲四月十一日敦煌郡金光明寺學士郎安友盛寫訖」。再後來，翟林奈又找到了第三個手抄本（C），比前兩個更為完整。翟林奈把這三個手稿全面進行了對比和分析。一九二三年，翟林奈在皇家亞洲學會（Royal Asiatic Society）百年慶典上宣讀了關於此詩的論文，並由此得知Pelliot教授曾在敦煌找到了《秦婦吟》的另兩本，後來保存於巴黎的國家圖書館。其中編號2700的書（D）上標有「右補闕韋莊撰」，而標號3381（E）的書上注有「天復五年乙丑歲十三月十五日敦煌郡金光明寺學士張龜寫」。王國維曾經根據上述A、B、E本，校勘補全為一本，發表於一九二四年《國學季刊》第一卷上，注明作者為韋莊。但王國維因對另外版本無所知曉，所以全詩訛誤頗多。同年，羅振玉收於《敦煌零拾》的此詩亦不完整。據此，翟林奈斷言，他所整理過的全詩應該是最接近原詩的一種。翟林奈注意到了〈秦婦吟〉並非嚴格的律詩，而與〈長恨歌〉類似，但在自然天成與少有做作方面勝過〈長恨歌〉。全詩大體上四行成一節，雙行押韻，但更加靈活。文字風格上，〈秦婦吟〉簡潔明瞭，用典極少，對仗也不工整。翟林奈的翻譯宗旨是讓譯詩可讀，且儘量直譯。由於詩歌很長，是〈長恨歌〉的兩倍，因此譯者把全詩分為十四部分，並分別擬定其主題為：一、引言，詩人與婦人相

逢；二、婦人的故事：反軍進城；三、長安陷落；四、四個姑娘的命
運；五、叛軍營中的婦人；六、孤獨的希望；七、暴風雨之後的荒
城；八、荒郊之旅；九、金神之遇；十、洛陽途中；十一、老人變成
了乞丐；十二、其他省份的音訊；十三、江南來客；十四、結尾。翟
林奈的譯文不求格律嚴整、音韻和諧，最大的特點是達意：對原文的
理解和英文表達都十分準確到位。譯文節奏看上去鬆散，但細細讀來
也有詩歌的韻味於其中。相對於原文以敘事抒情見長的特點，譯文鋪
陳達意的筆法倒也能傳譯原作十分之六以上的神韻。

　　翟林奈這本譯介《秦婦吟》的著作共有七十六頁，然而注釋多達
三十頁（頁46-76），非常精細地解釋了相關辭彙、人名、地名以及歷
史背景等，註腳裡還有原文不同版本文字的考證，一一注明，足見譯
者之用心。讓人吃驚的一點是，此書一九二六年出版，竟然是英漢對
照版，印刷的漢字都是漂亮的刻版繁體字，不像有些後來的著作使用
手寫字，或用拼音代替。在沒有電子印刷術的當時，能如此精美地印
刷雙語書籍，實屬難能可貴。總之，翟林奈所著《秦婦吟》，從原文
考證整理到譯文達意耐讀，足可稱得上學術性強、可讀性強，而且雙
語對照印刷精美，讓人愛不釋手。

　　一九三三年，英國著名宋代詩詞翻譯家克拉拉・坎德林（Clara
M. Candlin）譯著《信風：宋代詩詞歌賦選》（*The Herald Wind:
Translations of Sung Dynasty Poems, Lyrics and Songs*）[46]，由倫敦約翰
默里出版社出版。此書有胡適和克萊默-賓格分別撰寫的序及長篇導

---

46 該譯著的扉頁上有獻給編譯者父親的一段文字：「獻給我的父親：我還沒有追上他
　的腳步，他就已經遠逝……」下面還附上了他父親（George T. Candlin）編選的
　《中國小說》（*Chinese Fiction*）裡的一段話，十分耐人尋味：「而這些人（中國
　人）同樣被賦予了豐富而神奇的想像力，使之天才展露，輝煌永存……這些詩文使
　他們，（也使我們）超越了平凡，使世人共用往日的饋贈，使他們在粗劣的實際生
　活之外建造了一個理想王國，那裡浩瀚無邊，到處是華貴與唯美。」由此可見，喬
　治・坎德林父子相承的中華文化傳播人，前仆後繼，把中國文化的精華播撒向世界。

言。全書選譯宋代詩詞歌賦共七十九篇，譯著者對每位入選作家均有小傳，介紹作家的生平及創作特點。譯文皆生動優美，可讀性強。克萊默－賓格在導言中說，此書譯著者的美好願望是促進東西方之間的學術交流，使西方學者深入理解古老中國的偉大思想和崇高哲理，從而增進不同膚色、不同民族、不同信仰的人們相互間的博愛精神。克萊默－賓格對宋代詩詞歌賦的創作情況，藝術特點以及宋代文學對西方文化的影響，作了系統而概括的論述。他認為宋代（906-1278）是中國文化與藝術史上最重要的歷史時期，其後明代與康乾盛世雖也有過輝煌，但終究及不上宋代的鼎盛時期，宋代好像是盛夏，而其後只能算作是秋冬了。中國歷代雖曾為外族所侵，然而其核心文化卻前後相承不曾中斷過。克萊默－賓格指出，宋代詩歌雖然比不上盛唐，但也不乏偉大詩人，比如歐陽修、蘇東坡、陸游等。宋代詩歌自然也體現出中國詩歌的一些共性，比如虛指和暗示，絕不明言。比如對時光易逝、韶華易逝表露出的淡淡哀愁，但哀而不傷，沒有絕望與悲觀之情。不過宋代詩歌表現出了一種新的情愫，即悲憫之情，好比山崖上的枯松，面對狂風驟雨無可奈何，又如凡人面對蒼穹，自覺宇宙無限而人力有限。胡適的序言著力介紹了宋詞的三個特點。第一，與五言詩或七言詩不同，詞每行可以從一個字到十一個字不等，更符合自然語言的節奏；第二，每首詞都與一定的曲調相對。同一曲目可以有上千首詞，但都必須符合曲目的特點；第三，詞篇幅短小，適合抒情，不適合敘事和說教。胡適的序言很短，可謂言簡意賅。

　　一九三四年上海商務印書館出版了《英譯中國詩歌選》（*Select Chinese Verses*），該書由詹姆士·洛克哈德（Sir James Lockhart, 1858-1937，駱任廷）編選，著名出版家、商務印書館的創始人之一張元濟作序。該書分兩部分，第一部分收錄翟理斯的韻體譯詩，第二部分收錄韋利的散體譯詩，取自翟理斯和阿瑟·韋利的舊作，即翟氏《中國文學瑰寶》、韋氏《中詩百七十首》、《廟及其他》和《中詩英譯續

編》，係先秦至唐宋詩歌。張元濟的序文雖只有短短一頁，不足五百字，但對此書出版的緣由分析較為詳盡：駱君「旅華多年，精通漢學」，喜歡介紹中國文化。他「歸國後，悠游林下，嘗以吟誦漢詩自娛。深知吾國詩歌，發源甚古。其體格之遞嬗，與夫風調之變遷，凡不失興觀群怨之旨者，多足媲美西土。亦極思薈萃佳什，廣其流傳。」張元濟還對韋利與翟理斯的譯文予以簡要的比較：「英譯吾國歌詩向以英國翟理斯（Herbert A Giles）與韋利（Arthur Waley）二君為最多而精。前者用韻，後者直譯，文從字順，各有所長。其有功於吾國韻文之西傳者甚大。」[47]張元濟的序言注意到二者所用翻譯方法的區別在於翟理斯採用意譯的韻體譯文，韋利採用直譯的散體翻譯法。至於二者孰是孰非，張元濟採取折中的態度，一併予以褒揚，沒做進一步的分析。

　　一九三五年上海別發洋行出版的李高潔（Cyril Drummond Le Gross Clark）翻譯、注釋及評論著作《蘇東坡的散文詩》（*The Prose Poetry of Su Tung-P'o*），該譯作由當時在上海光華大學任教的錢鍾書（Ch'ien Chung-shu）作序，其名為〈蘇東坡的文學背景及其賦〉（Su Tung-po's Literary Background and His Prose-Poetry）。[48]初大告所譯《中國抒情詩選》（*Chinese Lyrics*）也於一九三七年由劍橋大學出版。

　　中國學者吳經熊（John C. H. Wu, 1884-1986）曾用化名Teresa Li（李德蘭）翻譯中國詩詞共一百四十二首，於一九三八年一月至一九

---

47 Herbert A Giles, Arthur Waley: *Select Chinese Verses*, Shanghai, The Commercial Press Ltd.,1934, p.Ⅲ.

48 關於錢鍾書這篇文章請參看：張隆溪《論錢鍾書的英文著作》，見其所著《走出文化的封閉圈》（北京市：生活‧讀書‧新知三聯書店，2004年），頁259-261。林語堂盛讚李高潔作為西方學者對中文著作的翻譯，敬佩他的個人思想和純粹的勇氣。這位漢學家就是憑藉勇氣和不屈不饒的勤奮，隨著時間的推移，小小的貢獻已經開始出現在這個領域中，從而為後一代的學者鋪平道路，引導他們去發掘中國文學和思想的潛在礦藏。

三九年十月分四批在《天下月刊》刊發。[49]詩詞選材從《詩經》的
〈靜女〉、〈伐木〉、項羽〈垓下歌〉、阮籍〈詠梅〉、唐詩宋詞直至現
代詩人的古體詩，不落窠臼，自成風格。在一四二首中國詩詞中，從
數量比例上比較突出的有李煜十七首，李商隱十三首，納蘭性德十一
首，蘇軾六首，辛棄疾五首，李白、杜甫、元稹、朱敦儒各四首。吳
經熊這樣說「現在我的興趣轉到了中國詩歌上。除了將許多中國詩歌
翻譯為英文外（是以李德蘭為筆名發表的），我還寫了一篇論『唐詩
四季』（The Four Seasons of T'ang Poetry）的論文。此外，我還有份
參加道家經典《道德經》的翻譯。從文學的產量來看，也許這是我一
生中最活躍的時期。」[50]

　　一九四〇年，倫敦約翰・默里（John Murray）公司出版了《唐詩
選》（*Poems of the T'ang Dynasty*）[51]，是「東方智慧叢書」（The Wisdom
of the East Series）的一種，主編為克蘭默－賓格（L. Cranmer-Byng,
F.R.S.A）和阿蘭・沃茲（Alan W. Watts），譯者為索姆・詹寧斯
（Soame Jenyns）。[52]該編譯本有一篇十幾頁的前言。開篇引用翟理斯
的話，認為唐代學問既無創新亦欠深刻，多為模擬前人之作，但遠非
前人詩歌，如《詩經》與《楚辭》那樣生動有力和妙手天成，而且唐

49　《天下月刊》，第一批（Fourteen Chinese Poems）十四首：Vol .VI. NO.1 January,
　　1938, pp.74-83；第二批（Poems from the Chinese）二十二首，Vol .VI. no.3 March,
　　1938, pp.231-254；第三批（Fifty-Six Poems From The Chinese）五十六首，Vol .VIII.
　　NO.1 January,1939, pp.61-98；第四批（Fifty Poems From The Chinese）五十首，Vol.
　　IX. No.3 October, 1939, pp.286-335.

50　吳經熊著，周偉馳譯：《超越東西方》（北京市：社科文獻出版社，2002年），頁
　　288。

51　該書的內封面的題目卻不一樣，字數更多：《唐詩三百首詩選》（*Selections from the*
　　Three Hundred Poems of the T'ang Dynasty）。

52　譯者的身分較為特殊，他是大英博物館東方典藏部的助理管理員（Assitant Keeper,
　　Department of Oriental Antiquities, the British Museum）。這一譯本參照的原作出自一
　　位匿名學者，自稱「蓮池居士」（A retired scholar of the Lotus Pond），詩選乾隆初年
　　（1736）出版，共收唐詩二九八首。

詩用典過多。譯者概括了唐詩中常見的意象和主題，把唐都長安描繪成一個世界都市，各種宗教、各種人物從世界各地趕來，匯聚一堂，使得長安盛極一時，而唐代眾位詩人就是在大唐盛世的背景下提筆耕耘的。索姆·詹寧斯編譯的唐詩共分十個主題，它們依次是：一、自然風光；二、飲酒；三、閨房；四、繪畫、音樂、舞蹈；五、宮廷事務；六、分別與流放；七、戰爭；八、隱居；九、神話；十、往日傳奇。詹寧斯編譯的這本書開本小，薄薄的，只有一百二十頁，拿在手裡，感覺小巧玲瓏，翻翻看，卻有這麼多有趣的題材，名家名作光彩奪目，的確適合廣泛傳播。

繼一九四〇年版英譯《唐詩選》之後，約翰·默里又於一九四四年出版《唐詩選續篇》（*A Further Selection from the Three Hundred Poems of the T'ang Dynasty*），主編仍然是克蘭默－賓格，譯者仍是索姆·詹寧斯。為何再出版《續篇》，詹寧斯解釋道，由於《唐詩選》的反響很好，所以他們決定把剩餘的唐詩也翻譯過來。原作裡面的詩歌，他們覺得有價值的全都進行了翻譯。這一卷沒有延續上卷的編排體例，只是按照詩人的前後順序做了排列。詹甯斯本來想給詩人們加一些生平介紹，但由於第二次世界大戰的影響，沒有時間和精力去實現這些設想。該《續篇》共收英譯唐詩一四七篇，其中一些重要詩人收錄篇目較多：韓愈八首，李白十三首，劉長卿八首，李商隱七首，孟浩然七首，白居易七首，杜甫十二首，王維十二首，杜牧四首，韋應物六首，元稹四首。

一九四五年，屈維廉（R. C. Trevelyan）編著的《中國詩選》（*From the Chinese*），收詩六十二首，一九四五年在牛津大學出版社刊行。該譯詩選並非由屈維廉親自翻譯，而是從已有的譯詩集編選而來。[53]屈維廉在選本導言中指出，中國很多詩歌達到了偉大詩篇的標

---

53 這些譯詩集主要包括：Harold Acton與Ch'en Shih-Hsiang的《現代中國詩》（*Modern Chinese Poetry*）；Florence Ayscough和Amy Lowell的《松花箋》（*Fir-Flower Tablets*）；

準。他列舉的偉大詩篇標準為：直接、簡單、真誠（directness, simplicity, sincerity）。他認為，中國最優秀的詩人足以和希臘與英國的詩人媲美，雖然相對而言，中國詩人的題材範圍與思想深度有一定侷限性。同樣，屈維廉指出中國古典詩歌的成就雖然很高，但有一大缺陷不可迴避。中國古代社會裡婦女居於從屬地位，只能在家裡操勞並且養育子女。歐洲詩歌的主題往往是男女間的愛情，而中國詩歌裡常見的卻是男人之間的友情。唯有一些棄婦詩、怨婦詩裡才能見到男女之愛。屈維廉分析了中文詩歌的一些明顯特點，稱中文詩在形式美與音韻和諧方面都無可挑剔，還談到了不同譯者的翻譯方法，對阿瑟・韋利比較讚賞。這本中國詩選共收詩歌六十二首，題材較為特別。開頭收了幾篇《詩經》中的古詩，然後是張衡與王延壽的漢賦，以及陶潛和陳子昂的詩，最多的仍然是唐詩，多達三十七首。[54]

　　關於中國古文在英國的譯介，亦有進展。出生於中國的翟林奈，子承父業，也成為成績卓著的漢學家。他編譯的《老子語錄》（*The Sayings of Lao Tzu*）由倫敦約翰・默里（John Murray）出版公司於一九〇五年刊行，後多次再版。該書將老子之言分為十類，對一般英語讀者了解老子思想十分有益。一九一二年，倫敦約翰・默里出版公司又刊行了翟林奈編譯的《道家義旨：〈列子〉譯注》（*Taoist Teachings from the Book of Lieh Tzǔ*）。該譯本省去了原書中專論楊朱的內容。同年亦在倫敦出版的Anton Forke譯本題為《楊朱的樂園》（*Yang Zhu's Garden of Pleasure*），只譯了《列子》裡關於楊朱內容的部分，正好與翟林奈譯本互為補充。後來，英國漢學家、倫敦大學亞非學院教授

E. D. Edwards的《龍之書》（*The Dragon Book*）；H. A. Giles的《中國詩選》（*Chinese Poetry*）；Witter Bynner的《玉山》（*The Jade Mountain*）。另外還有阿瑟・韋利的幾本詩集《詩經》（*Book of Songs*），《遊悟真寺詩》（*The Temple*），《中國詩選續篇》（*More Translations*），《中國詩歌一百七十首》（*170 Chinese Poems*）等。

54 該譯詩選集未收錄宋詞，因為屈維廉對已有的宋詞譯文都不滿意。詩集最後還收入了十二首現代詩的譯文，其中有何其芳、徐志摩、戴望舒等人的詩歌作品。

格雷漢姆（Angus Charles Graham, 1919-1991；漢名「葛瑞漢」）完成了《列子》的第一部全譯本（1950），又出版了《《列子》新譯》（*The Book of Lieh-tzu: A New Translation*），也由約翰・默里出版公司於一九六〇年刊行。一九二一年，翟林奈譯著《唐寫本搜神記》（*A T'ang Manuscript of the Sou Shen Chi*）載《中國新評論》一九二一年第三期。一九三八年翟林奈還譯出了《三國演義》中的部分片段。一九三八年，翟林奈（Lionel Giles）的《仙人群像：中國列仙傳記》（*A Gallery of Immortals: Selected Biographies Translated from Chinese Sources*）由倫敦John Murry出版發行。

老沃爾特・高爾恩（Walter Gorn Old）的編譯《老童純道》（*The Simple Way, Laotze, The "Old Boy": A New Translation of the Tao-Teh-King*）也於一九〇四年在倫敦刊行，後多次重印。此前高爾恩譯有《道德經》（*The Book of The Path of Virtue, or a Version of the Too Teh King of Lao-tsze, Madras: Theosophical Publishing Society*, 1894）密爾斯（Isabella Mears）的《道德經》（*Too Teh King*）譯本也於一九一六年由 Theosophical Publishing House 刊行，並於一九二二年和一九四九年重印。另外，中國學者初大告（Chu Ta-kao）的《道德經》（*Tao Te Ching*）也於一九三七年由倫敦Allen and Unwin公司出版發行，後分別於一九三九、一九四二、一九四五、一九四八、一九五九年重印再版。吳經熊（John C. H. Wu）所著《老子〈道德經〉》（*"Lao Tzu's The Too and Its Virtue"*）發表於一九三九至一九四〇年的英文期刊《天下月刊》（*T'ien Hsia Monthly*）。林語堂的英文著述《老子的智慧》（*The Wisdom of Laotse*）也於一九四九年由倫敦藍登書屋（Random House）出版。

林語堂在一九三五年與溫源寧、吳經熊、姚莘農等人創辦英文《天下月刊》（*T'ien Hsia Monthly*），並出任編輯，同年他連續刊發英譯《浮生六記》四章，並先後發表幾篇專題論文與書評。他的《浮生

六記》翻譯既使用原汁原味的英文，又使用中國的術語。通常對成語
及習語的翻譯存在一定的難度，在直譯會造成誤讀的前提下，譯者可
以採用符合英語習慣的表達，使譯文能夠被讀者正確地理解和接受。
林語堂在翻譯中用英語諺語替換漢語諺語，或用英語說法替換漢語說
法，從而避免贅語及誤讀。

　　一九三八年，倫敦亞瑟‧普洛普斯坦因公司出版了愛德華茲
（Evangeline Dora Edwards, 1888-1957）[55]編譯的《中國唐代散文作
品》（*Chinese Prose Literature of the Tang Period A. D. 618-906*）。該書
凡兩卷（共二三六頁），上卷介紹一般散文，下卷介紹傳奇故事。下
卷分三章：第一章「中國小說概況」設兩節，介紹唐代以前和唐代小
說的發展；第二章「小說——《唐代叢書》」設四節，除「導言」
外，分別介紹「愛情故事」、「英雄故事」和「神怪故事」；第三章是
上卷譯介的續篇，繼續介紹《唐代叢書》中的作品。該書不僅在譯介
部分提供了較詳的注釋，而且在介紹部分提出了一些值得認真探索的
重要問題，如中國小說發展的特殊歷程、文言小說的類型及其特點、
《唐代叢書》所輯作品的真實性（書末附錄論及此旨）等。這部書以
其大量譯介和深入探索而獨步於當時，影響較大，一九七四年又再次
刊行。愛德華茲後來還寫有《柳宗元與中國最早的風景散文》（*Liu
Tsung-yuan and the Earliest Chinese Essays on Scenery*, 1949）等著述。

二　中國小說話本的英譯

　　二十世紀上半葉關於中國古代小說話本的英譯，亦初步簡介如下：

---

55 即葉女士，出生在中國，其父是來華傳教士。她在中國接受教育，對中國文化和中
　國文學有所研究。一九二一年被倫敦大學聘為漢學講師，後接替退休的莊士敦，升
　任倫敦大學遠東系主任和漢學教授。

（一）關於話本小說的英譯

一九〇五年，上海別發洋行出版了豪厄爾（E. B. Howell）編譯的《今古奇觀：不堅定的莊夫人及其他故事》（*The Inconstancy Of Madam Chuang and other stories from the Chinese*），書中收入了《今古奇觀》中的六篇譯文，譯者力圖使西方讀者了解一點中國的哲學、文學等。該譯本出版後，得到英國學界的注意，著名的歐洲漢學刊物《通報》第二十四卷一號（一九二四年）就發表過漢學大師伯希和撰寫的評論。該譯本於一九二五年由倫敦沃納・勞里公司（T. Werner Laurie）再版。

一九四一年，倫敦The Golden Cockerel出版社印行了哈羅德・阿克頓（H. Acton）與李義謝（Lee Yi-hsieh，音譯）合譯的故事集《膠與漆》（*Glue & Lacquer*），內含《醒世恒言》的四個話本小說。此書後經倫敦John Layman出版社重印，改題為《四諭書》（*Four Cautionary Tales*，一九四八年倫敦約翰萊曼出版社出版），書中附譯者注釋及著名漢學家韋利所撰導言。

林語堂將劉鶚所著《老殘遊記》譯成英文 *A Nun of Taishan & Other Translations*，一九三五年由商務印書館出版，一九三六年又出版 *A Nun of Taishan and Other Translations*（即《英譯老殘遊記第二集及其他選譯》）仍由商務印書館出版。這是林語堂「百科全書式」文化譯介工程的組成部分。一九四八年，劉鶚的名篇《老殘遊記》由楊憲益、戴乃迭（Gladys Yang）夫婦翻譯成英文，由倫敦Allen & Unwin出版公司出版。此前（1947年）已由南京獨立出版社出版。楊憲益、戴乃迭兩位先生長期致力於中國文學作品及文化典籍的英譯工作，成就卓著。在推動中國文學走向世界的過程中，楊、戴兩位先生功不可沒。

（二）關於《西遊記》的英譯

詹姆斯・韋爾（James Ware）翻譯的兩段英譯文，載於上海華北捷報社出版的《亞東雜誌》（*East of Asia Magazine*）一九○五年第四卷。第一段為《西遊記》前七回的摘譯；第二段為《西遊記》第九回至第十四回的摘譯。兩段譯文的總題是《中國的仙境》，譯文之前有譯者寫的〈唐僧及西遊記介紹〉一文。

一九一三年，《西遊記》最早的英譯本，為蒂莫西・理查（Timothy Richard，李提摩太）所譯，書名《聖僧天國之行》（*One of the World's Literary Masterpieces, A Mission to Heaven*），書的內封題：「一部偉大的中國諷喻史詩」（*A Great Chinese Epic and Allegory*）。這是根據題為邱長春（Ch'iu Ch'ang Ch'un）作《西遊證道書》本翻譯的，前七回為全譯本，第八回至一百回為選譯本。此書於本年由上海基督教文學會（Christian Literature Society）出版（三百六十三頁），另有一九四○年版本。[56]蒂莫西・理查翻譯了《三國演義與聖僧天國之行》一書，其所據中文底本為袁家驊編選的《三國演義與西遊記》（上海市：北新書局，1931年），《西遊記》佔該譯本的後半部分（頁115-265）。

倭訥（Edward Theodore Chalmers Werner, 1864-1954）編著的《中國神話與傳說》（*Myths and Legends of China*）一書，一九二二年由倫敦哈拉普出版公司（G. G. Harrap）與紐約的布倫塔諾出版公司（Brentano's）同時印行。其中第十六章為介紹《西遊記》的專章，題作《猴子如何成神》，其中對《西遊記》的主要情節，都摘有片段譯文。書中還有插圖兩幅，一幅是「黑河妖孽擒僧去」（頁352），一幅是「五聖成真」（頁368）。

---

56 理查還翻譯了《三國演義與聖僧天國之行》（*Romance of the Three Kingdoms and a Mission to Heaven*）一書，其所據中文底本為袁家驊編選的《三國演義與西遊記》（上海市：北新書局，1931年），共二六五頁。

　　一九三〇年，海倫・M・赫絲（Helen M Hayes）節譯的《佛國天路歷程：西遊記》（*The Buddhist Pilyrim's Progress: The Record of the Journey to the Western Paradise*）由倫敦John Murry公司出版發行。此書為一百回選譯本，一〇五頁，列入《東方知識叢書》（*Wisdom of the East Series*）。

（三）關於《聊齋志異》的英譯

　　英國研究中國歷史的專家倭納編譯《中國神話與傳說》一書，收入了《聊齋志異》的五篇譯文，包括〈與狐狸交朋友〉、〈不可預測的婚事〉、〈高尚的女子〉、〈酒友〉、〈煉金術士〉。一八八四年，倭納來到中國，任英國駐北京等地的領事，還擔任過清朝政府歷史編修官和中國歷史學會會長。初大告翻譯的《聊齋志異》單篇〈種梨〉、〈三生〉、〈偷桃〉，收入《中國故事集》（*Stories from China*）於一九三七年在倫敦出版。

（四）關於《三國演義》的英譯

　　斯悌爾（Rev. John Clendinning Steele）翻譯的 *The 43rd Chapter of the Three Kingdom Novel, "The Logomachy"*（中譯為《第一才子書三國演義第四十三回，「舌戰」》）由上海美華書館（Presbyterian Mission Press）於一九〇五年推出過單行本，至一九〇七年又改名為 *The Logomachy, Being the 43rd Chapter of the Three Kingdom Novel* 再版。該書是專供外國人學習中文之用的讀本，因此書中收錄了《三國演義》第四十三回「諸葛亮舌戰群儒，魯子敬力排眾議」中文全文，並附出版導言、譯者序、人物索引、地圖，以及對人名、地名、朝代名等專有名詞的注釋等。不過，由於該書僅選譯了《三國演義》的第四十三回，內容明顯單薄、分量不足，使得它在《三國演義》英譯史上的重要意義大打折扣。

　　傑米森（C.A. Jamieson）摘譯了《三國演義》中的「草船借箭」故事，取名為 *Chu-goh Leang and the Arrows*（中譯為《諸葛亮與箭》），載一九二三年在上海出版的 *Journal of the North China Branch of the Royal Asiatic Society*（《皇家亞洲學會華北分會雜誌》）新第五十四卷（NS, 54）。

　　一九二五年，英國漢學家鄧羅（Charles Henry Brewitt-Taylor, 1857-1938）將《三國演義》全書譯成英文，書名為 *San Kuo, or Romance of the Three Kingdoms*，由別發洋行（Kelly & Walsh Limited）分為兩卷在上海、香港與新加坡三地同時出版。這是第一種《三國演義》一百二十回英文全譯本[57]，不過原著的詩歌多半被刪去，該譯本在英語世界影響較大。

　　在推出其《三國演義》英文全譯本之前，鄧羅就已經節譯過《三國演義》的部分章節，主要集中刊登在《中國評論》（*The China Review, or Notes & Queries on the Far East*）上，共三篇譯文與一篇研究論文，我們在上一章已有所介紹。一八九一年鄧羅到天津海關工作之後，繼續翻譯《三國演義》。但到了一九〇〇年六月十三日晚，義和團放火燒毀了鄧羅的住處，而他辛辛苦苦十多年完成的《三國演義》英文譯稿毀於一旦。不過，鄧羅終究未放棄譯介《三國演義》的雄心壯志，最終完成了世界歷史上第一種《三國演義》英文全譯本。[58]

---

57 近六十年後，美國學者羅慕士（Moss Roberts）才於一九八三年試圖將《三國演義》全書譯成英文，而其譯本到了一九九一年由美國的哥倫比亞大學出版社（University of California Press）和中國的外文出版社（Foreign Language Press）在美國共同出版，到一九九四年又由外文出版社在中國大陸首次出版。

58 後來，在盛京（瀋陽）就與鄧羅結識並長期保持密切關係的伊凡吉林·多拉·愛德華茲（Evangeline Dora Edwards, 1888-1957；或稱「葉女士」）編譯了一本中國文學選集 *The Dragon Books*（中譯為《龍書》），由倫敦的威廉·霍奇公司（William Hodge and Company）於一九三八年出版，鄧羅還有幸在過世之前閱讀過該書。該書內收鄧羅《三國演義》英文全譯本中的八段譯文，包括劉備托孤遺詔、孟獲銀坑洞蠻俗、張飛夜戰馬超、關公刮骨療毒、華佗入獄身死、曹操傳遺命等內容。

　　鄧羅認為《三國演義》是極具東方特色（distinctly eastern）的作品。在其自序（Preface）中鄧羅說：「此前《三國演義》已經有滿文、日文、暹羅文或者其他語言文字的譯本問世。不管成功與否，對於有能力將我的譯本與源本進行比較的熱愛求知的讀者來說，我現在都已經為其增添了一種英文譯本。」[59]

　　關於該譯本的閱讀群體，鄧羅所預想的是《三國演義》的源語（漢語）讀者，或者可以進一步縮小為中國讀者。這一點在其譯本版權頁上通過英文、中文對照的形式表達得清清楚楚、明明白白："Especially prepared for the use and education of the Chinese People"、「專備為中國人民之用」（原文由右及左）。[60]鄧羅在一八八〇年十月一日至一八九一年九月三十日間在福建船政學堂執教達十一年之久。[61]或許他在教學過程中發覺學生缺乏英文課外讀本，才決定將中國廣為流行、婦孺皆知的《三國演義》譯成英文，為中國學生提供一種英文讀本，方便他們在課外自行閱讀，提高自身英文水準。同樣也正是因為鄧羅將其《三國演義》英文譯本定位成英文讀本，別發洋行才會決定出版該書。別發洋行銷售的產品包括英文教材、外語工具書、文具等等，主要以在華的外國人及學習外文的中國人為銷售對象。《三國演義》作為一本通俗小說，可以滿足部分外國人對中國文學與文化的獵奇心理。正是出於這種考慮，以贏利為最高目的的別發洋行相信鄧羅所譯《三國演義》英文譯本不會缺少市場，所以才決定出版、售賣該書。

　　小而言之，鄧羅之所以翻譯《三國演義》，是要為中國讀者提供

---

59 Brewitt-Taylor, Charles Henry tr.*San Kuo, or Romance of the Three Kingdoms* Vol. I (Shanghai, Hongkong, Singapore: Kelly & Walsh, Limited, 1925), Preface.

60 Brewitt-Taylor, Charles Henry tr.*San Kuo, or Romance of the Three Kingdoms* Vol. I (Shanghai, Hongkong, Singapore: Kelly & Walsh, Limited, 1925), copyright page.

61 〔英〕魏爾特（Stantey F. Wright）著，陳毅才等譯：《赫德與中國海關》（廈門市：廈門大學出版社，1993年），下冊，頁575。

一種英文讀本，方便他們在課餘閱讀，以提高英文水準。由這種翻譯目的出發，鄧羅在英譯《三國演義》的過程中，並不字對句比地完全忠實於原文，而是根據需要靈活地處理原文字句與段落，或增或刪，使得他翻譯的《三國演義》英文全譯本顯得比較精煉、流暢，可讀性較高。儘管其譯文中也存在一些誤譯之處，但這個譯本畢竟是有史以來《三國演義》的第一種英文全譯本，鄧羅的首譯之功不容忽視。

（五）關於《紅樓夢》的英譯

一九二九年，王際真（Chi-chen Wang, 1899-2001）譯《紅樓之夢》（*The Dream of the Red Chamber*）於倫敦喬治·路脫來奇父子公司（George Routledge &Sons, Ltd.）出版。係《紅樓夢》一百二十回本的節譯本，有阿瑟·韋利序及譯者導言，三七一頁。韋利序言裡認為「《紅樓夢》是世界文學的財富」。王際真曾為哥倫比亞大學教授，中英文以及翻譯均是第一流的。王際真在英譯本序言裡，說：「《紅樓之夢》是中國最偉大的小說，是全然獨闢蹊徑之小說中的第一部。」

（六）關於《水滸傳》的英譯

一九二九年，英國漢學家杰弗里·鄧洛普（Geoffrey Dunlop）翻譯的《水滸傳》七十回本的英文節譯本，取名《強盜與兵士：中國小說》（*Robbers and Soldiers*），由倫敦的傑拉德·豪公司（Gerald Howe）與紐約的克諾普夫公司（Knopf）出版。該書由鄧洛普轉譯自埃倫施泰因（Albert Ehrenstein, 1886-1950）的德文節譯本。

（七）關於《金瓶梅》的英譯

一九三九年，由庫恩的德文節譯本[62]轉譯的英文節譯本《金瓶

---

62 弗朗茨·庫恩根據張竹坡評本節譯的德文節譯本《金瓶梅：西門與其六妻妾奇情史》（*Kin Ping Meh; oder, die abenteuerliche Geschichte von His Men und seinen sechs*

梅：西門與其六妻妾奇情史》（*Chin Ping Mei; The adventurous history of His Men and his six wives*），由伯納德・米奧爾（Bernard Miall）翻譯[63]，全書分四十九章，共兩卷，八六三頁，倫敦約翰・萊恩（John Lane）出版社於本年出版，漢學家阿瑟・韋利撰寫的導言，論述了《金瓶梅》的文學價值、創作情況、時代背景、作者考證、版本鑒定等。同一年，克萊門特・埃傑頓（Clement Egerton）在老舍協助下[64]，據張竹坡評點本譯出的《金瓶梅》由倫敦G.Routledge公司出版，改題為《金蓮》（*The Golden Lotus*）。該譯本在西方是最早最完全的《金瓶梅》譯本，被評論家們稱為「卓越的譯本」。[65]該譯本出版後，於一九五三、一九五五、一九五七、一九六四年又重印四次。第一版譯文對小說中的詩詞部分作了簡化或刪節，把一些所謂淫穢的章節譯成拉丁文。直到一九七二年才出版完全的譯本，第一版中的拉丁文都譯成英文。英譯本出版時，埃傑頓專門在扉頁上寫上：「獻給我的朋友舒慶春！」在「譯者說明」中，第一句話就是：「在我開始翻譯時，舒慶春先生是東方學院的華語講師，沒有他不懈的慷慨的幫助，

Frauen），出版於一九三○年，出版者為萊比錫島社（Leipzig Insel-Verlag），全書分四十九章，一冊（920頁）。庫恩是歐洲著名的中國古典文學作品翻譯家，他翻譯的《紅樓夢》、《水滸傳》等在西方很受推崇。《金瓶梅》的英、法、瑞典、芬蘭、匈等譯本，多半是根據庫恩的德譯本轉譯的。

63 Chang, Su-lee：〈評伯納德・米奧爾譯《金瓶梅》〉，載《亞洲評論》第36卷（1940年），頁616-618。

64 首先，老舍幫助埃傑頓打下了良好的中文基礎；其次，老舍可能為埃傑頓提供了《金瓶梅》中文原本；再則，老舍最初是埃傑頓英譯《金瓶梅》的合作者。理解原文是翻譯過程中極其重要的第一步。不能正確理解原文，譯者就不可能產出高品質的譯文。老舍十分耐心地為埃傑頓提供幫助，正因為如此，埃傑頓才會在「譯者說明」裡首先感謝老舍。

65 老舍曾與埃傑頓在倫敦聖詹姆斯廣場三十一號同住一層樓。後者當時在倫敦大學東方學院學中文。埃傑頓是位知識廣博的學者，對社會心理學很感興趣。他瞭解到《金瓶梅》是一部描寫眾多人物和複雜社會關係的傑作，是研究社會心理和文化的資料寶庫。大約在一九二四年，埃傑頓開始翻譯《金瓶梅》。老舍一面教他中文，一面幫助他翻譯《金瓶梅》。

我永遠也不敢進行這項工作。我將永遠感謝他。」[66]

第四節　中國古典戲劇的英譯

一　中國古典戲劇英譯概觀

　　中國古典戲劇在二十世紀英國的譯本比較豐富。法國文學社會學家埃斯卡皮（Robert Escarpit）說過「翻譯總是一種創造性的叛逆（creative treason）」。[67]確實，文學翻譯的創造性叛逆在中國古典戲劇譯介中表現尤為突出。因為中國古典戲劇是綜合散體、韻體等形式為一體的獨特體裁，尤其是其中的唱詞，與詩歌無異，往往令譯者無所適從——保存了內容，卻破壞了形式；照顧了形式，又損壞了內容。

　　中國古典戲劇在二十世紀上半葉的英譯過程中，譯者的創造性叛逆有多種表現形式，僅從譯本角度來看，具體表現為：

　　第一、梗概簡介。二十世紀初期，有些譯者以故事梗概形式對中國古典戲劇作品進行簡要譯介。一九〇一年，英國漢學家翟理斯在《中國文學史》有關戲劇章節中對《趙氏孤兒》、《琵琶記》（The P'i

---

66 埃傑頓在這篇短短的「譯者說明」裡感謝了為其譯本的翻譯出版提供幫助的五個人，其中第一個即為「C. C. SHU」：Without the untiring and generously given help of Mr. C. C. Shu, who, when I made the first draft of this translation, was Lecturer in Chinese at the School of Oriental Studies, I should never have dared to undertake such a task. I shall always be grateful to him.（Clement Egerton, 1939:XI）一九四六年，老舍在〈現代中國小說〉一文中寫道：「明代最傑出的白話小說是《金瓶梅》，由英國人克里門特・艾支頓（Clement Egerton）譯成英語，譯本書名是The Golden Lotus。在我看來，《金瓶梅》是自有中國小說以來最偉大的作品之一。《金瓶梅》用山東方言寫成，是一部十分嚴肅的作品，是大手筆。奇怪的是，英譯本竟將其中的所謂淫穢的章節譯成拉丁文，看來是有意讓讀者讀不懂。」（《中國現代文學研究叢刊》1986年第3期）

67 〔法〕埃斯卡皮著，王美華、于沛譯：《文學社會學》（合肥市：安徽文藝出版社，1987年），頁137。

Pa Chi, or Story of the Guitar）介紹。一九二七年梁縣出版社出版了倭訥[68]（又譯沃納Edward Theodore Chalmers Werner, 1864-1954）據戴遂良（Dr. Leo Wieger）法譯文《中國古今宗教信仰史和哲學觀》轉譯為英文（*A History of the Religious Beliefs and Philosophical Opinions from the Beginninz to the Present Time*）。其中第七四四至七四五頁收有無名氏《硃砂檐》科白摘譯和簡介，第七四七頁有元代鄭光祖《倩女離魂》譯介，第七四八頁收喬孟符喜劇《兩世姻緣》梗概介紹。[69]此類中國古典戲劇翻譯形式只粗略地保存劇作故事情節，流失了其戲劇審美特色。

　　第二、選譯。選譯屬於節譯的一種，也是有意識型創造性叛逆。節譯原因很多，可能是為適應接受國習慣、風俗，抑或為迎合接受國讀者趣味，或可能為了便於傳播，也可能是出於政治、道德等因素考慮。[70]中國古典戲劇在英國選譯包括兩種情況，一是其他國家學者劇作選譯本在英國出版。比如，一九二三年，帕克斯‧羅伯遜（Pax Robertson）選譯為元代武漢臣所著的喜劇《老生兒》、《劉員外》（*Lew Yuen Wae*），由倫敦切爾西出版公司（London, Chelsea Public Company）出版。一九二五年，美國馬里蘭大學比較文學教授祖克[71]（A. E. Zucker）所著《中國戲劇》[72]（*The Chinese Theatre*）在倫敦出版，其中第四十一頁載《竇娥冤》第三折〈斬竇娥〉節譯文。[73]另一種情況是英國學者對中國古典戲劇的節譯。一九三九年，第八卷四月號《天

68　倭訥曾於光緒十年（1884）來中國，歷任英國駐北京及其他各地的領事，後曾任清政府歷史編修官和中國歷史學會會長，是研究中國歷史的專家。

69　參見王麗娜編著：《中國古典小說戲曲名著在國外》（上海市：學林出版社，1988年），頁498、499、502。

70　謝天振主編：《翻譯研究新視野》（青島市：青島出版社，2003年），頁76。

71　祖克教授曾經在北京協和醫科大學（Peking Union Medical College）當英語副教授。

72　本書同時在美國由波士頓特爾‧布朗公司（Boston, Little Brown and Co）出版。

73　王麗娜編著：《中國古典小說戲曲名著在國外》（上海市：學林出版社，1988年），頁537。

下月刊》（*Tian Hsia Monthly*）第三六〇至三七二頁發表哈羅德・阿克
頓選譯明代湯顯祖五十五幕戲劇《牡丹亭》、《春香鬧塾》（*Ch'un
hsiang Nao Hshueh*），譯文前有劇本內容介紹。

　　第三、轉譯。轉譯又稱重譯，是譯者借助一種媒介語翻譯另一種
外語國文學作品。在大多數情況下，轉譯都是不得已而為之，尤其在
翻譯非通用語種國家作品時。譯者們從事具有再創造性文學翻譯時，
不可避免地融入譯者本人對原作的理解和闡述，甚至融入譯者語言風
格、人生經驗乃至個人氣質。因此，通過媒介語轉譯其他國家文學作
品會產生「二度變形」，則不難理解。[74]二十世紀英國學者對中國古典
戲劇的轉譯有：一九二七年倭訥（沃納Edward Theodore Chalmers
Werner, 1864-1954）據戴遂良（Dr. Leo Wieger）法譯文轉譯《中國古
今宗教信仰史和哲學觀》[75]（*A History of the Religious Beliefs and
Philosophical Opinions from the Beginninz to the Present Time*），其中第
七四四至七四五頁收有中國古典戲劇無名氏《硃砂檐》科白摘譯和簡
介，第七四四頁收有元代鄭光祖《倩女離魂》譯介，第七四八頁收有
喬孟符喜劇《兩世姻緣》梗概介紹。此點上文已經提及。一九二九年
倫敦海納曼出版社（London, W. Heinmemann）出版詹姆斯・拉弗
（James Laver, 1899-1975）翻譯元代李行道《灰闌記》[76]（*The Circle
Chalk, a play in five acts*）。該譯本據阿爾弗雷德・亨施克（Alfred
Henschke）德文改編本轉譯。一九五五年，倫敦羅代爾出版社
（London, Rodale Press）出版弗蘭西斯・休姆（Frances Hume）由朱
利安（漢名儒蓮）（S. Julien）法譯文《趙氏孤兒》轉譯《不同血緣的
兩兄弟》[77]（*Tse Hsiong Ti, The Two Brother of Different sex, a story from*

---

74 謝天振主編：《翻譯研究新視野》（青島市：青島出版社，2003年），頁78。

75 本書由梁縣出版社出版，共七七四頁。

76 李行道所著的《灰闌記》共四幕加一個楔子，詹姆斯・拉弗的轉譯本從其名稱*The
　Circle of Chalk: a Play in Five Acts*可以看出是五幕，共一〇七頁。

77 Edy Legrand 為這本五十一頁的書繪有插圖。

the Chinese）。

　　第四、直接全譯本，指譯者直接從中文翻譯作品。此類譯本完整地反映出其在二十世紀英國的命運。大體分類如下：第一，譯者是英國人，或具有英國學術訓練經歷。比如一九〇一年翟理斯《中國文學史》京劇《彩配樓》譯為 *Flowery Ball*。[78]一九一一年，麥高溫（Rev. J. Macgowan）從中文原作翻譯《美人：一出中國戲劇》（*Beauty: a Chinese Drama*），由倫敦Charing Cross Road，W. C.的E.L. Morice Cecil Court出版社出版。一九二一年，曾任末代皇帝溥儀英文教師的莊士敦（Sir Reginald Fleming Johnston, 1874-1938）著《中國戲劇》（*The Chinese Drama: with six illustrations reproduced from the original paintings by C.F. Winzer* ），由上海別發洋行（Kelly & Walsh）出版發行，內容偏重於舞臺藝術，C. F. Winzer為本書臨摹了六幅插圖。該書向英國讀者全面介紹中國戲劇。一九二九年，李潛夫的元雜劇《灰闌記》被 James Laver 譯成 *The Circle of Chalk*，由倫敦的出版商W. Heinemann刊行。一九三六年，亨利・H・哈特（Henry H. Hart）翻譯《西廂記：中世紀戲劇》（*The West Chamber, a Medieval Drama*）[79]，此譯本將原劇分十五折譯出，書中有譯者注釋及愛德華・托馬斯・威廉斯（Edward Thomas Williams）作序言。一九三七年，葉女士[80]將其所譯《鶯鶯傳》選入本人編《中國唐代散文文學》（*Chinese Prose Literature of the T'ang Period A. D. 618-906*）。[81]

---

78 Herbert Allen Giles, *A History of Chinese Literature*, (New York and London: D. Appleton and Company, 1909), pp. 264-268.

79 該譯本共一九二頁，由加利福尼亞斯坦福大學出版社、倫敦H・米爾福德出版社及牛津大學出版社出版。

80 葉女士生於中國，父親是傳教士，一九三三年任倫敦大學漢文教授，專事研究中國文學。

81 該著作由阿瑟・普羅布斯恩出版社出版，共二三六頁。本譯文收入其中第二卷一九一至二〇一頁。

　　而英國漢學家哈羅德・阿克頓自述為中國戲劇（Chinese theatre）熱情的獻身者[82]，不僅與美國漢學家阿靈頓（L. C. Arlington）合作翻譯編輯《中國名劇》（*Famous Chinese Plays,* 1937），也與陳世驤（Chen Shih-hsiang）合譯清代孔尚任《桃花扇》（*The Peach Blossom Fan*）並於一九七六年由白之整理出版[83]，同時還獨立翻譯湯顯祖五十五幕戲劇《牡丹亭》一幕：《春香鬧塾》（*Ch'un hsiang Nao Hshueh*）。[84] 旅英華人熊式一（S. I. Hsiung）花了六週時間把中國舊戲《紅棕鬣馬》改編為《寶川夫人》（*Lady Precious Stream*），於一九三四年由倫敦文藝性出版社麥勳書局出版[85]，同年冬又親自導演此劇，此後一週八場，連演三年九百場，可謂盛況空前。

二　熊式一的英文劇本《王寶川》

　　一九三四年七月，熊式一（S. I. Hsiung）的英文劇 *Lady Precious Stream: An Old Chinese Play Done into English According to Its Traditional Style*（《王寶川》[86]）在倫敦出版，很快銷售一空。次年二

82　Harold Mario Mitchell Acton, *Memoirs of an Aesthete* (London: Methuen, 1948), p .354.

83　該書一九七六年由伯克利加利福尼亞大學出版社（Berkeley, University of California Press）出版，共四十一齣，其中前三十五齣（加楔子）由阿克頓和陳世驤合譯，後七齣由白之翻譯。

84　該譯文於一九三九年發表在《天下月刊》（*Tian Hsia Monthly*）第八卷（VII）四月號的第三六〇至三七二頁，譯文前有劇本內容介紹。

85　一九三五年的梅休因出版社出版了（Lady Precious Stream）第二版，一九三六年出版了第三版，一九四一年出版第五版，一九四六年第六版，一九四九年第八版，一九五二年出版第九版，一九六〇年出版了第十版。

86　熊式一在其《王寶川》中文版序中說到：「許多人問我，為什麼要把『王寶釧』改為『王寶川』呢？甚至於有人在報上說我的英文不通，把『釧』字譯成Stream。二十幾年來，我認為假如這個人覺得『釧』字不應改為『川』字，也就不必和他談文藝了。近來我發現了許多人，一見了『王寶川』三字，便立刻把『川』字改為『釧』字。所以我在某一次的宴會席上，要了一位朋友十元港幣作為學費，捐給會

月出二版，一九三六年出三版。[87]此劇依中國傳統劇《平貴回窯》改寫，展示的是薛平貴從軍、王寶川守寒窯、相認前的誤會插曲、最終大團圓的故事，具有中國傳統化的題材與故事講述模式。熊式一改譯時，凡認為是宣揚迷信、舊道德的部分，均予刪改。一九三三年七月《王寶川》英譯本脫稿時，熊式一曾請當代英國著名文化人士艾伯克羅姆畢過目。豈料艾氏對此劇愛不釋手，認為英譯《王寶川》堪稱一部英語文學作品。艾氏高度評價熊式一流暢的英語文筆，同時深深地為其劇中人物所吸引，並為該劇作序。一些文學評論家也認為英譯《王寶川》「具有一種精湛文化的標誌」，其作者為「豐富英語文學」作出了貢獻。該劇上演亦盛況空前。據熊式一本人記載，世界上幾乎所有的語言均有英文劇《王寶川》的譯本。[88]

　　熊式一《王寶川》之「代序」（燕邂符）也談到了這部譯著的重要意義：二十世紀三〇年代初，中國正積貧積弱，遭受列強欺淩和侮辱之時，一位文弱書生遠涉重洋隻身去倫敦，成功地把中國民族傳統文化的精華，弘揚到西方世界的中心，傾倒了包括英國王室在內的千

中，告訴他就中文而言，『川』字已比『釧』字雅多了，譯成了英文之後，Bracelet或Armlet不登大雅之堂，而且都是雙音字，Stream既是單音字，而且可以入詩。」（熊式一著：《王寶川》〔北京市：商務印書館，2006年〕中英文對照本，中譯本序，頁191-192。）

87 溫源寧在《天下月刊》創刊號的「編者按」介紹：「今年十二月中國藝術國際展覽將在倫敦開幕。一共有一千多件展品已從中國運往倫敦。這些展品包括瓷器、織錦、繪畫、青銅器、古書籍和玉器。「（*T'ien Hsia Monthly*, Vol .I. No.1 August 1935, p. 8）一九三五年是中英文化交流重要的一年，民國政府在倫敦舉辦「中國年」。而熊式一英譯《王寶川》於一九三四年出版並大獲成功，為翌年倫敦舉辦「中國年」做了必要的預熱功效。

88 這部劇後來搬上美國舞臺，但遭遇美國批評界的冷淡與民眾的不滿。國內有學者分析到：「六年前看過梅蘭芳的精美戲劇表演的百老匯和它被各種演出陶冶了敏銳、精緻的審美味覺的觀眾，自然將《寶》的演出放在梅蘭芳為他們定下砝碼的審美天平上去衡量，結果就是對該作品的不滿和冷淡。」（吳戈：《中美戲劇交流的文化解讀》〔昆明市：雲南大學出版社，2006〕，頁137）一九三〇年二月梅蘭芳赴美訪問演出，盛況空前。

萬歐洲人。從此之後他頭戴國際文化名人，把中華文明的種子撒向全球。[89]由中國傳統通俗小劇改寫成《王寶川》能夠在世界範圍內產生持久影響：在劇本開頭的招親過程去掉了怪力亂神的內容，只留下寶川慧眼識真，並以寶川平貴夫妻團圓為結局，否定了中國歷來的一夫多妻制。只有剔除這些糟粕，才能繼承弘揚傳統的精華。[90]

　　熊式一於一九二〇年代從北京高等師範英文科畢業後，開始寫作和翻譯生涯，在鄭振鐸主編的《小說月報》上發表小說劇作，並翻譯了大量英國名著，如蕭伯納《人與超人》、哈代《卡斯特橋市長》、巴里《彼得·潘》和《可敬佩的克萊敦》等。徐志摩對其大為賞識，稱之為中國研究英國戲劇的第一人。一九三二年底熊式一遠赴英倫，弘揚古老中華文化，讓西方人見識中國傳統戲劇的風采。那時候世界看中國，除了裹小腳吸鴉片，就是妻妾成群，野蠻殘暴。為了給同胞正名，塑造美好的中國人形象，比較了幾個通俗劇本之後，首選《王寶釧》的故事，花六個星期用英文改寫為英美人士能夠接受的雅俗共賞的舞臺劇《王寶川》。[91]一九三四年夏，被倫敦文藝性出版社麥勳書局看中，成為文藝刊物上的熱門話題。蕭伯納、毛姆、巴里、威爾斯等大加讚揚，紛紛與之結交。同年冬天在倫敦演出，由熊式一親自導演，首演成功。倫敦人以爭看《王寶川》為榮，驚動王室，瑪麗皇后

89　熊式一著：《王寶川》（北京市：商務印書館，2006年），中英文對照本，中譯本序，頁1。

90　熊式一著：《王寶川》（北京市：商務印書館，2006年），中英文對照本，中譯本序，頁6。

91　熊式一在該劇的《中文版序》說：一九三三年春，倫敦大學轟柯爾教授提議，在中國舊劇中，找一齣歐美人士可雅俗共賞的戲，改譯成英文話劇。當時心中想譯的，有三個劇本：第一個是《玉堂春》，第二個是《祝英台》，第三是《王寶川》。經權衡，決定把後者改成英文話劇。對迷信，一夫多妻制，死刑，也不主張對外宣傳，故對前後劇情，改動得很多。我又增加了一位外交大臣，好讓他去招待西涼的代戰公主，以免她到中國來掌兵權。熊式一著：《王寶川》（北京：商務印書館，2006年），中英文對照本，中譯本序，頁191-192。

攜兒媳和孫女（今伊莉莎白女王）親往觀看，外交大臣以及各國使節
陪同前往。《王寶川》問世後，中國成了「神龍出沒，桃李爭豔，夢
幻儲於金玉寶器之中，文化傳於千變萬化之後」的天國仙鄉。世界各
國人士都稱它是中國舞臺劇的傑作，但熊式一認為是誤解，應該讓世
人知道中國文藝精品與一般通俗劇本的差異，於是緊接著又用十一個
月時間把《西廂記》逐字逐句譯成英文，配有多幅插圖，由倫敦
Methuen公司於一九三五年出版了中國名劇《西廂記》（*The Romance
of the Western Chamber*）。[92]在譯者前言中，熊式一指出：《王寶川》
只是一齣為商業目的演出的通俗戲，並非為文人雅士所作，真正具有
藝術價值的是《西廂記》。他在向讀者介紹《西廂記》的創作情況時
寫道：「雖然對於《西廂記》的真正作者究竟是誰，我們還不太清楚。
但是，大家都一致公認，該劇是詩歌戲劇領域中的一部巨著。」熊式
一在動手翻譯前，先收集並研讀了中國文學史上的十七種不同的《西
廂記》版本，比較研究的工作持續了十一個月。爾後，才決定性採用
金聖歎的對話及一個明版本的詩文，譯文完全忠於原文。與《王寶
川》的出版演出火爆異常相比，西方讀者對《西廂記》英譯本的反應
極其冷淡，也無一家劇院演出。[93]熊譯本有戈爾登·博頓利（Gordon
Bottomley）撰寫的〈序言〉。其中將中國戲曲與希臘戲劇及英國戲劇
加以比較研究：「鶯鶯的文雅風姿有時接近於茱麗葉，而焦慮的張珙
在某個時候蒙受的痛苦卻很像焦慮的特雷斯登」。書的封面上是熊式

---

92 一九三五年九月，湯良禮在上海主編的《人民論壇報》（*the People's Tribune*）的第
　五號（第十期，頁779-813）也發表了熊式一花費十一個月翻譯的《鶯鶯傳》，題作
　《西廂記》。

93 戲劇大師蕭伯納在正式答覆熊式一徵求《西廂記》意見的信時，用比較的方式，充
　分肯定了《西廂記》：「我非常喜歡《西廂記》。與《王寶川》相比，《王寶川》僅是
　一齣大轟大嗡的情節戲，而《西廂記》則是一齣令人欣喜的詩劇，跟我們那些最優
　秀的中世紀戲劇很相像。要演出《西廂記》，需要極精雅的表演藝術。這恐怕只有
　中國在十三世紀時才能做到。」（熊式一英文劇《大學教授》後記，1939年）

一所題「西廂記」三個漢字，扉頁是劇中女主人翁崔鶯鶯的畫像。

雖然《西廂記》的演出並不賣座，但卻受到學界高度關注，蕭伯納說：「我愛《西廂記》遠勝於《王寶川》。《王寶川》不過是舊式傳奇劇罷了，《西廂記》則和英國古代最佳舞臺詩劇並駕齊驅，而且只有中國十三世紀才能產生。」《西廂記》後來成為英美各大學中文系和亞洲研究所的教材，薰陶了一批英國漢學家，大衛·霍克思即為熊式一的得意門生。[94]

三　阿克頓與阿靈頓合譯《中國名劇》

一九三二年，英國作家哈羅德·阿克頓（Sir Harold Acton, 1904-1994）[95]出於對中國文化發自內心的癡迷，來到北京大學教授英國文學，前後有七年之久。[96]他把中國文學和文化介紹給西方，與陳世驤

---

94 熊式一著：《王寶川》（北京：商務印書館，2006年），中英文對照本，中譯本序，頁2-3。

95 哈羅德·阿克頓爵士（Sir Harold Acton, 1904-1994），出生於義大利佛羅倫斯，英國藝術史家、作家、詩人，曾受業於伊頓、牛津等名校。一九三二年起他遊歷歐美、中國、日本等地。早年在牛津、巴黎、佛羅倫斯研究西方藝術，暮年於佛羅倫斯郊外一處祖傳宮殿頤養天年。著有詩集《水族館》（*Aquarium*, 1923）、《混亂無序》（*This Chaos*, 1930）等，小說《牡丹與馬駒》（*Peonies and Ponies*, 1941）、《一報還一報及其他故事集》（*Tit for Tat and Other Tales*, 1972），以及歷史研究《最後的美第琪》（*The Last Medici*, 1932）、《那不勒斯的波旁朝人》（*The Bourbons of Naples*, 1956）。另外尚有兩部自傳，《一個愛美者的回憶》（*Memoirs of an Aesthete*, 1948）與《回憶續錄》（*More Memoirs*, 1970）。

96 從一九三二到一九三九年，阿克頓在北平住了七年。七年的中國生活，使他的親友發現他「談話像中國人，走路像中國人，眼角也開始向上飄。」康有為的女公子康同璧為阿克頓作了一幅羅漢打坐圖。畫上題詩贊：「學冠西東，世號詩翁。神來運乃，上逼騷風。亦耶亦佛，妙能匯通。是相非相，即心自通。五百添一，以待於公。」阿克頓在其回憶錄說不好意思引用這樣的贊詞，惟有「亦耶亦佛，妙能匯通」，或可當之。歐戰爆發後，阿克頓離開北平，奉召應徵入伍，參加英國皇家空軍。因他會講義大利語，實際上當了翻譯參謀。離開中國，使阿克頓結束了「一生

合作翻譯出版了《中國現代詩選》（*Modern Chinese Poetry*），於一九三六年在倫敦出版。一九三七年三月，他與美國的中國戲劇專家阿靈頓（Lewis Charles Arlington）合作，把流行京劇三十三折譯成英文，集為《中國名劇》（*Famous Chinese Plays*）一書，於一九三七年在中國出版，由北平的出版商Henri Vetch刊行，後又於一九六三年由紐約Russell & Russell, Inc.刊佈面世。

《中國名劇》收有從春秋列國一直到現代的京劇折子戲：《戰宛城》（*The Battle of Wan-ch'êng*）、《長坂坡》（*The Battle of Ch'ang-pan P'o*）、《擊鼓罵曹》（*Beating the Drum and Cursing Ts'ao*）、《奇雙會》（*An Extraordinary Twin Meeting*）、《妻黨同惡報》（*A Wife and Her Wicked Relations Reap Their Reward*）、《金鎖記》（*The Golden Locket Plot*）、《慶頂珠》（*The Lucky Pearl*）、《九更天》（*The Day of Nine Watches*）、《捉放曹》（*The Capture and Release of Ts'ao*）、《珠簾寨》（*Pearly Screen Castle*）、《硃砂痣》（*The Cinnabar Mole*）、《狀元譜》（*A Chuang Yüan's Record*）、《群英會》（*The Meeting of the League of Heroes*）、《法門寺》（*Buddha's Temple*）、《汾河灣》（*At the Bend of Fên River*）、《蝴蝶夢》（*The Butterfly's Dream*）、《黃鶴樓》（*The Yellow Crane Tower*）、《虹霓關》（*The Rainbow Pass*）、《一捧雪》（*A Double Handful of Snow*）、《雪盃緣》（*Affinity of the Snow Cup*）、《牧羊圈》（*The Shepherd's Pen*）、《尼姑思凡》（*A Nun Craves Worldly Vanities*）、《寶蓮燈》（*Precious Lotus-Lantern*）、《碧玉簪》（*The Green Jade Hairpin*）、《打城隍》（*Beating the Tutelar Deity*）、《貂嬋》（*Sable Cicada*）、《天河配》（*The Mating at Heaven's Bridge*）、《翠屏山》

最美好的歲月」。第二次世界大戰後阿克頓移居義大利。潛心從事那不勒斯波爾旁王族的研究工作。他傷心地看到「這一番輪迴中已回不到北京」。去國之思，黍離之悲，使他找到陳世驤共同翻譯《桃花扇》，以派遣懷鄉病。他們的翻譯直到七十年代陳世驤作古後，才由漢學家白之（Cyril Birch）整理出版。

（*Jade Screen Mountain*）、《銅網陣》（*The Brass Net Plan*）、《王華賣父》（*Wang Hua buys a father*）、《五花洞》（*The five Flower Grotto*）、《御碑亭》（*Pavilion of the Imperial Tablet*）、《玉堂春》（*The Happy Hall of Jade*）等。這一工程非常困難，但阿克頓是個京劇迷，研究過梅蘭芳《霸王別姬》的舞蹈藝術，觀賞過北昆武生侯永奎的《武松打虎》，並與程硯秋、李少春等人均有交往。美國女詩人、《詩刊》主編哈麗特・蒙羅第二次來華訪問時，阿克頓請她看京戲，鑼鈸齊鳴，胡琴尖細，蒙羅無法忍受，手捂耳朵倉惶逃走。阿克頓對此解釋說：西方人肉食者鄙，因此需要寧靜；中國人素食品多，因此喜愛熱鬧。「而我吃了幾年中國飯菜後，響鑼緊鼓對我的神經是甜蜜的安慰。在陰霾的日子，只有這種音樂才能恢復心靈的安寧。西方音樂在我聽來已像葬禮曲。」[97]這段趣事被阿克頓寫進小說《牡丹與馬駒》（*Peonies and Ponies*, 1941）之中。[98]

　　阿克頓熱衷於中國京劇，認為它是一種理想化的藝術形式，就像歐洲的芭蕾舞一樣讓他嚮往；正像義大利人熱愛歌劇那樣，京劇票友們對京劇的熱愛讓他們反覆地觀看同一齣戲，並樂此不疲。北京是京劇最熱門的地方，他曾邀請很多友人一同觀京劇，但他們幾乎都受不了那樣吵鬧的氛圍，只有Desmond[99]認為京劇是最吸引人的一種中國藝術。阿克頓認為，京劇是唱念坐打的完美結合，演員們都具足了一身的本事，雖然舞臺道具都很簡單，但是它們的作用都非常之大，演員們的表演讓人眼花撩亂，戲劇的現場讓人熱血沸騰，而聽眾則安然

---

97 趙毅衡：《西出洋關》（北京市：中國電影出版社，1998年），頁48-49。

98 關於《牡丹與馬駒》這部小說的詳盡解讀，可參見本書第五章第五節「愛美者的回憶：哈羅德・阿克頓筆下的中國題材」。

99 Desmond Parsons，阿克頓在中國時結交的英國朋友，他跟阿克頓一樣也是個中國迷，曾於華山結交道友，對中國道教非常癡迷。他因病離開中國，並交著在北京寓所的房租，連傭人也沒辭退，希望有朝一日能夠回到北京，Desmond於一九三七年病逝。

在臺下飲茶嗑瓜子，細細品味每齣戲帶給他們的藝術享受。當時的外國人都希望有一本能夠介紹中國戲劇的書來做為中國戲劇的入門讀物，於是阿靈頓和阿克頓就從當時非常流行的中國戲曲中選取出了三十三部戲，儘量還原戲曲在舞臺上的原貌呈現給讀者，對於一些重複和冗餘之處則作了刪節。

我們通過阿克頓的自傳，可以了解到合作者阿靈頓的資訊。阿靈頓來自美國的加利福尼亞州，是一個在青年時代便發憤圖強並有著豐富人生閱歷的人。他自學成才，在中國待了將近半個世紀，具有豐富得驚人的中國知識，且熱衷於京劇藝術，在他們共同出書之前，阿靈頓就已出版了一本關於中國戲劇的書。然而志趣相投使得年邁的阿靈頓願意與阿克頓全作出書，他們常常在一起討論中國戲劇。阿靈頓認為中國戲劇吸引人之處在於戲裡的故事情節，希望有朝一日能將中國戲劇搬上西文舞臺。阿靈頓由他的一位忠實的中國管家悉心照料，這位管家的女兒就進了戲曲學校，他希望她將來能扮演女性角色，因為當時的戲中女性角色還多由男性來扮演。

《中國名劇》一書分為以下幾個部分：第一部分是關於這些戲目的一些插圖的介紹，連圖說明了一些臉譜的名稱，或某部戲中扮演某角色的某個演員，對角色的性格也都進行了概括。第二部分是由Hope Johnstone翻譯並編譜的戲曲折子唱腔，曲譜下方還給出了英文翻譯。在目錄部分的說明中，具體到了男聲還是女聲，以及戲中所運用的主要樂器名。第三部分的引言詳盡地敘述了編者對中國戲劇概況的了解，其中包含了編者對中國戲劇的觀點；第四部分是戲曲翻譯的部分，共收錄了三十三部中國經典戲曲曲目，每個劇碼前，編者都注明了此戲所提到的故事所發生的年代、戲劇類別，並附有出場人物的名稱、角色內容及角色名稱，而且對於戲中所提到的特殊的中國用語或戲中人物角色及情節介紹等，都在戲文中加注並在註腳中進行詳盡的解釋。部分戲文前還有個劇情梗概，而且在每部戲文之後都有個結局

「Finis」，由編者概述這場戲會如何收尾。在引言的後半部分編者還將中國戲劇以音樂形式作了西皮、二黃、評劇、昆曲四種區分並對它們進行了概述，並將中國的戲劇角色即生、旦、淨、丑四大類進行了區分並做了簡要介紹，指出雖然當時還是以男性來扮演女性角色，但是開辦戲劇學校並收男女學生已經成為當時的大勢所趨，一些私人機構如一些退出舞臺的著名戲劇家就招收了女學生。

　　最能突顯編者主觀意圖的就是引言部分，從中我們可以看出編者對中國戲劇的了解程度及對中國戲劇的看法。引言中指出，中國戲劇的劇本並沒有太大的文學性，而更適合於舞臺藝術，它們的精彩主要表現在表演、舞蹈和歌唱上，於是後來有一些人就將這些戲的內容和節奏、音樂等寫進戲目，然後由不同的人反覆將它們在戲劇舞臺上表現出來。這些戲劇腳本往往是不可信的，需要親眼到舞臺下觀看戲劇，而且這些演員們還會突發奇想地改變一些戲詞動作等，因為他們要使得自己更加融入適合自己的角色，所以翻譯者沒有比較權威的原始腳本，只能從比較有代表性的廣為人所熟悉的戲劇曲目中提煉並翻譯劇本，所以出入誤差在所難免。

　　編者在引言中還提到，中國戲劇文學好比一顆鑽石的一個平面，戲曲腳本就是礦石，經過演員們的潤色之後才會熠熠生光。中國戲劇是由各種姿勢、動作、臉譜、歌唱與舞蹈等團隊的華麗結合體，而且非常富有歌劇風格，歌唱是它的主要部分，在書中節取的三十三個戲劇中，每個劇本的三分之二以上都是由歌唱構成，對話是用來緩和緊張感，便於讓聽眾有所放鬆。管弦樂隊在戲中扮演了重要的角色，雖然不協調而且刺耳，然而卻具有魔術一般的魔力。來中國居住的外國人一般需要花上好長時間才能適應這種濃重的口味，此種音樂充滿力量並使人脈搏的跳動加速，尤其在武戲裡，因為那些敏捷迅猛而又令人眼花撩亂的激烈打鬥也非用這種音樂伴奏不可。編者指出，中國戲劇裡的這種音樂令人陶醉，但常不被西方人接受而反被指責為一種野

蠻的藝術表現形式。與西洋輕音樂那種輕柔、優雅、精緻的風格迥然
不同，中國戲劇的音樂是宏大而粗獷的，它洶湧如潮地伴隨著戲劇的
情感而波動。

編者在引言裡還指出，中國戲劇是一種極具象徵性的藝術形式，
其現實感不強，不崇尚自然，不主張還原現實場景入戲，這與西方戲
劇崇尚逼真畢現的藝術風格構成顯著差別。或者說，中國戲劇有如西
方的歌劇和芭蕾，追求的是一種純藝術的境界。

這樣，象徵性特點明顯的中國戲劇對演員角色的要求遠比西方戲
劇苛刻嚴格。每個角色都必須源於生活，並且能夠取悅觀眾，所以中
國戲劇的演員們都必須經過非常嚴格的訓練，而且有各種繁瑣的成
規。編者認為，中國戲劇雖然有嚴格的定規，但也沒有一成不變，因
而中國戲劇並非一種迂腐的藝術形式，它會隨著時代變化發展。五四
以後，中國人對傳統中國戲劇進行了改革，並提倡新劇，以西方戲劇
作為衡量的標準。不過，編者認為，這樣戲劇改革的嘗試是失敗的，
因為中國戲劇與西方戲劇相比是一種更有象徵意味更感性化的戲劇，
它以其自身豐富的意蘊力圖創造一個理想化的社會，它一直是而且必
將繼續成為一種經典，應該保持並發揚中國戲劇的特色，讓它變得更
富有中國魅力。

因而，阿克頓一直把中國古典戲劇當作他所追求的理想藝術：
「在中國古典戲劇中，念白、歌唱、舞蹈、雜技表演如此和諧的統一
在一起，如果人們能忽略情節和音樂，便可以發現其中戲服、化妝、
動作和默劇的含蓄美」。[100]這種理想藝術在歐洲只有俄羅斯的芭蕾可
以與之媲美。對中國古典戲劇的分類，他沒有進行任何說明便直接說
「自十三世紀便在北京表演的流行劇中，比起穩重的、感傷的文戲

100　Harold Mario Mitchell Acton, *Memoirs of an Aesthete* (London: Methuen, 1948), p. 355.

（civil plays），我更喜歡武戲（military plays）或者歷史編年戲」。[101]
由此可見，阿克頓將中國古典戲劇分為文戲和武戲是理所當然的。而
且，阿克頓對中國古典戲劇的投入不僅實現了其東方救贖，還幫助英
國讀者認知了中國流行文學的魅力。

　　第一，中國古典戲劇翻譯是阿克頓東方救贖的一劑良藥。兩次世
界大戰使歐洲人價值觀紊亂，「愛美者」[102]阿克頓認為世界顛倒無
序，西方世界充滿了悲觀失望情緒，難以尋找心靈歸宿。他以貴族化
心態包裝其中國夢，在北京找到了富麗堂皇的東方家園。尤其是中國
古典戲劇，與義大利即興喜劇、俄羅斯芭蕾藝術一樣富有本土特色，
其融匯中國文化氣質，弘大而不失莊嚴、含蓄而充滿象徵、規整而不
失靈活，成為阿克頓的精神安慰：「只有這種音樂（響鑼密鼓）才能
恢復心靈安寧」。[103]中國古典戲劇為阿克頓提供了他一直在努力尋找
的綜合藝術，是他自我救贖的一劑良藥。「中日戰爭爆發後，慕尼黑
方面警告我離開北京。我已投身翻譯多年，呆在房子裏不出門好像它
就是我的愛人」。[104]

　　儘管作為一個英國人，阿克頓無法完全擺脫西人眼光看中國景
物，卻願意以中國人的身分生活在中國。「突然他們（英國的朋友）
發現我是一個中國人：說話像，走路像，眼角也向上揚……」[105]，
「朋友堅持說我已經變成一個中國人了」[106]，具有中國氣質的阿克頓

---

101 Harold Mario Mitchell Acton, *Memoirs of an Aesthete* (London: Methuen, 1948), p. 355.

102 「愛美者」（aesthete）這個詞經歷了維多利亞時代之後，原本的意思被扭曲了，自
　　王爾德之後，它有同性戀的不名譽暗示。但阿克頓卻對其不以為意，認為自己是
　　二十世紀的人，不必拘泥於陳詞濫調，認為對該詞只取原來的意思。

103 趙毅衡：〈艾克敦：北京胡同裡的貴族〉，《西出洋關》（北京市：中國電影出版社，
　　1998年），頁48。

104 Harold Mario Mitchell Acton, *Memoirs of an Aesthete* (London: Methuen, 1948), p. 395.

105 Harold Mario Mitchell Acton, *Memoirs of an Aesthete* (London: Methuen, 1948), p. 380.

106 Harold Mario Mitchell Acton, *Memoirs of an Aesthete* (London: Methuen, 1948), p. 390.

在英國人看來已誤入歧途，「好像我轉錯了彎，摔傷了兩條腿，不得
不學會走路」[107]，朋友們希望他早點丟掉中國氣質回到西方世界。但
四個月的歐洲生活使他感到歐洲藝術主要是一種職業治療：為病人治
療的職業，對本質的漠視及瑣屑的關注成為一種地方疾病。[108]

　　雖然中國現實使阿克頓不得不認清自己的「中國夢」建立在幻影
之上，但他仍希望在中國找到精神家園，信奉中國宗教、藝術，用
「中國夢」來逃避西方信仰危機，甚至離開後還希望回到中國。匯通
耶佛，以中國夢實現其自我救贖正是阿克頓的精神境界。這位愛美家
中西合璧的獨特氣質，使他在眾多來華文化人士中獨綻異彩。

　　第二，為了向英國讀者呈現中國文學，阿克頓孜孜不倦地翻譯中
國古典戲劇。蕭乾說「像艾克敦那樣熱愛中國和中國文化的人，會在
中西文化之間起些穿針引線的作用」。[109]其實阿克頓不僅在客觀上起
到了中西文化間穿針引線的作用[110]，向英國讀者呈現中國文學是其主
動而為之的計畫。「我開始從事雄心勃勃的翻譯工作，一卷新的中國
戲劇，包括我最喜歡的篇目，幾個小說和短篇故事，每種都有不同的
合作者，作為一種反抗分離失敗的投資形式。最終，我希望為英語讀
者介紹整個中國流行文學的藏書，直到第二次世界大戰前我都在依次
為每本書工作。」[111]在當時的英國，翻譯中國文學並不受歡迎。「他
們見到我很高興，但我不得不遠離北京主題及其工作。他們的冷漠直
接告訴我，必須得停止滿足於翻譯給我的個人快樂」。[112]然而，阿克

---

107 Harold Mario Mitchell Acton, *Memoirs of an Aesthete* (London: Methuen, 1948), p. 390.

108 Harold Mario Mitchell Acton, *Memoirs of an Aesthete* (London: Methuen, 1948), p. 395.

109 蕭乾：〈悼艾克敦——一個唯美主義者的隕落〉，《蕭乾全集》（武漢市：湖北人民出版社，2005年），卷4，頁813-817。

110 Harold Mario Mitchell Acton, *Memoirs of an Aesthete* (London: Methuen, 1948), pp. 365-366.

111 Harold Mario Mitchell Acton, *Memoirs of an Aesthete* (London: Methuen, 1948), pp.365-366.

112 Harold Mario Mitchell Acton, *Memoirs of an Aesthete* (London: Methuen, 1948), p. 390.

頓倔強地堅持翻譯工作，說自己所選擇的古典戲劇作品及其他書，至少有世界四分之一的文化人熟悉，「世界正在縮小。H. H. Hu博士正在翻譯《長生殿》，Yen Yü-heng 在翻譯《鏡花緣》，我試著胡亂地修改了很多其他作品，包括一百多章、幕或更多的小說和戲劇」。[113]阿靈頓認為他和阿克頓選編的《中國名劇》可以和科沃德[114]戲劇相比，H. H. Hu認為《長生殿》英譯本在倫敦第一版將會搶購而光。阿克頓冷靜地看待英國讀者對中國古典戲劇的反映，「我能對他們說什麼呢？我們一起工作那麼努力，我討厭令他們失望」。[115]雖然《寶川夫人》在英國成功只是曇花一現，但阿克頓仍對遙遠的星星[116]充滿自信。阿克頓感覺自己是傳播中國思維模式的媒介，並希望即便按照超現實主義標準選擇中國作品，也能被英國讀者正常接受，並自信地認為自己選擇的中國作品是歐洲文化所需要的。[117]

---

113 Harold Mario Mitchell Acton, Memoirs of an Aesthete (London: Methuen, 1948), p. 391.

114 劇作家、演員和作曲家，以寫作精練的社會風俗喜劇聞名。十二歲開始當演員，演出之餘寫輕鬆喜劇。一九二四年劇本《漩渦》在倫敦上演，頗為成功。其後的經典喜劇有：《枯草熱》（1925）、《私生活》（1930）、《生活設計》（1933）、《現在的笑》（1939）和《歡樂的心靈》（1941），作品表現出世俗背景下的複雜性格。他經常為好友勞倫斯寫作劇本，也常與他同演。最受歡迎的音樂劇是《又苦又甜》（1929）。寫有影片《相見恨晚》（1946），並在以他的劇本改編而成的許多電影中演出。他還寫作短篇故事、小說和許多歌曲，包括《瘋狗和英國人》。

115 Harold Mario Mitchell Acton, *Memoirs of an Aesthete* (London: Methuen, 1948), p. 390.

116 「遙遠的星星」是阿克頓用的一個比喻，來說明中國文學在英國受歡迎的夢想。

117 本節關於中國古典戲劇的英譯簡介，筆者指導的研究生陳夏臨、蔣秀雲參與資料搜集、討論分析並提供了部分解讀文字。

第五節　中國現代文學作品的英譯

一　中國現代詩歌的英譯

　　一九三六年，倫敦Duckworth公司出版了由阿克頓與陳世驤[118]合譯的《中國現代詩選》（*Modern Chinese Poetry*），這是一本最早將中國新詩介紹給西方讀者的書，共選譯了十五位中國現代詩人的新詩作品。詩選最後是這些詩人的英文小傳。其中一些譯詩在出版前已經在芝加哥的《詩刊》（*Poetry*）、上海的《天下月刊》（*T'ien Hsia Monthly*）以及《北平年鑑》（*The Peiping Chronicle*）上刊發。在《詩選》的扉頁上，阿克頓對這些刊物的編者，尤其是《詩刊》的女主編美國人哈麗特‧蒙羅（Harriet Monroe, 1860-1936）致以最誠摯的謝意，因為她對這部詩集提供了很多寶貴意見。阿克頓還在引言中提到，卞之琳和梁宗岱先生在此書翻譯中做出了重大的貢獻。詩首有阿克頓所作自序，在客觀評價的同時也指出了他個人對於新詩的審美取向。另外，詩選還收錄了阿克頓與廢名（即馮文炳）的對話，更指出中國古詩傳統在新詩創作中的重要性，認為新詩與舊詩，不過是兩種現象，並非

---

118 陳世驤（1912-1971）幼承家學，後入北京大學主修英國文學，一九三二年獲文學士學位。陳世驤和阿克頓合作編譯的這本詩選可以說是兩人在北大交往的縮影。當時陳世驤還是北京大學西方語文系三年級學生，阿克頓是他的老師，本來對他並沒有什麼特別的印象。一九三三年，日本不斷侵擾北平，後北大被迫停課，學生紛紛向老師告辭到鄉下避難，就在眾多學生的信函中，阿克頓讀到了陳世驤寫給他的一封情文並茂的散文詩，當即為陳世驤的文學及英語素養而動容。當情勢稍定，北大復課，阿克頓隨即邀請陳世驤回校。據說兩人重聚當時恰巧是阿克頓的生日，學生們送了一個達摩瓷像給阿克頓。飯後大家在院子裡，陳世驤更為阿克頓吹了一曲笛子，令阿克頓想起英國浪漫詩人華茲華斯《刈割女郎》內一段哀怨纏綿的歌聲。阿克頓後來更強調，正是借著陳世驤，他才進入中國現代文學的殿堂，同時因為陳世驤，他才繼續留下在北大任教。

新的取代舊的。舊詩在意境上已經大大超過新詩，達到了新詩難以企及的高度，新詩要想突破，只能在形式上再作調整。而且新詩自身面臨諸多問題，要走的路還很長。

這本譯詩選所選詩作及其〈引言〉充分體現了阿克頓的文學觀及關於中國新詩的審美取向，其中突出的一點就是傾向於飽含古典抒情傳統的詩篇——所選作品最多的詩人是林庚[119]——而不太讚賞那些過於歐化的中國新詩作品，尤其對胡適、郭沫若、冰心等人的詩評價不佳。在該譯詩選的後記中，阿克頓同樣頗有深意地指出，東方詩不能走西方救贖的路子，應該從自己的古典美和古典典藏中汲取營養，創造出真正屬於中國人的中國新詩。

阿克頓在北京大學教書期間，陳世驤給他帶來了許多詩友如李廣田、陳夢家等。這些學生向阿克頓展示他們的習作，其中給阿克頓留下深刻印象的是一九三三年僅十八歲的青年詩人卞之琳。雖然那時卞之琳已經在中國白話詩壇獨樹一幟，創造了一種全新的詩風，並出版了《三葉集》（*Leaves of Three Autumns*），可態度仍謙恭有加，常向阿克頓請教中詩西譯的問題。阿克頓讓卞之琳朗讀這些詩，詩中蓄藏的情感讓人沉醉。卞之琳融合想像與物象於新詩創作中，讓一種完全個人化的感覺通過想像與物象的方式傳達給讀者。阿克頓認為這樣美妙

---

119 廢名在《談新詩》中說：「在新詩當中，林庚的分量或者比任何人更重些，因為他完全與西洋文學不相干，而在新詩裡很自然的，同時也是突然的，來一份晚唐的美麗了。真正的中國新文學，並不一定要受西洋文學的影響的。林朱二君的詩便算是證明。」（廢名：《論新詩及其他》〔瀋陽市：遼寧教育出版社，1998年〕，頁171）當然，林庚的新詩創作是不是「完全與西洋文學不相干」，後來不少評論者對此頗有異議。但廢名的這種評價並非空言，林庚的新詩的確充滿濃郁的古典氣息。詩中的意象大致沿襲古典詩詞中夜、雨、荒野、秋風、落葉、孤鷹、淒雁等經典語詞。當然，這些傳統的意象經過了詩人的思想映照，被賦予了強烈的主觀情緒和嶄新的時代精神。今天看來，阿克頓的眼光與當時中國新文學的努力方向相去甚遠。當新詩人義無反顧地切斷與傳統的血脈淵源時，阿克頓卻以域外學者的身份，確立審視中國新文學的另一種眼光，強調傳統對新詩建設的重大意義。

的詩歌儘管翻譯起來很有難度，但其優美的詩意一定會得到更多人的
關注和認可。在卞之琳的鼓勵下，阿克頓與陳世驤開始著手翻譯一些
白話詩，正好白話文運動拉近了新詩和英語之間的距離。阿克頓與陳
世驤的交情延續不斷，最終成功合作譯出了這本《中國現代詩選》。
直到阿克頓離開中國以後，阿克頓還與他合譯《桃花扇》（*The peach
Blossom Fan*）並於一九七六年由白之整理出版。[120]

　　阿克頓對於這部書譯詩的選擇標準，並非以這些詩人在當時中國
的聲望為依據，所選擇的白話詩偏重於其詩歌意象的營建。上文已提
及，選詩數量最多的是林庚，有十九首，其次是卞之琳十四首，戴望
舒十首，徐志摩十首，何其芳十首，陳夢家七首，聞一多五首，周樹
人四首，馮廢名四首，李廣田四首，郭沫若三首，邵洵美二首，俞平
伯二首，沈從文和孫大雨各一首。

　　關於中國白話文詩歌，阿克頓在此書的引言中表明了他的態度。
他站在一個西方人的角度審視中國現代詩歌，並就中國新詩的發展提
出了自己的希望和建議。阿克頓也同意古舊的文言文創造不了全新的
文學體式，詩歌創作上需要一種全新的詩歌體式來寫白話詩歌。但是
他也清楚地看到，文人們經歷了數千年文言詩歌的寫作，很難迅速創
造出超越古典詩歌的新詩體式，因而新詩在體式和內容上，正處於摸
索過程中。當時的中國詩人雖然意識到要改良詩歌，可是他們更多的
創作背景卻是中國傳統詩歌體式，中國古典詩歌經歷了從古到今的演
變，通過不斷創新摸索再創新，從詩歌創作到詩歌鑑賞已形成極其成

---

120 阿克頓在《桃花扇》英譯本的前言中這樣說：「《桃花扇》的英譯給我在精神上回
　　到中國的機會，而我的身體無法回到中國了。陳世驤在伯克利大學教學並從事早
　　期中國詩歌及批評的研究，在我的建議下，我們非常高興地翻譯《桃花扇》，只是
　　為了它本身，並非為了出版。雖然我們也希望它最終能出版。我們完成了除去最
　　後七幕的草稿工作，直到陳世驤先生去世，我們的《桃花扇》都是這種未完成的
　　狀態。他在伯克利十一年的同事白之先生完成了其餘的七幕，並重新修改了我們
　　前面的譯文。這個傑出戲劇的完整英文版本現在出版了，來紀念我們一位朋友。」

熟完備的體系，雖然簡約，但含意雋永，意象豐富。為了說明中國古典詩歌內涵的豐富深刻，阿克頓舉了「楓樹」和「秋」[121]這兩個中國古詩中常見的意象，說明它們呈現的豐富意蘊，白話文詩歌不是那麼容易達到的。

　　但是阿克頓也指出，中國的白話詩人們已不再擁有古人那種曠達的情懷，他們不可能是酒仙，也沒有詩意一樣美輪美奐的書法，為了現實生活他們不能放縱，也不能歸隱。在所選的白話文詩歌中，詩人們或影射現實，或自我剖析，也適度借鑑了西方詩歌的創作方法，但是阿克頓認為他們的缺點在於拋棄了中國傳統古典詩歌的精萃。阿克頓例舉胡適的白話詩作為五四白話詩歌創作的一個失敗例子。胡適於一九一四年提出自己關於白話文作品的創作觀點，其中之一就是勿模仿他人。阿克頓為了反駁他的觀點，徵引了胡適一首膚淺的白話詩〈蝴蝶〉。同樣，阿克頓也不看好冰心的〈繁星〉、〈春水〉，認為陳獨秀所主辦《新青年》刊載的一些愛情詩徒有熱情，淺薄無根基。阿克頓也認為郭沫若的作品太過於追求現實細節而忽略了詩意美，而且他的詩缺乏打磨，後來又出現了革命口號；而同樣充滿激情的詩人徐志摩在詩歌韻律上和他的情感一樣奔放，但是他的詩歌在想像力上有所欠缺，詩意過於簡單。

　　阿克頓按照自己對詩歌的鑒定標準來選取評價，認為戴望舒的自由體詩很能代表了未來的詩歌走向，而馮廢名的詩歌讀起來就像難解的謎團——「陷入了生活的本質」（Plunged in the inward life）[122]，卞之琳對語言的感受力很強，卞之琳和林賡的自由體詩都給人留下一種雋永博蘊的印象，孫大雨則填補了徐志摩詩的空白，並將徐志摩的詩

---

121 Acton, Harold & Ch'en Sh'ih Hsiang, *Modern Chinese Poetry* (London: Duckworth, 1936), pp. 26-27.

122 Acton, Harold & Ch'en Sh'ih Hsiang, *Modern Chinese Poetry* (London: Duckworth, 1936), p. 23.

風進行了更為淋漓盡致的發揮與創造。阿克頓很欣賞林庚的詩歌，說他的詩歌並沒有迎合潮流，而是反對白話詩歌剛剛出現所帶來的體制及方法上的混亂和詩意的晦澀，他的那些詩歌原滋原味地展現了中國傳統文學的面貌：就像唐詩作者一樣，林庚通過縮小題目的主題，圍繞很細微的生活畫面展示意象，如冬天的早晨、晨霧、夏雨、春日裏的鄉村、春天的內涵等，他將他的詩定格在許多瞬間性的感覺，或是通過回憶來重現往事，再或是將孟姜女哭長城這樣的民謠納入主題等。阿克頓指出林庚承襲了中國古代詩人王粲、陶淵明等人的創作理念，雖然他的詩風有些流於平淡，但是依舊出色。

阿克頓進一步認為，中國白話詩歌走完全西化的路是行不通的，而要在短期內超越中國古典詩歌也是不可能的，中國詩的魅力不能拋去中國的傳統，中國悠久的歷史和中國深厚的文化底蘊都是不能丟棄的，應該融古典詩歌與白話文為一爐，思考著如何將古典文化精萃與中國的時代精神合二為一，拋開全盤西化的錯誤道路，走出一條屬於自己的路，冶煉出真正屬於中國人自己的白話文詩歌。由此可見，阿克頓所熱愛的中國是傳統意義上的中國，他所定義的中國詩歌是以中國古典詩歌作為中國詩的評判標準。阿克頓在中國人紛紛熱衷於西化的年代提出要保有古典詩歌傳統的想法，事實上是基於中國人自己的立場去思考中國詩歌的走向，尤為難能可貴。

阿克頓在《中國現代詩選》中還引入了馮廢名、林庚、戴望舒等人的中國詩觀。這些觀點的擷取，也側面反映了阿克頓對中國現代詩的基本態度，即對中國古典詩歌讚譽有加，而對中國白話詩歌的現狀和前景並不感到樂觀。

廢名認為中國古典詩歌已經登峰造極，不是剛剛崛起的中國白話詩歌所能輕易超越的。中國舊詩詩人對新詩的蔑視也是情有可原的，因為他們接受傳統文化的薰陶，深得中國古典詩歌的妙處，根本不可能投入到對新詩的狂熱中去。舊詩的意境，經過幾千年的發展已經登

峰造極，在同一個場景下，甚至可以將景、情、音及時空觀、歷史感
等都融會貫通。[123]。

　　廢名尤贊晚唐詩人李商隱詩歌中的憂鬱，他認為這些憂鬱使得詩
歌的意蘊都隨之昇華了，阿克頓在他的回憶錄中也提到其實中國詩簡
單外表下並不缺乏深情摯意，中國詩和西文詩的激情在詩歌裡的表現
手段不一樣，但它們所包含的情感都是豐富的。廢名認為新詩並非一
定不會有什麼建樹，但新詩可能不會超越中國古典詩歌；同樣對中國
新詩的前景抱有疑慮的還有林賡[124]，他在新詩創作時就大量運用了古
典詩歌的意象，阿克頓在詩選中大量擷取林賡的詩作，說明阿克頓本
人對中國新詩的審美與林賡有相近之處。但戴望舒的想法則是，好詩
不在乎用什麼樣的體式去表達，關鍵在於寫詩的人具是否具備了詩意
的情感。新詩創作者依舊得調動他們腦中的能量，用最大的激情寫
詩，運用手中的任何一個意象任何一種詩體去創造好詩。至於是否要
拋棄古典詩歌的音韻、意象、形式等，這些都不若激情來得重要，甚
至根本不是新詩詩人應該注意的方面。[125]

　　阿克頓自己也是一位詩人，他對於詩歌的寫作有著自己的心得體
會。他通過中國人之口來傳達自己對中國新詩寫作的觀點，可謂是別

---

123 Acton, Harold & Ch'en Sh'ih Hsiang, *Modern Chinese Poetry* (London: Duckworth, 1936), p. 43.

124 林賡並不認為中國古典詩歌意象都源於自然是一種枯燥，反之他認為如果詩歌中
　　人與自然的主題被削減了，那詩歌就不知將往何處去尋求主旨。正如他所說，中
　　國古典詩歌中有大量關於自然主題的詩，而中國現代詩的主題依舊應當以自然為
　　主，因為自然就象徵著和諧，因此用來表現自然的詩句也一樣會因為其和諧的內
　　涵而變得和諧。現代詩對剛剛開始應用白話文的中國文人來說本來就是一個很生
　　疏的體式，這樣的體式需要強大的文學傳統去為它增添內涵，而拋棄了中國古典
　　詩歌的長處，那就無異在修建空中樓閣，只是紙上談兵，這樣的詩歌實踐終究會
　　以失敗告終。

125 阿克頓在書中介紹戴望舒時選專門選取了戴望舒關於中國新詩的"*Fragments of
　　opinions on poetry*"，這個專門介紹新詩的集子在當時的中國文學青年中流傳甚廣。

出心裁。阿克頓並非不會欣賞詩歌，他在北京大學上詩歌鑑賞課時就給學生們朗讀詩歌，也讓同學們自己在朗讀中找到詩歌的音韻美；而且在詩意上，他不跟隨世人的言論，在讀書時代就已經看中當時還沒寫出《荒原》（ *The Waste Land* ）的T.S.艾略特，認為他的源於幻想的詩意充滿了法式風格的明快和伊莉莎白時期的審美趣味。而阿克頓所嚮往的中國，又是擁有深厚文學底蘊的古老東方古國，阿克頓讀過阿瑟·韋利翻譯的中國古典詩歌，認為古典詩歌在中國文學中是不能輕易翻過的一頁。[126]

　　《中國現代詩選》刊行不久，常風就在一九三六年八月十三日的《武漢日報》《現代文藝》發表〈關於翻譯詩〉一文，評價這部《中國現代詩選》。該文指出這本集子所收的全是白話詩的翻譯，與韋利、翟理斯兩人的中國古詩英譯不同，「在某一種意義言，這集子卻是有更大的重要性的。」常風關注的是詩選裡的詩人選擇，「僅僅拿這十八位（應為十五位——引注）作家作為代表人物介紹外國人以我們現代詩實在大有斟酌的餘地。」在常風看來，「像這部《中國現代詩選》需要一點系統。這是要譯給陌生國度裡的人看的。他們對於中國詩，尤其是現代詩，可以說沒有一點知識。我們應該讓他們知道我們的新詩是如何成長的，又是經過如何的蛻變而成為今日的樣子。所以這種『選譯』的詩集應該比『選詩集』更注意到一篇詩的歷史的價值。我們選詩除了一首詩『本質底』的好壞——即藝術的好壞——還要注意它的影響，它在詩演化上的地位。所以，現在我們拿這部《中國現代詩選》作為討論編選翻譯詩的一個對象看，我們覺得編這樣的一部集子不應過分冷落了胡適之先生（Acton先生在導論中論到胡先生的地方似乎有點多餘的譏諷）。而新詩初期的作者至少也應該有沈尹默和劉復二氏入選。在稍後的一時期中陸志韋先生對於新詩的格律

---

126 筆者指導的研究生陳夏臨參與了上述關於阿克頓論中國新詩問題的討論。

實在是有貢獻的，卻往往被一班選詩的人忽略了，這冊譯詩集裡當然
更無他的地位。……朱氏（湘）在詩形及詞藻上的貢獻極大，是不容
忽視的。這集子裡既有戴望舒的作品而無李金髮的，而李氏不惟在派
別上是戴氏的先驅者並且在新詩的歷史上也佔有重要位置的。……一
個選集還應該注意到『量』的問題。每位詩人的作品應該有合理的分
配。比方說，這集子裡選林庚先生的詩有十九首之多，不管Acton先
生如何解釋是不能滿人意的。這不是林先生的詩好壞，而是說多量的
選某一個的詩有點畸形。……這工作不易，……已是一件出乎意料之
外的事。從事於新文學的人裡面有不少精通西文的人；假若肯自己動
手來幹，當然會有令人滿意的成績。」[127]

　　除了阿克頓與陳世驤合譯的《中國現代詩選》外，關於中國現代
新詩的英譯，尚不能忘記白英所作的工作。一九四三年九月，新學年
開學後，在西南聯大做研究工作的英國記者、詩人羅伯特·白英（R.
Payne）準備選編一部中國新詩選譯方面的作品集，特邀聞一多合
作。聞一多在選詩時看到了解放區*詩人田間的詩，大為讚賞。在
「唐詩」的第一節課上稱田間為「時代的鼓手」。一九四七年，白英
編譯《當代中國詩歌選》（*Contemporary Chinese Poetry*）由倫敦
Routledge公司出版發行，主要收錄三十年代以後的詩作。「導論」中
概述了中國新詩發展的道路，主要評價了徐志摩、聞一多、艾青、田
間等人的詩歌創作。同年，白英編譯的《白駒——中國古今詩選》
（*The White Pony: An Anthology of Chinese Poetry from the Earliest
Tomes to the Present Day*）出版。

---

127 後來這篇書評收入常風《逝水集》（瀋陽市：遼寧教育出版社，1995年），頁217-
219。

* 編按：指抗日戰爭和第二次國共內戰期間，中國共產黨軍隊之統治區域。下文不
另附註說明。

二　中國現代小說的英譯

　　首先值得關注的是魯迅小說的英譯。據戈寶權考證，魯迅作品最早的西文譯本是美國新澤西州大西洋城出身的中國華僑梁社乾（George Kin Leung, 1889-？）翻譯的《阿Q正傳》英文譯本。他早在一九二五年四月就和魯迅通信，並請魯迅審閱過他的譯文。這個譯本名為 *"The Story of Ah Q"*，於一九二六年由上海商務印書館印行，此後在一九二七、一九二九和一九三三年得到再版。魯迅一九二六年十二月十一日日記中記錄收到梁六本贈書的情況（《魯迅全集》卷14）。魯迅很謙虛，說「英文的似乎譯得很懇切，但我不懂英文，不能說什麼。」[128]

　　一九二六年，在法國里昂學習的四川留學生敬隱漁（1902-1931）的法譯本《阿Q正傳》經羅曼・羅蘭介紹，刊於《歐羅巴》第四十一、四十二期（一九二六年五、六月出版）。一九二九年敬隱漁把他所譯〈阿Q正傳〉與〈孔乙己〉、〈故鄉〉收進他譯、編的《中國當代短篇小說作家作品選》（*Anthologie des conteurs chinois modernes*），在巴黎出版。英國人E・米爾斯（E. H. F. Mills）將敬隱漁譯本選譯成英文，改名為《阿Q的悲劇及其他當代中國短篇小說》（*The Tragedy of Ah Qui and Other Modern Chinese Stories*），一九三〇年由倫敦的G・勞特利奇公司（George Routledge and Sons, Ltd.）出版，列為《金龍叢書》之一。此書收〈阿Q正傳〉、〈孔乙己〉、〈故鄉〉、〈離婚〉等四篇作品，是英國最早出版的魯迅作品英譯本。一九三一年在美國戴爾

---

[128] 見魯迅一九二六年十二月三日在廈門寫的〈《阿Q正傳》的成因〉。關於「魯迅和梁社乾的友誼與書信往還」的詳細考證，以及魯迅等人對梁譯本的意見，可見戈寶權〈談《阿Q正傳》的英文譯本〉一文，載《《阿Q正傳》在國外》（北京市：人民文學出版社，1981年）。

公司（Dial Press）再版，從此魯迅之名傳遍歐美諸國。一九三二年〈藥〉由喬治‧A‧甘迺迪翻譯，刊載在上海英文刊物《中國論壇》第一卷第五期上。在魯迅生前，上海的外文報刊登載過魯迅作品譯文的還有英文刊物《中國呼聲》、《大陸週刊》、《民眾論壇》等。

　　一九三六年十月十九日，魯迅在上海寓所逝世。同時，斯諾（Edgar Snow）翻譯、編輯的《活的中國——現代中國短篇小說選》（*Living China: Modern Chinese Short Stories*）由倫敦喬治‧G‧哈拉普公司（George G. Harrap and Co. LTD.）出版。該書第一部分收錄魯迅的六篇小說〈藥〉、〈一件小事〉、〈孔乙己〉、〈祝福〉、〈風箏〉、〈離婚〉和雜文一篇〈論「他媽的！」〉，均由姚莘農翻譯，並稱魯迅為「當代中國文壇上舉世公認的最傑出的作家」，「他的很多作品都是藝術，而且幾乎是現代中國所能產生的最偉大的藝術。」二十世紀前期歐洲不少中國學家普遍認為中國文學是西方文學影響的產物，斯諾雖也承認西方文學對魯迅的影響，但也提醒大家不要放大這種影響，更強調魯迅作品的本土性。[129]

---

129 魯迅去世後，斯諾〈中國的伏爾泰——一個異邦人的贊辭〉在《大公報》發表。文中把魯迅比擬於蘇俄的高爾基，法國的伏爾泰，羅曼‧羅蘭，紀德等幾個僅有的在民族史上佔有光榮一頁的偉大作家。一九三七年，斯諾夫婦在北平創辦了英文版《民主》雜誌，本年六月發行的第一卷第三期上，斯諾發表〈向魯迅致敬〉一文。海倫‧斯諾以尼姆‧威爾斯的筆名撰寫〈現代中國文學運動〉一文，刊於一九三六年倫敦《今日生活與文學》雜誌第十五卷第五期。該文把魯迅作為現代中國文學的傑出代表介紹：「毫無疑問，魯迅是中國所產生的最重要的現代作家。他不但是一位創作家——多半是中國最好的小說家，也是一位活躍的知識界領袖，是最好的散文家及評論家之一。」「在一九一九年的五四運動以前，除了一些實驗性質的詩歌和新聞評論之外，幾乎沒有什麼新的創作。魯迅的《狂人日記》以及隨後發表的兩個短篇小說〈孔乙己〉和〈藥〉是先驅。他的小說集《吶喊》（其中包括《阿Q正傳》）在一九二三年轟動了全國，至今仍是現在中國小說的暢銷書。他立即被稱為中國的高爾基或契訶夫——各有各的稱法。」這是英國刊物上最早出現的介紹魯迅及其創作的文字。參見王家平：《魯迅域外百年傳播史：1909-2008》（北京市：北京大學出版社，2009年），頁80-82。

　　《活的中國》是向英美讀者介紹中國現代文學的第一個集子。[130]
斯諾於二十世紀三十年代初來到中國。在魯迅先生的影響下，決定翻
譯中國現代文學作品。他讀了魯迅先生和三十年代其他中國作家的作
品。他看到了一個被鞭笞著的民族的傷痕血跡，但也看到這個民族倔
強高貴的靈魂。在這本集子第二部分的編譯工作中，斯諾邀請蕭乾做
助手。蕭乾於一九三三年欣然應允，並邀請好友楊剛參加，共同挑選
了魯迅、郭沫若、茅盾、巴金、沈從文等十四位作家的十七篇作品，
包括柔石的〈為奴隸的母親〉，茅盾的〈自殺〉、〈泥濘〉，丁玲的
〈水〉、〈消息〉，巴金的〈狗〉，沈從文的〈柏子〉，孫席珍的〈阿
娥〉，田軍（蕭軍）的〈大連丸上〉、〈第三枝槍〉、林語堂的〈憶狗肉
將軍〉，郁達夫的〈蔦蘿行〉，張天翼的〈移行〉，郭沫若的〈十字
架〉，失名（楊剛）的〈日記拾遺〉，沙汀的〈法律外的航線〉。還包
括斯諾執意要求蕭乾翻譯的一篇自己的作品〈皈依〉，揭露了在華教
會的黑暗。蕭乾負責了絕大部分的翻譯工作。每篇譯文前有作家小
傳，並對創作特色有精煉的評述。如說：「〈為奴隸的母親〉被認為是
他（柔石）最好的短篇小說，在中國文學『革命現實主義』運動中一
直有著影響。」[131]「茅盾大概是中國當代最傑出的小說家。他的中篇
小說〈春蠶〉和〈幻滅〉、〈動搖〉、〈追求〉三部曲是給中國文學以活
力的新現實主義或革命自然主義的出色典範。」（頁92-93）「丁玲也
許是當今中國女作家中最負盛名的一位，她在中國青年當中威望尤
高。她的作品的特點是善於分析當代青年的心理活動，筆調清新，生
氣盎然。」（頁118）巴金「在日本比在中國更受歡迎並更普遍地受到
讚賞。……可惜在英譯文中，原作的風格和力量，形式和技巧的新穎

---

130 該書中文版於一九八三年由湖南人民出版社出版，蕭乾寫〈斯諾與中國新文藝運
　　動〉一文作為代序。
131 斯諾：《活的中國》（長沙市：湖南人民出版社，1983年），頁67。下引只標頁碼，
　　不再另注。

大部分都喪失了，因為譯文只能表達作品大致的含意，卻無法表達原作中的中國文字所蘊蓄的內在感情，辛辣的諷刺和機智的幽默。」（163頁）沈從文「在三十歲以前就有了『中國的大仲馬』之稱，⋯⋯最著名而受歡迎的是描寫軍營生活、士兵、邊城土著的小說。⋯⋯沈從文最著名的作品是《阿麗思中國遊記》，這是一部長篇諷刺小說，在中國，這種形式是別開生面的。」（頁172）田軍（蕭軍）「最接近於一個真正的『無產階級作家』。」（頁204）郁達夫「是最早大膽地描寫兩性之愛的中國作家之一。⋯⋯他被認為是中國印象主義的代表。他筆下的人物幾乎都是病態地內向，多愁善感，不滿現實，卻又能通過實際行動去變革社會。他們本質是無能為力的悲觀主義者，因此，對當前更富於革命氣質的青年缺乏吸引力。」（頁245）失名（楊剛）「大膽地運用迄今被中國文藝界視為禁區的社會題材，她的勇氣顯示出一種解放精神，勢必使那些認為中國藝術不能以革命氣概斷然與過去決裂的人大為震驚。」（頁312）

　　《活的中國》扉頁題「獻給宋慶齡　她的堅貞不屈，勇敢忠誠和她的精神的美，是活的中國最卓越而輝煌的象徵」。本書一部分作品，曾先在《亞細亞月刊》、《論壇》、《今日之生活與文學》、《今日中國》、《中國之聲》等刊物上發表過。在當時西方漢學家只重視中國古典詩詞譯介的風氣下，本譯本填補了中國現代文學譯介的空白。[132]

132　常風於一九三七年三月給《活的中國》所寫的書評裡說：「那班以中國和它的文化當做古董來欣賞的『老中國手』或漢學家固不必說，即是真誠地求瞭解，表同情於這民族及其文化的有灼見的學者也往往是因為緬懷一個過去的古遠的時代，一個粹粹的文化業績，和對於幾位偉大的賢哲的景仰而感著驚異新奇而欣美著。這種思古之幽情正如西方文學史上浪漫運動時期的作者對於中古文明之嚮往。他們是我們真誠的朋友，然而他們對於我們的祖先比對於我們的興味大。他們對於我們持有一種冷漠的禮貌。他們震驚於我們過去的光芒，但是對於我們，對於我們這時代，對於我們的現代文化的蛻變，他們卻是毫無容心的。正是為了這個道理，斯諾（Edgar Snow）先生編譯這部《活的中國》是值得稱讚的一件工作。」（《逝水集》〔瀋陽市：遼寧教育出版社，1995年〕，頁214-215。）

　　埃德加・斯諾〈編者序言〉（一九三六年七月，寫於北京）也說得明白：「編譯的動力既出於好奇，也為了做一些嘗試，但主要是由於我急於想了解『現代中國創作界是在怎樣活動著』，並讓西方讀者也了解他們的情況。任何人在中國不需要待多久就體會到他是生活在一個動盪不安的社會環境中。這個環境為富有活力的藝術提供了豐富的資料。世界上最古老的、從未間斷過的文化解體了，這個國家對內對外的鬥爭迫使它在創造一個新的文化來代替。……到處都沸騰著那種健康的騷動，孕育著強有力的、富有意義的萌芽。……這裡的變革所創造的氣氛使大地空前肥沃。在偉大藝術的母胎裡，新的生命在蠕動。」（頁1）「西方人──甚至中國人專門為西方讀者所撰寫的成百種『解釋』中國的書並未滿足我的要求。他們幾乎都把過去作為重點，所談的問題和文化方式都是早已埋葬了的。外國作家對中國的知識界差不多一無所知，而那些一般都是頑固不化、把變革看作洪水猛獸的漢學家總有意不去探索。大部分中國作者則要末對現代中國加以貶低，要末用一些假像來投合外國讀者之所好。」（頁2）「我想了解中國知識份子真正是怎樣看自己，他們中文寫作時是怎樣談和怎樣寫的。……大多數外國人──甚至那些懂中文的，都認為革命時期的白話文沒有什麼值得譯的。我想：即便當代中國沒產生什麼偉大的文學，總具有不少科學的及社會學的意義，就是從功利主義出發，也應當譯出來讓大家讀讀。我相信其中必然有重要的材料，足以幫助我們了解正在改造著中國人的思想的那種精神、物質及文化的力量。」（頁3）「讀者可以有把握地相信，通過閱讀這些故事，即便欣賞不到原作的文采，至少也可以了解到這個居住著五分之一人類的幅員遼闊而奇妙的國家，經過幾千年漫長的歷史進程而達到一個嶄新的文化時期的人們，具有怎樣簇新而真實的思想感情。這裡，猶如以巨眼俯瞰它的平原河流，峻嶺幽谷，可以看到活的中國的心臟和頭腦，偶爾甚至能夠窺視它的靈魂。」（頁7）

　　常風關於《活的中國》的書評（一九三七年三月寫）中，稱斯諾先生的工作並不容易：「但它確是值得做的一件重要的工作。我們需要有人將我們介紹給世界上的人，讓他們知道我們在這個錯綜的時代裡如何行為，如何思想。這工作需要賣激的知識與敏銳的判斷力。」[133] 常風對於《活的中國》裡的作家選擇也提出了一些意見，並指出「斯諾先生實在缺乏他所從事的工作必需的條件。他對於中國新文學的演化欠明晰的認識。他對於眼前的活動雖然比較明白而且有興味，對於比較過去的卻有點茫然，或者他是不屑去理會。一個選集當然不免要依照編選者的主觀見解，不過，像這個集子，卻應不分重輕地將新文學運動二十年間重要作家的代表作品選入。這是第一部比較有系統地將中國現代的文學介紹給英語世界的書，我們要我們以外的人能從這裡盡量認識我們，編者當然是愈客觀愈好。」[134]

　　蕭乾在〈斯諾與中國新文藝運動 —— 本版代序〉一開始就說：「三十年代上半期，斯諾在中國曾做過一件極有意義的工作：他和他當時的妻子海倫‧福斯特花了不少心血把我國新文藝的概況及一些作品介紹給廣大世界讀者，在國際上為我們修通一道精神橋樑。」[135]

　　蕭乾除了大力協助斯諾編譯中國現代小說外，此前（1931年），就在美國青年威廉‧安瀾（William D. Allen）創辦的英文週刊《中國簡報》（*China Brief*）四至六期上，譯載了魯迅的〈聰明人、傻子和奴才〉、〈野草〉，郭沫若的〈落葉〉，茅盾的〈野薔薇〉、〈從牯嶺到東京〉，郁達夫的〈日記九種〉、〈創作之回顧〉，沈從文的〈阿麗思中國遊記〉，徐志摩的〈自剖〉、〈灰色的人生〉（詩），聞一多的〈洗衣歌〉（詩），章衣萍的〈從你走後〉，還對這些名作一一作了粗淺的介紹。除此，還譯了一些〈二月二來龍抬頭〉一類民間文藝作品。《中

---

133 常風《逝水集》（瀋陽市：遼寧教育出版社，1995年），頁215。
134 常風：《逝水集》（瀋陽市：遼寧教育出版社，1995年），頁216。
135 斯諾：《活的中國》（長沙市：湖南人民出版社，1983年），頁1。

國簡報》是最早向世界介紹中國新文藝的刊物。一九三二年，應輔仁
大學英文系主任、愛爾蘭裔美國神父雷德曼邀請，在北平輔仁大學創
辦的英文月刊《輔仁雜誌》（*Fujen Magzine*）上，翻譯郭沫若的《王
昭君》（並作介紹），田漢的《湖上的悲劇》和熊佛西的《藝術家》三
部劇本，又用英文寫了《棘心》（蘇雪林）的書評。

　　一九四〇年四月，蕭乾在國際筆會上發表「戰時中國文藝」的演
講，後擴充為《苦難時代的蝕刻——中國當代文藝的一瞥》（*Etching
of a Tormented Age*）一書，於一九四二年三月由倫敦Allen & Unwin出
版社出版，後瑞士有德文譯本。介紹新文學運動以來二十五間（1919-
1942）小說、詩歌、戲劇、散文、文學翻譯五個領域的成就，將中國
現代幾乎重要的作家均做了扼要評述，並指明中國現代作家受西方文
學影響的狀況。他還指出要著重介紹當代作家，通過文學翻譯來進行
文化交流，使各民族間的感情能息息相通。書末他還對西方迷戀中國
古典文學而忽視當代文學的漢學家提出輕微的抗議。他說：「中國讀
者不可能通過《魯濱遜漂流記》或《李爾王》來了解英國，英國人如
果只研究我們的唐代詩人，怎麼能期望他了解中國今天生氣勃勃的面
貌？」[136]本書出版後立即收到英國出版界、讀書界的普遍重視。「泰
晤士報文藝副刊」等報刊載文推薦，稱道本書包羅宏富、立論謹嚴，
文風明晰，使對中國當代文學蒙昧無知的讀者不但大開眼界，而且深
受教益。總之，蕭乾對中國現代文學英譯及西傳作出了重要貢獻。

　　另外，一九四六年，英國記者、詩人白英（Robert Payne）等編
譯的《當代中國短篇小說選》（*Contemporary Chinese Short Stories*）由
倫敦Noel Carrington公司出版發行。選集「導論」介紹五四新文化運
動，突出了胡適在提倡白話文中的作用，推譽魯迅是「現代中國文學
之父」，肯定其在白話短篇小說創作中的巨大功績。其他還有現代戲

---

136 蕭乾：《苦難時代的蝕刻——中國當代文藝的一瞥》（*Etching of a Tormented Age*）
　　（倫敦市：Allen & Unwin，1942年），頁48。

劇的英譯等。如，一九三六年，曹禺的名劇《雷雨》被姚莘農（Yao Hsin-nung）譯成：*Thunder and Rain*，發表於該年出版的英文雜誌《天下月刊》（*T'ien Hsia Monthly*）第三期，以及一九三七年出版的第四期上。

第五章

二十世紀上半葉的中英文學交流（二）：英國作家的中國題材創作

第一節　華人移民與托馬斯‧柏克的中國城小說

　　英國作家借用中國題材一般都是從某種觀念出發，或假中國之名來反思、批判自身文化及社會現狀，或借醜化、貶斥中國以突顯自我的優越感。就本章所涉及的作家而言，他們都是出於某一先行的觀念，利用中國這個他者，來表達自己的各種欲望。中國只是他們表述思想的一個工具，甚至是切入思考的一個對照物。故而，文化利用的特徵在他們那裡尤其明顯，這也是絕大多數西方作家借用中國題材的總體趨向。

一　托馬斯‧柏克的「中國城」小說

　　托馬斯‧柏克（Thomas Burke, 1886-1945）是這一時期（1893-1918）英國少有的一個描寫「中國城」的作家。[1]與上述諸人不同，他

1　從改造國民性出發，曹鴻昭翻譯了柏克的《弱者箴言》。柏克是現代英國作家，著有小說、詩歌、隨筆數種，專愛描寫倫敦東區和「中國城」的社會情形。譯者選譯的這篇，是鼓勵青年人勇於冒險、勇於奮鬥的。一個青年人處境多麼糟糕，只要你敢於冒險，握住希望給予你的任何東西，不管是實體還是幻影，奮鬥下去就有希望。一個勇於冒險的人永遠不會老。柏克這篇文章對於三十年代中國青年很有現實意義，對於國民性是一個有益的刺激。譯者附識：「中國人普遍的處世方針，可以『謹慎持重，安分守己』八字來包括。長者教訓子弟，自幼就下了不要冒險的警告，並且常常以『少年老成』相勸勉，結果，原來很活躍的青年，都活活地變成了

對中國題材的興趣來自童年時代與中國人結下的友誼，來自切實的生活經歷，而非出於為印證某種觀念的假想，所以柏克「中國城」小說最突出之處就是客觀與真實。

　　一般所謂「中國城」小說多描寫犯罪與歷險故事，作品中總會出現一些中國惡棍，試圖綁架侮辱白人婦女、誘惑白人男性，甚至征服全世界。最後，白人英雄出現，化險為夷，消滅了中國歹徒。恐怖解除，世界重見光明。此類作品都帶有明顯的種族主義偏見。尤其以美國的「中國城」小說最突出。正如美國學者哈羅德‧伊薩克斯在《美國的中國形象》中說：「擁擠的、蜂窩狀的中國城（唐人街）本身，也很快在流行雜誌上成為神秘、罪惡和犯罪的黑窩。任何罪惡加到中國惡棍頭上都不為過，他們在黑暗的胡同裡，通過隱蔽的小徑潛隨他們的犧牲品，他們拿著他們的鴉片煙管四處閒逛，走私毒品、奴隸、妓女，或其他中國人，或在幫會爭鬥中互相砍殺。」[2]柏克「中國城」小說也涉及到了華人移民社會的混亂野蠻，但他的創作傾向則幾乎不帶多少偏見，而是美醜錯綜、善惡糾集，一如生活自身那樣複雜而真實。不少作品還或多或少帶上了柏克本人的感傷情調和憂鬱氣質。而這均與作者的身世經歷密切相關。

　　柏克出生在倫敦東區。倫敦東區處於東端城門外與利河之間，自十七世紀初，這裡已成為貧民聚居區。十九世紀石碼頭有了發展，提供了打散工的機會，成衣業和傢俱業發展起來，使越來越多的貧民為獲得不固定的菲薄收入而展開競爭。十九世紀後半葉，移民（包括中國移民）絡繹不絕地湧來，除了貧困外，他們還遭受種族、宗教、排外等歧視的折磨。

毫無生氣的奴隸。現在我們讀讀這篇文章，看人家怎樣指教青年人。」（《弱者箴言》附識，《益世報》〈文學週栞〉第1版，1934年3月7日）

2　哈羅德‧伊薩克斯（H.R.Isaacs）著，于殿利、陸日宇譯：《美國的中國形象》（北京市：時事出版社，1999年），頁156。

　　柏克只有幾個月大時父親去世，因而被送到住在萊姆豪斯地區的叔父家寄養。萊姆豪斯（Limehouse）是英格蘭倫敦東區陶爾哈姆萊茨自治市鄰近的一個地區。位於泰晤士河北岸，以水手旅店、教堂和酒店眾多為地方特色，散佈著不少華人餐館。那兒也是倫敦最大的華人聚居地，流動性也最大，就像紐約和三藩市的中國城。

　　據英國約翰‧西德（John Seed）《萊姆豪斯藍調：尋找倫敦碼頭的中國城，1900-1940》（*Limehouse Blues: Looking for Chinatown in the London Docks, 1900-1940*）一文裡的調查資料顯示，在倫敦的中國人主要集中在萊姆豪斯公路和潘尼弗爾茲地區，那是位於波普勒和斯特普尼區內兩條狹窄的貧民窟街道，靠近泰晤士河。萊姆豪斯是倫敦當時臭名昭著、聲名狼藉的貧民窟之一，那裡居住空間狹小，過分擁擠，公共衛生條件差，周圍到處是鋸木場、焦油場、煤氣燃罩場之類的工廠，周圍飄散著酸臭的味道，加上倫敦常常是大霧的天氣，空氣環境惡劣，生活條件比較差。萊姆豪斯還是倫敦兒童死亡率最高的地區，居住在那裡的英國人，沒有固定的收入或是收入過低，僅能維持基本的一日三餐。許多流浪漢、無業遊民集中在萊姆豪斯，因而成為倫敦最貧困的一個地方。到達倫敦的中國移民由於語言、文化方面的原因，無法在英國找到合適的工作，只好與在英國的猶太人、愛爾蘭人一樣住在靠近碼頭的萊姆豪斯，形成自己的一個封閉小圈子。由於中國移民把自己封閉在萊姆豪斯地區，加之生活和文化習俗上的不同，萊姆豪斯在英國人眼裡成了一個神秘的地方，讓人恐懼又好奇。在作家作品的描寫和英國媒體的大肆渲染與報導下，萊姆豪斯成了中國城的代名詞，一提到萊姆豪斯在英國人和美國人腦海裡就會浮現拖著長辮子，拿著煙槍的中國人，還有那煙霧繚繞的鴉片館等充滿神話色彩的故事或是報導，萊姆豪斯承載了一代西方人對中國人形象的想像。

　　童年時代的柏克對住處周圍的碼頭環境非常熟悉，也常遇到中國人和其他外國人。對這些外國移民的艱辛生活，他一貫滿懷同情和興

趣。在柏克的童年生活以及日後的創作中，孤獨的老華人李琮是不能不提的，他是個經營雜貨的小店主。儘管身邊不乏親朋熟人，柏克仍覺得孤獨，唯一與之交往密切的人就是李琮。按柏克的說法，兩人語言不通，無法交流，但在一起卻覺得很快樂。

這位老人在柏克小說《窗下私語》（*Whispering Windows*, 1921）、《老琮的娛樂》（*The Pleasantries of Old Quong,* 1931）以及自傳性作品《風和雨》（*The Wind and the Rain,* 1924）中都出現過，所以有評論者認為，李琮只是柏克見過的一個中國人，或者說是想像的產物。但這並不重要，重要的是，他對柏克的創作生涯影響極深，正是他刺激柏克提筆寫作。在柏克的記憶中總會閃現在倫敦街上的那一幕：他站在李琮的店前向裏張望，老人招手喚他進去。那一刻他彷彿變成了虔誠的信徒。此後他懷著驚喜，悄悄地光顧小店，膚色淡黃、說著單音節詞語的老人激起了柏克對美夢的最初遐想。也正是這美夢鼓勵他熬過許多煉獄般的時光。最後在這位中國老人的刺激和影響下，柏克以藝術創作的方式認識了自我，發現了上帝。他說：「我知道有人在天堂尋覓，而有人在小店尋覓」，在那裡他學到了「亞洲人靈魂裡所有的美麗和所有的罪惡，它的殘酷，它的優雅，它的睿智」。[3]

在二十世紀初，柏克以集中描寫倫敦生活而受人矚目。恐怕除了十九世紀中期的狄更斯外，沒有哪個小說家像柏克這樣熱愛倫敦，將倫敦的底層社會作為大半生的創作源泉。他以倫敦東區的中國城為背景創作了一系列散文、小說和詩歌等作品，這使他獲得了「萊姆豪斯桂冠詩人」的尊稱。柏克在工作期間翻閱積累的大量關於倫敦的歷史、社會生活、風俗習慣等的資料，為他創作倫敦的文學故事、歷史生活的散文提供了很大的幫助。柏克的勤奮和對倫敦的獨特表現方式，使他在當時的英國文壇上獲得了一席之地。

3　Edwin Bjorkman, "Thomas Burke: The Man of Limehouse", *Thomas Burke: A Critical Appreciation of the Man of Limehouse* (George H. Doran Company, 1929), p. 10.

　　柏克在世時筆墨甚豐，寫了四十多部中長篇小說和散文作品。其中尤其以描述倫敦萊姆豪斯地區的中國城、港區和貨物區著稱，這些作品最初結集為《萊姆豪斯之夜》（*Limehouse Nights*, 1916）[4]出版，其中大多是些通俗鬧劇般的故事，描述了倫敦底層社會中的色情與謀殺，在評論界引起不小的震動。受到著名作家威爾斯、本涅特等人的好評，也引起相當大的爭議。芝加哥《刻度》（*The Dial*）雜誌一九一七年七月十九日發表了塞爾迪斯（G.V.Seldes）的一篇題為〈再現與羅曼司〉的文章，文章指出這部小說裡充斥著奇異可怕的情節。其他評論家對作品的意見也都相似。一九一七年九月份的紐約《書人》（*Bookman*）雜誌上有人說這部小說有最率直而野蠻的現實色彩，這得到了《流行觀念》（*Current Opinion*）雜誌一位不署名評論家的附和。因而，柏克那些描寫中國移民的小說在受到不少批評家們反對的同時，又遭到權力很大的英國租賃圖書館的查禁。儘管大多數英國人早已領略過斯蒂芬‧克萊恩（Stephen Crane）的那些有暴力傾向的現實主義作品，但他們仍然一個勁兒地應和著那些針對柏克作品的肆意嘲諷，毫無寬容之心。

　　除了《萊姆豪斯之夜》以外，托馬斯‧柏克創作的系列描寫萊姆豪斯中國城的作品還有：《城市之夜：倫敦自傳》（*Nights in town: A London Autobiography,* 1915）、《Twinkletoes：一個中國城的故事》（*Twinkletoes: A Tale of Chinatown,* 1917）、《倫敦燈火：一本讚歌》（*London Lamps: A Book of Songs,* 1917）、《倫敦郊區附近：戰時的倫敦手記》（*Out and About: A Notebook of London in War-Time,* 1919）、《萊姆豪斯的李琮之歌》（*The Song Book of Quong Lee of Limehouse,* 1920）、《窗下私語：水邊的故事》（*Whispering Windows: Tales of the Waterside,* 1921）（又名《更多的萊姆豪斯之夜》*more Limehouse*

4　Thomas Burke, *Limehouse Nights: Tales of Chinatown* (London: Richards, 1916); republished as Limehouse Nights (New York: McBride, 1917).

Nights）、《風和雨：自白書》（*The Wind and Rain: A Book of Confessions*, 1924）、《老琮的快樂生活》（*The Pleasantries of Old Quong*, 1931）、《中國城的比利和貝里爾》（*Billy and Beryl in Chinatown*, 1935）等等。

　　與 T. S. 艾略特在《荒原》中將萊姆豪斯作為泰晤士河歷史上的污點不同，柏克認為那是世上最奇妙的地方，他一生都沒停止過寫它。當然，他並沒有因為對萊姆豪斯的興趣而戴上玫瑰色眼鏡來美化中國城，他時常發現中國人的道德一點也不好。所以有關萊姆豪斯中國城小說裡的故事總是被安置在這樣的背景中：破舊不堪的商店，低矮而搖搖欲墜的廉價公寓與小木屋，穿梭往來的船隻，三三兩兩的外國人在船上出入……，那種慘澹敗落暗示著生活在其中的諸多人物的命運。柏克基本上抱著自然主義創作心態，既直面生活的陰暗與醜陋，又要喚起人們的憐憫與同情。

二　托馬斯·柏克小說裡的中國人形象

　　本著這樣的意圖，柏克筆下的中國人形象大體不出兩類模式。心地善良、淳樸溫厚一類，如《中國佬和小孩》（*The Chink and the Child*）的程華。小說寫中國男人程華與白人女孩露西的故事。孤獨的程華在妓院發現露西——深受父親虐待的十二歲小女孩，把她帶回家，純樸地愛著她，彷彿她會轉瞬即逝。但是女孩的父親還是把她抓回去打死了。程華發現女孩的屍體後，先用毒蛇殺死了女孩的父親，然後也自殺了。柏克的這部成名作給讀者講了虐待、謀殺、自殺等令人驚駭的事情。一九一九年被好萊塢導演格里菲思看中，改編成電影《落花》（*Broken Blossoms*），一九三六年再次改編。[5]儘管小說遭到

5　後《落花》成了美國螢幕上表現中國人形象的代表作之一。格里菲思電影中對於柏克筆下萊姆豪斯位於角落的小咖啡館、商店和酒吧等的細膩刻畫給觀眾以遐想，並引發了萊姆豪斯藍調的形成，成了爵士樂演奏者的保留劇目。隨後，關於萊姆豪斯

一些重要報紙的無情攻擊，認為中國男人對白人女孩淳樸無私的愛並不可信，作者把他們兩人的關係弄得那麼奇妙，恐怕只會助長有害傾向，導致不良後果。儘管如此，小說還是以它哀婉動人的力量打動了無數讀者。

另一類人物儼然是些狡獪不端的市井細民。如《爪子》（The Paw），主人翁想讓妻子重新回到自己身邊，但又懦弱畏怯，不敢面對她和她的中國情人，就轉而虐待十一歲的女兒。每時每刻提醒著女兒，是母親的中國情人讓她陷入困苦，必須殺了這個傢伙。最後這個神經錯亂的、被打得不成形的女孩殺死了自己的母親。其中的中國情人也受到人們的道德指責。

《尤托的父親》（The Father of Yoto）寫的是一出粗野低俗的市井鬧劇：三個中國男人和一個白種男人爭論誰是瑪麗格德將出世的孩子的父親。柏克說這裡沒有聖徒，他們全是不道德的人。與之不協調的是開頭：「甜美的人性——故事裡有月夜狂歡、海邊的春潮、花開葉盛……故事是朋友郃琳告訴我的，她住在西印度碼頭路。它不是發生在被陽光撫愛的東方島嶼，而是在萊姆豪斯。儘管如此，它仍然是奇異的，因為充滿人性。」毫無疑問，開頭的頌美恰與鬧劇的粗野低俗構成強烈的反差，所謂「甜美的人性」也只是作者的反諷而已。

上述兩類模式代表了柏克所有中國題材作品裡中國人形象的基本類型。姑且不論這些小說造成的客觀影響如何，它在多大程度上遵從了作者的主觀認識，至少它們跳出了通常「中國城」小說的一貫套路，沒有貼上「中國人都是惡棍」那樣種族歧視的標籤。

在二十世紀前二十年，「黃禍論」的影響並未消歇，對有色人種的歧視仍很強勁，不少作家對黃種人（主要指中國人）始終抱有偏見，

的唱片也取得了很大的成功，如《中國人的洗衣店藍調》（Chinese Laundry Blues）、《武先生的婚禮》（The Wedding of Mr Wu）等，都很受歡迎。繼《落花》之後的幾年裡，托馬斯·柏克的其他中國城故事也被拍成了電影，萊姆豪斯和倫敦的中國城走上了世界的大舞臺。

走不出種族歧視的樊籬。柏克的詩集《倫敦的燈火》（*London Lamps: A Book of Songs*, 1917）裡，有一些中國題材作品也像小說一樣，基本不沾染上述那種狹隘觀念，有時還流露出對中國人的淡淡同情。如：

> 黃種人，黃種人，你從哪裡來？／來自令人神往的太平洋，／來自波光粼粼的太平洋，／那兒夜色碧藍，白晝如銀。／黃種人，黃種人，你在幹什麼？／可愛美麗的少女，我愛過二十個。／她們臉頰如紫羅蘭，熱吻如烈火，／懷著渴望，我縱情注目。／黃種人，黃種人，你為什麼歎息？／為那鮮花零落成泥，／為清澈的流水帶走光陰　異國的夜晚，／為淡忘的臉龐那雙失去的纖手。

詩人帶著好奇的目光猜詢那些來自遙遠東方的異鄉人。他們遠在太平洋彼岸的故土，可愛多情的少女，還有漂泊異國的寂寞傷感。筆端蘊含著對他們的憐憫與關切。當然，詩集裡也描寫紛亂嘈雜、各方雲集的西印度碼頭，那兒是華人移民的聚集地：

> 黑人，白人，棕色人，黃種人／白楊樹還有中國城！／莊嚴高貴的殘酷　五色斑斕的神秘，／那驚心動魄的事情　倫敦各界全沒見過！／在邪惡的曙色裡　玫瑰和星星還有白銀──／誰悄然傳唱　來自新加坡的古老歌謠；／馥郁的香料　繚繞的鴉片，／中國人和烏頭素，印度大麻。／帆船、阜頭和煙囪　／輾轉就到萊姆豪斯，／誘惑、污垢和香味　還有滿身風塵的男人和黃金；／東方的藍月在萊姆豪斯斜斜落下──／似年輕阿拉丁斯人的燈　勇敢者的長刃。[6]

6　以上兩首詩轉譯自：Milton Bronner, "Burke of Limehouse", in *The Bookman*, (New York, Vol. ⅩⅬⅥ, September, 1917), pp. 16-17.

中國城的各方移民攜帶著「五色斑斕的神秘」匯集在一起，紛呈迭出的異國意象，摹畫出混合著善惡美醜的駁雜圖景，「誘惑、污垢和香味」就是那兒獨有的氣息。柏克的這首詩就如同萊姆豪斯小說的詩歌版，詩人只寫出了眼中的直觀印象，卻不肯輕易表示自己的態度。

人們通過柏克的「中國城」小說及詩作，看到了倫敦底層的生活。二十世紀初的大英帝國仍雄心勃勃地統治著世界，倫敦號稱世界經濟的中心。柏克卻拋開帝國的強盛與倫敦的榮華，去關注社會的黑暗面，幾乎是無所顧忌地暴露倫敦的庸俗、貧困和罪惡，以及窮苦人和外國人錯綜複雜的關係，如英國本地打手、酒保和華人店主、水手之間的暴力衝突等。總之，柏克試圖將萊姆豪斯與倫敦的體面雄誇形成對照的用意是毋庸置疑的。

儘管柏克本人對華人移民社會的態度比較折衷，甚至有些晦暗不明朗，有時還持有一種同情式的理解，但鑒於總體上的寫實傾向，作品在相當程度上客觀再現了華裔移民圈內的混亂、野蠻和詭異。

如小說集《窗下私語：水邊的故事》，寫底層人物，小偷、酒鬼和娼妓，他們每個人都以自己的方式尋找快樂，但都失之交臂。小說的主題是復仇和被扭曲的愛、性以及變態的感情，這些都強烈刺激著讀者的神經。值得一提的是，柏克憑著漂亮的文字、溫厚的憐憫，使這些熟爛老套的故事頗有些看頭。其中《藍衣大男孩》，寫李珊的父親阿肥希望員警停止對他的調查。他讓李珊給男孩（員警）送去一杯毒茶，結果李珊把它喝了，以犧牲自己來控告他父親有罪，結果發現兩只杯中阿肥均投了毒。《紅鞋》裡，狄運與美麗的女孩相愛，女孩的父親李業是個酒鬼，把她的床租給了貧窮的水手，讓她流落街頭，無處安身。狄運給了她一些紅色的鞋子，並沒法將水手趕走。李業發現後將女兒推到河裡淹死。小說中柏克安排了一段荒誕的情節，讓重新回來的鞋子去召喚狄運走向死亡。

另外，在小說集《老琼的娛樂》（1931）中，老琼（即上文的李

琮）講的故事大多是諷刺或困惑於觀察到的人性中的陰暗面。其中有
篇講主人翁經歷了十二年的不幸婚姻。當她的丈夫被判入獄兩年後，
她給他寄信，以致丈夫感動得悔過自新。但他被釋放回家時，卻驚訝
地發現，原來她正等著殺掉他。[7]

　　很明顯，這類作品展現的正是變態的心理，被仇恨扭曲了的人
性。正如一些評論家所說的那樣，虐待孩子，以及背叛與復仇，是包
括《萊姆豪斯之夜》在內的柏克小說常見的題材。儘管這類故事很容
易處理成羅曼蒂克，喜劇或是悲劇，但柏克對題材格調的處理總是顯
得審慎而誠實，為的是避免他的故事在人看來通通污穢病態。他目光
犀利、洞察入微，但在某種程度上，又懷著憐憫、同情和仁慈來對待
人性中的美醜、善惡。的確，他的人物畫廊裡不是虐待者，就是竊賊
或殺人犯、同性戀一類，大多並不可愛，而柏克試圖理解他們，讓人
意識到他們良知未泯，在醜惡中發現刻骨銘心的情感，或者抗惡除暴
的英雄氣概，在醜惡中發現美麗的惡之花。他試圖在善惡難辨的人性
中披沙揀金，以突顯人性中美好的一面。作者在小說開頭表白了這一
用意：

　　　　這是從堤岸上聽來的關於愛情與情人的傳聞，那堤岸從西方一
　　　　直延伸到水盡處的黑色荒野。而我猜這傳聞在遙遠的太平洋，
　　　　在新加坡、東京、上海也一樣被說起……這是一個催人淚下的
　　　　故事。你可以從黃種男人的訴說中聽到。它會喚起你的同情。
　　　　在我們單調乏味的評述中，它聽起來一定很悲慘。不過，在同
　　　　情和想像的提升與淨化下，它那卑劣的氣息漸漸褪去，變得美
　　　　麗而淒涼起來。[8]

7　Thomas Burke, "The Ministering Angel", in *The Pleasantries of Old Quong* (London: Constable, 1931).

8　Thomas Burke, *The Chink and the Child*, in *Limehouse Nights: Tales of Chinatown* (London: Richards,1916), p. 58.

不過就客觀效果看來，作者的良苦用心已被過多重複的凶殺暴力所遮沒，以至於嚴厲的批評者斷言，柏克的中國城小說從未成功過。

柏克一九四五年九月二十二日去世。像許多兩次大戰之間的作家一樣，被人們逐漸遺忘了。可以說他是公認的第一位寫亞洲移民，也是第一位寫女子同性戀的英國小說家。他描寫吸毒、女子同性戀、婚前性行為、虐待兒童、種族仇惡等等，現在已經不再是什麼令人震撼的題材。儘管他寫了太多太濫，以至於流於平庸的俗套，但柏克的優秀作品仍有生命力，當人們回憶起往昔倫敦的生活時，也不時為他作品的愛憎之情所感動。

第二節　傅滿楚：薩克斯・羅默筆下的惡魔式中國佬形象

傅滿楚是享有國際聲譽的英國通俗小說作家薩克斯・羅默（Sax Rohmer, 1883-1959）所塑造的陰險狡詐的惡魔式中國佬的典型。羅默原名亞瑟・沃德（Arthur Henry Sarsfield Ward）早年酷愛埃及歷史，後又對東方和神秘學說發生興趣。他所塑造的陰險狡詐的中國罪犯傅滿楚（Fu Manchu）是他許多小說中的惡棍主角。他所創作的十三部傅滿楚系列小說在歐美世界婦孺皆知。

一　危險邪惡的天才傅滿楚博士

一九一三年，羅默發表該系列小說的第一部作品《狡詐的傅滿楚博士》（*The Insidious Dr. Fu Manchu*）。這個不可思議的具有貴族氣派的人物傅滿楚立即吸引了讀者。[9]在隨後的四十五年間，羅默陸續寫

---

9 羅默在回憶自己的創作動機時說：「我常想為什麼在此之前，我沒有這個靈感。一九一二年，似乎一切時機都成熟了，可以為大眾文化市場創造一個中國惡棍的形

了其他十二部關於傅滿楚等中國罪犯的長篇小說：《傅滿楚歸來》
（*The Return of Fu Manchu,* 1916）、《傅滿楚的手》（*The Hand of Fu Manchu,* 1917）、《傅滿楚的女兒》（*Daughter of Fu Manchu,* 1931）、
《傅滿楚的面具》（*The Mask of Fu Manchu,*1932）、《傅滿楚的新娘》
（*The Bride of Fu Manchu,* 1933）、《傅滿楚的蹤跡》（*The Trail of Fu Manchu,* 1934）、《傅滿楚總統》（*President Fu Manchu,* 1936）、《傅滿楚的鼓》（*The Drums of Fu Manchu,* 1939）、《傅滿楚的島嶼》（*The Island of Fu Manchu,* 1941）、《傅滿楚的影子》（*The Shadow of Fu Manchu,* 1948）、《傅滿楚重現江湖》（*Re-enter Fu Manchu,* 1957）、《傅滿楚皇帝》（*Emperor Fu Manchu,* 1959）。

　　傅滿楚系列作品，除以上十三部長篇小說外，另有中篇《傅滿楚的暴怒》（*The Wrath of Fu Manchu,* 1952），三個短篇故事《傅滿楚的眼睛》（*The Eyes of Fu Manchu,* 1957）《傅滿楚的詞語》（*The Word of Fu Manchu,* 1958）、《傅滿楚的頭腦》（*The Mind of Fu Manchu,* 1959）。

　　羅默的其他小說，如《黃爪》（*The Yellow Claw,* 1915）、《毒品》（*Dope,* 1919）、《黃影》（*Yellow Shadows,* 1925）、《金蠍》（*The Golden Scorpion,* 1936）等，以及小說集《唐人街故事》（*Tales of Chinatown,* 1922）和《東西傳奇》（*Tales of East and West,* 1932）裡的一些作品，也涉及到中國人形象，描寫了倫敦唐人街的犯罪活動，其中那些危險的華人，為傅滿楚的僕人形象提供了素材與原型。

　　羅默創造傅滿楚形象與他在萊姆豪斯的經歷有關。英美讀者對中國人的看法之所以都帶有「萊姆豪斯」的色彩，就因為與萊姆豪斯進

象。義和團暴亂引起的黃禍傳言，依舊在坊間流行，不久前倫敦貧民區發生的謀殺事件，也使公眾的注意力轉向東方。」*Master of villainy: A Biography of Sax Rohmer,* by Cay Van Ash and Elizabeth Rohmer (Bowling Green: Ohio, 1972), p. 75. 轉引自周寧〈「義和團」與「傅滿洲」：二十世紀初西方的「黃禍」恐慌〉（《書屋》2003年第4期，頁8）。

入羅默寫作的這些流行小說有關。

一九一一年，英國通俗小說作家阿瑟・沃德（Arthur Henry Ward, 1883-1959）以薩克斯・羅默（Sax Rohmer）筆名受命寫一部驚險小說，描寫中國人在萊姆豪斯罪惡底層社會的情形，於是虛構了一個最有能耐的「中國佬」惡棍，並以《狡詐的傅滿楚博士》（1913）之名出版，構成傅滿楚系列小說的起點。羅默後來說，那是一個霧沉沉的黑夜，他在萊姆豪斯公路上偶然遇見一個衣著講究、異常高大的華人，當時這個華人正一頭鑽進一輛豪華轎車。他就從這個華人身上產生了靈感。而對毒品（鴉片）的恐懼則成了普通民眾閱讀中國城犯罪故事的心理基礎，同時也制約著作家對華人形象的創造。在隨後的四十五年間，羅默陸續寫了其他十二部關於傅滿楚等中國罪犯的長篇小說。寫於美國的最後一部《傅滿楚皇帝》，傅滿楚已經從一個自私自利的惡棍轉變成一個堅定的反共子。[10]

羅默在第一部小說《狡詐的傅滿楚博士》裡把傅滿楚描述為亞洲對西方構成威脅的代表人物：

> 你可以想像一個人，瘦高、乾瘦，雙肩高聳，像貓一樣地不聲不響，行蹤詭秘，長著莎士比亞式的額頭，撒旦式的面孔，頭髮奇短的腦殼，還有真正貓綠色的細長而奪人魂魄的眼睛。如果你願意，那麼賦予他所有東方血統殘酷的狡猾，集聚成一種大智，再給予他一個富有的國家的所有財富。想像那樣一個邪惡可怕的生靈，於是對傅滿楚博士——那個黃禍的化身，你心中就有了一個形象。[11]

---

10 以下關於薩克斯・羅默筆下傅滿楚形象的闡釋，筆者指導的研究生劉豔參與了這一問題的討論，並提供了部分解讀文字。

11 Sax Rhomer, *The Return of Dr. Fu Manchu, from Four Complete Classics by Sax Rohmer* (Castle ,1983), p. 94.

　　羅默在這段描述中賦予了傅滿楚智力超人、法力無邊的特徵。他將東方所有「邪惡」的智慧全部集中在傅滿楚一人身上，並讓他隨心所欲地調動一個國家的所有財富。而且，傅滿楚的長相也可謂東西合璧：西方莎士比亞的額頭，象徵著才能超群者的智慧；想像中撒旦的面孔，暗指邪惡猙獰而又法力無窮；貓一樣的細長眼，這是西方人對東方人外貌特徵的典型想像，見出傅滿楚這個人物本身所被賦予的豐富的隱喻含義。對於西方人來說，這種既帶有本土特徵，又具有異國情調的形象，是黃禍觀念具體化的一幅心像，迎合了十九世紀末至二十世紀最初二十年風行一時的排華之風。

　　在羅默筆下，傅滿楚首先是一個殘忍、狡詐的惡魔。他領導著東方民族的秘密組織，殺人、綁票、販毒、吸毒、賭博、鬥毆無惡不作，意在「打破世界均衡」，「夢想建立全世界的黃色帝國」，他們是來自東方的夢魘，來自地獄的惡魔，「黃色的威脅籠罩在倫敦的上空，籠罩在大英帝國的上空，籠罩在文明世界的上空」。[12]

　　為了實現他的「邪惡目標」，即征服白人世界，建立黃色帝國，傅滿楚絕不放過任何一個敵手。任何阻礙這一偉大進程的人都會被毫不留情地除去。大英帝國派駐遠東的殖民官、著名的旅行家、熟悉遠東的牧師甚至是美國總統，「如果一個人掌握了對傅滿楚不利的資訊，只有奇蹟可以幫助其逃脫死亡的命運」。[13]他殺害洩密者，謀害對抗者，禍及無辜者，凡是對抗、妨礙傅滿楚計畫的人都會落得淒慘的下場。皮特里認為傅滿楚的殘忍完全來自他的民族和種族。「在傅滿楚的民族，直到現在，人們還是會把成百上千的不想要的女嬰隨手扔到

---

12 Sax Rohmer, *The Hand of Fu Manchu* ,From *Four Complete Classics by Sax Rohmer* (Castle, 1983), p. 1, p. 9, p.40.

13 *The Return of DR. Fu Manchu* ,From *Four Complete Classics by Sax Rohmer* (Castle, 1983), p. 135.

枯井裡。傅滿楚正是這個冷漠、殘忍的民族刺激下的犯罪天才。」[14]

傅滿楚既是危險邪惡的，也是法力無邊的。他的強大更來自於那不可思議的天才。在羅默筆下，傅滿楚可謂一個前所未有的、全知全能的天才，而且已經成功地入侵大英帝國的中心倫敦，使得英國人很少有安全感。儘管史密斯、皮特里痛恨他、仇視他，立志消滅他，但根本無計可施。他們無奈地承認傅滿洲是「撒旦式的天才」、「惡魔天使長」。[15]傅滿楚「擁有三個天才的大腦，是已知世界的最邪惡的、最可怕的存在……他熟練地掌握一切大學可以教授的所有科學與技能，同時又熟知所有大學無從知曉的科學與技能」[16]，傅滿楚的武器庫裡品種繁多，威力無窮。不僅有蠍子、蜘蛛、毒蛇等頗具東方色彩的武器，更有西方生物學、病理學、化學等最新發展而衍生的高科技武器。兩者結合使他具有超自然的能力，成為那片神秘土地——中國所產生的最不可捉摸的人物。傅滿楚有各式各樣的實驗室，並在其中進行大量的科學試驗，研製毒品和新的殺人機器。

在倫敦，他刺殺任何對他起疑的人，並將那個時代最偉大的科學家綁架回他的「總部」，然後設法取得他們的知識。他採用先進科學方法從事毀滅活動，專門採用白人所不恥的「陰毒」手段，如以扎亞的吻、綠色氯氣、毒品、毒針等手段殺人。除了神秘的催眠術外，傅滿楚還有許多神秘而恐怖的殺人手段。如「濕婆的召喚」（The Call of Siva）、「沉默之花」（The Flower of Silence）、「金石榴的毒刺」（The Golden Pomegranates）、「扎亞的吻」（The Zayat Kiss）、「燃燒的手掌」（The Fiery Hand）……對於傅滿楚來說，謀殺不僅僅只是為了達成目

---

14 *The Return of DR. Fu Manchu*, From *Four Complete Classics by Sax Rohmer* (Castle, 1983), p. 174.

15 *The Return of DR. Fu Manchu*, From *Four Complete Classics by Sax Rohmer* (Castle, 1983), p.93, p. 103.

16 *The Insidious DR. Fu Manchu* (New York: Mcbride, Nast,1913), Chapter II, p. 9.

的，謀殺手段本身也經過了精心的選擇和籌畫。每一次行動看上去都
是神秘莫測，無跡可循。這使得倫敦變為古怪可怖的異域，他通過其
黑暗而神秘的能力將他的打擊對象誘入可怖的幻境，而人們似乎對此
無能為力。他在謀殺列昂納爾勳爵時，彷彿是「東方的一股氣息——
向西方伸出一隻手來」。這象徵著傅滿楚博士所體現的陰險狡詐、難
以捉摸的力量。博古通今的傅滿楚還能將自己的身體變形，他那碩大
無比的頭顱和翡翠綠的眼睛便是他變異的標誌。他操控著鴉片和其他
對大腦有影響的藥品並用它們來增強他已經不同凡響的腦力，他突變
的大腦不僅能破解自然中的秘密，更被用來製造和他自己一樣可怕的
怪物。他要先同化俄國和大英帝國的亞非領地，最終創建「全球性的
黃色帝國。」[17]

　　傅滿楚身上蘊含著某種神秘恐怖的力量。他的眼睛最使人費解、
恐懼。那彷彿不是人類的眼睛，就像是一個邪惡、永恆的精靈。狹
長、微斜的眼睛覆蓋著一層類似鳥類的薄膜（這使得他在黑暗中也能
夠看清一切）。白天好似白內障患者，渾濁不清；夜晚卻像貓頭鷹一
樣熠熠生輝，射出祖母綠似的陰冷的光芒。傅滿楚的魔力就凝聚在這
雙眼睛中。它彷彿可以輕而易舉地窺視人類的心靈，催眠、控制任何
人。在《神秘的傅滿楚博士》中，他綁架並催眠了一位著名的科學
家，輕而易舉地讓他洩漏了軍艦製造的核心資料。在《傅滿楚的手》
中，他催眠了皮特里，使他產生幻覺，誤把史密斯當作傅滿楚並開槍
射擊。在《傅滿楚總統》中，他又故技重施，催眠了美國總統候選人
的保鏢赫曼‧克羅塞特（Herman Grosset）

　　在西方的文化想像中，中國是最遙遠的東方，也是最神秘的東
方。那兒有難以計數的財富，又隱藏著不為人知的威脅。從浪漫主義
文學開始，西方人就開始勾勒一個怪誕、奇異、陰森恐怖的東方。傅

---

17 參見何偉亞：〈檔案帝國與污染恐怖：從鴉片戰爭到傅滿楚〉，載《視界》（石家莊
　市：河北教育出版社，2000年），第1輯，頁104。

滿楚來自古老中國最神秘的地方——思藩（Si-Fan）[18]，自然瀰漫著最神秘的氣息。伴隨傅滿楚出現的是陰森的場景，若有若無的黃霧，濃郁神秘的東方氣息。他如幽靈似的無所不在，從倫敦到加勒比海，從紐約到緬甸，他的足跡遍佈世界，但很少有人能夠覓其行蹤，窺其真容。在倫敦、在紐約，他隱匿在中國城裡。那是一個黑暗、幽閉的世界，是在西方文明、法制管轄外的另一個獨立的世界。傅滿楚就藏匿在這樣神秘、黑暗的中國城裡，這兒沒有西方世界的力量和秩序，有的只是華人的統治以及衍生其中的各種神秘、邪惡而見不得人的勾當。賭博、抽鴉片、綁架、殺人，這就是神秘、恐怖的東方的縮影。在這兒傅滿楚策劃、發動所有的襲擊。

因此，傅滿楚成了籠罩在西方社會的不散的陰雲。傅滿楚及其領導的龐大的犯罪組織對整個白人種族和文明世界帶來了巨大威脅。他們身上都帶有不可更改的東方性。他們相貌醜陋，衣飾古怪，匿藏、滋長於陰森、雜亂，見不得光的黑暗角落，過著腐朽、墮落的生活。男人們沉迷墮落，流連於地下賭館、酒館、鴉片館。女人們妖冶、放蕩，既讓人嚮往，又使人恐懼。傅滿楚神秘、恐怖，狡猾而又殘忍，是來自神秘東方的最大威脅。犯罪集團的其他成員力大無窮、野蠻殘忍，帶著先天的嗜血性，殘忍的執行謀殺、綁架等犯罪行為。

與傅滿楚對抗的是大英帝國駐緬甸的殖民官、著名的偵探奈蘭德‧史密斯。他瘦高、堅毅，有著古銅色的肌膚與鐵一樣冷峻的目光，在他身上有著強烈的種族優越感和責任感。一出場他就莊嚴地宣稱：有一股邪惡的力量，有一個巨大的陰謀正在醞釀：「我千里迢迢從緬甸趕回倫敦，絕不僅僅是為了大英帝國的利益，而是為了整個白色種族的利益。我相信我們種族能否生存將在很大程度上取決於我這

---

18 思藩即西藏，也有人稱之為香格里拉，是西方社會瞭解得最少，最神秘的地方。

次的行動能否成功。」[19]

　　對於史密斯來說，與傅滿楚的對抗從來不是簡單的中英對抗，而是以中國人為代表的東方世界和整個西方世界的對抗，較量的結果將直接影響種族和文明的存亡。在系列小說中，傅滿楚滲透到西方社會的心臟地帶，陰謀策劃一次次的襲擊，他的計畫一次比一次周全，手段一次比一次詭異，但總在最後關頭被史密斯粉粹。羅默既提醒著西方社會來自東方的威脅，又堅信「高人一等」的西方社會一定能夠戰勝「黃禍」，取得最終的勝利。

二　傅滿楚：「黃禍」的化身

　　羅默表現出了明顯的種族歧視以及對亞洲的敵意。他通過傅滿楚小說裡的人物，直接表示對華人的蔑視。傅滿楚及其助手作為亞洲人的代表，種族低下，行為狡詐；正面人物如皮特里，不僅公開稱華人為「中國佬」，而且不斷提醒讀者，「這些黃種游牧部落使白人陷於困窘失措境地，也許這正是我們失敗的代價。」

　　傅滿楚形象之所以被塑造成「黃禍」的化身，因為他符合當時通行的中國觀以及對中國人的普遍看法，但是這一形象並不能代表羅默自己關於中國人的真正看法。在一九三八年的一次採訪中，羅默洩漏了自己真實的想法。他反駁布勒·哈特創造的阿新形象。[20]他說「我完全不同意布勒·哈特的結論……中國人是個誠實的民族，這就是西方人認為他神秘的原因……作為一個民族，中國人擁有平衡、和諧，

---

19 Sax Rohmer, *The insidious Dr Fu Manchu* (NewYork: Mcbride, Nast, 1913), Chapter I , p. 2.

20 阿新是十九世紀下半葉一個非常著名的中國人形象。一八七〇年，美國作家布勒·哈特創作了這個狡猾、貪財的中國人形象。

這正是我們日漸失去的東西」。[21]採訪中，羅默還談到了另一個神秘、高貴的中國人Fong Wah，也許他才是傅滿楚的真正原型。Fong Wah在唐人街開餐館和雜貨鋪，受到周圍中國人的尊重和愛戴。很多年以後羅默才知道他也是一名堂會的官員。Fong Wah待羅默非常友善，他經常向羅默講述自己早年的生活。Fong Wah的寵物——獴，也立刻讓我們聯想到了傅滿楚的獴，牠們都是神秘而詭異的，瞪著圓圓的眼睛，匍匐在主人的身旁。在Fong Wah身上籠罩著一種神秘色彩，某天，他送給羅默一把精緻的匕首後，突然消失了……

　　羅默心目中的中國人是誠信的、友善的，而傅滿楚形象的主調卻是邪惡與恐懼。如果說這僅僅是羅默的藝術想像，那麼這樣的傅滿楚形象為什麼會在西方社會受到廣泛的認可？一個人的想像只能寫成一本書，大眾共同的想像才能使一本書變成暢銷書。因而，傅滿楚是迎合大眾想像的創作結果，是那個特定的文化背景、歷史際遇使得中國人形象被如此的妖魔化、醜惡化。

　　而且，在羅默筆下，傅滿楚不只是「黃禍的化身」，他還體現了為數眾多的黃種人、黑人，以及棕色皮膚人蜂擁入西方後，對整個白人種族和文明世界所帶來的威脅。這一形象比較複雜。正如上文所分析的那樣，他頹廢墮落、鴉片成癮、狡詐殘忍、老於世故、傲慢、對自己和他人的痛苦也無動於衷；同時，又聰明、勤勞、有教養、風度翩翩、言而有信、超然離群。但是，傅滿楚又和傳統的中國統治階級以及一般的「中國人」不一樣。他是一個聰明的科學家，通曉現代西方科技，又掌握著隱秘的東方知識，這兩者結合使他有著超自然的能力，「是那片神秘土地——中國——所產生的最不可捉摸的人物」。正是這種東西方的組合使傅滿楚比歐洲人幻想中的東方野蠻人入侵更可怕，也比廉價的華工在歐美的氾濫更有威脅力，因為這種東西方知識

---

21 *Pipe Dreams: The Birth of Fu Manchu, The Manchester Empire News*, Sunday January 30, 1938.

的融合蘊涵著極大能量，它使推翻西方、破壞帝國結構乃至全球白人統治成為可能。

　　二十世紀初，傅滿楚這樣一個在西方世界家喻戶曉、廣為人知的惡魔典型的出現，預示著中國人作為「黃禍」的形象，已經在西方的文學想像中逐漸固定下來。如果說義和團是本土中國人代表的「黃禍」，那傅滿楚則是西方中國移民代表的「黃禍」。可以說後者是西方文學中對中國人形象最大也是最壞的「貢獻」。這些傅滿楚式的野蠻的中國佬，在西方人看來，醜陋骯髒、陰險狡猾、麻木殘忍：「他們中大多是些惡棍罪犯，他們迫不得已離開中國，又沒有在西方世界謀生的本領，就只好依靠他們隨身帶來的犯罪的本事。」可見這是中國「黃禍」威脅西方文明的象徵。

三　西方殖民帝國認知網路中的形象傳播

　　薩克斯・羅默創造的傅滿楚形象，典型地展現出西方關於東方中國的那種神秘而恐怖的心理狀態，而這一形象的多元化傳播也體現出西方殖民心態下關於中國的認知網路的運行軌跡。

　　傅滿楚形象的獨特性吸引大眾媒體的廣泛參與，印刷媒介、電子媒介等均加入了傅滿楚形象的傳播與再創作，範圍之廣、形式之多樣，持續時間之長都是令人驚訝的。傅滿楚系列作品問世之初主要以報紙、雜誌連載的方式在西方世界進行廣泛傳播，《柯立葉》（Collier）、《偵探故事》（Detective Story）、《新雜誌》（The New Magazine）等三十餘種雜誌相繼刊載了傅滿楚系列故事。一部傅滿楚小說往往被分為幾十個故事，每週一期，持續刊載半年到一年。在那個年代，不接觸傅滿楚系列作品幾乎是不可能的。借助大眾媒體的廣泛參與，傅滿楚形象從一個文學形象變成了一個媒體形象，更加的無所不在。廣播、電影、電視等新的傳播方式出現以後，傅滿楚的形象更加形象、生

動，栩栩如生地出現在西方觀眾眼前。

　　廣播劇呈現給聽眾的是聽覺幻想，尤其是當人的有聲語言與自然界的一切音響和音樂組合在一起時，其感染力就更加得驚人。同樣題材和內容，人們讀小說時可能平心靜氣，置身事外；而一旦付諸於聲情並茂的廣播劇，就會產生出神入化的效果。傅滿楚廣播劇的製作和播出單位都是世界著名的媒體集團，聽眾遍及全國甚至歐美。傅滿楚廣播劇多安排在晚上黃金時段播出，且多次重播，收聽人群非常龐大，傅滿楚形象產生的廣泛影響可想而知。

　　傅滿楚形象最早出現在螢幕上是一九二三年，那還是默片時代。英國Stoll電影公司拍攝了首部傅滿楚系列電影《傅滿楚博士的秘密》，一年後，Stoll公司又攝製了《傅滿楚博士的秘密 II》。電影非常的轟動。當時倫敦的每一個地鐵站都張貼著巨大的傅滿楚電影海報。在大笨鐘的上空，天氣陰霾，烏雲密佈，隱約中透出一個中國人的臉。綠色的眼睛閃閃發光，露出不懷好意、陰森森的笑。電影劇照還被印成了系列卡片，廣泛派發。此後，好萊塢電影公司相繼出品的傅滿楚系列作品使得傅滿楚成了家喻戶曉的中國惡魔形象。一九二九年，美國派拉蒙電影公司（Paramount Pictures）拍攝了首部有聲的傅滿楚系列電影《神秘的傅滿楚博士》，隨後兩年間又相繼出品了《傅滿楚博士的歸來》（1930）、《龍的女兒》（1931）。傅滿楚成了偵探電影中最為著名的角色。一九三〇年，在派拉蒙電影公司影展上，電影公司還特意設計了一個短劇，由兩位著名的偵探福爾摩斯偵探和費洛・范斯（Philo Vance）偵探聯手對付傅滿楚。[22]

---

22 費洛・范斯（Philo Vance），活躍於二十世紀二〇至三〇年代，是當時最受歡迎的推理小說人物。許多專家學者論及美國推理文學黃金時期的興起之議題時，必定會追溯至一九二六年的"The Benson Murder Case"。這本由范斯出馬破奇案的作品，銷售成績之好讓人詫異，據說該書還幫助出版商Scribners度過經濟大蕭條的難關，免於負債的窘況。

　　二十世紀三、四〇年代，米高梅電影公司（MGM）先後拍攝了《傅滿楚的面具》、《傅滿楚的鼓》和《傅滿楚的反攻》等三部電影。由於好萊塢的「世界電影工廠」的廣泛影響力，傅滿楚系列電影在英、法、德、意、西等主要西方國家公映，造成了非常大的影響。一九四二年由於中華民國政府的正式抗議，好萊塢暫停傅滿楚系列電影的拍攝。但傅滿楚形象已經深入人心，無法抹滅。

　　一九四九年後，伴隨著「紅色威脅論」[23]的興起，西方社會又掀起了新一輪拍攝傅滿楚系列作品的熱潮。一九四九年，英國廣播公司（BBC）率先製作了兩部電視短劇——「紅桃皇后」和「恐怖的咳嗽」（取材自《傅滿楚博士的歸來》）。一九五二年Herles公司拍攝了《扎亞的吻》（選自《神秘的傅滿楚博士》）。一九五五至一九五六年，好萊塢電視公司拍攝了一系列十三集的傅滿楚電視短劇，在美國全國播放，僅一九五六年間就在紐約重播三次。一九六五至一九六九年，英國Harry Alan Towers電影公司連續推出了五部電影《傅滿楚的臉》、《傅滿楚的新娘》、《傅滿楚的報復》、《傅滿楚的血》和《傅滿楚的城堡》。關於傅滿楚題材的電影一直持續到了二十世紀八〇年代。一九八〇年最後一部《傅滿楚的奸計》中，家喻戶曉的傅滿楚才被電影安排「死去」。但傅滿楚形象始終深藏在西方人的心裡。當一九九九年土生土長於美國的華裔科學家李文和被指控為間諜時，一家美國報紙所用的標題就叫做「傅滿楚復活」。

　　傅滿楚形象自誕生以來，至少在幾十部影視作品中出現，在歐美世界反覆公映，受眾面非常廣。電影、電視以其聲、光、電合一的獨特魅力，形象再現了那個身穿長袍、面似骷髏、目光如炬的傅滿楚形象。在陰森的氣氛裡，在恐怖的音樂中，傅滿楚一次次地伸出了留著長指甲的枯爪，一次次將觀眾拉入死一般幻境。在恐懼、掙扎、反抗

23　「紅色威脅」是二十世紀下半葉，西方社會對社會主義中國的主觀臆想。受到傳統中國形象以及冷戰思想的影響，西方社會總是擔心中國會發動對其的毀滅性打擊。

之間，觀眾經歷了一場生與死、善與惡的搏鬥。在與傅滿楚的較量
中，深切的感受到致命的威脅以及危機過後的酣暢淋漓，在幻想的世
界裡成就了白種人的英雄史詩。傅滿楚惡魔形象是如此的深入人心。
二〇〇〇年，西班牙導演亞歷斯・艾格列斯還曾計畫開拍千禧版本的
《傅滿楚》電影，最終因為種種原因未能成型。廣播、電影、電視等
媒體的廣泛參與，擴大了傅滿楚形象的受眾面。借助新媒體形式特有
的生動性、形象性，更加渲染、強化了觀眾業已形成的傅滿楚形象。
傅滿楚形象成為了一個標誌性的形象。

　　總之，經過一系列廣播系列劇和好萊塢影片等多媒體的傳播，傅
滿楚很快變成了一個在西方家喻戶曉的名字，並把一整套關於中國人
的嚴刑、無情、狡詐和兇惡的陳腐框框傳遍了大半個世界。幾乎對它
無知的英美兒童也從關於傅滿楚的電影和故事中獲得了關於華人品性
的概念。拿好萊塢製片宣傳材料中的話來講，傅滿楚「手指的每一次
挑動都具有威脅，眉毛的每一次挑動都預示著凶兆，每一剎那的斜眼
都陰含著恐怖」。[24]在傅滿楚系列電影的宣傳海報上，也總是傅滿楚的
人像高高聳立，白人男女主角被傅滿楚的巨影嚇得縮成一團。傅滿楚
令西方世界憎恨不已而又防不勝防。他如此邪惡，以至於不得不定期
地被殺死；而又具有如此神秘的異乎尋常的能力，以至於他總是奇蹟
般地得以在下一集的時候活靈活現地出現。在西方人看來，傅滿楚代
表的「黃禍」，似乎是一種永遠無法徹底消滅的罪惡。

　　在歐美世界婦孺皆知的傅滿楚形象，甚至也波及到日常生活的方
方面面。比如，以傅滿楚形象為原型的茶壺、筆筒、火柴、糖果種類
繁多，一種罕見的蘭科植物因為垂著類似傅滿楚鬍鬚的枝條而被命名
為傅滿楚蘭，在美國、加拿大、澳大利亞、蘇格蘭等國甚至還有傅滿
楚主題餐廳、傅滿楚研究會。傅滿楚形象極大地影響著西方世界的中

---

24 哈羅德・伊薩克斯（H. R. Isaacs）著，于殿利、陸日宇譯：《美國的中國形象》（北
　京市：時事出版社，1999年），頁157。

國觀。傅滿楚這個精心打造的臉譜化形象，成為好萊塢刻畫東方惡人
的原型人物。這個「中國惡魔」的隱秘、詭詐，他活動的幫會特徵，
以及作惡手段的離奇古怪，都被好萊塢反覆利用、修改、加工。直到
今天，任何力圖妖魔化中國的好萊塢電影，都不斷地回到「傅滿楚博
士」這個原型人物，鮮有偏離和創造。

　　傅滿楚系列的廣為流傳也催生了大量的模擬創作。任何力圖妖魔
化中國的作品，都不斷地在「傅滿楚博士」這個原型人物身上尋求創
作靈感。時間之長、範圍之廣都是頗為驚人的。最早的模仿作品是一
九一四年紐約未來電影公司製作的一部名為《神秘的吳春福》（*The
Mysterious Wu Chun Foo*）的四節默片電影。儘管作者從未公開承認
模仿、抄襲，但是傅滿楚形象的影響清晰可辨。影片的主人翁吳春福
是一個神秘的中國商人，與傅滿楚一樣，他也有個智慧、堅毅的西方
對手——偵探李斯特爵士（Lord Lister）以及他的朋友查理斯·布蘭
德（Charles Brand）。吳春福綁架了許多美國人，把他們關押在地窖
中，迫使他們從事繁重的勞作。一次偶然的機會，李斯特和布蘭德發
現了失蹤者寫在鈔票上的求救資訊。他們順藤摸瓜找到了吳的巢穴。
與《神秘的傅滿楚博士》一樣，吳春福也有一位美麗的女兒，她鍾情
於布蘭德，在她的幫助下，李斯特成功地解救了所有被囚禁的人。此
後還有大量的模仿之作。如《藍眼睛的滿楚》（*The Blue-Eyed Manchu*,
New York: Shores, 1917），《黃蜘蛛》（*The Yellow Spider*, Grossep and
Dunlap, 1920），《骷髏臉》（*Skull Face,* by Robert. E. Howard, 1929）、
《生命巫師》（*The Wizard of Life,* by Jack Williamson, 1934）等。這些
作品中都有一位惡魔式的中國人，他們都有傅滿楚某一或某些方面的
主要特徵。他們或者是出生名門，受過高等教育，精通各種語言和各
類高科技；或是有著傅滿楚標誌式的長袍、高額、綠眼、枯爪；或者
是掌控著龐大、邪惡的國際犯罪集團，熱衷於綁架、勒索、暗殺，以

顛覆西方社會，重建黃色帝國為目的。[25]

第三節　西方文明的良藥：迪金森對中國文明的美好信念

十六世紀葡萄牙遊歷家平托曾提出一個利用中國的著名概念，即用中國來批評歐洲的社會風習，這成為十七世紀以來歐人涉及中國題材作品中的一個重要傳統。比如，十八世紀的哥爾斯密假託中國人檢視與譏諷英國現狀，十九世紀的蘭陀借助兩個中國人的對話表明英國狀況是多麼混亂和不協調。二十世紀的英國作家迪金森（Lowes Dickinson, 1862-1932）同樣借助中國人表達他對西方近現代文明的強烈反思，借他者返觀自身是他們的共同傾向。

一　迪金森：「我上輩子是一個中國佬」

服膺啟蒙主義思想的迪金森是一位具有鮮明政治社會改革意識的英國作家。在歐洲作家中，迪金森特別仰慕柏拉圖、歌德和雪萊，尤其是雪萊那種具有革命思想的激進觀點對迪金森的影響巨大。但他又與雪萊不同。雪萊因為將文化理想全放在希臘，而對東方中國文化採取貶斥的態度。相比之下，迪金森的文化視野開闊些，希臘與中國是他的兩個文化理想。遠古的希臘讓他明白了英國政治和社會混亂的事實，而異教的東方中國則向他呈現出正義、秩序、謙恭、非暴力的理

---

25 薩克斯・羅默創造的傅滿楚形象，典型地展現出西方關於東方中國的神秘而恐怖的心理狀態，而這一形象的多元化傳播也體現出西方殖民心態下關於中國的認知網路的運行軌跡。有關這一問題的詳盡討論，可參見拙文〈Shanghai、毒品與帝國認知網路──帶有防火牆功能的西方之中國敘事〉（《福建師範大學學報》2010年第3期，人大複印資料《外國文學研究》2010年第9期全文轉載）。

想境界。後者為他試圖從根本上批評西方文明提供了一個合適的突破口。

英國漢學家的著述是迪金森了解中國文化的門徑，翟理斯的《中國文學的瑰寶》（*Gems of Chinese Literature*）就讓他愛不釋手。不過，他曾親口告訴辜鴻銘說，他那本《約翰中國佬的來信》（*Letters From John Chinaman*, 1901）是受到法國人西蒙（Eugene Simon）《中國城市》（*La Cité Chinoise*, 1890）的啟發和激勵而寫成的。西蒙曾任法國駐華領事，他的《中國城市》把中國自給自足的經濟作為一種值得推廣的全球模式來看待。中國在作者筆下是一個風景優美、幸福安康的理想國家，說它雖然沒有眾多官吏和龐大的軍隊，但憑藉悠久的文化，足以征服或同化入侵者。這種對中國的理想化的讚歌並不新鮮，我們早就在十八世紀歐洲啟蒙思想者那裡聽到很多，但是在十九世紀末西方一片「黃禍」惡罵中，西蒙的這本關於中國的著作，就比較顯眼了。難怪竭力維護中國傳統文明的辜鴻銘要將這部著作稱為是用歐洲文字寫的關於中國文明的最佳著作了。而迪金森的《約翰中國佬的來信》也因借鑑這部書的觀念，批評西方近代文明，讚美中國文化，而一舉成名。

《約翰中國佬的來信》裡一共有八封信。由於其中對中國文明的頂禮膜拜，以及完全站在中國文明立場上批評西方文明，以至於不少人認為這必定出自於一個中國人之手。當時英國正面臨著布爾戰爭（Boer War）和國內經濟形勢的壓力，人們對侵略外國和殖民剝削方式比較敏感。而中國爆發了義和團運動，並遭到歐洲遠征軍的鎮壓。在此形勢下，迪金森大張旗鼓地稱頌中國文明，替中國人辯護。一時間，他的話傳得很遠，跨過了一般的文學與學術領域。人們爭相議論著他筆下的那個約翰中國佬的來信，欣賞著東方文明誘人的芳香。盛名之下的迪金森更覺得自己與中國人息息相通，竟對他的學生們說：「我現在跟你們說起中國，不是由於我對這個問題知道得很多，也不

是因為我曾經訪問過這個國家，而是因為我上輩子是一個中國佬。」[26]

　　看得出，迪金森是一個酷愛中國之人。據說他很喜愛一種中國式的小帽子，即便是在國王處進餐時也常常戴著它。正是出於對東方中國的神往，一九一三年他終於有機會踏上了他心目中那片神奇的國土。他經錫蘭去新加坡，又到爪哇和蘇門答臘作了短暫旅行，折回新加坡後，去了香港和廣東。繼而北進上海，會晤了孫中山先生。然後在揚子江上經歷了十天孤獨的旅行，又乘了很長時間的火車到達北京。在北京他停留了幾週時間，見到了不少的英國人和中國人。離開北京後，他與夥伴們一起去了東嶽泰山，登山眺望。當他們爬到山頂時已是黃昏時分，就住在一座廟宇裡，觀賞月升日出。在這裡，他有種強烈的宗教神聖性感覺。像在蜿蜒曲折的山路上成百上千個朝聖者一樣，他也渴求神聖的崇拜。至於崇拜誰，又如何崇拜，他的《外觀》（*Appearances*）裡有詳細討論。他在寫給韋勃夫人的信裡說，我躺在這座中國聖山的峰頂，按照中國人的傳說，這裡是四千年前上帝朝拜過的地方，孔夫子來過，歷朝歷代帝王拜謁過，還有那年復一年的潮水般的朝拜者，真讓人難以平靜。我們睡在道教老君的廟裡，觀看太陽升出地平線的壯觀景象。[27]他們又到了孔夫子的誕生地——曲阜，訪問了第七十六代衍聖公。儘管有很多語言障礙，但會談還是進行了：「迪金森先生多大啦，為什麼沒有結婚，為何沒留鬍鬚？」等等。然後還進行了一個象徵性的儀式：贈送一本書，那本《約翰中國佬的來信》。[28]約翰中國佬終於回到了孔夫子的故鄉，而且與孔夫子的後裔交談，更讓迪金森既感慨又興奮。

---

26 E.M. Forster, *Goldsworthy Lowes Dickinson* (New York: Harcourt, Brace and Company, 1934), p. 142.

27 E.M., Forster, *Goldsworthy Lowes Dickinson* (New York: Harcourt, Brace and Company, 1934), p. 150.

28 E.M., Forster, *Goldsworthy Lowes Dickinson* (New York: Harcourt, Brace and Company, 1934), p. 151.

迪金森的某些說法也確實與孔儒思想相近。比如他曾把人類分為兩種人。一種是稟性狷潔，總是與眾人處於對立地位，而一旦事情來了，則又左右顧慮，毫無實踐能力，可對那些實踐者的言行又吹毛求疵；另一種人則和光同塵，隨時俯仰，只把成功作為惟一的準則，這樣的人如果生在尚武的時代，則為軍人，生在宗教時代，則為僧尼，生於拜金時代，則是銀行家和鉅賈。迪金森對這兩類人均不贊同，相比之下對第二種人更為厭惡。

迪金森這裡所說的第二種人，與孔子所講的「鄉愿」近似。孔子是非常討厭「鄉愿」這類人的。所謂「鄉愿」是指那些沒有什麼見識的人。孔子恐其亂德，所以在《論語》〈陽貨篇〉裡說：「鄉愿，德之賊也。」也就是說，那些沒有是非標準的好好先生是足以敗壞道德的小人。《孟子》〈盡心下〉對「鄉愿」有比較具體的解釋，指出這類人「言不顧行，行不顧言」、「閹然媚於世也」、「同乎流俗，合乎汙世。居之似忠信，行之似廉潔」。梅光迪在〈孔子之風度〉一文裡也指出，中國數千年社會，就是此種投機分子的大舞臺：「在昔日，則開口堯舜禹湯文武周孔，八股試帖，皆其優為，而真學問，真經濟，則無之。故能博普通帝王之歡心，而取其高官厚祿。在今日，則開口進化，自由平等戀愛科學方法，而為新官僚，新名流矣。」[29]

結束對中國的訪問之後，迪金森繼續東進前往日本，日本的潔淨美觀效率都給他留下了愉快的印象。然而在東方三國之中，他還是對中國的印象最好。近現代中國貧窮落後、動盪不安的社會現實並未使他產生失望之感。「印度令人印象深刻，日本令人愉悅，然而停駐我心靈的還是中國。」[30]不僅如此，在他到訪過的所有國家之中，他也

---

29 梅光迪：〈孔子的風度〉，載1932年9月《國風》第3號。可參見羅崗、陳春豔編《梅光迪文錄》（瀋陽市：遼寧教育出版社，2001年），頁41。

30 E.M. Forster, *Goldsworthy Lowes Dickinson* (New York: Harcourt, Brace and Company, 1934), p. 152.

只有對中國的印象最好。福斯特說：「除了中國，他從未對其他外國產生過如此特別的感情。」[31]

二　迪金森所創造的烏托邦中國圖景

幾乎是一種規律，那就是對中國懷有美好感情的西方人一踏上中國國土，往往大失所望。貧困落後的中國現實徹底打破了他們心目中對這個文化古國的烏托邦印象。還有不少西方人根本不願意到東方遊歷，歷史的、文化的中國才是他們唯一感興趣的夢想，所以寧可遨遊在自我陶醉的幻境。迪金森與這些西方人都不一樣，有人情味的現實中國仍然是他心目中的理想國度，他畢其一生都對中國傾情嚮往。

迪金森曾多次將中國與印度相比。他說：「當我抵達天朝，頭一次看見中國人時，我放了心。我離開的印度是一個崇高、可怕，缺乏人情味的國家，而中國卻淳樸、雅致，富有人情味。從一開始我就喜歡這個醜陋、快活、精力充沛的民族。它那稚氣的快樂、友好的天性、深深的人情味立刻打動了我，使我難以忘懷。」[32]居留北京的迪金森給他劍橋的同窗好友——也是他的傳記作者——E. M. 福斯特的信裡也說：「中國是人類的定居之所。而在遙遠的過去發著微弱之光的印度則是神秘的、不可思議的、可怕的、極端的、恐怖的、單調的，佈滿了高山和深谷，到處是高地和深淵，永遠讓人琢磨不定。可是中國！她是一個讓人愉快、友好、美麗、明智、希臘式的、優秀的、人性的民族。」[33]

---

31 E.M. Forster, *Goldsworthy Lowes Dickinson* (New York: Harcourt, Brace and Company, 1934), p. 70.

32 轉引自黃興濤：《閑話辜鴻銘》（桂林市：廣西師範大學出版社，2001年），頁268-269。

33 E.M. Forster, *Goldsworthy Lowes Dickinson* (New York: Harcourt, Brace and Company, 1934), p. 147.

迪金森所說的「人情味」就是通常意義上的國民性格。他雖也看到了中國的骯髒與貧窮，但中國人貧困度日仍能樂天知命、保持寬容安祥，使他深感中國仍然可愛。在給福斯特的信裡他說：

> 是的，中國正是我所想像的模樣。我本以為我太理想化了，可我現在對這種想法感到懷疑。……整個國家非同凡響！環遊北京，真彷彿置身於義大利一般！你可以出城去登山，從一座寺院走到另一座寺院，每座都只會比上一座更精美。那些有幸到過內地的人可以講講許多更有趣的故事。羅斯告訴我說一個省就是一塊由美麗的山脈、鮮花，或耕耘著自己土地的一群既是學者也是紳士的農民組成的奇妙樂土……他們是唯一在禮儀和組織上平等的民族──非常自尊、禮貌和友善，總是謝絕做任何他們認為不理智的事情。如果這樣一個民族能夠發展到較高的經濟水準而不失卻這些品質，那麼我們就擁有了這個星球最美好的機會。[34]

「如果這樣一個民族能夠發展到較高的經濟水準而不失卻這些品質，那麼我們就擁有了這個星球最美好的機會」，這正是出自對西方現代文明危機的憂患，從比較的角度，對中國文明前景發出的美好期待。一九一四年出版的旅行日記《外觀》（*Appearances*）裡，他也不斷談到對中國的美好印象。比如他寫到：「我以前從沒有到過這樣一個國度，這裡的人民是如此的自尊自立和如此的熱情。比如在美國，每個人都認為有必要向你保證，他和你一樣和善，可事實上他們卻很粗暴地對待你。而在中國卻不同，因為你能感覺到他們對你都很和

---

34 E.M. Forster, *Goldsworthy Lowes Dickinson* (New York: Harcourt, Brace and Company, 1934), pp. 147-148. 此處譯文採用自《中國變色龍》（雷蒙・道森）中譯本，頁299-300。

善。他們沒有那種個人權力的自我意識，但卻不像人們在印度到處可看到的那種爬在地上的卑躬屈膝。中國人民是民主主義者，從他們怎樣對待自己和怎樣對待同胞中就能看到，他們已經實現了民主主義者期望西方國家所達到的水準」。[35]

無疑，迪金森對中國的看法是理想化的，或者說僅僅看到了讓他感興趣的現象。與其他作家一樣，他對異文化採取的是「為我所用」的態度，目的是批評西方現代文明進程中的弊端。西方現代文明是工業革命之後迅速發展起來的，它給人們帶來了物質上的富裕和舒適，但是單純的物質追逐造成了客觀世界的動盪不安，以至侵蝕並逐漸佔據了人們的精神領域，由此造成了人的異化。迪金森正是看到了西方人這種精神上的現代病，希望在東方中國文化裏尋覓西方文化缺失的東西。他通過約翰中國佬說，「我們諄諄教誨著各階層的民眾，讓他們時時要尊重心靈精神方面的事情，而這些在歐洲，特別是在英國則很難發現同樣的情形。」[36]

在迪金森看來，現代人對財富和權力的追求扼殺了對生活裡那些美好事物的感受力。而在中國，歷代詩人和文學家教導人們的正是要訓練這種「上等的和高雅的鑑別能力」：「月夜花園中的玫瑰、草坪上的樹影、盛開的杏花、松樹的香氣、酒杯和吉他；這些以及對生與死的同情、長久的擁抱、孤立無援伸出的手、永遠消逝的時刻，連同它伴隨的音樂與光芒，溜進夢魂縈繞的過去的陰影與靜寂之中，我們所擁有的一切，從我們身邊溜掉的一切，一隻展翅飛翔的鳥兒，一縷在微風中散溢的香味——對這一切我們要訓練自己去做出感應，而這種感應就是我們所說的文學。」而在西方，這些都「在織布機的轟鳴聲

35 轉引自辜鴻銘：《孔教研究之二》，《辜鴻銘文集》（海口市：海南出版社，1996年），上冊，頁544-545。

36 Goldsworthy Lowes Dickinson, *Letters From John Chinaman* (London: J. M. Dent & Sons, Ltd., 1913), p. 32.

中無法聽到，在工廠的濃煙裡也不能看到。它已經被西方生活的車輪扼殺了。」[37]的確，中國的農業文明造就了人對大地親切的依存關係，文學不可避免地會傳達出與大地聲息相通的純樸體驗，這近乎是一種先天獲得的創作素養。

迪金森更以其具有高度想像力的詩一樣的語言，展現了他心目中的中華民族的特徵和中國人的生活方式：

> 在這個可愛的山谷生活的千萬人卻除了習俗外沒有任何法律，除了他們自己的家庭外沒有任何制度。他們的勤勞是你在歐洲幾乎看不到的……他們沒有其他的過高奢望，他們不在乎積累財富；……在這樣一個民族裡不會存在瘋狂的競爭。沒有主人，也沒有僕人；有的只是平等，不折不扣的平等規範，維繫著他們的日常交往。健康的勞作，充足的閒暇；坦誠的友善，一種與生俱來的、不為不實際的空想所折磨的滿足感，一種造物主賦予的審美感──在無法以藝術作品的形式來表達時，代之以優雅、莊重的禮儀；所有這一切便是養育我的那個民族的特徵。[38]

以上這是中國人安時處順、樂天知命的生活方式，也是迪金森眼中理想的東方景觀。而英國人是何等情形呢？迪金森同樣通過那個中國佬的口說：我發現的是英國人違背自然天性，也無法通過藝術來恢復人的本來天性。英國人只不過僅是一個工具而已，他們在技藝方面的成功，正展示著在精神洞察力上的失敗。英國人能夠完美地製造和

---

37 Goldsworthy Lowes Dickinson, *Letters From John Chinaman*, pp. 32-33. 此處譯文採用自《中國變色龍》（雷蒙‧道森）中譯本，頁182-183。

38 Goldsworthy Lowes Dickinson, *Letters From John Chinaman*, pp. 18-21. 此處譯文採用自《中國變色龍》（雷蒙‧道森）中譯本，頁298-299。

使用各種機械，但不能建造一所房子，或者寫一首詩，或者畫一幅畫，更談不上崇拜或渴求它們了；他們的文學是每日的新聞，充滿著傲慢而毫無意義的詞句，趣聞、謎語、雙關語以及各種誹謗之詞充斥其間；他們的繪畫只不過是塗寫上顏色的故事。因而他們無論是外在還是內在的感覺都蒼白遲鈍，差不多都是些瞎子和聾子。[39]

　　其實，尼采早就指出資本主義工業的發展和經濟的繁榮導致了膚淺的樂觀主義，致使人們只追求金錢，以此滿足物質的需要而忽視精神生活。追求財富甚至變為生活的目的，為了財富，人們表現出盲目的瘋狂的勤奮。在《快樂的科學》中，尼采說：「我常常看到，這種盲目而瘋狂的勤奮儘管創造了財富與榮譽，但同時剝奪了那些器官的統一（由於這種統一，人們可能享受到財富和榮譽）。我同樣看到，那用以對抗無聊和激情的主要手段，同時會使感官變得遲鈍，使精神不願接受新的刺激。我們的時代是所有時代中最勤奮的時代，它只知道用自己大量的勤奮和金錢去創造越來越大的金錢和勤奮。」[40]所以，這些由於貪婪而變形和異化的現代人，只能是「瞎子和聾子」，他們只能是心靈上的「野蠻」人，這也正是迪金森在比較視野中，借美化中國文明為參照，來重新估定一切價值去批判現代文化的整個傾向。

　　《約翰中國佬的來信》寫作時正值中國發生義和團運動。發生在世紀之交的義和團運動是震驚世界的大事變。這場運動是中國人民以暴力驅逐外來侵略和保衛社稷家園的一種特殊的抗爭形式。它的興起引起外國列強的仇視，於一九○○年組成八國聯軍大舉入侵，挑起燒殺劫掠不遺餘力的殖民侵略戰爭，給中國人民造成空前殘酷的毀滅性災難。義和團「扶清滅洋」的口號以及運動過程中對在華歐人的強烈衝擊，正好為當時西方頗為盛行的「黃禍論」提供了重要口實，隨之有關中國人的種種「劣行敗德」和「野蠻行徑」，伴隨著原本就有的

---

39 Goldsworthy Lowes Dickinson, *Letters From John Chinaman*, p. 25.
40 轉引自殷克琪：《尼采與中國現代文學》（南京市：南京大學出版社，2000年），頁48。

偏見與成見，在歐洲迅速傳播，幾可達到了「深入人心」的地步。各大報刊上刊登的有關圍困使館和攻擊傳教士的聳人聽聞的報導更加劇了對中國的敵對情緒。在此形勢下，迪金森大張旗鼓地重申中國文明優越論，替中國人辯護，認為義和團叛亂及其抗擊洋人，並不是中國人的錯。一九〇三年他又以《一個中國官員的來信》（Letters from a Chinese Official）抗議義和團運動中，西方勢力對中國事務的橫加干涉，揭露了在此事件裡西方國家的貪婪嘴臉。而義和團暴動及西人對此事件的回應也成為了迪金森思考中國文明問題的切入點。他在《約翰中國佬的來信》第一封信裡[41]就借約翰中國佬之口說，假如歐洲人據此推斷中國人為野蠻人，都是些殘忍嗜血之民，那當北清事變（指八國聯軍入侵）時，歐洲軍隊在中國飛揚跋扈、暴戾狼藉、無所不為，不是也能由此可見西洋文明的野蠻性。

　　迪金森在此採用了先抑後揚的方法駁斥了西方肆意攻擊中國的論調，進而認為中國人對西方文明的不信任與嫌惡，並非如歐人認為的那樣出於狹隘與無知，其根本原因在於中西文明觀念不同所致。迪金森將之概括為物質利益與道德道義的對峙，這在當時可以說是抓住了中西方文明衝突的核心。

　　西方文明強調物質功利性，中國文明崇尚精神道德力，這是二十世紀初期人們論及中西文明特質時必標舉的差異。這方面辜鴻銘是個典型代表。他認為，西方近現代文明在本質上是一種「物質實利主義文明」，社會的一切方面都貫穿著實利主義、機械主義和強權主義的精神，它崇尚的是物質力；而中國儒家文明則與此截然不同，它崇尚的是道德力。前者的目標就是「儘管提高物質生活標準」，而後者的理想則是純樸的生活，追求人的道德和心靈的發展，因此它是一種純粹的道德文明。

---

41 Goldsworthy Lowes Dickinson, *Letters From John Chinaman*, pp. 3-9. 下文內容相關引述均出自第一封信，不再另注。

　　迪金森對這樣一種以道德責任感作為社會秩序基礎的中國文明更為激賞，因為正好用來作為批評西方文明的支撐點。他通過約翰中國佬的口指出，作為世界上最古老文明的中華文明之所以能綿延長久，正在於中國社會組織制度的穩固安定，而中國文明不啻是穩定，還貫穿著一種道德道義的秩序。與之相比，西洋文明展現的則是不絕如縷的經濟糾紛罷了。迪金森由此從宗教、家庭觀念、個人與社會的關係等多方面，對中西方文明展開對照，以強調物質利益與道德道義之追求的差異。

　　在迪金森看來，宗教的核心問題是對民族社會感化的程度。而基督教比起儒教對中國民族的感化來，要少得多。中國文明以儒教為支撐。所謂儒教，即講求道義的說法。因而中國文明的首要基礎，就是道義、道德。西方的文明，不是與利益觀念相連，就是立足於經濟的關係，而道義和道德，不過是附屬於表面的裝飾物而已。在家庭觀念方面，迪金森說，西方的兒童一等到能夠離開父母時，就被送到公共學堂裡去。這樣一下子就脫離了家庭的感化。父母就在此時投身於生活競爭的激浪之中。而與父母分離的兒童，對父母的反哺之情，也隨之淡忘了。而至於個人與社會關係方面，迪金森指出西方社會以個人為本位，這樣似乎就自由自在，社會進步了。如若有人總是停留在原來的地位，必引為大辱。所以，為求得個人的獨立，冒險、競爭、苦鬥。身處這種社會中的人，終身得不到滿足的感覺，整日遑遑營利，汲汲求私，總是沒有平靜安樂的生活，「金錢關係」則成為社會中唯一的社會關係。

　　迪金森認為，在以道德倫理為尚的中國人看來，這樣一種以金錢利益為基礎的社會純粹是野蠻社會的表現。因為中國人推測文化的程度，並不在於財寶堆積的分量，而在於國民生活的品性與人生價值。在中國的儒政模式中，孔子早就對衡量社會發展的物質與道德兩個尺度提出了「庶、富、教」的主張，求富庶同固然可以強國足民，但孔

子以教為治、重視教化,更強調社會的道德水準。迪金森此處正是從這一觀念出發的。他對中國文明與西方文明,或褒或貶,揚中國文明之道德道義,斥西方文明之物質利益,其出發點當然是試圖以他人之長,補己之不足,以拯救西方文明亦已表現出的各種弊端。因而借中國人之口竭力稱頌中國傳統文明,其偏頗之處,在所難免。這只不過是西方作家利用中國題材的一種策略而已。

前文已經提及,義和團暴亂是迪金森比較中西文明的出發點,他將中西文明的顯著差異看作是雙方一系列衝突產生的基礎。當時歐洲流行著一種看法,認為挑起這種衝突的是中國。迪金森指出這是誣衊之詞。因為事實上,文明優越的中國人絕不願意與西方交流。當初東西方之交往,實因西方人通過強力而造成,並非中國人之所求。而西方為強行開放他國市場,不惜以武力相逼。迪金森說,這是一種侵略行徑。由於「從經濟上來看你們的社會,其組織的結果,常常導致民眾面臨饑餓的深淵。即使是你們日常生活所需消費的也不能自己產出,而所產出者,又不能自己消費掉,所以你們在他國發現市場,賣出所生產的物品,換取食品與原料,以解決你們的生死存亡的問題。近年來,為了達到開發市場的目的,為獲得經濟利益,你們頻頻在中國挑起事端,這是不容爭辯的事實。」[42]迪金森道出了西方列強在中國不斷肆意挑釁的本質原因。

至於英國商人一再聲稱的高調,所謂:「不排斥英國的企業,而歡迎之,能為大清國帶來利益」,信裡的約翰中國佬根本不以為然,因為,「我們的宗教,本來優於你們的那種宗教;至於在道德方面就更高尚了,社會制度也更完全,這一點我們感到很自信,然而也是真理。」[43]唯其如此,當十八世紀末英國人帶著所謂「淫巧奇技」企圖

42　Goldsworthy Lowes Dickinson, *Letters From John Chinaman* (London: J. M. Dent & Sons, Ltd.,1913), pp. 11-12.

43　Goldsworthy Lowes Dickinson, *Letters From John Chinaman* (London: J. M. Dent & Sons, Ltd.,1913), p. 10.

叩開天朝大門時，中國君臣也正是抱著同樣的心態來拒斥他們的。

　　迪金森在這部作品裡所展示的中國文明優越論頗有點類似辜鴻銘對傳統中國文明的看法，也與一戰前後（五四時期）世界範圍內興起的東方文化思潮有些內在聯繫。只不過後來人們更自覺地比較中西文化，揭示中國人的精神生活，宣揚中國傳統文化的價值，鼓吹儒家文明救西論。當然，對那時面臨著擺脫封建文明包袱，走出中世紀，邁向近代化的中國來說，儒家文明較多地顯示出消極的一面；而對於逐漸進入後資本主義社會的西方世界來說，它卻能顯現出某種幫助西方反省現時文明之弊，啟發人們尋求精神新境的文明價值。迪金森正是出於這一考慮而抱著對中國文明的理想信念，極力讚美中國。確實，迪金森畢其一生都對中國傾情嚮往，抱持著中國文化救贖理想終生不渝。他的傳記作者福斯特這樣評價他：「他的生命充滿了許多的理想破滅，但是中國從未使他失望。她作為一個道德正直而又高雅的文明，形象堅定，而當他為她哀傷之時不是因為她使他感到失望，而是因為他不得不看著她被歐洲列強的暴力所損毀。在他的晚年之時，她的命運成了人類的縮影。如果中國能夠得到拯救，他才能被說服人性不會被毀滅。」[44]我們從他所創造的烏托邦中國圖景中可以看到西方作家的文化利用傳統承傳嬗變之軌跡。

第四節　中國畫屏上的風景：毛姆作品裡的中國形象

　　在英國作家中，毛姆（William Somerset Maugham, 1874-1965）的作品最富於異國情調。他一生愛好旅行，屐痕處處，耳目所及，搖筆成文。但他從來不是個單純的觀光者，興趣在於人和人的生活。憑

---

44 E. M. Forster, *Goldsworthy Lowes Dickinson* (New York: Harcourt, Brace and Company. 1934), p. 142.

其豐富想像力所構設的藝術世界，瀰漫著旖旎的南洋風光，顯現著濃郁的域外風情，同時也呈示著那種以歐人心態觀照異國的文化視角。他來中國追尋的是古代的榮光，昔日的絢爛。因為他心目中的中國在漢唐盛世，甚至是在《莊子》〈秋水篇〉裡。透過他那畫屏上的古典中國形象，我們也看到了西方文化優越感心理作用下的傲慢與偏見。

一　《人性的枷鎖》裡的中國人宋先生形象

來華旅行之前，毛姆就在《人性的枷鎖》（*Of Human Bondage*, 1915）這部流傳最廣泛的小說裡提到了一個中國人。這部作品以作者早年的生活經歷為依據寫成，因而也是一部敘寫他成長的「教育小說」。

小說主人翁菲利浦（Philip Carey）是英國的一個留德學生，在柏林經歷成長階段，其中包括首度和中國人交往的經驗。我們注意到，在海德堡大學，與毛姆住在同一公寓裡的就有一個中國學生。菲利浦初到德國時，寄宿在歐林教授夫人的家裡。同時寄宿在此的有一個中國人宋先生。在菲利浦的眼中，宋先生「黃黃的臉上掛著開朗的微笑。他正在大學裡研究西方社會的狀況。他說起話來很快，口音也很怪，所以他講的話，姑娘們並不句句都懂。這一來，她們就張揚大笑，而他自己也隨和地跟著笑了，笑的時候，那雙細梢杏眼差不多合成了一道縫。」[45]可見，菲利浦對宋先生的初次印象並不壞，甚至還打破西方人優越感和宗教框框，認為像宋先生這樣的大好人，不應該因為是異教徒就得下地獄。

但沒過多久，菲利浦發現宋先生和另一位寄居者法國小姐凱西莉在談戀愛。這一下子改變了人們對宋先生的看法。同住一處的幾位老

---

[45] 〔英〕毛姆著，張柏然等譯：《人生的枷鎖》（上海市：上海譯文出版社，1997年），頁89。下文引述小說內容皆出自於該譯本，不另注。

太太開始把這事當作醜聞來談論，於是鬧得整個寄宿家庭心神不寧。在房東教授太太眼裡，宋先生「黃皮膚，塌鼻樑，一對小小的豬眼睛，這才是使人惶恐不安的癥結所在。想到那副尊容，就叫人噁心。」種族歧視和黃禍心態左右著人們對宋先生的評價。菲利浦也覺得寄宿家庭的整個氣氛令人噁心。「屋子裡空氣沉悶，壓得人透不過氣來，似乎大家被這對情人的獸欲搞得心神不寧；周圍有一種東方人墮落的特有氣氛；炷香嫋嫋，幽香陣陣，還有竊玉偷香的神秘味兒，似乎逼得人直喘粗氣。」他自己弄不明白，究竟是什麼奇怪的感情搞得他如此心慌意亂，他似乎覺得有什麼東西在極其強烈地吸引他，而同時又引起他內心的反感和惶恐。

我們從菲利浦的困惑，以及寄宿家庭的矛盾裡，或可推測到毛姆早期對中西文化交流所持的不甚樂觀的看法。正如他在小說裡表達的結論──「生活是虛無的，現實無法改變的」──那種悲觀論調一樣，文化隔閡也是限制人們自由交往的精神枷鎖。在毛姆眼中，異域文化是令人嚮往的（如開始時菲利浦對宋先生的評價），但一旦異域文化侵入西方本土文化（宋先生竟然敢與法國小姐談戀愛），威脅到西方文化的純正，就是大逆不道、十惡不赦，就會遭到西方文化的抵制和攻擊。西方種族主義文化心態昭然若揭。毛姆的高明之處在於，他認識到了如果西方文化泥古不變，一味排拒異域文化，就會如宋先生、凱西莉最後上演出一幕私奔戲那樣，一籌莫展、一團混亂。

二十世紀英國文學變化的重要特色之一，正是對異域文化（東方文化）有選擇的接納，毛姆也不例外。文化隔閡的破除在於相互了解，達到相互了解在於縮短交往距離。於是，毛姆寫完《人性的枷鎖》之後，開始了廣泛的旅行，足跡所至遍及印度、緬甸、新加坡、馬來亞、香港地區、中國內地以及南太平洋中的英屬與法屬島嶼，還到過俄國及南北美洲，在積累豐富的見聞和創作素材的同時，也近距離試圖了解異域文化。

一九一九年，毛姆與他的秘書赫克斯頓（Gerald Haxton）一起，啟程東來，到中國體驗生活，收集創作材料，前後遊歷了四個月。十二月底，他和赫克斯頓坐民船沿長江上溯一千五百英里，然後改走陸路。一九二〇年一月三日回上海，在給弗萊明的一封信裡，他吹噓自己憑兩條腿走了四百英里路。這次遊歷，大大豐富了他的創作素材，從一九二二年起寫了一系列涉及遠東（中國）的作品：戲劇《蘇伊士之東》（*East of Suez*, 1922）、散文集《在中國畫屏上》（*On the Chinese Screen*, 1922）、長篇小說《彩色的面紗》（*The Painted Veil*, 1925）、中篇小說《信》（*The Letter*, 1926）、短篇集《阿金》（*Ah King*, 1933）。這些作品所展現的異國情調，加之毛姆俊逸飄灑的文筆，精彩生動的故事描述，獲得不少讀者（觀眾）的青睞，構成毛姆「東方題材」作品的重要組成部分。

據說以北京為背景的《蘇伊士之東》一九二二年在倫敦最有名的王家劇院上演時，其場面之宏大，令倫敦觀眾驚歎。該劇頭一場佈景便是北京皇城根附近的一條熱鬧的大街，在倫敦唐人街找了四十多個華人做臨時演員，有拉車挑水的苦力，有蒙古駱駝商隊，有游方和尚，甚至有個國樂班子，這是配樂作曲家古森在索荷的華工中物色到的。如此多的華人上臺演出，在英國是破天荒，為此，劇院還特地雇傭了幾個廣東話翻譯。《蘇》劇於九月上演，連演了二〇九場，劇本本身並不太成功，但華人「龍套」特別令人滿意，毛姆自己也說：「任何看過此劇的人都不可能忘記中國人的精彩演出，尤其是第四場暗殺未遂，傷者抬過來時，那驚恐的姿勢表情，聲音壓低的激動交談，真有一種戲劇性的緊張氣氛。」[46]

吉卜林（Rudyard Kipling）在《人生路險》（*Life's Handicap*, 1891）裡說過，一過「蘇伊士運河以東」，那就是「聖恩不及」、而「獸性」

---

46 轉引自趙毅衡：〈毛姆與持槍華僑女俠〉，見其所著《西出洋關》（北京市：中國電影出版社，1998年），頁53。

大發的地方。同樣，毛姆《蘇伊士之東》以殖民地為題材，將具有高尚道德原則的白種人與殘酷、狡猾、虛偽、容易犯罪的亞洲人相對立，帶有明顯的「白人優越感」的傾向。這種文化優越論所造成的對其他民族文化的傲慢與偏見，也不自覺地滲透進了《在中國畫屏上》。

二　暮色裡消逝的東方神奇與奧秘

《在中國畫屏上》是反映毛姆中國題材創作的主要作品，也是他心目中的中國形象的集中展現。在這部作品裡，毛姆並沒有因為踏上中國土地，實地考察，增廣見聞後，重新更為現實地認識中國，反而隨著距離的縮短，看待文化問題的角度越發狹窄，基本持續了《人性的枷鎖》對中國的看法。如作品題目標示的那樣，這是一個畫屏上的中國，就像濟慈看到的希臘是古甕上的希臘一樣。原來，毛姆來中國最想尋覓的是昔日的榮光、古典的絢爛。他就是手持這樣的濾色鏡來看二十世紀一、二〇年代的中國的。中國是神秘國度，百姓優雅，風度翩翩，像宋先生一樣。而全然不顧當時中國軍閥割據，民不聊生，革命頻起，新舊交替的現實。像歐洲人心目中的中國只是歷史的、文化的中國，而非現實的中國一樣，踏上中國國土的毛姆也隔著歷史的薄紗看中國。

在當時滿目瘡痍的中國土地上，最讓毛姆感興趣的正是那暮色裡消逝的東方神奇與奧秘，也就是用那種衰落的豪華寄予著自己的懷古憂思。其實，通讀全書，我們可以看到，從歷史帷幕裡走出來的不是別人，而是他（毛姆）。而且一手捧線裝書，一手持放大鏡，正在六朝的清談中左顧右盼，在柳永杜牧的水榭樓臺上緬懷蘇杭。他心目中理想的中國形象正是這古典中國，是漢宮魏闕，是唐風宋采，是一種

憑藉其自身文化優越感抉發出的異國情調。[47]

　　毛姆來中國時，那場聲勢浩大的五四運動剛過後不久。我們雖然沒有看到他對此有什麼直接評價，但那位清癯、文雅、憂鬱的內閣部長的一段話，可以想見毛姆此時的所思所想：

> 他用一種憂鬱的中國方式和我談話。一種文化，最古老的世界知名的文化被粗暴地掃蕩著，從歐美留學回來的學生們，正把這種自古以來一代接一代建立起來的東西無情地踐踏掉，而他們卻拿不出東西來替代。他們不愛他們的國家，既不對它信仰，也不尊敬。一座一座的廟宇，被信士們和僧侶們糟蹋，讓它們衰敗以致坍塌，到現在它們的美除了在人們的記憶裡什麼也沒有了。（《內閣部長》，*The Cabinet Minister*）[48]

　　毛姆與這位「內閣部長」一樣，基本上為中國古文化之現代命運感到「憂心」和「惋惜」。因而，儘管他發現內閣部長是一個惡棍，一個壓榨的能手，中國之衰敗到如此悲傷的危險地步，肯定有他的一份。「但是當他抓起一隻天青色的小小花瓶在他手上時，他的手指似乎用一種著魔的溫情扣住它，他的憂鬱的雙眼愛撫地瞅著它，而他的雙唇微微地張開，好像要抽出一聲貪欲的歎息。」[49]毛姆的心情有點類似「內閣部長」注視花瓶時那種抑鬱不安的感覺。他們都只看到歷史的美好、眼前的衰敗，卻對未來展望視若無睹。我們可以不懷疑毛姆對中國傳統文明的真誠喜好，但也無法忽視其中夾雜著的那種居高

---

47 參見李奭學：〈傲慢與偏見——毛姆的中國印象記〉，載《中外文學》第17卷第12期（1989年5月），後收入其文集《中西文學因緣》（臺北市：聯經出版事業公司，1991年）。本節內容寫作受此文啟發很大，特此說明。

48 W. S. Maugham, *On a Chinese Screen* (London: Heinemann, 1922), p. 14.

49 W. S. Maugham, *On a Chinese Screen* (London: Heinemann, 1922), p. 16.

臨下的文化心態。這種文化態度也適用於中國的苦力（the Coolie），
毛姆將之稱為「負重的獸」（The Beast of Burden）。

　　來華西人在對中國人的觀感中每每提到中國苦力，多數還帶有憐
憫與同情之心。在毛姆眼中，那不堪重負的中國苦力構成的卻是一幅
非常有趣的圖景：「當你第一次看見苦力挑著擔子在路上走，觸到你
的眼簾是逗人愛的目的物。……你看那一個跟著一個一溜上路的苦
力，每人肩上一條扁擔，兩頭各掛著一大捆東西，他們造成一種令人
愜意的圖景。看著在稻田水裏面反射的他們匆匆忙忙的倒影，是非常
有趣的。」面對這些牲畜一樣的苦力，毛姆是空懷一肚子無用的憐憫
與同情，這讓他感到沉重的壓抑。他進而聯繫到所有的中國人。因為
中國人「由於為顛連困苦的人生所煩擾，同時人生如白駒過隙，一個
人不可能掌握自己的命運，這難道不是可憐的事實？無休止的勞動，
然後沒有日子去享受果實。精疲力竭，突然飲恨而亡，一切茫然不知
所措，這不恰好就是悲哀的所在嗎？」[50]毛姆覺得如是展現了中國的
神秘。

　　這種對中國人「終身役役，莫知所歸」的見識，大概來自於毛姆
對老莊思想的體悟，同時也得益於早年在海德堡大學期間對叔本華悲
觀哲學的薰陶。確實，毛姆喜歡讀《莊子》，這甚至已經成為他的中
國淵源的標籤，只不過他看重的不是南華真人出世的逍遙遊，而是等
同於近現代主流思想的「個人主義」。在〈雨〉（Rain）一篇裡毛姆就
這樣說道：

　　　　我拿起翟理斯教授的關於莊子的書。因為莊子是位個人主義
　　者，僵硬的儒家學者對他皺眉，那個時候他們把中國可悲的衰
　　微歸咎於個人主義。他的書是很好的讀物，尤其下雨天最為適

50　W. S. Maugham, *On a Chinese Screen* (London: Heinemann, 1922), pp. 67-69.

宜。讀他的書常常不需費很大的勁，即可達到思想的交流，你
自己的思想也隨著他遨遊起來。[51]

　　道家強調個人的內在自由，順乎自我個性。從這點來看，在中國
哲學中，道家與個人主義最為相近。然而，道家的思想和態度又與西
方現代個人主義完全不同。因為他們唯一的反叛方式不是隱居高山名
川，就是逍遙於醇酒詩畫。道家的齊物論，將世界萬物等量齊觀，這
就有可能否定個性。可以說，中國思想家中從來沒有像穆勒那樣，提
出要給個人保留一方領地，連政府也不得干預。因而旨在使個人權利
合法化的個人主義從來在中國沒有發展的機會。[52]毛姆將莊子輕鬆地
解讀為一個「個人主義者」，顯然是一種文化誤讀。不過這種誤讀也
用不著奇怪，關鍵是經過莊子思想的洗禮（當然是毛姆所理解的），
苦力再不是那樣美好而有趣的印象了：這時候，「一群苦力戴著大草
木帽正對著你走來，……雨把他們的藍衣服打濕黏貼在身上，瘦削而
襤褸。路上鋪的破了的石塊都是使人滑跤的，你帶著勞累挑揀著泥濘
的路。」

　　現實與歷史在毛姆那裡是永遠的矛盾。歷史的輝煌漸已逝去，只
殘留著一點點痕跡依稀可辨。毛姆筆下的那個漢學家「只借助印刷的
紙張去認識真實。蓮花的悲劇性華美只有供奉在李白詩篇中，才能感
動他，而端莊的中國女孩的笑聲，也只有在化為完美又精雕細琢的絕
句時，才會激動他，引起他的興趣。」[53]而毛姆自己同樣是拿著放大
鏡來中國尋覓古風遠韻，結果還真是讓他找到了一個，就是辜鴻銘。
與後者形成對照的是戲劇改造者、新派學者宋春舫。

51　W. S. Maugham, *On a Chinese Screen* (London: Heinemann, 1922), p. 95.

52　參見錢滿素：《愛默生與中國》（北京市：生活·讀書·新知三聯書店，1996年），頁
　　216。

53　W. S. Maugham, *On a Chinese Screen* (London: Heinemann, 1922), p. 215.

宋春舫是中國現代話劇的先驅者。我們知道，廢除舊戲曲（包括文明戲），以西歐戲劇為榜樣創建新戲劇，是五四新文化運動中戲劇改革的基本主張。錢玄同說「如其要中國有真戲，這真戲自然是西洋派的戲，絕不是那臉譜派的戲，要不把那扮不像人的人，說不像話的話全數掃除，盡情推翻，真戲怎樣能推行呢？」[54]在胡適看來，中國戲曲中樂曲的一部分，以及臉譜、嗓子、臺步、武把子等，都是早該廢除的「遺形物」。只有把舊戲中這些「遺形物」淘汰乾淨，中國才會有純粹進步的戲劇出世，這才是中國戲劇革命的希望。[55]可是，「那臉譜派的戲」、舊戲中的這些「遺形物」，正是西方人所熱衷的。在這種情形下，宋春舫就中國戲劇改革求教於西方的戲劇家毛姆，其結局也就可想而知了。

林以亮在〈毛姆與我的父親〉一文裡說得更清楚：「毛姆心目中的中國戲是京戲，所謂象徵手法和思想性是他認為京戲中所特有而為當時歐洲舞臺劇所缺少的。毛姆自己寫慣了寫實的舞臺劇，當然對中國京戲那種表面上簡單而又經過提煉的手法羨慕萬分。可是我父親，同他那一時代的參加五四運動的知識份子一樣，總希望文學能對時代發生一點作用，對改良社會有所貢獻。」[56]而這並不是毛姆所關注的問題，所以難怪他對宋春舫所代表的少年中國缺乏同情，對於五四前後崛起的新文學運動頗表懷疑。

《戲劇學者》（*A Student of the Drama*）[57]裡的宋春舫「原來是一位年輕人，個兒矮小，有一雙小巧、文雅的手，一隻比你看見過的一般中國人大的鼻子，戴著一副金邊眼鏡。雖然這天天氣暖和，他還穿著一套厚花呢西裝。他似乎有一點點拘謹。雖說他的嗓子並沒有倒，

---

54 錢玄同：〈隨想錄十八〉，《新青年》1918年第5卷第1號。

55 胡適：〈文學進化觀念與戲劇改良〉，《新青年》1918年第5卷第4號。

56 林以亮：〈毛姆與我的父親〉，《純文學》1968年第3卷第1期。轉引自李奭學《中西文學因緣》，頁229-230。

57 W. S. Maugham, *On a Chinese Screen* (London: Heinemann, 1922), pp. 178-182.

他說話用一種高亢的假聲，由於這些尖聲的音調，使我不能憑聲音弄清和他的談話裡有些什麼不真實的感情。」先入為主的偏見如此之深，期待著毛姆對中國戲劇改革貢獻良策，聲援新文化運動，何其難矣！果然，談及戲劇問題，宋一心要更新中國戲劇的模式，「他要求戲劇須要使人激動，要劇本優良，佈景完美，分幕恰當，情節突兀，戲劇性強烈。」而毛姆認為「中國戲劇具有它的精心設計的象徵手法，是我們經常大聲疾呼尋求的戲劇理想。」言下之意，不解宋何以一味崇外，而不求諸己，以至貽笑大方。宋對社會問題大有興趣，期求毛姆指點一二。而毛姆呢，有意迴避社會問題，說「這是我的不幸，我不那麼有興趣。於是我盡我的靈巧把談話引到中國哲學上去，在這方面隨意談了一些東西。我提了莊子。教授啞巴了。」毛姆自願放棄討論戲劇，而宋卻是有備而來，對戲劇技巧大感興趣，並求教於毛姆技巧的秘密。毛姆說寫劇本是個水到渠成的事情，哪裡需要什麼技巧，「假如你能夠寫，那就像從山上滾落一筒圓木那麼容易。」[58]當宋離開之前，毛姆問他如何看待戲劇文學的將來時，「他歎氣，搖頭，舉起文雅的雙手，成了個洩氣的化身。」

　　作為一個新派作家，對西方作家表示敬重似可理解。不料宋春舫過分拘謹，竟不敢與咄咄逼人的毛姆辯置一詞，如此在毛姆筆下成了一個漫畫人物，像個怯場的小學生，一敗塗地。

　　毛姆眼裡的新派人物像個小丑，滑稽可笑，筆調亦尖酸刻薄，諷刺連連。然而碰到了那個文化守成者、「舊派」人物辜鴻銘，他那種倨恭心理也好像有點「洩氣」了。在他眼裡，辜像個巨人，口吐珠璣，顧盼自雄，而自己則有如慕道信徒，洗耳恭聽，筆調亦謙恭有加，敬仰頻頻。

---

58 後來，毛姆還說過「藝術家只是在題材不大使他感興趣的時候才對寫作技巧關注起來；當他滿腦子想的是題材時，就沒有多大功夫去考慮寫作的藝術性問題了。」(《總結》, *The Summing Up*, 1938)

　　《哲學家》（*The Philosopher*）就是毛姆這種心態的展示。他說要去看這位有名望的哲學家是自己這次艱巨旅行中的有刺激的願望之一。在他看來，辜是中國儒家學說的大權威，雖過著退隱生活，但仍為探討學問和傳授儒家學說而開門講學。

　　儘管毛姆自以為拜望辜鴻銘有如晉見偉人，卻也不得不秉客觀之筆，細寫初進辜府所見的破敗與蕭條，亦可見辜氏代表的舊傳統（也是為毛姆所心儀的）之縮瑟侷促：

> 我走過擁擠的市街，又走過冷僻的街道，直到最後來到一條寂靜、空蕩蕩的街上。……我走過一個破舊失修的庭院，到達一間狹長低矮的房間，裏面稀疏擺著一張美式折疊書桌，兩三張黑木椅和中國小幾。……地板上沒鋪地毯。那是一間空洞寒冷，令人感到不舒服的房間。[59]

　　毛姆就在這「令人感到不舒服的房間」裡耐心傾聽辜氏針對西方文化歧視的那種憤激「發洩」：

> 就說你們，你曉得你們正在做什麼？是什麼理由你們認為自己比我們高出一籌？難道你們在藝術上或者學術上能勝過我們嗎？難道我們思想家的造詣不如你們的深嗎？難道我們的文化不及你們博大真純、艱深縝密、精益求精嗎？不對嗎，當你們還在穴居野處身上披著獸皮的時候，我們已是開化的民族了。你們知道我們在嘗試做一個世界史上獨一無二的實驗嗎？我們在尋求不用武力而用智慧治理這個大國。若干世紀來我們一直追求著。那麼為什麼白種人看不起黃種人？要我告訴你嗎？因

59　W. S. Maugham, *On a Chinese Screen* (London: Heinemann, 1922), pp. 138-139.

為他發明了機槍。那就是你們的優越性。我們是無防禦的人群，而你們就能夠把我們置於死地。你們已經把我們哲學家的夢砸得粉碎，說是世界能夠由法律和命令的力量來治理。你們已經將你們醜陋的發明強加於我們，同時現在你們已經又要把你們的秘密教會我們的年輕人。你們不知道我們有機械學的天才嗎？你們不知道在這世界上有四萬萬最講實效的最勤勞的人民嗎？你們想到這需要我們有較長的時間去學習嗎？當黃種人能夠把槍炮做得和白種人的一樣好，射得一樣準，那你們的優越性又在哪裡？你們訴之於槍炮，也要受到槍炮的審判。[60]

鴉片戰爭以降，以英國為首的西方列強在對中國實行軍事侵略、政治控制、經濟文化滲透的同時，也極大地滋長了對於中國的文化優越感，以及建立在這種優越感之上的侵略合理意識與安適感。這種優越感又被一些傳教士、漢學家、商人遊客等關於中國的充滿偏見的著作所強化，變得更加根深柢固。辜鴻銘在此以中國文化的優越性迎擊西方人的優越感，一句「你們訴之於槍炮，也要受到槍炮的審判」，就足以讓自視甚高的毛姆啞口無言。毛姆的復古偏見遮蔽了他所沒看出的辜氏的矛盾，不了解因應適變是文化融合的常態。如此一遇到「偏見」比他深，「辯才」高過他的辜鴻銘，焉能不俯首稱臣？可以說，毛姆和他所代表的觀點，完全忽視了世界潮流的趨向和中國本身對現代化的迫切要求。僅就此點而論，他和部分「中學為體，西學為用」的中國人士是相同的。宋春舫在傲慢下矮化了，辜鴻銘又在偏見下昇華了。兩者都是毛姆心態的展示，也都是隔岸觀火的西方心靈的犧牲品。[61]

---

60 W. S. Maugham, *On a Chinese Screen* (London: Heinemann, 1922), pp. 146-147.

61 參見李奭學：《中西文學因緣》（臺北市：聯經出版事業公司，1991年），頁235。

三　毛姆筆下在華英人的傲慢與偏見

　　毛姆在中國遊歷期間，遇到各色各樣的中國人，但其注意力卻一直集中在一些在華的各種身分的英國人身上。他們當中有那些已在中國工作二十年，知道如何與當地人打交道的海關人員；有那些大公司的年輕職員，他們每天上英國俱樂部看看倫敦報紙；有那些讀羅素，承認社會主義思想，卻斥責街頭人力車夫的人；有那些心裡憎惡中國人，一輩子在華以改造這個國家為己任的牧師；有那些沾沾自喜的皇室代表團成員；還有那些想為倫敦客廳複製一些北京廟宇裡的藝術品的婦女⋯⋯。

　　《在中國畫屏上》展示了這眾多在華英人的速寫，其中洋商、政客、教士三類人物，更是把西方文化對待中國的方式一展無遺。他們儘管性格不一，職業不同，但有一條是相同的，那就是在內心深處憎恨與鄙視中國人。這些西方民族自大與文化優越論的典型代表，其所思所想暴露在毛姆銳利的目光下。我們注意到，毛姆在描述他們時很少插話與評判，自己的態度往往在沉默中顯現，有時還不免對其同胞的言行附和幾句，以示同道。

　　先看傳教士。毛姆所見的在華傳教士，多數有一共同特徵：一面虛心奉主，一面倨傲待人。即如毛姆所言：「他們可能是聖徒，但他們不常常是紳士。」《恐懼》（Fear）裡的溫格羅夫先生是一位來中國已有十七年的「紳士」。他經常說起中國人的善良天性，孝敬父母、疼愛孩子，有崇高的品德。如他妻子所說，他「不喜歡聽一個字反對中國人，他簡直就是愛他們。」然而聖人心中也有魔鬼：

　　　　這時有人敲門了，接著走進來一個年輕的女人。她是個穿著長裙子，沒有包腳的本地基督徒，同時在她的臉上立刻現出一種

畏縮的繃著臉的不高興的顏色。她向溫格羅夫太太說了些什麼。我恰好瞥了一眼溫格羅夫先生的臉。當他看見她時那臉上不自覺地流露一種極其鮮目的厭惡的表情，好像是有某種使他噁心的氣味把他的臉弄歪扭了。但這立刻消失了，他的嘴唇驟然扭變為一種愉快的笑。但是這種努力太大了，於是他僅只現出一種歪曲的怪相。[62]

溫格羅夫先生向毛姆介紹她是一個教員，有非常好的品德，因而非常寶貴，對她寄予了無限的信任。這戲劇性的變化讓毛姆看到了「真相」：凡是溫格羅夫先生的意志上所愛的，他靈魂上都厭惡。這位傳教士言不由衷地讚美中國人，但在骨子裡卻嫌惡和憎恨中國人。當被問起：「假如中國人不接受基督教，你相信上帝會判處他們以永恆的懲罰嗎？」溫格羅夫先生的回答十分肯定。也許正是由於這種信念，他儘管感情和靈魂上厭惡中國人，但理智和意志上還是願意待在中國，因為「他們很需要幫助，所以要離開他們很困難」。毛姆於此傳達了「白種人負擔」的訊息，溫格羅夫先生這位「聖人」和「紳士」的靈魂也昭然若揭。

伴隨西方船堅炮利而來的基督傳教士的「寬厚仁慈」有目共睹，而支撐他們的不僅有上帝的召喚，更有白種優越論的心理基礎。這後種心態也表現在那些在華的洋商洋客身上，毛姆對他們亦多加顧盼。

《亨德遜》（*Henderson*）[63]裡的主人翁就是一家信譽卓著的外資銀行的經理。他剛來上海時，拒絕乘用黃包車。因為「那違反了他的觀念，那個和他自己一樣的同屬人類的車夫，要拉他從這裡到那裡到處轉，這有損對他的人身尊重。」這位心胸「仁慈」不下溫格羅夫先生的銀行經理，還藉口走路可以鍛鍊身體，口渴可以喝啤酒，為自己

62　W. S. Maugham, *On a Chinese Screen* (London: Heinemann, 1922), p. 42.

63　W. S. Maugham, *On a Chinese Screen* (London: Heinemann, 1922), pp. 56-59.

如此的「高尚」作風找理由。然而，這位經理的道德理想終究抵不住現實的誘惑。因為「上海非常熱，有時他又很忙碌，所以他不時被迫要使用這退化墮落的交通工具。這使他覺得不舒服，但那東西的確方便。現在他變得經常乘坐起來了。但是他常常想這兩根車桿中的這個夥計是一個人和一個兄弟。」

亨德遜的轉變，實則仍有心理上的文化優越感支持。未為現實所屈時，優越感或可保持距離，以「仁民愛物」的面貌偽裝，就像菲利浦初不認為異教徒宋先生應入地獄一樣。然而若涉及自身利益，羊皮下的虎皮就顯露出來，就像宋先生與凱西莉的戀情一旦曝光，東方尊嚴在西方瞬成猥褻一樣。[64]

三年後的一天上午，亨德遜和毛姆一起乘黃包車從一家商店到另一家商店，黃包車夫熱得汗流浹背，每一兩分鐘就用破爛的汗巾在額頭上揩著。當亨德遜想起他非得要現在就去俱樂部買剛到上海的羅素先生的一本新書怕趕不到時，他要車夫停下來，打回轉。毛姆說：「你想是不是午飯以後再去？那兩個傢伙汗流浹背得像豬一樣了。」

亨德遜的回答：「這是他們的好運道，你不必對中國人有任何關心。你明白，我們之所以在這裡就是因為他們懼怕我們。我們是統治的民族。」最後當亨德遜正準備評述羅素《自由之路》（*Roads to Freedom*）的某些觀念時，那個黃包車夫拉過了應該轉彎的地方。「在街角上拐彎，你這該死的蠢貨！」亨德遜氣急敗壞，為了強調這一點，還在那車夫的屁股上狠狠地踢了一腳。

與亨德遜的先恭後傲比起來，另一個英國洋行大班絲毫不掩飾他對中國人的憎惡和鄙視。《大班》（*The Taipan*）[65]裡就有這號人的速寫。「他是這兒社會上最突出的人物，什麼都是他說了算。甚至領事都要注意站在他那正確的一邊。雖說他在中國這麼久，他並不懂得中

---

64 參見李奭學：《中西文學因緣》（臺北市：聯經出版事業公司，1991年），頁223。

65 W. S. Maugham, *On a Chinese Screen* (London: Heinemann, 1922), pp. 183-194.

國人，在他的有生之年，從沒想到須要學習這種該死的語言，他用英語問兩個苦力他們在掘誰的墳。他們不懂他的話，他們用中國語回答他，而他罵他們為無知的蠢傢伙。」

那恐怖的敞開的墳走進了大班的夢裡。他憎惡那些襲進他鼻孔的氣味，憎惡這裡的人民。那些無數的穿著藍衣的苦力和商人們、地方官吏的圓滑的笑和不可思議的穿著他們的黑長袍。他們似乎都用恐嚇壓迫著他。他恨中國這個國家，當初他為什麼要到這裡來？他現在是驚慌失措了。他一定要回去。要死也要死在英國。他不能忍受埋葬在所有這些有著斜眼睛，和露齒而笑的臉的黃色人中間……如此等等，毛姆寫盡了白種人的傲慢與偏見。

毛姆筆下的西方在華政客，更是集白種優越與傲慢無能於一身。《領事》（*The Consul*）[66]裡英國領事彼特（Pete）先生的官場經驗可謂資深，在領館工作了二十多年，只是一直處於極端憤慨的情況之下。洋商們住在中國三十五年，沒有學會在街上問路的話，彼特說因為他們學的是中文。他不屈不撓地盡全力查禁鴉片買賣，但是他是全城惟一不知道他的雇員們把鴉片藏在領事館的人，而一種忙碌的鴉片交易就在那院子的後門裡公開進行。他比絕大多數同事們精通中國文史，更為了解百姓，「但是從他的廣泛的閱讀中，所學到的不是寬容而是自負。」這種自負與傳教士、銀行經理大班們的優越感沒有什麼兩樣。

而他的一次接待，卻讓這種自負心理受到很大刺激。那天他接待了一個自稱為余太太的女人。這是一個嫁給了中國人的英國女人。領事先生理所當然地沒對她表示同情。因為一個白種女人要嫁給一個中國佬這本來就使他不可思議而充滿憤慨。他的話官氣十足，不容置疑：「你必須立刻返回英國」，「你必須從此永遠不回那裡去了」，「我堅持你要離開那個人，他不是你的丈夫。」

66　W. S. Maugham, *On a Chinese Screen* (London: Heinemann, 1922), pp. 104-111.

　　有如宋先生與法國小姐的戀情，一旦危及到西方文明的純正，奮起抵制是意料之中事，否則怎能體現出自身的優越感，又怎能讓人尊敬。作為副稅務司的范寧（Fanning）讓人尊敬的法子很簡單，就是首先讓你懼怕。因為他有一種惡霸作風，無事生非，魯莽唐突。他沒有一次對中國人說話不是提高嗓子到粗聲大氣的命令聲調。雖然他說得一口流利的中國話，但是當某個下人做了什麼不如他意的事情時，他總是用英語罵得他狗血淋頭。然而，他的粗暴尋釁只不過是隱蓋一種膽怯而痛苦的企圖，那就是去懾服那些將和他打交道而尚未被他嚇翻的人。以至於他妻子當有客人來了，總會說：「這些中國人都怕我丈夫，但是，自然他們尊敬他。他們如果試圖在他面前玩什麼鬼把戲，那是沒有好下場的。」他會皺著眉頭回答：「所以，我曉得應該怎樣對付他們，我在這個國家二十多年了。」（《范寧夫婦》，*The Fannings*）[67]

　　如何對付中國人（或對待中國文化），這是在華英人的主要功課。「寬厚仁慈」也好，「魯莽粗暴」也罷，都免不了要露出他們骨子裡的那種文化優越感。我們借助於毛姆那小說家的慧眼看到了這一切。當然，毛姆不只是個旁觀者。作為一個文化純粹論者，他喜愛古韻之中國，冷淡新文化運動之中國，漠視二十世紀現實之中國。當我們掀起遮在毛姆中國形象上的那塊彩色面紗，源自於西方優越論的自負心理也就展現無遺了。確實，無論如何，毛姆都難以逃過那傲慢與偏見的文化心態，而其他西方作家與思想家又何嘗不如是。

第五節　愛美者的回憶：哈羅德・阿克頓筆下的中國題材

　　出生於義大利佛羅倫薩的哈羅德・阿克頓（Sir Harold Acton, 1904-

---

67 W. S. Maugham, *On a Chinese Screen* (London: Heinemann, 1922), pp. 114-118.

1994）是英國藝術史家、作家、詩人，曾受業於伊頓、牛津等名校。
一九三二年起他遊歷歐美、中國、日本等地。早年在牛津、巴黎、佛
羅倫薩研究西方藝術，暮年於佛羅倫薩郊外一處祖傳宮殿頤養天年。
著有詩集《水族館》（1923）、《混亂無序》（1930）等，小說《牡丹與
馬駒》（1941）、《一報還一報及其他故事集》（1972），以及歷史研究
《最後的美第琪》（1932）、《那不勒斯的波旁朝人》（1956）。另外尚有
兩部自傳，《一個愛美者的回憶》（1948）與《回憶續錄》（1970）。

　　對東方文化，特別是中國文化，阿克頓有一種發自內心的癡迷。
他最早把中國新詩介紹給西洋讀者，曾與陳世驤合作完成第一本英譯
《中國現代詩選》[68]，並於一九三六年在倫敦出版。這本譯詩選及其
〈導言〉體現了阿克頓本人的文學觀和嗜好，即對古典文化傳承的重
視。選錄篇什最多的詩人是林庚，而對那些過於歐化的新詩，尤其郭
沫若等人的作品評價不佳。今天看來，阿克頓的眼光與當時中國新文
學的努力方向相去甚遠。當新詩人義無反顧地切斷與傳統的血脈淵源
時，阿克頓卻以域外學者的身分，確立審視中國新文學的另一種眼
光，強調傳統對新詩建設的重大意義。對此，我們姑且暫不評判。不
過，若聯繫阿克頓小說《牡丹與馬駒》中主人翁菲利浦對中國古代詩
人的景仰，即可更進一步應證阿克頓本人的態度。大而言之，阿克頓
對中國古典文化的心儀、古典藝術之美的癡迷正由此清晰透出。

一　「精神的現代病」和東方救助中的愛與憾

　　小說《牡丹與馬駒》（*Peonies and Ponies*）以二十世紀二、三十
年代抗日戰爭前後的北京為背景，描寫當時許多在京歐洲人形形色色
的生活，以及他們來到東方古都的不同感受。他們或抱著種族自大的

---

68 Harold Acton & Ch'en Sh'ih Hsiang, *Modern Chinese Poetry* (London: Duckworth, 1936).

民族偏見無視身邊的一切；或不知疲倦地組織舞會沙龍，趁機向有貴族頭銜的遊客兜售中國古董而從中漁利；或倦怠西方藝術、鄙棄西方文明，希望在搜尋東方秘密中發現出路。小說也寫到了一味崇拜西方的中國學者、新舊夾縫中的青年知識份子，以及底層京劇伶人的生活等。作者從不同角度表現了東西方文化碰撞下的人心世態。

　　主人翁菲利浦・費勞爾（Philip Flower），一位孤獨的愛美者，試圖用中國文化救治一戰以來為有識之士所焦慮的西方現代危機，所謂「精神的現代病」。他在中國的精神探索歷程，多少有點作者自己的影子。某種意義上說，阿克頓以小說家之言，形象地反映了二、三十年代東西方文化在更深層碰撞中，迸發出的重大思想命題。

　　首先，關於東方（主要指中國）文明救助西方危機。這一理想經羅素等西方思想家，梁啟超、梁漱溟為首的「東方文化派」，以及辜鴻銘等人的激揚鼓吹，在二十世紀初的知識界蕩起一片波瀾。小說一開頭便以主人翁菲利浦對中國徹底的皈依切入這一時代話題：

> 菲利浦一直自忖北京這座城市對他意味著什麼。歐戰後，他返回北京，但又因一次偶然的西山之行，還有北戴河的染疴在身而離開它。他發現自己竟那樣強烈地想念北京，就像寵物依戀它的女主人……他深深感到自己正盡最大可能遠離戰後政治，還有籠罩歐洲的緊張激烈，很大程度上這緊張激烈就出自可疑的歐洲文明軌道之內。他在古都北京呼吸到一種寧靜的氣息，任何事物都讓他沉浸在超自然的、泛神論的幻想與驚喜之中。[69]

他就像西方文明的逆子，又彷彿是中國文明流落在歐陸的棄兒，懷著一份倦遊歸鄉的摯誠，把北京當作安身立命的歸宿，棲息靈魂的家園。

---

69 Harold Acton, *Peonies and Ponies* (Oxford University Press, 1941), pp. 1-2.

　　他說「是中國治好我的病，戰爭讓我的生活變成沙漠，而北京讓我的沙漠重現生機，就像那牡丹盛開。」他患上的正是那一代西方有識之士共患的心病——所謂「精神的現代病」。的確，一九一四至一九一八年慘絕人寰的第一次世界大戰，以血淋淋的事實暴露了西方資本主義近代文明的弊病，給人們帶來難以彌補的精神創傷，對歐洲人的自信心和優越感是一個沉重打擊。這讓一些對文明前途懷抱憂患意識的西方人，在正視和反省自身文明缺陷的同時，將眼光情不自禁地投向東方和中國文明，希望在東方文化，尤其是中國哲學文化中找尋拯救歐洲文化危機的出路。德國人施本格勒著《西方的沒落》一書，就公開宣告西方文明已經走到盡頭，必將為一種新的文明所取代，為了走出困境，歐洲應該把視線轉移到東方。羅素（Bertrand Russell, 1872-1970）是二十世紀聲譽卓著、影響深遠的哲學家、思想家和文化巨人，就是帶著對西方文明「破產沒落」的哀痛、甚至是對西方文明行將在戰火中徹底毀滅的恐懼，朝聖般東來中國，企求能從古老的中國文明裡尋求新的希望，呼籲用東方文明救助西方之弊端。

　　對西方文明滿懷悲愴意緒的菲利浦，又何嘗不是揣著類似的朝聖心情走進了北京？

　　　　他像做苦力一樣，拼命閱讀中國的經典著作，有時把冷毛巾放
　　　　在前額上，好讓自己頭腦清醒，一讀就是到深夜。他總希望能
　　　　在中國人那難以捉摸的精神中發現新的光亮，在這塊自我放逐
　　　　的土地上找到人生的新航向。他渴望在中國的土地上與中國人
　　　　相識，並被他們接受。若能被中國家庭收留，那就是再好不過
　　　　的事情。他想像自己能在清明或中秋前舉辦祭孔儀式，那是他
　　　　崇敬的美德。[70]

---

70 Harold Acton, *Peonies and Ponies* (Oxford University Press, 1941), p. 79.

失望於西方世界的他像無家可歸的精神孤兒，苦心孤詣地渴望在中國得到撫慰與庇護，那麼，中國也就成了他逃避歐洲、逃避現實的世外桃源。

其次，如果說阿克頓筆下菲利浦的中國尋夢，契合了羅素等西方哲人改造歐洲的思想，從而使他的形象具有深刻的文化意蘊；那麼，身為「愛美者」的獨特氣質，又使他不願正視中國正在發生的一切變化，而是一廂情願、往往借著一種懷舊的情緒，對中國的歷史和傳統發出一種「但恨不為古人」，或「但恨今人不古」的感慨。如果說思想家羅素的中國觀既是歷史的、文化的，又是現實的，他站在關注人類命運的高處，對中國傳統文化的利弊，以及中國的現狀均有深切的思考與敏銳的洞察；那麼，「愛美者」 菲利浦所追尋的只是古典中國──哲學、藝術、文學中的中國，與現實中國幾乎毫不相干。他們的立場都是西方的，但他們的視界及關注的終極點並不一致。

對菲利浦而言，古典中國被想像成醫治現代病的靈丹妙藥。唯其如此，被現代中國人視為歷史遺產的「古典」，在菲利浦眼裡就有了「現實」救治的意義價值，而這一切都是從他自己──一個現代西方人的角度出發的。所以追尋古典，就如同追尋精神家園般性命攸關。小說中表現他對古典中國的癡迷已經到了頂禮膜拜、甚至令人發笑的程度。比如在歐洲人的沙龍裡，他被叫作滿族崇拜狂，他的一切東西，甚至傭人和狗都要有滿族家譜。他頑固地拒絕叫北京為北平。他不明白為什麼現代中國人對傳統文化棄如敝屣，竟要到國外去接受西式教育，倒把他對中國的熱愛看成討人嫌的偏激。其實這個人物的寧肯「抱殘守缺」、拒不接受中國正在發生著的現代蛻變，在當時西方乃是一種十分普遍的傾向，即把中國當作「文物博物院」。

小說中寫了以馬斯科特（Mascot）夫人為代表的西方遊客。他們純粹為滿足獵奇心理而來華，在北京四處遊逛搜尋古董，興致勃勃地看處決犯人。還把中式佈置的住所稱為「風俗」沙龍，來客都穿上滿

族的衣服，戴著長長的指甲套以此為樂。正像小說中一位西方遊客所說：「從社會學意義上講，古典的一切都沒有消失，只是名字換了罷了，難道我們不是在韃靼國？」[71]二十世紀的中國竟然仍是歷史煙塵下的韃靼國！

　　作者借菲利浦對他們的不以為然，對當時那些見解淺薄、浮光掠影的北京過客表示厭惡。但在骨子裡，菲利浦與他們實相去無幾，儘管他更高雅淵懿、更有文化底蘊。在他眼裡，來自西方的各種事物就像病菌一樣侵蝕北京的肌體，「唉，北京已經死亡了；死於來自西方的各種病菌。唯一讓他感到安慰的是，他已在西山的一角為自己買了塊墓地。」[72]

　　對這一傾向，羅素的分析可謂發人深思。他認為喜歡文學藝術的人很容易將中國誤解為像義大利和希臘一樣，是一個文物博物院。在中國的歐洲人除了感興趣的動機之外，還非常地保守，因為他喜歡每一樣特別的，與歐洲大不相同的東西。他們把中國看成一個可欣賞的國家而不是可生活的國家。他們更看重中國的過去，而不為中國的將來考慮。[73]羅素的這番話可謂相當精確地概括了一般西方人（不僅僅是喜歡文學藝術的人）看待中國的典型心態。所以說，儘管菲利浦與那些北京過客不同，他在中國不是為了膚淺地搜奇掘異，而是尋找心靈的寄託，也更具有向東方文明表達精神訴求的意味。唯其如此，他骨子裡的「博物院」心態則更深刻徹底，這在他對古典詩歌與京劇藝術的嗜好上體現的最突出。

　　作為中國舊文學的精粹，古典詩歌在新詩崛起後不再風光依舊，這是時代選擇、並賦予新詩以歷史責任的結果。而把古典當作家園的菲利浦，向中國青年提起古代的《詩經》、屈原、陶淵明、杜甫、李

---

71 Harold Acton, *Peonies and Ponies* (Oxford University Press, 1941), p. 229.

72 Harold Acton, *Peonies and Ponies* (Oxford University Press, 1941), p. 81.

73 羅素著，秦悅譯：《中國問題》（上海市：學林出版社，1996年），頁169。

白、李清照時，侃侃而談如數家珍。聯繫阿克頓本人對中國現代新詩的審美口味，不難看出其中有作者自己的體會。而菲利浦對京劇的喜愛，及對北京伶人生活的描寫恐怕大體來自阿克頓自己的經驗。他與美國的中國戲劇專家阿靈頓（L.C.Arlington）合作，把流行京劇三十三折譯成英文，集為《中國名劇》一書，於一九三七年在中國出版，收有從春秋列國一直到現代的京劇折子戲.這一工程非常困難，但阿克頓是個京劇迷，研究過梅蘭芳《霸王別姬》的舞蹈藝術，觀賞過北昆武生侯永奎的《武松打虎》，並與程硯秋、李少春等人均有交往。美國女詩人、《詩刊》主編哈麗特・蒙羅第二次來華訪問時，阿克頓請她看京戲，鑼鈸齊鳴，胡琴尖細，蒙羅無法忍受，手捂耳朵倉皇逃走。阿克頓對此解釋說：西方人肉食者鄙，因此需要寧靜；中國人素食品多，因此喜愛熱鬧。「而我吃了幾年中國飯菜後，響鑼緊鼓對我的神經是甜蜜的安慰。在陰霾的日子，只有這種音樂才能恢復心靈的安寧。西方音樂在我聽來已像葬禮曲。」[74]這段趣事竟被阿克頓寫進小說。

　　和菲利浦一樣，女藝術家埃爾韋拉用十年時間嘗試各種主義，從達達主義到超現實主義，但讓她氣惱失望的是，這些絲毫不能滿足她的趨異心理。於是離開巴黎來到中國，懷著幻想去「揭開另一個未經探索的現實」。實際上，她宣稱的「西方必須面對東方」只是紙上談兵而已，行動上則不自覺地流露出西方現代文化優越感。比如，她認為中國的李博士用英語寫哲學是了不起的進步。她無法欣賞京劇，一聽中國音樂，「渾身起雞皮疙瘩，好像聽電鑽打孔。天曉得我費了多大力氣去欣賞它，我想它對我來說不值一提。」[75]她想走進中國人之中，但她首先想到的是為「智力欠缺又懷種族偏見的地道中國人辦一個沙龍」，但這個天真的野心最終受挫，那「優良的中國人」用懷疑

74　轉引自趙毅衡：《西出洋關》（北京市：中國電影出版社，1998年），頁48-49。

75　Harold Acton, *Peonies and Ponies,* (Oxford University Press, 1941), p. 28.

的目光打量她，他們無法理解她想幹什麼。這一切讓她不安，覺得自己仍置身於中國文化之外。說到底，她是以西方的眼光居高臨下地看中國，所以在菲利浦看來，她終究割不斷與西方的聯繫，「而那正欺騙她那虛弱的盔甲」。在埃爾韋拉的身上，我們似乎看到哈麗特·蒙羅的一些影子。

　　古老的京劇給了菲利浦別樣的藝術感受，陌生而又熱鬧的戲園，身段柔美的男伶，「霸王別姬」那動人的音樂與悲劇力量，這一切都讓他興奮感動。他結識了十七歲的男伶——扮演楊貴妃的孤兒楊寶琴（Yang Pao-Ch'in），毫不猶豫地想收為養子。他說：「我從看到他的第一眼起就喜歡他，我要為他做一切，不要問我為什麼，我自己也不知道。我想因為他是中國鮮活的象徵，而我愛中國。」[76]其實，他所愛的只是舞臺上、扮演「楊貴妃」的楊寶琴，當身著西裝的男孩站在他面前時，他竟驚訝的半天說不出話來。這正表明，安慰救助菲利浦的只是那古典的、藝術的中國，現實中國的任何變化都令他難以接受。

　　也許，菲利浦與眾不同的執著，就在於似乎義無反顧地徹底拋棄了西方文明，懷著可貴的真誠與平等的態度、發自內心地投身於北京人的生活中，他渴望別人把他看成中國人，他想和他們一樣過著尋常的家庭生活，感受倫理親情，沐浴在古典藝術的柔美月色中。然而，這究竟只是一廂情願的幻想而已，步入二十世紀的中國，正艱難地從古典邁向現代，它已經無法眷顧這位來自異域的尋夢人。

　　再次，如果說酷愛詩歌和京劇代表著菲利浦對古典藝術的追尋，那麼從孔子的信徒，到道家思想的追隨者，再變為遁世的佛教徒，菲利浦的哲學思考行蹤幾乎濃縮了整個西方世界對東方哲學的接受利用史。

　　小說中埃爾韋拉善意地責怪菲利浦說：「作為一個自認的孔子崇

76　Harold Acton, *Peonies and Ponies* (Oxford University Press, 1941), p. 121.

拜者，你太高尚了。」生活嚴謹端正，既重道德操持又不乏溫厚的人
倫情懷，加之對孔子思想的信從，菲利浦的確表現出儒者的襟懷風
範。不過，「愛美者」的特殊氣質使他與老莊道家思想更為心通神
契。在這方面，阿克頓鑒於自己的藝術理想，他筆下的菲利浦更多是
從審美層面上去認同道家人與自然的和諧關係。

　　菲利浦把金魚看作大自然的精靈，「我得向金魚們致敬……多麼
華美的生靈！我真嫉妒牠們的潔淨、清新，牠們那寧靜的生活與嫻雅
的交談」。在他看來，金魚比叫囂的思想家教給我們的要多得多，「比
如，優雅的舉止，當儀容莊重成為消逝的藝術，我們可以從金魚身上
學到。孔子說『君子坦蕩蕩，小人常戚戚』。金魚教會我們如何保持
平靜和沖淡。牠們那超逸的遊動提醒我們，牠們比人類更悠閒而誠
實。」他的話立刻遭到中國青年實用態度的譏諷，他激動地反駁說：
「任何實用之物都無法使生活美麗起來，太實際會讓人的眼界變得狹
隘……。而美必須靠細緻培養才行，唉，即使在璀璨的東方，生活的
色彩也暗淡了，我覺得西方應對此負責。在金魚消失之前，我要緊緊
擁有牠們，失去牠們將是巨大的不幸。」[77]

　　這裡，人對金魚的賞愛與擁有實際是比喻人與自然的親和關係，
以及能夠感悟天地自然之生命的詩化之心。失去即意味人與大地的隔
絕，將再也無法體驗物我交融中那元氣氤氳、充滿靈性的純樸境界，
在物、金錢、技術至上的世界裡，在重實用、重功利的支配下，人類
迷失了自我，異化為它物。菲利浦與其說是緊緊抓住了「金魚」，毋
寧說他試圖通過愛「美」之心的培養、寧靜守一的追求來保有一顆生
意蔥蘢的天地之心，以此頑強地抗拒強加在人性上的種種異化。

　　先秦道家對社會文明智慧的斷然拒斥，對天地自然的一往情深，
所謂「棄聖絕智」、「獨與天地精神往來」，通過泯去後天經過世俗薰

---

77 Harold Acton, *Peonies and Ponies* (Oxford University Press, 1941), pp. 70、76.

染的「偽我」，以求返歸一個「真我」。這種祈求人類天性自我的復
歸，重新找回人與自然的和諧，原本就有鮮明的心靈救贖意義。而西
方進入工業時代以後，人與自然日益疏離成為「精神的現代病」之
一，道家思想的特性恰好迎合了自尼采、施本格勒以來對西方文明批
判的潮流，與懷著「精神的現代病」的西方哲人的救治渴求產生契
合，造成了二十世紀一、二〇年代發生在西方藝術家、文學家圈內的
道家熱，即所謂「歐道」主義的一時興盛，根源就在於道家思想可以
用來填補「上帝缺席」後現代西方世界的精神空場。

　　正如德國漢學家卜松山概括的那樣：「自尼采和施本格勒以來，
對西方文明的批判已經成了現代西方意識的基本組成部分。對文明的
批判在新近時期表現為生態保護的一個重點，這是盧梭『回歸自然』
口號的現代翻版。這裡，道家人與自然一體的觀念便闖入了西方敞開
的大門。對西方很多人來說，『現代的困擾』，已蔓延到現代生活世界
的其他領域，比如技術和經濟效益掛帥把現代人束縛於『目的理性』
思維的剛硬外殼，所以，道家文明批判的觀點可以對今天厭倦文明的
歐美人發揮影響。」[78]而這也正是菲利浦這一文學形象所體現的道家
思想對現代西方的啟蒙意義。

　　小說結尾寫到由於日本入侵，在京的歐洲人紛紛離去，菲利浦仍
留在家中，超然而悲觀地面對現實。他覺得世事紛亂，好像回到孔子
時代。他自己就像孔子一樣渴望安定。但頭頂上日本人的狂轟亂炸令
他根本平靜不了。就是這樣，他也不完全責怪日本人，他認為是他們
在效尤西方，是歐洲人製造毀滅性的武器。他決定不管發生什麼，都
留下來。在他的心底，真希望滿族人再回來，北京重新成為強大帝國
主義的首都。[79]這樣的想法出自一個「滿族」狂的頭腦並不足怪，倒

78　〔德〕卜松山著，劉慧儒等譯：《與中國作跨文化對話》（北京市：中華書局，2000
　　年），頁88。

79　Harold Acton, *Peonies and Ponies* (Oxford University Press, 1941), pp. 303-304.

更說明菲利浦對中國歷史一廂情願的美化粉飾，因而對現實中國的前途出路問題完全失去了現實判斷力。

　　作者為困惑中的菲利浦安排了精神上的引路人童先生。他在菲利浦家避難，以微笑、忍耐與和善來面對突然降臨的災難和北京的淪陷，對天崩地坼的時代驟變持有疏遠超逸的姿態。菲利浦從那微笑裡看到了一種來自古典文明的、與世無爭而處驚不變的從容。在它的背後，菲利浦發現了令他欣羨不已的隨緣哲學，以及更深邃神聖的寧靜。這正是他渴慕已久的寧靜。在童先生「四大皆空即可解脫」、「儒道佛三教合一，互不排斥，它們包含了整個人類學說」的開導下，菲利浦全身心地研究佛教經典，最後他成為一位吃齋念佛的遁世者。小說的最後一章題名「走向涅槃」，意味深長地暗示菲利浦經過人生的喧囂、焦慮之後，最終在東方找到了一條歸於寂靜的精神出路。

二　東方救助與西方的文化利用

　　應該說，《牡丹與馬駒》中以西方學者菲利浦在中國的精神探索歷程，作為一個鮮活的思想個例，它形象地呈現了東方文明拯救西方危機這一時代命題的諸多內涵。不過，阿克頓別具深意的是，還借菲利浦中國尋夢之路上的愛與憾，引發我們進一步思考這樣兩個連帶的問題：他的精神出路到底有怎樣的現實可能性？這恐怕是連作者自己也無法規避的問題。關於這些，阿克頓已經在客觀的描寫中相當明顯地透露出些許消息來。而且，更重要的是，我們對菲利浦在中國的精神探索歷程又該如何作出自己的評判？

　　東方救助是西方文明危機下的一種精神訴求，它先天帶有的理想化色彩，就決定它對文化與文明的反思批判比提供實際可行的策略更有意義。菲利浦一旦走出古典中國的包裹，現實便立刻讓他的理想化作泡影。如小說中寫他與養子楊寶琴一起前往天橋營救楊的師傅安先

生，圍觀的看客潮水一般湧向那兒，他們看到不少獵奇的外國人也夾在看熱鬧的人流中，其中就有馬斯科特夫人。菲利浦被震驚了，他深感困惑——「他們也叫人？」他心中的幻想破滅了。他一直以為在所有種族中，中國人本性最善良、最文明，而他們竟是這樣麻木而冷漠，人性在哪兒？他從歐洲戰場上倖存下來，始終堅信能在那兒找到人性，他以為在中國找到了，而此刻，他的眼裡一片黑暗，耳中一片轟鳴。對發生的一切似乎都失去知覺，觀眾走了，士兵離去了，那些議論、興奮、緊張也都消散了，周圍重又變得灰暗、死寂。[80]菲利浦在中國尋覓完美人性的理想也就此破滅了。

　　面對無法抵擋的西化潮流，菲利浦想把養子楊寶琴培養成傳統中國人的用心也無可挽回地付諸東流。他說中國戲曲藝術的家在北京，而男孩對這毫無興趣，只對歐洲的圖片看得津津有味。他絞盡腦汁向楊灌輸中國的歷史與傳統，講北京城的由來，從忽必烈汗的壯麗都城到一九二八年民國政府改名北平。他帶楊四處探訪北京一帶的古蹟，想以此阻止楊對西方的沉醉，但只有美國才是孩子心中的樂土，帝國大廈的圖片就張貼在房間裡。還不顧義父的反對，一心想學英語而非中文，整天總穿菲利浦的那件諾福克茄克衫，懇求把他帶到外國去。這些讓本已對西方文明失望的菲利浦，又陷入意想不到的尷尬境地。阿克頓安排這兩處情節顯然不盡為小說家的虛構，恐怕更應來自他對現實的敏銳觀察與深切反思。

　　另外，東方救助始終都是西方意識下的文化利用，這與東方文化自身在本土的現代價值並無多少關係。菲利浦說：「我只是半個外國人，心是中國的。」[81]不可否認，像菲利浦這樣的有識之士確實是出於強烈的危機感和精神訴求，虔誠地把目光投向中國。但更應看到，他們的立場、視點、和期待視野始終都是西方的，他們的心不可能是

---

80 Harold Acton, *Peonies and Ponies* (Oxford University Press, 1941), pp.168-169.

81 Harold Acton, *Peonies and Ponies* (Oxford University Press, 1941), p.98.

中國的！他們推崇中國古代文化主要是出於自我警示、自我調整和自我完善，因而他們汲取中國文化作為思想資源，主要是借用他者之長，實際上是為陷入深刻的「現代性危機」之中的西方社會尋找一條可能的出路，他們發掘出中國古典文化的現代價值，實際上是為西方人所認同、適用於西方「現在」需求的西方價值。[82]正像菲利浦拒絕把北京叫北平，不相信中國人的抗日信心，竟從心底盼望滿清帝國重新回來等等，這都均出於他對古典中國的「需求」，至於中國的「現在」及其「需求」，則既非他們考慮的重心，亦非考察的重點。他在中國文化中所認定的那些價值，比如道釋的超越現實、遺落世事，追求寧靜解脫等，也就理所當然是西方「精神的現代病」所需要的良方，顯然不是國難當頭、山河破裂之際，中國所亟需的拯世之策。也就是說，我們不可以把西方人在後工業時代所遇到的問題當成自己的現實問題，而這正是我們不可移易的堅定立場。

第六節　心目中的理想國：I. A. 瑞恰慈與中英文學交流

　　瑞恰慈（I. A. Richards, 1893-1979）是英國現代文論家、詩人、教育家。早年在劍橋大學攻讀心理學，自一九二二年起，在劍橋大學教授英語文學，開始創造性地運用新的教學方法和批評立場。他在《文學批評原理》（*Principles of Literary Criticism*, 1924），提出了把語義學和心理學引入文學理論的主張，認為詩歌的作用在於把人的各種複雜情感因素綜合起來。《實用批評》（*Practical Criticism: A Study of Literary Judgment*, 1929）一書則總結了他的詩歌教學實驗方法，為

---

82 參見〔德〕卜松山著，劉慧儒等譯：《與中國作跨文化對話》（北京市：中華書局，2000年），頁231。

新批評派的文本中心細讀批評方法提供了依據。瑞恰慈對中國哲學十分傾心，《美學基礎》（*The Foundations of Aesthetics*, 1922）就試圖以儒家中庸哲學為指歸；後來更有《孟子論心》（*Mencius on the Mind: Experiments in Multiple Definition*, 1932）探討詩歌文本的多義性問題。三〇年代起，長期致力於推廣他與奧格頓（C.K. Ogden）創立的「基本英語」（Basic English）運動，並把中國當作最理想的試點基地。他先後六次來華，在華時間共計四年半，從二十世紀二〇年代末至七〇年代末，時間跨度上持續了半個多世紀，足跡遍及大半個中國，不愧為溝通中西文化交流的使者。與大多數歐美思想家、文學家、漢學家不盡相同，對瑞恰慈而言，中國不僅僅是個想像中的神秘國度，一個只適合於哲學冥想與浪漫暇思的遙遠的烏托邦存在，如他自己所言，中國經歷是「塑造我生命的事物之一。」[83]他的得意弟子燕卜遜也說瑞恰慈「輝煌的一生」的重要組成部分與中國密切相關。這也包括他生命的最後時刻。一九七九年，八十六歲高齡的瑞恰慈，不顧醫生警告，最後一次來到中國。訪華期間，他病倒了，飛回英國不久去世。毫無疑問，瑞恰慈對中國的感情是真摯的[84]，中國永遠是他心目中的理想國。

---

83 瑞恰慈：〈我基本上是個發明家〉，《哈佛大學雜誌》第76卷（1973年9月），頁52。轉引自童慶生：〈普遍主義的低潮：I. A. 理查茲及其基本英語〉一文，載《社會‧藝術‧對話：人文新視野第二輯》（天津市：百花文藝出版社，2004年），頁276。

84 比如，他關注著中國的未來發展。在為李安宅《意義學》一書所寫的序言中，瑞恰慈說：「中國人將來對於西洋思想其他方面的進展，不管採取到怎樣程度或利用到怎樣程度，……反正有一點是不容懷疑的：即最少，西洋的科學這一方面為中國所必需。中國若沒有西洋的科學，便不會支配自己將來的命運，而被科學更發達的國家所支配。中國若打算自由地作自己覺得上算的事，科學便是使中國獲得這樣自由的途徑，而且是唯一的途徑。……因為科學是一種思想的途徑，能將事物與討論事物所用的工具——即字眼加以思考。」（瑞恰慈著，李安宅譯：〈《意義學》：呂嘉慈教授弁言譯文〉，見徐葆耕編《瑞恰慈：科學與詩》（北京市：清華大學出版社，2003年），頁69-70。）

一　懷抱終身中國夢想的新批評家

　　人們一般把瑞恰慈稱為「新批評派」的開山鼻祖。美國文學批評家蘭塞姆（J. C. Ransom, 1888-1974）在《新批評》（1941）中開宗明義地說：「討論新批評，瑞恰慈先生首當其衝。新批評幾乎就是從他開始的。」他對現代文學批評的貢獻可以用一句話來概括：如何讀詩。他認定一首詩是一個自我圓滿的世界，讀者應該喚醒他的全部情操與意識，以與詩之內涵相對應；一首詩是許多複雜的行動相結合並趨於平衡的結構，讀者細讀時，詩的結構進入平衡狀態，瑞恰慈稱為之「交感狀態」（synaesthesia）。

　　美國著名文學批評家韋勒克說過，瑞恰慈相信人類的基本統一，相信從柏拉圖到現時代的傳統的連續性，相信最不相容的文明——中國文學與英國文明的交會，相信古往今來詩歌的醫療效果和文明力量。[85]

　　確實，瑞恰慈對人類文明通過溝通、交流、理解，達到人類心靈的和諧狀態，持有樂觀態度。一九二九年九月十六日上午清華大學開學典禮上，瑞恰慈在其所做的講演中，給人文學者指出了一條試圖謀求「國際諒解」和建設一個「世界文化」的神聖使命：「世界文化正在開始著互相接觸。文化的溝通，是一個交通的問題，不過心靈的交通而已！世界各國，不相自由地來往者已有一百多年了！我們未曾開始研究最好的方法，去增進相互的諒解，但一部分，這也許就是因為那種公認為應該在『諒解』的田園內，好好地栽培起來的大學的學者和批評者，不曾充分地互相接觸的緣故……」他偕夫人來中國清華大

85　〔美〕韋勒克著，章安祺、楊恒達譯：《現代文學批評史》（北京市：中國人民大學出版社，1991年），卷5，頁338。

學講學，正是為謀得東西方文化之間「相互的諒解」所做的現實努力。在這篇演講詞的結尾，瑞恰慈顯示了這種謙恭而真誠的心態：「未坐前，我同我的妻子表示著十分的誠意，感謝你們那種很熱烈的歡迎，這種歡迎，在這樣高爽的秋天氣色之下，在這樣美麗的中國情景之中，使我們得到一種特異的感覺，彷彿二個渺小的人物，驀然不值得地被歡迎入天國一樣。」[86]

在瑞恰慈眼裡，中國是美麗的，似天國一般。這讓我們想到了另一個劍橋人文學者迪金森（Lowes Dickinson, 1862-1932）。迪金森有兩個文化理想，一個是希臘，另一個則是中國。如果說遠古的希臘讓他明白了英國政治和社會混亂的事實，那麼，異教的東方中國則使他體會到了正義、秩序、謙恭、非暴力的理想境界。比之於以往的歐洲作家，迪金森對中國的讚美有過之而無不及。至於為何如此袒佑中國，他自己也說不清道不明，只感到自己的血管裡似乎流著中國人的血，或則上輩子就是一個中國佬。[87]而瑞恰慈首次接觸中國文化，正是從讀迪金森的著作開始的。他曾說迪金森的《現代論集》對他來說是「一種《聖經》」。應該說，瑞恰慈接受了迪金森對中國的美好印象，為他的中國觀打下了一個不可磨滅的精神底色。

正是出於對包括中國古代文化思想在內的東方文化的神往，瑞恰慈在其許多著作中，都留下了東方文化思想的影響痕跡。除了迪金森著述裡的東方文化資源，一九二〇年代執教劍橋時，瑞恰慈還認識了來自中國山東的留學生初大告。[88]初大告當時在劍橋做研究生，瑞恰

---

86 齊家瑩：《瑞恰慈在清華》，見徐葆耕編：《瑞恰慈：科學與詩》（北京市：清華大學出版社，2003年），頁124-125。

87 關於迪金森對中國文化的理想信念，可參見本書第五章第三節「西方文明的良藥：迪金森對中國文明的美好信念」部分內容。

88 初大告（1898-1987）從小讀過四書五經，嗜作詩詞，奠下了古典文學的基礎。一九一八年考取北京高等師範英語系，後升入該系英國研究科，繼由學校派往英國留學，在劍橋大學師從多位著名教授研究英國語言文學。一九三七年，連續發表《中

慈便開始研究中國哲學。

　　與迪金森踏上中國土地後，不斷強化著心目中的美好印象相似，一九二七年，瑞恰慈訪問北京時參觀了清華大學，給他留下了深刻印象。通過這次訪問，他對中國文化與中英關係感到了莫大的興趣，並由此產生了到中國任教的願望。一九二九年初，清華校長羅家倫向他發出了來校任教的邀請。[89]瑞恰慈對此邀請極為重視，在回信中稱「將極其愉快地期待著這次訪問」，「自從一九二七年我訪問北京以來，我對中英關係感到極大興趣，而且我非常高興得到這麼令人羨慕的機會，來為校際合作和國際間的了解做出自己的貢獻。」[90]在瑞恰慈六次來華中，最長的一次是在一九二九至一九三一年，他以客座教授的身分來清華大學、北京大學、燕京大學教學，講授「西洋小說」、「文學批評」、「現代西洋文學」等課程。其中「文學批評」作為一門重要課程，為三年級必修課。通過這些課程教學，瑞恰慈實踐著中西文化相互諒解與溝通的良好願望，尤其是他的語義學批評，把語義分析和心理學方法引進文學批評，對中國現代文學批評產生了重要影響。

　　華雋詞》、《老子道德經》與《中國故事選編》等三書的英譯，名震倫敦文壇，成為中書英譯的名家之一。英國刊物稱其譯文極其優美，是英國著名譯家韋利的「一位強有力的競爭者」。他以新詩體與最常用的英語辭彙譯介《道德經》，並以意譯為主，又沒有背離原旨，做到了深入淺出，頗受英國讀者歡迎。

89 一九二九年二月二十五日《國立清華大學校刊》登載了有關消息：「瑞恰慈先生（I. A. Richards）對於文學批評，極富研究，任英國劍橋大學英文系主任有年，著有 *Principles of Literary Criticism, Meaning of Meaning* 等書，近與羅校長函言，擬於一九二九至一九三〇年間，請假來華一行，且願來校任課。並聞偕夫人同行，其夫人亦可來校擔任功課云。」

90 齊家瑩：《瑞恰慈在清華》，見徐葆耕編：《瑞恰慈：科學與詩》（北京市：清華大學出版社，2003年），頁123。

二　包容詩與儒家的中庸之道

　　袁可嘉〈談戲劇主義——四論新詩現代化〉一文，論及戲劇主義理論產生的因素時，這樣分析到：從現代心理學的眼光看，人生本身是戲劇的。各種不同的刺激引起各種不同的反應，既有不同，就必有衝突矛盾，而如何協調這些矛盾衝突的衝動（刺激＋反應）就成為人生的根本任務。現代心理學還認為，人生價值的高低完全由它調協不同品質的衝動的能力而決定。衝動協調後的狀態謂之態度（Attitude），實即一種心神狀態（State of Mind）。人生價值的高低即決定於調和衝動的能力，那些能調和最大量，最優秀的衝動的心神狀態就是人生最可貴的境界了，而藝術或詩的創造都具有這種功能。[91]

　　當然，柯勒律治早就認為藝術或詩的想像力，有著綜合不同因素的能力，能將相反的不和諧的因素加以平衡調和。瑞恰慈也有類似的「詩想像」的說法。在《文學批評原理》〈想像力〉裡，他就引用了柯勒律治關於「想像力」的論述：「那種綜合的和魔術般的力量，我們把想像這個名稱專門用來特指它……顯現於對立的或不諧和的品質的平衡或調和……」。詩人具有整理經驗的過人能力，通常相互干擾而且是衝突的、獨立的、相斥的那些衝動，在詩人的心裡相濟為用而進入一種穩定的平穩狀態。[92]在瑞恰慈看來，「對立衝動的均衡狀態，我們猜測這是最有價值的審美反應的根本基礎，比起經驗中可能成為比較確定的情感來，更大程度上發揮了我們的個性作用。」[93]

---

91 袁可嘉：《論新詩現代化》（北京市：生活・讀書・新知三聯書店，1988年），頁31-32。

92 〔英〕瑞恰慈著，楊自伍譯：《文學批評原理》（南昌市：百花洲文藝出版社，1997年），頁220-221。

93 〔英〕瑞恰慈著，楊自伍譯：《文學批評原理》（南昌市：百花洲文藝出版社，1997年），頁228。

　　瑞恰慈非常關注「對立衝動的均衡狀態」這樣一種心神狀態，在多部著述中做了分析闡釋。比如，在他與查・凱・奧格頓（C. K. Ogden）、詹姆斯・伍德（James Wood）三人合著的《美學基礎》一書中，分析了歷來十多家關於美的定義，指出這些定義都不能令人滿意。他們吸收了立普斯、谷魯斯和浮農・李（Vernon Lee, 1856-1935）等人的移情說，列舉了「美」的十六種意義[94]，而所著重的確是「心理學觀點」的「美」，認為美的經驗是由按照獨特方式組織起來的衝動構成的，進而指出，在衝動獲得平穩狀態時，人們體驗到美。[95]所以，他們認為真正的美是一種「綜感」（synaesthesis），因為一切美都具有把不同質的，甚至衝突的因素融合成一體的品質，是一種對抗衝動的美感經驗。在此基礎上，瑞恰慈於一九二四年在《文學批評原理》一書中，提出了「包容詩」（poetry of the inclusion）與「排他詩」（poetry of the exclusion）的概念。[96]他說：「有兩種組織衝動的辦法——不是排除，就是包容；不是綜合，就是壓滅」。面對互相衝突的經驗，有不少詩歌採用的是「排他」的方式，只寫一種經驗，因此是單式的平行發展的。而真正傑出的作品，其中必然包容對立經驗的平衡，因為那才是最有價值的審美反應的基礎。而滿足於有限經驗的詩只能是「排他詩」，價值也較低。

　　在《文學批評原理》第十五章「態度」裏，瑞恰慈推而廣之，進一步申說：「絕大多數的行為表現在各種各樣行動之間的調和，這些行動會滿足不同的衝動，它們組織起來產生了那種調和；意識上這種感

---

94 C. K. Ogden, I. A. Richards, and James Wood, *The Foundations of Aesthetics* (New York; International Publishers, 1929), pp. 20-21.

95 〔英〕瑞恰慈：《文學批評原理》（南昌市：百花洲文藝出版社，1997年），譯者前言（楊自伍），頁3。

96 韋勒克指出，排斥的詩與包容的詩，是來自桑塔亞那《美感》中的術語。在瑞恰慈那裡，「排斥」指對一種特定情緒或一定情感的限制，「包容」則涉及複雜的詩，允許感情之間有「異質」、「競爭與衝突」。見其所著，章安祺等譯：《現代文學批評史》（北京市：中國人民大學出版社，1991年），卷5，頁334。

受的豐富和興趣的程度則取決於捲入的衝動的多樣性。任何熟悉的活動，一旦置於不同的條件下，結果那些促成活動的衝動便由於新的條件而不得不調節自身以便適應新出現的衝動流，都可能在意識方面呈現出增強了的豐富性和充實性。這個普遍性的事實對於文學藝術來說具有重大意義，尤其是對詩歌、繪畫、雕塑等表現型或模仿型藝術。[97]

在現代的評論家看來，唯情的十九世紀的浪漫詩和唯理的十八世紀的假古典詩都是「排斥的詩」，即是只能容納一種單純的，往往也是極端的，人生態度的詩，結果一則感傷，一則說教，詩品都不算高。他們認為只有莎翁的悲劇、多恩的玄學詩及艾略特以來的現代詩才稱得上是「包容的詩」。因為它們都包含衝突、矛盾，而像悲劇一樣地終止於更高的調和。它們都有從矛盾求統一的辯證性格。[98]循著這樣的思路，現代批評家才對詩歌特性有如此的表述：「詩即是不同張力得到和諧後所最終呈現的模式。」這也正是瑞恰慈心目中的「包容詩」特徵。

瑞恰慈的「包容詩」觀念被新批評派看作是「張力」（tension）論的基礎。「張力」本是一個物理學概念，後由阿倫‧退特借用於文學批評，使之成為「新批評」理論中常見的一個描述性和評價性術語。「張力」表示字面意義和隱喻意義的同時共存，既要有明晰的概念意義，又要有豐富的聯想意義，兩者互相補充。詩是一個統一體，優秀詩歌的整體性在於抽象和具體、普遍概念和特定意象的有機結合。「張力」是詩的完整統一所在，統一的根源在於作品能夠順利地解決抽象與具象的衝突、字面意義與深層含義的衝突、一般與特殊的衝突。後來「張力」的應用有所延伸，指這類詩歌有一種介於嚴肅和

---

97 〔英〕瑞恰慈著，楊自伍譯：《文學批評原理》（南昌市：百花洲文藝出版社，1997年版），頁97-98

98 袁可嘉：《論新詩現代化》（北京市：生活‧讀書‧新知三聯書店，1988年），頁35-36。

諷刺之間的均衡，或相互抗衡趨勢的某種調和，或新批評派所喜愛採用的，體現一首好詩的組合程式的任何一種「矛盾中的穩定」的模式。

　　瑞恰慈所說的「包容詩」，與儒學的中庸之道有關。在《美學基礎》（1922）的頭尾部分，瑞恰慈都引用了《中庸》章句。[99]卷首引朱熹題解「不偏之謂之中，不易之謂之庸，中者天下之正道，庸者天下之定理」（朱熹《中庸章句》引程子曰）。他認為「平衡」（中）和「和諧」（庸）是藝術作品所取得的最高品質。他所說的「包容詩」或「綜合詩」，實為中和詩。他認為好詩總是各方面平衡的結果，對立的平衡是最有價值的審美反應的基礎，比單一的經驗更有審美價值；「排他詩」寫歡樂則缺乏憂鬱、寫悲傷缺乏滑稽、寫理想缺乏絕望。可見瑞恰慈想建立一種以中國儒家思想為基礎的文學觀念，即「中和」的文學觀。

　　「中和」是中國傳統文化的一種審美形態，它的靈魂是儒家哲學。在儒家看來，盡心、盡性，就是要深入到心性之本源中去。心性之本源是生命根源之地，儒家把它理解為一汪清泉，澄明而活潑。中和之美的音樂和詩歌（雅頌之聲）可以對已經鼓蕩起來的「情」進行疏導和澄汰，而將真正的心性之源挖掘和導引出來，是生命如泉之奔湧。做到了這一點，在儒家看來，中和之美就不僅會使人快樂，而且會成為整個人格向下深掘，向上超越。正如《中庸》所說：「喜怒哀樂之未發，謂之中；發而皆中節，謂之和。中也者，天下之大本也；和也者，天下之達道也。致中和，天地位焉，萬物育焉。」（《禮記》〈中庸第三十一〉）

　　當然，所謂中庸之道，並不是指「不偏不倚、無過無不及」，更

---

99 在《美學基礎》一書的開端，還印上了兩個大大的漢字「中庸」（*Chung Yung*），對這兩個漢字有如此解釋：「Chung is denoted Equilibrium; Yung is the fixed principle regulating every thing under heaven.」見 *The Foundations of Aesthetics* (New York; International Publishers, 1929), p. 13.

不是指折衷主義、調和主義。而這些恰是中庸所深惡痛絕的東西（例如「鄉愿」，就可能具有或可能帶來這些問題，所以被斥之為「德之賊」）。

中庸所標誌的平衡是一種動態的平衡。我們知道，孔儒的原則是仁和禮，而中庸就是實現這些原則的準則和方法。所謂「中」有中正、中和兩層意思，所謂「庸」就是用、常。因而中庸也就是把中和與中正當作常道加以運用。

中庸就是避免極端。無論從中庸偏向了它兩翼上的那一端，損失都是一樣的。但中庸的獲得不是靠著消除「極」的存在，而恰恰是通過對「極」的價值的尊重與相容。兩者間的張力是走上中庸之途的必要條件。

要避免走上極端的一個重要手段是在一個事物的兩個極端之間找到一種張力。只有在兩極共存的情況下，我們才能找到張力，找到中庸之道。中庸在中國漫長歷史裡作為一種理想高揚著，卻從未實現過，就是因為中庸的提出者及其傳人從來沒有理解中庸所依賴的兩極間必要的張力。而瑞恰慈卻受其影響與啟發，構建了自己的詩學批評準則。

三　孟子論心與詩歌的多義性

瑞恰慈與奧格頓（C. K. Ogden）合著的《意義之意義》（1924），主要是研究文學作品的意義（meaning）如何才能把握。該書重點探討語言與思想的關係問題[100]，嘗試用語詞、思想、事物三者的相互關係來推求文本的意義和文本意義的意義。瑞恰慈認為應該從語言入手來把握作品的意義。他把語言的功能分為四種，即意思（sense），指

---

[100] 在該書第一章中，瑞恰慈援引《老子》〈五十六章〉中的「知無不言，言者不知」，並大加讚賞，認為語言對思想的作用早已為中國的智者所重視。

說話者或作者試圖傳達的外延的「物」；感情（feeling），講話者或者作者對意思所持的態度；語氣（tone），講話者和作者對觀眾的態度；意向（intention）講話者或作者有意無意地通過所說、所寫、所感與對觀眾之態度所產生的影響，及其想要取得的效果。

　　文學作品的意義的關鍵在於語言與思想的關係。語詞本身是無所謂意義的，詞語只有在運用中才具有意義，這與維特根斯坦的著名論斷「意義即用法」一脈相承。而當語詞與思想相聯繫而具有意義時，便涉及到語詞、思想與所指客體之關係。語詞與思想之間是因果關係。

　　瑞恰慈曾在一九三〇年《清華學報》六卷第一期「文哲專號」發表〈《意義底意義》底意義〉一文。文中說，自己關注點在心理學與文藝批評這兩個層次上，探討文字所有的模稜含糊的「意義」。而「研究『意義』實是研究彼此藉以互相了解的工具。」所以他們所做工作的很大一部分便是分析「意義」的各種意義。瑞恰慈所做的努力，是引用人們對於「意義」共同研究的成果，加之偶然發現的大批新的證據，證明文字的不可靠性。他說，一切比較文學的工作，更明顯需要「意義」的研究，特別是要翻譯的時候。而對於漢文與英文的比較研究，必會推進「意義」的理論，對於心理學也有很重要的貢獻，而且可以減除不正確的片面翻譯所有的極大危險。一個要緊的字倘若翻譯得不適當，會在思想界發生惡劣影響，以致累代學者努力拔除都不易成功。在該文中，瑞恰慈指出，這類比較研究，至少需要三人合作，一個能公平地指出中國思想細微處、中國哲學系統含義模稜處的中國學者；一位詳知英漢兩種語言典實的翻譯者；一位凡遇討論過程中所有語言情境都要加以分析、匯通與類別的「意義」學者。[101]這種合作關係比較典型地體現在《孟子論心》（1932）一書的著述之中。

101　瑞恰慈的〈《意義底意義》底意義〉一文，後由李安宅譯成中文，作為附錄之一收入李安宅著：《意義學》（上海市：商務印書館，1934年）一書中，又可見徐葆耕編：《瑞恰慈：科學與詩》（北京市：清華大學出版社，2003年），頁72-76。

　　瑞恰慈學過漢語，只能識別一個個漢字，不能認知其背後的關係。他自己也很清楚，他不是一個夠格的漢學家，這樣的漢語知識不足以研究《孟子》。為了彌補這種缺憾，他約請四名中國專家如黃子通、李安宅等人，一道研究《孟子》文本。實際上，對他來說，這項工作主要不是要為西方讀者提供另一種儒家經典文本，而是通過《孟子》中所透露出的文本含義的多樣性，反映語言譯介交流的困難及其預期展望。同時又表明這種跨文化交流的困難是可以克服的，迄無聯繫的形形色色的文化可以融入一個和諧的知識實體。

　　《孟子論心》有個副標題名為「多義性實驗」。所謂「多義」，也即「含混、歧義、複義、朦朧」等意思，指看起來只有一種意義且確定的話語卻蘊蓄著多種且不確定的意義，讀者閱讀本文時可能感到其中含蘊著多重意義，有多種「讀法」，令讀者回味無窮。瑞恰慈就對詩歌語言與科學語言作了區分，並在《修辭哲學》中反覆論述了文學語言的多義性與複雜性。科學語言訴諸科學性，與規定性、單一性相聯繫，排斥歧義；文學語言則模糊、含混、有彈性與伸縮性或柔韌性，還必須微妙才能傳達意蘊。文學語言的柔韌性與微妙性構成了作品語言的多義性。

　　在該書前言中，瑞恰慈表示對胡適在《中國哲學史》中宣稱的「中國傳統哲學只有歷史意義，無益於現代」大惑不解。他說他自己的理解正相反，他認為，西方的清晰邏輯，正需要「語法範疇不明」的中國思想方式加以平衡。在這篇前言裡，他還說：「要討論對中國思想日益增進的了解會給西方帶來什麼影響，注意到下面這一點是十分有趣的：像埃蒂安・吉爾森（M. Etienne Gilson）這樣一位很難被視為無知或粗心的作家居然在其《聖托馬斯・阿奎那哲學》英文序言中認為托馬斯主義哲學『接受並囊括了人類的全部傳統』。這是我們大家共同的思維方式，對我們來說西方世界仍然代表著整個世界，或這一世界的關鍵部分；但一個無偏袒的觀察者也許會意識到，這樣一

種偏狹的地方主義是危險的。難以確保它不會給我們西方帶來災難」。[102]這裡，瑞恰慈意在提倡根除西方界定系統中所存在的爭強好勝的心理，而提倡一種他所說的「多義性界定」（Multiple Definition），一種真正的多元論。

清華大學教授翟孟生（R. D. Jameson）評價《孟子論心》時曾說：「他給我們的貢獻，與其說是分析了孟子自己底心理或者孟子所冥想的心理，倒不如說是解除了西洋人底困難，不致再受西方邏輯與科學所自產生的語言習慣的束縛，以致不了解語言習慣不同的心理——那就是因為語言習慣底不同而使用一種好像文不對題的邏輯結構的心理。在一種意義之下，呂氏係以孟子為例，表演他自己對於語言分析，翻譯，解釋，以及並列界說（Multiple definition）等所有的見解。」[103]在這篇評述文字中，翟孟生還說，西方的漢學所有的方法與目的，是兩種東西的私生子——是古老的東方與輕浮的西方兩種傳統的語言學所有的結果。

《孟子論心》只有薄薄的一百三十一頁。瑞恰慈在其他學者的幫助下，考察了《孟子》的中心章句，比較每一章句的所有解釋，探討其論辨結構，並加以解剖。著者在序言中說：「比較研究底價值，舉例來說，不一定是在我們對於孟子底思想有了什麼意見，乃在我們比較了孟子與旁人以後，對於思想本身能有什麼發見。」其所做在於採用西方的邏輯工具，有意識地比較分析中國的思想。

《孟子論心》共四章。第一章主要借助於漢字原文、羅馬字拼音、英文直譯，初步分析《孟子》本文。第二章「《孟子》論辨諸

---

102 薩義德在《東方學》一書引用了這段話，稱可以將其中的「中國的」輕而易舉地替換為「東方的」，以進一步申說他的東方主義觀點。見薩義德著，王宇根譯：《東方學》（北京市：生活·讀書·新知三聯書店，1999），頁325。

103 翟孟生著，李安宅譯：〈以中國為例評《孟子論心》〉，原載李安宅著：《意義學》（上海市：商務印書館，1934年）一書，又見徐葆耕編：《瑞恰慈：科學與詩》，頁77-84。

式」，用西方邏輯底觀點，將《孟子》的論辨加以考察與分析。著者認為，孟子的論辨，在諸多地方，辯論停止處好像西洋分析的邏輯正要起始處。通過詞意及思想的對比，探清了西方之自然主義與中國之人本主義的區別，以及這種區別對於中西交流的影響。第三章「孟子對於心的見解」。著重分析了孟子眼中的性、志、氣、心，等諸義。著者指出，中西思想的差異，是中西心理的不同，還是心底本身的不同，或則是使用心的目的與方法的不同呢？解釋這個問題，多義性釋義是最理想的方法。第四章「走向一種比較研究的技術」，著者區別了字詞所指的事物（sense）、對於事物的情感（feeling）、對於讀者的態度（tone），與字眼所希冀的目的（intention）等四種意義。此處標明本書在解釋問題上有其重要貢獻。著者總結到，我們有了《意義的意義》來分析事物、思想、與字眼的關係，有了《孟子論心》在遠離西方的一種哲理上試驗前書的理論，而且加以證明，又有「基本英語」以其一種用法製造分析的技術，以使字眼所有的意義都析成片段，找出它們的組成分子，都是這種革命的一些步驟。這些步驟，都足以推翻愚昧、偏見、自眩等有利可圖的現狀，且足以推翻以商業化、帝國主義，無謂的恐懼與頑固等為特點的上海洋人心理（the Shanghai Mind），以及不加深思的排外心理與我們誰都容易犯的當代想法——即以為只有我們的生活，才是唯一可能的好生活。彼此了解，了解自己，成為文化交流的不二法則。[104]可見，瑞恰慈連同他的合作者，翻譯評述《孟子》的目的正是要消除溝通的障礙，促進迥然不同的文化間有意義、多樣化的智識的交流。也可以說，通過語言意義的多重性分析，試圖確認不同語言之間的可通約性原則。

---

104 以上可進一步參見瞿孟生的評論文章，見徐葆耕編《瑞恰慈：科學與詩》（北京市：清華大學出版社，2003年），頁77-84。

四　瑞恰慈與中國現代文學批評

　　瑞恰慈在華講學期間（1929-1931），他的文學批評思想就在中國
得到譯介與評述。比如，一九二九年，華嚴書店就刊行了由伊人翻譯
的《科學與詩》。民國二十一年五月（1932年5月），燕京大學文學院
國文學系高天賜（學號28055）通過了其學士畢業論文《呂嘉慈底文
學批評》（郭紹虞、周學章教授評閱）的答辯。該文論述了瑞恰慈文
學批評在心理學、邏輯上的根據，具體分析了瑞恰慈文學批評的價值
論、傳達論、實用性等。這篇論文應該是最早專門而系統地評述瑞恰
慈文學批評思想的一篇文章。從這篇學士論文的參考書目可見，作者
對瑞恰慈的著述比較熟悉，主要包括：《文學批評原理》（倫敦Kegan
Paul, 1925年版）[105]，《意義的意義》（倫敦，1924年）[106]，《美學基礎》
（Allen & WnWin, 1922年版）[107]，《實用批評》（倫敦Kegan Paul,
1929年版）[108]，《科學與詩》（倫敦Kegan Paul, 1926年版）[109]，《心理
的意義》（倫敦Kegan Paul, 1926年版）等。在該論文的序言中，作者
說：「呂嘉慈是哲學文學心理學兼通的學者，而在各方面又都有創
見，都有發明。……在文學上，呂嘉慈先生建立了一個文學批評的基
礎。這新基礎的建立便是根據他心理學上的創見。……呂嘉慈的學

---

105 關於此書內容的中文介紹文字，有黃子通：《呂嘉慈教授的哲學》（天津《大公報》
　　「現代思潮」第4期）；李安宅〈論藝術批評〉兩篇（《北晨評論》，卷1，第10期、
　　第12期、第25期，以及《北晨學園》134-136號）；西瀅〈一個文學批評的新基礎〉
　　（《武大文哲季刊》，卷1，第1期，書評）。

106 關於此書的中文介紹文字，主要有李安宅的一組文章：〈什麼是意義〉（載《大公
　　報》「現代思潮」）、〈語言與思想〉（載《現代思潮》第4、5期）、〈語言的魔力〉
　　（載《社會問題》，卷1，第4期）。

107 李安宅《論藝術批評》一文即取材於此書，亦即對此書之介紹。

108 此著有張沅長的介紹文字，見《文哲季刊》，卷2，第1期，書評欄。

109 此書有郭沫若的譯本，見《沫若文選》。

說，在中國並沒有多少人介紹，尤其是對於他的文學批評，更沒有系統的介紹過。……在中國介紹呂氏學說最多的，據我知道，要算是燕京大學的黃子通教授和李安宅先生。黃、李諸文，都是根據呂氏的哲學和文學批評而作的。」[110]

　　與此同時，即一九三二年五月，燕京大學外國文學系吳世昌（Wu Shih Chang, 學號28126）的學位論文：“Richards' Theory of Literary Criticism”[111] 也剖析了瑞恰慈的文學批評理論。這篇英文學士論文後來以中文本《呂恰慈的批評學說述評》為題，刊於《中山文化教育館季刊》一九三六年六月號。文章結合中國古典詩詞，從價值論、讀詩的心理分析、藝術的傳達諸方面綜述了瑞恰慈的學說。文中也表明瑞恰慈是一位「以心理學作基礎的文學批評理論家。……他的批評學說還沒有好好地介紹過來，尤其是關於批評原理的這一部分。」[112]

　　一九三四年三月，李安宅《意義學》[113] 一書，由商務印書館刊行。這是中國首部公開出版的研究瑞恰慈批評理論的專著，對國內文學批評實踐產生了有益的效果。而瑞恰慈的重要著述《科學與詩》、《詩的經驗》、《詩中的四種意義》、《實用批評》等，則由曹葆華翻譯

---

110 高天賜這篇序言寫於一九三二年二月二十四日。文中還說因為呂嘉慈的理論非常新穎，所用的名詞又有別於普通流行的用法，故文章讀起來很難懂，所以，他這篇學士論文的寫作多得益於黃、李二先生的幾篇介紹文字。

111 這篇英文學士論文包括六章：The Clearance of Fallacy in Criticism; On Value of Art; A Psychological Sketch; The Application of Richards' Theory to Literary Criticism; Of the Communication of Art; Truth, Belief and Poetry.

112 吳世昌的其他文章，如《詩與語音》（《文學季刊》，卷1，第1期，1934年1月）等，其思路出發點受到了瑞恰慈文學批評心理學說的啟發。比如，他認為讀詩的心理歷程即可分為瑞恰慈所提到的六步：（1）視管的感覺，白紙上的黑字（visual sensetion）；（2）由視覺連帶引起的「相關幻象」（Tied imagery）；（3）比較自由的幻象（images relatively free）；（4）所想到的各種事物（references）；（5）情感（emotions）；（6）意志的態度（attitudes）。

113 該著係李安宅編譯瑞恰慈著述並結合自己對中國古典思想的研究心得而成，內容以心理學為基礎，著重討論語言和思想的關係。

成中文由商務印書館於一九三七年刊行，對人們了解瑞恰慈的批評觀念大有助益。葉公超、朱光潛、錢鍾書等均曾受過瑞恰慈批評理論方法的影響與啟發。葉公超《愛略特的詩》（原載1934年4月《清華學報》第9卷第2期）評述的是涉及T.S.愛略特的三本著述。其中所用的精細分析法，有瑞恰慈批評方法的明顯影響。在為曹葆華譯《科學與詩》寫的序中，葉公超說：「瑞恰慈（I. A. Richards）在當下批評裡的重要多半在他能看到許多細微問題，而不在他對於這些問題所提出的解決方法。本來文學裡的問題，尤其是最扼要的，往往是不能有解決的，事實上也沒有解決的需要，即便有解決的可能，各個人的方法也難得一致。」葉公超還希望譯者繼續翻譯瑞恰慈的著作，「因為我相信國內現在最缺乏的，不是浪漫主義，不是寫實主義，不是象徵主義，而是這種分析文學作品的理論。」[114]可見，對文本細讀分析方法的關注，正是作為文學批評家的葉公超所重視的，這從他的不少文章裡都可看到這種影響的痕跡。

　　一九八三年，朱光潛在接受香港中文大學校刊編輯的訪問時說：留英期間，在文學批評方面他「還受過瑞恰慈的影響」。一九三六年一月，朱光潛在天津《益世報》「讀書週刊」介紹的三十部「美學的最低限度的必讀書籍」中，列舉了瑞恰慈的三種著作：《美學基礎》、《文學批評原理》、《柯勒律治論想像》。他也在《文藝心理學》中，批評克羅奇忽視「傳達和價值」，而這個批評角度，明顯取自瑞恰慈的文學批評原理。可以說，瑞恰慈對文學的價值意識的細緻闡述，某種程度上解決了朱光潛文藝觀內部文學與道德的矛盾。朱自清也在《語文學常談》[115]中介紹了「意義學」一詞，指出：「『意義學』這個

114　陳子善編：《葉公超批評文集》（珠海市：珠海出版社，1998年），頁146、148。
115　朱自清：《語文學常談》，原載北平《新生報》一九四六年。收入《朱自清全集》（江蘇教育出版社），卷3，又可見徐葆耕編《瑞恰慈：科學與詩》（北京市：清華大學出版社，2003年），頁92-94。

名字是李安宅先生新創的，他用來表示英國人瑞恰慈和奧格頓一派的學說。他們說語言文字是多義的。」朱自清還明確指出瑞恰慈正是研究現代詩而悟到了多義的作用。瑞恰慈表明語言文字的四層意義，即字面文義、情感、口氣、用意。而他「從現代詩下手，是因為現代詩號稱難懂，而難懂的緣故就因為一般讀者不能辨別這四層意義，不明白語言文字是多義的。」而在《詩多義舉例》[116]中，朱自清對四首中國古詩的細讀式分析，深得瑞恰慈批評思想的影響，以及瑞恰慈的弟子燕卜遜《多義七式》（*Seven Types of Ambiguity*）一書批評方法的啟發。

　　錢鍾書對瑞恰慈著作的最早引用，見於《美的生理學》（*The Physiology of Beauty*, By Arthur Sewell, 1931）的一篇書評之中。[117]他在〈論不隔〉一文中，借用了瑞恰慈的「傳達」理論，闡釋王國維的「不隔」論，認為王國維的「不隔」在藝術觀上，「接近瑞恰慈（Richards）派而跟科羅采（Croce）派絕然相反的。」這就將王國維《人間詞話》中的「不隔」說，與「偉大的美學緒論組織在一起，為它襯上了背景，把它放進了系統，使它發生了新關係，增添了新意義。」[118]在〈論俗氣〉[119]一文中，錢鍾書又兩次運用瑞恰慈的理論，其中一處說：「批評家對於他們認為『感傷主義』的作品，同聲說『俗』，因為

---

116 朱自清：《詩多義舉例》，原載《中學生》雜誌，一九三五年六月。收入《朱自清全集》（江蘇教育出版社）卷8，又可見徐葆耕編：《瑞恰慈：科學與詩》（北京市：清華大學出版社，2003年），頁95-110。

117 這篇書評原載《新月》月刊卷4第5期（1932年12月1日）。錢鍾書在書評中說：「瑞恰慈先生的《文學批評原理》確是在英美批評界中一本破天荒的書。它至少教我們知道，假使文學批評要有準確性的話，那末，決不是吟嘯於書齋之中，一味『泛覽乎詩書之典籍』可以了事的。我們在鑽研故紙之餘，對於日新又新的科學——尤其是心理學和生物學，應當有所借重。換句話講，文學批評家以後宜少在圖書館裡埋頭，而多在實驗室中動手。」

118 錢鍾書：《論不隔》，原載《學文月刊》第1卷第3期（1934年7月）。

119 錢鍾書：《論俗氣》，載《大公報》1933年11月4日。

『感傷主義是對於一些事物過量的反應』（a response is sentimental if it is too great for the occasion）──這是瑞恰慈（I. A. Richards）先生的話，跟我們的理論不是一拍就合麼？』」

　　蕭乾在其畢業論文《書評研究》中，對於文學批評者的素質、文學批評的標準、文學方法的論述，同樣深受瑞恰慈《文學批評原理》的影響。一九三七年四月，蕭乾在主編上海《大公報》「文藝副刊」時，辦了兩個專刊《作者論書評》和《書評家論書評》，大力宣導書評寫作，並引發了一場探討文學批評方法的熱潮。其中葉公超《從印象到評價》[120]、常風《關於評價》[121]，對印象式批評方法和判斷式的批評方法的關係，進行了非常精闢獨到的理論辨析。二者均是以瑞恰慈《文學批評原理》為藍本的。尤其是常風先生的《關於評價》一文，特別注意評價問題在整個文學批評進行中的重要性及其傳達和欣賞的關係，明顯可見瑞恰慈文學批評觀念的影子。在中國現代文學批評家中，常風非常出色地把瑞恰慈的文學批評原理運用於中國現代文學批評實踐。在其《棄餘集》（1944年6月北平新民印書館初版）所收的作品評論中，可見其對瑞恰慈「文學是最廣泛的經驗組織成的完美篇章」這一觀點的深刻理解：一方面倡導作家們從自我狹小的經驗中走出來，努力擴大文學經驗的範圍；另一方面，又常敏銳地指出作家們在組織自己的經驗時所存在的缺陷。循著瑞恰慈的文學批評原理，常風的這些書評，褒貶得當，有助於我們理解這些作品的藝術價值和確定它們在文學史上的位置。其中在為蕭乾《書評研究》所寫的評述文字中，常風提到「瑞恰慈教授的批評學說能以在今日佔一優越的地位，他之所以成為著名的批評學者，完全是因為他能比其他的學者追蹤一個比較根本的問題，不讓他的心靈盡在那神秘玄虛空洞的條規中遊蕩。」同樣，常風自己的文學批評之所以獨具慧眼，一針見血，也

---

120 原載《學文》，第1卷第2期（1934年6月）。
121 原載常風先生的文藝評論集：《窺天集》（上海市：正中書局，1948年），初版。

是因為他抓住了那「一個比較根本的問題」。另外，散文家李廣田曾借鑑瑞恰慈《實用批評──文學批評的一種研究》第四章〈傷感與禁忌〉的觀點，寫出了〈論傷感〉一文，批判詩壇上的感傷主義傾向。

當然，袁可嘉更是瑞恰慈文學批評原理的最大受益者。自一九四六年起，他在天津《大公報》「星期文藝」、《文學雜誌》、《益世報》「文學週刊」、《詩創造》等報刊雜誌發表了十餘萬字的系列文章，討論新詩現代化的問題，其中都能看出瑞恰慈的影子：他對文壇上情緒感傷和政治感傷的批評，以及他綜合各種文學批評方法的努力，都是建立在瑞恰慈「最大量意識狀態」以及「各種經驗衝突的組織調和」這一理論基點之上的。比如，〈新詩現代化──新傳統的尋求〉[122]一文，袁可嘉在概括瑞恰慈的批評觀念的基礎上表明「藝術作品的意義與作用全在它對人生經驗的推廣加深，及最大可能量意識活動的獲致，而不在對捨此以外的任何虛幻的（如藝術為藝術的學說）或具體的（如以藝術為政爭工具的說法）目的的服役，因此在心理分析的科學事實之下，一切來自不同方向但同樣屬於限制藝術活動的企圖都立地粉碎。」由此強調了文學藝術本體獨立的基本原則，呼籲「藝術與宗教、道德、科學、政治都重新建立平行的密切聯繫」，進而提出了新詩現代化的方向是「現實、象徵、玄學的新的綜合傳統」，這樣的新詩「不僅使我們有情緒上的感染震動，更刺激思想活力。」袁可嘉的其他諸多文章，特別是〈談戲劇主義──四論新詩現代化〉、〈詩與民主──五論新詩現代化〉、〈對於詩的迷信〉、〈詩與意義〉、〈我的文學觀〉、〈綜合與混合──真假藝術底分野〉等，多是在充分吸取了瑞恰慈詩學批評養料的基礎上，構建其批評觀念的，展示出中國現代詩歌理論的變革特徵。

韋勒克說過，瑞恰慈是個熱衷於一個中心思想──語言批評的專

---

122 原載1947年3月30日天津《大公報》「星期文藝」。

家，他把語言批評應用於許多論題，並由此寫成了《基本英語》、《如何閱讀》，《孟子論心》等論著。[123]不管怎麼說，瑞恰慈作為一個典範的實踐批評家，其批評理念及操作方法，對中國現代文學批評實踐體系的建構，提供了切實的幫助，直到今天，特別是在具體的文本批評實踐中，仍然（而且更為必要）值得我們吸納。這是瑞恰慈對中英文化交流的又一重要貢獻。

第七節　威廉・燕卜蓀的中國經歷及詩歌裡的中國經驗

　　作為英國現代傑出詩人、評論家，威廉・燕卜蓀（William Empson, 1906-1984），一生特立獨行，卓爾不群。他被東方文化所吸引，先在日本任教，後經恩師瑞恰慈舉薦來到北大，由此開始了他的中國之行。從長沙、南嶽、蒙自、昆明到北京，燕卜蓀和他的同事與學生們一道在中國的大地上顛沛流離，播撒學問的種子，成為中英文化學術交流的使者。他用詩人的眼光來關注舊中國災難深重的現實，用文人的浪漫來應對瑣碎的生活，用淵博的新知識來開啟如饑似渴的中國學子們塵封的心靈，懷抱希望的種子為中國的抗戰助威吶喊。作為著名的學者，他一生都在追求心智上的新事物、追求超越，保持思想上的新銳；同時他又擁有一般學者所沒有的特殊的敏感和奇異的想像力，因為還擁有著詩人的天賦。他的詩作與批評理論曾影響了中國現代詩歌的創作。他詩篇裡的中國經驗日久彌新，我們眼前彷彿又重現了南嶽秋風佳勝處的那個劍橋詩人。

---

123 〔美〕韋勒克著，章安祺等譯：《現代文學批評史》（北京市：中國人民大學出版社，1991年），卷5，頁339。

一　燕卜蓀：中國每個地方都叫人留戀不已

　　威廉·燕卜蓀被認為是著名評論家瑞恰慈最有天資，最有影響的
學生。由於瑞恰慈的鼎立舉薦，劍橋大學給燕卜蓀一筆獎學金讓他繼
續深造。次年，正當瑞恰慈在北京任教時，劍橋校方因為在燕卜蓀抽
屜裡發現了保險套，下令取消他獲得獎學金的資格。此事令瑞恰慈極
為震怒，但抗議無效。瑞恰慈只能勸他到遠東來，到他曾經短期任教
的東京文理大學。

　　燕卜蓀在東京整整四年，一九三四年才回英國。遠東之行，不僅
讓他避過風頭，而且使他對東方文化，特別是佛教產生濃厚興趣。他
說：佛教比基督教強的地方，是它擺脫了新石器時代留下的神祭犧牲
狂熱。於是他在東京期間準備寫作一本關於東方的書《佛的面貌》
（*The Faces of Buddha*），計畫於一九三七年完成，只可惜此書書稿在
戰時失落。但我們從他一九三六年作的一次同題講演裡可以略知一
二：「當然，在每一個信奉佛教的國家裡，經過幾個世紀之後，佛的
典型形象就變得符合習俗了，很可能顯得躊躇滿志；而且人們首先想
到的是中國的佛。佛一傳到中國，他就被賦予幾分社會上層人物那種
文雅譏諷的神態。中國人漸漸把大慈大悲的觀音菩薩描繪成宮廷貴婦
人的時裝圖樣，這就嚴重走樣失真了。」[4]燕卜蓀在此注意到了佛像
在中國經歷的演變，而對印度、中國、日本三國的佛的面貌進行比
較。他能夠站在東方人的角度來看待問題，不空談玄理，而是通過仔
細觀察不同的佛的面貌來領悟佛性。這對澄清一般西方人對佛的面貌
的錯誤認識，有一定作用。他的意思是，典型的宗教人物形象，在一
定意義上也是社會和民族精神的一種反映，他進而認為中國的佛像體
現了「普濟眾生」和「民主精神」。

　　他在東京任教幾年後，後來又由恩師瑞恰慈的舉薦，來到北京大

學。時逢抗戰爆發，青年詩人來到了距長沙不遠的南嶽衡山，就聘於
國立長沙臨時大學，當年就在外文系開設莎士比亞、英國詩、三、四
年級英文課。當時，圖書資料奇缺，燕卜蓀整段背誦〈奧賽羅〉寫在
黑板上，給大家念，再逐一講解。在「英國詩」班上，他默寫出喬叟
和斯賓塞的詩歌。後來學校奉命遷移雲南，他到南洋遊歷一番後於一
九三八年四月來到「國立西南聯合大學」的蒙自分校授課。半年後，
文法學院搬到昆明，燕卜蓀跟著長途跋涉，講授《唐吉訶德》。

　　燕卜蓀後來回憶說，如此的流亡大學，可能西方人認為不夠大學
水準。相反，用他的實地觀察說明，理論物理教授的學術水準很先
進，農學院收集研究了二千種小麥，最沉重難搬的工學院，設備都比
香港大學強。「純科學研究」也很受重視，到雲南後，社會人類學者
反而興高采烈。而他的課，「讓學生為玄學派詩人唐恩瞠目結舌，肯
定是戰時的絕妙職業。」燕卜蓀問道：「你能想像牛津與劍橋全部搬
到英格蘭西北僻鄉，完全合併成一個學校，而不爭不吵？」西南聯大
二年，中國知識份子的頑強敬業精神，給燕卜蓀留下深刻印象。[5]

　　一九三九年夏，燕卜蓀回國，但並沒有忘記中國，在第二次世界
大戰大部分期間自一九四二年起擔任英國廣播公司的中國問題主編。
戰後的一九四七年，燕卜蓀帶著妻子，年輕的雕刻家海妲・克勞斯，
以及兩個兒子，舉家重回北平。在中國，孩子們堅持上地方小學，幾
年後小兒子雅克只會漢語，卻不會英語了。

　　在北平期間，燕卜蓀同樣關注中國人民的民主鬥爭事業。北平一
九四九前後，許多外國人紛紛離開北平，燕卜蓀及夫人卻對中國人民
的抗爭事業表現出更加巨大的同情和關懷。與夫人、學生一道趕到前
門去歡迎舉行入城式的中共軍隊，對中共軍隊熱烈鼓掌歡呼。抗美援
朝時期燕氏夫婦還在中國，燕卜蓀夫人還精心雕刻了一套布袋木偶，
夫婦合作，編成一齣表現世界人民聯合抗擊帝國主義的戲，配上由金
堤錄製的漢語配音，到處去演出支援抗美援朝運動。燕卜蓀夫婦在中

國以這種行動支持世界和平事業，其情其懷可想而知。確實，燕卜蓀不願意離開中國，因為他曾深情地說過：「中國的每個地方都好，叫人留戀不已」。可是到一九五二年，鑒於中方不願意續簽合同，他才很不情願地返回英倫。[124]

二　聯大學子心目中的劍橋詩人形象

　　燕卜蓀與中國有緣，他也非常珍惜這樣的中國經歷，當然這更令他當年的那些弟子們終身難忘。往事如逝，而「回憶好像一支珍貴而溫暖的蘆葦笛，它時常給我彈奏著那些往日的歡娛和惆悵；時常發出記憶和聯想親切的樂音，在年歲的笛孔裡流過一朵朵時光的泡沫……」（趙瑞蕻語）。如今我們來聽聽他們的那些深情回憶，眼前無不閃現出一個醉於酒，醉於詩，醉於書，醉於生命的夢幻的劍橋詩人形象。

　　早在一九四三年四月，趙瑞蕻就寫過一篇〈回憶劍橋詩人燕卜蓀先生〉的文章，發表在重慶的一家純文藝月刊《時與潮文藝》（1943年第2期）上，文章主要回憶了燕卜蓀先生的教學風格、詩人情懷及趣聞軼事。趙瑞蕻回憶著他們聯大外文系學生擠滿在一間幽暗的茅草教室裡，第一次聽燕卜蓀先生的開臺戲「莎士比亞課」的情形：「上課鈴搖了，一根紅通通的鼻子，帶著外面的雨意，突然闖進半掩的門裡了。我們都伸著脖子向他凝望：詩人到底跟一般人不同，有的是濃烈的詩味。修長的個子，頭髮是亂蓬蓬的。衣服還是那一身灰棕色的西裝。敞亮的腦門顯示了豐富的智慧，他現出一種嚴肅而幽默的表情。但是，引起我注意的是他那一雙藍灰色的眼睛，不停地在眼鏡的光圈內頻頻流轉……」。

---

124 參見金堤文：〈英國詩人的深情厚意──悼念燕卜蓀教授〉，載《世界文學》1984年第5期。

燕卜蓀的記憶力之強和他對於祖國文學遺產的熟悉，讓聯大學子們欽佩不已，使大家感動的還有他那認真的教學態度。他躲在樓上一間屋子裡，那麼認真辛苦地把莎翁名劇和其他要講的東西統統憑記憶在打字機上打出來。

聯大文法學院當時設在雲南蒙自，那是個古風猶存，帶有些牧歌情調的小城鎮，詩人徜徉其中，意態甚愜，住進了蒙自海關內一間十分僻靜的房子。有一天他對學生們說：「我最喜歡這扇意大利式的格子窗和窗子以外的風光。你看，我坐在窗旁，便可以看風的吹拂，雲的飛揚，和樹木的搖曳……中國每一個地方都好，叫人留戀不已。蒙自這地方給我的喜悅是難以描述的，非常浪漫蒂克！──我覺得自由，我覺得舒暢！──喔，喔，抽根煙吧，──坐下來隨便聊天吧……」

燕卜蓀在聯大教了兩年多的書，他經常穿著那身灰棕色的西裝和一雙破舊的皮靴。每當雨季來了，詩人便常撐了一把油紙傘，擠在一群叮噹作響的駝馬隊間行走；泥濘的街道和淅瀝的雨聲似乎更添了詩人的樂趣。一塊塊污泥巴沾滿了他的西裝褲，褲管縐捲起來好像暴風雨過後拆了繩索的風帆，他毫不在乎，也不換洗，天氣晴朗時，照舊穿來上課。其實詩人之所以為詩人，並非全然由於那些離奇古怪的行徑，抑或所謂的浪漫情調，而是具有嚴肅又熾熱的襟懷，正直地生活著，精誠地探詢人間和自然的真諦。而且，一個真實的詩人必須植根在真實的生命的泥土裡，才能寫出充滿活力和獨創性的詩篇。[125]

燕卜蓀工作時一聲不響、一言不發，平平常常，勤勤懇懇。他與學生們一起爬山游泳、喝酒飲茶，聊天背詩，讀詩寫詩。

他不辭辛苦地和抗戰初期從北平、天津南下的北大、清華、南開師生一同跋山涉水，在湖南衡山南嶽的臨時大學憑著記憶教授莎士比亞和其他名家，奇蹟似的使當時苦於沒有書讀的學生照樣能吸收英國

---

125 以上可參見趙瑞蕻：〈懷念英國現代派詩人燕卜蓀先生〉，收入其文集《詩歌與浪漫主義》（南京市：南京大學出版社，1993年），頁366-383。

文學的精華；他在蒙自生活瀟灑不拘形跡，不亞於中國古代的名士，但是更善於引用英國文學中有利於革命的內容，加以積極的分析，以此直接支持我們當時仍非常艱苦的民族解放鬥爭。在一次會上，燕卜蓀背誦和講解了彌爾頓的《失樂園》，其中一段表現撒旦敢於反抗「上帝」的詩句：

> 一次失利，算得了什麼？／決不是就此定了輸贏！／有不屈不撓的意志，／復仇心切，忿恨難消，／有萬死不辭的勇氣，／還怕什麼被他征服的命運？／不論他如何暴跳如雷，／施展淫威，他也永遠／休想嚐到征服者的甜頭！／我軍的這一次抗爭，／已經使他帝國的野心動搖，／如果低頭認輸，屈膝求和，／豈不是鞏固了他的權威？／那才是卑賤，那才是恥辱，／遠甚於已經遭受的沉淪……

當時正是日本帝國主義張牙舞爪，在中國的土地上橫行霸道、不可一世之際，聯大師生絕大多數來自沿海敵佔區，對於國土淪亡有切膚之痛，燕卜蓀背誦和講解的這些不畏強暴，不憚失敗的詩句，照他自己簡略的記載，說是「引起了極為強烈的反響」——我們不難想像，那些字句在流亡者胸中激起了怎樣洶湧的浪潮。[126]

另外還有楊周翰、李賦寧、許淵沖、周珏良、查良錚等人均著文回憶燕卜蓀在中國的歲月，感激之情溢於言表。同樣是詩人的趙瑞蕻，則用八行體詩表達了他的深情懷念：

> 從秋雨瀰漫的南嶽到四季如春的昆明，
> 從莎士比亞到英美現代詩——

---

126 金堤：〈英國詩人的深情厚意——悼念燕卜蓀教授〉，載《世界文學》1984年第5
　　期。

　　燕卜蓀先生背誦名著，醉於醇酒，

　　在黑板上釘釘地飛快寫英文字⋯⋯

　　炮火連天，中國，整個歐洲在燃燒；

　　從〈七種朦朧〉到〈聚集著的風暴〉

　　燕卜蓀先生把熱情凝結在精深的詩篇裡。

　　南嶽之秋啊，早已開花，他所播下的詩的種子！[127]

三　燕卜蓀詩歌裡的中國經驗

　　威廉・燕卜蓀是二十世紀著名的現代主義詩人，只不過他的詩名，直到二十世紀五十年代才由於英國「運動派」詩人的推崇而贏得較高的名聲。他的詩什並不少，但付梓刊發的不多。他的創作態度異常認真嚴肅，也許可以稱得上是位「苦吟」詩人。他是一個對於現代科學和哲學有深刻的領悟，具有高度智慧力量的詩人，個性非常突出的學者型的詩人。一九五五年出版的《詩歌合集》（*Collected Poems*）共收了五十六首詩，加上注解也才一一九頁。[128] 這些詩作大都難以索解，彷彿是煙霧深處的笛聲，你只能隱隱約約地聽到那縹緲縈迴的聲音，而不能迅速、確切的把握住它們真實的含意。

　　燕卜蓀寫到中國的有五首詩，即〈南嶽之秋〉（Autumn on Nan-Yueh）、〈未踐的約會〉（Missing Dates）、〈美麗的火車〉（The Beautiful

---

127　趙瑞蕻：〈懷念威廉・燕卜蓀師〉，收入《詩的隨想錄——八行新詩習作150首》（南京市：南京大學出版社，1995年），頁125。詩裏說燕卜蓀先生背誦名著，指的是當時學校生活異常艱苦，圖書奇缺，他在南嶽教書時，如《哈姆雷特》、《李爾王》等教材全靠他背誦，打字出來分給同學們讀的；《七種朦朧》是指燕卜蓀在一九三〇年發表的名著 "Seven Types of Ambiguity" 一書；《聚集著的風暴》指他一九四〇年出版的詩集 "The Gathering Storm"，而他的《詩全集》（*Collected Poems*）則刊於一九五五年；「南嶽之秋」指他作品裡唯一的一首同名長詩 'Autumn in Nanyue'。

128　William Empson, *Collected Poems*. Corrected edition with additional notes, A translations of Chinese ballad and a masque, the birth of steel (London, 1955).

Train）、〈中國〉（China）、〈中國民謠〉（Chinese Ballad）等。[129]他還打算寫首長詩，來反映當時中國社會一種極不合理的畸形現象。詩人覺得中國少數一部分人消費是二十世紀式的，而絕大部分人的生產方式十分落後，還是中世紀式的。詩人很不了解中國這種怪事和畸形狀態，但他對中國人民大眾的苦境，十分同情而不平。

在湖南南嶽他以自己在中國的經驗為主題，寫下了他一生中唯一的長詩〈南嶽之秋〉（同北平來的流亡大學在一起），共二三四行，詩寫於流亡途中，記述了他和西南聯大師生一起逃亡的歷程。作品表達了他和中國人民共患難的一段美好感情，展現了他當時的生活情趣，他的所感所思，同時也表達了他對中國人民的深情和戰勝強敵的信念。

燕卜蓀一九三七年下半年應北京大學之聘來到當時的北平。抗戰爆發，他接著來到長沙，那時北大、清華與南開合組長沙臨時大學，後來再遷雲南，成為西南聯合大學。長沙臨時大學的文學院設在湖南南部衡山腳下的南嶽聖經學校，燕卜蓀在那裡教了一學期，這首詩就是寫他在南嶽的工作、生活和感受。當時物質生活極度匱乏，但師生的精神世界豐富充實。這首長詩忠實地傳達了他對中國的印象和感想，主調是愉快的心情，其中輕鬆的口吻和活潑的節奏加強了這一效果。他自己也說：「我希望當時的愉快心情表達出來了，那時候我有極好的友伴。」他用詩歌這種媒介傳達了他對中國人民前途的信心。全詩已由王佐良先生譯出。[130]

長詩開篇引了現代詩人葉芝的詩片段：

　　靈魂記住了它的寂寞，

---

129 這五首詩分別見《詩歌合集》（倫敦市：1955年），頁72-80、頁60、頁64、頁70-71、頁84。

130 譯文可見《王佐良文集》（北京市：外語教學與研究出版社，1997年），頁207-217。

在許多搖籃裡戰慄著……

……相繼是軍人，忠實的妻子，

搖籃中的搖籃，都在飛行，都變

畸形了，因為一切畸形

都使我們免於做夢。

　　這個詩片段展現的是一幅戰亂流亡圖。戰爭歲月裡的遷徙流亡是辛酸落寞的，而且充滿著恐懼和艱難。一切都變得畸形異常，但正是這流亡的現實，才能讓人們保持清醒，堅定信念。這也是燕卜蓀對當時中國形勢的希望。於是詩人接著葉芝的意象寫到：

如果飛行是這種的普遍，／每一動都使一個翅膀驚起，／（「哪怕只動一塊石頭」，詩人都會發現帶翅的天使在爬著，它們會把人刺）／把自己假想成鷹，／總想作新的嘗試，／永恆的嘲笑者，看不起平地／和地上所有我們可以依靠的岩石，／我們當然避免碰上／土地和諸如此類的東西，／把我們的樂園放在小車上推著走，／或讓無足的鳥攜帶一切。

　　這裡反映的是流亡（即詩中的「飛行」）的情形。詩人說自己的旅程同樣艱辛（這裡既沒有飛機，也缺少火車和汽車），而且「現在停留在這裡已經好久，／身上長了青苔，生了鏽，還有泥」，條件艱苦，環境惡劣，這樣的「飛行實際上是逃跑」。面對日本軍國主義的得逞一時，詩人並未喪失信心，「懷有希望和信任的心意」。詩人願意與中國人民共患難，覺得自己逃脫了「穩坐臺上而在小事上扯皮」的那些人，實在是一種幸運。流亡（飛行）是逼迫而已的，正如詩人所說：「肉身還在時，我們不想飛行，／想飛行時，我們已成了污泥。」

　　我們已經知道，燕卜蓀在日本東京期間就對佛教有強烈興趣，並

還作了相關講演。而此時詩人所住的地方正處於佛教名山南嶽衡山腳下。詩人將之稱為「佛教聖山，本身也是神靈，／它兼有兩種命運，一公一私。」並由山路的兩旁守候著的乞丐，聯想到葉芝詩句裏的意象：「他們的畸形會使你回到夢裡，／而他們不做夢，還大聲笑著罵著，雖是靠人用籮筐挑來此地，／現在卻張眼看香客們通過，／像一把篩子要篩下一點東西。／香客們逃開，乞丐們只能慢走。」

詩人來中國的目的當然不是「飛行」，而是就聘於大學傳授知識，雖然這個大學是「北平來的流亡大學」。於是詩裡描述了自己的教學生活：

> 「靈魂記住了」──這正是／我們教授該做的事，／（靈魂倒不寂寞了，這間宿舍／有四張床，現住兩位同事，／他們害怕冬天的進攻，／這個搖籃對感冒倒頗加鼓勵。）／課堂上所講一切題目的內容／都埋在丟在北方的圖書館裡，／因此人們奇怪地迷惑了，／為找線索搜求自己的記憶。／哪些珀伽索斯應該培養，／就看誰中你的心意。／版本的異同不妨討論，我們講詩，／詩隨講而長成整體。

這裡呈現的正是他在聯大外文系講授《現代英詩》課的情形。但課上講的不是他自己那些晦澀難解的詩，而是從霍普金斯到奧頓的現代詩人，其中有不少是他的好友。一九三八年，聯大青年詩人心目中的偶像──奧頓來到中國戰場，寫下了傳頌一時的十四行組詩〈在戰時〉。奧頓很快得到中國詩人和年輕學子們的推崇，離不開燕卜蓀在課堂上的引薦介紹。詩裡的「珀伽索斯」（Pegasi）是希臘神話中的雙翼飛馬，被其足蹄踩過的地方有泉水湧出，詩人飲之可獲得靈感。此處指有文學才能的青年學生。確實，在燕卜蓀的影響下，一群詩人，還有一整代英國文學學者都成長起來了。

生活中的燕卜蓀喜歡喝酒，而且時常喝得醉眼迷離。據說，有一

次他醉酒後把床板都睡折斷了，書本壓在身上，渾然不覺，依然睡意
不減。醉酒後將眼鏡胡亂放入皮鞋裡，第二天大腳伸進皮鞋而踩壞眼
鏡，戴上「半壁江山」上課，依然悠然自得。長詩裡也離不開酒：

> 普通的啤酒就夠叫你無法無天，／還能祭起一把掃帚在空中作
> 怪。／至於虎骨酒，泡著玫瑰花的一種／我們在這裡還有得
> 買，／村子裡釀的可又粗又凶，／熱水也渾而不開，／但還可
> 用來摻酒。不能說／只有天大的驚駭／才會使人去喝那玩意
> 兒。／何況這酒並不叫你向外，／去遨遊天上的神山，／而叫
> 你向裡，同朋友們痛飲開懷。

燕卜蓀在詩裡還表明自己的文學觀。他既不欣賞葉芝高高在上的
那一套：「我把那本葉芝推到頂上，／感到它真是閒談的大師，／談
得妙語泉湧，滔滔不絕，／可沒有能夠成長的根基。／……他對最下
的／底層並不提任何建議。」也不贊同另一種作風：「那種喊『小伙
子們，起來！』的詩歌，／那種革命氣概的蹦跳，／一陣叫喊，馬上
就要同夥／來一個靜坐的文學罷工；／要不然就把另外的玩具撫摩，
／一篇寫得特別具體的作文，／一個好學生的創作成果，／他愛好惡
夢猶如操縱自行車，／可是一連幾篇就膩得難受。／但是一切程式都
有它的架子，／一切風格到頭來只是瞎扯。」雖然詩人也知道「詩不
應該逃避政治，／否則一切都變成荒唐」。

燕卜蓀隨大學流亡，目的是遠離戰爭，但日軍的暴行無法迴避。
詩人知道，「訓練營，正是轟炸的目標。／鄰縣的鐵路早被看中，／
那是戰爭常規。問題是：他們不會／瞄準。有一次炸死了二百條命，
／全在一座樓裏，全是吃喜酒的賓客，／巧妙地連炸七次，一個冤鬼
也不剩。」

詩人同樣明白日本侵略中國的目的：「驅使日本鬼子來的是經濟
學，／但他們能夠操舵掌握方向。」現實是嚴酷的，任何幻想都無濟

於事，因為「誰也不會因你流淚而給賞」。詩人由此對歐洲形勢憂慮忡忡：「聽聽這些德國人吧，他們大有希望，／已經決心把這個國家切成兩半。」

詩人對自己的處境並不悲觀：「身處現場倒使人更樂觀，／而那些「新聞」，那些會議上的官腔，／那爬行著的霧，那些民防的陷阱，／它們使你無法不恐慌。」同樣對自己亦有清醒的認識：「再說，你也不真是廢物」，「不妨坦白承認，／確有模糊的意圖，／想去那些發生大事的城鎮。」「但沒有想要招搖，／把自己說成血流全身──」最後詩人仍然充滿希望，堅信中國將會在此「飛行的搖籃裡」獲得新生。

燕卜蓀的〈未踐的約會〉是一首抒發個人感情的詩，主題是哀歎自己才能的枉費。與〈南嶽之秋〉相比，該詩不太好懂。楊周翰先生說這首詩是一種批評，「他的話是，有一種毒素慢慢地充滿了全部血流，停留不散的是荒蕪渣滓，這是致命的。使他這樣疲倦的不是努力也不是失敗，而是缺乏古時詩禮之教」。[131]

詩的形式是從法國移植過來的。共六詩節，前五節三行，後一節四行。而第一節的第一、三行有變化地在各詩節裡再現。請看第一節：

> 慢慢地毒素流到全身血裡來。
> 作努力而遭失敗這都不惱人。
> 浪費仍在，浪費仍在，並將人殺害。

這裡，「毒素」比喻浪費的時光，或事業的失敗。而「浪費」則指因無所作為而造成的浪費，它就像一種毒素流入人的血液。

131　楊周翰：〈現代的「玄學詩人」燕卜蓀〉，《明日文藝》第2期（1943年11月）。另外，關於這首詩還參見周玨良先生的分析文章，見《周玨良文集》（北京市：外語教學與研究出版社，1994年），頁624-626。

　　詩的第三節講了個這樣的事情：「他們放乾了老狗的血但換上來小狗的血只讓他在一個月裏興奮。」據詩人自注：有人曾做過老狗換血的試驗，結果牠只活了一個月。這裡，小狗意味著歡樂和情欲的旺盛，衰老則是浪費積累造成的，不是生理的衰退。

　　詩的第四節提到了中國：「是中國的墳墓和渣子堆成災，／篡奪了土地，並非土地逃遁。／慢慢地毒素流到全身血裏來。」詩人以此對比所謂中國的土地有五分之一被墳墓佔了去的傳聞，說那不是土地逃遁，就如同衰老不是生理的衰退而是浪費的積累一般。

　　〈美麗的火車〉是一首只有九行的短詩，寫於一九三七年九月，也就是「七七瀘溝橋事變」後不久。詩中倒沒有提及中國，但詩人自注裡交代了寫這首的背景及自己對中日兩國的看法。詩人說這首短詩寫於中國戰爭（抗日戰爭）爆發幾週後，將要去中國任教的時候。詩人真切地感到自己異常憎惡日本帝國主義，說他們已經將自身陷入一種可悲的錯誤境地。而當告訴他們說自己對日本感到很遺憾時，那些美麗而脾氣好的中國人總是容忍有耐性。[132]

　　〈中國〉也是一首短詩，意象豐富，象徵綿密，不易詮解。[133]這可以說是一幅素描，裏面列舉了許多他所得的觀察，以及對中國、日本關係的思考比較，實際上是在比較中日兩種文化。詩開頭就說：「龍孵化出了一條毒蛇」。「龍」指中國，「毒蛇」指日本。詩人在自注裡說日本人和中國人極其相似，因為日本文化只不過是中國傳統文化圈裡的一個分支。歷史上中國文化哺育了日本，然而現在日本卻反過來侵佔中國。詩裡又說「乳酪弄碎了並不是為許多蛆蟲準備的」。指的是中國持續不斷的混亂使任何事情猶如乾乳酪一樣易碎，這就給大量的蛆蟲（外來入侵者）以可乘之機。詩人說中國大量砍伐森林，致使那些植被繁茂的小丘陵不復存在，暴露出的紅土被沖刷殆盡，所

132　William Empson, *Collected Poems* (London, 1955), pp. 113-114.

133　William Empson, *Collected Poems* (London, 1955), pp. 115-118.

以出現了「紅色的小丘流血裸露出碎石」的景象。詩人認為這也是混亂的鮮明徵象。詩人說，在中國，「古典是一座僅有的學校」，他認為中國經典作品被詮釋為政府施政的一般原則，這是令人悲哀的。「他們（指中國人）用禮樂治理國家」，「教其他國家如何統治的藝術」，但「他們不願教育日本人」，而中國人「看一切國家都很沓雜。」另外詩裡還提到「長城像龍一樣爬行，捻成了他們牆的輪廓」。

　　一九八三年四月十七日，劍橋大學兩年一度的詩會邀請燕卜蓀去朗誦他自己的詩，老人邀他以前的研究生金堤一同前往。在劍橋這一天，他以當代詩人的身分光臨詩會，在會上是最尊敬的長者，晚上他最後朗誦的，是一首具有獨特風格的詩：

> 看罷香香歸隊去，／香香送到溝底裏。
> 溝灣裏膠泥黃又多，／挖塊膠泥捏咱兩個；
> 捏一個你來捏一個我，／捏的就像活人脫。
> 摔碎了泥人再重和，／再捏一個你來再捏一個我；
> 哥哥身上有妹妹，／妹妹身上也有哥哥。

該詩曾收進他一九五五年出版的《詩歌合集》裡，題為〈中國民謠〉。這其實是一首譯詩，由李季的〈王貴與李香香〉中的一段脫胎而來。詩人在自注裡說，這個片段出自李季的一首很長的民謠，李季是個搜集鄉村民歌的共產黨員。李季於一九四五年在陝北寫出了那首長詩，後來變成了一出非常值得讚美的歌劇。這個片段在技巧上是相當有趣的。我們知道，明代民歌《南宮詞紀》〈汴省時曲·鎖南枝〉表達的是同一個意思：

> 傻俊角，我的哥，和塊黃泥捏咱兩個，捏一個兒你，捏一個兒
> 我，捏得來一似活托，捏得來同床上歌臥。將泥人兒摔碎，著

水兒重和過，再捏一個你，再捏一個我，哥哥身上也有妹妹，
妹妹身上也有哥哥。

這首民歌宣洩了男女之間的真情，構思想像、吐辭用語，均很潑辣大
膽。與文人詩的含蓄優雅相比，雖不免粗俗，但氣息清新，撲面而
來。據燕卜蓀說，第一個使用的是元代詩人趙孟頫（Chao Meng-fu）。
這一主題與技巧在古典作品裡雖已被使用過，而現在又被傳播或得以
在流行形式中復活。燕卜蓀的翻譯是逐字逐句的，在注解裡還不忘提
示說李季正在與日本人作戰。[134]

　　燕卜蓀朗誦的這個美麗的中國故事，在英國聽眾中激起熱烈的反
應，博得了長時間的掌聲。這也許是詩人一生中公開朗誦的最後一首
詩，他在中國只度過六、七年光陰，但在他的詩魂中，顯然已經和進
了中國的泥土，鐫刻下了美麗的中國印記；而這位英國詩人的身影也
將永遠留在中國人的心裡。

第八節　奧頓、衣修伍德：英國作家眼裡的中國抗戰風雲

　　很多西方作家來中國是為了追尋或體味著那種古典的、文化的、
美學的中國，而對現實的中國興味索然。我們下面所要涉及的兩位英
國作家奧頓（Wystan Hugh Auden, 1907-1973）和衣修伍德（Christopher
Isherwood, 1904-1986）來到中國後卻關注著中國抗戰現實，對中國人
民的前途充滿信心，所寫的中國題材作品以抗戰為背景，呈現了中國
抗戰的時代風雲，同時又借此展示出對人類命運的深入思考。

134　William Empson, *Collected Poems* (London, 1955), p. 119.

一　兩位英國作家的中國之行及其影響

　　一九三七年「七七盧溝橋事變」後，抗日戰爭全面爆發，中國人民奮起抗戰，引起了西方國家的極大關注，贏得了世界反法西斯國家人民的深切同情和由衷敬意，各國文化界人士發表宣言，譴責日本的侵華行徑和摧殘中國文化的罪行，聲援中國人民的正義鬥爭。人們預測中日戰爭可能會引發社會主義與法西斯兩大陣營的一場世界大戰。外國各大通訊社、報紙的常駐中國記者，還有一批滯留中國的報刊自由撰稿人，密切注視著中國戰事的發展動態。受著名的倫敦費伯出版社和紐約蘭登書屋的派遣，英國大詩人奧頓和小說家衣修伍德前往中國進行觀察和採訪，寫一本關於東方的旅行記。[135]

　　二十世紀三〇年代的奧頓思想激進，積極參與社會活動，並以左翼知識份子和堅決反法西斯侵略的姿態開始其文學生涯。一九三七年一月，他滿腔熱情地奔赴西班牙，想到前線開救護車，以此抗擊弗朗哥法西斯政府。但共和軍方面只要他寫些宣傳文章，失望之餘，只在西班牙待了幾個星期就打道回國。在公眾心目中，他作為左派英雄，顯示著一個青年詩人朝氣蓬勃的活力，而他前往中國戰場的舉動，更使人們刮目相看，鼓舞了無數人，包括中國的一批年青學子，在中英文學關係史上也寫下了激動人心的一頁。

　　奧頓和衣修伍德雖然不懂中文，也不具備有關遠東事務的特殊知識，但他倆的中國之行，仍在英國文化界引起震動。一九三八年一月十八日晚上，一群詩人、作家、藝術家，大文豪E. M. 福斯特也在其中，還有新聞記者歡聚一堂，為他倆餞行，希望他們歸國後能夠向人們提供來自中國的動人資訊。第二天，在人們的期盼中，他們從英國

135　W.H. Auden & Christopher Isherwood , *Journey to A War (Londo*n: Faber & Faber Limited, 1939), p. 13.

的維多利亞起程，經巴黎、馬賽，過蘇伊士運河，於二月十六日抵達
香港。在香港逗留近兩週，受到各界人士的歡迎。二月二十八日，他
們乘小舢舨前往廣州，途中幾次遇到日本炮艇，因船上懸掛英國國
旗，所以平安無事。到廣州後，在英國總領事的安排下拜訪了廣州市
市長。談及戰爭形勢，市長幽默風趣，談笑自若：「我們不能打敗日
本，日本會贏得我們？哈！哈！哈！日本人太愚蠢了。」他的理由是
日本乃工業國家，如能去轟炸一番不就完了；而中國是個農業國家，
日本人來轟炸，僅僅是損害了地球，而更有利於老百姓犁地。當然不
少人因此喪命，很殘酷，但我們人多的是，不是嗎？[136]談話當中，遇
到日機空襲，隔著窗子清晰可見。市長繼續說：「你們看到了？日本
人來我們頭頂轟炸！我們就坐在這兒。我們照樣吸我們的煙。我們不
怕！讓我們喝點茶吧！」[137]廣州市長神態自若、無所畏懼的態度，也
讓奧頓和衣修伍德對中國人最終贏得戰爭的勝利充滿信心，為能夠成
為這場反侵略戰爭的見證人而感到驕傲。後來他倆又受到廣東省省長
的設宴款待，聽了省長對戰局的看法，同樣受到鼓舞。在廣州期間，
他們領到了採訪證，因為在中國旅行採訪，如沒有證件將會困難重
重。證上印著各人的中、英文名字，奧頓的中文名字為「奧頓」（Au
Dung），衣修伍德為「衣曉伍」（Y Hsiao Wu）。三月四日，他們離開
廣州，乘火車前往漢口。一路上日本飛機空襲不斷，他們顛簸了兩天
三夜才到漢口，不久又去了武昌。武漢是當時中國抗戰的前線大本
營，政界、軍界、文化界等各界人士雲集此城，這對他們的採訪極為
有利。果然在武漢的時候，由專人接待陪同和服務，他們見到了不少
名人。

---

136 W.H. Auden & Christopher Isherwood . *Journey to A War* (London: Faber & Faber Limited, 1939), p. 35.

137 W.H. Auden & Christopher Isherwood . *Journey to A War* (London: Faber & Faber Limited, 1939), p. 36.

　　三月十二日，當時蔣介石的德國軍事顧問告訴他們希特勒的軍隊已經侵入奧地利，這給了他們很大震動。衣修伍德在日記中寫道：「今晚歐戰已經爆發，而離這兒有八千英里遠。我們是否要改變計畫呢？我們是否立即趕回去呢？與此相比，採訪中國戰場對我們有多大的意義呢？」[138]當然，他們還是沒有立即趕回歐洲，而是按原計劃奔赴中國前線進行採訪。

　　兩天後，他們應邀與宋美齡女士共進午茶。在宋美齡寓所看到一個很大的生日蛋糕，才知道昨天是蔣夫人的生日，夫人則要將這個大蛋糕送給流離失所的孩子們吃。見到宋美齡後，他倆向她祝賀生日快樂。夫人微笑著搖頭說：「我希望沒有一個人知道……一個男士喜歡過生日，一個女士卻不是。它會讓她想起自己變老了。」蔣夫人還用地道的英語跟奧頓開玩笑：「請告訴我，詩人們喜歡吃點心？」「當然喜歡。」奧頓回答說。

　　「噢，我很高興聽你這麼說，我原以為他們僅僅喜歡精神食糧。」宋美齡應答道。他們在一起聊起英國的情況，以及他倆的旅行、對中國的印象，詢問了宋美齡關於新生活運動的事情。後來他倆又問起國民黨政府是否準備與共產黨合作時，「這不能成為一個問題」，蔣夫人回答說：「我們當然願意與共產黨合作，問題是在於共產黨是否真心與我們合作。只要共產黨為中國而戰，我們大家就是朋友。」正當他們結束採訪時，蔣介石來了，奧頓馬上提議蔣介石與宋美齡合個影。[139]

　　當時以周恩來為首的共產黨代表駐地也在漢口，而周恩來正是他們採訪的主要對象之一。在武漢居留期間，他們在共產黨的朋友、外

---

138 W.H. Auden & Christopher Isherwood . *Journey to A War* (London: Faber & Faber Limited, 1939), p. 59.

139 W.H. Auden & Christopher Isherwood . *Journey to A War* (London: Faber & Faber Limited, 1939), pp. 64-68.

國記者史沫特萊女士的介紹下，參觀了八路軍駐武漢辦事處，受到了熱情的接待。一次奧頓偶然見到了周恩來，不過相見的時間很短暫，不過還是為周恩來拍了一張照片。

他們無論走到哪裡，都會引起人們的好奇。衣修伍德衣冠楚楚，有標準的戰地記者風度，而奧頓舉止隨便，衣著不整。按照採訪計畫，他們於三月十七日從漢口乘火車前往鄭州。一天在火車上，一位不到十二歲的中國小兵驚奇地望著他們的面孔，神秘兮兮地笑起來，隨便用京劇的腔調怪聲怪氣的描述他們的高鼻子。路途旅行長達十七個小時，列車奔馳在乾燥而又光禿禿的原野上，他們在〈戰地行〉裡這樣描寫：「從車廂的窗戶望去，儘管常有敵機空襲，可時而能見到農民在田裡耕作，或在村莊的池塘邊撒網捕魚，或在彎背施肥，就像俄國反映農民生活的電影裡的鏡頭一樣。這是一個多麼無個性的國家！無論在哪裡，男的和女的都穿著深藍色的衣服，墳頭隨處可見，佔據了大量可耕的寶貴土地，簡直稱得上死人向活人搶地盤。」[140]

從鄭州向東至徐州。到徐州後的一個晚上，他們站在屋頂上觀看日軍空襲郊區，日軍狂轟亂炸，在這種情況下，衣修伍德坦率承認自己是害怕的，但是奧頓膽大包天地說：「不會丟命的，至少我知道炸彈不會掉在我頭上。」

在徐州，他倆見到了李宗仁，並提出要到前線採訪。李宗仁說前線是相當危險的，他倆則說一點兒也不怕。隨後，他們去徐州戰場採訪。離徐州北部不到三十英里的地方就是敵佔區，日本兵也從東南方向進攻。他們想請一位中國少校撥輛車送他們到戰鬥前線，遭到拒絕，因為路上經常有日軍出沒，太危險了。三月二十七日早晨七點半，他們自己租了幾輛人力車帶著僕人直奔前線，到前線後與中國士兵們一塊隱蔽在戰壕裡。奧頓忙於攝影，總是把頭露出掩體，並說：

---

140 W.H. Auden & Christopher Isherwood . *Journey to A War* (London: Faber & Faber Limited, 1939), p. 74.

「我就不相信這附近有任何日本鬼子。」話音剛落,日軍的飛機掠過,扔下三顆炸彈,彈片從耳邊擦過,衣修伍德早嚇得魂不附體,奧頓馬上躺在地上對準他按下快門,逗他說:「親愛的,你的大鼻子直指夏日的天空,太美了。」[141]有一天,一位中國軍官向奧頓示意說:「那條路線將是我們的撤退路線。」奧頓一聽馬上嚴肅地說:「你們絕不能後退。」那軍官只好禮貌地應之以笑。

　　四月十四日,他們重新返回漢口,再一次受到各界人士的熱烈歡迎,成為新聞焦點。四月二十二日在漢口出版的《大公報》第三版(週五)刊有一則題為「英名記者前線歸來,暢談抗戰觀感」的特寫。報導四月二十一日由陳西瀅、杭立武等人為奧頓和衣修伍德抗戰前線歸來而舉行招待茶會的盛況。其中涉及奧頓對其時中國形勢的相關印象及看法。身處前方的中國軍隊對奧頓留下了深刻印象,對此他感到無限欣慰,說中國軍隊非常有禮貌,非常切實,非常堅強,儘管軍備不好,但是他們的精神卻會引起人們萬分的欽佩。而後方的抗戰情緒很高,中國人民是真正團結的。中國有無限的抵抗力,最終取得勝利的可能性很大,過去已經獲得很高的榮譽,相信將來更能如此。

　　四月二十二日的《大公報》還同時登有題為「招待會席上名詩人唱和」的消息。在招待會上,奧頓簡要介紹了英國現代詩壇的情況,說大部分詩人的傾向都很好,雖然在派別上盡有不同,但是思想上都很進步。還說他這次離開英國的時候,詩人們和著作家都對他懷著很熱烈的期待,準備接受他的報告,對中華民族戰士們的謳歌。奧頓應記者之請,當場寫了一首題為〈中國兵〉的十四行詩,由洪深先生翻譯成中文,與會者聽後很受感動。

　　　　遠離文化的中心,他被派用在疆場;

---

141 W.H. Auden & Christopher Isherwood . *Journey to A War.* (London: Faber & Faber Limited, 1939), p. 115.

無貴無賤，同已將他忘卻，

在一棉衾之下，此人緊閉眼角，

而消逝了。他將不再被人談講。

當這戰役寫錄成書的時候，

頭顱未帶著重要的學識死去。

說些陳腐的笑話，他像戰時一樣無趣；

名字也如他的容顏不復存在人的心頭。

歐洲的教授，尊貴的婦人，公民們，

恭敬這個青年，雖不為新聞記者所知，

他在中國已成塵土，好讓你的女孩子，

可以安居大地上，決不可能

再受凌辱在狗類之前；好讓那有水池，

山陵、房舍的地方，也還可以有人。[142]

　　以上可說是奧頓這首名詩的第一個中譯，故全錄於此。當時在場的田漢先生隨之做了一首詩與他唱和，曰：

信是天涯若比鄰，血潮花片漢皋春；

並肩共為文明戰，橫海長征幾拜倫？！

這首應和的詩，後又由洪深先生譯成英文，念給奧頓聽，他也深為感動。

　　最後，報導說：「中英文壇的消息，不但因為這個聚會互相交換了很多，而瘋狂的日閥的不人道，殘忍的暴行，也會被他倆深切地介紹給英國的國民。」

142　此係洪深譯文，載《大公報》（漢口）第3版，1938年4月22日。

　　奧頓的中國之行是其文學創作生涯中的重要一頁。他曾告訴一位女友說：「我想這是我去過的最有趣的國家。」中國之行結束後，奧頓用詩，衣修伍德用旅行日記形式寫下了他們在中國戰場的見聞，合著成《戰地行》一書，一九三九年由倫敦費伯出版社和紐約蘭登書屋同時印行。書的扉頁有葉淺予作的題為「為仇恨而生」的漫畫，這是一幅戰亂時期中國難民的逃亡圖，上有日機，下有追兵，母親帶著兩個孩子，一家三口，驚恐萬分地奔跑著，眼睛裡滿是仇恨，從而點出了日寇對中國人民所造成的深重災難，也為全書的戰爭氛圍做了鋪墊。《戰地行》裡還有六十三幅珍貴的歷史照片，直觀展示了中國抗日戰場的方方面面，其中包括周恩來、蔣介石、宋美齡、馮玉祥、李宗仁、杜月笙等知名人士的照片。這樣的題材（遠東戰場）和體裁（詩歌、日記和圖片報導）在當時頗為時髦，引起了讀者的廣泛注意。其中奧頓寫的二十九首十四行詩，被當時的英國詩人斯本德（S. Spender）稱為奧頓到那時為止的最好的一部分詩。還有評論家認為這是奧頓詩歌中的一座豐碑，「是三十年代奧頓詩歌中最深刻、最有創新的篇章，也許是三十年代中最偉大的英語詩篇。」[143]

二　《戰時》組詩：對人類文明發展進程的思考

　　《戰地行》中，奧頓寫的詩被冠以《戰時》（*In Time of War*）之名，包括十四行組詩和〈詩解釋〉。[144]作為一個詩人和戰地記者，奧頓用詩篇記載著自己在中國抗日戰場的所見所聞，當然令人欽佩。更

---

143 Edward Mendelson, *Early Auden* (London: Faber & Faber, 1981), p. 348. 轉引自趙文書〈W. H. 奧登與中國的抗日戰爭〉一文，載《當代外國文學》1999年第4期，頁165。本節相關內容寫作受趙文啟發頗多。

144 W.H. Auden & Christopher Isherwood, *Journey to A War* (London: Faber & Faber Limited, 1939), pp. 259-301. 奧頓詩歌的中譯文參考了查良錚先生的翻譯，不再另注，見其所譯《英國現代詩選》（長沙市：湖南人民出版社，1985年），頁107-145。

重要的是其中所呈示的所思所想，而這種所思所想又立足於對人類文明發展進程的思考之上，因而組詩可以說是詩人對整個人類文明發展史的宏觀審視和全面評價，被稱為「奧頓的〈人論〉」。從組詩標題也可以發現詩人如此的意圖，正如有的評論者所說的那樣：「奧頓對『戰』字不加修飾，連冠詞也不用，這就清楚地表明了他的意圖：他的詩歌是關於戰爭本質和含義的寓言，是一種理論、一種倫理，而不是關於某一段具體的歷史。」[145]就像詩人自己所說的：「如今世界上已沒有區域性的事件」，戰役仍在繼續，人類相互殘殺，缺少的只是「仁」，那真正的人道。

根據基督教的解釋，人類的歷史是墮落及其拯救的歷史。在奧頓看來，人「在他的小地球上，渺小的他卻在思考整個宇宙，他就是它的法官和受害者」。但是，「他們只感到初獲自由的歡樂，／只感到新的擁抱和公開談論的快樂。／但生存和哭泣的自由從不能令人滿足；／風圍繞我們的悲傷，無遮的天空／是我們一切失敗的嚴肅而沉默的見證。」（〈詩解釋〉）

十四行組詩前十三首也是人類的墮落歷史的回顧，是人類選擇及其失敗的見證。詩篇從世界上出現生命寫起：「從歲月的推移中灑落下種種才賦，／芸芸眾生立刻各分一份奔進生活：／蜜蜂拿到了那構成蜂窩的政治，／魚作為魚而游泳，桃作為桃而結果。」上帝創造的這些動物和植物都安守本分，永遠正確，沒有疑問。只有人除外，「直到最後來了一個稚氣的傢伙，／歲月能在他身上形成任何特色，／使他輕易地變為豹子或白鴿；／一絲輕風都能使他動搖和更改。」（第一首）人類有別於其他創造物在其易變的本性，而這很難說是人類的幸運。因為他們雖然能夠思想，能夠自由選擇，善於追尋真理，可又不斷出錯。

---

145 Samuel Hynes, *The Auden Generation: Literature and Politics in England in the 1930s* (London: The Dodley Head, 1976), p. 344. 轉引自趙文書〈W.H. 奧登與中國的抗日戰爭〉一文，《當代外國文學》1999年第4期，頁168。

受上帝懲罰，趕出樂園的人類儘管「藏起了自傲感，／但在受責備時並不肯聽取什麼，／並確切地知道在外面該怎麼來。」（第二首）於是，他們離去（樂園）了以後，「哭泣，爭吵」，陷入困境：「危險增加了，懲罰也日漸嚴刻；／而回頭路已由天使們把守住」，災難由此降臨人間。他們（人類）「繁殖得像蝗蟲，遮蓋了綠色／和世界的邊沿：他感到沮喪，因為／他終於被他創造的一切所支配；／對他沒有見過的事物他恨得發火，／他懂得愛，卻沒有愛的適當對象，／他感到的壓迫遠遠超過了以往。」（第三首）

　　奧頓接著談到因其原罪被逐出天堂後，人類一步步走向困境的歷程。首先是那被囿於小塊土地上的農民：他被囚禁於土地的「佔有」中，一年四季，日復一日，變化不多，無所信仰，悠游自在，長得越來越像他的牛羊，壓迫者把他奉為一個榜樣。其次是騎士的命運：以往「舉止大方」，「以駿馬和刀吸引少女的注目，／他成了富豪、慷慨和無畏的榜樣。」但「大地突然變了：人們不再需要他。／他成了寒酸和神經錯亂的人，／他開始飲酒，以鼓起勇氣去謀殺；／或者坐在辦公室裡偷竊，／變成了法律和秩序的讚頌者，／並且以整個的心憎恨生活。」（第五首）

　　接著是那個觀察星象，注意雁群飛翔，江河氾濫或帝國覆沒的預言家，他在看到人的一切弱點的同時，也看到自己和別人沒有兩樣。還有詩人：曾幾何時，他是立法者、是上帝、是真理的化身，受到人們崇拜和另眼看待。於是這使詩人「虛榮起來，終於變得狂妄」。而最終「歌聲不再來了：他不得不製造它。／他是多麼精心構製著每節歌曲！／他擁抱他的悲哀像一塊田地，／並且像一個殺人兇手過鬧市；／他注視著人群只引起他的厭膩，／但若有人皺眉而過，他就會戰慄。」（第七首）

　　最後是商人：他有「學識」，也「找到了平等的概念」，認為「陌生人都是兄弟」，更有的是錢，因而「報紙像密探把他的錢跟蹤」。而

確實「它（錢）增長得太快了，佈滿他的生活，／以至他忘了一度要掙錢的意圖，／他湊到人群裡只感到孤獨。／他過得豪奢，沒有錢也應付得了，／卻不能找到他為之付款的泥土，／雖知到處是愛，他卻無法感到。」（第八首）他終究逃不過被金錢異化的命運。

奧頓在組詩第四到第八首裏就這樣逐一評價了人類歷史發展階段上具有代表性的五種主導性力量：農民、騎士、預言家、詩人和商人。儘管他們當初如何顯赫一時，但最終均落得個衰敗的境地，而這些又都是自我選擇發展的結果。

在奧頓看來，人類有一種遠善親惡的本性。組詩第十一首裡的那個少年（代表人類）就聽不進鴿子（代表深邃的智慧，和平希望，善）的勸告，卻願意隨著鷹（代表失去理智的言行，戰爭殺戮，惡）的指引，「走到任何地方去」，「並從它學到許多殺戮的門徑。」

於是，「一個時代（善）結束了，那最後的救世主／懶散不歡而壽終正寢」。而那惡佈滿世界，無處不在，「它冷酷地把迷途走來的男兒擊倒，／姦污著女兒們，並把父輩逼得發瘋。」（第十二首）而戰爭更是人類墮落的標誌，註定著人類要受難。奧頓正是以此為背景去看待中日戰爭的，客觀上展現了抗戰早期的烽火歲月，支援了中國人民的正義鬥爭事業。

三　奧頓詩篇裡的中日戰爭境況

奧頓可以說是第一個用詩歌報導戰爭的特派記者。在〈詩解釋〉裡，詩人對當時中日戰爭局勢作了概括，簡捷而清晰地向西方讀者介紹了一九三六年底「西安事變」後國共合作的抗日形勢：「多少世紀他們恐懼地望著北方的隘口，／但如今必須轉身並聚攏得像一隻拳頭，／迎擊那來自海上的殘暴」；「在這裏，危險促成了一種國內的妥協，／內部的仇恨已化為共同面向這個外敵，／禦敵的意志滋長得像興起的城市。」（〈詩解釋〉）

　　詩人揭示了日本侵略者作為殘忍的戰爭機器的本質。說他們把「呼吸的城市」當作施展技能的目標,「更沒有看到他們自己的飛機／總是想推進到生命的領域中。」(第十五首)這種自覺自願選擇的結果,這當然又是人類墮落的寫照。

　　奧頓對日本侵略者暴行的揭示還很幽默俏皮,這些沒有人性的入侵者帶來的是痛苦、恐懼和災難。他們像法官似地「堅決而公正,／在鄉村的小徑,從每個城市的天空／他的憤怒既爆發給富人,也爆發給／那居住在貧窮之裂縫裏的一切人,／既對那回顧一生都是艱辛的,也對那／天真而短命的,其夢想產生不了子孫的。」(〈詩解釋〉)

　　在戰爭題材的作品裡,英雄主義描寫比較普遍,但奧頓詩裡沒有。他思考的是戰爭中普通人的命運,士兵、傷患、難民等這些最底層的一群是他關注的焦點。

　　作為戰地記者,能夠有機會親臨前線,目睹激烈的戰鬥場面,一直是他們的希望。中國方面出於安全考慮,奧頓多次去前線的要求未得到准允,只到過徐州前線。不過作為西方詩人和記者,奧頓在各地的採訪得到多方關照,非常順利,由此他也便有機會廣泛接觸抗戰中各個階層的中國人,上至國共兩黨的領袖人物、省長、部長、高級將領、知名人士,下至普通士兵、游擊隊員、城市平民、逃亡難民、戰區百姓。他用詩的語言描摹了抗戰中的眾生相,特別是戰爭中的主角──那些不知名的士兵,儘管他們無法掌握自己的命運,飽受戰爭的煎熬,生活在恐懼之中。尤其是死亡對他們來說可謂司空見慣。「他被使用在遠離文化中心的地方,／又被他的將軍和他的蝨子所遺棄,／於是在一件棉襖裡他閉上眼睛／而離開人世。人家不會把他提起。」可是,在奧頓看來,雖然「他不知善,不擇善,卻教育了我們,／並且像逗點一樣加添上意義;／他在中國變為塵土,以便在他日／我們的女兒得以熱愛這人間,不再為狗所凌辱;也為了使有山、／有水、有房屋的地方,也能有人煙。」(第十八首)

　　而在戰爭中，有時受傷也許比死亡更可怕，他們得不到照料，痛苦而絕望，命運同樣悲慘：「他們存在，受苦」，「一條繃帶掩蓋著每人活力之所在；／他們對於世界的知識只限於／器械以各種方式給他們的對待。……／真理對他們來說，就是能受多少苦；／他們忍住的不是我們的空談，而是呻吟。」（第十七首）在奧頓筆下，這些戰士，無論是死亡的，還是受傷的，不是什麼令人仰慕的英雄，沒有驚天動地的功績，但他們同樣值得人們尊敬，字裡行間充滿了對中國士兵的同情。

　　與前方浴血奮戰的士兵相比，後方的達官顯貴們悠閒自得地生活著，這裡要舉行一個：「有高度教養的人士的會議。／園丁們見他們走過，估計那鞋價；／一個汽車夫在車道上拿著書本瞧，／等待他們把要交換的意見說完。」這幅私生活的寫照則與隨後的血腥場面形成強烈對照：「在遠方不管他們如何蓄意為善，／軍隊拿著一切製造痛苦的器械正等待著他們一句失誤的語言；／一切有賴於他們迷人的舉止：／這年輕人遍遭殺害的一片焦土，／這些哭泣的婦女和惶恐的城市。」（第十九首）戰爭的隨意性和殘酷性躍然紙上，這便是詩人眼中的中日戰爭。

　　戰爭中士兵的恐懼和傷亡難以避免，甚至還能找到一些冠冕堂皇的理由。而那些同樣深受戰爭荼毒的難民，則是無辜的。他們無家可歸、無所適從，「攜帶恐怖像懷著一個錢包，／又畏懼地平線彷彿它是一門炮，……／他們緊緊擁聚在這新的災禍中，／像剛入學的兒童，輪流地哭叫；／因為空間有些規則他們學不會，／時間講的語言他們也掌握不了。」（第二十首）這是戰爭中最值得同情的一群，與普通士兵一樣，「『喪失』是他們的影子和妻子，『焦慮』／像一個大飯店接待他們，／而『自由』則在每家每棵樹上為敵。」在奧頓看來，「這些人行走世間，自知已經失敗。」進而感歎「人的一生從沒有徹底完成過。」（第二十一首）

詩人「思念著古代的南方，／思念著那溫暖赤裸的時代，本能的平衡，／和天真無邪的嘴對幸福的品嘗。」「……夢想著／參加未來的光榮舞會」。（第二十七首）並對人類寄予希望，想往有一天「我們能遵從正義的清楚的教導，從而／在它的激揚、親切而節制的蔭護下，／人的一切理智能歡躍和通行無阻。」（〈詩解釋〉）

至於人類能否逃脫戰爭的陰影，走出錯誤的選擇，不再因為「失敗而哀歎已喪失的年代」，詩人自己似乎也沒有什麼確切的答案。然而只要希望不失，夢想猶在，就能重歸昔日的樂園，不再繼續做「錯誤」的學徒。這既是奧頓對中日戰爭的期望，也是對整個人類未來命運的企求。

第九節　顛覆與建構：喬治‧奧威爾創作中的中國元素

喬治‧奧威爾（George Orwell, 1903-1950）在散文名篇〈泡一杯好茶〉（*A Nice Cup of Tea*）中這樣寫道：「中國茶葉有今天不應輕視的優點：它便宜，可以不加奶就喝，但不夠刺激。你喝了以後並沒有感到人聰明了一些，勇敢了一些，或者樂觀了一些。」[146]奧威爾並沒有到過中國，那麼，這位被譽為「二十世紀擁有讀者最多、影響最大」[147]的英國作家會像看待中國茶葉那樣看待中國嗎？這位曾經在中國被當作「反蘇反共」的作家真的對中國有著如此大的偏見和敵視嗎？我們將通過詳細考察作家的閱讀、生活、創作等經歷來揭開這層神秘的面紗。[148]

---

146 喬治‧奧威爾著，董樂山編：《奧威爾文集》（北京市：中國廣播電視出版社，1998年），頁221。

147 Jeffrey Meyers, *Orwell: Life and Art* (Urbana: University of Illinois Press, 2010), p. ix.

148 本節關於喬治‧奧威爾與中國關係的闡釋，筆者指導的博士畢業生陳勇副教授參與了討論，並執筆提供了詳盡的解讀文字。

一　奧威爾認知中國的途徑

閱讀是奧威爾早期[149]了解中國的重要來源。奧威爾自幼酷愛讀
書，涉獵廣泛，其中不乏中國題材作品。奧威爾在去緬甸之前特別喜
歡吉卜林（Rudyard Kipling）東方題材的作品。[150]吉卜林的小說《基
姆》（Kim）是「他年輕時候深受影響的一本書」[151]，講述的是英國士
兵的孤兒基姆同西藏喇嘛在印度朝聖的經歷。另外，奧威爾認為吉卜
林的〈曼德勒〉（Mandalay）是「英語中最漂亮的詩」：「在去曼德勒
的路上／飛魚在嬉樂，／黎明似雷從中國而來／照徹整個海灣！」。
[152]這首詩使人聯想到富於異國情調的東方，讓奧威爾——以及其他萬
千人——聽到「東方在呼喚」。在伊頓公學畢業後，奧威爾正是懷著
這樣一種浪漫的想法選擇去緬甸作員警，這個決定也對他以後的文學
和政治思想產生了重要影響。

　　一九三一年，賽珍珠（Pearl S. Buck）的《大地》（The Good Earth）
在紐約出版，迅速成為當時世界了解中國的暢銷書。《大地》出版後
在中國也引起了很大關注，魯迅曾在評論中提到「即如布克夫人，上
海曾大歡迎」。[153]奧威爾在《大地》出版的第一時間（1931年6月）發
表了書評，刊載在英國的文學雜誌《阿德爾菲》（The Adelphi），這在
國內賽珍珠研究界還沒有引起注意。奧威爾認為：「作者顯然像中國

---

149 奧威爾的早期閱讀所指時間在本文大致是以奧威爾創作《絞刑》的時間一九三一
　　年八月為界。

150 吉卜林對奧威爾的影響詳見陳勇：《試論喬治‧奧威爾與殖民話語的關係》，載
　　《外國文學》2008年第3期，頁56-57。

151 J. R. Hammond, *A George Orwell Companion: A Guide to the Novels, Documentaries
　　and Essays*, (Houndmills: the Macmillan Press Ltd., 1982), p. 92.

152 杰弗里‧邁耶斯著，孫仲旭譯：《奧威爾傳》（北京市：東方出版社，2003年），頁
　　80。

153 魯迅：《魯迅全集》（北京市：人民文學出版社，1981年），卷12，頁272。

人一樣了解中國，但又像是離開了中國相當長的時間，可以注意到中國人沒有注意到的東西。《大地》很快會進入極少數一流的東方題材作品之列。」奧威爾分析了小說主人翁王龍對土地的眷戀，「他是個地道的農民」，然而對於妻子阿蘭，他只把她當作幹活的工具。[154]這裡，奧威爾已觸及到當時中國農民的兩個重要問題：土地和婦女地位。正如奧威爾所言，賽珍珠因這部作品在一九三八年獲得諾貝爾文學獎，頒獎詞是「她對中國農民生活史詩般的描述，這描述是真切而取材豐富的……」。[155]

另外，美國作家傑克‧倫敦（Jack London）的人生經歷、政治思想，還有寫實風格和對底層人物的描寫都對奧威爾產生了很大影響。最明顯的例子是，傑克‧倫敦曾根據自己在倫敦貧民窟的考察寫了一篇新聞報告《深淵裡的人們》（*The People of the Abyss*, 1903），奧威爾在一九四五年十月八日介紹傑克‧倫敦的BBC廣播節目中稱「這本關於倫敦貧民窟的書描寫得既非凡又可怕」。[156]奧威爾的第一部作品《巴黎倫敦落魄記》（*Down and Out in Paris and London*, 1933）也是新聞報告，同樣描寫了一個英國人在巴黎和倫敦貧困落魄的流浪生活。傑克‧倫敦也寫過不少中國題材的作品，如《白與黃》、《黃手帕》、《空前的入侵》、《中國狗》、《黃禍》、《陳阿春》與《阿金的眼淚》等。奧威爾在BBC節目重點介紹了他的短篇小說《中國狗》（*The Chinago*, 1909）。奧威爾曾在一九四四年十一月三日的《隨我所願》

---

154 See George Orwell, *The Complete Works of George Orwell, Vol.10*, ed. Peter Davison (London: Secker & Warburg, 1998), pp.205-206. 後文引自《奧威爾全集》（*The Complete Works of George Orwell*）將用CW表示，並標注卷數、出版年份和頁碼。戴維森的《奧威爾全集》第一至九卷先於一九八六至一九八七年出版，第十至二十卷於一九九八年出版，二〇〇六年又出版了一卷補遺，前後長達二十多年。

155 姚錫佩：《賽珍珠的幾個世界：文化衝突的悲劇》，收入郭英劍編：《賽珍珠評論集》（桂林市：灕江出版社，1999年），頁511。

156 CW, vol.17, 1998, p. 302.

（*As I Please*）中列出了描寫執行絞刑的書單（execution literature），其中就有《中國狗》。[157]奧威爾的傳記作家戈登‧伯克（Gordon Bowker）曾指出奧威爾在寄宿學校聖塞浦里安（St Cyprian）讀書時就對這類題材的書很感興趣，因此他後來寫了散文《絞刑》（*A Hanging*）並憑記憶列出了這個書單。[158]"Chinago"是對太平洋島上的中國人侮辱性稱呼。故事講述了華人勞工阿洲（A Chow）被島上法國殖民當局的法官十分荒謬地判處死刑，但卻少寫了一個字母W，結果另一個勞工阿卓（A Cho）反被帶去執行。後來兩名劊子手發現了錯誤，但是一位不願為此耽誤工時，另一位不願延誤和情婦的約會，於是便將錯就錯，因為「誰能把中國狗分得清楚？」，「他不過是個中國狗」。[159]這個荒謬故事一定使曾在緬甸殖民地做過員警的奧威爾深有感觸，加深了他對帝國主義制度罪惡的理解。

奧威爾對於中國的認知也源自他的生活和工作經歷。奧威爾一九〇三年出生在印度，他的家庭具有很深的殖民主義傳統。他的父親供職於英印政府鴉片部，鴉片部負責輸往中國鴉片的品質、收購和運輸，他的工作是管理罌粟種植者並確保以效率最高的方式種植這種作物。[160]對於鴉片給中國造成的巨大傷害，奧威爾在緬甸做員警期間一定有切身體會。奧威爾曾為羅賓遜（H. R. Robinson）的《一位現代的德‧昆西》（*A Modern de Quincey*）寫過書評。羅賓遜是英印軍隊的官員，一九二三年他被人砍傷後便待在曼德勒，抽食鴉片上癮，後來試圖自殺，但卻弄瞎了雙眼。奧威爾在緬甸很有可能知道這件事。奧威爾也很熟悉十九世紀英國散文家德‧昆西（Thomas De Quincey）的中國題材作品《一個英國鴉片癮君子》（*The Confessions*

---

157 CW, vol.16, 1998, p. 451.

158 Gordon Bowker, *George Orwell* (London: Abacus, 2004), pp. 39-40.

159 See CW, vol.17, 1998, pp. 303-305.

160 杰弗里‧邁耶斯著，孫仲旭譯：《奧威爾傳》（北京市：東方出版社，2003年），頁14-15。

of an English Opium-Eater），因為他去世前身邊曾保留著這本書。[161]
他也親眼目睹了緬甸的犯人因鴉片上癮痛苦不堪的樣子。因此對於奧
威爾最後辭去緬甸員警一職，傳記作家邁耶斯（Jeffrey Meyers）認為
這是因為他產生了強烈的社會良知，對於其父參與過的這種最不道
德、最不可原諒的帝國主義掠奪行為而深感內疚。[162]另外就地理意義
而言，奧威爾的緬甸歲月也是他距離中國最近的時候。他駐紮的最後
一個地方緬甸北部小鎮傑沙（Katha），已十分接近中國的雲南邊境。
小說《緬甸歲月》（*Burmese Days*）的凱奧克他達鎮（Kyauktada）就
是以此為背景，這個鎮上有四千居民，其中就有幾十個中國人。

　　中國與奧威爾創作的關係常常被人忽視，但是奧威爾早期對於中
國題材作品的閱讀和在緬甸親歷的東方文化氛圍已使中國進入了他創
作的潛意識。因此，如果細讀他的全部作品，仍然能夠從中找到不少
的中國元素。概而言之，這些元素體現在奧威爾對「東方樂土」
（Pleasure-dome）、「上海」（Shanghai）、「中國佬」（Chinaman）和
「東亞國」（Eastasia）這四個中國形象的利用、消解和建構。其中，
「東方樂土」是西方文明構建的「烏托邦」中國，「上海」代表誘惑
和恐怖的中國，「中國佬」為種族主義話語體系中的中國，而「東亞
國」則是奧威爾建構的極權主義統治下的東方世界。從中外文學交流
思想史來看，西方作家眼中的中國往往是「異己」的他者，是西方文
明陪襯下的「文化構想物」，他們對於中國的文化利用的最終目的是
為了解決自身的深層欲望和需求。奧威爾同樣也繼承了這種文化訴求
的傳統，利用「東方樂土」的中國形象來解決西方社會面臨的危機。
但是，作為特立獨行的西方作家，奧威爾又具有東西文化的雙重視
角，也有著迥異與其他作家的創作動機和經歷，因此他的文學和政治

161　Peter Davison, *The Lost Orwell: Being a Supplement to The Complete Works of George Orwell* (London: Timewell Press Ltd., 2006), p. 17.

162　杰弗里‧邁耶斯著，孫仲旭譯：《奧威爾傳》（北京市：東方出版社，2003年），頁15。

思想獨樹一幟。具體到對中國的文化利用，他又顛覆了西方文化傳統
對於以「上海」和「中國佬」為代表的，充斥著帝國主義霸權和殖民
話語的中國形象建構。在極權主義威脅突顯的政治環境下，奧威爾又
利用中國建構了與西方極權世界相互依託的東方極權世界「東亞
國」，向世人警告了未來極權社會統治整個人類這一夢魘的現實顯
現。現就奧威爾利用的「東方樂土」、「上海」、「中國佬」和「東亞
國」四個中國形象作逐一的分析。

二　「東方樂土」：心靈的烏托邦

　　尋找「東方樂土」，構建心靈的烏托邦，將中國當作一面認識自
我的鏡子，尋求解決自身困境的靈丹妙藥，這常常是一些西方哲人和
作家認識中國的基本策略，早期如馬可波羅遊記、十八世紀如哥爾斯
密的《世界公民》、二十世紀如羅素、奧頓等人。英國作家迪金森
（Lowes Dickinson）的《約翰中國佬的來信》（*Letters From John
Chinaman*）也是尋找「東方樂土」的典型代表。

　　奧威爾在一九四六年四月七日的《觀察家報》（*The Observer*）上
發表了對《約翰中國佬的來信和其他散文》（*Letters for John Chinaman
and Other Essays*）的書評。迪金森在《約翰中國佬的來信》借約翰中
國佬的八封來信高度讚揚了中國人勤勞、平等和友善的民族特性。不
過在奧威爾看來，這些發表在一九〇一年的來信是對中國文明優越論
一種缺乏變化的堅持（monotonous insistence），他所談的中國文明似乎
是靜止和幾乎完美的，其美德主要表現在對機器和重商主義的排斥。
相比來信中的狂熱情緒，奧威爾認為發表在作者一九一三年到過中國
之後的散文就顯得比較冷靜和理性。他發現了東方文明的傳統正在迅
速地瓦解，中國只有引進工業文明才能夠擺脫外國的征服。雖然作者
大大地低估了亞洲國家的民族主義力量，但他後來的觀察是十分敏銳

的。[163]奧威爾對迪金森後期觀點的贊同其實很大程度上受到當時在英
國的中國記者蕭乾的影響。奧威爾在這篇書評中提到蕭乾的《千弦之
琴》（*A Harp With a Thousand Strings*）編選了迪金森的後期散文。[164]
奧威爾與蕭乾有過直接交往的經歷。他在一九四四年八月六日的《觀
察家報》（*The Observer*）發表過對蕭乾英文著作《龍鬚與藍圖》（*The
Dragon Beards Versus Blueprints*, 1944）的書評。奧威爾認為蕭乾在書
中闡述的觀點是中國對單單發展物質文明並沒有興趣，中國的古老文
明根深柢固也很難被機器所破壞，但是中國要想在現代時代有立足之
地，必須要發展「藍圖」來加強國防這個「硬殼」。如果中國能夠抵
禦外國干涉的話，中國是非常願意回到「龍鬚」的。[165]這裡的「龍
鬚」象徵中國的古老文化，「藍圖」象徵工業化。蕭乾關於龍鬚和藍
圖的辯證觀點是從既熟悉中國古代文化又親歷中國苦難現實的中國人
角度向西方人表達了真實的中國和中國未來的希望，他所針對的是以
羅素和韋利（Arthur Waley）為代表的英國作家對於「東方樂土」的
嚮往和利用。奧威爾之後發表的對迪金森的書評顯然是接受了蕭乾的
部分觀點，並且是站在以蕭乾為代表的中國人立場之上。

　　奧威爾在以中國人視角來看待「東方樂土」的同時也利用了這一
文化想像來突顯英國人第二次世界大戰爆發前一種懷舊和憂鬱的心
態。奧威爾曾在評論一些東方題材作品中提到彌爾頓《失樂園》第三
章中把撒旦比作一隻禿鷲的比喻：「那魔王自由自在地在那大地上闊
步。／好像一隻伊馬烏斯山生長的禿鷲，……／途中降落在絲利刻奈

163　See CW, vol.18, 1998, p. 225.

164　蕭乾在《千弦之琴》中除了編入迪金森的《約翰中國佬的來信》選段外，也收入
　　了他後期的散文（遊記）：《聖山》（*A Sacred Mountain*）和《在長江三峽》（*In the
　　Yangtze Gorges*）。See Hsiao Ch'ien, *A Harp With a Thousand Strings* (London: Pilot
　　Press LTD, 1944), pp. 176-183.

165　See CW, vol.16, 1998, pp. 321-323.

的荒野，／那兒的中國人用風帆駕駛藤的輕車。」[166]對於這段充滿著中國意象的比喻，奧威爾這樣評論道：「這段文字的魅力在於它引起了人們對於久遠時空的懷舊，這種情感幾乎如同感受身體上的疼痛，我們同時代的人正被這種懷舊所折磨，但卻以此為樂。這很可能是一種有害的情感，但是我們都沾染在身，因此對於那些不能激起這種情感的旅行書籍不屑一顧。」[167]楊周翰先生曾對這裡提到的「中國加帆車」進行了很好的闡發，他認為十七世紀的英國文人出於對封建現實的不滿，渴望向古代和遠方尋求知識和理想，這既是時代的需求，也是為了自身的需要。例如同時代的勃頓（Robert Burton）在《憂鬱的剖析》（*The Anatomy of Melancholy*）中認為當時的時代病是「憂鬱症」，而遙遠的中國文明是治病的良方。[168]奧威爾的評論寫於一九三六年九月十二日，當時法西斯主義在歐洲盛行，西班牙內戰爆發，奧威爾從英國北部礦區考察歸來不久，這種痛並快樂著的懷舊反映了奧威爾對於殘酷現實的焦慮和人們懷念第一次世界大戰前那「美好往日」的普遍心態。奧威爾在後來的《上來透口氣》（*Coming Up for Air*）中也抒發了他對英國愛德華時期和平和穩定生活的懷舊之情。

如果縈繞戰前的是一種懷舊和憂鬱的情緒，那麼戰爭的殘酷特別是原子彈的使用則加重了戰後人們精神的空虛和對自然的漠視。奧威爾在一九四六年一月十一日發表了〈歡樂谷〉（*Pleasure Spots*）一文。奧威爾認為英國浪漫主義詩人柯勒律治〈忽必烈汗〉詩中的「東方樂土」（Pleasure-dome）與現代的「歡樂谷」（Pleasure Spots）有著本質區別：「東方樂土」是自然的，而「歡樂谷」是人造的。他在文

---

166 〔英〕彌爾頓著，朱維之譯：《失樂園》（上海市：上海譯文出版社，1984年），頁110。

167 CW, vol.10, 1998, p. 497.

168 詳見楊周翰：〈彌爾頓《失樂園》中的加帆車──十七世紀英國作家與知識的涉獵〉，《國外文學》1981年第4期，頁60-69。

中提到一位企業家夢想設計一個可以給戰後身心疲憊的人們提供放鬆的「歡樂谷」：在幾英畝的空間裡，有可滑動的屋頂，中間是寬闊的舞池，半透明的塑膠地板之下燈光閃爍。輔助設施有可遠眺城市夜景的陽臺酒吧和旅館、兩個可供專業和業餘游泳者分別使用的礁湖、可模擬太陽光功能的太陽燈以及燈下享受日光浴的小床、從四周傳來的廣播音樂……。奧威爾認為這種「歡樂谷」表明柯勒律治夢幻中的忽必烈汗行宮完全是錯誤的設計，因為「那深不可測的山洞」（measureless cavern）可以裝上空調，點亮燈，岩壁鋪上塑膠裝飾，改建成一個摩爾、高加索或夏威夷風格的洞中茶坊；「聖河」（Alph）可以築成人工調節溫度的游泳池；「冥冥大海」（sunless sea）可以在下面裝上彩燈，乘坐威尼斯小船，聽著廣播音樂，悠閒地在海面上遊弋；「原始森林」（ancient forests）和「陽光草地」（sunny spots of greenery）則全部砍伐，開闢為網球場、演奏臺、溜冰場和九個球洞的高爾夫球場。[169]特別注意的是，這裡「陽光草地」的自然綠色（greenery）已被改為「歡樂谷」的人造景觀，奧威爾的文章題名（*Pleasure Spots*）具有強烈的諷刺意味。

　　奧威爾接著概括了現代「歡樂谷」的五個特點：人從不願獨處；人從不親自動手；人永遠也看不到野外植被和任何自然的東西；光與溫度從來都是人來調節；人永遠離不開音樂，因為音樂的功能是阻止人們嚴肅的思考和談話。奧威爾認為這樣的生活如同人返回了母體（womb）：沒有陽光但有人陪伴，溫度可以調節，不用為工作和食物擔憂，人的思想被心臟有節奏的悸動所淹沒。相反，柯勒律治詩中的「東方樂土」則被自然（Nature）環繞，表達的是一種對自然的仰慕，一種對冰河、沙漠或者瀑布宗教般的敬畏，能夠感受到宇宙的力量和人類的渺小和脆弱。「我們覺得月亮美麗，是因為我們不能登

169　See CW, vol.18, 1998, pp. 29-30.

月；大海令人嚮往，是因為人不能保證遠航的安全；甚至是賞花的喜悅，即便是對花瞭若指掌的植物學家，也源自對花的神秘。」但是隨著人類征服自然能力的提高，比如人可以用原子彈炸平高山，人也可以通過融化極地冰川和灌溉撒哈拉大沙漠來改變地球氣候，那麼在這個時代，「如果還有人喜歡傾聽鳥叫聲而不是搖擺舞音樂，還有人想要留下幾片原始森林而不是將整個地球的表面都鋪上閃爍著人工太陽燈的高速公路，他們還有可能不被當作是多愁善感和愚昧保守的嗎」？奧威爾最後指出人最大的幸福不是「快樂谷」般的享受，因為「人只有大量地保留了生活的簡單才不會異化，而許多現代發明，特別是電影、廣播和飛機，將會削弱人的意識，鈍化人的求知欲，使人越來越像動物」。[170]

　　「東方樂土」的岩洞、河流、海洋、森林、草地被現代「歡樂谷」的塑膠、鋼筋、太陽燈、收音機、游泳池所代替。奧威爾借用詩中的「東方樂土」對現代「快樂谷」進行了斯威夫特式的諷刺，表達了他強烈的生態意識。《歡樂谷》並不是一個孤立文本，這種生態意識在《上來透口氣》（*Coming Up for Air*）和《一九八四》等許多作品中都有充分體現。西方著名學者希金斯（Christopher Hitchens）在《奧威爾為何重要》（*Why Orwell Matters*）指出了奧威爾的當代意義，其中包括「他對自然環境和現在稱作『綠色』或『生態』的關注」。[171]恩瑞菲爾德（David Enrenfeld）深入分析了奧威爾與自然的關係，並認為奧威爾做出了兩種烏托邦的預言：一是政治上建立一個人與人相互尊敬、公平以待、沒有剝削的社會；二是生態上建立一個珍愛自然，以一種溫柔和關懷方式的人類文明來改善自然的社會。他認為這兩種社會在奧威爾的《通往維根碼頭之路》（*The Road to Wigan Pier*）的描述中合二為一：簡單甚至有點辛苦的、以農業生活方式佔

170　See CW, vol.18, 1998, pp. 31-32.

171　Christopher Hitchens, *Why Orwell Matters* (New York: Basic Books, 2002), p. 11.

主導的社會。在這個社會也存在機器，但是必須在人類控制之下。社會的進步不能定義為只是為少數肥胖的人提供安全，而且這種進步也不能是一種剝削方式。[172]這種人與人和諧，人與自然和諧的理想社會其實正是奧威爾一直追求和建構的社會主義社會。奧威爾認為在這個理想社會中，政治上沒有種族歧視，沒有階級壓迫，人有充分的尊嚴和自由；生態上人與自然和諧相處，人仍然保留自然的純真，追求物質簡單，精神豐富的幸福生活。柯勒律治詩中的「東方樂土」形象成為奧威爾表達這種思想的有力工具。

三　「上海」：反帝政治理想的呈示

　　除了對「東方樂土」的利用，奧威爾還利用上海題材來表達他反帝國主義的政治思想，消解了以「上海」（Shanghai）形象為代表的西方構建中國的殖民話語體系。奧威爾的《巴黎倫敦落魄記》取材於他在巴黎和倫敦下層生活的親身體驗，因此貧困的描寫十分生動，令人感同身受。對巴黎下層生活有同樣體驗的美國作家亨利‧米勒（Henry Miller）曾在一九三六年八月給奧威爾的信中這樣寫道：「它幾乎妙不可言；真實得那麼不可思議！我無法理解你怎麼能堅持那麼久……你去過中國嗎？可惜你不能去上海（Shanghai）再落魄一次，那將是驚世之舉！」[173]

　　在《通往維根碼頭之路》一書中，奧威爾批判了「下層階級身上有氣味」（the lower classes smell）背後的謊言。他認為上層階級建構這一謊言的目的是設置無法跨越的階級障礙，因為「種族和宗教仇恨

---

172 See David Ehrenfeld, *Beginning Again: People and Nature in the New Millennium* (Oxford: Oxford UP, 1993), pp. 8-28.

173 杰弗里‧邁耶斯著，孫仲旭譯：《奧威爾傳》（北京市：東方出版社，2003年），頁154。

以及教育、性情、智力、甚至是道德準則的差異都可以克服，但是身
體上的排斥卻毫無辦法。」[174]奧威爾認為這種謊言在西方根深柢固，
只有毛姆（W. S. Maugham）的《在中國屏風上》（*On a Chinese
Screen*）沒有掩飾這個謊言。奧威爾所舉的例子是其中的短篇《民主
精神》，敘述的是一位中國官員來到毛姆所在的小旅館住宿，但只剩
下給苦力睡的小房間，官員頓時對房東大吼大叫，派頭十足。但不久
之後，毛姆驚奇地發現這位驕矜的官員卻和他衣衫襤褸的僕人在友好
地交談。原來他大鬧一場只是為了讓自己掙足面子，達到了這個目
的，他就能夠不顧地位的差異和苦力坐在一起。奧威爾在緬甸也曾無
數次目睹過相似的場面，因此他認為在東方，人與人之間有一種自然
的平等關係，這在西方簡直無法想像。奧威爾接著引用了毛姆在文中
的評論：「在西方我們由於氣味（smell）相投而人以群分。工人是我
們的主人，喜愛用鐵腕統治我們，不可否認他有些發臭（stink）……
對於一個鼻孔靈敏的人，這就造成了社會交往的困難。以一個清早的
浴盆劃分階級，比用出身、財產或者教育更為有效。」[175]這裡可以看
出奧威爾關於階級歧視的觀點與毛姆這篇中國題材作品中的觀點是何
等相似！

　　有趣的是，前面指出〈中國狗〉對奧威爾產生影響的傳記作家伯
克同時十分敏銳地發現奧威爾的散文名篇〈絞刑〉（*A Hanging*）與毛
姆〈在中國屏風上〉的另一短篇〈副領事〉（*The Vice-Consul*）也具有
驚人的相似，特別是敘述者視角下的細節描寫和死刑執行之後的頓悟
具有異曲同工之妙。[176]〈副領事〉敘述了一位英國使館的副領事去監
督一個中國囚犯被執行死刑。毛姆通過他的視角聚焦了一些細節：在

---

174 CW, vol.5, 1986-1987, p. 119.

175 CW, vol.5, 1986-1987, pp. 120-121. 參見毛姆著，陳壽庚譯：《在中國屏風上》（長沙
　　市：湖南人民出版社，1987年），頁133-136。引文為陳壽庚譯文。

176 See Gordon Bowker, *George Orwell*, p. 89.

行刑的城外放著一口蹩腳的棺材，「犯人過身的時候他看了一眼」。在
文章結尾，副領事在監督完死刑後回到俱樂部喝酒，其他同事對他說
「一切順利？」「『他不過蠕動了一下。』他轉對酒吧間伺者：『約翰，
照往常一樣。』」文中的頓悟發生在副領事坐轎從刑場回來的路上：
「他想蓄意地使一條生命終結是如何可怕：這好像是一種負有巨大責
任的摧毀，其結果是毀滅了數不清的時代。人類的種族已經存在這樣
長久，這裡我們中的每一個都是作為超自然事件的無窮連續的結果。
但在同時，他困惑了，他有一種生命微不足道的感覺。多一個或少一
個是這樣無關緊要。」[177]奧威爾的〈絞刑〉發生在緬甸，犯人是印度
人，在走向絞刑臺的路上，「儘管有獄卒抓住他的兩肩，他還是稍微
側身，躲開地上的一窪水」。在結尾，「我們大家又都笑了起來……我
們大家在一起相當親熱地喝了一杯酒，本地人和歐洲人都一樣。那個
死人就在一百碼以外的地方。」文章的敘述者「我」——絞刑的目睹
者——也有相似的頓悟：「當我看到那個囚犯閃開一邊躲避那窪水
時，我才明白把一個正當壯年的人的生命切斷的意義，它的無法用言
詞表達的錯誤……他和我們都是一起同行的人，看到的、聽到的、感
覺到的、了解到的都是同一個世界；但是在兩分鐘之內，啪的一聲，
我們中間有一個人就去了——少了一個心靈，少了一個世界。」[178]

　　伯克認為奧威爾〈絞刑〉的創作靈感幾乎可以肯定是來自於毛姆
的〈副領事〉，而且這也解釋了他為何一到緬甸就想親眼去目睹一次
絞刑。但是由於奧威爾對絞刑邪惡的揭示是透過一位具有良知的敘述
者內心所想，因此相比之下顯得更加形象、真實和有力。[179]奧威爾被
英國著名批評家普里切特（V. S. Pritchett）譽為「一代人冷峻的良心」

---

177 詳見毛姆著，陳壽庚譯：《在中國屏風上》（長沙市：湖南人民出版社，1987年），
　　頁223-228。

178 參見喬治‧奧威爾著，董樂山編：《奧威爾文集》（北京市：中國廣播電視出版
　　社，1987年），頁61-66。

179 See Gordon Bowker, *George Orwell*, p. 89.

（wintry conscience of a generation）[180]，不過這裡伯克對於「有良知的敘述者」談得還不具體。我們通過細讀文本可以發現雖然毛姆是第三人稱敘事，奧威爾是第一人稱敘事，但是敘述者都是故事的參與者，他們都暗含了作者贊同和批判的兩種聲音：贊同的是敘述者對「囚犯」的同情部分：生命的存在；批判的是對「囚犯」的漠視部分：笑和喝酒。而敘述者的頓悟則表達的是作者的真實思想。不同的是，奧威爾的第一人稱視角更能強烈地表達了作者對殖民者任意剝奪本地人無辜生命的譴責態度；奧威爾頓悟中的「錯誤」一詞也比毛姆的「可怕」和「困惑」更加有力地批判了帝國主義制度的邪惡。〈絞刑〉以及隨後的小說《緬甸歲月》和散文〈射象〉（Shooting an Elephant）可謂是奧威爾反對英帝國主義在緬甸殖民統治的三部曲。[181]

　　毛姆在〈副領事〉中並沒有指出死刑具體發生在中國的哪個地方，但是伯克這位著名的英國傳記作家認為「故事發生在上海的英租界」。[182]這是一個十分重要的資訊。毛姆於一九一九年來到中國，在中國遊歷四個月，於一九二〇年元月回到上海。[183]〈在中國屏風上〉於一九二二年出版，因此毛姆這部中國遊記包含著上海經歷。之後不久毛姆又開始了新的東方之旅，他於一九二二年來到緬甸仰光，並坐火車來到曼德勒，這段經歷記錄在遊記《客廳裏的紳士》（The Gentleman in the Parlour）一書中。奧威爾也差不多在這個時候來到緬甸，因此伯克認為「正是布萊爾在杜弗林堡（Fort Dufferin）期

180　Jeffrey Meyers ed., *George Orwell: the Critical Heritage* (London: Routledge, 1975), p. 294.

181　詳見陳勇：〈試論喬治・奧威爾與殖民話語的關係〉，《外國文學》2008年第3期，頁55-62。

182　Gordon Bowker, *George Orwell*, p. 89. 除了奧威爾，伯克也為喬伊絲（James Joyce）、達雷爾（Lawrence Durrell）和勞瑞（Malcolm Lowry）等二十世紀英國著名作家作傳。

183　〔美〕特德・摩根著，梅影、舒雲、曉靜譯：《人世的挑剔者——毛姆傳》（長沙市：湖南人民出版社，1986年），頁263。

間，毛姆在去泰國和印度支那途中經過曼德勒。布萊爾很有可能在一
些官方接待場合或者俱樂部與他會面，因為毛姆毫不修飾的文風和敘
事魅力從小就令他欽佩不已，毛姆對他的影響之深遠也超出了一般人
的想像。」[184]儘管毛姆是否對奧威爾講過上海經歷還不能完全確定，
但是奧威爾對上海是非常關注和了解的。首先，他後來在報導中國抗
戰時對上海多有提及，如在一九四二年五月九日的《每週新聞評論》
（*Weekly News Review*）中提到：「中國軍隊已經向上海、南京、杭州
以及敵佔區中心的其他城市英勇地發起了一系列進攻……」[185]奧威爾
也讀過法國作家馬爾羅（André Malraux）的作品《上海風暴》（*Storm
Over Shanghai*）[186]，他在一九三四年十月九日的信中還提到如果《緬
甸歲月》翻譯成法文的話，可以請馬爾羅寫序，他曾寫過有關中國和
印度的小說，因此有可能對這本小說感興趣。[187]英國作家赫胥黎
（Aldous Leonard Huxley）與奧威爾關係密切，他的《美妙新世界》
（*Brave New World*）對奧威爾的《一九八四》產生了不小的影響。[188]
奧威爾極有可能讀過赫胥黎的散文《上海》（*Shanghai*）並被文中描
述的上海所吸引。該文編入蕭乾的《千弦之琴》，奧威爾曾為該書寫
過書評。赫胥黎描寫的老上海（Old Shanghai）可謂是世界上最富有生
機和活力的城市：「它就是生活（Life）！」，保留了幾千年中國文明
的悠久傳統，在歐洲文明衰落之後，它仍然會保持傳統文化的生機，

---

184 Gordon Bowker, *George Orwell*, p. 79. 杜弗林堡是曼德勒的警員培訓學校所在地，
　　奧威爾到緬甸後先在這裡接受警員培訓。

185 CW, vol.13, 1998, p. 312.

186 CW, vol.18, 1998, p. 63. 該書中文譯名是《人的狀況——中國：1927風雲》，參見
　　〔法〕馬爾羅著，楊元良、于耀南譯：《人的狀況——中國：1927風雲》（桂林市：
　　灕江出版社，1990年）。

187 See Peter Davison, *The Lost Orwell: Being a Supplement to The Complete Works of
　　George Orwell*, pp. 8-9.

188 See also Jenni Calder, *Huxley and Orwell: Brave New World and Nineteen Eighty-Four
　　(London: Edward Arnold, 1976).*

幾千年以後也是如此，如同那美妙而又高超的中國書法，永世傳承，永恆不變。「你只要到老上海來逛一逛，就會對此深信不疑」。[189]赫胥黎在此展現的上海圖景十分像北京奧運會開幕式上在展開的畫卷上演繹的古代中國文明，絢麗多姿，這無疑是他對真正的美妙新世界的內心表露。赫胥黎描繪的老上海一定會給奧威爾留下深刻印象。他還評論過羅茲・法默（Rhodes Farmer）的《上海豐收》（Shanghai Harvest）。他首先對法默來華作了一番介紹：一九三七年法默作為澳大利亞新聞記者來上海度假。他開始並沒有特別反對日本，但日本對上海平民的肆虐轟炸使他接受了《字林西報》（North China Daily News）[190]的工作，後成為國民政府情報部的編輯顧問。在書中法默記錄了一九三七年到一九三九年的中國抗戰，揭露了日軍暴行和南京大屠殺，並向世界宣傳了中國抗戰在世界反法西斯戰爭中的作用，呼籲世界給予中國更多的物資支持。奧威爾認為該書每頁內容都十分生動，書中的一些圖片具有史料價值。[191]奧威爾甚至在死後未完成的短篇小說《一個吸煙房間的故事》（A Smoking Room）的提綱草稿中也提到上海：「房間裡從新加坡和上海傳來的回聲，來自一八八六和一八五七年。」[192]《奧威爾全集》的編者戴維森（Peter Davison）在注解中說：「一八五七年英國獲得長江的航權以保護在上海的商業利益。一八八六年和一八五七年都表明殖民利益的擴大。」[193]奧威爾在最後一本文學筆記本上還記載了他在報紙上看到有關上海的消息：「在上海（現在到處是難民），路上隨時都能看到被遺棄的兒童，人

189　See Hsiao Ch'ien, *A Harp With a Thousand Strings*, pp. 191-192.

190　《字林西報》是近代上海最早英文報紙。初名《北華捷報》（*North China Herald*），創於一八五〇年八月三日，開始為週刊，一八六四年六月改名並更為日刊，一九五一年三月三十一日終刊，出版時間長達一〇一年。

191　See CW, vol.17, 1998, pp. 35-36.

192　CW, vol.20, 1998, p. 189.

193　CW, vol.20, 1998, p. 192.

們對此都有些熟視無睹了。」他感慨道:「一個小孩快要死了,他的身體只是一件棄物,任人踩踏。然而這些孩子來到這個世界的時候是懷著受人愛護的期望,我們見到的每個很小的孩子都堅信世界是個天堂,未來是無限的美好。」[194]奧威爾的〈絞刑〉發表於一九三一年八月,根據他後來對上海的關注程度,我們可以判斷奧威爾在寫〈絞刑〉之前對上海是有一定的認知,比如他很有可能在那時就讀了馬爾羅的《上海風暴》。因此,綜合以上伯克、毛姆、馬爾羅和其他有關上海的所有證據,我們可以確定奧威爾在創作〈絞刑〉時正是利用了毛姆〈副領事〉中的上海題材。

　　小寫的 "shanghai" 用作動詞時有「用麻醉或其他不正當方式強迫人當水手」和「強迫或誘騙」這兩個意思。這個詞源和早期來滬的英國人從事鴉片走私和向美洲販賣人口等骯髒的殖民貿易有關。因此,大寫的 "Shanghai" 具有神秘和恐懼的雙重文化意象,代表著神秘而又恐怖的中國形象。上海是中國在西方列強的堅船利炮下最早開埠的城市,租界、巡捕、十里洋場、「華人與狗不得入內」、洋涇濱英語,甚至上海俚語如「赤佬」(英語cheat 和中文「佬」的混雜語)、「混槍勢」(混chance)等都使上海極富殖民主義色彩,因而上海也被稱為東方的巴黎、富人的天堂和冒險家的樂園。一些描寫上海的西方作家,如馬爾羅在《上海風暴》中通過突出上海鎮壓革命黨人的血腥場面來達到他揭示人類生存荒誕性的目的;巴拉德(James Graham Ballard)在以上海生活的童年記憶為題材的《太陽帝國》(*Empire of the Sun*)中也描繪了上海恐怖的異托邦景象。這些文本都迎合和渲染了西方人關於上海的主導意象:神秘而又恐怖,從而幫助西方殖民帝國建構和維護了這一中國的認知網路。[195]但是,奧威爾在〈絞刑〉和

---

194 CW, vol.20, 1998, p. 203.

195 詳見葛桂录:〈Shanghai、毒品與帝國認知網路——帶有防火牆功能的西方之中國敘事〉,《福建師範大學學報》2010年第3期,頁97-100。

後來的評論中對 "Shanghai" 的認知和利用卻在瓦解和拆除這個網路的防火牆，向世人揭穿了西方殖民主義的謊言和邪惡，譴責和批判了西方列強在中國的野蠻行徑。

四　「中國佬」：種族主義形象的解構

奧威爾在創作中也對「中國佬」（Chinaman）這一種族主義形象進行了消解和批判。他在《巴黎倫敦落魄記》有這樣的描述：「倫敦東區的女人很漂亮（也許是種族融合的結果），拉姆浩斯（Limehouse）貧民區多為東方人，有中國佬、吉大港水手，賣絲巾的達羅毗茶人，甚至還有些錫克人，不知怎麼來的。」[196]拉姆浩斯是倫敦最大的華人聚居地，在英國人眼中這個「中國城」代表著毒品、犯罪和墮落，因此「拉姆浩斯的引誘」成為華人區罪惡的代名詞。[197]在論及英國遊民問題的解決時，奧威爾認為人們首先必須要拋棄「遊民（tramps）全是無賴（blackguard）」這一根深柢固的偏見。對於這種把遊民說成「遊民妖魔」（tramp-monster）的荒謬言論，奧威爾認為「這和雜誌小說所描繪的邪惡『中國佬』同樣荒誕不經，但是這種言論一旦深入人心，就很不容易摒棄」。[198]

在具有「中國盒子」（Chinese box）敘事結構[199]的小說《緬甸歲月》中，奧威爾描寫了一個初來緬甸的英國白人婦女伊莉莎白（Elizabeth）對於「中國佬」李曄（Li Leik）根深柢固的種族偏見。

---

196 George Orwell著，朱乃長譯：《巴黎倫敦流浪記》（臺北市：書林出版有限公司，2003年），頁134。

197 詳見葛桂彔：〈Shanghai、毒品與帝國認知網路——帶有防火牆功能的西方之中國敘事〉，《福建師範大學學報》（2010年第3期），頁100-101。

198 George Orwell著，朱乃長譯：《巴黎倫敦流浪記》（臺北市：書林出版有限公司，2003年），頁199。

199 Averil Cardner, *George Orwell* (Boston: Twayne Publishers, 1987), p. 29.

小說主人翁弗洛里（Flory）幻想剛來的伊莉莎白能夠理解和分享他的東方生活，便迫不及待地帶她去逛緬甸的集市（bazaar），不料集市濃烈的東方氛圍立刻使伊莉莎白感到窒息，弗洛里於是帶她來到一個中國朋友李曄的店中休息。進入伊莉莎白視線的這個「中國佬」是「一個老頭，羅圈腿，穿著藍色的衣服，留著一條辮子，黃黃的臉上沒有下巴，淨是顴骨，就像個和善的骷髏」。在透著「一股清涼芳香的鴉片味兒」的屋裡，她突然看到店中中國婦女的「小腳」，她對弗洛里說「這簡直太可怕了」。弗洛里認為「根據中國人的觀念，小腳非常美」，她回答說：「美，太可怕了……這些人肯定相當野蠻！」。弗洛里反駁道：「不！他們高度文明；據我看，比我們要文明。美純粹是一種喜好。」「中國佬」特地掏出一盒巧克力來招待伊莉莎白，他「撬開盒蓋兒，慈父般地微笑起來，露出三顆被煙草薰黑的大牙」。兩個緬甸女僕一個在背後給伊莉莎白搧傘，一個跪在腳下為她倒茶。「對於後有女僕給自己的脖子搧風，前有中國佬衝著自己咧嘴直笑」，伊莉莎白感覺這「非常愚蠢」，她對弗洛里說「我們坐在這些人的屋裡合適嗎？是不是有點——有點失身分？」弗洛里回答道：「跟中國佬在一起無所謂。他們在這個國家很受歡迎，而且他們的想法也很民主。最好跟他們平等相待。」對於這次不愉快的經歷，文中寫道：「他根本沒有意識到，自己這樣子反覆不停地試圖讓她對東方產生興趣，在她眼中只是極不正常、缺乏教養的表現，是故意追求骯髒和『齷齪』的東西。即使是在現在，他也沒弄清她看待『土著』用的是什麼眼光。他只知道，每當自己試圖讓她分享自己的人生、自己的思想、自己的審美感觸時，她都像一匹受驚的馬兒躲得遠遠的。」[200]很顯然，伊莉莎白代表的是西方殖民者對於「中國佬」蔑視、仇恨和恐懼的普遍態度。

---

200 〔英〕喬治・奧威爾著，李鋒譯：《緬甸歲月》（南京市：南京大學出版社，2007年），頁134-138。譯文個別地方略有改動。

　　《緬甸歲月》被認為是二十世紀英國「最重要的反帝國主義小說之一」。[201]希金斯甚至認為「奧威爾可以被當作後殖民理論的奠基者之一」。[202]但是另外一些評論者認為小說結尾弗洛里的自殺削弱了反帝國主義的主題。伊格爾頓也認為弗洛里胎記這一先天生理缺陷象徵了他對帝國主義矛盾的態度。[203]其實，這些指責奧威爾的研究者都犯了將弗洛里等同於作家本人的錯誤。需要注意的是，貫穿小說始終的是一種反諷的聲音和效果，通過這種反諷奧威爾批判了小說中的所有人物，包括英國人、印度人和緬甸人，十分強烈地表達了他對英國帝國主義制度的憎恨和譴責。這種反諷的效果與奧威爾精妙的敘述方法密切相關。他通過同情東方文化，與其他白人格格不入敘述者弗洛里批判了以伊莉莎白為代表的西方頑固種族主義份子對於「中國佬」歧視態度，同時也在敘述中摻進了自己的聲音，為讀者揭示了弗洛里的白人身分，並對其批判的不徹底性進行批判。奧威爾將兩種矛盾的聲音融入到敘述者的敘述，形成了強烈的反諷效果，實現了作家對帝國主義徹底的批判。在上述弗洛里和伊莉莎白關於「中國佬」的對話中，伊莉莎白認為的「可怕」、「野蠻」和「愚蠢」在弗洛里眼中卻是：「美純粹是一種喜好（taste）」，「最好跟他們平等相待」。奧威爾通過弗洛里對於「中國佬」截然不同的態度批判了以伊莉莎白為代表的西方人所固有種族主義觀念。同時，奧威爾也用通過自己的聲音批判了弗洛里認識的侷限性：他只能將自己的真實想法隱藏於內心，並幻想找到一個理解自己思想的「伴侶」，但是「即使是在現在，他也沒弄清她看待『土著』用的是什麼眼光」。弗洛里與伊莉莎白溝通的徹底失敗導致他最後的自殺，這位小說中最具有反帝國主義思想的英

201　John Newsinger, *Orwell's Politics* (Houndmills: Macmillan Press Ltd., 1999), p. 7.

202　Christopher Hitchens, *Why Orwell Matters*, p. 34.

203　See Terry Eagleton, *Exiles and Émigrés: Studies in Modern Literature* (London: Chatto & Windus, 1970), pp. 78-87.

國白人也難逃殖民主義話語的束縛，奧威爾這個反諷式結局深刻地揭示了帝國主義制度對所有殖民者和被殖民者的思想和道德具有無比強大的腐蝕作用。

西方人對「中國佬」形象的塑造也是西方殖民帝國建構和維護中國認知網路的重要策略。最典型的例子就是英國作家阿瑟‧沃德（Arthur Henry Ward）以筆名莎克斯‧羅默（Sax Rohmer）所塑造的「中國佬」傅滿楚（Fu Manchu）形象。在羅默筆下，傅滿楚是個殘忍、狡詐的惡魔，同時又法力無邊，給西方白人世界帶來巨大的恐慌和威脅。這個形象經由西方大眾媒體的傳播更加深入人心，成為中國「黃禍」的化身。[204]因此，奧威爾在《通往維根碼頭之路》曾有這樣的描述：「在英國，我們甘願被盤剝以維持五十萬遊手好閒者的奢侈生活，也不願遭受中國佬的統治，如果真有這種不幸，我們寧願戰鬥到最後一個。」[205]對於「中國佬」這一西方殖民話語構建的他者形象，奧威爾在緬甸殖民地經歷之後有了清醒的認識。除了上述對遊民妖魔／中國佬偏見和以伊莉莎白為代表的英國白人殖民者的批判，奧威爾還對「中國佬」形象背後的西方種族主義進行了深刻地反思。

在一九四七年二月二十七日的〈隨我所願〉（As I Please）中，奧威爾提到他曾讀過寫給小孩的漫畫字母表，其中J、N、U的英文解釋分別是：

J for the Junk which the Chinaman finds

Is useful for carrying goods of all kinds.

N for the Native from Africa's land.

He looks very fierce with his spear in his hand.

---

204 詳見葛桂录：〈Shanghai、毒品與帝國認知網路──帶有防火牆功能的西方之中國敘事〉，《福建師範大學學報》2010年第3期，頁103-106。

205 CW, vol.5, 1986-1987, p. 135.

U for the Union Jacks Pam and John carry

While out for a hike with their nice Uncle Harry.[206]

　　書中 "native" 的漫畫是一個僅僅戴著手鐲、披著幾片豹皮的祖魯人；具有中國特徵的舢板船（junk）漫畫很小，但可以看見幾個留著長辮（pigtails）的「中國佬」。被譽為英國文化研究先驅[207]的奧威爾認為這小人書中將中國人、非洲人和英國人三種形象並置非常形象地說明了英國人的種族主義意識。「坐在舢板船上、梳著長辮的『中國佬』」無非是在突顯「頭戴大禮帽，乘著單馬雙輪雙座馬車的英國人」。小人書中把種族優越觀念這樣無意識地灌輸給一代又一代的小孩，難怪在一些很有思想的知識份子當中這種潛意識也會突然冒出來，並產生了令人不安的後果。奧威爾舉了個實例：一九四二年十月十日，英國在為中國的辛亥革命週年紀念搞慶祝活動，BBC特意在廣播大樓上豎起了中國國旗，但旗幟卻被顛倒著掛。因此，奧威爾認為如果中國人覺得應該稱作「中國人（Chinese）」而不是「中國佬」，英國應該尊重中國人的選擇而放棄使用具有貶義色彩的「中國佬」。[208]在一九四三年十二月十日的〈隨我所願〉中，奧威爾指出美國黑人受歧視現象其實反映的是世界範圍內的種族歧視問題，這在資本主義制度下是無法解決的。因為，「即使一個全靠救濟金生活的英國人在印度苦力眼中也和一個百萬富翁差不多」，但在英國無論是左派還是右派，對殖民地有色人種受到的剝削都視而不見。為了避免發生這種不平等造成的種族戰爭，奧威爾認為個人目前所能夠做的就是停止使用對有色人種有侮辱性的綽號，如 "negro"、"Chinaman"、"native" 等。奧威爾指出，當今即使在左派的出版物上，這些詞語仍然屢見不鮮。

206　CW, vol.19, 1998, p. 50.

207　Gordon Bowker, *George Orwell*, p. xiii.

208　See CW, vol.19, 1998. pp. 50-51.

因此，如果還有人覺得這些改變微不足道，那麼英國所謂的民族主義也是微不足道的，因為英國人也沒人願意被稱為 "Limeys" 或 "Britishers"（英國佬）。[209]奧威爾在這裡明確地闡述了一個國家的民族主義必須建立在世界各國平等的種族關係之上，揭露了資本主義制度的殖民掠奪本質和當時左派政治家在虛偽的理論外衣下與殖民主義保持的共謀關係。因此，奧威爾在一九四四年為企鵝出版社重新修訂《緬甸歲月》時，仔細校對了有種族歧視的地方，並把 "Chinaman" 改成了 "Chinese"。[210]

五　「東亞國」：極權主義形象的建構

如果說奧威爾對 "Shanghai" 的殖民主義和 "Chinaman" 的種族主義形象進行解構和批判的話，他又同時建構了「東亞國」（Eastasia）這一極權主義形象。在歷經英帝國主義、西班牙內戰、史達林「大清洗」、二戰、原子彈和冷戰等歷史事件或時期後，奧威爾對人類社會的極權主義威脅深感憂慮。他在生命最後階段創作的小說《一九八四》把極權主義統治的世界描繪到了極致，在世界範圍內產生了巨大的影響。在小說中，大洋國核心黨人奧勃良（O'Brien）交給溫斯頓（Winston）一本反黨秘密組織兄弟會的領導愛麥虞埃爾·果爾德施坦因（Emmanuel Goldstein）一本禁書《寡頭政治集體主義的理論與實踐》。溫斯頓所讀的其中的第一章「無知既力量」與第三章「戰爭既和平」集中描繪了極權社會的地理分佈和運行機制，溫斯頓認為該書「把他已經掌握的知識加以系統化」。[211]書中描述的世界在二十世紀

209　See CW, vol.16, 1998, pp. 23-24.

210　See CW, vol.2, 1986-1987, pp. 309-310.

211　〔英〕喬治·奧威爾著，董樂山譯：《一九八四》（瀋陽市：遼寧教育出版社，1998年），頁193。

中葉分成三個超級大國。其中大洋國（Oceania）由美國控制，包括
南北美和大西洋島嶼，而英國只不過是其邊緣的一個「一號空降場」
（Airstrip One）；歐亞國（Eurasia）由俄國統治，從葡萄牙到白令海
峽，佔歐亞大陸的整個北部；第三個東亞國（Eastasia）是經過十年混
戰以後出現的，較其他兩國小，佔據中國和中國以南諸國、日本各島
和滿洲、蒙古、西藏大部，但經常有變化，其西部邊界不甚明確。[212]
這三個超級大國中任何一國都不可能被任何兩國的聯盟所打敗。歐亞
國的屏障是大片陸地，大洋國是大西洋和太平洋，而東亞國是居民的
多產和勤勞。三個超級大國之間還有一塊四方形的地區，以丹吉爾、
布拉柴維爾、達爾文港和香港為四個角，它不屬於三國任何一方，為
了爭奪這個地區，三國不斷戰爭，部分地區不斷易手，友敵關係不斷
改變，但沒有一個大國控制過這個地區的全部。[213]三個超級大國的生
活基本相同。大洋國的統治哲學是「英社原則」（Ingsoc），歐亞國是
「新布爾什維主義」（Neo-Bolshevism），而東亞國的是一個中文名字，
翻譯成「崇死」（Death-worship），但其實是「滅我」（Obliteration of
the Shelf）。[214]這三種哲學其實很難區分，其社會制度也並無區別：都
是金字塔式結構，進行領袖崇拜，靠戰爭維持其經濟。因此，三個超
級大國並不是為了征服對方，他們之間的戰爭衝突事實上是為了相互
支撐，「就像三捆堆在一起的秫秸一樣」（like three sheaves of corn）。[215]
　　從以上描述可見奧威爾在小說中構建了和溫斯頓所在的大洋國相

212　〔英〕喬治・奧威爾著，董樂山譯：《一九八四》（瀋陽市：遼寧教育出版社，
　　　1998年），頁166。

213　〔英〕喬治・奧威爾著，董樂山譯：《一九八四》（瀋陽市：遼寧教育出版社，
　　　1998年），頁167。

214　〔英〕喬治・奧威爾著，董樂山譯：《一九八四》（瀋陽市：遼寧教育出版社，
　　　1998年），頁175。

215　〔英〕喬治・奧威爾著，董樂山譯：《一九八四》（瀋陽市：遼寧教育出版社，
　　　1998年），頁176。

分庭抗禮的「東亞國」，但是在衝突的背後卻隱藏著極權統治的共同秘密：權力的爭奪和維繫。他們之間的戰爭並沒有被征服的威脅，而是金字塔的上層為了維護統治的特權，通過戰爭來消費國內剩餘經濟和過剩勞動力，不斷調動無產階級的勞動熱情，使其無暇顧及社會不公，從而喪失獨立思考能力，達到統治階級繼續剝削的目的，因而「戰爭即和平」在極權社會中得以成立。在思想控制方面，上層階級通過「犯罪停止」（crimestop）的內心訓練扼殺危險思想的念頭，通過顛倒「黑白」（blackwhite）的訓練來篡改歷史、忘卻過去；通過「雙重思想」（doublethink）來保持並接受相互矛盾的認識，即在欺騙大眾的同時又能對這種欺騙深信不疑。這三個階段的思想控制使無產階級形成了「無知即力量」的意識，從而接受「自由即奴役」的極權統治。比如奧勃良就是「雙重思想」的完美體現，他在溫斯頓眼中是一個和自己一樣具有反核心黨思想的黨員，他送給溫斯頓的這部禁書其實是他和其同夥的偽造，連溫斯頓被關進監獄見到了奧勃良還誤認為他也被關了進來。然而，他正是溫斯頓的審訊者、懲罰者和思想改造者，他使溫斯頓和裘莉婭（Julia）背叛了反抗極權的最後手段——愛情，最終從反叛者變成「我愛老大哥」。溫斯頓和裘莉婭一起閱讀這部禁書的溫馨閣樓卻隱藏著無處不在的電幕，給他們提供愛巢的六十多歲房東切林頓（Charrington）卻是逮捕他們的只有三十五歲的思想員警（Thought Police）。這些圍繞著禁書體現出來的大洋國極權統治圖景同樣也是東亞國社會的反映，因為「像三捆堆在一起的秫秸一樣」的三個超級大國互為依託，共同構建了世界極權主義統治的穩定模式。

在中國，奧威爾曾被當作「反蘇反共」的作家，這固然是冷戰意識形態對奧威爾的利用，而小說「東亞國」的構建似乎也可以提供這樣的證據。但是應該看到，在「東亞國」中還有和當時中國意識形態完全不同的國家日本。因此《一九八四》的中文譯者董樂山先生認為

奧威爾「不是一般概念中的所謂反共作家」，《一九八四》「與其說是
一部影射蘇聯的反共小說，毋寧更透澈地說是反極權主義的預言」，
而他反極權主義的動力來自「對於社會主義的堅定信念」。[216]至於為
何中國被建構在「東亞國」之中，奧威爾並沒有做出解答，不過我們
可以在小說和其他文本中找到一些線索。奧威爾在一九四五年十月十
九日的《你和原子彈》（You and the Atomic Bomb）一文中提到：「世
界越來越明顯地被分為三大帝國，每個帝國都獨立自足，與外面世界
切斷聯繫，不管用了何種偽裝，都是由自己選舉的寡頭政權來統
治……第三大超級大國——東亞國，它由中國統治——仍然還沒有真
正形成。但是，它最終的形成不會有什麼問題，近年來的每次科學發
現已經加快了這個進程。」[217]在一九四九年年五月十九日的信中，奧
威爾提到他想和已到中國的燕卜蓀（William Empson）聯繫：「……
但是我想現在要是在中國的外國人收到來自外國的信件會是多麼難堪
的事。燕卜蓀的妻子海姐（Hetta）現在或者過去曾是個共產黨員，
燕卜蓀本人對共產主義也不怎麼反對，但是在共產黨的政權下，我仍
然懷疑這樣貿然寫信會不會給他們帶來好處。」[218]另外，在小說《一
九八四》中還有這樣一些細節：奧勃良的僕人馬丁（Martin）「是個
小個子，長著黑頭髮，穿著一件白上衣，臉型像塊鑽石，完全沒有表
情，很可能是個中國人的臉」，奧勃良說他是「咱們的人」，然後叫他
一起喝只有核心黨員才有的葡萄酒，他「坐了下來，十分自在，但仍
有一種僕人的神態，一個享受特權的貼身僕人的神態」。[219]奧勃良在
一〇一房（Room101）準備用放出鐵籠子裡的老鼠撕咬溫斯頓時，他

---

216 詳見董樂山譯：《奧威爾和他的〈一九八四〉》，收入《一九八四》（瀋陽市：遼寧
　　教育出版社，1998年）。該文為譯文序，原文沒有頁碼。

217 CW, vol.17, 1998, p. 320.

218 CW, vol.20, 1998, p. 117.

219 〔英〕喬治·奧威爾著，董樂山譯：《一九八四》（瀋陽市：遼寧教育出版社，
　　1998年），頁150-153。

說「這是古代中華帝國的常用懲罰」。[220]這個懲罰讓溫斯頓發出了
「咬裘莉亞！」（do it to Julia）這最震撼人心的吼聲。甚至在俄國統
治的「歐亞國」，居民也具有「蒙古人種」的臉，小說中唯一出現的
軍隊就是由歐亞人組成。這些描述說明西班牙內戰經歷以及史達林的
內部清洗等歷史事件使奧威爾將蘇聯的政權模式視為一種極權主義，
因此，他創作了《動物莊園》來打破當時英國左派仍然盲信的「蘇聯
神話」。由於當時中蘇相似的意識形態和政治同盟關係，沒有來過中
國的奧威爾把新中國政權也誤讀為「蘇聯神話」的一部分。他為了警
告極權主義在世界蔓延的威脅，在小說中建構了一個「東亞國」，並
利用西方人固有的中國「黃禍」論渲染了這種極權統治的恐怖。如果
綜合考察奧威爾的政治觀、當時的政治格局和他對中國已有的認知和
接觸，我們可以發現，他其實是反對中國「黃禍」的論調，對獨立自
主的新中國也沒有敵意，但是在當時冷戰的政治環境下，他認為極權
主義已對人類自由、民主和平等構成了最大的威脅，也使他追求的社
會主義理想面臨破滅，因此他以生命為代價創作了《一九八四》。對
於奧威爾在利用中國形象過程中既解構又建構的矛盾，我們如果把反
對極權主義這個主要矛盾考慮進去就可以得以理解。

---

220 〔英〕喬治・奧威爾著，董樂山譯：《一九八四》（瀋陽市：遼寧教育出版社，
　　1998年），頁257。

第六章

二十世紀上半葉的中英文學交流（三）：英國文學在中國

第一節　文學因緣：王國維與英國文學

在近代中外文學交流史上，有一批文獻值得我們充分關注，這就是王國維於二十世紀初在其主編的《教育世界》雜誌上為我們介紹的幾位歐洲作家的傳記材料。正是這批傳記材料，讓中國讀者最先而且比較集中地了解和認識了歐洲的幾位文學大師，進而為二十世紀中歐文學交流史寫下了精彩的第一頁。這批重要文獻包括以下幾篇文學傳記：

〈德國文豪格代希爾列爾合傳〉，載一九〇四年三月《教育世界》甲辰第二期（總70號）「傳記」欄；

〈格代之家庭〉，載一九〇四年八至九月《教育世界》甲辰第十二、十四期（總80、82號）「餘錄」欄；

〈脫爾斯泰傳〉，載一九〇七年二至三月《教育世界》丁未第一、二期（總143、144號）「傳記」欄；

〈戲曲大家海別爾〉，載一九〇七年三至四月《教育世界》丁未第三、五、六期（總145、147、148號）「傳記」欄；

〈英國小說家斯提逢孫傳〉，載一九〇七年五月《教育世界》丁未第七、八期（總149、150號）「傳記」欄；

〈莎士比傳〉，載一九〇七年十月《教育世界》丁未第十七期（總159號）「傳記」欄；

〈倍根小傳〉，載一九〇七年十月《教育世界》丁未第十八期（總160號）「傳記」欄；

〈英國大詩人白衣龍小傳〉，載一九〇七年十一月《教育世界》丁未第二十期（總162號）「傳記」欄。

以上這些關於西方文學家的傳記材料具有重要的歷史文獻價值和開拓性的學術價值。它涉及到四位英國作家，即莎士比（現通譯為莎士比亞，下同）、倍根（培根）、白衣龍（拜倫）和斯提逢孫（斯蒂文森）；三位德國作家，即格代（歌德）、希爾列爾（席勒）和海別爾（黑貝爾）；一位俄國作家，即脫爾斯泰（列夫・托爾斯泰）。這些西方文學家傳記因刊載時多未署名，故以往的王國維研究者多未涉及。後經譚佛雛先生詳盡考定，確定這批材料無疑為王國維前期有關詩學的佚文（包括撰述、節譯與綜編）。[1]陳鴻祥《王國維年譜》[2]從譯名的使用、文章的風格、論述的觀點判斷這批材料係王國維根據國外有關文學史、文學評論編譯而成。筆者遵從此說，著重把王國維的這批西方作家傳記材料，放在早期中外文學交流史上，確立其文獻價值和學術意義，並簡述與其美學思想形成之關係。限於篇幅，本節僅討論王國維關於英國文學家的介紹文字。[3]

一　「英國近代小說家中之最有特色者」斯蒂文森

在王國維一九〇七年介紹斯蒂文森（Robert Louis Stevenson, 1850-1894）之前，中國讀者只有通過一九〇四年佚名翻譯的《金銀島》得

1　譚佛雛校輯：《王國維哲學美學論文輯佚》（上海市：華東師範大學出版社，1993年），頁1-27。

2　陳鴻祥：《王國維年譜》（濟南市：齊魯書社，1991年）。

3　王氏關於歌德、席勒、黑貝爾、列夫・托爾斯泰，以及在其他著述中涉及古羅馬作家阿普列尤斯、法國作家盧梭的介紹內容，可參看拙著《跨文化語境中的中外文學關係研究》（上海市：上海三聯書店，2008年）裡的相關分析，頁115-136。

以對這英國著名小說家有些了解。《金銀島》（又名《寶島》）是斯蒂
文森的第一部長篇小說，最初在雜誌上連載，一八八三年出了單行
本。小說情節奇異，懸念迭出，扣人心弦，開創了以探寶為題材的先
河，反響極大。這部小說翻譯成中文後同樣在中國讀者中傳誦一時。
其後，也就是一九〇八年，林紓、曾宗鞏合譯了斯蒂文森的另一部著
名作品《新天方夜談》（商務印書館）。王國維的這篇〈英國小說家斯
提逢孫傳〉以相當大的篇幅介紹，即便在今天看來也極其詳細到位。
因而他為我們最早全面認知斯蒂文森，立有首創之功。

　　此傳一開頭就是一段美文，像一組電影鏡頭，引出了傳主「斯提
逢孫」：

　　　　過南洋極端之薩摩阿島，有阿皮阿山，赫然高聳。登其頂，則
　　　　遠望太平洋之浩渺，水天一色之際，遙聞海潮之樂音；近而有
　　　　椰子之深林，掩蔽天日，中藏一墓，華表尚新。嗚呼！是為
　　　　誰？是非羅巴脫・路易・斯提逢孫之永眠地耶？

　　出生於愛丁堡的斯蒂文森自幼身體羸弱，曾到義大利和德國等地
療養，並長期在法、美居住。最後定居於薩摩亞島，因患腦溢血去世
後即葬於該島一座山丘上。斯氏一生從事過散文、遊記、隨筆、評
論、小說、詩歌等多種寫作活動，尤以冒險小說著稱，但直到二十世
紀五〇年代才被推崇為具有獨創性的作家，並確立其在文學史上的
地位。

　　王國維早在一九〇七年就在這篇傳記中給予了斯蒂文森以極高的
評價。傳文中首先指出斯蒂文森是「英國近代小說家中之最有特色者
也」，說其「生而羸弱，病而瀕死者屢」，「然每感物激情，耽藝術而
厭俗事，慕古人之稱雄於文壇，竊自期許」。又講他「常多疾苦，無
以自遣，乃從事漫遊」，而且「每觀事物，全用哲學者之眼，而以滑

稽流出之，如山間之湧出清泉，毫無不自然之處也」。

　　傳文中不斷提及小說斯蒂文森生活創作的諸多優長，如最得意描述少年戀情：「斯氏最注重之人生為少年時代，描寫少年時愛情之真直，乃其最得意筆也。」有一股樂觀積極的心態：「彼身體雖弱，然不健全之感情，於其諸作中，毫不現之。雖其書草於病床呻吟之間，然能快活有生氣，筆無滯痕，娛生喜世之趣，到處見之，寧非一大奇耶？蓋彼為一種之樂天家，不獨愛人生，且亦知處之之道，故其作品皆表出秀美，成一種之幻想福音，有娛人生之趣味焉。」作品中鮮明的浪漫式自由之風格：「斯氏之作小說時，有一定主義，其為彼之生命者，自由是也。彼之作品，形式極非一律，其描寫之現象甚多，其構想極奔放，而置道德於度外，隨其想像，而一無拘束。[4] 故其所述，無非出海、說怪、行山、入島、涉野、語仙、見鬼、逢蠻人而已。劍光閃處，必帶血腥，美人來時，多成罪惡，或探寶於絕海之涯，或發見魔窟於五都之市，皆離其現實，而使之乘空想之雲而去者也。而空想所至，不免荒唐不稽，遂置道德於度外矣。」王國維對此懷著一種欣賞態度，因為「小說家之愛自由者往往如此，蓋不如此則易落恒蹊也。」

　　傳文中介紹了斯蒂文森的諸多重要作品，稱「Treasure Islands（即《金銀島》）為其得名之第一著作，青年之讀物恐無出其右者」，又說《黑箭》（*The Black Arrow*）「實其平生第一傑作也」。其後著重評論了斯蒂文森的文學創作特色：

　　　　斯氏行文，極奇拔，極巧妙，極清新，誠獨創之才，不許他人
　　　　模效者也。彼最重文體，不輕下筆，篇中無一朦朧之句，下筆
　　　　必雄渾華麗，字字生動，讀之未有不擊節者。所尤難者，彼能

4　即如所謂「閱世愈淺，則性情愈真」的「主觀之詩人」。

不藉女性之事物以為點染。自來作家惟恐其書之枯燥無味，必
藉言情之事實，綺靡之文句，以挑撥讀者之熱情。斯氏不然，
其文之動人也，全由其文章自然勢力使然，可謂盡脫恒蹊矣。
其每作一書，想像甚高，著眼極銳，尤善變化無復筆，其自言
曰：「欲讀者稱快不絕，不勉試以種種之變化，不可得也。」
故其所作，無不各有新性質。人方把卷時，皆作規則思想，及
接讀之，乃生例外，且例外之中更有例外，令人應接不遑焉。
如結茅於山巔，開軒四望，則有海有峰，有花有木，忽朝忽
夜，忽雨忽嵐。又如觀影燈之戲，忽火忽水，忽人忽屋，忽化
而為風，忽消而為煙，令見者茫然自失。
世之作者，有專飾文字而理想平凡者，斯氏異是。文字之鮮豔
華美，雖其天才之要素，然只足鼓舞人之優美感情而已，其價
值不全在此。蓋彼更能觀察人生之全面，於人世悲憂之情，體
貼最至。其一度下筆，能深入人間之胸奧，故其文字不獨外形
之美，且能窮人生真相，以喚起讀者之同情，正如深夜中蠟炬
之光，可照徹目前之萬象也。

　　以上文字從三個方面論及斯氏創作特色：（1）行文上的奇拔、巧
妙、清新、雄渾和動人；（2）運思方面的「想像甚高，著眼極銳，尤
善變化無復筆」；（3）創作意圖及效果方面，則能「觀察人生之全面」，
體貼「人世悲憂之情」，「深入人間之胸奧」，「以喚起讀者之同情」。

　　在文學史上，斯蒂文森被稱為英國新浪漫主義作家。新浪漫主義
產生於十九世紀八〇年代，由於人們對於困擾他們的現實普遍產生不
滿和厭倦，讀者也不滿於反映平凡生活的老套小說，而把興趣轉向新
奇浪漫的故事。於是，以斯氏為首的一批作家，開始採用浪漫傳奇和
哥特小說形式，創造出一批受讀者歡迎的新浪漫作品。這些小說不僅
文筆優美，故事動人，而且充滿朝氣，啟發了讀者的想像，使他們逃

開平庸的日常生活，進入陌生而美妙的幻想天地。而斯蒂文森的創作
中集中了兩種很少同時並存於一個作家身上的素質，即既是一個追求
藝術形式美的文學家，又是一個會講故事的小說家，因而成為這一文
學流派最重要的作家，奠定了他在文學史上的傑出地位。同樣，王國
維在這篇傳文中也頗為精到地總結了斯蒂文森在文學史上的重要地位：

> 要之，斯氏實十九世紀羅曼派之驍將，近代自然派之所以隆盛
> 者，皆彼之功也。氏雖傳斯科特（即司各特）之脈，然較彼仍
> 有更上一步者，⋯⋯其性格之描寫，為所享近代寫實派影響之
> 心理分析之筆⋯⋯。而在諸家之中，獨放異彩者，則斯提逢孫
> 是也。其文學性質，雖不敢曰推倒一世，然自為新羅曼派之第
> 一人，其筆致之雄渾，思想之變幻，近世作者中實罕其匹。嗚
> 呼！謂非一代之奇才耶！

這裡，傳文由近代歐洲文學流派之嬗遞發展，來論述斯氏「新羅
曼派」的特色，曰「筆致之雄渾，思想之變幻」，也頗可與《人間詞
話》的有關論說參照比析。

二　「描寫客觀之自然與客觀之人間」的莎士比亞

介紹引進莎士比亞並不始於王國維。一八四〇年，林則徐派人將
英國人慕瑞所著《世界地理大全》（*The Encyclopaedia of Geography*，
1834年初版於倫敦），譯成《四洲志》，這是近代中國最早介紹世界史
地的著述之一。該書第十三節談及英國的情況時，就講到沙士比阿
（即莎士比亞）等「工詩文、富著述」。後來，莎士比亞的名字就伴
隨著外國來華傳教士的介紹而逐漸為中國讀者所知。清咸豐六年
（1856），上海墨海書院刻印了英國傳教士慕維廉所譯《大英國志》，

其中講到伊莉莎白女王時代的英國文化盛況時也提到了儒林中「所著
詩文，美善俱盡」的「舌克斯畢」（即莎士比亞）等「知名士」。光緒
八年（1882）北通州公理會刻印的美國牧師謝衛樓所著《萬國通鑑》
中也提到「英國騷客沙斯皮耳者（即莎士比亞），善作戲文，哀樂罔
不盡致，自候美爾（現通譯荷馬）之後，無人幾及也。」[5]其他一些
英國傳教士編譯的著作，以及清末中國駐外使節或旅外人士，如郭嵩
燾、曾紀澤、張德彝、戴鴻池和康有為等，也都在有關著述中提到過
莎士比亞。一九〇四年出版的《大陸報》（*The Continent*）第十號在
「史傳」欄刊載〈英國大戲曲家希哀苦皮阿傳〉。同年，商務印書館
出版了林紓翻譯的英國蘭姆姐弟的《英國詩人吟邊燕語》，該書序中
說「莎氏之詩，直抗吾國之杜甫，乃立義遣詞，往往托象於神怪。」[6]
不過，以上這些關於莎士比亞的內容均極其簡略，只有到了王國維筆
下，莎士比亞就能較全面地為中國讀者所了解和認識。

王國維在《莎士比傳》中詳細交代了莎士比亞的婚姻家庭、倫敦
歲月、創作過程等基本情況，並高度評價其「學識之博大」，「性情之
溫厚閒雅」，「不獨為諸人所尊敬，且為諸人所深愛」，還徵引約翰遜
的話來評價莎士比亞：「彼才既跌宕，又思想深微，想像濃郁，詞藻
溫文，更助以敏妙之筆，於是其文遂如長江大河，一瀉千里，不可抑
制。蓋彼之機才，實彼之性命，若稍加以抑制，與奪其性命無異。若
以其所長補其所短，亦復充足而有餘也。」

在介紹莎士比亞的創作情況方面，該傳記載亦詳。文中將莎氏創
作分為四個時期，介紹其第一期「所作多主翻案改作，純以輕妙
勝。」因為傳主「尚未諳世故」，「故與實際隔膜，偏於理想，而不甚

5　戈寶權：《莎士比亞在中國》，《莎士比亞研究》創刊號（杭州市：浙江人民出版
　　社，1983年），頁332。
6　陳平原、夏曉紅編：《二十世紀中國小說理論資料》（北京市：北京大學出版社，
　　1997年），卷1，頁139。

自然。」而進入第二時期後，因「漸諳世故，知人情，其想像亦屆實際」，所以本時期「專作史劇，依其經驗之結果，故不自理想界而自實際界，得許多劇詩之材料。」劇作風格則「大抵雄渾勁拔」。第三時期，「莎氏因自身之經驗，人生之不幸，蓋莎氏是時既失其兒，復喪其父，於是將胸中所鬱，盡洩諸文字中，始離人生表面，而一探人生之究竟。故是時之作，均沉痛悲激。」而至第四時期，作者「經此波瀾後，大有所悟，其胸襟更闊大而沉著。於是一面與世相接，一面超然世外，即自理想之光明，知世間哀歡之無別，又立於理想界之絕頂，以靜觀人海之榮辱波瀾。」所以，本時期的作品「足覘作者之人生觀」：「諸作均誨人以養成堅忍不拔之精神，以保持心之平和，見人之過誤則寬容之，恕宥之；於己之過誤，則嚴責之，悔改之，更向圓滿之境界中而精進不怠。」因「含有一種不可思議之魔力」，而「左右人世」。

傳文中的這些解說，基本上展示了莎劇創作各時期之重要特徵，且精煉到位，對中國讀者全面把握莎劇創作特質大有助益。傳文中還列出了莎士比亞所有劇詩（史劇、喜劇、悲劇）和敘事、抒情詩的英文篇名、年代，其中部分篇名按此前出版（1904年商務版）的林紓、魏易合譯的《英國詩人吟邊燕語》裡的中文譯名標注。這同樣讓二十世紀初的中國讀者對莎氏作品先有了一個必要的概要了解，儘管此時尚無一篇莎劇的正式中文譯本。

在列出莎氏全部作品篇名之後，傳文中又提到了莎士比亞的「四大悲劇」：《鬼詔》（即《哈姆雷特》）、《黑瞀》（即《奧瑟羅》）、《蠱征》（即《馬克白》）、《女變》（即《李爾王》），指出「蓋惟此四篇實不足以窺此大詩人之蘊奧」，表明認識莎士比亞，只有通過深入全面地閱讀莎氏作品，才能真正體會其藝術魅力：

　　蓋莎氏之文字，愈嘴嚼，則其味愈深，愈覺其幽微玄妙。又加

拉兒氏[7]曰：「人十歲而嗜莎士比，至七十歲而其趣味猶不
衰」。蓋莎士比文字，猶如江海，愈求之，愈覺深廣。故凡自
彼壯年所作之短歌集，以求其真意者，或據一二口碑以求莎氏
之為人，或據一己之見以解釋其著作，皆失敗也。當知莎氏與
彼主觀的詩人不同，其所著作，皆描寫客觀之自然與客觀之人
間，以超絕之思，無我之筆，而寫世界之一切事物者也。[8]所
作雖僅三十餘篇，然而世界中所有之離合悲歡，恐怖煩惱，以
及種種性格等，殆無不包諸其中。故莎士比者，可謂為「第二
之自然」、「第二之造物」也。

　　這段文字既指出了讀莎翁文字「猶如江海，愈求之，愈覺深
廣」，那種常讀常新，愈讀愈深的感覺；也涉及到如何正確賞鑒大詩
人的作品問題；更提出要把「描寫客觀之自然與客觀之人間」的莎士
比亞，與那些「主觀的詩人」區別開來，因而實開《人間詞話》區分
「主觀之詩人」與「客觀之詩人」之先河，構成王氏美學思想的重要
內容。

　　「第二之自然」、「第二之造物」，亦即歌德所謂「拿一種第二自
然奉還給自然」，「顯得既是自然，又是超自然」。（歌德〈《希臘神廟

7　即卡萊爾（Thomas Carlyle, 1795-1881）。其第一部著作《席勒傳》，更視歌德為聖
　　人。他說「在歌德眼裡就像莎士比亞眼裡一樣」，「現實界的自然之物即為超自然之
　　物」，莎翁《哈姆雷特》等名劇，與歌德《浮士德》裡的人物，都是「作者賜給我
　　們」的「一切玄妙奧秘的揭示，人世物相的本來面目」。（韋勒克：《近代文學批評
　　史》〔上海市：上海譯文出版社，1997年〕，卷3，頁120）這些論說，與王國維小傳
　　所說莎翁「以超絕之思，無我之筆」，「描寫客觀之自然與客觀之人間」相近。作為
　　歌德的崇拜者，王國維從卡萊爾那裡找到了認識莎翁的鏡子。
8　王國維《人間嗜好之研究》（原刊《教育世界》第146號，丁未二月下旬〔1907年4
　　月〕）：「若夫最高尚之嗜好，如文學、美術，亦不外勢力之欲之發表。……若夫真正
　　之大詩人，則又以人類之感情為其一己之感情。彼其勢力充實不可以已，遂不以發
　　表自己之感情為滿足，更進而欲發表人類全體之感情。彼之著作，實為人類全體之
　　喉舌，而讀者於此得聞其悲歡啼笑之聲，遂覺自己之勢力亦為之發揚而不能自己。」

的門樓》發刊詞〉）康德也曾言及「第二自然」之藝術表達方式。他說：「想像力（作為創造性的認識功能）有很強大的力量，去根據現實自然所提供的材料，創造出彷彿是一種第二自然。」此「第二自然」的創造，既「要根據類比規律，卻也要根據植根於理性中的更高原則。」（康德《判斷力批判》）以此形成「超越自然」的審美意象。此亦即王國維後來所謂既「合乎自然」又「鄰於理想」的「意境」（境界）。與「第二自然」說法相關的是「第二形式」說。王國維在《古雅之在美學上之位置》（一九○七年）中首次區分「第一形式」與「第二形式」，並宣稱「一切之美皆形式之美也。」「而一切形式之美又不可無他形式以表之，惟經過此第二形式，斯美者愈增其美。」「自然但經過第一形式，而藝術則必就自然中固有之某形式，或所自創造之新形式，而以第二形式表出之。」「雖第一形式之本不美者，得由其第二形式之美（雅）而得一種獨立之價值。」（《靜安文集續編》）這裡，「第二形式」與康德所謂「第二自然」的表達方式相當。[9]

　　在王國維看來，像莎士比亞之類的「客觀之詩人」能「以超絕之思，無我之筆，而寫世界之一切事物」，便可創造「第二之自然」、「第二之造物」。這裡，王國維所謂的「無我」，即叔本華的「純粹無欲之我」。對「無我之境」的追求緣起於王國維美學思想發生的最初階段，與之相對應的「有我之境」則出現於《人間詞話》之中。《人間詞話》手定稿第三則有云：「有有我之境，有無我之境。……有我之境，以我觀物，物皆著我之色彩。無我之境，以物觀物，故不知何者為我，何者為物。（此即主觀詩與客觀詩所由分也）。古人為詞，寫有我之境者為多，然未始不能寫無我之境，此在豪傑之士能自樹立耳。」後來，在定稿時王國維刪除了「此即主觀詩與客觀詩所由分也」一句。可以看到，起初王國維相信「有我之境」、「無我之境」這

9　參見佛雛：《王國維詩學研究》（北京市：北京大學出版社，1999年），頁99-117。

對概念，與另一對概念「主觀詩」、「客觀詩」之間，可能存在著某種
內在的本質聯繫，所以在手定稿中加以類比。定稿時刪除了後一對概
念，或許對兩對概念間的聯繫有所疑慮。[10]

　　在《人間詞話》中，「有我之境」、「無我之境」，亦與另一對概念
「造境」（理想派）、「寫境」（寫實派）關係密切。這後一對概念之間
的關係亦難以分割。《人間詞話》手定稿第二則即云：「有造境，有寫
境，此理想與寫實二派所由分，然二者頗難分別，因大詩人所造之境
必合於自然，所寫之境必鄰於理想故也。」《人間詞話》第五則亦強
調「理想」與「自然」的相互制約關係：「自然中之物，互相關係，
互相限制。然其寫之於文學及美術中也，必遺其關係、限制之處。故
雖寫實家，亦理想家也。又雖如何虛構之境，其材料必求之於自然，
而其構造，亦必從自然之法則。故雖理想家，亦寫實家也。」

　　在王國維眼中，作為「大詩人」的莎士比亞，其一生的創作即印
證了「造境」與「寫境」之融合特徵。前引小傳中莎翁創作四時期表
現出來的藝術歷程，正好說明了「理想與寫實二派」之「頗難分別」
的關係。

三　「語語皆格言」的培根

　　英國散文大家培根（Francis Bacon, 1561-1626）的名字最早為中
國人所知曉，大約也是始於一八五六年英國傳教士慕維廉譯的《大英
國志》。其中說「儒林中如錫的尼、斯本色、拉勒、舌克斯畢、倍
根、呼格等，皆知名士。」此後較早介紹培根的中國人是王韜。早在
十九世紀七〇年代，他就寫了〈英人倍根〉一文。文中寫道：「其為
學也，不敢以古之言為盡善，而務在自有所發明。其立言也，不欲取

---

10 參見佛雛：《王國維詩學研究》（北京市：北京大學出版社，1999年），頁99-117。

法於古人，而務極乎一己所獨創……蓋明泰昌元年，倍根初著格物窮理新法，前此無有人言之者，其言務在實事求是，心考物以合理，不造理以合物。」（王韜《甕牖餘談》，卷2）這篇短文準確地介紹了培根的生平事蹟，說明了他的哲學的重要特徵，一是歸納邏輯為基礎的唯物主義，一是反對偶像崇拜，不為古人和古來載籍所囿。文章還具體說明了培根的思想對各個學科發展所起的重大作用和在社會上的廣泛影響。傳教士辦的《萬國公報》則從一八七八年起一連九期連載了慕維廉所撰《格物新法》，介紹了培根的科學理論產生的時代背景、主要內容與時代價值，著重介紹了培根代表作《格致新法》一書（今譯《新工具》）。[11]

　　王國維在一九〇七年刊載的《倍根小傳》，也無疑是中國最早比較詳細介紹英國這位科學哲學與散文大家的文字材料。這篇文字介紹了傳主的出生、家庭、求學、入政界、罷官鄉居、潛心著述及實驗科學等，頗為簡明扼要。比如，傳文中介紹培根「惟以性好奢華，享用多逾分，故負債山積，進退維谷。幸受知於權門愛薩克伯。」培根所受於伯爵甚多。「後伯有異志，為倍根所覺，力諫不從，遂絕交。……時愛薩克伯國事犯事件起，女皇震怒，倍根雖為之斡旋無效，終處死刑。至宣告伯悖逆之文，亦成自倍根手，蓋倍根受女皇之命而作者也。」愛薩克伯，即伊莉莎白女王的寵臣埃塞克斯伯爵。此傳對培根的言行稍有袒護。論及培根之為人，其思想與人格比較複雜。詩人蒲伯稱之為人類「最智慧，最聰敏，但最卑鄙的一個。」他曾為埃塞克斯伯爵的親信。十年後伯爵失寵，最終走上斷頭臺，據說培根對他的叛賣起了助紂為虐之效。

　　《倍根小傳》也介紹了培根的巨著〈學風革新論〉（即〈偉大的復興〉）共六篇，其中第二篇〈新機關論〉（即〈新工具〉）闡述尤

11　參見樓宇烈、張西平主編：《中外哲學交流史》（長沙市：湖南教育出版社，1998年），頁418。

詳，特別對該篇所宣導的歸納法研究方法的實質有所評析：

> 倍根因始定歸納論法，乃倡導學風革新，故大博盛譽，且得若
> 干實利。實則彼之說，太偏於實用，彼蓋純以厚生利用為諸學
> 問之目的者也。彼之言曰：「知識者，實力也」，是一語最能表
> 其所持之意見。彼之意蓋以為知自然（即造化）之理，即得利
> 用之力者也。

傳文進而指出：

> 倍根非大思想家也，乃大應用家也，大修辭家也。彼之論說，
> 殆皆以絕妙之詞，表白極大之常識者也。至其學識之博大精
> 核，雖一代之鉅子亦不能與之爭。

　　培根雖被稱為「大應用家」，提倡實用價值的科學，但非常崇敬
拉丁古文學，而對近代英語，以為「是等近世語，早晚必隨書籍以共
亡。」所以每寫完一本書，「必譯之為拉丁文，蓋恐英語亡後，其書
亦隨之湮沒也。」可惜他寄以希望的拉丁文著述，除了《新工具》
外，後世人關注無多。

　　培根作為散文家在文學史上的成就主要在一本《隨筆》，對此
《倍根小傳》亦有標示。不僅如此，小傳還將之與中國的隨筆做比
較，來突出培根散文的獨特風格，可謂開中外散文比較之先河：

> 要之，倍根之所以為後世俗人所重，皆由於彼之"Essays"之
> 故，是書總計五十八篇，極有文章家之真價值，義即「隨筆」
> 是也。然與近世所謂之Essays（論文）迥異其趣，與我國所謂
> 隨筆，亦迥不相同。蓋我國所謂隨筆，乃隨筆書之，無所謂秩

序者也。是篇則字字精煉，語語圓熟，條理整然不紊，在在可稱之為散文之詩。

至其詞藻之美，比喻之巧，無一字之冗，極簡淨之致，猶其次也。故有人曰：「倍根語語皆格言也，敷衍彼一句，即可成為一大篇。」是語誠然。倍根之文，可代表當時穠麗散文之極致，雖以彼之冷靜圓熟，猶不免有幾分美文之病，是可見當時詩的時世影響之大矣。

此段文字論及培根散文風格：「字字精煉，語語圓熟，條理整然不紊」，「詞藻之美，比喻之巧，無一字之冗，極簡淨之致」，「語語皆格言」均為精到之論。

眾所周知，培根是一個語言大師，他在文學史上以其清晰、準確又有雄辯力量的散文為新文風提供了範例。他在《新工具》中「市場偶像」一節就是談語言不精確之弊，而且認為這個問題最為「麻煩」。

《學術的推進》（王國維譯為《學問發達論》）中也多次論及語言問題，其中講到：「人們獵取的與其說是內容，不如說是詞藻，與其說是有分量的內容，有價值的問題，有道理的立論，有生命力的發明或深刻的見解，不如說是精美的文辭，完整乾淨的文句，委婉跌宕的章法，以修辭比喻來變化或美飾其文章。」[12]

同樣我們也知道，隨筆這一形式並不始於培根。它在歐洲文學中的創造人是法國的蒙田。蒙田每篇隨筆都很長，培根則不同，幾乎每篇均集中緊湊，言簡意賅，甚至寫得像一連串的名言警句，內容上也不尚空談，對社會和人情世故體會頗深，形諸文字時，又以其科學頭腦使隨筆一律佈局謹嚴，議論脈絡清楚可尋，既閃耀著智慧，又間帶

---

12 王佐良、何其莘：《英國文藝復興時期文學史》（北京市：外語教學與研究出版社，1995年），頁420。

些詩情畫意。[13]以上這些關於培根散文的特質，我們現在可從任何一本文學史著述輕易獲知，然而在二十世紀初，王國維即在《倍根小傳》中明確簡練地提出，其先導意義不容忽視。

四　「主觀之詩人」拜倫

據現有資料，梁啟超是譯介拜倫給中國讀者的第一人。一九〇二年，梁啟超在其創辦的《新小說》第二號上，首次刊出英國拜倫（Lord Byron）的照片，稱為「大文豪」，並予以簡要介紹。後又在其小說《新中國未來記》（《新小說》雜誌連載）中譯了拜倫《渣阿亞》（Giaour, 即《異教徒》）片段和長詩〈哀希臘〉中的兩節。繼梁啟超以後，拜倫後一首詩又有馬君武（〈哀希臘歌〉）、蘇曼殊（〈哀希臘〉）、胡適（〈哀希臘歌〉）等多種譯本。此外，蘇曼殊在一九〇六年翻譯、一九〇九年出版了國內第一部拜倫詩選，並在詩選的〈自序〉中描述了拜倫背井離鄉的憂憤和幫助希臘獨立的義舉。當時拜倫的詩特別引人注目，是與中國近代民族危亡的社會現實有關係。梁啟超就通過筆下人物黃克強之口說道：「擺倫最愛自由主義，兼以文學的精神，和希臘好像有夙緣一般。後來因為幫助希臘獨立，竟自從軍而死，真可稱文界裡頭一位大豪傑。他這詩歌正是用來激勵希臘人而作，但我們今日聽來，倒好像有幾分是為中國說法哩。」（《新中國未來記》第四回）這以後，魯迅在一九〇七年寫下了著名的《摩羅詩力說》，對「立意在反抗，指歸在動作」、「不克厥敵，戰則不已」的摩羅詩派的領袖人物拜倫有比較系統的介紹與評述。同年，王國維在十一月出版的《教育世界》雜誌一百六十二號上發表〈英國大詩人白衣龍小傳〉，則對拜倫的生平及創作特徵做了比較詳細的介紹和評價，

而成為當時引進介紹拜倫的先驅者之一。

　　王國維在這篇小傳中首先交代了傳主的幼年生活、家庭狀況、初戀交遊、歐陸漫遊、客死希臘的整個生命歷程。如敘述其母「執拗多感，愛憎無常，激之則若發狂，嘗寸裂已之衣履。」拜倫「即育諸其母之手者，故其閒雅端麗之姿，與不羈多感之性，亦略似其母。又其母子間亦常不相能。其母盛怒時，不論何物，凡在手側者，皆取以擲子。子憤極，每以小刀自擬其喉。故每當爭論後，母子互相疑懼，均私走藥肆中，問有來購毒藥者否。其幼時之景況，蓋如此也。」又敘傳主「自幼性即亢傲，不肯居人下。故在小學中，一意讀書，且好交遊，不惜為友勞苦傷財。其後彼游義大利時，每歲用費四千鎊，其中一千鎊，專為友人費去。」通過這些早年生活細節，有助於突顯傳主的獨特個性。

　　這篇小傳對傳主的文學創作也有簡要介紹。如稱《查哀爾特‧哈羅德漫遊記》（即《恰爾德‧哈洛爾德遊記》）「為其一生中最鴻大之著作」，「哈羅德漫遊中之主人，蓋隱然一白衣龍之小影也」。也提到拜倫〈東方敘事詩〉、〈曼夫雷特〉〈唐璜〉（文中譯為〈丹鳩恩〉）等重要詩篇。傳中還說拜倫「素不喜詩歌，輕視美文，詆毀文士，即於其己之所作亦然」，而看重「作詩以外之本領」，繼而引出助希臘獨立並病死他鄉的結局。

　　王國維在小傳中對拜倫的秉性為人、言談舉止、性格性情、情欲情感及創作特性等，還有一段精彩評論，特別值得關注：

> 白衣龍之為人，實一純粹之抒情詩人，即所謂「主觀之詩人」是也。其胸襟甚狹，無忍耐力、自制力，每有所憤，輒將其所鬱之於心者洩之於詩。故阿惱德[14]評之曰：「白氏之詩非如他

14 阿諾德（Arnold, 1822-1888）是十九世紀後期英國最重要的文學批評家。他贊同歌德所說「拜倫一旦思考就成了孩童」。他尊拜倫為「第二的大詩人」，是繼莎士比亞

人之詩，先生種子於腹中，而漸漸成長，乃非成一全體而發生者也。故於此點尚缺美術家之資格。彼又素乏自制之能力，其詩皆為免胸中之苦痛而作者，故其鬱勃之氣，悲激之情，能栩栩於詩歌中。」此評實能得白衣龍之真像。蓋白衣龍非文弱詩人，而熱血男子也，既不慊於世，於是厭世怨世，繼之以詈世；既詈世矣，世復報復之，於是愈激愈怒，愈怒愈激，以一身與世界戰。夫強於情者，為主觀詩人之常態，但若是之甚者，白衣龍一人而已。蓋白衣龍處此之時，欲笑不能，乃化為哭，欲哭不得，乃變為怒，愈怒愈濫，愈濫愈甚，此白衣龍強情過甚之所致也。實則其情為無智之情，其智復不足以統屬其情而已耳。格代之言曰：「彼愚殊甚，其反省力適如嬰兒。」蓋謂其無分別力也。彼與世之衝突非理想與實在之衝突，乃己意與世習之衝突。又其嗜好亦甚雜複。少年時喜聖書，不喜可信之《新約》，而愛怪誕之《舊約》。其多情不過為情欲之情，毫無高尚之審美情及宗教情。然其熱誠則不可誣，故其言雖如狂如癡，實則皆自其心肺中流露出者也。又阿惱德之言曰：「白衣龍無技術家連綴事件發展性格之伎倆，惟能將其身歷目睹者筆之於書耳。」是則極言其無創作力，惟能敷衍其見聞而已。觀諸白衣龍自己之言則益信，其言曰：「予若無經驗為基礎，則何物亦不能作。」故彼之著作中之人物，無論何人，皆同一性格，不能出其閱歷之範圍者也。

該段評論為我們勾畫了大詩人拜倫作為「主觀之詩人」的鮮明形象：「胸襟甚狹，無忍耐力自制力」。此類「純粹之抒情詩人」，「每有所憤，輒將其所鬱之於心者洩之於詩」，故而「其詩皆為免胸中之苦

之後英國詩歌中「最大的自然力量，最大的原生能力。」（韋勒克《近代文學批評史》（上海市：上海譯文出版社，1997年），卷4，頁208。

痛而作者」。同樣正因如此，詩人自身的「鬱勃之氣，悲激之情」，能
栩栩如生地展示在詩作之中。此類詩人又具備一種特立獨行的個性和
熱血男子的熾熱情感，他們「不慊於世，……以一身與世界戰」。同
時也因為此類詩人「強情過甚」，而「其情為無智之情」，所以他們的
心態類乎孩童，即如歌德所言「其反省力適如嬰兒」。然而，正是這
種特點造就了其詩作具有某種強烈的衝擊力。王國維對此頗多欣賞：
「然其熱誠則不可誣，故其言雖如狂如癡，實則皆自其心肺中流露出
者也」。相對於「不可不多閱世」的「客觀之詩人」來說，像拜倫這
樣的主觀詩人並不以閱歷豐富見長，所以「彼之著作中之人物，無論
何人，皆同一性格，不能出其閱歷之範圍者也。」傳中特別注意到了
拜倫一生中對立互補的兩個側面：一方面獨尊個性，情緒易於昂揚亢
奮；另方面又情感脆弱感傷而細膩。其實，這又何嘗不是浪漫主義者
常見的兩個側面。當然，王國維傳文中的這些評價並非無懈可擊，重
要的是王氏通過拜倫闡述了其關於「主觀之詩人」的美學思想。

　　《人間詞話》第十七則云：「客觀之詩人，不可不多閱世。閱世
愈深，則材料愈豐富，愈變化，《水滸傳》、《紅樓夢》之作者是也。
主觀之詩人，不必多閱世。閱世愈淺，則性情愈真，李後主是也。」
《人間詞話》中惟一被明確指出其為「主觀之詩人」的是後主李煜，
其「閱歷愈少而性情愈真」。性情真莫如赤子。第十六則有云：「詞人
者，不失其赤子之心者也。故生於深宮之中，長於婦人之手，是後主
為人君所短處，亦即為詞人所長處。」第十八則亦云：「尼采謂『一
切文學，余愛以血書者。』後主之詞，真所謂血書者也。」可見作為
「主觀之詩人」的李煜，是王國維最為「傾倒喜愛」的詞人之一。

　　王國維對所謂「赤子之心」的理解，接近於作為「純粹之抒情詩
人」的浪漫大詩人拜倫的情感特徵。如上所述，此類詩人特點在強於
感情，弱於理智。「其反省力適如嬰兒」，但其詩歌「皆自其心肺中流
露出」。王國維在其著作中明確稱之為「主觀詩人」的也只有拜倫和

李煜二人。對「主觀詩人」的強調，也促使王國維關注並提出了以主
觀感情的表現為特徵的「有我之境」說。

五　生百政治家，不如生一大文學家

　　無法斷定王國維是否有意為之，上述均刊於一九〇七年《教育世
界》的英國著名作家傳記，在選擇上恰好包括了詩人、散文家、戲劇
家、小說家等四種文學家類型。這種對英國文學的關注早在一九〇四
年王國維接編《教育世界》後，即開闢「小說」專欄，以「家庭教育
小說」為名，連載長篇作品《姊妹花》。[15]此小說為十八世紀英國感傷
主義作家奧立維・哥爾斯密（1728-1774）的《威克菲爾德的牧師》，
描寫主人翁窮牧師普里姆羅斯自述其家庭被鄉村地主欺壓的種種悲慘
遭遇，有濃郁的感傷情懷的描寫。連載前有一段編者的話：「是書為
英國葛德斯密所著。原名《威克特之僧正》（*The Vicar of Waketield*），
一七六六年出版。文人詞客，爭相寶貴。今日本學校，多假為課習英
語之用，其身價可想見。惟譯本視原書章節略有變易，文字陋劣，不
足傳達真相，閱者諒焉。」[16]

　　在刊載小說最後一節的〈教育世界〉上，還附錄了〈葛德斯密事
略〉，其中有從哥爾斯密的為人秉性說到行文風格：「葛德斯密之為
人，志薄而行弱。嘗厭塵世束縛之苦，而悲戚不已。靜則思動，動則
思靜，故薩嘉烈（按即薩克雷）評之曰：葛德斯密，惟懸想明日，追
悼往日，而忘卻今日者也。其性質若此，故其為文也，哀怨悱惻，流

---

15 連載於《教育世界》第六十九至八十九號，甲辰正月上旬至十一月上旬（1904年2
　月至12月）。

16 據相關學者考察，此小說係「編者」（王國維）將日譯「陋劣」的小說轉譯成中文，
　是因為原著文字「流麗優雅」，日本學校多為英語課本範文；作者「畢世窮愁」，「閱
　歷深透」，「善描寫人生之真相」。參見陳鴻祥《王國維傳》（北京市：人民出版社，
　2004年），頁195。

麗優雅，能為當日後世所愛撫。」又「以畢世窮愁，閱歷深透，故於世態人情之微，能發揮無遺。」而這部家庭教育小說《姊妹花》即「可謂善描人生之真相者矣。」

王國維在此欣賞小說要關注人情世態，揭示人生的真相，這與梁啟超「小說改良社會」的文學觀是相呼應的。確實因受梁啟超鼓吹「小說界革命」的影響，王國維在其主編的《教育世界》上不斷加強對西方小說的譯介。後來，又通過《教育世界》「傳記」欄譯介了歐美諸領域代表人物傳記，而尤使他傾心仰慕的，則是那些「足以代表全國民之精神」的西方大文學家，如古希臘的荷馬、義大利的但丁，英國的莎士比亞、德國的歌德等。寫於一九〇四年的《教育偶感》，當中有一段話說得非常明白：

> 今之混混然輸入我中國者，非泰西物質的文明乎？政治家與教育家坎然自知其不彼若，毅然法之，法之誠是也。然回顧我國精神界則奚若？試問我國之大文學家有足以代表全國民之精神，如希臘之鄂謨爾、英之狄斯丕爾、德之格代者乎？吾人所不能答也。其所以不能答者，殆無其人欲？抑有之而吾人不能舉其人以實之欲？二者必居一焉。由前之說，則我國之文學不如泰西；由後之說，則我國之重文學不如泰西。前說我所不知。至後說，則事實較然，無可諱也。

在王國維眼裡，雖然無法肯定「我國之文學不如泰西」，但「我國之重文學不如泰西」是不爭的事實，而大文學家「足以代表全國民之精神」。因此，在同一則「偶感」中王國維進一步申言：

> 生百政治家，不如生一大文學家。何則？政治家與國民以物質上之利益，而文學家與以精神上之利益。夫精神之於物質，二

者孰重？且物質上之利益，一時的也；精神上之利益，永久的
也。前人政治上所經營者，後人得一旦而壞之；至古今之大著
述，苟其著述一日存，則其遺澤且及於千百世而未沫，故希臘
之有鄂謨爾也，意大利之有唐旦也，英吉利之有狹斯丕爾也，
德意志之有格代也，皆其國人人之所屍而祝之，社而稷之者，
而政治家無與焉。何則？彼等誠與國民以精神上之慰藉，而
國民之所恃以為生命者。若政治家之遺澤，決不能如此廣且遠
也。[17]

　　王國維認為，政治是短暫的，物質上的利益是一時的，惟有精神
上的利益才是永久的。那些流傳千百世的文學經典及其作家，在西方
那樣被傳頌，被崇拜，而我們卻對此視而不見，漠然置之，還談得上
什麼教育！在《教育世界》「改章」之初推出的第一篇文學家傳記
《德國文豪格代希爾列爾合傳》開頭即大聲疾呼：「嗚呼！活國民之
思潮、新邦家之命運者，其文學乎！」結尾面對這兩位「與星月爭
光」的德國作家，心生感慨：「胡為乎，文豪不誕生於我東邦！」

　　無獨有偶，東渡日本的魯迅，亦主張「別求新聲於異邦」。一九
〇七年在所著《摩羅詩力說》的結尾也慨歎：「今索諸中國，為精神
界之戰士者安在？」一九一三年寫成的〈儗播布美術意見書〉中，亦
稱美術（文學藝術）為「國魂之現象」，「若精神遞變，美術輒從之以
轉移。此諸品物，長留人世，故雖武功文教，與時間同其灰滅，而賴
有美術為之保存，俾在方來，有所考見。」[18]

　　〈三十自序之二〉中，王國維坦承在一九〇六年前後思想發生困

17　《教育偶感》四則之四，《遺書》冊5，原刊《教育世界》第81號，甲辰七月上旬
　　（1904年8月）。
18　魯迅：〈集外集拾遺補編〉，《魯迅全集》（北京市：人民文學出版社，2005年），卷
　　8，頁52。

惑時說自己「疲於哲學有日矣」。標明這是「此二三年中最大之煩悶，而近日之嗜好所以由哲學而移於文學，而欲於其中求直接之慰藉者也。」[19]

王國維曾極力爭取包括文學藝術在內的「純粹美術」的獨立地位與不朽價值。他甚至將文藝尤其是詩歌提到與哲學同等的高度，指出兩者「所欲解釋者皆宇宙人生上根本之問題，不過其解釋之方法，一直觀的，一思考的，一頓悟的，一合理的耳。」（〈奏定經學科大學文學科大學章程書後〉，見《靜安文集續編》）因此，文學藝術作為「國魂之現象」，能給「國民以精神上之慰藉」，國民則「恃以為生命」。正是自覺地認識到了文學有「如此廣且遠」的生命力，西方文學家身上所體現出的那種精神力量與文學啟示，王國維才大量紹介包括英國作家在內的西方文學家，因為他們可做中國精神界的良師益友。

第二節　林紓與英國文學

林紓（1852-1924）之所以在二十世紀中國文學史上佔有一席之地，主要是因為他與王壽昌、魏易、陳家麟、曾宗鞏等人合作，先後翻譯了一八五種[20]外國文學作品，屬於小說的有一六三種，其中英國作品佔大多數，史稱「林譯小說」，康有為就有「譯才並世數嚴林」之譽。這樣一個典型的傳統舊式文人，目不識西文，足不出國門，在

19　王國維：〈王國維遺書〉，《靜安文集續編》，冊3，頁611。

20　關於林譯作品統計，目前有三種說法：據馬泰來考訂，林譯作品一八五種（見《讀書》（1982年第10期），《林紓翻譯作品全目》）；據鄭振鐸一九二四年考訂，成書共有一五六種，其中已出版的一三二種，刊載於《小說月報》（第6卷至第11卷）尚未出單行本十種，尚存於商務印書館未付梓的十四種（見鄭振鐸：《林琴南先生》）；據《中國翻譯家詞典》，共一百七十餘部（二七一冊）其中英國作家作品最多（九十三種），依次是法國（二十五種），美國（十九種），俄國（六種）。重要的世界名著佔四十多種，均出自莎士比亞、狄更斯、司各德、笛福、歐文、大仲馬等世界著名作家。

從事翻譯事業之前對域外歷史文化、風俗人情的了解極為有限。因
此，林紓進行的翻譯，是由一個通曉外語的口譯者述說情節，他「耳
受手追」，在作出記錄的同時對作品加工潤色，成為以「譯述」為突
出特色的「林譯小說」。林紓能夠憑藉其深厚的傳統文學修養和豐富
的文學藝術想像力，自覺地將「筆錄」與「創作」合二為一，為二十
世紀初的中國文壇提供了一份獨特的滋養，這尤其明顯體現在他所譯
介的英國小說作品中。下文主要以林譯《迦茵小傳》、《撒克遜劫後英
雄略》和狄更斯小說，論析林紓在中英文學交流史上的地位與重要意
義。

一　林譯《迦茵小傳》的文學價值與影響

　　一九〇五年三月，林紓、魏易同譯哈葛德原著《迦茵小傳》（*Joan
Haste*）由商務印書館出版發行，並於同年引起關於愛情小說《迦因
小傳》兩種譯本的爭論。

　　哈葛德（1856-1925）擅長寫通俗小說，共著五十七部小說，林
譯二十五種，其中，這部《迦茵小傳》的翻譯最成功。哈葛德曾服務
於南非的英國殖民政府，先後遊歷過荷蘭、墨西哥、巴勒斯坦、埃及
等地，每次歸來均有新作面世。擅長寫歷史題材，充滿異國情調的冒
險、神秘、離奇與曲折的故事，頗吸引人。被譯成中文的故事主要有
《英孝子火山報仇錄》（1893）、《斐洲煙水愁城錄》（1887）、《霧中
人》（1885）、《三千年豔屍記》（1886）、《鬼山狼俠傳》（1892）、《蠻
荒志異》（1900）、《古鬼遺金記》（1906）等。言情小說《迦茵小傳》
在一個偶然機會為上海虹口中西書院學生楊紫麟發現於舊書鋪（楊如
此聲明，未必如此），從此開始了它在中國的「奇遇」。

　　一九〇一年（清德宗光緒二十七年），蟠溪子（楊紫麟）和天笑

生（包公毅）合譯《迦因小傳》（*Joan Haste*）[21]，在上海《勵學譯編》[22]第一至十二冊連載，一九〇三年上海文明書局出單行本。譯者托言「惜殘缺其上軼。而郵書歐美名都，思補其全，卒不可得。」只譯了此書一半，實為保全迦茵之「貞操」，有意刪節。[23]

　　這個由楊紫麟節譯、包天笑潤飾的《迦因小傳》的刪節本引起林紓極大興趣，認為「譯筆麗贍，雅有辭況」，可惜未能譯全。他在譯哈葛德的小說無意中發現此書的全本，欲郵此書給蟠溪子，但不知「蟠溪子」為何人，只好與魏易於一九〇四年重新翻譯。並說了這樣一番話「向秀猶生，郭象豈容竄稿；崔灝在上，李白奚用題詩。特吟書精美無倫，不忍聽其淪沒，遂以七旬之力譯成。」[24]為顯示與楊本不同，改「因」字為「茵」，取名《迦茵小傳》，一九〇五年上海商務出版。林不僅撰譯序，而且作《調寄買陂塘》一首冠於書前，這在林譯小說中不多見，可見林紓對此小說譯介投入了大量心血。

　　《迦茵小傳》原著的文筆平淡，語言平庸，情節結構等亦不甚謹

21　《迦因小傳》講述的是西方愛情中小說中司空見慣的故事。女主人翁迦茵與出身於貴族的「水師船主」亨利一見鍾情，二人遂墜入愛河。迦茵「非名門閨秀」，故亨利母親百般反對。迦茵忍痛離開亨利，與一直緊追她的村中地主洛克結婚。然而迦茵對亨利感情依舊，使洛克對亨利產生強烈嫉恨，遂試圖暗殺亨利，迦茵毅然保護亨利而飲彈身亡。

22　《勵學譯編》（*The Translatory Magazine*）月刊，中國最早的翻譯刊物之一。光緒二十七年二月（1901年4月）創刊於蘇州。勵學譯社編輯，「采東西政治，格致諸學」，各譯全書，分期連載。

23　寅半生（鍾駿文，鍾八銘）〈讀《迦因小傳》兩譯本書後〉：「吾向讀《迦因小傳》而深歎迦因之為人清潔娟好，不染污濁，甘犧牲生命以成人之美，實情界中之天仙也；吾今讀《迦因小傳》，而後知迦因之為人淫賤卑鄙，不知廉恥，棄人生義務而自殉所歡，實情界中之蠹賊也。此非吾思想之矛盾，以所見譯本之不同故也。蓋自有蟠溪子譯本，而迦因之身價忽登九天；亦自有林畏廬譯本，而迦因之身價忽墜九淵。……今蟠溪子所謂《迦因小傳》者，傳其品也，故於一切有累於品者皆刪而不書。而林氏之所謂《迦因小傳》者，傳其淫也，傳其賊也，傳其恥也，迦因有知，又曷貴有此傳哉！」

24　林紓：〈小引〉，《迦茵小傳》，一九〇五年商務印書館版《迦茵小傳》。

嚴，屬於流行作品。但經過林紓的翻譯潤色後，其文學價值大大提高。郭沫若曾回憶說：「我最初讀的是Haggard（哈葛德）的《迦茵小傳》。這怕是我讀過的西洋小說的第一種，這在世界文學史上沒有甚麼地位，但經林琴南的那種簡潔的古文譯出來，卻增添了不少的光彩。」[25]

韓洪舉[26]在文章中曾從人物塑造、結構、語言三方面闡述了林譯《迦茵小傳》的藝術成就，認為「這部二、三流的原作竟成了一部當之無愧的名著。」因為林紓「採取『意譯』的方式，對原著進行加工改造，完全是一種『再創作』」。而且林紓的翻譯態度比較嚴肅，「若需要發感慨，則寫於譯序中，不在正文中塞進自己的『私貨』。」林紓深厚的古文根底，也具有化腐朽為神奇的本領，因而，經過翻譯的《迦茵小傳》可謂「點鐵成金」了。同時，這部小說具有了資產階級民主自由思想，正是當時中國所需要的，與中國讀者的心理產生共鳴，得以在中國流行。

譯本於一九〇五年三月由商務印書館初版，至一九〇六年九月已發行三版，一九一三、一九一四年再版，先後編入《說部叢書》、《林譯小說叢書》等。病中的夏曾佑讀罷此書，百感交集，題詞：「會得言情頭已白，捻髭想見獨沈吟。」[27]

《迦茵小傳》也引起了封建衛道士的大肆攻擊。金松岑在〈論寫情小說與新社會之關係〉中就將當時社會青年男女倫理道德之敗壞、西方思潮和生活方式的流行統統歸罪於林譯《迦茵小傳》全譯本的刊行：「囊者少年學生，粗識自由平等之名詞，橫流滔滔，已至今日，乃復為下多少文明之確證，使男子而狎妓，則曰：我亞猛著彭也，而

25　《郭沫若文集》，卷6，頁113。

26　韓洪舉：〈林譯《迦茵小傳》的文學價值及其影響〉，《浙江師範大學學報》2005年第1期。

27　夏曾佑：〈題詞語《積雨臥病讀琴南迦茵小傳有感》〉，《迦茵小傳》（北京市：商務印書館，1981年）。

父命可以或梗矣（《茶花女遺事》，今人謂之外國《紅樓夢》），女子而懷春，則曰：我迦茵赫斯德也，而貞操可以立破矣（《迦茵》小說，吾友包公毅譯。迦茵人格，向為吾所深愛，謂此半面妝文字，勝於足本）。今讀林譯，即此下半卷內，知尚有懷孕一節。西人臨文不諱，然為中國社會計，正宜從包君節去為是。此次萬千感情，正讀此書而起。……歐化風行，如醒如寐，吾恐不數十年後，握手接吻之風，必公然施於中國之社會，而跳舞之俗且盛行，群棄職業學問而習此矣。」[28]從反面說明本譯本在傳播資產階級民主思想方面所起的作用。

　　兩年後，即一九〇七年，衛道者寅半生在其主編消遣性雜誌《遊戲世界》（杭州）第十一期上發表文字《讀迦因小傳兩譯本書後》，指責林紓之全譯本。他站在封建道德和教化的立場上，攻擊林譯。認為蟠為迦茵「諱其短而顯其長」，使人為之神往；林則「暴其行而貢其仇」，使人為之鄙夷。蟠為迎合傳統禮教，譯述中有意隱去迦茵與亨利邂逅登塔取雛的浪漫故事，刪削了兩人相愛私孕的情節，把亨利為愛情而不顧父母之命而與迦茵自由戀愛的內容刪而不述。林譯則完整譯述，故被道學家們視為中國禮教的敵人。在林筆下，迦茵是資本主義社會中一位備受凌辱而富於反抗精神、熱烈追求愛情幸福的女性，這位美麗善良，具有自我犧牲精神的女性，也展示了林的進步思想。近代中國人追求個性解放，渴望自由戀愛，婚姻自主，嚮往以愛情為唯一基礎的浪漫型男女關係。但這種愛情理想受到封建道學家的扼殺與抨擊。當時真正能揭示近代愛情心態的中國小說尚未誕生，於是這部英國二、三流小說在中國轟動一時不足為奇了。它對當時人們的文學、思想觀念產生很大影響，堪為「林譯小說」的上乘之作。

　　魯迅《上海文藝之一瞥》[29]中評述這場爭論：「然而才子＋佳人的書，卻又出了一本當時震動一時的小說，那就是從英文翻譯過來的

28　松岑：《論寫情小說與新社會之關係》，《新小說》第17號（1905年6月）。

29　魯迅：《魯迅全集》（北京市：人民文學出版社，1981年），卷4，頁294。

《迦茵小傳》（H. R. Haggard: *Joan Haste*）。但只有上半本，據譯者
說，原本從舊書攤上得來，非常之好，可惜覓不到下冊，無可奈何
了。果然，這很打動了才子佳人們的芳心，流行得很廣很廣。後來還
至於打動了林琴南先生，將全部譯出，仍舊名為《迦茵小傳》。而同
時受了先譯者的大罵，說他不該全譯，使迦茵的價值降低，給讀者以
不快的。於是才知道先前之所以只有半部，實非原本殘缺，乃是因為
記著迦茵生了一個私生子，譯者故意不譯的。其實這樣的一部並不很
長的書，外國也不至於分印成兩本。但是，即此一端，也很可以看出
當時中國對於婚姻的見解了。」

　　一九〇八年（清德宗光緒三十四年）年初，自稱自己是春柳社成
員的任天知加入春陽社，對春陽社的活動起了重要作用。他排演的
《迦茵小傳》，讓上海觀眾耳目一新。內容描寫迦茵的愛情糾葛和生
活遭遇，情節曲折，哀婉動人，戲劇性很強，是早期話劇的熱門戲。
不少新劇團各有改編本，春陽社是最早的一個。本劇的演出，擺脫了
戲劇表演的格式，以至於使看慣了戲曲的人以為「不像戲，像真的事
情。」[30]

二　林譯《撒克遜劫後英雄略》評述[31]

　　在中國，第一個把司各特介紹給中國讀者的是近代著名翻譯家和
文學家林紓。其中翻譯司各特小說三種，都是林紓在京師譯書局兼職
做筆述時譯的，司各特的這三部作品都是第一次被介紹到中國來，它
們是：

---

30 徐半梅：《話劇創始期回憶錄》（北京市：中國戲劇出版社，1957年）。

31 本部分關於林譯《撒略》的討論，筆者指導的研究生孫建忠參與其中，並提供了比
　較詳盡的解讀文字。

《撒克遜劫後英雄略》（*Ivanhoe*，現譯為《艾凡赫》）上下卷，一九〇五年十一月由上海商務印書館出版，標「國民小說」，署「（英）司各德著，林紓、魏易同譯」，書首林紓序[32]，署「光緒三十一年七月六夕，閩縣畏廬甫敘於春覺齋」，收入《說部叢書》第三集第七編；

《十字軍英雄記》（*The Talisman*, 1825）上下冊，一九〇七年三月由上海商務印書館出版，標「軍事小說」，署「（英）司各德著，林紓、魏易譯」，書首有林紓的門生陳希彭撰「《十字軍英雄記》敘」，署「光緒三十二年十月晦日受業閩縣陳希彭謹敘於五城學堂之南樓」，收入《說部叢書》第二集第二十九編；

《劍底鴛鴦》（*The Betrothed*, 1825，現譯為《未婚妻》）上下卷，一九〇七年十一月由上海商務印書館出版，標「言情小說」，署「（英）司各德著，林紓、魏易譯」，卷首有林紓序，署「光緒三十三年八月二十日，閩縣林紓畏廬父敘於春覺齋」，收入《說部叢書》第二集第二十編。

　　這三種都被認為是林譯中較好的譯本，其中尤其以《撒克遜劫後英雄略》（以下簡稱《撒略》）影響最大。有人認為「在那些可以稱得較完美的四十餘種翻譯中，如西萬提司的《魔俠傳》、狄更司的《賊史》、《孝女耐兒傳》等、史各德之《撒克遜劫後英雄略》等，都可以算得很好的譯本。」[33]「尤其《劫後英雄略》，是他（司各特）的小說

---

32 譯序裡說司各德「以為可儕吾國之史遷」，並認為《撒克遜劫後英雄略》有七妙：即「變幻離合，令讀者若歷十餘年之久」；「每人出語，恒至千數百言，人亦無病其累復者」；「其雅有文采者，又譎容詭笑，以媚婦人，窮其醜態，至於無可托足」；「以簡語洩天趣，令人捧腹」；「黃種人讀之，亦足生其畏惕之心」；「令人悲笑交作」；「文心奇幻」；因此「傳中事，往往於伏線、接筍、變調、過脈處，大類吾古文家言。」

33 鄭振鐸：《林琴南先生》，見錢鍾書等：《林紓的翻譯》（北京市：商務印書館，1981年），頁14。

中最流行的一種，在中國也最受歡迎。」等等。晚清學者孫寶瑄一九
○六年讀完此書後，寫下組詩闡發自己的心境：「河山黯黯百年仇，
老去悲吟涕未收。可歎王孫空乞食，中興心事付東流。」（孫寶瑄
《忘山廬日記》）

　　林譯此書，意在鼓勵、增強青年人發奮進取，保家衛國的雄心，
譯本與原文出入並不太大。茅盾在商務印書館編譯所標點此書時，指
出譯者「文筆之跌宕多姿，也得原書風格之一二」。該譯本對現代作
家影響較大。[34]司各德這部小說名著《艾凡赫》（*Ivanhoe*）除林譯
外，尚有多種譯本。如《撒克遜劫後英雄略》（謝煌譯，〔上海市：啟
明書局，1937年〕）、《劫後英雄》（施蟄存譯，〔昆明市：中華書局，
1939年〕）、《劫後英雄記》（陳原譯，〔重慶市：五十年代出版社，
1944年〕），等等。

　　《撒克遜劫後英雄略》被認為是林譯小說裡的佼佼者，應與以下
四個方面原因相關：

　　首先，譯本的好壞與林紓的工作態度密切相關。林紓譯這三部作
品分別在一九○五年和一九○七年，正是他翻譯事業的黃金時期。錢
鍾書在〈林紓的翻譯〉一文中，以民國二年（一九一三年）譯完的
〈離恨天〉為界標把林紓的翻譯分為兩個時期。前期的作品是比較精
美的，感情真切，文字生動，令人愛不釋手。此階段的譯作絕大多數
都有自序或旁人序，有跋、〈小引〉、〈達旨〉、〈例言〉、〈譯餘剩語〉、
〈短評數則〉，有自己或旁人所題的詩、詞，在譯文裡還時常附加按
語和評語。以《撒略》為例，書首有譯者自序，在序中林紓津津有味

---

34 郭沫若就說過：「林譯小說中對於我後來文學傾向上有一個決定的影響的，是Scott
　的*Ivanhoe*，他譯成《撒克遜劫後英雄略》。這本書後來我讀過英文，他的誤譯和省
　略處雖很不少，但那種浪漫主義的精神他是具象地提示給我了。我受Scott的影響很
　深，這差不多是我的一個秘密，我的朋友似乎還沒有注意到這一點。我讀Scott的著
　作也並不多，實際上怕只有*Ivanhoe*一種。我對於他並沒有什麼深刻的研究，然而在
　幼年時印入腦中的銘感，就好像車轍的古道一般，很不容易磨滅。」（《郭沫若文
　集》，卷6，頁114）

地談到了本書的「八妙」，又將作者司各特比附中國的史家司馬遷與班固，使這篇序文成為研究林紓思想的重要論文。林紓在譯述過程中，經常會忍不住技癢，用外國小說裡的文字比較中國的傳統文學。從這些評語和按語中可見譯者對翻譯工作的鄭重和認真的態度。一九一三年以後，他的熱情逐漸消退，對待譯作也不像從前那樣認真，不僅序跋、評語等大量減少，同時譯筆退步，冷漠枯暗，無精打采，使讀者感到沉悶、厭倦。儘管後期的翻譯小說中也不乏出色的原著，但是像前期那樣感人的譯作，已經不可多得了。林紓翻譯《撒略》時的態度是認真而且鄭重的，這也與他從事翻譯事業的初衷有關，即感歎時局、警醒同胞。

其次，林紓對本書的改造和保留。林紓譯文中誤譯、漏譯、刪改、增補的地方很多。儘管如此，他卻能夠從基本內容和整體風格上把握原作的特點。而且在「意譯」的風氣中，除了因據人口譯而有差錯和刪改外，林紓一般都能將作者原名列出，書中人名地名絕不改動一音，連《撒略》中的 "Lady" 都被毫不必要地翻譯成了「列底」，後面加注「尊閨門之稱也」。我們可以林譯《撒略》為例，具體看看林紓對原著的保留和改造。鄭振鐸提到沈雁冰先生曾對他說：「《撒克遜劫後英雄略》，除了幾個小錯處外，頗能保有原文的情調，譯文中的人物也描寫得與原文中的人物一模一樣，並無什麼變更。」[35]林紓對原著的最大改動是對文本持續的、零碎的縮減，這種小的省略到處都是，但翻譯的語言基本上還是忠於原著的。譯著的章節與原著一一對應，並沒有進行增加和刪節。至於原著中人物和地點的名稱、比喻、笑話等也經常被直接翻譯過來，有時加上注解便於中國讀者理解。被譯成中文的還有大量沒有必要的歷史說明，比如《撒略》的開頭部分詳細介紹了當時的社會和歷史背景，包括英皇李卻第一、享利第二等

---

35 鄭振鐸：《林琴南先生》，見錢鍾書等：《林紓的翻譯》（北京市：商務印書館，1981年），頁14。

等事蹟，這些都被譯了過來。更為重要的是，譯者遵循司各特描寫人物的一般順序——首先是場景，然後是人物登場，接著是對人物的服飾、外貌等精細的描繪，最後才交代人物的身分。小說名*Ivanhoe*改為更有中國傳統文化意味的《撒克遜劫後英雄略》。略、傳、述等都是中國史家的筆法，林紓用中國的語調譯述，比起生硬地直譯為《艾凡赫》更能激起中國讀者的閱讀欲望。林紓在翻譯《撒略》時隨時對一些錯綜複雜的句式進行了壓縮和改造，用儘量經濟、直接的方法傳遞資訊。

　　第三，眾所周知林紓是個不懂外文的翻譯家，他翻譯外國小說要由懂得外文的助手「口譯」，他聽了用筆記述下來。這種方法並非新創，中國早期的佛經翻譯，及明清間耶穌會士的部分譯著，都曾採用過這個方法。這種翻譯，必須雙方合作，才能成功完成一件完整的作品，口授者或筆受者，缺一不可。由於林紓不懂外語，所以與他合作的口譯者對原著的鑑賞能力和外語水準高低對譯作的品質就有著直接的影響。在林紓整個職業生涯中，他至少與十九名合作者共同翻譯過外國小說，其中與林紓合作翻譯司各特小說的是魏易，也是林紓最受肯定的一個。林紓對自己的文筆頗自信，喜歡對譯文隨意增刪以顯其才氣。可惜在他翻譯的百多部作品中，真正像《迦茵小傳》那樣能夠「化腐朽為神奇」的譯本很難再找出第二部了。

　　最後，《撒克遜劫後英雄略》的原著（*Ivanhoe*，《艾凡赫》）原本就是名著，這也是該譯本獲得成功的原因之一。中世紀是個遙遠而古老的時代，留下的記載很少，人們心目中的中世紀是富於浪漫色彩的「尚武」時代，常常和騎士的冒險聯繫在一起，司各特正是通過《艾凡赫》把這樣一個活生生的時代呈現在讀者眼前，不只有中世紀人們生活的簡陋質樸的環境，還有緊張激烈的騎士的比武、綠林好漢的林中聚會、驚心動魄的城堡圍攻戰，使讀者目不暇接，獲得了許多真實的感受。《艾凡赫》出版於一八一九年，是司各特生病期間完成的，

也是他最著名的一部作品。這是他第一次撇開蘇格蘭背景，改用他最喜愛的英格蘭歷史和傳統——「獅心王」理查和羅賓漢，這兩個人物在英格蘭可謂家喻戶曉。司各特通過他們以及他們輝煌而傳奇的騎士生活，向讀者展現了一個十分生動而又浪漫的故事。該書出版後，立即不脛而走，成了司各特最暢銷的一本書，正如作者在本書的〈導言〉中所說，它「獲得了極大的成功，可以說，自從作者得以在英國和蘇格蘭小說中運用他的虛構才智以來，他這才真正在這方面取得了遊刃有餘的支配能力。」[36]

三　文學因緣：林紓眼中的狄更斯

在二十世紀上半葉，每一個喜歡狄更斯作品的中國讀者首先要感謝林紓，因為就是他最早把狄更斯領到了中國。作為中國近代著名文學家和翻譯家，大規模介紹西方文學到中國的第一人，林紓之真正認識西方文學的妙處，也是在接觸狄更斯之後，因而在其所有譯作中，最重視的也正是狄更斯的小說。林紓在魏易的幫助下，從一九〇七至一九〇九年間共翻譯了狄更斯的五部小說：《滑稽外史》（*Nicholas Nickleby*, 1839）、《孝女耐兒傳》（*The Old Curiosity*, 1841）、《塊肉餘生述》（*David Copperfield*, 1850）、《賊史》（*Oliver Twist*, 1838）、《冰雪因緣》（*Dombey and Son*, 1848）。[37]這幾部譯作被公認為林紓所有翻譯作品中譯得比較理想的小說。中國讀者正是通過他的譯品，才最早認識了英國這位元久負盛名的偉大小說家。

前文已述，林紓是一個不懂外文的翻譯家，他在對狄更斯作品的譯介中，誤意、漏譯、刪改、增補的地方很多。儘管如此，他卻能夠

---

36 〔英〕司各特：〈導言〉，《英雄艾文荷》（上海市：上海譯文出版社，1996年），頁14。
37 這些小說現在分別通譯為《尼可拉斯‧尼古爾貝》、《老古玩店》、《大衛‧科波菲爾》、《奧列佛‧退斯特》、《董貝父子》。

從基本內容和整體風格上把握原作的特點，特別是狄更斯小說中那漫畫式的誇張和滿含揶揄的幽默，能被他心領神會並出色地再現出來。對此，鄭振鐸先生曾舉林紓所譯《孝女耐兒傳》中那段描寫高利貸者奎爾普的鄰婦和丈母娘鼓動奎爾普太太反抗丈夫暴君般壓制的文字後，說「我們雖然不能把他的譯文與原文一個字一個字地對讀而覺得一字不差，然而，如果一口氣讀了原文，再去讀譯文，則作者情調卻可覺得絲毫未易；且有時連最難表達於譯文的『幽默』，在林先生的譯文中也能表達出；有時，他對於原文中很巧妙的用字也能照樣的譯出。」[38]侗生在《小說叢話》中也說：「余近見《塊肉餘生述》一書，原著固佳，譯著亦妙。書中大衛求婚一節，譯者能曲傳原文神味，毫釐不失。餘於新小說中，觀歡止矣。」[39]不僅如此，林紓碰到他心目中認為是狄更斯原作的弱筆、敗筆之處時還能對其適當改造、加工和潤色。英國著名漢學家阿瑟‧韋利（Arthur Waley）評論說：「狄更斯……所有過度的經營、過分的誇張和不自禁的饒舌，（在林譯裏）都消失了。幽默仍在，不過被簡潔的文體改變了。狄更斯由於過度繁冗所損壞的每一地方，林紓從容地、適當地補救過來。」[40]錢鍾書先生也曾舉《滑稽外史》中兩段譯文為例，指出林紓「往往是捐助自己的『諧謔』，為迭更斯的幽默加油加醬。」「林紓認為原文美中不足，這裡補充一下，那裡潤飾一下，因而語言更具體，情景更活潑，整個描述筆酣墨飽。」[41]這樣的添改從翻譯角度看儘管有「訛」的一面，但另一方面也可以看出林紓對狄更斯作品譯介的感情投入之多、用心體會之深。

---

38 鄭振鐸：《林琴南先生》，見錢鍾書等著：《林紓的翻譯》（北京市：商務印書館，1981年），頁15。

39 侗生：《小說叢話》，載《小說月報》第2年第3期（1911年）。

40 轉引自曾錦漳著：〈林譯小說研究〉，載香港《新亞學報》，卷8，第1期（1967年2月）。

41 錢鍾書：《林紓的翻譯》（北京市：商務印書館，1981年），頁25-26。

　　我們從林紓為狄更斯譯作而寫的序跋中更可以清晰地看出，他對狄更斯小說的特點及其作用的理解是相當準確的，並且自覺或不自覺地以中國傳統文學作品為理解的參照系。正是在這種比較中林紓發現了中西文學之間在文學觀念、創作方法、結構技巧等方面存在著諸多差異；更為難得的是，他真誠地讚賞以狄更斯小說為代表的西方近代文學的許多優點，批評中國傳統文學的一些不足；特別是這些序跋中所提出的現實主義小說理論，對五四時期小說理論和小說創作的現代化起過很大作用；還有在序跋中表現出的對狄更斯作品溢於言表的稱許，也說明了狄更斯在林紓心目中的崇高地位。

　　首先，林紓從狄更斯作品中體會到小說的功用應該是揭露社會弊病，促進社會改良。在《賊史》〈序〉中他說：「迭更司極力抉摘下等社會之積弊，作為小說，俾政府知而改之。……顧英之能強，能改革而從善也。吾華從而改之，亦正易易。所恨無迭更司其人，如有能舉社會中積弊著為小說，用告當事，或庶幾也。嗚呼！李伯元已矣。今日健者，惟孟樸及老殘二君。果能出其緒餘，效吳道子之寫地獄變相，社會之受益，寧有窮耶？」[42]

　　這裡，林紓從文學與政治現實的密切關係出發，明確把小說視為改良社會的工具，認為社會的醜惡和政治的腐敗可以改良，不必從根本上改革社會制度。這與梁啟超「小說改良社會」的文學觀是相呼應的。在《塊肉餘生述》〈序〉中林紓也說：「英倫半開化時民間弊俗，亦皎然揭諸眉睫之下。使吾中國人觀之，但實力加以教育，則社會亦足改良，不必心醉西風，謂歐人盡勝於亞，似皆生知良能之彥，則鄙人之譯是書，為不負矣。」[43]由是觀之，林紓譯書的目的是很明確的。在《譯林》〈序〉中，林紓更明確地將著譯同開啟民智、維新改良結合。他說：「吾謂欲開民智，必立學堂，學堂功緩，不如立會演

42　林紓：〈序〉，《賊史》，見一九○八年商務印書館版《賊史》。

43　林紓：〈前編序〉，《塊肉餘生述》，見一九○八年商務印書館版《塊肉餘生述》前編。

說，演說又不易舉，終之唯有譯書。」[44]這種對小說與民智密切關係的看法也是當時知識階層的一種共識。嚴復、夏曾佑在〈本館附印說部緣起〉中就說：「且聞歐、美、東瀛，其開化之時，往往得小說之助。」所以譯小說的宗旨則「在乎使民開化，自以為亦愚公之一畚，精衛之一石也。」[45]

上文所引《賊史》〈序〉中，林紓還把狄更斯這樣的暴露社會積弊的小說家和中國的譴責小說家聯繫起來，由此也可看出林紓對狄更斯作品確有某些本質的認識。他真誠而急切地希望中國也能出現像狄更斯一樣的揭發社會弊端，使政府和讀者知而改之的小說家，認為李寶嘉、劉鶚、曾樸就屬於這類作家；又在《紅礁畫槳錄》〈譯餘剩語〉中極力稱讚過《孽海花》、《文明小史》、《官場現形記》等譴責小說作品。這些都表明林紓自覺地從「救國」、「改良」的角度，充分肯定了小說的社會作用和時代使命，從而對當時及其後的文壇產生了不小的影響。

其次，林紓從狄更斯的小說創作中也看到了我國傳統文學作品與西方近代小說的明顯差異，認為小說的筆觸應從傳統的達官顯貴、英雄豪傑、才子美人中，伸入下層社會的普通人中間去。這裡也並不像梁啟超那樣要求小說只寫政治，而是把小說的描寫對象擴大到與政治未必直接有關的那些領域；也不像梁啟超那樣，把小說單純地作為政治傳聲筒，而意識到小說是對社會人生的寫照，尤其是對下等社會的寫照，以使讀者認識生活，受到啟迪。

在《孝女耐兒傳》〈序〉中林紓把狄更斯小說的人物和題材與中國文學作品的人物、題材作了比較，並高度評價了狄更斯「掃蕩名士美人之局，專為下等社會寫照」的優點。他說：「中國說部，登峰造

---

44 林紓：〈序〉，《譯林》，載《譯林》第1期（1901年）。

45 幾道、別士：〈本館附印說部緣起〉，載《國聞報》1897年10月16日至1897年11月18日。

極者無若《石頭記》。敘人間富貴，感人情盛衰，用筆縝密，著色繁
麗，制局精嚴，觀止矣。其間點染以清客，間雜以村嫗，牽綴以小
人，收束以敗子，亦可謂善於體物；終竟雅多俗寡，人意不專屬於
是。若迭更司者，則掃蕩名士、美人之局，專為下等社會寫照。」並
說：「余嘗謂古文中序事，惟序家常平淡之事為最難著筆。」「今迭更
司則專意為家常之言，而又專寫下等社會之事，用意著筆為尤難。」
同時批評司馬氏《史記》：「以史公之書，亦不專為家常之事發也。」
[46]應該說，林紓確實較為準確地把握了狄更斯小說的人物和題材特
徵。從這個角度出發，他對《紅樓夢》、《史記》的批評也是有道理
的。同時，他對狄更斯的傾心折服也溢於言表。在《孝女耐兒傳》
〈序〉中認為天下文章敘悲敘戰以及宣述男女之情都比較容易，但
「從未有刻劃市井卑污齷齪之事，至於二、三十萬言之多，不重複，
不支厲，如張明鏡於空際，收納五蟲萬怪，物物皆涵濯清光而出，見
者如憑欄之觀魚鱉蝦蟹焉；則迭更司者蓋以至清之靈府，敘至濁之社
會，令我增無數閱歷，生無窮感喟矣。」[47]林紓在此高度評價了狄更
斯能以深刻而犀利的筆觸揭示社會現實的陰暗面，而激起讀者對小說
中醜惡現實的憤慨和痛心。

　　這種對狄更斯小說描寫藝術的稱譽也見於《塊肉餘生述》〈序〉
中。其中說：「若是書特敘家常至瑣至屑無奇之事蹟，自不善操筆者
為之，且憒憒生人睡魔，而迭更司乃能化腐朽為奇，撮作整，收五蟲
萬怪，融匯之以精神；真特筆也！史班敘婦人瑣事，已綿細可味矣，
顧無長篇可以尋繹。其長篇可以尋繹者，惟一《石頭記》，然炫語富
貴，敘述故家，緯之以男女之豔情，而易動目。若迭更司此書，種種
描摹下等社會，雖可噦可鄙之事，一運以佳妙之筆，皆足供人噴

---

46 林紓：〈序〉，《孝女耐兒傳》，見一九〇七年商務印書館版《孝女耐兒傳》。

47 林紓：〈序〉，《孝女耐兒傳》，見一九〇七年商務印書館版《孝女耐兒傳》。

飯。」[48]另在《塊肉餘生述》〈續編識〉中又說：「此書不難在敘事，難在敘家常之事；不難在敘家常之事，難在俗中有雅，拙而能韻，令人挹之不盡。」[49]林紓在此指出《塊肉餘生述》的長處就在描寫下等社會中普通人的生活，並以細膩而生動的筆觸、真實而形象的描寫著稱。同時，《塊肉餘生述》也是林紓翻譯最認真的一部小說，他自己就說過：「近年譯書四十餘種，此為第一。」[50]

　　林紓對狄更斯小說創作特點的總結和倡導，對中國傳統的現實主義創作方法的革新具有啟發意義，這也正是中國傳統文學創作方法在外國文學影響下，在近代特定歷史條件下即將開始革命的信號。現實主義是中國源遠流長的文學史上創作方法的主流，但唐以前基本只停留在要求文學作品反映時空，察補得失。明清兩代也一般停留在反映世情，即摹寫悲歡離合、炎涼世態的要求上。而林紓則要求作家在揭舉社會積弊的同時，把筆觸伸入到下等社會「家常平淡之事」中，必然會擴大和加深現實主義的深度和廣度，使文學更接近社會、人生和民眾，也更能發揮文學的社會功能。恩格斯也把狄更斯等人的小說在人物與題材上的特點譽為小說性質上的革命，說：「近十年來，在小說的性質方面發生了一個徹底的革命，先前在這類著作中充當主人翁的是國王和王子，現在卻是窮人和受輕視的階級了。而構成小說內容的，則是這些人的生活和命運、歡樂和痛苦。……查理斯‧狄更斯就屬於這一派──無疑地是時代的旗幟。」[51]

　　再次，林紓從狄更斯創作中還發現生活閱歷對作家寫好小說非常重要。他在譯《滑稽外史》時，曾產生疑問，即狄更斯為何能於下等

48　林紓：〈前編序〉，《塊肉餘生述》，見一九〇八年商務印書館版《塊肉餘生述》前編。

49　林紓：〈續編識語〉，《塊肉餘生述》，見一九〇八年商務印書館版《塊肉餘生述》後編。

50　林紓：〈續編識語〉，《塊肉餘生述》，見一九〇八年商務印書館版《塊肉餘生述》後編。

51　恩格斯：《大陸上的運動》，《馬克思恩格斯全集》，卷1，頁594。

社會之人品刻畫無復遺漏，筆舌所及情罪皆真呢？後來他閱讀相關材料，才知狄更斯出身貧賤，也是傷心之人，故對社會底層人物生活特別熟悉，因此作品中的善惡之人亦是生活中所有。林紓甚至認為，《滑稽外史》中的老而夫（現通譯拉爾夫）或許是狄更斯的親屬，只因淩蔑既深便將他寫進書裡，以報復對自己的虐待，而赤里伯爾兄弟（現通譯奇里布爾兄弟）則為世間不多見之好善者，很有可能有恩於狄更斯之人，寫其或為報恩。所以，稱此書是閱歷有得之作。林紓非常痛恨老而夫，稱其心如蛇蠍，行如虎狼，或曰冷血動物。說老而夫並不考慮其所聚財產將歸誰，只知離人之妻，孤人之子。這就像火車輪船整日看人別離而機器自轉，其軋軋之聲並不因人的傷離哭別而稍停，又好像殺人的劊子手，無論忠奸一落其手惟有斷頭，一點兒也不動心。老而夫雖不以司殺為職，也不是無知的機器，但其作用卻與它們相同。狄更斯作品中這樣一類毫不見人情的冷酷之人還讓林紓想到他動員兩富豪辦學而遭拒絕的往事，並令他氣憤不已。[52]

　　因此，林紓說：「不過世有其人，則書中即有其事。猶之畫師虛構一人狀貌印證諸天下之人，必有一人與像相符者。故語言所能狀之處，均人情所或有之處。」同時，林紓還認為小說創作可以社會生活真實素材為基礎進行合理的想像和虛構，使之醒人耳目。他寫短篇小說《莊豫》就是如此。自謂「生平不喜作妄語，乃一為小說，則妄語輒出。實則英之迭更與法之仲馬皆然，寧獨怪我？」所謂「妄語」，即想像與虛構之言。林紓此處論及了小說創作的一般特點。在《洪罕笪》篇後，林紓還說：「余少更患難，於人情洞之了了，又心折迭更先生之文思，故所撰小說，亦附人情而生。或得新近之人言，或憶諸童時之舊聞，每於月夕燈前，坐而索之，得即命筆，不期成篇。即或臆造，然終不遠於人情，較諸《齊諧》志怪，或少勝乎？」這裡也表明林紓的文學創作也受到了狄更斯的不少影響。

---

52 林紓：《滑稽外史》評語，見一九〇七年商務印書館版《滑稽外史》。

　　最後，林紓對狄更斯小說的藝術手法，如人物性格描寫、結構佈局安排等，也給予很高的評價，並認為狄更斯小說等西方文學作品可與中國《左傳》、《漢書》、《史記》和韓愈之文等媲美。

　　關於人物性格描寫。中國古代小說雖也有以性格描寫見長的不少作品，但更多則屬於以故事情節曲折離奇取勝的所謂情節小說。林紓從狄更斯小說看到應以寫人、寫人物性格為主。《冰雪因緣》〈自序〉說：「此書情節無多，寥寥百餘語可括東貝家事，而迭更斯先生敘致二十五萬餘言，談詼間出，聲淚俱下！言小人，則曲盡其毒螫；敘孝女則直揭其天性；至描寫東貝之驕，層出不窮，恐吳道子之畫『地獄變相』不能復過。」[53]此處之意就是說，應該像狄更斯那樣在人物性格安排上下功夫，不必過多注意故事情節的複雜曲折，這實際上為中國小說創作提出了一條更符合小說藝術特點的發展道路。

　　關於結構佈局安排。林紓很注意敘事作品的結構方法。他以中國古文義法去看西方小說，如評價《黑奴籲天錄》說：「是書開場、伏脈、接筍、結穴，處處均得古文家義法。可知中西文法，有不同而同者。」[54]在談到哈葛德《洪罕女郎傳》時也說：「哈氏文章，亦恒有伏線處，用法頗同於《史記》。予頗自恨不知西文，恃朋友口述，而於西人文章妙處，尤不能曲繪其狀。」[55]但「哈氏之書……筆墨結構去迭更（司）固遠。」（《三千年豔屍記》〈跋〉）也就是說林紓認為哈葛德的作品遠不如狄更斯。

　　林紓對狄更斯《塊肉餘生述》的小說結構安排頗為欣賞，認為此書「思力至此，臻絕頂矣。」並說「古所謂鎖骨觀音者，以骨節鉤聯，皮膚腐化後，揭而舉之，則全具鏘然，無一屑落者；方之是書，則固赫然其為鎖骨也。」又說「迭更司他著，每到山窮水盡，輒發奇

53 林紓：〈序〉，《冰雪因緣》，見一九○九年商務印書館版《冰雪因緣》。
54 林紓：〈例言〉，《黑奴籲天錄》，見一九○一年武林魏氏藏版《黑奴籲天錄》。
55 林紓：〈跋語〉，《洪罕女郎傳》，見一九○六年商務印書館版《洪罕女郎傳》。

思，如孤峰突起，見者聳目；終不如此書伏脈至細，一語必寓微旨，一事必種遠因。手寫是間，而全局應有之人，逐處湧現，隨地關合；雖偶爾一見，觀者幾復忘懷，而閑閑著筆間，已近拾即是，讀之令人斗然記憶。循編逐節以索，又一一有是人之行蹤，得是事之來源。綜言之，如善奕之著子，偶然一下，不知後來咸得其用，此所以成為國手也。」[56]《塊肉餘生述》〈續編識〉亦稱此書「前後關鎖，起伏照應，涓滴不漏。」[57]林紓在此指出，《塊肉餘生述》在小說結構上屬於「鎖骨觀音式」，即小說情節環環相扣，主幹與枝節相連，而又突出主線，成為貫串全書的動脈。這種結構方式顯然與《儒林外史》式的結構不同。《儒林外史》的結構誠如魯迅先生在《中國小說史略》中說：「全書無主幹，僅驅使各種人物，行列而來，事與其來俱起，亦與其去俱訖，雖云長篇，頗同短制。」此種結構方式在近代「譴責小說」中比較普遍，如《官場現形記》、《文明小史》、《負曝閒談》即為代表。從長篇結構藝術的角度看，這些小說的結構方式有待改進。林紓正是針對近代「譴責小說」結構普遍鬆散的特點，而大力推崇狄更斯小說的結構藝術，頗見用心。

　　《冰雪因緣》〈序〉中林紓亦曾比較其所譯司各特與大仲馬之文綿褫或疏闊，「讀者無復餘味」，而「獨迭更司先生，臨文如善奕之著子，閑閑一置，殆千旋萬繞，一至舊著之地，則此著實先敵人，蓋於未胚胎之前，已伏線矣。惟其伏線之微，故雖一小物一小子，譯者亦無敢棄擲而刪節之，防後來之筆，旋繞到此，無復以應。……嗚呼！文字至此，真足以賞心而怡神矣！」[58]而且還與中國《左傳》、《史記》比較，稱「左氏之文，在重複中能不自復；司氏之文，在鴻篇巨

56　林紓：〈前編序〉，《塊肉餘生述》，見一九〇六年商務印書館版《塊肉餘生述》前編。

57　林紓：〈續編識語〉，《塊肉餘生述》，見一九〇六年商務印書館版《塊肉餘生述》後編。

58　林紓：〈序〉，《冰雪因緣》，見一九〇九年商務印書館版《冰雪因緣》。

制中，往往潛用抽換埋伏之筆而人不覺。迭更氏亦然。雖細碎蕪蔓，若不可收拾，忽而井井臚列，將全章作一大收束，醒人眼目。有時隨伏隨醒，力所不能兼顧者，則空中傳響，迴光返照，手寫是間，目注彼處。」[59]並且「左、馬、班、韓能寫莊容不能描蠢狀，迭更司蓋於此四子外，別開生面矣。」[60]

　　林紓還認為《冰雪因緣》高於《塊肉餘生述》，就在於作者能在不易寫生處出寫生妙手，有更豐富的想像力。他自己也常為書中人物所感動。比如董貝之女芙洛倫絲最能讓他感動。當譯至董貝父女重聚時的情景，林紓抑制不住自己的感情，不覺在譯文中夾入「畏廬書至此，哭三次矣！」

　　林紓翻譯的狄更斯小說，不僅感動了他自己，也感動了林譯小說的讀者們；不僅為他本人特別喜歡，也為中國現代作家愛不釋手。

　　中國現代許多著名作家均受過林譯小說的重要啟示，並在幼年、少年、青年時代都曾有過喜愛林譯小說的階段，當然，林譯狄更斯小說更是他們的渴求之物。比如，冰心從十一歲起就迷上林譯小說，只要手裡有點錢，便托人去買林譯小說來看，後來進中學和大學，能讀小說原文，甚至也覺得《大衛·考伯菲爾》還不如林譯《塊肉餘生述》那麼生動有趣。[61]她在《童年雜憶》一文中也說過：「（少時）我還看了許多商務印書館出版的『說部叢書』，其中就有英國名作家狄更斯的《塊肉餘生述》，也就是《大衛·考伯菲爾》，我很喜歡這本書！譯者林琴南老先生，也說他譯書的時候，被原作的情文所感動而『笑啼間作』。我記得當我反覆讀這本書的時候，當可憐的大衛，離開虐待他的店主出走，去投奔他的姨婆，旅途中饑寒交迫的時候，我一邊流淚，一邊拿我手裡母親給我當點心吃的小麵包，一塊一塊地往

---

59 林紓：〈序〉，《冰雪因緣》，見一九〇九年商務印書館版《冰雪因緣》。

60 林紓：〈評語〉，《滑稽外史》，見一九〇七年商務印書館版《滑稽外史》。

61 冰心：〈我與外國文學〉，載《外國文學評論》1981年第3期。

嘴裡塞，以證明並體會我自己是幸福的。有時被母親看見了，就說：
『你這孩子真奇怪，有書看，有東西吃，你還哭！』」[62]

　　或許冰心的母親沒讀過或不喜歡讀狄更斯小說，因此也就難以理解一個小孩子為其感動而流淚的心理。而張天翼的母親則是眼淚直流著，給自己的孩子說林譯《孝女耐兒傳》的。張天翼在《我的幼年生活》一文中回憶了這段難忘的情景，並說讀了許多林譯小說如《滑稽外史》等以後，就在其影響之下寫了些滑稽小說。[63]艾蕪也在讀了林譯《賊史》後，感到與先前讀的兩軍陷陣、義俠殺人的中國舊小說不同，而為其中的人物遭遇「悄悄墮淚了，且感著如此流淚是快暢的。」[64]辛笛同樣回憶說，他少年時在父親書房中東翻西檢，找到了商務印書館出的林譯小說，頓然發現在四書五經之外，還另有一番天地。而林譯《賊史》、《塊肉餘生述》都讓他感動不已，並促使他在三〇年代後期下決心研究這位十九世紀的英國現實主義大師。[65]宗璞也說過她八歲讀的第一本外國小說即是《塊肉餘生述》，並成為她的一個特殊朋友，後來更深為作品中的人道主義精神所感動。人道主義精神是西方優秀文學中最根本的東西，源於普遍的同情心，大悲大憫，若無這同情心，只斤斤於一部分人的利益，當然也感動不了廣大讀者。[66]確實，狄更斯作品為中國讀者所深深感動而流淚的正是這樣一種人道主義精神，並成為後來我們能夠普遍接受狄更斯的一個重要原因。

　　錢鍾書先生曾說過翻譯在文化交流裡所起的是一種「媒」和「誘」

62 冰心：〈童年雜憶〉，見《冰心論創作》（上海市：上海文藝出版社，1982年），頁8。
63 張天翼：〈我的幼年生活〉，載《文學雜誌》1933年第2期。
64 艾蕪：〈墨水瓶掛在頸子上寫作的〉，見鄭振鐸、傅東華主編：《我與文學》（上海市：生活書店，1934年）。
65 辛笛：〈我和外國文學〉，載《中國比較文學》總第3期。
66 宗璞：〈獨特性作家的魅力〉，載《外國文學評論》1990年第1期。

的作用，「它是個居間者或聯絡員，介紹大家去認識外國作品，引誘大家去愛好外國作品，彷彿做媒似的，使國與國之間締結了『文學因緣』。」[67]林紓所翻譯的狄更斯小說正是中英文學之間的一種「文學因緣」。他對狄更斯小說藝術的深切體會及其高度評價，展現了在他心目中具有很高地位的狄更斯形象，這與他翻譯的五部狄更斯作品一起，對中國新文學作家產生了不可忽視的影響。

第三節　中文報刊上的英國作家專號

關於英國作家在二十世紀上半葉中國的譯介與接受，筆者所著《中英文學關係編年史》（上海三聯書店，2004年）已做過初步的資料梳理編年，另著未刊稿《中國近現代作家的英國文學資源》對相關問題亦有較詳盡的討論。所以，本小節只以中文報刊上的多個英國作家紀念專號（包括專輯、特輯、叢談）為線索，展示這半個世紀裡中國之英國文學接受史的基本面貌。

一　孫毓修《歐美小說叢談》最早集中介紹英國作家

一九一三年一月至一九一四年十二月，《小說月報》第四卷第一至八號（1913年1月至8月）、第五卷第九至十二號（1914年9月至1二月），陸續連載孫毓修《歐美小說叢談》的系列文章，重點介紹了西方作家的生平，並結合生平分析了作家的小說作品，是中國第一部系統評價西方小說（包括戲曲）的專著。其中涉及多位英國作家：

第四卷第一號〈孝素之名作〉為中國介紹喬叟《坎特伯雷故事集》之始，並譯其中兩故事。二號發表〈英國十七世紀間之小說家〉，涉及班揚、笛福、斯威夫特、理查遜、菲爾丁、哥爾斯密斯等

---

67 錢鍾書：〈林紓的翻譯〉（北京市：商務印書館，1981年），頁25-26。

作家的生平與創作，這是最早集中介紹十八世紀英國作家的文字。三號發表的〈司各德、迭更斯二家之批評〉提及兩作家的傑出地位：「十九世紀之間，英之大小說家聯翩而起，要以司各德、迭更斯為著，非獨著於一國，抑亦聞於世界」。並指出二者創作特色：「司各德之書主於歷史，迭更斯之書主於社會，各造其極，未易軒輊也。」將司各德稱為「西方之太史公」。四號發表〈英國奇人約翰生（Samuel Johnson）〉。另外，七號發表〈英國戲曲之發源〉；八號發表〈馬洛之戲曲〉、〈莎士比亞之戲曲〉等文字。[68]

　　孫毓修十分重視介紹作家的生活經歷，他在《歐美小說叢談》的前言中說道「歐美小說，浩如煙海。即就古今名作，昭然在人耳目者，卒業一過，已非易易。用述此編，鉤玄提要，加以評斷，要之皆有本原，非憑臆說。」從「皆有本原，非憑臆說」一句中可以看出，作者在寫作的過程中參考了西方小說史的有關著作，因此喜歡結合作家生平來談他們的創作。儘管《歐美小說叢談》總體上顯得述多於論、深度不夠，特別是在後半部分，幾乎都是關於作家生平和作品故事情節的介紹，但把作家的生活經歷和創作特色結合起來，認為小說創作歸根究柢是來自於作家本人的生活經歷，是作者的一個獨特觀點。

　　孫毓修在介紹作家生平時，他從司各特、狄更斯、笛福、約翰遜等作家身上發現中西文學創作的一個共同規律：「窮愁著書，中外一例，殆亦天地間一種之公例耶？」他認為只有處在生活的逆境之中

68　一九一六年十二月，孫毓修《歐美小說叢談》作為商務印書館《文藝叢刻甲集》之一，結集出版單行本。各篇文字主要包括作家生平和創作活動，重要作品簡介，對該作家及作品的評論。評論中多引述前人的觀點，也不時闡發自己的見解。大多持論公允，能較為準確地抓住作家創作的基本特徵。如對班揚《天路歷程》的評述：「此本箴俗說理之書，而托以比喻，雜以諧諧，勸一諷百，實小說之正宗。其文又平易簡直，婦孺皆知，英人尊之，至目之為《聖經》之注腳。」對笛福《魯濱遜漂流記》的評介：「事本子虛，而驚心動魄，不啻身受，更以激人獨立自治之心，故各國爭譯之。」對斯威夫特《格列佛遊記》的評價：「政見盡於此書，而其諧諧之資料，倘恍之奇情，實令人一讀一讚賞。」該書是我國第一部研究歐美文學的著作。

時，作家才能激發出創作的潛能，也就是中國傳統文化中所謂的「憤
而著書」、「窮而後工」之意。所以他特別推崇司各特和狄更斯二人，
認為前者幼年跛足中年破產卻能發憤著書救窮，「此不厭不倦之健
腕，無時不在眼中」，堪比中國之太史公。又感歎自己不如司氏著書
之勤奮：「天寒地凍，日得數行，其有愧於司各得之手多矣。」（孫毓
修：《歐美小說叢談》〈前言〉）孫毓修把司氏比附太史公，走的還是
中國文人喜歡的「以中化西」的老路，就像他拿笛福與司馬遷、約翰
遜與李卓吾比較一樣，比較的意識是強烈的，但大多只是表面的比
附，點到即止，並沒有揭示出中西文學的普遍規律。

　　孫毓修在《歐美小說叢談》中也並非一味摘譯現成的西方論著，
他在〈司各德、迭更斯二家之批評〉一文中就經常通過有意識的比較
來闡發自己的小說觀。比如他將司各特與《三國志演義》、《水滸
傳》、《西遊記》、《紅樓夢》比較後指出小說原不必處處與歷史事實相
符，而應該通過藝術誇張和虛構的手法來達到描寫人物的最高境界。
而更有價值的是他緊接著提出了中西小說觀的根本不同，在中國「吾
國之人一言小說，則以為言不必雅馴，文不必高深。蓋自《三國志演
義》諸書行，而人人心目中以為凡小說者，皆如宋元語錄之調，婦人
稚子之所能解，而非通人之事也。」而在西方「歐美各國，文言一
致，故無此例耳。其小說文字，皆非淺陋者，而司各德之文，尤多僻
字奧句。」孫毓修是一個中英文俱佳的翻譯家，因此他可以發現中西
方小說觀的差異根源於「文言不一」和「文言一致」，這比陳獨秀在
一九一七年提出「文言一致」還早了幾年。

二　威廉・莎士比亞（1564-1616）

　　一九三七年六月五日，章泯、葛一虹主編的《新演劇》（上海）
一卷一期刊登「莎士比亞特輯」，發表十一篇論文，三篇莎劇專論。

　　一九三七年八月一日，歐陽予倩、馬彥祥主編的《戲劇時代》（上海）一卷三期，刊登「莎士比亞特輯」，發表三篇論文。

　　一九四〇年十一月一日，《戲劇春秋》月刊在桂林創刊，由田漢任主編兼發行人，這是反映和推進當時進步戲劇運動的主要刊物。該刊一卷五期（一九四一年十月十日），刊登「莎士比亞紀念輯」，刊載的譯著有宗瑋譯《莎士比亞新論》、焦菊隱譯《哈姆雷特在法蘭西劇院》，以紀念莎士比亞逝世三百二十五週年。

　　一九四八年四月一日，張契渠主編《文潮月刊》（上海）四卷六期，刊登「莎翁專輯」，發表二篇評論：《莎士比亞的墓誌》（梁實秋）、《劇聖莎士比亞》（田禽），以及梁實秋的《仲夏夜夢序》。

　　追溯莎士比亞在中國的接受軌跡，值得關注的地方很多，比如：

　　一九〇二年五月號的《新民叢報》（梁啟超主編）上發表〈飲冰室詩話〉，其中說：「近世詩家，如莎士比亞，彌兒敦，田尼遜等，其詩動亦數萬言。偉哉！勿論文藻，即其氣魄固已奪人矣。」今之通用「莎士比亞」譯名，出自此處。另外，本年，上海聖約翰大學外文系畢業班學生用英語演出《威尼斯商人》，這是莎士比亞戲劇第一次在中國上演。

　　一九〇五年二月二十八日，《大陸報》第三年第一號「文苑」欄刊有汪笑儂〈題《英國詩人吟邊燕語》廿首〉，以七言絕句形式品評林譯莎劇，為中國最早的莎劇評論。

　　一九一〇年，鄧以蟄在紐約觀賞歌劇《羅密歐與茱麗葉》，深為第二幕第二場的樓臺會所動，歸國後，即根據莎士比亞原著，以民謠體將該場譯出，冠名為《若邈久婀新彈詞》，後於一九二八年出版。這是莎翁原劇見諸中譯之始。

　　一九一三年初，上海城東女子中學演出《女律師》，全部由女子反串男角，此為中國人用漢語演出的第一部莎劇。

一九一七年七月、八月、十一月至一九一八年一月，東潤[69]分別
在《太平洋》雜誌一卷五號、六號、八號、九號發表重要莎評〈莎氏
樂府談〉（一）、（二）、（三）、（四），這是中國第一篇完整的莎評。作
者首先介紹了莎士比亞的成就：「非特英人崇視莎士比亞，恍如天
神；即若法若德諸國人士，莫不傾倒於其文名之下。」然後介紹莎士
比亞的生平創作、莎氏著作權問題、莎士比亞時代的劇場與演出情
況，並比較了李白與莎翁的不同特點：「李氏詩歌全為自己寫照，莎
氏劇本則為劇中人物寫照。」[70]

　　一九三三年，張沅長在武漢大學《文哲季刊》二卷二號上發表
〈莎學〉一文，第一次提出「莎學」概念，與中國「紅學」相提並
論。梁實秋發表〈《馬克白》的意義〉、〈馬克白的歷史〉、〈莎士比亞
在十八世紀〉、〈「哈姆雷特問題」之研究〉等。在後一篇文章中，第
一次向中國讀者介紹了「哈姆雷特問題」。八月，茅盾以味茗的匿名
在《文史》雜誌一卷三期上發表〈莎士比亞與現實主義〉一文，第一
次向中國讀者介紹了馬克思恩格斯對莎士比亞的評價，第一個介紹了
「莎士比亞化」的重要命題。

　　一九三五年，二月下旬，田漢被特務逮捕後，由公共租界臨時法
院引渡到國民黨龍華監獄關押。三月，田漢被解往南京，關押在憲兵
司令部看守所。在監獄中經常「用功」地「盤膝坐著，將莎士比亞的
原文本攤在膝上，高聲朗誦，一天讀幾個小時毫無倦容。」[71]

　　中國文藝舞臺上的莎劇演出也值得關注。如：一九〇二年，上海

---

69 東潤即朱東潤（1896-1988），中國當代著名傳記文學家、文學史家、教育家、書法
　　家。

70 朱東潤文中特別強調莎劇人物塑造方面的成就：「讀莎氏之樂府，於莎氏之為人，
　　未能盡知；其所知者，此中無數之人物。人人具一面目，三十七種劇本之中，即不
　　當有幾百幾十人之小照。在其行墨之間，而此幾百幾十者，又無一重複，無一模
　　糊，斯可謂大觀也已。」

71 陳同生：《不倒的紅旗》（北京市：中國青年出版社，1959年）。

聖約翰大學外文系畢業班學生用英語演出《威尼斯商人》，這是莎士比亞戲劇第一次在中國上演。一九一三年初，上海城東女子中學演出《女律師》，全部由女子反串男角，此為中國人用漢語演出的第一部莎劇。一九一三年三月，鄭正秋領導的文明職業劇團——上海新民社演出莎士比亞的《威尼斯商人》（劇名為《肉券》）。此為幕表劇，即由演員按照演出大綱在舞臺上即興表演，可隨意編造臺詞，並不忠於原著。十二月九日至二十三日，吳我尊等人與湘春園漢調戲班在長沙壽春園演出《馴悍》等莎劇。[72]一九二一年，十二月十九日至二十日，燕京大學女校學生青年會在北京協和醫院禮堂連續兩次演出《第十二夜》，角色均由女生扮演。一九三〇年，五月十七、十八、二十四、二十五日，上海戲劇協社舉行第十四次公演，演出《威尼斯商人》[73]，應雲衛導演。這是在中國舞臺上按照現代話劇要求，演出莎劇所作的最初一次較為嚴肅的正式公演。一九三七年，六月，上海實驗劇團在卡爾登戲院公演《羅密歐與茱麗葉》，採用田漢譯本，章泯導演，趙丹、俞佩珊主演。此為三十年代中國戲劇舞臺一次成功的莎劇演出。一九三七年，六月十八日至二十一日，南京國立戲劇學校第一屆畢業公演《威尼斯商人》，採用梁實秋譯本，余上沅、王家齊導

---

72 一九一四年開始，歐陽予倩主持由留日學生組成的上海春柳社，曾在兩年內分別演出過《委塞羅》、《鑄情》和《馴悍記》等著名的莎翁名劇。一九一六年，由於袁世凱圖謀竊國，改元稱帝，鄭正秋乃改編莎劇《馬克白》為《竊國賊》一劇上演，一來諷刺袁氏，二則發揮社會批評的功效。民鳴社著名演員顧無為在演出《竊國賊》時，借題發揮，大罵皇帝，觀眾亦報以熱烈的掌聲。袁世凱惱羞成怒，以「借演劇為名煽動民心，擾亂地方治安」之罪名，判顧無為死刑，後來得以倖免。導社亦在乾坤劇場公演根據《哈姆雷特》改編的《篡位竊嫂》（原名《亂世奸雄》）。

73 本劇由顧仲彝翻譯，一九三〇年新月書店出版，一九三一年商務印書館再版。戲劇協社成立於一九二二年，原屬蔡元培主持的中華職業教育社旗下的單位。先後加入此劇團的名人，有谷劍塵、顧仲彝、洪琛等。後來又推出過《哈姆雷特》、《羅密歐與茱麗葉》等莎劇的演出。一九三二年才完全停止活動。

演。[74]一九三八年，五月，上海新生活劇團於蘭心大戲院演出邢鵬飛根據《羅密歐與茱麗葉》改編的《鑄情》。一九四二年，六月二日至七日，國立戲劇專科學校第五屆畢業生在四川江安公演《哈姆雷特》，採用梁實秋譯本，焦菊隱導演，此為《哈姆雷特》在中國舞臺上第一次正式演出。

三　約翰・彌爾頓（1608-1674）

　　一九二四年，英國大詩人彌爾頓二百五十週年忌。本年十一月八日，《少年中國》、《小說月報》、《文學》等多家刊物發表了紀念文章。梁指南所撰《密爾頓逝世二百五十年紀念》（載12月12日《文學》第153期）一文，在介紹了密爾敦的生平作品後，著重指出紀念密爾敦的意義：「我們紀念他，『不止追懷欽慕而已，我們還須自其遺留的作品，以重溫我們冷漠的心血，奮厲我們頹疲的心態』。（樊仲雲先生語）……他是個勤苦的學者，盡力為國的愛國者，愛慕自由的熱心者。他把他在詩歌裡面表現的思想和行為熔混一起，而將生命鑄成一首『真的詩』，而存留。……現在中國的『詩人』呀，請別要『愛人兒呀』，『花呀……月呀』，無病而呻吟的高唱著這類頹唐的肉麻的假詩；把你的寶貴的生命鑄成一道『真的詩』，以拯救淪亡垂死的人心罷！」

　　一九三三年八月十二、十九日，天津《益世報》〈文學週刊〉三十七期刊登程淑〈密爾頓的《失樂園》之研究〉一文，包括《失樂

---

74 這次莎劇公演之後還出版了一本論文集《莎士比亞特刊》，收有論文八篇：梁實秋著〈關於《威尼斯商人》〉、常任俠〈莎士比亞的作品及生平〉、宗白華著〈我所愛於莎士比亞的〉、徐仲年〈莎士比亞的真面目〉、李青崖著〈泰國的幾句和莎士比亞的有關的話〉、袁昌英著〈歇洛克〉、余上沅著〈我們為什麼公演莎氏劇〉、王思曾著〈介紹一位英國批評家對莎士比亞的看法〉。此為中國第一本莎士比亞研究文集。

園》的歷史；《失樂園》的題材之處置；密爾頓的宇宙觀。另，彌爾頓的這部史詩有朱維基譯本《失樂園》（上海市：第一出版社，1934年6月）和傅東華譯本《失樂園》（1-3冊，上海商務印書館1937年3月）。兩種譯本的比較可見朱維基的文章〈評傅譯半部「失樂園」〉，載《詩篇》月刊第一期，一九三三年十一月一日出版。

四　奧立維・哥爾斯密（1728-1774）

　　一九〇四年二月，《教育世界》雜誌第六十九號「小說」欄開始連續刊登哥爾斯密（Oliver Goldsmith, 1728-1774）的家庭教育小說《姊妹花》，至十二月出版的第八十九號畢，署「（英）哥德斯密著」，譯者不詳，附有〈哥德斯密事略〉。此為奧立維・哥爾斯密及其作品最早為中國讀者知曉。

　　一九二八年是哥爾斯密誕生二百年紀念。該年十一月五日、十二日，〈英國詩人兼小說戲劇作者戈斯密誕生二百年紀念〉連載於《大公報》「文學副刊」。十一月十日出版的《新月》第一卷第九號刊登梁遇春的紀念文章〈高魯斯密斯的二百週年紀念〉。文中說：「十八世紀英國的文壇上，坐滿了許多性格奇奇怪怪的文人。」有「曾經受過枷刑，嘗過牢獄生活的記者先生」笛福、「對人刻毒萬分，晚上用密碼寫信給情人卻又旖旎溫柔的主教」斯威夫特、「溫文爾雅」的艾狄生、「倜儻磊落」的斯梯爾、「鄒著眉頭，露出冷笑的牙齒矮矮地站在旁邊」的蒲伯、「有一位頸上現著麻繩的痕跡，一頂帽子戴得極古怪，後面還跟著一隻白兔的，便是曾經上過吊沒死後來卻瘋死」的柯珀、還有「面容憔悴而停在金魚缸邊，不停的對那一張寫著Elegy（哀歌）一個字的紙上吟哦的」格雷、又有「鄉下佬打扮，低著頭看耗子由面前跑過，城裡人說他就是酒鬼」的彭斯。而高魯斯密斯（哥爾斯密）則「衣服穿得非常漂亮而相貌卻可惜生得不大齊整；他一隻

手盡在袋裏摸錢，然而總找不到一個便士，探出來的只是幾張衣服店向他要錢的信；他剛要伸手到另一個衣袋裡去找，忽然記起裡面的錢一半是昨天給了貧婦，一半是在賭場裡輸了。」後來，范存忠寫有〈約翰遜、高爾斯密與中國文化〉一文，刊於《金陵學報》一卷二期（1931年）。

五　威廉・布萊克（1757-1827）

一九二七年是英國浪漫主義詩人的先驅威廉・布萊克的百週年忌日，以此為契機，中國對布萊克的介紹也進入高潮期。一九二七年的《小說月報》十八卷八號刊有布萊克像，並發表了趙景深和徐霞村的兩篇紀念文章。趙景深在其文章〈英國大詩人勃萊克百年紀念〉中簡介了詩人的生平與創作情況，突出了他作為神秘詩人的一面，稱他天生一雙神秘的眼睛，能夠看見別人所不能看見的東西，同時惟其他有窺看幻象的天賦，他的詩歌才都穿上了幻想的衣裳。趙文還介紹了布萊克生前不為人所知的悲哀，以及詩人彼此了解，絕對自由的戀愛觀，並在文中譯了幾首詩歌。[75]徐霞村的文章〈一個神秘的詩人的百年祭〉也指出布萊克的詩和畫充滿了神秘的想像和異象，是英國第一個象徵派藝術家；作為一個喜歡創新的藝術家，他終能給予藝術以解放，給予藝術以無限。[76]這一期《小說月報》還刊載了〈關於勃萊克研究書目〉，收錄了一八六三年至一九二七年有關布萊克研究的重要英文書目二十三種，涉及作品集、傳記、批評理論等，其中一九二五－一九二七年的研究著述就有十種，這在展示國外布萊克研究成果的同時，也為中國研究這位偉大的詩人提供了必要的參考書目。另外，

75　趙景深：〈英國大詩人勃萊克百年紀念〉，《小說月報》第18卷第8號（1927年）。
76　徐霞村：〈一個神秘的詩人的百年祭〉，《小說月報》第18卷第8號（1927年）。

趙景深除了在本期《小說月報》上發表紀念文章外，還在一九二七年
的《北新半月刊》第二號上翻譯了英國批評家富理曼（John Freeman）
一篇紀念布萊克的文章，又在《文學週報》二八八期上寫了一篇〈詩
人勃萊克百年紀念〉，此文主要論及布萊克的敘事詩歌〈彭威廉〉
（William Bond）。這首詩寫主人翁同時愛著貴婦和貧女，因遲疑不
決，極感煩悶，也使貧女暈倒致病，後良心發現，重新回到貧女身
邊，覺得婚姻當以愛情為準繩。文中對詩作的象徵形象作了精到的分
析，認為這首反映布萊克戀愛觀的詩篇或許是詩人自己的寫照。

　　為紀念布萊克，徐祖正也在一九二七年的《語絲》上分三期發表
長文〈駱駝草──紀念英國神秘詩人白雷克〉。文中首先稱布萊克
「是富於獨創精神深挖到真正浪漫精神源泉的神秘詩人」。接著分析
了英國的民族性和詩人出生前後英國動盪的社會政局，並聯繫詩人與
時代精神的關係，指出詩歌藝術與道德宗教一樣，實是國民覺醒運動
真正的淵源。文章紀念詩人而先放談政治，特別強調英國浪漫詩人不
把全部精神投入政治運動不一定是輕視政治。在談到紀念對象時，徐
祖正著重從人道精神、崇尚自然和關心性愛問題三方面討論了布萊克
作為浪漫主義先驅者的成就，認為布萊克是人道精神真正的體會者，
因為如果「革命不在人道主義上建立的只是自相殘殺爭權奪利，幻變
無常的亂局面，宗教不從愛心上出發，只有硬化的形骸徒然阻障人性
自然的發達。這是Blake在詩中給我們的暗示。」又說布萊克成名的
詩集《天真之歌》所展現的詩風，可以稱為華茲華斯〈《抒情歌謠
集》序言〉的序言，因為其中把「回到自然」這個觀念表白得最明
白。對於布萊克的性愛觀，徐文認為這與他的神秘論思想有密切關
係，追求的是不加束縛的創造的愛，反對佔有欲的「自私之愛」。徐
祖正這篇紀念文章關注時局（比如文中提到孫中山為求中國之統一的
努力），也具體述及了布萊克的思想觀念和詩藝風格，對我們了解和

把握布萊克頗有幫助。[77]

一九二七年九月五日上海的《泰晤士報》也刊發一篇來自倫敦的電訊，報導了英國紀念布萊克的情況，稱現在人人都承認他的作品是天才的產物，許多文學會社和智識團體研討他的作品與生平，一些報章雜誌把他的詩畫文章當做作文的材料，為這位奇異的幻想者與藝術家建立的紀念碑也落成揭幕了。英倫對布萊克的紀念活動引起了中國文學家的注意。梁實秋讀了《泰晤士報》這篇電訊後寫了〈詩人勃雷克——一百週年紀念〉一文，著重對布萊克詩裡的幻想和詩裡的圖畫兩個問題提出了自己的看法，可以說這是中國學者對布萊克第一次發表自己的保留意見。梁實秋首先批評了一些詩人與批評家對布萊克的趨炎附勢的一味誇稱，指出一般所謂詩人與批評家是不夠力量對布萊克評頭論足的，關於布萊克詩中的幻想，梁實秋認為「勃雷克的幻想總算是豐富強健極了。他的這種幻想的精神（Visionary Spirit）是很難能可貴的，但是說句唐突的話，勃雷克的想像的質地，不是純正的沖和的，而是怪異的病態的。……勃雷克看見的東西，我們在生熱病的時候也可以看得見。病態的幻想，新鮮是新鮮的，但究竟是病態的」。關於布萊克詩中的圖畫，梁實秋說：「有詩才的人，同時兼擅繪事，永遠是一件危險的事。危險，因為他容易把圖畫混到詩裡去，生吞活剝的搬到詩裡去。……勃雷克詩裡的圖畫成分，不但是多，而且是怪的。……在這一點，真不愧是浪漫的先驅。」最後，梁實秋指出：「我們五體投地的佩服他的天才，但是要十分的惋惜，他沒能把他的不羈的幻想加以紀律，沒能把他的繁麗怪僻的圖畫的成分，加以剪裁。在這百年的忌辰，我們讚美他的詩的完美之處，我們更願在他的詩的不完美處體會出可以進而至於完美的法門。」[78]梁實秋對布萊

---

77 祖正：〈駱駝草——紀念英國神秘詩人白雷克〉（上、中、下），分別載一九二七年《語絲》第一四八、一五〇、一五三期。

78 梁實秋：〈詩人勃雷克——百週年紀念〉，《文學的紀律》，均見其所著《文學的紀

克的這種評價，是符合他強調理性、秩序、節制的古典主義文學觀的。他在《文學的紀律》文中曾指出：「文學的研究，或創作或批評或欣賞，都不在滿足我們的好奇的欲望，而在於表現出一個完美人性……。文學的活動是有紀律的、有標準的、有節制的。……在理性指導下的人生是健康的常態的普遍的。在這種狀態下所表現出的人性亦是最標準的；在這標準之下所創作出來的文學才是有永久價值的文學。所以在想像裡，也隱隱然有一個紀律，其質地必須是倫理的常態的普遍的。」[79]我們明白了梁實秋這些有關文學的觀點後，也就容易理解他對布萊克接受過程中那些與眾不同的看法了，他強調的是想像力的限度。

　　總之，借助於一九二七年布萊克的百年忌辰，中國學者發表的這些紀念文章在對英國和世界紀念布萊克活動作出較大反響的同時，也為布萊克在中國的接受造了聲勢。一九二八年的中國文壇又有一場火藥味甚濃的筆墨官司。這次論戰的主題是：布萊克是浪漫主義者還是象徵主義者？論戰的一方是哈娜，以《民國日報》副刊「文藝週刊」為陣地；另一方是博董，以文學研究會創辦的《文學週報》為陣地。論戰的起因是哈娜在《文藝週刊》四期至八期發表的長文〈白萊克的象徵主義〉，引起博董的異議。博董在《文學週報》三〇七期發表文章《勃萊克是象徵主義者麼》，援引廚川白村《近代文學十講》等三種著作，認定布萊克屬於浪漫主義者，並區分了布萊克詩歌中的象徵（即「本來的象徵」）與象徵主義的象徵（即「情調象徵」）兩者之間的差異。此文得到了哈娜的回敬與辯駁。博董又寫了〈淺薄得可笑的

　　律》，新月書店一九二八年初版。另外，對布萊克詩歌藝術頗有微詞的不只是梁實
　　秋一人。費監照在《新月》第二卷六、七號合刊上一文也指出布萊克在詩裡「創造
　　神仙世界，拿影像欺騙讀者的心靈，引誘他們到達蓬萊瀛洲裡去。」
79 梁實秋：〈詩人勃雷克——百週年紀念〉，《文學的紀律》，均見其所著《文學的紀
　　律》，新月書店一九二八年初版。

哈娜〉一文堅持己見。針對哈娜在《文藝週刊》上接連不斷的反批
評，博董也在《文學週報》上相繼寫了〈三論勃萊克〉、〈哈娜的譯
詩〉、〈再抄一點書贈給哈娜〉、〈勃萊克確是浪漫主義者──示可憐的
哈娜〉等文章[80]，提供了數種中外著作做例證，說明布萊克絕非象徵
主義者。這一場兩人之間拉鋸式的論證，儘管現在看來並不值得，因
為論題的是非再清楚不過，但在當時通過這好幾個回合的筆戰，至少
讓人們了解了作為修辭手法的「象徵」與作為文學運動的「象徵主
義」之間的區別，弄清了所謂文學上的一種主義，有哪些必要的因
素，同時也促使人們進一步去注意與了解威廉・布萊克。

六　羅伯特・彭斯（1759-1796）

一九二六年是彭斯逝世一百三十週年紀念。是年九月，《學衡》
雜誌第五十七期載彭斯肖像，譯詩十三首和〈彭士烈傳〉（吳芳吉
撰）。吳芳吉在關於彭斯的傳記中稱其詩「質樸真誠，格近風雅，纏
綿悱惻，神似離騷。」又說「彭士終身多在窮困失望之中，其詩則蓬
勃豪爽，富有生氣，從無悲憤自絕之詞。彭士好酒任情，不知自節。
其詩則結構謹嚴，無一字出之平易。」「其詩端在現實人生，不尚空
虛之道理，在繼承前人正軌，而不鹵莽狂妄，以為天才創作。」並希
彭斯之類的詩人「生於中土，⋯⋯使文章與道德並進，⋯⋯以救此沉
悶無條理之現代詩耶。」譯詩十三首中，吳芳吉翻譯了十首，即〈寄
錦〉（*To Jean "Of A'The Airts The Wind Can Blaw"*），〈我愛似薔薇〉
（*A Red, Red Rose*），〈白頭吟〉（*John Anderson, My Jo*），〈高原女〉
（*Highland Mary*），〈久別離〉（*Auld Lang Syne*），〈將進酒〉（*Willie
Brew'd a Peck o'Maut*），〈來來穿過麥林〉（*Coming Through The*

Rye），〈牧兒謠〉（*Ca'The Yowes To The Knowes*），〈麥飛生之別〉（*MePherson's Farewell*）與〈自由戰歌〉（*Scots Wha Hae*）；而劉樸僅翻譯兩首，即〈白頭吟〉（*John Anderson, My Jo*）與〈高原操〉（*My Heart is in the Highlands*），陳銓也只翻譯了〈我愛似薔薇〉（*A Red, Red Rose*）一首。在吳芳吉與陳銓所譯〈我愛似薔薇〉之後，還附有該詩的蘇曼殊譯文〈潁潁赤牆靡〉。

一九二八年三月六號，自本日「晨報副鐫」開始刊登鶴西〈一朵紅的紅的玫瑰的序〉，選譯彭斯詩篇二十五首，並附有原詩。在序中作者比較全面的介紹和評介了彭斯的文學地位和詩歌特色。稱彭斯是十八世紀英國最偉大的詩人，「是在荒蕪將盡的蘇格蘭草原上開出來的燦爛的花朵」，認為其詩歌創作的特色是他的真誠，及對一切的廣博的同情。彭斯所吟唱的歌，「勇敢得好像情人們互相犧牲的精神，懇摯得好像他們輾轉徹夜的相思，甜美得好像他們相遇時的微笑，溫柔得好像他們臨別的淚珠。」

一九三二年正在青島山東大學任教的梁實秋，受《益世報》主筆羅隆基的邀請，選編副刊「文學週刊」，從一九三二年十一月五日至一九三三年十二月三十日至。共出五十七期。在《文學週刊》上梁實秋翻譯最多的是羅伯特‧彭斯的詩，可以說貫穿刊物的始終。第二期譯〈威廉釀好一桶酒〉，第七期譯〈鄧肯‧格雷〉（劉惠鈞譯）。第十二期譯〈張安得孫我的愛人〉，第二十五期譯〈醉漢遇鬼記〉（為敘事詩，餘為抒情詩），第三十期翻譯〈我有我自己的妻〉（劉惠鈞譯），第四十三期譯〈風能吹到的各個方向〉，第四十四期譯〈我若是有一個山洞〉，第四十八期〈人是生就的要苦惱〉。用白話翻譯彭斯的詩，梁實秋是較早的一個。梁譯大多數以原詩題的直譯為題，但也有根據原詩內容、主旨重新擬定題目的。彭詩音樂性強，梁譯非常重視原詩的音韻特點。另在音樂、句式、用詞上，儘量通俗，很多詩歌用民歌體，通俗易懂。梁實秋譯文文詞樸素、明快暢達，以樸實的白話為主。

一九四四年三月，《中原》第一卷三期刊登袁水拍譯《彭斯詩十首》，譯出〈朵朵緋紅、緋紅的玫瑰〉等十首名詩。重慶美學出版社一九四四年三月出版袁水拍譯彭斯詩集《我的心呀在高原》，收入譯詩三十首，有譯者前記，簡介作者創作，書末附有徐遲《一本已出版的譯詩集》〈跋〉。

七　瓦爾特・司各特（1771-1832）

早在一九〇七年（清德宗光緒三十三年）四月，黃人（摩西）主編的《小說林》第三期就刊有小說家施葛德像並附小傳。林譯司各特小說也曾產生不小的影響。不過這個作家在中國接受的高潮卻在他逝世一百週年的一九三二年。在中國，有數家文學期刊都發表了紀念文章。九月二十一日，《晨報》發表高克毅〈司各脫百年紀念〉。《新月》四卷四期有費鑑照〈紀念司各脫〉；《申報月刊》一卷四號有張露薇〈施各德百年祭〉；《微音月刊》二卷七至八期載陳易譯〈關於幾本紀念斯各脫百年祭的出版物〉。一九三三年元旦出版的《新時代》第三卷第五、六期合刊，發表了張月超的〈紀念司各脫的百年祭〉。

一九三二年十一月二十四日《國聞週報》第九卷四十二期刊黎君亮〈斯各德〉（百年忌紀念）。該文對司氏生活、詩歌、歷史小說、非歷史小說源流與影響，歷代對司氏評論等幾方面作了詳細介紹。

《現代》一九三二年十二月一日第二卷第二期特意編輯了「司各特逝世百年祭」特輯，編輯人（主編）施蟄存等，其中刊有淩昌言的紀念文章〈司各特逝世百年祭〉，另配有相關圖片一組七幀，其中有：司各特長詩〈馬迷翁〉（Marmion，即〈瑪密恩〉）原稿手跡、英王子喬治在百年祭日親至司氏雕像前瞻禮留影、司氏雅博斯福別墅內之藏書室、司各特墓、司各特以五萬金鎊購得的雅博斯福別墅外景、司各特破產後之敝居圖片各一幅。淩昌言在〈司各特逝世百年祭〉一

文中盛讚司各特是「全世界最偉大的歷史小說家」，這顯然是太誇張
了。之所以這樣寫，除了「百年祭」這種特殊的環境之外，更重要的
原因恐怕還是因為作者認同司各特是中國人最早接觸的外國小說家之
一，在中國近代文學歐化的浪潮之中，司各特扮演的是一個啟蒙者和
引路人的角色，是「我們認識西洋文學的第一步」，因此才被作者賦
予了特殊的意義。

八　薩繆爾・柯勒律治（1772-1834）、查理斯・蘭姆（1775-1834）

　　一九三四年是這兩位英國浪漫主義作家的百年祭。本年十二月，
《文藝月刊》六卷第五、六期合刊有「柯立奇、蘭姆百年祭特輯」。刊
有柳無忌的論文〈柯立奇的詩〉、柯勒律治的主要作品的譯文〈古舟
子歌〉（曹鴻昭譯）、〈克利司脫倍〉（柳無非譯）、〈忽必烈汗〉（蘇芹
蓀譯）。鞏思文的文章〈蘭姆與柯立奇的友誼〉、梁遇春的〈查理斯蘭
姆評傳〉、毛如升的〈蘭姆的伊里亞集〉以及蘭姆的幾篇文章〈伊里
亞小品文續篇序〉（張月超譯）、〈燒豬論〉、〈古瓷〉（陳瘦竹譯）、〈初
次觀劇記〉（陳瘦竹譯）。另外，本特輯還有柯、蘭的相關圖片數幅。
　　一九四〇年十一月三十日，上海《文藝世界》第五期發表杜蘅之
翻譯〈古舟子詠〉（辜勒律己），並有小傳、譯者的話等。一九四一
年，一月1日，《西洋文學》第五期發表周煦良翻譯的柯勒律治名詩
〈老水手行〉（1-3章，漢英對照）。

九　喬治・戈登・拜倫（1788-1824）

　　一九〇二年十一月十五日，梁啟超在其創辦的《新小說》第二號
上，首次刊出英國拜倫（Lord Byron）的照片，稱為「大文豪」，並

予以簡要介紹：「英國近世第一詩家也，其所長專在寫情，所作曲本極多。至今曲界之最盛行者，猶為擺倫派云。每讀其著作，如親接其熱情，感化力最大矣。擺倫又不特文家也，實為一大豪俠者。」後又在其小說《新中國未來記》（《新小說》雜誌連載）中譯了拜倫〈渣阿亞〉（Giaour, 即〈異教徒〉）片段和長詩〈哀希臘〉中的兩節。[81]梁所譯〈哀希臘〉中兩節詩採用了〈沉醉東風〉和〈如夢憶桃源〉曲牌，並用了〈端志安〉（Don Juan）的譯名。這兩節詩出自拜倫《唐璜》第三章，原是作品所寫的一個希臘愛國志士吟唱的一首歌。原詩共十二章，梁啟超僅譯一、三兩部分。[82]

　　一九二四年是這位英國大詩人逝世一百週年紀念。本年四月十日，《小說月報》十五卷四號有「詩人拜倫的百年祭」專號，登載拜倫詩劇譯文八篇，國外評論家的譯文六篇，國內評述文章十三篇。此外，魯迅曾談到過的拜倫花布纏頭，助希臘獨立的肖像〈為希臘軍司令時的拜倫〉（T. Phillips作），也是在此第一次傳入國內。譯文中最引人注目的是傅東華翻譯的詩劇《曼弗雷特》，是拜倫長篇作品在中國的第一部譯作。該期專號編者在「卷頭語」裡說：「我們愛天才的作家，尤其愛偉大的反抗者。」「他實是一個近代極偉大的反抗者！」「詩人的不朽，都在他們的作品，而拜倫則獨破此例。」（西諦）所刊文字，有關於紀念拜倫百年祭的意義，如西諦〈詩人拜倫的百年祭〉、沈雁冰〈拜倫的百年紀念〉等；有關於拜倫的生平、著作介紹，如王統照〈拜倫的思想及其詩歌的評論〉等；有關於拜倫在文學史上的地位、影響，如耿濟之〈拜倫對於俄國文學的影響〉；有關於

81　梁啟超在《新中國未來記》第四回通過黃克強的口就說道：「擺倫最愛自由主義，兼以文學的精神，和希臘好像有夙緣一般。後來因為幫助希臘獨立，竟自從軍而死，真可稱文界裡頭一位大豪傑。他這詩歌正是用來激勵希臘人而作，但我們今日聽來，倒好像有幾分是為中國說法哩。」

82　繼梁啟超以後，拜倫的這首詩又有馬君武（〈哀希臘歌〉）、蘇曼殊（〈哀希臘〉）、胡適（〈哀希臘歌〉）、劉半農（〈哀希臘〉）、胡寄塵（〈哀希臘〉）等多種譯本。

拜倫作品的譯介，共八篇，其中詩七首，詩劇一篇。

　　《晨報每年紀念增刊號》（1924）有「擺侖底百年紀念」專欄。另外，四月二十一日，「晨報副鐫」（文學旬刊）第三十二號刊登「擺侖紀念號」（上）：〈擺侖〉（徐志摩）、譯詩一首（徐志摩）、〈擺侖詩選譯〉（伍劍禪）、〈別離〉（歐陽蘭）、〈雜詩二首〉（廖仲潛）、〈擺侖傳略的片段〉（劉潤生）。四月二十八號。「晨報副鐫」（文學旬刊）第三十三號刊登「擺侖紀念號」（下）：〈擺侖在詩中的色覺〉（王統照）、〈譯擺侖詩兩首〉（葉唯）、〈贈克羅萊仁〉（歐陽蘭）、〈懷念Byron〉（張友鸞）。以上這些文章及譯詩對中國讀者認識和接受英國詩人拜倫大有裨益。

　　一九四〇年九月一日，《西洋文學》第一期創刊特大號有「拜倫專欄」：〈拜倫詩選〉（宋悌芬譯）、〈拜倫詩鈔〉（吳興華譯）和〈拜倫論〉（J. A. Symonds原著，徐誠斌譯）。其中，宋悌芬所譯〈拜倫詩選〉包括〈詩為樂曲作〉（*Stanzas for Music*）、〈我看見你哭〉、〈寫在紀念冊上〉、〈這什麼要哭呢？〉與〈黑暗〉（*Darkness*）；吳興華所譯〈拜倫詩鈔〉包括〈那麼我們就不要再去搖船〉（*So, We'll Go no More a Roving*）、〈詩為樂曲作〉（*Stanzas for Music*）、〈佛羅稜斯及比薩之間的大路上詠懷〉（*Stanzas Written On The Road Between Florence And Pisa*）、〈《唐璜》三節〉（獻詞i-iv，迷夢第一章eexiv-eexvi，聲名第一章eexviii-eexix；譯自*Don Juan*）。

十　波西・比希・雪萊（1792-1822）

　　一九〇六年（清德宗光緒三十二年），《新小說》第二年第二號上刊有英國人斯利（Bysshe Shelley）像，並將他與歌德、席勒並稱為歐洲大詩人。此為浪漫詩人雪萊之形象傳入中國之始。

　　一九二二年是雪萊逝世百年紀念。文學研究會主辦的《詩》月

刊、《小說月報》、《文學週報》，以及與之相關的「晨報副鐫」，發表
文章、譯作，紀念雪萊。

　　一九二二年二月十五日，新文學運動中誕生的《詩》刊一卷二期
發表陳南士譯雪萊短小作品〈愛之哲理〉（*Love's Philosophy*）及〈小
詩〉（*To-Music, when soft voices die*），跋語（譯後附記）稱之為「英
國詩人裡面最超越的天才；他的詩裡面的美，不是自然的美，也不是
人生的美，乃是一種空幻的美，不可捉摸的。」其詩表現一種不可捉
摸的空幻的美。

　　七月十八日，「晨報副鐫」刊登周作人〈詩人席烈的百年忌〉（署
名仲密）。著重介紹了英國浪漫詩人雪萊的社會思想方面的狀況。並
比較了雪萊與拜倫：「席烈（Percy Bysshe Shelley）是英國十九世紀
前半少數的革命詩人，與擺倫（Byron）並稱，但其間有這樣的一個
差異：擺倫的革命是破壞的，目的在除去妨礙一己自由的實際的障
害；席烈是建設的，在提示適合理性的想像的社會，因為他是戈德文
的弟子，所以他詩中的社會思想多半便是戈德文的哲學的無政府主
義。」他強調：「希烈心中最大的熱情即在滴除人生的苦惡（據全集
上希烈夫人序文），這實在是他全個心力之所灌注；他以政治的自由
為造成人類幸福之直接的動原，所以每一個自由的新希望的發生，常
使他感到非常的欣悅，比個人的利益為尤甚。但是他雖具這樣強烈的
情熱，因其天性與學說的影響，並不直接去作政治的運動，卻把他的
精力都注在文藝上面。」引證雪萊《解放了的普》序言裡的話說明社
會問題與文藝的關係，最後說：「社會問題以至階級意識都可以放進
文藝裡去，只不要專作一種手段之用，喪失了文藝的自由與生命，那
就好了。」在此周作人已意識到一些新文學家極力強化文藝的社會功
用的偏頗。

　　此前（五月三十一日）在「晨報副鐫」上刊登了周作人（仲密）
譯的雪萊名詩〈與英國人〉：「英國人，你們為甚耕種／為了那作賤你

們的貴族？／又為甚麼辛苦仔細的織，／織那暴君的華美的衣服？／你們為甚衣食救護，／從搖籃直到歸墳穴，／養那些忘恩的雄蜂們，好吸你們的汗，──不，還有飲你們的血？」[83]

　　同年十月十日，《文學旬刊》第五十二期也發表了西諦所譯的雪萊這首詩〈給英國人〉（Song: Men of England）。本詩在十九世紀四十年代憲章運動中被作為戰鬥的進行曲，而西諦譯詩發表於辛亥革命紀念日，其意不言自明。同年十二月十日出版的《小說月報》第十三卷第十二號上發表佩韋（沈雁冰）〈今年紀念的幾個文學家〉，雪萊是重點，同期刊物上有〈雪萊像〉〈雪萊紀念碑〉等。以上文學研究會對雪萊詩作的譯介，與該社為人生的寫實主義文學觀一致。

　　一九二三年九月十日，《創造季刊》一卷四期刊登「雪萊紀念號」，以空前規模與質量推動雪萊紀念活動。收錄八首譯詩：〈西風歌〉、〈歡樂的精靈〉、〈拿坡里灣畔書懷〉、〈招「不幸」辭〉、〈轉徙〉、〈死〉、〈雲鳥曲〉和〈哀歌〉──這八首詩在中國首次集中譯介，基本屬於抒情和歌泳大自然的詩篇，這些具有美感和浪漫情調的詩歌，使他收到新文學浪漫一代詩人由衷的景仰。發表三篇重要文章：（1）張定璜〈Shelley〉，高度讚賞雪萊，緊扣雪萊獨特的浪漫反叛人格和反叛人生來進行評價，顯示了作者代表的五四青年一代對雪萊精神的期待視野。張定璜抓住了雪萊無神論思想對黑暗社會制度的浪漫主義反叛精神，而這樣的精神，對當時中國的思想啟蒙運動和社會改造運動都是寶貴的精神資源。[84]（2）徐祖正〈英國浪漫派三詩人

83　雪萊本詩寫於一八一九年，本年完成詩劇《解放了的普羅米修士》，對勝利充滿信心。〈為詩一辯〉中認為詩人是號召戰鬥的號角，對於人民的覺醒，詩是最忠實的先驅、伴侶與信徒，使輿論或制度起一種有利的變化。這首〈給英國人〉，以詩為武器，抗議英國政府暴行，號召人民起來反抗。這是一個鼓動民眾反抗的革命戰士形象。

84　張靜：〈自西至東的雲雀──中國文學界（1908-1937）對雪萊的譯介與接受〉，《中國現代文學研究叢刊》2006年第3期，頁228-229。

拜倫、雪萊、箕茨〉，沿用魯迅的「惡魔」派看法。（3）郭沫若譯
〈雪萊的詩〉，包括〈小序〉、〈西風歌〉、〈歡樂的精靈〉、〈拿波里灣
畔書懷〉、〈招「不幸」辭〉、〈轉徙〉、〈死〉；成仿吾譯〈哀歌〉；郭沫
若撰〈雪萊年譜〉（據日本學者內多精一的Shelley no Omokage一書編
寫）。這些文章和譯詩向讀者展示了雪萊的全貌。郭沫若〈小序〉
說：「雪萊是我最敬愛的詩人中之一個。他是自然的寵子，泛神論的
信者，革命思想的健兒。……譯雪萊的詩，是要使我成為雪萊，是要
使雪萊成為我自己。」「我愛雪萊，我能聽得他的心聲，我能和他共
鳴，我和他結婚了。──我和他合而為一了。他的詩便如像我自己的
詩，我譯他的詩，便如像我自己在創作的一樣。」後來郭沫若將這些
譯詩及〈雪萊年譜〉合成《雪萊詩選》，由泰東書局於一九二六年三
月出單行本，全書共七十五頁，〈雪萊年譜〉佔了三十六頁。在《雪
萊詩選》〈小序〉裡他說：「雪萊的詩心如像一架鋼琴，大扣之則大
鳴，小扣之則小鳴。他有時雄渾倜儻，突兀排空，他有時幽抑清沖，
如泣如訴。」又說：「風不是從天外來的，詩不是從心外來的，不是
心坎中流露出來的詩，都不是真正的詩。」郭譯雪萊詩得到了眾多評
論者的認可。

　　〈西風頌〉是一首政治預言詩，深深激勵處於迷茫中的中國青
年，具有一種對未來的樂觀理想精神，徐志摩一九二八年三月為《新
月》雜誌撰寫宣言時，也引證〈西風頌〉裡最後名句來表達自己的理
想。〈雲鳥曲〉是雪萊詩中的名作，雲鳥（雲雀）形象幾乎成了雪萊
的象徵。二〇年代，〈雲雀曲〉的知名度超過了〈西風頌〉，徐志摩一
九二四年三月十日《小說月報》上寫的〈徵譯詩啟〉感歎：「誰不曾
聽過空中的鳥鳴，答案何以雪萊的《雲雀歌》（即To a sky-lark）最享
殊名？」──《創造季刊》的集中譯介，使這八首抒情傑作在中國獲
得了浪漫經典地位。

　　一九二四年三月五日，《學燈》有周一夔〈雪萊傳略〉；三月十二

至十三日《學燈》刊胡夢華〈英國詩人雪萊的道德觀〉[85]；四月十至十二日《學燈》刊李任華〈雪萊詩中的雪萊〉。這幾篇文章對英國浪漫主義詩人雪萊的生活經歷與思想道德觀介紹頗詳。

對雪萊愛情詩的集中介紹是劉大傑在日本編輯的《雪萊的愛情詩》（*Love Poems of Shelley*），該集一九二六年由光華書局出版，第二年再版。本詩集是英文的，附有〈雪萊小傳〉，收錄二十三首愛情詩，有的已譯成中文。〈為詩一辯〉（A Defends of Poetry）由甘師禹譯，題為〈詩之辯護〉，刊於一九二九年六月二十日《華嚴》第一卷第六期上。編者為于賡虞，對雪萊詩論極為推崇，他於二十年代後期寫了不少詩論，對雪萊詩學汲取頗多，為建立中國現代抒情詩學做出了不少努力。[86]

十一　約翰・濟慈（1795-1821）

一九二一年是濟慈百年紀念祭。該年四月二十五日，《東方雜誌》第十八卷第八號上發表愈之的《英國詩人克次（現通譯為濟慈，筆者注）的百年紀念》，該文在題目後面緊跟著列出了文章四個層次的內容：唯美主義的先驅；一個短命的詩人；感情生活的唱（「唱」應為「倡」，筆者注）導；末期著作的特色。而且文中還配有濟慈和其在羅馬的墓地的照片。從作者所列舉的四個層次，我們大體上也能了解到文章的主要內容，作者在文中說：「在這昏暗的黑色的世界，沉悶的偓傺的人生裡，有什麼東西好慰安並拯救我們的心靈呢？那自

---

85 文章開頭就說：「雪萊的〈雲雀歌〉，自然也是很甜美的音樂，然而讀了他的〈愛之哲學〉，再翻翻他的生平略傳，他的革命精神誠然到極頂，然而卻沒有一個不說他是不道德的。」在作者看來，這是雪萊的「百年沉冤」，為之做熱情洋溢的辯護。

86 參見解志熙、王文金編校：《于賡虞詩文輯存》（開封市：河南大學出版社，2004年），下卷，頁749-750。

然只有『美』——詩的美，藝術的美——了。」「美便是真；我們在
世間所知的一切和所預知的一切，只是這個真美罷。」這是克次的著
名短歌。他以為至高的美就是真理，真理就是至高的美。「他對於美
是何等的讚美呵！以美為真，是克次的優點，自然也是克次的缺點。
但是他的影響，卻很是不小。後來成為歐洲文學上一派的唯美主義
（Aesthetisicm）未始不是克次開闢？天地的。單就英國而言，像
五、六十年以前史文朋（Swinburne）莫理士（Morris）所倡導的藝術
的生活觀，和後來王爾德（Wilde）『為藝術的藝術』的極端的主張，
都可以說，多少是淵源於克次的。但是最使我們詫異的，是這位泛美
主義詩人，卻是生長於微賤貧窮的環境。克次的幼年是一個孤兒，父
親是在倫敦開馬車行的，當克次幼年時父母都死了。」

　　一九二一年五月，《小說月報》十二卷五期刊登〈百年紀念祭的
濟慈〉（雁冰）；六期刊登《倫敦紀念濟慈百年紀念展覽會》。八月出
版的《東方雜誌》十八卷八號刊登〈英國詩人克次的百年紀念〉（愈
之）。該文從四個方面，即唯美主義的先驅；一個短命的詩人；感情
生活的倡導；末期著作的特色，介紹與評價濟慈。本年國內多家刊物
發表紀念濟慈百年忌辰的文章，為這位英國浪漫詩人在中國的傳播推
波助瀾。

　　一九三五年是濟慈誕辰一百四十週年。該年一月一日，《文學》
第四卷第一號（新年號）上專門出了一個專欄——世界文人生卒紀念
特輯，其中刊登了傅冬華的〈英國詩人濟慈〉。作者認為在讀濟慈的
詩歌前要做如金聖歎教人讀《西廂記》必須「掃地」、「焚香」、「沐
手」之類的準備，認為唯有「妙悟」才是解讀濟慈最好的方法：「這
是由於濟慈的短短二十六年的生活是純粹的詩的生活，並沒有什麼可
歌可泣的事蹟可以追懷；他所遺留在文字裡的是純粹的詩，是純然的
藝術美，並不寄託什麼有體系的學說或什麼具體的主張。……我們唯
有通過嚴羽所標的『妙悟』才能正確的認識濟慈。」

　　一九三五年四月一日，《文藝月刊》七卷四期發表費鑒照文〈濟慈的一生〉，並有李微翻譯的兩首十四行詩〈夏之黃昏〉和〈這日子去了〉。五月一日《文藝月刊》七卷五期刊費鑒照文〈濟慈美的觀念〉。[87]費鑒照是二十世紀三〇年代集中研究濟慈最突出的人。他為此寫過多篇有深度有見識的文章。如一九三三年《國立武漢大學文哲季刊》二卷第三號上刊發的〈濟慈心靈的發展〉；一九三四年四月刊於《文藝月刊》六卷四期上的〈濟慈與莎士比亞〉等。其中前者對濟慈的心靈發展總結道：「最初濟慈受自然的影響，純粹的愛自然，中期官覺十分的旺盛，自然在背面仍是繼續的活動。最後，官覺與精神結合達到一個想像的實際——美與真的合一。在這時候他又領悟到要完全達到這一步他應該有人生的知識與經驗。這是濟慈四年寫詩生活裡他的心靈發展的歷程。」一九三五年五月一日費鑒照出版了《濟慈美的觀念》一書，該書也有三個值得注意的觀點：首先作者指出情感是濟慈美的觀念的重要因素，情感熱烈而緊張的時候才能發生美，並以濟慈的《夜鶯歌》和《希臘古翁頌》來說明這一觀點；其次是認為濟慈美的觀念的出發點是藝術的形式，但是當美感發生的時候，形式便退去了，美則是永久存在的，美是不依賴於外在的形式的；最後作者得出結論說濟慈美的觀念大體上沒有理智的成分，情感是佔主體的。

　　一九四〇年十二月一日，《西洋文學》第四期有「濟慈專欄」，刊登吳興華譯詩五首、宋悌芬譯詩四首和〈濟慈信札選〉五封。本期亦刊有邢光祖《荒原》（趙羅蕤譯）書評。稱「艾略特的詩可以說是智慧的詩。」「在這類智慧的詩裡，哲理早已脫胎換骨的在詩內消溶著。」還說「艾略特詩論是我國宋代詩說的縮影。」因為「我們只有披覽一過宋代的詩和詩評，就可以瞥到艾略特詩說的影子。」文章稱

87　該文指出「濟慈一生所愛的是美。」「他的美的出發點，我以為是藝術的形式，這
　　個含作者情感的形式，引起看者的美感。」「我們可以說濟慈所謂美是受情感化的
　　想像的穎悟。」

讚譯者對原作的透澈理解與保存原著氣息的直譯風格，指出「譯者和原作者已是化而為一，這種神奇的契合便是翻譯的最高標準。」

十二　查理斯・狄更斯（1812-1870）

　　三〇年代中國出現了翻譯介紹狄更斯的高潮。一九三〇年，上海北新書局印行的林惠元譯《英國文學史》中比較詳細地介紹了狄更斯的生活經歷、創作風格、重大功績及其人道主義小說的顯著影響等基本情況，書中稱狄更斯作為英國文學史上最偉大和最獨創的作家，用小說來喚醒人們提倡合於人道的對社會弊端的改革，因而他是文學中改革運動的領袖。一九三一年，上海廣學會翻譯出版了美國清潔理女士所著的《迭更司著作中的男孩》一書。一九三三年呂天石《歐洲近代文藝思潮》一書論及狄更斯時，也明確揭示出其作品中表現個人反抗社會的小說主題。[88]一九三四年《國聞週報》上發表一篇題為〈英國文壇新發現不列顛博物院秘檔記──小說名家狄更斯夫人之淚史〉的譯述文章，則非常及時地向中國讀者介紹了狄更斯的情感經歷、家庭生活中的不圓滿狀態以及在小說作品中的諸多表現，讓人們得以知曉這位英國文壇鉅子鮮為人知的活生生的另一面。[89]一九三五年，《中學生》雜誌五十五號上刊登的一篇朱自清寫的〈文人宅〉（倫敦雜記之四），則帶著我們參觀了倫敦的狄更斯故居。一九三六年《文學》雜誌六卷四號、六號上也載文介紹了英美國家紀念狄更斯成名作《匹克威克先生外傳》發表百年的盛況。另外還有不少著作對狄更斯及其小說藝術作了詳細介紹，如一九三五年出版的《西洋文學講座》（英國文學部分，曾虛白著）、一九三六年出版的中譯本《英國小說發展

88　呂天石：《歐洲近代文藝思潮》，（上海市：商務印書館，1933年）。
89　兆述譯述：〈英國文壇新發現不列顛博物院秘檔記〉載《國聞週報》第11卷第26期（1934年）。

史》（Wilbur L. Cross原著）、一九三七年出版的《英國文學史綱》（金東雷著）等。這些書籍也為我們全面了解和接受狄更斯作品提供了很大幫助。

　　一九三七年是狄更斯誕辰一百二十五週年紀念。這一年《譯文》新三卷一期為此刊發了「迭更斯特輯」，翻譯介紹了三篇文章。第一篇是蘇聯批評家寫的紀念文章〈迭更司論──為人道而戰的現實主義大師〉。文章指出，狄更斯作為一個人道情感的提倡者，其小說描述了小人物的境遇，同時其作品也體現出了明顯的思想矛盾性：「他要想除去資本主義制度所產生的社會罪惡，但並不去觸動這制度本身，因此產生了他那擁護明確的緩和辦法的創作活動，因此產生了他那希冀勞資妥協和貧富妥協的傾向。這產生了他那些和解的『聖誕故事』，這些和解的傾向反映著作為一個中等階層的人道主義者的迭更斯的性格」[90]。作者認為此種和解的傾向正是狄更斯思想意識中的消極面。通過這篇譯文，我們可以看出當時蘇聯學術界對包括狄更斯在內的西方人道主義作家的總體評價標準，進而也為一九四九年以後中國學術界評論這些具有人道主義思想的西方作家奠定了一個基調。《譯文》新三卷一期發表的另一篇文章是克夫翻譯的〈年青的迭更司〉一文，文章則向我們展示了狄更斯童年的苦難經歷、青年的創業過程以及創作方面的獨特才能。另外，該期《譯文》還刊登了許天虹翻譯的法國傳記大師莫洛亞寫的〈迭更司與小說的藝術〉。《譯文》新三卷三、四兩期又連續譯介了莫洛亞的〈迭更司的生平及其作品〉（上、下）。後來一九四一年的《現代文藝》二卷六期上也繼續譯介了莫洛亞的〈迭更司的哲學〉。以上四部分正是莫洛亞傳記名作《狄更斯評傳》一書的全部內容。後來又由重慶文化生活出版社出版了這

90　許天虹譯：〈迭更司論──為人道而戰的現實主義大師〉，載《譯文》新3卷第1期（1937年）。

本書的單行本（1943年7月）。莫洛亞雖是法國人，但對狄更斯的理解
似乎比大多數英國批評家還要深刻，而且有許多見解異常新穎，啟人
心智。因此，譯介莫洛亞這部評傳對中國讀者全面深刻細緻地認識狄
更斯是功不可沒的。

　　《譯文》新三卷三期上還發表了美國女作家賽珍珠的文章〈我對
迭更司所負的債〉。文中非常動情地追述了她在中國鄉村中那種寂寞
孤獨的童年生活，終於在狄更斯那裡找到了她的童年夥伴——即狄更
斯筆下描寫的兒童。由此作者清醒地認識到：「我對迭更司所體驗到
的感覺從不曾在一個活的人那裡體驗過，他要我張開眼睛看人，教導
我愛一切的人，善的與惡的、富的與窮的，老年人與小孩子。他教我
恨虛偽與好聽的話，他使我相信，在外表的嚴厲中時常隱藏著良善。
良善與誠懇高出於世上的一切。他教我痛恨吝嗇，現在才認為，他在
其性格上是天真的，感情作用的與孩子氣的」。可見狄更斯給予賽珍
珠的影響與幫助如此之大，正如她本人所說：「他的一生的創作成了
我自己的一部分」。[91]另外，《譯文》新三卷一期配合出版「迭更司特
輯」，還刊發了有關狄更斯不同時期的肖像、生活、寫作及住宅等方
面的圖片十幅。總之，《譯文》雜誌刊發的多篇譯文及多幅圖片為我
們比較集中地了解狄更斯發揮了良好作用，也為三〇年代中國介紹狄
更斯劃上了一個完滿的句號。

　　一九四一年四月二十五日，王西彥等主持的《現代文藝》（福建
永安）三卷一期，刊登「迭更司特輯」，發表二篇譯文。一九四二
年，楊白平主編的《金沙》（成都）刊登「狄更斯誕生一百三十週年
紀念」專欄，發表評論譯文一篇，小說譯文一篇，童話譯文一篇，並
配有作家畫像。

---

91 賽珍珠：〈我對迭更司所負的債〉，載《譯文》新3卷第3期（1937年）。

十三　馬修・阿諾德（1822-1888）

　　一九二二年是阿諾德誕辰百年紀念。一九二二年十二月十日，《東方雜誌》十九卷二十三號有阿諾德（1822-1888）誕辰百年紀念專號，刊登胡夢華〈安諾德評傳〉，呂天鷗〈安諾德之政治思想與社會思想〉，胡夢華〈安諾德和他的時代之關係〉，華林一〈安諾德文學批評原理〉，顧挹香〈安諾德的詩歌研究〉等一組文章。此為最集中介紹這位英國著名文學批評家的文字。

　　一九三五年五月，《吳宓詩集》由上海中華書局出版，卷末附有〈論安諾德之詩〉。[92]阿諾德是維多利亞時代著名詩人，批評家，教育家。吳宓非常推崇之，早年辦《學衡》時，就介紹過，後來在一首舊體詩裡說：「我本東方阿諾德」。他還一再表明這位英國詩人和教育家對他一生的思想和感情起了巨大影響。吳宓愛恨分明，嫉惡如仇，富於正義感，格外強調文學作品的社會意義、教育作用等，除了吸收中國古代優秀文化的精華外，與阿諾德的聯繫是很明顯的。因此，阿諾德是吳宓式人文主義的一個組成部分。

92　文中稱「世皆知安氏為十九世紀批評大家，而不知其詩亦極精美，且所關至重，有歷史及哲理上之價值，蓋以其能代表十九世紀之精神及其時重要之思潮故也。」其作詩時，「情不自制，憂思牢愁，傾瀉以出。其詩之精妙動人處，正即在此。因之，欲知安諾德之為人及其思想學問之真際者，不可不合其詩與文而視之。」文章指出安諾德的詩歌有兩個特性：「一曰常多哀傷之旨，動輒厭世，以死為樂」；「二曰常深孤獨之感，作者自以眾醉獨醒，眾濁獨清，孤寂寡儔。」而「安諾德之詩之佳處，即在其能兼取古學浪漫二派之長以奇美真摯之感情思想納於完整精煉之格律藝術之中。」

十四　但丁‧羅賽蒂（1828-1892）和克里斯蒂娜‧羅賽蒂（1830-1894）

　　一九二三年十二月二十五日，《創造週刊》第二十九號刊載滕固〈詩畫家D. Rossetti〉一文，介紹英國唯美主義詩人、畫家但丁‧羅賽蒂（Dante Gabriel Rossetti, 1828-1882）的生平與創作活動。

　　一九二六年一月，《學衡》雜誌第四十九期載吳宓、陳銓、張蔭麟、賀麟、楊昌齡等譯〈羅色蒂女士「願君常憶我」（Remember）〉，譯詩後吳宓有〈論羅色蒂女士之詩〉等重要論述，其中說：「羅色蒂女士之詩，情旨深厚，音節淒惋，使讀之者幽抑纏綿，低徊吟誦，而不忍舍去。……讀其詩者，敬其高尚純潔。喜其幽淒纏綿。而稔其一秉天真，發於至誠，則莫不愛之。」

　　一九二八年五月，但丁‧羅賽蒂百年誕辰紀念。對羅賽蒂及先拉斐爾派的介紹呈一時之盛。《小說月報》十九卷五號刊登羅賽蒂的自畫像、詩作及趙景深的紀念文章〈詩人羅賽蒂百年紀念〉。吳宓主持的《大公報》「文學副刊」發表一系列紀念和介紹文章，並於稍後轉載於《學衡》第六十五期。其中〈英國大詩人兼畫家羅色蒂誕生百年紀念〉一文，較詳細地介紹了羅賽蒂及先拉斐爾派；素癡譯〈幸福女郎詩〉二十四首，則是對羅賽蒂詩作的最集中的譯介，但譯者用的是七古體，不易見出原作精神。最熱心的介紹者是邵洵美和他的小圈子。七月十六日，邵洵美主持的《獅吼》半月刊復活號第二期刊《羅賽蒂專號》。其中，邵洵美發表〈D. G. Rossetti〉長篇專論來論述羅賽蒂；朱維基所譯羅賽蒂小說《手與靈魂》；張嘉鑄所撰〈《胚胎》與羅瑟蒂〉（《胚胎》是先拉斐爾兄弟會的刊物，又譯為《萌芽》）一文。[93]

---

93 邵洵美的文章從畫、詩、翻譯三方面來評述羅賽蒂。稱「他是一個偉大的詩人又是一個偉大的畫家。」並且是「一位非特能畫肉體並且能畫靈魂的畫家。」評介了羅

　　一九三〇年十二月十六日，《現代文學》一卷六期刊有袁嘉華的文章〈女詩人羅賽諦百年紀念〉。該文將 C · 羅賽諦與勃朗寧夫人並稱為全部英國文學史上最偉大的詩人。指出 C · 羅賽諦「其抒情詩最顯著特點即在情致的強烈與嚴肅聯合著文字的素樸。」其詩裡「深深地隱隱地流著溫柔而且甜蜜的悲哀味，又淡淡地蒙了層神秘色彩。她就像個天真爛漫衣履樸素的女孩兒，輕盈活潑地跳舞著，嘴裡唱著清晰婉轉的歌詞，歌詞裡卻含著深沉的、憂鬱的、嚴肅的、虔敬的思想。」同期還刊有 C · 羅賽諦長篇敘事詩〈魔市〉的譯文（袁嘉華譯），以及〈羅賽諦女士詩鈔〉（袁嘉華、趙景深譯）。

　　一九四四年六月十五日，《東方雜誌》四十卷第十一號刊登茅靈珊〈英國女詩人葵稱琴娜 · 羅色蒂的情詩〉。

十五　托馬斯 · 哈代（1840-1928）

　　一九二八年一月十一日，托馬斯 · 哈代去世。中國不少報刊隨之作出反應，刊載多篇文章，介紹這為剛去世的英國著名作家。如一月十八日《世界日報》載王森然〈紀念湯姆斯哈提〉；二月六日《大公報》「文學副刊」載〈最近逝世之英國大小說家兼詩人哈代評傳 Thomas Hardy（1840-1928）〉；二月一日至三日《晨報》載許君遠〈紀念哈特〉；二月十六日《北新半月刊》二卷九號載趙景深〈哈代逝世以後〉、〈小說家哈代的八大著作〉等等。

　　袁昌英〈妥瑪斯 · 哈底〉[94]是一九二八年哈代逝世後作為介紹兼紀念的。世人說哈代是悲觀主義者，哈代兩個字總與悲觀相聯結，但

　　賽蒂詩集《生活之屋》，說「他的詩的志願是何等的偉大，表現得何等深切精美，思想和情感的枝葉是何等豐富，他的那種甜蜜的光明的風格的急流把世界上所有的醜的惡的卑鄙的汙濁的一切完全沖淨了。」

94　袁昌英：〈妥瑪斯 · 哈底〉（文論），《現代評論》第7卷第171期（1928年3月17日），收入《山》。

哈代否認，袁昌英也不贊成。本文有一段文章替哈代辯護，說哈代一面懍於宇宙昏憒力量之可畏，一面也尊仰人類向上奮鬥之精神之偉大，所以他不能悲觀到底。這樣說，撰有〈哈代的悲觀〉一文的詩人徐志摩，僅認識了哈代的一半，袁昌英則認識了哈代的全體，當然比徐志摩的話更值得注意。[95]

　　一九三八年七月，商務印書館出版李田意著《哈代評傳》，論及哈代的時代及其社會背景、哈代的生平、小說、詩劇、詩歌創作等。另，英國著名作家托馬斯・哈代的小說曾出現多種譯本。如《苔絲姑娘》（呂天石譯，上海市：中華書局，1934年10月）、《德伯家的苔絲》（張谷若譯，上海市：商務印書館，1936年3月）、《黛絲姑娘》（嚴恩椿譯，上海市：啟明書局，1936年5月）；《微賤的裘德》（呂天石譯，重慶市：大時代書局，1945年6月）、《玖德》（曾季肅譯，上海市：生活書店，1948年4月）、《玖德》（俞徵譯，上海市：潮鋒出版社，1948年4月），等等。

十六　蕭伯納（1856-1950）

　　一九三三年二月17日，蕭伯納（1856-1950）抵達上海，在宋慶齡寓所會見蔡元培、魯迅、林語堂、楊銓、史沫萊特等。同日，《藝術新聞》（週刊）創刊於上海。中國左翼戲劇家聯盟刊物。主要報導南北各地劇運情況，趙銘彝撰寫〈歡迎蕭伯納〉等社論。

　　此前一天出版的《論語》第十一期發表邵洵美的文章〈蕭伯納〉，向讀者介紹了這位英國大文豪，稱「他是一個常識豐富的平常人，一個熱誠的政治家，一個詩人的哲學家」。《論語》第十二期出版《蕭伯納游華專號》，發表〈誰的矛盾〉（魯迅）、〈水乎水乎洋洋盈

---

95 參見蘇雪林：〈袁昌英文選序〉（臺北市：臺灣商務印書館，1986年），選入楊靜遠編：《飛回的孔雀》一書，頁181。

耳〉（林語堂）、〈我也總算見過他了〉（邵洵美）等多篇文章。與此同時，天津《益世報》刊有〈關於肖伯納來華〉（二月十七日）、〈肖伯納略傳〉（二月二十二日）、〈肖伯納的社會主義〉（三月一日）；《晨報》載〈歡迎肖伯納先生〉（二月二十一至二十二日）、〈歡迎肖伯納〉（二月十九日）；一九三三年三月一日《論語》第十二期，刊登專欄「蕭伯納游華專號」，發表論文十九篇，譯文一篇，談話錄二篇，傳記節譯一篇。一九三三年三月五日《矛盾》一卷五、六期合刊，刊登「蕭伯納氏來華紀念特輯」，發表告中國人民書一篇，評傳一篇，報導二則，文論譯文一篇。《新時代》四卷三期載〈肖伯納在中國〉。一九三三年三月五日《青年界》第一期，刊登「蕭伯納來華紀念」專欄，發表傳記譯文一篇，論文二篇，著作年表一份。

本年三月，《蕭伯納在上海》（樂雯剪貼翻譯並編校，魯迅序）由上海野草書屋出版。該書係蕭來滬時，魯迅與在他家避難的瞿秋白輯錄當時中外報刊有關記載和評論而成。署名「樂雯」編譯。本書真實地記錄了蕭伯納在二月十七日這一天的活動情況和各方面的反映。這是一本「未曾有過先例的書籍」，是一本研究中英作家、文人交往、中英文學關係的「重要的文獻」。它像面鏡子，從中「可以看看真正的蕭伯納和各種人物自己的原形」。

另外，蕭伯納作為一個戲劇家，其劇作在中國的演出及反響也頗值得關注。一九二〇年十月，由早期新劇改革家汪仲賢（優遊）主持，並在上海新舞臺一些著名戲曲演員夏月潤、夏月珊、周鳳文等人的通力合作下，演出了一部《新青年》所提倡的現代話劇——蕭伯納名作《華倫夫人的職業》（當時廣告譯作《華奶奶之職業》）。這次嘗試以失敗告終。[96]本次演出的慘敗也引起整個戲劇界的強烈反響。陳

---

96 汪仲賢〈優遊室劇談〉（《晨報》，1920年11月1日）中，詳細談到了這次演出失敗的經過及其從中引發的思索、教訓。他指出這次演出，既是「純粹的寫實派的西洋劇本第一次和中國社會接觸」，也是「新文化底戲劇一部分與中國社會第一次的接

大悲《愛美的戲劇》（「晨報副鐫」，1921年11月1日）一文裡指出那次
演出失敗的原因之一，就是劇場的空氣不好。認為海新舞臺是充滿了
鑼鼓聲音的劇場，而當晚去看戲的大多數觀眾都是習慣於《濟公活
佛》等胡鬧空氣的人，「無論你底發音術練得如何高深，你一人底喉
音斷不能抵敵千百人底喉音。」洪深說如果那次失敗能夠使後來者對
於戲劇運動，採取更客觀的態度，更能顧到現實的環境，那麼他們這
一次總算不是白「跌」了。宋春舫則從中得出「戲劇是藝術的而非主
義」的絕對化的結論。他甚至勸人放棄西洋的「問題劇」，而去採用
脫離生活，曲折熱鬧，形式主義色彩較濃的「善構劇」（《中國新劇劇
本之商榷》，《宋春舫論劇》第一集，中華書局，1923年）。總之，這
次演出雖然失敗了，但它在引進、介紹外來戲劇與促進話劇民族化上
所提供的豐富經驗和產生的積極影響，不可低估。另外，一九四四年
四月，西南聯大外國文學系學生在民眾教育館演出英語話劇
《Candida》（蕭伯納著三幕劇《康蒂妲》）。

十七　威廉‧勃特勒‧葉芝（1865-1939）

　　一九二一年十一月二十一日，《文學旬刊》第二十號刊騰固〈愛
爾蘭詩人夏芝〉。此為中國最早介紹愛爾蘭大詩人葉芝生平與創作的
文字之一。

　　一九二一年一月，《小說月報》十二卷一號刊登王劍三（統照）
所譯葉芝短篇小說《忍心》（*An Enduring Heart*）。王統照在譯者附記

觸。」儘管「新舞臺向來沒有花過這麼多的廣告費」，但開演時，卻是「要比平常
最少的日子少賣四成座」。「等到開幕的時候，約剩下了四分之三底看客。有幾位坐
在二三等座裡的看客，是一路罵著一路出去的。」由這次失敗，他明確了「以後底
方針」是：「我們演出不能絕對的去迎合社會心理；也不能絕對的去求知識階級看
了適意。拿極淺近的新思想，混合入極有趣味的情節裡面，編成功教大家要看底劇
本，管教全劇場底看客都肯情情願願，從頭到尾，不打哈欠看他一遍。」

裡評價了葉芝的作品特色。[97]王統照是五四時期介紹葉芝（舊譯夏芝）最勤的作家。短短幾年之間，他譯介葉芝多篇作品，如《微光集》選譯載一九二四年二月一日北京《文學旬刊》第二十五期。同時又發表數篇評論文章，如〈夏芝的詩〉刊於一九二三年五月十五日《詩》刊第二卷二號，論述了葉芝的思想藝術特色，特別推重其「歌唱著祖國的光輝，由文學中表明出對於異族統治的反抗」的愛國主義思想和浪漫主義傾向。一九二四年一月二十五日《東方雜誌》二十一卷二號又刊登其長篇論文〈夏芝的生平與其作品〉，從「夏芝的身世」、「偉大的詩人」、「夏芝的戲劇與散文」和「夏芝的特性與其思想的解剖」等幾方面系統介紹了葉芝的生活經歷、作品及其思想特性。指出「夏芝的思想，實是現代世界文學家中的一個異流」，但「也絕不是故蹈虛空，神遊於鬼神妖異之境」。其著作「雖是有神話與民族的傳說作材料，然而他那種高尚的思慮與熱情的衝擊，也全由此表徵而出。」

一九四一年五月，《西洋文學》第九期有「葉芝特輯」，刊發葉芝論現代英國文學；葉芝詩鈔；葉芝自傳選譯；葉芝論等多篇文字。

一九四四年三月十五日，《時與潮文藝》三卷一期刊登葉芝特輯：葉芝的詩（論文，陳麟瑞）；葉芝詩選（朱光潛譯）；葉芝詩兩首（謝文通譯）；葉芝詩四首（楊憲益譯）。

十八　英國婦女與文學專號

一九三一年七月一日，《婦女雜誌》十七卷七號「婦女與文學專

97　譯者稱「其作品，多帶新浪漫主義的趣味，為近代愛爾蘭新文學派鉅子之一，其短篇小說，尤能於平凡的事物內，藏著很深長的背影，使人讀著，自生幽秘的感想。既不同寫實派的純重客觀，亦不同浪漫時代的作品，純為興奮的激刺。他能於靜穆中，顯出他熱烈的情感，寫遠的思想，實是現代作家不易達到的藝術。」

號」有女詩人勃朗寧夫人，小說家白朗脫氏三姊妹、伍爾夫夫人肖
像。仲華〈英國文學史中的白朗脫氏姊妹〉：「在英國文學史上傑出女
作家中，白朗脫氏姊妹很值得我們注意。」「不僅要使讀者聽到一些
動人的故事，而是要使讀者認識幾個女性的文學的天才，與他們從艱
忍刻苦的寫作中所達到的成功。」

　　一九一一年七月二十六日，《婦女時報》第二期刊有周瘦鵑〈英
國女小說家喬治哀列奧脫女士傳〉。該文對喬治・艾略特（1819-
1880）的生平、著述評述較詳，是中國介紹英國女作家之始。

　　關於勃朗特姊妹的介紹。一九三〇年十月，上海華通書局出版伍
光建譯《狹路冤家》（*Wuthering Heights*）。[98]艾米莉・勃朗特的這部
名著（現通譯為《呼嘯山莊》），其後在重慶商務館出版梁實秋譯《咆
哮山莊》（1942年5月）、重慶藝宮書店出版羅塞譯《魂歸離恨天》
（1945年10月）。

　　一九三二年十一月，上海商務印書館出版伍光建譯《洛雪小姐遊
學記》（*Villette*, 夏羅德・布倫忒著）上下冊。後商務館又出版伍光建
譯《孤女飄零記》（*Jane Eyre*）上下冊（一九三五年十二月）；一九三
六年九月上海生活書店《世界文庫》（鄭振鐸主編）連載李霽野譯
《簡愛自傳》。

　　一九三五年，八月二十日至一九三六年四月，李霽野譯《簡愛自
傳》連載於鄭振鐸主編《世界文庫》第四冊至第十二冊（生活書店，
月出一冊）。一九四五年七月，重慶文化生活出版社印行該書時，作
品名改為《簡愛》。一九三七年一月，《譯文》新二卷第五期發表茅盾
《真亞耳（Jeneeyre）的兩個譯本》，對伍光建譯本《孤女飄零記》

---

98 一九三一年八月出版的《中國新書月報》一卷九號刊有許珍儒〈布綸忒和她的《狹
　　路冤家》〉，是伍譯的書評。其中也談到勃朗特三姊妹「替英國小說界開了一條新的
　　路徑。……她們底作品裡沒有『風花雪月』等美麗詞句，也沒有一般小說裡面的『才
　　子佳人』。她們的筆下，只是產生一些萬惡而殘忍的男子，和熱情奔放的姑娘。」

（1935年12月商務印書館版）和李霽野譯本《簡愛自傳》做了比較分析。

　　一九四四年，重慶商務印書館出版梁實秋譯《咆哮山莊》。趙清閣依據此譯本故事改編為《此恨綿綿》五幕劇，由重慶新中華文藝社初版，後為正言文藝叢刊之四，由上海正言出版社一九四六年出版。

　　一九四五年十一月，《世界文藝季刊》（原《世界文學》）一卷二期刊登盧式〈愛密萊・白朗代及其咆哮山莊〉一文，詳細介紹了作者艾米莉・勃朗特的家庭身世，評述了這部小說名作。認為《咆哮山莊》是一本「戀愛對十九世紀的報復」的書，而作品「整個幽暗般憂鬱的節奏，來自作者內心的樂曲。」

　　一九四六年七月十五日，中華全國文藝協會重慶分會編發的《萌芽》月刊創刊號刊登聶紺弩的文章〈談《簡・愛》〉。作者稱一口氣看完兩遍，但還是不喜歡這部小說。文章說，簡愛小姐「她是一個有錢的地主家裏的保姆，一和主人戀愛，就覺得幸福，光榮，而爆發著感激之情，在我，是不能不反感的。」而主人的地位與財產「眩惑了簡・愛小姐，使他獻出了處女的熱愛。」因此，「《簡・愛》不過是世俗觀念，市儈觀念的表揚，作為藝術品，它不應該得到較高的評價。」

　　一九四八年八月，《時與文》三卷十期發表林海〈咆哮山莊及其作者〉一文，稱《咆哮山莊》在小說史上是一個「怪胎」，它不像小說，尤其不像女人筆下的小說。此小說「原是天、地、人三個因素的總和，它是作者先天的氣質，加上所處地域的特性，再加上後天的人為環境的總結果。……這是一部天才之作。」

　　關於吳爾芙的介紹。一九三二年九月，《新月月刊》四卷一期刊載葉公超〈牆上一點痕跡〉（吳爾芙夫人）。譯者識裡說吳爾芙夫人是「近十年來英國文壇上最轟動一時的作家」，「違背了傳統的觀念。她所注意的不是感情的爭鬥，也不是社會人生的問題，乃是極渺茫，極抽象，極靈敏的感覺，就是心理分析學所謂下意識的活動。……在描

寫個性方面，她可以說別開生面。」此為中國文壇最先介紹吳爾芙的意識流創作方法的文字。十一月十九日出版於天津的《益世報》載費鑑照〈英國現代散文作家華爾孚佛琴尼亞〉一文，則對吳爾芙的生活經歷與創作風格有所介紹。

一九三四年九月一日，《文藝月刊》六卷三號刊〈班乃脫先生與白朗夫人〉（吳爾芙演講，范存忠記）。此為吳爾芙夫人一九二四年在劍橋大學所做的演講辭，也是展示其文學主張的重要文章。

一九三五年十二月，吳爾夫的傳記體小說《弗拉西》（Flush）由石璞翻譯，作為「世界文學名著之一種」由上海商務印書館出版。書前有譯者序，《作者渥爾芙夫人傳》及《勃朗寧夫人小傳》。另，一九三四年四月二十日《人世間》第二期刊登彭生荃的書評〈弗勒盧〉。編者按說「華爾甫夫人文筆極細膩溫柔，作風又極怡然，自適。……其文體似議論而非議論，似演講而非演講，總在講理中夾入追憶，議論中加入幻想，是現代小品文體之最成功者。」

一九四三年九月十五日，《時與潮文藝》二卷一期刊登謝慶垚〈英國女小說家吳爾芙夫人〉（介紹），吳景榮〈吳爾芙夫人的《歲月》〉（書評）。謝慶垚文中稱吳爾芙夫人往往被人誤認為一個不易了解的作家，這也許就是國人忽視她的作品的原故。「從大處看來，吳爾芙夫人對文學的貢獻是不可磨滅的」，並說她的作品之不為人了解，乃因其風格與眾不同，她並不是一個生活在象牙之塔的女性。九月出版的《中原》一卷二期刊有馮亦代譯吳爾芙作〈論現代英國小說──「材料主義」的傾向及其前途〉一文。

一九四五年十一月，重慶商務印書館出版謝慶圭譯述的吳爾芙夫人的《到燈塔去》，為「中英文化協會文藝叢書」之一種，書前有譯者序，簡介作者生平與創作。

一九四六年，《文訊》六卷十號刊登羅曼‧羅蘭〈渥爾夫傳〉（白樺譯），對英國女作家弗吉尼亞‧吳爾芙的創作特色有深入評述。

　　一九四八年四月十八日，上海《大公報》〈星期文藝〉第七十八期發表蕭乾的書評〈吳爾芙夫人〉。九月二十五日《新路》週刊第一卷第二十期刊發蕭乾的論文〈Ｖ・吳爾芙與婦權主義〉。

十九　約翰・高爾斯華綏（1867-1933）

　　一九二一年九月二十日，高爾斯華綏的小說《覺悟》（*Awakening*）被譯成中文後，王靖在該日出版的《文學旬刊》第十四號第三版上，發表〈高爾士委士的短篇小說《覺悟》的評賞〉一文，其中說：「高爾士委士的戲劇文學比小說更有名；因為他是一個熱心研究社會問題的人，每部的作品差不多都包含著一種急待改造的社會問題。……更加他用極優美的文詞，激揚的音調，寫得淋漓盡致，文字裡深深含著憤世嫉俗，要想救濟的呼聲；所以有極強的力量足以感人。」可見作品拯救社會的功用，譯者非常強調。

　　一九三二年，高爾斯華綏獲本年度的諾貝爾文學獎。該年十二月十五至十六日，《晨報》刊登季羨林的介紹文章〈本年度諾貝爾文學獎金之獲得者高爾斯華綏〉。十八日，載村彬〈高爾斯華綏〉。同樣，《現代》第二卷第二期，即一九三二年十二月號出專輯介紹他，刊載論文一篇，評論譯文二篇，譯作二篇，圖片六幀，著作編目一份。

　　蘇汶翻譯高爾斯華綏的短劇《太陽》，撰寫一篇〈約翰・高爾斯華綏論〉，他並未大加褒揚高氏，盡可能客觀分析其寫作特點，使其瑕瑜互見。他認為高爾斯華綏不是「天才的小說家與戲劇家」，但是個「極端誠懇」的作家：「他並沒有極高的感受力和組織力。感受力的薄弱，可從他的幾部寫熱情的作品的失敗上看出來；而每篇作品結構的不是混雜便是呆板，也說明了他的組織力的缺少。然而他卻有極可貴的分析問題和人物的才能。他一點也不肯放過地把整個故事的小部分都體會到，而把他所體會到的一點也不肯放過地在作品裡表現出

來。」這種分析顯示了蘇汶作為一個作家在進行批評時所特有的敏銳
和深刻，還顯示了蘇汶開放的胸襟和氣度，即在面對世界文學時的那
種平等的不卑不亢的姿態，這種胸襟和氣度也是他那個時代很多作家
都具有的，這既來自於對本國文學的自信，也來自於對世界文學的
了解。

二十　詹姆斯・喬伊絲（1882-1941）

　　一九二九年五月，馮次行翻譯的〈詹姆斯・朱士的《優力棲斯》〉
（土居光知原著）由上海聯合書店出版發行，卷首有喬伊絲畫像及譯
者小引。書中對英國小說家喬伊絲〈尤利西斯〉的評述讓中國讀者初
識了其獨異的特色。後來，本書又以《現代文壇怪傑》為題於一九三
九年五月由上海新安書局再版發行。

　　一九三三年七月，《文藝月刊》三卷七號刊費鑒照〈愛爾蘭作家
喬歐斯〉一文。簡介其重要作品多部，稱「喬歐斯顯示人類的下意識
的世界與它神秘的美麗」。對〈尤利西斯〉評價是：「《遊離散思》是
一部包羅近代世界的一切──政治、宗教、希望、實際、人道主義等
等的作品。」

　　一九三五年五月六日，《申報》〈自由談〉刊周立波〈詹姆斯喬易
斯〉：「他的代表作品《優力西斯》的出現，是現代文學史上一個奇異
的現象；它確定了喬易士在文學中的最高的地位。」「《優力西斯》是
一部怪書。……它是有名的猥褻的小說，也是有名難讀的書」。九月
二十五日，上海《讀書生活》第二卷十期，周立波〈選擇〉一文將喬
稱為「現代市民作家」：「喬易斯的人物總是猥瑣、怯懦、淫蕩、猶
疑。」市民作家主題的選擇這種貧乏，無疑是沒落階層心理的必然反
映。文章批評現代喬易斯式的寫實主義，認為「心理描寫的所謂『內

在的獨白』是最煩瑣的形式，而《優》則是一本怪模怪樣的冗長難懂的書。」

　　一九三五年十二月十五日，《質文》第四號刊淩鶴〈關於新心理寫實主義小說〉，以《尤烈色士》為例，講意識流。淩鶴對《尤》的評價：「那是一部淫穢的作品，可是其中人物的心理變化，俗物們的利害打算的內心卑俗的欲念，作者是不厭煩瑣的極細膩，用內心獨白的方法繪畫出來。」

　　一九四〇年十月一日《西洋文學》第二期刊有吳興華寫的書評〈菲尼根的醒來〉（1939），其中說「喬氏文字雖難懂，但值得用心研究。它是苦思及苦作加上絕頂的天才的產生品。」本期還有吳興華譯《喬易士研究》（H. S. Gorman原著，1939年初版），指出這本傳記是主要的喬伊絲文獻，「無論Joyce怎樣為普通讀者所不了解，他已成為現代精神的代表。」

　　一九四一年三月，《西洋文學》第七期刊有「喬易士特輯」。聽死耗，出特輯，紀念介紹作品。有〈喬易士像及小傳〉、〈喬易士詩選〉（宋悌芬譯）〈一件慘事〉（郭蕊譯）、〈友律色斯插話三節〉（吳興華譯），以及〈喬易士論〉（張芝聯譯），此為美國現代最有地位的批評家Edmund Wilson著*Axel's Castle*（1931）中論喬伊絲的一部分。

二十一　D. H. 勞倫斯（1885-1930）

　　一九二二年二月，《學衡》雜誌第二期所載胡先驌〈評《嘗試集》〉（續）一文中，提到「同一言情愛也，白朗寧夫人之'Sonnets from Portugese'乃純潔高尚若冰雪；至D. H. Lawrence之'Fireflies in the Corn'則近似男女戲謔之辭矣。」「夫悼亡悲逝，詩人最易見好之題目也，……而D. H. Lawrence之'A Women and her Dead Husband'則品格尤為卑下。若一男女相愛，全在肉體，肉體已死，則可愛者已變為可

恨可畏，夫豈真能篤於愛情者所宜出耶。」此為中國學者最早提及到勞倫斯及其作品的文字。

　　一九二八年三月十九日，「晨報副鑴」七十八期所載斐耶〈英國新進的小說家〉一文中提到勞倫斯（拉文斯）：「拉文斯在他的小說中，有詩人熱烈的情感，但從這時代的心軸所活動的種種現象，不能如他所願，因而他常時在他作品裡隱現出來他的痛苦。……如今他簡直是現代重要的一個作家，所以一方面極受人稱許，一方面又極受人指責。」這是中國最早概括評價勞倫斯作品特色的文字。

　　一九二九年七月，上海水沫書店出版勞倫斯短篇小說集《二青鳥》，收有《二青鳥》、《愛島嶼的人》、《病了的媒礦夫》三篇小說，這是最早譯成中文的勞倫斯小說作品。[99]

　　《小說世界》十八卷四期載〈西洋名詩譯意〉（蘇兆龍譯），其中有勞倫斯的詩作〈風琴〉。這是最早被翻譯成中文的勞倫斯詩歌作品。[100]

　　一九三〇年三月二十四日，〈英國小說家兼詩人勞倫斯逝世David Herbert Lawrence（1885-1930）〉載《大公報》「文學副刊」。與此同時，《現代文學》創刊號載楊昌溪〈羅蘭斯逝世〉，對勞倫斯評價甚高，認為其作品有廣泛的社會性，比喬伊絲、艾略特等更能把握住現實生活，因而也更能吸引讀者。

99　其後勞倫斯的作品陸續得以譯介，如錢歌川譯《熱戀》（上海市：中華書局，1935年12月）、唐錫如譯《騎馬而去的婦人》（上海市：良友圖書公司，1936年10月）、饒述一譯《查泰萊夫人的情人》（上海市：北新書店，1936年8月）、叔夜譯《在愛情中》（重慶市：說文社，1945年3月）。另外，一九三六年出版的《天地人》（徐訏、孫成主編）半月刊也連載王孔嘉翻譯的《賈泰來夫人之戀人》第1-9章。

100　一九三五年，施蟄存編的《文飯小品》五期，刊載南星〈談勞倫斯的詩〉及譯詩〈勞倫斯詩選〉。指出「在當代英國詩人中，只有勞倫斯為最有熱情最信任靈感的歌吟者。」同時譯發的五首完整的勞倫斯詩作，翻譯水準很高，文筆優美清新，富有浪漫情調。

　　一九三〇年九月，《小說月報》二十一卷九期載杜衡〈羅蘭斯〉一文，稱「羅蘭斯正站在機械主義底漩渦底中央，反抗著這一種對生活的褻瀆，宣稱在人類心目中的聖靈是本能的純潔底唯一的泉源。他站在他底地方，向整個機械化的傾向挑戰。」這是當時人們談及勞倫斯最多的一種評價，即勞倫斯作品反對機械文明，崇尚回歸人本性和自然的思想。

　　一九三四年十月二十日，《人間世》第十四期刊郁達夫〈讀勞倫斯的小說Lady Chatterley's Lover〉，指出〈查泰來夫人的情人〉是「一代的傑作」，「一口氣讀完，略嫌太短了些」。「這書的特點，是在寫英國貴族社會的空疏、守舊、無為，而又假冒高尚，使人不得不對這特權階級發生厭惡之情。」關於勞倫斯的思想，「我覺得他始終還是一個積極厭世的虛無主義者。」

　　一九三五年《人間世》第十九期刊載林語堂〈談勞倫斯〉一文。這篇文章饒有風趣地借兩位老人在燈下夜談，話題便是《卻泰來夫人的愛人》。認為「勞倫斯寫此書是罵英人，罵工業社會，罵機械文明，罵拜金主義，罵理智的。他要求人歸返自然，藝術的，情感的生活。勞氏此書是看見歐戰以後人類頹唐失了生氣，所以發憤而作的」。同時還將這部小說與《金瓶梅》做了比較，肯定二者都有大膽的描寫，但技巧不同，「《金瓶梅》是客觀的寫法，勞倫斯是主觀的寫法。金瓶梅以淫為淫，勞倫斯不以淫為淫。」而對書中具體的性描寫，認為《金瓶梅》中為寫性而寫性，《卻泰來夫人的愛人》中力求靈肉一致，「性交是含蓄一種意義的。」

　　一九三五年，上海施蟄存編《文飯小品》第五期刊登南星〈談勞倫斯的詩〉及譯詩〈勞倫斯詩選〉。指出「在當代英國詩人中，只有勞倫斯為最有熱情最信任靈感的歌吟者。」作者譯引多首勞倫斯詩作，指出「他的詩之寫法的特色在於先給讀者一個微薄的印象，然後一層層地加重，直到造成一個不可磨滅的影子為止。」在題材方面則

是「有感而動」，有不少詩「缺乏深刻的含義」。同時譯發的五首完整的勞倫斯詩作，翻譯水準很高，文筆優美清新，富有浪漫情調。

二十二　英國文壇十傑專號

一九三五年六月一日，由香港南國出版社出版的詩與散文月刊〈紅豆〉（梁之盤主編）二卷第五期，刊載「英國文壇十傑專號」，發表十一篇論文，詳細介紹了十位英國作家：〈英國文壇底漫遊〉（張賓樹）、〈十四世紀：喬叟〉（無息）、〈十五世紀：斯賓塞〉（梅蓀）、〈十六世紀：莎士比亞〉（韓罕明）、〈十七世紀：密爾頓〉（墨摩士）、〈十八世紀：菲爾丁〉（鄭或）、〈十九世紀：哈茲華斯〉（湯舜禹）、〈十九世紀：拜倫〉（楊幹蒼）、〈十九世紀：狄更斯〉（彭是真）、〈十九世紀：白朗寧〉（陳演暉）、〈二十世紀：喬也斯〉（梁之盤）。

第四節　文學研究會作家與英國文學

一九二一年一月四日，中國最早的新文學團體——文學研究會在北京中山公園來今雨軒正式成立（第一次籌備會於一九二〇年十一月在北京大學召開），發起人有鄭振鐸、王統照、沈雁冰、葉紹鈞、周作人、孫伏園、蔣百里、許地山等十二人。後來會員發展到一百七十人，其中有朱自清、俞平伯、冰心、盧隱、魯彥、老舍、豐子愷等。一九二一年一月，沈雁冰接手主編《小說月報》並發表〈改革宣言〉，自此成為文學研究會的代用機關報。《文學旬刊》（後改為《文學週報》）也成為文學研究會的會刊。一月十日，在革新後由沈雁冰接任主編的《小說月報》第十二卷第一號上，發表了〈文學研究會簡章〉，提出文學研究會宗旨是「研究介紹世界文學，整理中國舊文學，創造新文學」。沈雁冰在〈《小說月報》改革宣言〉中，宣稱「將

於譯述西洋名家小說而外，兼介紹世界文學界潮流之趨向，討論中國文學革進之方法。」

一　周作人譯介英國文學

一九一四年十二月，《若社叢刊》第二期發表周作人的文章〈英國最古之詩歌〉（署名啟明）。介紹英國史詩〈貝奧武甫〉（*Beowulf*）：「以時代論，在歐洲史詩中，舍希臘二詩外，此為最古，亦最有價值者也。」「詩以古英文著作，即盎格魯撒遜文也，其文章質樸古雅，為史詩所同。而其描寫上古居民情狀，尤至為有味。……又其圖畫物色，亦至佳妙，其圖不施色彩，而陰湛深重，自具北方之特色。」此書「世稱英國國民史詩，在英人視之，非特為文學之粹，抑亦民族之誇，故或名之曰英國之聖書，著英文學史者，悉以是為首最，蓋文字轉變，雖已殊形，而精神流傳，實出一本，國人之寶重是書，蓋有故也。」

或許英國浪漫詩人布萊克在天國也會感謝周作人的，因為是周作人第一個把他領到了中國。一九一九年十二月，周作人在《少年中國》一卷八期上發表了〈英國詩人勃來克的思想〉一文，首次介紹了布萊克詩歌藝術的特性及其藝術思想的核心。文中說，布萊克是詩人、畫家，又是神秘的宗教家；他的藝術是以神秘思想為本，用了詩與畫，作表現的器具；他特重想像（Imagination）和感興（Inspiration），其神秘思想多發表在預言書中，尤以〈天國與地獄的結婚〉（The Marriage of Heaven and Hell）一篇為最重要，並第一次譯出布萊克長詩〈無知的占卜〉的總序四句話，「一粒沙裡看出世界，一朵野花裡見天國，在你手掌裡盛住無限，一時間裡便是永遠。」指出這「含著他思想的精英」。

這是我們現在一提起布萊克就首先會想到的名句警言。除此而

外，周作人在文中還翻譯出布萊克的一些短詩，如〈迷失的小孩〉、〈我的桃金娘樹〉、〈你有一兜的種子〉、〈無知的占卜〉組詩第一至十節等，讓中國讀者初次領會到了這位神秘詩人作品的特質和魅力。[101]周作人首次對布萊克思想的介紹，讓當時人開了眼界。田漢在〈新羅曼主義及其他〉中說：「周作人先生介紹英國神秘詩人勃雷克的思想，真是愉快。」並安排人寫文章介紹布萊克詩歌藝術的一些繼承者。同時田漢也譯出了布萊克那四句意味深長的話：「一沙一世界，一花一天國。君掌盛無邊，剎那含永劫。」[102]

　　一九二二年，七月十八日，「晨報副鐫」刊登周作人〈詩人席烈的百年忌〉（署名仲密），著重介紹了英國浪漫詩人雪萊的社會思想方面的狀況。並比較了雪萊與拜倫：「席烈（Percy Bysshe Shelley）是英國十九世紀前半少數的革命詩人，與擺倫（Byron）並稱，但其間有這樣的一個差異：擺倫的革命是破壞的，目的在除去妨礙一己自由的實際的障害；席烈是建設的，在提示適合理性的想像的社會，因為他是戈德文的弟子，所以他詩中的社會思想多半便是戈德文的哲學的無政府主義。」

　　一九二三年，九月七日至九日，「晨報副鐫」刊發周作人譯英國小說家斯威夫德〈育嬰芻議〉，此亦為周作人最喜歡的一篇文章。周作人譯〈婢僕須知抄〉（斯威夫德）刊於一九二五年一月《語絲》第十期。

　　周作人也是最早將王爾德介紹到中國的作家，他首先翻譯了王爾德的童話，於一八八八年和一八九一年分別以《快樂王子和其他的故事》、《石榴之家》為名出版。

---

101 周作人：《英國詩人勃來克的思想》，《少年中國》第1卷第8期（1919年12月）。另
　　外，周作人在《歐洲文學史》（1922年商務版）和《藝術與生活》（1926年群益
　　版）中也曾論及到布萊克。
102 田漢：《新羅曼主義及其他》，《少年中國》第1卷第12期（1920年6月）。

二　茅盾與英國文學

　　梳理茅盾與英國文學的關係，發現他特別關注英國現代作家，比如威爾斯、蕭伯納、葉芝、喬伊絲、T. S. 艾略特等。

　　早在一九一七年一月，茅盾就譯有英國作家威爾斯（H. G. Wells）所著《三百年後孵化之卵》（*Aepyornis Island*），刊於《學生雜誌》四卷一至四號，署名「雁冰」。這是茅盾使用文言文翻譯的第一篇短篇小說。

　　一九一九年二至三月，《學生雜誌》第六卷二、三號刊登雁冰〈蕭伯納〉。這是茅盾所寫的第一篇外國作家論，也是新文學運動中最早專門評述蕭伯納的一篇份量很重的文章。該文詳細介紹了蕭伯納的生平著作，並作相關評論，讚賞蕭氏「思想之高超，直高出現世紀一世紀」，「在現存劇曲家中自為第一流人物」，還分析「蕭氏思想之變遷，及其劇本之分類」，又介紹蕭氏的戲劇觀，概括蕭氏劇作特點，稱「蕭氏心目中之劇曲，非娛樂的，非文學的，而實傳佈思想改造道德之器械也。」一九二一年五月，沈雁冰、鄭振鐸、歐陽予倩等十三人組織民眾戲劇社，追隨蕭伯納的「戲場是宣傳主義的地方」的主張，認為「當看戲是消閒的時代，現在已經過去了。戲院在現代社會中確是占著主要的地位，是推動社會前進的一個輪子，又是搜尋社會病根的X光鏡；又是一塊正直無私的反射鏡。」

　　一九一九年十月，蕭伯納的名劇《華倫夫人之職業》，由潘家洵翻譯，刊於《新潮》第二卷第一期。該譯本又列為文學研究會叢書之一種，於一九二三年由商務印書館出版，茅盾著文《最近的出產》予以熱情鼓吹。[103]

---

103 五四時期的茅盾對蕭伯納是極為熱心的。直到晚年，他還說：「英國的，我最喜歡

　　一九二〇年三月二十五日，雁冰（茅盾）所譯夏脫（W. B. Yeats, 葉芝）著《沙漏》（*The Hour Glass*），刊於《東方雜誌》十七卷六號。[104]同期載有雁冰〈近代文學的反流——愛爾蘭的新文學〉一文。

　　一九二二年十一月，《小說月報》十三卷十一號「海外文壇消息」專欄，茅盾撰短文介紹詹姆斯・喬伊絲的新作〈尤利西斯〉（1922年巴黎問世）[105]：「新近喬安司（James Joyce）的"Ulysses"單行本問世，又顯示了兩方面的不一致。喬安司是一個准『大大主義』的美國新作家。'Ulysses'先在《小評論》上分期登過：那時就有些『流俗的』讀者寫信到這自號為『不求同於流俗之嗜好』的《小評論》編輯部責問，並且也有謾罵的話。然而同時有一部分的青年卻熱心地讚美這書。英國的青年對於喬安司亦有好感：這大概是威爾士贊'A Portrait of the Artist as a Young Man'（亦喬氏著作，略早於Ulysses）的結果。可是大批評家培那（Arnold Bennett）新近做了一篇論文，對於Ulysses很不滿意了。他請出傳統的『小說規律』來，指責Ulysses裡面的散漫的斷句的寫法為不合體裁了。雖然他也說：『此書最好的幾節文字是不朽』，但貶多於褒，終不能說他是贊許這部『傑作』。」此為中國大陸對喬伊絲及〈尤利西斯〉的最早介紹。這段短文中的「大大主義」就是「達達主義」，但把喬伊絲誤為「美國

蕭伯納，我寫過好多篇文章介紹蕭伯納。」（《茅盾全集》〔北京市：人民文學出版社1996年〕，卷27，頁402）

104 譯者注裡說「沙漏一篇，是表像主義的劇本。……夏脫主義是不要那詐偽的、人造的，科學的，可得見的世界，他是主張『絕聖棄智』的；他最反對懷疑，他說懷疑是理性的知識遮蔽了直覺的知識的結果。」

105 喬伊絲《尤利西斯》被稱為「20世紀最偉大的英國文學著作」。在小說第六章（「哈得斯」）裡，布盧姆在參加一個葬禮時想到人體腐爛後變為植物的肥料，在他的意識之流裡，中國和鴉片是一對聯體雙胎：「中國公墓裡的罌粟花大極了，出的鴉片最好」；死亡之思又延伸到種族差別和對立：「我在那本《中國遊記》裡看到，中國人說白種人身上的氣味像死屍。」（金隄譯〔北京市：人民文學出版社，1994-1996年〕，上卷，頁164、頁173-174）

新作家」。另外，本年（1922）七月六日在上海《時事新報》副刊上刊載的徐志摩〈康橋西野暮色〉一詩的前言中，亦對喬伊絲的〈尤利西斯〉發出由衷的讚美：他說那小說的最後一百頁（指莫莉）的內心獨白「那真是純粹的'Prose'，像牛酪一樣潤滑，像教堂裡石壇一樣光澄，非但大寫字母沒有，連，。……？──：──！（）「」等可厭的符號一齊滅跡，也不分章句篇節，只有一大股清麗浩瀚的文章排傲而前，像一大匹白羅披瀉，一大卷瀑布倒掛，絲毫不露痕跡，真大手筆。」此處表明徐志摩從文學創新的高度敏感地感覺到〈尤利西斯〉的重要價值。[106]

　　一九二三年八月二十七日，《文學週報》以玄（茅盾）署名的〈幾個消息〉中，談到英國新辦的雜誌《Adelphi》時，提到T. S. 艾略特為其撰稿人之一，此為艾略特之名最早由中國讀者所知。

　　除了上述英國現代作家的介紹外，茅盾對英國歷史小說家司各特也傾注了較大的注意力。

　　一九二四年三月，商務印書館出版中學國語文科補充讀本《撒克遜劫後英雄略》（司各德原著，林紓、魏易譯述，沈德鴻校注）。當時在商務編譯所的茅盾校注這部林譯小說，閱讀了司各特的全部著作，撰寫了比較詳盡的《司各德評傳》。此傳於傳主生平、創作考訂的翔實、敘述的貼切方面頗見功力，是茅盾關於司各特的最具系統的論述。

　　司各特對茅盾的影響是全面的。早在一九一三年，青年茅盾在北京大學讀預科一類（文科）時，外國文學所用的教材就是《艾凡赫》和笛福的《魯濱遜漂流記》。茅盾回憶道：「至於外國文學，當時預科

106　一九二三年十月二十三日，喬伊絲從巴黎寫信給倫敦《自我主義者》雜誌編輯哈麗特·肖·維弗（Harriet Shaw Weaver），告訴她說從朋友的朋友處得知，在遠東的上海有一個俱樂部，那裡「中國的（我還以為是美國的）女士們每週聚會兩次討論我那卷雌文（mistresspiece）」。（斯圖爾特·吉伯特編：《詹姆斯·喬伊絲書信集》〔倫敦市，1957年，頁206〕）

第一類讀的是英國的歷史小說家司各特的《艾凡赫》和狄福的《魯賓
遜漂流記》，兩個外籍老師各教一本。教《艾凡赫》的外籍教師試用
他所學來的北京話，弄得大家都莫名其妙，請他還是用英語解釋，我
們倒容易聽懂。」[107]一九二三年，茅盾在上海商務印書館編譯所任
職，他自己擇定的工作包括校注林譯《撒克遜劫後英雄略》和伍光建
譯大仲馬的《俠隱傳》（即《三個火槍手》）以及《續俠隱傳》（即
《二十年後》）。茅盾校注的《撒克遜劫後英雄略》在一九二四年三月
由上海商務印書館出版，署名「沈德鴻校注」，收入「中學國語文科
補充讀本」，作為中學生的語文補充讀物。該書卷首有茅盾撰寫的十
分詳盡的《司各德評傳》，署名「沈雁冰」。《評傳》共分為六個章節，
第一至三章是對司各特的生平和詩歌、小說創作的介紹；第四章主要
是從司各特小說中的「配景」、「人物描寫」、「歷史事實」等入手具體
分析了司各特的創作特色和不足；第五章專題考證了《撒克遜劫後英
雄略》中撒克遜人與諾曼人關係的歷史事實；第六章則是介紹近代一
些國外批評家對於司各特的評價，其中穿插了許多作者自己的看法。

在《評傳》的第一章，茅盾就探討了一七九八年到一八三一年
間，法國大革命後，英國詩壇不同文藝思潮之間的關係：「法國大革
命的潮流，震撼當時人心，至極強烈，全歐文壇為之變色，我茲我
斯、古勒律奇、蘇塞等人都被大革命的潮流所沖激，高呼打倒專制魔
王，人人平權；但是司各德對於那時候抉破舊思想藩籬的平民主義，
非但一點也不熱心，並且回過頭來，贊慕那過去的帝王的黃金時
代。」[108]茅盾在介紹外國文學時，十分重視對背景的掌握，這也是
「窮本溯源」的一個重要組成部分。早在一九二○年，他就在〈現代
文學家的責任〉一文中指出：「所以我以為現在文學家的責任是在將
西洋的東西毫不變動的介紹過來；而在介紹之前，自己先得研究他們

---

107 茅盾：《我走過的道路》（北京市：人民文學出版社，1981年），上冊，頁95。
108 沈雁冰：《司各德評傳》（上海市：商務印書館，1924年），頁2。

的思想史、他們的文藝史，也要研究到社會學、人生哲學，更易曉得
各大名家的身世和主義。」（佩韋〔即茅盾〕：〈現代文學家的責任〉）
又說：「翻譯某文學家的著作時，至少讀過這位文學家所屬之國的文
學史，這位文學家的傳，和關於這位文學家的批評文學。」（茅盾：
〈新文學研究者的責任與努力〉）為了寫好《評傳》，茅盾花了整整半
年的時間。在寫作之前，他閱讀了司各特的全部作品和三大卷的《司
各特傳》，同時還讀了許多西方的文學史原著以為參考。僅在《評
傳》第六章中，茅盾就引用了《比較文學史》、《十九世紀文學史》（ *A
History of 19th Century Literature* ）、《十九世紀文學主潮》（ *Main
Currents in 19th Century Literature* ）卷四〈英國的自然主義〉
（ *Naturalism in England* ）、《英國文學》、《司各德論》等西方文學史
著作的許多材料與作者的觀點相互印證，涉及到的作家、批評家就有
《比較文學史》的作者洛利安（Frederic Loliee）、英國的批評家珊茨
蓓爾（Saintsbury）、丹麥的大批評家布蘭兌斯（Branddes）、著名的批
評家泰納（Taine）、歐洲的批評家柯洛支（Croce）、義大利批評家支
且（Emilio Cechi）等眾多西方批評家。由於茅盾如此詳備地佔有資
料，所以評傳中無論對司各特還是對其以歷史小說為主的創作的評
述，都有立論的堅實基礎，有很大的說服力。茅盾在此之後還寫過類
似的研究和介紹如《大仲馬評傳》、《歐洲大戰與文學》、《匈牙利文學
史略》和《希臘神話》等等。在寫《大仲馬評傳》時，由於參加的政
治活動漸多，所引用的材料就沒有做《司各德評傳》時那樣多了。
《司各德評傳》）是茅盾關於司各特的最具系統的論述，也是其窮本
溯源的結果。

　　作為《司各德評傳》的附錄，茅盾還做了三件事：一是為司各特
二十五部重要作品（敘事長詩、長篇小說）寫了內容提要，即〈司各
德重要著作解題〉；二是完成了〈司各德著作編年錄〉；三是寫了〈司
各德著作的版本〉等。上述諸篇連同〈司各德評傳〉都收錄在一九二

四年三月由上海商務印書館出版的《撒克遜劫後英雄略》中。關於
〈司各德重要著作解題〉，這是一件細緻的工作，茅盾通讀了司各特
所有的作品，並為這些作品寫了內容題要，自〈蘇格蘭樂府本事〉
（敘事詩）起至《巴黎的洛勃忒伯爵》（小說）至，共二十五篇。像
這種逐篇解讀的工夫，以後似乎只在《西洋文學通論》一書中介紹左
拉時做過。茅盾那時也是把左拉的〈盧貢——馬卡爾家族〉（書中稱
為〈羅貢馬惹爾族〉）的二十部長篇逐一作了介紹。此外，他還在
《世界文學名著雜談》中專列一章〈司各特的《撒克遜劫後英雄
略》〉，專門介紹評述了司各特的《艾凡赫》。司各特的這部名著也茅
盾最早閱讀到的外國文學作品。[109]

三　王統照與英國文學

　　一九二一年一月文學研究會的宣言說：「將文藝當作高興時的遊
戲或失意時的消遣的時候，現在已過去了。我們相信文學是一種工
作，而且又是於人生很切緊的一種工作。」這是周作人起草的，但曾
經過魯迅的修改與潤色，代表了文學研究會作家的心聲，得到他們的
普遍認同。

　　王統照（1897-1957）認為真正的意識是人性的自由發揮，真正
的藝術對人生是有利有益的。他說：「西方所說為藝術而作藝術，他
們的作家，真能就特性的天才，盡力發揮，對於人生種種思想的表
現，所以雖是為藝術而作藝術，然以其專力苦心，終必引起社會上多
少的興感，暗暗的移風易俗，於不知不覺。他們並不是作淫哇無謂的
詩歌，打臉譜翻斤斗，野蠻優伶技藝的這等藝術，所以與社會上是有
密切的關係。」[110]

---

109 筆者指導的研究生孫建忠參與了以上關於茅盾論司各特的討論。
110 《王統照文集》（濟南市：山東人民出版社，1984年），卷6，頁347-348。

出於對中國新文學的希望，王統照於一九二一年三月二十九日寫〈高士倭綏略傳〉，推薦介紹英國文學家高爾斯華綏（John Galswonthy），說他是個改革社會的人，作品「幾乎都是為平民抱不平，而與社會上惡劣、虛偽、偏頗的禮教、法律、制度相搏戰。」並說「他的文學是社會主義的文學。」[111]「他的小說，全是實際生活上的注解與批評，批評及於經濟與社會的狀況，在人民的相互關聯裏。」他的著作「滲透沉浸在一種人生哲學（Philosophy Of Life）裏，對於不滿意的、虛偽的、無人道的生活，他便譏諷藐視而攻擊他們。」[112]他以高爾斯華綏的《銀盒》、《鬥爭》為例，論述其文學的巨大作用：表現了「貧富階級的」鬥爭，「資本家苛待工人的卑鄙」，「字裏行間，為貧者、弱者、無知識階級者，鳴其不平，而抒其冤憤」。並說「高士倭綏以文學的藝術，描寫這種令人深思的社會問題，無怪人家說他的文學上的創作，比社會黨員的主張，更要鋒利。因這樣的刺激的、暗示的文學比較改造社會的論文，尤易動人興感。」王統照評價高爾斯華綏為人生的文學的同時，不斷提到其著作具有「文藝上的力量」，就小說而言，「都是有主義，而兼有文學上的興感，與美的小說」。就戲劇說他是「最富有同情的藝術家」，其戲劇「尤為人所佩仰，而富有同情的刺激，傳佈到人們的靈魂裏。」多次提到他的思想連接著「藝術」、「美」，「他的思想與觀察本來高人一等，即他的藝術也非常卓越。」[113]

王統照的文藝觀既是為人生的，也是為藝術的。[114]這種合一的文藝觀通過對葉芝的學習、評價、研究得到鞏固與加深。考察王統照與英國文學的關係，明顯發現他與葉芝的聯繫最為密切。

111　《王統照文集》（濟南市：山東人民出版社，1984年），卷6，頁361。

112　《王統照文集》（濟南市：山東人民出版社，1984年），卷6，頁362。

113　《王統照文集》（濟南市：山東人民出版社，1984年），卷6，頁363-368。

114　閻奇男：〈為人生乎？為藝術乎？──論王統照的文藝觀〉，見其所著「愛」與「美」──王統照研究》（北京市：中國戲劇出版社，2004年），頁42-58。

　　一九二一年一月十日，《小說月報》第十二卷一號刊登王劍三（統照）所譯葉芝短篇小說《忍心》（*An Enduring Heart*）。王統照在譯者附記裡評價了葉芝的作品特色。[115]王統照是五四時期介紹葉芝（舊譯夏芝）最勤的作家。[116]短短幾年之間，他譯介葉芝多篇作品，如《微光集》選譯載一九二四年二月一日北京《文學旬刊》第二十五期。同時又發表數篇評論文章，如〈夏芝的詩〉刊於一九二三年五月十五日《詩》刊第二卷二號，論述了葉芝的思想藝術特色，特別推重其「歌唱著祖國的光輝，由文學中表明出對於異族統治的反抗」的愛國主義思想和浪漫主義傾向。一九二四年一月二十五日《東方雜誌》第二十一卷二號又刊登其長篇論文〈夏芝的生平與其作品〉，從「夏芝的身世」、「偉大的詩人」、「夏芝的戲劇與散文」和「夏芝的特性與其思想的解剖」等幾方面系統介紹了葉芝的生活經歷、作品及其思想特性。指出「夏芝的思想，實是現代世界文學家中的一個異流」，但「也絕不是故蹈虛空，神遊於鬼神妖異之境」。其著作「雖是有神話與民族的傳說作材料，然而他那種高尚的思慮與熱情的衝擊，也全由此表徵而出。」

　　在〈夏芝的生平及其作品〉中，王統照說葉芝與詩哲泰戈爾是最

---

115 譯者稱「其作品，多帶新浪漫主義的趣味，為近代愛爾蘭新文學派鉅子之一，其短篇小說，尤能於平凡的事物內，藏著很深長的背影，使人讀著，自生幽秘的感想。既不同寫實派的純重客觀，亦不同浪漫時代的作品，純為興奮的激刺。他能於靜穆中，顯出他熱烈的情感，窵遠的思想，實是現代作家不易達到的藝術。」

116 一九二一年九月十日上海《時事新報》「文學旬刊」上翻譯葉芝詩〈瑪麗亥耐〉。一九二四年後，又翻譯葉芝的《克爾底微光》中的小品文〈三個奧薄倫人與邪魔〉〈古鎮〉〈聲音〉等在上海《時事新報》「文學週刊」上發表。同年，十一月二十一日，《文學旬刊》二十號刊騰固〈愛爾蘭詩人夏芝〉。此為我國最早介紹愛爾蘭大詩人葉芝生平與創作的文字之一。一九二四年二月二十一日「晨報副鐫」〈文學旬刊〉第二十六號刊登〈夏芝思想的一斑〉。一九三一年，一月三十日，南京《文藝月刊》二卷一期載費鑑照〈夏芝〉一文，詳細介紹了愛爾蘭大詩人葉芝的生平經歷和創作特色。

為契合的朋友。[117]認為葉芝的詩歌、戲劇、小說、散文都是其哲學的形象表現，而葉芝的哲學即「『生命的批評』主義（Criticism Of Life）。生命是隱秘的，是普遍的，無盡的」。[118]說「他的詩的唯一的標準，即細緻美與悲慘美（Melan Choly and Impalpokle Keanty）的喚起。所以說其作品中，感人的態度說，有時令人動半忘的愉快，有時令人有悲劇的興奮，然而他的愉快，悲鬱，愛與同情，縹緲的虛想，深重的靈感，都由他的真誠中滲出，絕非故作奇詭，亦非無病而呻。」說葉芝「相信美即真而真即美（Beauty is Truth, Truth Beauty）……真正的藝術的完成，即真的美的實現。」[119]他總結說，葉芝的意念，「是要在這個糊塗的社會與人生中，另創造出一個小世界來，這小世界，是什麼？便是美。然而如何方可使這個小世界，使人們感得快樂之興趣呢？須以調諧為目的，將人們的靈感，與愛力，使與大宇宙不可見的靈境的愛力相連合。」[120]這些表明，文藝觀是為人生與為藝術的結合，其文學創造都是「愛」與「美」的文學與藝術；其美學特徵審美心理都是為調諧為目的，調諧人與人、社會、自然的關係，最終目的是人與宇宙融為一體，使有限的人生存在於無限的宇宙之中。體現了泰戈爾、葉芝、王統照對人類的終極關懷。[121]

　　如上所述，對王統照「愛、美」思想的形成起突出作用的是諾貝爾文學獎獲得者泰戈爾、葉芝。王統照在翻譯葉芝《微光集》的過程中，體會到葉芝追求的「小世界」就是美與愛。他的長詩〈獨行者之歌〉也明顯受到葉芝的影響。

117　《王統照文集》（濟南市：山東人民出版社，1984年），卷6，頁470。

118　《王統照文集》（濟南市：山東人民出版社，1984年），卷6，頁487。

119　《王統照文集》（濟南市：山東人民出版社，1984年），卷6，頁488。

120　《王統照文集》（濟南市：山東人民出版社，1984年），卷6，頁489。

121　參見閻奇男：《「愛」與「美」──王統照研究》（北京市：中國戲劇出版社，2004年），頁53-54。

　　王統照對徐志摩具有摯愛深情和高度評價。愛與美讓兩人聯繫起來。在〈悼志摩〉中說「我只記得十二年的春日我到石虎胡同，他將新譯的拜倫的 'On Thus day Complete my Thirty Sixth Year' 一首詩給我看，他自己很高興地讀給我聽。想不到他也在三十六歲上死在黨家莊的山下！他的死比起英國的三個少年詩人都死得慘，死得突兀！我回想那時光景不禁在膠擾的人生中感到生與死的無常！」[122]

　　王統照從一九一九年起寫的詩集《童心》開始就深受愛爾蘭詩人葉芝的影響，與葉芝詩相似處頗多，不少小詩頗具葉芝詩的韻味與色彩。另從王統照對葉芝的翻譯介紹和研究評論中，可見愛與美思想來源和藝術來源之一，也可找到王統照早期創作中的神秘性和象徵性特點的原因。

　　王統照說葉芝十六歲時的《竊童》（ *The Stolen Child* ）「其詩之美麗，如其他的弦歌是一樣的活潑與爽利」。「雖是處女作，然而已是『儀態萬方，亭亭玉立』的絕世美人了！」[123]王統照詳細分析了葉芝代表作敘事詩，獨唱劇《奧廂的漂泊》（ *Wan dering of Oisin* ）。還列舉了葉芝其他詩，認為葉芝的詩多採用愛爾蘭古代神話的故事，多用草木、器具、景色來象徵。他是愛爾蘭新詩人中最富於神秘和浪漫色彩的人。

　　小而言之，王統照對葉芝思想的研究，可概括四點：（1）葉芝的哲學思想是「生命的批評」主義。生命的價值、人生的價值是愛與美，這是葉芝的人生理想也是社會思想。（2）王統照強調葉芝「非頹廢派所可比」，而是「以美術，乃導人往樂園去的第一條光明之路」，其著作中的沉鬱，奇誕，細緻，悲與愛，「都是美的精神所寄託處他對於人生所下之批評，不是直接的議論的，是隱秘的，則暗示的，是象徵中

122 《王統照文集》（濟南市：山東人民出版社，1982年），卷5，頁274。

123 《王統照文集》（濟南市：山東人民出版社，1984年），卷6，頁469-470。

包含的教訓。」[124]（3）美是什麼，或者藝術的標準是什麼？是調諧。王統照指出葉芝是最沉溺於藝術之淵的，他對於文字之形與意的美，則完全是以調諧（harmony）為美。[125]而且葉芝以此為文學藝術甚至社會人生的美的唯一標準。（4）葉芝的性格特點及其思想淵源是本民族文化的孕育、大自然的孕育、外國文化的孕育。分析葉芝所屬愛爾蘭的色爾特族人的民族特性，認為「英人是一種實事求是壯重沉著的人們，而色爾特族人的性質，是奇幻的，不是平凡的，是象徵的，不是寫實的，是靈的，不是肉的，是情感的，不是理智的。……有獨特的性質——濃厚的地方色彩和民族思想。……可謂異幟獨標了。」[126]

　　另外，王統照於一九三四年四月在羅馬遊雪萊墓後，寫有兩首〈雪萊墓上〉（七律和語體詩），抒發對這位英國浪漫詩人的欽佩與悵惘之情，後刊於《文學》七卷二號和《南風》二卷四期。

　　王統照的文學批評觀是一種「真的批評」。他說「中國一切的現象，正是這樣，而缺少批評精神的關係，一切事正與誤的所在，不曾明白揭示。而所謂合於時代精神的價值、真理等，終無從表現得出。談主義者，事業的實行者，創作的文藝，都急不可待的需要批評。」[127]這「真的批評」有一個標準就是「美、善、知」的統一。王統照引用英國十九世紀桂冠詩人丁尼生《藝術之宮》的詩句來形象地說明：「美、善、知，是互相啟示的姊妹三個，同友於人，在同一屋頂下共同居住，除非淚痕，是永不能有分裂。」

　　總之，王統照是五四文學革命和五四新文化運動的開創者先驅者之一。「愛」與「美」是其文學追求的主導思想。[128]他所宣揚的愛：

---

124 《王統照文集》（濟南市：山東人民出版社，1984年），卷6，頁489。
125 《王統照文集》（濟南市：山東人民出版社，1984年），卷6，頁489。
126 《王統照文集》（濟南市：山東人民出版社，1984年），卷6，頁468。
127 《王統照文集》（濟南市：山東人民出版社，1984年），卷6，頁394。
128 參見闇奇男：〈論王統照文學的「愛」與「美」思想〉，載其所著《「愛」與「美」——王統照研究》（北京市：中國戲劇出版社，2004年），頁151-161。

異性、父母、童貞、人類之愛；美：人體、心靈、自然、藝術之美。
其愛與美文學思想的形成，首先是中國傳統文化哺育的結果，同時也
是外國文學影響的結果。王統照一九一八年考入北京中國大學英國文
學系，一邊學習和研究外國文學，一邊翻譯與創作。曾參加五四遊
行，是文學研究會發起人之一。

第五節　創造社作家與英國文學

　　一九二一年七月中旬，郭沫若、郁達夫、張資平等在東京郁達夫
寓所聚會，商討醞釀已久的籌組文學團體事宜，決定創辦《創造》季
刊，被視為創造社正式成立的會議。發起人七人，即郭沫若、郁達
夫、成仿吾、張資平、鄭伯奇、田漢（後自辦南國社，脫離創造
社）、穆木天，都是留日學生。主要成員有王獨清、潘漢年、葉靈
風、馮乃超、陽翰笙等。下旬，郭沫若由日本回到上海，接替成仿吾
擔任泰東圖書局編譯所編輯職務，開始籌辦《創造社叢書》及《創造
季刊》出版工作。

一　田漢、郁達夫譯介英國文學

　　一九二〇年十一月，田漢譯成英國王爾德的獨幕劇《沙樂美》。
田漢從王爾德的劇作中看到了自己的創作主張，即一面主張文學藝術
家應該把人生的黑暗面暴露出來，一面又認為應當把人生美化，使人
們忘掉現實生活中的痛苦。對王爾德的作品他愛不釋手，幾乎讀完了
能夠找到的所有著作，甚至將《獄中記》作為教授妻子學英文的教
材。對《莎樂美》更是情有獨鍾。他以詩人的才氣和敏感牢牢地把握
了這部詩劇的語言風格，用近乎完美的白話將之翻譯出來。為了使這
部譯作能夠搬上中國的舞臺，費盡心機，在挑選演員和道具佈景方

面，他都親力親為，不辭勞苦。一九二九年該劇在中國正式公演，圓了他心中的一個夢。王爾德的《莎樂美》對中國早期「愛與死」的悲劇模式的奠立起了重要影響。

　　一九二一年六月，田漢譯《哈孟雷特》發表於《少年中國》第二卷十二期。這是最早的用白話文和完整的劇本形式介紹過來的莎劇。一九二二年作為《莎氏傑作集》第一種由中華書局出版。書後附有譯者「以自己的好尚為標準草擬的莎士比亞十種傑作集的選題。」一九二二年三月《少年中國》四卷一期刊登田漢譯《羅密歐與茱麗葉》，並作為《莎氏傑作集》第六種出版，其他八種未能譯成。早在日本學英文時，田漢就開始迷戀上了莎士比亞的戲劇，並立志要創作出像莎翁那樣「心中所理想的戲劇。」在致宗白華的信中，田漢詳談了自己打算用三、四年之力完成莎翁十部傑作的計畫：第一《哈孟雷特》、第二《奧賽羅》、第三《里亞王》、第四《馬克卑斯》、第五《周禮亞斯凱撒》、第六《羅蜜歐與茱麗葉》、第七《安羅尼與克柳巴脫拉》、第八《仲夏夜之夢》、第九《威尼斯的商人》、第十《暴風雨》。一九二二年為《哈孟雷特》出版單行本所寫〈譯敘〉中，稱「《哈孟雷特》一劇尤沉痛悲傷為莎翁四大悲劇之冠。讀Hamlet的獨白，不啻讀屈子〈離騷〉。」

　　一九二三年七月，《少年中國》四卷五期發表田漢〈蜜爾敦與中國〉一文，敘述彌爾頓之生平及其與時代之關係，其意欲以彌氏之崇高偉大之精神，「以藥今日中國之人心，而拯救我們出諸停汙積垢的池沼。」

　　一九二二年三月十五日，《創造》季刊創刊號發表郁達夫〈淮爾特著杜蓮格來序文〉，率先譯出王爾德小說代表作《道連‧格雷的畫像》一書的序言。而至一九二七年開始，王氏這部小說成了競相翻譯的搶手貨，先後出現多種譯本。如張望（章克標筆名）譯本《葛都良的肖像畫》（《一般》雜誌第4卷第1-3號連載〔1928年1月〕）；杜衡譯

本《道連格雷的畫像》（上海市：金屋書局，1928年）；淩璧如譯本
《朵連格萊的畫像》（上海市：中華書局，1936年，卷首有譯者的
〈作者評傳〉及原序）等。一九二七年十月《小說月報》十八卷十號
刊有趙家璧〈陶林格萊之肖像〉述評。

　　創造社是浪漫主義流派的代表。儘管創造社並未鼓吹過浪漫主
義，但前期創造社主要作家郭沫若、郁達夫等人富有浪漫主義藝術情
調的創作，都非常重視情感自我表現的因素，對大自然也奉示出由衷
的嚮往和讚美，這其中與他們對華茲華斯的借鑑接受是分不開的。

　　我們知道，郁達夫對英國作家是比較冷淡的，很少能贏得他的讚
揚，但華茲華斯卻成為了他的知音。華茲華斯描寫體悟大自然的詩作
讓郁達夫加增了他原來得自於盧梭的對自然的信任與神往，況且華氏
詩中那種感傷的韻味也正合於自己的憂鬱情懷。這樣華茲華斯就帶著
他那憂鬱的牧歌第一次進入中國小說家的作品中。郁達夫小說《沉
淪》開頭就寫主人翁手捧一本華茲華斯詩集，在鄉間官道上緩緩獨
步，而那滿目的鄉村景致、入耳的雞鳴犬吠，竟能讓他眼裡湧出兩行
清淚來，就是因為自然之美印證了他孤冷可憐的情懷，誘發了他傷感
悲哀的情緒。小說中作者還讓主人翁放聲讀誦並翻譯華茲華斯〈孤寂
的高原刈稻者〉中的兩節詩。華氏這首名作是他詩歌主張的實踐，是
一幅清雅的素描，一首恬靜的牧歌。我們彷彿看到了高原田野裡農家
女孩孤獨的身影，聽到她憂鬱的歌聲。而這正是《沉淪》主人翁內心
世界的寫照，只不過這種憂鬱孤獨的境況一直伴隨著他走向了生命的
盡頭。因為自然之美和華氏自然詩篇並不能療救小說主人翁的情感創
傷，也不能安撫他那痛苦的心靈。所以《沉淪》主人翁雖手捧華氏詩
集，但無法進入作品的詩心，也就不能真正理解和接受華茲華斯和大
自然的魅力，以平息他那孤獨憂鬱的心緒。

二　郭沫若與英國文學

　　對郭沫若產生過影響的英國作家有：哈葛德、司各特、拜倫、雪萊、濟慈、王爾德、約翰‧沁孤、高爾斯華綏等。郭沫若翻譯的英國文學作品有：《雪萊詩選》（上海市：泰東圖書局，1926年3月）；《爭鬥》（高爾斯華綏，上海市：商務印書館，1926年6月）；《法網》（高爾斯華綏，上海市：聯合書店，1927年7月）；《銀匣》（高爾斯華綏，上海市：創造社出版部，1927年7月）；《人類展望》（威爾斯，上海市：開明書店，1937年3月）；《生命之科學》（H. G. 威爾斯，上海市：商務印書館，1934年10月）。

　　討論郭沫若與英國文學的關係，特別是要關注郭沫若早期文學思想與英國浪漫主義，如司各特、雪萊的關係。

　　郭沫若少年時期最早閱讀的外國文學作品，就是當時流行的「林譯小說」《迦茵小傳》。之後又讀《撒克遜劫後英雄略》。

　　一九二八年，郭沫若在〈少年時代〉一文中說過這樣一段話：「林譯小說中對於我後來的文學傾向上有決定的影響的，是Scott的 *Ivanhoe*，他譯成《撒克遜劫後英雄略》。這書後來我讀過英文，他的誤譯和省略處雖很不少，但那種浪漫主義的精神他是具象地提示給我了。我受Scott的影響很深，這差不多是我的一個秘密。我的朋友似乎還沒有人注意到這一點。我讀Scott的著作也並不多，實際上怕只有《*Ivanhoe*》一種。我對於他並沒有甚麼深刻的研究，然而在幼時印入腦中的銘感，就好象車轍的古道一般，很不容易磨滅。」[129]

　　從這段文字看，司各特對郭沫若的影響是「決定性」的。但與歌德、惠特曼、泰戈爾等對郭沫若的影響不同，司各特對他的影響，主

129　郭沫若：〈沫若自傳第一卷——少年時代〉，《郭沫若全集》（北京市：人民文學出版社，1992年），卷11，頁123。

要是指《撒克遜劫後英雄略》最早地哺育了青年郭沫若的浪漫主義氣
質，導引了他的浪漫主義文學傾向，推動他走上了浪漫主義的文學創
作道路。如果僅從創作上來看，不管是郭沫若的歷史劇還是小說創
作，都具有主情和偏重寫意的創作特色，帶有明顯的表現主義色彩，
這與司各特恢弘描寫歷史畫卷的創作手法完全不同。因此，我們只能
從「浪漫主義的精神」這一個方面來探討兩人之間的某種聯繫。

　　郭沫若也是林譯小說的嗜讀者。一九〇五年，郭沫若進入樂山縣
高等小學，嘉定府中學堂和四川省高學堂分設中學等新式學校學習。
在這裡，林紓翻譯的《英國詩人吟邊燕語》曾使他「感受著無上的興
趣。」郭沫若後來曾回憶說「林琴南譯的小說在當時是很流行的，那
也是我所嗜好的一種讀物。」而在為數眾多的林譯小說中，給他印象
最深的是浪漫派作家哈葛德和司各特。郭沫若在他的回憶錄中說，對
他後來的文學傾向有絕對影響的，一是林譯哈葛德的《迦茵小傳》，
二是司各特的《撒克遜劫後英雄略》，前者「怕是我讀過的西洋小說
的第一種」，後者「那種浪漫主義的精神」給他「影響很深」。郭沫若
最早接觸《撒克遜劫後英雄》是在一九〇八年，那年他十六歲，正在
嘉定中學讀書。這時，是辛亥革命的前三年。此時的郭沫若，由於受
到章太炎、梁啟超等人的革命思想和西方資產階級啟蒙讀物的薰陶，
已經產生了民主主義思想的萌芽。反抗精神、愛國思想與民主主義思
想的結合，使少年郭沫若胸懷大志，憧憬著飛出中國，尋找救國救
民、富國強兵之策。後來他曾回憶說：「奮飛，奮飛，這是當時怎樣
焦躁的一種心境啊！」（《沫若文集》，卷6）在這樣一種主觀心境下，
《撒克遜劫後英雄》中的浪漫主義色彩，如比武大會的熱烈緊張氣
氛，騎士們豪爽神秘的遊俠生活，給極具浪漫氣質的少年郭沫若留下
了難以磨滅的深刻印象，是完全可以理解的。司各特是個講故事的高
手，特別是《撒略》中獅心王理查微服夜行，綠林好漢羅賓漢聚眾攻
打城堡、坐地分贓等情節不但吸引了少年郭沫若的巨大興趣，而且還

引起了他的強烈共鳴。「就好像車轍的古道一般，很不容易磨滅。」郭沫若早年飽受中國古典文學的封建詩教，但外國文學作品對他的影響要「大得多」，郭沫若在二十世紀四〇年代就深有體會地說過：「讀外國作家的東西很要緊，無論是直接閱讀，或間接地閱讀負責的譯文，都是開卷有益的。據我自己的經驗，讀外國作品對於自己所發生的影響，比起本國的古典作品來要大得多。」（郭沫若：《如何研究詩歌與文藝》）因此我們可以說，正是《撒克遜劫後英雄》等英國浪漫主義作家的作品哺育、滋潤了郭沫若的浪漫主義氣質，導引了他的浪漫主義文學傾向，並推動他走上了浪漫主義的文學創作道路。

　　需要提及的還有郭沫若創作與司各特的《撒克遜劫後英雄》中兩個極為相似的細節描寫，其一是郭沫若《賈長沙痛苦》中與《撒克遜劫後英雄》結尾部分召喚亡靈的細節；其二是《楚霸王自殺》後半部分與《撒克遜劫後英雄》的第二十九章的描寫。在《楚霸王自殺》中是在江心的小船上，「亭長」向鍾離昧轉述楚霸王戰敗自殺的情形；在《撒克遜劫後英雄》中是對黑騎士（獅心王理查化名）、羅賓漢率眾攻打城堡時激烈的戰鬥場面描寫。後者沒有對戰鬥場面進行正面描寫，而是採用困在城堡裡的蕊貝卡向同一囚室的艾凡赫轉述的方式，通過旁觀者的眼、口，形象地描寫了戰鬥場面，讀者的心情隨著蕊貝卡語氣的不同變化起伏不定，極具感染效果。這種寫法頗類似中國古典名著《三國演義》中關羽斬華雄的場面。將這段描寫與《楚霸王自殺》中的有關段落相比較，不僅轉述的原因、環境，轉述的人物情狀、緊張氣氛，轉述者斷斷續續的語言，聽者急不可耐的心情等描寫十分相似，就連轉述口語中誇張、感歎、停頓、反覆等修辭方法的運用也很雷同。由此可以說明郭沫若自己所說的《撒克遜劫後英雄》對他有著「很不容易磨滅」的影響，而且這種影響一直到他創作《楚霸王自殺》的一九三六年，還有明顯的印記。

　　郭沫若後來東渡日本，閱讀了大量的英國文學作品，特別是與拜

倫、雪萊產生共鳴，親自翻譯過卡萊爾、雪萊、格雷、道生等人的詩，編寫《雪萊年譜》，幫人校閱《王爾德童話集》，撰寫論文《瓦特·裴特的批評觀》。英國浪漫派對他展示了一個新奇的藝術世界，「並與郭沫若嗜讀的莊子、李白等人的作品產生一種合力作用，從而哺育、滋潤了郭沫若的浪漫主義氣質，導引了他的浪漫主義文學傾向，並推動他走上了浪漫主義的文學創作道路。」[130]

　　郭沫若最推崇的英國作家是雪萊。翻譯評論雪萊均最多。其人、其詩、其美學觀對於郭沫若早期文藝思想的形成有重要影響。「作為二十世紀的浪漫主義者郭沫若，其早期的美學觀從藝術的發生根源到藝術的社會職能觀，都受到了雪萊及其〈為詩辯護〉的巨大影響。」[131]但郭沫若在接受雪萊藝術理論體系上存在明顯差異，即郭沫若在創作的主觀目的與客觀效果兩個不同方向上的極端性：正如郭沫若所說「就創作方面主張時，當持唯美主義；就讚賞方面而言時，當持功利主義」。他從雪萊出發，卻走得更遠。郭沫若譯雪萊，不僅因為其詩藝術性高超，更重要的是由於雪萊詩表達了高度的革命熱情、強烈的批判精神和當時歐洲最先進的思想。[132]郭沫若所譯名句「嚴冬如來時，哦，西風呦，陽春寧尚迢遙？」顯示出超文字的思想力量，給予五四以來各時代青年以極大精神力量。

　　這裡，可從三方面分析二者關係：（1）郭沫若十分仰慕雪萊人格，稱其為「革命詩人」、「天才詩人」（〈雪萊年譜〉附白，《創造季刊》第1卷，1923年第4期）他說「我們愛慕雪萊，因為他身遭斥退而不撤回泛神論的主張。」（《沫若譯詩集》，新文藝出版社1953年）同時更期望雪萊的精神能復活於現代青年的意識中。（2）郭沫若關於詩

130　袁荻湧：〈郭沫若與英國文學〉，《郭沫若學刊》1991年第1期，頁39-41。

131　顧國柱：〈郭沫若與雪萊〉，《郭沫若學刊》1991年第2期，頁7-12。

132　袁荻湧：〈郭沫若與英國文學〉，《郭沫若學刊》1991年第1期，頁39-41。

歌創作中的某項見解，直接借鑑於雪萊的主張。[133]如強調靈感在創作中的重要作用等。（3）創造上深受雪萊的啟迪。「郭沫若對雪萊詩歌的創作有一種獨特的體悟：『雪萊的詩如像一架鋼琴，大扣之則大鳴，小扣之則小鳴。他有時雄渾倜儻，突兀排空；他有時幽抑清沖、如泣如訴』。」郭沫若的詩篇，大扣之如〈天狗〉、〈立在地球邊上放號〉、〈匪徒頌〉、〈我是一個偶像崇拜者〉等氣勢雄渾、激情怒湧的詩篇；小扣之如〈心燈〉、〈無煙煤〉、〈電火光中〉、〈司健康的女神〉及詩集〈星空〉、〈瓶〉中那纏綿疏淡雋永的篇章。吳定宇接著說，郭沫若的詩歌「如繼承和發揚雪萊『從心坎中流露』出來的詩風時，就具有感人至深的魅力；若一旦背離了雪萊『自然流露』的詩風，如晚年寫作的一些應景、應時和奉作的詩，就味同嚼蠟。」[134]

　　一九二〇年起，新文學進入獨立發展期，雪萊作為浪漫自由文學新精神的代表獲得廣泛認同。一九二〇年一月十八日，郭沫若致宗白華：「詩不是『做』出來的，只是寫出來的」，首引雪萊的論詩名言構建自己的詩學主張。同年三月三日致宗白華中，用五言古詩形式翻譯了雪萊名作〈百靈鳥曲〉（Ode to a Skylark），郭沫若引用De Mille的話，讚譽這首詩「透澈了美之精神，發揮盡美之神髓的作品。充滿著崇高皎潔的愉悅之詩思，世中現存短篇無可與比者。」[135]一九二〇年五月《三葉集》的刊行，成為年輕一代詩人的浪漫詩歌學指南。

　　華茲華斯也是郭沫若所傾心的西方浪漫詩人之一。郭沫若曾說：「我自己對於詩的直感，總覺得以『自然流露』的為上乘，若是出以

---

133 吳定宇：〈來自英倫三島的海風——論郭沫若與英國文學〉，《中山大學學報》2002年第5期，頁15-32。

134 吳定宇：〈來自英倫三島的海風——論郭沫若與英國文學〉，《中山大學學報》2002年第5期

135 《三葉集》（合肥市：安徽教育出版社，2000年），郭沫若對雪萊詩論的發揮及詩作評價，見頁11、頁94-99。

『矯揉造作』，只不過是些園藝盆栽，只好供諸富貴人賞玩了」。[136]這
段話很容易讓我們聯想到華茲華斯那句有關詩的著名定義。華茲華斯
所主張的關於詩與散文語言沒有本質區別的觀點，也在郭沫若言論中
有所體現。[137]同時，郭沫若借鑑華氏這種力求打破詩歌傳統形式的束
縛以便更自由抒發胸中情感的詩學主張，也正與五四新文學打破舊詩
格律，創造新詩形態的歷史要求合拍。另外，郭沫若還引證華氏詩作
闡明自己對某些問題的看法。比如一九二二年一月他在談及兒童文學
的特點時，就舉華氏詩篇〈童年回憶中不朽性之暗示〉為例證，說明
「兒童文學不是些鬼畫桃符的妖怪文學」。[138]我們知道，郭沫若浪漫
主義美學觀點的哲學基礎是德國古典美學。而經過柯勒律治的仲介作
用，這也成了英國浪漫主義美學思想的基礎。華茲華斯當然也受到了
德國古典哲學的影響，可以說這就成為郭沫若接受華茲華斯的一個契
合點。上述華氏詩作對孩童的稱頌就與德國浪漫主義詩人歌德「對於
小兒的尊崇」[139]相一致，而郭沫若對後者更為傾心，受他的影響也
更大。

　　後期郭沫若審美趣味發生轉移，對約翰・沁孤與高爾斯華綏關
注：一九二三年郭沫若由日本留學回國，在國內現實形勢的教育下，
審美趣味變化──由酷愛浪漫主義轉向現實主義，評價作家作品的價
值取向，由政治的、階級的、社會的、歷史的功利主義，取代早期的
唯美主義，目光投向反映下層人民生活的愛爾蘭劇作家約翰・沁孤和
批判現實主義作家高爾斯華綏的劇作上。約翰・沁孤劇作中飽含著的
濃郁詩情和對下層人民深切同情，深深感動著郭沫若。對高爾斯華

---

136 《三葉集》（上海市：亞東圖書館，1920年，初版），頁45。
137 《三葉集》（上海市：亞東圖書館，1920年，初版），頁46。
138 郭沫若：〈兒童文學之管見〉，《文藝論集》（上海市：光華書局，1925年12月，初
　　版），下卷。
139 郭沫若：〈《少年維特之煩惱》小引〉，《創造季刊》第1卷第1期。

綏，郭沫若從政治的、現實的角度譯介他的劇作。五卅運動譯出《爭鬥》，反映英國工人罷工鬥爭；一九二六年譯的《銀匣》、《法網》表現下層人民不幸遭遇。他希望號召中國作家效仿高爾斯華綏的作風，寫出揭露中國現實生活階級矛盾、抨擊現存制度的劇作。

　　一九四二年三月二十八日，郭沫若給青年詩人徐遲覆信名為〈《屈原》與《厘雅王》〉，信中比較了他自己創作的《屈原》與莎劇《李爾王》。此為中國第一篇以個人創作與莎翁劇作進行比較研究的論文。

第六節　新月派詩人與英國文學

　　在中國現代眾多文學流派中，新月詩人與英國文學的關係最為密切。本節將論述他們對英國文學取捨與借鑑的突出成就。

一　徐志摩與英國文學

　　一九二〇年，徐志摩首開以白話詩翻譯的風氣，將莎士比亞《羅密歐與茱麗葉》中第二幕第二場樓臺會譯為中文。徐氏的譯文雖然夾雜俚俗之語，但因係逐字譯出，且不乏詩意，時人評價甚高。後發表於一九三二年一月十日《新月》第四卷第一期，又刊於一九三二年七月三十日《詩刊》第四期。

　　一九二四年一月二十五日，《東方雜誌》第二十一卷二號刊登徐志摩〈湯麥司哈代的詩〉一文，其中說：「讀哈代的詩，……彷彿看得見時間的大喙，凶狠的張著，人生裡難得有剎那的斷片的歡娛與安慰與光明，他總是不容情的吞了下去，只留下黑影似的記憶，在寂寞的風雨夜，在寂寞的睡夢裡，刑苦你的心靈，嘲笑你的希望。」徐志摩對哈代十分景仰，曾於一九二五年旅歐時親到哈代居處拜訪，發表

過〈湯麥士哈代〉、〈謁見哈代的一個下午〉、〈哈代的著作略述〉、〈哈
代的悲觀〉等多篇探討哈代及其作品的文章。另翻譯了哈代詩篇二十
一首。

　　如果說聞一多主要是在詩歌創作主張方面表達了對華茲華斯的認
同，那麼徐志摩則在體悟大自然魅力方面與華氏相通，因而在創作實
踐等多方面承受了華茲華斯的影響，同時他也是較早翻譯華氏詩作的
著名詩人。一九二二年一月三十一日徐志摩翻譯了華氏一首重要抒情
詩作〈葛露水〉（*Lucy Gray or Solitude*），並在「晨報副鐫」上撰文認
為「宛茨宛士是我們最大詩人之一」[140]，又在〈徵譯詩啟〉中說：
「華茨華士見了地上的一棵小花，止不住驚訝與讚美的熱淚；我們看
了這樣純粹的藝術的結晶，能不一般的驚訝與讚美？」[141]他還把華氏
詩作稱為「不朽的歌」（〈話〉），把華氏隱居的Grasmere湖當作自己神
往的境界（〈夜〉），而把「愛」看作賴以生存的第一大支柱的人道愛
的理想，又顯然是受到華氏名言"We live by love，Admiration and
Hope"的影響。[142]而這一切又是與他的遊學經歷分不開的。徐志摩負
笈英倫，來到恬靜柔美的倫敦康河河畔。那充滿田園情趣的環境，讓
他的性靈得到了純美的陶冶，促進了他自我意識的覺醒。正是在大自
然中尋求自我的存在與生命的和諧這一點上，讓徐志摩與華氏的精神
息息相通。在〈康橋再會罷〉一詩中他曾表達過非常相信華氏對於大
自然有「大力回容、鎮馴矯飾之功」這種魅力的看法。華氏寫自然之
美以及自然與人生和諧的詩篇特別多，徐志摩的很多詩篇同樣如此，
其中〈雲遊〉在構思上就與華氏名詩〈黃水仙〉極為相似。與華氏描
繪大自然實質上是在表現自己的精神世界相同，徐志摩也一直試圖通

---

140 徐志摩：〈天下本無事〉，載「晨報副鐫」，1923年6月10日。

141 徐志摩：〈徵譯詩啟〉，載《小說月報》第15卷第3號（1924年3月）。

142 徐志摩在〈湯麥司哈代的詩〉一文中曾引用過這句名言，見《東方雜誌》第21卷
　　第2號。

過自然圖景揭示出自己的人生哲學。在歐洲文化氛圍陶冶中成長起來
的徐志摩，一開始就對華氏詩歌產生了無限繾綣之情。在他所欣賞和
接受的西方詩人中，華茲華斯佔著一個突出的位置，成為他心路歷程
中的一個知音。

（一）徐志摩與濟慈

　　徐志摩〈曼殊菲爾〉一文，抒發了對美的極度嚮往與崇拜。感受
到美的一剎那，便是快樂的頂點，達到忘我、忘記一切的境界。這與
濟慈詩歌裡表現的思想不謀而合，如〈夜鶯頌〉。對他們而言，美是
永恆不死的精神，它存在於人的靈魂與生命中。徐志摩〈希望的埋
葬〉說：「美是人間不死的光芒，何必問秋林紅葉去埋葬？」濟慈
〈恩狄米翁〉一樣：「一件美好的事物永遠是一種歡樂／它的美妙與
日俱增；它絕不會／化為烏有……」。徐志摩喜愛濟慈詩歌中的
「靜」，如其喜愛雪萊詩中的靈動一樣（〈濟慈的夜鶯歌〉）。在一些詩
篇中，徐志摩也創造了一種靜美的境界。濟慈與徐志摩又同是感性
的，屬於熱愛現世的感覺主義。

　　因而，徐志摩對濟慈的興趣，最明顯莫過於他其所寫散文〈濟慈
的夜鶯歌〉。一九二五年，二月，《小說月報》十六卷二號發表徐志摩
〈濟慈的夜鶯歌〉，用散文譯意並解釋。徐志摩對濟慈的〈夜鶯歌〉
推崇備致，稱它能夠「永遠在人類的記憶裡存著。」尤其是「這歌裡
的音樂與夜鶯的歌聲一樣的不可理解，同是宇宙間的一個奇蹟，即使
有那一天大英帝國破裂成無可記認的斷片時，夜鶯歌依舊保有他無比
的價值。」

　　對本來想像力就豐富的徐志摩而言，雪萊、濟慈的啟發起了推波
助瀾的作用。〈杜鵑〉模仿〈夜鶯頌〉。徐志摩也把杜鵑視為一種理想
的象徵。

　　丁宏為在〈濟慈看到了什麼〉一文中認為：「濟慈的創作壽命雖

然短暫，但相似的主題和比喻的手法從一開始就貫穿於許多作品中，
凡涉及偉大詩人可能達到的境界或偉大詩歌的潛能時，他經常用仰視
或俯視的意象表達讚歎和羨慕之情。仰視如見到無極的蒼穹或奇妙的
雲朵，俯視如發現浩瀚的大海，而仰視的比喻在使用次數上多於後
者。」[143]在這裡作者把在濟慈詩歌中出現的意象，大致上分為了兩
種──「仰視意象」和「俯視意象」，並認為濟慈在用到這些意象的
時候都表達了特殊的傾向。其實這樣的意象──星、月、雲、海等
等，在很多詩人的筆下都出現過，遠的不說，和濟慈同時代的雪萊的
筆下也有大量的類似意象。所以這一問題的關鍵不是這些意象在哪個
詩人的筆下曾經出現過，而是這些意象所要表達的含義到底是什麼。

　　徐志摩在光華大學教書的時候，他的學生曾經說當他上課講到精
彩的時候就像一團火，把課堂上每個學生的情緒都激發了起來，照亮
了每一個同學的心。[144]而和他接觸過的很多人都說徐志摩是極富情感
的，我們看他的〈濟慈的夜鶯歌〉就可知一二。這篇文章中，在講到
詩人與大自然融為一體的能力的時候，他說：「同樣的濟慈詠〈憂鬱〉
（Ode on Melancholy）時他自己就變了憂鬱本體，『忽然從天上掉下
來像一朵哭泣的雲；』他讚美『秋』'To Autumn'他自己就是在樹葉
底下掛著的葉子中心那顆漸漸發長的核仁兒，或是在稻田裡靜偎著玫
瑰色的秋陽。」[145]這裡是說主體在創作的時候與客體已經合二為一
了，已經分不清哪是主體哪是客體，濟慈在創作〈憂鬱〉和〈秋〉的
時候就變成了憂鬱和秋的本體，所以這兩首詩才寫得這樣好。雖然作
者沒有明確地說濟慈在創作〈夜鶯頌〉（Ode to a Nightingale）的時候
詩人也變成了夜鶯，但言下之意已經暗示出來了。其實，這樣的觀點

143 丁宏為：〈濟慈看到了什麼〉，《外國文學評論》2004年第2期。

144 韓石山：《徐志摩傳》（北京市：十月文藝出版社，2000年），頁260。

145 榮挺進主編，徐薇編：《徐志摩講詩》（北京市：新華出版社，2005年），頁33-35、
　　頁38-40。

在當時已經不算是新鮮的了，騰固在一九二七年發表的〈唯美派文學〉中就認為：基次（濟慈）與夜鶯凝成不可分的一物，在這一剎那間，他以鳥的妙音為機緣，超絕物礙，飛翔於想像的永生的世界了。一九三五年五月一日費鑒照發表〈濟慈美的觀念〉：美是永久存在的，它不因所依附的東西的存在、消滅而存在或消滅，是夜鶯的歌陶醉濟慈，不是夜鶯陶醉濟慈，夜鶯死了，牠的歌聲還在，而且依然會陶醉濟慈。這兩種觀點與徐志摩的理解是相類似的。

　　在二十世紀二、三〇年代，翻譯濟慈〈夜鶯頌〉的也不止徐志摩一人，那麼徐志摩翻譯的特點有二：一是他在講這首詩的時候，他用散文將濟慈的原詩詮釋了一遍。當然這樣的方法也許會得到很多人的質疑，也許不能算做一種最佳的方法。但是如果考慮到，這不是翻譯，而是他寫的一篇講稿，也未嘗不可取，加之徐志摩的散文從某個角度來講在他的詩歌之上，梁實秋和葉公超就曾評價徐志摩的散文比他的詩更妙。因此採用散文來詮釋詩歌的方法可能會讓聽眾更好地理解原詩。徐志摩曾經在課堂上給學生高聲朗誦并贊賞這首詩說：「這歌裡的音樂與夜鶯的歌聲一樣的不可理解，同是宇宙間一個奇蹟，即使有那一天大英帝國破裂成無可記認的斷片時，夜鶯也依舊保有他無比的價值：萬萬裡外的星亙古的亮著，樹林裡的夜鶯到時候就來唱著，濟慈的夜鶯歌永遠在人類的記憶裡存著。」[146]這樣的評價不可謂不高，那麼徐志摩對這首詩為何會如此的稱道呢？答案是這首詩裡面蘊涵的感情是那樣的濃、那樣的烈，恰與詩人的秉性產生了共鳴。這也引出了第二點：即其他的評論文章僅認為濟慈在寫〈夜鶯頌〉的時候濟慈本人變成了夜鶯，而徐志摩則更進一步，他不僅認為濟慈變成了夜鶯，連他自己也化成了一隻夜鶯。徐志摩曾經不無遺憾的對他的學生說：「你們沒有聽過夜鶯先是一個困難。」[147]當然指的是聽夜鶯

---

146 榮挺進主編，徐薇編：《徐志摩講詩》（北京市：新華出版社，2005年），頁33。
147 榮挺進主編，徐薇編：《徐志摩講詩》（北京市：新華出版社，2005年），頁35。

的歌聲，而徐志摩是聽過夜鶯的歌聲的，他在「翡冷翠」的時候曾經
有一次聽夜鶯的歌聲聽得如癡如醉，那時候他當然是已經很熟悉這首
詩歌了，而親耳聽到夜鶯的歌聲也讓他更好地理解了詩歌裡面情緒的
變化和韻味的深長。我們來看徐志摩對〈夜鶯頌〉第八節所做的解
釋：「這段是全詩的一個總束，夜鶯放歌的一個總束，也可以說人生
的大夢的一個總束。……他去了，他化入了溫柔的黑夜，化入了神靈
的歌聲——他就是夜鶯；夜鶯就是他。夜鶯低唱時他也低唱，高唱時
他也高唱，我們辨不清誰是誰。」[148]同樣的，徐志摩把從濟慈那裡得
到的物我合一的熾熱情感移植到自己的創作裡面，在他的詩歌中，我
們也辨不清誰是誰了，如〈雪花的快樂〉：「假如我是一朵雪花，／翩
翩的在半空裡瀟灑，／我一定認清我的方向——／飛揚，飛揚，飛
揚，——／這地面上有我的方向。」[149]在這裡作者化作了雪花。〈天
國的消息〉：「可愛的秋景！無聲的落葉，輕盈的，輕盈的，掉落在這
小徑，」[150]作者化作了落葉，靈魂與大自然合二為一。

　　在徐志摩漫遊歐洲之際，除了拜會以前結識的老朋友之外，這一
路走來，他還不忘去探尋一些名人的墳墓，他在很多墓園前都駐足
過，如法國的盧梭、伏爾泰、雨果；義大利的勃郎寧太太、米開朗琪
羅、但丁、佛朗西斯；英國的拜倫等等，當然也包括英國詩人濟慈在
羅馬的墳墓。徐志摩自己說：「我的想像總脫不了兩樣貨色，一是
夢，一是墳墓。」[151]「詩人在這喧鬧的市街上不能不感寂寞；因此
『傷時』是他們怨懟的發洩，『弔古』是他們柔情的寄託。但『傷
時』是感情直接的發動……弔古卻是情緒自然的流露，想像以往的韶
光，慰寄心靈的幽獨：在墓壚間，在晚風中，在山一邊，在水一角，

---

148 榮挺進主編，徐薇編：《徐志摩講詩》（北京市：新華出版社，2005年），頁39-40。
149 徐志摩：《徐志摩文集》（北京市：長城出版社，2000年），上卷，詩集，頁3。
150 徐志摩：《徐志摩文集》（北京市：長城出版社，2000年），上卷，詩集，頁33。
151 虞坤林編：《志摩的信》（上海市：學林出版社，2004年），頁352。

慕古人情，懷舊光華；像是朵朵出岫的白雲，輕沾斜陽的彩色，冉冉的卷，款款的抒，風動時動，風止時止。」在徐志摩的眼裡，墓園除了能引起人的悲痛外，更多的成為了詩人寂寞時發洩情愫和毫無掩飾的流露感情的理想之地，他的詩歌中不僅出現了大量的「墳墓」意象，而且他「有時會到清涼的墓園裡默想」，[152]而這樣的「默想」也是作者體會物我合一的理想之地。但是墳墓始終是容易讓人聯想到死亡的，那麼當徐志摩站在濟慈的墳墓前的時候，他想到的是什麼呢？是詩人的早夭？是詩人筆下的夜鶯？還是追求理想愛情的前途？

　　徐志摩爭取的是有愛情的自由的婚姻，但是當這樣的愛情爭取不到的時候，「因為死就是成功，就是勝利。」試比較濟慈一八一八年六月十日致本傑明‧貝萊的信中說：「現在我老是欣慰的想到世界上還有死亡這種事情——想到要把我的最終追求，定在偉大的人類目標上，不達目的死不甘休。」[153]還有〈夜鶯頌〉中「如今死亡要比以往更壯麗，在半夜毫無痛苦的死去」[154]。〈最後的十四行〉中「在一種甜蜜的不安中永遠醒著，依然，依然，聽他無比溫存的呼吸，這樣永遠活著——不然就此氣絕。」[155]等等。二者之間是有何等的相似：他們都對死亡毫無畏懼，而是欣慰的想到世界上還有死亡這種事情，死亡既可以讓人忘記世間的痛苦，還可以使理想得以實現。只是在這裡我們要指出的是徐志摩把濟慈的死亡觀轉化到了愛情上，形成了自己獨特的「愛情死亡觀」，「徐志摩對死亡的吟詠往往與愛相連，這種可悲的邏輯，也刻下了濟慈生死觀的痕跡。」[156]死亡讓人想起悲劇，如《哈姆雷特》中的奧菲莉亞，但在徐志摩看來為愛情而做的死亡卻是

---

152 虞坤林編：《志摩的信》（上海市：學林出版社，2004年），頁48。

153 〔英〕濟慈著，傅修延譯：《濟慈書信集》（北京市：東方出版社，2002年），頁137。

154 〔英〕濟慈著，朱維基譯：《濟慈詩選》（上海市：上海譯文出版社），頁289-290。

155 〔英〕濟慈著，朱維基譯：《濟慈詩選》（上海市：上海譯文出版社），頁320。

156 劉介民：《類同研究的再發現：徐志摩在中西文化之間》（北京市：中國社會科學出版社，2003年），頁329。

喜劇，是成功，是勝利。不知道為什麼這種邏輯卻被稱為「可悲的邏輯」，但是在徐志摩看來只有形式的生命是無可留戀的，只要有了感情上的伴侶，死亡就是兩個人的天堂，由此，他熱烈地羨慕歐洲中世紀騎士傳奇中Tristan（特里斯丹）與Isold（伊瑟）的死亡，因為他們這樣的死亡是實現了更絕對、偉大的愛，肉體雖然滅亡了，但是愛卻得以重生，死亡勝利了。

　　曾經有人評價徐志摩的生活「浪漫而不頹廢」[157]，其中這「浪漫」二字所指的徐志摩的感情生活應該佔很大的一部分。自徐志摩與張幼儀結婚又離婚，後又與陸小曼結婚，直到他在濟南不幸墜機而死這段時間，可以說感情一直是伴隨他到死的一個問題。那麼徐志摩是如何看待愛情的呢？據說徐志摩曾經有一個箱子，他自己把這個箱子叫做「八寶箱」或「文字因緣箱」，一九二五年三月徐志摩在去拜訪泰戈爾之前，曾將這個箱子交給淩叔華保管，內中就有作者的英文日記，日記的內容也是關於愛情方面的，但是不幸後來這些文件不知所蹤了，如果這些文件得以保留下來的話，也許又多了一些我們了解徐志摩的愛情觀的資料。現在我們通過徐志摩另外一些書信來看他的愛情觀。一九二二年三月徐志摩在給張幼儀的信中說：「無愛之婚姻無可忍，自由之償還自由。」[158]這樣的思想可以說是他愛情路上坎坷崎嶇的根源。在爭取與陸小曼的婚姻時，徐志摩多次在給陸小曼的書信中說：「即使運命在叫你得到最後勝利之前碰著了不可躲避的死，我的愛，那時你就死，因為死就是成功，就是勝利。一切有我在，一切有愛在。」[159]「只要我們魂靈合成了一體，這不就滿足了我們最高的想望嗎？」[160]「我有時真想拉你一同情（『情』應該為『尋』字，筆

---

157 韓石山：《徐志摩傳》（北京市：十月文藝出版社，2000年），頁320。

158 虞坤林編：《志摩的信》（上海市：學林出版社，2004年），頁12。

159 虞坤林編：《志摩的信》（上海市：學林出版社，2004年），頁31。

160 虞坤林編：《志摩的信》（上海市：學林出版社，2004年），頁34。

者注）死去，去到絕對的死的寂滅裡去實現完全的愛，去到普通的黑暗裡去尋求唯一的光明……我真的不沾戀這形式的生命，我只求一個同伴，有了同伴我就情願欣欣的瞑目。」[161]「那本戲是出了名的『情死』劇，Love,'Death', Tristan 與Isold因為不能在這世界上實現愛，他們就死，到死裡去實現更絕對的愛，偉大極了，倡狂極了，真是『驚天動地』的概念，『驚心動魄』的音樂。」[162]等等。

　　從這裡我們可以看出聞一多和徐志摩對濟慈的死亡觀理解之不同。聞一多理解的可以說是一種英雄死亡觀，死亡的價值通過英雄得以實現，當然這種英雄是作者眼中的英雄；而徐志摩看來，死亡的價值是可以用愛情來衡量的，如果死亡能換來理想的愛情，那麼這種死亡的價值就得以實現了，所以徐志摩是一種愛情死亡觀。那麼為什麼兩人之間會有這樣的區別呢？上文論及徐志摩是一個極富情感的人，而這些情感裏面又以人類偉大的情感愛情為最重，加之他又有在墓園中沉思默想的「嗜好」，所以當他想到死亡的時候便與愛情聯繫在一起也就不難理解了。[163]

（二）徐志摩與托馬斯・哈代

　　一九二七年七月，徐志摩經狄更生介紹，在多切斯特哈代寓所拜訪了八十多歲高齡的作家。在中國文壇，徐志摩不僅是唯一見過哈代的人，而且也是哈代詩歌最早的譯者。一九二三年十一月十日出版的《小說月報》第十四卷第十一號刊登了徐志摩翻譯的哈代的兩首詩：〈她的名字〉、〈窺鏡〉，首次採用了「哈代」這個如今通用的譯名。

　　徐志摩得以遇知哈代，首先源於世界性的文化背景提供的相似性

161　虞坤林編：《志摩的信》（上海市：學林出版社，2004年），頁35。

162　虞坤林編：《志摩的信》（上海市：學林出版社，2004年），頁49。

163　筆者指導的研究生瞿元英參與了以上關於徐志摩與濟慈關係的討論，並提供了初步的解讀文字。

因素。哈代生活在西方文化的轉折時期，五四前後更是中國文化的轉
型期。按照勃蘭兌斯的看法，整個十九世紀異於以往的標誌就是個人
意識的覺醒和隨之而來的苦悶。在哈代的詩歌裡，徐志摩發現「最煩
惱他的是這終古的疑問，人生究竟是什麼？我們為什麼要活著？既然
活著了，為什麼又有種種的阻礙？使我們最想望的最寶貴的不得自由
的實現。」[164]這正是像徐志摩這樣追求自由、追求個性解放的新青年
最為苦惱、困惑的人生課題。徐志摩認為哈代所代表的不是伊莉莎白
時代，「而是十九世紀末葉以來自我意識最充分發展的時代；這是人
類史上一個肅殺的季候」，[165]徐志摩對哈代的理解都以此共鳴為基礎。

　　其次，是他的「英雄崇拜」心理。徐志摩對哈代的評價極高，認
為「單憑他的四、五部長篇，他在文藝界的位置已足夠與莎士比亞，
鮑爾札克（巴爾扎克）並列」。他還將哈代的裘德與莎士比亞的哈姆
雷特相比，認為這兩個人物彷彿是英國文學史上的「兩株光明的火
樹」，「這三百年間雖則不少高品的著作，但如何能比得上這偉大的兩
極，永遠在文藝界中，放射不朽的神輝。再沒有人，也許道斯滔奄夫
斯誇基（陀思妥耶夫斯基）除外，能夠在文藝的範圍內，孕育這樣想
像的偉業，運用這樣洪大的題材，畫成這樣大幅的圖畫，創造這樣神
奇的生命。」[166]這樣的評價是否是一種溢美之辭？

　　徐志摩「英雄崇拜」心理。他說：「我不諱我的『英雄崇拜』。
山，我們愛踹高的；人，我們為什麼不願意接近大的？」在「有我力
量能爬的時候，總不教放過一個『登高』的機會。」[167]而哈代就是他

---

164 徐志摩：《湯麥士哈代的詩》，《徐志摩全集》（上海市：上海書店出版社，1995年）
　　（補編，散文集），卷8，頁193。

165 徐志摩：〈湯麥士哈代〉，《新月》（上海市：上海書店印行，1985年），創刊號，頁
　　68-69。

166 徐志摩：〈哈代的著作略述〉，引自《新月》（上海市：上海書店印行，1985年），
　　創刊號，頁82。

167 徐志摩：〈謁見哈代的一個下午〉，《新月》（上海市：上海書店印行，1985年），創
　　刊號，頁76。

帶著高山仰止的心態去交遊的外國文化「重鎮」之一。前文所述的徐
志摩對哈代的評價是發自內心的、真誠的，是這種崇拜心理的自然結
果。客觀地看，固然有一些過譽之嫌，但也反映了徐志摩對哈代的獨
特認識。

　　蒲風論五四中國詩壇，曾認為「人說郭沫若早年受歌德的影響，
有『狂飆時代』的歌德的精神，而徐志摩呢，我將說他始終掙不脫哈
代的懷抱。」[168]其實，徐志摩的英雄崇拜以及對哈代的讚譽，與郭沫
若詩那「二十世紀的動的和反抗的精神」與我們傳統「靜的忍耐的文
明」[169]之大相迴異可謂異曲同工，都是知識份子出於對民族前途和民
族文化的憂思而進行的一種有意識地追求。

　　徐志摩還對一些英國作家進行了比較，認為哈代與華茨華士或滿
壘狄士（梅瑞狄士）都是以自然為詩的靈感源泉，但哈代的自然概念
是華茨華士的反面，他們的態度與方法是互輔的。他形象地比方道：
「華茨華士與滿壘狄士看著了陽光照著的山坡澗水，與林木花草都在
暖風裏散佈他們的顏色與聲音與香味──一個黃金的世界，日光普照
著的世界；哈代見的卻是山的那一面，一個深黝的山谷裡。在這山岡
的黑影裡無聲的息著，昏夜的氣象，彌布著一切，威嚴，神秘，兇
惡。」[170]這一分析實際上指向著哈代引發徐志摩共鳴的另一個也是更
深的一個層次，即對哈代思想上勇與悲的矛盾的理解。

　　當時的中國學者認為哈代是「定命論者」，作品中籠罩著一種灰
色的宿命論的空氣。徐志摩的看法與眾不同。他對哈代悲觀的理解是
兩位詩人相遇的一個關鍵。他反對給哈代貼上「宿命論」、「悲觀主義

---

168 蒲風：〈五四到現在的中國詩壇鳥瞰〉，見方仁念：《新月派評論資料選》（上海
　　市：華東師範大學出版社，1993年），頁30。

169 朱自清：〈詩集導言〉，《中國新文學大系》，見趙家璧主編：《中國新文學大系》
　　《詩集》（上海市：上海文藝出版社2003年，影印本），頁5。

170 徐志摩：〈湯麥士哈代的詩〉，《徐志摩全集》（上海市：上海書店出版社，1995年）
　　（補編，散文集），卷8，頁188。

者」或「寫實派」等標籤。他認為，哈代只不過是在作品中自然地表
達了自己對人生的態度而已，並未成心地去表現所謂的悲觀主義。在
徐志摩看來，哈代是一個強者，「哈代但求保存他的思想的自由，保
存他靈魂永有的特權——保存他的倔強的疑問的特權。」[171]

　　徐志摩認為，「哈代不是一個武斷的悲觀論者，雖然他有時在表
現上不能制止他的憤慨與抑鬱」，「就在他最煩悶最黑暗的時刻他也不
放棄他為他的思想尋求一條出路的決心——為人類前途尋求一條出路
的決心」，再沒有人在思想上比他更嚴肅，更認真的了。徐志摩引用
哈代在一八九五年寫的詩句"If way to the Better there be it exacts a full
look at the worst…"[172]（除非徹底的認清了醜陋的所在，我們就不容易
走入改善的正道）證明哈代的寫實，他的所謂悲觀，正是他在思想上
的忠實與勇敢。

　　愛是徐志摩人格的核心。「我沒有別的辦法，我就有愛；沒有別
的天才，就是愛；沒有別的能耐，只是愛；沒有別的動力，只是
愛。」[173]在徐志摩看來，哈代的「悲」正源於真愛，源於對靈魂的自
由的堅持，是比一般膚淺的樂觀更真誠和勇敢的愛。

　　哈代讓徐志摩最敬佩的是他常青的創造力和直面人生的勇氣。徐
志摩嚮往自由，欣賞靈魂的勇。在一九二三年發表〈就使打破了頭也
還要保持我們靈魂的自由〉，希望保全理想的火星不滅，呼籲「我們
應該積極同情這番拿人格頭顱去撞開地獄門的精神！」[174]這也正是他
對哈代的創作、特別對他的悲觀獨具慧眼的原因。

171　徐志摩：〈湯麥士哈代的詩〉，《徐志摩全集》（上海市：上海書店出版社，1995年）
　　（補編，散文集），卷8，頁184。

172　徐志摩：〈湯麥士哈代〉，《新月》（上海市：上海書店印行，1985年），創刊號，頁
　　71。

173　虞坤林整理：《徐志摩未刊日記》（北京市：北京圖書館出版社，2003年），頁200。

174　徐志摩：〈就使打破了頭也還要保持我們靈魂的自由〉，《徐志摩全集》（上海市：
　　上海書店出版社，1995年），第3卷（散文集乙），頁182。

　　從某種程度上說，徐志摩對哈代悲觀的理解，與其說是仰慕老作家的勇敢，不如說是詩人在用自己的方式尋求心靈的光明。徐志摩生活創作的年代，社會動盪，生活暗淡。一九二四年翻譯了泰戈爾在清華的演講後，徐志摩在〈附述〉中感憤地寫道：「現在目前看得見的除了齷齪，與污穢，與苟且，與懦怯，與猥瑣，與庸俗，與荒傖，與懶惰，與誕妄，與草率，與殘忍，與一切的黑暗外，我不知道還有什麼？」[175]這位吟詠著「沙揚娜拉」或「作別西天的雲彩」的詩人，彷彿正是雪萊筆下那雲雀的精靈，要在陰鬱如哈代的荒原般的環境裡渴望著一飛沖天！

　　徐志摩對哈代的譯介和他所接受的影響，無不帶有他個人的思想印痕，都和詩人生活的時代以及他的個性和學養密不可分，這也是文化交流傳播中的必然現象。

　　在短暫的一生和尤其短暫的創作生涯中，徐志摩經常在哈代的作品中駐足流連。在他翻譯的歐美詩人的近七十首詩歌中，哈代一人的就達二十首左右。有時他和朋友一起朗誦哈代的詩，有時一邊創作自己的詩，一邊翻譯哈代的詩。哈代對徐志摩創作的影響是不容忽視的。

　　一個作家對另一個作家創作的影響通常體現在作品內容、題材、技巧等方面。內容方面，徐志摩的一些詩作，探討文學與人生的關係，用文學反映人生和社會，揭露生活或人生的本質，這份充實和深刻部分地得益於哈代的影響。從生活現象中信手拈來一般，嬉笑怒罵無不入詩的取材相當程度上也得歸功於哈代。徐志摩更有興味的是發現和模仿哈代在詩歌體制方面的試驗，如詩歌結構方面反覆手法的運用、哈代式對話、意象的運用和「小小的情節，平平淡淡，在結尾處

175　徐志摩：〈附述〉，《徐志摩全集》（上海市：上海書店出版社，1995年），第4卷（散文集丁），頁207。

綴上一個悲觀的諷刺」[176]等手法。當然，模仿與借鑑不會抹煞作家的
個性，比如哈代更多地用回環往復來通向他的哲理，而徐志摩則主要
用來強化情感。

　　哈代對徐志摩創作的影響有的十分鮮明，如徐志摩的〈大帥〉與
哈代的〈鼓手霍吉〉極其相似；更多情況下是思想的遇合與形式的化
用，需要細細體味。如一九二四年，寫於直奉戰爭期間的〈太平景
象〉、〈毒藥〉、〈嬰兒〉、〈白旗〉和同一時期翻譯的哈代詩歌〈我打死
的那個人〉的反戰思想；譯哈代〈送他的葬〉、〈在心眼裡的顏面〉、
〈多麼深我的苦〉與寫〈在那山道旁〉、〈雪花的快樂〉都是愛而不能
又無法忘情的痛苦；一九二六年五月，譯哈代〈一個厭世人的墓誌
銘〉等詩歌與〈偶然〉所體現的人生偶然的思想等等。最著名的實證
材料之一是徐志摩在日記中自敘：「譯哈代八十六歲自述一首，小曼
說還不差，這一誇我靈機就動，又做得了一首。」[177]這就是〈殘春〉。

　　要全面地考察哈代對徐志摩的精神影響，必須以徐志摩的經歷、
以他接受哈代的心境為根本來出發。

　　徐志摩翻譯哈代始於一九二三年十月。那時他的生活中發生了兩
件令他感懷的大事。一是祖母不久前剛剛去世，二是陷於愛林徽因而
不得的苦惱之中。在寫於此時的〈西湖記〉裡，有一段酒後橫臥湖
邊，詛咒、頓足，發洩無名火的描述，這種場面和情緒在整個徐志摩
的日記裡都極為少有。這時的徐志摩對生活體會漸深，又極易為生活
所觸動，他對哈代的翻譯正是從那以後開始的。

　　有時由於受發表時間的影響，使人誤覺徐志摩是在翻譯哈代的某
些詩作之後創作了他自己的一些詩歌，使得他的某些作品流露出哈代

---

176 陳義海：〈「精神之父」的「精神滲透」──徐志摩詩歌與哈代詩歌比較研究〉，《鹽
　　城師專學報》1998年第3期。

177 虞坤林整理：《徐志摩未刊日記》（北京市：北京圖書館出版社，2003年），頁229。

的氣質或風格，其實不盡然。如〈灰色的人生〉，發表在譯作〈窺鏡〉、〈她的名字〉之後，（這兩首哈代的詩都譯於一九二三年十月十六日，發表於一九二三年十一月十日）卻創作在之前（一九二三年十月十二日）。在徐志摩的日記裡清楚地記載了創作這首詩的始末。一是之前十月十一日他與胡適之等拜訪郭沫若的一段經歷：由於話不投機，「主客間似有冰結，移時不渙」[178]，當時的尷尬和對郭沫若（跣足、敝服）窘困的同情都在詩人心裡留下了印痕；二是「同譚裕靠在樓窗上看街。他列說對街幾家店鋪的隱幕，頗使我感觸。卑污的、罪惡的人道，難道便不是人道了嗎？」[179]這兩段經歷令徐志摩感慨良多，完成〈灰色的人生〉四天後，他首次翻譯了哈代的詩歌，即〈窺鏡〉和〈她的名字〉，從此一發而不可收。

　　並非哈代的影響使徐志摩學會了憂鬱，而是潛伏在徐志摩心性中的憂鬱被生活喚醒，使他與哈代的作品產生了共鳴，使他認識到哈代直面人生的透闢，進而欽佩他透闢之後的勇敢。所以對於哈代的悲觀，徐志摩是一面詫異，一面欽佩。所以哈代的悲觀是冷靜的、哲理的；而徐志摩的憂鬱是熱血的，生活的。應該說徐志摩的創作和生活常常需要對哈代的翻譯來伴隨，而不是對哈代的翻譯常常引發徐志摩的憂鬱。

　　沉鬱的哈代對熱烈的志摩的精神影響，由於接收者的氣質和性情，發生了奇妙的演化——「這一腔熱血遲早有一天嘔盡」的徐志摩，在哈代那裡發現的是一個與自己同樣敏感的人對生活本質的相似把握，他尋找到的不是憂鬱，而是英雄的勇氣和知音的溫暖。[180]

---

178 虞坤林整理：《徐志摩未刊日記》（北京市：北京圖書館出版社，2003年），頁162。

179 虞坤林整理：《徐志摩未刊日記》（北京市：北京圖書館出版社，2003年），頁163。

180 以上關於徐志摩與托馬斯‧哈代的文學關係討論，趙峻副教授參與其中，並提供了初步的解讀文字。

二　聞一多與英國浪漫主義詩歌

經過西方文學洗禮、薰陶的新月派作家與英國浪漫主義思潮產生共鳴。聞一多即為一個重要代表。他虔誠地從浪漫詩人包括華茲華斯、濟慈那裡學習詩藝，《紅燭》、《死水》兩部詩集明顯可見。下文著重論及聞一多與這兩位英國作家的關係。

華茲華斯重情感和想像力的詩學主張在新月派詩人聞一多那裡也得到了回應。受其影響，聞一多對詩歌典型化方面的一個主張就是要注重想像、強調激情。華茲華斯說過，所有的好詩都是強烈情感的自然流露，但這種強烈的情感並不是當場寫下，而是經過「冷靜的追憶」才入詩的。聞一多在〈評本學年《週刊》裡的新詩〉、〈給左明先生〉等文中也曾說過類似的話。華茲華斯非常強調想像力，聞一多對此也頗有同感。他曾認為重視「幻象」是「天經地義的真理」，並說幻象在中國文學裡素來似乎很薄弱，新詩裡尤其缺乏這種質素，所以讀起來總是淡而寡味。可以說正是華茲華斯的詩論幫助聞一多確立了中國新詩創作要特別重視情感和想像的理論主張。

聞一多作為詩人，特別在早期的藝術實踐中，走著與濟慈相同的道路。對美的追求，對藝術的孜孜探索，體現了《紅燭》時期的聞一多與濟慈的契合。

《紅燭》歌頌的是青春、愛情、孤獨、相思，具有詩人特有的激奮、渴望、躁動、憂鬱、痛苦、欣喜的色彩。現實在他眼裡是在「苦霧籠罩」下「死睡」的「一道大河」，在裡邊「沒有真，沒有美，沒有善，更那裡去找光明。」（〈西岸〉）詩人在這一時期對現實感到迷惘、失望，於是轉向藝術尋找寄託。具有強烈藝術氣質的詩人濟慈很自然地進入他視野。聞一多早年學習美術，研究先拉菲爾派的詩人、畫家（〈先拉菲爾主義〉），而這派畫家都崇尚濟慈，更引起聞一多對濟慈的興趣。

　　〈李白篇〉中的〈西岸〉，題詩引用濟慈的詩句。詩中體現了追求希望的艱難，隱約中透露出一線生機，令人又有更多的期盼，難以抵禦它的誘惑力：

　　　　分明是一道河，有東岸
　　　　豈有沒個西岸的道路？
　　　　啊，這東岸底黑暗恰是那
　　　　西岸底光明底的影子。

現實醜陋，不如意，詩人將目光轉向不可知的遠方，從遠處的理想境界尋覓超越現實的美。〈夜鶯頌〉中同樣歌頌擺脫了現世痛苦後的歡欣。濟慈對人世痛苦比青年聞一多更深刻理解。人生坎坷，疾病折磨，但仍然熱愛生活，嚮往光明，執著求美，此點令年輕的聞一多激賞不已。他在〈藝術底忠臣〉裡盡情謳歌他的偶像：

　　　　詩人底詩人啊！
　　　　滿朝底冠蓋只算得
　　　　些藝術地名臣，
　　　　只有比一個是個忠臣。
　　　　「美即是真，真即是美。」

　　從濟慈忠誠於藝術的精神中，聞一多汲取了藝術探索的力量。聞一多學濟慈，很重要的一點就是敏銳的感覺力方面。濟慈本人信中說：「啊，不管它會是什麼情況，反正我要的是一種感覺的而不是思維的生活。」此話可解濟慈全部詩歌的關鍵。濟慈會努力地將有關概念思想的東西，化為具體的可以產生立體感激的形象。這使其詩具有強烈的色彩、味覺、聲音等效果。聞一多也醉心於感覺主義。早期詩

論中引濟慈一句話作為他重視感性的支持——詩一接觸理性／魅力就消失。《紅燭》裡的〈秋色〉有濟慈〈秋頌〉的影子。

濟慈〈恩狄米昂〉啟發了〈李白之死〉的寫作意圖。〈李白之死〉是一首一百八十多行的長詩，是聞一多少有的幾首長詩之一。與〈恩狄米昂〉取材於古代傳說相似，〈李白之死〉取材於古代典籍裡的傳說故事。聞一多想借李白醉酒捉月的故事，通過他浪漫主義的想像來表達他對李白的詩意人格的崇敬。從李白救月「殉美」的行動中，體現出美是永恆的理念。詩中月亮是他心中美的象徵，明月彷彿是一位美人，既逗引他又遠離他。美人的吸引力這樣大，終於李白進入自我感覺消失的狀態。與「消極感受力」比較。李白面對一輪清月，卻感受到了驚世絕倫的美，正如恩狄米昂感受到月神永恆、長生的美。李白、恩狄米昂一樣，在對美的觀照中，逐漸失清醒的理智的自我，而進入對象本身，達到徹底忘我的迷狂狀態。李白救美的行動導致了他生命的結束。但更使他獲得美的永生，因為他已經救起了象徵美的月亮。恩狄米昂最後與月神同一，李白和月亮也得到了共同的生命。追求美、熱愛美的李白與美同在。此結尾與〈恩狄米昂〉結尾暗示的意義完全一致。〈李白之死〉體現了聞一多受濟慈瑰麗的想像力的感染，創作出月亮美輪美奐的形象。

濟慈崇尚古希臘文明，認為古希臘藝術達到了完美的境界。〈恩狄米昂〉即關於古希臘黃金時代的幻想，是牧人的宗法制希臘的變相圖景。〈初讀查譯的荷馬〉表達了他在初次接觸古希臘文明精華時的驚喜之情。而〈希臘古瓷頌〉啟發了聞一多另首長詩〈劍匣〉創作。

在濟慈心目中，古代是普遍為「美」服務的理想時代，美麗而偉大的藝術神話的「黃金時代」。〈劍匣〉是對一假想的藝術品投以帶感情色彩的觀照。詩開頭引丁尼生詩（我為我的靈魂，建了一座皇宮似的新居，好讓我舒適地安住。）此暗示〈劍匣〉的詩意所指。詩敘一個在想像中鑄劍匣的故事，其實是在抒發詩人建立自己藝術理想的過

程。劍匣寄寓了詩人的藝術理想，他只想把「劍匣」作為他逃避苦
難，逃避現實的藝術之宮。他體認到的劍匣具有無比的美。聞一多欣
賞濟慈於剎那間凝結永恆美的藝術，他把這層意義注入〈劍匣〉，渴
望建一座屬於自己的藝術之宮，在藝術與死亡中逃避現實。聞一多對
〈希臘古瓷頌〉存在接受上的誤讀，只想有一個「永久的歸宿」，坐
在「藝術的風闕」裡，遠離現實人間。這時期聞一多尚不能完全理解
濟慈詩歌背後深處的現實感和苦難意識，有待於他在《死水》中進一
步發展。

　　陳思和在〈二十世紀中外文學關係研究中的「世界性因素」的幾
點思考〉中說：「大致上，用材料能夠證明『影響』存在的有以下幾
個方面：作家、流派、時代。」關於第一方面他接著說：「作家接受
外來材料的影響，不外乎幾種：作家自己披露（包括文獻記載，如書
信日記等）；文本裡有所表現；知情人或其他文獻的旁證。」[181]考察
濟慈對聞一多的影響，我們在聞一多給同在美國讀書、也是其好友梁
實秋的信中能找到一些線索。在這封書信中，聞一多自己說：「放寒
假後，情思大變，連於五晝夜作〈紅豆〉五十首。現經刪削，並舊作
一首，共存四十二首為〈紅豆之什〉。此與〈孤雁之什〉為去國後之
作品。以量言，成績不能謂為不佳。〈憶菊〉，〈秋色〉，〈劍匣〉具有
最濃縟的作風。義山、濟慈的影響都在這裡；但替我闖禍的恐怕也便
是他們。這邊已經有人詛之為堆砌了。」[182]通過閱讀聞一多的傳記和
一些相關的文獻，我們可以得出聞一多在他的詩論裡面多次提到過濟
慈，如在一九二一年六月發表在《清華週刊》上的〈評本學年《週
刊》裡的新詩〉、〈先拉飛主義〉、〈詩與批評〉、一九二二年七月〈致

---

181 陳思和：〈二十世紀中外文學關係研究中的「世界性因素」的幾點思考〉，《中國比
　　較文學》2001年第1期。

182 武漢大學聞一多研究室編：《聞一多論新詩》（武漢市：武漢大學出版社，1985年），
　　頁190。

吳景超、顧毓秀、翟毅夫、梁實秋〉的信、一九二二年十一月〈致梁
實秋〉的信和一九二三年三月〈致翟毅夫、顧一樵、吳景超、梁實
秋〉的信等等多次提到過濟慈。他也讀過濟慈大部分作品，他在〈評
本學年《週刊》裡的新詩〉和〈《冬夜》評論〉等都引用過濟慈的詩
句，甚至還仔細地閱讀過濟慈的傳記。[183]那濟慈對聞一多的影響到底
在哪裡呢？我們還要從聞一多的「視界」談起。

　　在二十世紀初的現代知識份子中，聞一多身上所表現出來的矛盾
二重性是很突出的。關於這一點，已經有過論述，「詩人的這種具有
深厚文學底蘊的性格的雙重性，體現在他的情感形態上也具有雙重
性：熱情奔放與羞怯、謹慎並存；心靈的渴望與理性的節制同步；思
想觀念上的開放與行動的保守相輔相成。」[184]等等。那麼為什麼聞一
多的人格精神具有那麼多的矛盾性呢？從時代背景來看，聞一多所處
的時代恰好是中國新詩由初創期向成長期過渡的關鍵時刻，這需要有
理想有責任感的知識份子在新詩的成長道路上不斷地嘗試和摸索，這
難免會出現困惑和走彎路的時候。從聞一多所接受的啟蒙教育來看，
「社會學與心理學都認為家世與家庭對一個人的影響，具有不應忽視
的作用。」「舊式家庭很重視啟蒙教育，聞一多五歲便入私塾，讀
《三字經》、《幼學瓊林》，也讀《爾雅》與《四書》。」「聞一多少年
老成，讀書很用功。」「白天聞一多在家塾念書，晚上還隨父讀《漢
書》。」[185]可見，聞一多從小接受的是中國傳統文化的教育，對於中

---

183 方仁念編：《聞一多在美國》（上海市：華東師範大學出版社，1985年）。在該書的
　　後記中，作者引用了聞一多發表在一九二五年七月《京報》副刊上的文章〈美國
　　著名女詩人羅艾爾逝世〉，作者說：「對她（指美國女詩人羅艾爾，筆者注）的
　　〈濟慈傳〉，聞一多評價相當高，說『材料的豐富，考證的精嚴，持論的公允』應
　　『推為空前的傑作』。」

184 何小紅：《論聞一多的愛情詩》，陸耀東、趙慧、陳國恩主編：《聞一多國際學術研
　　討會論文選》（武漢市：武漢大學出版社，2002年），頁507。

185 聞黎明：《聞一多傳》（北京市：人民出版社，1992年），頁1、頁4-5。

國傳統詩歌的藝術形式和意境構造有著深入的研究，並對中國傳統文人獨特的精神追求和價值取向有著自己的見解。從他的很多作品中，我們也可以看到他對於傳統文化熱愛的成分大於排斥，並以擁有五千年的華夏文明而自豪。但是他又是在倡導中西合璧式教育的清華大學待了十年，聞一多曾經批評過清華的教育太「美國化」，但是正是在清華他受到了西方文化的影響，並閱讀了大量的西方文學作品，其中就包括濟慈。「聞一多在他的人生道路選擇上，也是充滿矛盾痛苦的。如他一方面厭惡清華園的美式教育，一方面又沿著美國『為了擴張精神上的影響』而安排的階梯行進；他一方面對未來的生活產生懷疑，『那太平洋的彼岸，可知道究竟有些什麼？』一方面又踏上了去美國留學的征途。」[186]當時清華是一所留美預備學校，學制八年，中等科四年，高等科四年，學習期滿，成績合格者即可公費赴美留學。由於種種原因，聞一多在這裡接受了十年這種中西合璧式的教育，這在當時的清華學生裡面是很少見的。聞一多就懷著這樣矛盾的心態踏上了赴美的旅途。正是這種生存環境的特殊性和文化空間的二重性使聞一多的精神世界時時處在相互矛盾的境界中，內心也在痛苦的漩渦中不斷掙扎，而這種矛盾也成為聞一多的生命底蘊貫穿他的一生。

在美國芝加哥大學留學期間，這種矛盾不但沒有減輕，反而更加突出。聞一多最初是到美國學習美術的，但是他對於詩歌的興趣好像一直比對於美術的興趣要大得多，並最終放棄了美術而專攻文學。到了美國後，他更加直接地接觸到了大量的西方文學作品，地理距離上的拉近好像也縮小了他與詩人們心理上的距離，他孜孜不倦地陶醉在美術的殿堂和詩歌的國度裡，吸收著西方浪漫主義和現代主義詩歌的營養和詩歌理念。他自己也說：「我現在真像受著五馬分屍的刑罰的

---

186 黃忠來、楊迎平：〈論聞一多前期新詩理論批評的矛盾性〉，陸耀東、趙慧、陳國恩主編：《聞一多國際學術研討會論文選》（武漢市：武漢大學出版社，2002年），頁437。

罪人。在學校裡做了一天功課，做上癮了，便想回來就開始illustrate
我的詩；回來了，Byron，Shelley，Keats，Tennyson，老杜，放翁在
書架上，在桌上，在床上等著我了，我心裏又癢著要和他們親熱
了。」[187]可見，聞一多對功課和詩歌都懷著極大的興味去研究它們。
雖然赴美留學的都是公費，可是像聞一多這樣負有家庭責任和文學抱
負的青年生活還是捉襟見肘的。物質上的貧窮還不會對心靈造成創
傷，「君子固窮非病，越窮越浪漫。」[188]但是美國人的民族優越感和
種族歧視卻深深地刺激了詩人敏感的神經，這樣的傷害是無法忍受
的。於是他在以詩回覆美國學生的挑戰的時候歷數了中華民族五千年
的光輝文明，也在異地他鄉寫下了無數的愛國文字如〈憶菊〉、〈太陽
吟〉等，來自衛和自勵。[189]但是這樣的情感宣洩方式，比起離家萬里
的寂寞和苦楚還是不能完全撫平詩人那不安的心靈，因為「不出國不
知道想家的滋味」，克羅齊說：「藝術是一種解放的力量。」[190]在精神
上聞一多急需要一個知己，來平衡內心的起伏。這時候，濟慈又映入
了詩人的眼簾，在清華學習的時候，聞一多對濟慈就不陌生了，他創
作的第一首詩——〈西岸〉就引用了濟慈的兩句詩作為序。[191]〈西

---

187 武漢大學聞一多研究室編：《聞一多論新詩》（武漢市：武漢大學出版社，1985年），
  頁218。

188 武漢大學聞一多研究室編：《聞一多論新詩》（武漢市：武漢大學出版社，1985年），
  頁249。

189 劉川鄂：〈一個「文化國家主義者」的自衛與自慰——論聞一多的愛國詩〉，陸耀
  東、趙慧、陳國恩主編：《聞一多國際學術研討會論文選》（武漢市：武漢大學出
  版社，2002年）。在該文中，作者談道：「聞一多深愛民族的歷史文化，而他處在
  祖國正在落後挨打的時代，他詩中固執的自豪、誇大的自信，隱含著一種自衛與
  自慰的心裡，即自我防衛和自我安慰。他以古中國文明自傲並以之詆毀新的物質
  文明淡化現實矛盾，緩解心理緊張。」

190 〔義〕貝內戴托・克羅齊著，王天清譯：《美學的歷史》（北京市：中國社會科學
  出版社，1984年），頁6。

191 這兩句詩為："He has a lusty spring , when fancy clear Takes in all beauty within an
  easy span." 見梁鴻編選：《聞一多詩文名篇》（長沙市：湖南文藝出版社，2003年），
  頁21。

岸〉後來被作者編入了他的第一部詩集《紅燭》。

　　但是我們看到雖然〈西岸〉是作者創作的第一首新詩，但是並沒有排到詩集《紅燭》的第一首，而是排在第四首的位置上，很顯然，《紅燭》裡面所收錄的詩歌並不是按照時間順序來排列的，是詩人經過仔細地選擇和反覆地刪削後排列的，有一九二二年詩人寫給梁實秋的信為證：「我前次曾告你原稿中被刪諸首，該次我又刪了六、七首。全集尚餘一〇三首，我還覺得有刪削的餘地。……假若《紅燭》刪得只剩原稿的三分之二，我也不希奇。」[192]可見，作者在編排《紅燭》詩集的時候是經過反覆考慮的，而且刪了不止一次。既然《紅燭》是詩人有意打破時間順序而為之，那麼詩人必定是在表達一種創作意圖或者是遵循了另外一種內在的編排順序。

　　二十世紀三〇年代朱湘就評價聞一多的另一部詩集《死水》說全部《死水》是一篇整體的詩。那我們可以借用朱湘的話說：全部《紅燭》也是一篇整體的詩。《紅燭》主要收錄詩人在清華園和留美期間所創作的詩歌，分為六個部分──序詩〈紅燭〉、〈李白篇〉、〈雨夜篇〉、〈青春篇〉、〈孤雁篇〉和〈紅豆篇〉。傳統的觀點認為該詩集的內容異常豐富，貫穿全書的中心思想是愛國主義，歌唱了青春、友誼和愛情。縱觀聞一多一生，他雖然著述頗豐，但是他作為詩人的時間卻只有短短的十年，而且《紅燭》中的很大部分詩作是在留美期間創作的，這個時期詩人的精神處在矛盾二重性的掙扎狀態中，「詩境」和「塵境」不斷的交替折磨著詩人的內心，而此時也正是聞一多作為一個詩人成長的關鍵時刻，考察這部詩集也就成了我們了解詩人這一時期思想發展軌跡的重要切入點，而濟慈對詩人的影響也都在這裡了。與詩人把《紅燭》分為六部分相對照，我們也可以說詩人通過這部詩集把自己對詩和對人生的理想塑造成了一個圓形結構。「詩中首

192　武漢大學聞一多研究室編：《聞一多論新詩》（武漢市：武漢大學出版社，1985年），頁190。

重情感，次則幻想。幻想真摯，無景不肖，無情不達。」[193]序詩〈紅
燭〉既是這個圓形結構的起點也宣告了終點——死；〈李白篇〉和
〈雨夜篇〉重視的是想像，是對死亡的想像；〈青春篇〉和〈孤雁
篇〉重視的是情感，是對死亡的情感；最後〈紅豆篇〉一般把它看做
是愛情詩，但這首詩除了愛情這一意義之外，更多的是對整部詩集的
回顧和總結，是向起點的回歸，也是對死亡的解讀和詮釋，由於《紅
燭》包含了很多詩作，所以我們不可能一一加以分析，只能在綜合分
析的基礎上選取有代表性的詩作詳加闡述。

　　序詩〈紅燭〉開頭聞一多引了李商隱的一句詩「蠟炬成灰淚始
乾」，但是異於李商隱借蠟燭所要表達的含義，作者借紅燭的意象表
達了對於生死的觀念。詩歌第二節「紅燭啊！是誰製的蠟——給你軀
體？是誰點的火——點著靈魂？」再結合後面第四節「燒沸世人的
血——也救出他們的靈魂，也搗破他們的監獄。」[194]兩節對照作者把
人的肉體（軀體）看做是靈魂的「監獄」，是靈魂的束縛。那麼如何
才能解放靈魂，還靈魂以自由呢？「原是要『燒』出你的光來」，即
要用「燒」的方法，使束縛靈魂的肉體毀滅，才能達到「你心火發光
之期」，「心火發光之期」正是靈魂發光之期。「燒」的過程無疑是一
個非常痛苦的過程，這也就暗示著這種「生命的完成」要經歷痛苦的
考驗。那麼什麼樣的人才需要經歷這樣痛苦的過程呢？看〈紅燭〉第
一節「紅燭啊！這樣紅的燭！詩人啊！吐出你的心來比比，可是一般
顏色？」可見，經受這種痛苦的人就是詩人。那麼濟慈是如何看待死
亡的呢？

　　濟慈在〈恩狄米昂〉中說 "That, whether there be shine, or gloom
o'ercast,／They always must be with us, or we die."（「不論天上是陽光
還是陰雲，必須／始終和我們在一起，不然，我們就死去。」朱維基

---

193 劉烜：《聞一多評傳》（北京市：北京大學出版社，1983年），頁91-92。
194 梁鴻編選：《聞一多詩文名篇》（長沙市：湖南文藝出版社，2003年），頁1-2。

譯文[195]）"The wooing arms which held me, and did give / My eyes at once to death; but 'twas to live"[196]（「我狂吻那抱住我的求愛的雙臂，立即讓我的眼睛看到死：但這是要活。」朱維基譯文[197]）"Over his waned corse, the tremulous shower／Heal'd up the wound, and, with a balmy power, Medicined death to a lengthened drowsiness"[198]（「抖顫的淚水治好了那創傷，以香膏的／力量把死亡醫成一種拖長的假寐。」朱維基譯文[199]）等等。〈夜鶯頌〉中 "Now more than ever seems it rich to die,／To cease upon the midnight with no pain,"（「如今死亡要比以往更壯麗，在半夜毫無痛苦的死去。」朱維基譯文[200]）等等，這裡就不再一一列舉了。我們知道，濟慈短短的一生中，作為詩人的同時也幾乎是他和疾病搏鬥的時間，他對死亡有著自己切身的體會和不同的理解，一八一八年六月十日致本傑明‧貝萊的信中說：「現在我老是欣慰的想到世界上還有死亡這種事情——想到要把我的最終追求，定在偉大的人類目標上，不達目的死不甘休。」[201]一八二〇年給芳尼‧布勞恩（Fanny Brawne）的信中多次談到這個問題，如「生命和健康在這件事情上意味著天堂，而死亡本身也會減少許多痛苦。」「我很高興還有墳墓這樣的東西——我確信不去墳墓我得不到任何休息。」[202]一八二〇年九月三十日致查爾斯‧布朗的信中說：「我現在最渴盼的

---

195 濟慈著，朱維基譯：《濟慈詩選》（上海市：上海譯文出版社，1983年），頁5。

196 Jack Stillinger: *John Keats Complete poems*, The Belknap Press of Harvard University Press, p. 80.

197 濟慈著，朱維基譯：《濟慈詩選》（上海市：上海譯文出版社，1983年），頁31。

198 Jack Stillinger: *John Keats Complete poems*, The Belknap Press of Harvard University Press, p. 100.

199 〔英〕濟慈著，朱維基譯：《濟慈詩選》（上海市：上海譯文出版社，1983年），頁64。

200 〔英〕濟慈著，朱維基譯：《濟慈詩選》（上海市：上海譯文出版社，1983年），頁5。

201 〔英〕濟慈著，傅修延譯：《濟慈書信集》（北京市：東方出版社，2002年），頁137。

202 〔英〕濟慈著，傅修延譯：《濟慈書信集》（北京市：東方出版社，2002年），頁494、頁503。

東西便是我的大去。」「我日日夜夜的盼望死神將我從這種痛苦中解救出來，後來我又希望死亡走開，因為死亡會把這種痛苦也消滅掉，而有痛苦畢竟聊勝於無。……可以說死亡的痛苦在我來說已經過去了。」[203]從以上濟慈在詩歌和書信中所談論到的死亡來看，即使是疾病的威脅迫使濟慈更多地思考死亡的問題，但我們還是能得出這樣的結論：在濟慈看來，肉體和靈魂依然是矛盾的，肉體折斷了想像力的翅膀和自由靈魂的翱翔，尤其是一個被疾病長期折磨的靈魂，因此死亡就不再是可怕的事情，於是熱烈地迎接死亡的到來，濟慈的這一點深深地影響了聞一多。但在濟慈看來死亡更多的是一個終點，而對聞一多來說死亡還僅僅是一個轉捩點，因為死亡還有它的價值論和目的論。孔慶東認為「聞一多筆下的死，首先是一種生命的完成，帶有鮮明的目的論意義。」[204]

　　「灰心流淚你的果，創造光明你的因。」肉體的毀滅和死亡並不是毫無價值的，換來的是靈魂的自由，是「創造光明」。不只在〈紅燭〉裡面，在〈李白之死〉最後，「他（李白，筆者注）的力已盡了，氣已竭了，他要笑，笑不出了，只想到：「我已救伊上天了！」〈劍匣〉中「哦！我自殺了！我用自製的劍匣自殺了！哦哦！我的大功告成了！」[205]死是生的另一次開始，是生的另一種價值的實現方式——「救伊上天了」、「大功告成了」。死的價值和目的是「我的靈魂底靈魂！我的生命底生命。」[206]所以聞一多在給梁實秋的書信中說：「前不久此地有位孫君因學不得志，投湖自盡，這位烈士知生之不益，而有死之決心，而果然死了。要死就死，我佩服，我佩服，我

---

203 〔英〕濟慈著，傅修延譯：《濟慈書信集》（北京市：東方出版社，2002年），頁512-513。

204 孔慶東：《美麗的毀滅》，陸耀東、趙慧、陳國恩主編：《聞一多國際學術研討會論文選》（武漢市：武漢大學出版社，2002年），頁189。

205 梁鴻編選：《聞一多詩文名篇》（長沙市：湖南文藝出版社，2003年），頁11。

206 梁鴻編選：《聞一多詩文名篇》（長沙市：湖南文藝出版社，2003年），頁50。

佩服，我要講無數千萬個『佩服』。實秋，你也該講佩服。」[207]聞一多
佩服的正是這樣一種帶有價值和目的的死，既然生已經失去了意義，
便用死亡來完成人生更大的意義，因為死亡本身就是帶有價值和目的
的。而且死亡對於強者來說是不可怕的，它有一種神秘的恬靜美。

　　濟慈在詩歌中說「冥晦，誕生，生和死隱蔽在／濃重的寧靜
裡」；「但這就是人生：／戰爭，偉業，失望，焦慮，遠和近的想像的
／鬥爭，一切人事；本身就有這好處，／他們還是有空氣，有美食，
使我們／感到生存，並表明死是多麼恬靜。」[208] "That I might drink,
and leave the world unseen,／And with thee fade away into the forest
dim."[209]（「我飲了就可以悄然離開人世，偕你歸隱到陰鬱的森林。」
朱維基譯文[210]）可見濟慈心目中的死亡不僅是生命的又一次開始，死
亡本身也是美麗和寧靜的。但是，聞一多在《女神之時代精神》中對
郭沫若那噴薄而出的激情進行了熱情的讚頌，並直言說：二十一世紀
是個動的世紀，中國文化缺少的正是這種動的精神。好像在「動」與
「靜」之間，聞一多推崇的是動。但是我們說「一多的本性是好靜
的。」[211]聞一多在開蒙時接受的就是國學教育，在他的生命底蘊中認
同的還是東方文化中「靜」的審美境界的。試看在接下來的評價郭沫
若的《女神》的文章──〈《女神》之地方色彩〉就一目了然，作者
就圍繞著這個問題指出了郭沫若的不足之處：「《女神》底作者這樣富

---

207 武漢大學聞一多研究室編：《聞一多論新詩》（武漢市：武漢大學出版社，1985
　　年），頁213。

208 〔英〕濟慈著，朱維基譯：《濟慈詩選》（上海市：上海譯文出版社，1983年），頁
　　14、頁51。

209 Jack Stillinger: *John Keats Complete poems*, The Belknap Press of Harvard University
　　Press, p. 280.

210 〔英〕濟慈著，朱維基譯：《濟慈詩選》（上海市：上海譯文出版社，1983年），頁
　　287。

211 梁實秋：〈談聞一多〉，方仁念編：《聞一多在美國》（上海市：華東師範大學出版
　　社，1985年），頁100。

於西方的激動底精神，他對於東方的恬靜底美當然不大能領略。」[212]
而聞一多對這種「靜」的文化是有深刻領會的，如〈李白之死〉、〈雨
夜〉、〈睡者〉、〈深夜底淚〉中的「靜」。但是在以提倡「動」為主體
的西方藝術精神中，哪個詩人也像自己一樣在低低的唱著「靜」呢？
答案無疑是濟慈。連死都看作如此恬靜的人怎會對生之靜沒有深刻的
體會呢？那這樣的靜在什麼樣的情況下才會深刻地領會到呢？——具
體的講應該是黃昏或者傍晚時分。一天中的這段時間好像是詩人的時
間，我們只看這段時間在濟慈的詩歌中出現的頻率就足以證明這一點
了。我們暫且把這段時間翻譯作「黃昏」，而「日和夜交替的這一段
黃昏時刻，聞一多似有所偏愛。」[213]他的這部詩集中「黃昏」意象出
現了很多次，如〈幻中之邂逅〉：「太陽落了，責任閉了眼睛，屋裏朦
朧的黑暗淒酸的寂靜，鉤動了一種若有若無的感情——快樂和悲哀之
間底黃昏。」〈玄思〉中：「在黃昏底沉默裏，從我這荒涼的腦子裏，
常迸出些古怪的思想，不倫不類的思想。」〈我是一個流囚〉「黃昏時
候，他們把我推出門外了，幸福底朱扉已向我關上了」，其中還有一
首以「黃昏」為題的詩作。[214]黃昏是一天中的白天快要結束的時間，

---

212 聞一多：〈女神之地方色彩〉，武漢大學聞一多研究室編：《聞一多論新詩》（武漢
　　市：武漢大學出版社，1985年），頁68。

213 鄭振偉：〈孤獨與聞一多的詩歌創作〉，《中國現代文學研究叢刊》2006年第5期，頁
　　222。

214 梁鴻編選：《聞一多詩文名篇》（長沙市：湖南文藝出版社，2003年），頁29、頁
　　41、頁86、頁87。其中，以「黃昏」為題的詩全詩如下：「太陽辛苦了一天，／賺
　　得一個平安的黃昏，喜得滿面通紅，一氣直往山窪裡狂奔。／／黑暗好比無聲的
　　雨絲，慢慢往世界上飄灑……／貪睡的合歡斂攏了綠鬢，鉤下了柔頸，／路燈也
　　一起偷了殘霞，換了金花；／單剩那噴水池／不怕驚破別家底酣夢，／依然活潑
　　潑地高呼狂笑，獨自玩耍。／飯後散佈的人們，／好像剛吃飽了蜜的蜂兒一窠，
　　／三三五五的都往／馬路上頭，板橋欄畔蕩著。／嗡……嗡……嗡……聽聽唱的
　　什麼——／是花色底美醜？／是蜜味底厚薄？是女王底專制？／是東風底殘虐？／
　　啊！神秘的黃昏啊！／問你這首玄妙的歌兒，／這輩囂喧的眾生／誰個唱的是你
　　的真義？」

也是由白天過渡到夜晚的中間時刻,「太陽辛苦了一天,賺得了一個平安的黃昏」,同樣,人也辛苦了一天,這時候也可以坐下來休息一下,總結一下一天的收穫,而詩人好像也特別鍾愛黃昏,在中國詩歌尤其是唐詩裡面,「黃昏」的意象也頻頻出現。而在聞一多看來,黃昏是他詩思的源頭之一,因為它會勾起詩人一種若有若無的、介於快樂和悲哀之間的感情,一旦這種感情被勾起來,詩人的腦子裡面就會產生一種古怪的思想,所以詩人不禁要由衷的感歎「啊!神秘的黃昏啊!」其實,黃昏正是詩人的想像力插上翅膀的時候,也是一天中感悟濟慈最好的時刻。

我們看到,詩人除了對黃昏情有獨鍾外,還有一個特殊的愛好,梁實秋曾經說:「一多最喜歡『焚香默坐』的境界,認為那是東方人特有的一種妙趣,所以特別欣賞陸放翁的兩句詩『欲知白日飛升法,盡在焚香聽雨中。』」[215]「焚香默坐」是要在精神上達到一種「定」的境界,也是主體與自然和自我交流的最好方式和時機,表面上看來人好像處於一種最平靜的狀態,但思想卻可以乘著想像的翅膀遨遊萬里。傅冬華在〈英國詩人濟慈〉中也主張「妙悟」是理解濟慈詩歌的最好方法,當聞一多在黃昏「焚香默坐」的時候,也許他也是在用這種方法感悟著濟慈和他的詩歌,感悟著死亡來臨前那神秘短暫的恬靜美。

在濟慈的思想裡面一直有一種英雄主義的意識。我們看他在一八一九年給喬治及其妻子的長信中說:「就像華茲華斯說過的一樣:『我們全都有一顆人類的心』——在人類天性中有一團具有淨化力量的電火——它便是人類中不斷產生出新的英雄主義的東西。」[216]接著濟慈

---

215 梁實秋:〈談聞一多〉,方仁念編:《聞一多在美國》(上海市:華東師範大學出版社,1985年),頁124。

216 〈致喬治與喬治安娜‧濟慈〉,見傅修延譯:《濟慈書信集》(北京市:東方出版社,2002年),頁303。

談到了蘇格拉底和耶穌，這無疑是人類歷史上的英雄，並說自己還年輕，「卻還在隨意的寫著──在一大片黑暗中苦苦追尋著一線光明──也不清楚某些觀點究竟主張什麼。」[217]作者把英雄主義看作是一種具有淨化人類自身的電火，而他自己在黑暗中苦苦尋找的東西正是具有這種力量的電火──英雄主義，在其他的書信中他也談到過類似的話題。如一八一七年十一月二十二日給本傑明・貝萊的信：「天才的偉大在於他們像某些精微的化學製劑，能對中性的才智群體發生催化作用──但他們本身並無獨特性，也沒有堅決的性格。他們中的出類拔萃者有突出的個性，我稱其為『強人』。」[218]在這裡作者雖然沒有直接的談論英雄，但是作者所提到的「天才」、「強人」可以理解為英雄的代名詞，因為英雄無疑都是出類拔萃的，而且有著堅強的性格。濟慈也從英雄的身上獲得了救助和心靈的支撐，他不僅看到了人生的艱難和痛苦，在面對疾病和生活壓力的時候，也努力地培養著自己堅強的品格，「我不會跟著一個弟弟去美國，也不會跟著另一個去墳墓──生活就是去經歷磨練。」[219]「我要像知更鳥一樣頑強，我不願在籠中歌唱──健康是我渴盼的天國，而你就是天國美女。」[220]他自己是這樣堅強的面對人生，他也鼓勵自己的妹妹要鼓起勇氣面對生活。這種英雄主義的思想也表現在他的詩歌裡面，如他的〈憂鬱頌〉（Odes on Melancholy）。這首詩表達了濟慈自己對於喜悅和憂傷二者之間轉換的切身感受，他堅信詩人只有體會到這個世界上的痛苦才能

217　〈致喬治與喬治安娜・濟慈〉，見傅修延譯：《濟慈書信集》（北京市：東方出版社，2002年），頁303。

218　〈一八一七年十一月二十二日致本傑明・貝萊〉，見傅修延譯：《濟慈書信集》（北京市：東方出版社，2002年），頁50。

219　〈一八一八年六月十日致本傑明・貝萊〉，見傅修延譯：《濟慈書信集》（北京市：東方出版社，2002年），頁138。

220　〈一八二零年三月一日（？）（括弧中的問號是作者譯文中所加，筆者注）致芳妮・布勞恩〉，見傅修延譯：《濟慈書信集》（北京市：東方出版社，2002年），頁476。

真正理解美。能夠經受住這種痛苦考驗的人一定是性格堅強的人，這樣的人就是英雄，詩人就是要做這樣的人。

　　一部圓形結構的《紅燭》就像一個英雄的一生，圓滿而充實，而聞一多更用一個詩人的死亡詮釋了《紅燭》，但是他的死亡遠比一部詩集來得輝煌。[221]

三　朱湘與英國文學

　　朱湘是新月詩派和中國新詩史上的重要詩人之一，也是現代詩壇上的一位畸人。

　　被魯迅稱為「中國的濟慈」、被柳無忌稱為「永遠年輕的文藝怪傑」[222]的朱湘，其短暫的一生，呈現出從嚮往理想的和諧世界，關注現實的悲歌人生，到痛苦幻滅裏的迷惘彷徨，這樣一種人生軌跡。詩集《夏天》、《草莽集》、《石門集》分別代表著詩人三個人生階段的心路歷程。

　　沈從文在〈論朱湘的詩〉中如此陳述：「使詩的風度，顯著平湖的微波那種小小的皺紋，然而卻因這微皺，更見寂靜，是朱湘的詩歌。能以清明無邪的眼，觀察一切，無渣滓的心，領會一切——大千世界的光色，皆以悅目的調子，為詩人所接受，各樣的音籟，皆以悅耳的調子，為詩人所接受，作者的詩，代表了中國十年來詩歌的一個方向，是自然詩人用農民感情從容歌詠而成的從容方向。」[223]

---

221 筆者指導的研究生瞿元英參與了以上關於聞一多與濟慈關係的討論，並提供了初步的解讀文字。

222 柳無忌曾經說過：「朱湘是當時新文壇上的一位奇人，獨一無偶，英文所謂'a minority of one'（少數中的唯一者）。」（朱湘：〈序〉，《文學閒談》〔臺北市：臺灣洪範書店，1978年，頁3。〕）

223 沈從文：〈論朱湘的詩〉，《文藝月刊》第2卷第1期（1931年1月30日）。

　　一九二八年十二月四日朱湘在芝加哥十分沉痛而憤激的心情，給
友人趙景深寫了一封信，其中談到他對西方列強的認識和要以自己的
努力改變祖國面貌的決心：「景深，你知道西方人把我們看作什麼：
一個落伍、甚至野蠻的民族！我們在此都被視為日本人！盎格羅撒克
遜民族都是一丘之貉，無論他們是口唱親善，為商業唱親善的美國，
或揭去面具，為商業揭去面具的英國。我還以為法國人比較無此種成
見，但近來巴黎朋友來信說他親眼看見法國大學生侮辱中國人，知道
我的這種揣想也錯了。他們對中國的態度不是輕蔑便是憐憫，因為他
們相信中國是一個退化或野蠻的國家，傳教便是憐憫的一種表現。中
國如今實在也是有許多現象可以令我們憤怒羞慚的，但我相信這些只
是暫時的，變態的。要證明我們不是一個退化野蠻的民族，便靠著我
們這一班人的努力。……我來這一趟，所得的除去海的認識外，便是
這種刺激。我們的前面只有兩條路：不是天堂，便是地獄！」[224]

（一）譯英詩

　　在朱湘短暫的一生中，從譯介西方文學入手，外國詩歌翻譯構成
其中重要一環。他主張譯介西方作品，特別是將各類型的詩歌引入中
國文學創作之中，其目的是「為了把西方的真詩介紹過來同祖國古代
詩學昌明時代的佳作參照研究，因之悟出中國的詩中哪一部分是蕪曼，
可以剷除避去，哪一部分是菁華，可以培植光大，西方的詩中又有些
什麼為中國的詩歌所不曾走過的路值得新詩的開闢。」[225]他要借他山
之石，改造中國文化，「要想創造一個表裏都是『中國』的新文化」。[226]
　　經初步統計，朱湘發表譯詩一百二十餘首，出版二部譯詩集。一
九二二年末起，朱湘陸續在《小說月報》上發表英國詩人懷特、丁尼

---

224 羅念生編：《朱湘書信集》（天津市：人生與文學社，1936年），頁80。

225 朱湘：〈論譯詩〉，《文學週報》第290期（1927年10月13日）。

226 羅念生編：《朱湘書信集》（天津市：人生與文學社，1936年），頁16。

生、勃朗寧、雪萊、莎士比亞等人的詩譯作。一九二五年一月，《小說月報》十六卷一號刊登所譯濟慈〈無情的女郎〉，後陸續選譯多首濟慈的詩篇。據他留學時期的同窗好友柳無忌回憶：「當時，我們二人都喜歡英國浪漫詩人，對於濟慈Keats所謂在每行詩內要字字藏金的說法，尤為嚮往。」[227]朱湘譯介濟慈詩歌最具特色，共譯其包括一首長詩在內的詩歌五首，他的身世也類似濟慈，那收抒情成分較濃的敘事詩〈王嬌〉就是模仿所譯介的濟慈〈聖亞尼節之夕〉寫成。

　　一九三六年三月，朱湘的譯詩集《番石榴集》由上海商務印書館作為《文學研究會世界文學名著叢書》之一種出版發行，收入本・瓊生、鄧恩、布萊克、彭斯、華茲華斯、柯勒律治、雪萊、濟慈、阿諾德等詩人的名詩，另收莎士比亞譯詩十二首。這是朱湘生前好友多方努力之下的結果。

　　《番石榴集》[228]全部一〇一首詩中，三十九首為英語詩歌，均為英國詩人之作，涉及李雷（John Lyly）、但尼爾（Samuel Daniel）、莎士比亞、本・瓊生、彌爾頓、多恩、赫里克、布萊克、彭斯、蘭多、雪萊、濟慈、華茲華斯、柯勒律治、阿諾德等詩人二十三人。包括代表了不同的流派和風格——從最古老的盎格魯撒克遜時期一直到十九世紀浪漫主義詩歌，明顯偏重於浪漫主義時期的作品，或許與當時在美國學習期間選修此類性質的課程（「浪漫主義詩歌」和丁尼生）有關。他認為「浪漫體的文學，雖是受盡了指摘，然而她的教育的價值既是那樣的重大，在現今的中國更是這樣迫切的需要」。[229]據考這些

---

227 柳無忌：〈朱湘：詩人的詩人〉，瘂弦編：《朱湘文集》（臺北市，臺灣洪範書店，1977年），頁10。

228 一九二七年到美國留學後，譯出三首長詩：華茲華斯〈邁克〉、柯勒律治〈老舟子行〉、濟慈〈聖西尼節之夕〉，編成《三星集》，後又譯安諾德〈索赫拉與魯斯通〉，共四首長詩作為《番石榴集》下卷出版。

229 朱湘：〈文學與年齡〉，瘂弦編：《文學閒談》（臺北市，臺灣洪範書店，1978年，頁17。

譯詩絕大多數出自當年最為通行的三個英詩選本：《牛津英詩選》
（1900）、《英詩金庫》（1907）、《英國巴那斯派長詩選》（1909）。[230]其
他未入譯詩集的英國詩人還有丁尼生、勃朗寧、葉芝、金斯雷等。[231]

在他整個譯介活動中，朱湘刻意於西方具有浪漫色彩的長篇敘事
詩的譯介，是基於中國文學中史詩傳統不足的事實。一九二九年一月
九日致羅念生的信中：「我文學上最緊要的是史事詩」。[232]譯詩集《番
石榴集》下卷收了四首長篇敘事詩。集中所選許多短章亦出自長篇之
作，如莎士比亞的幾首（四首十四行除外），出自〈暴風雨〉〈第十二
夜〉〈皆大歡喜〉〈一報還一報〉〈辛白林〉等。一九二三年八月朱湘
寫信給孫大雨：「商務印書館裡我想買的是」：喬叟《坎特伯雷故事
集》、斯賓賽《仙后》、彌爾頓《失樂園》或 *"Samson Agonists"*，丁尼
生 *"Idylls of the King"* 等，他特別強調：「上舉的《堪脫白里故事集》、
《仙后》、《失彼樂土》、《園棹之史詩》等四書，我都想要全文，如為
選錄，即請作罷。」[233]二十世紀初，商務印書館曾翻印過一批西方原
版著作，其中包含一些著名的英國長篇詩歌。

常風關於《番石榴集》有如此評價：「朱湘……最早得名似乎是
因為翻譯詩。留心民國十一二年間文壇活動的朋友們大概還記得這位
詩人翻譯白朗寧的〈海外鄉思〉（*Home Thoughts, from the Sea*）所引
起的爭辯。我們很想知道他的這部辛勞的工作是不是受到那次爭辯的
刺激。這部翻譯詩集中是極值得稱讚的，從曼殊大師翻譯外國詩開始
以迄今日，沒有一本譯詩趕得上這部集子選擇的有系統，廣博，翻譯

---

230 張旭：〈文化外求時期朱湘的譯詩活動考察〉，《外語與翻譯》2004年第3期，頁8。

231 朱湘譯詩細目考訂，可參照張旭：〈文化外求時期朱湘的譯詩活動考察〉（《外語與
翻譯》2004年第3期）一文。

232 朱湘：〈寄羅念生（十五）〉，羅編：《朱湘書信集》（天津市：人生與文學社，1936
年），頁181。

233 羅編：《朱湘書信集》（天津市：人生與文學社，1936年），頁202-203。

的忠實。」[234]「下卷收四篇長詩，四篇英國十九世紀文學史上佔了很重要位置的長詩：安諾德的〈索赫拉與魯斯通〉，華茲華斯的〈邁克〉，柯勒律治的〈老舟子詠〉，和濟慈的〈聖亞尼之夜〉。以一人而譯了這些重要的長篇敘事詩和短詩真是驚人的努力。而在譯詩的藝術方面有一點不容我們忽視的，許多譯詩都是照著原詩的節奏與韻腳。」「所以即以本集的譯者，一位精通西洋詩的人來說，雖然他的工作極忠實，而且能在翻譯中仿用原詩的節奏與韻腳，他的譯詩仍然給我們一個極可惋惜的遺憾，他在許多地方捉不住原詩的神味。」[235]「在這集子裡最失敗的要算〈老舟子詠〉，這首瑰麗、神秘可怖的詩。……（譯文）文字如此的生澀，還需要錘鍊。……因為譯者太拘泥原作，捉不住原作的精神，而且有時認不清一節詩或一行詩的重心，所以不能獲得十分成功。……這個集子在編製上有許多缺點。每個作者應該有一點簡單的介紹……假如能於每首詩加以解說，那更是理想的了。」[236]

（二）濟慈與朱湘

　　將二者最早聯繫的是魯迅，後者稱朱湘為「中國的濟慈」[237]，可

---

234 常風：《逝水集》（瀋陽市：遼寧教育出版社，1995年），頁208。

235 常風：《逝水集》（瀋陽市：遼寧教育出版社，1995年），頁209。

236 常風：《逝水集》（瀋陽市：遼寧教育出版社，1995年），頁212-213。

237 關於這一稱謂，在《朱湘詩集》（成都市：四川文藝出版社，1987年），周良沛所作的〈序〉中，作者認為：「魯迅的話出自他的《通訊》〈致向培良〉（《魯迅全集》，卷7，頁270。）第三篇斥朱湘的，我想可以刪去，而移第四為第三。因為朱湘似乎也已掉下去，沒人提他了──雖然是中國的濟慈。《魯迅全集》的注釋說：『一九二五年四月二日《京報副刊》發表聞一多的〈淚雨〉一詩，篇末有朱湘的「附識」』，其中說：『〈淚雨〉這詩沒有濟慈……那般美妙的詩畫，然而〈淚雨〉不失為一首濟慈才作得出的詩。』這裡說朱湘是『中國的濟慈』，疑係誤記。注文說『朱湘似乎也已掉下去』是『疑指他當時日益傾向徐志摩等人組成的新月社。』」魯迅《集外集拾遺·通訊〈致向培民〉》，《魯迅全集》（北京市：人民文學出版社，1995年），卷3。

見朱湘與濟慈之間的密切關係了。在二、三〇年代的詩人中，朱湘也許是與濟慈有最多相似點的一個了。

朱湘的好友羅念生在悼念他的文章中說：「在北海你說你愛水，我們同去泛舟……」[238]朱湘愛水這也許與他從小生在湘水與沅水的交會處有很深的影響，朱湘字子沅，這「沅」字就是指的沅水，「水」也成為他詩歌中經常出現的一個意象，而他最後也把生命交給了這長流不息的水，像濟慈一樣把名字寫在了水上（Here lies one whose name was writ in water.）。

濟慈與朱湘兩人都只度過短暫而充滿苦難的生命歷程，都是不能見容於世的孤僻和焦躁的性格，以及對藝術的執著追求。二人性格都比較孤僻、好強，與社會格格不入，因而更願從自然中尋求解脫，以擺脫人世間的種種不如意。朱湘受中國山水詩影響較大，往往物我相通，自然景物具有人的靈性。濟慈詩歌更有一種神秘的宗教色彩。

濟慈與朱湘重想像力。〈寄思潛〉一詩以濟慈病中作詩的精神勉勵詩友直面人生，說「濟慈的詩不死，身子早死了有何輕重？」朱湘重視他自身詩歌的獨立性。他欣賞濟慈的詩才，欣賞他豐富的想像力，也欽佩他的獻身藝術的精神，但他仍不忘自己的中國民族詩人的身分。〈南歸〉：「他們說帶我去見濟慈的鳥兒，／以糾正我尚未成調的歌聲。／殊不知我只是東方的一隻小鳥，／我只想夢見荷花陰裡的鴛鴦。」

朱湘〈古代的民歌〉中認為詩歌創作要發展而成為礦山應該先從三處礦苗入手：「第一處的礦苗是『親面自然』（人情包括在內）。」「第二處的礦苗是『研究英詩』」。——向外國詩歌學習，而英國的詩歌曾在世上有過重大影響。「第三處的礦苗便是『攻古民歌』」。他並

---

238 羅皚嵐、柳無忌、羅念生：《二羅一柳憶朱湘》（北京市：生活・讀書・新知三聯書店，1985年），頁80。

自信地說：「我國的詩歌如果能夠遵了我所預言的三條大道進行，則英國『浪漫復活時代』的詩人也不能專美於前了。」

關於「第三處礦苗」，朱湘在〈我的童年〉一文裡：「司各德各書，據我所看過的說來，它們足以使我越看越愛的地方，便是一種古遠的氛圍氣，以及一種家庭之樂。家庭之樂這個詞語，用來形容這些小說之內的那一種情調，驟看來或許要嫌不妥當，不過，仔細一想，我卻覺得它要算是我所能找到的唯一的妥當的摹狀之詞了。這一種家庭之樂的情調，並不須在大團圓的時候，我簡直可以獨斷的說，是由開卷的第一字起，便已經洋溢於紙上了。或許，作者所以能永遠留念於世人的心上的緣故，便在於他能夠把這種樂居的情調與那種古遠的氛圍氣有機的融合在一起。」[239]

其實和朱湘同時代的詩人中，有很多也是英年早逝的，像我們非常熟悉的徐志摩、聞一多，此外還有朱湘的好友劉夢葦，同為「清華四子」的楊子惠等，但是像朱湘這樣投水自殺而悼念他的文章又有很多談到他的死因的卻是不多。其中丁瑞根在〈悲情詩人——朱湘〉中說：「在這短短的半年裡，各種社會角色、各樣社會責任紛至沓來。要求剛滿二十歲的朱湘承受的東西太多太快，以致於他來不及細細咀嚼，就匆忙地擔負起生活的重擔。在如此急劇的角色變換中，他甚至沒有得到必要的心理調節的機會，便在這種缺陷之中成熟起來。」[240]這樣的分析還是比較令人信服的，正是這種心理的不成熟、心理素質的不健全，才為朱湘後來的生存壓力和最終悲劇的發生埋下了伏筆。這樣巨大的心理壓力，一個世紀前濟慈也經歷過。濟慈是家裡四個孩子中最年長的，七歲的時候他的父親就去世了，六年後他的母親也去世了，家裡的孩子就由監護人照管。濟慈作為長兄，成人後當然也要

---

239 孫玉石編：《朱湘》（中國現代作家選集）（北京市：人民文學出版社，1985年），頁224。

240 丁瑞根：《悲情詩人——朱湘》（石家莊市：花山文藝出版社，1992年），頁55。

擔負起照顧弟妹的責任，他要給移民去了美國的喬治籌錢，他還要看
護得了肺病的湯姆，自己後來也被傳染，在他發表了長詩〈恩狄米
昂〉（Endymion）之後，即發現自己也有了肺病的徵兆。他短短的一
生就是在與困難的環境──窮困、疾病、他的詩歌所遭受到的攻擊的
鬥爭中使自己成為一個真正的男子漢，並且最終贏得了讀者的認同。
但是我們讀濟慈的詩歌，看不到他對 "difficult circumstances" 的抱
怨，我們看到的是經過了作者無邊的想像力描繪出來的一幅幅美麗的
畫卷，以致於十九世紀《愛丁堡評論》（*Edinburgh Review*）的創辦者
和編輯Francis Jeffery評論說「濟慈和其他的作家相比最大的不同是：
想像在別人是次要的，而對於濟慈卻是首要的。」[241]更多的觀點是把
濟慈直接看做唯美主義的先驅、「為藝術而藝術」，這恰恰從側面說明
了濟慈詩歌的一個特點──即對生活的過濾，濟慈的詩歌所呈現出來
的美是把生活的「雜質」──痛苦、貧窮、饑餓、疾病、黑暗過濾之
後而得來的，所以我們在他的詩歌中不會輕易的看到這些「雜質」。

　　這種對生活的過濾也深深地影響了朱湘。朱湘短短的一生也幾乎
是在貧窮和疾病（朱湘死前已經得了腦充血病）中度過的，但是在
《夏天》、《草莽集》還有作者死後出版的《永言集》（當然不包括
《石門集》中作者死前一段時間在絕望的狀態下寫的一些詩歌），我
們在他的這些作品中不會經常看到作者對現實的抱怨，作者依舊是一
天二十四小時都在想著作詩，「我的詩神！我棄了世界，世界／也棄
了我；在這緊急的關頭，／你卻沒有冷，反而更親熱些，／給我詩，
鼓我的氣，替我消憂。」[242]即使在這樣艱難的處境中，詩人也沒有失
去對詩歌的熱情和信心。關於這一點有很多評論認為：「這就是他

---

241 Laurie Lanzen Harris, Emily B. Tennyson, associate Editor: Cherie D. Abbey:
　　 Nineteenth-Century Literature Criticism, (the United States: Gale Research Company,
　　 1985), p. 327.

242 朱湘：〈十四行英體〉，《朱湘詩集》（成都市：四川文藝出版社，1987年），頁235。

（指朱湘，筆者注）一直堅信的文學應該有他獨立自主的，與社會現實無關的價值。朱湘這種藝術與生活二元分離的觀念，使他能在創作過程中過濾掉生活帶來的焦躁，而沒有在詩中顯示絲毫的紛亂。唯其如此，朱湘才以難得的安詳與細膩，製造出《草莽集》特有的古典與奢華的氣氛。」[243]這裡作者認為朱湘對生活和藝術的觀念是分離的，這樣的說法值得商榷，因為詩人畢竟是生活在現實中的，是離不開現實的，詩人的創作與他的生活呈現了兩種風貌，是詩人對生活選擇和過濾的結果，而不是兩種觀念的分離。「在蘇雪林的印象裡，朱湘之前的詩和他的性格迥然不同，生活中的朱湘充滿著動盪不安的詩人氣質，但他的詩歌卻格律謹嚴，而且平靜細膩得令人吃驚。」[244]「生活和自然可以多方面的喚起人們美的感應，但不是所有這些感應都可以化成美的詩。這裡有一個感情對生活的昇華與提煉的問題。」[245]那些可以化成美的詩的感應就是作者對生活的昇華和提煉，而這些提煉出來的詩在作者的筆下呈現出了令人吃驚的平靜和細膩。類似的詩篇可隨手拈來：如描寫大自然之美的〈春〉、〈小河〉、〈寧靜的夏晚〉、〈北地早春雨霽〉、〈春鳥〉等等；描寫人與自然的〈遲耕〉、〈採蓮曲〉；描寫友情的〈寄一多基相〉；此外即使像〈回憶〉、〈葬我〉這樣的詩也沒有悲傷的調子，均優美悅耳、平靜細膩的。正是這樣平靜細膩的詩風，我們很難在朱湘的詩歌中看到對死亡的熱烈謳歌，除了《石門集》中一部分他死前在絕望的狀態裡寫下的詩歌。朱湘筆下的死亡是被表面的平靜所掩蓋了的，是埋藏在生命的底蘊中的一種情感。

　　濟慈在他的詩歌中對「自然」這個主題的處理比華茲華斯和雪萊要簡單和直接得多，他愛自然是因為自然本身，他不想解釋自然或把自然哲學化，他滿足於享受自然。因此我們在他描寫大自然的詩歌中

243 丁瑞根：《悲情詩人──朱湘》（石家莊市：花山文藝出版社，1992年），頁134。

244 劉志權：《純粹的詩人：朱湘》（北京市：文史哲出版社，2004年），頁163-164。

245 孫玉石編：《中國現代作家選集朱湘》（北京市：人民文學出版社，1985年），頁285。

看不到說教，他本身也是反對哲理入詩和詩人說教的，如他的〈拉彌
亞〉（*Lamia*）；他把自然看做是美的代表，他是如此的熱愛她，因此
他的語言是熱烈的，如〈致秋天〉（*To Autumn*）；他的感情是濃烈
的，如〈夜鶯頌〉（*Ode to a Nightingale*）。在這兩方面（詩歌語言和
表達的感情）聞一多和徐志摩更接近濟慈的風格，我們看聞一多《紅
燭》集中的詩和徐志摩的詩歌就會一目了然。而朱湘則把濃烈的感情
藏於心底，在詩風上表現出一種平靜和細膩，他的好友羅念生說「他
的詩很少有熱情，就是這詩集（指《草莽集》，筆者注）的第一首〈熱
情〉也不見得怎麼熱，那是雄渾中的細緻，對自然的wonder。」[246]與
這種平靜和細膩相輔相成的是朱湘在詩歌語言的選擇上，色彩沒有聞
一多和徐志摩的那種濃麗，更傾向於一種素樸、淡雅。朱湘好像特別
喜歡這種淡淡的色調，在他的詩歌中「素」字的運用就多次出現，如
〈春〉中「素娥深居於水晶宮內」，〈小河〉中「伊有水晶般素心」，
〈鵝〉中「是愛你身披絹素」，〈貓誥〉中「我自慚一生與素餐為
伍」[247]，他的詩劇《陰差陽錯》中的畫者名字叫「素心」，〈小河〉中
的「素心」在這裡又一次出現了。〈八百羅漢〉中「素雞素鵝不見供
上神案」等等，與此相近的朱湘的詩歌中也特別喜歡白色，不一一枚
舉了。就其三人在語言色彩和感情濃淡的選擇上我們可以概括如下，
聞一多當初出國留學學的是美術專業，他對色彩是比較敏感的，後來
改學文學，自然會把繪畫上的色彩搭配借鑑到詩歌創作上來，他自己
就說：「在這裡我想寫一篇秋景，純粹的寫景，──換言之，我要用
文字畫一張畫。」[248]「我現在正作一首長詩，名〈秋林〉──一片色

---

246 羅皚嵐等著：《二羅一柳憶朱湘》（北京市：生活・讀書・新知三聯書店，1985
　　年），頁68。

247 朱湘：《朱湘詩集》（成都市：四川文藝出版社，1987年），頁11、頁14、頁41、頁
　　88。

248 聞一多：〈致吳景超、梁實秋〉：武漢大學聞一多研究室編：《聞一多論新詩》（武
　　漢市：武漢大學出版社，1985年），頁186。

彩的研究。」[249]並且也寫出了很多佳作，如〈死水〉。而徐志摩一生
是個感情豐富的人，他自己就說他的一生都可以尋得出感情的線索
來。所以詩歌就成了他宣洩感情的最好形式。而朱湘的詩歌則和他的
性格相似，內心裡燃燒著一團火而表面看上去卻像個沒事人似的。因
此徐志摩的詩更像濟慈早期創作的詩歌如〈恩狄米昂〉（Endymion）
和一些十四行詩，詩裡面透漏著一股純真和無限的想像力；濟慈在晚
年的時候也曾注意到詩歌不能讓想像力任意氾濫，應該有理智的適當
制約如他的〈海坡里安〉（Hyperion），聞一多的詩與此時的濟慈更加
接近，在他的詩裡我們可以看到由理智所約束的感情和想像力；但是
疾病纏身的濟慈的詩歌在他生命的盡頭最終歸於了平靜，朱湘的詩則
正像生命盡頭的濟慈，詩歌表現出一種令人吃驚的平靜和細膩。如果
說濟慈也有三個「我」──「本我、自我、超我」，那麼徐志摩就是
濟慈的本我，聞一多是濟慈的自我，朱湘就是濟慈的超我。

　　朱湘的詩之所以能塑造這樣的氛圍和境界，除了詩人對生活的過
濾和提煉之外，還要歸功於他對新詩的形式和音節的不斷探討和嘗
試。在他寄給曹葆華的信中他提到音節的問題：「音節之於詩，正如
完美的腿之於運動家……想像，情感，思想，三種詩的成分是彼此獨
立的，惟有音節的表達出來，他們才能融合起來成為一個渾圓的整
體。」[250]這裡我們可以這樣理解，想像是一種提煉生活的方法，情感
是對生活的感悟，而思想是對生活的哲理，這三種詩的成分唯有用恰
當的音節表達出來，三者才能形成最佳組合，詩人的想像才能得到最
大的發揮，情感才能表達得恰到好處，思想才能闡述得最清晰，朱湘
也是在新詩的創作道路上不斷地嘗試把不同的情感用不同的詩體和韻

---

249 聞一多：〈致梁實秋〉：武漢大學聞一多研究室編：《聞一多論新詩》（武漢市：武
　　漢大學出版社，1985年），頁197。
250 朱湘：〈寄曹葆華〉，《朱湘書信二集》（合肥市：安徽文藝出版社，1987年），頁183。

律表達出來。[251]

四　梁遇春、邵洵美與英國文學

（一）梁遇春譯介英國文學的簡要歷程

一九二八年《北新半月刊》第三卷十一至十四號刊梁遇春譯R.
Lynd〈論雪萊〉。兩篇譯文對雪萊的介紹與評價非常詳盡，對普通讀
者理解和接受雪萊頗有助益。

一九二九年九月，《新月》月刊雜誌二卷六、七號「海外出版界」
欄目中刊載梁遇春對蔡普門著《雪萊、威志威士及其他》一書的評
論，其中涉及到對雪萊與華茲華斯兩位浪漫詩人的認識與理解問題。

一九三〇年三月，梁遇春第一本散文集《春醪集》由上海北新書
局出版。其中收有〈查理斯·蘭姆評傳〉，該文又載於一九三四年十
二月一日出版的《文藝月刊》第六卷第五、六號合刊。

一九三〇年八月，《現代文學》創刊號載梁遇春〈談英國詩歌〉，
此為《英國詩歌選》（梁遇春譯注，北新書局，1930年）的序言，對
中世紀英國古民歌以來的歷代英國詩歌名家及主要作品評述，是一部
簡明的英國詩歌發展史。

一九三〇年十月，梁遇春譯注的散文〈幽會〉（約翰·高爾斯華
綏原著）由上海北新書局出版發行。書前有對高爾斯華綏創作特色的
介紹。[252]此譯注本包括〈幽會〉等四篇散文作品，均譯自於高爾斯華

251　筆者指導的研究生瞿元英參與了上述關於朱湘與濟慈關係的討論，並提供了初步
　　的解讀文字。

252　稱「高爾斯華綏是英國當代大小說家與戲劇家。……他所最痛恨的是英國習俗的
　　意見和中等社會的傳統思想。他用的武器是冷諷，輕盈的譏笑。……『憐憫』的
　　確是高爾斯華綏的一個重要情調。他是懷個無限量的同情來刻畫人世的愚
　　蠢。……他覺得世上一切紛擾的來源是出於人們不懂怎樣去欣賞自然和人世的

綏的散文集《安靜的小酒館》(*The Inn of Tranquility*)。

　　一九三一年五月，上海北新書局出版了梁遇春譯注的小說《老保姆的故事》(蓋斯凱爾夫人原著)。其中有對蓋斯凱爾夫人及其創作特色的介紹：「這位女小說家是英國小說家裡第一個把窮人們的生活老老實實描寫出來。」她「大膽地將英國工業區裏工人窮苦不堪的狀況素樸地寫出，而成為很妙的小說。」「她對於低微樸素的生活深有同情，能看出內中的種種意義。」「她知道怎樣用女性特有的銳敏觀察力和體貼能力，做平凡人和窮苦人的生活的舌人。這個功績是值得欽仰的。」

　　一九三一年七月，梁遇春譯注的小說《青春》(康拉德原著)由上海北新書局出版。書中有對康拉德創作特色的介紹：「他的著作都是以海洋做題材，但是他不像普通海洋作家那樣只會膚淺地描寫海上的風浪；他是能抓到海上的一種情調，寫出滿紙的波濤，使人們有一個整個的神秘感覺。他對於船彷彿看做是一個人，他書裡的每隻船都有特別的性格，簡直跟別個小說家書裡的英雄一樣。然而，他自己最注意的卻是船裡面個個海員性格的刻劃。他的人物不是代表哪一類人的，每人有他絕對顯明的個性，你念過後永不會忘卻，但是寫得一點不勉強，一點不誇張，這真是像從作者的靈魂開出的朵朵鮮花。這幾個妙處湊起來使他的小說愈讀，回甘的意味愈永。」

　　一九三二年十月一日，《新月》第四卷第三號刊登梁遇春的〈斯特里奇評傳〉。介紹於本年一月二十一日去世的英國傳記學大師斯特拉奇(1880-1932)。

　　一九三二年，梁遇春譯《英國小品文選》由開明書店出版發行。該書於一九二八年已譯好，選譯了包括蘭姆作品在內的十篇小品文。

美，把生命中心放在不值得注意的東西上面，因此一幕一幕的悲劇開展了。⋯⋯高爾斯華綏不單具有巧妙的冷諷同溫和的同情，他還有一種恬靜澈明，靜觀萬物的心境，然後再用他那輕鬆靈活的文筆寫出。」

梁遇春譯介的英國散文頗多。其他如一九三〇年四月上海北新書局出版《小品文選》；一九三六年六月北新書局出版《小品文續選》。前本書包括英國十八至二十世紀中二十位重要散文家的經典作品；後一書又譯介了九位英國作家的散文名著。在譯介的同時，還將這些散文家的創作特色作了簡明扼要的推介。

（二）邵洵美與英國唯美主義

一九二四年，邵洵美進劍橋大學依曼紐學院專攻英國文學。他從發現薩福而知道了史文朋（1837-1909），又因史文朋而熟知了前拉菲爾作家。邵洵美還結識了史文朋的一個最好的朋友魏斯（T. J. Wise）。他是史文朋一切稿件的管理人。後邵洵美回國，與他仍有書信往來。一九二八年十月，魏斯在給邵洵美的信中熱情洋溢地說：「假使史文朋仍活著，知道中國有像你這樣一個好友，他一定會快樂得不得了。」邵洵美在英國還與當代著名的信奉自然主義的七十多歲的愛爾蘭作家喬治・摩爾（1852-1933）結成了忘年交。

《一朵朵玫瑰》（金屋書店，1928年3月版）是本譯詩集，譯有羅賽蒂兄妹、史文朋、哈代等九位英美詩人的二十五首詩，並附有「原作者傳略與小注」，這些評介扼要、簡賅、精短。但丁・羅賽蒂是英國畫家、詩人，拉斐爾前派創始人之一，該派最重要的中心人物。畫風帶有神秘主義和傷感氣息。詩歌詞句典麗，描寫入微，想像大膽。詩集《生命之屋》是珠寶的藏庫。其妹的詩以淺明的詞句、甜蜜的想像和富麗的表現，使她在英國女作家中佔有了最高的位置。《鬼市》是拉斐爾前派詩人中在詩的創作上第一個成功作品。邵洵美以為在英國女作家中只有她才當得起「詩人」的稱號。邵洵美還稱哈代是第一流的詩人，也是第一流的小說家。對他的詩，邵洵美讚歎：「太容易讀，太難譯，意思是何等的簡單明瞭，文筆是何等的精幹老當。」

邵洵美的論文集《火與肉》（金屋書店，1928年3月版）裡有篇題

為〈史文朋〉的文章。該文還是一九二六年在劍橋念書的時候作的，傾注了他的崇敬與熱誠。他如此評價史文朋：「史文朋詩集裡的吟唱，以火一般的情感，發揮思想、意見，反對一切專制政治，反對虛偽的道德。他的詩歌集一經發表，轟動全歐，名揚美洲。他的學問非平常人所能望其項背，他的天才更沒有第二個人可以及到。文學界因了他這驚異的天才而原諒他的作品的狂放。這個飲酒無度，性格浪漫，終身未娶的大詩人的詩已達到一切的頂點、沸點、終點！啊，不能再好了，不能再好了！」在論文《日出前之歌》（史後期一部詩集）裏說：「他以自由為生命，以為自由殺一切黑暗的光明，自由是至善的、萬能的。他不但求肉體的自由，而且求靈魂的自由。他為窮困百姓、弱小國家、滅亡的種族、所有被壓迫的鳴不平。他詛咒強凶的霸道者、暴虐的執政者、挾制一切禮教和拘囚萬物的上帝。他崇拜革命。他的革命無國界，不但是家國的革命，而且是世界的革命。他以人類為本位，他是個大同主義者。」文章結尾，邵洵美以詩般的語言，發出他的讚歎：「你這追求光明的燈蛾，你自身的血液比火焰熱烈得多。你以自由為你唯一的光明，而自由竟以你而分外光明了。我的詩人，我的革命詩人！」

　　一九二八年七月一日，《獅吼》半月刊復刊，稱為「復活號」。每月一、十六日出刊。發行者是邵洵美的金屋書店。復活號第二期是《羅賽蒂專號》。邵洵美不滿足於在〈一朵朵玫瑰〉裡對羅賽蒂所作的簡短介紹和評論，因而又寫一篇長篇專論論述羅賽蒂。題目就叫"D. G. Rossetti"。此前趙景深在《小說月報》，聞一多在《新月》月刊，都有關於羅賽蒂的介紹文章。邵洵美說「趙、聞大作都是介紹文字中很好的作品。」但又說：「我們需要新鮮與精澈些的東西」，於是他在文章中寫下了他所知道而為趙、聞所沒有寫出的內容。

　　邵洵美從畫、詩、翻譯三方面來評述羅賽蒂。他說「羅賽蒂是一位非特能畫肉體並且能畫靈魂的畫家」，他談了羅賽蒂的"Beata

Beatrix"一畫，並盛讚說「這張大和諧的作品，是羅賽蒂生平最大的
傑作，也便是世界畫史上不朽名品」。他評介了羅賽蒂的詩集《生命
之屋》，說「他的詩的志願是何等的偉大，表現得何等深切精美，思
想和情感的枝葉是何等豐富，他的那種甜蜜的光明的風格的急流把世
界上所有的醜的惡的卑鄙的污濁的一切完全沖淨了。而他的像金子般
燦爛的縈想，珠寶般彩色的字兒，卻從未將他的辭句的清高忠實來掩
蔽。」《生命之屋》（*House Of Life*）分為兩部共有十四行詩一〇一
首。上部《青春與變化》五十九首，下部《變化與命運》四十二首。
「他們的性質便是說從青春的甜蜜而起了變化，受著命運的播弄而終
於無窮的悲哀。這裡面沒有一首不是潤著愛之仙露而同時顯示著死之
必至。」邵洵美還引入了史文朋對《生命之屋》的一段評介：「這
《生命之屋》中有這許多廣廈，華美的大廳，陶醉的內室，供神的禮
堂，盛典的會場。無論哪一位貴客初進門來決不能講出這裡邊的組織
的秘密。靈與知，視覺聽覺與思想，都被吸收在僅有歡樂所能辨別的
音調的壯麗與色彩的燦爛之中。但這組織是堅固而和諧的。這裡，天
才的豪奢一些不虛霍，他的全體比他最美麗的一部分都來得美
麗。……每一首都是（好像一個詩人形容百靈鳥在清晨高唱）一粒粒
金珠滾下金階。在英吉利是沒有這一類詩的——恐怕Dante（但丁）
的意大利文中也找不到——如此地豐富而如此地純潔。」邵洵美在這
篇論文的末尾，說「總之，他的一生，便是詩的與畫的，他留給我們
這許多熱烈的情感豐富的色彩在他的詩與畫裏。他是一個偉大的詩人
又是一個偉大的畫家。他兩件都成功了。意大利以為是他們的（驕
傲），英吉利也以為是他們的無上光榮。啊，你這世界文壇的驕子，
請受我的頂禮！」

第七節　學衡派同仁與英國文學

　　一九二二年一月九日，胡先驌、梅光迪、吳宓等人主辦的《學衡》在南京創刊，一九三三年七月終刊。原為月刊，一九二八年自第六十一期起改為雙月刊，共出七十九期。成員都曾留學美國，熟悉西洋文學，多受當時帶保守和清教色彩的新人文主義的影響，相信靠倫理道德的理論足可以凝聚中國，對新文化與新文學的激進行為反感，試圖以學理立言，在中西文化比較中堅持「昌明國粹，融化新知」的宗旨。

　　《學衡》雜誌設「插圖欄」，共刊出一七六幅插圖。其中肖像畫在整個欄目中所佔比例最大，所刊多為中外文化名人肖像及世界美術名家之作。如第四期載狄更司、薩克雷像；第九期載雪萊、拜倫像；第十一期載白朗寧、丁尼生像；第十五期載英國詩人、劇作家、批評家德萊頓像；第三十二期載博物學家、進化論奠基人達爾文像；第六十一期載華茲華斯像；第七十四期載勞倫斯像。

一　學衡派與華茲華斯〈露西組詩〉（其二）的譯介　策略

　　作為五四新文學運動的反對者，學衡派也對華茲華斯表現了很大的興趣，不過其認同和接受的旨趣則與創造社、新月派同仁有所差異。

　　《學衡》雜誌第七期曾刊有華茲華斯肖像。第九期上吳宓所寫的一篇〈詩學總論〉中引用過華茲華斯的詩作和詩學主張。後來吳宓曾在清華園根據希臘神話傳說中海倫的故事，仿華茲華斯〈雷奧德邁

婭〉（*Laodamla*）而作〈海倫曲〉一首長達一一二句。[253]在〈餘生隨筆〉中吳宓也曾提及華茲華斯與中國田園詩人陶淵明的類似之處，而為吳宓所欣賞的近代詩人黃遵憲的〈人境廬詩草自序〉，也被他拿來與華茲華斯〈抒情歌謠集再版序言〉相提並論。本部分將重點討論學衡派同仁對華茲華斯〈露西組詩〉（其二）的譯介策略。

正如當代翻譯理論所指出的那樣，文學迻譯中，譯者的中介參與具有特殊的意義。他固然可以複製出忠實於原作的譯本，同時他還可以出於自己的主觀意願，故意表現出對原作的背離，使譯作具有獨立於原作之外的精神氣質與文化品格，此即所謂的「創造性叛逆」。[254]最突出的表現是譯者自覺地按照本國文化的精神來詮釋原作的文化精神，使譯語文化「吞併」原作文化，將外來文化歸化為本國文化，這樣的創造性叛逆，已超出單純的文學譯介範疇，而表現出譯者在認識異域文化的同時，又進行者本民族文化傳統的「自我重構」。雖然它的方式是「移花接木」，但譯者承傳文化傳統的自覺意識，對本民族文化建設的作用是不可忽視的。

在中國現代翻譯史上，尤能體現出這一文化「自我重構」精神的，當推《學衡》諸公。而實際上，這一精神又是與新文化運動中《學衡》同仁所秉持的文化理念有著密切關係。可以說，外國文學譯介對新文化建設者們的世界眼光與現代意識有不可忽視的催生作用。從二十世紀初梁啟超倡導「詩界革命」，率先在詩歌領域引進西方詩歌的思想價值，以引發國民的革命精神到新文化運動中全面宣導「歐化國語的文學」，再從文學翻譯自覺向西方文學靠近，進而促成文學創作的模仿與歐化，這其間一個突出的趨勢是認同外國文化，忽視本

253 吳宓：〈故都集下〉，《吳宓詩集》（上海市：中華書局有限公司，1935年，初版），卷13。此前該詩曾載《學衡》第78期（1933年5月）。

254 參見謝天振：〈文學翻譯：一種跨文化的創造性叛逆〉，見《比較文學新開拓》（重慶市：重慶大學出版社，1996年）。

民族文化傳統的重構，因此文學翻譯多為外國文化精神所吞沒。這樣的一邊倒是與新文化主流的文化選擇相一致的。

　　當然，民族傳統的回應並非不存在，儘管在歐化的巨大聲勢中顯得不夠和諧，但它始終作為一股潛流對歐化起到一定的制衡作用。文學翻譯中對「中國化」風格的探求即是如此。在白話興起之前，譯詩幾乎運用了中國古典詩歌的所有樣式：騷體、古風體、五七言體、詞及散曲等，這些譯詩力圖借舊格律裝新材料，使外來文學就範於本民族的表達方式，以不失文化回應的姿態。不僅如此，某些譯作已出現了文化歸化的傾向。如最早翻譯十九世紀英國詩人華茲華斯詩歌的陸志偉，就譯出了華氏的〈貧兒行〉及〈蘇格蘭南古墓〉，發表在一九一四年的《東吳》雜誌上。其中〈貧兒行〉譯文採用了中國傳統七言歌行體的形式，明顯受到白居易〈琵琶行〉的啟發，甚至譯作中某些句子亦化用白詩原句，所反映的主題也頗有中國古典詩歌的人文思想色彩。〈蘇格蘭南古墓〉譯文採用的是中國傳統五言古詩形式，其行文之間也展現出中國傳統弔古傷懷詩的意蘊，帶有了某些中國情調。因此從陸氏的譯作不難看出借助歸化之力，本國的文學傳統可以在譯作中再生。這對二十年代在「歐化國語的文學」大力倡導之時，仍固執地以文言翻譯西方詩歌，藉此昌明國粹的《學衡》諸公來說，無疑是實踐意義上的先導，但二者又有認識上的差異。前者更多地出於傳統的無形驅使，「知其然」地利用現成的文學傳統，而後者則清醒地「知其所以然」地發揚傳統，是處於東西方文化碰撞中立足民族文化「自我重構」的自覺要求，它與《學衡》諸公在新文化運動中，堅持「昌明國粹，融化新知」的國際視野及確立文化主體性的民族眼光是一致的。因此，他們的譯介實踐尤帶有文化建構的動機，我們不妨擷取《學衡》首增「譯詩」欄時所刊登的華茲華斯一詩的八首譯作，見微知著，以明就裡。

　　為與「昌明國粹，融化新知」的辦刊宗旨作桴鼓之應，吳宓主持

《學衡》時，於一九二五年首次刊登出一組譯詩。原詩為華茲華斯
〈露西組詩〉第二首，譯者為賀麟、張蔭麟、陳銓等。「編者識」曾
云「原詩以首句為題，正合吾國舊例，諸君所譯，題各不同，亦自然
之勢，今因賀麟君之譯先列，故以賀麟君首句用作本篇之總題。」題
為〈威至威斯佳人處僻地詩〉。為便於分析，茲將華氏原詩及八首譯
作抄錄如下[255]：

> She dwelt among the untrodden ways
>
> Beside the springs of Dove,
>
> A maid whom there were none to praise
>
> And very few of love.
>
> A violet by a mossy stone
>
> Half-hidden from the eye!
>
> Fair as a star, when only one
>
> Is shining in the sky.
>
> She lived unknown, and few could know
>
> When Lucy ceased to be;
>
> But she is in her grave, and, oh
>
> The difference to me!

（一）佳人處僻地（賀麟譯）

佳人處僻地，地在鵠泉旁。稱頌乏知己，愛慰少情郎。羅蘭傍
苔石，半露半罅藏。

晶明如紫微，獨燦天一方。羅敷生無聞，辭世曷淒涼。謁塚弔
芳魂，彼我隔渺茫。

---

255 載於《學衡》第39期（1925年3月）。

（二）彼姝宅幽僻（張蔭麟譯）

彼姝宅幽僻，徑荒無人跡。旁邇德佛泉，泉水流不息。落落無稱譽，亦鮮相愛憶。

紫羅依苔石，豔姿半潛匿。皎潔若明星，獨照長空碧。索居世相遺，長逝罕知時。

麗質眠孤墳，嗟我有殊悲。

（三）佳人在空谷（陳銓譯）

佳人在空谷，空谷旁靈泉。幽芳徒自賞，春夢更誰憐。苔石紫羅蘭，俗眼渾不識。

美麗如明星，孤星照天際。絕色無人知，莫知其終極。黃土掩佳人，郁陶思往昔。

（四）絕代有佳人　幽居在空谷（顧謙吉譯）

有美性幽獨，自傍鴛溪宿。不為世俗憐，幾人問寒燠。譬如石邊菊，莓苔隱遊目。

亦若燦爛星，天半自孤煜。芬芳世不知，零落依草木。彼美已長眠，我心亦傾覆。

（五）女郎陌巷中（楊葆昌譯）

女郎陌巷中，幽居鄰清泉。不曾逢人譽，更少得人憐。一朵紫羅蘭，半為苔石掩。

豔麗擬明星，太空獨閃閃。露西生無聞，露西死孰知。今已入泉下，嗟哉與我歧。

（六）蘭生幽谷中（楊昌齡譯）

蘭生幽谷中，傍有愛神泉。零落無所依，孤影少人憐。紫羅傍苔石，欲掩已外延。

忽如迢遙星，照耀黃昏天。悲彼芬芳姿，湮沒百草叢。花亡人歸墓，縹緲不相逢。

（七）德佛江之源（張敷榮譯）

德佛江之源，江濱盡荒路。彼女居其間，無人相愛慕。嬌艷紫
羅蘭，苔石半掩護。

皎皎如孤星，光華獨流露。露西生無聞，垂亡少眷顧。彼今在
墓中，對予殊異趣。

（八）美人居幽境（黃承顯譯）

美人居幽境，側傍鴿之泉。孤高絕頌譽，並少人愛憐。有如紫
羅蘭，半露苔石邊。

清美一粒星，獨明向中天。露西昔在無人識，罕有知其謝塵
緣。而今彼已眠青塚，噫噫與我相殊懸。

　　儘管編者將顧謙吉以下譯詩視為「偏於意譯」，而實際上八首中
除張敷榮譯詩近於原作之意，其餘七首皆經譯者再度詮釋。他們不僅
以中國傳統的五言體（黃承顯譯詩五、七言並用）作為傳譯原詩的語
言形式，而且將華氏筆下孤棲幽獨的女郎露西與中國傳統詩歌中極富
古典比興意味的「佳人」形象加以疊合，使譯本無論文本形式還是意
蘊內涵上都與原詩拉開了距離。

　　首先，譯作捨棄原詩本文的語言形式，將它轉換成漢語古詩的語
句形式，如原詩 "A violet by a mossy stone／Half-hidden from the
eye！／Fair as a star, when only one／Is shining in the sky"，英語表達
追求精確，主語、介詞等都不可缺少，而漢語古詩則可以省略。以張
蔭麟所譯為例，「紫羅依苔石，豔姿半潛匿」，以漢語動詞「依」換去
英語介詞「by」，同時將原句觀看者的「眼睛」（from the eye）隱去，
讓物（紫羅蘭）作為「半潛匿」的主動者，這樣就變名詞性的原句為
漢語的主謂句，變原句知性的靜態陳述為漢語的感性動態描寫，使花
依苔石的搖曳之姿更具視覺的生動聯想。再如後二句，張譯為「皎潔
若明星，獨照長空碧」。原文主語當為上句的「A violet」（紫羅蘭），

而譯句主語省去，按照漢語古詩的閱讀習慣來理解，這兩句既可指人，又可指花，這樣言簡意豐意蘊益濃，可以給人更多的美感聯想。同樣，原詩參差錯落的篇章結構也被轉換成句式齊整、韻調諧穩的五言體，充分展示中國傳統詩歌的形式美感。而這些並非原詩所有，而是它脫胎於另一語言格局中所煥發的新風采。是譯者秉承本國文學的審美經驗，以漢語詩歌的語言（思維）模式來歸化原詩語言（思維）模式的結果。

而且，因為文學文本不同於一般文本，它的語句、語篇諸形式所透出的氣息，往往造就出一種超乎語言表達以上的藝術特徵，亦是構成作品意義的有機成分。[256]所以八首譯作對原詩文本形式的歸化，也直接影響著譯本中國化氣蘊與品格的生成。

與形式層面相比，譯者對原詩的文化歸化更值得深究。我們知道，〈露西組詩〉為華茲華斯遊歷德國所作，借讚美與哀悼「露西」以抒寫詩人的幻滅感。對此，《學衡》「編者識」中已有闡明：「（組詩）均敘女郎露西Lucy之美而傷其死」，露西「實子虛烏有」，「蓋威至威斯理想之所寄託，初非欲傳其人，亦非悼亡自敘也。」很顯然，「露西」乃是人生理想的幻化，「她」的無人賞愛、「她」的美麗可人，「她」的香消玉殞，令「我」感到別樣的況味，形象地隱指詩人孤芳自賞式的理想及其幻滅。這種借文學女性形象表現某種情感寄託，可以說是中外文學中共有的現象。中國古典詩歌中「香草美人」傳統即是如此。我們可以追溯到屈原的楚辭，「惟草木之零落兮，恐美人之遲暮」（屈原〈離騷〉）、「惟佳人之獨懷兮，折芳椒以自赴」（屈原〈悲回風〉），屈原率先以一己之生命情懷與淑世激情，建立「佳人不偶」與「士不遇」的同構關係，使佳人形象成為士人介入社會與政治的特定話語。表現他們極高寒的理想和極熱烈的感情，在怨

---

256 參見萬中俊：〈翻譯文學：目的語文學的次範疇〉，《中國比較文學》1997年第3期。

懟與自戀中，調適著入世的懷想和被世棄的幽怨。於是，男女之情、孤處避世、歎群俗之汶汶等等都成為他們特定的話語方式。借此，他們既可寄託對理想之境的執迷，又形象地樹立了一套人文價值系統。遂使最具中國古典悲劇氣質的「佳人」形象從審美層面進入了傳統人文思想的建構中，具有了特殊的文化功能。而且它通過後人的繼承[257]，造就了我們閱讀者的「能力模式」。當詩人表現女性風華絕色而無人賞愛，我們必會聯想到一種握玉懷瑾而時乖命蹇的人生境遇；而她們「芳心空自持」的冷寂，也自然讓我們感到衷情難通的苦悶與自戀孤高的無奈。同樣，當譯者以這樣的「能力模式」去詮釋重現原作時，原作就被本國傳統的強勢歸化了。《學衡》所載的華茲華斯〈露西〉之二的八首譯作，無論是以「佳人」指代「露西」，還是在原作的基調上渲染怨世與自戀，都是譯者這種「能力模式」的結果，也即文化歸化的結果。這就使譯作具有了獨立於原詩的、在中國文化語境中生成的文學精神與文化品格。譯者不是接近了我們與外國文化的距離，倒是讓我們又親近了自己的文化傳統。這樣的譯介，實際上已超出了一般的文學翻譯活動，而把譯作納入了民族文學之中，成為一種目的語文學而非源語文學。[258]

　　這也是譯詩中出現許多我們熟悉而原作沒有的傳統意象的緣由。以陳銓所譯「佳人在空谷」為例，此詩若不說明是譯作，我們很難看出其原來面目。原因即在於，陳銓除了保持原詩中一些意象，又借助於上述的「能力模式」對原詩中的意象進行了內涵上的轉換，或乾脆植入中國傳統詩歌中「香草美人」意象及特定的語彙。例如，同樣也是虛擬的女性，「露西」的內涵與「佳人」的內涵是相差甚遠的；原詩中 "She dwelt the untrodden ways" 中「無人踐踏的路」與譯詩中

257　曹植《雜詩》〈南國有佳人〉、李白《古風》〈美人出南國〉等皆遠祧屈子。

258　參見葛中俊：〈翻譯文學：目的語文學的次範疇〉，載《中國比較文學》1997年第3期。

「佳人在空谷」的「空谷」相比，雖然都是指女性幽棲之處，但後者更為我們熟悉，更容易激發我們的審美經驗。如杜甫〈佳人〉詩云：「絕代有佳人，幽居在空谷。自云良家子，零落依草木」。（杜詩雖描寫戰亂中為夫所逐之棄婦，但沿用「香草美人」的傳統意象，故而後人以為有比興寄託，表「放臣之感」。）陳銓則將杜詩首二句並為「佳人在空谷」，顧謙吉譯作中「絕代有佳人　幽居在空谷」及「零落依草木」皆直接借取杜詩原句。再如陳銓譯詩中增加的「俗眼」、「幽芳」、「春夢」等，這些原詩沒有的意象，在譯詩中渲染出了濃郁的中國情調。所以這些作為譯語，它們所喚起的美感與聯想，早已超出了原詩語符傳遞出的資訊，而作為文學意象，它們積澱著民族文化精神，譯者借它們傳達原詩之意時，即已在驅遣著一連串的文化符號，啟動著豐厚的文化底蘊，進行著傳統的價值重構。

　　由此可以得出這樣的結論：《學衡》所載這幾首譯詩的中國化趨向，充分說明文學翻譯中對外來文學的文化歸化，同樣可以傳承傳統文化。當然，這還要取決於譯者，作為由原作本文到譯作文本的重構者，他們對民族文化所賦予的「能力模式」是予以發揮，還是有所遏止？究其所由，重要的不在於他們的個人偏好，而在於他們所持據的文化理念。

　　作為新文化主流的反對者，《學衡》諸公是以明確的文化歸化意識介入現代翻譯文學的。依主持《學衡》的吳宓所言：「翻譯之業，實謂以新材料入舊格律之絕好練習地也」，「近年吾國人譯西洋文學書籍，詩文、小說、戲曲等不少，然多用惡劣之白話文及英語標點等，讀之者殊覺茫然而生厭惡之心。蓋彼多就英籍原文，一字一字度為中文，其句法字面，仍是英文」，「故今欲改良翻譯，固在培養學識，尤須革去新興之惡習慣，除戲曲小說等其相當之文體為白話外，均須改用文言」。不僅如此，他還指出「欲求譯文有精采，須先覓本國文章之與原文意趣格律相似者，反覆熟讀，至能背誦其若干段，然後下筆

翻譯」。[259]此數語可謂《學衡》雜誌的翻譯總綱。其首增「譯詩」欄
時，即借陳銓等人的譯作實踐了他們的譯介宗旨。

　　陳銓是戰國策派的代表，在文化觀念上與學衡派一樣同持民族主
義立場，因而他的譯介主張與吳宓的觀點頗有相通之處。陳銓對中德
文學關係素有研究，通過對德譯漢詩的全面考察，他認為「頂有趣
味」的是「自由的改譯」，對這些已不是中國的，「乃是德國的抒情
詩」，陳銓看到的不只是「新的格調、新的內容」，而是譯詩中「所表
現的整個的情緒，就完全變更了」。[260]比如，同樣是表現人與自然的
關係，中國原詩所表現的是靜觀自然、消除自我，而德國譯者則憑藉
自然，表現自我，這是雙方文化傳統中的自然觀差異使然。「整個情
緒的變更」正是德譯者將中國文化歸化為德國文化的結果。吳宓所謂
先覓本國意趣相類者熟記於心，然後翻譯，其結果不正是自覺借傳統
的「能力模式」去「吞沒」原作的「情緒」，進行文化歸化嗎？所以
吳陳二人為代表的所謂「現代文化的保守主義」者，他們不是將文學
翻譯作為移植西來思想之具，亦非促成民族文學對外來文學的一時模
仿，而是超越了政治或功利的目的，落在借融化新知、昌明本國文化
傳統，確立民族主體性的長遠理想上。正如陳銓論譯介德國文學時所
言：「不是用德國的精神來熔鑄中國的材料，乃是用中國的精神來熔
鑄德國的材料」。[261]這不僅是眼光逼仄的國粹派們辦不到的，甚至也
是提倡全面歐化的文化激進派們所望塵莫及的。

　　學衡派的譯介理想與他們的文化理念息息相關。他們「以歐西文
化之眼光，將吾國舊學重新估值」，所借重的「歐西眼光」，不同於激

---

259 吳宓：〈論今日文學改造之正法〉，《學衡》第15期（1923年3月）。

260 陳銓：《中德文學關係》（瀋陽市：遼寧教育出版社，1997年），頁112-126，「中國
　　抒情詩與近代德國作家」一節。

261 陳銓：《中德文學關係》（瀋陽市：遼寧教育出版社，1997年），頁2，「中國抒情詩
　　與近代德國作家」一節。。

進派們所持據的近現代西方思想，而是「博采東西，並覽古今」，更傾向於古希臘、羅馬、印度文化思想，以探究傳統中最有普遍性與永恆性的人文價值。這一文化理念源於白璧德新人文主義思想的影響。白氏對西方近代文化弊端的洞察，以及融匯人類傳統文化精髓建立新人文思想體系的博大視界，為親炙白氏思想的吳宓及其他《學衡》同仁，糾正新文化運動在對現代的追求中一味西化、否定傳統的偏蔽之舉，強調文化的連續性與傳統的有效價值，提供了新式的學理依據。然而在以現代為價值取向的時代氛圍中，學衡派對新文化建設的方向性批評，尤其是重構傳統文化、確立民族主體性的意見，並未受到新文化主流的接納，反而受到多方斥難。[262]這就好比「佳人」空有麗質而為眾人所棄。其實「佳人」形象中與現代文化精神無法相融的古典人文內涵，與《學衡》諸公不合時宜的文化選擇及在其時的文化處境多少有些相仿之處，似乎譯者們對「露西」形象歸化時，也融入他們自己的情緒，莫非「佳人」就預示了他們與新文化主流抗衡，而在此後的幾十年間一直被邊緣化的命運？直到今天，我們才得以去發掘他們那些精審的思想及其當代意義。

應該說，學衡派同仁在糾新文化運動之偏時，未使沒有令人誤解而生畏之處。比如他們在文學翻譯中借文化歸化而追認傳統中最普遍的人文價值，極易與現代意義的文學精神相悖。而用文言譯詩，「總期以吾國文字，表西來之思想，既達且雅，以見文字之效用……固無須更張其一定之文法，摧殘其優美之形質也」，[263]則更易讓人以復古派目之。其實，《學衡》諸公並非不容白話，而是反對盡棄文言。因

---

262 如魯迅先生在〈估《學衡》〉一文中寫道：「夫所謂《學衡》者，據我看來，實不過聚在『聚寶之門』左近的幾個假古董所放的假毫光；雖然自稱為『衡』，而本身的稱星尚且未曾訂好，更何論他所衡的輕重的是非」。見《魯迅全集》（北京市：人民文學出版社，1982年），卷1，頁377。

263 見《學衡》雜誌簡章，《學衡》第1期（1922年1月）。

為一國的語言，乃是「民族特性與生命之所寄」，文言不破滅，傳統文化才得以托命。[264]他們並非要為現代人的思想表達憑添文字障礙，而是看重文言所支撐的文化傳統，因為文言作為傳統文化的象徵，在新文化人的抨擊中漸於消頓，正被「歐化的國語」所取代[265]，保存文言，無疑保住傳統的血脈，現代與傳統的連續方才有所維繫。所以在白話興起，譯界如胡適，劉半農諸人皆不復用文言時，學衡派遂與時好相逆，大倡其文言，以昌明國粹。

　　事實證明，如果提倡新文化運動者能從這些方向性批評中有所汲取，就不至於出現過分流俗化的傾向。當今天的譯者提出介紹外國文化的目的不是為介紹而介紹，應該借歸化之途提高本國文化時[266]，不由使我們想起當年吳宓等人早已提出這樣的主張。雖然時隔數年，但我們進行民族文化「自我重構」的任務卻是一樣的無可迴避，回顧《學衡》所載的這八首譯詩，也許能給我們一些啟示。

二　吳宓與英國文學

　　關於吳宓與英國作家的關係，《吳宓詩集》卷首自識裡就有如此表白：「吾於中國之詩人，所追摹者三家：一曰杜工部，二曰李義山，三曰吳梅村。」「吾於西方詩人，所追摹者亦三家，皆英人。一曰擺倫或譯拜倫Lord Byron[267]，二曰安諾德Matthew Arnold，三曰羅

---

264 為推進現代文言文學，吳宓主編《學衡》雜誌十一年、《大公報》「文學副刊」六年期間，舊體詩詞為此二刊的重要內容。

265 胡適在〈五年八月四日答任叔永書〉說：「文言決不足為吾國將來文學之利器」。他提出中國文學的革命運動，是語言文字文體的大解放。之後的新文化運動者紛紛將目光投向他們認為適於表達沖決一切禁錮的西洋語言文字，如傅斯年就主張「宜用西洋文的款式、文法、詞法」以造成「超於現在的國語，歐化的國語」。

266 參見許淵沖：〈詩詞・翻譯・文化〉，載《北京大學學報》1990年第5期。

267 吳宓自述〈西征雜詩〉諸作受到拜倫《恰爾德・哈羅爾德遊記》第三部的啟發：

色蒂女士Christina Rossetti。（1）擺倫以雄奇俊偉之浪漫情感，寫入精密整煉之古典藝術中。（2）安諾德謂詩人乃由痛苦之經驗中取得智慧者。又謂詩中之意旨材料，必須以理智鑒別而歸於中正。但詩人恒多悲苦孤獨之情感，非藉詩暢為宣洩不可。又謂詩為今世之宗教，其功用將日益大。（3）羅色蒂女士純潔敏慧，多情善感。以生涯境遇之推遷，遂漸移其人間之愛而為天帝之愛。篤信宗教，企向至美至真至善，夫西洋文明之真精神，在其積極之理想主義。蓋合柏拉圖之知與耶穌基督之行而一之。此誠為人之正鵠，亦即作詩之極詣矣。」[268]《詩集》收錄了作者在一九〇八至一九三五年間創作的詩詞一千餘首。作者自認為最可取的有四篇：〈壬申歲暮述懷〉四首；〈海倫曲〉；所譯羅色蒂女士〈願君常憶我〉及〈古決絕辭〉（自注）。《吳宓詩集》卷末附有〈論安諾德之詩〉。[269]

（一）論羅塞蒂

在外國的翻譯理論中，給予吳宓以很大影響的，是英國的德萊頓、德國的歌德和奧·施萊格爾。德萊頓（1631-1700）是英國詩

「民國十五年秋冬，予在清華學校新舊各班，授英國浪漫詩人之所作。於擺倫之Childe Harold's Pilgrimage之第三曲，尤反覆講誦，有得於心。下筆之時，不揣冒昧，遂仿效之。然所謂仿效者，僅略摹其全片之結構章法已耳。予詩之內容，乃予一身此日之感情經歷，一主真切。……而首尾連貫，合為一體，則同。又此篇均係七律詩，以七律之體，與擺倫原作之Spenserian Stanza最為近似。」

268　《吳宓詩集》（上海市：中華書局，1935年，初版），為大十六本，共五一六頁。

269　文中稱「世皆知安氏為十九世紀批評大家，而不知其詩亦極精美，且所關至重，有歷史及哲理上之價值，蓋以其能代表十九世紀之精神及其時重要之思潮故也。」其作詩時，「情不自制，憂思牢愁，傾瀉以出。其詩之精妙動人處，正即在此。因之，欲知安諾德之為人及其思想學問之真際者，不可不合其詩與文而視之。」文章指出安諾德的詩歌有兩個特性：「一曰常多哀傷之旨，動輒厭世，以死為樂」；「二曰常深孤獨之感，作者自以眾醉獨醒，眾濁獨清，孤寂寡儔。」而「安諾德之詩之佳處，即在其能兼取古學浪漫二派之長以奇美真摯之感情思想納於完整精煉之格律藝術之中。」

人、翻譯家，既有大量的譯作，也有系統的翻譯理論。如他將翻譯分
為三類：直譯；意譯；擬作。吳宓接受了這樣的分類，並且對三者做
了比較：「三者之中，直譯窒礙難行，擬作並非翻譯，過與不及，實
兩失之，惟意譯最合中道，可以為法。」吳宓推崇意譯，在翻譯實踐
中主要用意譯或譯述。吳宓主張用中國傳統格律詩的形式來翻譯外國
詩歌，並且一以貫之地將其付諸實施。羅塞蒂因其「純潔敏慧，多情
善感」（《吳宓詩集》〈卷首自識〉），是吳最為推崇的三位西方詩人之
一。譯〈願君常憶我〉。羅塞蒂詩是一首彼特拉克體十四行詩，格律
十分嚴謹。吳宓用傳統的中國五言古體來譯，正是他以格律詩譯格律
詩的一貫主張。

　　吳宓這樣解釋：「夫藝術固可為象徵，然象徵以外，藝術作品中
之事物材料，亦必取諸實際經驗，而富有人生趣味。不可僅作象徵之
工具、譬喻之方法而已。予居恒好讀羅色蒂女士（Christina Rossetti,
1830-1894）詩。即以其中事雖無多而情極真摯，夢想天國而身寄塵
寰。如湖光雲影，月夜琴音。澄明而非空虛，美麗而絕塗飾。馥郁而
少刺激，濃厚而無渣滓。此乃詩之極「純粹」者，而仍是生人之詩。
非彼十七世紀之玄學詩人所可及者已！又按中國詩人（自屈原〈離
騷〉以下）常以男女喻君臣之際。西方詩人（如但丁，又如羅色蒂女
士）則以男女喻天人直接引。其例至多。均以男女至情，可以深托思
慕，其苦樂成敗又極變化奇詭之致故也。」[270]

　　吳宓曾譯羅色蒂女士的〈生日〉（My Birthday, 1860）詩：

　　（一）我心如歌鳥，營巢水木間。我心如果樹，累累枝頭彎。

　　我心如虹貝，浮蕩海天閑。我心尤快適，所歡今來還。

　　（二）築壇鋪絹絨，銀紫飾斑斑。雕繪榴與鴿，百眼孔雀顏。

270　吳宓：《吳宓詩集》（北京市：商務印書館，2004年），頁275。

葡萄金珠簇，菡萏翠葉環。此日我初生，所歡欣來還。[271]

更有〈譯羅色蒂女士女士願君常憶我〉（Remember, 1860）：

> 願君常憶我，逝矣從茲別。相見及黃泉，渺渺音塵絕。昔來常歡會，執手深情結。
> 臨去又回身，千言意猶切。絮絮話家常，白首長相契。此景傷難再，吾生忽易轍。
> 祝告兩無益，寸心已如鐵。惟期常憶我，從茲成永訣。君如暫忘我，回思勿自嗔。
> 我願君愉樂，不願君辛苦。我生無邪思，皎潔斷纖塵。留君心上影，忍令失吾真。
> 忘時君歡笑，憶時君愁顰。願君竟忘我，即此語諄諄。[272]

　　另外，吳宓還有〈譯羅色蒂女士古決絕辭（Abnegation, 1881）〉等詩作。

　　一九三〇年，九月，吳宓利用休假機會，赴歐洲進修、遊學一年。先後在英國牛津大學、法國巴黎大學進修，又在義大利、瑞士、德國遊歷、遊覽名勝古蹟，參觀博物館、紀念館，訪問著名作家詩人的故鄉，感受頗深。作〈歐遊雜詩〉五十首，發表於《國聞週報》和《大公報》「文學副刊」上。他在日記中寫道：「尚未通覽，深覺不到歐洲，不知西洋文學歷史之真切。」

　　一九三〇年十月遊羅色蒂家族舊宅後，作詩〈羅色蒂女士誕生百年紀念〉：

---

271 吳宓：《吳宓詩集》（北京市：商務印書館，2004年），頁112。
272 吳宓：《吳宓詩集》（北京市：商務印書館，2004年），頁135。

君生滿百年，君沒我始生。詩篇久譯誦，婉摯見深情。旅址君
舊宅，昔夢尚迴縈。一門多才藝，私樂貧難攖。靈慧秉自天，
早歲擅文名。

（二）論阿諾德

阿諾德是維多利亞時代著名詩人，批評家，教育家。吳宓非常推
崇之，早年辦《學衡》時，就介紹過，後來在一首舊體詩裡說：「我
本東方阿諾德」。他還一再表明這位英國詩人和教育家對他一生的思
想和感情起了巨大影響。吳愛恨分明，嫉惡如仇，富於正義感，格外
強調文學作品的社會意義、教育作用等，除了吸收中國古代優秀文化
的精華外，與阿諾德的聯繫是很明顯的。因此，阿諾德是吳宓式人文
主義的一個組成部分。吳宓〈輓阮玲玉〉：「蓋棺世論本尋常，猶惜微
名最可傷。志潔身甘一擲碎，情真藝使萬人狂。繁華地獄厄鸞鳳，血
淚金錢飽虎狼。我是東方安諾德，落花自懺弔秋娘。」[273]另譯多首阿
諾德詩篇，如〈譯安諾德輓歌〉（Requiescat, 1853）：「（1）采來桃李
花，勿獻松柏朵。羨渠得安息，勞生仍獨我。（2）舉世但追歡，強顏
為歌舞。生前誰見憐，久矣渠心苦。（3）珠喉裂弦管，血汗逐香塵。
孽債速償了，黃土可棲身。（4）小鳥困樊籠，嬌喘怨偪窄。今宵從所
適，廣漠此窀穸。」[274]

在哈佛大學就讀期間，白璧德教授擔任吳宓的導師。白璧德的學
說遠紹柏拉圖、亞里斯多德之精義微言，近宗文藝復興諸賢及英國約
翰生（S. Johnson）和安諾德（M. Arnold）之遺緒，而所得安諾德尤

---

273 作者原注：民國二十四年三月八日，電影明星阮玲玉在滬自殺。遺書諄諄以「人
　　言可畏」為言，宓遂作〈輓阮玲玉〉詩一首。安諾德所作弔某歌妓舞女之〈輓
　　歌〉，宓譯於一九二二年。吳宓：《吳宓詩集》（北京市：商務印書館，2004年），
　　頁295-296。

274 吳宓：《吳宓詩集》（北京市：商務印書館，2004年），頁108。

多，被視為現代保守主義與新人文主義美學的主要代表。其美學思想，
主張以人性中較高之自我遏制本能衝動之自我，強調人性、理性、道
德；而此種「較高之自我」的養成則有賴於從傳統文化中求取立身行
事之規範，即永恆而普遍之標準，以此集一切時代之智慧對抗當代崇
尚功利物欲的「物的原則」。白璧德以為儒家的人文傳統乃是中國文
化的精萃，也是謀求東西文化融合，建立世界性新文化的基礎。此新
人文主義理論，直接成為學衡派的理論資源與文化思想基礎。一九二
一年五月，東南大學擬聘吳宓為英國文學教授。九月，任英語系教
授，為二年級學生開設「英國文學史」、「英詩選讀」、「英國小說」等
課。一九二六年任清華大學外文系教授。講授「英國浪漫詩人」、「中
西詩比較」、「文學與人生」。《英國浪漫詩人》講授精義為：「取英國
浪漫詩人（Wordsworth、Coleridge、Byron、Shelley、Keats）之重要
篇章，精研細讀，由教員逐句講解，務求明顯詳確，不留疑義；兼附
論英文詩之格律，諸詩人之生平，及浪漫文學之特點。」[275]

　　吳宓公開反對「為藝術而藝術」，他認為文學作品必須使人受到
教育、啟迪。《文學與人生》第十一章專談「文學之功用」問題。他
對文學作品要求嚴肅認真，也正是他所欽佩的英國十九世紀著名評論
家兼詩人安諾德所主張的「high seriousness」。

（三）論雪萊

　　一九三六年三月一日，吳宓〈徐志摩與雪〉一文，載《宇宙風》
第十二期。文中說：「以志摩比擬雪萊，最為確當。……而志摩與我
中間的關鍵樞紐，也可以說介紹人，正是雪萊。」文章追述了自己與
雪萊結的「甚深的因緣」。而「以此因緣，便造成我後來情感生活中

---

275 王岷源回憶他講授《英國浪漫詩人》課時說：「特別是『浪漫詩人』課，對二十來
　　歲的青年，一般都很有興趣。在課程上聽著講述拜倫、雪萊、濟慈的詩篇和他們
　　富有浪漫色彩的生平，真是一種享受。」（〈憶念吳雨僧先生〉）

許多波折。」吳宓還「用雪萊詩意」作再輓志摩的詩一首。一九一八年至一九一九年在哈佛大學選修洛斯教授講授的「英國浪漫主義詩人研究」，因洛斯教授尤重雪萊研究，自此「和雪萊結了甚深的因緣」。

吳宓曾作〈輓徐志摩君〉，借此表達了對但丁、雪萊的仰慕之心：「牛津花國幾經巡，檀德雪萊仰素因。殉道殉情完世業，依新依舊共詩神。曾逢瓊島鴛鴦社，忍憶開山火焰塵。萬古雲宵留片影，歡愉瀟灑性靈真。」[276]

一九三〇年底，吳宓游牛津大學目睹雪萊遺物及紀念物，作〈牛津雪萊像及遺物〉（三首）：

> （一）少讀雪萊詩，一往心向慕。理想入玄冥，熱情生迷誤。淑世自辛勤，兼愛無新故。解衣贈貧寒，離婚偕知遇。至誠能感人，庸德或失度。暴亂豈有終極？風習仍閉錮。到處炭投冰，徒今丹非素。天馬絕塵弛，駑駘漸蹞步。
> （二）君身有仙骨，容色何韶秀。急盼若不寧，坐此非長壽。君詩妙音節，淒婉天樂奏。流動變態多，月露風雲逗。君愛如赤子，求乳母懷就。燈蛾身自焚，列星燦如繡。君名似水清，長流同宇宙。狂童遭斥革，殊榮國學授。
> （三）雕工技入神，美琇狀浮屍。畫像懸講堂，諸生瞻容儀。書館存遺物，手稿萬金資。古籍相伴遊，錶帶胸前垂。瑪麗結同心，繡盒藏髮絲。一見成知己，棄家逕追隨。噢咻慰癡魂，鉛槧序遺詩。皎皎天邊月，常圓何盈虧。

以上可見，吳宓十分推崇浪漫詩人雪萊其人其詩。他說在哈佛求學時，「沉酣於雪萊詩集中」。在他的道德觀中，不僅把人區分為道德

---

276 載《大公報》「文學副刊」，1931年12月14日。

的人和不道德的人，而且還把道德的人（即善人）區分為真善者和偽善者。吳宓要求真誠，做到表裡如一。憎恨謊言和偽善，最喜歡中國小說《紅樓夢》和英國小說《湯姆·瓊斯》。因為主人翁湯姆是真誠、善良人格的化身，與此相對照的角色是一個極端自私、善於算計、坑害別人、徹頭徹尾的偽君子布利菲爾。

（四）論薩克雷

　　一九二二年出版的《學衡》雜誌第一至四，七至八期刊載吳宓譯薩克雷《小說名家：紐康氏家傳 The Newcomes》。吳宓在譯序中，對情感派與寫實派作家作品作出了與其理性觀念相違的評價。他稱讚薩克雷和狄更斯同為英國十九世紀的大小說家。狄更斯的作品多敘市井卑鄙齷齪之事，痛快淋漓，成為情感派創作潮流之代表。薩克雷的作品，則專述豪門貴族奢侈，淫蕩之情，隱微深曲，似褒似貶，半譏半諷，成為寫實派創作潮流的代表。（《紐康氏家傳》〈譯序〉，《學衡》第1期）[277]

　　一九一九年八月三十一日的日記中，吳宓說讀完《紐康氏家傳》後，感覺絕佳，以為狄更斯遠不如薩克雷：狄更斯的作品「似《水滸

277　吳宓曾在一九一九年八月三十一日的日記裡這樣寫道：「讀Thackeray之Newcomes畢，絕佳。英國近世小說鉅子，每以Dickens與Thackeray並稱，其實Dickens不如Thackeray遠甚。約略譬之，Dickens之書，似《水滸傳》，多敘倡優僕隸，凶漢棍徒，往往縱情尚氣，刻畫過度，至於失真，而俗人則崇拜之。而Thackeray則酷似《紅樓夢》，多敘王公貴人，名媛才子，而社會中各種事物情景，亦莫不遍及，處處合窾。又常用含蓄，褒貶寓於言外，深微婉摯，沉著高華，故上智之人獨推尊之。……宓讀Newcomes竟，決有暇即必譯之。每日譯一頁半，約五百字。三年可畢。譯筆當摹仿《紅樓夢》體裁，於書中引用文學美術之字面，則詳為考證，並書中之外國人名、地名、史事，均另加注解，以便吾國人之領悟。」吳宓：〈紅樓夢新談〉（載《民心週報》第389期〔1920年3月27日〕）裡說：「《石頭記》（俗稱《紅樓夢》）為中國小說一傑作，其入人之深，構思之精，行文之妙，即求之西國之小說中，亦罕見其匹。……英小說中，惟W. M. Thackeray之The Newcomes最為近之。」又，1944年5月5日《筆陣》革新第1號刊有洪鍾的譯文〈論薩克萊的《紐康門家》〉（車爾尼雪夫斯基原著）。

傳》，多敘倡優僕隸，凶漢棍徒，往往縱情商氣，刻畫過度，至於失真，而俗人則崇拜之。」而薩克雷小說「則酷似《紅樓夢》，多敘王公貴人，名媛才子，而社會中各種事物情景，亦莫不遍及，處處合窾。又常用含蓄，褒貶寓於言外，深微婉勢，沉著高華，故上智之人獨推尊之。」他認為薩克雷小說無一中譯本，實為憾事。於是欲譯《紐康氏家傳》，「譯筆當摹仿《紅樓夢》體裁，於書中引用文學美術之自面，則詳為考證，並書中之外國人名、地名、史事，均另加注解，以便吾國人之領悟。」

　　一九二六年七月，《學衡》雜誌第五十五期載吳宓譯薩克雷〈小說名家：名利場（*Vanity Fair*）楔子第一回〉。譯文以中國傳統的章回體小說形式出現，第一回題曰「媚高門校長送尺牘，洩奇忿學生擲字典」。譯者識交代了譯名來由：「譯書難，譯書名尤難。此書名*Vanity Fair*直譯應作虛榮市。但究嫌不典。且名利場三字，為吾國常用之詞。而虛榮實則名利之義。故遂定《名利場》」。吳宓的譯名亦為此小說的通行譯名，遺憾的是只翻譯了第一章（即第一回）。[278]另，吳宓為清華大學外國文學系一九三七級學生高棣畢業論文《英國薩克萊著小說〈浮華世界〉》（*A Study Of Thackeray's "Vanity Fair"*）所作評語，給分八十八。

　　一九三五年十二月一日，吳宓在北平平安影院觀看電影《浮華世界》，有感而發，作〈觀浮華世界電影〉二首：

　　　（一）茵夢湖濱名利場，廿年回首感滄桑。是非善惡相緣結，
　　　愛恨辛甘有顯藏。盡性明倫翻負謗，談情說道易欺方。浮華世
　　　界蜃樓境，掬取純靈對上蒼。
　　　（吳宓自注：英國小說名家沙克雷所著*Vanity Fair*一書，宓幼

---

278 薩克雷這部名著後來有伍光建的節譯本：《浮華世界》（上海市：商務印書館，1931年）和左登今的全譯本：《浮華世界》（正風出版社）。

極愛讀。曾譯其首二回，登上海《中華新報》。宓譯其書名曰
《名利場》，而伍光建譯本為《浮華世界》。今此電影*Becky
Sharp*即取材於該書者也。）

（二）彩畫銀屏幻裡真，旁觀我亦劇中人。少年兒女春前夢，
老去悲歡劫外身。夜夜笙歌催急景，聲聲炮火逼城湮。馬上欣
從投筆往，葡萄美酒未沾唇。[279]

　　吳宓常說自己最欣賞古希臘人的兩句格言 "to　know　thyself"（貴
自知）、"never too much"（勿過甚）。在西方小說家中，他最欽佩英國
十八世紀《湯姆·瓊斯》的作者菲爾丁和十九世紀《名利場》的作者
薩克雷，因為在他們的作品中，深刻生動地描繪了時代社會，譴責了
唯利是圖、庸俗虛偽的世態，同時宣揚了善良和真誠的人物，崇高的
精神境界。

　　吳宓〈譯沙克雷反少年維特之煩惱〉（沙克雷所作諧詩：Sorrows
of Young Werther，譏諷歌德小說）：

維特苦愛霞洛脫，此愛深極難言說。聞說美人初見時，麵包牛
油隨手割。
妾已有夫作家活，郎君情性非佻達。寧失東方百萬金，禮防嚴
守不可越。
悲愁消瘦心惻怛，熱情如沸終難過。頭破腦漿命嗚呼，恩愛從
茲斷藤葛。
美人臨軒雙目豁，柩車在道近閭閻。步履端謹遠嫌疑，麵包牛
油如舊割。

---

279 吳宓：《吳宓詩集》（北京市：商務印書館，2004年），頁307-308。

另外，吳宓亦仿薩克雷〈反少年維特之煩惱〉，自作〈吳宓先生之煩惱〉四首：

> 吳宓苦愛□□□，三洲人士共驚聞。離婚不畏聖賢譏，金錢名譽何足云。
>
> 作詩三度曾南遊，繞地一轉到歐洲。終古相思不相見，釣得金鼇又脫鉤。
>
> 賠了夫人又折兵，歸來悲憤欲戕生。美人依舊笑洋洋，新妝艷服金陵城。
>
> 奉勸世人莫戀愛，此事無利有百害，寸衷擾攘洗濁塵，諸天空漠逃色界。

（五）論其他英國作家

在吳宓日記中，也多有閱讀英國作品的記載。如，吳宓在一九二〇年四月十九日日記中說：讀完英國小說家及詩人喬治·梅瑞狄斯（George Meredith, 1828-1902）的小說《理查·弗維萊爾的苦難》。對梅瑞狄斯的評價是：「學富識高，Humanism（人文主義）。其所著小說，專籍以寓其懷抱宗旨。又刻意求工，不落俗套。故在十九世紀下半葉，寫實派勃興之時，如鶴立雞群，卓然淵雅。」接著又說：「乃近傾國中各報，大倡『寫實主義』。……今西洋之寫實派小說，只描摹粗惡污穢之事，視人如獸，只有淫欲，毫無知識義理，讀之欲嘔。……今之倡『新文學』者，豈其有眼無珠，不能確察切視，乃取西洋之瘡痂狗糞，以進於中國之人。」

一九三五年五月，《學衡》雜誌第七十八期發表吳宓〈海倫曲〉（Helen of Troy）長詩一首，此詩仿華茲華斯〈雷奧德邁婭〉（Laodamla）而作。

一九三〇年十月二十五日，吳宓遊莎士比亞誕生地斯特拉福鎮，在埃汶河上、三一教堂、莎士比亞紀念堂，作詩〈遊莎士比亞故鄉〉（三首）：

（一）秋雨肅清寒，言訪詩王裡。深霧罩林皋，幽靚明河美。環洞小橋平，顧盼雙鵝崎。古宅誕靈哲，湫隘乃如此。木壁黯磚楄，題名滿厠剗。器物手澤存，瓶碗陳桌幾。井索繫爐錘，券契閟篋匦。想見治生勤，賢愚同一揆。

（二）古寺新丹漆，中藏詩王墓。玻窗畫神仙，琴樂聞韶音。伉儷多猜嫌，野史傳瑣故。百代尚同穴，幸哉嗟此嫗。文章非天成，精力勤貫注。意匠觸靈機，筆底風雷赴。兩間留環寶，存毀歸劫數。形骸等秕粃糠，榮名何足顧？

（三）更尋紀念堂，銅像瞰溪流。眉宇瞻威稜，隱含百世憂。入門隨導觀，壁畫映層樓。摹擬傳神態，今古列名優。雄文極萬變，人性洞深幽。薄物明理象，常事寓機謀。版本紛羅列，精工見校讐。東邦譯全集，摩挲增吾羞。

一九三〇年十二月，吳宓遊愛丁堡，訪詩人兼小說家司各特之遺跡，作〉愛丁堡司各脫紀念塔〉（三首）：

（一）神采赫奕奕，誰人不識公。方亭臨衢路，尖塔淩碧空。文士多卑弱，踟躕傷困窮。猗靡說歡愛，嚶嚶泣秋蟲。公獨存正氣，泱泱大國風。奮筆傳義烈，作者亦英雄。少讀忘寢食，畏盧譯筆工。今來拜珂里，蓋感精靈通。

（二）公即蘇格蘭，非止姓名同。戀鄉守故俗，仿古築危宮。搜典循齊諧，涉境闢蠶叢。魔怪荒唐喜，泉石點染豐。行足為世法，忠勤能始終。苦愛綠衣女，老去猶怔忡。破產償巨債，

不怨友欺蒙。伏案日疾書，以此喪偉軀。

（三）詩名滿一世，稍衰百年中。音節似奔馬，低昂急且沖。
又如大軍合，鞶韡金鼓隆。淝水草木動，昆陽風沙曚。說部最
卓絕，傳誦及婦僮。磊落投赤膽，艱難奏膚功。桃園共日月，
梁山仰穹隆。颯颯壯大魂，瀰漫海西東。

　　前文已提及，吳宓在哈佛大學曾受教於 T. S. 艾略特的導師白璧
德。而他與T. S. 艾略特兩人在倫敦亦有見面的記載。據吳宓日記一九
三〇年十月十日載：「正午時，與郭君（斌龢）一起至《標準》雜誌
社拜訪艾略特，未遇。但見到了他的女書記以及接電話之女工，均美
秀而文，極可愛，約後會。」一九三一年一月二十日又載：「下午1-3
（時）仿T. S. Eliot（仍見其女秘書，傷其美而作工，未嫁）。邀宓至
附近之Cosmo Hotel午餐，談。Eliot君自言與白璧德師主張相去較
近，而與G. K. Chesterton較遠。但以公佈發表之文章觀之，則似若適
得其反云。」應該說吳宓對艾略特的判斷很確切。[280]

---

280 王辛笛在英國愛丁堡大學進修期間也見到過艾略特，後來在回憶文章中說他到愛
　　丁堡大學第二年春天，學校為詩人艾略特舉行授予博士稱號的儀式。「請艾略特為
　　學生開莎士比亞的專題講座，我也有機會見到這位仰慕已久的現代詩人。聽課時
　　的舒暢感覺我記憶猶新。艾略特個子高高的，衣冠楚楚，舉止優雅，叼著板煙
　　斗，一副英國紳士模樣（當時我不免有些看不慣）。一看到他，我立刻想起清華的
　　葉公超，他倆有相似的名士派頭，骨子裡含有譏諷意味。」（葉公超在英國進修
　　時，與艾略特相識，成為莫逆之交，回國後多次著文介紹艾略特的詩和詩論）創
　　作上辛笛也受到艾略特詩風的影響。他在晚年總結自己的詩歌創作因緣時說：「在
　　葉公超的《英美現代詩》課上我接觸到艾略特、葉芝、霍普斯金等人的詩作……
　　後來我研究艾略特時，發現他愛在比喻中運用典故乃至以典來加強修辭，這種手
　　法和我國古典詩歌實有異曲同工之處。我尤為欣賞艾略特的是，無論他的詩，還
　　是批評文字，都是既尊重傳統又充滿英國社會的時代氣息。」受艾略特《荒原》
　　中「縹緲的城」的啟發，一九三六年辛笛在倫敦時曾寫下一些詩句。而寫於一九
　　三七年的〈門外〉，一開始就採用了《普魯弗洛克的情歌》關於「霧」與「貓」的
　　著名意象：「夜來了／使著貓的步子」。

第八節　旅英作家與英國文學

　　二十世紀上半葉有許多中國現代作家赴英求學遊歷，本書上文亦
涉及到數位。限於篇幅，本節僅以老舍與蕭乾為例，梳理他們與英國
文學的因緣關係。

一　老舍與英國文學

　　老舍在倫敦住過五年期間換過四個住處中，租住時間最久的荷蘭
公園聖詹姆斯花園三十一號，二○○三年十一月被英國遺產委員會正
式鑲上「名人故居」的特定標誌——一塊素雅大方的圓形藍牌。老舍
是第一位在英住所被列為「名人故居」並掛藍牌的中國作家。在英
國，故居能夠鑲掛藍牌的文化名人需要具備以下條件：是一個領域內
多數成員所公認的傑出人物；為人類福祉作出過重要和積極的貢獻；
具有一定知名度；誕辰超過一百週年而且已經過世。這次為老舍掛的
牌子上姓名處除了LAOSHE的拼音外，還有兩個中文大字「老舍」，
這兩個字是老舍的愛人胡絜青生前親筆寫下的。而以往所用的全部是
英文，所以這是在七百五十塊藍牌中第一次出現中文，可見英國大使
館對老舍故居的重視和尊重。老舍與英國文學的關係主要以他與狄更
斯、康拉德的關係最密切。

（一）老舍與狄更斯的文學因緣

　　在中國現代作家中，通過林譯小說喜歡並接受狄更斯作品的人並
不在少數，不過在創作實踐、創作傾向和審美風格等方面明顯受到狄
更斯小說影響的唯有老舍一人。在北京師範學校學習期間，老舍接觸
過林譯小說，或許還讀過林譯狄更斯小說，因為他在〈景物的描寫〉

一文中就曾提到永遠忘不了《塊肉餘生述》中Ham（漢姆）下海救人
那段描寫。[281]然而，老舍真正喜歡狄更斯作品並不自覺地接受其影響
還是在他赴英任教之後。這次出國的經歷對老舍文學創作的意義是巨
大的，因為他似乎不經意地在英國小說中找到了他的第一個文學老
師──狄更斯。老舍後來多次說過類似這樣的話：「二十七歲，我到
英國去。設若我始終在國內，我不會成了個小說家，雖然是第一百二
十等的小說家。到了英國，我就拼命的念小說，拿它作學習英文的課
本。念了一些，我的手癢癢了。離開家鄉自然時常想家，也自然想起
過去幾年的生活經驗，為什麼不寫寫呢？」[282]於是就寫了《老張的哲
學》。老舍當初寫這部處女作時，究竟如何寫，心裡是無數的，但有
一點卻是明確的，那就是決計不取中國小說的形式，正好因為剛剛讀
了狄更斯的《尼古拉斯・尼可爾貝》和《匹克威克外傳》等作品，這
便以它們為臨摹的範本了。[283]老舍自己說得很明白：「在我年輕的時
候，我極喜歡英國大小說家狄更斯的作品，愛不釋手。我初習寫作，
也有些效仿他。他的偉大究竟在哪里？我不知道。我只學來些耍字眼
兒，故意逗笑等等『竅門』，揚揚得意」。[284]

　　老舍如此喜歡狄更斯並不是偶然的。在英國文學中碰上這個與他
在經歷、秉性、才情上十分相似的現實主義大師，只能說是老舍的幸
運。可以說在狄更斯身上，老舍看到了自己，找到了自己。否則，在
英國期間，為何老舍讀了其他外國作品如《哈姆雷特》、《浮士德》、
《伊利亞特》，均無所獲，甚至不能終篇，而狄更斯的小說竟能激起
他最初的文學創作衝動？我們知道，狄更斯的小說之所以能夠贏得人

281　〈景物的描寫〉，《老舍文集》（北京市：人民文學出版社，1990年），卷15，頁239。

282　〈我的創作經驗〉，《老舍文集》（北京市：人民文學出版社，1990年），卷15，頁
291。

283　〈我怎樣寫《老張的哲學》〉，《老舍文集》（北京市：人民文學出版社，1990年），
卷15，頁165。

284　〈談讀書〉，《老舍文集》（北京市：人民文學出版社，1991年），卷16，頁140。

們普遍的喜愛，其中有兩個因素不能忽視，這就是他作品中的幽默風格和人道主義思想。這兩點也得到了老舍的首肯和接受。他在〈什麼是幽默？〉一文中談及被稱為幽默作家的狄更斯等英國小說家時說：「他們的作品和別的偉大作品一樣地憎惡虛偽、狡詐等等惡德，同情弱者、被壓迫者和受苦的人。但是，他們的愛與憎都是用幽默的筆墨寫出來的——這就是說，他們寫的招笑，有風趣」。[285]

由此可見，首先是狄更斯的幽默觸發了老舍的「天賦的幽默之感」，[286]使他覺得寫小說一定是很好玩的事。所以難怪他從狄更斯那裡學來耍字眼兒、故意逗笑等所謂「竅門」的幽默筆法而揚揚得意。老舍與狄更斯一樣都有那種說話風趣、善於模仿、樂觀開朗的幽默性格，這樣相近的性情決定了他對狄更斯的偏好。其次，狄更斯作品中對十九世紀英國倫敦市民社會的描寫和揭露，也很容易能夠喚起這位來自異國的青年對故鄉的回憶及表現的欲望。他說過：「每每在讀小說的時候使我忘了讀的的是什麼，而呆呆地憶及自己的過去」。[287]還有，狄更斯作品中人道主義式的愛與憎也投合了老舍的性格。老舍說過，他自幼是個窮人，性格上又深受寧肯挨餓不求人、對別人又很義氣的母親的影響。「窮，使我好罵世；剛強，使我容易以個人的感情與主張去判斷別人；義氣，使我對別人有點同情心」。因而，他「笑罵，而又不趕盡殺絕」。[288]「失了諷刺，而得到幽默」。因為幽默中有同情。不論對壞人的恨，還是對好人的愛，老舍都有這種人道主義式的同情心。所以，正是以上這些原因，才使老舍一下子喜歡上狄更

285　〈什麼是幽默？〉，《老舍文集》（北京市：人民文學出版社，1991年），卷16，頁382。

286　〈寫與讀〉，《老舍文集》（北京市：人民文學出版社，1990年），卷15，頁545。

287　〈我怎樣寫《老張的哲學》〉，《老舍文集》（北京市：人民文學出版社，1990年），卷15，頁165。

288　〈我怎樣寫《老張的哲學》〉，《老舍文集》（北京市：人民文學出版社，1990年），卷15，頁166。

斯，並對其作品進行了單向性的摹仿。其中，特別是《尼古拉斯·尼
可爾貝》的情節構思、人物塑造、藝術手法在《老張的哲學》中留下
多處痕跡。這方面國內學者多有論述，此處不再贅述。不過，我們更
應該看到，《老張的哲學》作為老舍的處女作也並沒有完全照搬狄更
斯的人物塑造模式和故事結局方式。他並未如狄更斯那樣讓惡棍們最
終在挫折面前良心發現和受到嚴厲懲罰，相反，讓老張這個無賴、惡
棍、高利貸者、市儈繼續作惡，居然升任某省教育廳長；也沒有讓經
過百般挫折的李靜、王德，如狄更斯筆下瑪德琳、尼古拉斯那樣最終
幸福地喜結良緣，而是讓李靜抑鬱而死。這些結局的不同處理，表明
了老舍對苦難現實有一種清醒而嚴峻的認識。[289]同時這也為老舍對狄
更斯的接受從最初的摹仿到逐漸揚棄，並形成自己的創作風格奠定的
基礎。

　　在《老張的哲學》之後，老舍寫了很多作品，但已不是如《老張
的哲學》對《尼古拉斯·尼可爾貝》那樣的「橫向移植」，而是將狄
更斯的某些創作特點轉化為老舍的創作傾向、審美機制和藝術表現形
式，這至少表現在以下四個方面。

　　首先，在小說題材的選擇上所受狄更斯的影響。狄更斯小說創作
在取材上的重要特點早已被林紓看出，這就是善於描寫下等社會中普
通人的生活，通過廣闊的社會畫面，描寫各種小人物的悲慘遭遇和被
扭曲的靈魂。其作品展現了倫敦社會生活圖景，特別是普通市民生活
圖景，那些孤兒、平民、職員、工人，都是狄更斯描寫與同情的重
點。這方面後來被老舍接受。他在〈怎樣寫小說〉中說，小說是人類
對自己的關心，是人類社會的自覺，是人類經驗的記錄。寫小說應先
選取簡單平凡的故事題材，故事的驚奇是一種炫弄，往往使人專注於

---

289 老舍後來在〈寫與讀〉一文中曾說，他「要看真的社會和人生」，「在我的作品
　　裡，我可是永遠不會浪漫」。見《老舍文集》（北京市：人民文學出版社，1990
　　年），卷15，頁545。

故事本身的刺激性，而忽略了故事與人生有關係。假若我們能在一件平凡的故事中，看出它特有的意義，則必具有很大的感動力，能引起普遍的同情心。[290]正是基於這樣的認識，老舍在其作品中，廣泛地描寫了北平下層社會中各色人等的生活狀況，如人力車夫、小職員、孤兒、窮教師、窮學生、窮藝人、小商人、妓女等。從這些極其平凡的小人物的悲劇故事中充分展現出作者的人道主義同情心。

其次，在人物形象塑造上所受狄更斯的影響。狄更斯與老舍都特別重視人物的塑造，把人物置於統領一切的地位。老舍在〈怎樣寫小說〉中說過，寫一篇小說，可以不寫風景，可以少寫對話，「可是人物是必不可缺少的，沒有人便沒有事，也就沒有了小說。創造人物是小說家的第一項任務。」並說狄更斯到今天還有很多的讀者，還被推崇為偉大的作家，並不是因為他的故事複雜，而是他創造出了許多的不朽人物形象。[291]確實，狄更斯在三十多年的創作生涯中，創造了近兩千名個性鮮明、生機勃勃的人物形象，其中有很多不朽的人物。人們在日常生活中常把樂善好施、愛恨分明的人稱為匹克威克，把兒童教唆犯喚作非勤，把吝嗇的商人叫做斯克羅奇，把騙子手叫做金格爾，偽君子叫卑克史涅夫，野心家叫希普，妄自尊大的小官僚叫班布林，這眾多人物名字收進了普通英語詞典，成為全人類共同的精神財富。

狄更斯創造了如此眾多的人物形象，而哪些是他筆下的理想人物呢？伊瓦肖娃在《狄更斯評傳》中曾說，狄更斯筆下的理想人物實際上並非是他同情的小人物，而是那些堪稱有道德風範的英國中產階級的代表。同樣，老舍筆下的理想人物，也是如孫守備、李景純、曹先

290　〈怎樣寫小說〉，《老舍文集》（北京市：人民文學出版社，1990年），卷15，頁450-452。

291　〈怎樣寫小說〉，《老舍文集》（北京市：人民文學出版社，1990年），卷15，頁450-451。

生等這些頗具古風的退休官吏和崇尚博愛的小知識份子。在人物類型
的塑造方面，佛斯特提出過區分「扁平人物」和「渾圓人物」的理
論，並說「狄更斯筆下的人物幾乎都屬於扁平型。幾乎任何一個都可
以用一句話描繪殆盡，但是卻又不失人性深度的」。[292]佛斯特的人物
類型區分理論和對狄更斯作品人物的評價後來有不少學者提出異議，
不過佛斯特也確實指出了狄更斯人物塑造上的一個突出特點。老舍作
品中也同樣出現了這類人物形象，如《離婚》中河東獅吼式的邱太
太、「苦悶的象徵」邱先生，《牛天賜傳》中糊塗商人牛老者、官派十
足的老闆娘牛老太太，《四世同堂》中以當洋奴為榮的丁約翰、溫文
爾雅的落魄貴族小文夫婦，等等。在狄更斯和老舍看來，這些所謂的
「扁平人物」更能獲得一種喜劇性的藝術效果，遂派定人物充當一兩
種品質的化身與代表，在任何情勢與環境下都表現同一特徵。另外，
利用人物語言展示人物性格，常讓人物用外表莊嚴的口氣敘述瑣屑荒
唐的小事，並讓愚呆的聽眾們若有其事，借用人物言行舉止的習慣突
出人物性格特徵等等，都是狄更斯與老舍塑造人物慣用的手法。甚至
在小說人物名字的挑選上也都注重賦予強烈的諷刺意味。如《馬丁‧
朱述爾維特》中那個一本正經、道貌岸然、言必引經據典、教忠教孝
的偽君子卑克史涅夫給自己兩個女兒取名為「慈善」和「慈悲」。老
舍短篇小說《善人》則移用了這一細節，並不善良的汪太太被稱為善
人，她給受盡自己虐待的兩個使女取名為「自由」與「博愛」。其他
再如，毫無道德可言的老張取名張名德，毫無貞操觀念的六姑娘取名
楊名貞等，都是從人物取名上來構成名不副實的反諷效果。

　　再次，在作品創作傾向上所受狄更斯的影響。狄更斯作為一個典
型的人道主義者，對損人利己、為富不仁的資產者充滿仇恨，對被侮

---

292 E. M. 佛斯特著，蘇炳文譯：《小說面面觀》（廣州市：花城出版社，1984年），頁
58。

辱被損害的下層人民充滿同情。但他主張用非暴力的手段完善社會體制，以發揚人類天性中的善心去戰勝社會中的罪惡。特別是在《聖誕故事集》中竭力提倡情感教育，寄希望於剝削者良心發現，改惡從善，並懷著對未來、對人類的樂觀看法。這樣一種溫情主義的人生態度正好為老舍提供了一種人道主義理想範式。老舍儘管在作品中也抨擊人性罪惡和社會不公，但在態度上一般都帶有溫情主義色彩。老舍對社會尖銳矛盾的解決，其方式與狄更斯相同，即通過一個俠客的自我犧牲或仁義之舉來解決。老舍作品中的一些人物，也和狄更斯筆下的人物一樣，總有一種強有力的善的力量，創造著一個個的奇蹟。在這種力量面前，災難獲得消除，惡人或落得應有的下場，或受感化而痛改前非。如《老張的哲學》中更是出現了德高望重的孫守備把被賣身的姑娘李靜、被捆綁的青年王德突然救下的轉機；《趙子曰》中使趙子曰等一群糊塗蟲幡然悔悟的正是李景純的「自我犧牲」這個道德最高完善的力量。

　　狄更斯痛恨一切主義，更反對通過人民革命來解決社會矛盾，他為之歡呼的「革命」，是最有秩序的瑞典式的「憲法改革」，絕不是「暴民們」的雅各賓專政。年輕的老舍對仁愛、善的力量頂禮膜拜，而對流行一時的政治主張和主義頗不以為然。他心目中的「革命」正是英國式的「幾百萬工人一起罷工，會沒放一槍，沒死一個人」的「光榮革命」。[293]再看看老舍筆下的所謂「革命者」形象，一類是像李景純（《趙子曰》）、白李（《黑白李》）、新爸（《月牙兒》）、錢默吟（《四世同堂》）這樣的道德高尚、人品正直的所謂「好人」，這些與狄更斯筆下經常出現的那些善良仗義、道德高尚之輩同屬一類；另一類則是《離婚》中張天真、馬克同那樣的公子哥兒，《駱駝祥子》中阮明那樣的惡棍投機家，這些也與《巴納比・拉奇》中那些暴亂的領

293　《二馬》，《老舍文集》（北京市：人民文學出版社，1980年），卷1，頁555。

導者和參加者極為相似。[294]當然，隨著國內革命風潮的裹挾和老舍認
識社會的深化，他並沒有在借鑑狄更斯這種政治理想、人生觀念的基
礎上停滯不前，後來的作品中反帝反封建的總趨向越來越明顯。

　　最後，在幽默風趣的審美取向方面所受狄更斯的影響。小說是最
適宜於表現幽默的。鮮明的幽默風格正是狄更斯小說最重要的審美特
色，是其小說不朽魅力的一個重要源泉。幽默之引人發笑是基於人類
天性的，而笑既有益於身體，也有益於精神。為此，老舍把狄更斯稱
為人類的恩人，並說狄更斯死時，能使倫敦威斯特敏斯特教堂三日不
能關上門，足以證明人們怎樣愛戴他。老舍甚至說：「以招笑為寫作
的動機決不是卑賤的。因笑而成就的偉業比流血革命勝強多少倍，狄
更斯的影響於十九世紀的社會改革是最經濟的最有價值的」。並說只
有自由國家的人民才會產生狄更斯這樣的人，因為笑是有時候能發生
危險的。在自由的國家社會裏，人民會笑，會欣賞幽默，才會笑別人
也笑自己，才會用幽默的態度接受幽默。[295]老舍在這裡非常明確地談
及了小說幽默不可忽視的影響，可以看出他對幽默的體悟之深。

　　老舍之所以自覺不自覺地借鑑狄更斯作品中的幽默風格，首先源
之於他本人就有的幽默天性。他在寫過幾部幽默風格的小說後，也曾
執意不再用幽默來寫小說，立志寫「正經」一點的小說，但怎耐天性
難違。他後來談及《大明湖》的創作時說：「此書中沒有一句幽默的
話，而文字極其平淡無奇，念著很容易使人打盹兒。我是個爽快的
人，當說起笑話來，我的想像便能充分的活動，隨筆所至自自然然的
就有趣味。教我哭喪著臉講嚴重的問題與事件，我的心沉下去，我的

---

294 狄更斯在《巴納比‧拉奇》中所描寫的戈登暴亂的領導人是一些並無真正宗教信
　　仰的野心家、陰謀家、騙子手，在他們煽動下積極參加暴亂的，則是以有權殺人
　　為樂的劊子手和野心勃勃的小人物、私生子以及頭腦簡單的弱智人等等。
295 〈滑稽小說〉，《老舍文集》（北京市：人民文學出版社，1990年），卷15，頁287。

話也不來了！」[296]所以《大明湖》為失敗之作。另一部《貓城記》也是失敗之作。在這部作品中，老舍同樣也是「故意的禁止幽默」。在總結失敗經驗時，老舍說：「經過這兩次的失敗，我才明白一條狗很難變成一條貓。我有時候很想努力改過，偶爾也能努力寫出篇鄭重、有點模樣的東西。但是這種東西總缺少自然的情趣，像描眉擦粉的小腳娘」。[297]這迫使他在寫作《離婚》時首先決定「返歸幽默」。

　　同時，老舍之所以選取幽默筆調做小說，還因為與諷刺相比，幽默趣意中帶著一種溫和的格調，滲透著「時代的真摯同情」，而這正與老舍早期的創作傾向、政治理想和人生觀念合拍。因此，老舍所師承的是一種寓同情於幽默的風格特色。他說過：「我失了諷刺，而得到幽默。據說，幽默中是有同情的。我恨壞人，可是壞人也有好處；我愛好人，而好人也有缺點」。[298]因而他主張「笑罵，而又不趕盡殺絕」。在《談幽默》中也說：「和顏悅色，心寬氣朗，才是幽默」，「笑裏帶著同情，而幽默乃通於深奧」，並引用薩克雷的話說：「幽默的寫家是要喚醒與指導你的愛心，憐憫，善意──你的恨惡不實在，假裝，作偽──你的同情與弱者，窮者，被壓迫者，不快樂者」。[299]我們從老舍小說中透過充滿諧趣的字裡行間，很容易發覺這種對浮沉在社會底層的被侮辱被損害者的愛心、憐憫和同情。[300]

296　〈我怎樣寫《大明湖》〉，《老舍文集》（北京市：人民文學出版社，1990年），卷15，頁186。

297　〈我怎樣寫《貓城記》〉，《老舍文集》（北京市：人民文學出版社，1990年），卷15，頁189。

298　〈我怎樣寫《老張的哲學》〉，《老舍文集》（北京市：人民文學出版社，1990年），卷15，頁166。

299　〈談幽默〉，《老舍文集》（北京市：人民文學出版社，1990年），卷15，頁230-235。

300　論者多把老舍筆下的這種幽默稱為「含淚的笑」，殊不知老舍本人對此早有批評與諷刺，指出這正是「裝蒜」的一種表現。見〈我怎樣寫《離婚》〉一文，《老舍文集》（北京市：人民文學出版社，1990年），卷15，頁193。

　　老舍對小人物寄予人道主義同情的同時，也與狄更斯一樣，以幽
默為武器，批判市民社會的種種惡習。狄更斯在不少作品中嘲諷過古
老的英國傳統，特別是批評了那種以島國自大、虛偽道德著稱的市民
習氣。老舍也在一些作品中對中國市民階層身上的因循守舊、懶散揮
霍、奴顏婢膝、軟弱麻木等國民性弱點，以幽默風趣的筆調凸現出
來。另外，出於對喜劇人物和喜劇性格的偏愛，老舍也和狄更斯相
同，其作品中都有一個由喜劇性的怪誕人物主宰著的荒誕滑稽的世
界，也都重視幽默的技巧，運用誇張的手法，突出人物性格，展現社
會現實。

　　從以上四個方面可以看出，老舍在多方面受惠於狄更斯。可以說
如果沒有碰到狄更斯這樣的文學導師，老舍恐怕只能在小說殿堂外徘
徊。但是，當他從狄更斯那裡獲得打開小說殿堂的第一把鑰匙後，也
並未由此把狄更斯奉若神明，把什麼都搬到自己的文學作品中來，而
是帶著自己的經驗和見識，去汲取和分析，甚至去批評和揚棄。他在
《文學概論講義》中就曾從寫實主義必須深刻觀察和如實描寫這一好
處，以及拋開幻想、直觀社會這一好處出發，指出「英國的寫家雖然
有意於此，但終不免浪漫的氣習，像狄更斯那樣的天才與經驗，終不
免用想像破壞了真實」。[301]在《寫與讀》中也說他讀了英國的威爾斯、
康拉德、梅瑞狄斯和法國的福樓拜、莫泊桑等作家的作品後，「喜歡
近代小說的寫實的態度，與尖刻的筆調」。並說讀了些俄國的作品，
「覺得俄國的小說是世界偉大文藝中的『最』偉大的。我的才力不夠
去學它們的，可是有它們在心中，我就能因自慚才短的希望自己別太
低級，勿甘自棄」。[302]另外，在《文學概論講義》中還從「自然主義
作品的結局是由自然給決定的，是不可倖免的」這一要求出發，指出

301　〈文學概論講義〉，《老舍文集》（北京市：人民文學出版社，1990年），卷15，頁
　　　108-109。
302　〈寫與讀〉，《老舍文集》（北京市：人民文學出版社，1990年），卷15，頁545-546。

狄更斯的作品有與自然主義相合之處，但「往往以自己的感情而把故
事的結局的悲慘或喜悅改變了，這在自然主義者看是不真實的」。[303]
當然，老舍從寫實主義和自然主義角度，針對狄更斯作品提出的批評
是可以理解的，不過另一方面也表明老舍在當時並未能真正全面理解
狄更斯的創作風格。比如為老舍所批評的浪漫氣習和想像特徵，正構
成狄更斯小說藝術的重要特色，也是構成其作品魅力的重要因素。

　　在以上的內容中我們曾提到，當初引起老舍極大興趣和創作衝動
的是狄更斯作品中的幽默特徵，但後來老舍對這點也作了反思。他在
《談讀書》中曾說從狄更斯那兒學得些要字眼，故意逗笑的「竅
門」，但「後來，讀了些狄更斯研究之類的著作，我才曉得原來我所
摹擬的正是那個大作家的短處。……假若他能夠控制自己，減少些彎
子逗笑耳，他會更偉大！」[304]老舍自己曾多次檢討自己對幽默的失去
控制。在〈我怎樣寫《老張的哲學》〉中針對有人覺得這本小說幽默
得有些過火，以至於討厭，老舍對這一點是承認的。對「想像多，事
實少」的《趙子曰》中的幽默，他後來說「真正的幽默確不是這
樣」。[305]在談及《牛天賜傳》寫作時說：「死啃幽默總會有失去幽默的
時候；到了幽默論斤賣的地步，討厭是必不可免的。……藝術作品最
忌用不正當的手段取得效果，故意招笑與無病呻吟的罪過原是一樣
的」。[306]在談到最使他滿意的作品《駱駝祥子》時，老舍列舉了幾點
讓他滿意的地方，其中一點就說：「在這故事剛一開頭的時候，我就
決定拋開幽默而正正經經的去寫。在往常，每逢遇到可以幽默一下的

303　〈文學概論講義〉，《老舍文集》（北京市：人民文學出版社，1990年），卷15，頁
　　114。

304　〈談讀書〉，《老舍文集》（北京市：人民文學出版社，1991年），卷16，頁140。

305　〈我怎樣寫《趙子曰》〉，《老舍文集》（北京市：人民文學出版社，1990年），卷
　　15，頁171。

306　〈我怎樣寫《牛天賜傳》〉，《老舍文集》（北京市：人民文學出版社，1990年），卷
　　15，頁202-203。

機會，我就必抓住它不放手。有時候，事情本沒什麼可笑之處，我也
要運用悄皮的言語，勉強的使它帶上點幽默味道。……《祥子》裡沒
有這個毛病，即便它還未能完全排除幽默，可是他的幽默是出自事實
本身的可笑，而不是由文字裏硬擠出來的。這一決定，使我的作風略
有改變，教我知道了只要材料豐富，心中有話可說，就不必一定非要
幽默十足才好」。[307]

　　從老舍對幽默的認識和作品中幽默手法的運用過程可以看出，他
逐步對幽默的控制，以達到幽默的昇華，這些與《老張的哲學》及其
所摹仿借鑑的狄更斯作品當然有所不同。其實，狄更斯作品中的幽默
風格也有一個發展過程。早期小說中的幽默很濃，晚期作品有所削
弱；早期是一種開心的微笑，晚期小說則往往與辛辣的諷刺聯繫在一
起。而這些又都與作家認識社會的不斷深化有密切關係。總之，不管
怎麼說，沒有狄更斯，就沒有文學家老舍。老舍為狄更斯作品的中國
之行刻上了深深的印記，寫下了重重的一筆。

（二）老舍與康拉德

　　一九三五年十一月十日，老舍在上海《文學時代》月刊創刊號上
發表〈一個近代最偉大的境界與人格的創造者──我最愛的作家──
康拉德〉一文。文中說：「對於別人的著作，我也是隨讀隨忘；但忘
記的程度是不同的，我記得康拉德的人物與境地比別的作家的都多一
些，都比較的清楚一些。他不但使我閉上眼就看見那在風暴裡的船，
與南洋各色各樣的人，而且因著他的影響我才想到南洋去。他的筆上
魔術使我渴望聞到那鹹的海，與從海島上浮來的花香；使我渴望親眼
看到他所寫的一切。別人的小說沒能使我這樣。……我的夢想是一種

---

307 〈我怎樣寫《駱駝祥子》〉，《老舍文集》（北京市：人民文學出版社，1990年），卷
　　15，頁207。

傳染，由康拉德得來的。」又說：「可是康拉德在把我送到南洋以前，我已經想到從這位詩人偷學一些招數。……他的結構方法迷惑住了我。……康拉德使我明白了怎樣先看到最後的一頁，而後再動筆寫最前的一頁。在他自己的作品裡，我們看到：每一個小小的細節都似乎是在事前準備好，所以他的敘述法雖然顯得破碎，可是他不至陷在自己所設的迷陣裡。……這種預備的工夫足以使作者對故事的全體能準確的把握住，不至於把力量全用在開首，而後半落了空。」這是老舍「老忘不了康拉德」的原因。[308]

老舍以他在倫敦和新加坡的生活經驗來閱讀康拉德的小說，康拉德的作品給老舍留下了深刻的印象，但同時老舍對康拉德的作品所體現的歐洲自我中心主義或白人優越感感到不滿。在康拉德以東南亞為背景的熱帶叢林小說中「白人都是主角，東方人是配角，白人征服不了南洋的原始叢林，結果不是被原始環境鎖住不得不墮落，就是被原始的風俗所吞噬。」於是，老舍為了顛覆西方文化優越霸權主義的語言，顛覆康拉德在其作品中所反映的種族主義思想模式，寫一部以南洋為題材而東方人為主角的小說。老舍在〈我怎樣寫《小坡的生日》〉一文中說：

> 我想寫這樣的小說，可是以中國人為主角，康拉德有時候把南洋寫成白人的毒物，征服不了自然就被吞噬，我要寫的恰與此相反，事實在那兒明擺著呢：南洋的開發設若沒有中國人行

---

308 在《二馬》中，老舍企圖顛覆康拉德的小說，把中國人與英國人放在同樣重要的角色上去「比較中英兩國國民性的不同。」在康拉德的熱帶叢林小說中，如《黑暗的心》、《淺湖》、《群島流浪者》、《阿爾邁耶的愚蠢》等小說，白人在原始熱帶叢林中，在土族生活中，容易引起精神、道德、意志上的墮落。在《二馬》中，卻讓我們看見白人在他自己的國土中，也一樣有道德敗壞之思想行為。這是老舍對康拉德小說中的東方主義敘事的一種還擊。為了顛覆康拉德小說中以白人為主角，東方人為配角，《二馬》把中國人與英國人放在至少同等重要的地位。

　　麼？中國人能忍受最大的苦楚，中國人能抵抗一切疾痛：毒
　　蟒猛虎所盤踞的荒林被中國人鏟平，不毛之地被中國人種滿了
　　蔬菜。

　　到了新加坡之後，老舍就想寫一部他原來計畫寫的、關於華人開
闢南洋的小說。他認為「南洋之所以為南洋，顯然大部分是中國人的
成績」。但是要反映新加坡華僑奮鬥的歷史，需要深入群眾，去探
索、去觀察他們的生活。教書的生活把老舍栓在學校，時間與金錢方
面都不允許老舍詳談南洋華人的光榮業績，所以他放棄寫南洋華僑史
大書的計畫，寫每天熟悉的小孩，他「打了個大大的折扣，開始寫
《小坡的生日》，……注意小孩子們的行動……好吧，我以小人們作
主人翁來寫出我所知道的南洋吧」。於是，一部許多評論家認為是
「給兒童寫的童話」的一部小說《小坡的生日》誕生了。這部中篇小
說的主要角色都是小孩子，但《小坡的生日》並非童話。老舍採用了
簡單的敘述模式來涉及一些較複雜的問題。同時這部作品一直徘徊於
小孩的幻想世界與成年人的現實世界之間。
　　在閱讀康拉德作品時，老舍先肯定康拉德的作品有民族高下的偏
見，為了顛覆康拉德小說中以白人為主角，東方人為配角，《二馬》
把中國人與英國人放在同等重要的地位。在〈小坡的生日〉一文中，
老舍顛覆康拉德的手法，是用華人取代了白人，其他如馬來人，印度
人等仍然只是配角。阿拉伯人就更不用提了，似乎「只在那兒作點
綴，以便增多一些顏色。」在作品中，小坡的爸爸媽媽是廣東華僑。
他們討厭一切「非廣東人」，對其他種族的人也有很大的偏見。他們
的孤立態度，加深了與其他省籍的人和不同種族的人之間的差異。就
連哥哥「一看見小坡和福建，馬來，印度的孩子玩耍，便去告訴父
親，惹得父親說小坡沒出息」。這裡，〈小坡的生日〉雖然也談了一
下非華人以及他們的生活，但其大部分篇幅還是用在描寫華人和他們

的事。

　　作品又塑造了小坡，一個在新加坡土生土長的華人小孩，代表第二代本土化的華人思想。老舍一個小故事構建了一個多元文化並存的社會：在沙文主義的父母不在時，小坡和妹妹決定打破種族的藩籬，邀請了馬來的、印度的、福建的，和廣東的小孩到屋子後面的花園進行遊戲。他們就像一家人，說著同樣的語言。這裡的花園意向，與新加坡後來被稱為「花園城市」相一致，足見老舍的眼光。在小說中，就是沒有白人的出現。因為老舍認為南洋的開發是亞洲各民族人民的努力結果，不屬於白人殖民者。用王潤華教授的話來說，老舍是在「逆寫」（write back）帝國歷史。通過創作一本小說，糾正康拉德筆下的南洋的「毒物」意向，糾正「他者的世界」。小說中的預言，在花園裡多元種族之時代，是本土被殖民地文化與帝國文化相衝突的思想火花。

　　在〈我的創作經驗〉一文中，老舍說：「《二馬》……因為已經讀過許多小說了，所以這本書的結構與描寫都長進一些。文字上也有了進步……寫它的動機是在比較中英兩國國民性的不同。」《二馬》創作於老舍在倫敦的第五年，此時他已經閱讀許多西方作品。在這些作家中，老舍承認開始學習康拉德的寫小說技巧──倒敘（FLASHBACK），這在作品《二馬》中得到了反映和體現。在〈一個近代最偉大的境界與人格的創造者──我最愛的作家──康拉德〉中，有這樣一段文字：

　　　　可是康拉德在把我送到南洋以前，我已經想從這位詩人偷學一些招數。在我寫《二馬》以前，我讀了他幾篇小說。他的結構方法迷惑住了我。我也想試用他的方法。這在《二馬》裡留下一點──只是那麼一點──痕跡。我把故事的尾巴擺在第一頁，而後倒退著敘說。我只學了這麼一點；在倒退著敘述的部

分裡，我沒敢再試用那忽前忽然後的辦法。……康拉德使我明
白了怎樣先看到最後的一頁，而後再動筆寫最前的一頁。在他
自己的作品裡，我們看到：每一個小小的細節都似乎是在事前
準備好，所以他的敘述法雖然顯得破碎，可是他不至陷在自己
所設的迷陣裡。自然，我沒能完全把這個方法放在紙上，可是
我總不肯忘記，因而也就老忘不了康拉德。

　　如果從後殖民文學角度來讀《二馬》，也就更明白老舍所說的只
學了康拉德一點東西的內涵：主要指藝術結構，至於東方主義的論述
與主題思想，老舍很顯然是反殖民帝國主義的。他在《二馬》中就企
圖顛覆康拉德的小說，把中國人與英國人放在同樣重要的角色上去
「比較中英兩國國民性的不同」。小說中描寫父子二人（二馬指父親
馬則仁與兒子馬威）抵達倫敦去繼承前者哥哥的古董店的生意。與改
革開放中出洋留學、經商、打工的中國人不同，馬則仁（老馬）和馬
威（小馬）父子，則是八十多年以前，在倫敦經營古玩鋪子的異國漂
泊者。牧師伊文思夫婦為二馬找房子而四處奔跑，他心裡大罵：「他
媽的！為兩個破中國人。」伊文思安排二馬來倫敦，為的是證明給教
會看，他當年到中國傳教是有影響力的，二馬就是受他影響而信教
的。可是伊牧師半夜睡不著的時候，也禱告上帝快把中國變成英國的
屬國，要不然也升不了天堂。小說借馬氏父子在英國倫敦充滿喜劇色
彩的生活經歷，特別是與房東太太溫都母女令人啼笑皆非的婚戀糾
葛，揭示了在中英文化衝撞中，舊時代某些中國人身上的醜陋習性和
陳腐觀念；也諷刺了英國社會的種族歧視和文化偏見。
　　老舍故意安排馬威在新年早上，獨自逛植物園，是由於洋妞瑪力
拒絕他的愛而傷心失戀，這又暗寓著西方資本主義國家叫人又愛又恨
的意義。年輕的中國，走向現代化的中國拼命追求西化，可是最後發
現西方文化並沒想像中那樣完美，更何況西方人始終難於改變對中國

及其人民的偏見。他們愛搶奪中國或東方的東西，但不愛東方人。從這個角度去讀《二馬》，我們就明白老舍所說康拉德在把他送到南洋以前，所偷學到的招數，並不止於藝術表現技巧，更重要的，他反過來，把東方人放在殖民者的國土上，一起去呈現殖民者與被殖民者的種種現象。

這是康拉德的熱帶叢林小說，像《黑暗的心》、《淺湖》、《前進的哨站》、及《群島流浪者》及《阿爾邁耶的愚蠢》等小說白人在原始熱帶叢林中、在土族生活中容易引起精神、道德、意志上的墮落。老舍在《二馬》中，卻讓我們看見白人在他自己的國土中，也一樣有道德敗壞之思想行為。這是老舍對康拉德小說中的東方主義敘事的一種還擊。

如果說，後殖民文學是在帝國主義文化與本土文化互相碰擊、排斥之下產生的，那麼老舍的《小坡的生日》，《二馬》就是世界華文文學最早期的一部分殖民文學作品。王潤華教授在〈中國最早的後殖民文學理論與文本：老舍對康拉德熱帶叢林小說的批評及其創作〉中引用 *The Post-Colonial Studies Reader* 中的話，這樣解釋老舍的意圖：「在殖民社會裏，民族主義（Nationalism）是抵抗帝國控制的最重要的基礎之一，它能使後殖民社會或人為去創造自我的意象，從而把自己從帝國主義壓迫之下解救出來。」[309]

因此，關心本土文化、顛覆西方文學的主題，並與之抗衡，這些觀念常常出現在老舍對自己十分迷戀的康拉德的批評和自己的小說《小坡的生日》和《二馬》文本之中。

---

309 王潤華：〈從後殖民文學理論解讀老舍對康拉德熱帶叢林小說的批評與迷戀〉，收入曾廣燦等著：《老舍與二十世紀》（天津市：天津人民出版社，2000年）。

二　蕭乾與英國文學[310]

　　一九四一至一九四五年間，蕭乾創作出版了五部深受英國讀者喜愛的英文作品：

　　一九四二年三月，蕭乾《苦難時代的蝕刻》（*Etching of Tormented Age*）由喬治・艾倫與恩德公司出版。英國《泰晤士報》文學副刊（1942年3月21日）上刊載了無署名書評〈評《苦難時代的蝕刻》〉，有左丹譯文。[311]

　　一九四二年十月，蕭乾的英文著作《中國並非華夏》（*China But Not Cathy*）由倫敦Pilot Press出版。本書介紹中國歷史、地理與抗日戰爭情況，強調國共合作堅持抗戰的局面，由當時駐英大使顧維鈞寫序。目次為：（1）作為古老國家的危機；（2）桑葉；（3）民主在成熟中；（4）「我的家被淹沒了」；（5）婦女跳出牢籠；（6）白話與文言，等十五個部分。

　　一九四四年六月，蕭乾編選的英文著作《千弦之琴》（*A Harp With a Thousand Strings*）由倫敦Pilot Press出版。這是一本從多稜角介紹中國和中國文化的文選，長達五百餘頁。書前有阿瑟・韋利寫的一片短序。全書共分六卷。第一卷是《英國文學中的中國》，分作詩歌、散文、隨筆、傳記及書簡等項。詩歌從湖畔派詩人柯勒律治的〈忽必烈汗〉選到三〇年代在北京大學任教的威廉・燕卜蓀抗日戰爭爆發後隨校赴內地時寫的〈南嶽的秋天〉。第二卷是《歐洲旅行家筆下的中國》，從十三世紀的馬克・波羅一直選到英國詩人奧斯伯特・斯特威爾民國初年訪華時所寫的〈北京的聲與色〉。第三卷是《人物畫廊》，從以東漢的焦仲卿為男主角的古詩〈孔雀東南飛〉，沈復的

---

310 本部分內容的合作者為福建師範大學比較文學與世界文學專業冀愛蓮副教授。

311 見《蕭乾研究資料》（北京市：十月文藝出版社，1988年）。

〈浮生六記〉，一直選到四○年代項美麗所寫的〈宋氏三姐妹〉。第四卷是中西文化交流。第五卷是有關中國文化及藝術的。哲學方面選了馮友蘭的《中國哲學》。第六卷是民間文學，內分民歌、格言、兒歌等。英國《觀察家》報（1945年11月11日）上刊載了英國作家喬治‧奧威爾的書評〈評蕭乾編的《千弦之琴》〉。

　　一九四四年七月，蕭乾的英文著作《龍鬚與藍圖——戰後文化的思考》（*The Dragon Beards Vs the Blue Prints*）由倫敦領航出版社（the Pilot Press）出版，題獻英國大小說家福斯特（E. M. Forster）以及漢學家韋利（Arthur Waley）。收有〈英國小說家及中國知識份子對機械文明的反應〉、〈易卜生在中國——中國人對蕭伯納的反感〉、〈龍鬚與藍圖——關於現代中國的一點詮釋〉、〈文學與大眾〉等四篇在《新政治家與民族》（*The New Statesman and Nation*）和《聽者》（*The Listener*）等刊物發表的論文。[312]

　　一九四四年九月，蕭乾將自己的短篇小說〈雨夕〉、〈蠶〉、〈籬下〉、〈矮簷〉、〈栗子〉、〈俘虜〉、〈郵票〉等十篇，以及散文兩篇，譯成英文，由Allen & Unwin出版社出版，取名《吐絲者》（*Spinners of Silk*），後有瑞士蘇黎士德文譯本。這本選集得到出版界好評，九月二日被《泰晤士報》「文學副刊」選為本月最佳小說，稱道蕭乾寫貧苦兒童的短篇可與法國作家都德的傑作《小東西》媲美。

　　這五種作品對於英國讀者了解中國的歷史、文化與文學起到了巨大作用。自一九三九年十月起，他在英國本土生活七年，對於傳播中國現代文學有過傑出的貢獻。其中，《中國並非華夏》和《千之弦琴》介紹中國的基本狀況，其餘三種都以介紹中國當代文學為主要內

---

312 龍鬚象徵中國古老的封建文化，藍圖代表近代西方的工業機械、科學技術。全書的主旨是，中國不能當「老古玩店」，必須走現代化的道路，才能在當今世界上站穩腳跟。本書有專文為中國抗戰辯護，並涉及中國當時文壇的情況，在把現代中國文學介紹到西方去的過程裡，具有篳路藍縷的功效。

容。貫穿這些著述的中心思想是，從作家的角度向西方讀者全面介紹
中國的當代文學，介紹中國作家在抗戰的磨練中日益成熟，與國家民
族的命運聯成一體。要求西方讀者不再把中國看成老古玩店，不再只
著眼於中國的古老文化，而要認識中國人民正在創建的新文化。

（一）

蕭乾真正開始自己的翻譯生涯是在一九三〇年考入輔仁大學英文
系以後。為了掙生活費，他依然教外國人學中文。為此結識了美國青
年威廉・安瀾（William. D. Allen）。安瀾與蕭乾年齡相仿。大學畢業
後，安瀾的媽媽給了他一筆旅費，讓他到處逛逛再進入社會。旅行的
第一站便是中國。他一到北京，就迷上了這個古老的國度。受上海
《密勒氏評論週報》的啟發決定在北京也創辦一份類似的刊物。一九
三一年六月一日《中國剪報》創刊，社址在哈德門大街西石槽二號，
由三友印刷廠承印。第一期印出後，安瀾贈一份與蕭乾，刊物的中文
題名為《支那簡報》。開始安瀾將此刊的宗旨定位在文藝消遣性。[313]
目的是對「中國思想以及她在別國眼中的形象做非學究式的探
討，……其最終目的是在讀者心目中勾勒出一幅中國的畫像。」[314]在
蕭乾的建議下，此刊改名為《中國簡報》，宗旨也變為向關心中國社
會文化進展的英語世界介紹現代文藝界的情勢以及社會大眾之趨向與
其背景。為此該刊物的性質由娛樂消遣型轉變為關於文學藝術與社會

---

313 此刊創刊號對其宗旨有如下描述：（1）為對當代中國文化感興趣者提供一些被疏
　　忽或不易理解的東西。（2）作為一種媒介，以彌補在美國讀不到的。（3）著重介
　　紹出現在小型、通俗以及黃色報刊上的資料。（4）為圖書館摘要提供最新的、標
　　準刊物上不經見的論點。（5）表現東方的人情味及幽默感並提示學究們在解釋中
　　國啞謎中的愚蠢。轉引自蕭乾：〈我的副業是溝通土洋〉，《蕭乾全集》〈文學回憶
　　錄、生活回憶錄〉卷5，頁608。
314 蕭乾：〈我的副業是溝通土洋〉，《蕭乾全集》〈文學回憶錄、生活回憶錄〉（武漢
　　市：湖北人民出版社，2005年），卷5，頁608。

的文摘型。之後蕭乾成為安瀾的助手，負責文藝部分的組稿。蕭乾的
譯文自第四期開始刊登。現存的八期刊物中，蕭乾先後翻譯的文章有
魯迅的〈聰明人、傻子和奴才〉、〈野草〉，郭沫若的〈落葉〉，茅盾的
〈野薔薇〉、〈從牯嶺到東京〉，郁達夫的〈日記九種〉、〈創作之回
顧〉，沈從文的〈阿麗絲中國遊記〉，徐志摩的〈自剖〉、〈灰色的人
生〉，聞一多的〈洗衣歌〉，章衣萍的〈從你走後〉。頗有價值的是蕭
乾對上述作家及作品都有粗略的介紹和評析。[315]雖然二十一歲的蕭乾
在文學上還不成熟，有些地方錯誤百出，幾近荒唐[316]，但這並不妨害
蕭乾和安瀾急於向國外人介紹中國當代文學的熱忱。該刊第八期蕭乾
還公佈了刊物文藝版未來的設想：每期介紹兩位當代作家，力求翻譯
最能代表作者文藝思想及其生活背景的作品，出版文學革命、革命文
學、南國戲劇、國故與白話文化論爭等專號。[317]可惜這份熱忱並未引
起讀者的關注，由於刊物的訂戶寥寥無幾，經費回收相當困難。在第
八期發行後，安瀾囊中的錢花完了，沒有經費支撐，《中國簡報》只
好就此停刊。

　　如果說，蕭乾初識安瀾是為生計奔波[318]的話，那麼八期《中國簡

315　此處材料整理參看文潔若：〈前言〉，蕭乾：《蕭乾譯作全集》（西安市：太白文藝
　　　出版社，2005年），頁2-3。

316　蕭乾在〈我的副業是溝通土洋〉一文中，將刊物中錯誤的地方指了出來，有關於
　　　魯迅的，有關於郁達夫的，坦承自己和安瀾的評析是膽大妄為的亂評。參看蕭
　　　乾：〈我的副業是溝通土洋〉，《蕭乾全集》〈文學回憶錄、生活回憶錄〉（武漢市：
　　　湖北人民出版社，2005年），卷5，頁609-612。

317　此處材料參考文潔若〈前言〉，蕭乾：《蕭乾譯作全集》（西安市：太白文藝出版
　　　社，2005年），頁3。

318　蕭乾為安瀾編稿，安瀾是給付工資的。蕭乾在致符家欽的信中提到：「弟在1930-
　　　1931年間，曾協助一個美國人（叫Allen）編過一份《中國簡報》（China in Brief）
　　　也許是用英文介紹現代中國作品最早的刊物，他是主編，我是副編，其實共只二
　　　人，他每小時給我兩角五分。……這也是我用英文介紹現代中國文學的開始。」
　　　蕭乾：〈1982年9月24日致符家欽〉，《蕭乾全集》〈書信卷〉（武漢市：湖北人民出
　　　版社，2005年），卷7，頁316。

報》的出爐已彰顯蕭乾自覺的文學翻譯追求。為生計所迫與自覺的翻
譯當然不可同日而語。為生計所迫的翻譯是被動的接受，雖然也會注
意翻譯的準確，但對翻譯對象卻沒有選擇的權利，也無法顯示譯者的
文化價值取向。自覺的翻譯則相反，它不僅是譯者興之所至，而且在
對象的選擇上能夠鮮明表現出作者的藝術追求，且有明確的翻譯主
旨。《中國簡報》第八期上在未來的翻譯計畫後有幾句話能夠看出該
刊的主旨，「通過以上簡略介紹[319]使歐美讀者對中國文壇有初步認識
後，就開始刊登新文學的短篇作品。因為對象是對東方茫然無知的讀
者，所以評論不求深刻、透闢。計畫雖大得驚人，但只要文壇同道囊
助，我們並不視為畏途。」[320]事隔六十年後，蕭乾回想起《中國簡
報》時說：「無論寫得多麼荒謬，我們當時的用意無非是想讓西方了
解中國不僅有孔孟，有唐詩宋詞，還有當代的中國文藝家也在觀察
著，思考著譜寫著人生。」[321]主旨的明確化使蕭乾完成了他翻譯生涯
中的第一次質變，由被動的文學翻譯走向了翻譯的自覺，而其對中國
當代文學翻譯的重視也成為他日後中文英譯的主導意向。

（二）

　　蕭乾翻譯技術的提高有兩件事起過重要作用。一件是蕭乾為《輔
仁雜誌》（*Furen Magazine*）翻譯的幾部劇作。一件是蕭乾為斯諾的
《活的中國》選登的作品擔任譯者。一九三〇年夏天，蕭乾考入輔仁
大學英文系，兼系主任雷德曼的助教工作。[322]在雷德曼的鼓勵下，開

319 此處所謂簡略介紹就是上段中所談的刊物文藝未來的三大設想。
320 轉引自文潔若：文潔若〈前言〉，蕭乾：《蕭乾譯作全集》（西安市：太白文藝出版
　　社，2005年），頁3。
321 蕭乾：〈我的副業是溝通土洋〉，《蕭乾全集》〈文學回憶錄、生活回憶錄〉（武漢
　　市：湖北人民出版社，2005年），卷5，頁612。
322 蕭乾任助教，可以免交學雜費和住宿費。參見蕭乾：〈我的副業是溝通土洋〉，《蕭
　　乾全集》〈文學回憶錄、生活回憶錄〉（武漢市：湖北人民出版社，2005年），卷
　　5，頁618。

始為該校的《輔仁雜誌》翻譯中國作品。他先後翻譯了郭沫若的《王昭君》、田漢的《湖上的悲劇》、熊佛西的《藝術家》，還為蘇雪林的《棘心》寫過一篇英文的評論文章。[323]蕭乾的這些譯作，在雷德曼的指導下，翻譯文筆有了一定的提高。對蕭乾翻譯技巧長進起到關鍵作用的是美國著名的新聞記者埃德加‧斯諾（Edgar Snow, 1905-1972）。一九三三年夏天，蕭乾轉入燕京大學新聞系，斯諾當時在燕京大學新聞系任教。[324]他謙和、真誠的態度及對中國濃厚的興趣深深地感染了蕭乾。不久，蕭乾便成為斯諾門下的得意門生。他倆亦師亦友，無話不談。當時，斯諾正醞釀編選一本中國小說集《活的中國》，已有七篇魯迅小說、散文、雜文的譯稿，是在姚克[325]的幫助下完成的。蕭乾與好友楊剛[326]一起協助斯諾選譯文本。該書分兩部分，第一部分為魯迅的小說，收錄〈藥〉、〈一件小事〉、〈孔乙己〉、〈祝福〉、〈風箏〉、〈論「他媽的！」〉、〈離婚〉七篇，此外還有斯諾的介紹文章〈魯

---

323 郭沫若的《王昭君》與蘇雪林的《棘心》刊載於《輔仁雜誌》一九三二年三月號，田漢的《湖上的悲劇》刊載於《輔仁雜誌》一九三二年四月號，熊佛西的《藝術家》刊載於《輔仁雜誌》一九三二年五月號。後收入香港三聯書店1984年出版的《《珍珠米》及其他》（*Semolina and Others*）。參看《輔仁雜誌》，蕭乾：〈我的副業是溝通土洋〉，《蕭乾全集》〈文學回憶錄、生活回憶錄〉（武漢市：湖北人民出版社，2005年），卷5，頁618。

324 斯諾一九二八年來到中國上海，任《密勒氏評論週報》助理主編，後任《芝加哥論壇報》、倫敦《每日先驅報》特邀記者。一九三一年「九一八」事變後，訪問東北、上海，發表通訊集《遠東戰線》。他見過宋慶齡、魯迅，並深受他們影響。一九三三年在北平安家，兼任燕京大學新聞系講師。在魯迅的建議下，擬編選一部中國現代小說集，想通過小說結識中國人民的苦難。後與蕭乾、楊剛一起編譯，一九三六年由倫敦George G. Harrap and Co. Ltd. 出版。

325 姚克（1905-1991），原名姚莘農、姚志伊，姚克為其筆名。二十世紀三〇年代主要致力於文學翻譯工作，曾在《天下月刊》（*T'ien Hsia Monthly*）、《中國評論週報》（*The China Critic Weekly*）上發表譯作。一九三二年，翻譯完成魯迅的《短篇小說選集》，並出版。魯迅對他用西文介紹中國現狀的方式給予過很高的評價。

326 楊剛（1905-1957），原名楊季徵、楊繽，一九二八至一九三二年就讀於燕京大學英文系，一九三三年與蕭乾一起幫助斯諾選編《活的中國》，一九三八年接蕭乾任香港《大公報》「文藝」副刊的主編，一九五〇年後曾任周恩來總理辦公室主任秘書，中宣部國際宣傳部處處長，《人民日報》副總編。

迅〉和魯迅的〈英譯本《短篇小說選集》自序〉。第二部分是關於中
國其他作家的小說創作的，收錄有柔石的〈為奴隸的母親〉，茅盾的
〈自殺〉、〈泥濘〉，丁玲的〈水〉、〈消息〉，巴金的〈狗〉，沈從文的
〈柏子〉，孫席珍的〈阿娥〉，田軍的〈大連丸上〉、〈第三支槍〉，林
語堂的〈憶狗肉將軍〉，蕭乾的〈皈依〉，郁達夫的〈薔薇行〉，張天
翼的〈移行〉，郭沫若的〈十字架〉，楊剛的〈日記拾遺〉，沙汀的
〈法律外的航線〉，共計十七篇。這些文章，大都是在蕭乾和楊剛的
建議下選譯的。蕭乾在〈我的副業是溝通土洋〉一文中談到：「大致
說來，我比較看重筆調和寫法，楊剛則更偏重內容分析。斯諾當時搞
〈活的中國〉，出發點首先是通過小說來向西方揭示中國的現實。因
此，他更重視楊剛的意見。在翻譯上，則更倚重我。」由此看來，蕭
乾負責的主要是文本的翻譯。

　　這次翻譯，在蕭乾看來是一次緊張而有意義的學習，是他上的翻
譯第一課。[327]

　　　　當他（斯諾）叼著煙嘴坐在打字機旁修改譯稿時，我有時就坐
　　　　在他身邊。從他的加工，我不但學到了新鮮的（非學究的）英
　　　　文、邏輯、修辭，更重要的是學到不少翻譯上的基本原理，還
　　　　懂得了一點「文字經濟學」。四十年代在英國編譯自己的小說
　　　　集（*The Spinners of Silk*）時，我也大感掄起斧頭的必要。五
　　　　十年代搞那點文藝翻譯時，我時常記起斯諾關於不可生吞活剝
　　　　的告誡。[328]

　　這次翻譯使蕭乾受益終身，並形成了自己注重文字經濟的翻譯

327　〈斯諾與中國新文藝運動──本版代序〉，埃德加·斯諾編選：《活的中國》（長沙
　　　市：湖南人民出版社，1983年），頁7。

328　〈斯諾與中國新文藝運動──本版代序〉，埃德加·斯諾編選：《活的中國》（長沙
　　　市：湖南人民出版社，1983年），頁7。

觀。何謂文字經濟，斯諾有詳細的論述。他說：

> 這些小說並不是『直譯』出來的——如果「直譯」，是指一個
> 中國字對一個英文字、一個短語對一個短語（不管讀起來多麼
> 不通）那種譯法的話。
>
> 我在這裡努力做的是傳達每一篇作品的精神實質，是詮釋而不
> 是影印複製；我不但想用英文來傳達原作的感情內容，而且還
> 想烘托出存在於這種情感深處的理智信念。從中文「直譯」，
> 完全不可能做到這一點。在大多數情況下，我已盡可能地保存
> 了原作的詞藻；但有時我乾脆拒絕保留需要加半頁注解才能說
> 清楚的簡單的雙關語，或歷史典故，古文隱語。[329]

　　斯諾對文字的處理不止在注解的刪略上，對於文本中拖沓冗長無
關於情節的內容，也做了相應的刪節。他認為中國現代小說作家「一
般都傾向於儘量把作品拖長。他們往往夾進一些詞藻漂亮但是與情節
無關的對話或敘述。」這種為文的風格在中國讀者眼裡，可能並不反
感，「西方讀者在看短篇小說時，若遇到這種情況，肯定會不耐煩起
來。」因此，他在編譯這些小說時，「大膽地刪掉了一些段落或插
曲。」[330]

　　斯諾這裡所談的經濟，不僅表現為刪節，在需要的地方他也會增
加一些內容。他說：「中國文字簡練而隱晦，為了避免冗長的注釋，
在必要的幾處我曾夾進一些句子或短語。」[331]

---

329 埃德加・斯諾：〈編者序言〉，《活的中國》（長沙市：湖南人民出版社，1983年），
　　頁5。

330 埃德加・斯諾：〈編者序言〉，《活的中國》（長沙市：湖南人民出版社，1983年），
　　頁6。

331 埃德加・斯諾：〈編者序言〉，《活的中國》（長沙市：湖南人民出版社，1983年），
　　頁6。

　　當然斯諾所謂的加減，並不依據自己的愛好，其標準依然在保留
對原作的忠實性上。「本集在精神上和內在涵義上對原作是忠實的，
它把原作的素材、根本觀點以及它們對中國的命運所提出的問題，都
完整地保留下來了。」[332]

　　在忠實於原作基礎上的修改，是翻譯家必須去做的，因為他面對
的是非原文本語系的他族讀者群，完全忠實的譯本僅僅是一種理想狀
態。為了讓新語言系的讀者能理解原作，一些晦澀深奧的語言可以通
俗化。譯本也是文本，是文本就要讀者能夠讀懂，若譯文成為天書，
就起不到翻譯的效果了。在這一點上，蕭乾日後的翻譯顯然深受斯諾
的影響，一九八七年，他在〈談談外國文學〉一文中，依然講：

> 我主張不要硬譯，譯文要合乎中文語法。我們講忠實，是忠實
> 於精神，絕不僅是文字本身。只忠實於原文有時會鬧出笑話的。
> 在翻譯小說、戲劇等作品時，首先應該掌握原作的內涵。[333]

不過，蕭乾對斯諾並非惟師是從，他在一九七八年為《活的中國》所
作的序言中認為，那時的翻譯是「用蹩腳的英文粗譯出來」的，且斯
諾寧願不要好英文，也要貼近原文，所以語言就更加蹩腳。斯諾以文
章緊湊為宗旨，對冗餘的文字大量予以刪減，一些增刪的地方蕭乾並
不贊同。[334]顯然斯諾的增刪超過了一般翻譯要求的限度，有點過頭
了。不過這並不影響斯諾翻譯觀對蕭乾翻譯產生的指導作用。

---

332 埃德加・斯諾：〈編者序言〉，《活的中國》（長沙市：湖南人民出版社，1983年），
　　頁7。

333 蕭乾：〈關於外國文學〉，《蕭乾全集》〈文論卷〉（武漢市：湖北人民出版社，2005
　　年），卷6，頁460。

334 蕭乾：〈斯諾與中國新文藝運動──本版代序〉，埃德加・斯諾編選：《活的中國》
　　（長沙市：湖南人民出版社，1983年），頁6。

（三）

　　一九三九年十月，蕭乾在好友于道泉[335]的推薦下，到英國倫敦大學東方學院中文系任教，同時兼任香港《大公報》駐英特派記者。此後至一九四六年三月回國，在歐洲先後待了近七年。大部分時間在英國。期間他結識了許多英國文壇的著名作家、評論家、漢學家。E. M. 福斯特（E. M. Forster, 1879-1970）、哈羅德・阿克頓（Harold Acton, 1904-1994），阿瑟・韋利（Arthur Waley, 1889-1966）、倫納德・伍爾夫（Leonard Woolf, 1892-1969）、伍特曼（Woodman）等。蕭乾結識這些文壇名流主要通過三種途徑。其一是援華會，其二是倫敦國際筆會，其三是朋友的介紹。

　　援華會全稱China Campaign Committee，直譯為「中國運動委員會」，又譯作「全英援華總會」。它是英國「左翼讀書會」的分支機構，由「左翼讀書會」成員維克多・高蘭茲發起組織。成立於一九三八年二月，下設二十個支會，其成員大部分為「左翼讀書會」成員，主要從事社會組織活動，抵制日貨、政治宣傳、募捐為該會三大任務。該會經常舉行各種電影、戲劇、音樂晚會，為中國募捐。僅一九三八年，就為中國抗戰募款十萬四千多元，衣物十三萬件。它曾為中國人民的抗日戰爭做過大量的宣傳工作。蕭乾當年就應「援華會」之請赴英國各地做了不下五十次演講。埃德加・斯諾的《西行漫記》，史沫特萊的《中國在反擊》，都是由「左翼讀書會」出版的。[336]蕭乾剛到英國，當時援華會的主持者多蘿西・伍特曼女士就聯繫他參加援

335　于道泉，（1901-1992），字伯源，中國著名語言學家，精通藏、蒙、滿、英、法、德、日、俄、西班牙、土耳其、世界語等語種，一九三九至一九四九年間，在英國倫敦大學東方學院擔任高級講師。一九四九年秋回國任北大東語系蒙藏文教授，兼北京圖書館特藏部主任。

336　此處參看薩本仁、潘興明：《20世紀的中英關係》（上海市：上海人民出版社，1996年），頁257-258。

華會的有關活動。援華會也成為蕭乾在英國接觸最多的團體之一，一
九三九年十月至一九四四年夏，蕭乾放棄學業到第二次世界大戰前線
專事戰地採訪工作，他在援華會前後做過五十多次講演。內容主要為
中國抗戰。通過援華會，蕭乾結識了當時英國的許多進步人士，如
《新政治家》（*New Statement*）主編金斯萊・馬丁，女權活動家瑪吉
莉・弗萊，工黨理論家拉斯基，英共機關報《每日工人報》資深記者
阿瑟・克萊戈等。[337]

　　倫敦國際筆會是國際筆會的分會。國際筆會，全稱International
PEN，簡稱IPEN，PEN由Poets（詩人）、Essayists（散文家）和
Novelists（小說家）三個詞的開頭字母組成，一九二一年由英國女作
家道森・司各特發起。目的是號召全世界作家聯合起來，為保護世界
和平及人類的精神財富而努力。國際筆會總部設在倫敦，在世界各地
設有六十多個分支機構。宗旨為創作自由，反對沙文主義和極端主
義。蕭乾到英國後參與了在倫敦舉行的筆會活動，會上他認識了當時
文壇的好多宿將，愛・摩・福斯特（E. M. Foster, 1879-1970）、赫伯
特・喬治・威爾斯（Herbert George Wells, 1866-1946）、約翰・萊蒙、
斯蒂芬・斯潘德爾等都是通過這一管道認識的。[338]

　　結識英國著名漢學家阿瑟・韋利（Arthur Waley, 1889-1966，以
下韋利）與前面不同，是通過朋友的介紹認識的。四〇年代的阿瑟・
韋利在文壇已是名噪一時的漢學大家，中國學界對他的翻譯成就也頗
為關注，張元濟、聞一多、呂叔湘等先後就他的譯文做過長篇的評
述，這些評述大多發表於四〇年代前，諳熟報壇刊物的蕭乾此前已久
仰韋利大名。一九四〇年一月六日，蕭乾在好友哈羅德・阿克頓

---

337 蕭乾：〈旅英七載〉，《蕭乾全集》〈文學回憶錄、生活回憶錄〉（武漢市：湖北人民
　　出版社，2005年），卷5，頁118-119。
338 參看蕭乾：〈旅英七載〉，《蕭乾全集》〈文學回憶錄、生活回憶錄〉（武漢市：湖北
　　人民出版社，2005年），卷5，頁146-147。

（Harold Acton, 1904-1994）[339]的介紹下認識了韋利。[340]

> （下午）四點鐘，一到Acton（即阿克頓）家，我們便出來，
> 同去拜訪《詩經》、四書、《道德經》和唐詩的權威譯者Arthur
> Waley先生。事先我就知道有一位太太[341]和他住在一起，是研
> 究爪哇舞蹈的。果然進門，他們全見到了。魏理先生年紀總有
> 五十開外，身子並且顯得很羸弱，人沉靜、謙遜，時常都似低
> 首在思索著什麼。[342]

雖然，認識韋利是通過阿克頓的介紹，但韋利與倫敦國際筆會和援華
會有密切的關係。韋利是當時英國援華會副主席之一[343]，也是倫敦國
際筆會的主要成員之一。

---

339 早在三〇年代，蕭乾便認識哈羅德・阿克頓，「三十年代我上大學的時候，也來過
　　幾位，而且碰巧都是英國人……還有一位更加鍾情於北平的（故都淪陷幾年後，
　　為了渴望有一天能回去，他還托人在交四合院的房租），那就是以唯美主義者自詡
　　的哈羅德・艾克敦。」「一九三九年耶誕節我從劍橋到倫敦度假時，我們就聯繫上
　　了。」見蕭乾：〈悼艾克敦〉，《蕭乾全集》《散文集》（武漢市：湖北人民出版社，
　　2005年），卷4，頁813-814。

340 程章燦先生在〈阿瑟・韋利年譜簡編〉中說：「（1939年）秋，蕭乾到倫敦，經艾克
　　敦介紹，來拜訪韋利。」參見程章燦：〈阿瑟・韋利年譜簡編〉，《國際漢學》（鄭州
　　市：大象出版社，2004年），第11輯，頁28。這裡的時間顯然有錯，蕭乾初見韋利
　　應該在1940年1月6日。

341 指韋利一生的好友情人貝里爾・德・佐特（Beryl de Zoete），巴厘舞專家。

342 蕭乾：〈倫敦日記〉，《蕭乾全集》《特寫卷》（武漢市：湖北人民出版社，2005
　　年），卷2，頁219。

343 蕭乾在〈倫敦日記〉中記到：「我應補充一句：魏理先生是英國援華會副主席之
　　一。」見蕭乾：〈倫敦日記〉，《蕭乾全集》《特寫卷》（武漢市：湖北人民出版社，
　　2005年），卷2，頁220。在〈歐戰爆發後英國援華現狀〉中，蕭乾講到：「（援華
　　會）現任的會長是上院議員里斯特維爾爵士（工黨），主席是英國前進的出版家
　　V. 格蘭士（即前文提到的高蘭茲），副主席不止十位，如拉斯基、魏理，都是英國
　　學術界權威。」見蕭乾：〈歐戰爆發後英國援華現狀〉，《蕭乾全集》《特寫卷》（武
　　漢市：湖北人民出版社，2005年），卷2，頁225。

　　值得我們深思的是在與這些朋友的交往中，蕭乾的翻譯觀也悄悄
發生著變化。

　　一九四〇年春在倫敦舉行的國際筆會上，蕭乾被邀演講的題目是
〈戰時中國文藝〉。該文由張君幹翻譯，發表在一九四〇年五月二十
六日的香港《大公報》上。蕭乾認為：

> 現代中國文學最突出的一點是它與一般社會改革運動不可分的
> 關係。……它是作為一種教育改革起步的。其實可以說是政治
> 運動的一個副產品，一個意外的孩子。在這一新文學的全部簡
> 短的歷史中，差不多每個自覺的作家都有所擁護或反對。……
> 英國文學翻譯在鄭振鐸和胡適的倡導下，出現了系統化翻譯的
> 新氣象。……抗戰爆發後，許多作家為了服務國家，也為了在
> 這東方的偉大的史詩獲得親切的經驗，實地與軍隊和遊擊隊並
> 肩作戰。[344]

蕭乾為何要詳細介紹中國自五四以後的文學呢？因為他認為要了解中
國文藝，還是應該了解當代的文藝，儘管當代文藝的成就遠沒有古代
突出，但它昭示的是一個「活的中國」。就這一點而言，蕭乾深受斯
諾的影響。斯諾認為：

> 他們（西方人，包括專門為西方讀者撰寫中國書的中國人）幾
> 乎都把過去作為重點，所談的問題和文化方式都是早已埋葬了
> 的。外國作家對中國的知識界差不多一無所知，而那些一般都
> 是頑固不化，把變革看作洪水猛獸的漢學家總有意不去探
> 索。……我想了解中國知識份子真正是怎樣看自己，他們用中

344　蕭乾：〈我的副業是溝通土洋〉，《蕭乾全集》〈生活回憶錄、文學回憶錄〉（武漢
　　市：湖北人民出版社，2005年），卷5，頁627-628。

文寫作時是怎樣談和怎樣寫的。當代的上層和下層的中國人，彼此之間真正是怎樣工作、行動、戀愛、玩耍並說明他們在現狀中的地位的？什麼情況足以使他們感動，引起他們的興趣？為什麼會那樣？對他們來說，什麼是重大的事物？如今孔子、孟子、荀子和墨翟以及其他昔日的聖人已不再受他們崇敬了，他們是以什麼為生活的目的呢？中國在與日本以及西方世界的關係中所遇到的暴力，在中國藝術家的心目中留下了怎樣的印象？他們是如何來表達這種印象的？尤其重要的是，在文藝寫作中，他們是怎樣把這種印象描繪給和他們有同樣感觸的本國人的？……然而當我去尋找這些作品時，使我感到吃驚的是實際上沒有這種作品的英譯本。……我相信其中（日報、報刊、雜誌、書籍等）必然有重要的材料，足以幫助我們了解正在改造著中國人的思想的那種精神、物質及文化的力量。[345]

蕭乾認為斯諾是當時在中國的洋人裡的一個叛逆：

當時在中國的洋人，從外交官、商人到傳教士，都是一切舊秩序的維護者。……然而在他們中間，也有一些叛逆者。……斯諾是一個叛逆者，他不滿足於揭黑鍋……他把我們一切反對舊秩序的活動都頌為「健康的騷動」，「孕育著強有力的、富有意義的萌芽」。他並不認為三十年代我國新創作的藝術水準很高，然而他滿懷信心地向世界宣告：「在偉大藝術的母胎裡，新的生命在蠕動。」[346]

---

345 埃德加・斯諾：〈編者序言〉，《活的中國》（長沙市：湖南人民出版社，1983年），頁2-3。

346 蕭乾：〈斯諾與中國新文藝運動——本版代序〉，埃德加・斯諾編選：《活的中國》（長沙市：湖南人民出版社，1983年），頁2-3。

　　斯諾的舉動讓蕭乾看到了一位新聞記者堅決站在受欺壓者一邊，扶持正義，捍衛真理的國際主義精神。而他認真觀察，通過現象透視本質的職業素質[347]也成為蕭乾從事記者職業的準繩。

　　英國文壇對中國的看法還不僅僅是保守。

> 英美民眾，對華發生興趣的，大約有三派。有感傷派（尤其全球遊歷踏過上海馬路或家藏有中國古玩的），有理想派（哲學的理想派是繼續十八世紀傾心中國的老傳統，歿世的Lowes Dickenson即為一例。政治的理想主義大抵為左翼分子，賡續一九三六年以來的人民陣線情緒）。但擁有實力而難以說服的是現實派。這派中，有的旅華多年，以知華自滿；有的是各門專家，他們的中國是存在於數字與實力中。……傷感派想知道的是，我們的舊傳統還保存了多少；理想派急於知道新中國創始了些什麼；現實派也要知道中國究有些什麼成就。[348]

但這三派一個共同的特徵是：

> 英人各階層莫不以擁有一件中國古玩為榮。援華會多少會員親告我，他們援助的是那美麗燦爛的文明，能製造那麼精美瓷器，畫那樣清逸山水花卉的民族，必不是一野蠻無希望的民族。是那一剎那美的經驗，使這些人參加向張伯倫抗議的遊行，使他們倡拒買日貨。[349]

---

347 蕭乾：〈從斯諾的一生看新聞記者的素質〉，《蕭乾全集》〈散文卷〉（武漢市：湖北人民出版社，2005年），卷4，頁309。

348 蕭乾：〈由外面看〉，《蕭乾全集》〈特寫卷〉（武漢市：湖北人民出版社，2005年），卷2，頁388。

349 蕭乾：〈由外面看〉，《蕭乾全集》〈特寫卷〉（武漢市：湖北人民出版社，2005年），卷2，頁389。

中國在英國人心裡是一塊充滿東方神韻的古老土地，那種古老象徵著
現代歐洲人對逝去的古代文化的深情依戀，是在現代文明厭倦至極試
圖找尋的逃避之所。當這塊淨土也受到戰爭的玷污時，他們便會為同
情而戰，也為自己心底那方聖土而戰。即使偉大的思想家羅素、著名
的教授威勒克都認為是對物質文明的醉心導致了戰爭的爆發，戰後中
國建設一定要把重心放在精神文明建設上。蕭乾曾翻譯他們二人的文
章，在香港《大公報》刊載，但蕭乾不太認可他們的觀點。他認為全
力以赴從事精神文明建設是未來的事，目前社會還脫離不了政治和國
防的保護，否則一切藝術珍藏和文化設施都會受到威脅。[350]

　　第二次世界大戰爆發，作為英法的盟國，中國在歐人眼裡的地位
不在像之前那麼卑微。為了讓盟國了解我們，文化宣傳就需大大加強
力度。蕭乾稱之為在消極宣傳的現狀中稍加一些積極色彩。[351]別國的
文化宣傳策略主要依靠文化遺產，但這些古董「既不能予人以現實印
象，又使進步人士疑我現代無文化發展。」[352]一九三六至一九三八年
間，一些新文學作品翻譯刊載於國外報刊雜誌，深受文藝家喜歡。藉
此他們才知道「少年中國正在創立一個新的文明。讀了魯迅的作品，
他們才知道這新一代的中國已在重估五千年文明的價值。」[353]可惜譯
介的作品太少，即便能在報刊上發現一些，也全是戰地小品。為此蕭
乾呼籲：

---

350 蕭乾：〈我的副業是溝通土洋〉，《蕭乾全集》〈生活回憶錄、文學回憶錄〉（武漢市：湖北人民出版社，2005年），卷5，頁636。

351 蕭乾認為，文化宣傳需要依靠三種因素的支撐，那就是社會、政治、財政，這三種因素贏弱，文化宣傳僅能產生消極的作用。第二次世界大戰時的中國在這三個方面都與西方相差甚遠，故而蕭乾稱自己的宣傳叫消極宣傳。見蕭乾：〈由外面看〉《蕭乾全集》〈特寫卷〉（武漢市：湖北人民出版社，2005年），卷2，頁387。

352 蕭乾：〈由外面看〉，《蕭乾全集》〈特寫卷〉（武漢市：湖北人民出版社，2005年），卷2，頁390。

353 蕭乾：〈由外面看〉，《蕭乾全集》〈特寫卷〉（武漢市：湖北人民出版社，2005年），卷2，頁391。

如國內當局能出成本覓人選譯若干戰前成熟作品，然後與國內出版家接洽；記者相信不但政府成本可以收回，原作者亦必可收一筆意外版稅，而裨益國外文化事業，更毋庸說了。[354]

那麼，為什麼必須翻譯國內作品，不拿國外現成的呢？蕭乾的理由是有效的宣傳，必出自真誠的作品。這點海外作者一般不易做到。因為以寫作為職業，所寫的東西必要投合洋人的心理，真正的了解，決不能建立在投合的基礎上。即便存心真誠，也因急於掩飾自己的弱點，有意無意間會露出宣傳的動機。[355]如果將中國古老的文化偕同現代的一併向國外介紹，「一面剷除引人誤會的事實，一面表彰我文明的精華，則我國宣傳可以由消極而進入積極地階段：向友邦人士灌輸新中國的建設與理想。」[356]

（四）

　　為了實現這一目標，蕭乾身體力行，先後在英倫出版了我們在前文已經提及的五本英文著作。包括《苦難時代的蝕刻》（*Etching of A Tormented Age,* 國際筆會叢刊，George Allen & Unwin Ltd, 1942年3月，初版）、《中國並非華夏》（*China But Not Cathay,* 倫敦Pilot Press Ltd, 1942年10月，初版）、《龍鬚與藍圖》（*Dragon Beards Versus Blueprints,* 倫敦Pilot Press Ltd, 1944年5月），《千弦之琴》（*A Harp With Thousand Strings,* 倫敦Pilot Press Ltd, 1944年6月），《吐絲者》（*Spinners of Silk,* George Allen & Unwin Ltd, 1944年）。

---

354 蕭乾：〈由外面看〉，《蕭乾全集》〈特寫卷〉（武漢市：湖北人民出版社，2005年），卷2，頁391。

355 蕭乾：〈由外面看〉，《蕭乾全集》〈特寫卷〉（武漢市：湖北人民出版社，2005年），卷2，頁391。

356 蕭乾：〈由外面看〉，《蕭乾全集》〈特寫卷〉（武漢市：湖北人民出版社，2005年），卷2，頁395。

　　《中國並非華夏》主要介紹中國歷史、地理及抗戰的詳細情況，由當時中國駐英大使館參贊顧維鈞作序，並選譯了蕭乾此前發表的三篇特寫〈魯西流民圖〉、〈劉粹剛之死〉、〈一個爆破大隊長的自白〉。蕭乾此著的著眼點依然在他心儀的中英文化交流上。文章最後一章就中英文化交流，蕭乾提出了自己的看法，他認為一八四二年以來中英間簽署的一系列不平等條約是中西彼此了解的最大障礙，這一障礙拆除後，中國與西方友人間合作的前途是光明燦爛的。中國在抵禦外敵的鬥爭中得到了國際友邦的幫助，戰後的中國人，只要頭腦清醒，就不會再關起門來，與世隔絕，中國會協同各國一道為創造一個更幸福、更清醒的世界而努力。[357]作為香港《大公報》的特邀記者，蕭乾此番在英倫雖以教師的身分出現在英倫，但他卻讓自己肩負起中英文化溝通的使命，身在異鄉，心牽祖國與侵略者的戰局，這不僅僅是一個記者必備的職業視野，也是他作為中華兒女一顆真誠的拳拳愛國之心。他在此書中翻譯的三篇特寫都是描述戰時中國的抗戰現狀的。如果說〈魯西流民圖〉旨在向國外人士介紹戰爭給人們生活帶來的愴痛，〈劉粹剛之死〉、〈一個爆破大隊長的自白〉則主要展示那些為了抵禦侵略者，中華兒女放棄兒女私情，捨身救國的壯舉。以此向西方世界宣告，有這些可愛的中華兒女在，中國就永遠有希望。

　　《龍鬚與藍圖》副標題為「關於戰後文化的思考」。[358]要想達到交流的目的，彼此的相互了解當然是第一步，要了解，就要消除西方人對中國的顧慮。此書的寫作要旨就在消除英國上層知識份子對中國文化的顧慮。飽受機器文明戕害的西方知識界認為機器文明是古老文

───────────

357　蕭乾：〈我的副業是溝通土洋〉，《蕭乾全集》〈生活回憶錄、文學回憶錄〉（武漢市：湖北人民出版社，2005年），卷5，頁636。

358　該書有四篇文章組成，〈關於機器的反思〉、〈龍鬚與藍圖〉、〈易卜生在中國〉、〈文學與大眾〉。前兩篇是蕭乾根據自己在倫敦中國學會和倫敦華萊士藏畫館所做的演講修改而成，後兩篇是一九四二年一月至五月間為英國BBC廣播電臺所做的兩篇廣播稿改寫而成。

化傳統的大敵。要想保持中國文化在世界文化上的獨特存在，必須盡
可能避免機器文明的侵蝕。薩姆爾‧勃特勒、威爾斯、吉卜林、貝內
特、赫胥黎、D. H. 勞倫斯、弗吉尼亞‧伍爾夫、羅素、E. M. 福斯特
等英國文化界的精英人士對機器文明都持否定的態度。但在近代中
國，機器文明恰恰是她致命的弱點。二十世紀初，中國以不同於西方
的方式感受到了科學的好處。在中國人眼裡，機器給人以舒適安全等
實用性的好處。中國知識份子的職責就是看他們是否具備機器頭腦，
並研究其潛在危險。歷史上，中國對機器文明採取的態度可分為三個
階段，激烈反對、屈尊俯就、盲目讚美。五四以後這三種態度依然並
存，甚至引發過科學與反科學的大論戰。為此蕭乾認為：「我們需要
的是為每一部強力有效的機器配置一個強力高效的開關，為那些無情
的高速卡車，安裝無情的交通燈。」[359]開關與交通燈當然是象徵了，
就政治而言，蕭乾這裡指的是開明的憲法、自由的教育和適當的社會
服務機制。這樣中國才能「面對自然的殘酷和陳腐制度的束縛，以熱
情的心、冷靜的頭腦和一雙靈巧的雙手，冒盡風險，向一切不可能的
事物挑戰，走出自己的路。」[360]

　　文化是這樣，文學也一樣。龍鬚畫得再精巧，也得學代數、幾
何，學著和他國的作家一道踢足球，這就是中國文學的任務。文學的
要素不外乎語言、形式、內容及寫作動機幾項。就語言而言，當代作
家用的是活著的語言，即街頭大眾的語言。不用死去的語言，也就是
被少數特權積極理解的文言古語。內容上詩人們竭力迴避日光下的垂
柳、月夜裡的孤寂，更多關注佃農與地主間的爭吵，詩歌成為大眾教
育的一部分，對傳統的反叛做到了，但卻混淆了精神上自由的追求與

---

359 蕭乾：〈關於機器的反思〉，《蕭乾全集》〈文論卷〉（武漢市：湖北人民出版社，
　　2005年），卷6，頁224。

360 蕭乾：〈關於機器的反思〉，《蕭乾全集》〈文論卷〉（武漢市：湖北人民出版社，
　　2005年），卷6，頁224-225。

詩歌形式追求的區別。詩歌形式的成熟可以歸於受英國詩壇影響的徐志摩，他創辦的《詩鐫》是現代新詩的園地。內容方面當代文學大部分作品的主題與社會內容有關。批判纏足的陋習、闡述婚姻的自由、號召農民與軍隊合作、破壞敵人的通訊設施都是作品涉獵的主要內容。固然這樣的作品從藝術審美的角度來看，或許不會太過長久，但在昏亂的中國，很難想像作家對現實的邪惡視而不見，純粹靠唯美來創作是什麼樣子。至少這些作家的心智是健全的，因為他們有著天生的正義感。因而

> 我們的西方朋友不用為那些龍鬚擔心，它們是我們的傳統，在我們的血液裡。但如果西方人讓我們把足球扔到黃河裡，只能使我們憤怒。更有力地說，儘管有恐懼和失敗，每個人都必須踢足球，否則就會滅亡。但當真正的和平到來時，我們或許都能回到各自的龍鬚。[361]

在竭力消除國外文壇對中國文壇的質疑後，蕭乾對於抗戰後文藝與大眾的關係作了專門的闡述，尤其是文藝的語言問題。蕭乾認為：

> 戰爭已經解決了一切問題，它第一次消除了城裡人和鄉下人之間的界限，學者和文盲的界限，在現實中生活的人們和想要描繪生活的人們之間的界限。我要說的是，這恰是戰爭帶給我們的文學最偉大也最令人鼓舞的影響，它還從根本上解決了作家們在措辭用字上進退維谷的難題。[362]

---

361 蕭乾：〈龍鬚與藍圖〉，《蕭乾全集》〈文論卷〉（武漢市：湖北人民出版社，2005年），卷6，頁224。

362 蕭乾：〈文學與大眾〉，《蕭乾全集》〈文論卷〉（武漢市：湖北人民出版社，2005年），卷6，頁247。

文藝為大眾服務，文學藝術要用人們所熟悉的白話語，而不應該過分
追求文字的隱晦與雕琢，這就是蕭乾為中國新文學描繪的藍圖。在文
學語言大眾化這一點上，蕭乾與漢學家阿瑟‧韋利志趣相投。蕭乾也
將此書獻給自己在英倫的兩位摯友，E. M. 福斯特和阿瑟‧韋利，希
望包括他們在內的英倫文豪對中國當代文學有一正確的認識。

　　如果前兩部作品蕭乾擬就英國文壇對中國文化的看法作一辯駁，
那麼《苦難時代的蝕刻》[363]則旨就當代文壇的現狀做詳盡的陳述。關
有理論的陳述沒有恰當的實例是沒有多少說服力的。蕭乾要用自己的
努力為當代中國文學正名。該書分小說、詩歌、戲劇、散文、翻譯五
部分，前面一篇〈永別了，老古玩店〉算是本書的序言，也是該書的
總論。重點談論中國聲勢浩大的新文化運動的緣起。蕭乾認為新文化
運動產生的社會背景是一九一一年的辛亥革命。民國的建立急需新知
識階層的支持，為此聲勢浩大的新文化運動於一九一七年應運而生
了。文學革命首先是白話語言的革命，在面對重重險阻的情況下，白
話文終於戰勝了古老的文言文，成為文學的支柱語言。從一九一七至
一九四二年的二十五年間，白話文學產生了一大批文學成就。[364]就小
說而論，大部分小說家在思想感情上是社會改革者，他們要借文學來
改進一個腐敗的社會。痛苦卑微的底層生活、兩性之間新型的社會關
係、封建家長制的沒落、包括風起雲湧的革命狂潮都是作家描述的對
象。小說也由卑賤的下層文學形式一躍成為文學的主要形式之一。該
文對魯迅、草明、艾蕪、冰心、郁達夫、張資平、巴金、茅盾、沈從
文等都做了簡略的介紹。文末蕭乾總結道，抗日戰爭不僅使中國作家

---

363 此文是蕭乾在一九四〇年初參加倫敦國際筆會關於中國新文化討論時的演講稿〈戰
　　時中國文藝〉修改而成，筆會結束後，當時筆會的秘書長賀爾門‧歐魯德向蕭乾
　　約稿，希望他寫一本介紹中國新文藝運動的書，大體概括一下中國當代文學的概
　　貌，為此蕭乾寫了這本《苦難時代的蝕刻》。
364 蕭乾：〈永別了，老古玩店〉，《蕭乾全集》〈文論卷〉（武漢市：湖北人民出版社，
　　2005年），卷6，頁171-173。

擁有了堅實的現實生活基礎，而且他們親歷戰爭，真正看到了戰爭的殘酷以及人們在戰時所表現出的英勇。這是這場災難性戰爭留給我們的一點微薄之禮物吧。[365]詩歌則與小說不同，正處在十字路口，形式的規範是否需要始終是個沒有定論的焦點問題。胡適的《嘗試集》、新月派的徐志摩、創造社的郭沫若、象徵派的李金髮各自以其瑰麗的詩作回答著詩歌是否應該遵循固定形式的問題，但答案卻大相逕庭。對於詩歌解釋的多樣性恰恰說明了大眾對新文學社會性關注的程度大大超越了藝術性，在文學範圍被大大拓寬的戰爭年代，詩歌僅僅是沙漠中一塊小小的綠洲。[366]中國現代話劇在西方的影響下，徹底與傳統戲曲決裂。新戲的建設不僅需要劇作家，而且不能像舊戲那樣完全職業化。熊佛西、陳大悲、洪深、郭沫若、丁西林、曹禺等都有新戲問世。抗戰爆發後，戲劇作為宣傳的先鋒，成為為戰爭搖旗吶喊的高音喇叭，街頭劇的盛行就是典型。民族危亡時期，我們無需挑剔文學藝術性的多少，因為這些戲劇讓我們明白戰爭毀掉了人類的和平和安寧。[367]散文與前三者不同，蕭乾認為散文是最接近中國文學傳統的文類，是一種個人主義寫作。中國散文家可分為兩類，隱士和鬥士。在隱士筆下，散文就如雕刻家手中的雕刀，常常是自我中心和多愁善感。鬥士筆下的散文卻是刺向近敵的利劍和投向遠敵的投槍。雕刀擅長精雕細刻，利劍則以鋒利尖銳見長。魯迅周作人兄弟分別是這兩類散文的代表。戰爭的爆發也使散文創作發生了很大變化，它不單使作家的精神變得堅強，而且強化了作家與土地和人民的關係。[368]翻譯是

---

365 蕭乾：〈作為改革者的小說家〉，《蕭乾全集》〈文論卷〉（武漢市：湖北人民出版社，2005年），卷6，頁174-182。

366 蕭乾：〈詩歌在十字路口〉，《蕭乾全集》〈文論卷〉（武漢市：湖北人民出版社，2005年），卷6，頁183-187。

367 蕭乾：〈戲劇：擴音喇叭〉，《蕭乾全集》〈文論卷〉（武漢市：湖北人民出版社，2005年），卷6，頁188-193。

368 蕭乾：〈散文：雕刀還是利劍〉，《蕭乾全集》〈文論卷〉（武漢市：湖北人民出版社，2005年），卷6，頁194-199。

中國新文學運動發生以來，中國文壇的一項重要工作，除了英國文學自身的影響之外，英語以它不可挑戰的地位使中國譯界大受裨益。許多世界名著都是借英譯本轉譯而來。不過一九三二年之前的翻譯，儘管也傾注了譯者極大地熱情，但目的性不強，翻譯主要憑藉個人的興趣，常常出現重譯的現象。雖然胡適主編的《中英文化叢書》、鄭振鐸主編的《世界文庫》使翻譯工作向有序化轉變，但戰爭使這些計畫被迫擱置。戰爭也使我們深切感到國與國之間深入了解非常必要，為此中英不應再迷戀對方古老的文化，而應立足於當代，力求在當代文學作品的翻譯中逐步完善彼此的了解。[369]

蕭乾對中國文學西傳的主要貢獻，此書當是最重要的一部，雖然全書僅有兩萬多字，也僅對中國文壇的現狀做了一簡要的概述，但就是這一簡要的概述，為英國讀者打開了又一扇窗，窗外展示的是當代中國文壇嶄新的圖景。一九四二年三月二十一日英國《泰晤士報》文學副刊發表一篇無署名的書評，文中稱：「蕭乾先生對新中國的小說、詩歌、戲劇、小品文的簡明評論——每一項都用了專章——對一個幾乎完全不了解的國家來說，是個有益的指引，同時滿足了探索者們的欲望。」[370]小說家約翰‧韓普森（福斯特的摯友）在《旁觀者報》上甚至呼籲「凡關心東西文化交往的人都應一讀此書。」[371]

《吐絲者》是蕭乾自選自譯的散文小說集，收有〈雨夕〉、〈蠶〉、〈籬下〉、〈雁蕩行〉、〈栗子〉、〈矮簷〉、〈俘虜〉、〈破車上〉、〈印子車的命運〉、〈上海〉、〈郵票〉及〈花子與老黃〉等十二篇。印度批評家穆爾克‧拉甲拉南在一九四四年十月的英國雜誌《今日之生

---

369 蕭乾：〈翻譯：永恆的時髦〉，《蕭乾全集》〈文論卷〉（武漢市：湖北人民出版社，2005年），卷6，頁200-203。

370 無署名書評，左丹譯：〈評《苦難時代的蝕刻》〉，鮑霽編：《蕭乾研究資料》（北京市：十月文藝出版社，1988年），頁546-547。

371 轉引自蕭乾：〈我的副業是溝通土洋〉，《蕭乾全集》〈生活回憶錄、文學回憶錄〉（武漢市：湖北人民出版社，2005年），卷5，頁633。

活與文學》上發表文章〈評《吐絲者》〉讚揚此作道：「（蕭乾的小說）表明了短篇小說藝術發展進入了一個新的階段。……（因為）在眼前這本書裡，蕭乾正在一個個簡短的篇幅裡進行寫作實驗。儘管有著戰時中國的激蕩，但他能在情致上不反常態，表現出一個藝術家的高尚情操。他的標題小說蘊藏著無限激情，因為那正是他從中尋找鼓舞力量的極大勇氣與同情。」[372]這是繼《活的中國》之後，蕭乾中文翻譯的又一成就。

　　徜徉於中英文化中的蕭乾並不滿足於向英國介紹中國文學，他借助自己在英倫搜羅資料之便，力圖選編一本英國的中國文化研究集，這便是《千弦之琴》。蕭乾在序言中說：「在此豎琴上彈奏的是關於中國的旋律，它是當今的主旋律，以往只在一根琴弦上演奏，這次是由許多手指撥弄許多琴弦：有想像的手指、有好奇的手指、有欽佩的手指、有厭惡的手指，或許你會從中選出自己喜歡的音符，倘若能從這些作品中看出變化的過程就更好了。」[373]該書分六大部分。第一部分主要以英國文學中的中國印象為主題，又分詩歌、小說、隨筆、傳記、書信五類，包括柯勒律治的〈忽必烈汗〉、威廉・燕卜蓀的《南嶽的秋天》、丹尼爾・笛福的《魯濱遜漂流記》、塞繆爾・約翰遜的《中國建築》、E. M. 福斯特的《迪金森傳》、迪金森的《約翰中國佬的來信》、利頓・斯特雷奇的《戈登傳》、奧利佛・哥爾斯密《世界公民》等。就這些作家筆下的中國形象，蕭乾分析道：「歐洲人，尤其是有文化的歐洲人對中國的想像與歐亞大陸的關係史一樣古老。從瑞內爾到奧利佛・哥爾斯密，整個歐洲都盛讚中國，這種諂媚的浪潮於十八世紀達到頂峰。自然這種諂媚也引起一些人的震驚。……也是從

372　〔印度〕穆爾克・拉甲拉南：〈評《吐絲者》〉，鮑霽編：《蕭乾研究資料》（北京市：十月文藝出版社，1988年），頁547-548。

373　Hsiao Ch'ien: 'Notes By the Compiler', *A Harp with A Thousand Strings* (London: Pilot Press Ltd, June 1944), p.xiii.

這一時候開始，歐洲對中國的看法開始分野。十九世紀後半期，中歐
之間發生了許多不快的事件，歐洲對中國的態度也不再是欽佩，而主
要為鄙夷了。」[374]顯然這一部分蕭乾主要想通過這些作品，勾勒英國
文學中中國形象的發展脈絡。第二部分主要選集十三至二十世紀歐洲
人的中國遊記。最早有十三世紀的馬可・波羅，十六世紀的瑞查茲・
哈克魯特，十七世紀五位耶穌會傳教士、十八世紀的馬嘎爾尼，十九
世紀的艾勒根，二十世紀的勞倫斯・迪金森、毛姆、奧斯波特・斯特
維爾、赫胥黎等。第三部分是中國人畫像，大多文章節選自英譯中文
作品。如阿瑟・韋利翻譯的傅玄的《婦女》，林語堂翻譯的沈復《浮
生六記》，韓素音的《船伴》，項美麗的《宋氏三姐妹》，聞一多的
《洗衣歌》等。第四部分是關於中歐文化交流研究的，有艾麗・帕沃
的《馬可・波羅》，斯泊瑞葛・艾倫的《英國文學中的中國》，亨利・
伯納德的《利瑪竇與中國科學》，E. R. 胡戈的《西方政治思想對中國
的影響》，阿瑟・韋利的《欠中國的一筆債》。第五部分是關於中國文
化及藝術的。有阿瑟・韋利關於中國詩歌形式的，有羅傑・弗萊關於
中國中國藝術的，有J. F. B. 雷克爾研究中國瓷器的，馮友蘭的《中國
哲學史》，還包括音樂、自然界的蝴蝶、園林等。第六部分主要是民
間文學，分為格言、兒歌、笑話、幽默與諷刺、鬼的故事以及帶有五
線譜的幾首民歌。

　　蕭乾覺得此書只是泛論中國的，而且主要是編選之作，比不上創
作更能表現他自己的思想[375]，其實這是謙虛之語。上世紀四〇年代英
國BBC廣播公司的節目主持人喬治・奧威爾評論此書到：「他在過去

---

374 Hsiao Ch'ien: 'Notes By the Compiler', *A Harp with A Thousand Strings* (London: Pilot Press Ltd, June 1944), pp.xiv-xv.

375 蕭乾：〈我的副業是溝通土洋〉，《蕭乾全集》〈生活回憶錄、文學回憶錄〉（武漢市：湖北人民出版社，2005年），卷5，頁639。

幾年出版的著作，對促進中英關係做出了貢獻。」[376]雖然此書包含的內容比較龐雜，涉及文學、歷史、建築、自然科學等各個領域，但蕭乾編選時有他自己的準則，那就是勾勒英國人眼裡的中國，奧威爾也說此書的目的在於「表明自馬可‧波羅時代以來歐洲人對中國姿態的變化。」[377]如果說前面幾部作品著重於向英國介紹中國及中國文學，那麼這部作品不僅是編給彼岸的英國人看的，也是編給中國人看的。蕭乾在序言中說：「中國也非常需要關於英國的這類書，英國人的中國印象對許多中國人來說都是及時的，因為只有通過對照，英國才會給我們一個立體印象。他不僅僅是遠洋的、商業的、剝削的侵略者，有強大的艦隊，也不僅僅是莎士比亞、拜倫的故鄉，他是所有這一切及與除此以外的其他方面混合在一起的複合體。」[378]勾勒中國在英國人筆下的形象脈絡，褒揚也罷，貶損也罷，都可為日後的交往提供一些借鑑，都將有助於日後彼此間真正的了解，這是蕭乾編選此書的初衷，恰恰也是他為中英文學交流做出的又一大貢獻。之前，還沒有學者亦如此宏大的篇幅搜羅相關的材料介紹英國對中國的印象，陳受頤、錢鍾書、范存忠幾位先生的論文大概因為是嚴謹的學術著作之故，故而涉及的也僅僅是十七十八世紀，當時英國文壇的中國文化研究沒有談及。從這一點來看，蕭乾此作顯然彌補了一個研究界的空白。值得我們關注的是蕭乾編選此書還是要消除英國對中國的一些理解盲點。十七世紀英國的傳教士認為中國人很傲慢，這種看法成為二十世紀初英國一部分人的共同看法，蕭乾辯駁道：「二十世紀的中國有一種民族訴求，當他們面對一些不太友好的盟友時，往往有種防禦

376　〔英〕喬治‧奧威爾：〈評蕭乾編的《千弦琴》〉，左丹譯，鮑霽編：《蕭乾研究資料》，（北京市：十月文藝出版社，1988年），頁549。

377　〔英〕喬治‧奧威爾：〈評蕭乾編的《千弦琴》〉，左丹譯，鮑霽編：《蕭乾研究資料》，（北京市：十月文藝出版社，1988年），頁549。

378　Hsiao Ch'ien: 'Notes By the Compiler', *A Harp with A Thousand Strings,* p. xiii.

的態度。事實上，他們已不像祖輩那樣對西方持傲慢的態度，他們經常自責甚至自我貶損。一個典型的例子就是魯迅在《阿Q正傳》中為標準的中國人畫得那幅像，現代中國人憎惡國家傳統的遲鈍、裙帶關係及其總體上的無效。這是我們在該世紀取得進步的原因。」[379]關於中國文化「許多中國人相信，這種獨一無二的文明不會再固步自封，我們必將進化出一種新的文明，使它能夠存活下來，不再那麼深奧，但成為有價值的文化。」[380]此等話語，無疑在為中國文化搖旗吶喊，目的是為掙得友邦的同情，拉近彼此的距離，增進相互的了解。這與蕭乾戰地記者的政治使命顯然是一致的。

　　旅英七載，奔波於第二次世界大戰戰場的蕭乾在源源不斷地為香港《大公報》報導戰時見聞的同時，借助其自覺的文化使者身分，以其嫻熟的英文功底及廣泛真誠的交遊為基礎，完成了上述五部英文著作，真正為中英文化交流搭起了一座橋。蕭乾特別喜歡阿瑟・韋利的《欠中國的一筆債》，這篇短文寫於一九四〇年，韋利是為紀念老友徐志摩而作。徐志摩自英倫留學回國是在一九二二年。蕭乾去英國是在一九三九年底，為此蕭乾說道：「當我來到這個國家時，徐志摩離開英倫已近二十年了，從伊色佳到德汶，我發現許多他當年留下的足跡。……凱瑟琳曼斯菲爾德真是通過徐志摩在中國找到了成百上千的讀者。……這些天來，為了促進中英文化交流，政府擬定許多計畫，但我認為，只要與文化相關，個人之間的交往或許比大量的協商或使團的作用還要大。」[381]是的，徐志摩是中英文化交流史上的一個里程碑，他拉開了中英學術界交遊的序幕。蕭乾雖不是開創者，但他是中英學界交流的身體力行者，許多方面，他比徐志摩走得更遠。

379　Hsiao Ch'ien: 'Notes By the Compiler', *A Harp with A Thousand Strings,* p. xiv.

380　Hsiao Ch'ien: 'Notes By the Compiler', *A Harp with A Thousand Strings,* p. xvii.

381　Hsiao Ch'ien: 'Notes By the Compiler', *A Harp with A Thousand Strings,* p.xxi.

附錄一
中國與英國文學交流大事記（1266-1950）

一二六六年（宋咸淳二年）

英國作家羅吉爾·培根所著《著作全篇》首次提到中國和中國人，在中英交流史上具有重要的里程碑意義。

一二九八年（元大德二年）

馬可·波羅口述，魯思梯切洛筆錄的《遊記》寫成，出版後風行全歐，該著以細膩的筆觸描繪了中國的人和物，令許多人為東方竟然有這樣一個文明古國而驚奇。英國作家從這部東方遊記裡找尋創作素材與靈感。

一三五七年（元至正十七年）

英國文學史上一部想像性的遊記《曼德維爾遊記》寫成，其中第六十三至七十九章寫中國。該書成為此後兩百年關於東方最重要、最權威的經典之一。

一三八七年（明洪武二十年）

喬叟《坎特伯雷故事集》及其譯著《哲學的安慰》中，涉及「賽里斯國」（即「中國」）和韃靼大汗的故事。

一五七七年（明萬曆五年）

倫敦首次出現關於中國和中國人的英文著述《外省中國報導》，其中饒有趣味地介紹了中國的十三個省、中國人的風俗習慣、中國人對天的崇拜及寺廟情況、中國的考試制度、中國的故人韃靼、中國地方政府、監獄與刑罰等。

一五七九年（明萬曆七年）

倫敦出版葡萄牙人東方航海遊記的英譯本《葡萄牙人赴中國統治下的世界東方文明學識之邦的航海遊記》，有助於英國人了解中國風土人情。

一五八七年（明萬曆十五年）

十月，英國戲劇家克里斯多弗·馬洛《帖木爾大帝》，由倫敦海軍提督劇團公演，在觀眾中引起轟動。

一五八八年（明萬曆十六年）

西班牙門多薩《中華大帝國史》在倫敦發行了英譯本，成為當時英國人獲取中國知識的最為重要的來源。

一五八九年（明萬曆十七年）

英國學者喬治·普登漢姆出版《英國詩歌藝術》一書，其中有一段涉及中國文學資訊的珍貴文獻，這是英國人首次提到中國文學。

一五九九年（明萬曆二十七年）

英國地理學家理查·哈克盧特編譯《英吉利民族的重大航海、航行、交通和發現》（簡稱《航海全書》）出版，被譽為「一篇出色的關於中華帝國及其社會階層和政府的論文」。

一六○一年（明萬曆二十九年）

莎士比亞創作《第十二夜》，與此前創作的《溫莎的風流娘兒們》（1599），分別在第二幕第三場與第二幕第一場提到「契丹人」形象。

一六○二年（明萬曆三十年）

利瑪竇在北京繪製的《坤輿萬國全圖》中，將蘇格蘭（Scotland）翻譯成「思可齊亞」，將英格蘭（England）翻譯成「諳厄利亞」，這是「英國」最早中文譯名。

一六○四年（明萬曆三十二年）

新年元旦，一位觀眾不經意間見證了中國人形象登上英國戲劇舞臺的重要歷史細節。

莎士比亞劇作中出現「中國」（China）一詞。

一六○五年（明萬曆三十三年）

散文家弗蘭西斯·培根在其所著《學術的進展》中多次提到中國。

戲劇家本·瓊生演出了一部最富於野性的喜劇《老狐狸伏爾朋》，提到中國人。

一六一三年（明萬曆四十一年）

《珀切斯遊記》在倫敦出版。該遊記收入當時所有關於中國的東方旅行遊記，使英國人得以對遠東有較為精確了解，成為後世作家文學創作的一個重要素材來源。

一六二○年（明萬曆四十八年）

本·瓊生所寫的假面劇《新大陸新聞》提到中國加帆車（China

waggons）。後來，彌爾頓的《失樂園》、斯威夫特《木桶的故事》等作品中，均提及中國加帆車。

一六二一年（明天啟元年）

羅伯特・勃頓出版《憂鬱的解剖》，認為繁榮富庶、文人當政、政治開明的中國正是醫治歐洲憂鬱症的靈丹妙藥。

一六二二年（明天啟二年）

利瑪竇《基督教遠征中國史》英譯本出版。書中記述了利瑪竇在中國的親身經歷，呈現了當時中國的真實面貌，為歐洲人了解中國提供了極為珍貴的第一手資料。英國作家涉及中國知識亦多出於此。

一六二三年（明天啟三年）

義大利人艾儒略譯，楊廷筠記《職方外紀》在杭州刊印，書中向中國人介紹了英國狀況，此為中國人最早從漢語知曉英國資訊。

一六二六年（明天啟六年）

培根以幻想遊記形式寫成《新大西島》談到了中國的瓷器。該書是以「我們航行從秘魯……直到中國和日本」這句話開始他的故事的。

一六三七年（明崇禎十年）

六月，英國的約翰・威德爾船長率領的英國商船首抵中國廣州，揭開了明清時期中英關係的序幕。這次冒險經歷被該船隊裡的英國商人彼得・蒙迪用文字和圖畫記載，收入《彼得・蒙迪歐洲、亞洲旅行記》之中。

義大利籍耶穌會來華傳教士艾儒略譯就《聖夢歌》，經福建泉州晉江人張賡潤飾後由泉州景教堂刊行。此為中國翻譯史上第一首漢譯

英詩，也是最早的以單行本形式刊行的譯詩。該詩原為十二至十三世
紀之交英國某位佚名文人或僧侶所寫的 *Visio Sancti Bernardi*（中譯為
《聖伯爾納的異相》）。

一六四四年（明崇禎十七年）

三月，李自成入北京。崇禎皇帝自縊煤山，滿洲人入關，明清易
代。滿清的突然入關佔領整個中國，在當時的歐洲引起巨大反響。有
關明清易代的事件成為英國作家筆下頗為時髦的中國題材。

一六五三年（清順治十年）

葡萄牙人平托的《遊記》在倫敦出版英譯本。該遊記對中國文明
有較詳細的介紹，其半虛半實的描繪將中國理想化了，因此歐洲讀者
對其將信將疑。這也是英國作家威廉·坦普爾最早接觸到的關於中國
的材料。

一六五五年（清順治十二年）

葡萄牙人曾德昭《大中國志》出版英文本，由多人合譯。此書對
中國表示了由衷的稱頌。

一六五七年（清順治十四年）

威廉·坦普爾發表〈英雄的美德〉一文，把中國作為地球陸地的
四極之一，與秘魯、韃靼、波斯並立。他仔細讀過柏應理等人《大
學》、《中庸》、《論語》的拉丁文譯文，把握了孔子儒學的神髓，其欣
賞和讚美之意亦充溢於字裡行間。

一六六九年（清康熙八年）

約翰·韋伯在倫敦出版《論中華帝國之語言可能即為初始語言之

歷史論文》，推斷中文為初始語言（Primitive Language），熱情讚譽中
國文明。正是在韋伯的著述裡，我們看到了十七世紀英國人對中國和
中國文化最恰如其分的讚美和欽佩。

一六七一年（清康熙十年）

《韃靼征服中國史》的英譯本在倫敦出版，這是十七世紀歐洲記
敘明清易代的名著。該書作者稱讚滿清統治者仁慈公正，消除了宮廷
的腐敗，引進了受人歡迎的改革。

一六七四年（清康熙十三年）

一月，埃爾卡納·塞特爾《中國之征服》演出於倫敦舞臺。此為
第一個採用中國故事題材的戲劇，寫成於一六六九年。

一六八三年（清康熙二十二年）

托馬斯·布朗《對幾個民族之未來的預言》中，多次提及中國。

一六八五年（清康熙二十四年）

威廉·坦普爾發表〈論伊壁鳩魯花園〉一文，將歐洲傳統的園林
樣式與中國的園林佈局原則進行了比較。在該文後附加的段落中專門
描寫和讚美了中國園林。

一六八七年（清康熙二十六年）

南京人沈福宗到達英國，成為第一個到達英國的中國人。英國國
王詹姆斯二世曾對這位中國人表現出一定的興趣，「牛津才子」海德
亦曾向沈福宗學習漢語與中國文化。

一六八八年（清康熙二十七年）

葡萄牙籍傳教士安文思所著《中國新史》譯成英文出版。此書通俗易懂，可讀性較強，在向英國讀者普及中國歷史知識方面起了重要作用。

一六八九年（清康熙二十八年）

法國耶穌會傳教士李明所著《中國現狀新志》的英譯本在倫敦出版發行。李明的言論影響到了英國作家如但尼爾‧笛福等人對中國形象的看法。

一六九一年（清康熙三十年）

倫敦出版根據比利時籍耶穌會士柏應理主持編譯《中國箴言》（1662）和《中國哲學家孔子》（1681）等改寫本的英譯版，其中孔子被描繪成一個自然理性的代表，傳統文化的守護者。這樣的孔子形象後成為英國啟蒙作家的重要思想武器。

一六九二年（清康熙三十一年）

威廉‧坦普爾發表〈討論古今的學術〉一文，認為「中國好比是一個偉大的蓄水池或湖泊，是知識的總匯。」中國有一個好政府，而且是一個學者的政府，這成了坦普爾堅定不移的信念。

埃爾卡納‧塞特爾改編莎劇《仲夏夜之夢》為歌舞劇《仙后》時，利用中國佈景、歌舞，顯現出了一個東方化的莎士比亞，被人稱為「英中戲劇」的典型。

一六九七年（清康熙三十六年）

威廉‧丹皮爾《新環球航海記》出版。該著讚揚了中國的瓷器、

陶器、漆器、絲綢，以及造船藝術等。作者還驚詫於中國的窮人都能喝茶，同時指出中國人好賭、狡猾等惡習，而且居住條件惡劣，並對中國商人、漁民頂禮膜拜廟裡的偶像不以為然。該遊記塑造的中國形象建基於現實觀察基礎之上。

一六九九年（清康熙三十八年）

威廉・坦普爾爵士逝世。作為十七世紀英國最熱誠的中國文化崇拜者與傳播者，他崇敬中國的孔子，推崇中國的學者政府，別具慧眼地發現了中國園林的不對稱之美，不自覺地締造出後世風靡英倫的造園規則。

一七〇四年（清康熙四十三年）

斯威夫特發表《木桶的故事》提到中國加帆車，他曾表示希望這本書出版後能譯成東方語言特別是中文。

一七〇五年（清康熙四十四年）

但尼爾・笛福所著《凝想錄》，又名《月球世界活動記錄》出版，多處談及中國。在笛福眼裡，所謂中國人的先進科技正像登月飛車那樣空幻而不切實際，借此諷刺了英國國會輕信而不負責任的舉動。

一七一一年（清康熙五十年）

三月一日，艾狄生、斯蒂爾合作創辦《旁觀者》報，刊登過多篇涉及中國題材的文字。

一七一九年（清康熙五十八年）

曾長期住在廣東的英國東印度公司商人威爾金遜將中國小說《好逑傳》部分章節翻譯成英文（前三冊），第四冊為葡萄牙文，手稿上注明此年完成。

一七二〇年（清康熙五十九年）

但尼爾・笛福發表《魯濱遜漂流記續編》以及第三編（即《感想錄》），從中可見笛福對中國文明所進行的肆無忌憚的諷刺與攻擊，成為當時歐洲對中國一片讚揚聲裡最刺耳的聲音。

一七三〇年（清雍正八年）

陳倫炯《海國聞見錄》刊行，此為鴉片戰爭前第一本中國人考察世界史地的記錄。書中記述了英國地理方位及其特產等。

一七三六年（清乾隆元年）

十二月，布魯克斯將杜赫德所著《中華帝國全志》節譯成英文，由約翰・瓦茨在倫敦出版，引起較大反響。《文學雜誌》為它作了長達十頁的提要，《學術提要》的譯述則長達一百多頁。該書所載《趙氏孤兒》開始與英國讀者見面，並引起一些作家改編或轉譯。

一七三八年（清乾隆三年）

七月，約翰遜博士以讀者名義給《君子雜誌》編者寫信，稱讚中國道德觀念與政治制度，說中國的古代文物、中國人的宏偉、權威、智慧，及其特有的風俗習慣和美好的政治制度，都毫無疑問地值得大家注意。

一七四一年（清乾隆六年）

英國戲劇作家哈切特在倫敦出版了根據紀君祥元雜劇《趙氏孤兒》的改編本《中國孤兒》，並指明是依據杜赫德的名著所編的歷史悲劇，而且按照中國的方式配上了插曲。

一七四二年（清乾隆七年）

　　英國編輯、出版家愛德華・凱夫的《中華帝國全志》英譯本全部出齊，各方面在總體上均優於約翰・瓦茨的那種版本。

一七四八年（清乾隆十三年）

　　由瓦爾特根據安遜的航海日記整理成書的《環球航海記》在倫敦出版。書中涉及中國的記述約佔五分之一，成為當時否定中國的一本非常有影響的暢銷書。

一七五一年（清乾隆十六年）

　　英國批評家赫德在《賀拉斯致奧古斯都詩簡評注》中評論了元雜劇《趙氏孤兒》，比較中西戲劇藝術理論。

一七五四年（清乾隆十九年）

　　博林布魯克《哲學論文集》出版，盛讚中國文化及其文學。後來他的兩個後繼者——英國大詩人蒲伯和法國文豪伏爾泰均繼承和發展了他的學說。

一七五六年（清乾隆二十一年）

　　英國戲劇家亞瑟・謀飛根據伏爾泰《中國孤兒》，重新寫了一部同名劇《中國孤兒》，在倫敦刊行。該劇於一七五九年四月二十一日起在倫敦的德魯里蘭劇院連續公演九場，舞臺上的中國色彩令英國觀眾賞心悅目。

一七五七年（清乾隆二十二年）

　　五月，霍拉斯・沃爾波爾所寫〈旅居倫敦的中國哲學家叔和致北

京友人李安濟書〉，簡稱〈叔和通信〉在倫敦發表。這是英國出現了
第一本中國人通信，對作家哥爾斯密產生影響。

一七六〇年（清乾隆二十五年）

哥爾斯密開始為新辦的日刊《公薄報》撰稿，虛構旅英華人「李
安濟－阿爾打基」向友人致函，藉以評論英國社會，介紹中國文化。
他連續寫了一一九封書信，取名《中國人信札》，一七六二年結集
時，又增加了四封信，合為一二三封，印成八開本的兩大冊，題名
《世界公民》，成為十八世紀利用中國題材的文學中最主要且最有影
響的作品。

一七六一年（清乾隆二十六年）

十一月十四日，托馬斯・珀西編譯的英譯本《好逑傳》（四卷）
在倫敦問世。作為歐洲第一個對中國的純文學有比較深刻認識的人，
珀西曾多方關注中國文化，了解中國的程度，遠勝於同時代的英國人。

一七六二年（清乾隆二十七年）

托馬斯・珀西在倫敦出版兩卷本《中國詩文雜著》。另外，珀西
還將杜赫德所著《中華帝國全志》（凱夫的英譯本）裡的故事《莊子
劈棺》，經過潤色一番收入他的《婦女篇》裡。

一七六三年（清乾隆二十八年）

英國神學家、作家約翰・布朗的論著《論詩歌與音樂的興起、同
一與力量，及它們的進步、分化與敗壞》在倫敦刊行。該著第九部
分，布朗討論了中國的音樂與戲劇。他從人種的性格特點，解釋了中
國戲劇不可能產生悲劇與喜劇，以及不可能區分悲喜劇的原因，並總
結稱中國人的戲劇在總體上只可能屬於這兩者之間的折中類型。

一七六九年（清乾隆三十四年）

倫敦出版了一本滑稽模仿的史詩小說《和尚──中國隱修士》。小說中的人物經歷了明亡清興的宮廷事變，起初改信羅馬天主教，後經過理智的思索，發現天主教過於迷信而改信新教。

一七七四年（清乾隆三十九年）

英國第一位漢學家威廉·瓊斯出版《東方情詩輯存》一書，並以獨特的眼光剖析中國古典詩歌，認為「這位遠遊的詩神」對於更新歐洲詩風具有重要的意義。

一七七八年（清乾隆四十三年）

五月八日，約翰遜博士與其傳記作者鮑斯威爾有一段談話，涉及到對中國人和中國文字的看法。

一七八二年（清乾隆四十七年）

英國詩人約翰·斯科特題為〈賢官李白：一首中國牧歌〉的長詩在倫敦出版。此詩長達一百餘行，以英雄偶句詩體寫成，為西方最早以李白為主人翁的長詩，根據杜赫德對中國吏治的讚頌而作。

一七八五年（清乾隆五十年）

霍拉斯·沃爾波爾在倫敦出版《象形文字故事集》，共六篇，從中可見其心目中的中國形象：迷信、拘禮、懶惰、墨守成規、難以理喻。

一七八六年（清乾隆五十一年）

英國作家威廉·貝克福特的哥特式小說《瓦特克》出版。小說用

三個重要的中國題材來展示他的宗旨：賢君的開國傳說；靈魂轉生的
故事；中國孤兒的傳奇與戲劇。

一七九五年（清乾隆六十年）

四月，根據馬嘎爾尼使團訪華時所乘「獅子」號船上第一大副愛
尼斯‧安德遜日記整理的《英使訪華錄》，由倫敦出版商庫帕斯整理
刊行，暢銷一時。

一七九七年（清嘉慶二年）

英國浪漫詩人柯勒律治寫作其著名詩篇〈忽必烈汗〉，借東方題
材馳騁想像力，渲染異國情調的廣闊天地。

在馬嘎爾尼的授意下，隨行出使的使團副使喬治‧斯當東編輯的
〈英使謁見乾隆紀實〉，在倫敦刊行。本書與使團隨行人員對新聞媒
體發表的各種報告、談話，徹底打破了傳教士苦心經營的中國神話。

一八〇四年（清嘉慶九年）

馬嘎爾尼使團總管約翰‧巴羅所著《中國旅行記》，在倫敦刊
行。巴羅在書裡對中國評價不高，影響著英國浪漫詩人對東方中國的
看法。

一八〇七年（清嘉慶十二年）

九月四日，倫敦會傳教士羅伯特‧馬禮遜由英國繞道美國，抵達
澳門，然後進入廣州，成為進入中國的第一位基督教新教傳教士。馬
禮遜在中國從事的重要工作是用中文翻譯《聖經》和編纂《華英字
典》，對中英文化交流起了重大作用。

一八一二年（清嘉慶十七年）

馬禮遜所譯《中國之鐘：中國通俗文學選譯》在倫敦刊行，其中譯介過干寶《搜神記》的故事。

一八一六年（清嘉慶二十一年）

二月，英國政府任命威廉－皮特・阿美士德勳爵為全權大使，再次來華，目的仍然是想進一步開闢中國市場。使團在北京僅停留十個小時即被趕回國，中英雙方均指責對方「無理」和「放肆」。這次使華的結果影響到了英國作家對中國形象的塑造。

一八一七年（清嘉慶二十二年）

第一部直接譯成英文的中國戲劇《老生兒》在倫敦出版。譯者德庇時保留了詩體與對話體，但去掉了原文中他認為的不雅之語及一些重複的敘述。

一八一八年（清嘉慶二十三年）

英國浪漫詩人拜倫在其長詩《唐璜》裡涉及到中國茶（茶具）和中國人形象。

一八二〇年（清嘉慶二十五年）

曾在外國商船上工作多年，已成盲人的航海家謝清高將其海外見聞，口述給鄉人楊炳南，後者筆錄成書，為《海錄》的最早版本（楊炳南錄本）。這是中國人寫的第一部介紹世界歷史、地理、民情、風俗的著作。書裡把英國描寫成海外三神山，桃花園「樓閣連綿，林木蔥郁，居民富庶」，一片迷人景象。

彼得・湯姆斯譯《著名丞相董卓之死》，載《亞洲雜誌》第一輯

卷十，及一八二一年版《亞洲雜誌》第一輯卷十一。內容是《三國演義》第一回至第九回節譯。

一八二一年（清道光元年）

英國早期漢學家斯當東爵士（小斯當東）翻譯圖理琛的《異域錄》（即《杜爾扈特汗康熙使臣見聞錄1712-1715》）在倫敦出版。該書的附錄二中收有《竇娥冤》的梗概介紹、《劉備招親》人物表、《王月英元夜留鞋記》的劇中人物表和劇本梗概、元代劇作家關漢卿的《望江亭》的劇中人物表及其故事梗概。

一八二二年（清道光二年）

英國散文家德·昆西分兩期在《倫敦雜誌》發表〈一個英國鴉片癮君子〉。在他心目中，中國人不過是些未開化的野蠻人。他聲稱「我寧願同瘋子或野獸生活在一起」，也不願在中國生活。

德庇時編譯的《中國小說選》在倫敦出版發行。在該書長序中，他特別指出在英國人所取得的知識進步中間，唯獨與中華帝國有關的題目，也包括中國的文學，人們所取得的進展簡直微不足道。

一八二三年（清道光三年）

小斯當東與英國東方學家科爾布魯克在英王喬治四世的贊助下，共同創立不列顛愛爾蘭皇家亞細亞研究會（簡稱「英國皇家亞洲學會」），其主要任務是調查科學、文學、藝術和亞洲的關係。為了給亞洲學會建立一個圖書館，小斯當東還捐獻了三千卷圖書，大致相當於二百五十本圖書。

一八二四年（清道光四年）

馬禮遜回英國休假，帶有他千方百計搜集到的一萬餘冊漢文圖

書，後來全部捐給倫敦大學圖書館，為倫敦大學的漢學研究打下了基礎。

英國作家沃爾特・塞維奇・蘭陀在其主要散文作品〈想像的對話〉裡，有一篇涉及中國題材，名為〈中國皇帝與慶蒂之間想像的對話〉。

一八二九年（清道光九年）

德庇時出版了馬致遠《漢宮秋》的英譯本，並編譯了《好逑傳》，在倫敦刊行。

一八三〇年（清道光十年）

德庇時最先譯出李白兩首詩〈贈汪倫〉和〈曉晴〉，載《皇家亞洲學會雜誌》倫敦版第二卷。並選譯《紅樓夢》第三回中兩首〈西江月〉，後載入其在中國澳門東印度公司出版的《漢文詩解》（1834）中。《漢文詩解》首次選譯出《三國演義》、《好逑傳》、《紅樓夢》等明清小說中的詩歌和《長生殿》等清代戲曲中的唱詞，以說明這些小說戲曲與中國古典詩歌的密切關係。

一八三三年（清道光十三年）

八月一日，郭實臘主編《東西洋考每月統記傳》在廣州創刊，此為中國境內創刊的第一種近代中文期刊。該刊十二月刊登《蘭墩十詠》，為十首中文五言律句，且說明「詩是漢土住大英國京都蘭墩所寫」。此為最早用中文描寫英國首都倫敦的古詩。

一八三六年（清道光十六年）

德庇時《中國人：中華帝國及其居民的概況》於倫敦出版。書中述及英國人對中國問題的看法，被認為是十九世紀對中國最全面的報導，被譯成其他文字。

一八三七年（清道光十七年）

倫敦大學在小斯當東倡議下設立第一個中文講座，此為英國大學設立的第一個中文講座，為期五年，首任教授為牧師基德。

英國倫敦會傳教士麥都思所撰《中國略論》在倫敦出版。該書介紹中國的風俗、地理、律法等，一度風行英倫。

一八三八年（清道光十八年）

十一月出版的《東西洋考每月統記傳》所載〈論詩〉，以及此前刊載的〈詩〉（一八三七年正月號）二文闡述對中西詩作的看法，對兩者的異趣有所比較。介紹歐羅巴詩詞提到「米里屯」，即英國大詩人彌爾頓，並對其詩作特色有所介紹。此為中文最早介紹彌爾頓之文字。

一八四〇年（清道光二十年）

英國《亞洲雜誌》第二期刊登〈中國詩作：選自《琵琶記》〉，為中國元末明初著名戲曲家高則誠《琵琶記》最早之英譯本。

一八四二年（清道光二十二年）

英國駐中國寧波領事館領事羅伯特・湯姆所譯《紅樓之夢》，將《紅樓夢》第六回的片段文字譯成英文，逐字逐句直譯，以供在華外國人研習中文之用。此為《紅樓夢》之最早介紹給西文讀者。

一八五一年（清咸豐元年）

英國倫敦傳道會的慕維廉將十七世紀英國小說家約翰・班揚的《天路歷程》節譯成中文，譯本冠名為《行客經歷傳》，篇幅共十三頁，成為這部諷喻小說最早的漢譯本。

一八五三年（清咸豐三年）

《天路歷程》第一個全譯本（文語譯本）由英格蘭長老會來華的
第一位牧師賓惠廉與佚名中國士子合作，以淺近文言文形式譯成中
文，在廈門出版。

一八五四年（清咸豐四年）

九月一日出版的《遐邇貫珍》第九號上英國詩人彌爾頓十四行詩
〈論失明〉的漢譯文。這首漢譯詩四字短句，形式整齊，語言凝練，
顯示出相當精湛的漢語功底。譯詩前簡要回顧了彌爾頓的生平與創
作，以及他在英國文學中的崇高地位。

一八五八年（清咸豐八年）

四月十日，英國期刊《笨拙》刊登了題為〈一首為廣州寫的歌〉
的詩歌，還有一幅漫畫，上面是一個未開化的中國人，背景是柳樹圖
案。這可以說是英國人心目中對中國印象的流行看法。

一八六一年（清咸豐十一年）

英國著名漢學家理雅各開始在一些傳教士以及中國人黃勝等人協
助下，將《論語》、《大學》、《中庸》譯成英文，於本年編成《中國經
典》第一卷。其後，陸續出版其他各卷，至一八七二年推出第五卷
（後三卷各分成兩部分出版）。《中國經典》為理雅各贏得了世界聲
譽，使其於一八七五年成為歐洲漢學界最高榮譽——「儒蓮獎」的第
一位得主。

一八六六年（清同治五年）

清廷第一次派員出國考察，由原山西襄陵縣知縣斌椿擔當此任。

斌椿此行的遊記《乘槎筆記》裡，對英都倫敦留下了深刻印象。此次隨同斌椿遊歷英國的同文館學生張德彝撰有《航海述奇》以志其行。

一八六七年（清同治六年）

王韜應理雅各之邀赴英國續譯中國經籍，成為第一個前往英國考察的學者。其所著遊英所記〈漫遊隨錄〉，不僅記述了英國的富強景象，而且已開始著力系統探求富強背後的秘密。

英國漢學家偉烈亞力所著《中國文獻紀略》在上海出版。此為英國人編寫的第一部中國圖書目錄學著作，對中國文學發展史亦有簡要敘述。

一八六八年（清同治七年）

供職於中國海關的波拉譯《紅樓夢》載《中國雜誌》耶誕節號，係從《紅樓夢》前八回內容譯成英文。

一八六九年（清同治八年）

上海美華書館印行約翰‧班揚所著《天路歷程》，係依據咸豐三年版刊印。

亞歷山大‧羅伯特所譯五幕戲《貂蟬：一齣中國戲》在倫敦出版。

一八七〇年（清同治九年）

狄更斯在其最後一部未完成的小說《德魯德疑案》裡，把中國人描寫成吸毒成癮，完全被毒品弄昏頭的人，並把這些嗜吸鴉片的中國人當成是中國國民的真正典型。

一八七一年（清同治十年）

《天路歷程土話》由廣州羊城惠師禮堂刊行。此為粵語本《天路

歷程》，包含三十幅插圖，用宣紙精心印製，單獨裝訂，與其他五卷正文合成一函。此刊本除抄錄咸豐三年的原刊本序外，還有一〈天路歷程土話序〉，交代了該書的特色及來龍去脈。

理雅各的第一個英文全譯本《詩經》在倫敦出版，為《中國經典》第四卷。此為《詩經》在西方傳播的第一塊里程碑，也是中國文學在西方流傳的重要標誌。

一八七二年（清同治十一年）

五月二十一至二十四日，上海出版的《申報》載〈談瀛小錄〉，約五千字，為《格列佛遊記》之小人國部分。此為斯威夫特這部名著介紹進中國之始。

香港出版的《中國評論》第一卷，載有署名H. S.的《一個英雄的故事》，內容為《水滸傳》前十九回中林沖故事的節譯。

一八七三年（清同治十二年）

英國作家利頓的小說《夜與晨》，被蠡勺居士譯述成《昕夕閒談》，開始在中國最早的文學期刊《瀛寰瑣記》上連載（1873年1月第3期到1875年1月的第28期）。此係中國近代最早由中國人自己從外文譯成中文的白話體長篇小說。

一八七六年（清光緒二年）

經在華英商和英國對華貿易委員會出資推動，牛津大學開設漢學講席，聘請回國的理雅各為首任漢學教授（1876-1897），從此開創了牛津大學的漢學研究傳統。

漢學家斯坦特節譯的《孔明的一生》，連載於《中國評論》第五至八卷。內容為《三國演義》所敘寫諸葛亮一生的故事。

一八七七年（清光緒四年）

八月十一日，清末外交官郭嵩燾擔任駐英公使，應邀參觀英國印刷機器展覽會上，看到了展出的一些著名作品的刻印本。在日記提到「舍克斯畢爾」和「畢爾庚」，這是中國人第一次談到莎士比亞和培根兩位文藝復興時期的英國著名作家。

一八七八年（清光緒四年）

六月，《中國評論》第六卷第六期刊登了翟理斯英譯的歐陽修散文名篇〈醉翁亭記〉，題名為 *The Old Drunkard's Arbour*。此篇英譯文還收入翟理斯的專著《中國與其他故事》中，一八八二年倫敦出版。

九月七日，林樂知主編的《萬國公報》第五〇四卷刊登《大英文學武備論》；本月十四日出版的第五〇五卷上刊〈培根格致新法小序〉。二文對英國文學及部分作家略有介紹。

江寧人李圭《環遊地球新錄》刊行。卷首有李鴻章的序。該書給我們留下了一幅英國的市井繁華圖，刺激著中國人繼續走出國門，探索英國。

翟理斯調任廣州英國領事館副領事，完成《聊齋志異》選譯本的翻譯工作。

一八七九年（清光緒五年）

一月十八日，郭嵩燾應邀去倫敦蘭心劇院觀看莎士比亞戲劇的演出，他說這戲文「專主裝點情節，不尚炫耀」。這是中國人第一次看到莎劇演出。

四月，清朝外交官曾紀澤去「觀園觀劇」，「所演為丹麥某王，弒兄、妻嫂，兄子報仇之事」。此指在倫敦劇院觀看的英國著名演員厄爾文所演《哈姆雷特》。

英國小說家喬治·梅瑞狄斯出版其代表作《唯我主義者》。該小說男主人翁威洛比·帕特恩（Sir Willoughby Patterne）的名字，讓人聯想到在英國上流社會客廳裏擺設的中國瓷器上的柳景圖案（willow pattern）。該圖案多為白底蘭花，景中有柳，約於一七八〇年由英國陶瓷家托瑪斯·透納介紹到英國後，頗為流行，對形成英國人眼裡的中國形象作用很大。

香港版《中國評論》第二卷發表帕爾克翻譯的〈離騷〉，英文意譯的標題是〈別離之憂〉。此為楚辭第一次被介紹給英語讀者，譯者運用了維多利亞式節奏性極強的格律詩形式。

一八八〇年（清光緒六年）

翟理斯選譯《聊齋志異選》二卷在倫敦刊行。此後一再重版，陸續增加篇目，總數多達一六四篇故事。這是《聊齋志異》在英國最為詳備的譯本。西方有些譯本就是完全依翟理斯的英譯本轉譯。

一八八二年（清光緒八年）

北通州公理會刻印了美國牧師謝衛樓所著《萬國通鑒》，其中有對莎士比亞創作特色及文學地位的最早介紹文字。

一八八三年（清光緒九年）

英國著名漢學家、大英博物館漢文藏書部專家羅伯特·道格拉斯所譯《中國故事集》在倫敦出版，其中收入了「三言二拍」裡的四篇譯文。道格拉斯原為駐華外交官，後任倫敦大學中文教授（1903-1908），對英國漢學目錄學的建設有過突出貢獻。

一八八四年（清光緒十年）

翟理斯譯著《中國文學瑰寶》在倫敦與上海分別出版，一卷本，

一八九八年重版。一九二二至一九二三年又分別出版修訂增補本，分
上下兩卷。上卷為中國古典散文的選譯與評介，與原一卷本之內容基
本相同，下卷為中國古典詩詞之選譯與評介，乃新增部分。

一八八五年（清光緒十一年）

翟理斯譯《紅樓夢，通常稱為紅樓之夢》，載《皇家亞洲文會北
中國支會會報》新卷第二十第一期，上海出版。

一八八八年（清光緒十四年）

劍橋大學設立中文講座，首任教授是威妥瑪，接任者是翟理斯
（1897年起），後又有慕阿德等。

一八九〇年（清光緒十六年）

英國漢學開創者之一的德庇時去世。

二月八日，英國唯美主義作家奧斯卡・王爾德在《言者》雜誌第
一卷六期發表題為〈一位中國哲人〉的書評，評論漢學家翟理斯的譯
著《莊子：神秘主義者，道德家與社會改革家》。

一八九二年（清光緒十八年）

英國駐澳門副領事裘里譯《紅樓夢》第一冊，在香港出版。該譯
本第二冊，於一八九三年由商務排印局在澳門出版。此係將《紅樓
夢》前五十六回譯為英文。

一八九四年（清光緒二十年）

嚴復譯介的赫胥黎著《天演論》陸續刊行。其中將莎士比亞
稱為「詞人狹斯丕爾」，在〈進微篇〉及其小注中對莎士比亞有一
些介紹。由於《天演論》刊行後曾風行一時，莎翁之名亦隨之播

揚，而此前見諸中文的對莎翁的零星介紹均屬教會人士著作，閱讀對象有限。此為中國學者第一次對莎士比亞的評價。

一八九五年（清光緒二十一年）

《皇家亞洲學會雜誌》第二十七卷發表理雅各的〈「離騷」詩及其作者〉一文。該文中有〈離騷〉全文的英譯文，另還翻譯了王逸〈楚辭章句〉對這部長詩的注釋。

上海華北捷報社出版了塞繆爾・伍德布里奇翻譯的〈金角龍王，皇帝遊地府〉，內容取自《西遊記》第十、十一回。此書據衛三畏編集的漢語讀本小冊子譯出。

喬治・亞當斯在《十九世紀》（*The Nineteenth Century*）上發表長達十九頁的文章〈中國戲曲〉，其中選譯了元代劇作家鄭光祖喜劇《㑇梅香》、鄭廷玉神道劇《忍字記》及元代劇作家岳伯川神道劇《鐵拐李》。這些英譯文雖保留中國古典戲劇的樣式，卻省略了戲唱詞等。

一八九六年（清光緒二十二年）

八月一日至一八九七年五月二十一日，《時務報》刊登張坤德譯的英國小說家柯南・道爾的四篇偵探小說。此為中國最早譯介的偵探小說。

十二月，《萬國公報》第九十五卷所刊〈重衰私議以廣見公論〉（五）一文，作者林榮章（樂知）以一句譯詩（「除舊不容甘我後，布新未要占人先」）導引議論。此中譯詩源自蒲伯〈人論〉，為迄今所見英國詩歌語句較早的中譯文。

一八九七年（清光緒二十三年）

十一月，《萬國公報》第一〇六卷刊載林樂知、任延旭〈格致源

流說〉。該文稱培根為「英國格致名家」，同時在該文中穿插翻譯了培根的一篇論述「格致之效」的數百字的小品文。此為目前所見培根的文學作品最早的中譯文。

十二月，嚴復譯赫胥黎《天演論》，在《國聞彙編》連載。其中有譯自赫胥黎所引蒲伯〈原人篇〉（即〈人論〉）長詩中的幾句詩，以及丁尼生〈尤利西斯〉長詩中的幾句，此亦係較早譯成中文的英國詩片段。

一八九八年（清光緒二十四年）

沈祖芬節譯但尼爾・笛福的《魯濱孫飄流記》為《絕島飄流記》。經師長的潤飾與資助，後來由杭州惠蘭學堂印刷，上海開明書店發行。高夢旦在《絕島飄流記序》（1902）中認為此書「以覺吾四萬萬之眾」。

十一月，《萬國公報》第十期刊載主編林樂知所譯〈各國近事〉裡，有一段關於英國桂冠詩人「忒業生」（Alfred Tennyson, 丁尼生）的文字。該刊本欄目還編譯了「蒲老寧」（Robert Browing, 羅伯特・勃朗寧）、「襃思」（Robert Burns, 羅伯特・彭斯）等英國詩人的文字，對晚清的中國讀者了解英國作家作品及其在社會中存在的意義，頗有幫助。

李提摩太與任廷旭合譯〈天倫詩〉以書的形式出版，此係蒲伯〈人論〉的中文全譯本，也是迄今所見英國詩歌作品較早而完整的中文譯本。譯者李提摩太是當時西方傳教士中主張以譯介西方文學影響中國社會發展的重要人物。

翟理斯所著《華人傳記辭典》由上海別發洋行刊行。同時，翟理斯還編撰了《古今詩選》、《劍橋大學所藏漢文、滿文書籍目錄》等著述。

一八九九年（清光緒二十五年）

威廉·斯坦頓所譯《中國戲劇》一書由別發洋行在香港、上海、橫濱與新加坡四地同時刊印。卷首有十九頁長的對中國戲劇的論述。該譯本包括三齣戲和兩首詩的英譯本，此前大多已發表在英文期刊《中國評論》上。

一九〇〇年（清光緒二十六年）

三月一日，《清議報》第三十七冊刊載梁啟超的題為〈慧觀〉的文章，文中談及「觀滴水而知大海，觀一指而知全身」的「善觀者」時，即舉「窩兒哲窩士」（華茲華斯）為例。這是威廉·華茲華斯的名字為中國讀者所知之始。

威爾遜編撰《中國文學》一書在倫敦刊行，收有德庇時的《漢宮秋》譯文，理雅各翻譯的《法顯行傳》，以及十九世紀英國漢學家威廉·詹金斯翻譯的《論語》、《詩經》等內容。在所收作品前，威爾遜均有簡單的評介。

一九〇一年（清光緒二十七年）

蟠溪子（楊紫麟）和天笑生（包公毅）合譯《迦茵小傳》，在上海《勵學譯編》第一至十二冊連載，一九〇三年上海文明書局出單行本。

翟理斯所著《中國文學史》在倫敦出版單行本。此前該著於一八九七年被列為戈斯主編的「世界文學簡史叢書」之第十種在英國出版。《中國文學史》是十九世紀以來英國漢學界翻譯、介紹與研究中國文學的一個總結，在某種程度上代表了整個西方對中國文學總體面貌的最初概觀。

英國漢學家莊士敦的《中國戲劇》由上海別發洋行出版發行。

英國作家迪金森所著《約翰中國佬的來信》在倫敦出版。本書共有八封信。由於其中對中國文明的頂禮膜拜，以及完全站在中國文明立場上批評西方文明，以至於不少人認為這必定出自於一個中國人之手。

一九〇二年（清光緒二十八年）

五月，梁啟超主編《新民叢報》發表〈飲冰室詩話〉，其中論及「近世詩家，如莎士比亞，彌兒敦，田尼遜等，其詩動亦數萬言。偉哉！勿論文藻，即其氣魄固已奪人矣。」今之通用「莎士比亞」譯名，出自此處。

六月，開明書店出版《絕島漂流記》，署「（英）狄福著，跛少年（沈祖芬）譯」。書有高鳳謙（夢旦）本月二十日序，譯者戊戌仲冬自序。

十一月十五日，梁啟超在其創辦的《新小說》第二號上，首次刊出英國詩人拜倫的照片，稱為「大文豪」，並予以簡要介紹。後又在其小說《新中國未來記》（《新小說》雜誌連載）中譯了拜倫〈渣阿亞〉（Giaour, 即〈異教徒〉）片段和長詩〈哀希臘〉中的兩節。

十二月九日至一九〇三年十月二十九日，《大陸報》第一至十二期「小說」欄，刊載德富（Defoe）《魯濱孫漂流記》譯文。

上海聖約翰大學外文系畢業班學生用英語演出《威尼斯商人》，這是莎士比亞戲劇第一次在中國上演。

一九〇三年（清光緒二十九年）

七月二十四日至八月二十三日，上海出版的《繡像小說》第五期開始連載《僬僥國》（第八期起改名為《汗漫遊》），至第七十一期，作者署「司威夫脫」。亦即斯威夫特《格列佛遊記》之上卷，譯者未具名。

　　蘭姆姊弟的《莎士比亞故事集》由上海達文社譯出，只選譯原作十篇，用文言文譯出，題名為英國索士比亞著《澥外奇譚》，譯者未署名。這是中國第一本《莎士比亞故事集》的漢語文言譯本。

一九〇四年（清光緒三十年）

　　二月，倫敦約翰・默里出版公司刊行克萊默－賓格編譯的《詩經》，一九〇六年四月重印。

　　二月，《教育世界》雜誌第六十九號「小說」欄開始連續刊登哥爾斯密的家庭教育小說《姊妹花》，至十二月出版的第八十九號畢，附有〈哥德斯密事略〉。此為哥爾斯密及其作品最早為中國讀者知曉。

　　九月一日，上海文寶書局出版《昕夕閒談》，書首有藜床臥讀生（管斯駿）序。

　　十月，斯蒂文森《金銀島》佚名用淺近文言文譯出，冠以「冒險小說」商務印書館出版發行，編入《說部叢書》。

　　十一月，林紓和魏易合作將蘭姆姊弟的《莎士比亞故事集》全部譯成中文，以《英國詩人吟邊燕語》為題出版，標為「神怪小說」。中國當時上演的莎劇作品，多取此書為藍本，改編為臺詞。

　　十一月二十六日出版的《大陸報》第二年第十號「史傳」欄刊有〈英國大戲曲家希哀苦皮阿傳〉。

一九〇五年（清光緒三十一年）

　　一月二十五日出版的《大陸報》第二年十二號「史傳」欄刊有〈英國二大小說家迭更斯及薩克禮略傳〉；二月二十八日出版的第三年第一號「史傳」欄刊有〈英國大文豪脫摩斯卡賴爾之傳〉。此為中國最早介紹狄更斯、薩克雷、卡萊爾等英國名家的開始。

　　二月二十八日，《大陸報》第三年第一號「文苑」欄刊有汪笑儂〈題《英國詩人吟邊燕語》廿首〉，以七言絕句形式品評林譯莎劇，為中國最早的莎劇評論。

三月，林紓、魏易同譯哈葛德原著《迦茵小傳》由商務印書館出版發行，標「言情小說」。金松岑本年撰〈論寫情小說於新社會之關係〉發表於《新小說》第十七號刊，斥林譯本。

十一月，商務印書館出版林紓、魏易合譯《撒克遜劫後英雄略》上下卷（司各德原著）。林譯此書，意在鼓勵、增強青年人發奮進取，保家衛國的雄心。

上海別發洋行出版了豪厄爾編譯的《今古奇觀：不堅定的莊夫人及其他故事》，書中收入了《今古奇觀》中的六篇譯文，譯者力圖使西方讀者了解一點中國的哲學、文學等。

一九〇六年（清光緒三十二年）

《新小說》第二年第二號上刊有英國人斯利（Bysshe Shelley）像，並將他與歌德、席勒並稱為歐洲大詩人。此為浪漫詩人雪萊之形象傳入中國之始。

林紓、曾宗鞏譯《海外軒渠錄》（司威佛特）並作序以志其感想。原著包括四遊記，林譯為小人國 Lilliput 及大人國 Brobdingnag 部分。

翟理斯作為劍橋大學副校長翻譯，接待大清國欽差專使大臣鎮國公載澤一行。十一月一日，當選為新成立的中國學會（China Society）副主席。十二月，第一次用漢語主持劍橋大學入學考試。

一九〇七年（清光緒三十三年）

四月，黃人（摩西）主編的《小說林》第三期刊有小說家施葛德像並附小傳；七月，第四期刊有小說家狄更斯像並附小傳。

五月，王國維主編的《教育世界》一四九至一五〇號刊載〈英國小說家斯提逢孫傳〉。十月，《教育世界》一五九號刊載〈莎士比傳〉；一六〇號刊〈倍根小傳〉。十一月，《教育世界》一六二號刊載

〈英國大詩人白衣龍小傳〉。四篇傳記介紹了斯蒂文森、莎士比亞、培根與拜倫的生活經歷與創作業績，為中國最早集中介紹英國文學名家的一批文獻。

六月二十二日，法國巴黎出版的《新世紀》第一號上刊登了「歐化」（即馬君武）翻譯的英國詩人「虎特」（現通譯「胡德」）詩作〈縫衣歌〉（The Song of the Shirt）。馬君武所譯〈縫衣歌〉採用了中國五言古詩的形式，後來又在國內的《繁華報》、《神州日報》等報刊上轉載，頗為讀者歡迎，影響很大。

七月，商務印書館出版林紓、魏易同譯的狄更斯小說《滑稽外史》（Nicholas Nickleby）。十二月，又出版《孝女耐兒傳》（The Old Curiosity Shop）。後又於光緒三十四年（1908）二月出版《塊肉餘生述》（David Copperfied）；三月出版《塊肉餘生述續編》；六月出版《賊史》（Oliver Twist）。宣統元年（1909）二月出版《冰雪因緣》（Dombey and Son）。林紓對狄更斯小說頗為傾倒，從譯本序跋或評語中可以看出，林紓對狄更斯小說的特點及其作用的理解相當準確，並且自覺不自覺地以中國傳統文學作品為理解的參照系，真誠地讚賞以狄更斯小說為代表的西方近代文學的許多優點，批評中國傳統文學的一些不足，尤其是序跋中提出的現實主義小說理論對五四時期小說理論和小說創作的現代化起過很大作用。

一九○八年（清光緒三十四年）

本年初，任天知排演的《迦茵小傳》，讓上海觀眾耳目一新。本劇係根據英國作家哈葛德的著名小說改編。

一月，蘇曼殊《文學因緣》由東京博文館印刷，齊民社發行，扉頁之後有蘇曼殊僧裝照片和銅版拜倫畫像。內收多首中譯英國詩歌。同時，收有英譯漢詩近百首。這些詩歌絕大部分由理雅各、翟理斯、衛三畏、德庇時等所譯。

二至三月，魯迅以「令飛」筆名在《河南》月刊第二、三號上發表〈摩羅詩力說〉一文，系統介紹歐洲十九世紀浪漫主義文藝思潮，其中評述了英國浪漫主義詩人拜倫、雪萊，特別是高度評價拜倫詩所表現出的「剛健抗拒破壞挑戰」的戰鬥風格及其為爭自由、獨立、人道的英雄氣概和不屈不撓的精神。

嚴復在譯作《名學淺說》中引莎士比亞戲劇《裘力斯·凱撒》中安東尼著名演說為例，論證「名學的功能」。

一九〇九年（清宣統元年）

三月二日，周氏二兄弟合譯《域外小說集》第一冊在日本東京由神田印刷所出版，內收周作人譯英國淮爾特著《安樂王子》（現通譯為王爾德《快樂王子》）。最初為王爾德贏得文名的是他的童話，在中國文壇上王爾德最早也以童話知名。

蘇曼殊《拜倫詩選》出版，收蘇氏本人和盛唐山民譯拜倫詩五題四十二首，後又將這四十餘首詩擴充為《潮音》一書。這一編譯工作在當時中國被稱為破天荒的創舉。

英國漢學家克萊默－賓格編譯《玉琵琶：中國古代詩文選》在倫敦出版，書的扉頁上標有「獻給Herbert Giles教授」。克萊默－賓格不懂中文，該書譯文是在好友翟理斯直譯基礎上修改而成。儘管如此，這些譯文卻深受讀者喜愛，尤其是托馬斯·哈代很喜歡這些譯詩。

一九一〇年（清宣統二年）

鄧以蟄在紐約觀賞歌劇《羅密歐與茱麗葉》，深為第二幕第二場的樓臺會所動，歸國後，即根據莎士比亞原著，以民謠體將該場譯出，冠名為「若邈久嫻新彈詞」。這是莎翁原劇見諸中譯之始。

翟理斯為《大英百科全書》第二版撰寫《中國藝術、語言、文學和宗教》詞條，其中的中國語言部分係與其子翟林奈合寫。

一九一一年（清宣統三年）

二月二十五日，《東方雜誌》第八卷第一號發表〈聳動歐人之名論〉。該譯文為迪金森《約翰中國佬的來信》的第一、二章內容，該書共八章。

七月二十六日，《婦女時報》第二期刊有周瘦鵑〈英國女小說家喬治哀列奧脫女士傳〉。該文對喬治·艾略特的生平、著述評述較詳，是中國介紹英國女作家之始。

小說家包天笑譯出莎士比亞《威尼斯商人》一劇，在上海城東女學的年刊《女學生》上第二期上刊出。包天笑為突出劇情，不惜犧牲原來劇碼，代以《女律師》之名。

翟理斯編譯出版《中國神話故事》，列入「高恩國際圖書館」書系出版。此書的神話故事取材廣泛，如其中的「石猴」（*The Stone Monkey*）譯自《西遊記》。翟理斯認為《西遊記》既是一部「著名的作品」，也是一部「低級的作品」。

麥高溫從中文原作翻譯《美人：一齣中國戲劇》（*Beauty: a Chinese Drama*）在倫敦出版。

一九一二年（中華民國元年）

倫敦約翰·默里出版公司刊行英國漢學家翟林奈編譯的〈道家義旨：《列子》譯注〉。該譯本省去了原書中專論楊朱的內容。同年出版的另一譯本題為《楊朱的樂園》（A. Forke譯），只譯了《列子》裡關於楊朱內容的部分，可與翟林奈譯本互為補充。

一九一三年（中華民國二年）

年初，上海城東女子中學演出《女律師》，全部由女子反串男角，此為中國人用漢語演出的第一部莎劇。

　　一月，《小說月報》四卷一至四號發表孫毓修《歐美小說叢談》的系列文章，其中有介紹喬叟、班揚、笛福、斯威夫特、理查遜、菲爾丁、哥爾斯密斯、司各特、狄更斯、約翰遜等作家的生平與創作及傑出地位，均為國內首次集中介紹這批英國文學家的文字。另外，七號發表〈英國戲曲之發源〉；八號發表〈馬婁之戲曲〉、〈莎士比亞之戲曲〉等文字。一九一六年，孫毓修《歐美小說叢談》由上海商務印書館出版單行本。

　　李提摩太所譯《聖僧天國之行》由上海基督教文學會出版，該書內封題：「一部偉大的中國諷喻史詩」。　前七回為全譯本，第八至一百回為選譯本。此為《西遊記》最早的英譯本。

　　英國作家迪金森來中國旅行，到過香港、廣東、上海、山東、北京等。

　　英國作家薩克斯‧羅默發表其所著傅滿楚系列小說的第一部作品《狡詐的傅滿楚博士》。隨後的四十五年間，羅默陸續寫了其他十二部關於傅滿楚等中國罪犯的長篇小說。傅滿楚形象是二十世紀初英國對華恐懼的投射的產物，也是「黃禍論」在文學裡最典型的體現。

一九一四年（中華民國三年）

　　三月，《東吳》雜誌一卷二期發表陸志韋譯華茲華斯詩歌〈貧兒行〉和〈蘇格蘭南古墓〉，這是華茲華斯詩歌進入中國的開始。

　　七月，在日本東京出版的《民國》雜誌第一年三號「文藝欄」刊蘇曼殊譯〈英吉利女郎贈師梨遺集〉、〈炎炎赤薔靡〉、〈答美人贈束髮氈帶詩〉。

　　十二月十五日至次年二月十五日，《正誼雜誌》第一卷六、七號有馬君武譯〈英裴倫哀希臘歌〉。

　　十二月，《若社叢刊》第二期發表周作人的文章〈英國最古之詩歌〉（署名啟明），介紹英國史詩〈貝奧武甫〉。

一九一五年（中華民國四年）

十一月，《世界觀雜誌》四卷一期刊宋誠之譯〈古今崇拜英雄之概說〉（嘉賴兒原著），此為托馬斯・卡萊爾（1795-1881）的英雄崇拜論思想引進中國之始。

龐德經過對費諾羅薩遺留的一五〇首中國古詩筆記的整理、選擇、翻譯、潤色和再創作，在倫敦出版了十八首短詩歌組成的《神州集》（*Cathay*）。

一九一六年（中華民國五年）

四月，《福爾摩斯探案全集》（柯南道爾）由中華書局出版。全集收長、短篇偵探小說四十四案，匯成文言譯本，十二冊。據阿英《晚清戲曲小說目錄》統計，清末中國譯介的福爾摩斯探案故事，多達二十五種。

十二月至一九一七年十月，《小說月報》七卷十二號至八卷二、三、六、七、十號刊登林紓、陳家麟合譯《坎特伯雷故事集》八篇。後於一九二五年十二月《小說世界》十二卷十三號又刊一篇。此為英國「詩歌之父」喬叟的故事作品最早集中譯成中文。

英國作家托馬斯・柏克的小說集《萊姆豪斯之夜：中國城小說集》在倫敦出版。柏克是英國描寫「中國城」的著名作家。

阿瑟・韋利自費出版漢詩英譯集《中國詩選》，在倫敦刊行，共收譯詩五十二首，包括了從屈原、曹植、鮑照、謝朓直到李白、王維、杜甫、白居易、韓愈、黃庭堅等人的詩作，其中十三篇後來經過修訂，收入公開出版的譯作中。

英國漢學家克萊默－賓格編譯的詩集《花燈盛宴》（*A Feast of Lanterns*）在倫敦出版。此為克萊默－賓格一九〇九年所編譯詩集《玉琵琶》的一本續集。與《玉琵琶》相比，作者對中國詩歌的認識

前進了一步，歷史感更明確，收錄的詩歌也更全面，共五十五首詩。

一九一七年（中華民國六年）

　　七月、八月、十一月至一九一八年一月，朱東潤分別在《太平
洋》雜誌一卷五號、六號、八號、九號發表重要莎評〈莎氏樂府談〉
（一）、（二）、（三）、（四），這是中國第一篇完整的莎評。

　　一月一日，倫敦大學創辦東方（亞非）學院。這是兼研究與教育
為一體的機構，其成立為英國漢學家從事研究工作，創造了必要的
條件。

　　二月份出版的《（倫敦大學）東方（亞非）學院學刊》創刊號上
刊發了阿瑟・韋利翻譯的〈唐前詩歌〉三十七首和《白居易詩38
首》。這是韋利第一次公開發表譯作。

　　六月，翟理斯加入牛津大學漢學教授評議組。

　　英國浸禮會傳教士庫壽林積幾十年之功，編撰了《中國百科全
書》，由上海別發洋行與牛津大學出版社同時出版。該書被認為是當
時英國學界漢學研究的成果的總匯與集成，也是英國以中國為主題的
第一部百科全書。庫壽林因此書獲法國漢學家獎，標誌著英國的漢學
研究得到歐洲大陸承認。

一九一八年（中華民國七年）

　　一月，《尚志》月刊一卷三號刊龔自知《英吉利文學變遷譚》，簡
要評述了英國文學發展的歷程，其中提及不少著名作家的作品。

　　阿瑟・韋利《漢詩170首》在倫敦刊行，後轉譯為法語、德語等
文字。內收從秦朝至明朝末年的詩歌一一一首，另有白居易的詩五十
九首。該詩集附有阿瑟・韋利撰寫的《翻譯方法》，文中詳細陳述了
他翻譯中國古詩所採用的方法。他提倡根據原詩的結構逐字逐句直
譯，而不是意譯。他以為詩的意象反映詩人的靈魂，譯者不可加入自

己的想像更改原詩，意譯很可能歪曲詩的原意或者致使一部分資訊流失。

　　十一月，翟理斯對韋利翻譯的《漢詩170首》提出批評，與韋利開始筆戰。

　　阿瑟・韋利在倫敦大學東方學院中國學會上宣讀論文《詩人李白》，翌年（1919）十二月，該文以單行本形式在倫敦出版。包括前言和翻譯兩個部分。前言部分是對李白其人其詩的介紹；翻譯部分則是二十三首李白詩的英譯，如〈蜀道難〉、〈將進酒〉、〈江上吟〉、〈夏日山中〉和〈自遣〉等。

　　英國人佛來遮在上海商務印書館出版其《英譯唐詩選》，英漢對照附有注釋。佛來遮曾任英國領事館翻譯、領事，對唐詩有一定的研究。翌年（1919）該館又刊印其《英譯唐詩選續集》。佛來遮所譯唐詩繼承理雅各與翟理斯譯詩的風格，用格律詩體翻譯原作，力求押韻，較能忠於原詩的意旨。

一九一九年（中華民國八年）

　　二月十五日，《尚志》月刊二卷三號刊「英美文學家小傳」，有莎士比亞、斯威夫特等英國名家介紹。

　　二至三月，《學生雜誌》六卷二、三號刊登雁冰〈蕭伯納〉。這是茅盾所寫的第一篇外國作家論，也是新文學運動中最早專門評述蕭伯納的一篇分量很重的文章。

　　十月，蕭伯納的名劇《華倫夫人之職業》，由潘家洵翻譯，刊於《新潮》第二卷第一期。該譯本又列為文學研究會叢書之一種，於一九二三年由商務印書館出版，茅盾著文〈最近的出產〉予以熱情鼓吹。

　　十二月，周作人在《少年中國》一卷八期發表〈英國詩人勃來克的思想〉一文，首次介紹了布萊克詩藝術的特性及其藝術思想的核心。

　　英國作家毛姆與他的秘書赫克斯頓一起，啟程東來，到中國體驗

生活，收集創作材料，前後遊歷了四個月。這次遊歷，大大豐富了他
的創作素材，從一九二二年起寫了一系列涉及遠東（中國）的作品：
戲劇《蘇伊士之東》、散文集《在中國畫屏上》、長篇小說《彩色的面
紗》、中篇小說《信》、短篇集《阿金》。

　　七月，阿瑟・韋利編譯的《中國文學譯作續編》在倫敦刊行，內
收李白、白居易、王維等詩人的詩作多首。

一九二〇年（中華民國九年）

　　一月十七日，《益世報》載韋叢蕪〈小說家的司各德〉，對作為歐
洲歷史小說之父的司各德介紹頗精煉到位。

　　二月十五日，周作人在《少年中國》一卷八期發表〈英國詩人勃
來克的思想〉一文，首次介紹了布萊克詩歌藝術的特性及其藝術思想
的核心。

　　六月，王靖所著《英國文學史》由上海泰東圖書局出版，一九二
七年五月再版。

　　十月，由早期新劇改革家汪仲賢（優遊）主持，並在上海新舞臺
一些著名戲曲演員通力合作下，演出了一部《新青年》所提倡的現代
話劇——蕭伯納名作《華倫夫人的職業》。

　　十一月，田漢譯成英國王爾德的獨幕劇《沙樂美》。田漢對王爾
德的作品愛不釋手，幾乎讀完了能夠找到的所有著作，對《莎樂美》
更是情有獨鍾。王爾德的《莎樂美》對中國早期「愛與死」悲劇模式
的奠立起了重要影響。

　　阿瑟・韋利的論文〈論《琵琶行》〉刊於《新中國評論》第二卷。

一九二一年（中華民國十年）

　　一月，《小說月報》十二卷一號刊登王劍三（統照）所譯葉芝短
篇小說《忍心》。王統照在譯者附記裏評價了葉芝的作品特色。王統

照是五四時期介紹葉芝（舊譯夏芝）最勤的作家。

　　五月，《小說月報》十二卷五期刊登〈百年紀念祭的濟慈〉（雁冰）；六期刊登〈倫敦紀念濟慈百年紀念展覽會〉。八月出版的《東方雜誌》十八卷八號刊登〈英國詩人克次的百年紀念〉（愈之）。本年國內多家刊物發表紀念濟慈百年忌辰的文章，為這位英國浪漫詩人在中國的傳播推波助瀾。

　　五月，《小說月報》第十二卷五號刊登沈澤民〈王爾德評傳〉，是最早的一篇王爾德論，全面介紹了王氏之生平和創作活動，以及他的人生觀與藝術觀。

　　六月，田漢譯《哈孟雷特》發表於《少年中國》二卷十二期。這是最早的用白話文和完整的劇本形式介紹過來的莎劇。一九二二年作為《莎氏傑作集》第一種由中華書局出版。

　　七月，袁昌英以論莎士比亞名劇《哈姆雷特》的論文，獲蘇格蘭愛丁堡大學文學碩士學位。因其為中國婦女在英國獲得文學碩士學位的第一人，當時路透社為此發了消息，國內各大報紙隨即登出。

　　十一月二十一日，《文學旬刊》二十號刊騰固〈愛爾蘭詩人夏芝〉。此為中國最早介紹愛爾蘭大詩人葉芝生平與創作的文字之一。

　　十二月十九日至二十日，燕京大學女校學生青年會在北京協和醫院禮堂連續兩次演出《第十二夜》，角色均由女生扮演。

　　經威爾斯介紹，阿瑟・韋利與徐志摩相識。韋利曾向徐志摩請教一些關於中國詩文的常識。

　　曾任末代皇帝溥儀英文教師的莊士敦著《中國戲劇》，由上海別發洋行出版發行，內容偏重於舞臺藝術。該書向英國讀者全面介紹中國戲劇。

　　英國第一代漢學家翟理斯之子翟林奈譯著《唐寫本搜神記》，載《中國新評論》一九二一年第三期。

一九二二年（中華民國十一年）

　　本年出版的《學衡》雜誌第一至四，七至八期刊載吳宓譯薩克雷《小說名家：紐康氏家傳The Newcomes》。

　　二月，穆木天選譯《王爾德童話》由上海泰東圖書局出版。內收〈漁夫與他的魂〉、〈鶯兒與玫瑰〉、〈幸福王子〉、〈利己的巨人〉、〈星孩兒〉等五篇。

　　七月十八日，「晨報副鐫」刊登周作人〈詩人席烈的百年忌〉（署名仲密）。著重介紹了英國浪漫詩人雪萊的社會思想方面的狀況。

　　十一月，《小說月報》十三卷十一號「海外文壇消息」專欄，茅盾撰短文介紹詹姆斯·喬伊絲的新作〈尤利西斯〉（一九二二年巴黎問世）。此為中國大陸對喬伊絲及〈尤利西斯〉的最早介紹。

　　十一月，田漢譯著《哈孟雷德》由中華書局出版，為《少年中國學會叢書》之一。

　　十二月十日，《東方雜誌》十九卷二十三號有阿諾德（1822-1888）誕辰百年紀念專號，此為最集中介紹這位英國著名文學批評家的文字。

　　十二月，王爾德《獄中記》由張聞天、汪馥泉翻譯，上海商務印書館出版。書前有田漢序〈致張聞天兄書〉和譯者為介紹《獄中記》而作的長文〈王爾德介紹〉及羅勃脫·洛士的序。書後附王爾德的〈萊頓監獄之歌〉（沈澤民譯）。

　　英國研究中國歷史的專家倭納所譯《中國神話與傳說》在倫敦出版。倭納曾任英國駐北京等地的領事，還擔任過清朝政府歷史編修官和中國歷史學會會長。

一九二三年（中華民國十二年）

　　一月，田漢譯的王爾德戲劇《莎樂美》由中華書局出版。

七月，《少年中國》四卷五期發表田漢〈蜜爾敦與中國〉一文，敘述彌爾頓之生平及其與時代之關係，其意欲以彌氏之崇高偉大之精神，「以藥今日中國之人心，而拯救我們出諸停汙積垢的池沼。」

八月二十七日，《文學週報》以玄（茅盾）署名的〈幾個消息〉中，談到英國新辦的雜誌《Adelphi》時，提到T. S. 艾略特為其撰稿人之一，此為艾略特之名最早由中國讀者所知。

九月十日，《創造季刊》一卷四期刊登「雪萊紀念號」。發表張定璜〈Shelley〉；徐祖正〈英國浪漫派三詩人拜倫、雪萊、箕茨〉；郭沫若譯〈雪萊的詩〉，成仿吾譯〈哀歌〉；郭沫若撰〈雪萊年譜〉。後來郭沫若將這些譯詩及〈雪萊年譜〉合成《雪萊詩選》，由泰東書局於一九二六年三月出單行本。郭譯雪萊詩得到了眾多評論者的認可。

十二月二十五日，《創造週刊》第二十九號刊載滕固〈詩畫家D. Rossetti〉一文，介紹英國唯美主義詩人、畫家但丁・羅賽蒂的生平與創作活動。

十月，阿瑟・韋利譯作《廟歌及其他》（ *The Temple: and other poems* ）在倫敦出版。此書所譯多長篇作品，除宋玉、鄒陽、揚雄、張衡、王逸、王延壽、束晳、歐陽修等人辭賦作品外，另有〈焦仲卿妻〉、〈陌上桑〉、〈木蘭詩〉以及白居易〈遊悟真寺詩一百三十韻〉。

帕克斯・羅伯遜翻譯武漢臣的《老生兒》，題名《劉員外》（ *Lew Yuan Wae* ），在倫敦出版。

翟理斯《古文選珍》增訂版兩卷（散文卷和詩歌卷）豪華精裝版出版，每本均附有作者親筆簽名畫像。

一九二四年（中華民國十三年）

一月二十五日，《東方雜誌》二十一卷二號刊登徐志摩〈湯麥司哈代的詩〉一文。徐志摩對哈代十分景仰，曾於一九二五年旅歐時親到哈代居處拜訪，發表過〈湯麥士哈代〉、〈謁見哈代的一個下午〉、

〈哈代的著作略述〉、〈哈代的悲觀〉等多篇探討哈代及其作品的文章。另翻譯了哈代詩篇二十一首。

三月五日，《學燈》有周一夔〈雪萊傳略〉；三月十二至十三日《學燈》刊胡夢華〈英國詩人雪萊的道德觀〉；四月十至十二日《學燈》刊李任華〈雪萊詩中的雪萊〉。這幾篇文章對英國浪漫主義詩人雪萊的生活經歷與思想道德觀介紹頗詳。

三月，商務印書館出版中學國語文科補充讀本《撒克遜劫後英雄略》（司各德原著，林紓、魏易譯述，沈德鴻校注）。當時在商務編譯所的茅盾校注這部林譯小說，閱讀了司各特的全部著作，撰寫了比較詳盡的〈司各德評傳〉，是茅盾關於司各德的最具系統的論述。

四月十日，《小說月報》十五卷四號有「詩人拜倫的百年祭」專號。此外，魯迅曾談到過的拜倫花布纏頭，助希臘獨立的肖像〈為希臘軍司令時的拜倫〉（T. Phillips作），也是在此第一次傳入國內。譯文中最引人注目的是傅東華翻譯的詩劇《曼弗雷特》，是拜倫長篇作品在中國的第一部譯作。

《晨報每年紀念增刊號》有「擺侖底百年紀念」專欄。另外，四月二十一日，「晨報副鑴」（文學旬刊）第三十二號刊登「擺侖紀念號」（上）。四月二十八號。「晨報副鑴」（文學旬刊）第三十三號刊登「擺侖紀念號」（下）。以上這些文章及譯詩對中國讀者認識和接受英國詩人拜倫大有裨益。

四月，洪深為戲劇協社編寫的《少奶奶的扇子》開始演出。該劇是根據英國唯美主義劇作家王爾德名劇《溫德米爾夫人的扇子》改編。演出獲得巨大成功，場場爆滿。

六月一日，「晨報副鑴」（文學旬刊）三十七號刊載〈勃勞寧研究〉一文。這是最早對英國維多利亞時期大詩人羅伯特‧勃朗寧的研究文章。

十一月八日，為英國大詩人彌爾頓兩百五十週年忌。《少年中

國》、《小說月報》、《文學》等多家刊物發表了紀念文章。

莎士比亞《威尼斯商人》由上海新文化書社出版，正文前有〈導言〉，介紹了該劇的內容與價值。此為中國第一部《威尼斯商人》的中文譯本，譯名被普遍採用。

英國著名漢學家克萊默－賓格的譯著《燈宴》（ A Feast of Lanterns）在倫敦出版。

一九二五年（中華民國十四年）

三月，《學衡》雜誌第三十九期新增「譯詩」欄中發表華茲華斯〈露西〉組詩其二的八篇譯文，標題為〈威至威斯佳人處僻地詩〉（She Dwelt Among the Untrodden Ways），譯者為賀麟、張蔭麟、陳銓、顧謙吉、楊葆昌、楊昌齡、張敷榮、黃承顯。八篇譯文都是採用五言古詩的語言形式來譯華氏這首名詩，並毫無例外地將華氏筆下那個孤棲幽獨、芳華凋零的女郎露西，與中國詩歌傳統中極具比興寄託意蘊的失偶「佳人」形象加以疊合。

三月，鄭振鐸在《小說月報》十六卷三號發表《十七世紀的英國文學》，後又在該刊六號刊載〈十八世紀的英國文學〉。

七月，上海大東書局初版《心弦》，收入周瘦鵑譯《重光記》。此系夏綠蒂・勃朗特小說《簡・愛》的故事節略本，也是夏綠蒂這部小說名作引進中國之始。

毛姆的長篇小說《彩色的面紗》出版。這是作者四個月中國之行的收穫之一。小說以香港為背景，主要描寫香港的英國殖民主義者。小說從側面描寫中國當時土匪猖獗、瘟疫流行、民不聊生的境況，表現出對中國民眾的深切同情。

英國漢學家鄧羅所譯《三國演義》，由上海別發洋行出版，共二卷。此為英文全譯本在東西方影響較大，但原文中的詩歌多半被刪除。

一九二六年（中華民國十五年）

一月，《學衡》雜誌第四十九期載吳宓、陳銓、張蔭麟、賀麟、楊昌齡等譯《羅色蒂女士「願君常憶我」（Remember）》，譯詩後吳宓有〈論羅色蒂女士之詩〉等重要論述。

三月，上海泰東書局出版了郭沫若與成仿吾合譯的《雪萊詩選》，列入「辛夷小叢書」。卷末附有〈雪萊年譜〉。

五月，孫俍工編《世界文學家列傳》由中華書局刊行，共介紹了一百七十四位世界文學名家的生平與創作。其中涉及到莎士比亞、彌爾頓、華茲華斯、司各德、丁尼生、王爾德、吉卜林、高爾斯華綏等二十位英國著名作家。

七月，《學衡》雜誌第五十五期載吳宓譯薩克雷《小說名家：名利場Vanity Fair楔子第一回》。譯文以中國傳統的章回體小說形式出現。吳宓的譯名亦為此小說的通行譯名。

十二月，《小說世界》十三卷十四期到十四卷二十五期連載了伍光建翻譯的狄更斯名著《勞苦世界》（現通譯為《艱難時世》），並作為世界文學名著叢書之一種，出版了單行本（上海商務印書館一九二六年十二月初版）。

美國新澤西州大西洋城出身的中國華僑梁社乾譯《阿Q正傳》英文版由商務印書館刊行。魯迅十二月十一日日記中記錄收到梁社乾六本贈書的情況。魯迅很謙虛，說「英文的似乎譯得很懇切，但我不懂英文，不能說什麼。」

翟林奈的《秦婦吟》英譯本由雷登（Leyden）出版社刊印。翟林奈注意到了《秦婦吟》並非嚴格的律詩，而與〈長恨歌〉類似，但在自然天成與少有做作方面勝過〈長恨歌〉。從原文考證整理到譯文達意耐讀，足可稱得上學術性強、可讀性強，而且英漢雙語對照印刷精美，讓人愛不釋手。

一九二七年（中華民國十六年）

二月，柯南道爾著，程小青等譯《（標點白話）福爾摩斯探案大全集》（第一至十三冊），由上海世界書局刊行，共收偵探小說五十四篇。

七月，上海光華書局出版騰固《唯美派的文學》，介紹十八世紀末葉至十九世紀英國文學史中的唯美派文學與繪畫。此為中國惟一的一本介紹唯美主義文學的專著。

歐陽蘭編譯《英國文學史》由京師大學文科出版部發行，講述英國自古代至本世紀二十年代的文學史，是編者在河北大學講授英國文學史時，根據Howes的《英國文學》及其他參考書編譯而成。。

本年是威廉・布萊克去世百年紀念。八月，《小說月報》十八卷八號發表趙景深〈英國大詩人勃萊克百年紀念〉和徐霞村〈一個神秘的詩人的百年祭〉的兩篇紀念文章。趙景深又在《文學週報》一百八十八期上寫了一篇〈詩人勃萊克百年紀念〉。徐祖正也在《語絲》上發表長文〈駱駝草──紀念英國神秘詩人白雷克〉。

十月，阿瑟・韋利譯作《英譯中國詩》（*Poems from the Chinese*）在倫敦出版。此書收入《盛世英語詩歌叢書》第二輯第七本。

無名氏的《硃砂檐》科白摘譯和簡介、元代鄭光祖《倩女離魂》和喬孟符的喜劇《兩世姻緣》的梗概介紹，由倭訥據戴遂良的法譯文《中國古今宗教信仰史和哲學觀》轉譯為英文，梁縣出版社出版。

一九二八年（中華民國十七年）

本年一月十一日，托馬斯・哈代去世。中國不少報刊隨之作出反應，刊載多篇文章，介紹這為剛去世的英國著名作家。

三月六日，自本日「晨報副鎸」開始刊登鶴西〈一朵紅的紅的玫瑰的序〉，選譯彭斯詩篇二十五首，並附有原詩。在序中作者比較全

面的介紹和評介了彭斯的文學地位和詩歌特色。

四月，本月起至一九五〇年二月，商務印書館出版《世界文學名著叢書》共一百五十四種，其中英國二十八種。戲劇類共十六種，其中蕭伯納五種，高爾斯華綏三種，英國短篇小說集一種。

五月，但丁・羅賽蒂百年誕辰紀念。多種刊物對羅賽蒂及先拉斐爾派的介紹呈一時之盛。

八月十六日，《獅吼》半月刊復活號上，邵洵美發表了〈純粹的詩〉一文，對英國唯美主義作家喬治・莫爾（1852-1933）的純詩理論作了詳細介紹。喬治・莫爾能為中國人所認識和接受，主要得力於邵洵美。後者是喬治・莫爾最真心的崇拜者。

十一月五日、十二日，〈英國詩人兼小說戲劇作者戈斯密誕生二百年紀念〉連載於《大公報》「文學副刊」。

十一月十日出版的《新月》第一卷第九號刊登梁遇春的紀念文章〈高魯斯密斯的二百週年紀念〉。

十一月二十六日，〈英國宗教寓言小說作者彭衍誕生三百年紀念〉載本日《大公報》「文學副刊」。

曾虛白《英國文學ABC》（上、下），由世界書局印刷發行。

一九二九年（中華民國十八年）

五月，馮次行翻譯的《詹姆斯・朱土的〈優力棲斯〉》（土居光知原著）由上海聯合書店出版發行，卷首有喬伊絲畫像及譯者小引。書中對英國小說家喬伊絲〈尤利西斯〉的評述讓中國讀者初識了其獨異的特色。

六月，北平華嚴書店出版伊人譯《科學與詩》（瑞恰慈著），收有瑞恰慈的七篇詩歌理論文章。

七月，上海水沫書店出版勞倫斯短篇小說集《二青鳥》，收有〈二青鳥〉、〈愛島嶼的人〉、〈病了的煤礦夫〉三篇小說，這是最早譯

成中文的勞倫斯小說作品。

　　《小說世界》十八卷四期載《西洋名詩譯意》（蘇兆龍譯），其中有勞倫斯的詩作〈風琴〉。這是最早被翻譯成中文的勞倫斯詩歌作品。

　　八月，本月起至一九三二年一月，新月書店出版《英文名著百種叢書》七種，其中英國六種，戲劇佔了五種。

　　十月，周越然所著《莎士比亞》由商務印書館出版發行。此為中國第一部比較全面系統地介紹莎士比亞的著述。

　　十一月，孫席珍編著《雪萊生活》，上海世界書局出版。

　　自本年至一九三一年，瑞恰慈以客座教授身分來清華、北大等校教學，主要講授英美文學、文學批評、比較文學理論與翻譯等內容。瑞恰慈對中國哲學十分傾心，《美學基礎》就試圖以儒家中庸哲學為指歸；後來更有《孟子論心》探討詩歌文本的多義性問題。三○年代起，長期致力於推廣他與奧格頓創立的「基本英語」（Basic English）運動，並把中國當作最理想的試點基地。他先後七次來華，足跡遍及大半個中國，不愧為溝通中西文化交流的使者。

　　王際真譯《紅樓之夢》在倫敦出版。此係《紅樓夢》一百二十回本的節譯本，有阿瑟‧韋利序及譯者導言。

　　英國漢學家杰弗里‧鄧洛普翻譯的《水滸傳》七十回本的英文節譯本，取名《強盜與兵士：中國小說》在倫敦出版。該書由鄧洛普轉譯自埃倫施泰因的德文節譯本。

　　元代李行道的雜劇《灰闌記》被詹姆斯‧拉弗根據阿爾弗雷德‧亨施克的德文改編本轉譯成 *The Circle of Chalk*，在倫敦出版發行。

一九三○年（中華民國十九年）

　　一月十五日，天津益世報副刊和《青年界》二卷一號均發表有於庚虞〈雪萊的婚姻〉。雪萊的戀愛婚姻頗能引起讀者的興趣，當時國

內多種報刊和著述對此有所提及。

三月二十四日，〈英國小說家兼詩人勞倫斯逝世〉載《大公報》「文學副刊」。與此同時，《現代文學》創刊號載楊昌溪〈羅蘭斯逝世〉，對勞倫斯評價甚高，認為其作品有廣泛的社會性，比喬伊絲、艾略特等更能把握住現實生活，因而也更能吸引讀者。

五月十七、十八、二十四、二十五日，上海戲劇協社舉行第十四次公演，演出《威尼斯商人》，應雲衛導演。這是在中國舞臺上按照現代話劇要求，演出莎劇所作的最初一次較為嚴肅的正式公演。

六月，梁遇春譯注的英漢對照本《英國詩歌選》（*Some Best English Poems*）一書由上海北新書局出版。該書內收英國十六世紀至近代的一〇五首詩歌，譯者序猶如一篇簡寫的英國詩歌發展史。

七月，胡適在中國教育與文化基金會第六屆南京年會上被推舉為名譽秘書長。在他倡議下成立了編譯委員會，從美國退還的庚子賠款中撥出一部分作為活動經費，決定組織翻譯《莎士比亞全集》。

八月，《現代文學》創刊號載梁遇春〈談英國詩歌〉，此為《英國詩歌選》（梁遇春譯注，上海市：北新書局，1930年）的序言，對中世紀英國古民歌以來的歷代英國詩歌名家及主要作品評述，是一部簡明的英國詩歌發展史。

十二月十六日，《現代文學》一卷六期刊有袁嘉華的文章〈女詩人羅賽諦百年紀念〉。該文將 C. 羅賽諦與勃朗寧夫人並稱為全部英國文學史上最偉大的詩人。

海倫·M·赫絲節譯的《佛國天路歷程：西遊記》在倫敦出版發行。此書為一百回選譯本，列入《東方知識叢書》。

英國人 E. 密爾斯節譯的《阿Q的悲劇及其他現代中國短篇小說》在倫敦刊行。此書收〈阿Q正傳〉、〈孔乙己〉、〈故鄉〉、〈離婚〉等四篇作品，是英國最早出版的魯迅作品英譯本。

上海別發洋行出版了美國人阿靈頓的《古今中國戲劇》，由翟理

斯為該書作序，並附有梅蘭芳〈三十年中國戲劇〉一文，以舞臺演出
為主。

一九三一年（中華民國二十年）

一月三十日，南京《文藝月刊》二卷一期載費鑑照〈夏芝〉一
文，詳細介紹了愛爾蘭大詩人葉芝的生平經歷和創作特色。

六月二十一日，當時還是輔仁大學英文系學生的蕭乾在《中國簡
報》第四期上，率先向西方社會介紹中國現代文學。到第八期（7月
29日出版，也是最後一期）簡報發行時，他已經譯介了郭沫若、茅
盾、聞一多、徐志摩、郁達夫、魯迅、沈從文、章衣萍等幾位作家的
十多篇散文和詩作。

八月，本月起至一九四九年年五月，啟明書局出版《世界文學名
著叢書》七十八種，含英國二十二種。

李高潔選譯《蘇東坡文選》在倫敦出版。

翟理斯八十五歲壽辰時，清華大學的傅尚霖曾在英文版《中國社
會及政治學報》發表長文介紹其生平業績，以感謝他向中國政府提供
孫中山親筆自傳的副本，以及為研究中國文化作出的貢獻。

一九三二年（中華民國二十一年）

九月，《新月月刊》四卷一期刊載葉公超〈牆上一點痕跡〉（吳爾
芙夫人）。譯者識為中國文壇最先介紹吳爾芙的意識流創作方法的文
字。

九月二十一日，《晨報》發表高克毅〈司各脫百年紀念〉。《新
月》四卷四期有費鑑照〈紀念司各脫〉；《申報月刊》一卷四號有張露
薇〈施各德百年祭〉；《微音月刊》二卷七、八期載陳易譯〈關於幾本
紀念斯各脫百年祭的出版物〉。《現代》二卷二期亦有「司各特逝世百
年祭」專欄，配有相關圖片一組。十一月二十四日《國聞週報》第九

卷四十二期刊黎君亮〈斯各德〉（百年忌紀念）。

十月一日，《新月》第四卷第三號刊登梁遇春的〈斯特里奇評傳〉，介紹於本年一月二十一日去世的英國傳記學大師斯特拉奇。

十二月十五－十六日，《晨報》刊登季羨林〈本年度諾貝爾文學獎金之獲得者高爾斯華綏〉。十八日，載村彬〈高爾斯華綏〉。

北平建設圖書館印行張則之、李香谷翻譯《沃茲沃斯詩集》（英漢對照本），附作者傳略與譯者自序跋語等。

梁遇春譯《英國小品文選》由開明書店出版發行，選譯了包括蘭姆作品在內的十篇小品文。

英國作家哈羅德・阿克頓出於對中國文化發自內心的癡迷，來到北京大學教授英國文學，前後有七年之久。他在中國宣講歐美現代派文學，另一方面又把中國文學和文化介紹給西方，並以二、三〇年代抗日戰爭前後的北京為背景，寫作長篇小說《牡丹與馬駒》，描寫當時許多在歐洲人形形色色的生活，以及他們來到東方古都的不同感覺，從不同角度表現了東西方文化碰撞下的人心世態。

一九三三年（中華民國二十二年）

二月一七日，蕭伯納（1856-1950）來華，先在上海作了一天逗留。中國報刊發表多篇文章，向讀者介紹了這位英國大文豪。

二月，費鑒照著《現代英國詩人》由上海新月書店出版發行，分別介紹梅士斐爾特、哈代、白理基斯、郝思曼、梅奈爾、白魯克、德拉梅爾、夏芝等八位詩人的生平和創作。卷首有聞一多序和著者自序。

三月，樂雯輯譯《蕭伯納在上海》由上海野草書屋刊行。本書輯錄上海中外人士關於英國現代戲劇家蕭伯納於一九三三年訪問上海的文章和評論等。卷首有魯迅的序言和輯者的〈寫在前面〉。

十二月，徐名驥著《英吉利文學》由上海商務印書館刊行。

英國著名宋代詩詞翻譯家克拉拉・坎德林（Clara M. Candlin）譯

著《信風：宋代詩詞歌賦選》，在倫敦出版。此書有胡適和克萊默－賓格分別撰寫的序，又有克萊默－賓格撰寫的長篇序導言，選譯宋代詩詞歌賦共七十九篇，譯著者對每位入選作家均有小傳，介紹作家的生平及創作特點。

英國作家詹姆斯・希爾頓的中國題材小說《失去的地平線》在英國倫敦出版小說。權威的《不列顛百科全書》稱《失去的地平線》的一大功績，是為西方世界創造了「世外桃源」這樣一個辭彙。

一九三四年（中華民國二十三年）

三月，李安宅的《意義學》一書由商務印書館出版，此為中國學者研究瑞恰慈批評理論的第一本專著，也就是瑞恰慈建立在心理學基礎上的「語義學」批評。

四月，《清華學報》第九卷第二期所載葉公超〈愛略忒的詩〉是中國最早系統評述艾略特的論文，涉及對《荒原》主題的理解和對艾略特詩歌技巧的分析。

七月，熊式一把中國舊戲《王寶釧》改編成英文劇《寶川夫人》（*Lady Precious Stream*）在倫敦出版，很快銷售一空。該劇上演亦盛況空前。首次公演於一九三四年十一月倫敦小劇場。倫敦各大報紙均報導讚揚了《王寶川》的演出成功，此後三年，先後共演出近九百場，場場座無虛席。據熊式一本人記載，世界上幾乎所有的語言均有英文劇《王寶川》的譯本。

八月，味茗（係茅盾的筆名）在《文史》雜誌一卷三期上發表〈莎士比亞與現實主義〉一文，第一次向中國讀者介紹了馬克思恩格斯對莎士比亞的評價，並介紹了「莎士比亞化」的重要命題。

九月，肖石君著《世紀末英國文藝運動》由中華書局出版發行。

九月，苑茨華絲等著，李唯建選譯《英國近代詩歌選譯》由上海中華書局出版，選譯十八至十九世紀英國三十位大詩人的詩歌三十五

首。各家作家前附作者簡介。

十月二十日，《人間世》第十四期刊郁達夫〈讀勞倫斯的小說
Lady Chatterley's Lover〉，指出《查泰來夫人的情人》是「一代的傑
作」，「一口氣讀完，略嫌太短了些」。

十月，上海商務印書館出版了英國漢學家翟理斯、韋利翻譯的
《英譯中國詩歌選》，由英國駱任廷爵士編選，中英文對照。張元濟
在「序」中交代了本書的出版經過。

十二月，《文藝月刊》六卷五、六期合刊有「柯立奇、蘭姆百年
祭特輯」。

瑞恰慈的《孟子論心》（Mencius on the Mind）在倫敦出版。

弗洛倫斯・埃斯庫所著《中國詩人遊記——杜甫，江湖客》
（Travels of A Chinese Poet: Tu Fu, Guest of Rivers and Lakes）在倫敦
出版。該著以遊記的形式，按照時間順序，詳盡介紹了杜甫一生的履
歷和不同時期創作的詩歌，配以很多精美的插圖。

一九三五年（中華民國二十四年）

一月，韓侍桁選譯《英國短篇小說集》由上海商務印書館出版。

五月六日，《申報》「自由談」刊周立波〈詹姆斯喬易斯〉：指出
〈尤利西斯〉「是一部怪書……有名的猥褻的小說，也是有名難讀的
書」。九月二十五日，上海《讀書生活》第二卷十期，周立波〈選
擇〉一文將喬伊絲稱為「現代市民作家」：「喬易斯的人物總是猥瑣，
怯懦，淫蕩，猶疑。」

五月，《吳宓詩集》由上海中華書局出版。作者自序雲：「吾於西
方詩人，所追慕者亦三家，皆英人。一曰擺倫或譯拜倫（Lord Byron），
二曰安諾德（Matthew Arnold），三曰羅色蒂女士（Christina Rossetti）。」

七月四日，七十多歲的葉芝收到友人哈利・克利夫頓贈送的一件
珍貴的生日禮物——一塊中國乾隆年間的天青石雕。後來完成的〈天

青石雕——致哈利・克利夫頓〉是葉芝作品中唯一一首直接涉及中國題材的詩。

八月二十日至一九三六年四月，李霽野譯《簡愛自傳》連載於鄭振鐸主編《世界文庫》第四冊至第十二冊（生活書店，月出一冊）。

《人間世》十九期刊載林語堂〈談勞倫斯〉一文。這篇文章饒有風趣地借兩位老人在燈下夜談，話題便是〈卻泰來夫人的愛人〉。同年，上海施蟄存編《文飯小品》五期刊登南星〈談勞倫斯的詩〉及譯詩〈勞倫斯詩選〉。指出「在當代英國詩人中，只有勞倫斯為最有熱情最信任靈感的歌吟者。」

托馬斯・哈代的《德伯家的苔絲》由張谷若翻譯，上海商務印書館出版發行。此為哈代這部名著最權威最通行的中譯本。

熊式一在倫敦翻譯出版了中國名劇《西廂記》。

一九三六年（中華民國二十五年）

一月，英國作家康拉德的小說《黑水手》，由袁家驊翻譯，上海商務印書館出版。

三月，朱湘的譯詩集《番石榴集》由上海商務印書館作為《文學研究會世界文學名著叢書》之一種出版發行，收入本・瓊生、鄧恩、布萊克、彭斯、華茲華斯、柯勒律治、雪萊、濟慈、阿諾德等詩人的名詩，另收莎士比亞譯詩十二首。

五月，托馬斯・哈代的《還鄉》由張谷若翻譯，上海商務印書館出版。

六月，吳世昌〈呂恰慈的批評學說述評〉發表於《中山文化教育館季刊》上。吳世昌結合了中國古典詩詞從價值論、讀詩的心理分析、藝術的傳達方面來綜述瑞恰慈的學說。吳世昌在二十世紀三〇年代中期以後就將新批評的「細讀法」成功地運用到對中國古典詩詞的解讀上。

　　八月，勞倫斯《查泰萊夫人的情人》由饒述一據法譯本轉譯。譯者自刊，上海北新書局經售。

　　十月，埃德加・斯諾的《活的中國——現代中國短篇小說選》在倫敦出版，該書第一部分收錄魯迅〈藥〉、〈一件小事〉、〈孔乙己〉、〈祝福〉、〈風箏〉、〈離婚〉等六篇。這是向英美讀者介紹中國現代文學的第一個集子。

　　曹禺的名劇《雷雨》被姚莘農譯成：*Thunder and Rain*，發表於該年出版的英文雜誌《天下月刊》第三期，以及一九三七年出版的第四期上。

　　英國作家哈羅德・阿克頓與陳世驤合譯的中國現代詩的第一本英譯《中國現代詩選》，一九三六年在倫敦出版。這是最早把中國新詩介紹給西洋讀者的書。

　　亨利・H. 哈特翻譯《西廂記：中世紀戲劇》（*The West Chamber, a Medieval Drama*）在英國及美國同時出版，此譯本將原劇分十五折譯出，書中有譯者注釋及愛德華・托馬斯・威廉斯作序言。

一九三七年（中華民國二十六年）

　　二月，金東雷所著《英國文學史綱》由上海商務印書館出版發行。本書按時代敘述自古代至現代的英國文學史。卷首有吳康、張士一、傅彥長的序文各一篇。蔡元培題封面書名。書末附〈英國文學大事表〉。

　　四月，上海商務印書館出版曹葆華輯譯《現代詩論》，收入艾略特、瑞恰慈的詩歌理論文章十四篇。

　　四月，瑞恰慈所著《科學與詩》由曹葆華翻譯，上海商務印書館出版印行。

　　六月，趙蘿蕤譯《荒原》由上海新詩社出版，譯筆忠於原文，深得各方面好評。葉公超為譯詩作序。趙譯係應戴望舒之約，以自由詩

體將《荒原》譯為中國，這開創了將西方現代派詩歌介紹到中國的先河，被譽為「翻譯界的『荒原』上的奇葩」（邢光祖語）。

六月，上海實驗劇團在卡爾登戲院公演《羅密歐與茱麗葉》，採用田漢譯本，章泯導演，趙丹、俞佩珊主演。此為三〇年代中國戲劇舞臺一次成功的莎劇演出。

一九三七年是狄更斯誕辰一百二十五週年紀念。這一年《譯文》新三卷一期為此刊發了「迭更斯特輯」，翻譯介紹了三篇文章。另還刊發了有關狄更斯不同時期的肖像、生活、寫作及住宅等方面的圖片十幅。

受著名的倫敦費伯出版社和紐約蘭登書屋的派遣，英國詩人奧頓和小說家衣修伍德，來到中國進行觀察和採訪。中國之行結束後，奧頓用詩，衣修伍德用旅行日記形式寫下了他們在中國戰場的見聞，合著成《戰地行》一書，於一九三九年在倫敦和紐約同時印行。

英國現代傑出詩人、評論家威廉・燕卜蓀被東方文化所吸引，先在日本任教，後經恩師瑞恰慈舉薦來到北大，開始了他的中國之行，成為中英文化學術交流的使者。

《詩經》由阿瑟・韋利重新譯成英文：*The Book of Songs*，在倫敦出版發行。韋利從一九一三年起研究《詩經》。在一九一六年出版的《中國詩選》裡，韋利就翻譯了《詩經》三篇頌詩。一九三六年六月號《亞細亞雜誌》發表的韋利〈中國早期詩歌中的求愛與婚姻〉一文也譯介了《詩經》中涉及此主題的十六首詩篇。本次結成專書出版，標誌著韋利英譯《詩經》工作的完成。

哈羅德・阿克頓與美國的中國戲劇專家阿靈頓合作，把流行京劇三十三折譯成英文，集為《中國名劇》一書，於一九三七年在中國出版，由北平的出版商刊行。

初大告的英譯《中國抒情詩選》由劍橋大學出版社刊行。其翻譯《道德經》和《聊齋志異》裏的單篇〈種梨〉、〈三生〉、〈偷桃〉等，也於本年在倫敦出版。

一九三八年（中華民國二十七年）

四月二十一日，漢口文藝界在德明飯店招待英國詩人奧頓和小說家衣修伍德。二人暢談了對中國抗戰的觀感，頌揚中國軍民的戰鬥精神。奧頓即席寫了十四行詩〈中國兵〉，田漢以舊詩一首和之。

七月，商務印書館出版李田意著《哈代評傳》，論及哈代的時代及其社會背景、哈代的生平、小說、詩劇、詩歌創作等。

九月，黃嘉德編譯《蕭伯納情書》由上海西風社出版發行。本書選譯蕭伯納與英國著名女伶愛蘭黛麗的通信共一百封。書前有譯者序文二篇及蕭伯納原序。附錄「肖伯納著作一覽」。

擔任援華會副主席的中國作家王禮錫歸國，英國的作家、詩人、漢學家們紛紛寫信，向中國的領袖和人民表示敬意與支持。著名漢學家韋利擔任援華會副會長。

英國著名漢學家翟理斯之子翟林奈的《仙人群像：中國列仙傳記》在倫敦出版發行。

十一月，阿瑟・韋利所譯《論語》在倫敦出版。此書刊行後曾多次重印。一九四六年，曾在荷蘭翻譯出版。

葉女士（Evangeline Dora Edwards）編譯的《中國唐代散文作品》在倫敦出版發行。該書凡兩卷，上卷介紹一般散文，下卷介紹傳奇故事。這部書以其大量譯介和深入探索而獨步於當時，影響較大。

一九三九年（中華民國二十八年）

四月，商務印書館出版發行方重《英國詩文研究集》一書，展示出其在英國文學研究以及中英文學與文化交流方面的成就。

五月，上海商務印書館出版勃蘭兌斯《十九世紀文學之主流》（英國的自然主義），侍桁譯，該書對十九世紀英國文學，尤其是浪漫詩人拜倫介紹頗詳，影響甚大。

　　八月，王希穌著《英詩研究入門》由昆明中華書局出版，略述英國詩歌的形式、音韻、音調、詩節、詩篇和類別等。

　　由庫恩的德文節譯本轉譯的英文節譯本《金瓶梅：西門與其六妻妾奇情史》，由伯納德‧米奧爾翻譯，在倫敦出版發行，漢學家阿瑟‧韋利撰寫導言。

　　克萊門特‧埃傑頓在老舍協助下據張竹坡評點本譯出的《金瓶梅》在倫敦出版，改題為《金蓮》。該譯本在西方是最早最完全的《金瓶梅》譯本，被評論家們稱為「卓越的譯本」。

　　十一月，阿瑟‧韋利所著《古代中國的三種思想方法》在倫敦出版發行。此書出版後曾多次重印，在美國也至少有兩種版本，並被譯為法、德、波蘭等文字。

一九四〇年（中華民國二十九年）

　　二月，英國著名傳記學家斯特拉奇的《維多利亞女王傳》由卞之琳翻譯完成，香港商務印書館出版發行。

　　四月，蕭乾在國際筆會上發表「戰時中國文藝」的演講，後擴充為《苦難時代的蝕刻——中國當代文藝的一瞥》一書，於一九四二年三月在倫敦出版，介紹新文學運動以來二十五間（1919-1942）小說、詩歌、戲劇、散文、文學翻譯五個領域的成就，將中國現代幾乎重要的作家均做了扼要評述，並指明中國現代作家受西方文學影響的狀況。

　　九月一日，《西洋文學》第一期創刊特大號有「拜倫專欄」。十二月一日，《西洋文學》第四期有「濟慈專欄」。

　　大英博物館東方典藏部的助理管理員索姆‧詹寧斯所譯《唐詩選》（*Poems of the T'ang Dynast*），作為「東方智慧叢書」之一種，在倫敦出版。該唐詩選譯本共分十個主題，依次是：一、自然風光；二、飲酒；三、閨房；四、繪畫、音樂、舞蹈；五、宮廷事務；六、

分別與流放；七、戰爭；八、隱居；九、神話；十、往日傳奇。

一九四一年（中華民國三十年）

三月，《西洋文學》第七期刊有「喬易士特輯」。

五月，《西洋文學》第九期有「葉芝特輯」。

一九四一至一九四五年間，蕭乾創作出版了五部深受英國讀者喜愛的英文作品。即《苦難時代的蝕刻》（*Etching of Tormented Age*）、《中國並非華夏》（*China But Not Cathy*）、《龍鬚與藍圖》（*The Dragon Beards Vs the Blue Prints*）、《蠶》（*Spinners of Silk*）、《千弦之琴》（*A Harp With a Thousand Strings*）。這五種作品對於英國讀者了解中國的歷史、文化與文學起到了很大作用。

英國作家哈羅德‧阿克頓的中國題材小說《牡丹與馬駒》在倫敦出版。這部小說以二、三〇年代抗日戰爭前後的北京為背景，描寫當時許多在京歐洲人形形色色的生活，以及他們來到東方古都的不同感受。作者從不同角度表現了東西方文化碰撞下的人心世態。

哈羅德‧阿克頓與李義謝合譯的故事集《膠與漆》，內含《醒世恒言》的四個話本小說，在倫敦出版印行。書中附譯者注釋及著名漢學家阿瑟‧韋利所撰導言。

一九四二年（中華民國三十一年）

三月二十八日，郭沫若給青年詩人徐遲復信名為〈《屈原》與《厘雅王》〉，信中比較了他自己創作的《屈原》與莎劇《李爾王》。此為中國第一篇以個人創作與莎翁劇作進行比較研究的論文。

五月，愛美萊‧白朗特著，梁實秋譯《咆哮山莊》，由重慶商務印書館刊行。

六月二日至七日，國立戲劇專科學校第五屆畢業生在四川江安公演《哈姆雷特》，採用梁實秋譯本，焦菊隱導演，此為《哈姆雷特》

在中國舞臺上第一次正式演出。

八月，莎士比亞等著，柳無忌譯《莎士比亞時代抒情詩》，由重慶大時代書局出版，收入十六、七世紀英國作家馬婁、李雷、錫德尼、斯賓塞、莎士比亞、強生、藤思、彌爾頓等二十五人的抒情詩共四十七首。書前有譯者緒言，敘述英國伊莉莎白時代詩歌繁榮的情況，以及隨後詩歌的發展，各流派的產生及其主要特色。

本年起至一九四四年，曹未風譯《微尼斯商人》等莎翁十一種劇本，曾以《莎士比亞全集》的總名先後由貴陽文通書局出版。

中國的青年學者王佐良，撰寫了題為《魯迅》的英語論文，發表在倫敦的《生活與文學》第九十一卷第一四二期上，向英語讀者介紹魯迅的思想和創作。

阿瑟・韋利節譯《西遊記》英譯本《猴》在倫敦出版印行，後多次重版，並被轉譯成多種文字，成為《西遊記》英譯本中影響最大的一個譯本。《猴》全書共三十章，內容相當於《西遊記》的三十回，約為原書篇幅的三分之一。

一九四三年（中華民國三十二年）

九月十五日，《時與潮文藝》二卷一期刊登方重〈喬叟和他的康妥波雷故事〉（名著介紹），范存忠〈卡萊爾的英雄與英雄崇拜〉（名著譯介），謝慶垚〈英國女小說家吳爾芙夫人〉（介紹），吳景榮〈吳爾芙夫人的《歲月》〉（書評）。

九月，在西南聯大做研究工作的英國人羅伯特・白英準備選編一部《中國新詩選譯》，特邀聞一多合作。聞一多在選詩時看到了解放區詩人田間的詩，大為讚賞。在「唐詩」的第一節課上稱田間為「時代的鼓手」。

梁宗岱於《民族文學》一卷二至四期發表所譯莎士比亞十四行詩三十首，並發表〈莎士比亞的商籟〉，這是中國最早公開發表的莎士比亞十四行詩的翻譯及評論。

一九四四年（中華民國三十三年）

　　三月，曹禺譯《柔蜜歐與幽麗葉》由文化生活出版社出版。此前
（1月3日），本劇曾在重慶公演，易名為《鑄情》，神鷹社演出，張駿
祥導演，曹禺自譯自編，金焰、白楊主演，盛況空前，被譽為中國舞
臺上最成功的一次莎劇演出。另本年度，柳無忌譯《該撒大將》、楊
晦譯《雅典人臺滿》等均由重慶幾家出版社出版。其中，楊晦譯本的
長序是中國第一篇馬列主義式的莎評。

　　三月，《中原》一卷三期刊登袁水拍譯《彭斯詩十首》。重慶美學
出版社一九四四年三月出版袁水拍譯彭斯詩集《我的心呀在高原》，
收入譯詩三十首。

　　三月十五日，《時與潮文藝》三卷一期刊登葉芝特輯。

　　六月十五日，《東方雜誌》四十卷十一號刊登茅靈珊〈英國女詩
人葵稱琴娜·羅色蒂的情詩〉。

　　趙清閣依據重慶商務印書館出版的梁實秋譯本《咆哮山莊》，將
此譯本故事改編為《此恨綿綿》五幕劇，由重慶新中華文藝社初版。

　　李健吾將莎劇《馬克白》改編成中國古裝劇《王德明》，劇本分
四期連載於《文章》雜誌。

　　由黃祿生主持的上海藝術團在卡爾登戲院公演顧仲彝根據《李爾
王》改編的《三千金》，喬奇主演。

　　十二月二十六日，著名莎劇翻譯家朱生豪去世。

　　方重應英國文化協會邀請，先後在劍橋、倫敦、愛丁堡等大學講
學，並繼續研究喬叟，同時翻譯陶淵明的詩文。

　　索姆·詹寧斯翻譯的《唐詩選續篇》在倫敦出版，共收譯文一四
七篇。其中一些重要詩人收錄篇目較多：韓愈八首，李白十三首，劉
長卿八首，李商隱七首，孟浩然七首，白居易七首，杜甫十二首，王
維十二首，杜牧四首，韋應物六首，元稹四首。

一九四五年（中華民國三十四年）

一月，勃朗特著，李霽野譯《簡愛（上、中、下冊）》，由重慶文化生活出版社刊行。

一月，迭更司著，許天虹譯《雙城記（上、中、下冊）》，由重慶文化生活出版社刊行。

六月，哈代著，呂天石譯《微賤的裘德》，由重慶大時代書局刊行。

十一月，重慶商務印書館出版謝慶圭譯述的伍爾夫夫人的《到燈塔去》，為「中英文化協會文藝叢書」之一種，書前有譯者序，簡介作者生平與創作。

十一月，《世界文藝季刊》（原《世界文學》）一卷二期刊登盧式〈愛密萊‧白朗代及其咆哮山莊〉一文，詳細介紹了作者艾米莉‧勃朗特的家庭身世，評述了這部小說名作。

十二月二十日，重慶《中央日報》發表方豪〈英國漢學的回顧與前瞻〉，內容簡略。

十二月，阿瑟‧韋利在《科恩希爾雜誌》上發表小說《美猴王》。這篇小說乃模擬《西遊記》而作，後收入《真實的唐三藏及其他》。

英國詩人和翻譯家屈維廉（R. C. Trevelyan）編譯《中國詩選》（*From the Chinese*）由牛津大學出版社出版，共收詩歌六十二首。屈維廉並沒有親自翻譯這些詩歌，而是從已有的譯詩集那裡編選而來。

一九四六年（中華民國三十五年）

四月二十七日，《申報》〈出版界〉刊曹未風〈莎士比亞全集的出版計畫〉。曹未風（1911-1963）翻譯莎劇始於一九三一年。此後陸續譯莎劇二十餘部。曹未風是截止四〇年代後半期中國翻譯出版莎劇最多者之一，也是中國第一位計畫以白話詩體翻譯莎劇全集的翻譯家。

　　五月，上海雲海出版社出版方重譯《康特波雷故事》，譯文為散
文體。

　　七月九日，正在美國芝加哥大學深造的趙蘿蕤與陳夢家一起，在
哈佛大學俱樂部與T. S.艾略特共進晚餐，後者將簽有自己姓名的照片
和《1909-1925年詩集》、《四個四重奏》贈給趙蘿蕤。

　　英國記者、詩人白英編譯的《當代中國短篇小說選》在倫敦出版
發行。選集「導論」介紹五四新文化運動，突出了胡適在提倡白話文
中的作用，推譽魯迅是「現代中國文學之父」，肯定其在白話短篇小
說創作中的巨大功績。

　　十二月，阿瑟・韋利譯作《中國詩歌》（*Chinese Poems*）在倫敦
出版。此書中的譯作絕大多數選自《漢詩170首》、《詩經》、《譯自中
國文》等幾種舊作，但收入此書前做過修訂。

一九四七年（中華民國三十六年）

　　四月，朱生豪翻譯《莎士比亞戲劇全集》（三輯）由上海世界書
局出版，收入其所譯二十七種莎劇。

　　十二月，上海商務印書館出版李祁著《華茨華斯及其序曲》。李
祁在牛津的導師戴璧霞女士是專門研究彌爾頓與華茲華斯的專家。他
的另一著作《英國文學》於一九四八年由上海華夏圖書出版公司發行。

　　九月，在英國文化委員會旅居研究獎的資助下，卞之琳應邀赴
英，在牛津大學拜里奧學院作客座研究員一年半。

　　中國紅樓夢研究學者吳世昌應聘任教於牛津大學。吳世昌用英語
講授《紅樓夢》，霍克思跟著吳先生學了幾個月的中文。本年，霍克
思完成牛津的中文學習，成為牛津繼戴乃迭之後第二位獲得中國文學
榮譽學位的學生。

　　英國記者、詩人羅伯特・白英編譯《當代中國詩歌選》在倫敦出
版發行，主要收錄三〇年代以後的詩作。

一九四八年（中華民國三十七年）

　　一月，上海商務印書館出版孫大雨譯《黎琊王》（上、下，《李爾王》），並為譯作寫長篇導言和注解。孫大雨這部莎劇譯本中，第一次採用了以「音組」代「步」的傳達方式，開創了莎劇詩體翻譯的先河。

　　三月，巴金把譯作英國作家王爾德的童話及散文詩結集為《快樂王子集》，由上海文化生活出版社作為「譯文叢書」之一出版。

　　六月，中興書局出版了沙金翻譯的譯詩集《幽會與黃昏》，列為「中興詩叢」第二集。該書收錄的均為英國詩歌，分為「浪漫主義全盛時代」與「維多利亞時代」兩個部分。

　　七月，《中國新詩》第二集發表卞之琳譯奧頓〈戰時在中國作·譯者前言〉。抗戰期間，卞譯介奧頓這五首詩，是為了讓正浴血於戰火中的中國讀者從這些「親切而嚴肅，樸素而崇高」的詩中獲得自審、自尊、自強的精神力量。

　　八月，《時與文》三卷十期發表林海〈咆哮山莊及其作者〉一文，稱《咆哮山莊》在小說史上是一個「怪胎」，它不像小說，尤其不像女人筆下的小說。

　　劉鶚的名篇《老殘遊記》由楊憲益、戴乃迭夫婦翻譯成英文，在倫敦出版發行。

一九四九年

　　二月二十四日，清華大學校委會通過聘燕卜遜為清華兼任教授，授「當代英國詩歌」。

　　十一月十日，《文藝報》一卷四期發表卞之琳〈開講英國詩想到的一些體驗〉一文。該文對包括華茲華斯在內的英國浪漫詩人頗有微詞，原因正在於他們走的是一條脫離現實的道路。

　　十二月，上海文化工作社出版拜倫的長篇敘事詩〈海盜〉以及長篇敘事詩集《可林斯的圍攻》，杜秉正翻譯。

十二月，阿瑟・韋利關於唐代詩人白居易的傳記〈白居易的生平與時代〉在倫敦出版發行。韋利曾先後譯出白居易各體詩歌一〇八首，並隨著他翻譯的中國詩各種選集的再版而反覆修訂。他評價白居易詩歌給人印象最深刻的特點，是平實易懂，而他同時代人的詩作，卻一味追求典雅，炫耀學問的淵博，或賣弄技巧上的花樣。

一九五〇年

四月二十三日，英國文化協會在上海召開紀念莎士比亞誕生三八六週年紀念會，會後由石揮、丹尼演出《亂世英雄》片段。

五月，狄更斯的《大衛・科波菲爾》，由董秋斯翻譯，三聯書店出版。董譯本是繼林紓《塊肉餘生述》之後，在中國出現的第二個中譯本，也是第一個白話譯本。

六月，胡風在杭州浙江大學中文系發表演講，談及莎士比亞的理解與接受問題。指出「學習莎士比亞，要從作品裡理解一個作家的基本精神。應該理解他是怎樣地反映了現實而又推動了現實，正是這些給我們以力量來對待今天的現實，幫助我們更成功地創造自己的東西。」

九月，廣學會出版《復樂園》，朱維之翻譯。譯者以此本參加廣學會的翻譯比賽，榮獲一等獎。

十月，文化工作社出版屠岸譯莎士比亞的《十四行詩》，這是莎士比亞一五四首十四行詩第一次全部譯成中文問世。

英國漢學家阿瑟・韋利的《李白的詩歌與生平》在倫敦出版刊行。這本李白傳記屬於「東西方倫理學與宗教經典著作」叢書的第三種。叢書的出版是為了滿足第二次世界大戰後，西方世界深入理解其他國家的文明與道德與精神成就的需要。結果，李白這位中華文明的代表，卻充當了反面角色。他被介紹給英國公眾，僅僅是為了襯托其他各國道德與精神的高尚之士。儘管韋利承認李白是個偉大詩人，是

「英國人民最了解的中國古代詩人之一」，但通過全書更為詳盡的介紹，英國人民反而增加了誤解，李白的偉大也受到損害。

附錄二
本書主要參考文獻

說明：中文文獻以著者姓氏音序排列，英文文獻以著者姓氏首字母順
　　　序排列，同一作者的多種著述按出版先後順序排列。

一　中文文獻

（一）著作（含譯著）

A

阿英編選　《中國新文學大系》（史料・索引卷）　上海市　良友圖
　　　　　書印刷公司　1936年

阿英編　《鴉片戰爭文學集》　北京市　古籍出版社　1957年

艾　愷　《世界範圍內的反現代化思潮》　貴陽市　貴州人民出版社
　　　　　1991年

艾田蒲著　錢林森、許鈞譯　《中國之歐洲》（上、下）　鄭州市
　　　　　河南人民出版社　1992、1994年

埃斯卡皮著　王美華、于沛譯　《文學社會學》　合肥市　安徽文藝
　　　　　出版社　1987年

安旗、薛天緯　《李白年譜》　濟南市　齊魯書社　1982年

安田樸著　耿昇譯　《中國文化西傳歐洲史》　北京市　商務印書館
　　　　　2000年

奧威爾著　董樂山編　《奧威爾文集》　北京市　中國廣播電視出版
　　　　　社　1998年

奧威爾著　董樂山譯　《一九八四》　瀋陽市　遼寧教育出版社
　　　　1998年

奧威爾著　朱乃長譯　《巴黎倫敦流浪記》　臺北市　書林出版有限
　　　　公司　2003年

奧威爾著　李鋒譯　《緬甸歲月》　南京市　南京大學出版社　2007年

B

巴特・莫爾－吉伯特著　陳仲丹譯　《後殖民理論——語境・實踐・
　　　　政治》　南京市　南京大學出版社　2001年

白之著　微周等譯　《白之比較文學論文集》　長沙市　湖南文藝出
　　　　版社　1987年

北大比較文學研究所編　《中國比較文學研究資料：1919-1949年》
　　　　北京市　北京大學出版社　1989年

北京圖書館編　《民國時期總書目・語言文學分冊》（1911-1949年）
　　　　北京市　書目文獻出版社　1986年

北京圖書館編　《民國時期總書目・外國文學》（1911-1949年）　北
　　　　京市　書目文獻出版社　1987年

北京圖書館編　《民國時期總書目・文學理論・世界文學・中國文
　　　　學》（1919-1949年）　北京市　書目文獻出版社　1992年

鮑霽編　《蕭乾研究資料》　北京市　十月文藝出版社　1988年

卞之琳　《莎士比亞悲劇論痕》　北京市　生活・讀書・新知三聯書
　　　　店　1989年

斌　椿　《乘槎筆記》　長沙市　嶽麓書社　1985年

冰　心　《冰心論創作》　上海市　上海文藝出版社　1982年

博埃默著　盛寧等譯　《殖民與後殖民文學》　瀋陽市　遼寧教育出
　　　　版社　1998年

柏拉圖著　朱光潛譯　《文藝對話集》　北京市　人民文學出版社
　　　　1963年

布勞特著　譚榮根譯　《殖民者的世界模式：地理傳播主義和歐洲中
　　　心主義史觀》　北京市　社會科學文獻出版社　2002年

卜松山著　劉慧儒、張國剛等譯　《與中國作跨文化對話》　北京市
　　　中華書局　2000年

C

曹廣濤　《英語世界的中國傳統戲劇研究與翻譯》　廣州市　廣東高
　　　等教育出版社　2009年

曹樹鈞、孫福良　《莎士比亞在中國舞臺上》　哈爾濱市　哈爾濱出
　　　版社　1989年

常　風　《逝水集》　瀋陽市　遼寧教育出版社　1995年

陳丙瑩　《卞之琳評傳》　重慶市　重慶出版社　1998年

陳國球　《文學史書寫形態與文化政治》　北京市　北京大學出版社
　　　2004年

陳鴻祥　《王國維年譜》　濟南市　齊魯書社　1991年

陳鴻祥　《王國維傳》　北京市　人民出版社　2004年

陳鵬翔　《主題學研究論文集》　臺北市　東大圖書公司　1983年

陳平原　《文學史的形成與建構》　南寧市　廣西教育出版社　1999年

陳平原等編　《晚明與晚清：歷史傳承與文化創新》　武漢市　湖北
　　　教育出版社　2002年

陳平原輯　《早期北大文學史講義三種》　北京市　北京大學出版社
　　　2005年

陳平原、夏曉紅編　《二十世紀中國小說理論資料》（第一卷）　北
　　　京市　北京大學出版社　1997年

陳受頤　《中歐文化交流史事論叢》　臺北市　臺灣商務印書館
　　　1970年

陳同生　《不倒的紅旗》　北京市　中國青年出版社　1959年

陳　偉　《西方人眼中的東方戲劇藝術》　上海市　上海教育出版社
　　　　2004年

陳玉剛主編　《中國翻譯文學史稿》　北京市　中國對外翻譯出版公
　　　　司　1989年

陳子善編　《葉公超批評文集》　珠海市　珠海出版社　1998年

D

戴　燕　《文學史的權力》　北京市　北京大學出版社　2002年

丁瑞根　《悲情詩人──朱湘》　石家莊市　花山文藝出版社 1992年

丁文江、趙豐田編　《梁啟超年譜長編》　上海市　上海人民出版社
　　　　1983年

董解元撰　侯岱麟校訂　《西廂記諸宮調》　北京市　文學古籍刊行
　　　　社　1955年

董洪川　《「荒原」之風：T. S. 艾略特在中國》　北京市　北京大學
　　　　出版社　2004年

杜赫德著　朱靜譯　《耶穌會士中國書簡集》　鄭州市　大象出版社
　　　　2001年　第3卷

杜慧敏　《晚清主要小說期刊譯作研究（1901-1911）》　上海市　上
　　　　海書店出版社　2007年

杜　平　《想像東方：英國文學的異國情調和東方形象》　上海市
　　　　上海外語教育出版社　2007年

都文偉　《百老匯的中國題材與中國戲曲》　上海市　上海三聯書店
　　　　2002年

段安節撰　《樂府雜錄》　北京市　中華書局　1985年

段成式撰　《酉陽雜俎》　北京市　中華書局　1981年

段漢武　《百年流變：中國視野下的英國文學史書寫》　北京市　海
　　　　洋出版社　2009年

段懷清　《傳教士與晚清口岸文人》　廣州市　廣東人民出版社
　　　　2007年

段懷清、周俐玲編著　《〈中國評論〉與晚清中英文學交流》　廣州
　　　　市　廣東人民出版社　2006年

F

范存忠　《中國文化在啟蒙時期的英國》　上海市　上海外語教育出
　　　　版社　1991年

范伯群、朱棟霖主編　《1898-1949年中外文學比較史》（上下卷）
　　　　南京市　江蘇教育出版社　1993年

方　重　《英國詩文研究集》　上海市　商務印書館　1939年

方華文　《二十世紀中國翻譯史》　西安市　西北大學出版社 2005年

廢　名　《論新詩及其他》　瀋陽市　遼寧教育出版社　1998年

馮承鈞　《海錄注》　上海市　商務印書館　1938年

馮崇義　《羅素與中國——西方思想在中國的一次經歷》　北京市
　　　　生活‧讀書‧新知三聯書店　1994年

馮客著　楊立華譯　《近代中國之種族觀念》　南京市　江蘇人民出
　　　　版社　1999年

馮　茜　《英國的石楠花在中國：勃朗特姐妹作品在中國的流布及影
　　　　響》　北京市　中國社會科學出版社　2008年

佛　雛　《王國維詩學研究》　北京市　北京大學出版社　1999年

伏爾泰著　梁守鏘譯　《風俗論》　北京市　商務印書館　1996年

法蘭西斯‧約斯特著　廖鴻鈞等譯　《比較文學導論》　長沙市　湖
　　　　南文藝出版社　1988年

方仁念　《新月派評論資料選》　上海市　華東師範大學出版社
　　　　1993年

方仁念編　《聞一多在美國》　上海市　華東師範大學出版社 1985年

方詩銘　《中國歷史紀年表》　上海市　上海辭書出版社　1980年

G

戈寶權　《中外文學因緣》　北京市　北京出版社　1992年

高旭東　《魯迅與英國文學》　西安市　陝西人民教育出版社 1996年

高文漢　《日本近代漢文學》　銀川市　寧夏人民出版社　2005年

葛桂录　《霧外的遠音：英國作家與中國文化》　銀川市　寧夏人民
　　　　出版社　2002年

葛桂录　《他者的眼光：中英文學關係論稿》　銀川市　寧夏人民教
　　　　育出版社　2003年

葛桂录　《中英文學關係編年史》　上海市　上海三聯書店　2004年

葛桂录　《跨文化語境中的中外文學關係研究》　上海市　上海三聯
　　　　書店　2008年

葛桂录　《經典重釋與中外文學關係新墾拓》　北京市　人民出版社
　　　　2014年

葛桂录　《比較文學之路：交流視野與闡釋方法》　上海市　上海三
　　　　聯書店　2014年

葛桂录　《含英咀華：葛桂录教授講中英文學關係》　北京市　中央
　　　　編譯出版社　2014年

葛桂录　《中外文學交流史‧中英卷》　濟南市　山東教育出版社
　　　　2014年

葛桂录　《霧外的遠音：英國作家與中國文化》（修訂增補本）　福
　　　　州市　福建教育出版社　2015年

葛校琴　《後現代語境下的譯者主體性研究》　上海市　上海譯文出
　　　　版社　2006年

葛一虹主編　《中國話劇通史》　北京市　文化藝術出版社　1997年

辜鴻銘著　黃興濤、宋小慶譯　《中國人的精神》　海口市　海南出
　　　　版社　1996年

辜鴻銘　黃興濤等譯　《辜鴻銘文集》　海口市　海南出版社 1996年
國家出版事業管理局版本圖書館編　《1949年-1979年翻譯出版外國
　　　　古典文學著作目錄》　北京市　中華書局　1980年
郭沫若　《郭沫若全集》　北京市　人民文學出版社　1992年
郭嵩燾　《倫敦與巴黎日記》　長沙市　嶽麓書社　1984年
郭英劍編　《賽珍珠評論集》　桂林市　灘江出版社　1999年
郭延禮　《中國近代翻譯文學概論》　武漢市　湖北教育出版社
　　　　1998年
郭著章等　《翻譯名家研究》　武漢市　湖北教育出版社　1999年
龔　敏　《黃人及其小說小話之研究》　濟南市　齊魯書社　2006年
顧彬著　曹衛東編譯　《關於「異」的研究》　北京市　北京大學出
　　　　版社　1997年
顧長聲　《傳教士與近代中國》　上海市　上海人民出版社　1981年
顧偉列主編　《二十世紀中國古代文學國外傳播與研究》　上海市
　　　　華東師範大學出版社　2011年
故宮博物院明清檔案部，福建師大歷史系編　《清季中外使領年表》
　　　　北京市　中華書局　1985年

H

哈羅德‧伊薩克斯著　于殿利、陸日宇譯　《美國的中國形象》　北
　　　　京市　時事出版社　1999年
韓洪舉　《林譯小說研究──兼論林紓自撰小說與傳奇》　北京市
　　　　中國社會科學出版社　2005年
韓石山　《徐志摩傳》　北京市　十月文藝出版社　2000年
韓子滿　《文學翻譯雜合研究》　上海市　上海譯文出版社　2005年
何培忠　《當代國外中國學研究》　北京市　商務印書館　2006年
何寅、許光華主編　《國外漢學史》　上海市　上海外語教育出版社
　　　　2002年

何兆武　《中西文化交流史論》　北京市　中國青年出版社　2001年

海　岸　《中西詩歌翻譯百年論集》　上海市　上海外語教育出版社　2007年

海德格爾著　陳嘉映、王慶節譯　《存在與時間》　北京市　生活·讀書·新知三聯書店　1999年

赫德著　葉鳳美譯　《這些從秦國來——中國問題論集》　天津市　天津古籍出版社　2005年版

赫德遜著　王遵仲等譯　《歐洲與中國》　北京市　中華書局　1995年

黑格爾著　朱光潛譯　《美學》　北京市　商務印書館　1979年

洪湛侯　《詩經學史》　北京市　中華書局　2002年

胡　忌　《宋金雜劇考》　上海市　上海古典文學出版社　1957年

胡經之　《中國古典文藝學叢編》（一、二）　北京市　北京大學出版社　2001年

胡文彬、周雷　《香港紅學論文選》　天津市　百花文藝出版社　1982年

胡　勇　《中國鏡像——早期中國人英語著述裡的中國》　蘇州市　蘇州大學出版社　2012年

胡優靜　《英國十九世紀的漢學史研究》　北京市　學苑出版社　2009年

黃長著等編　《歐洲中國學》　北京市　社會科學文獻出版社　2004年

黃嘉德　《蕭伯納研究》　濟南市　山東大學出版社　1989年

黃俊英　《二次大戰的中外文化交流史》　重慶市　重慶出版社　1991年

黃　龍　《紅樓夢涉外新考》　南京市　東南大學出版社　1989年

黃鳴奮　《英語世界裡中國古典文學之傳播》　上海市　學林出版社　1997年

黃人著　江慶柏、曹培根整理　《黃人集》　上海市　上海文化出版社　2001年

黃時鑒　《東西交流史論稿》　上海市　上海古籍出版社　1998年

黃時鑒主編　《東西交流論譚》　上海市　上海文藝出版社　1998年

黃時鑒主編　《東西交流論譚》（第二集）　上海市　上海文藝出版社　2001年

黃興濤　《閒話辜鴻銘》　桂林市　廣西師範大學出版社　2001年

J

濟慈著　朱維基譯　《濟慈詩選》　上海市　上海譯文出版社　1983年

濟慈著　傅修延譯　《濟慈書信集》　北京市　東方出版社　2002年

賈植芳、陳思和主編　《中外文學關係史資料彙編（1898-1937）》（上下冊）　桂林市　廣西師範大學出版社　2004年

賈植芳、俞元桂主編　《中國現代文學總書目·翻譯文學卷》　福州市　福建教育出版社　1993年

江　嵐　《唐詩西傳史論——以唐詩在英美的傳播為中心》　北京市　學苑出版社　2009年

江弱水　《中西同步與位移——現代詩人叢論》　合肥市　安徽教育出版社　2003年

姜其煌　《歐美紅學》　鄭州市　大象出版社　2005年

蔣天樞　《楚辭校釋》　上海市　上海古籍出版社　1989年

金開誠　《文藝心理學概論》　北京市　北京大學出版社　1999年

金元浦　《接受反應文論》　濟南市　山東教育出版社　1998年

K

卡萊爾著　張峰、呂霞譯　《英雄與英雄崇拜》　上海市　上海三聯書店　1995年

康德著　鄧曉芒譯　《判斷力批判》　北京市　人民出版社　2002年

L

蘭姆著　高健譯　《伊利亞隨筆》　廣州市　花城出版社　1999年

老子著　王弼注　《老子》　上海市　上海古籍出版社　1989年

李安宅　《意義學》　上海市　商務印書館　1934年

李昉等撰　《太平御覽》　北京市　中華書局　1960年

李　強　《中西戲劇文化交流史》　北京市　人民音樂出版社 2002年

李盛平主編　《中國近現代人名大辭典》　北京市　中國國際廣播出
　　　　版社　1989年

李時岳　《李提摩太》　北京市　中華書局　1964年

李奭學　《中西文學因緣》　臺北市　聯經出版事業公司　1991年

李岫、秦林芳主編　《二十世紀中外文學交流史》（上、下卷）　石
　　　　家莊市　河北教育出版社　2001年

李玉良　《〈詩經〉英譯研究》　濟南市　齊魯書社　2007年

李偉昉　《梁實秋莎評研究》　北京市　商務印書館　2011年

李偉民　《光榮與夢想——莎士比亞研究在中國》　香港　天馬圖書
　　　　有限公司　2002年

李偉民　《中國莎士比亞批評史》　北京市　中國戲劇出版社 2006年

李偉民　《中西文化語境裏的莎士比亞》　上海市　上海外語教育出
　　　　版社　2009年

理雅各譯　劉重德、羅志野校注　《漢英四書》　長沙市　湖南出版
　　　　社　1992年

理雅各譯　秦穎、秦穗校注　《周易》　長沙市　湖南出版社　1993年

利瑪竇、金尼閣著　何高濟等譯　《利瑪竇中國札記》　北京市　中
　　　　華書局　1983年

利奇溫著　朱傑勤譯　《十八世紀中國與歐洲的文化接觸》　北京市
　　　　商務印書館　1962年

黎舟、闕國虬　《茅盾與外國文學》　廈門市　廈門大學出版社
　　　　　1991年

梁鴻編選　《聞一多詩文名篇》　長沙市　湖南文藝出版社　2003年

梁實秋　《文學的紀律》　上海市　新月書店　1928年

廖七一　《當代西方翻譯理論探索》　南京市　譯林出版社　2000年

廖七一　《胡適詩歌翻譯研究》　北京市　清華大學出版社　2006年

林本椿主編　《福建翻譯家研究》　福州市　福建教育出版社　2005年

林庚　《詩人李白》　上海市　上海古籍出版社　2000年

林煌天主編　《中國翻譯詞典》　武漢市　湖北教育出版社　1997年

林健民　《中國古詩英譯》　北京市　中國華僑出版公司　1989年

林以亮　《〈紅樓夢〉西遊記》　臺北市　聯經出版事業公司　1976年

林以亮　《文思錄》　瀋陽市　遼寧教育出版社　2001年

林以亮　《紅樓夢西遊記‧細評紅樓夢新英譯》　臺北市　聯經出版
　　　　　事業公司　2007年

劉重德譯　《德‧昆西經典散文選》（英漢對照本）　長沙市　湖南
　　　　　文藝出版社　2000年

劉介民　《類同研究的再發現：徐志摩在中西文化之間》　北京市
　　　　　中國社會科學出版社　2003年

劉久明　《郁達夫與外國文學》　武漢市　華中科技大學出版社
　　　　　2001年

劉宓慶　《漢英對比研究與翻譯》　南昌市　江西教育出版社　1991年

劉士聰編　《紅樓譯評：《紅樓夢》翻譯研究論文集》　天津市　南
　　　　　開大學出版社　2004年

劉錫鴻　《英軺私記》　長沙市　嶽麓書社　2002年

劉煊　《聞一多評傳》　北京市　北京大學出版社　1983年

劉昫等撰　《舊唐書》　北京市　中華書局　1975年

劉正　《海外漢學研究：漢學在二十世紀東西方各國研究和發展的
　　　　　歷史》　武漢市　武漢大學出版社　2002年

劉　正　《圖說漢學史》　桂林市　廣西師範大學出版社　2005年

劉志權　《純粹的詩人：朱湘》　北京市　文史哲出版社　2004年

柳卸林主編　《世界名人論中國文化》　武漢市　湖北人民出版社
　　　　1991年

樓宇烈、張西平主編　《中外哲學交流史》　長沙市　湖南教育出版
　　　　社　1998年

逯欽立輯校　《先秦漢魏晉南北朝詩》（上中下）　北京市　中華書
　　　　局　1983年

陸潤棠，夏寫時編　《比較戲劇論文集》　北京市　中國戲劇出版社
　　　　1988年

陸耀東等主編　《聞一多國際學術研討會論文選》　武漢市　武漢大
　　　　學出版社　2002年

羅伯茨編著　蔣重躍、劉林海譯　《十九世紀西方人眼中的中國》
　　　　北京市　時事出版社　1999年

羅錦堂　《從趙氏孤兒到中國孤兒》　臺北市　聯經出版事業公司
　　　　1977年

羅皚嵐、柳無忌、羅念生　《二羅一柳憶朱湘》　北京市　生活・讀
　　　　書・新知三聯書店　1985年

羅念生編　《朱湘書信集》　天津市　人生與文學社　1936年

羅素著　秦悅譯　《中國問題》　上海市　學林出版社　1996年

呂浦等譯　《「黃禍論」歷史資料選輯》　北京市　中國社會科學出
　　　　版社　1979年

呂叔湘編著　《中詩英譯比錄》　北京市　中華書局　2002年

呂天石　《歐洲近代文藝思潮》　上海市　商務印書館　1933年

M

馬丁・布思著　任華梨譯　《鴉片史》　海口市　海南出版社　1999年

馬可・波羅　馮承鈞譯　《馬可・波羅行紀》　上海市　上海書店出
　　　版社　2000年

馬克思、恩格斯　《馬克思恩格斯全集》　北京市　人民出版社
　　　1962年

馬嘎爾尼著　劉半農譯　《乾隆英使覲見記》　上海市　中華書局
　　　1917年

馬禮遜夫人編　顧長聲譯　《馬禮遜回憶錄》　桂林市　廣西師範大
　　　學出版社　2004年

馬慶紅、殷鳳娟　《英美文學中的中國文化》　北京市　中國戲劇出
　　　版社　2010年

馬森著　楊德山等譯　《西方的中華帝國觀》　北京市　時事出版社
　　　1999年

馬祖毅　《中國翻譯史》（上卷）　武漢市　湖北教育出版社　1999年

馬祖毅、任榮珍　《漢籍外譯史》　武漢市　湖北教育出版社　1997年

麥高恩著　李征、呂琴譯　《近代中國人的生活掠影》　南京市　南
　　　京出版社　2009年

茅　盾　《我走過的道路（上）》　北京市　人民文學出版社　1981年

毛姆著　陳壽庚譯　《在中國屏風上》　長沙市　湖南人民出版社
　　　1987年

毛姆著　劉憲之譯　《彩色的面紗》　北京市　十月文藝出版社
　　　1988年

毛姆著　張柏然等譯　《人生的枷鎖》　上海市　上海譯文出版社
　　　1997年

曼德維爾著　郭澤民、葛桂录譯　《曼德維爾遊記》　上海市　上海
　　　書店出版社　2006年

梅光迪著　羅崗、陳春豔編　《梅光迪文錄》　瀋陽市　遼寧教育出
　　　版社　2001年

梅啟波　《作為他者的歐洲：歐洲文學在二十世紀三〇年代中國的傳
　　　　播》　武漢市　華中師範大學出版社　2008年

門多薩　何高濟譯　《中華大帝國史》　北京市　中華書局　1998年

孟華編　《中國文學中的西方人形象》　合肥市　安徽教育出版社
　　　　2006年

孟華主編　《比較文學形象學》　北京市　北京大學出版社　2001年

孟憲強　《中國莎學簡史》　長春市　東北師範大學出版社　1994年

彌爾頓著　朱維之譯　《失樂園》　上海市　上海譯文出版社　1984年

莫東寅　《漢學發達史》　上海市　上海書店出版社影印出版　1989年

N

倪平編著　《蕭伯納與中國》　石家莊市　河北人民出版社　2001年

倪正芳　《拜倫與中國》　西寧市　青海人民出版社　2008年

O

歐陽昱　《表現他者──澳大利亞小說中的中國人：1888-1988》
　　　　北京市　新華出版社　2000年版

P

潘重規　《紅學六十年》　臺北市　三民書局　1991年

潘琳著　陳定平、陳廣鼇譯　《炎黃子孫──華人移民史》　上海市
　　　　上海三聯書店　1992年

培根著　許寶揆譯　《新工具》　北京市　商務印書館　1984年

佩雷菲特　王國卿等譯　《停滯的帝國：兩個帝國的撞擊》　北京市
　　　　生活・讀書・新知三聯書店　1993年

彭斐章主編　《中外圖書交流史》　長沙市　湖南教育出版社　1998年

Q

錢林森　《中國文學在法國》　廣州市　花城出版社　1990年

錢林森　《法國作家與中國》　福州市　福建教育出版社　1995年

錢林森　《光自東方來：法國作家與中國文化》　銀川市　寧夏人民
　　　　出版社　2004年

錢林森　《和而不同──中法文化對話集》　南京市　南京大學出版
　　　　社　2009年

錢林森編　《中外文學因緣》　南京市　南京大學出版社　1989年

錢林森、李比雄、蘇蓋主編　《文化：中西對話中的差異與共存》
　　　　南京市　南京大學出版社　1999年

錢滿素　《愛默生與中國》　北京市　生活・讀書・新知三聯書店
　　　　1996年

錢鍾書　《錢鍾書論學文集》　廣州市　花城出版社　1990年

錢鍾書等　《林紓的翻譯》　北京市　商務印書館　1981年

R

任半塘　《唐戲弄》（上、下）　北京市　作家出版社　1958年

榮廣潤　姜萌萌　潘薇　《地球村中的戲劇互動：中西戲劇影響比較
　　　　研究》　上海市　上海三聯書店　2007年

榮挺進主編　徐薇編　《徐志摩講詩》　北京市　新華出版社　2005年

阮元校刻　《十三經注疏附校勘記》　北京市　中華書局　1980年

瑞恰慈著　楊自伍譯　《文學批評原理》　南昌市　百花洲文藝出版
　　　　社　1997年

S

薩本仁、潘興明　《二十世紀的中英關係》　上海市　上海人民出版
　　　　社　1996年

薩義德著　王宇根譯　《東方學》　　北京市　生活・讀書・新知三聯
　　　　書店　2000年

薩義德　李琨譯　《文化與帝國主義》　　北京市　生活・讀書・新知
　　　　三聯書店　2003年

沙　楓　《中國文學英譯絮談》　香港　大光出版社　1976年

上海圖書館編　《中國近代現代叢書目錄總目》　　上海市　上海圖書
　　　　館印　1979年

沈福偉　《西方文化和中國（1793-2000）》　　上海市　上海教育出版
　　　　社　2003年

沈福偉　《中西文化交流史》（第2版）　　上海市　上海人民出版社
　　　　2006年

沈　岩　《船政學堂》　北京市　科學出版社　2007年

沈雁冰　《司各德評傳》　上海市　商務印書館　1924年

史景遷著　廖世奇、彭小樵譯　《文化類同與文化利用──世界文化
　　　　總體對話中的中國形象》　北京市　北京大學出版社　1990
　　　　年

施建業　《中國文學在世界的傳播與影響》　　濟南市　黃河出版社
　　　　1993年

施叔青　《西方人看中國戲劇》　臺北市　聯經出版事業公司　1976年

施蟄存主編　《中國近代文學大系・翻譯文學集》　　上海市　上海書
　　　　店　1990年

斯諾編　陳瓊芝輯錄，文潔若譯　《活的中國：現代中國短篇小說
　　　　選》　長沙市　湖南人民出版社　1983年

宋炳輝　《方法與實踐──中外文學關係研究》　　上海市　復旦大學
　　　　出版社　2004年

宋柏年主編　《中國古典文學在國外》　　北京市　北京語言學院出版
　　　　社　1994年

孫歌、陳燕谷、李逸津　《國外中國古典戲曲研究》　南京市　江蘇
　　　教育出版社　2000年

孫景堯　《溝通──訪美講學論中西比較文學》　南寧市　廣西人民
　　　出版社　1991年

孫希旦撰　《禮記集解》　北京市　中華書局　1989年

孫玉石編　《朱湘》　北京市　人民文學出版社　1985年

孫致禮主編　《中國的英美文學翻譯：1949-2008》　南京市　譯林
　　　出版社　2009年

T

談瀛洲　《莎評簡史》　上海市　復旦大學出版社　2005年

譚佛雛　《王國維詩學研究》　北京市　北京大學出版社　1999年

譚佛雛校輯　《王國維哲學美學論文輯佚》　上海市　華東師範大學
　　　出版社　1993年

譚樹林　《馬禮遜與中西文化交流》　杭州市　中國美術學院出版社
　　　2004年

譚載喜　《西方翻譯簡史》　北京市　商務印書館　1991年

唐沅等編　《中國現代文學期刊目錄彙編》（上下冊）　天津市　天
　　　津人民出版社　1988年

滕雲主編　《當代中外文化交流史料》（第一輯）　北京市　文化藝
　　　術出版社　1990年

童真　《狄更斯與中國》　湘潭市　湘潭大學出版社　2008年

W

汪榕培、王宏　《中國典籍英譯》　上海市　上海外語教育出版社
　　　2009年

王爾德著　楊東霞、楊烈等譯　《王爾德全集》（第四卷）　北京市
　　　中國文學出版社　2000年

王國強　　《《中國評論》與西方漢學》　　上海市　　復旦大學博士學位論文　2007年

王國維撰　葉長海導讀　《宋元戲曲史》　　上海市　　上海古籍出版社　1998年

王宏印　　《《紅樓夢》詩詞曲賦英譯比較研究》　　西安市　　陝西師範大學出版社　2001年

王驥德　　《曲律》　　北京市　　中國戲劇出版社　1957年

王建開　　《五四以來中國英美文學作品譯介史（1919-1949年）》　　上海市　　上海外語教育出版社　2003年

王錦厚　　《五四新文學與外國文學》　　成都市　　四川大學出版社　1996年

王麗娜編著　　《中國古典小說戲曲名著在國外》　　上海市　　學林出版社　1988年

王禮錫　　《王禮錫詩文集》　　上海市　　上海文藝出版社　1993年

王寧等　　《中國文化對歐洲的影響》　　石家莊市　　河北人民出版社　1999年

王守仁等編　　《雪村樵夫論中西——英語語言文學教育家范存忠》　　南京市　　南京大學出版社　2002年

王紹祥　　《西方漢學界的「公敵」——英國漢學家翟理斯（1845-1935）研究》　福州市　　福建師範大學博士學位論文　2004年

王拾遺　　《白居易生活繫年》　　銀川市　　寧夏人民出版社　1981年

王士志、衛元理編　《王禮錫文集》　　北京市　　新華出版社　1989年

王慎之、王子今輯　　《清代海外竹枝詞》　　北京市　　北京出版社　1994年

王統照　　《王統照文集》　　濟南市　　山東人民出版社　1984年

王曉路　　《中西詩學對話——英語世界的中國古代文論研究》　　成都市　　巴蜀書社　2000年

王曉路　　《西方漢學界的中國文論研究》　　成都市　　巴蜀書社　2003年

王　琰　《漢學視域中的《論語》英譯研究》　上海市　上海外語教育出版社　2012年

王　毅　《皇家亞洲文會北中國支會研究》　上海市　上海書店出版社　2005年

王英志　《袁枚評傳》　南京市　南京大學出版社　2002年

王運熙、李寶均　《李白》　上海市　上海古籍出版社　1979年

王佐良　《莎士比亞緒論——兼及中國莎學》　重慶市　重慶出版社　1991年

王佐良　《英國詩史》　南京市　譯林出版社　1993年

王佐良　《英國散文的流變》　北京市　商務印書館　1998年

王佐良、何其莘　《英國文藝復興時期文學史》　北京市　外語教學與研究出版社　1995年

韋勒克著　章安祺、楊恒達譯　《現代文學批評史》第五卷　北京市　中國人民大學出版社　1991年

韋斯坦因著　劉象愚譯　《比較文學與文學理論》　瀋陽市　遼寧人民出版社　1987年

威爾斯著　吳文藻等譯　《世界史綱》　北京市　人民出版社　1982年

威妥瑪著　張衛東譯　《語言自邇集：十九世紀中期的北京話》　北京市　北京大學出版社　2002年

魏爾特著　陳毆才等譯　《赫德與中國海關》　廈門市　廈門大學出版社　1993年

維科著　朱光潛譯　《新科學》　北京市　人民出版社　1987年

文潔若編選　《蕭乾英文作品選》　北京市　北京語言文化大學出版社　2001年

聞黎明　《聞一多傳》　北京市　人民出版社　1992年

吳持哲　《歐洲文學中的蒙古題材》　呼和浩特市　內蒙古大學出版社　1997年

吳伏生　《漢詩英譯研究：理雅各、翟理斯、韋利、龐德》　北京市　學苑出版社　2012年

吳光耀　《西方演劇史論稿》　北京市　中國戲劇出版社　2002年

吳潔敏等　《朱生豪傳》　上海市　上海外語教育出版社　1990年

吳結平　《英語世界裡的《詩經》研究》　成都市　四川大學出版社　2008年

吳經熊著　周偉馳譯　《超越東西方》　北京市　社科文獻出版社　2002年

吳孟雪　《明清時期：歐洲人眼中的中國》　北京市　中華書局　2000年

吳孟雪　曾麗雅　《明代歐洲漢學史》　北京市　東方出版社　2000年

吳　宓　《吳宓詩集》　上海市　中華書局　1935年

吳世昌著　吳令華編　《吳世昌全集》　石家莊市　河北教育出版社　2002年

吳學昭整理　《吳宓日記》第一至八冊　北京市　生活・讀書・新知三聯書店　1998年

吳　贇　《翻譯・構建・影響：英國浪漫主義詩歌在中國》　北京市　北京大學出版社　2012年

武漢大學聞一多研究室編　《聞一多論新詩》　武漢市　武漢大學出版社　1985年

伍傑主編　《中文期刊大詞典（1815-1994）》（上下冊）　北京市　北京大學出版社　2000年

X

奚永吉　《文學翻譯比較美學》　武漢市　湖北教育出版社　2000年

夏康達、王曉平　《二十世紀國外中國文學研究》　天津市　天津人民出版社　2000年

夏寫時、陸潤棠編　《比較戲劇論文集》　北京市　中國戲劇出版社
　　　　1988年

向　達　《中西交通史》　上海市　中華書局　1924年

香港中文大學編　《英美學人論中國古典文學》　香港　香港中文大
　　　　學出版社　1973年

蕭　乾　《蕭乾全集》　武漢市　湖北人民出版社　2005年

謝清高口述　楊炳南筆錄　安京校釋　《海錄校釋》　北京市　商務
　　　　印書館　2002年

謝天振　《譯介學》　上海市　上海外語教育出版社　1999年

謝天振主編　《翻譯研究新視野》　青島市　青島出版社　2003年

解志熙　《美的偏至：中國現代唯美－頹廢主義文學思潮研究》　上
　　　　海市　上海文藝出版社　1997年

解志熙、王文金編校　《于賡虞詩文輯存》　開封市　河南大學出版
　　　　社　2004年

忻劍飛　《世界的中國觀》　上海市　學林出版社　1991年

忻　平　《王韜評傳》　上海市　華東師範大學出版社　1990年

熊式一　《王寶川》（中英文對照本）　北京市　商務印書館　2006年

熊文華　《英國漢學史》　北京市　學苑出版社　2007年

熊月之　《西學東漸與晚清社會》　上海市　上海人民出版社　1994年

徐葆耕編　《瑞恰慈：科學與詩》　北京市　清華大學出版社　2003年

徐通鏘　《基礎語言學教程》　北京市　北京大學出版社　2001年

徐　學　《英譯《莊子》研究》　上海市　復旦大學出版社　2008年

徐志摩　《徐志摩全集》　上海市　上海書店出版社　1995年

徐志嘯　《近代中外文學關係（十九世紀中葉－二十世紀初葉）》　上
　　　　海市　華東師範大學出版社　2000年

許國烈編　《中英文學名著譯文比錄》　西安市　陝西人民出版社
　　　　1985年

許明龍　《歐洲十八世紀「中國熱」》　太原市　山西教育出版社
　　　1999年

許淵沖譯　《楚辭：漢英對照》　北京市　中國對外翻譯出版公司
　　　2008年

雪萊著　楊熙齡譯　《希臘》　上海市　新文藝出版社　1957年

薛福成著　蔡少卿整理　《薛福成日記》　長春市　吉林文史出版社
　　　2004年

Y

瘂弦編　《朱湘文集》　臺北市　洪範書店　1977年

瘂弦編　《文學閒談》　臺北市　洪範書店　1978年

閻奇男　《「愛」與「美」──王統照研究》　北京市　中國戲劇出
　　　版社　2004年

閻振瀛　《理雅各氏英譯論語之研究》　臺北市　臺灣商務印書館
　　　1971年

顏之推撰　趙曦明注　盧文弨補注　《顏氏家訓　附傳補遺補正》
　　　北京市　中華書局　1985年

楊莉馨　《二十世紀文壇上的英倫百合：弗吉尼亞・伍爾夫在中國》
　　　北京市　人民出版社　2009年

楊憲益　單其昌著　楊憲益校　《漢英翻譯技巧》　北京市　外語教
　　　學與研究出版社　1990年

楊憲益主編　《我有兩個祖國──戴乃迭和她的世界》　桂林市　廣
　　　西師大出版社　2003年

楊　揚　《現代背景下的文化熔鑄──聞一多與中外文學關係》　福
　　　州市　福建教育出版社　2001年

楊周翰　《十七世紀英國文學》　北京市　北京大學出版社　1985年

姚斯著　周寧、金元浦譯　《走向接受美學：接受美學與接受理論》
　　　瀋陽市　遼寧人民出版社　1987年

尹德翔　《東海西海之間：晚晴使西日記中的文化考察、認證與選擇》　北京市　北京大學出版社　2009年

尹錫康、周發祥編　《楚辭資料海外編》　武漢市　湖北人民出版社　1986年

殷國明　《二十世紀中西文藝理論交流史論》　上海市　華東師範大學出版社　1999年

殷克琪　《尼采與中國現代文學》　南京市　南京大學出版社　2000年

俞平伯　《紅樓夢研究》　上海市　復旦大學出版社　2004年

余石屹　《漢譯英理論讀本》　北京市　科學出版社　2008年

虞坤林編　《志摩的信》　上海市　學林出版社　2004年

虞坤林整理　《徐志摩未刊日記》　北京市　北京圖書館出版社　2003年

袁可嘉　《論新詩現代化》　北京市　生活・讀書・新知三聯書店　1988年

樂黛雲　《跨文化之橋》　北京市　北京大學出版社　2002年

樂黛雲等編選　《歐洲中國古典文學研究名家十年文選》　南京市　江蘇人民出版社　1998年

岳　峰　《架設東西方的橋樑：英國漢學家理雅各研究》　福州市　福建人民出版社　2004年

Z

曾德昭著　何高濟譯　《大中國志》　上海市　上海古籍出版社　1998年

曾紀澤　《出使英法俄國日記》　長沙市　嶽麓書社　1985年

曾小逸主編　《走向世界文學：中國現代作家與外國文學》　長沙市　湖南人民出版社　1985年

查良錚譯　《英國現代詩選》　長沙市　湖南人民出版社　1985年

詹慶華　《全球化視野──中國海關洋員與中西文化傳播（1854-
　　　　1950年）》　北京市　中國海關出版社　2008年

張德彝　《歐美環遊記（再述奇）》　長沙市　湖南人民出版社
　　　　1981年

張廣智　《西方史學史》　上海市　復旦大學出版社　2000年

張漢良編　《東西文學理論》　臺北市　書林出版有限公司　1993年

張　弘　《中國文學在英國》　廣州市　花城出版社　1992年

張庚、郭漢城編　《中國戲曲通史》　北京市　中國戲劇出版社
　　　　1980年

張國剛等　《明清傳教士與歐洲漢學》　北京市　中國社會科學出版
　　　　社　2001年

張京媛主編　《後殖民理論與文化批評》　北京市　北京大學出版社
　　　　1999年

張隆溪　《走出文化的封閉圈》　北京市　生活‧讀書‧新知三聯書
　　　　店　2004年

張西平　《中國與歐洲早期宗教和哲學交流史》　北京市　東方出版
　　　　社　2001年

張西平　《傳教士漢學研究》　鄭州市　大象出版社　2005年

張西平　《馬禮遜研究文獻索引》　鄭州市　大象出版社　2008年

張西平編　《歐美漢學研究的歷史與現狀》　鄭州市　大象出版社
　　　　2005年

張星烺　《中西交通史料彙編》（一至六卷）　北京市　中華書局
　　　　1979年

張沅長等　《英國小品文的演進與藝術》　臺北市　學生書局　1971年

張芝聯主編　《中英通使二百週年學術討論會論文集》　北京市　中
　　　　國社會科學出版社　1996年

趙家璧主編　《中國新文學大系‧詩集》（影印本）　上海市　上海
　　　　文藝出版社　2003年

趙毅衡　《西出洋關》　北京市　中國電影出版社　1998年

趙毅衡　《倫敦浪了起來》　北京市　人民文學出版社　2002年

趙毅衡　《詩神遠遊：中國如何改變了美國現代詩》　上海市　上海
　　　　譯文出版社　2003年

趙毅衡　《對岸的誘惑：中西文化交流人物》　北京市　知識出版社
　　　　2003年

鄭振鐸　《鄭振鐸古典文學論文集》（上、下）　上海市　上海古籍
　　　　出版社　1984年

鄭振鐸　《中國文學史》　北京市　團結出版社　2006年

鄭振鐸、傅東華主編　《我與文學》　上海市　生活書店　1934年

中國社會科學院　《世界中國學家名錄》　北京市　社會科學文獻出
　　　　版社　1994年

中國社會科學院近代史研究所翻譯室編　《近代來華外國人名辭典》
　　　　北京市　中國社會科學出版社　1981年

中外關係史學會編　《中西初識二編》　鄭州市　大象出版社　2002
　　　　年

朱安博　《歸化與異化：中國文學翻譯研究的百年流變》　北京市
　　　　科學出版社　2009年

朱棟霖、范培松主編　《中國雅俗文學研究》（第一輯）　上海市
　　　　上海三聯書店　2007年

朱光潛　《西方美學史》　北京市　人民文學出版社　1979年

朱光潛　《文藝心理學》　合肥市　安徽教育出版社　1996年

朱徽編著　《中英比較詩藝》　成都市　四川大學出版社　1996年

朱傑勤　《中外關係史論文集》　鄭州市　河南人民出版社　1984年

朱傑勤、黃邦和主編　《中外關係史辭典》　武漢市　湖北人民出版
　　　　社　1992年

朱謙之　《中國哲學對歐洲的影響》　石家莊市　河北人民出版社
　　　　1999年

朱　湘　《朱湘詩集》　成都市　四川文藝出版社　1987年

朱　湘　《朱湘書信二集》　合肥市　安徽文藝出版社　1987年

朱學勤、王麗娜　《中國與歐洲文化交流志》　上海市　上海人民出版社　1998年

朱自清著　朱喬森編　《朱自清全集》　南京市　江蘇教育出版社　1990年

周發祥、李岫主編　《中外文學交流史》　長沙市　湖南教育出版社　1999年

周珏良　《周珏良文集》　北京市　外語教學與研究出版社　1994年

周　寧　《2000年西方看中國》（上、下）　北京市　團結出版社　1999年

周　寧　《永遠的烏托邦——西方的中國形象》　武漢市　湖北教育出版社　2000年

周　寧　《中國形象：西方的學說與傳說》（八卷本）　北京市　學苑出版社　2004年

周　寧　《想像中國——從「孔教烏托邦」到「紅色聖地」》　北京市　中華書局　2004年

周　寧　《天朝遙遠：西方的中國形象研究》　北京市　北京大學出版社　2006年

周小儀　《唯美主義與消費文化》　北京市　北京大學出版社　2002年

周一良主編　《中外文化交流史》　鄭州市　河南人民出版社　1987年

周貽白　《中國戲曲論集》　北京市　中國戲劇出版社　1960年

周貽白選注　《明人雜劇選》　北京市　人民文學出版社　1958年

周兆祥　《漢譯哈姆雷特研究》　香港　香港中文大學出版社　1981年

鄒　霆　《永遠的求索——楊憲益傳》　上海市　華東師範大學出版社　2001年

鄒振環　《二十世紀上海翻譯出版與文化變遷》　南寧市　廣西教育出版社　2002年

（二）論文

A

艾德蒙・萊特　〈中國儒教對英國政府的影響〉　《國際漢學》　第
　　　1期　北京市　商務印書館　1995年

B

冰　心　〈我與外國文學〉　《外國文學評論》　1981年第3期

C

蔡　乾　〈初譯《花箋記》序言研究〉　《蘭臺世界》　2013年第6期

蔡雲豔、石穎　〈欲望化的他者——論笛福筆下的中國形象〉　《西
　　　南交通大學學報》　2008年第1期

曹廣濤　〈文化距離與英語國家的中國戲曲研究〉　《理論月刊》
　　　2007年第8期

曹　航　〈論方重與喬叟〉　《中國比較文學》　2012年第3期

曹樹鈞　〈曹禺與莎士比亞〉　《名人傳記》　1994年第4期

曹樹鈞　〈二十世紀莎士比亞戲劇的奇葩：中國戲劇莎劇〉　《戲曲
　　　藝術》　1996年第1期

曹未風　〈莎士比亞在中國〉　《文藝月報》　1954年第4期

陳廣宏　〈黃人的文學觀念與十九世紀英國文學批評資源〉　《文學
　　　評論》　2008年第6期

陳宏薇、江帆　〈難忘的歷程——《紅樓夢》英譯事業的描述性研
　　　究〉　《中國翻譯》　2003年第5期

陳懷宇　〈英國漢學家艾約瑟的「唐宋思想變革」說〉　《史學史研
　　　究》　2011年第4期

陳平原　〈作為「繡像小說」的《天路歷程》〉　見其所著《大英博
　　　　物館日記》附錄二　濟南市　山東畫報出版社　2003年

陳平原　〈晚清辭書視野中的「文學」——以黃人的編撰活動為中
　　　　心〉　《北京大學學報》　2007年第2期

陳思和　〈二十世紀中外文學關係研究中的「世界性因素」的幾點思
　　　　考〉　《中國比較文學》　2001年第1期

陳受頤　〈十八世紀歐洲文學裡的《趙氏孤兒》〉　《嶺南學報》
　　　　第1卷1期　1929年

陳受頤　〈魯濱遜的中國文化觀〉　《嶺南學報》　第1卷第3期
　　　　1930年6月

陳受頤　〈好逑傳之最早歐譯〉　《嶺南學報》　第1卷第4期　1930
　　　　年9月

陳受頤　〈十八世紀歐洲之中國園林〉　《嶺南學報》　第2卷第1期
　　　　1931年7月

陳堯聖　〈英國的漢學研究〉　見《世界各國漢學研究論文集》第1
　　　　輯（陶振譽等編）　臺北市　中國文化研究所　1962年

陳　勇　〈試論喬治‧奧威爾與殖民話語的關係〉　《外國文學》
　　　　2008年第3期

陳勇、葛桂录　〈奧威爾與蕭乾、葉公超交遊考〉　《新文學史料》
　　　　2012年第4期

陳友冰　〈二十世紀中期以前英國作家筆下的中國形象及特徵分析〉
　　　　《華文文學》　2008年第2期

陳友冰　〈英國漢學的階段性特徵及成因探析——以中國古典文學研
　　　　究為中心〉　《漢學研究通訊》　2008年第3期

陳義海　〈徐志摩與英國浪漫派詩歌比較研究之二〉　《鹽城師專學
　　　　報》　1997年第4期

陳義海　〈「精神之父」的「精神滲透」——徐志摩詩歌與哈代詩歌
　　　　比較研究〉　《鹽城師專學報》　1998年第3期

程代熙　〈《紅樓夢》與十八世紀的歐洲文學〉　《紅樓夢學刊》
　　　　1980年第2輯

程　鋼　〈理雅各與韋利〈論語〉譯文體現的義理系統的比較分析〉
　　　　《孔子研究》　2002年第2期

程章燦　〈魏理的漢詩英譯及其與龐德的關係〉　《南京大學學報》
　　　　2003年第3期

程章燦　〈漢詩英譯與英語現代詩歌——以魏理的漢詩英譯及跳躍韻
　　　　律為中心〉　《江蘇行政學院學報》　2003年第3期

程章燦　〈想像異邦與文化利用：「紅毛番」與大清朝——前漢學時
　　　　代的一次中英接觸〉　《南京審計學院學報》　2004年第2期

程章燦　〈阿瑟‧魏理年譜簡編〉　《國際漢學》第11輯　大象出版
　　　　社　2004年

程章燦　〈魏理與布盧姆斯伯里文化圈交遊考〉　《中國比較文學》
　　　　2005年第1期

程章燦　〈魏理眼中的中國詩歌史——一個英國漢學家與他的中國詩
　　　　史研究〉　《魯迅研究月刊》　2005年第3期

程章燦　〈東方古典與西方經典——魏理英譯漢詩在歐美的傳播及其
　　　　經典化〉　《中國比較文學》　2007年第1期

程章燦　〈魏理文學創作中的「中國體」問題——中國文學在異文化
　　　　語境中傳播接受的一個案例〉　張宏生、錢南秀編　《中
　　　　國文學：傳統與現代的對話》　上海市　上海古籍出版社
　　　　2007年

D

丁宏為　〈葉芝與東方思想〉　《北京大學學報》專刊　1990年

丁宏為　〈濟慈看到了什麼〉　《外國文學評論》　2004年第2期

董洪川　〈葉公超與T. S. 艾略特在中國的傳播與接受〉　《外國文學
　　　　研究》　2004年第4期

董洪川、鄧仕倫　〈有中國特色的關聯：「九葉」詩派接受T. S. 艾略特探源〉　《外國文學研究》　2005年第1期

董洪川　〈趙蘿蕤與〈荒原〉在中國的譯介與研究〉　《中國比較文學》　2006年第4期

董俊峰、趙春華　〈國內勞倫斯研究述評〉　《外國文學研究》　1999年第2期

董守信　〈翟理斯和他的《華英字典》〉　《津圖學刊》　2002年第2期

都文偉　〈英語文本中的中國戲曲〉　《中華戲曲》第21輯

杜　平　〈異國情調與懷舊——蘭姆的中國形象〉　《名作欣賞》　2004年第8期

杜　平　〈不一樣的東方——拜倫和雪萊筆下的東方〉　《四川外語學院學報》　2005年第6期

段漢武、于麗娜　〈論英國文學史的敘述模式〉　《寧波大學學報》　2008年第4期

段懷清　〈理雅各《中國經典》的翻譯緣起及體例考略〉　《浙江大學學報》　2005年第3期

段懷清　〈理雅各與儒家經典〉　《孔子研究》　2006年第6期

F

凡　川　〈莎士比亞最早進入中國的足跡〉　《戲劇學習》　1982年第4期

范存忠　〈約翰生・高爾斯密與中國文化〉　《金陵學報》　第1卷第2期　1931年11月

范存忠　〈孔子與西洋文化〉　《國風》　第3期　1932年

范存忠　〈卡萊爾論英雄〉　南京《文藝月刊》　第4卷第1期　1933年7月

范存忠　〈十七八世紀英國流行的中國戲〉　《青年中國季刊》　第2卷第2期　1940年

范存忠　〈十七八世紀英國流行的中國思想〉（上、下）　《中央大學文史哲季刊》　第1卷第1、2期　1941年

范存忠　〈鮑士韋爾的《約翰遜傳》〉　《時與潮文藝》　第1卷第1期　1943年3月

范存忠　〈卡萊爾的《英雄與英雄崇拜》〉　《時與潮文藝》　第2卷第1期　1943年9月

范存忠　〈斯特萊奇的《維多利亞女王傳》〉　《時與潮文藝》　第2卷第3期　1943年12月

范存忠　〈瓊斯爵士與中國〉　《思想與時代》　第46期　1947年6月

范存忠　〈《趙氏孤兒》雜劇在啟蒙時期的英國〉　《文學研究》　1957年第3期

范存忠　〈中國的思想文物與哥爾斯密斯的《世界公民》〉　《南京大學學報》　1964年第1期

范存忠　〈中國的人文主義與英國的啟蒙運動〉　《文學遺產》　1981年第4期

范存忠　"Chinese Poetry and English Translations"　《外國語》　1981年第5期

范存忠　〈中國文化在英國發生影響的開端〉　《外國語》　1982年第6期

范存忠　〈中國園林和十八世紀英國的藝術風尚〉　《中國比較文學》　1985年第2期

范存忠　〈中國的思想文化與約翰遜博士〉　《文學遺產》　1986年第2期

范存忠　〈威廉·瓊斯爵士與中國文化〉　《南京大學學報》　1989年第1期

范存忠　〈珀西的《好逑傳及其他》〉　《外國語》　1989年第5期

范東興　〈聞一多與丁尼生〉　《外國文學研究》　1985年第4期

方　豪　〈十七、八世紀來華西人對中國經籍之研究〉　《思想與時
　　　　代》　第19期　1943年2月

方　重　〈十八世紀的英國文學與中國〉　《文哲季刊》　第2卷第
　　　　1-2期　1931年

傅　勇　〈劍橋漢學管窺〉　《中國文化研究》　2004年第2期

傅勇林　《中英文學關係》　見曹順慶主編　《世界比較文學史》
　　　　（下編）　北京市　北京師範大學出版社　2000年

G

戈寶權　〈莎士比亞的作品在中國〉　《世界文學》　1964年第5期

戈寶權　〈莎學在中國〉　《莎士比亞研究創刊號》　1983年

葛桂录　〈威廉・布萊克在中國的接受〉　《淮陰師範學院學報》
　　　　1998年第2期

葛桂录　〈建國以後華茲華斯在中國的接受〉　《寧夏大學學報》
　　　　1999年第1期

葛桂录、黃燕尤　〈文學因緣：林紓眼中的狄更斯〉　《淮陰師範學
　　　　院學報》　1999年第1期

葛桂录　〈道與真的追尋：《老子》與華茲華斯詩歌中的「復歸嬰
　　　　孩」觀念比較〉　《南京大學學報》　1999年第2期

葛桂录　〈文學翻譯中的文化傳承：華茲華斯八首譯詩論析〉　《外
　　　　語教學》　1999年第4期

葛桂录　〈民國時期狄更斯在中國的接受〉　《淮陰師範學院學報》
　　　　1999年第4期

葛桂录　〈二十世紀下半葉狄更斯在中國的接受〉　《西北師範大學
　　　　學報》（社會科學版專輯）　1999年10月

葛桂录　〈華茲華斯在中國的接受史〉　《淮陰師範學院學報》
　　　　2000年第2期

葛桂录 〈狄更斯及其小說在二十世紀中國的傳播與接受〉 《蘇東學刊》 2000年第2期

葛桂录 〈華茲華斯及其作品在中國的譯介與接受（1900-1949年）〉 《四川外語學院學報》 2001年第2期

葛桂录 〈狄更斯：打開老舍小說殿堂的第一把鑰匙〉 《寧夏大學學報》 2001年第3期

葛桂录 〈論王國維的西方文學家傳記〉 《貴州師範大學學報》 2001年第4期

葛桂录 〈英國文學裡的中國形象及其文化闡釋〉 《中國比較文學教學與研究》 2004年卷

葛桂录 〈托馬斯·卡萊爾與中國文化〉 《淮陰師範學院學報》 2004年第1期

葛桂录、劉茂生 〈奧斯卡·王爾德與中國文化〉 《外國文學研究》 2004年第4期

葛桂录 〈「中國不是中國」：英國文學裏的中國形象〉 《福建師範大學學報》 2005年第5期

葛桂录 〈王爾德對道家思想的心儀與認同〉 《國際漢學》第12輯 鄭州市 大象出版社 2005年

葛桂录 〈「黃禍」恐懼與薩克斯·羅默筆下的傅滿楚形象〉 《貴州師範大學學報》 2005年第4期

葛桂录 〈一個吸食鴉片者的自白——德·昆西眼裡的中國形象〉 《寧夏大學學報》（人文社會科學版） 2005年第5期

葛桂录 〈論哈羅德·阿克頓小說裏的中國題材〉 《外國文學研究》 2006年第1期

葛桂录 〈托馬斯·柏克小說裡的華人移民社會〉 《貴州師範大學學報》 2006年第2期

葛桂录 〈歐洲中世紀一部最流行的非宗教類作品——《曼德維爾遊

　　　　　　記》的文本生成、版本流傳及中國形象綜論〉　《福建師
　　　　　　範大學學報》　2006年第4期

葛桂录　　〈中英文學關係研究的歷史進程及闡釋策略〉　《四川外語
　　　　　　學院學報》　2006年第4期

葛桂录　　〈「中國畫屏」上的景象——論毛姆眼裏的中國形象〉
　　　　　　《英美文學研究論叢》　第6輯　上海市　上海外語教育
　　　　　　出版社　2007年

葛桂录　　〈中外文學關係研究30年〉　《煙臺大學學報》　2008年第
　　　　　　4期

葛桂录　　〈I. A. 瑞恰慈與中西文化交流〉　《福建師範大學學報》
　　　　　　2009年第2期

葛桂录　　〈文學因緣：王國維與英國文學〉　（澳門）《中西文化研
　　　　　　究》　2009年第2期

葛桂录　　〈西方的中國敘事與帝國認知網路的建構運行——以英國作
　　　　　　家薩克斯‧羅默塑造的惡魔式中國佬形象為中心〉　《文
　　　　　　學評論叢刊》　2010年第1期

葛桂录　　〈Shanghai、毒品與帝國認知網路——帶有防火牆功能的西
　　　　　　方之中國敘事〉　《福建師範大學學報》　2010年第3期

葛桂录　　〈中外文學關係的史料學研究及其學科價值〉　《跨文化對
　　　　　　話》　北京市　生活‧讀書‧新知三聯書店　2012年　第
　　　　　　29輯

葛桂录　　〈中外文學關係編年史研究的學術價值及現實意義〉　《山
　　　　　　東社會科學》　2012年第1期

葛中俊　　〈翻譯文學：目的語文學的次範疇〉　《中國比較文學》
　　　　　　1997年第3期

耿　寧　　〈郁達夫‧王爾德‧唯美主義〉　《外國文學研究》　1998
　　　　　　年第1期

龔明德　〈李霽野譯《簡・愛》的民國版〉　《四川文學》　1998年
　　　　第11期

龔世芬　〈關於熊式一〉　《中國現代文學研究叢刊》　1996年第2期

辜也平　〈巴金與英國文學〉　《巴金研究》　1996年第2期

顧國柱　〈郭沫若與雪萊〉　《郭沫若學刊》　1991年第2期

顧衛星　〈馬禮遜與中西文化交流〉　《外國文學研究》　2002年第
　　　　4期

H

韓　輝　〈「音美再現」──析H. A. Giles譯〈秋聲賦〉〉　《廣西大
　　　　學學報》　2008年第1期

韓洪舉　〈林譯〈迦茵小傳〉的文學價值及其影響〉　《浙江師範大
　　　　學學報》　2005年第1期

韓加明　〈菲爾丁在中國〉　《四川外語學院學報》　2006年第4期

郝　稷　〈英語世界中杜甫及其詩歌的接受與傳播〉　《中國文學研
　　　　究》　2011年第1期

赫素玲　〈勞倫斯研究在中國〉　《河南師範大學學報》　1993年第
　　　　3期

何　寧　〈哈代與中國〉　《外國文學評論》　1999年第1期

何　寧　〈中西哈代研究的比較與思考〉　《中國比較文學》　2009
　　　　年第4期

何偉亞　〈檔案帝國與污染恐怖：從鴉片戰爭到傅滿楚〉　《視界》
　　　　石家莊市　河北教育出版社　2000年　第1輯

洪　濤　〈《紅樓夢》英譯與東西方文化的語言〉　《紅樓夢學刊》
　　　　2001年第4期

洪　濤　〈英國漢學家與《楚辭》〈九歌〉的歧解和流傳〉　《漳州
　　　　師範學院學報》　2008年第1期

洪　欣　〈魯迅與蕭伯納〉　《外語研究》　1987年第2期

胡　適　〈文學進化觀念與戲劇改良〉　《新青年》　第5卷第4號　1918年

胡紹華　〈聞一多詩歌與英美近現代詩〉　《外國文學研究》　2006年第3期

胡文彬　〈《紅樓夢》在西方的流傳與研究概述〉　《北方論叢》　1980年第1期

胡優靜　〈英國漢學家偉烈亞力的生平與學術交往〉　《漢學研究通訊》　總第97期　2006年

黃彩文　〈茅盾和司克特及其他〉　《河北師大學報》　2003年第3期

黃彩文　〈茅盾與蕭伯納：中英戲劇交流史上的一段情緣〉　《河北學刊》　2003年第5期

黃　嵐　〈梁遇春和英國小品文的影響〉　《雲南師範大學學報》　2000年第5期

黃麗娟、陶家俊　〈書寫中國，想像中國──論英國現代主義話語中的中國想像〉　《當代外國文學》　2011年第2期

黃鳴奮　〈近四世紀英語世界中國古典文學之流傳〉　《學術交流》　1995年第3期

黃鳴奮　〈英語世界中國先秦至南北朝詩歌之傳播〉　《貴州社會科學》　1997年第2期

黃鳴奮　〈二十世紀英語世界中國近代戲劇之傳播〉　《中華戲曲》　1998年第21輯

J

冀愛蓮　《翻譯、傳記、交遊：阿瑟・韋利漢學研究策略考辨》　福州市　福建師範大學博士論文　2010年

幾道、別士　〈本館附印說部緣起〉　《國聞報》　1897年10月16日至11月18日

江　帆　〈他鄉的石頭記──《紅樓夢》百年英譯史研究〉　上海市
　　　　復旦大學博士論文　2007年

江嵐、羅時進　〈唐詩英譯發韌期主要文本辨析〉　《南京師大學
　　　　報》　2009年第1期

江嵐、羅時進　〈早期英國漢學家對唐詩英譯的貢獻〉　《上海大學
　　　　學報》　2009年第2期

江上行　〈英語演京劇的回憶〉　《六十年京劇見聞》　上海市　學
　　　　林出版社　1986年

姜其煌　〈《紅樓夢》西文譯本一瞥〉　《讀書》　1980年第4期

姜　錚　〈郭沫若與艾凡赫〉　《外國文學研究》　1980年第2期

蔣林、余葉盛　〈淺析阿瑟・韋利〈九歌〉譯本的三種譯法〉　《中
　　　　國翻譯》　2011年第1期

蔣秀雲　〈20世紀中期英國對中國古典戲劇的雜合翻譯〉　《瓊州學
　　　　院學報》　2011年第1期

蔣秀雲　〈沉迷中國戲劇尋找精神家園──英國漢學家哈羅德・阿克
　　　　頓翻譯中國戲劇〉　《安徽文學》　2012年第9期

K

闞維民　〈劍橋漢學的形成與發展〉　《國際漢學》　鄭州市　大象
　　　　出版社　2004年　第10輯

匡映輝　〈解放前中國舞臺上的莎翁戲劇〉　《戲劇報》　1986年第
　　　　4期

L

李冰梅　〈韋利創意英譯如何進入英語文學──以阿瑟・韋利翻譯的
　　　　《中國詩歌170首》為例〉　《中國比較文學》　2009年第3期

李冰梅　《衝突與融合：阿瑟・韋利的文化身分與《論語》的翻譯研
　　　　究》　北京市　首都師範大學博士學位論文　2009年

李長林、楊俊明　〈莎士比亞作品在中國的傳播——《中國莎學簡史》再補遺〉　《中國文學研究》　1999年第2期

李　今　〈晚清語境中漢譯魯濱孫的文化改寫與抵抗——魯濱孫漢譯系列研究之一〉　《外國文學研究》　2009年第2期

李　今　〈晚清語境中的魯濱孫漢譯「大陸報」本《魯濱孫飄流記》的革命化改寫〉　《中國現代文學研究叢刊》　2009年第2期

李乃坤　〈黃嘉德先生與蕭伯納研究〉　《文史哲》　1993年第2期

李　倩　〈翟理思的《中國文學史》〉　《古典文學知識》　2006年第3期

李歐梵　〈福爾摩斯在中國〉　《外國文學研究》　2005年第1期

李奭學　〈老舍倫敦書簡及其他〉　《當代》（臺灣）第20期　1987年12月

李奭學　〈傲慢與偏見——毛姆的中國印象記〉　《中外文學》　第17卷第12期　1989年5月

李奭學　〈可能異域為招魂——蘇曼殊漢譯拜倫緣起〉　《當代》第37期　1989年5月

李奭學　〈從啟示之鏡到滑稽之雄——中國文人眼中的蕭伯納〉　《當代》　第37期　1989年5月

李奭學　〈莎士比亞入華百年〉　《當代》（臺灣）　第39期　1989年9月

李奭學　〈另一種浪漫主義——梁遇春與英法散文傳統〉　《中外文學》（臺北）　第18卷第7期　1989年12月

李奭學　〈從巧奪天工到諧和自然——中國園林藝術對西方文學的影響〉　《當代》（臺灣）　第59期　1991年6月

李偉民　〈抗日戰爭時代莎士比亞在中國〉　《新文學研究》　1993年第3-4期

李偉民　〈中國莎士比亞及其戲劇研究綜述〉　《四川戲劇》　1997年第4期

李新德　〈約翰・巴羅筆下的中國形象〉　《溫州大學學報》　2011
　　　　年第5期

李以建　〈中國傳統戲劇在西方〉　人大複印報刊資料　《戲曲研
　　　　究》　1984年第10期

李貽蔭　〈翟理斯巧譯《檀弓》〉　《中國翻譯》　1997年第3期

李兆強　〈十八世紀中英文學之接觸〉　《南風》　第4卷第1期
　　　　1931年5月

梁家敏　〈阿瑟・韋利為中國古典文學在西方打開一扇窗〉　《編輯
　　　　學刊》　2010年第2期

林　崗　〈西洋文學在中國近代的最早譯本〉　《光明日報》　1983
　　　　年5月1日

林　奇　〈梁遇春與英國的Essay〉　《福建師範大學學報》　1989
　　　　年第2期

林以亮　〈毛姆與我的父親〉　《純文學》（臺北）　第3卷第1期
　　　　1968年

林　音　〈《圍城》與「Tom Jones」〉　《觀察週刊》　第5卷14期
　　　　1948年11月

劉炳善　〈英國隨筆翻譯在中國〉　《外語與翻譯》　1994年第2期

劉洪濤　〈徐志摩的劍橋交遊及其在中英現代文學交流中的意義〉
　　　　《中國現代文學研究叢刊》　2006年第6期

劉久明　〈郁達夫與英國感傷主義文學〉　《中國文學研究》　2001
　　　　年第2期

劉樹森　〈《天倫詩》與中譯英國詩歌的發軔〉　《翻譯學報》（香
　　　　港）　1998年第1期

劉樹森　〈西方傳教士與中國近代之英國文學翻譯〉　載《英美文學
　　　　研究論叢》第2輯　上海市　上海外語教育出版社　2001年

劉文峰　〈中國戲曲在港澳和海外年表〉　《中華戲曲》第22輯、第
　　　　23輯、第25輯

劉　燕　〈穆旦詩歌中的「T. S. 艾略特傳統」〉　《外國文學評論》
　　　　2003年第2期

劉　豔　〈傅滿洲——西方社會妖魔化中國的形象巔峰〉　《淮海工
　　　　學院學報》（人文社科版）　2006年第2期

劉以鬯　〈我所認識的熊式一〉　《文學世紀》　2002年第6期

柳無忌　〈蘇曼殊與拜倫「哀希臘」詩：兼論各家中譯本〉　《佛山
　　　　師專學報》　1985年第1期

龍伯格　〈理學在歐洲的傳播過程〉　《中國史動態》　1988年第7期

M

毛　迅　〈浪漫主義的「雲遊」：徐志摩詩藝的英國文學背景〉
　　　　《西南民族學院學報》　2000年第4期

梅光迪　〈卡萊爾與中國〉　《思想與時代》　第46期　1947年6月

孟昭毅、李載道主編　《中國翻譯文學史》　北京市　北京大學出版
　　　　社　2005年

繆　崢　〈阿瑟·韋利與中國古典詩歌翻譯〉　《國際關係學院學
　　　　報》　2000年第4期

P

潘　紅　〈哈葛德小說在中國：歷史弔詭和話語意義〉　《中國比較
　　　　文學》　2012年第3期

潘家洵　〈十七世紀英國戲劇與中國舊戲〉　《新中華》復刊號
　　　　1943年1月

潘延年　〈朱湘對外國詩歌的評介〉　《藝譚》　1986年第3期

Q

錢林森、葛桂录　〈異域文化之鏡：他者想像與欲望變形——關於英

　　　　　國作家與中國文化關係的對話〉　《中華讀書報》　〈國
　　　　　際文化〉　2003年9月3日

錢玄同　〈隨想錄十八〉　《新青年》　第5卷第1號　1918年

錢鍾書　〈論俗氣〉　《大公報》　1933年11月4日

錢鍾書　〈論不隔〉　《學文月刊》　1卷3期　1934年7月

裘小龍　〈卞之琳與艾略特〉　《中州文壇》　1986年第1-2期

邱　暢　〈中國形象在英國文學中的誤讀〉　《文史》　2012年第8期

秋　葉　〈英國離中國有多遠？——漫談訪問英國的幾位中國先驅〉
　　　　　《中華讀書報》　〈國際文化〉　2003年6月18日

秋　葉　〈「野蠻」和「文明」之爭——英國早期遊記的中國形象考
　　　　　察：綜述〉　《中華讀書報》　〈國際文化〉　2003年10
　　　　　月8日

秋　葉　〈丹皮爾對中國的現實主義觀察——試析《新環球航海記》
　　　　　建構的中國形象〉　《中華讀書報》　〈國際文化〉
　　　　　2003年10月22日

秋　葉　〈文化在衝突中能起多大作用——《彼得·芒迪歐洲亞洲旅
　　　　　行記：1608-1667》的中國形象〉　《中華讀書報》
　　　　　〈國際文化〉　2003年11月5日

覃　莉　〈論中國戲劇的寫意性〉　《美與時代》　2005年第11期

秦寰明　〈中國文化的西傳與李白詩——以英、美及法國為中心〉
　　　　　《中國學術》　2003年第1期（總第13輯）

R

冉利華　〈錢鍾書的《17、18世紀英國文學中的中國》簡介〉　《國
　　　　　際漢學》　鄭州市　大象出版社　2004年　第11輯

任明耀　〈哈姆雷特在中國〉　《寧波大學學報》　1994年第1期

任顯楷　〈包臘《紅樓夢》前八回英譯本考釋〉　《紅樓夢學刊》
　　　　　2010年第6期

S

賽珍珠　〈我對迭更司所負的債〉　《譯文》　新3卷第3期　1937年

邵迎武　〈蘇曼殊與拜倫〉　《天津師範大學學報》　1986年第3期

沈從文　〈論朱湘的詩〉　《文藝月刊》　第2卷第1期　1931年1月
　　　　30日

沈弘、郭暉　〈最早的漢譯英詩應是彌爾頓的《論失明》〉　《國外
　　　　文學》　2005年第2期

沈慶會　〈談《迦因小傳》譯本的刪節問題〉　《華東師範大學學
　　　　報》　2006年第1期

沈紹鏞　〈郁達夫與王爾德〉　《文藝理論與批評》　1996年第4期

帥雯霖　〈英國漢學三大家〉　閻純德主編　《漢學研究》　第5集
　　　　2002年

松　岑　〈論寫情小說與新社會之關係〉　《新小說》　第17號
　　　　1905年6月

宋炳輝　〈徐志摩在接受西方文學中的錯位現象辯析〉　《中國比較
　　　　文學》　1999年第3期

宋清如　〈朱生豪與莎士比亞〉　《文藝春秋》　第2卷第2期　1946
　　　　年1月

宋清如　〈朱生豪與莎士比亞戲劇〉　《新文學史料》　1989年第1期

孫建忠　〈《艾凡赫》在中國的接受與影響（1905-1937）〉　《閩江
　　　　學院學報》　2007年第1期

孫建忠　〈20世紀早期司各特小說在中國的興衰演變〉　《閩江學院
　　　　學報》　2011年第3期

孫　玫　〈國外研究中國戲曲的英語文獻索引〉　《戲曲研究》　第
　　　　12輯

孫軼旻　〈翟理斯譯《聊齋志異選》的注釋與譯本的接受〉　《明清
　　　　小說研究》　2007年第2期

蘇文菁　〈華斯華茲在中國〉　《中國比較文學》　1999年第3期

T

唐述宗　〈是不可譯論還是不可知論〉《中國翻譯》　2002年第1期

陶家俊、張中載　〈論英中跨文化轉化場中的哈代與徐志摩〉　《外國文學研究》　2009年第5期

田　漢　〈新羅曼主義及其他〉《少年中國》　第1卷第12期　1920年6月

侗　生　〈小說叢話〉　《小說月報》　第2年第3期　1911年

童　新　〈蕭伯納的中國之行〉　《外交學院學報》　1995年第1期

童慶生　〈普遍主義的低潮：I. A. 理查茲及其基本英語〉　《社會‧藝術‧對話：人文新視野第二輯》　天津市　百花文藝出版社　2004年

屠國元、范思金　〈英國早期詩歌翻譯在中國〉　《外語與翻譯》　1998年第2期

W

王次澄　〈倫敦大學亞非學院的傳統中國學研究〉　《國外社會科學》　1994年第2期

王改娣、潘麗　〈英國浪漫主義詩歌與「五四」新詩流派〉　《美與時代》　2011年第3期

王國強　〈《中國評論》與十九世紀末英國漢學的發展〉　《漢學研究通訊》　總第103期　2007年

王國維　〈教育偶感〉四則之四　《教育世界》　第81號　1904年8月

王國維　〈人間嗜好之研究〉　《教育世界》　第146號　1907年4月

王　輝　〈理雅各與《中國經典》〉　《中國翻譯》　2003年第2期

王際真　〈《紅樓夢》英文節譯本序言（1929年）〉　《紅樓夢學刊》　1984年第3期

王立群　〈《漫遊隨錄》中所塑造的英國形象〉　《北京科技大學學報》　2005年第1期

王麗娜　〈《紅樓夢》外文譯本介紹〉　《文獻》　1979年第1期

王麗娜　〈《金瓶梅》在國外〉　《河北大學學報（哲學社會科學版）》　1980年第2期

王麗娜　〈《西遊記》外文譯本概述〉　《文獻》　1980年第4期

王麗娜　〈《西廂記》的外文譯本和滿蒙文譯本〉　《文學遺產》　1981年第3期

王麗娜　〈英國漢學家德庇時之中國古典文學譯著與北圖藏本〉　《文獻》　1989年第1期

王麗娜　〈元曲在國外〉　呂薇芬選編　《名家解讀元曲》　濟南市　山東人民出版社　1999年

王麗娜　〈歐陽修詩文在國外〉　《河北師大學報》　2003年第3期

王麗耘　〈郭沫若與英國文學〉　《江西科技師範學院學報》　2005年第5期

王麗耘　〈大衛‧霍克思漢學年譜簡編〉　《紅樓夢學刊》　2011年第4期

王麗耘　〈「石頭」激起的漣漪究竟有多大？──細論《紅樓夢》霍譯本的西方傳播〉　《紅樓夢學刊》　2012年第4期

王麗耘、葛桂录　〈域外影響下的于賡虞詩學理論〉　《貴州師範大學學報》　2011年第1期

王列耀　〈王爾德與中國現代文學〉　《黑龍江教育學院學報》　1988年第3期

王　燕　〈英國漢學家梅輝立《聊齋志異》譯介芻議〉　《蒲松齡研究》　2011年第3期

王友貴　〈喬伊絲在中國：1922-1999〉　《中國比較文學》　2000年第2期

王佐良　〈莎士比亞在中國的時辰〉　《外國文學》　1991年第2期

汪文頂　〈英國隨筆對中國現代散文的影響〉　《文學評論》　1987
　　　　年第4期

衛詠誠　〈倫敦「寶川夫人」觀演記〉《良友》　1936年7月號118期

魏洪丘　〈狄更斯和老舍〉　《四川外語學院學報》　1992年第2期

魏思齊　〈不列顛（英國）漢學研究的概況〉　《漢學研究通訊》
　　　　2008年第2期

吳定宇　〈來自英倫三島的海風──論郭沫若與英國文學〉　《中山
　　　　大學學報》　2002年第5期

吳潔敏　〈朱生豪與莎士比亞〉　《外國文學研究》　1986年第2-3期

吳世昌　〈紅樓夢的西文譯本和論文〉　《文學遺產》增刊第9輯
　　　　1962年

吳學平　〈王爾德與老莊哲學〉　《解放軍外語學院學報》　1997年
　　　　增刊

伍　輝　〈解讀英國文學中烏托邦類型的中國形象〉　《南華大學學
　　　　報》　2005年第5期

X

蕭　乾　〈以悲劇結束的一段中英文學友誼：記福斯特〉　《世界文
　　　　學》　1988年第3期

解志熙　〈英國唯美主義文學在現代中國的傳播〉　《外國文學評
　　　　論》　1997年第1期

辛　笛　〈我和外國文學〉　《中國比較文學》　總第3期

熊式一　《《王寶川》在倫敦〉　《新時代》　1937年第4期

熊式一　〈歐美演劇的經過〉　《江西教育》　1937年第26期

熊文華　〈偉烈亞力及其《中國之研究》〉　閻純德主編　《漢學研
　　　　究》　第6集　2002年

熊文莉　〈雪萊及其作品在二十世紀初中國的譯介和接受〉　《理論
　　　　界》　2005年第9期

熊月之　〈鴉片戰爭以前中文出版物對英國的介紹──介紹《大英國
　　　　統志》〉　《安徽史學》　2004年第1期

徐　劍　〈初期英詩漢譯述評〉　《中國翻譯》　1995年第4期

徐　魯　〈徐志摩與曼斯費爾德〉　《名人》　1995年第4期

徐莉華、徐曉燕　〈中國五四時期的另一種翻譯走向：評朱湘的英詩
　　　　翻譯〉　《中國比較文學》　2002年第4期

徐霞村　〈一個神秘的詩人的百年祭〉　《小說月報》　第18卷第8
　　　　號　1927年

許麗青　〈詩學中的「意義」闡釋──錢鍾書與瑞恰慈、艾略特的詩
　　　　學理論〉　《文藝爭鳴》　2010年第21期

許天虹譯　〈迭更司論──為人道而戰的現實主義大師〉　《譯文》
　　　　新3卷第1期　1937年

許淵沖　〈談唐詩的英譯〉　《翻譯通訊》　1983年第3期

許淵沖　〈詩詞‧翻譯‧文化〉　《北京大學學報》　1990年第5期

許正林　〈新月詩派與維多利亞詩〉　《中國現代文學研究叢刊》
　　　　1993年第2期

許祖華　〈梁實秋對莎士比亞的翻譯與研究〉　《外國文學研究》
　　　　1995年第2期

薛維華　〈《17、18世紀英國文學中的中國》與漢學研究〉　《華中
　　　　師範大學研究生學報》　2010年第4期

Y

鄢　秀　〈淡泊平生，孜孜以求──記阿瑟‧威利與霍克思〉　《明
　　　　報月刊》　2010年第6期

嚴紹璗　〈文化的傳遞與不正確理解的形態〉　《中國比較文學》
　　　　1998年第4期

楊暢、江帆　〈《紅樓夢》英文譯本及論著書目索引（1830-2005）〉
　　　　　　《紅樓夢學刊》　2009年第1期

楊鳳林　〈十八世紀英國文學「漢風」的文化反思〉　《四川外語學
　　　　院學報》　2008年第6期

楊國斌　〈英國詩歌翻譯在中國〉　《外語與翻譯》　1994年第2期

楊國楨　〈牛津大學中國學的變遷〉　《中國史研究動態》　1995年
　　　　第8期

楊金才　〈艾略特在中國〉　《山東外語教學》　1992年第1-2期

楊莉馨　〈論「新月派」作家與伍爾夫的精神契合與文學關聯〉
　　　　《南京師大學報》2009年第2期

楊周翰　〈彌爾頓《失樂園》中的加帆車——17世紀英國作家與知識
　　　　的涉獵〉　《國外文學》　1981年第4期

楊周翰　〈論歐洲中心主義（續）〉　《中國比較文學》　1991年第1期

葉　雋　〈倫敦大學亞非學院及其漢學研究〉　《國際漢學》第11輯
　　　　鄭州市　大象出版社　2004年

冶　子　〈十九世紀前中國小說對歐洲文學的影響〉　《新作品雙月
　　　　刊》　1967年1月

銀春花　〈《魯濱遜漂流記》中的中國想像〉　《內蒙古師範大學學
　　　　報》　2006年第5期

尹慧民　〈近年來英美《紅樓夢》論著評價〉　《紅樓夢研究集刊》
　　　　1980年第3輯

于洪英　〈尤利西斯在中國〉　《天津師範大學學報》　1988年第5期

于俊青　〈英國漢學的濫觴——威廉·瓊斯對《詩經》的譯介〉
　　　　《東方叢刊》　2009年第4期

余　傑　〈狂飆中的拜倫之歌：以梁啟超、蘇曼殊、魯迅為中心探討
　　　　清末民初文人的拜倫觀〉　《魯迅研究月刊》　1999年第9期

袁昌英　〈妥瑪斯·哈底〉　《現代評論》　第7卷第171期　1928年
　　　　3月

姚達兌　　〈新教倫理與感時憂國：晚清〈魯濱孫〉自西徂東〉　《中
　　　　　國文學研究》　2012年第1期

袁荻涌　　〈郭沫若與英國文學〉　《郭沫若學刊》　1991年第1期

袁荻涌　　〈蘇曼殊與英國浪漫主義文學〉　《昭通師專學報》　1993
　　　　　年第2期

袁錦翔　　〈詩僧蘇曼殊的譯詩〉　《外語教學與研究》　1986年第1期

袁錦翔　　〈評H. A. Giles英譯《醉翁亭記》〉　《中國翻譯》　1987年
　　　　　第5期

袁可嘉　　〈歐美文學在中國〉　《世界文學》　第7卷5期　1959年9月

雲　虹　　〈英國文學中中國形象的定型〉　《四川大學學報》　2008
　　　　　年第4期

岳　峰　　《架設東西方的橋樑——英國漢學家理雅各研究》　福州市
　　　　　福建師範大學博士學位論文　2003年

Z

曾嬪穎　　〈從意識形態的視角看翟理斯對《聊齋志異》的重寫〉　武
　　　　　漢市　華中師範大學碩士學位論文　2007年

曾錦漳　　〈林譯小說研究〉　香港《新亞學報》　第8卷第1期　1967
　　　　　年2月

張國剛　　〈劍橋大學中國學的歷史與現狀〉　《中國史研究動態》
　　　　　1995年第3期

張國剛　　〈關於劍橋大學中國學研究的若干說明〉　《中國史研究動
　　　　　態》　1996年第3期

張惠珍、段豔麗　　〈論伍爾夫對中國女作家的影響〉　《河北學刊》
　　　　　2012年第4期

張　靜　　〈自西至東的雲雀——中國文學界（1908-1937）對雪萊的
　　　　　譯介與接受〉　《中國現代文學研究叢刊》　2006年第3期

張隆溪　〈《17、18世紀英國文學中的中國》中譯本序〉　《國際漢學》第11輯　鄭州市　大象出版社　2004年

張敏慧　《韋利及其楚辭研究》　雲林縣　雲林科技大學漢學資料整理研究所碩士論文　2007年

張蓉燕　〈儒學：中國接受《簡・愛》的倫理思想基礎〉　《求是學刊》　1992年第3期

張天翼　〈我的幼年生活〉　《文學雜誌》　1933年第2期

張西平　〈樹立文化自覺，推進海外漢學（中國學）的研究〉　《學術研究》　2007年第5期

張西平　〈在世界範圍內考察中國文化的價值〉　《中國圖書評論》2009年第4期

張　旭　〈文化外求時期朱湘的譯詩活動考察〉　《外語與翻譯》2004年第3期

張旭等　〈英國散文翻譯在中國〉　《外語與翻譯》　2000年第3期

張軼東　〈中英兩國最早的接觸〉　《歷史研究》　1958年第3期

張沅長　〈英國十六、十七世紀文學中之契丹人〉　《文哲季刊》第2卷第3期　1931年

張沅長　〈密爾頓之中國與契丹〉　《文藝叢刊》第1卷第2期 1934年

張振先　〈莎士比亞與京劇〉　《爭鳴》　1957年第3期

張振遠　〈「中國的愛利亞」：梁遇春〉　《中國比較文學》　1995年第1期

張祖武　〈英國的Essay與中國的小品文〉　《外國文學研究》1989年第2期

兆述譯述　〈英國文壇新發現不列顛博物院秘檔記〉　《國聞週報》第11卷第26期　1934年

趙景深　〈英國大詩人勃萊克百年紀念〉　《小說月報》第18卷第8號　1927年

趙蘿蕤　〈我與艾略特〉　上海《文匯讀書週報》　1992年3月28日

趙　玫　〈喬伊絲與中國小說創作〉　《外國文學》　1997年第5期

趙銘彝　〈莎士比亞在中國舞臺上〉　《上海戲劇學院學報》　1957
　　　　年第6期

趙　沨　〈中國古典戲劇在歐洲的旅行演出〉　《戲劇報》　1956年
　　　　第2期

趙世瑜　〈大眾的觀點、長遠的觀點：從利瑪竇到馬嘎爾尼〉　載張
　　　　芝聯主編　《中英通使二百週年學術討論會論文集》　北
　　　　京市　中國社會科學出版社　1996年

趙文書　〈奧登與九葉詩人〉　《外國文學評論》　1992年第2期

趙文書　〈W. H. 奧登與中國的抗日戰爭〉　《當代外國文學》　1999
　　　　年第4期

趙毅衡　〈英國二十世紀最出色的學者詩人──燕卜蓀〉　《人物》
　　　　2000年第5期

趙友斌　〈曼斯費爾德與徐志摩〉　《四川師範學院學報》　1995年
　　　　第1期

鄭錦懷　〈《紅樓夢》早期英譯百年（1830-1933）──兼與帥雯雯、
　　　　楊暢和江帆商榷〉　《紅樓夢學刊》　2011年第4期

鄭振鐸　〈評Giles的中國文學史〉　《鄭振鐸古典文學論文集》　上
　　　　海市　上海古籍出版社　1984年

鄭振偉　〈孤獨與聞一多的詩歌創作〉　《中國現代文學研究叢刊》
　　　　2006年第5期

周發祥　〈《詩經》在西方的傳播和研究〉　《文學評論》　1993年
　　　　第6期

周國珍　〈彭斯及其中國讀者〉　《中國比較文學》　1991年第2期

周珏良　〈數百年來的中英文化交流〉　《中外文化交流史》（周一
　　　　良主編）　鄭州市　河南人民出版社　1987年

周駿章　〈莎士比亞與中國人〉　《陝西師範大學學報》　1994年第2期

周　寧　〈跨文化的文本形象研究〉　《江蘇社會科學》　1999年第1期

周　寧　〈雙重他者：解構《落花》的中國形象〉　《戲劇》　2002年第3期

周　甯、宋炳輝　〈西方的中國形象研究──關於形象學學科領域與研究範例的對話〉　《中國比較文學》　2005年2月

周小儀　〈消費文化與日本藝術在西方的傳播〉　《外國文學評論》1996年第4期

周小儀　〈莎樂美之吻：唯美主義、消費主義與中國啟蒙現代性〉《中國文學研究》　2001年第2期

周小儀　〈英國文學在中國的介紹、研究與影響〉　《譯林》　2002年第4期

周作人　〈英國詩人勃來克的思想〉　《少年中國》　第1卷第8期1919年12月

朱炳蓀　〈讀Giles的唐詩英譯有感〉　《外國語（上海外國語大學學報）》　1980年第2期

朱　徽　〈二十世紀初葉英詩在中國的傳播與影響〉　《外國語》1996年第3期

朱　徽　〈T. S. 艾略特與中國〉　《外國文學評論》　1997年第1期

莊群英、李新庭　〈英國漢學家西里爾‧白之與《明代短篇小說選》〉　《長春理工大學學報》　2011年第7期

宗　璞　〈獨特性作家的魅力〉　《外國文學評論》　1990年第1期

鄒振環　〈麥都思及其早期中文史地著述〉　《復旦學報》　2003年第5期

鄒振環　〈《大英國志》與晚清國人對英國歷史的認識〉　《復旦學報》　2004年第1期

祖　正　〈駱駝草——紀念英國神秘詩人白雷克〉（上、中、下）
　　　　《語絲》　第148、150、153期　1927年

二　英文文獻

（一）著作

A

Acton, Harold. *Peonies and Ponies*. Oxford University Press, 1941.

Acton, Harold. *Memories of an Aesthete*. London: Methuen, 1948.

Acton, Harold. *More Memoirs of an Aesthete*.London: Hamish, 1986.

Acton, Harold & Ch'en Sh'ih Hsiang. *Modern Chinese Poetry*. London: Duckworth, 1936.

Acton, Harold & Lewis Charles Arlington. *Famous Chinese Plays*. Peiping: Henri Vetch, 1937.

Alldritt, Keith. *The Making of George Orwell: An Essay in Literary History*. London: Edward Arnold Ltd., 1969.

Alexander, Robert. *Teaou-Shin:A Drama From The Chinese*. London: Ranken and Company, Drury House, ST. Mary-Le-Strand, 1869.

Appleton, William W. *A Cycle of Cathay: The Chinese Vogue in English during the Seventeenth and Eighteenth Centuries*. New York: Columbia UP, 1951.

Atkins, John. *George Orwell: A Literary Study*. London: John Calder Ltd., 1954.

Auden , W. H. & Christopher Isherwood. *Journey to A War*. London: Faber & Faber Limited, 1939.

B

Barrow, John. *Travels in China*. London: Cadell & Davis, 1804.

Beckford, William. *Vathek, with the Episodes*. New York: Ballantine, 1979.

Bennett, Josephine Waters. *The Rediscovery of Sir John Mandeville*. New York: MLA, 1954.

Beckson, Karl. *The Oscar Wilde Encyclopedia*. New York: AMS Press, 1998.

Birch, Cyril. *Stories from a Ming Collection*. London: Bodlay Head, 1958.

Birch, Cyril ed., *Anthology of Chinese Literature From Earliest Times to the Fourteenth Century*. Harmondsworth: Penguin Books Ltd., 1967.

Birch, Cyril & Keene, Donald , *Anthology of Chinese Literature: Volume I: From Early Times to the Fourteenth Century* . New York: Grove Press, 1994.

Boothby, Guy. *Doctor Nikola*. London, 1896.

Boothby, Guy. *Doctor Nikola's Experiment*. London, 1899.

Boswell, James. *The Life of Samuel Johnson*. John Canning, ed., London: Methuen, 1991.

Bowker, Gordon. *George Orwell*. London: Abacus, 2004.

Brannigan, John. *Orwell to the Present: Literature in England, 1945-2000*. Houndmill: Palgrave Macmillan, 2003.

Brewitt-Taylor, Charles Henry, tr., *Chats in Chinese. A Translation of the T'an Lun Hsin Pien.* Peking: The Pei-T'ang Press, MCMXXV (1901).

Brewitt-Taylor, Charles Henry tr., *San Kuo, or Romance of the Three Kingdoms Vol. I.* Shanghai, Hongkong, Singapore: Kelly & Walsh, Limited, 1925.

Burke, Thomas. *Limehouse Nights: Tales of Chinatown*. London: Richards, 1916.

Burke, Thomas. *Twinkletoes: A Tale of Chinatown*. London: Richards, 1917.

Burton, Robert. *The Anatomy of Melancholy*, 3vols. New York: Hurd & Houghton, 1864.

Buss, Kate. *Studies in the Chinese Drama*. Boston: The Four Seas Company, 1922.

C

Cardner, Averil. *George Orwell*. Boston: Twayne Publishers, 1987.

Calder, Jenni. *Huxley and Orwell: Brave New World and Nineteen Eighty-Four*. London: Edward Arnold, 1976.

Cannon, Isidore Cyril. *Public Success, Private Sorrow: The Life and Times of Charles Henry Brewitt-Taylor（1857-1938）, China Customs Commissioner and Pioneer Translator*. Hong Kong: Hong Kong University Press, 2009.

Ch'ien, Hsiao. *A Harp with A Thousand Strings*. London: Pilot Press Ltd., 1944.

Chu, Chia Chien, *The Chinese Theatre*. London:John Lane, The Bodley Head, 1922.

Clark, T. Blake. *Oriental England: a Study of Oriental Influences in Eighteenth Century England as Reflected in the Drama*. Shanghai: Kelly &Walsh, 1939.

Codell, Julie F. & D. S. Macleod, eds., *Orientalism Transposed : The Impact of the Colonies on British Culture*. England: Ashgate Publishing Limited, 1998.

Cohen, J. M. *English Translators and Translations*. London: Longmans, Green, 1962.

Cranmer-Byng, Launcelot. *A lute of jade: being selections from the classical poets of China*. New York: E.P. Dutton, 1909.

Crick, Bernard. *George Orwell: A Life*. Boston: Little, Brown and Company, 1980.

Coleridge, Ernest Hartley, ed., *Coleridge: Poetical Works*. Oxford University Press, 1980.

Craig, Gordon. *The Theatre Advancing*. New York: Benjamin Blom, 1963.

Crump, James Irving. *Chinese theater in the days of Kublai Khan*. Tucson: University of Arizona Press, 1980.

D

Davis, John Francis. *Laou-Seng-Urh, or, An Heir in His Old Age*. London: John Murray, 1817.

Davis, John Francis. *Chinese Novels*. London: John Murray, Albemarle-Street, 1822.

Davis, John Francis. 《賢文書》 (*Hien wun shoo*). London: John Murray, Albemarle Street, 1823.

Davis, John Francis. *Hao Chiu Chuan, The Fortunate union, a romance*. London: J. Murray, 1829.

Davis, John Francis. *The Fortunate Union, a Romance Translated from the Chinese Original with Notes and Illustrations to Which is Added a Chinese Tragedy*. London: Oriental Translation Fund, 1829.

Davis, John Francis. *The Chinese: a general description of the empire of China and its inhabitants*. London: Charles Knight, 1836.

Davis, John Francis. *Poetry and Criticism*. London: Bradbury and Evans, 1850.

Davis, John Francis. *The Chinese: General Description of China and Its Inhabitants*. London: C. Cox,12, King William Street,Strand, 1851.

Davis, John Francis. *China: a general description of that empire and its inhabitants*. London: J. Murray, 1857.

Davis, John Francis. *Chinese Miscellanies; a collection of essays and notes*. London: J. Murray, 1865.

Davis, John Francis. *Chinese Miscellanies Essays and Notes*. London: John Murray, Albemarle-Street, 1865.

Davis, John Francis. 《漢文詩解》(*the Poetry of the Chinese*). London: Asher and Co., Bedford Street, 1870.

Davis, J. F. *On the Poetry of the Chinese*. New and augmented edition. Bedford Street:Asher and Co., 1870.

Davison, Peter. *The Lost Orwell: Being a Supplement to The Complete Works of George Orwell*, London: Timewell Press Ltd., 2006.

Dawson, Raymond. *The Legacy of China*. Oxford: Clarendon Press, 1964.

Dawson, Raymond. *The Chinese Chameleon: An Analysis of European Conceptions of Chinese Civilization*. London: Oxford UP, 1967.

De Quincey, Thomas. *Selected Writings of Thomas De Quincey*. Ed. Philip Van Doren Stern, New York: Random House, Inc., 1937.

De Quincey, Thomas. *Confessions of an English Opium-eater and Other Writings*, Ed. Grevel Lindop, Oxford University Press, 1985.

Defoe, Daniel. *Serious Reflections During the Life and Surprising Adventures of Robinson Crusoe; With His Vision of the Angelick World*. London: Printed for W. Taylor, 1720.

Defoe, Daniel. *The Farther Adventures of Robinson Crusoe: Being the Second and Last Part of His Life*. London: Constable & Co., 1925.

Defoe, Daniel. *Selected Writings of Daniel Defoe*. James T. Boulton., ed., Cambridge UP, 1965.

Dickinson, Goldsworthy Lowes. *Letters From John Chinaman*. London: J. M. Dent & Sons, Ltd., 1913.

Dolby, William. *A History of Chinese Drama*. London: Elek Books Limited, New York: Harper & Row Publishers, 1976.

Dolby, William. *Eight Chinese plays from the thirteenth century to the present*. Columbia: Columbia University Press, 1978.

Du Halde, J. B. *Description of the Empire of China and Chinese Tartar*. London, 1738.

E

Eagleton, Terry. *Exiles and Émigrés: Studies in Modern Literature*. London: Chatto & Windus, 1970.

Ehrenfeld, David. *Beginning Again: People and Nature in the New Millennium*. Oxford: Oxford UP, 1993

Eoyang, Eugene Chen. *The Transparent Eye: Reflections on Translation, Chinese Literature and Comparative Poetics*. Honolulu: University of Hawaii Press, 1993.

F

Fenwick, Gillian. *George Orwell:A Bibliography*.Winchester: St Paul's Bibliographies, 1998.

Fletcher, W. J. B. translated into English verse, with comparative passages from English literature. *More gems of Chinese poetry*. Shanghai: Commercial Pr. Ltd., 1923.

Forster, E. M. *Goldsworthy Lowes Dickinson*. New York: Harcourt, Brace and Company, 1934.

G

Giles, H. A. *A Dictionary of Colloquial Idioms in the Mandarin Dialect.* Shanghai: A. H. de Carvalho, 1873.

Giles, H. A. *Synoptical Studies in Chinese Character.* Shanghai: Printed by A. H. de Carvalho, and sold by Kelly & Co., 1874.

Gile, H. A. *China Sketches.* London: Trübner & Co., Ludgate Hill. Shanghai: Kelly & Co., 1875.

Giles, H. A. *Chinese Sketches.* London: TrRbner & Co., 1876.

Giles, H. A. *From Swatow to Canton: Overland.* London: TrRbner & Co., Shanghai: Kelly & Walsh, 1877.

Giles, H. A. *Handbook of the Swatow Dialect, with a Vocabulary.* Shanghai: Kelly & Walsh, 1877.

Giles, H. A. *A Short History of Koolangsu.* Amoy: A. A. Marcal, 1878.

Giles, H. A. *On Some Translations and Mistranslations in Dr. Williams' Syllabic Dictionary of the Chinese Language.* Amoy, 1879.

Giles, H. A. *Strange Stories from a Chinese Studio.* London: Thos. De La Rue & Co., 1880.

Giles, H. A. *Freemasonry in China.* Amoy: A. A. Marcal, 1880.

Giles, H. A. *Historic China and other Sketches.* London: Thos. De la Rue & Co., 1882.

Giles, H. A. *Gems of Chinese Literature.* London: Bernard Quaritch, 15, Piccadilly. Shanghai: Kelly & Walsh, 1884.

Giles, H. A. *Chuang Tzu, Mystic, Moralist, and Social Reformer, Translated from the Chinese.* London: Bernard Quaritch, 1889.

Giles, H. A. *A Chinese-English Dictionary.* Shanghai: Kelly & Walsh, 1892

Giles, H. A. *A Catalogue of the Wade Collection of Chinese and Manchu Books in the Library of the University of Cambridge.* London: Cambridge at the University press, 1898.

Giles, H. A. *A Chinese Biographical Dictionary.* London: Bernard Quaritch, 1898.

Giles, H. A. *Chinese Poetry in English Verse.* London: Bernard Quaritch. Shanghai: Kelly & Walsh, 1898.

Giles, H. A. *A History of Chinese Literature.* London: William Heineman, 1901.

Giles, H. A. *Chinese without a Teacher: Being a Collection of Easy and Useful Sentences in the Mandarin Dialect with a Vocabulary.* Shanghai/Hongkong /Singapore: Kelly & Walsh, Limited, 1901

Giles, H. A. *Religions of Ancient China.* London: Archibald Constable & Co., 1905.

Giles, H. A. *An Introduction to the History of Chinese Pictorial Art, With Illustrations.* Shanghai: Kelly & Walsh Ltd., 1905.

Giles, H. A. *A History of Chinese Literature.* New York: D. Appleton and Company, 1909.

Giles, H. A. *The Civilization of China,* London: Williams and Norgate, 1911.

Giles, H. A. *A Chinese-English Dictionary, Second Edition, Revised & Enlarged.* Shanghai/Hongkong/Singapore: Kelly & Walsh, London: Bernard Quaritch, 1912.

Giles, H. A. *China And The Manchus.* London: Cambridge at the University Press, 1912.

Giles, H. A. *China and the Chinese.* New York: The Columbla University Press, 1912.

Giles, H. A. *Supplementary catalogue of the Wade collection of Chinese and Manchu Books in the library of the University of Cambridge*. London: Cambridge at the University Press, 1915.

Giles, H. A. *The Hundred Best Characters*. Shanghai: Kelly & Walsh Co., 1919.

Giles, H. A. *Some Truths about Opium*. Cambridge: W. Heffer & Sons Ltd., 1923.

Giles, H. A. *Gems of Chinese Literature(prose)*. Shanghai: Kelly & Walsh, Ltd., 1923.

Giles, H .A. *Gems of Chinese Literature*. London: Kelly & Walsh, 1923.

Giles, H. A. *A History of Chinese Literature*. New York and London: D. Appleton and company, 1923.

Giles, H. A. *Chaos in China: A Rhapsody*. Cambridge: W. Heffer & Sons, 1924.

Giles, H.A. translated and annotated. *SAN TZU CHING* 三字經, *Elementary Chinese*. Republished revised second edition. New York: Frederick Ungar Publishing Co., 1963.

Giles, H. A. *A History of Chinese Literature*.Rutland, Vermont & Tokyo, Japan: Charles E. Tuttle Company, 1973.

Giles, H. A. *The Journey of Herbert A. Giles From Swatow to Canton* (《翟理斯汕廣紀行》)，上海市：復旦大學出版社，2006年。

Gruchy, John Walter , *Orienting Arthur Waley:Japanism, Orientalism, and the Creation of Japanese Literature in English*. Honolulu: University of Hawaii' Press, 2003.

Goldsmith , Oliver. *The Miscellaneous Works of Oliver Goldsmith* .4vols. London: S. & R. Bentley, 1820.

H

Haffenden,John, ed., *Argufying: Essays on Literature and Culture–William Empson*. Iowa University Press, 1987.

Hammond, J. R. *A George Orwell Companion: A Guide to the Novels, Documentaries and Essay*. Houndmills: the Macmillan Press Ltd., 1982

Hammond. J. R. *A George Orwell Chronology*. Houndmills: Palgrave, 2000.

Hatim, Basil. *Communication Across Cultures*. Shanghai: Shanghai Foreign Language Education Press, 2001.

Hawkes, David tr., *A Little Primer of Tu Fu*. Oxford: the Clarendon Press, 1967.

Hawkes, David tr., *The Story of the Stone*. Volume1-3. Harmondsworth: Penguin Books, 1973-1980.

Hawkes, David. John Minford & Siu-kit Wong ed., *Classic, Modern and Humane Essays in Chinese Literature*. Hong Kong: the Chinese University Press, 1989.

Hayter, Alethea. *Opium and the Romantic Imagination*. London: Faber & Faber, 1968.

Higgins, Iain Macleod. *Writing East: the"travels"of Sir John Mandeville*. Philadelphia: Pennsylvania UP, 1997.

Hitchens, Christopher. *Why Orwell Matters*. New York: Basic Books, 2002

Honour, Hugh. *Chinoiserie: The Vision of Cathay*. London: J. Murray, 1961.

Holden, Philip. *Orienting Masculinity, Orienting Nation: W. Somerset Maugham's Exotic Fiction*. London: Greenwood Press, 1996.

Hsia, Adrian, ed., *The Vision of China in the English Literature of the Seventeenth and Eighteenth Centuries*. Hong Kong: The Chinese University Press, 1998.

Hsiao, Ch'ien, ed., *A Harp with A Thousand Strings*. London: Pilot Press Ltd., 1944.

Hsiung, S. I. trans., *The Romance of the Western Chamber*. London: Methuen, 1935.

Hung, William. *Tu Fu, China's Greatest Poet*. Cambridge: Harvard University Press, 1952.

I

Impey, Oliver. *Chinoiserie: The Impact of Oriental Styles on Western Art and Decoration*. London, 1977.

J

Johns, Francis A. *A Bibliography of Arthur Waley*. Rutgers University Press, 1968.

K

Koss, Nicholas. *The Best and Fairest Land: Images of China in Medieval*. Taipai: Bookman Books, Ltd., 1999.

L

Lach, Donald F. and Edwin J. Van Kley. *Asia in the Making of Europe*. Vol. 3, Book Four: East Asia. Chicago UP, 1993.

Lefevere, André. *Translation, Rewriting and the Manipulation of Literary Fame*. London & New York: Routledge, 1992.

Lee, Thomas H. C., ed., *China and Europe, Images and Influences in Sixteenth to Eighteenth Centuries*. Hong Kong: The Chinese UP, 1991.

Legge, James. *The Sacred Books of the East*. Vol. XXXIX. ed. F. Max Muller. Oxford: At the Clarendon Press, 1891.

Legge, James.*The Sacred Books of the East.*, Vol. III. ed. Max Muller. Oxford: At the Clarendon Press, 1899.

Legge, James. *The Chinese Classics: The Shi King*. Hong Kong: Hong Kong University Press, 1960.

Lindop, Grevel. *The Opium-eater: A Life of Thomas De Quincey*. London: J.M.Dent & Sons Ltd., 1981,

Liu, James J. Y. *The Interlingual Critic: Interpreting Chinese Poetry*. Bloomington: Indiana University Press, 1982.

Lovejoy, Arthur O. *Essays in The History of Ideas*. Westport, CT: Greenwood Press, Inc. , 1978.

M

Mackerras, Colin. *West Images of China.* Oxford University Press, 1999.

Mackerras, Colin*, ed., Chinese Theater from Its Origins to the Present Day.* Honolulu: University of Hawaii Press, 1983.

Macgowan, Rev. J. *Beauty: A Chinese Play.* London: E. L. Morice, 1911.

McAleavy, Henry. *Su Man-shu, 1884-1918, A Sino-Japanese Genius.* London: The China Society, 1960.

Mandeville, John. *The Travels of Sir John Mandeville; an abridged version with commentary.* London, William Collins Sons & Co. Ltd. , 1973.

Martin, Philip W. & Robin Jarvis, eds., *Reviewing Romanticism.* New York: St. Martin's Press, 1992.

Maugham, W. Somerset. *On a Chinese Screen*. London: Heinemann, 1922.

Maugham, W. Somerset. *The Painted Veil*. Penguin Books, 1952.

May, Rachel & John Minford ed., *A Birthday Book for Brother Stone: For David Hawkes, at Eighty*. Hong Kong: The Chinese University Press, 2003.

Meyers, Jeffrey. ed., *George Orwell: the Critical Heritage*. London: Routledge, 1975.

Meyers, Jeffrey. *A Reader's Guide to George Orwell*. Totowa: Rowman & Allanheld, 1977.

Mills, E. *The Tragedy of Ah Qui & Other Modern Chinese Stories*. London: Routledge, 1930.

Morrison, Robert. *Horae Sinicae: Translations from the Popular Literature of the Chinese*. London: Black & Parry, 1812.

N

Needham, Joseph. *Science and Civilisation in China Vol.6*. London: Cambridge Univ. Press, 1996.

Newsinger, John. *Orwell's Politics*. Houndmills: Macmillan Press Ltd., 1999.

Newmark, Peter, *Approaches to Translation*. Oxford: Pergamon Press Ltd., 1982.

Nida, E. A. , *Translating Meaning.*San Dimas: English Language Institute, 1982.

O

Ogden,C. K., I. A. Richards & James Wood. *The Foundations of Aesthetics*. New York: International Publishers, 1929.

Orwell, George. *The Complete Works of George Orwell*. Vol.1-9. Ed. Peter Davison, London: Secker & Warburg, 1986-1987.

Orwell, George. *The Complete Works of George Orwell*.Vol.10-20. Ed. Peter Davison, London: Secker & Warburg, 1998.

Orwell, Sonia and Ian Angus. eds., *The Collected Essays, Journalism and Letters of George Orwell*. Vol. I - Ⅳ. Harmondsworth: Penguin Books Ltd., 1970.

P

Paper, Jordan D. *Guide to Chinese Prose*. second version. Boston: G. K. Hall & Co., 1984.

Payne , R. *Contemporary Chinese Poetry*. London: Routledge, 1947.

Percy, Thomas. *Hau Kiou Choaan or, The Pleasing History. A Translation From the Chinese Language*. London, 1761.

Percy, Thomas. *Miscellaneous Pieces Relating to the Chinese*. London, 1762.

Purcell,V. W. W. S. *The Spirit of Chinese Poetry*. Shanghai: Kelly & Walsh, Ltd., 1929.

Puttenham, George. *The Arte of English Poesie*. Edited by Gladys Doidge Willcock & Alice Walker, Cambridge UP, 1936.

R

Reichwein, Adolf. *China and Europe: Intellectual and Artistic Contacts in the Eighteenth Century*. London: Routledge, 1925.

Rodden, John. *The Politics of Literary Reputation: The Making and Claiming of St. George Orwell*. Oxford: Oxford UP, 1989.

Rodden, John. ed., *The Cambridge Companion to George Orwell*. Cambridge: Cambridge UP, 2007.

Rohmer, Sax. *The Insidious DR. Fu Manchu.* New York : Mcbride, Nast, 1913.

Rohmer, Sax. *Pipe Dreams: The Birth of Fu Manchu, The Manchester Empire News.* Sunday January 30, 1938.

Rohmer, Sax. *Four Complete Classics by Sax Rohmer.* New York: Castle, 1983.

Rohmer, Sax. *The Return of Dr. Fu Manchu, from Four Complete Classics by Sax Rohmer.* Castle, 1983.

Rohmer, Sax. *The Hand of Fu Manchu ,From Four Complete Classics by Sax Rohmer.* Castle, 1983.

Ropp, Paul S. & Timothy Hugh Barrett ed., *Heritage of China: Contemporary Perspectives On Chinese Civilization.* Berkley: University of California Press, 1990.

Russell, Bertrand. *The Problem of China.* London: George Allen & Unwin Ltd., 1922.

S

Said, Edward. *Beginning: Intentions and Method.* New York: Basic Books, 1975.

Staunton, George. *An Authentic Account of an Embassy from the King of Great Britain to the Emperor of China,* 2 Vols. London: Stockdale, 1797.

Staunton, George Thomas .*Narrative of the Chinese Embassy to the Khan of the Tourgouth Tartars, in the years 1712, 13,14, &15.* London: J. Murray.

Sullivan, Michael. *An Introduction to Chinese Art.* Berkeley and Los Angeles: University of California Press, 1961.

T

Temple, William. *The Works of Sir William Temple*. London, 1814.

Thomas Burke, *The Chink and the Child*, in *Limehouse Nights: Tales of Chinatown*. London: Richards, 1916.

Thomas Burke, *Limehouse Nights: Tales of Chinatown*. London: Richards, 1916; republished as Limehouse Nights, New York: McBride, 1917.

Thomas Carlyle, *Past and Present*. New York University Press, 1965.

Thomas, Peter Perring. *Chinese courtship in verse*. London: Published by Parbury, Allen, and Kingsbury, Leadenhall-street. Macao, China: Printed at The Honorable East Indian Company`s Press, 1824.

V

Venuti, Lawrence. *The Translation Studies Reader*. London: Routledge, 2000.

W

Waley, Arthur. *Chinese Poems*. Lowe Bros. High Holborn: London W. C., 1916.

Waley, Arthur. *A Hundred & Seventy Chinese Poems*. London: Constable and Company, 1918.

Waley, Arthur. *Japanese Poetry: The Uta*. Oxford: the Clarendon Press, 1919.

Waley, Arthur. *The Poem Li Po A.D.701-762*. London: East and West Ltd., 1919.

Waley, Arthur. *More Translations from the Chinese*. London: George Allen & Unwin Ltd., 1919.

Waley, Arthur. *The Temple and Other Poems*. London: George Allen & Unwin Ltd., 1923.

Waley, Arthur. *Poems from the Chinese*. London: Ernest Benn Ltd., 1927.

Waley, Arthur. *A Catalogue of Paintings Recovered From Tun-huang by Sir Aurel Stein*. London: The British Museum, 1931.

Waley, Arthur. *The Book of Songs*. London: George Allen & Unwin Ltd., 1937.

Waley, Arthur. *The Analects of Conucius*. London: George Allen & Unwin Ltd., 1938.

Waley, Arthur. *Three Ways of Thought in Ancient China*. London: George Allen & Unwin Ltd., 1939.

Waley, Arthur. *Translations from the Chinese*. New York: Alfred A. Knopf, 1941.

Waley, Arthur. *Monkey*. London: Allen & Unwin Ltd., 1942.

Waley, Arthur. *The Great Summons*. Honolulu: The White Knight Press, 1949.

Waley, Arthur. *The Life and Time of Po Chü-I ,772-846A.D.* London: George Allen & Unwin Ltd., 1949.

Waley, Arthur. *The Poetry and Career of Li Po 701-762 A.D.,* London: George Allen & Unwin Ltd., 1950.

Waley, Arthur. *The Nine Songs, a Study of Shamanism in Ancient China*. London: George Allen and Unwin Ltd., 1955.

Waley, Arthur. *Yuan Mei: Eighteen Century Chinese Poet*. London: George Allen & Unwin Ltd., 1956.

Waley, Arthur. *Ballads and Stories from Tun-Huang; an anthology*. London: Allen & Unwin, 1960.

Waley, Arthur, *The Secret History of the Mongols*. London: George Allen & Unwin Ltd. 1963.

Watson, Burton. *The Columbia Book of Chinese Poetry: From the Early Times to the 13th Century*. New York: The Columbia University Press, 1984.

Wang, Chi-Chen tr., *Dream of the Red Chamber.* New York: Twayne Publishers, 1958.

Winks, Robin W. & James R. Rush. *Asia in Western Fiction*. Manchester University Press, 1990.

Y

Yang Hsien-yi & Gladys Yang tr., *A Dream of Red Mansions*, Vol.1-3. Beijing: Foreign Languages Press, 1978-1980 in hardback, 1994 1st edition.

Z

Zhang, Longxi. *Mighty Opposites: From Dichotomies to Differences in the Comparative Study of China*. Stanford University Press, 1998.

Zung, Cecilia S. L. *Secrets of the Chinese Drama*. Shanghai: Kelly and Walsh, 1937.

（二）論文

B

Bjorkman, Edwin. "Thomas Burke: The Man of Limehouse". *Thomas Burke: A Critical Appreciation of the Man of Limehouse.* George H. Doran Company, 1929.

Bronner, Milton. "Burke of Limehouse". in *The Bookman*, New York, Vol. ⅩLⅥ, September, 1917.

Burke, Thomas. "The Ministering Angel". in *The Pleasantries of Old Quong* . London: Constable, 1931.

C

Cannon, Isidore Cyril. "Charles Henry Brewitt-Taylor, 1857-1938: Translator and Chinese Customs Commissioner". *Journal of the Hong Kong Branch of the Royal Asiatic Society*, 2005, Vol. 45.

Chen, Percy. "High Spots of the Recent Visit of Mei Lan-fang to the Soviet Union". *The China Weekly Review*, 18 May 1935.

Chen Shouyi. "Daniel Defoe, China's Severe Critic." *Nankai Social and Economic Quarterly*, 8 (1935).

Chen Shouyi. "John Webb: A forgotten Page in the Early History of Sinology in Europe ."*The Chinese Social and Political Science Review*, 19 (1935-1936).

Chen Shouyi. "The Chinese Garden in Eighteen Century England." *T'ien Hsia Monthly*, 2 (1936).

Chen Shouyi. "The Chinese Orphan: A Yuan Play. Its Influence on European Drama of the Eighteenth Century." *T'ien Hsia Monthly*, 4 (1936).

Chen Shouyi. "Thomas Percy and His Chinese Studies." *The Chinese Social and Political Science Review*, 20 (1936-1937).

Chen Shouyi. "Oliver Goldsmith and His Chinese Letters." *T'ien Hsia Monthly* , 8 (1939).

Cuadrado,Clara Yu. "Cross-cultural Currents in the Theatre: China and the West." *The Sketch,*Vol. 9 (1913).

E

Elvin, Mary. "Life of Tu Fu, the Poet, A.D.712-770". *Chinese Recorder and Educational Review (Foochow)*. 1899, 30:585-588.

F

Fan Cunzhong. "Chinese Culture in England from Sir William Temple to Oliver Goldsmith." *Harvard University Summaries of Ph. D. Theses* 1931.

Fan Cunzhong. "Dr. Johnson and Chinese Culture." *Quarterly Bulletin of Chinese Bibliography*, V (1945).

Fan Cunzhong. "Percy and Du Halde." *The Review of English Studies*, XXI (Oct,. 1945）．

Fan Cunzhong. "Sir William Jones's Chinese Studies." *The Review of English Studies,* XXII (Oct . 1946).

Fan Cunzhong. "Chinese Fables and Anti-Walpole Journalism." *The Review of English Studies*, XXV (April 1949).

Fan Cunzhong. "Chinese Poetry and English Translation." *Waiguoyu*, 5 (1981).

Fan Cunzhong. "The Beginning of the Influence of Chinese Culture in England ." *Waiguoyu*, 6 (1982).

G

Giles, H. A., "The *Tzu Erh Chi*: Past and Present". *The China Review*, vol. xvi.

Giles, H. A., "Lockhart's Manual of Chinese Quotations". *The China Review*, vol. xxi.

Giles, H. A., "Mr. Balfour's '*Chuang Tsze*'". *The China Review,* Vol. 11, No.1 1882.

Giles, H. A., "The Remains of Lao Tzu: Re-Translated". *The China Review*, vol. xiv, 1885-1886.

Giles, H. A. Dr., "Legge's Crtical Notice of the Remains of Lao Tzu". *The China Review*, vol.xvi, 1888.

Giles, H. A., "Chinese Poetry in English Verse". *The Nineteenth Century*, Jan. 1894.

Giles, H. A., "Confucianism in the Nineteenth Century". *The North American Review*, vol. 171, issue 526, Sep. 1900.

Giles, H. A., "A Poet of the 2nd Cent. B. C. ". *The New China Review*, vol. II, no.1, Feb, 1920.

H

Hitchens, Christopher. "George Orwell and Raymond Williams." *Critical Quarterly*, Vol. 41, No.3 (1999).

L

Letts, Malcolm. "Introduction." In *Mandeville's Travels: Texts and Translations*. London: Hakluyt Society, 1953.

M

Meyers, Jeffrey. "George Orwell: A Bibliography." *Bulletin of Bibliography*, 31 (July- September 1974).

Meyers, Jeffrey. "George Orwell: A Selected Checklist." *Modern Fiction Studies*, 21:1 (1975: Spring).

Monroe, Habrriet. "Chinese Poetry". *Poetry*, September, 1915.

Morris, Ivan. "Arthur Waley". *Encounter*, December, 1966.

P

Parker, E.H., "Chinese Poetry: Two translations of Tu Fu's poems". *The China Review, or Notes & Queries on the Far East*, Nov. 1887, 16 (3): 162.

Q

Qian, Zhongshu. "China in the English Literature of the Seventeenth Century". *Quarterly Bulletin of Chinese Bibliography,* I (1940).

Qian, Zhongshu." China in the English Literature of the Eighteenth Century ."*Quarterly Bulletin of Chinese Bibliography*, II (1941).

Quennell, Peter. "Arthur Waley". *History Today*, August 1966.

R

Redman, Vere. "Arthur Waley, the Disembodied Man". *Asahi Evening News*, August,1966.

Roberts, Rosemary. "Chinese Literature Translation Workshop". *Asian Studies Review*, 1995, 18 (3): 134-135.

Rohmer, Sax. *Meet Dr. Fu Manchu*, From *Meet The Detective*, edited by Cecil Madden, published by *the Telegraph Press*, New York, 1935. Reprinted in *The Rohmer Review* , March 1973.

Rohmer, Sax. *The Birth of Fu Manchu*, in a talk with the *"Daily Sketch"*. Interview conducted by Geraint Goodwin London, Thursday, May 24, 1934. Reprinted in *The Rohmer Review*, No. 17 August 1977.

Russell, Bertrand . "George Orwell." *World Review*, 16 (June 1950).

V

Voorhees, Richard J. "Some Recent Books on Orwell: An Essay Review." *Modern Fiction Studies*, 21:1 (1975: Spring).

W

Waley, Arthur. "A Chinese Picture". *Burlington Magazine,* Vol. XXX, 1917.

Waley, Arthur. "Note on The 'Lute-Girl Song'". *The New China Review*, Vol. II, 1920, No.6

Waley, Arthur. "Our Debt to China". *The Asiatic Review*, July 1940, 36 (127): 554-557.

Waley, Arthur. "Chinese Poet". *The Times Literary Supplement*, Friday January 30 1953:76.

Waley, Arthur. "(Untitled Review) Ch'u Tz'u, The Songs of the South. An Ancient Chinese Anthology. By David Hawkes". Reviews of Books. *Journal of the Royal Asiatic Society of Great Britain and Ireland*, Apr. 1960 (1/2):64-65.

Woodcock, George. "Orwell, Blair, and the Critics." *The Sewanee Review*, Vol. 83, No. 3 (1975: Summer).

Z

Zucker, A. E. "China's 'Leading Lady'". *Asia,* Vol. xxiv, No.8, 1924.

後記

　　如果從一九九七年我從事中英文學交流史料的搜尋工作，一九九八年發表第一篇中英文學關係方面的論文《威廉・布萊克在中國的接受》（人大複印資料《外國文學研究》1998年第5期）算起，我的中英文學交流研究也已十多年了。俗話說，十年磨一劍，但這本《中英文學交流史》的「劍鋒」磨得如何，自己心理頗為忐忑。這是一個內容博大精深的學術領域，值得終生投入精力研究，現在就來寫總結性的「史」著，頗感糾結，在研究撰著的過程中更是難以取捨。寫作進程中存有的一些遺憾，待到將來有機會重寫多卷本文學交流史時再努力消弭吧。著者勉力為之，不敢懈怠，希望能拋磚引玉，並孕育新的學術種子，期待能發芽生根茁壯成長，將來長成一棵交流史著述的參天大樹。

　　感謝業師錢林森先生在我學術成長的困惑期，把我引入中外文學關係研究領域。拙著《跨文化語境中的中外文學關係研究》（上海市：上海三聯書店，2008年）的「代後記」〈幾分耕耘，一點收穫——研究中外（中英）文學關係的十年回顧與體會〉裡有所描述，其中說到「在我學術道路的彷徨期——儘管也在不斷寫文章、發文章，但難以構成一定的學術面目——我選擇了去南京大學，跟從錢林森教授做訪問學者，研究中外文學關係。這次選擇事實上在我的學術研究道路上是幸運的，重塑了我的學術路數，也比較切合我對學術研究的期盼。」「經過幾年的研讀與著述，我深深感受到中外文學與文化關係研究有非常深厚的學術內涵，當然它也考驗著一個學人的意志力與學

術潛質。」（該著頁462、474）

　　我在這一學術領域十多年的研習之路上，也取得了一些收穫，得到一些治學體會。拙著《比較文學之路：交流視野與闡釋方法》（上海市：上海三聯書店，2014年）的代後記「向無知與偏執挑戰——我的比較文學研習體會」裡，曾附錄自己從業二十多年以來（自一九九一年發表第一篇學術論文算起）的學術成果，涉及中英文學交流方面的著述有專著八部、譯著一部、論文四十五篇，指導中英文學關係方向的博士論文四篇、碩士論文二十六篇，其中九篇獲得福建省優秀博士論文獎或福建師範大學優秀碩士論文一、二等獎。四部學術專著獲得福建省及福州市人民政府的學術獎勵，一篇論文（《Shanghai、毒品與帝國認知網路：帶有防火牆功能的西方之中國敘事》）獲得福建省哲學社科優秀成果二等獎。近十年主持過中英文學關係研究領域的國家社科基金項目、教育部哲學社科重大課題攻關項目、福建省社科規劃重點項目、福建省新世紀優秀人才支持計畫項目等課題七項。覆蓋了中英文學交流研究的諸領域，包括文獻整理（史料編年、年譜編撰、史料學）、專題研究、英國漢學研究、中國的英國文學接受史及學術史研究等。

　　正是有了上述這些研究基礎，才有膽量嘗試撰寫中英這兩個大國的文學交流史。本書原計畫寫到新世紀第一個十年，以便構成一個完整的中英文學交流史。但考慮到一卷書的篇幅不宜太大，所以本次刊行的內容截止到二十世紀中葉。一九五〇年代以來的中英文學交流方面的內容，待以後有機會重寫多卷本的中英文學交流史時再補入。本書刊行的內容中，某些部分寫作也不平衡，個別小節採取編年體方式描述，只是想初步展示某一時段中英文學交流的發展脈絡，未作詳細的專題概括分析，請讀者見諒。

　　前述拙著《跨文化語境中的中外文學關係研究》的「代後記」中，我曾談及研習中外文學關係的幾點體會：（1）史料積累及對史料

學的研討；（2）學術研究規範的把握與自覺運用；（3）學術引路人的重要性；（4）一個學術領域的開拓有待於一批有志者的加入等等。我也常讓自己的研究生分享這些收穫並希望他們更好地傳承下去。確實，一個學術方向需要眾多同道協同研究，方能結出豐碩的成果。中英文學交流一直是我最重要的博士、碩士招生方向，以及博士後招收的學術領域。他們的論文選題均在我的建議下構思完善。經過努力，也大多在前人學術研究的基礎上，將各專題研究向前推進了一步。本書的部分章節就有他們的研習收穫，均予以標明。去年給我指導的一個博士畢業生王麗耘的博士論文《中英文學交流語境中的漢學家大衛‧霍克思研究》出版撰寫序言，頗為他們這批後學的學術成長感到欣慰，因為他們在某一專題研究上已經走入學術前沿，掌握了從事本領域課題研究的實學思路與有效方法，顯示出較充分的治學潛質。學術的未來應該寄希望於他們。

本書是我主持承擔的國家社科基金項目《中英文學關係史料學研究》（10BWW008）的階段性成果，也是我帶領的福建師大文學院「中外文學關係研究」創新團隊支持計畫的學術成果之一。在本書寫作過程中，我的歷屆畢業研究生，如博士畢業生冀愛蓮副教授、陳勇副教授，碩士畢業生蔣秀雲、易永誼、徐靜、陳夏臨、黃海燕、劉豔、林達、翟元英、孫建忠、肖斌、張傑等，不同程度上參與過本項目的研究工作。我的在讀博士生歷偉、碩士生唐璐、鍾文婷協助我校對文稿等。假如沒有他們的介入，本課題研究也許還要拖上不少時間才能結稿。

人到中年，總感覺必須做的事情太多，已做好的事情不多，而可用的光陰太少。因而不惑之年，困惑更多。日常生活瑣事、教學研究工作、行政工作，都要向你爭時間求精力，如何平衡確實需要智慧的考量。今年是羊年，我的本命年，也將會是我又一個學術豐收的年份。除了我的《霧外的遠音：英國作家與中國文化》增訂本被列入

「比較文學名家經典文庫」第一輯已由福建教育出版社刊行外，尚有國家社科基金重大招標項目的結項書稿《中國的外國文學研究・英國文學卷》、國家出版基金項目、教育部哲學社科重大課題攻關項目的結項書稿《二十世紀中國古代文學在英國的傳播與影響》、《中國古典文學的英國之旅：英國漢學三大家年譜》等陸續出版。本書部分內容的簡體字版由山東教育出版社刊行，而這次由臺灣著名的學術出版機構萬卷樓圖書公司刊行的繁體字版則為簡體字版的增訂本。感謝我所供職的福建師範大學文學院，將我多年來研習中英文學交流的集成性著述列入「福建師範大學文學院百年學術論叢」第二輯出版。感謝萬卷樓編輯團隊的辛勤工作，他們的才情與智慧使拙著生輝。感謝在我問學研習之路上的諸多前輩學者與時賢同仁，他們的豐碩著述與精神人格讓我受益匪淺。

　　拙著《比較文學之路》的「代後記」，我選擇的標題是「向無知與偏執挑戰」。因為無知與偏執會閉塞人的精神世界，使人失去向上向善的動力。這種挑戰跟比較文學的主體目標與基本精神息息相通。比較文學既是文學交流的產物，也是它的重要推動力，沒有交流，人便會走向無知與偏執。中外文學交流源遠流長，材料豐富，內涵深刻，影響深遠。文學交流的目標是加深互相之間的了解、理解，消除歷史與現實原因造成的各種成見與障礙，推動各國人民心靈和情感的理解與交流。在這個意義上，文學交流史的寫作就有了充足的現實意義，通過數百年的中外文學交流歷程的呈示，我們能體會到貫穿人類文化交流史的基本精神走向就是理性、寬容與進步。

葛桂彔

二〇一五年三月十日於福州

作者簡介

葛桂录

　　一九六七年生，江蘇泰州人，畢業於南京大學，文學博士。現為福建師範大學文學院教授、博士生導師；比較文學與世界文學博士點學科負責人，文學院副院長，福建省社會科學研究基地「中華文學傳承發展研究中心」副主任；福建省優秀青年社會科學專家。兼任中國比較文學學會理事、中國比較文學教學研究會副會長、中國外國文學教學研究會常務理事。主要學術領域為中英文學關係與英語文學思想史研究，出版學術專著十餘種，發表學術論文近百篇。

本書簡介

　　本書是作者從事中英文學關係研究近二十年的集成性著述。導論涉及中英文學交流的跨文化思考及學術史考察。第一、二章呈現十四至十八世紀中英文學交流進程。第三章討論十九世紀中英文學交流，包括中國文學在英國的流播、英國作家筆下的中國書寫、近代中國的英國形象及英國文學譯介等。第四章討論中國文學在二十世紀上半葉英國的傳播與影響，涉及中國古典文學及現代文學作品的英譯評述。第五章關注二十世紀上半葉英國作家的中國題材創作，詳細討論了十位英國作家通過中國書寫展示的中國形象問題。第六章展示英國文學在二十世紀上半葉中國的譯介傳播及影響狀況，包括近現代中國作家

以及重要團體流派引進介紹英國文學的足跡。附錄為中英兩國文學交
流重要史實的編年。

福建師範大學文學院百年學術論叢·第二輯 1702B09

中英文學交流史（十四至二十世紀中葉）

作　　者　葛桂录

總 策 畫　鄭家建　李建華

發 行 人　陳滿銘

總 經 理　梁錦興

總 編 輯　陳滿銘

副總編輯　張晏瑞

編 輯 所　萬卷樓圖書股份有限公司

排　　版　林曉敏

印　　刷　百通科技股份有限公司

發　　行　萬卷樓圖書股份有限公司
　　　　　臺北市羅斯福路二段 41 號 6 樓之 3
　　　　　電話　(02)23216565
　　　　　傳真　(02)23218698
　　　　　電郵　SERVICE@WANJUAN.COM.TW

香港經銷　香港聯合書刊物流有限公司
　　　　　電話　(852)21502100
　　　　　傳真　(852)23560735

ISBN 978-986-478-193-5

2018 年 9 月再版

2015 年 12 月初版

定價：新臺幣 1200 元

如何購買本書：

1. 劃撥購書，請透過以下郵政劃撥帳號：
　　帳號：15624015
　　戶名：萬卷樓圖書股份有限公司

2. 轉帳購書，請透過以下帳戶
　　合作金庫銀行　古亭分行
　　戶名：萬卷樓圖書股份有限公司
　　帳號：0877717092596

3. 網路購書，請透過萬卷樓網站
　　網址　WWW.WANJUAN.COM.TW

大量購書，請直接聯繫我們，將有專人為您服務。客服：(02)23216565 分機 10

如有缺頁、破損或裝訂錯誤，請寄回更換

國家圖書館出版品預行編目資料

中英文學交流史（十四至二十世紀中葉）/
葛桂录著.

-- 再版.-- 臺北市：萬卷樓, 2018.09

面；公分.--（福建師範大學文學院百年學術
論叢·第二輯·第 9 冊）

ISBN 978-986-478-193-5（平裝）

1.中國文學 2.英國文學 3.學術交流

820.8　　　　　　　　　　　107014281